झाडाझडती

(उपन्यास)

झाडाझडती

विश्वास पाटील

अनुवादक

डॉ. गजानन चव्हाण

वाणी प्रकाशन

वाणी प्रकाशन
4695, 21-ए, दरियागंज, नयी दिल्ली 110 002

शाखा

अशोक राजपथ, पटना 800 004

फ़ोन : +91 11 23273167 **फ़ैक्स** : +91 11 23275710

www.vaniprakashan.in
vaniprakashan@gmail.com
sales@vaniprakashan.in

JHADAJHADATI
by Vishwas Patil
Translated by Gajanan Chauhan

ISBN : 978-81-7055-420-2
Novel

संस्करण 1995
आवृत्ति 2016

मूल्य : ₹795

एस.जी. ऑफ़सेट, दिल्ली-110 093 में मुद्रित

वाणी प्रकाशन का लोगो मक़बूल फ़िदा हुसेन की कूची से

झाडाझडती

मराठी उपन्यास की यथार्थवादी जीवन-दर्शन की परंपरा प्रायः क्षीण है। स्वातंत्र्यपूर्व युग में ना. सी. फडके ने कलावाद का पुरस्कार कर मराठी उपन्यास को प्रभावित किया। हरिनारायण आपटे की यथार्थवादी परंपरा को रोमांटिक परंपरा की ओर मोड़ा। और उसके कारण उत्पन्न अनेक व्यवधानों को अतिक्रान्त करना मराठी साहित्यकारों के लिए मुश्किल हो गया था। 1950 में प्रकाशित विभावरी शिरूरकर (मालतीबाई बेडेकर) के 'बळी' ने मराठी उपन्यास को यथार्थोन्मुख करने की दिशा में पहला सशक्त कदम उठाया। फिर 1960 में उधर शेलके के 'धग' और 1962 में भालचंद्र ने भाड़े के 'कोसला' ने यह कार्य अधिक सफल रूप में संपन्न किया। लगभग इसी समय उद्भावित दलित साहित्य धारा और ग्रामीण (आंचलिक) साहित्य धारा ने इस यथार्थवादी जीवन-दर्शन की परंपरा को अधिक सशक्त किया। इस बीच गो. नी. दांडेकर के 'माचीवरचा बुधा' जैसे उपन्यास ने भी कुछ महत्वपूर्ण कार्य किया। डॉ. आनंद्र यादव ने अतिशय कलात्मक उपन्यास 'गोतावळा' ने इस दिशा में अधिक ठोस कलात्मक रूप दिया। भाऊ पाध्ये और जयवंत दलवी ने भी कुछ कदम उठाये। विश्वास पाटील का उपन्यास 'झाडाझडती' मराठी के यथार्थवादी उपन्यासों में एक ऐसा शक्तिशाली उपन्यास है कि लगता है मराठी के यथार्थवादी उपन्यासों की परंपरा में यह एक सर्वश्रेष्ठ उपन्यास है। इसको पढ़ते समय प्रेमचंद के 'गोदान' (खासकर इसकी आवडाई और गोदान की धनिया का रूपसाम्य-द्रष्टव्य है।) और फणीश्वरनाथ रेणु के 'मैला आंचल' की स्मृति हिंदी पाठक के मन में ताजा हो सकती है। स्वयं विश्वास पाटील इन दोनों को बहुत पसन्द करते हैं और यह कहना अत्युक्ति नहीं होगी कि हिंदी में जो स्थान 'गोदान' और 'मैला आंचल' का है वही मराठी में 'झाडाझडती' का भी है। यह निश्चित करना कठिन होगा (और उसकी जरूरत भी नहीं है) कि इन तीन उपन्यासों में सर्वाधिक सशक्त रचना कौन-सी है। यथार्थ पर सूक्ष्म गिद्ध नजर, समाज की स्थिति—गति की

समग्र समझ, लोक के प्रति गहरी आत्मीयता, समाज के विभिन्न वर्गों एवं जातियों की कार्य प्रणाली का सूक्ष्म निरीक्षण, प्रसंगों और घटनाओं को चित्रवत् उभारने की क्षमता, समाज मानस की विभिन्न अवस्थाओं का ज्ञान और उन्हें रसात्मक रूप प्रदान करने की क्षमता, स्थितियों और अवस्थाओं के अनुसार मनःस्थितियों की परिकल्पना कर उन्हें साकार करने की कलात्मकता, जीवन के वैविध्यपूर्ण रूपों को प्रस्तुत करने की कुशलता इत्यादि कतिपय बातों में इन तीनों कलाकारों में कमोबेश रूप में अद्भुत समान शक्ति के दर्शन होते हैं। लेकिन कुछ ऐसे भी वैशिष्ट्य हैं जहाँ विश्वास पाटील का स्थान लगभग एकमेवाकितीयम है। खासकर गाँव जीवन में उपस्थित मानवेतर प्राणियों (पशु और पक्षियों) की जीवनावस्थाओं, केलि क्रीड़ाओं, हरकतों, स्वभाव वैशिष्ट्यों, रूपों और प्रवृत्तियों का अद्भुत ज्ञान विश्वास पाटील के पास है। उसी तरह वृक्ष-वेलियों, झाड़-झंखाड़ों, घास-फूस, विभिन्न फसलों का उनका ज्ञान भी विलक्षण प्रत्ययपूर्ण है। कुल मिलाकर परिवेश के विभिन्न घटकों (जिनमें वर्षा, गर्मी, जाड़ा इत्यादि ऋतुएँ हैं, सूखा और अतिवर्षा के संकट हैं, पशु, पक्षी, हवा, जल के पारस्परिक संतुलन/असंतुलन के संबंध हैं, मनुष्य और सृष्टि की पारस्परिक रिश्तेदारी है, उनके संवादी और विरोधी संबंध हैं।) का विश्वास पाटील का सहज (जो निरंतर अभ्यास के फलस्वरूप अर्जित से सहज में परिवर्तित होता है।) ज्ञान अद्भुत है जो प्रस्तुत उपन्यास की स्नायविक शक्ति को अत्यधिक तेज करता है। खासकर विभिन्न प्रकार के श्रमजीवियों के कार्यों का चित्रात्मक अंकन विश्वास पाटील अत्यधिक प्रभावपूर्ण ढंग से कर सकते हैं। किसान, परवालची, नाई, चमार, शिकारी, आदिवासी, ड्राइवर, बुलडोजर का ड्राइवर, रसोइया, चपरासी, घर, आँगन के सारे काम करने वाली औरतें, लाश को ढोने का काम करने वाले लोग—सबके कल की लेखक को बारीक तफसीलों में जानकारी है।

'झाडाझडती' के लेखक के सामने काल द्वारा दी गयी एक और चुनौती है। 1990 में यह रचना प्रकाशित हुई है। समाज में यथार्थ का एक भयावह रूप उभर रहा है। उभरा है, उसका एक आयाम सोशिओ-पोलिटिकल मनुष्य-चरित्र है। यह भयानक रूप से व्यामिश्र चरित्र है। मनुष्य उपभोक्तावाद के सर्वस्पर्शी जाल में कैद हो गया है। उसकी स्थिति उस मक्खी की तरह है जो अपने सर्वनाश को जानते हुए भी जाल में अधिकाधिक फँसने में, उलझने में रस पा रही है। एक प्रकार से वह मृत्यु के सम्मोहक इशारों के वशीभूत हो गया है और उसकी जीवनधर्मी विवेकशीलता तिरोहित होती जा रही है। वह एक तर्कातीत, विवेकातीत जीवन-प्रणाली की ऊपरी चकाचौंध की गिरफ्त में ऐसा फँस गया है कि केवल दृष्टिहीन, दिशाहीन दौड़ने में हाँफने के सिवा उसके हाथ में कुछ नहीं आ रहा है। बाह्य व्यापारिक चक्र की गति के सामने वह अपनी अंदर की हकीकत देखने के लिए खड़ा रह नहीं सकता। एक निरर्थक, सम्मोहनभरी सत्ता की दौड़ में स्वयं एक अपने ऊपर की सत्ता का गुलाम

बन गया है। राजनीति उसके लिए सुविधाओं को जुटाने का साधन बन गयी है। उसकी समस्त सामाजिकता, धर्म-नीति, मानवीय मूल्य, रिश्ते-नाते, गुट-संबंध इत्यादि को यह राजनीति आकारित करती है। इस तरह के समाज-राजनैतिक मनुष्यों का वर्ग और उसके द्वारा आकारित समाज संबंध और मूल्य आज पहली बार किसी उपन्यासकार के सामने अपना घिनौना मुख बा कर खड़े हैं। यह पूरा यथार्थ भयानक रूप से विकृत हो गया है। यह एक समकालीन लेखक के सामने ऐसी चुनौती है जो उसकी संवेदना पर विलक्षण आघात चहुँ ओर से कर रही है। इस सबके विकल्प का ज्ञान उसे नहीं है।

'झाडाझडती' सात गाँवों के विस्थापितों के दर्दनाक हालातों की भयावह और भीषण त्रासदी है; जो एक ही साथ मनुष्य के स्वभाव के बारे में कुछ चिरंतन प्रश्न बहुत तल्खी से उठाकर पाठक को गहरे में बेचैन करती है। और साथ ही साथ हमारे देश, समाज, परिवेश, राजनीति और संस्कृति संबंधी कतिपय अहम प्रश्न उठाती है। यह त्रासदी मध्यवर्गीय मनुष्य की सुखवादी प्रवृत्ति को झकझोरती ही है, हमारे पूरे सांस्कृतिक सोच और वांछित जीवन प्रणाली के संदर्भ में नये सिरे से विचार करने के लिए उकसाती है। संवेदना को झकझोर कर आकुल करते समय जीवन चिन्तन की ओर भी गंभीरता से उन्मुख करती है। भले ही इस चिन्तन को कुछ निष्कर्ष तक ले जाना कठिन हो गया हो।

'झाडाझडती' की केन्द्रीय अंतर्वस्तु है बड़े बाँध के परिणामस्वरूप होनेवाला मनुष्य जीवन का सर्वमुखी विनाश। यह विनाश जैविक तो है, नैतिक, सांस्कृतिक सर्वस्तरीय है। लेखक ने इसका विराट-विद्रूप बड़ी शक्तिमता के साथ चित्रित किया हैं।

यह किसी विशिष्ट व्यक्ति को केन्द्र में रखकर लिखा हुआ उपन्यास नहीं है, न किसी परिवार को। यह समूचे लोक-जीवन की त्रासदी है। अतः इसमें व्यक्ति, परिवार, वर्ग, समूह जो भी कुछ आता है वह लोक-जीवन के किसी अंश का प्रतीक बनकर आता है। वैसे यह कथा बताने के लिए लिखा हुआ भी उपन्यास नहीं है जबकि पूरे परिवेश की यह व्यथा-गाथा है। यह उन समूहों की भी त्रासदी है जो ऊपर से कुछ समय के लिए विजयी हुए दिखते हैं। वास्तव में हर व्यक्ति कहीं पराजित है, कहीं कुछ मूल्यवान चीज खो चुका है। समस्त समाज और परिवेश ही नायक बनकर अपनी हार का इज़हार कर रहा है।

लोक मानस की अद्‌भुत पहचान

'झाडाझडती' की विनाश-गाथा का प्रमुख हिस्सेदार बाँध के कारण विस्थापित वह वर्ग है जो अपनी छोटी-सी जमीन, छोटा-सा झोंपड़ीनुमा घर, छोटी-सी हैसियत, छोटी-छोटी

नैतिक महत्वाकांक्षाएँ और छोटे-छोटे सुख की परिकल्पनाएँ लेकर जी-तोड़ संघर्ष कर रहा है, पसीना बहा रहा है। इसमें गरीबों की तरफ से सहयाद्रि की तरह खड़ा वसंत खैरमोडे प्राइमरी स्कूल का टीचर है जो हरिजन होकर भी अपनी नेकी, उदारता, अविरल संघर्षशीलता, दृढ़ता, ईमानदारी, असहायों, दरिद्रों, और अभावग्रस्तों के प्रति सक्रिय सहानुभूति के कारण सभी विस्थापितों के हृदय का ताज बनकर जी रहा है। उसकी पत्नी हिरा है जो गाँव के लिए समर्पित पति के कारण पीड़ित भी है और असहाय भी। क्योंकि मास्टर उसकी नहीं सुनते और नौकरी को संभालकर घर की ओर पूरा ध्यान नहीं देते, मास्टरजी की लड़की शेवंता है जो मास्टरजी के लिए 'मोरनी' है और जीवन में सब कुछ है। मास्टरजी के बड़े भाई दादू येसकर हैं जो गाँव की सीमा पर हरिजन बस्ती में रहकर गाँव की सीमा पर ध्यान रखते हैं। गोम्पा कोळी है जिसका परिवार तो है परंतु उसका प्राणों से प्रिय भैंसा हल्या ही उसका सर्वस्व है। दोनों ने अपना जीवन गाँव को पखाल से पानी देने में गुज़ारा है—बदले में हर परिवार से रोटी के टुकड़े उसे मिलते हैं। दोनों संतुष्ट हैं अपनी स्थिर जिंदगी से। दोनों के लिए जीवन की सार्थकता एक-दूसरे के सानिध्य में रहकर गाँव को पानी देते रहने में है। गोम्पा की भाँति गाँव के अन्य छोटे कारीगर हैं जो गाँव के लिए काम करते हैं और बदले में हर घर से रोटी का टुकड़ा या कुछ अनाज पाकर जीवन जी रहे हैं। इनमें बंडू नाई है, पांडू येताल है, दादा बढ़ई है, चमार है—बारह प्रकार के बलूतेदार हैं जो गाँव को अपनी सेवा देकर उनकी रोटी पर पले हैं लेकिन कभी कोई असंतुष्टि नहीं है—दुख है जो उसके लिए गाँव नहीं, समाज नहीं उनका कर्म जिम्मेदार है। प्राक्तन जिम्मेदार हैं। अपने अपाहिज पति को प्यार और कर्तव्य भाव से संभालते हुए अपने लड़के हैबती के विवाह का सपना पालने वाली आवडाई इस उपन्यास का वसंता खैरमोडे जैसा ही महत्वपूर्ण किरदार है। एक तरह से पूरे जांभली गाँव की यह कर्मठ माता है जो कभी पस्त होती भी है तो भी प्रायः पूरे गाँव की हिम्मत बनी हुई है, नैतिकता की चट्टान सदृश नींव बनी है। वह अपने बूढ़े पति गोईंदा की गृहस्थी को यथा-तथा निकाल ले जाना चाहती है और उसकी कमरतोड़ परिश्रम के बदले अदनी-सी आकांक्षा है—एक खपरैल का छोटा घर और अपने लड़के हैबती की सुखमय गृहस्थी। हैबती की भी बड़ी आकांक्षाएँ नहीं हैं। वह अपने सखाराम मामा की लड़की रूपा के साथ शादी करना चाहता है और सरकारी नौकरी में पर्मनंट होकर जीना चाहता है। आवडाई का मौसेरा भाई है सुभानजी जिसने आवडाई के एक लड़के गुणवंता को गोद लिया है और बंबई में नौकरी करता है। वह गाँव के युवकों का आधार भी है और आवडाई के पीछे पहाड़ की तरह खड़ा रहता है। उसकी इच्छा है कि आवडाई और हैबती उसके साथ रहें या सुख में जीवन व्यतीत करें। गाँव की देवी कालूबाई का पुजारी दिगू अन्ना है जिसका पूरा विश्वास है कि कालू बाई अपने गाँव की रक्षा करेगी और बाँध होने नहीं देगी। हैबती मराठा है और उसका मित्र शिवराज सणंगर (कोरी) है जो अपनी

पत्नी नकुसा के साथ प्रसन्नता से रह रहा है। उसकी गृहस्थी में सुख को पूर्णता देने के लिए एक बच्चा भी पैदा हुआ है। दोनों पति-पत्नी जीवन में जी-तोड़ परिश्रम करने में कोताही नहीं करते। उनकी छोटी-सी इच्छा है कि तीनों नमक-रोटी खाकर ही सही एक साथ जीवन जीएँ। पांडू येताल अपने भरे-पूरे परिवार में कुछ चिंतित अवश्य है क्योंकि पत्नी की असमय मृत्यु के बाद उसने अपने बच्चों को अकेले बड़ा किया है और गृहस्थी इतनी फैल गयी है कि स्थान के अभाव में अपने युवा लड़के की शादी नहीं कर सकता है। जांभली गाँव के पास ही पहाड़ों में रहने वाली आदिवासियों का राजा कुशाप्पा है जो अपनी अभिजात परंपराओं को निबाहने में उदारतापूर्वक खर्च करता है और बड़ी प्रतिष्ठा, सम्मान और आदर पाकर सुख से जी रहा है। उसकी दो लड़कियाँ हैं जिनकी शादी की समस्या कभी उसको उठानी है। गुरुजी खैरमोडे के साथ उनके नेतृत्व में चलने वाले जांभली के अनेक युवक हैं जिनमें म्हाकू भोसले गुरुजी से भी आगे जाने की सामना रखता है। म्हाकू के साथ अनेक यवुक हैं जो बाँध के कारण विस्थापित होने के आतंक में जी रहे हैं।

विश्वास पाटील ने गाँव की स्थिति—गति का प्रभावपूर्ण चित्र उपस्थित कर उनकी छोटी-छोटी मनुष्योचित आकांक्षाओं का बड़ा संकेतपूर्ण चित्र उरेहा है। इन छोटे गँवई मनुष्यों में एक बहुत बड़ा अंतर आया है। इनके बीच के जात-पाँत के दृढ़ संस्कार लगभग समाप्त हुए हैं। वसंत खैरमोडे महार जाति के हैं। परंतु गरीब मराठों और अन्य जातियों में उनके प्रति विलक्षण श्रद्धा और प्रेम है। समाज में धीरे-धीरे जात-पाँत की कँटीली बाड़ झुलसा रही है और अपने हितों और उद्देश्यों को लेकर आत्मीयता के सूत्र पैदा होने लगे हैं। इसीलिए खैरमोडे के बड़े भाई भले ही अपनी ही जात-बिरादरी में झोपड़ी बनवाना चाहते हों, खैरमोड़े गुरुजी में ऐसा कुछ संकोच नहीं है। विवाह, पुत्र जन्मोत्सव के अवसर पर उन्हें ससम्मान बुलाया भी जाता है। यद्यपि शिवराज सणगर के पुत्र के नामकरण संस्कार के समय नकुसा के भाई के न आने पर मराठा जात का उसका मित्र हैबती अपनी माँ आवडाई के कहने पर भाई बनकर भानजे के प्रति अपना कर्तव्य अदा करता है और कुछ हँसी का भी हल्का-फुल्का वातावरण बनता है। फिर भी खैरमोडे जी की डाँट पर सब खत्म होता है। विश्वास पाटील ने हर जात के खास वैशिष्ट्यों से परिचित होने का प्रमाण दिया है। परंतु महाराष्ट्र के गाँवों की बदली हुई मानसिकता को भी उन्होंने मद्देनजर रखा है। बाँध के भय की छाया में पल रहे जांभली गाँव के लोगों में एक विलक्षण आत्मीयता पैदा हो गयी थी। उनके छोटे-छोटे सुखों एवं उनकी नन्ही-सी आकांक्षाओं का चित्रण कर दारुण अनुभव की प्रत्यकारिता के लिए विश्वास पाटिल ने कलात्मक पृष्ठभूमि निर्मित की है। जिस तरह अमरूदों और केलों से लदे पेड़ बुलडोजर के नीचे रौंद दिये जाते हैं और तीव्र पीड़ा का एहसास कराया गया है उसी तरह गाँव के छोटे-छोटे सुखों को अपनी धन-दौलत की, सत्ता और अधिकार की बड़ी महत्वाकांक्षाओं के नीचे निर्भय भाव से

रौंदने की प्रक्रिया को दिखाकर एक विलक्षण प्रभाव लेखक पैदा कर सका है। पाठक की समस्त आत्मीयता और गहरी सहानुभूति को बाँधग्रस्त पीड़ितों के प्रति उत्पन्न कर उस संवेदनात्मक पार्श्व पर क्रूरता, हिंसा और अमानवीयता का भीषण चित्र अंकित किया है।

महार जात का दादू येसकर मछुआरा जात के गोम्पा को तमाखू पीने का निमंत्रण देता है और बाँध के संकट की चर्चा दोनों आत्मीय भाव से करते हैं—जात आड़े नहीं आती। गोम्पा और उसके भैंसे के बीच वही आत्मीयता छोटे प्रसंगों के माध्यम से दर्शायी है और एक पारस्परिक आत्मीयता का सूत्र गँवई जीवन को कैसे मानवेतर प्राणियों और प्रकृति के विभिन्न रूपों के बीच संवाद की स्थिति में बाँधे रहता है। बीच में घनघोर वर्षा के कारण जीवन अस्त-व्यस्त होने के बावजूद यह संवाद-सूत्र टूटता-बिखरता नहीं। असल में प्रकृति के भीषण रूप का मनुष्य सामना कर सकता है परंतु मनुष्य ही जब मनुष्य के सामने संकट पैदा करता है तब सामान्य मनुष्य के नीयत का संतुलन बिगड़ने लगता है। इसके स्थान-स्थान पर चित्रमय संकेत लेखक देता जाता है। जांभली में वर्षा में लोग अनेक प्रकार की आपत्तियों का सामना करते हैं, जाड़े में ठंड से ठिठुरते हैं, धूप में परेशान होते हैं। लेकिन इस सबके बावजूद जीवन जीने का उत्साह उनमें है, काम करने की स्फूर्ति उनमें है, बहुत ही निम्न कोटि का भोजन करने पर भी भूख कहीं नदारद नहीं होती, विलक्षण जिजीविषा से यह जीवन स्पंदित है। लेकिन जो प्रकृति नहीं कर पायी वह मनुष्य ने कर दिखाया।

लेखक सामान्य लोकजीवन की हर सुख और दुख की नस से परिचित है। वे विवाह के अवसर पर कैसे तल्लीनता से आनंद मनाते हैं। पुत्र के जन्म पर नाचते-गाते हैं। पुत्रियों के विवाह के लिए औकात से कहीं अधिक खर्च करने में संकोच नहीं करते। नामकरण विधि के समय स्त्रियाँ कैसे अपने मायके के आदमियों की प्रतीक्षा करती हैं, पहली जचगी को मायके में संपन्न किया जाता है और अगर यह नहीं होता तो हैबती की पत्नी फुला का बाप कैसे व्यथित होता है और हैबती की माँ आवडाई उसे दिलासा देकर कैसे उसको शांत करती है। बीमारी के अवसर पर पड़ोस के लोग शारीरिक श्रम के लिए कैसे तैयार रहते हैं। मृत्यु के अवसर पर परंपरागत विधान को कैसे सख्ती के साथ पाला जाता है और समस्त गाँव के लोग भाईचारे के सूत्र में बँधकर कैसे अपनी पारिवारिक आत्मीयता का प्रमाण देते हैं—लोकजीवन के छोटे-से-छोटे विधान पर कैसे अद्भुत रूप से लेखक की पकड़ विद्यमान है। इसके अनगिनती उदाहरण उपन्यास में बिखरे हुए हैं। असल में लोकजीवन के प्रति यह आत्मीयता, यह सूक्ष्म पहचान, यह गहन निरीक्षण—यह सब बौद्धिक तर्क और युक्ति से या घोषणा से नहीं उत्पन्न होता, यह तो लेखक की सहज आंतरिक लोक संपृक्ति की संवेदनात्मक अभिव्यक्ति है। यही कारण है कि बाँध पीड़ितों की व्यथा-वेदना को लेखक ने केवल बौद्धिक विलास या कल्पना प्रसूत केलि के रूप में नहीं प्रस्तुत किया

है—यह सब लेखक का भोगा हुआ दर्द है। पर जरूरी नहीं कि लेखक स्वयं बाढ़पीड़ित हो। इस उपन्यास की प्रचण्ड क्षमता लेखक की लोकजीवन के प्रति गहरी संवेदना का परिणाम है।

लेखक भारतीय गृहस्थ-धर्मी व्यक्ति है। इसीलिए माँ और बच्चों में, पति और पत्नी में, भाइयों में, भाई और बहनों में, पिता और पुत्री में, पिता और पुत्रों में जो अनगिनती स्नेह-सूत्र दृश्य-अदृश्य रूप में विद्यमान रहते हैं उनको विभिन्न संदर्भों, प्रसंगों, घटनाओं में देख सका है। उभार सका है। आवडाई और उसका पति गोईंदा, आवडाई और उसका मौसेरा भाई सुभानराव, आवडाई और उसके पुत्र हैबती, गुणवंत, आवडाई और उसकी पुत्रवधू फुला के बीच कितने ही संवेदनात्मक प्रसंगों से उपन्यास का अनुभव संसार समृद्ध हुआ है। खैरमोडे मास्टर और उनकी पत्नी हिरा, गुरुजी और पुत्री शेवंता, गुरुजी और उनके शिष्य, गुरुजी और उनको समय-समय डाँटनेवाला पांडोवा येताल, पांडोवा येताल और उसका तरुण अविवाहित लड़का, शिवा और हैबती, हैबती और शिवा की पत्नी नकुसा—इन समस्त संबंधों में ऐसा स्वस्थ गृहस्थधर्मी सूत्र वर्तमान है जो भारतीय परिवार के कर्तव्य, संयम, नैतिकता, समंजसता और स्नेह-भाव पर आधारित संबंधों का परिचय देता है। उपन्यास पढ़ते समय प्रायः हर व्यक्ति और प्रसंग के साथ ऐसा कुछ लगता है कि इस भारतीयता के साथ घनिष्ट रूप से जुड़कर सामूहिक मानस का अनुभव कर रहे हैं।

लेखक ने लोक-जीवन से गहरे जुड़ाव के अनेक उदाहरण इसमें बिखरे पड़े हैं। हैबती की पत्नी फुला की गर्भावस्था की अनेक स्थितियाँ, उसके प्रति आवडाई की गहरी चिंता, जचगी के अवसर पर आयी प्राकृतिक कोप की कठिनाइयाँ और भाईचारे से बँधे लोगों की सहायता, गर्भावस्था का शारीरिक-मानसिक दुख, गर्भ के बाहर आने पर फुला की परितृप्त मानसिकता इत्यादि का जो ब्यौरेवार चित्रण लेखक ने किया है वह उसकी लेखकीय सहानुभूति, पर-मानस प्रवेश की सिद्धि और सहज निरीक्षण का सशक्त प्रमाण है। ऐसे अनेक उदाहरणों से उपन्यास की अनुभव वस्तु समृद्ध और अनेक आयामी हो गयी है। देखिए : "हैबती के लड़का हुआ था, पर प्रसन्नता से दरवाजे पर झूमने के लिए हैबती अपने घर में नहीं था, बूढ़ा पांडू येताल थाल लेकर बारिश में ही बाहर आया। वह प्रसन्न था मानो उसके ही घर में पोता जन्मा हुआ हो। वह आवडाई के आँगन में जोर-जोर से थाल बजाने लगा। सारे लोग देखने लगे। थकी-माँदी आवडाई ने बालक को गोद में लिया। वह बार-बार उसके कोमल भाल चूमने लगी। अभी भी बादलों की गड़गड़ाहट हो रही थी। आवडाई की आँखें भर आयीं, बच्चे को छाती से लगाकर उसने आसमान की ओर देखा। भगवान को एक गाली देकर वह बोली, "ऊपर बादलों में बैठकर चैन मत करो। नीचे आकर बाँधपीड़ित के घर जन्म ले लो। देखते हैं तुम्हारा देवतापन टिकता है या नहीं।" यह पूरा प्रसंग लेखक की जन-जीवन की मानसिकता से हुई एकमेकता का परिचायक है और ऐसे

प्रसंग उपन्यास में बहुत हैं। इसी संदर्भ में अनेक मृत्युओं के प्रसंगों को देखा जा सकता है। बाँध के संकट की अटलता देखकर आवडाई का पति गोईंदा डूब कर मर जाता है। समूचे गाँव पर उसका प्रभाव पड़ता है। बुलडोजर के नीचे आकर शिवराम की मृत्यु होती है, आवड़ाई के भाई सुभान को हृदयविकार से खेत पर ही मृत्यु आती है, हैबती की हत्या हो जाती है, खैरमोडे गुरुजी की नींद में मृत्यु होती है। इन समूचे अवसरों पर लोक-हृदय की पीड़ा को जो प्रभावपूर्ण आकार दिये गये हैं वे लेखक के जुड़ाव का प्रमाण हैं। लेकिन सुभानराव की मृत्यु पर जिस प्रकार उसके शव को उसकी भूमि में जलने के लिए ले जाते समय कष्ट उठाये जाते हैं उसका विदीर्ण करने वाला अद्‌भुत दृक-चित्र लेखक की निरीक्षण क्षमता और गाँव-जीवन की पकड़ का प्रमाण है। मृत्यु के बाद शरीर की हालत का वर्णन लेखक की निरीक्षण-शक्ति का अद्‌भुत परिचायक है।

इसी संदर्भ में शिकार के विविध रूप और प्रसंग भी द्रष्टव्य हैं।

लोक-जीवन से गहरे जुड़ाव का एक अन्य प्रमाण है लेखक द्वारा किया हुआ श्रम-कार्यों का, विशेषतः खेती विषयक-कार्य का (खेत की जोताई, बैल और भैंसे को जोतने की अवस्था में होनेवाली कठिनाइयां, जमीन को भूनना, जोतना, बीज रोपना, गोड़ाई, अनाज काटना, निगरानी करना इत्यादि) चित्रमय विवरण आवडाई, हैबती, नकुसा, फुला घर में, बगीचे में, खेत में जिस तरह श्रम का काम करते हैं उससे प्रतीत होता है कि लेखक का यह निरीक्षण केवल आँख द्वारा किया हुआ नहीं, उससे उसकी आत्मा जुड़ी हुई है। कुसा राजा शिकार के अनेक वर्णन और उसके द्वारा किये गये शिकार के बाद का गाँव के उपस्थितों में बँटवारा, भिन्न प्राणियों के मांस का स्वाद इस सब के वर्ण लेखक की आत्मप्रतीति का झटका लगता है।

ग्रामीण जीवन में पुत्र या पुत्री की शादी के लिए जिस तरह लोग-बाग चिंतित होते हैं उससे भी लेखक के गहरे ग्रामीण मानस के प्रतीतिपूर्ण परिचय का पता चलता है। बसंत खैरमोडे और उनकी पत्नी अपनी पुत्री शेवंता के विवाह के लिए, आवडाई हैबती के विवाह के लिए, पांडोवा येताल जवान पुत्र के विवाह के लिए जिस प्रकार चिंतित हैं, सोचते हैं वहां सब गाँव का मानस साकार हो गया है।

गाँव के इन लोगों में अपनी मिट्टी के प्रति गहरा लगाव है। यह मात्र निर्वाह के साधन के कारण नहीं है। इसलिए उससे उखड़ने की कल्पना न सह सकने के कारण गोईंदा आत्महत्या करता है, आवडाई सुभानजी के साथ सुविधा जीवन जीने से इनकार कर अपने गाँव की मिट्टी में ही सबके साथ जीना-मरना चाहती है। (नहीं बेटे, मैं अपने गाँव के साथ जीऊँगी—गाँव की मिट्टी छोड़कर मैं कैसे जी सकती हूँ ?) लगभग हर व्यक्ति जांभली गाँव के पानी में डूबने पर अतीत मुखी होकर साझे जीवन की—घर की, गाँव की स्मृतियों को तीव्र वेदना से अनुभव करता है। ढिगु अण्णा पुणे जाता है और फिर गाँववालों की हालत देखने के लिए वापस आ जाता है। उसके

वापस आने पर गाँववालों से मंदिर बनवाने का अनुरोध करने में स्वार्थ अवश्य है। परंतु स्वार्थ के भीतर की तह गाँव के लोगों और मिट्टी से जुड़ाव का भी है। सुभान का बंबई छोड़कर अनेक संकटों के बावजूद गाँव में आना और अपने गाँव की मिट्टी में अपनी देह छोड़ने की इच्छा रखना इसी जुड़ाव का परिणाम है।

किसी भी लेखक के लोकमानस और परिवेश के जुड़ाव का एक प्रमाण है उसके द्वारा उचित संदर्भ में प्रयुक्त मिथक, लोकगीत, लोकमानस में प्रचलित आस्थाओं और विश्वासों का सहज एवं उत्स्फूर्त चित्रण। जांभली की जनता काळूबाई देवी के प्रति श्रद्धान्वित है। उसका मंदिर विषयक दंतकथाओं का बड़ा कुशल उपयोग लेखक ने कर लिया है। कालूबाई की जन्मकथा, गुख के सपने में काळूबाई का आना, दिन की किरण पहुँचने के पहले मंदिर का कार्य पूर्ण क्ररने की शर्त, काम पूरा न होने के कारण उत्पन्न दहशत इत्यादि का कुशल प्रयोग लेखक ने कर लिया है। पशुओं की देवी ताजमाई, बालू और बापू नामक बंधु की कथा और उनका पहाड़ों के रूप में आमने-सामने रहना, कभी न मिलने पर दिया हुआ शाप और बारिश में उनकी मिलने की व्याकुल आकांक्षा और व्यर्थ की गड़गड़ाहट, मामा-भानजों का हल के आकार में नक्षत्रों के रूप में आकाश में आगमन, आवडाई, फुला, नकुसा के मुँह में आटा पीसते समय सहज आनेवाली ओवियाँ, उसमें से प्रकट होनेवाले दर्द की कचोट, इठलाई आम पर प्रेत के निवास की भय-कथा, कंठाबाई का प्रेत से आवेष्टित होना और गाँव के लोगों को उनकी समस्याओं से निजात देने का प्रयास--ये बीच-बीच में आनेवाले लोक-विश्वासों के आड़े-तिरछे धागे लोकमानस की लेखक की पकड़ को शक्तिपूर्ण ढंग से प्रकट करते हैं।

अज्ञेय ने भारतीय मानस की पहचान का संकेत दिया है--ग्रामीण अनुभव की उपस्थिति। अंततोगत्वा, आज भी भारतीय लोकजीवन ग्रामीण परिवेश से जुड़ा हुआ है। यह जुड़ाव उनके पारस्परिक संबंधों में प्रखरता से परिलक्षित होता है। गाँव के लोग एक ही मिट्टी से जुड़े होने के कारण और गाँव-जीवन की निर्भरता, लेनदेन की व्यावहारिकता से अधिक कर्तव्य भावना पर स्थित होने के कारण भारतीय ग्रामीण समाज एक-दूसरे से भीतर से जुड़ा हुआ है। यहाँ बलुते-प्रणाली है। नाई, सुनार, लुहार, गाँव की सीमा का रक्षक महार, पखालची, चमार ये सब बलुतेदार हैं जो गाँव का सामान्य काम करते हैं और बदले में हर दिन रोटी या सालभर में अनाज पाते हैं। परिणामस्वरूप परस्पर हार्दिकता अधिक होती है। लेखक ने पूरे अनुभव संसार में इसका अच्छा भान रखा है। जात-पाँत की प्रखरता के बावजूद यहाँ सौमनस्य है। घर केन्द्र में है। समस्त लोकमानस में यह रिश्ता फैला हुआ है। इसीलिए नकुसा के बच्चे के नामकरण के अवसर पर आवडाई अपने पुत्र हैबती को उसका भाई बनाती है और खैरमोडे मास्टर जेब में से डेढ़ सौ रुपया निकाल कर खरीदारी के लिए दे देते हैं। इसी कारण खैरमोडे मास्टर की लड़की शेवंता पर बलात्कार होने पर समूचे गाँव के युवक बलात्कार

करनेवालों को कड़ा सबक सिखाते हैं। गाँव के रिश्तों में कर्तव्य-भावना से उद्भूत संयम है। गाँव के प्रायः सभी लोगों में काम की अतिरेकी या असामान्य (एब्नार्मल) प्रवृत्तियाँ नहीं दीखतीं। अपवाद राजनैतिक सत्ता के कारण उत्पन्न गुंडागिरी करनेवाले का है जो बाद का है। और उसका संबंध गाँव की मिट्टी से नहीं, मिट्टी के बलात्कारपूर्ण उपभोग से है।

यथार्थ का भयावह स्वरूप

बड़े बाँध केवल आर्थिक विकास के लिए उठाया गया वैज्ञानिक, प्रगतिशील चरण नहीं होता। वह एक संस्कृति संहारक दैत्य का विनाशक कदम भी है। बड़े बाँध की मूल संकल्पना से लेकर उसके पूरे सम्पन्न होने तक एक भयावह संकट से लोक-जीवन तबाह होता है। 'झाडाझडती' इसका समूचा सर्वांगपूर्ण चित्र प्रस्तुत करता है। यह एक राजनैतिक, सामाजिक, सांस्कृतिक, आर्थिक सभी दृष्टियों से गुत्थमगुत्था स्थिति है और लेखक ने उसके उलझे और गुंथे हुए रूप का समग्र दर्शन कराया है।

स्वाधीनता के पहले जो ग्रामीण नेतृत्व उभरा था वह सामान्य जनता से जुड़कर और गाँधीजी जैसे मूल्यधर्मी नेतृत्व की छाया में उभरा था। शिंगाडे पाटील ऐसा ही एक व्यक्तित्व था। धीरे-धीरे लोकतंत्र का भ्रष्ट रूप, सत्ता के लिए करने पड़े समझौते, आपसी स्वार्थ के लिए होनेवाली स्पर्धा इत्यादि के कारण शिंगाडे पाटील में भी परिवर्तन होता है। अच्छाई और बुराई का एक व्यामिश्र व्यक्तित्व उनके रूप में हम देखते हैं। शिंगाडे पाटील के लिए जो परिश्रम से अर्जित था वह उनके पुत्र सर्जेराव के लिए सहज में प्राप्त हुआ था। नैतिक मूल्य और राजनीति का संबंध इस पीढ़ी में पूर्णतः तिरोहित था। मानवीयता एवं नैतिक मूल्य इस पीढ़ी के लिए आवश्यकता के दिखावे की चीजें थीं और मुख्य बात थी कि किसी भी प्रकार से सत्ता में स्थान और उसके लिए अकूत धन, जो किसी भी रास्ते से प्राप्त किया जा सके। पच्चीस वर्षों तक जो माँग शिंगाडे पाटील करते रहे परंतु जो खटाई में पड़ी थी, वह माँग सर्जेराव के अनुरोध पर धृतराष्ट्री स्वभाव के पिता ने आमरण उपोषण करके उछाली। महात्मा गाँधी के सत्याग्रह तंत्र की इस परिणति पर लेखक द्वारा किया गया करारा व्यंग्य है। असल में शक्कर का कारखाना चाहिए ताकि असीम धन प्राप्त किया जा सके, शक्कर के कारखाने के लिए जमीन का दिखाना जरूरी है जिस पर सिंचाई हो सके, इसके लिए बड़े बाँध की संकल्पना अमल में लाना जरूरी है। राजनीति, अर्थनीति और राष्ट्रीय विकास नीति का यह यथार्थ लेखक ने पैनी दृष्टि से पकड़ा है।

इस रणनीति के तहत एक गुंडावर्ग समाज में पैदा हुआ है। जांभली का सरपंच दत्तू करवंदे, उपसभापति लाला जाधव, लाला कांबले जैसे ठगों का गुट बाँधपीड़ितों

को सब प्रकार से लूटकर उनका शोषण कर अपना स्वार्थ सिद्ध करने की दिशा में बेलगाम दौड़ रहा है। हर व्यक्ति को उसका मूल्य देकर खरीदा जा सकता है, यह इस वर्ग का मूलभूत सिद्धांत है। उन्होंने अपने अनुकूल नौकरशाहों का एक तबका अपने अनुकूल बना लिया है। सरकारी नौकरों के भ्रष्टाचारों की पद्धतियों, कानून को अपने अनुकूल मोड़ने की उनकी जबर्दस्त क्षमता, जनता के हितों के प्रति संवेदनहीन बधिरता, शासकीय तंत्र पर दबाव डालने वाले तथाकथित नेताओं के पीछे रहकर अपनी सुरक्षा के लिए सामान्य जनता के दुख-दर्द को पूर्णतः न्यौछावर करने की बेरहमी, बाँधपीड़ितों के प्रति अमानवीय कठोर रुख, उनकी सामान्य-सी माँगों को नकारते समय कानूनी बारीकियों की बाल की खाल निकालने की प्रवृत्ति, वरिष्ठ के आगे जी-हुजूरी की नकली विनम्रता और गरीबों के सामने घायल साँप की भाँति फन उठाकर फुफकारने और डँसने की आदत इत्यादि प्रवृत्तियों से युक्त नौकरशाही के एक बहुत बड़े वर्ग-चरित्र को लेखक ने खींचा है। इसका दस्तावेजी विवरण यही नहीं है बल्कि छोटे प्रसंगों और जीवन्त घटनाचक्रों के बीच से गुजरते हुए पाठक यह सब अनुभव करता है। पाठक के मन में इस समूचे वर्ग के प्रति उतनी ही घृणा पैदा होती है जितनी गुंडागिरी करनेवालों के प्रति होती है। यह लेखक की वांछित सफलता है। इस भ्रष्टाचार से सड़ियल बने वर्ग के बीच देशमुख और पवार जैसे कुछ सज्जन अधिकारी भी हैं जो चित्र को एकांगी नहीं बनाते बल्कि संतुलन और समग्रता देते हैं। लेखक की कलात्मक खूबी यह है कि यह सब विलक्षण प्रभावपूर्ण चित्र यथार्थ की प्रकृत भूमि को कहीं भी नहीं छोड़ता।

लेखक यह अवश्य कहता है (बल्कि वसंत खैरमोडे कहते हैं) कि बाँधपीड़ितों के लिए शासन ने जो नियम बनाये हैं वे अच्छे हैं और उनका जनहित को ध्यान में रखकर कार्यान्वयन किया जाये तो बाँधपीड़ितों की सारी समस्याएँ हल हो सकती हैं। दुर्भाग्य से नेताओं, उनके मातहत गुंडों और नौकरशाहों के पुर्जों का जो चरित्र स्वाधीनता युग में बन रहा है वह इतना जनविरोधी, हिंसक, आत्मकेन्द्रित और मूल्य विरोधी है कि सामान्य मनुष्य उनके साथ संघर्ष में आत्महत्या करने, हत्या का शिकार बनने या धोखाधड़ी से सर्वथा वंचित होने में निःशेष हो जाता है। लगभग अंत में लेखक वर्णन करता है, "पंद्रह वर्षों की जानलेवा यात्रा में प्रायः सभी महिलाओं की जवानी झुलस गयी थी। हड्डियाँ ढीली हो गयी थीं। बनू बहन की जिंदगी बबूल की टहल पर सूख रही बिंदी के समान हो गयी थी। देवी-देवताओं के मंदिर चले गये। गोविंद, पांडू येताल, मास्टरजी जैसे देवतुल्य लोग चल बसे। नकुसा, फुलवंती की माँग सूनी हुई। शेवंता को सौभाग्य रास नहीं आया, बाधक ही हुआ और आज। आज हम अपने ही मुल्क में पराये हो गये हैं। ओ ! यह क्या हुआ। कैसे हुआ ? पर हमें कोई सीना तानकर चलने भी नहीं देता। हाँ, मावल की महिलाओं को फर्श धोने, बर्तन माँजने के लिए काफी बुलावा आता है। जंगल का राजा कुशाप्पा भी घुँघरू लाठी लिये चरवाहे की भाँति तुम्हारे दरवाजे पर खड़ा रहेगा। नाविक हरिबाबू की देह की

शान ही चली गयी। पुण्यशील सुमानजी की देह जंगल में ही बीच-मार्ग में गल गयी।

"यहाँ की सफेद इमारतें, ठक-ठक करती गाड़ियाँ, सूटबूट पहने लोग—स्वर्ग का स्वप्न बाहर से अवतरित हुआ है। जांभली के विकास का चमकता हुआ बूट परिसर के सीने पर जम कर खड़ा है। उसके तल्ले में छोटी-बड़ी कीलें लगी हुई हैं। उनकी चुभन, कसक," आग और आँच को सहन करते-करते हमारी साँस घुट गयी है। औपन्यासिक अनुभव से गुजरा हुआ पाठक गहराई और विस्तार दोनों आयामों में अनुभव करता है कि समूचा भाष्य महाकाव्ययि अनुभव के बीच से गुजरने के बाद भरतवाक्य के रूप में लिखा हुआ है।

एक तरह से पूरे उपन्यास में मुख्य जो द्वन्द्व उभर कर आया है वह शोषक और शोषितों के बीच का है। अपनी जमीन, घर, समाज, रिश्तेदारी, परिवेश से उखड़े हुए बाँधपीड़ित गरीबों का एक तबका है जो अपने परिश्रम से रूखी-सूखी रोटी खाकर सम्मानित ढंग से जीना चाहता है परंतु वह उसके लिए संभव नहीं बनता। आवडाई लगभग अंत में कहती है, "आप बाँध जरूर बनवाइए। पर हमें जीते-जी मरण नहीं चाहिए—बस, आपके दरबार में यही एक माँग है।" हर बाँधपीड़ित व्यक्ति की इतनी ही इच्छा है। लेकिन यह पूरी नहीं होती, दर्दनाक त्रासदी से समूचा वर्ग पीड़ित और कुंठित है। इस शोषित वर्ग के बीच से नक्सलवादी संगठन जैसे संगठन निर्मित होते हैं। जिनकी सारी जिम्मेदारी शासकीय वर्ग पर है। हैबती के वध के बाद उसके हत्यारों को सुरक्षा देनेवाले नेताओं, शासकीय कर्मचारियों के खिलाफ एक अग्नि पैदा हो रही है। लेखक ने ऐसी अनेक स्थितियाँ बड़ी शक्ति के साथ उभारी हैं जिनमें हैबती के जीवन को चहुँ ओर से घेरनेवाली असुरी शक्तियाँ हैं। गुरुजी की पुत्री शेवंता पर बलात्कार कर बड़े लोगों के वरदहस्त से छुटकार पाने वाले छगनलाल जैसे युवक हैं। भारतीय जनता खासकर कृषि संस्कृति में पनपने वाली सामान्य जनता दुख को पीने वाली शांतिप्रिय जनता है। गुरुजी खैरमोडे समस्त अपराधी जगत् के कारनामों से परिचित होते हुए भी हिंसा का रास्ता नहीं अपनाते, न आवडाई हिंसा का रास्ता अपनाने की सलाह देती है। लेकिन इन सबकी भी एक सीमा होती है। संभवतः गांधीजी भी कहते कि एक सीमा के बाद शांति रखना, अहिंसक बने रहना भी भीरुता है। उससे हिंसा श्रेयस्कर है—वह सीमा आ गयी है। लेखक अपनी ओर से कुछ नहीं कहता। यथार्थ के भयावह और असली रूप को पाठक के सामने केवल रखता है। पाठक जानता है कि सिर पटक-पटककर मरने के अतिरिक्त इस अन्याय की फौलादी दीवार से कुछ नहीं मिलने वाला। अन्याय का हिंसक रास्ते से सामना करते हुए मृत्यु को प्राप्त क्यों न किया जाये ? इस रास्ते पर अनचाहे पाठक सोचने लगता है।

हैबती की हत्या और उसके जल्लादों को मुक्त विचरते देखकर युवकों की स्थिति क्या होती है ? म्हाकू का क्रोध कम नहीं हो रहा था। वह बेकाबू हो गया था। खैरापुर निवासी पुनर्वासिन बाँधपीड़ितों के साथ गहरी दुश्मनी निभा रहे थे। अकेले पंढरी पाटिल

को छोड़, बाँधपीड़ितों का साथ देने वाला कोई नहीं था। बीच में आंवेपुर में जो हड़ताल की गयी थी, उसमें कुछ ज्यादा हाथ नहीं लगा था। गाँव की रखवाली करने वाले, उसके कल्याण के लिए रात-दिन खटने वाले खैरमोडे मास्टरजी पहले ही संसार छोड़कर चले गये थे। जिसके पूरे जीवन की बरबादी हुई, उस हैबती को भी बुरी मौत मिली थी। बाँधपीड़ितों को कहीं से भी न्याय मिलने की आशा नहीं। सत्ता विरोध में है। कानून विरोधकों का जासूस है। जिन्होंने हमारे बलिदान के बल पर लाभ पाया, वे बेईमान हैं। बाँधपीड़ितों को आवडाई का आधार पहाड़-सा लगा था पर हैबती की हत्या के कारण उसके हाथ-पाँव ढीले पड़ गये हैं। अब हम किसकी ओर देखें ? यों कुढ़ते हुए मरने से बदला लेकर मरना अच्छा है। इस बेहया जीवन का कुछ अर्थ है... !

"गोट बस्ती के युवक आम के तले, गहरे अँधेरे में घात लगाकर बैठे थे। म्हाकू, बाबू, दामू, गजू, शिका—सभी युवक जमा हुए थे। युवकों के बदन उमड़ रहे थे, दहक रहे थे। वे बौखला गये थे। बिगड़ गये थे। उनकी धमनियाँ धधक रही थीं। युवक अब पूरी तैयारी में थे। केरोसिन का डिब्बा, चार मशालें, और पच्चीस निर्भीक युवक। राधू भिवा पुलिस के हाथ नहीं आ रहा है न। लाभक्षेत्र के दुष्टों, हमें मूर्ख मत बनाओ। वह गाँव के बाहर, नये बंगले में सोया है। युवकों, अब हम किसी की नहीं सुनेंगे। उसके दरवाजे पर फटफटिया है, जीप है, बैल हैं, बारदान हैं, हम कुछ भी नहीं छोड़ेंगे। घर के लोगों के साथ सब-का-सब आग में जलकर खाक हो जाना चाहिए। अभी जरा और रात होने देते हैं। आज राधू का कुछ भी नहीं बचेगा।"

यह आग यों ही नहीं पैदा हुई है। सहिष्णु और संयमशील संस्कृति में यह चिनगारियाँ पैदा हो रही हैं जो उसकी पूरी कारण-मीमांसा औपन्यासिक अनुभव के शर्त पर लेखक ने पहले कर दिखायी है। बाँधपीड़ितों के साथ नेताओं ने धोखा किया है। शासकीय कर्मचारियों ने किया है। उनके ही अपनों ने—दत्तू करवंदे, लाला जाधव जैसे महादुष्टों ने उनको नारकीय यंत्रणा दी है, डॉक्टरों ने पोस्टमार्टम की झूठी रपटें दी हैं, न्यायालयों में अपराधियों और गुंडों को स्थगिति मिली है। कानून की दरारों से साथ, न्याय और मानवीय मूल्यों का जनाजा निकाला गया है। लेखक ने समस्त स्थितियों के बड़े प्रभावपूर्ण संवेदनात्मक चित्र उभारे हैं और उपरोक्त निष्कर्षों तक पाठक को संवेदनात्मक राह से आने के लिए विवश किया है। उपन्यास पढ़ते समय शोषित वर्ग की बहुस्तरीय यातना का समग्र चित्र झकझोरता रहता है। इस पीड़ा के बीच से गुजरते हुए अन्याय का हिंसात्मक ढंग से विरोध करनेवाले युवावर्ग के प्रति न केवल सहानुभूति जगती है बल्कि उसमें हिस्सेदार बनने के लिए गहरी मानसिक चुनौती भी मिलती है।

लेखक इस निष्कर्ष पर नहीं आता कि शोषक और शोषितों की यह लड़ाई कभी खत्म हो सकती है। बाँधपीड़ितों को धोखा देकर, उखाड़कर बनाये गये बाँध

के पानी पर और पर्यटन स्थलों पर उच्चवर्गीय तबका ऐश कर रहा है, भोगवाद के ऊपर समस्त मूल्यों की कुर्बानी देकर अपनी प्रगति और अपना विकास कर रहा है। भले ही मुख्यमंत्री के आगमन के अवसर पर कोई विपरीत स्थिति पैदा न हो जाये इसलिए बाढ़पीड़ितों के संगठन के नेताओं को कुछ आश्वासन दिये जाते हैं। फिर भी यह केवल आधार धर्म की उदारता थी। लेखक अंत में लिखता है, "मुख्यमंत्री के स्वागत के लिए कमानें सजने लगीं। जंगली कॉलोनी तैयार हो रही थी। बाँधपीड़ित अपना बोरिया-बिस्तर, पोटलियों तथा पोटलियों में रूखी-सूखी रोटियाँ संभालकर अपनी-अपनी बस्तियों की ओर लौटने लगे। इस तरह आगे भी खूब लड़ना था, झगड़ना था। अब भी समस्याओं के पहाड़ शेष थे। क्या झाडाझडती इतनी जल्दी समाप्त होगी ?"

जिस यथार्थ का अनेक मुखी संघर्षमय रूप लेखक आरंभ से अंत तक दिखा रहा है, उसका अंत संभव नहीं था। शोषितों के पास केवल है संगठन करने की क्षमता और अपने को निरंतर झोंकने की तैयारी। शोषकों के पास है भयावह हिंस्त्र नाखून जो कभी प्रकट होते हैं, कभी छिपा कर रखे जाते हैं। कभी मायावी चरित्र धोखाधड़ी का भ्रमजाल पैदा करता है। इसका अंत क्या है, कैसे है, कब है ? लेखक के पास सीधा उत्तर तो नहीं है परंतु इस विराट अनुभव को प्रस्तुत करते हुए उसने अपने शील और स्वभाव के अनुसार उत्तर दिया है। उसने इस शोषण, अन्याय, हिंसा, धोखाधड़ी, का असली रूप दिखाया है और पाठक एक विलक्षण बेचैनी का अनुभव करता हुआ सोचने को बाध्य होता है--वह किस तरफ है ? वह निस्संदिग्ध रूप यें शोषितों की तरफ है। संभवतः यह उत्तर कम महत्वपूर्ण नहीं है। यही लेखक की सार्थकता भी है।

लेखक ने कानूनी दरारों का, नौकरशाही के खौफनाक चेहरे का, उसकी अमानवीय हरकतों का जो अनेकांगी चित्र प्रस्तुत किया है वह उसकी अजस्त्र निरीक्षण शक्ति, बौद्धिक पैनेपन और यथार्थोन्मुख कल्पनाशक्ति को उदाहृत करता है।

यथार्थ प्रस्तुति की औपन्यासिक शर्तें

लेखक ने निश्चय ही वर्णन या इतिवृत्तकथन का सहारा लिया है। किसी भी महाकाव्यीय अनुभव के संप्रेषण के लिए इतिवृत्तकथन का भरपूर सहारा लेना पड़ता है। लेकिन लेखक ने वृत्त कथन में जीवन्तता पैदा करने के लिए अनेक कलात्मक कौशलों का सहारा लिया है। लेखक की घटनाओं को चित्रमय रूप में दृक बिंबात्मक प्रतीति कराने की क्षमता अजस्त्र है। चरित्रों की मूलभूत विशिष्टताओं को जीवन्त रेखाओं में शब्दबद्ध करने की ताकत भी सराहनीय है। चरित्रों में विलक्षण वैविध्य उत्पन्न करने की चुनौतियों

को लेखक ने सफलतापूर्वक झेला है क्योंकि उसके अनुभवाशय की शतधा गति को प्रवाहित करने के लिए वह अनिवार्य शर्त थी। एक विशाल पट पर जितनी ठोस रेखाओं में चित्र उभारे जा सकते हैं, घटनाओं को स्पंदनशील किया जा सकता है वह सब करने की कलात्मकता लेखक के पास जन्मजात है।

रसात्मक प्रसंगों की परिकल्पना

यथार्थवाद के बढ़ते आग्रह के बावजूद और उपन्यास विधा के प्राणतत्त्व के रूप में उसकी स्वीकृति के बावजूद यह माना जाना चाहिए कि यथार्थ के रूप जब तक संवेदनात्मक उद्वेलन का रूप ग्रहण नहीं करते तब तक वे इतिहास या दस्तावेज की हैसियत से ऊपर नहीं उठते। विश्वास पाटील को इसका पूरा भान है। इसीलिए वे जीवनविषयक अपने निरीक्षण को, काल और स्थान की ठोस प्रत्यक्षिता को जीवन्त घटनाओं और स्पंदनशील प्रसंगों में तब्दील तो करते ही हैं, उसे संवेदनात्मक ठोस स्पर्श भी देते हैं। इस प्रकार के संवेदनात्मक ठोस स्पर्श के लिए प्रथम आवश्यक है चरित्रों की मानसिकता को पूरे संदर्भ में पहचानना और उसमें अनुप्रवेश करना। यह निस्संदिग्ध रूप में कहना चाहिए कि इस कार्य के लिए महत्काय उपन्यास में जिस क्षमता की अपेक्षा लेखक से की जा सकती है, वह क्षमता विश्वास पाटील के पास है।

विश्वास पाटील ने बाँध के कारण होनेवाली विस्थापित अवस्था के भय से पूरी जांभली के लोगों की मानसिकता को पहचाना है और उनके उखड़ेपन, आशंका, भय, असहायता, निराशा, अनिश्चितता, कुंठितता, क्रोध, क्षोभ, हिंसक प्रतिशोध की इच्छा, विद्रोह, डर, तड़फड़ाहट, व्याकुलता, रोना-धोना इत्यादि भावपुंज का सामूहिक और वैयक्तिक स्तर पर प्रक्रर्षपूर्ण विभावन किया है। बाढ़पीड़ितों की जिजीविषा, संघर्षशीलता, शारीरिक परिश्रम की तैयारी, बांझ क्रोध, गुस्सा इत्यादि का भी बड़ा प्रभावी रेखांकन किया है।

वैयक्तिक स्तर पर हैबती के रूप के प्रति आर्कषण और उसके द्वारा अवमानित होने पर होनेवाली तीव्र हताशा का तथा फुला और हैबती के जैविक आकर्षण का क्रमशः दांपत्य प्रेम की सघनता से परिणत होने वाले प्रेम का ठोस चित्रण किया है। हैबती के नौकरी में पर्मनन्ट होने के लिए किये गये व्यर्थ प्रयासों की दारुण मानसिक परिणति का, आत्महत्या की सीमा तक ले जानेवाली मनःस्थिति का आवेगपूर्ण चित्रण किया है। हैबती और राधु भिवा के बीच के संघर्ष से उत्पन्न अनेक स्तरीय मनोवस्था को चित्र सादृश्यता दी है। उसके जीवन के चरम निराशा भरे क्षणों का ठोस रेखांकन किया है। बच्चों के प्रति कोमल भावना को अभिव्यक्ति दी है। राधु भिवा के हत्यारों द्वारा मार दिये जाने पर उसकी जीने की इच्छा का बड़ा करुण चित्र उरेहा है। आबडाबाई

और गुरुजी की विभिन्न अवस्थाओं में हुई अनगिनती मनोदशाओं को सशक्त वाणी दी है। आबडाबाई की आरती का थाल उड़ाकर बाँध का विरोध करने की तेजस्विता परिस्थिति की मार से किस तरह कभी आच्छादित होती है, किस तरह फिर तेज बनती है, इसका बड़ा प्रतीतिपूर्ण चित्रांकन किया है। पत्नी, माँ, दादी, सास, जांभलवाड़ी के युवकों की मार्गदर्शिका प्रोत्साहनदात्री के रूप में उसके सशक्त वर्णन कराये गये हैं। गुरुजी के कर्मठ, कर्तव्यपरायण, संघर्षशील, साहसी, अध्ययनशील, मित्रों की सहायता के लिए तत्पर, निष्काम सेवाभावी व्यक्तित्व खड़ा करते समय उनके सुख-दुखों के अनेक चित्र लेखक ने प्रस्तुत किये हैं। गुरुजी का पिता का रूप सर्वतोपरि विनिंदीनिय है और उतनी ही दारुण मानसिकता का परिचय दिया है जब उनकी लाड़ली मोरनी शेवंता का बलात्कार होता है। हजारों रुपयों की रिश्वत को ठुकरानेवाला यह व्यक्ति शासकीय निर्मलता और नौकरशाही की अमानवीयता के आगे कभी हताश नहीं होता है। अपमान को निगलकर झुक भी जाता है। गुरुजी की अनगढ़ विराट मूर्ति प्रेमचंद की रंगभूमि के अंधे सूरदास की याद दिलाती है। अंत में हिंस्र शक्तियों द्वारा उन पर पड़ी मार से शारीरिक दृष्टि से विकल हुए गुरुजी अपनी मोरनी के अंधकारमय भविष्य से व्यथित होते जाते हैं, थक जाते हैं—थकान में मृत्यु ही उन्हें मुक्त करती है। लेखक ने गुरुजी और गाँव के लोगों के संबंधों का जीवन्त रूप साकार किया है। चरम निराशा की स्थिति में गुरुजी की ईमानदारी के प्रति संदेह व्यक्त करने वाले अधीर युवकों के द्वारा अपमानित किये जाने पर गुरुजी की अपमानित हताश पीड़ा को बड़ी गहराई से वाणी देने में लेखक सफल रहा है।

हैबती और शिवराम की मित्रता, शिवराम की बच्चे की मधुर स्मृतियों से आह्लादित होने वाली मानसिकता में ही बुलडोजर के आघात से हुई भयावह करुण मृत्यु, नकुसा और विरजा का अनाथ होना, गुणवंता और हैबती का बंधु प्रेम, आवडाई और सुभना का भातृ-प्रेम, गुणवंत और कुशप्पा का स्नेह, कुशप्पा का अपनी लड़की के विवाह के लिए जोखिम उठाने की असफल साहसिकता, गोम्पा और हल्पा भैंसे का विलक्षण मृदु रिश्ता, बंड्या नाई और शिवा चमार का सहयोग ऐसे अनगिनती भावात्मक संबंधों की तलस्पर्शी मानसिकता को लेखक ने प्रतीतिपूर्ण बनाया है। गुरुजी पर लगाये गये व्यर्थ आरोपों से हुई अपराधबोध की तीव्र कचोट, म्हाकू और हैबती के बीच के स्नेह संबंधों में होनेवाले उतार-चढ़ाव ये सारे प्रसंग बड़े रसात्मक बन गये हैं। बलात्कार के उपरांत शेवंता की मानसिकता और गुरुजी की दर्दभरी कचोट बड़ी तीव्रता से उभारी गयी है।

वर्षा के समय गाँववालों की दयनीय अवस्था और उसमें भी गायब व्यक्तियों को बचाने के लिए किये गये प्रयास, बुलडोजर के नीचे अमरूद और केले के बागों को मसलते देख होने वाली अपार पीड़ा, दोस्तों, रिश्तेदारों की मृत्यु के एवं अन्य दुखों के समय होने वाली मानसिक वेदना, बाँधपीड़ितों के प्रति लाभवाले लोगों की होनेवाली

निर्ममता, खीझ, क्रोध, क्षमा की भावना, हर बार नौकरशाहों विस्थापितों और शोषकों द्वारा होनेवाली वंचना से उत्पन्न दुख इत्यादि का विश्वसनीय चिन्तन लेखक ने किया है।

कुल मिलाकर यह निसंदिग्ध शब्दों में कहा जा सकता है कि विश्वास पाटील ने इतिहास और औपन्यासिक अनुभव संसार, दस्तावेज और औपन्यासिक यथार्थ के बीच के अंतर को हर प्रसंग में, हर व्यक्तित्व रेखांकन में ध्यान में रखा है। क्योंकि वे मूलतः एक सशक्त कलाकार हैं—महत् जीवन के चितेरा कलाकार।

दो दुनियाओं की मानसिकता

यह निस्संदिग्ध रूप में कहा जा सकता है कि विश्वास पाटील जहाँ शोषितों की दुनिया की मानसिकता का सफल रेखांकन किया है वहाँ शोषकों की मानसिकता का भी बड़ा सशक्त चित्रण किया है। एक प्रकार से बड़े लेखक के लिए अपेक्षित भिन्न प्रकार के वर्गों एवं व्यक्तियों की मानसिकता में सफल विश्वास पाटील के उपन्यासकार का एक महत्वपूर्ण गुण है। सौतेली माँ की मृत्यु का झूठा दाखिला तैयार कर उसकी जमीन लूटने वाला दत्ता करवंदे हो या हैबती और आवडाई के साथ वंश-परंपरागत दुश्मनी निभानेवाला क्रूर लाल जाधव हो, जमीन के मुआवजे को लेकर बाँधपीड़ितों की असहायता से स्वार्थ सिद्ध करनेवाला तात्या कांबले हो या अपनी जमीन पर उगे ईख के समृद्ध खेतों या चने की लहलहाती फसल को देखकर किसी भी स्थिति में हैबती को खेत न देने का संकल्प करने वाला क्रूर राधू भिवा हो, बाँधपीड़ितों की समस्याओं से वैयक्तिक स्वार्थ सिद्ध करनेवाले अफसर हों विश्वास पाटील ने सबकी मानसिकता का और उसमें निहित भिन्नता का पूरा ध्यान रखा है। इसलिए इनका शोषक वर्ग भी अपने वैयक्तिक व्यक्तित्व में काफी अलग लगता है। विशेष रेखांकित करने की बात यह है कि हर व्यक्ति के अलग-अलग कार्यक्षेत्र की पूरी जानकारी लेखक को है। हैबती को दो सौ चालीस दिन पूरे न करने देनेवाला अफसरों का तबका हो, उसको जमीन का कब्जा देते समय धोखा देनेवाला अफसर हो या जिलाधिकारी देशमुख के आदेश पर भी जमीन संबंधी फाईल चार दिनों तक गायब करनेवाले कर्मचारी हों, उनके करतूतों की पूरी जानकारी लेखक को है। इस पूरे वातावरण में काफी विश्वसनीयता और जीवन्तता लेखक उत्पन्न कर सका है। इसीलिए विश्वास पाटील द्वारा चित्रित नौकरशाही अमूर्त, आकारहीन, नहीं होती, उसे ठोस आकार और मूर्तता प्राप्त है।

बाढ़पीड़ितों के साथ दुश्मनी केवल अफसरों और स्वार्थी शोषकों की ही नहीं है, अपितु लाभक्षेत्र में रहनेवाले सामान्य लोग भी उनके साथ गुस्सा, द्वेष, ईर्ष्या, और निर्ममता से पेश आते हैं। बाढ़पीड़ितों और लाभक्षेत्रों के लोगों के बीच का अनेक

स्तरीय संघर्ष-संबंध लेखक ने बड़ी ताकत और सूझबूझ के साथ चित्रांकित किया है। बीच में गर्भवती फुलवंता को कुछ दया दिखानेवाली और गोएटे में कुछ दिनों के लिए स्थान देनेवाली अनुबाई या बाढ़पीड़ितों के प्रति सहानुभूति रखनेवाला पंढरी पाटील जैसे अपवादात्मक व्यक्तियों के चित्रण से यह लाभक्षेत्रों के साथ बाढ़पीड़ितों का मानवताहीन संबंध अधिक संतुलित और विश्वसनीय बना है।

इधर चालीस वर्षों में भारत में एक धनाढ्य वर्ग बढ़ रहा है जो ग्रामीण जनता और नगर की ग्रामीण जनता का बड़े सूक्ष्म ढंग से शोषण कर रहा है। बाँधपीड़ितों की जमीनों को अनपेक्षित रकम देकर खरीदने और उसका बंगले, होटल, आवास-स्थान, पर्यटन स्थल इत्यादि सब में परिवर्तन करनेवाले बिल्डरों का वर्ग, इनके आसपास ही सामान्य जनता को सम्मोहक भाषा में आकर्षित कर व उनकी जमीनें हड़पने वाला बिचौलियों, दलालों का भी वर्ग पनप रहा है। यह प्रगति है क्योंकि इस काम में जमीन पर काम करनेवाले लोग अपनी जमीनें छोड़कर मजदूरी पर काम करने और कुछ-कुछ शारीरिक परिश्रम से अधिक सुविधाएँ प्राप्त करने वाले नागर जीवन की लकदक से प्रभावित हो रहे हैं। दत्तू करवंदे की सौतेली माँ बूढ़ी बनकर बर्तन माँजने, पोंछा देने का काम कर रही है और कुशाप्पा राजा जंगल का राज छोड़कर रखवाली करने का काम कर रहा है। ये वर्ग अपनी जमीन और अपने मूल से उखड़ रहे हैं। विश्वास पाटील ने ही बाँध की बड़ी दीवार को देखते हुए अपने अतीत की दर्दभरी यादों में खोनेवाले जांभली वासियों की मानसिकता का बड़ा धारदार चित्र खींचा है। हैबती की हत्या के बाद उसके चिह्न मिटाकर अलग हटनेवाले हिसंक वर्ग का बड़ा प्रभावी चित्र विश्वास पाटील ने खींचा है। इसमें स्टे देनेवाले न्यायाधीश हैं, पोस्टमार्टम करने वाले डॉक्टर हैं, पैसे के धुएँ से आँख बंद कर निर्दयी बने हुए पुलिस कर्मचारी हैं, वोट की राजनीति का विचार कर मानवीय मूल्यों को ताक पर रखनेवाले लोकतंत्र में पनपने वाले सर्जेताव जैसे नेता और उनके कार्यकर्त्ता हैं, पाटील लिखते हैं—"विकास के दाँत होते हैं, नाखून होते हैं, मद होता है, भावना नहीं होती, मन नहीं होता।" खैरमोडे हों, उनकी लड़न शेवंता हो, हैबती हो—सब इसी नाखून, दाँत और मद के शिकार हैं।

इस प्रगति और विकास के नाम पर अगर कोई वर्ग पनपा है तो वह नव धनाढ्यों का है जो शीघ्रातिशीघ्र संपन्न बनता जा रहा है। इसकी वैयक्तिक जाति खत्म हो गयी है। मंत्री सुब्बराव अण्णा पाटील की लड़की ने जॉन फर्नांडिस से प्रेम-विवाह तय किया। पाटील बहुत खुश हैं क्योंकि कन्या का चुनाव ठीक है। जॉन की पैसा इकट्ठा करने की क्षमता जबर्दस्त है।

राधु भिवा, छगनलाल, लाला जाधव, दत्तु काबंसे कुछ अनपढ़ लोग हैं क्योंकि अपनी हिंसता दबा नहीं सकते। सर्जेराव सुब्बाराव अण्णा पाटील, जॉन फर्नान्डिस सभ्य हैं क्योंकि अपनी अन्दरूनी आकांक्षाओं को दबा सकते हैं। लेकिन सबके मूल में पनप

रही है भयानक हवस–किसी तरह धन और सत्ता प्राप्त करने की।

'झाडाझडती' केवल बाँधपीड़ित समाज की व्यथा-गाथा न रहकर समूचे देश में जो सांस्कृतिक मन्वंतर हो रहा है जिसका चेहरा ऊपर से अलग है, हृदय भीतर से अलग है, का बड़ा खौफनाक चित्र प्रस्तुत करता है। विकास और प्रगति के नाम पर बन रहे राजनैतिक, सामाजिक, सांस्कृतिक परिवर्तन से विश्वास पाटील चादर हटा देते हैं और उनकी असलियत से, खूँख्वार आदिमता से पाठक को रू-ब-रू कराते हैं।

एक शिक्षितों का छोटा-सा तबका कभी तकनीकी ज्ञान के सहारे, कभी कानूनी विद्या के सहारे, कभी वैद्यकीय उपाधियों के बल पर, कभी शासकीय नियमों और अधिकारों के आधार पर, कभी राजनीतिक सत्ता के माध्यम से समाज, अकिंचन जनता को कैसे सब प्रकार से शोषण कर निःशक्त बनाता जा रहा है, इस जीवनानुभव का प्रभावी संप्रेषण 'झाडाझडती'' का मुख्य कथ्य है। इस प्रक्रिया के समग्र रूप की तीव्रता से पहचान करा देना और उसके खिलाफ पाठक के मन में उच्च कोटि की घृणा जगा देना 'झाडाझडती' की सार्थकता है और यह कार्य बड़े प्रभावपूर्ण ढंग से विश्वास पाटील ने किया है। गुणवंता की बेचैनी को विश्वास पाटील ने खुद तीव्रता से भोगा है। ''गुणवंता की आँख नहीं लग रही थी। वह बिस्तर पर छटपटा रहा था। बाँध के खातिर जब गाँव-के-गाँव उठ रहे थे तब लोग जानवरों की तरह चिल्ला रहे थे। वह दृश्य उसकी आँखों के सामने बार-बार खड़ा रहता था। उसे डोजर के नीचे दबा हुआ शिवराम दिखाई दे रहा था। भालू के द्वारा जख्मी किया गया फरलू बहेलिया चिलमिलाता हुआ दिखायी दे रहा था। चारों ओर व्यथा, वेदनाओं की आहें गूँज रही थीं। जलते सुरंगों की तरह। शौकिनों के बंगले आसपास के पक्षियों की तरह नीचे उतर रहे थे। उतर कर जलाशय के दोनों किनारों पर धीरे-धीरे बस रहे थे। बिजली, बत्तियों का लाल उजियाला बाँध के पानी में बदन को फैलाकर प्रतिबिंब हो रहा था। होटलों, बंगले में, छोटी-छोटी चीजों के लिए मजदूरी करनेवाले, आह भरने वाले, कुढ़ने वाले मानव प्रांत के सपूत दिखायी दे रहे थे। हम जंगल सिवान के आदमी गरीब बेचारे मेमनों की तरह हैं। वे रूपये वाले, पढ़े-लिखे लोग चालाक सियार जैसे होते हैं। वे बहुत चालाकी से मेमनों को निगल डालते हैं। विकास के बहाने कानून भी उन्हीं की सहायता करता है। हमेशा विकास-विकास के ही नारे। विकास की थैलियाँ उनका साथ देती हैं। वे एक होकर सिवान-जंगल पर हमला करते हैं। हमले भी कैसे ? मार पड़ेगी पर जख्म नहीं होंगे। उस मार को हम ही कराहते, कुढ़ते सहन करते रहेंगे। हम जंगल-सिवान में रहने वाले बिखरे हुए पंछी। खैरमोडे मास्टरजी सच ही कह रहे थे–''संसार पलट जाये तो पलट जाये, धरती हिल जाये तो हिल जाये, पर वे कल अमीर थे, आज अमीर हैं और कल भी अमीर रहेंगे।'' यह गुणवंता की मानसिक तकलीफ लेखक विश्वास पाटील की अपनी भी तकलीफ है। यह केवल पर-काया प्रवेश की प्रतिभा सिद्धि नहीं है, भोगे हुए यथार्थ की कराह है। यह भी ध्वनि निकलती

है—सारी शिक्षा का अंतिम प्रयोजन क्या है ?

यथार्थ का समग्र और गहराई से सामना करनेवाली और कहीं भी समझौता न करने वाली विश्वास पाटील की यह रचना भारतीय साहित्य में गौरव का स्थान प्राप्त करेगी। ग्रामीण जीवन की यह शोकपूर्ण महागाथा शक्तिशाली मानवीय सरोकारों के कारण स्थल और काल की सीमा लाँघकर वैश्विकता का परिमाण प्राप्त करती है। लेखक निश्चय ही दलितों, पीड़ितों, शोषितों और असहाय लोगों के पक्ष में है और उसके जीवनानुभव का सारा रचाव उन्हीं की दृष्टि से किया गया है। परंतु यह ऐसा जीवनानुभव है जहाँ किसी एक पक्ष में होना और आलिप्तता या निष्पक्षता के अधूरे सौंदर्यशास्त्र को ताक पर रखना जरूरी हो गया है। वैसे मानवीयता के पक्ष में रहकर भी विश्वास पाटील की प्रतिभा का वैशिष्ट्य है कि भ्रष्टाचार के कैंसर से ग्रस्त, उपभोक्ता की दृष्टि से आत्मकेन्द्रित वर्ग के अमानवीय चेहरे को वस्तून्मुखी दृष्टि से देखा गया है। यह रचना मनोविज्ञान के नाम पर काम के अतिश्योक्तिपूर्ण चित्र, जो भोगवादी दृष्टि को पुष्ट करते हैं, नहीं प्रस्तुत करती, न अकेलेपन की कल्पित स्थितियों की जुगाली करती है। परंतु जमीन, रिश्तेदार और अपने लोग, अपना समाज, अपनी जीवन-प्रणाली और अस्मिता से टूटकर उखड़े हुए निरीह लोगों की अंतरात्मा का करुण क्रंदन प्रभावपूर्ण ढंग से समूचे शिक्षित वर्ग तक संप्रेषित करती है और उन्हें अपने अपराधी होने का तीखा बोध कराती है। क्योंकि समूचे जीवनानुभव का प्रेरणास्रोत है, लेखक का सही रूप में लोकचेतना और लोकजीवन से घनिष्ठ जुड़ाव। यही साहित्यिक शक्ति का प्रेरणास्रोत है जिससे शिक्षित साहित्यकार को अलगानेवाली शिक्षा-प्रणाली, विचार व्यूह, जीवन-दृष्टि सबका नये सिरे से विचार करना होगा। यह रचना पढ़ने के बाद यहीं समाप्त नहीं होती—संवेदना और विचारों के दूरगामी वलय पैदा करती रहती है। यह साहित्य की महत्ता का एक परिणाम है।

—चन्द्रकांत बांदिवडेकर

भाग १

एक

घुँघरू लगा चाबुक कंधे पर रखकर गोमा कहार झपाके से जा रहा था। शाम हुई थी और उसे जल्दी-जल्दी नदी पर पहुँचना था। उसका भैंसा अपना थूथन उठाकर उसके पीछे-पीछे तेजी से चला जा रहा था। दूसरे कहारों को पखाल ढोनेवाले अपने भैंसे को हाँकना पड़ता था, पर गोमा का समझदार भैंसा मालिक के पीछे छाया की भाँति चलता रहता। गोमा ने भैंसे को कभी गराँव नहीं पहनायी। दोनों की उम्र पखाल ढोते-ढोते पनघट के रास्ते पर बीत गयी। वही सँकरा रास्ता, वही ढलान, वही पनघट और वे ही पौनी देने वाले घर। सारा काम जैसे आदत का अंग बन गया था कोल्हू के बैल की तरह। अब भी आखिरी चार घरों में पानी देना था। बेचारी माँ-बहनें चाबुक के घुँघरू की ओर कान लगाकर बैठी होंगी।

समझदार भैंसा देखते-ही-देखते ढलान उतर गया। वह बाघजाई नदी के घाट में, गले तक पानी में जाकर खड़ा हुआ। गोमा ने कुरता कमर तक खींच लिया। नीचे धोती थी नहीं। कुर्ता और लँगोटी--यही उसकी पोशाक थी। धोती उसने एक बार ही पहनी थी, जब कमली के साथ उसका विवाह हुआ था। चैत की चिलचिलाती धूप हो, पूस का ठिठुरता जाड़ा हो, या आषाढ़ का तड़ातड़ बरसता पानी हो, गोमा कहार और उसके भैंसे का एक ही काम था--पखाल भरना और पानी ढोना।

गोमा ने पखाल पर रखे डोल को उठाया। उसका लकड़ी का मुँह, पानी में डुबो दिया। बुडऽऽ बुडऽऽ आवाज हुई। एक डोल पखाल में बायीं तरफ उँडेल दिया। दूसरा दायीं तरफ। कमर में झुककर उसने दायाँ-बायाँ शुरू किया। दोनों तरफ पानी भर देने पर पखाल ठीक से बैठ जाती।

सूरज पश्चिभ की ओर झुकने लगा तो गोमा जल्दी करने लगा। पखाल के पेट

का गढ़ा भर गया। भैंसे ने ज्यों ही शरीर को झटका दिया, पखाल ने मानो डकार दी—बुड़ऽऽ बुड़ऽऽ चल रे चल—गोमा ने हाँक लगायी। उसने घुंघरू लगे चाबुक को एक बार हवा में फटकारा। भैंसा सर्कस के जानवर की भाँति गोमा के पीछे-पीछे तमकता हुआ चलने लगा।

गाँव पर चाहे जो संकट आये, इन दोनों के काम में कोई अंतर नहीं आता। नदी-तट की घास-पात, चरी ठूँसकर और आते-जाते बाड़ में थूथन डाल रूखी-सूखी खाकर भैंसा मोटा हो गया था। गाँव में और भी कई भैंसे हैं, पर जैसा इसे रास आया—किसी और को नहीं। हल-औजार का झमेला न होने से वह दिन-दिन मोटा होता गया। वही हाल गोमा कहार का रहा। खेपें समाप्त होने पर पौनी के घर पर पहुँचा, घर-घर से पाव-आधी रोटी इकट्ठा कर ली, किसी माँ-बहन से छाछ माँग ली, उसमें चार रोटियाँ तोड़कर ठूँस लीं और बची-खुची रोटियों की पोटली पीठ पर लटकाये घर की ओर चल दिया। न खेत की मशक्कत न हल का झमेला। इस आराम के कारण ही वह भैंसे की तरह मोटा हो गया था। गठीला शरीर, कद्दू जैसे मोटे गाल, छोटी आँखें और चपटी नाक ! रंग भैंसे का-सा काला, कलूटा। जाँभलीवासियों को संदेह होता—गोमा और उसका भैंसा पिछले जन्म में जुड़वाँ भाई तो नहीं थे ?

शाम को ठंडी हवा चल रही थी। गाँव के गोढंडे में अमरूद और केले के कई बागान थे। बागानों को बार-बार पानी दिया जाता। धरती के शरीर से ठंडक कभी चुकती ही नहीं थी। गाँव की निचली जमीन की दिशा से ही, गोमा कहार ने जाँभली गाँव की ओर नज़र दौड़ायी—लाडूबा के पहाड़ की ढलान पर हजार-बारह सौ आबादी का यह जाँभली गाँव ! ठंडे हरे पेड़ों के झुरमुट में खोया हुआ-सा। फिर भी ऊँचे रंगीन मंजिलवाले कुछ मकान—लाला जाधव की हवेली, दत्तू करवंदे का तिमंजिला घर, बाभन के दिगू अण्णा की कोठी दूर से ही दिखायी देती। गोट-बस्ती से बाहर बाँस की बाड़ थी। इससे गाँव की शोभा कुछ अलग ही प्रतीत होती। जाँभली से ऊपर की ओर पहाड़ में देव-बन था। घने पेड़ों का समूह। उसमें टीन की छतवाला लाडूबा का मंदिर आकर्षक लगता था। ढलते सूरज की किरणें मंदिर पर फैली हुई थीं। ऊपर पहाड़ की ओर से गाँव की तरफ आनेवाला सँकरा रास्ता अब पोथी पढ़ रहे आदमी की तरह मुखर हो गया। गाय-भैंसों की घंटियों की गूँज और चरवाहों की चीख-पुकार से सारा रास्ता प्रतिध्वनित हो गया। 'बेंऽ बेंऽऽ' करती हुई बकरियाँ पूँछ उठाये लाडूबा के कगार से नीचे दौड़ती आ रही थीं।

गाँव की निचली भूमि की ओर से आते हुए मवेशी जैसे ही पनघट की ओर जाते सँकरे रास्ते पर आ गये, गोमा कहार के भैंसे के कान खड़े हो गये। मरकहे सींगों के अंदाज में वह दूसरे मवेशियों पर फुंकारने लगा। जल्दी से आगे बढ़कर गोमा

कहार ने उसका थूथन पकड़ लिया और वह आगे-आगे चलने लगा। कुछ आगे बढ़ने पर गाँव के बिलकुल निकट हनुमान का साथ देनेवाले दस-बारह बंदर मुँह बिचकाते हुए इमली से मंदिर पर और मंदिर से इमली पर छलाँग लगा रहे थे। वे अपने लाल मुँह बिचकाकर चरवाहों को डरा रहे थे।

गोमा कहार टेढ़े रास्ते से होता हुआ, पूर्व की ओर से ग्रामद्वार पर आ गया। गाँव के बाहर की दीवार जगह-जगह पर गिर गयी थी। दीवार की सफेद मिट्टी दोनों ओर फैल गयी थी। पत्थर लुढ़क गये थे। केवल ग्रामद्वार और उसकी कमान दोनों अभी तक मजबूत थे। ग्रामद्वार मानो जांभली गाँव की पुरातनता की साक्षी देता हुआ खड़ा था। गोमा कहार का भैंसा ग्रामद्वार से भीतर आ गया। सीढ़ी पर दादू चौकीदार बैठा हुआ था। चिलम का कश खींचते हुए उसने गोमा को हाँक दी—"आ रे आ, तंबाकू खाकर जाना।"

दोनों ने तंबाकू फाँक ली। मालिक के रुक जाने पर पखाल का बोझ सम्हालता हुआ भैंसा भी ऐंठकर रुक गया। दादू चौकीदार का उदास मुँह देखकर गोमा ने पूछा—

"चौकीदार, बहुत परेशान लगते हैं आप ?"

"गोमा, उस बाँध के बारे में क्या कुछ कहा जा सकता है रे ?"

"क्यों ? अब क्या हुआ ?"

"उस सांसद शिंगाडे की भूख हड़ताल..."

"कहते हैं वह तो समाप्त हुई..."

"उसका भूत कब उतरा है रे हमारे सिर से ?"

"मतलब ?"

"उसका तो कुछ समझ में नहीं आता। क्या गाज कभी पहले बताकर गिरती है ? बाँध का भी वही हाल है। पता नहीं कब सिर पर आ चढ़े..."

"मास्टर साहब कहाँ हैं ?"

"तहसील गये हुए हैं। थोड़ी देर पहले की बस से नहीं लौटे। तभी तो बाट जोहते बैठा हूँ। पता नहीं बाँध के बारे में क्या होगा ?"

गोमा का भैंसा पवारों की गली में पहुँचा। पवारिनें, कमर पर हाथ रखकर भैंसे की ही बाट जोह रही थीं। सूर्यास्त होने पर भी पानी के कूँडे खाली ही थे। भैंसा अपने-आप दरवाजे में कूँडे के चबूतरे पर खड़ा हो गया। द्वार-द्वार पर बड़े-बड़े कूँडे पक्के किये गये थे। जमीन की सतह पर। भैंसा ठीक जगह पर जाकर खड़ा रह जाता। दो पैर आगे, दो पीछे—बीच में कूँडा। एक बार पखाल भर जाने पर उसके ऊपरीले मुँह बंद हो जाते—बिलकुल खामोश। पखाल की नीचेवाली गाँठें खुली नहीं कि पानी की धार अपने-आप कूँडे में गिरने लगती। कूँडा भर जाने पर गोमा फिर से

गाँठ बाँध देता तो पखाल का निचला मुँह खामोश। भैंसा अगले चबूतरे की ओर चल देता। बचे-खुचे घरों में पानी देने का काम समाप्त हुआ। अब अँधेरा धुप्प हुआ था। गोमा ने सिलसिले से पौनी माँगना शुरू किया। वह आधी-पाव रोटी, चटनी, सड़ी-बासी सब्जी इकट्ठा करने लगा।

......लाडूबा के जंगल में तीन-चार शिकारी देवबन के भीतर शिकार की खोज में घूम रहे थे। सावधानी से, डरते-दबते कदम रख रहे थे--पैरों तले के सूखे पत्तों को भी टालते हुए--हाँ, जानवर आहट पायेंगे तो मुशिकल होगी। कंधों पर कारतूस-भरी बंदूकें उछल रही थीं। शिकारियों के नेता ने साफे की गाँठ में, माथे के ठीक ऊपर कसकर टॉर्च बाँध रखा था। वह जब चाहे झट से आँखें खोलता और मूँद लेता। खाई के जानवर तरी की ओर खिसकने लगे थे। देवबन के निकट एक तलैया थी। वहाँ जंगली जानवर झाड़-झंखाड़ की ओट में निश्चिंत हो बैठा करते थे। आराम से पानी घूँटते और छलाँगें लगाते हुए बगलवाले झुरमुट में घुसते।

देवबन। लाडूबा के निकट, घनी झाड़ी से भरा दस-पंद्रह एकड़ का एक भूखंड। वहाँ आम, जामुन, अमरूद के घने पेड़। निबिड़ झुरमुट। कहते हैं, देवबन के तिनके को भी कुल्हाड़ी लग जाए तो पर वंश-क्षय हो जाता है। इसी भय से अगल-बगल के जंगल तो वीरान हो गये पर देवबन के वृक्ष सुरक्षित रहे थे। पानी की आशा में जानवर रात में तलैया पर आ जाते। शिकारी यहाँ पर घात लगाकर जानवरों को मार डालते।

दबे हुए पैर तलैया के तट पर रुक गये। शिकारियों ने साँस रोक ली। तलैया के काले पानी पर नज़र दौड़ायी। मोथे पर बँधा हुआ टॉर्च बनबिलाव की आँखों की भाँति खुलने और बंद होने लगा। शिकारी बन के चक्कर लगाने लगे--खलिहान के बैलों की आहट, सरसरानेवाले पेड़, हिलते हुए पत्ते, दबते हुए पैर और उछलते हुए कारतूस ... इतने में झुरमुट के भीतर खसखसाहट हुई। शिकारी रुक गये। जानवर ने आहट पायी। झुरमुट की ओट में दन-दन की आवाज हुई और दूसरे ही क्षण उस भारी भरकम जानवर ने सामनेवाले झुरमुट में छलाँग लगायी। टॉर्च सतर्क हुआ। बंदूक का घोड़ा खिंच गया। 'ठाँय ठाँय' आवाज हुई। पंछियों का शोर और चमगादड़ों का चीत्कार हुआ। गिरिगह्वर में बंदूक की आवाज गूँज उठी, पर जानवर ने आँख बचाकर झाँसा दे दिया। शिकारी दिल मसोसकर रह गये। झाड़ी में से छलाँग लगाकर भेंकर सारे जंगल में दौड़ने लगे। 'ख्वांक ऽ ख्वांक' कर खाँसने लगे। 'हमला हुआ है, भागो ऽ भागो ऽऽ' ... भेंकरों का इशारा जंगल ने भाँप लिया। जंगल काँप उठा। हिरन, खरगोश, लावे, जंगली सूअर, खाइयाँ, खोहें--सबने कान उठाये। 'हमला हुआ रे ऽ हमला हुआ ऽऽ'

....शाम सात बजे मसणमाल जानेवाली बस भी चली गयी और पूरा गाँव

सिटपिटा गया। जाँभली गाँव में इस बस से कोई उतरा ही नहीं। बस शुरू होते ही लड़कों ने चिल्लाकर पूछा; भीतर से एक ने आवाज दी—"सब को वहाँ कैद किया गया है।" यह सुनकर पूरा जाँभली गाँव काँप उठा। हो सकता है, यह बाँध का ही कुछ झमेला है। जाँभली-बाँध योजना पूरी करने की माँग को लेकर सांसद शिंगाडे पाटील पंद्रह दिन पूर्व आमरण अनशन पर बैठे हुए थे। अनशन करते आठ दिन बीत गये। इधर जाँभली समेत छह गाँव हैरान हो गये। बाँध बन जाने पर निश्चय ही गाँव डूब जायेगा। सात पीढ़ियों से चली आ रही घर-गृहस्थी पीठ पर लादे हम किस बाट से, किस इलाके में और कहाँ जायें? शिंगाडे पाटील पुराना और जानकार नेता ठहरा। दूर बंबई-दिल्ली तक उसकी पहुँच थी, आतंक था। यह बात अवश्य सही थी कि उसके अनशन के कारण नीचे से ऊपर तक चक्र घूम गये हैं। यदि ऐसा न होता तो दो दिन पहले, लाल बत्तीवाली गाड़ी से मंत्री, रात में ही चक्कर काटता हुआ बाघेठाण क्यों पहुँचता? डी.एस.पी., कलक्टर, इंजीनियर ... कहते हैं, सबमें देर तक बहस हुई। पता नहीं कालीमाई के मन में क्या छिपा हुआ है? क्या बस में मसणमाल के लोग व्यर्थ ही चिल्लाते थे ?

सांसद शिंगाडे के अनशन ने जरूर कुछ झमेला खड़ा कर दिया है।

बाघेठाण के साप्ताहिक बाजार में कुछ घटित हुआ है... यह खबर जाँभली गाँव में दावाग्नि की भाँति फैल गयी, लेकिन यह समझ में नहीं आ रहा था कि निश्चित रूप में क्या हो गया है। माना कि पुरुषों को कैद किया गया है, फिर स्त्रियाँ क्यों नहीं लौटीं ? जब तक आखिरी बस नहीं आती, किसी बात का पता नहीं चलेगा। लोग गाँव के हाट में, कालीमाई के मंदिर के आँगन में, पंचायत-कार्यालय के सामने समूह-के-समूह इकट्ठा होने लगे। दबी आवाज में बोलने लगे। बाजार गये हुए लोग प्रायः सात की गाड़ी से लौट आते, पर आज ? किसी के भी न लौटने से सारे गाँव का कलेजा धक्-धक् कर रहा था।

जाँभली गाँव में जाड़ा बढ़ गया। ठिठुरता हुआ गाँव बहुत ही आतुरता से बस की बाट जोहने लगा। हाथ में धरी घुँघरू-लाठी को पैरों पर बजाते-बजाते दादू चौकीदार बेचैन हो रहा था। वह ग्रामद्वार की सीढ़ी पर बैठा हुआ था और अपनी जगह से ग्रामद्वार की दूसरी ओर देख रहा था। कब आयेगी बस ? उसके मन में चिंता होने लगी थी। चौकीदार का छोटा भाई—बसंत खैरमोडे मास्टर—बाजार के गाँव—तहसील गया हुआ था। "जो भी हो, मैं बाँध बनने नहीं दूँगा !" यही उसकी घोषणा थी। मास्टर के समर्थन में सारा जाँभली गाँव खड़ा था, पर दादू सोचता—उसको क्यों इस झंझट में पड़ना चाहिए ? अच्छी-खासी सरकारी नौकरी है, क्यों नहीं उसको निभाता ? बाँध बने या कुछ और संकट आये, जो पूरे गाँव का होगा वही हमारा भी होगा।

दादू का बाप भी गाँव का चौकीदार था। उसने ग्रामद्वार पर पहरा दिया था। घुंघरू-लाठी के बल पर गाँव की रक्षा की। बसंत का पालन-पोषण किया। मिडल पास कराकर मास्टर बना दिया; पर पता नहीं क्यों बसंत के दिमाग में यह पागलपन सवार हुआ? पहले चार साल उसने कोयनानगर की ओर नौकरी की। जब इधर तबादला हुआ तो वह बकने लगा—"पहले मृत्यु फिर बाँध !" दादू चौकीदार बार-बार समझाता, "बंसत ! तुम भले, तुम्हारी नौकरी भली। तुम क्यों पड़ते हो इस झंझट में?" तब बसंत पूछता—"भैया यह कैसे होगा ? हम तो चौकीदार ठहरे! गाँव को संभालना हमारा काम नहीं? वास्तव में जहाल खैरमोडे मास्टर पर अनेकों की नजर थी। कहाँ पेंच में पकड़ेंगे और कब नौकरी से निकालेंगे—कुछ कहा नहीं जा सकता। दादू चौकीदार उकताकर उठा और घुँघरू-लाठी को बजाता हुआ हाट की ओर चल दिया। वहीं पर बगल में कालीमाई थी। गाँव में बचे-खुचे स्त्री-बच्चे शोरगुल करते हुए सहमकर आपस में बतिया रहे थे। गाँव के जानकार पुरुष...खैरमोडे मास्टर, लिंबाजी पाटील, सभापति लाला जाधव व्यापारी—सबके सब तहसील में अटके हुए थे। उनकी अनुपस्थिति में बाल-बच्चे अनाप-शनाप बक रहे थे। गोमा कहार का भी वहाँ से हटने का मन नहीं कर रहा था। हाट के नीम तले वह दाँत कुरेद रहा था। घर-घर की रोटियाँ इकट्ठा कर, बची-खुची पीठ पर लटकाये वह बैठा था। उसका भैंसा घर का रास्ता जानता था। गोमा ने उसकी पीठ पर प्यारभरी दो थपकियाँ लगाकर उसे हाँक दिया। अकेले भैंसे को दरवाजे में देखकर गोमा की लड़की चिंतित हुई। वह चावडी पर आ गयी। गोमा ने रोटियों की गठरी उसके हवाले कर दी और उसने वहीं पर अड्डा जमाया। बूढ़ा पांडू येताला हाट में आकर, चिंतित हो गाड़ी की बाट जोहने लगा। वह परेशान था कि दोनों बड़े लड़के, जो अमरूद और केले बेचने बाजार गये थे, क्यों नहीं लौटे ? उलटे दिमाग के बाबू पवार ने झल्लाते हुए कहा--"लगता है उस शिंगाडे ने सींग मार दिया।"

"कौन डरता है उस शिंगाडे से ? अकेले खैरमोडे मास्टर बाहर रहेंगे तो भी सब के नाक में दम कर देंगे।"—भैरू ने कहा।

ज्यों-ज्यों रात बढ़ने लगी, लोग चुलबुलाने लगे। बस अड्डे से सटकर ही बरगद के पेड़ में कालीमाई थी। पंद्रह-बीस मन का मोटा-सा, लंबा-चौड़ा पत्थर। वही गाँव की कालीमाई। बिना मंदिर की। बरगद और नीम की छाया में बसी हुई। गाँव की रखवाली करनेवाली। उसके चरणों पर चढ़ाये गये प्रसाद को इकट्ठा कर बाँभन का दिगू अण्णा प्रायः भोजन के समय पर ही अपनी कोठी की ओर चला जाता। आज बहुत से लोग तहसील में घटित प्रसंग के बारे में सुनते ही कालीमाई की ओर दौड़ पड़े। शकुन बिचारे गये। दिगू अण्णा ने छाती पर हाथ रखकर कहा कि गाँव बाँध के पानी में नहीं डूबेगा। बहुत से लोगों का शकुन विचार हुआ। देर तक बैठे-बैठे ऊबा

हुआ दिगू अण्णा अब उठ गया। उसने देवी के चरणों पर चढ़ाया गया प्रसाद इकठ्ठा किया। दुपट्टे में बाँध लिया, हल्दी, कुंकम में सने हुए सिक्के पोंछकर गाँठ में बाँध लिये। दिगू अण्णा अब घर की ओर निकला था; फिर भी स्त्रियाँ घेरा लगाकर बैठी थीं। बढ़ई की दुरपदा पूछने लगी "क्या बाँध में गाँव डूब जायेगा ?"

दिगू अण्णा झुँझला उठा। कालीमाई की ओर उँगली का इशारा करते हुए वह झल्लाते हुए, उससे पूछने लगा, "क्या तुम्हें लगता है, कालीमाई पानी में डूब जायेगी ?"

स्त्रियों ने गर्दन हिलाकर नाही कर दिया।

"नहीं डूबेगी न? फिर हम कैसे डूबेंगे? जब तक कालीमाई रहेगी, हम सब रहेंगे। वे इंजीनियर शायद इस बात को नहीं जानते कि यह कितनी जागती हुई देवी है। कह देना उनसे—बाँध बनवाने से पहले वे इस माँ के चरणों पर सिर रख दें – फिर देख लें कैसे घमंड उतर जायेगा उनकी विद्या का।"

नंगधड़ंग दिगू अण्णा अपनी भारी-भरकम तोंद को सँभालते हुए कोठी की ओर चलने लगा, पर हाट में भीड़ देखकर उसके पैर ठिठक गये। सिटपिटाया-सा मुँह कर वह भी इधर-उधर देखने लगा। ठंडक बढ़ गयी। अलाव सुलगे। राह देखते लोग गर्दन घुमाकर पूरब की ओर देखने लगे।

यकायक पूरब के ग्रामद्वार पर बस की लाइट दिखाई दी। सब लोग उतावली में उठ खड़े हुए। डेढ़ घंटा देर से पहुँची हुई बस किसी तरह गाँव में घुस गयी और मानो गुर्राती हुई हाट में आकर खड़ी हो गयी। बाजार के लिए गयी हुई स्त्रियाँ गाड़ी से एक के बाद एक उतर गयीं। एक भी पुरुष दिखाई नहीं दिया। गाँव सकपकाया, "अरे, आखिर हो क्या गया ?" "क्या हुआ ?"—हर कोई चिल्ला-चिल्लाकर पूछने लगा। तब बाजार वाली स्त्रियाँ, "मुर्दा गाड़ दिया सरकार का।" "काँटे ठोंक दिये मुए उस पुलिस के दरवाजों पर।"—जैसी चुनींदा गालियाँ देती हुई नीचे उतरीं। हाथ की लकड़ी को घुमाते हुए पांडू येताला चिल्लाया, "कुछ कहो तो, आखिर हुआ क्या ?"

"अब क्या होना है ? गाँव का सत्यानास हुआ।"

"पर कहेंगी या नहीं अब ?" बंडू नाई झल्लाया।

"दोपहर बाजार में जाँभली गाँव का जो भी आदमी मिला, तहसीलदार उसे मीटिंग के बहाने उठाकर ले गया। सबको बंद कर दिया गया है पुलिस थाने में। हमारे 'इनको' भी पकड़ लिया दाढ़ीजारों ने।"—बुनकर की नकुसा बौखला उठी।

सारी हकीकत समझ में आ गयी। बाजार गया हुआ, जाँभली बुंद्रुक का एक भी पुरुष लौटकर नहीं आया था। जिन लोगों की, अमरूद-केले की टोकरियाँ थीं, पुलिस उन्हें ले गयी; टोकरियाँ वहीं पर छोड़कर। स्त्रियों ने फल-वल, साग-सब्जी

मिट्टी के मोल बेच दी। सचमुच गाँव का मवेशीखाना बन गया। बाँध अब रुकेगा नहीं, मरण अब टलेगा नहीं। कमर टूटे हुए से लोग फसकडा मार नीचे बैठ गये। अब आगे क्या करना होगा? शोर हुआ। चौकीदार द्वारा मुनादी दिये बिना ही सारा गाँव इकट्ठा हो गया। हाट की धूल में ही बैठक शुरू हुई। दिगू अण्णा प्रसाद की गठड़ी को बगल में दबाये, मुँहबाये सामने देख रहा था। चौकीदार का कलेजा मुँह को आ गया था। उसने घुँघरू की लाठी को पेट के साथ कसकर पकड़ रखा था। पांडू येताला की अधखुली आँखें यों दिखाई दे रही थीं मानो वह कहीं दूर देख रहा हो। गोमा कहार भैंसे का-सा थूथन बना, वैसी ही आँखों से देख रहा था–यह सब क्या हो रहा है ? बगल के पाकड़ के पत्ते ग्रामवासियों के कलेजे की भाँति काँप रहे थे। जाड़ा बदन से बाहर निकल नहीं रहा था। पवार का लड़का बाबू उठा और अपनी नयी मूँछों पर ताव देता हुआ बोला, "खून बह जाय तो बह जाय, भले ही एक के लिए दस-दस मुर्दे गिर जायँ; पर बाँध हम बनने नहीं देंगे।"

"कल सुबह उठेंगे। बाँध की जगह पर कब्जा कर लेंगे। खून बहायेंगे; पर पीछे नहीं हटेंगे।" दौलू पाटील जोर देकर बोला।

युवा छोकरों में तू-तू मैं-मैं होने लगी। सिटपिटाया हुआ बूढ़ा पांडू बोला, "लड़को, दौड़कर जाओ, उस दत्तू सरपंच को बुला लाओ। कहना–गाँव डूब रहा है।" लड़के सरपंच के घर की ओर भागते हुए गये और हाँफते हुए लौटे।

बूढ़े ने पूछा, "अकेले क्यों लौटे ? सरपंच कहाँ है ?"

"कह रहा है, पेट में दर्द है।"

"कहा नहीं, गाँव डूब रहा है ?" दौलू ने पूछा।

"कहता है, जब डूबेगा तब देखा जायगा।"

"सरपंच ने तो बँगला बनवाया है बाघेठाण में। यहाँ गाँव डूबा तो भी उसकी बला से।" पांडू येताला ने ठंडी साँस लेते हुए कहा।

"वह सरपंच नहीं, गाँव का बैरी है, बैरी।" बाबू गरज पड़ा–"क्यों उसका मुँह जोहते हैं ? चाहे जितनी भी कोशिश करो, भैंसा कभी दूध देगा?"

सारे लोग छटपटा रहे थे। काश! आज अकेले खैरमोडे मास्टर हिरासत से बाहर होते । वह अकेला बाघ का बच्चा सरकार के नाक में दम कर देता। घड़ीभर के लिए सब चुप हो गये। उनकी आँखों के सामने छह फीट लंबे, छरहरे, साँवले खैरमोडे मास्टर जी की; खद्दर की पोशाक वाली मूर्ति खड़ी हो गयी। खैरमोडे मास्टरजी एक चलती-फिरती आग ! पच्चीस साल पहले, शिंगाडे पाटील तथा बाघेठाण के पूरबवाले सूखाग्रस्त इलाके ने जाँभली बाँध की सर्वप्रथम माँग की थी। तब मास्टरजी नये-नये कोयना अंचल से इधर तबादले पर आये थे। मास्टरजी ने कोयना अंचल के डूबे हुए भाग में, पहाड़ पर स्थित एक पाठशाला में नौकरी की थी। रुका हुआ पानी। उसमें

डूबी हुई आधी-आधी बस्तियाँ, ऊपर पहाड़ पर सरककर बस गयी थीं। तीन बस्तियों के बच्चे पहाड़ को पार कर उस पाठशाला में इकट्ठा होते। भैरोबा के अँधेरे मंदिर की वह पाठशाला! अजीब बात थी। कोयना परिसर के लिए बिजली; महाराष्ट्र के भाग्य में समृद्धि और बाँधपीड़ितों के माथे कंगाली!! दोपहर बारह बजते ही पाठशाला में अँधेरा हो जाता। किरासीन के लिए पैसे नहीं होने से बाँधपीड़ित चूल्हे के उजियाले में ही भोजन कर लेते। बच्चे रेह से कपड़े धो लेते। भेड़-बकरियों के पीछे लगे रहते। पोस्टकार्ड या चिट्ठी डालनी हो तो भी आठ मील नीचे कोलोनी में जाना पड़ता। मास्टरजी ने बहुत कष्ट उठाया यह सोचकर कि चार बच्चे लिख-पढ़ लेंगे। दो वर्ष तक गर्मी और बरसात के साथ मुकाबला किया; लेकिन एक दिन वही हुआ जो होना था। 'आवश्यक छात्र-संख्या के अभाव में पाठशाला बंद'—इस आशय का सरकारी आदेश आ धमका। मास्टरजी ने वह गाँव छोड़ दिया। वे अपने अंचल में आ गये। अब उनका ऐसा हाल था कि अगर कोई बाँध का नाम भी लेता तो उनका सिर भिन्नाने लगता। उन्हें दबे-पिचके, समाज से अलग-थलग पड़े हुए बाँधपीड़ितों की याद आ जाती। तभी से वे नींद से जागते समय भी चिल्लाते—"पहले मरण और बाद में बाँध।"

मास्टरजी गाँव के पश्चिम में, नाले के उस पार बसी हुई महार बस्ती में जन्मे थे। उन्होंने चौकीदार की घुँघरू-लाठी की आवाज पर पिछले पंद्रह वर्ष से गाँव को सजग रखा था। बाँध में डूबनेवाले जाँभली गाँव को बचाने के लिए उनकी छटपटाहट, पुनर्वास की जोरदार माँग, जुलूस, सत्याग्रह—उनकी इस कड़ी मेहनत को देखकर ग्रामवासी गाँव और महार बस्ती के बीच विभाजक नाले को भूल गये थे। मास्टरजी ग्रामवासियों के लिए दिल की धड़कन बने हुए थे। बाघेठाण तहसील को कई बार लगता कि मास्टरजी का विचार मानो जाँभली बुंद्रुक का विचार है। वही मास्टरजी आज सरकार के जाल में फँसे हुए हैं। सब हक्का-बक्का होकर एक-दूसरे से पूछने लगे—

"मास्टरजी की गैरहाजिरी में अब क्या किया जाय ?"

"बाँध की जगह पर कब्जा करना होगा।" युवक चिल्लाये।

"ऐसा ही करेंगे।" बूढ़ा जालिंदर बोला, "बड़ी भोर में उठेंगे। चार दिन के लिए रोटियों की पोटली बाँध लेंगे। सूरज उगने से पहले बाँध की जगह पर अड्डा जमाकर बैठ जायेंगे।"

"मरेंगे, पर पीछे नहीं हटेंगे।" युवक लड़के गरज पड़े।

तभी भोंसले की अपाहिज तारा बहन किसी के कंधे पर बैठकर आयी। बैठक में सांसद शिंगाडे का नाम लेकर उँगलियाँ चटकाने लगी।

"शिंगाडे, तेरा सत्यानास होगा। तेरी सरकार मरेगी। तेरा वंस मिट जायेगा।"

"लड़को, एक बार फिर सोच लो।" बूढ़ा जालिंदर चेतावनी देकर कह उठा, "कितने दिन जेल की हवा चखनी पड़ेगी--कहा नहीं जा सकता। खून उगलना पड़ेगा।"

"खून भी उगलेंगे। मरेंगे, पर बाँध बनने नहीं देंगे।" चारों ओर यही आवाज गूँज उठी।

घोषणाएँ दी जा रही थीं, तभी लोगों ने देखा--ताया कांबले शराब में धुत्त हो वहाँ आ पहुँचा। तनिक बैठक को निहारकर वह खी-खी कर हँसने लगा। बोला, "लगता है, कुछ बैठक हो रही है? पर ध्यान में रखो, तुम सब लोग मर जाओगे। सरकार तुम सबको डुबोकर मार डालेगी।"

"अरे ओ अक्ल के पुतले, चल अपनी राह।" बाबू गरज पड़ा।

"क्यों उस मास्टर के पीछे पागल हो रहे हो ? अबे इतना बड़ा पाकिस्तान, उसको भी हमारी सरकार ने कुचल दिया। तुम क्या उस सरकार का बाल बाँका करोगे ? मुट्ठीभर गाँव और इत्तासा वह मास्टर। क्या करेगा ससुरा ?"

ताया की जबान कुछ अधिक ही चलने लगी। यह देख बाबू पवार कुछ आगे बढ़ा। उसने ताया की गर्दन पकड़ ली और उसके दोनों गालों पर दो जोरदार तमाचे जड़ दिये। तब ताया उलटा-पुलटा होकर नीचे गिर गया। वह झूमते-झामते उठा और "गाँव डूबेगा ऽ गाँव डूबेगा ऽऽ" कहता हुआ वहाँ से चला गया।

बैठक समाप्त होने लगी। दिगू अण्णा आगे बढ़ा। उसने कालीमाई की भभूत निकाली। हरेक के माथे पर लगायी। लोग चौंककर बगल की कालीमाई की ओर देखने लगे। झाड़-झंखाड़ हवा से हिल रहे थे। कालीमाई के ऊपर अगल-बगल की बाघीलता तथा दूसरी बेलियाँ सरसरा रही थीं। बूढ़े घबड़ाये मन से देवी को हाथ जोड़ रहे थे। होंठों ही होंठों में भुनभुना रहे थे-- "माँ ! हम बच्चों का अपराध क्षमा करो हे माता ! गाँव की रक्षा करो !"

आगे की तैयारी के लिए सब लोग उठ गये। अपने-अपने घरों की ओर निकल पड़े, पर कालीमाई मन से दूर नहीं होती थी। कितने दिन पूर्व यह जाँभली गाँव बस गया होगा ? दिगू अण्णा का पूनावासी लड़का कहता है, "यह गाँव पुराना है। यह नदी-किनारे की संस्कृति है। तभी तो गाँव का अपना अलग स्थान है। ग्रामद्वार की कमान है।" माँ कालीमाई तो उससे भी पहले बसी होगी। पहले देव अवतरित होता है; फिर गाँव बसता है। सका पुजारी का कहना है, मुंबई की मुंबादेवी कालीमाई की छोटी बहन है। उसे राजा-महाराजा के ठाठबाट के साथ मुंबई में ब्याहा गया। यह बेचारी बनवासिनी बहन, सह्याद्रि की घाटी में, बाघजाई नदी के किनारे, गरीब गाँव की रखवाली करती रही। पचास वर्ष पहले दिगू बाँभन के बूढ़े बाप ने कोठी बनवायी। जाधव की हवेली भी बनी, तब कालीमाई ने बसंत पुजारी को सपने में

दर्शन दिये। आँखों में आँसू लाकर कहा 'बदमाशो, सबने अपनी-अपनी कोठियाँ बनवायीं, हवेलियाँ बनवायीं; और मैं ? मैं गाँव की रखवाली करती हुई धूप और बारिश में मर रही हूँ। मेरे लिए कुछ आसरे की चिंता करोगे या नहीं?' तब बसंत पुजारी ने सपने में ही वचन दिया, 'माँ देवी, तुम्हें गाँव खुले में नहीं छोड़ेगा।' तब कालीमाई ने चेतावनी दी, 'पूरी तरह सोच-विचार कर मेरे झमेले में पड़ना अगर तुम चाहते हो कि मेरा मंदिर बन जाय तो तुम्हें सूर्यास्त के बाद ही काम शुरू करना होगा। सूर्य की पहली किरण फूटने से पहले ही वह काम पूरा होना चाहिए। एक रात्रि में ही पूरा मंदिर बनवाना होगा। लकड़ी, पत्थर सारा कच्चा माल सूर्यास्त के बाद ही इकट्ठा करना होगा। निगोड़ो, याद रखो अगर मंदिर बनाने का काम आधे में ही रह गया तो गाँव का सत्यानास होगा।'

कई पीढ़ियाँ कालीमाई की शर्त को जानती थीं। तभी तो मंदिर बनवाने के झंझट में कोई नहीं पड़ा था। कालीमाई ने बसंत पुजारी को एक बार फिर सपने में दर्शन दिये। मिन्नत के साथ वही व्यथा सुनायी। सुनकर जाँभली गाँव को बुरा लगा। लोगों ने सोचा--कालीमाई को धूप और बारिश में, सर्दी और हवा में रखकर हम अकेले ही मकान के आसरे कैसे आराम करें? गाँव के लोगों में चर्चा हुई। जाँभली गाँव की आबादी तब पाँच सौ की थी। मुंबई तथा अन्य शहरों में रह रहे जाँभली के निवासियों को संदेसा गया--जल्दी आ जाओ, कालीमाई के मंदिर का काम जल्दी-जल्दी पूरा करना है।

सारे गाँववाले इकट्ठा हुए। मुहूर्त देखा गया। मंदिर बनवाने का काम सूर्यास्त के समय पूरे जोर के साथ आरंभ हुआ। कोई नींव खोद रहा है, कोई पेड़ों को काट रहा है, कोई तख्तों पर रंदा चला रहा है, कोई पत्थर तरकीब से लगा रहा है। बाल-बच्चों समेत पूरे गाँव ने कमर कस ली। सुलगे हुए पंद्रह-बीस पलीते। उनके उजियाले में निर्माण-कार्य को गति मिली। आधी रात बीत गयी। 'जल्दी करो, जल्दी करो' कहते हुए सब एक-दूसरे को सावधान करने लगे। देखते-ही-देखते जमीन से दीवारें उगने लगीं। बढ़ने लगीं। छत तक आयीं। जल्दी-जल्दी बल्लियाँ ठोंककर पाखा चढ़ाना आरंभ हुआ। दादू बढ़ई शराब पीकर आया था। बल्लियाँ ठोंकते-ठोंकते वह गड़बड़ाया और बँडेर के साथ कद्दू की तरह नीचे आ गिरा। बँडेर उसके बदन पर था। उसको अलग करते-करते समय जाता रहा। उसमें आफत यह कि दादू के पैर की हड्डी टूट गयी थी। पैर को जैसे-तैसे पट्टी बाँध, गाँववालों ने दादू को अलग रख दिया। वह कराह रहा था और मंदिर का काम बिना रुके चल रहा था। हाथ, पैर, फावड़े, कुदाली, पसीना, काम--चारों ओर एक ही हड़बड़ी मची हुई थी; लेकिन दुर्भाग्य जाँभली गाँव का। छत पर चालीस एक खपड़ैल बिठाने बाकी थे कि पहाड़ की चोटी पर आकर सूर्य आँखें तरेरकर निर्माण कार्य की ओर देखने लगा। अब क्या

था? जाँभली गाँव की कमर ही टूट गयी। हाथ के औजार गिर गये। धोखा हुआ। लोग हताश हो नीचे बैठ गये। आपस में बहस हुई—झक मार दी जो हम कालीमाई के फंदे में पड़े। लगता है एक दिन इस गाँव के वारे-न्यारे हो जायेंगे। आज नहीं कल सही; पर गाँव का नाश टलेगा नहीं।

अधिक-से-अधिक पचास वर्ष हुए होंगे इस घटना को हुए। मंदिर का काम बिगड़ने पर बसंत पुजारी की हालत बिगड़ गयी। वह दो साल बिस्तर पर पड़ा रहा और आखिर श्मशान में चला गया। पुजारियों के लिए कालीमाई रास नहीं आयी। उन्होंने देवी की पूजा करना बंद कर दिया। दिगू अण्णा देवी की पूजा का काम देखने लगे। फिर गाँव की गाड़ी धीरे-धीरे पटरी पर आ गयी। युवकों ने बंबई का रास्ता पकड़ लिया। वे जीविका जुटाने लगे। ऐसे ही दस-बीस साल बीत गये और जाँभली-बुद्रुक-बाँध के नगाड़े बजने लगे।

पिछले पच्चीस साल से खैरमोडे मास्टर तथा जाँभली के सब लोग गाँव पर आये हुए इस संकट से मुकाबला कर रहे थे। मास्टरजी को कोयना परिसर की बातें याद आईं। वे तिलमिलाकर कहते, "घर-गृहस्थी पीठ पर लादे कहीं जाना पड़े तो नानी याद आयेगी। बड़ी दुर्गति होगी।" गाँव मास्टरजी के आदेश पर चलने लगा। जैसा वे संकेत करते, गाँव उनके इशारे पर डोलता। दुर्बलों को भी बल मिला। सरकार के साथ असहकारिता आरंभ हुई। गाँव में भूमि-प्राप्ति के आदेश आ पहुँचे; पर किसी ने उनको घास नहीं डाली। मास्टरजी के नाम की इतनी दहशत थी कि भूमि-संपादन विभाग के अधिकारी डरते-सहमते जाँभली में आते। उनके साथ पुलिस की काली गाड़ियाँ आ जातीं। जाँभली की स्त्रियाँ उन गाड़ियों को रोकतीं; अधिकारियों पर बरस पड़तीं, "पहले हमारे शरीर पर गाड़ियाँ चलाओ; फिर जमीन नापो, हम मरेंगी; पर बाँध बनने नहीं देंगी।" आखिर पुलिस की सुरक्षा-व्यवस्था में जमीन को नापा गया। उसके बाद तीन बार सरकारी भूमिपूजन हुआ। मंत्री आ गये। बाघजाई नदी के किनारे पर निशानों के पत्थर गाड़कर चले गये, पर उनकी गाड़ियों के चले जाने पर गाँव के बच्चे उद्घाटन के उन पत्थरों को उठाते और पानी में फेंक देते। सचमुच बाँध-निर्माण कार्य की शुरुआत हुई ही नहीं।

दस साल पहले लाला जाधव जिला पंचायत का सदस्य चुना गया। सांसद शिंगाडे पाटील के साथ उसकी गाढ़ी मित्रता हुई। लाला जाधव ने गाँव के लोगों को हजारों आश्वासन दिये। उस समय आधा जाँभली गाँव लाला जाधव के पक्ष में था। सिंचाई मंत्री को आमंत्रित कर बाँध-निर्माण कार्य का फिर से उद्घाटन करना तय हुआ। मास्टरजी ने इस बात की ओर ध्यान नहीं दिया। भूमि-पूजा के समारोह के लिए मंत्री, सांसद शिंगाडे पाटील तथा सूखाग्रस्त इलाके के कई लोग आये। बहुत बड़ी सभा का आयोजन हुआ। उद्घाटन प्रसंग पर सुहागिनें मंत्री महोदय की आरती

उतारने आगे बढ़ी थीं। उनमें जाधव कुनबे की आवडाई भी थी। मंत्री महोदय ने पूजा आरंभ की। उनके हाथ में पूजा का थाल था। पुरोहित मंत्रपठन कर रहा था। आवडाई ने एक बार बाघजाई नदी की ओर नजर दौड़ाई। पेड़ों की ओट में छिपे जाँभली-बुद्रुक गाँव को निहार लिया। आवडाई की आँखें गीली हुईं। उसको अनुभव हुआ—पानी में कालीमाई डूब रही है। मकान ढह रहे हैं। जानवर डुबकियाँ ले रहे हैं। आवडाई से रहा नहीं गया। उसने पूजा के थाल को ठोकर लगायी और उसे हवा में उछाल दिया। सुहागिनों ने मंत्री को घेर लिया, हंगामा हुआ। अधिकारियों की गाड़ियों पर पथराव हुआ। आवडाई चिल्ला रही थी, "तुम हमारी तबाही क्यों कर रहे हो? इसीलिए न कि तुम लोगों की घर-गृहस्थी फूले-फले ? क्या तुम्हारी माँ-बहनें, घर-गृहस्थी नहीं है ?" उस समय वहाँ पुलिस की संख्या कम थी। मंत्री तथा अधिकारी पीछे हट गये। भूमिपूजन का समारोह बिखर गया। दूसरे दिन आधे गाँव को हिरासत में लिया गया। आवडाई, खैरमोडे मास्टरजी, पांडू येताला आदि के साथ कई लोग पकड़ लिये गये। सब लोगों ने छह दिन जेल की हवा चखी।

जाँभली गाँव संकट में पड़ गया। शिंगाडे पाटील के अनशन के कारण बाँध का साँप फिर से जीवित हो उठा था। पता नहीं काट खायेगा या छोड़ेगा ? मास्टरजी की जिद थी कि बाँध बनने नहीं देंगे। सिर पर तलवार लटक रही थी। हर बात को लेकर गाँव में अवरोध फैला हुआ था। जाँभली से ऊपर की ओर अच्छी सड़क नहीं बन रही थी। कारण बताया जाता—आज नहीं कल, बाँध बन जायेगा, सड़क पानी में डूब जायेगी; फिर नयी सड़क क्यों बनायी जाय ? प्राइमरी स्कूल की टूटी दीवार पिछले दस सालों से वैसी-की-वैसी पड़ी है। मास्टरजी ने उसे गन्ने के पत्तों की टट्टी से ढँक दिया है। जांभली गाँव में, बाघजाई नदी के उपरीले कछार के लिए एक सरकारी अस्पताल मंजूर हुआ था। बाद में वह स्थगित किया गया। सारी रुकावटों का एक ही कारण—बाँध। दबे-सिकुड़े जाँभली निवासियों के कान पर जब भी 'बाँध' शब्द पड़ता, सब-के-सब नाग की भाँति फन निकालते। वास्तव में जाँभली गाँव सुख से जीवन बिता रहा था। यहाँ की निचली जमीन बढ़िया थी। इतनी उपजाऊ कि आदमी भी उग आये। अमरूद के फूलों के बोझ से टहनियाँ टूट पड़ती हैं। केले के घौंद इतने बड़े कि मजबूत खूटों से भी सँभाले नहीं जाते। यहाँ के किसान केले तथा अमरूद बाघेठाण की मंडी में बेचते हैं। कुछ किसान तो दूर आंबेपुर से लेकर पुणे तक मंडियों में यहाँ का माल ले जाते हैं। कलदार रुपये लेकर लौटते हैं। यहाँ के बागानों में महार, माँग बस्ती के लोगों को अच्छी मजदूरी मिलती है। लेहनादारों की पाँचों उँगलियाँ घी में रहती हैं। पहाड की ढलान पर बसे हुए कातकरी तथा धीवरों की घास-फूस की झोंपड़ियाँ भी यहाँ की हवा के साथ घुलमिल गयी हैं। ये सुखी घर। यह सुखी गाँव। इनको छोड़कर कल किसके आसरे खड़े रहेंगे ?

इसी चिंता में जाँभली गाँव की नींद उचट गयी थी। बिछौने पर पड़े-पड़े लोग करवटें बदल रहे थे। कुछ लोग हाट में ही कंबल बिछा, शरीर को मरोड़कर लेटे हुए थे। बाँस और पेड़ों के झुरमुट में से कटखनी हवा बह रही थी। पखेरू अपने बच्चों को गले लगा रहे थे। बरगद पर लटके हुए चमगादड़ चीत्कार कर रहे थे। सड़कें तथा पगडंडियाँ लाल मिट्टी को ओढ़े हुए गुमसुम पड़ी हुई थीं। देवबन में भेंकर ने झाँसा दिया था। शिकारी उसके पीछे पड़े हुए थे। भेंकर आगे-आगे छलाँग लगा रहा था; जोर से खाँस रहा था—ख्वाँक ख्वाँक। नालों-झरनों, खाई-दरारों में से पूरा बन मानो आवाज दे रहा था, "हमला हुआ रेऽऽ हमला हुआ। हमला हुआ रेऽऽ भागोऽ भागोऽऽ"

दो

जाधव कुनबे की आवडाई लालटेन के मंद प्रकाश में डग भरती हुई गाँव की ओर जा रही थी। जाँभली गाँव से जाधव-बस्ती दो फर्लांग दूरी पर थी। बीच में गाँव के पूरब का नाला पड़ता था। अमावस्या निकट आयी हुई थी, इसलिए पहले से ही अँधेरा धुप्प हुआ था; उसमें नाले के किनारे पर पेड़ों की यह घनी भीड़ ! पेड़ों की शुंडाकार शाखाओं पर बंदर इधर-उधर छलाँग लगा रहे थे। आवडाई ने अपने हाथ की लाठी को दो-एक बार जोर से ठोंक दिया। उसे बंदर या भूत किसी का भी भय नहीं लगता था; फिर भी उसका दिल लालटेन की बाती की तरह धक्-धक् कर रहा था। बात यह थी कि सुबह बाजार गया हुआ उसका लड़का हैबती आधी रात बीत जाने पर भी लौटा नहीं था।

जाँभली गाँव में, ऊपर की तरफ जो गली थी, उसी में जाधव कुनबे के लोग रहा करते थे। वहीं पर लाला जाधव की हवेली थी। हवेली में आवडाई के पति—लंगड़ गोविंदा—का भी हिस्सा था, पर लाला जाधव के बापू श्रीपति जाधव ने तो लंगड़ गोविंदा का जीना दूभर कर दिया था। इसलिए गोविंदा और आवडाई खेत में घर बनवाकर वहीं बस गये थे। साथ में केवल चार घर और थे, पर आवडाई ने बड़े धैर्य से लँगड़े पति की गृहस्थी मजबूत बनायी थी।

पिछले साल हवेली की मसें भीग गयीं। आवडाई और गोविंदा को प्रसन्नता हुई कि लड़का अब सयाना हो गया। दोनों सोचते, मौर बाँध अब उसके हाथ दो से चार करने होंगे,- फिर हम भी मुक्त होंगे। लड़कियों के बाप भी इसी उद्देश्य से, जाधव बस्ती का रास्ता पूछते-पूछते, गोविंदा के घर का चक्कर काट रहे थे। आवडाई ने मन में ठान लिया था—इस साल लड़के का ब्याह करेंगे पर उसे एक बात की चिंता

थी—जाँभली बाँध योजना में सबसे पहले गोविंदा का ही घर तहस-नहस हो जायेगा। जाधव बस्ती बाँध की नींव में ही तो पड़ती थी। ठेकेदार ने कई बार बस्ती के दोनों ओर चूने से रेखाएँ खींची थीं। जाधव बाग के दोनों ओर सह्याद्रि की दो अलग-अलग पंक्तियों के दो छोर एक-दूसरे के निकट आये हुए थे। दोनों छोरों को नाथकर ही तो बाँध बनाया जानेवाला था ! आवडाई और गोविंदा हैबती के ब्याह की बात निकालते और उस पर सोचते रहते। बीच में ही किसी को बाँध के बनने की याद आती तो उन्हें ऐसा लगता मानो गुड़ गोबर हो गया है। आवडाई कालीमाई का भस्म दरवाजे में फूँक देती। वह हाथ जोड़कर देवी से याचना करती– "माई, लड़के का ब्याह होने दो, फिर बाँध का संकट कभी भी आ जाय !"

गोविंदा का एक पाखवाला सादा मकान कच्ची ईंटों का बनाया हुआ था। उसकी छत पर हाथ से बनाये गये खपड़ैल थे। लड़के का विवाह करना है तो मकान जरूर अच्छा बनाना होगा। पिछले दस-बारह सालों से केले और अमरूद का उत्पादन अच्छा हो रहा था। किसानों के हाथ में रुपये छनछना रहे थे। आवडाई की ओर देखकर पड़ोसी कहते—

"बहू आयेगी न अब घर में ? मंजिल वाला एक अच्छा रंगीन मकान बनवाना।"

"पर यकायक बाँध बनेगा तो ?" आवडाई प्रश्न करती।

"तू क्यों डरती है री ? तूने ही तो मंत्री के हाथ का पूजा का थाल उछाल दिया था।"

यह सुनते ही आवडाई को चिंता होने लगती। भगवान ने उसको दो ही लड़के दिये थे—बड़ा गुणवा और छोटा हैबती। गुणवा को आवडाई के मौसेरे भाई ने गोद लिया था। ऊपर झांजडबाडी में उसकी अच्छी गुजर हो रही थी। गृहस्थी खिल उठी थी। अब केवल हैबती के हाथ पीले करने थे। घर में यह पहला और आखिरी विवाह था। क्या करें? नया मकान बनवाया जाय या नहीं ? पिछले साल पति-पत्नी ने खूब सोचा। बाँध का संकट लटकती हुई तलवार की तरह अब भी बना हुआ था। इसीलिए उन्होंने सामने की ओर पिछवाड़े की कच्ची दीवारों को गिराकर उनकी जगह पर पक्की दीवारें बनवायी थीं। ऊपर छत पर जो सादा खपड़ैल थे, उनकी जगह पर नये मंगलोरी खपड़ैल बिठा दिये। मकान को सफेद चूने से रंगाया गया। हैबती के विवाह की तैयारी में मकान पिछले साल में ही सज-धजकर खड़ा हो गया। हैबती हर बुधवार को फल बेचने के लिए बाघेठाण के बाजार चला जाता। गोविंदा के बगीचे में हर सप्ताह में चार खाँचे भर केले और अमरूद के फल निकलते थे। नया पैजामा और टेरेलिन की कमीज पहने जब खूबसूरत युवक हैबती बाजार जाने के लिए निकलता तो आवडाई उस पर राई नोन उतार देती। कहीं दुष्टों की नजर न लगे !

आधी रात बीत जाने पर भी लड़का क्यों नहीं लौटा? गाँव में चार लड़कों को इकट्ठा कर, उनके साथ गप्पें तो नहीं लड़ा रहा है ? या अब तक लौटा ही नहीं बाघेठाण से ? क्या बात हुई होगी ? ग्रामद्वार से बाहर चमार टोला अभी भी जगा हुआ था। आवडाई ज्योंही कमान से भीतर चली गयी, सीढ़ियों पर सोया हुआ दादू चौकीदार जाग पड़ा। उसी ने हाँक लगाई–

"कौन, आवड़ा बहन तो नहीं ?"

"हाँ भैया, मैं ही हूँ, देखने आयी हूँ कि बाजार वाले क्यों नहीं लौटे अब तक ?"

दादू को यह देखकर आश्चर्य हुआ कि आवडाई को अब तक कुछ भी मालूम नहीं हुआ था। उसने आवडाई को बता दिया कि दोपहर बाघेठाण के बाजार में जाँभली गाँव के सभी पुरुषों को पकड़ लिया गया था। कोई पुरुष बाजार से लौटा नहीं था। बूढ़ा दादू चिंतित हो कह उठा–

"बाँध अब टलेगा नहीं। लगता है, गाँव डूबेगा। हमारे बसंत को अब अपना दिमाग काबू में रखना चाहिए। उसको सरकार के साथ लड़ाई-झगड़ा नहीं करना चाहिए। क्या पहाड़ के साथ टक्कर लेने से पहाड़ की हानि होगी ? टक्कर लेनेवाले का माथा ही न फूटेगा ?"

"पर गाँव के हित के लिए ही न फूटेगा ?" आवडाई ने दादू को धीरज दिलाना चाहा।

कल बाँध की जगह पर धरना देकर बैठना है। चार दिन की रोटियाँ बनाने के लिए जाँभली गाँव अब भी जगा हुआ था। आवडाई दो-एक घरों में गयी। उसने पूछताछ की। सहसा उसे गोविंदा का स्मरण हुआ। खेत में, बस्ती पर बूढ़ा गोविंदा अकेला पड़ा हुआ है। बाँध की बात उसके कान पर पड़ेगी तो ? एक तो बहुत बूढ़ा हो गया है, उसमें भी अधिक भावुक। कहीं भला-बुरा न हो जाय–यही सोचकर आवडाई लौट पड़ी। दनादन कदम रखती हुई वह तेजी से बस्ती की ओर जाने लगी। कटखनी हवा ने लालटेन की ज्योति को कभी का निगल डाला था। लंगड़ गोविंदा के साथ बितायी गयी सारी जिंदगी आवडाई की आँखों के सामने झलकने लगी। उसे आगे और भी काम करने थे। बूढ़े गोविंदा को सँभालना था। लड़के का विवाह करना था। आगे होनेवाले गोरे चिट्टे पोते को खेलाना था। बाँध-योजना में बिखरने वाली जाधव बस्ती को सँवारना था। वह बस्ती की ओर लगभग दौड़ती हुई जा रही थी। अपने से ही कह रही थी–"नहीं, नहीं ! मैं अपने घोंसले को बरबाद होने नहीं दूँगीऽऽऽ"

आवडाई पंद्रह साल की थी, जब उसका गौना हुआ था। पिछले पैंतीस सालों में उसने कई परिवर्तन देखे थे। जब वह ससुराल आयी थी, गाँव के अगल-बगल में

बहुत घना जंगल था। नीचे के कुछ ही खेत खाली थे। बाघजाई नदी के किनारे पर बसे सारे गाँव घने जंगल से घिरे हुए थे। यहाँ पर शासन चलता था उद्धत, बलवान आदमियों का और जंगल में गुर्रानेवाले जानवरों का। बाघेठाण तहसील भी ऐसी कि बारह कोस पर एक पुलिस थाना ! गर्मी के दिनों में मेंड़ पर से होते हुए बैलगाड़ी जाती। बरसात में रास्ता बंद ! तहसील जाना हो तो भी घुटनों तक कीचड़ में जाना पड़ता।

लंगड़ गोविंदा ने तो जीवन में खूब सहा और भोगा था। वह और उसका बड़ा भाई तुकाराम दोनों कुश्तीबाज थे। अगल-बगल के मेलों में खूब नाम कमाया था दोनों ने ! उनके ताऊ श्रीपति जाधव के ध्यान में बात आ गयी—दोनों भतीजे भारी पड़ेंगे तो मुसीबत होगी। इसलिए उसने चार गाँवों से गुंडों को इकट्ठा किया। गोविंदा और तुकाराम को रात में चावड़ी पर खंभे के साथ बाँध दिया गया। दोनों को चाबुक से खूब पीटा गया। दोनों की हत्या का विचार पक्का हुआ। खौफ खाया हुआ गाँव यह भयंकर दृश्य देख रहा था—गोविंदा और तुकाराम जानवरों की तरह आक्रोश कर रहे थे। आखिर दोनों पर लाठियों, कुल्हाड़ियों से प्रहार किये गये। दोनों भाई मरे हुए से निस्पंद पड़ गये। गुंडों ने दोनों की गठरियाँ बाँध दीं। लाडूबा के पहाड़ पर ले जाकर लाशों को कगार से नीचे फेंकने का विचार पक्का हुआ।

गुंडे पहाड़ की कगार पर पहुँच गये। उन पर महुए की शराब का नशा चढ़ा हुआ था। साथ में शराब की और भी बोतलें थीं। स्वाद के लिए मुर्गियाँ ली गयी थीं। गुंडों को कगार के निकट, काँटेदार टहनियों का एक गट्ठर दिखाई दिया। उन्होंने तुरंत लाशें नीचे रख दीं। सूखी टहनियाँ जलाकर उनमें मुर्गियों को जिंदा ही डाल दिया। खाना-पीना आरंभ हुआ। बड़ी भोर, ठंडक लगते ही गोविंदा होश में आ गया। उसका बदन कसा हुआ था; पर उसी हालत में खिसकते हुए वह बगलवाले झाड़-झंखाड़ में घुस गया और कुछ ही क्षणों में अदृश्य हो गया। शराबपान और भोजन समाप्त कर गुंडे उठे तो देखते क्या हैं कि एक लाश का कहीं पता ही नहीं। सोचा खायी होगी लकड़बग्घे ने। उन्होंने जल्दी-जल्दी तुकाराम की लाश को कगार से नीचे फेंक दिया और वहाँ से चल दिये। गोविंदा ने, कसे हुए शरीर की हालत में, बकरियों की भाँति झाड़-झंखाड़ के पत्ते खाकर तीन दिन वहीं पर बिताये। तीसरे दिन, बाघेठाण का इनामदार घोड़े पर सवार हो, रात में उसी ओर शिकार के लिए निकल पड़ा। उसे संयोग से गोविंदा दिखाई दिया। इनामदार ने सहमे-डरे गोविंदा को इच्छानुसार उसके मामा के गाँव पहुँचा दिया।

गोविंदा को, उसके रग्घू मामा ने दो साल तक पाला-पोसा। दवा-पानी किया। उसका विवाह कर दिया। साहसी रग्घू मामा आवडाई और गोविंदा को साथ ले

जाँभली गाँव आ गया। चार साल वहाँ रहकर उसने भानजे की खेती-बाड़ी में जोताई-बोवाई की। तब तक आवडाई सयानी हो चुकी थी। फिर गोविंदा का रघू मामा अपने गाँव चला गया। आवडाई, जहाँ भी हो, आगे बढ़कर गृहस्थी में वृद्धि कर रही थी। हिम्मत के साथ गृहस्थी निभा रही थी। गोविंदा का कमीना ताऊ तो चल बसा; पर उसका लड़का–लाला जाधव–गाँव का नेता बन गया था। वह अलग रहकर, दूर से ही आवडाई की गृहस्थी में सैकड़ों रुकावटें डाल देता था। फिर भी आवडाई ने हिम्मत नहीं हारी। दस साल पहले, लाला जाधव ने सांसद शिंगाडे के कहने पर, मंत्री को बुलाकर बाँध के भूमिपूजन की योजना बनायी थी; लेकिन आवडाई ने पूजा का थाल ही उछाल दिया था। मंत्री तो चला गया पर लाला जाधव ने झल्लाकर, आवडाई से पूछा, "ऐसा करके तुम्हें क्या प्राप्त हुआ ?"

"मैंने गाँव को डूबने से बचाया।" आवडाई हिम्मत से बोली।

"आज नहीं कल, वह तो डूबेगा ही। डूबते की चिंता क्यों करनी चाहिए ?"

"तहसील और जिले के नगरों में बड़े-बड़े बँगले बनवाकर तुम लोगों ने अपने लिए सुविधा कर रखी है। दूसरे लोग अपनी टूटी-फूटी गृहस्थी उठाकर कहाँ जायेंगे ?" आवडाई बहुत ही चिढ़कर बोली थी।

तभी से गाँव में आवडाई की साख बढ़ गई थी। आज उसे गोविंदा की चिंता थी। वह सोच रही थी–बूढ़ा सत्तरवें साल में पहुँच गया है। यह सुनकर कि हैबती को कैद किया गया है तथा बस्ती, मकान, जानवर–सब-के-सब बाँध के पानी में डूबने वाले हैं, भावुक बूढ़े को जरूर सदमा पहुँचेगा। 'कालीमाई, मेरे गाँव को बचाओ। मेरे मालिक को बचाओ। भूरे पंख वाली चार मुर्गियाँ मैं तुम्हारे दरबार में चढ़ा दूँगी।'

आवडाई सोये हुए बूढ़े गोविंदा को जगाना नहीं चाहती थी, अतः दबे पाँव से भीतर आ गयी। तभी बूढ़े की आवाज उसके कान पर पड़ी–

"आवडा, आखिर कमीनों ने मेरे प्यारे लड़के को बाँध दिया न ?"

गोविंदा का प्रश्न सुनकर आवडाई पानी-पानी हो गयी। वह वहीं पर ठिठक गयी। उसने चिंता के स्वर में पूछा, "तुम्हें कैसे खबर लग गयी ?"

"खबर कैसे न लगती ? अभी कुछ देर पहले बस्ती पर लोगों में बात चल रही थी। अब देवी के साथ गाँव पानी में डूबेगा। पूरी बरबादी होगी ! तभी तो मैं कह रहा था गाँववालों से कि कालीमाई के चक्कर में मत पड़ो, बहुत कठोर है वह। पर दुष्ट मेरी बात क्यों सुनने लगे ?"

बूढ़े को ठीक से नींद नहीं आ रही थी। वह गुदड़ी में बार-बार करवट बदल रहा था। बीच में ही खंखारकर, गले को साफ करता हुआ पूछने लगा–

"क्यों आवडा, सच ही बाँध बन जायेगा ?"

"कहाँ बनने लगा बाँध ? सो जाओ चुपचाप। हैबती के जन्म के समय से सुनते आ रहे हैं बाँध का मामला।"

गोविंदा को अनुभव हुआ–आवडा की आवाज कुछ भीगी हुई है। उसने घबड़ाकर कहा, "अच्छा होता यदि गाँव के उठ जाने से पहले ही हम हैबती के हाथ पीले कर देते।"

"क्यों चिंता करते हो ? आखिर ब्याह तो होगा ही।"

"अरी, होगा जरूर। पर मेरे सोने-जैसे बेटे का ब्याह गाँव में न होकर दूसरे मुल्क में क्यों हो ? वह भिखारी-मदारी थोड़े ही है ?" यह कहते-कहते गोविंदा का गला भर आया। आवडाई ने उसको किसी तरह समझाया। गोविंदा ने सोचा–अब यह मकान डूब जोयगा, खेत डूब जायेगा। डूबने से पहले एक बार सबको देख लेना चाहिए; लेकिन आवडाई उसे अँधेरी रात में बाहर जाने देगी ? आखिर गोविंदा ने पाखाने जाने का बहाना बनाया। लालटेन, लाठी और लोटा उठाया। दरवाजे से ही उसने अनुभव किया अँधरे में अमरूद के पेड़ हिल-डुलकर उसे बुला रहे हैं। बूढ़ा गोविंदा उसी दिशा में आगे बढ़ा। नीचे खेतों की तरफ। वह मेंड़ों, पगडंडियों पर घूमने लगा। उसके लँगड़े पैर में भी बल आ गया।

इस खाली क्यारी में देशी केले की रोपनी होनी थी। इसी उद्देश्य से छोटी-छोटी क्यारियाँ बनायी गयी थीं। गाछियाँ खरीदने के लिए बयाना रुपये भी दिये गये थे। गोविंदा धीरे-धीरे बबूल के पेड़ के नीचे आ गया। यह मोटा तगड़ा बबूल ! इसका तना आम के तने-सा मोटा। इतना बड़ा बबूल पूरे गाँवभर में कहीं भी नहीं है। गोविंदा को याद आया...आवडा पहली बार ससुराल आयी थी। इसी बबूल के नीचे उसकी एड़ी में काँटा चुभ गया था। गोविंदा गड़े हुए काँटे को हौले-हौले निकाल रहा था। बाट पर आते-जाते लोग उस दृश्य को देखकर खूब हँसे थे। यकायक घुँघरू बजने लगे। गोविंदा के कान खड़े हुए। यहीं पर सोनू बैल की लाश दफनायी गयी थी। सोनू ने बीस साल तक खेत में हल-औजार चलाया था। कड़ी मेहनत की थी। उसके मुँह का झाग और शरीर का पसीना इसी मिट्टी में तद्रूप हुआ था। जहाँ पर सोनू को दफनाया गया था, वहाँ हरी-भरी अच्छी फसल उग आती थी। पूरे खेत में से उसी जगह की फसल की ओर ध्यान जाता। सोनू बैल हरे-भरे पत्तों की ओट में से गोविंदा की ओर देखकर हँसने लगता। उस सोनू को, मेरे उस प्यारे सोनू को यहीं पर छोड़ जायेंगे ?

गोविंदा अब आम के वृक्ष के पास आ गया। उसका सारा शरीर लहलहा उठा। हैबती के समय आवडा गर्भवती थी। आठवाँ महीना बीत चुका था। किसानों की जात; उसको चैन कहाँ? बाहर फसल है; चौपाये हैं। उनको वहीं पर छोड़ घर में बैठने से चैन कहाँ मिलेगा? चने की कटाई हो रही थी। आवडा भी धीरे-धीरे सहायता कर

रही थी। यकायक, इसी पेड़ के नीचे, उसके पेट में बादलों की तरह गड़गड़ाहट होने लगी। पेट में दर्द होने लगा। कुछ कहने-सुनने से पहले ही, इसी आम वृक्ष के नीचे, आवडा प्रसूत हो गयी। खून से तर अपने नवजात बच्चे को गोद में लेकर आवडाई भीगे वस्त्रों में ही घर पहुँची। उस दिन गोविंदा ने बड़े जोर-जोर से थाल बजाया था। वह दिनभर आने-जाने वालों से कहता, "बाघ का बच्चा है, खेत में पैदा हुआ है। पहाड़ के साथ टक्कर लेगा।"

यही हैं वे मेंड़ ! यही हैं वे खेत ! मेंड़ पर फैली हुई सेम की लताओं की भाँति यहाँ पग-पग पर यादों के जाल फैले हुए हैं। इसी जगह पर गोविंदा ने गर्मी की लू सही। यहीं पर फसलों में, कटखनी ठंडक में उसने अलाव जलाये। उसने सह्याद्रि की इन खाइयों में, पेड़ों की शरण में, आषाढ़ की छतों को फाड़ने वाली भारी वर्षा सही। इसी जामुन के पत्तों से टप-टप चूते पानी को उसने अपनी हथेलियों पर प्यार से झेला था। यहीं पर उसने रूखी-सूखी रोटी खायी थी। यहीं पर मेहनत-मशक्कत में खून सुखाया था। बाल-बच्चे मुर्गे-मुर्गियों, बिल्ली-कुत्ते, भेड़-बकरियाँ सबके साथ गृहस्थी खड़ी की थी। अब ? अब इन सब पर पानी फिर जायेगा। हे भगवान् ! इन सब पर हमला होगा !!

लदे हुए फलों से अमरूद के पेड़ झुके हुए थे। बगीचे में मधुर गंध फैली हुई थी। खेत और मेंड़ की संगत में रहना बहुत अच्छा लग रहा था। बड़ी भोर की ठंडी हवा चलने लगी। नदी की ओर से मोरनी के किकियाने की ध्वनि सुनायी पड़ी। वृक्षों के पत्ते बोलने लगे। तभी नाले की ओर बनबिलाव का शोर आरंभ हुआ। बिलाव एक-दूसरे पर गुर्राते हुए चीखने लगे। गोविंदा को आभास हुआ—शायद आवडा बुला रही है। गोविंदा जल्दी-जल्दी बस्ती की ओर जाने लगा। इतने में घर्रऽऽ घर्रऽऽ ? बूढ़ा कहीं घबड़ाकर गिर न पड़े—आवडाई दौड़ती हुई आयी। उसने गोविंदा को कसकर पकड़ लिया। बूढ़ा तिलमिलाया—

"यह कैसी आवाज है री, कहीं भूकंप तो नहीं हुआ ?"

"भूकंप कैसा ? तुम्हें नहीं दीखता ? वहाँ, उस ओर देखो तो।" बस्ती से ऊपर की तरफ उँगली का इशारा करते हुए आवडा बूढ़े से पूछने लगी, "वहाँ उस ओर बैटरियों का उजियाला देखा ? हाँ, इसी ओर सो बख्तरबंद गाड़ियों की तरह कुछ घरघराता हुआ आ रहा है। लगता है, साथ में मलेटरी भी है।"

ऊपर पठार पर लोगों का शोर हो रहा था। बड़ी-बड़ी गाड़ियों की तेज रोशनी आँखों को सहन नहीं हो रही थी। शोर बढ़ता जा रहा था। गोविंदा और आवडा पेड़ की ओट में से उस ओर देख रहे थे। गोविंदा को लग रहा था मानो वह गले तक, पानी में डूब रहा है। उधर पुलिस की भीड़ बढ़ रही थी। इससे पहले ही कि जाँभली गाँव के बाहर से निकलें, बाँध की जगह को चारों ओर से घेर लिया गया था। हाथी

जैसे बड़े-बड़े बुलडोजर गुरगुराते हुए, घरघराते हुए बस्ती की ओर बढ़ रहे थे।

तीन

सबेरा हुआ। यद्यपि सूरज डग्गाभर ऊपर आ गया था, उसका मुँह बादलों में छिपा हुआ था। हवा उदास, अवरुद्ध थी। जाधव बस्ती से ऊपर के टीले पर मानो सेना की छावनी पड़ी हुई थी। पुलिस ने बड़ी भोर को ही दो बड़े-बड़े तंबू ठोंक लिये थे। सामने पुलिस की पाँच-छह काली गाड़ियाँ चुप्पी साधे खड़ी थीं। पुलिस अधिकारी केन के साथ हरकतें कर रहे थे, रोब में टहल रहे थे। कमर में लटकते हुए पिस्तौलों का घमंड उनके मुँह पर फैला हुआ था। वे कभी धौंस के अंदाज में नीचे नदी की ओर देखते और कभी तेज-तर्रार कटाक्ष से पेड़ों में छिपे जाँभली गाँव की ओर देख लेते। खैरमोडे मास्टर के कारण बिगड़े हुए गाँव को सीधा करने के लिए हमें यह कितना प्रबंध करना पड़ा ! बाँध-निर्माण-कार्य में बाधा डालता है बच्चू ! अभी यहाँ होता तो मुँह के बल गिराकर ठीक कर देते ! जाँभलीवासियों की ओर किसी प्रकार का प्रतिकार करने से पहले ही अधिकारियों ने कार्रवाई की थी। बड़ी भोर को ही उन्होंने बाँध की जगह पर अपना अधिकार कर लिया था। बिल्कुल नदी तक, थोड़ी-थोड़ी दूरी पर पुलिस के सिपाहियों को रखा गया था। सबके हाथ में लाठियाँ थीं। बीच में बंदूकधारी पुलिस की पंक्ति थी। टीले पर जहाँ सेना की छावनी खड़ी थी, वहाँ से पाँच-छह मकानों से बनी जाधव बस्ती कीड़े-मकोड़े की तरह दिखाई देती थी—बहुत आसानी से, उसे दायें पैर के बूट के नीचे रौंदा जा सकता है। विकास-योजनाओं में अड़ंगा डालते हैं। कमीने !

सबेरा होते-होते जाँभलीवासियों ने पूरब के नाले को पार किया। प्रत्येक की बगल में चार दिन के लिए रोटियों की पोटली थी। अगल-बगल में बाल-बच्चे थे। चुने हुए लोगों को तहसील में कैद किया गया था, अतः इस झुंड में ज्यादातर नारियाँ ही थीं। नाले के कगार को पार करने पर उन्होंने हरे पत्तों की भीड़ में से सामने टीले की ओर देखा। लगता है, बाँध की जगह पर मलेटरी का अड्डा पड़ गया। जाँभलीनिवासियों का दिल भर आया। ओस-कणों को रौंदते हुए वे सब जाधव बस्ती की ओर आगे बढ़े। तभी सामने से बसंत जाधव आ गया। वह पसीने से तर हुआ था। कहने लगा—इस पठार पर तो पुलिस है ही; आगे, जाँभली के उस पार, पश्चिमी नाले से भी आगे पुलिस की चार गाड़ियाँ रात को ही जाकर खड़ी हुई हैं। यह सोचकर कि बाँध में डूबनेवाले आगे के सारे गाँवों—बिबेवाडी, कातोडेबाडी, फणसबाड,

इरलेबाडी, साजुली तथा जाँभली खुर्द—के बाँधपीड़ित ठीक समय पर जाँभली बुद्रुक की सहायता के लिए न पहुँचें, सरकार ने यह जाल फैलाया है। साहब लोग लारियाँ भर-भरकर कारतूस ले आये हैं। किसी भी समय गोली चलायी जा सकती है। सरकार अब हटेगी नहीं।

जाँभलीवासी छटपटाये। घर से बाहर निकालने में सरकार ने बाजी मार ली ! व्यर्थ ही देर कर दी। एक बार बाँध की जगह पर काबू कर लेते, आगे कोई क्या बिगाड़ता ? आज अगर खैरमोडे मास्टर होते, युवक साथ में होते तो इन बंदूकों को कौन घास डालता ? नारियों तथा बच्चों का वह रेला डरा-सहमा इधर-उधर देखता हुआ धीरे-धीरे जाधव बस्ती की ओर बढ़ने लगा। रेला ज्योंही बस्ती के निकट आया, उस पार के रास्ते से पुलिस की दो गाड़ियाँ धड़धड़ाती हुई सामने आकर खड़ी हो गयीं। बस्ती हक्का-बक्का हो गयी। गाड़ी पर माईक ने चिल्लाना शुरू किया, "आगे मत बढ़ो। वहीं पर रुक जाओ। दफा एक सौ चवालीस लागू किया गया है। आगे बढ़ोगे तो गिरफ्तारी होगी। गोली चलेगी।"

सिटपिटाये हुए स्त्री-बच्चे जहाँ के तहाँ रुक गये। बाबू पवार से रहा नहीं गया। वह उछलकर आगे बढ़ा। उसने दहाड़कर बच्चों से कहा, "चलो, आगे बढ़ो, देखेंगे क्या होता है।" तभी बूढ़ा जालिंदर बीच में पड़ा। बाबू पवार की मिन्नत-चिरौरी करने लगा। बाबू सुन नहीं रहा था। बूढ़ा तिलमिलाकर बोला, "बेटे, तुम्हारे पैरों पड़ता हूँ, रुक जाओ। हमारी यह कम ताकत ! जानते हो, पुरुषों को वहाँ कैद किया गया है। इधर बाल-बच्चों की बर्बादी होगी। आखिर यह सब किसके लिए करना है रे ?" पांडू येताला ने भी बाबू को समझदारी की चार बातें सुनायीं। आँखों के सामने ही पुलिस ने बाँध की जगह पर कब्जा कर लिया। चारों तरफ बंदूकों का इंतजाम। कुछ भी किया नहीं जा सकता—ये सारी बातें ध्यान में आयीं और बाबू पवार फूट-फूटकर रोने लगा।

पुलिस की धौंस से खेती-बाड़ी भयभीत हो गयी। पंछी चुप हो गये। गाँव के सहमे-घबराये बच्चे अपनी माताओं से चिपक गये—बंदरों के बच्चों की तरह। बस्ती के उस पार सुस्ताये हुए बुलडोजर आँखें तरेरकर ग्रामवासियों की ओर देखने लगे।

उधर तंबू से बाहर बहस गति पर थी। प्रांत अधिकारी, डेप्युटी, कार्यकारी अभियंता—जैसे बड़े-बड़े अधिकारी आपस में चर्चा कर रहे थे। मंत्रणा कर रहे थे—आगे का जाल होशियारी के साथ कैसे फैलाना होगा ? पुलिस इन्स्पेक्टर ने आश्वस्ति के स्वर में कहा—

"गाँव में कड़ा विरोध करनेवाला कोई है नहीं, नारियाँ और बच्चे हैं। जाँभली के बदमाशों को सहज ही सीधा कर देंगे।"

"बाँध की जगह साफ होने के बाद उनकी कौन परवाह करता है ?" इंजीनियर

बोले।

"पर उस जगह पर जो बस्ती है, उससे नीचे की ओर ये जो केले-अमरूद के बगीचे हैं—उनका क्या करेंगे ?" एक अधिकारी ने प्रश्न उठाया।

"वह जगह तो कब की संपादित की गयी है। रिकार्ड में उस पर सरकार का नाम दर्ज हो गया है।" इंजीनियर बोले। मंत्रणा जारी थी। तंबू में वायरलेस पर पुलिस हवलदार की हामियाँ बाहर सुनाई दे रही थीं। तभी सामने से एक फटफटिया आ गयी। उस पर सवार आदमी कोई फुटकर नेता लगता था। बिल्कुल सफेद स्टार्च किये हुए कपड़े पहना हुआ वह पतला-सा आदमी, फटफटिया बगल में खड़ी कर, सामने आ गया। डेप्युटी की भौंहें तन गयीं। इन्स्पेक्टर ने परिचय दिया—"आप जाँभली गाँव के सरपंच हैं—दत्तू करवेदे।" दत्तू नमस्कार की मुद्रा में दोनों हाथ जोड़े सामने खड़ा रहा।

उसके मीठे मुँह की ओर देखते हुए डेप्युटी ने कहा, "क्यों सरपंच ? बाँध बनवाना है न ?"

"साहब, यह तो सरकार का आदेश है। कौन इसको भंग करेगा ? बाँध तो बनवाना ही चाहिए।"

"तो लोगों को समझाते क्यों नहीं आप ?"

"साहब, गाँव के सब लोग भले हैं। ये अनाड़ी लोग बाँध, पुनर्वास के बारे में कुछ भी नहीं जानते। इन्हें भगा दिया होता, बिलखते हुए बैठ जाते, पर वह जो मास्टर खैरमोडे है ना ? वही गुड़ में गोबर की तरह सब बिगाड़ देता है। सच बताऊँ साहब, अच्छा किया उसको गिरफ्तार कर लिया। अब उसे छोड़िए नहीं।"

"सरपंच, आप तो चुनाव लड़कर आये हैं। फिर गाँववाले आपकी बात क्यों नहीं मानते ?" प्रांत अधिकारी ने पूछा।

"इसका मजेदार किस्सा है। इन्होंने चुनाव से पहले पंद्रह दिन खैरमोडे मास्टर से साँठ-गाँठ कर ली। चुने जाने पर इन्होंने फिर साथ छोड़ दिया।" इन्स्पेक्टर ने नयी जानकारी दी। सरपंच को यह अतिरिक्त टिप्पणी अच्छी नहीं लगी। उसका मुँह लटक गया। अधिकारियों ने सरपंच से आवश्यक जानकारी प्राप्त कर ली और उसे भगा दिया।

सब अधिकारी वायरलेस पर आदेश की प्रतीक्षा करने लगे। तभी वायरलेस के पास बैठा हुआ हवलदार तंबू से बाहर आया, वह कर्कशता के साथ चिल्लाया, "कलक्टर साहब का मेसेज आया है; कहते हैं, काम शुरू करो।" इशारे की सीटी बज उठी। धड़ऽऽ धड़ऽऽ की आवाज के साथ बुलडोजर आगे बढ़े। बख्तरबंद गाड़ी की भाँति अपने भारी-भरकम पट्टे से मिट्टी को दबाता हुआ वह गोविंदा के बगीचे की ओर बढ़ा। मस्त बैल जिस प्रकार बाड़ की टहनियों को सींग से उड़ा देता है,

बुलडोझर उसी तरह मेंड़ को ठेलता हुआ बगीचे में घुस गया। डोजर के एक ही फार से अमरूद के आठ-दस पेड़ जड़ों के साथ उखड़कर बगल में जा गिरे। दूसरे फार ने जमीन को और थोड़ा धक्का दिया, अमरूद के कच्चे फल मिट्टी में जा गिरे। केले के पौधे भी फलों तथा जड़ों समेत उखड़ बगल में जा गिरे।

बगीचे की तबाही हो रही थी। यह सोचकर कि आवडाई विरोध करने के लिए बुलडोजर के आगे जाएगी ग्रामवासियों ने उसे एक जगह पर बैठाये रखा था। घर-गृहस्थी और खेती-बाड़ी को मटियामेट होते देखकर वह मानो लहूलुहान हो रही थी। वह जोर से चीखने-चिल्लाने लगी, रोने-पीटने लगी, पर उस विशाल, घरघराते हुए यंत्र में मन थोड़े ही था ? डोजर लगातार बगीचे पर हमला कर रहा था। देखते-ही-देखते आधा बगीचा उजाड़ हो गया। तभी आपे से बाहर हुई आवडाई उछलकर आगे बढ़ी। बढ़कर वह डोझर पर चढ़ गयी। उसने ज्योंही ड्राइवर को गालियाँ दीं, ड्राइवर ने खटाक् से महाकाय यंत्र को बंद कर दिया। पुलिस, ग्रामवासी सब आगे बढ़ गये--आवडाई को पीछे खींचने के लिए। आवडाई ने ड्राइवर को धमकाकर पूछा, "मटके जैसे मुँहवाले ! तुम्हारा कुछ घर-बार, बाल-बच्चे हैं या नहीं ?"

"मुझे क्यों गालियाँ देती हो दादी ? सरकार को गालियाँ दो।" ड्राइवर ने समझाना चाहा।

"कहाँ है वह सरकार ? भड़ुवी सरकार को यहाँ लाओ। मैं उसे पीस-पीसकर चटनी बना दूँगी।"

पुलिस ने आवडाई को पीछे खींच लिया, उसे दरवाजे में लाकर बिठा दिया। डोजर फिर से चलने लगा। आडवाई लगातार चिल्ला रही थी। बाँध और सरकार का नाम ले-लेकर हाथ भींजते हुए गालियाँ बक रही थी। निरंतर रोने-चिल्लाने से उसका गला सूखता जा रहा था।

राक्षसी डोजर ने सारे सिवान को कँपाकर छोड़ा था। वह अमरूद की एक-एक क्यारी को तोड़ते-मरोड़ते आगे बढ़ रहा था। जाँभली गाँव के निवासी उसकी ओर देख रहे थे। सभी मानो जड़ीभूत हो बैठे थे। दादू चौकीदार आँखें पोंछ रहा था। शिवराम सनगर की नकुसा आवडा को समझा रही थी, पर आवडा का रोना-चिल्लाना रुकता ही नहीं था। डोजर ने मिट्टी के ढूहों को, वल्मीकों को तहस-नहस कर डाला। दीमक और चींटियाँ ढेले की ओट में जी चुराकर बैठ गयीं। बिल उध्वस्त हुए थे, अतः चूहे पागलों की तरह इधर-उधर छलाँगें लगा रहे थे। पेड़ों के झुरमुट में से पंछी अपने बच्चों को सीने से लगाकर उड़-उड़कर दूर चले गये। बीच में ही डोजर का फार फिसलकर एक मोटी बाँबी को जा लगा। बाँबी तरबूजे की भाँति बीच में ही फट गयी। उसमें से साँप का जोड़ा बाहर निकला। मादा साँप की पूँछ कट गयी। लहूलुहान मादा और बिगड़ा हुआ नर दोनों प्रतिशोध से बेकाबू हो पूँछ तक खड़े हो

गये। पर सामने विकराल डोजर को देख दोनों भयभीत हो चंपत हो गये। खड़ी फसल की तबाही होते देख जाँभली निवासियों के पैरों तले की मिट्टी खिसकने लगी। डोजर की घर्र-घर्र दिमाग में झुनझुनी पैदा कर रही थी। एक-दूसरे से कहने लगता, "आज गोविंदा की बारी है, कल हमारी आयेगी। होते-होते गाँव की निशानी ही समाप्त होगी।"

अमरूद का बगीचा और उसके चारों ओर के बाड़ की तबाही हो गयी। अरे! यह क्या ? अब तो डोजर आम के वृक्ष के साथ भिड़ गया ! आवडाई तथा गोविंदा का दिल भर आया। इसी आम के नीचे आवडा ने हैबती को जन्म दिया था। सच ही, यह बाँध हैबती का गला घोंट रहा है। बूढ़ा आम भी थोड़े ही समय में पछाड़ खा कर गिर पड़ा। मेंड़ पर रहा अब केवल बबूल का पुराना पेड़। डोजर ने ललचाई नजर से एक बार बबूल की ओर देखा। उसने तेजी से जाकर उसके तने को जोर से धक्का दे दिया। बबूल के पीले जर्द फूल छितरकर गिर पड़े। डोजर पीछे हटा। उसने तिरछा फल लगाकर तने के चारों ओर की मिट्टी खोदना शुरू किया। जड़ें उखड़ने लगीं। भयभीत बबूल आँखें मूँदकर, जी चुराकर, डोजर की ओर देखने लगा। घंटेभर के भीतर-ही-भीतर डोजर ने तने के चारों ओर गड्ढा खोद दिया, सिंदूरिया काली मिट्टी बगल में जमा हो गयी। 'रोंऽऽ रोंऽऽ' आवाज करते हुए डोजर ने गति बढ़ाई। वह तने की जड़ पर आघात करने लगा। बूढ़ा बबूल वृक्ष चेप के रूप में आँसू बहाने लगा। नसें टूट रही थीं। बबूल की जान आँखों में आ गयी। वह मानो विलाप करने लगा। अब उसे मृत्यु साफ-साफ दीखने लगी। आखिर हाथ-पैर खोकर ठूँठ बना बबूल का पेड़ बगल में जा गिरा। इसे कहते हैं यंत्र की करामात ! जिसे उखाड़ने में बीस आदमियों को चार दिन लगते, डोजर ने उसे दो घंटों में आसमान दिखा दिया !

सरकार की शक्ति के सामने जाँभली निवासी निढाल हो गये थे। उन्हें कुछ सूझता ही नहीं था। जिस प्रकार भेड़ को पानी में भी छुरी दिखायी देती है, वैसे ही जाँभली गाँव को अपना संकटपूर्ण भविष्य दिखायी देता था। आज जो लंगड़ गोविंदा पर बीती है, वही कल हमारे ऊपर बीतेगी। गोमा कहार का लोगों में अधिक आना-जाना, उठना-बैठना नहीं था। लंबी-चौड़ी बातें भी नहीं। जो भी दिन आता, गोमा के लिए वह दिन संतोष से भरा हुआ रहता। अपने भैंसे के साथ वह अपनी ही मस्ती में चला करता, दिन बिताया करता था। उसे आज पानी भरने के काम से अवकाश मिल गया था। गाँव में कोई आदमी ही नहीं था। सब लोग बाँध की जगह पर मानो अपनी मौत के दर्शन करने इकट्ठा हुए थे। गोमा भी सुबह गाँव के लोगों के साथ जाधव बस्ती की ओर आया था। साथ में उसका भैंसा भी आ गया था। गोमा की हिम्मत टूट गयी थी। वह दिनभर आम के पेड़ के नीचे बैठा रहा। वहाँ से बुलडोजर की धींगा मुश्ती देखता रहा। भैंसे को चराने के लिए पूरी जमीन खाली पड़ी

थी; पर मशीन की घरघराहट, उदास दिन, पीठ पर खाली पखाल—भैंसे को यह अनुभव हर रोज की अपेक्षा कुछ अलग ही लग रहा था। बुझी आँखें लिये वह अपने मालिक की बगल में ही बैठा रहा।

आज कालीमाई की ओर कोई गया नहीं था; फिर अकेले दिगू अण्णा कैसे धीरज रखता ? धोती का एक सिरा नंगे बदन पर पीछे की ओर डाले वह भी पूरबी नाले को पार कर आया। वह नाले की कगार से ही ज़ाधव की टूटती हुई बस्ती तथा खेती-बाड़ी में हक्का-बक्का होकर बैठे लोगों की ओर देखने लगा। जब तक चंद्र-सूर्य हैं कालीमाई डूबेगी नहीं; इसलिए जाँभली गाँव भी डूबेगा नहीं—शकुन विचार कर उसने ग्रामवासियों को हजार बार यह आश्वासन दिया था। पर दहाड़नेवाली इन मशीनों को देखकर आज उसकी भी मति चकरा गयी थी।

ऐन दुपहरी में गाँव वीरान हो गया था। पूरी गली में एकाध कुत्ता, कोई सद्यःप्रसूता स्त्री, कोई लँगड़ा, चलने में असमर्थ बूढ़ा दिखाई देता। बाकी सारा सन्नाटा छाया हुआ था। हाँ भोसले की तारा बहन की आवाज जरूर सुनाई पड़ रही थी। अपाहिज तारा बहन लाठी की सहायता से पूरी ताकत लगाकर, अपने मकान की, मिट्टी की छत पर चढ़ गयी थी। वहाँ से उसे दूर पर जाधव बस्ती दिखायी दे रही थी। लेकिन तारा बहन को भी बाँध की यह बला नहीं चाहिए थी। वह छत पर लगातार गालियाँ दे-देकर चिल्ला रही थी—"कमीनी सरकार ! तुम हमारे गाँव को निगल रही हो ! गाँव को डुबो रही हो ! दुष्टो तुम अपनी बेवाओं, बच्चों को रास्ते पर ले आओ। तब तुम्हारी समझ में आ जायगा हमारा दुःख !" गाँव से नीचे की ओर हनुमान के मंदिर पर बंदर मुँह बिचकाकर शोर मचा रहे थे। आज मंदिर में न कोई आया न किसी ने प्रसाद चढ़ाया। वहाँ कुछ भी नहीं हुआ। बंदर सिटपिटा गये थे। वे पेड़ से मंदिर के शिखर पर; और फिर शिखर से पेड़ पर कूद रहे थे। गाँव में क्या हो रहा है; गाँव जीयेगा या मरेगा—मंदिर के देवों को इसकी चिंता नहीं थी। लाडूबा, कालीमाई, हनुमान तथा जाधव बस्ती की तामजाई भी आँखों पर ठिकरी और कान पर हाथ धरे चुप बैठी थीं।

बबूल को उध्वस्त कर डोजर आगे बढ़ा। उसने रास्ते में पड़नेवाला कुआँ मिट्टी से भर दिया। मेंड़ों की झाड़-झंखाड़ को तहस-नहस कर दिया। आवडाई की चीख-पुकार का कोई अंत नहीं था। सारा गाँव, खेती-बाड़ी उसके साथ तिलमिला उठी थी। लंगड़ गोविंदा भुतहे कुएँ के निकट, आम के पेड़ तले, निढाल होकर बैठा था। मानो उसका पूरा शरीर ढाढें मार रहा था। आँखें सिकोड़कर वह सामने देख रहा था। बूढ़ा था—खुलकर रो भी नहीं सकता था। रोना भीतर-ही-भीतर दब गया था। गोविंदा अब हाँफ रहा था। आँखों के सामने गृहस्थी का जलावन होते देख वह लगातार भुनभुना रहा था, 'क्या थे, क्या हो गये ? क्या थे, क्या हो गये ?'

डोजर की घरघराहट अब नदी की ओर सरक गयी थी। तभी टीलों की ओर से भी घर्रऽऽ घर्रऽऽ की आवाज आने लगी। ग्रामवासी देखते क्या हैं कि एक दूसरा डोजर भी नीचे की ओर आ गया। ओठ चाटते हुए वह गोविंदा-आवडाई के मकान की ओर देखने लगा। ग्रामवासियों का झुंड आगे सरक गया। आवडाई तीर की तरह दौड़ी। तिलमिलाकर अधिकारियों से पूछने लगी–

"बैरियो, दुश्मनो, क्या तय करके आये हो तुम ?"

"बाँध की नींव में तुम्हारा यह घर भी आ जाता है। आदेश है कि इसे आज ही गिरा दो। चलो सामान बाहर निकालो।" यह सुनते ही आवडाई झट से, नीचे बैठ गयी। उसके मकान के पिछवाड़े में डोजर शुरू हुआ। मुर्गियों की कलकल बढ़ गयी। वे पंख फड़फड़ाती हुईं इधर-उधर छलाँगें लगाने लगीं। हैबती ने बड़ी चाह के साथ नारियल के दो-चार छोटे-छोटे पौधे लगाये थे। डोजर के नीचे दबकर वे डंठल बनकर गिर पड़े। सेम की लता अपने भरी-पूरी फलियों के साथ मिट्टी में मिल गयी। एक ही झटके में तुलसी चौरा बगल में जा गिरा। आवडाई दारोगा की ओर दौड़ पड़ी। कहने लगी–

"तुम्हारे बेवा-बच्चे घर-गृहस्थी है या नहीं ? क्योंकर हमारे पीछे पड़े हो ?"

"दादी, यह घर संपादित किया गया है। रुपये मंजूर हुए हैं तुम्हारे नाम पर।"

"दुष्टो, मेरे मालिक ने खून-पसीना एक कर इसे बनवाया है। क्या तुम्हारी चार चवन्नियों के लिए इसे तोड़ दूँ ?"

डोजर रुक नहीं रहा था; आवडाई हट नहीं रही थी। जाँभली गाँव के लोगों को अपनी तबाही साफ-साफ दीख रही थी। महाकू भोसले आगे बढ़ा। आवडाई को समझाते हुआ उसने कहा, "अब लड़ने-झगड़ने से क्या लाभ ? काल रुकेगा थोड़े ही ? हम साहब के पैरों पड़ेंगे। दो घंटों की मुहलत माँग लेंगे। पूरा गाँव तुम्हारे साथ है। घर का सारा सामान बाहर निकाल देंगे। सूई-धागे से लेकर ठीकरे तक सारी चीजें तरकीब से रखेंगे। मेरी बात सुनो, जिद मत करो।"

आवडाई ने आँखें पोंछीं। उसने हाँ कह दिया। वह आँचल कोंछकर काम में लग गयी। आधा गाँव सहायता के लिए दौड़ा। अंडुआ बैलों का जोड़ा तथा गाय-भैंसों को खोलकर दूसरी जगह पर बाँध दिया गया। बें-बें करती बकरियों को भी दूसरी जगह पर बाँध दिया गया। मुर्गियाँ सब हाथ नहीं लगीं। बर्तनों से भरी बोरियाँ पेड़ों के नीचे पहुँचायी जाने लगीं। गुदड़ियाँ, चद्दरें, नमदे, हेंगे, पाट, फावड़े, जुए, चाबुक, जोते, दरबे, हँसिया, रस्सियाँ, घड़े, हंडे, झूल–सब खुले में रखा गया। आवडाई ने सीका छोड़ा और तभी उसका जी टूट गया। टोकरी में रोटी, मिर्च तथा बूढ़े की रुचि का वैंगन का भुर्ता जैसा-का-वैसा पड़ा हुआ था। आवडाई तिलमिलाई, "हे भगवान् ! इस दौड़-धूप में मेरा बूढ़ा कल रात से भूखा ही रह गया।"

जाँभली गाँव ने संकल्प किया था। बूढ़े लंगड़ गोविंदा का अधिकाधिक सामान बचायेंगे। पिछले ही साल आगे-पीछे की दोनों दीवारें पक्की ईंटों से बनवाई थीं। उनको चूने तथा लाल मिट्टी से रंगाया गया था। दरवाजों पर वंदनवार लगाने से पहले ही अब यह सारा गिराया जायेगा। युवक दीवारों को कुरेदकर एक-एक ईंट को अलग ले जाकर रखने लगे। कुछ लोगों ने बंडेर के मंगलौरी खपड़ैल निकालना शुरू किया।

कुएँ की जगत पर बैठा हुआ बूढ़ा गोविंदा लगातार घर की ओर देख रहा था। पिछले ही साल बंडेर पर मंगलौरी खपड़ैल बिछा दिये थे। उससे पहले की हालत यह थी कि हाथ से बनाये गये खपड़ैल हर साल की बरसात में चूते रहते थे। तब आवडाई गोविंदा को चिढ़ाते हुए–परन्तु प्यार से कहती, "पता नहीं मेरे बापू पर कैसी और कहाँ से शामत आयी, जो उसने इस गाँव में मेरी सगाई पक्की की ? यहाँ बारिश इतनी धुआँधार है कि आदमी भी अँखुआ जायेगा। ऐसी बारिश में कैसे दिन कटेंगे ? घर पर पाख ठीक करवायेंगे ? या ऐसे ही भीगते रहेंगे।" यह सुनकर गोविंदा ने भी मन में ठान लिया था एक-न-एक दिन बंडेर पर मंगलौरी खपड़ैल जरूर चढ़वाऊँगा। जब सचमुच ही खपड़ैल चढ़ाये गये, बूढ़ा गोविंदा अपने पर मुग्ध होकर चार दिन तक हँसता रहा। बंडेर के लिए कौन-सी लकड़ी उपयोग में लायी गयी ? मेंड़ के पेड़ों की या पहाड़ के पेड़ों की ? तख्तियाँ कैसे निकाली गयीं ? रीप कैसे जोड़े गये ?–बूढ़े को यह सारी बातें याद आती थीं। होते-होते बंडेर नीचे उतारा गया। घर में जो भी सामान था, बाहर निकाल दिया गया। अब मिट्टी की बीच वाली दीवारें रह गयीं। ग्रामवासी अलग हट गये और डोजर ने उन दीवारों को जोर से टक्कर दी। दीवारें धड़ाधड़ ढहने लगीं। चारों ओर गर्द-गुबार छा गया। बूढ़ा अब मकान की जगह को भी देख नहीं पा रहा था। वह मन-ही-मन भुनभुनाया–अब किस मुल्क में जायेंगे साँसी की तरह ? साथ में गये होते तो और भी अच्छा होता। गोविंदा की आँखें गीली हो गयीं। उसने मुँडासा निकालकर आँखों से लगा लिया। वह तिलमिला उठा। अपने से ही प्रश्न करने लगा–'कालीमाई–क्या था और क्या हो गया ? क्या था और क्या हो गया ?'

डोजर ने दिनभर तबाही मचाये रखी। बाँध के इस ओर की पूरी जगह अब खाली हो गयी। ढलती धूप में तो खेतों की मिट्टी उदास होकर पड़ी रही। आवडाई ने सोचा–आज की रात सखू जाधव की पौरी में बितायेंगे। वह रसोई के बर्तन तरतीब से लगाने लगी। बीच में बाहर आकर देखने लगी–अपने मकान की जगह को। सोचने लगी–कल, जब हैबती हिरासत से मुक्त होगा, मैं उसे अपने किस मकान की ओर ले जाऊँगी ? कहाँ गया वह बंडेर ? किसने निगल डालीं वे दीवारें ? घर की जगह बिलकुल श्मशान की तरह हो गयी। वहीं पर जाँभली निवासियों की बैठक हुई। उन्होंने तय किया–जो भी हो, मास्टरजी तथा गाँव के सभी लोगों को मुक्त

करवायेंगे। वकील की सहायता लेंगे। संकट की इस घड़ी में मास्टरजी को छोड़ कौन हमें रास्ता सुझायेगा ? बैठक समाप्त हुई। लोग जाधव बस्ती की ओर से धीरे-धीरे गाँव की ओर लौटने लगे। बाहर अँधेरा होने लगा। आवडाई की, आधी से अधिक मुर्गियाँ उड़कर इधर-उधर चली गयी थीं। उनको ढूँढ़ने के लिए वह दौड़-धूप करने लगी। आवडाई को यकायक कुछ याद आया और वह चीख पड़ी–"अरे, बूढ़ा कहाँ है ? कहाँ है मेरा बूढ़ा ?" ग्रामवासी रुक गये। घबराये हुए वे इधर-उधर तलाशने लगे। आवडाई की हिम्मत टूट गयी, वह 'माऽलिऽक, अजी माऽलिऽऽक' कहकर अँधेरे में ही हाँक लगाने लगी।

बूढ़े का कहीं पता नहीं। सभी घबरा गये। बची हुई बस्ती में लालटेन, पलीते जलाये गये। कसकर खोज होने लगी। किसी ने बताया, "शाम को बूढ़ा यहीं–भुतहे कुएँ पर बैठा हुआ दिखाई दिया था।" लोग कुएँ की ओर दौड़ पड़े व पलीतों के उजियाले में नीचे झुक-झुककर देखने लगे। नीला शार पानी। बाबू तथा महाकू दोनों कुएँ में कूद पड़े। उन्होंने ठंडे पानी में आड़े-तिरछे चार हाथ चलाये। तभी बाबू के पैर को किसी चीज का स्पर्श हुआ। वहीं पर डुबकी लगाकर वह थाह लेने लगा। बाबू के हाथ में गोविंदा की कमीज आ गयी। उसने कमीज को जोर से खींच लिया। लोगों ने देखा बूढ़े का ठंडा मुर्दा ऊपर आ गया है। साथ में कई बुदबुदे भी। बस्ती पर शोर हुआ। जाँभली गाँव की ओर जा रहे बाँधपीड़ित शोर सुनकर बीच रास्ते से ही लौट पड़े। टीले के तंबू में बंदूकें अपनी जगह पर चली गयी थीं। उन्होंने बिना गोलियाँ चलाये ही मैदान जीत लिया था। इधर सर्दी से सिकुड़े हुए जाँभली ग्रामवासी बूढ़े गोविंदा की अरथी लेकर नदी पर पहुँच गये। आवडाई ने मृत गोविंदा के ठंडे मुँह को बार-बार देखा। दोनों गालों का स्पर्श करते हुए वह अपने शोक को रोक नहीं सकी। उसने अपनी चूड़ियाँ तोड़ दीं। 'माऽलिऽक' हृदय को द्रवित करनेवाली चीख के साथ ही वह दहाड़ मारकर रोने लगी। रोते-रोते वह बेकाबू हो गयी थी। मुँह से लार गिर रही थी। बाल बिखर गये थे, भाल का कुंकुम मिट गया था। लोगों से उसका सौभाग्य चिन्ह रहित माथा देखा नहीं जा रहा था। स्त्रियाँ उसे चिता से अलग करने लगीं। आवडाई ने हाय-तोबा मचा दी। बाप की चिता में अग्नि देने के लिए न हैबती था न गुणवा। रोती-बिलखती आवडाई की घिग्घी बँध गयी। आखिर पड़ोसियों ने उसे खींचकर अलग कर लिया। बूढ़े पांडू येताला ने चिता को अग्नि दी। चिता धू-धू जलने लगी। चिता पर कंडे फेंकते-फेंकते ही बढ़ई बोला, "सचमुच नाक में दम कर दिया इस बाँध ने। अब गाँव समाप्त हुआ। गाँव मर गया।"

आँसू पोंछते हुए बूढ़ा पांडू बोला, "नहीं यार, ऐसा नहीं है। अब इस गाँव को अपनी जिंदगी रोते-कराहते बितानी पड़ेगी। सबको धू-धू जलना होगा, इसी जलावन की तरह।

गाँव को जलावन मिल गया पर मौत नहीं मिली। बूढ़ा गोविंदा पुण्यशील था, तभी तो मुक्त हुआ बेचारा !

चार

तहसील कार्यालय होने के कारण बाघेठाण में प्रायः भीड़ रहती ही है। आज तो बाघेठाण सही मायने में आदमियों से ठसाठस भर गया था। 'जाँभली बुद्रुक बाँध कार्य समिति' के बैनर्स सिर पर धारण किये हुए, पाँच-छह जीप गाड़ियाँ धूल उड़ाती हुई आ-जा रही थीं। सांसद शिंगाडे साहब ने सूखाग्रस्त इलाके के सभी पटवारियों, सरपंचों, सोसायटी के चैयरमैनों को बुलावा भेजा था। बाँध बनेगा, सूखा हटेगा, भूमि सुजलाम् सुफलाम् बनेगी—इस ख़याल से सूखाग्रस्त भाग के लोग धराऊ कपड़े पहनकर सभा के लिए उपस्थित हुए थे—जैसे मेले-ठेले में आए हों। पिछले दो-तीन सालों की गर्मी में स्वयं बाघेठाण को पानी की कमी महसूस होती थी। टैंकर का पानी बाघेठाण वासियों को अच्छा नहीं लगता था। जाँभली बाँध-योजना पूर्ण होने पर पीने के पानी की उनकी समस्या चुटकी बजाते ही हल होगी। सांसद शिंगाडे बार-बार कहते रहते हैं—"सन् 1952 की बात है। पंडितजी हेलीकॉप्टर में सवार हो सह्याद्रि की घाटी में निरीक्षण कर रहे थे। उन्हें जाँभली बाँध की साईट निहायत पसंद आयी।" खैरापुर का पोपट पापुद्रे तो और भी भीतर की बात कहता रहता है—"हेलीकॉप्टर में पंडितजी के साथ वल्लभ भाईजी भी थे। जाँभली गाँव के निकट दोनों पहाड़ों के छोर एक-दूसरे के निकट आये हुए, बीच में बाघजाई नदी की धार। इस जगह को देखते ही चाचाजी ने 'क्या ही फर्स्ट क्लास साईट है जी।' कहकर वल्लभ भाईजी के हाथ पर ताली दी, जैसे तस्वीर खिंचवाने के लिए दी जाती है।"

आज तक यह बाँध-योजना किसी-न-किसी कारण से कार्यालय में अटकी हुई थी। सांसद शिंगाडे पाटील की जोरदार माँग थी कि अठारह हजार हेक्टर जमीन को सिंचाई की सुविधा देनेवाली, पूरे तहसील के लिए वरदान-स्वरूप यह योजना किसी भी हाल में पूर्ण होनी ही चाहिए। माँग करते-करते सांसद शिंगाडे बूढ़े हो गये। बाँध का बजट कई गुना बढ़ गया। बीच में शरारती जाँभली गाँव ने तीन बार भूमि-पूजन समारोह बिखेर दिया, इतने पर भी योजना की ढपली नहीं बजी। आखिर ढलती उम्र में शिंगाडे को अनशन कर आँतें सुखानी पड़ीं तब जाकर योजना मंजूर हुई।

सांसद शिंगाडे पाटील सबेरे ही विश्राम धाम पर आकर टिके हुए थे। आते ही बात उनके कान तक पहुँची—चार दिन पूर्व पुलिस ने खैरमोडे मास्टरजी के साथ, जाँभली गाँव के कई लोगों को गिरफ्तार कर जेल में डाल दिया है। सांसद महोदय के

व्यक्तित्व के संबंध में क्या कहा जाय ? देखने में सात्विक। ऊँचा-तगड़ा, गोरा-चिट्टा, मोहक शरीर। उस पर खद्दर का पहनावा—कड़क स्टार्च किया हुआ। दायें कन्धे पर तह की हुई शाल, हाथ में वक्राकार मुठिया की बेंत की लाठी। जरा-सा चिढ़ने पर भी उनका क्रोध बढ़ जाता, मुद्रा निहायत सुर्ख हो जाती। जाँभली ग्रामवासियों की गिरफ्तारी की बात सुनते ही वे खीझ उठे। विश्राम धाम के बरामदे में ही क्रोध से बरस पड़े—"अरे, जिनके बलिदान पर तुम पूरी तहसील को सुखी बनाओगे, उनके साथ यह बर्ताव !" खास बैठक के लिए जिलाधिकारी, डी. एस. पी., प्रांत अधिकारी, डेप्युटी, चीफ इंजीनियर से लेकर और कई वरिष्ठ अधिकारी आये हुए थे। कहते हैं सांसद शिंगाडे ने जिलाधिकारी को आड़े हाथों लिया। तुरंत आदेश हुआ जाँभली ग्रामवासियों को जल्द से जल्द मुक्त किया जाय। मवेशियों की भाँति बंद किये गये बाँधपीड़ित बाहर तो आ गये, पर आगे-पीछे पुलिस को रखकर उन्हें एक तरह से पकड़कर ही सभा-स्थल पर ले जाया गया।

पुणे और सातारा जिलों के बीच का यह आंबेपुर जिला। वहाँ के बाघेठाण तहसील की भौगोलिक परिस्थितियाँ कुछ विचित्र ही हैं। तहसील के पश्चिम में सह्याद्रि की प्रमुख पहाड़ी कतारें। वहाँ पर मूसलाधार पानी बरसता है, पर पूर्व में सूखा। कभी-कभार ही छींटे गिरते हैं। लोगों को सूखे की आदत-सी हो गयी है। इन स्थितियों में परिवर्तन होना चाहिए, इस भूमि का विकास होना चाहिए—सांसद बाबूराव शिंगाडे पाटील की यह बचपन की इच्छा थी। स्वतंत्रता आंदोलन में उन्होंने प्रभातफेरी निकाली थी, दो महीने तेरह दिन का कारावास भोगा था। तभी से राज्य की राजनीति में उनका प्रभाव बढ़ गया था। प्रथम दो आम चुनावों के टिकट तो उन्हें घर बैठे ही प्राप्त हुए थे। आगे लोगों के आग्रह पर वे सांसद हो गये। सांसद होने का उनका यह दूसरा मौका है। उनके मन में एक कसक बराबर चुभती रही है—यहाँ के राजकर्ताओं ने दिल्ली भेजकर मेरा अहित किया है। राज्य में मंत्रीपद मिलने की जो संभावना थी, यहाँ के कुछ धूर्त लोगों के कारण वह धरी-की-धरी रह गयी।

सांसद के गाँव—खैरापुर का अपना एक अलग महत्त्व है। सूखाग्रस्त क्षेत्र में वही एक पैठ का प्रमुख गाँव है। सांसद ठहरे असली देशमुख खानदान के। गाँव के चारों ओर टूटी-गिरी चहारदीवारी है। बीच में लकड़ी के काम की भव्य हवेली उनके ऊँचे खानदान का प्रमाण है। कुओं में अब पहले की भाँति पानी नहीं रहा। पहले की हरियाली भी अब कहाँ रही ? अपनी डेढ़ सौ एकड़ जमीन में सिंचाई की सुविधा हो, अपने साथ-साथ इलाके का भी विकास हो जाय—इस खयाल से उन्होंने भरी जवानी में जाँभली बाँध-योजना की माँग की। उसकी पूर्ति के लिए बहुत हाथ-पैर मारे, फिर भी उन्हें यह प्राप्त नहीं हुआ। कहते हैं न—एक बार खराब समय आ जाने पर कुछ भी हाथ नहीं लगता। असफलता के बावजूद सांसद शिंगाडे ने अपने विकास में

व्यवधान नहीं आने दिया। उनके पास खाद की दलाली का बड़ा कारोबार है वे शराब के विरोधी हैं, पर उनके दो भतीजे आंबेपुर में कंट्री लिकर की तीन दुकानें करते हैं। दोनों अपने पैरों पर खड़े हो गये हैं ना ? फिर इसकी चिंता नहीं करनी चाहिए' इसके अतिरिक्त उनका एक पेट्रोल पंप है आंबेपुर में, दूसरा बाघेठाण में ही है। इस सबके आधार पर किसी तरह गुजर होती है।

उनको विश्वास हुआ था कि अपने जीते-जी जाँभली बाँध बनेगा नहीं। कुछ वर्ष वे इन सब बातों को भूल भी चुके थे, पर चार वर्ष पूर्व ज्येष्ठ चिरंजीव पुणे से लॉ पास कर लौटे तो शिंगाडे की हवेली में बाँध की माँग को फिर एक बार बल मिला। इसका एक कारण था। चिरंजीव सर्जेराव जब एस. पी. कालेज में पढ़ते थे, तब के उनके दो सहपाठी प्रांतीय मंत्री परिषद में राज्यमंत्री बन गये थे। एक के पिताश्री ने पहले ही सहकारिता तत्त्व के आधार पर चीनी मिल खोलकर अपने चिरंजीव के कर्त्तव्य के लिए मैदान खुला छोड़ दिया था। यह बात मन से हटाये हटती नहीं थी। इसकी देखा-देखी शिंगाडे पिता-पुत्र में कहा-सुनी होती--

"आबा, आप बताइए हमारे लिए आपने क्या रख छोड़ा है ?"

"बेटे, हमने अपने देश की स्वाधीनता के लिए..."

"वह बहुत पुरानी बात हुई। आज की कहिए।"

शिंगाडे पाटील ने भाँप लिया, लड़का जिद्दी है। आखिर उसने भी माँगा तो क्या माँगा ? एक चीनी मिल तो माँग रहा है वह। बस इतना ही ? फिर शिंगाडे पाटील ने संकल्प ही कर लिया--कारखाना किसी भी हालत में खोलना होगा। प्यारे बेटे की इच्छा पूर्ण करनी होगी। तहसील का विकास होगा सो तो अलग ही। एक पंथ दो काज। कारखाना खोलने के लिए अनुमति प्राप्त करना शिंगाडे पाटील के लिए कठिन काम नहीं था। वे दिल्ली, बंबई में अपने प्रभाव के आधार पर सहज ही बाजी मार सकते थे। पिता-पुत्र ने जोर लगाया था। देखते-ही-देखते उन्होंने लाखों रुपयों के शेयर्स इकट्ठा किये, पर इधर के नये नियमों ने नये प्रस्तावों की गर्दन दबोच रखी थी--कारखाना खोलना है ? पहले गन्ने का क्षेत्र दिखाइए। सूखाग्रस्त इलाके में गन्ने का क्षेत्र कैसे दिखायें ? पुराने कुओं के आधार पर जहाँ सिंचाई होती थी, उस क्षेत्र को पुनः-पुनः नापा गया--वह पर्याप्त नहीं था। बाँध के बिना पानी नहीं। पानी के बिना गन्ना नहीं। गन्ने के बिना चीन मिल नहीं। घूम-फिरकर बात बाँध पर आ जाती।

बाँध का महत्त्व पिता-पुत्र दोनों की समझ में आ गया। सांसद के अनशन का तीर सही निशाने पर लग गया। सिंचाई मंत्री देर रात, समय निकालकर बाघेठाण पहुँचे। उन्होंने अभिवचन देकर सांसद महोदय को अपने हाथों नींबू का रस पिलाया। वहीं पर मंत्री महोदय ने कार्यकारी अभियंता को आड़े हाथों लिया। आदेश

हुआ–आठ दिन के भीतर काम शुरू कर दो। जो भी विरोध या प्रतिरोध करेगा उसे कुचल डालो। चार परिवार निराधार हों तो हों, पर विकास के काम में बाधक शक्ति को जड़ से उखाड़ दो। मास्टरजी मन-ही-मन सोच रहे थे--चार नहीं पूरे ग्यारह हजार लोग, पूरे पाँच गाँव और अंशतः चार गाँव बाँध के पानी में डूब जायेंगे।

मंच पर विराजमान सांसद ने अपनी चक्कर काटती हुई नजर को एक बार पूरे सभागृह पर दौड़ाया। वास्तव में, जाँभली ग्रामवासियों को कैद करवाकर, पुलिस की सहायता से बाँध की जगह पर कब्जा करवाकर उन्होंने पहली बाजी मार ली थी। फिर भी उन्हें थोड़ी चिंता थी। बाँध का कार्य जाँभली गाँव की सिवान में ही जारी रहना था। सांसद शिंगाडे विरोध की किचकिच नहीं चाहते थे। उन्होंने ग्रामवासियों में विश्वास पैदा करने के उद्देश्य से आज की सभा का आयोजन किया था। उनके सूखाग्रस्त भाग के कार्यकर्ता यह सोचकर खैर मना रहे थे कि आखिर किसी तरह बाँध योजना चल निकली। सांसद अपने सभी रिश्तेदारों को साथ ले आये थे। विधायक सुभानराव मालुसरे, सभापति बलिअण्णा भुजबल, तहसील संघ के पदाधिकारी पर्वतराव ऐनापुरे, झेड्. पी. के. मानसिंगराव सावंत, घाँडी बुवा चाबुकस्वाद, न जाने कितने लोग जमा हुए थे। युवा नेता सर्जेराव शिंगाडे पाटील का क्या कहना ! वे तो दूल्हे की तरह सज-धजकर सभा में उपस्थित हुए थे।

खैरमोडे मास्टरजी तथा उनके सभी सहयोगियों ने चार दिन कैद की हवा चखी थी। सबको खटमलों ने खूब काटा था। बदन पर जहाँ-तहाँ फुंसियों के व्रण उभरे हुए थे। जाँभली के शेष लोगों को भी सभा का निमंत्रण गया था। जाँभली गाँव से आये हुए लोगों के साथ जब जेल से रिहा किये गये पुरुषों की भेंट हुई, तब लगभग रोना-धोना ही हुआ। पांडू येताला ने तो मास्टरजी को आलिंगन दिया। दुखावेग में उसने कहा–

"मास्टरजी, बाँध की जगह पर कुछ बचा ही नहीं। अमरूद, केले के बगीचे–सबका सत्यानाश हो गया।"

"बाबू सचमुच बताओ क्या बाँध के लिए सारी जमीन अधिकार में कर ली गयी ?"

"मास्टरजी, उन्होंने कुछ भी छोड़ा नहीं। दोनों तरफ लकीरें खींची गयी हैं। सारी फसलें उखाड़ ली गयी हैं। जगह पूरी सफाचट कर दी गयी है–बाँध की नींव की खुदाई भी आरंभ हो गयी है।"

"तुम लोगों ने प्रतिरोध क्यों नहीं किया ?" मास्टरजी गरज पड़े।

"प्रतिरोध क्या करेंगे मास्टरजी ? सीने पर बंदूक लगाकर ही काम शुरू किया गया।"

"पुलिस के कितने सिपाही हैं वहाँ पर ?"

"लंबी-चौड़ी छह गाड़ियाँ भरकर पलटन की पलटन है। वहाँ पर वायरलेस स्टेशन, हथियार वाले, बिना हथियार वाले पुलिस सिपाही—सरकार ने युद्ध की-सी तैयारी की है। उसके साथ हँसिया और कत्ते से हम कैसे लड़ेंगे ?"

इरलेबाड़ी, बिबेबाड़ी, फणसबाड़ी के बाँधग्रस्त मास्टरजी की ओर टकटकी बाँधकर देख रहे थे। मास्टरजी तनिक हिम्मत हारे हुए-से लगते थे। वे अच्छी तरह जानते थे कि इस प्रकार का दिन कभी-न-कभी आनेवाला था। शासन के हाथ में राक्षसी सत्ता रहा करती है। वही बात पढ़े-लिखे लोगों की भी होती है। वे अपनी बदली हुई, सुख-सुविधाओं तथा चोंचलेबाजी के लिए समय आने पर प्रकृति पर ही नहीं, उन गिरि-गह्वरों में निवास कर रहे अनाड़ियों पर भी आक्रमण करते हैं। अपनी लूट को लूट न कहकर विकास, प्रगति जैसे लुभावने नाम देते हैं। गुनहगारी पर दर्शन का आकर्षक आवरण चढ़ाते हैं। ऐसे अवसरों पर सब एक हो जाते हैं। शासन के साथ इस प्रकार के मुफ्तखोरों का गठबंधन हो जाने पर जो स्थितियाँ पैदा होती हैं उनके बारे में तो पूछो ही नहीं। मास्टरजी यह जानते हुए भी कि एक-न-एक दिन यह सब होगा, हारी जानेवाली लड़ाई हिम्मत के साथ लड़ रहे थे। इस बात पर उनका विश्वास ही नहीं था कि बाँध-निर्माण-कार्य में रुकावट डाले बिना बाँध पीड़ितों को दो-चार सहूलियतें और सुविधाएँ प्राप्त होंगी। सीधी उँगली से घी नहीं निकलता—यहाँ का तो यही रिवाज है।

सभा आरंभ हो गयी। जिलाधिकारी ने माइक हाथ में ले लिया। सांसद शिंगाडे बीच में ही उठे। चेहरे पर मनहूसियत लाकर उन्होंने कहा, "भाइयो और बहनो, सभा में एक महत्त्वपूर्ण बात की ओर ध्यान देना होगा। जिस दिन जाँभली बाँध-निर्माण-कार्य का आरंभ हुआ उस दिन उसी गाँव में एक दुर्घटना हुई। हमारा एक वृद्ध बाँधपीड़ित भाई गोविंदा जाधव पैर फिसलकर कुएँ में गिर गया। उसकी मृत्यु हुई। मृतात्मा को शांतिलाभ हेतु हम सब सभा के आरंभ में ही दो मिनट खड़े रहेंगे। श्रद्धांजलि अर्पित करेंगे।"

सभा ज्यों ही उठ खड़ी हुई श्रद्धांजलि ऊपर बूढ़े तक पहुँची। सारे लोग फिर बैठ गये। जिलाधिकारी जानकारी देने लगे। इस बाँध के कारण भले ही पाँच गाँव पूर्णतः और चार गाँव अंशतः नष्ट हो जायेंगे, इससे अठारह हजार हैक्टेयर जमीन में सिंचाई की सुविधा होगी। इस बाँध-निर्माण-कार्य पर पैंतालीस करोड़ रुपये व्यय कर सरकार बाघेठाण तहसील से अकाल को हमेशा के लिए भगाना चाहती है। बाँध पूरा हो जाने पर पूरी तहसील में पैदावार इतनी बढ़ेगी कि किसानों को मानो होरे-मोती ही प्राप्त हो जायेंगे। खैरापुर, ऐनापुर, वाजेगाँव तथा लाभक्षेत्र के सभी किसानों ने सभा में ही नारे लगाना शुरू किया—

"जाँभलीऽ बाँधऽऽऽ..."

"पूराऽ होगा, पूराऽ होगाऽऽऽ"

"जाँभलीऽ बाँधऽऽऽ..."

"पूराऽ होगा, पूराऽ होगाऽऽऽ"

सांसद महोदय ने हाथ ऊपर उठाकर सबको शांति बनाये रखने का आह्वान किया। उनका गांधीवादी मन गद्‌गद हो उठा। उन्होंने समझाने के स्वर में कहा, "इस तहसील में जितने बाँधपीड़ित और लाभक्षेत्र के लोग होंगे सबको एक होकर विकास-गंगा का जल घर-घर तक पहुँचाना चाहिए। पर पता नहीं क्यों मेरे बाघेठाण तहसील में इन दोनों शक्तियों में दरार-सी दिखाई दे रही है।"

महाकू भोसले से रहा नहीं गया। वह तैश में आकर उठा। पूछने लगा, "आप हमें इतना बताइए कि हम बाँधपीड़ितों को आप किस दह में धकेलेंगे ?"

"बताइए साहब, आप हमारे बाँधपीड़ितों का कैसा प्रबंध करना चाहते हैं ?" सांसद महोदय ने पुनर्वास अधिकारी से इस प्रकार पूछा मानो पुनर्वास अधिकारी ही बाँधपीड़ितों की दुर्व्यवस्था के लिए जिम्मेदार हो।

अधिकारी ने सूची पढ़ना शुरू किया, "नीचे के दस-पंद्रह गाँवों में बाँधपीड़ितों को देने के उद्देश्य से भू-संपादन कार्य आरंभ हो गया है। उन्हें अच्छी किस्म की जमीन प्राप्त होगी। उनके लिए अच्छी बस्तियाँ बसायी जायेंगी, जलसंभरण-योजनाएँ कार्यान्वित होंगी। समाज मंदिर के लिए जगह, चावड़ी, नयी बस्ती में मवेशियों के लिए अच्छे बसेरे, हर एक के लिए अलग भूखंड, मकान बनवाने के लिए कर्ज की सुविधा, फलानी सुविधा, ढिकानी सहूलियत—हम क्या नहीं कर रहे हैं इन बाँधपीड़ितों के लिए ?" सभागृह में बैठे हुए लोगों को कागज पर अंकित मकान तथा बस्तियाँ दीखने लगीं।

लाभक्षेत्र से आये हुए लोग आँखें बड़ी कर बाँधपीड़ितों से मानो पूछना चाहते थे—"क्यों ? तुम्हें और क्या चाहिए ?"

वक्ताओं के भाषण आरंभ हुए। आश्वासनों की आतिशबाजी हो रही थी, पर मास्टरजी चुप्पी साधे बैठे थे। उन्हें आशंका थी—क्या लाभक्षेत्र के इन लोगों का उत्साह हमेशा के लिए बना रहेगा ? मास्टरजी का पूरा जीवन गाँव से बाहर पश्चिमी नाले के उस पार हरिजन बस्ती में बीत गया था। वे जीवन में कई लोगों को अच्छी तरह से जान चुके थे। लोगों की नीयत पर उन्हें भरोसा नहीं था। वे गाँव के लोगों के व्यवहार, नाते-रिश्ते सबको अच्छी तरह से जानते थे। उनकी माँ—जसोदा—जेजुरी के खंडोबा (शिव के एक अवतार मल्हारी) की भक्तिन थी। बड़े लड़के—दादू के जन्म के बाद दस साल तक उनकी गोद नहीं भरी। बच्चा पेट में टिकता नहीं था। ऐसा चार बार हुआ। एक रात जसोदा ने सपना देखा। सपने में खंडेराय ने दर्शन दिये। कहा, अगला बच्चा जीवित रहेगा, दिन दूना रात चौगुना बढ़ेगा, पर शर्त यह है कि

जसोदा को उसके लिए हर साल पचास घरों के दरवाजे पर जाकर पसर-पसर अनाज माँगना पड़ेगा। हर गाँव के दस-दस घर—इस प्रकार पाँच गाँवों का चक्कर काटना पड़ेगा। सीधा जमा कर उससे प्रसाद बनाना होगा; फिर क्या मजाल है कि कोई लड़के का बाल बाँका करे ? जसोदा ने पेट में पाँच महीने का गर्भ ढोकर पाँच गाँवों के चक्कर काटे थे। पचास घरों से बुकटा-बुकटा इकट्ठा कर उसने प्रसाद चढ़ाने की जिम्मेदारी निभायी। खैरमोडे मास्टर छह साल के रहे होंगे, जब माँ का अंचल पकड़कर उन्हें पचास दरवाजों पर जाना पड़ता था।

चाचा की सहायता से मास्टरजी बचपन में ही बंबई जा पहुँचे। वहाँ पर मिडल पास किया। आरंभ में कोयना परिसर में नौकरी मिल गयी। बाँधपीड़ितों को, दो नावों पर चढ़नेवाले परंपरागत नेताओं की तुलना में वसंतराव खैरमोडे मास्टरजी अपने लगते थे। नौकरी पर बाभुलगाँव जाते-आते, सुबह-शाम वे हाट में थोड़ी देर के लिए रुकते। कालीमाई के पुराने पाकड़ के नीचे जाँभली के बासिंदे उनकी प्रतीक्षा करते रहते। मास्टरजी की पुकार पर सारा गाँव इकट्ठा हो जाता। उन्हें आन्दोलन में कई पुरस्कार भी प्राप्त हुए थे। शिक्षा विभाग से उन्हें दो बार मेमो दिया गया था। वेतन रोक रखा था। एक बार निलंबन का नोटिस भी दिया गया था। मास्टरजी ने दीवानी में फरियाद कर नोटिस को विफल करवाया था। लाभक्षेत्र के नेताओं तथा जमींदारों को लगता, खैरमोडे मास्टर विकास-कार्य के रास्ते का प्रमुख रोड़ा है। कई नेता सोचते, मास्टर को एक जोरदार धक्का देना चाहिए; पर विवश हो चुप बैठते। मास्टरजी ठहरे हरिजन। उन पर हाथ उठायेंगे तो पूरे गाँव की दाँवर बाँध दी जायेगी। साँप-छछूँदर की-सी स्थिति हो गयी थी—न छोड़ते बनता न खाते।

मास्टरजी को सारा याद आता—बचपन में उनकी माँ के आँचल में बुकटा भर अनाज देते समय एक-एक का जी भारी होता था। यह औलाद जूठन का एक दाना भी किसी को नहीं देती। यह बाँधपीड़ितों को जमीन क्या देगी ? जमीन के पर्याय में बंजर पठार गले में मढ़ देंगे। उसमें हल चलाते समय हड्डियाँ ढीली हो जाएँगी। बैल मुँह के बल गिर पड़ेंगे। अब तो सब तोते की तरह रटी-रटायी भाषा में मीठी वाणी बोल रहे हैं। उनका क्या आता-जाता है ? आश्वासनों की खैरात करने वाले ये अधिकारी। इनका कहीं तबादला भी हो जाता है, तो ये रोने लगते हैं। हमें तो दूसरे गाँव में बसना है—जहाँ का हवा, पानी, लोग, फसल, सब-का-सब अलग-अलग होगा। हमें अपना गाँव छोड़ना होगा। हमेशा के लिए।...मास्टरजी की आँखों के सामने कोयना परिसर के अस्थिपंजर बने बाँधपीड़ितों का जीवंत चित्र था। समाज से अलग-थलग पड़े हुऐ वे लोग ! कितनी दुर्दशा हुई थी उनकी !! मास्टरजी खुद से ही बात कर रहे थे, 'हमें किसी की दया नहीं चाहिए। हमें अपना हक चाहिए।'

सभा चल रही थी। उसी समय पंचायत समिति के उपसभापति लाला जाधव

और सरपंच दत्तू करवंदे सभा-स्थल पर आ पहुँचे। बैठने के लिए जगह नहीं थी; फिर भी जूतों को अलग हटाकर वे मंच पर ही बैठ गये। दोनों जाँभली गाँव के ही निवासी थे पर उन्हें इस बात का खयाल ही नहीं था कि जाँभली गाँव के अधिकतर लोग पाँच दिन कैद में थे। आते ही दत्तू सरपंच ने एक अर्जी निकालकर सांसद के आगे सरका दी। उसकी इच्छा थी कि सरकार की ओर से बाँधपीड़ितों के प्रतिनिधि के रूप में उसकी नियुक्ति हो जाय। सांसद महोदय ने दत्तू की अर्जी अपनी फाइल में रख दी। कहीं खो न जाय। ईमानदार कार्यकर्ता को न्याय देना चाहिए न ?

जाँभली समेत सभी गाँवों के बाँधपीड़ितों के लिए अब सारी बातें निश्चित हो गयी थीं। अब एड़ियाँ रगड़ो या दीवार पर सिर पटक दो; बाँध बनना निश्चित है। किसी का बाप भी उसको रोक नहीं सकता। जाँभली के लोगों के कानों में अब भी डोजर की घर्रऽ घर्रऽ आवाज गूँज रही थी। सांसद ने आश्वासन दिया, ''जाँभली कछार के आदिवासी-बाँधपीड़ितों के लिए विशेष सुविधाओं की प्राप्ति हेतु मैं अपने राजनीतिक प्रभाव का उपयोग करूँगा।'' इधर मंच पर अन्य नेता चुलबुला रहे थे। जब उनसे रहा नहीं गया तो तीन-चार लोगों ने सांसद महोदय से कानाफूसी शुरू की।

''बाँधग्रस्त सब बंदर की तरह हैं। वे क्या कर लेंगे ? पर वह देखिए सँपोला; कैसे चुप्पी साधकर बैठा है।''

''किसकी बात कर रहे हैं आप ?''

''वही, दीवार से सटकर बैठा हुआ काला नाग–खैरमोडे मास्टर।''

''आप पहले उसी को बोलने के लिए कहिए। नहीं तो औंधे घड़े पर पानी... ।''

सांसद ने हाथ उठाकर सभा में चल रही आपसी फुसफुसाहट को रोक दिया।

उन्होंने मास्टरजी से पूछा, ''मास्टरजी, आप क्या सोचते हैं ?''

बाँध बनेगा। अब वह रुकेगा नहीं। हमारी झाडाझडती जीवनभर चलेगी। पर कम-से-कम हमारे बाल-बच्चों के भाग्य में तो यह भोग न आयें–मास्टरजी की इतनी ही इच्छा थी।

वे उठे। उदास स्वर में पूछा, ''क्या मुझे बोलना ही चाहिए ?''

''हाँ, कहिए।'' सांसद ने असंतोष को बहा देने के उद्देश्य से मास्टरजी को बोलने का आग्रह किया।

''यह बाँध आप मत बनवाइए।''

''वाह रे वाह।'' कहकर लाभक्षेत्र के किसानों ने मास्टरजी को मुँह चिढ़ाया, ''यह मास्टरजी ऐसा ही है।'' दत्तू सरपंच ने पास बैठे व्यक्ति के कान में कहा–''एक दिन इसका पैर तोड़ देना चाहिए, तभी वह सीधी बात करेगा।'' अधिकारियों ने भी मुँह फुलाकर मास्टरजी की ओर देखा। जिलाधिकारी ने हँसते हुए पूछा, ''मास्टरजी क्यों नहीं बनवाना चाहिए बाँध ?''

"साहब, आप लोगों के लिए जो बाँध है, हमारे लिए वही मरण है। जब एक नगर से दूसरे नगर में तबादला हो जाता है तब आपकी आँखों के आगे अँधेरा छा जाता है। हमें तो घर-गृहस्थी, देवी-देवता, जानवर-मवेशी सबको साथ में लेकर दूसरे मुल्क में जाना होगा। हमारी जिंदगी तबाह होगी।"

"मास्टरजी विकास होना है तो किसी-न-किसी को घाटा उठाना ही पड़ेगा न ?"

"जी हाँ, क्यों नहीं उठायेंगे घाटा ? पर मैं कहता हूँ, इस बाँध के बिना भी विकास सध सकता है।"

"सो कैसे ?"

"क्यों हटा रहे हैं आप इतने गाँवों को ? किसलिए नष्ट कर रहे हैं यहाँ की पहाड़ी बस्तियाँ ? क्या यह बेहतर नहीं है कि बड़े बाँध के बदले छोटे-छोटे तीन बाँध बनवाये जायँ ? किसी भी गाँव को हटाना नहीं पड़ेगा। लाभक्षेत्र में पानी भी पहुँचेगा। न उन लोगों के सिर पर पुनर्वास का बोझ होगा, न हमें गाँव छोड़कर अन्यत्र जाने की नौबत आयेगी। विकास होगा सो तो है ही।"

डूबक्षेत्र के लोगों ने मास्टरजी द्वारा सुझाये गये हल पर सहमतिसूचक तालियाँ पीटीं। मास्टरजी की यह ज्यादा बुद्धिमानी नेताओं तथा अधिकारियों की समझ में नहीं आ रही थी। सभी गुर्राकर उनकी ओर देख रहे थे—सोच रहे थे मास्टरवा हमेशा अटपटी बात करता है। खुद को चीफ इंजीनियर तो नहीं समझता ? सीधी बात है, बड़ा बाँध ज्यादा पानी। ज्यादा पानी का अर्थ है ज्यादा विकास।

सभागृह में किसी को भी कुछ सुनने-समझने का अवकाश नहीं था। पुनर्विचार के लिए समय नहीं था। दिन-ब-दिन बाँध का बजट बढ़ता जा रहा था। सांसद साहब ने समझाने के स्वर में कहा, "मास्टरजी, जरा सोचिए। जो बातें कभी भी नहीं होती हैं, उनके संबंध में जंजाल खड़ा करने से कौन-सी बात बनेगी ? हमें यह बताइए कि अब जो स्थितियाँ हैं, उन्हीं में समस्या कैसे हल करेंगे ?"

"मुझे इस सम्बन्ध में कुछ नहीं कहना है।"

मास्टरजी झट से नीचे बैठ गये। वैसे उनका चुप बैठना लाभक्षेत्र और डूबक्षेत्र दोनों की भी दृष्टि से उचित नहीं था। सबने आग्रह के स्वर में कहा, "मास्टरजी आप कहिए। जहाँ चार लोग इकट्ठा हुए हों, अपनी बात कहनी ही चाहिए।"

मास्टरजी पुनः उठ खड़े हुए। उनका पूरा शरीर उफन रहा था। भरे हुए गले से कहने लगे, "साहब, हम क्या कहें ? श्रद्धांजलियाँ अर्पित करने तथा आरतियाँ उतारने से क्या बुझे हुए चूल्हे सुलगाये जा सकते हैं ? हमारी घर-गृहस्थी का श्मशान हो गया है।"

सांसद मंद-मंद हँसने लगे। उन्होंने तेज किन्तु धीमी आवाज में कहा, "मास्टरजी, अब छोड़िये इन बातों को। आप लोगों की भावनाओं को व्यर्थ ही भड़का

रहे हैं। आप तो जानने-समझनेवाले हैं। आप आगे की पीढ़ी को आदर्श सिखाते हैं। मुझे बताइए, संसार में इतनी सारी बड़ी परियोजनाएँ, बाँध, इमारतें हैं, क्या ये किसी के बलिदान किये बिना ही बनी हैं ?"

"जी हाँ साहब, यही तो मैं कह रहा हूँ कि हम बलि के बकरे हैं। एक नहीं दस बार बलि चढ़ाइए हमें, पर जो सूली पर चढ़ रहे हैं आप उनके बाल-बच्चों की ओर भी देखेंगे या नहीं ?"

"मास्टरजी, ठीक-ठीक बताइए आप क्या चाहते हैं। हमें आपका भाषण नहीं चाहिए।"

"सुनिये, वह लंगड़ गोविंदा मर गया। आप उसकी मृत्यु को दुर्घटना समझ रहे हैं। हम उसे दुर्घटना नहीं, बाँध के कारण हुई हत्या मानते हैं। उसका घर कौन चलायेगा ? क्या आप उसके लड़के—हैबती—को नौकरी देंगे ?"

बाँधपीड़ित लोगों की नजरें सभागृह में हैबती को ढूँढ़ने लगीं। जैसे ही कैद से मुक्ति हुई, हैबती वहीं से अपने गाँव की ओर भागा था। उसे अपनी विधवा माँ को देखना था। उजड़े हुए गाँव को देखना था।

मास्टरजी द्वारा उठाये गये सवाल को सुन सांसद महोदय ने चीफ इंजीनियर की ओर घूरकर देखा। अधिकारियों के बीच चर्चा हुई। चीफ साहब ने खड़े होकर घोषणा की— "हम हैबती के लिए आज ही चपरासी का आर्डर निकाल रहे हैं। हम बाँध-पीड़ितों के और चालीस लड़कों को एक महीने के भीतर काम देंगे।"

वहाँ बैठे हुए बहुत से बाँधपीड़ित नौकरी के लालच से ढीले पड़ गये; लेकिन मास्टरजी के चेहरे पर बहुत अधिक संतोष दिखाई नहीं दे रहा था। उनको छेड़ते हुए बली अण्णा ने कहा—"क्यों मास्टरजी ? बनवायेंगे न बाँध ? पूरी तहसील में पानी कल-कल बहेगा। जिधर देखिए—पानी ही पानी।"

"और उसी पानी में हम बह जायेंगे, ठीक उसी तरह जैसे नाले में कूड़ा बह जाता है।"

"मास्टरजी इतने उपकार पर भी आप उलझनभरी बात करते हैं। यह ठीक नहीं है।" बली अण्णा की आवाज कुछ ज्यादा ही तेज हुई।

"साहब, घायल की गति घायल ही जानता है।"

"आप कहना क्या चाहते हैं ?"

"यही कि पहले हमारी मृत्यु होगी और बाद में ही बाँध बनेगा। हम यह बाँध बनने नहीं देंगे।"

"मास्टरजी, यह तो वैसा ही हुआ—आपने रातभर रामायण सुनी, सुबह पूछ रहे हैं राम कौन और रावण कौन ?"

"आप गद्दे-तकिये से नीचे उतरिये। एक बार बाँधपीड़ित हो जाइये। फिर देखिये

कैसे नानी याद आती है।"

मास्टरजी के मुँह से निकला हुआ 'नानी' शब्द खैरापुरवासियों को बहुत ही चुभ गया। सर्जेराव शिंगाडे पाटील मास्टरजी की ओर धधकती नजर से देखने लगे। खैरापुर के राघू भिवा से तो रहा नहीं गया। "तू हमारी नानी निकालता है रे ?" कहते हुए मास्टरजी की ओर लपका। मास्टरजी आस्तीन चढ़ाकर पैंतरे में खड़े हो गये। पूरा सभागृह उठ खड़ा हुआ। हुल्लड़ मचने के आसार दिखने लगे। सांसद को चिंता होने लगी–कहीं हमारा उद्देश्य चौपट न हो जाय। भीड़ में घुसकर उन्होंने राघू भिवा को पीछे खींच लिया। वे हाथ जोड़कर मास्टरजी को शांत रहने की विनती करने लगे–"भाइयो, शांत होइएऽऽ, शांत होइएऽऽ..."

मास्टरजी की आँखों से अंगारे बरसने लगे। उन्होंने बहुत ही चिढ़कर कहा, "देखा साहब ? अभी से यह अत्याचार। पता नहीं कल क्या करेंगे ? इसीलिए हम कहते हैं। हमें न आपका बाँध चाहिए न पुनर्वास।"

सांसद महोदय के साथ मास्टरजी का यह झगड़ना मंच पर बैठे हुए बली अण्णा को अच्छा नहीं लगा। वे पास बैठे हुए लाला जाधव के कान में कहने लगे–"लाला साहब, देखा तुम्हारा गाँववाला, पेशे से मास्टर और इतनी बड़ी आवाज? धत् तेरे की ! राजनीति करते हो या भैंस चराते हो ?"

"हरिजन का मामला ठहरा। कुछ हो न जाय इसलिए हम इसकी सुनते हैं पर आप तो ठहरे शिक्षा विभाग के सभापति। देखते हैं आप क्या गुल खिलाते हैं ?"

"अच्छाऽऽ, देख लूँगा इसको।"

"एक मास्टरवा और सांसद महोदय के मुँह लगे ! आपके शिक्षा विभाग में कैसे शोभा देती है यह बात ?" लाला जाधव ने सभापति को भड़काने के उद्देश्य से कहा।

"लाला साहब, जरा और सहो; फिर देखना।" सभापति ने लाला साहब को आश्वस्त किया।

सांसद महोदय ने बड़ी मुश्किल से सबको शांत किया। दोनों हाथ जोड़कर अवरुद्ध कंठ से बोले, "भाइयो, शांत हो जाइए। आप बाँधपीड़ित हैं। धरती माता के पुत्र हैं आप। हम आपको छाती से लगायेंगे। निराधार नहीं छोड़ेंगे। आप लोगों का त्यागभाव नहीं भूलेंगे। बाँध-योजना में आपकी जितनी जमीन चली जायेगी हम आपको उतनी जमीन दे देंगे। मकान के बदले मकान देंगे। कट्ठे के बदले में कट्ठा और खंड के बदले में खंड देंगे।"

सांसद महोदय गद्‌गद हो उठे। लाभक्षेत्र से आये हुए लोगों ने उनके आश्वासन पर तालियाँ बजायीं। तालियों की गड़गड़ाहट से शिंगाडे पाटील को भी बल मिला।

उन्होंने कलक्टर से पूछा, "साहब, बाँधपीड़ित गाँवों में से पहला यह जाँभली गाँव आप किस गाँव में ले जायेंगे ?"

"ऐनापुर में।"

"नहीं, वह नहीं होगा।" सांसद गरज पड़े, "इस गाँव का पुनर्वास मेरे अपने गाँव खैरापुर में होगा। मुझे ही इन निर्वासित भाइयों का ध्यान रखना चाहिए। कलक्टर साहब, प्लैन में बदल कीजिए। चलिए, खैरापुर चलिए।"

बाँधपीड़ितों को सांसद महोदय की इस घोषणा का धक्का ही लग गया। खैरमोडे मास्टरजी भी चकित हुए। सांसद महोदय तो अभिभूत हो गये थे। उनका ललछौंहा चेहरा गाजर की तरह और भी लाल हो गया था। कनपटियाँ लाल-लाल हो गयी थीं। स्वतंत्रता आंदोलन के अवसर पर उनकी जो ईमानदारी, भोलापन था आज फिर एक बार उमड़कर आ गया था। मास्टरजी समेत सब लोगों को लगा कि सचमुच यह आदमी हमें आधार देगा। लेकिन इधर उनके चिरंजीव इस नयी घोषणा से कुछ-कुछ घबराये हुए-से दिख रहे थे। सांसद महोदय बोलते ही गये–

"हजारों लोगों के विकास के लिए हमारे ये भाई घर-गृहस्थी पीठ पर लादे दूसरी जगह के लिए निकलें ? बाप-दादाओं की जायदाद, देवी-देवताओं को छोड़ दें ? जीविका के लिए दर-दर की खाक छानते रहें ? नहीं, ऐसा कतई नहीं होगा। कलक्टर साहब, मैं ईमानदारी से कह रहा हूँ; हमारे गाँव में पर्याप्त जमीन न मिले तो बाँध पीड़ित निःसंकोच मेरे तीस-चालीस एकड़ में खेती करें। आप बाँधपीड़ित नाराज हुए हैं। आपका मन उदास है; पर चिंता किस बात की ? मेरे गाँव के लोग ही आपको बतायेंगे–ऐ राघू भिवा, उठो ! आओ ! ऐ बालू मेरू, उठो ! आओ ! बालासाहब, आप भी उठिए ! बताइए, क्या करेंगे आप हमारे बाँधपीड़ित भाइयों के लिए ?"

सांसद महोदय का उत्साह देखकर दूसरों ने भी जोर पकड़ा। थोड़ी देर पहले मास्टरजी पर लपकनेवाला काला राघू भिवा निहायत पिघला हुआ-सा दिख रहा था। वह अत्यंत नम्रता से बोला–

"वे लोग दूसरे मुल्क के थोड़े ही हैं ? वे हमारे सगे भाई हैं। वे बड़े, हम छोटे। वे कहेंगे और हम सुनेंगे। वे बोलेंगे, हम डोलेंगे।"

"चलिए अभी यहीं से चलिए।" बालू मेरू उठकर गरजने लगा, "यहाँ से सीधे खैरापुर चलेंगे। नदी कछार में मेरी जो जमीन है, आप उसी को ले लीजिए। मैं बंजर पठार की जमीन के बल पर किसी तरह जी लूँगा, अभाव में भी चला पाऊँगा, पर आपको हम नाराज नहीं होने देंगे।"

"हम बाँधपीड़ितों को निराधार नहीं छोड़ेंगेऽऽ।" यकायक पाँच-छह व्यक्तियों ने जोरदार शब्दों में आश्वासन दिया।

"वे हमारे भाई हैं।" बैठे हुए लोगों ने भी हाँ, में हाँ मिलायी।

"सुना भाइयो !" सांसद भीगे शब्दों में कहने लगे, "आप बाँधपीड़ित हैं। अभी आप ऊपर पहाड़ी इलाके में रहते हैं। वहाँ न स्कूल है न मंदिर। नदी-नाले में से

जाती हुई सड़कें, पुराने गिरे हुए मकान, जानलेवा बारिश, घुटनों तक कीचड़...छोड़िए इन सबको। आ जाइए मेरे गाँव में। मैं सरकार के दरवाजे पर सिर टकराकर जान दे दूँगा, पर आपके लिए नये कंक्रीट के घर, तारकोल की सड़कें, दरवाजे पर पानी के फव्वारे, घर-घर में बिजली और खेत में गन्ने की फसल—जिसे स्वर्ग-सुख कहते हैं क्या इससे अलग होता है ? आपके मन में जो स्थानांतरण का भय है, आप उसे छोड़िए। पुनर्वास की चिंता छोड़िए। मेरे गाँव में आपके प्रवेश का अर्थ है स्वर्ग में प्रवेश। आपके प्राणों की चुभन मेरे कलेजे की चुभन होगी। आप फिक्र क्यों करते हैं ?"

सांसद महोदय ने सभा पर अपना पूरा प्रभाव जमाया। उनका भाषण सुन अधिकारी भी जोश में आ गये। कार्यकारी अभियंता ने बीच में ही उठकर कहा, "एक बार बाँध का निर्माण-कार्य आरंभ हो जाय, फिर देखिए कितनी जगहें होती हैं—नौकरियाँ ही नौकरियाँ। हम चालीस ही नहीं चार सौ बाँधपीड़ितों को भी नौकरी पर ले सकते हैं।"

नौकरी के लालच से बाँधपीड़ितों का जोश ठंडा पड़ गया। सांसद महोदय ने मास्टरजी को फिर एक बार बोलने के लिए कहा, "कुछ और अड़चनें हों तो जरूर बताइए।"

वास्तव में मास्टरजी ने बाँध का कभी भी विरोध नहीं किया था। उन्होंने अपने न्यायसंगत अधिकारों के लिए आंदोलन का रास्ता अपनाया था। प्रतिकार किये बिना कुछ भी पल्ले नहीं पड़ता। मास्टरजी ने प्रार्थना की कि सांसद महोदय इसी प्रकार हमेशा के लिए बाँधपीड़ितों के सहायक बने रहें। मास्टरजी ने आग्रहपूर्वक माँग की कि अच्छी जलसंभरण योजना बने, अच्छी सड़कें प्राप्त हों। बाँध के कारण उठनेवाला प्रत्येक गाँव नयी जगह पर एक ही बस्ती में बसे। मूल गाँव के न टुकड़े हों न चीरफाड़। मास्टरजी की समस्याओं की सूची लंबी थी, पर बाँधपीड़ित अब पूरी तरह प्रभावित हो गये थे। उन्हें विश्वास हो गया था कि पुनर्वास संबंधी एक छोटा-सा काम भी अब रुकेगा नहीं। मास्टरजी को अपने भाषण को समेटना पड़ा।

सभागृह शांत, अभिभूत। सांसद महोदय ने कोने में बैठे हुए पांडू येताला को हाथ से इशारा किया। कहा, "दादाजी, आप भी कुछ कहिए।" लाठी की मुठिया पर ठोड़ी रखते हुए बूढ़ा पांडू येताला उठा। बहरे पांडू को सभा की सारी-की-सारी बातें सुनाई नहीं पड़ी थीं। जो सुनाई पड़ी थीं उनमें से सब-का-सब समझ में नहीं आया था।

सांसद महोदय ने आवाज बढ़ाकर जोर से पूछा, "दादाजी, बताइए, बाँध बनवाना है ना ? आपको चाहिए न बाँध ?"

बूढ़े पांडू ने अधखुली आँखों से सांसद की ओर देखा। कहा, "साब, आप जैसे

जानकार को मैं क्या बताऊँ ? पर एक अर्ज जरूर करूँगा, हमें यह बाँध भी चाहिए और मौत भी नहीं चाहिए।"

पाँच

साहब लोगों ने भोजन किया। उन्होंने रेस्ट-हाउस में हमेशा की तरह अधिक शराब पी और कम खाया। दिनभर कड़ी मेहनत कर खानसामा ने बहुत ही बढ़िया भोजन बनाया था, पर साहब लोगों की थाली में मुट्ठी-मुट्ठी गोश्त और आधी थाली भर बिर्यानी जूठी पड़ी थी। उसे देख हैबती तथा बिसनू के मुँह में पानी भर आया। दोनों ने एक-दूसरे की ओर देखा, ताली देकर हाँ-में-हाँ मिलायी। तभी जूनियर इंजीनियर साहब की हाँक कान पर पड़ी–

"हैबोऽऽ।"

"जी साहब।" हैबती सामने जा खड़ा हुआ।

"तूने साहब का सूट लगा दिया रे ?"

"जी हाँ साहब, नया कोरा बलांकेट, मसहरी, बाथरूम में साबुन, तेल..."

"ठीक है, ठीक है।"

हैबती भीतर आ गया, तभी महीबू खानसामा ने चिल्लाकर कहा, "लड़को चलो, थालियाँ माँज दो।" हैबती तथा बिसनू की जोड़ी रेस्ट-हाउस से बाहर, अँधेरे में पानी के नल के नजदीक बैठ गयी दोनों ने बचे हुए गोश्त में हाथ डाला। दोनों ने गपागप गोश्त चबाना शुरू किया।

"हैबो, तू अकेला ही हड्डियाँ चूसता है रे ?"

"अबे, तू भी ले लेना। मैंने कब मना किया है रे ?" मुँह में गस्सा ठूँसते हुए हैबती ने कहा "बिसनवा, इस जनम में न-सही अगले जनम में मैं जरूर इंजीनियर बनूँगा।"

"किसलिए रे ?"

"रोज गोश्त खाओ, रोज हड्डियाँ चूसो। ऐसा खाना कब मिलेगा हमें ?"

"पर अगले जनम की बात कर रहे हो न ?"

"वही तो।"

"इंजीनियर के बच्चे, खा जल्दी जल्दी, कोई देख न ले।"

बारह बज गये। इस बात का पक्का विश्वास हो जाने पर कि बड़े साहब सो गये हैं, डेप्युटी, जूनीयर इंजिनियर–एक के बाद एक सारे साहब लोग वहाँ से चल दिये। हैबती इस बात को जानता था कि आज देर होनेवाली है। ए. सी. साहब की

विजिट के समय लोगों की ऐसी ही भीड़ रहती है, वरना नीचेवाले साहबों को कौन पूछता है ? हैबती डेप्युटी साहब के कार्यालय में चपरासी है, पर जब बड़े साहब आ जाते हैं, रेस्ट-हाउस पर उसकी खास ड्यूटी लगती है। रेस्ट-हाउस की बाल्कनी से दिखाई देता था कि बाँध-निर्माण-कार्य ठीक से हो रहा है या नहीं। लगता था, यह रेस्ट-हाउस नहीं निगरानी-बुर्ज है। यहाँ की दीवार पर जाँभली परियोजना का बहुत बड़ा नक्शा चित्रित किया गया था। हरे रंग में चित्रित था डूबक्षेत्र का त्रिकोणात्मक हिस्सा और उससे नीचे की ओर बहुत बड़ा लाभ क्षेत्र। हैबती का मन नक्शे में खैरापुर गाँव पर आकर रुक जाता। सोचने लगता—कैसा होगा खैरापुर ?

हैबती रेस्ट-हाउस से निकलकर पठार के रास्ते अपनी मड़ैया की ओर चलने लगा। बाँध-निर्माण-कार्य का सही आरंभ आठ-दस महीने पहले ही हुआ था। बिजली विभाग ने जल्दी कर साईट पर बिजली का जाल बिछा दिया था। बिजली की बड़ी-बड़ी बत्तियाँ साईट पर फैले हुए लोहे के भारी सामान की कड़ी निगरानी कर रही थीं। उस पार पेड़ों में छिपा हुआ जाँभली बुद्रुक गाँव था।

हैबती अँधेरे में से ही सामने देखने लगा। मड़ैया के बाहर लालटेन टिमटिमा रही थी। पहलेवाला मकान गिराये जाने पर एक पखवाड़े के भीतर ही यह मड़ैया बनवायी थी। पास ही मवेशियों के लिए मँडवा खड़ा किया गया था। आवडाई ने चारों ओर बाँस की टहनियों को एक-दूसरे में फँसाकर किसी तरह से दीवारें खड़ी की थीं। ऊपर गन्ने के पत्तों और लोहे की चद्दरों को पक्का बाँधकर छत बनायी गयी थी। गाँव को कब हटना पड़ेगा—कोई कह नहीं सकता, पर आदेश होते ही मड़ैया को समेटना पड़ेगा। बंजारों की छोलदारी की भाँति बोरिया-बिस्तर बाँधकर चलना होगा पराये मुल्क में।

हैबती मड़ैया के पास आ पहुँचा। पास ही, खुले में, तामजाई देवी थी। ऊपर न छत थी न आसरा। चारों तरफ मंडलाकार रखे हुए पत्थर ही उसके दरबार की दीवारें थीं। हैबती ने तामजाई के सामने हाथ जोड़े। यह पूरे गाँव के ढोरों-डाँगरों की देवी है। चरवाहे बच्चे पैसा-पैसा इकट्ठा करते हैं। खारी मछली का प्रसाद चढ़ाते हैं। बच्चे गाँव से बाहर, खेत-जंगल में ही, देवी का प्रसाद खा लेते हैं। फिर एक चरवाहा मुँह में गरी का टुकड़ा पकड़े हुए खेतों-जंगलों में भागता जाता है। 'बाकी के चरवाहे 'बापोऽऽ बापोऽऽ भागऽऽ भागऽऽ" की पुकार लगाते हुए उसका पीछा करने लगते हैं। उसे ठीक से प्रसाद खाने नहीं देते। इस तरह एक बार तामजाई का देवकार्य निपटा लिया जाय, फिर तो किसी बात की चिंता नहीं। जानवरों को न किलनी-किचड़ी होगी न चिरकने की बीमारी। पिछले साल लड़कों ने तामजाई के प्रसाद के लिए रुपये इकट्ठा किये और बीच में ही बाँध की बला आ पड़ी। सारा देवकार्य धरा-का-धरा रह गया। हैबती ने देवी तामजाई के चरणों पर माथा टेका। कहा, "देख माँ, उस पराये

मुल्क में ढोरों-डाँगरों की रखवाली करना न भूलना।"

हैबती यह सोचकर कि माँ की आधी नींद समाप्त हुई होगी, मड़ैया में आ गया। ढिबरी अभी तक धुआँ उगल रही थी। भीतर, बिछी हुई गुदड़ी पर गुणवंत तथा सुभानजी अप्पा बैठे हुए थे। हैबती को बहुत प्रसन्नता हुई—कितने दिनों के बाद बड़े भैया की भेंट हुई, अप्पा की भेंट हुई। खोज-खबर हुई। आवडाई तुरंत ही उठी। थालियाँ परोसने लगी, तभी हैबती ने कहा—

"माँ, मैं नहीं खाऊँगा।"

"क्यों रे, खा लिया वहाँ पर ?"

"मैं इधर आने के लिए निकल रहा था कि साहब ने हाथ खींचकर बिठा लिया अपने पास..."

"साहब ने अपने पास बिठा लिया ?"

"पास ही नहीं एकदम सटकर। क्या ही फसकिलास गोश्त बना हुआ था।" हैबती ने ओठ चाटते हुए कहा।

आधे से अधिक भोजन कर लेने पर सुभाजी ने भर्रायी हुई आवाज में पूछा, "हैबो, तुम्हारी नौकरी कैसी है रे ?"

"नौकरी ? वह तो एकदम अच्छी है। कुछ काम ही नहीं है। साहब भीतर कुर्सी पर बैठे रहते हैं और मैं बाहर स्टूल पर। कोई आये तो भीतर पर्चियां देते जाओ।"

घर-गृहस्थी चौपट हुई। ऐसी स्थिति में कम-से-कम हैबती को अच्छी नौकरी मिल गयी—आवडाई को इस बात का संतोष था। उसने चूल्हे में लकड़ी सरकाते-सरकाते अपनी गीली आँखें अंचल से पोंछ लीं। भीगी आवाज में उसने कहा—

"भैया, देवी के लिए जैसे बकरे की बलि दी जाती है, मेरे मालिक इस बाँध के लिए वैसे ही बलि पर चढ़ गये। पर अब कम-से-कम लड़के का तो ठीक ढंग से चलने लगा।"

"चुपकर दीदी। रोओ मत।" सुभानजी अप्पा अपनी बहन को सांत्वना देते हुए बोला, "दीदी, तुम्हारी सहायता के लिए बड़ी हिम्मत वाला भाई है, तुम चिंता किस बात के लिए करती हो ?"

"यहाँ से बोरिया-बिस्तर उठाकर अब पराये मुल्क में जाना नहीं पड़ेगा ?"

"क्यों जाती हो पराये मुल्क में ?" सुभानजी ने हाथ के कौर को रोककर पूछा। उसने आग्रह के स्वर में कहा, "मेरे साथ चलो। तुम और हैबती दोनों मेरे लिए बोझ तो नहीं हो ? जहाँ चाहो रहो—ऊपर झांजड़बाड़ी में या मुंबे में..."

"सच माँ, क्यों अपनी दुरदसा करवाती हो ? अप्पा कहते हैं तो वैसा ही करो। चलो हमारे साथ।" गुणवा आग्रह करने लगा।

"नहीं, वह नहीं होगा भैया।" आवडाई झट से बोली, "तुम भाई हो, इससे क्या

हुआ ? आखिर मेहमान ही ठहरे। भाई का दरवाजा केवल इसलिए होता है कि बहन को नैहर-पीहर का मान-सम्मान प्राप्त हो जाय। बहन को तो अपनी घर-गृहस्थी खुद ही खड़ी करनी पड़ती है।"

"माँ, जो भैया तथा अप्पा कह रहे हैं वैसा ही करेंगे।" हैबती खुश होकर बोला।

"मुझसे वह होगा नहीं। मेरे अपने गाँव और अपने लोगों को यहीं पर छोड़ मैं किसी की इंद्रपुरी में नहीं जाऊँगी। मंत्री के हाथ का थाल उछाल दिया था मैंने। जानते हो किसलिए की थी मैंने वह हिम्मत ? अपने गाँव की भलाई के लिए। जो गाँव का होगा वही मेरा भी होगा।"

आवडाई सुभानजी अप्पा की ओर पुनः-पुनः देख रही थी। सच ही, भगवान ने उसे पहाड़-जैसा भाई दिया था। ऊँचा-तगड़ा, खूबसूरत, लंबी-चौड़ी हड्डियोंवाला। उम्र के पचास साल पार करने पर भी उसके चेहरे का रोब कम नहीं हुआ था। सारा परेल, लालबाग क्षेत्र उसे सुभानजी जाबर के नाम से जानता था। चलना-बोलना धीर-गंभीर और रोबीला। मिल में जाबर था, इसलिए उसने बाघजाई कछार के कई लड़कों को अपनी मिल में बसीले से लगवाया था। हाथ में आने वाले रुपयों को व्यर्थ में बहाकर वह जरूरतमंद लोगों को सूद पर रुपये देता। उसकी सख्त इस्तरी की कमीज पर सोने के चार बटन अब भी खुलकर प्रभाव डालते थे। गले में उँगली जितनी चौड़ी सोने की माला। झांजड़बाड़ी में ही नहीं, वाघजाई कछार से आये हुए सारे बंबईवालों में सुभानजी अप्पा अपना अलग स्थान रखता था। दिलदार बंबईवाला के रूप में भी वह प्रसिद्ध है। किसी मंदिर का जीर्णोद्धार हो या युवा-मंडल को दी जानेवाली आर्थिक सहायता की बात हो, सुभानजी अप्पा कभी हाथ खींचकर नहीं रहा।

आवडाई के लिए तो सुभानजी अप्पा का पहाड़ जैसा आधार था। उसने आवडाई के बड़े लड़के—गुणवंत को बचपन में ही गोद लेकर उसकी राजा की तरह परवरिश की थी। हर दशहरे तथा चैत में वह गाँव आता है। आते समय उसके साथ बहन आवडाई के लिए किराने के सामान से भरी खास बोरी रहती है। उसमें चीनी, चाय-पत्ती, खोपरा, तेल का डिब्बा, दालचीनी से लेकर क्या-क्या वस्तुएँ वह ले आता ? इन सारी चीजों को देख आवडाई कहती—सुभानो, कितना बारीक सोचता है रे ? आवडाई को क्षणभर लगा—पराये मुल्क में जाने की अपेक्षा सुभानजी अप्पा के आसरे जाया जाय, पर यह बात उसे पटने वाली नहीं थी। गाँव-सिवान की गहरी जड़ें उसके मन में गहराई तक मजबूती के साथ जमी हुई थीं। ठीक उसी तरह जैसे काली चट्टान में बरगद का पेड़ जड़ पकड़ता है। इन जड़ों को तोड़कर कहाँ जायेंगे ? नहीं, ऐसा करना ठीक नहीं।

आवडाई बहुत दिनों के बाद आये हुए सुभानजी अप्पा के आतिथ्य में कुछ भी कमी नहीं छोड़ना चाहती थी। वह उसके खान-पान का बराबर ध्यान रखती थी; पर सुभानजी अप्पा के चेहरे पर अधिक प्रसन्नता नहीं थी। इस बुढ़ापे में मेरी दीदी गाँव छोड़कर जायेगी ? उसे पति की लँगड़ी लाठी का भी आधार नहीं है। हैबती की नौकरी भी अस्थायी। सुभानजी को आवडाई की गृहस्थी की कुछ ज्यादा ही चिंता होने लगी।

भोजन हुआ। गुदड़ी पर बैठे-बैठे बातचीत हो रही थी। आवडाई ने कहा, "बूढ़े की मौत हुए बरस बीतने को है। अब जल्दी ही हैबती का ब्याह करना चाहिए। रीति-रिवाज को निभाना चाहिए।"

ब्याह की बात निकालने पर हैबती शर्माया। सुभानजी अप्पा ने उसे दिलासा देते हुए कहा, "किसी बात की कमी हो तो बता देना। आप लोग चाहेंगे तो मेरे ही दरवाजे पर ब्याह का धमाका कर देंगे।"

"हैबती, तुम क्या सोचते हो ?" आवडाई ने पूछ लिया।

"मैं क्या सोचूँ ? जैसा आप लोग तय करेंगे।"

कई गाँवों से मँगनी हो रही थी। कौनसा रिश्ता अच्छा, कौनसा बुरा, किसने क्या कहा—आवडाई भाई को यह सब बता रही थी, लेकिन हैबती को किसी भी रिश्ते में रुचि नहीं थी। उसका मन बाभुल गाँव में मामा के घर के इर्द-गिर्द चक्कर काट रहा था। बड़े मामा की लड़की—नाम से रूपा और देखने में भी खूबसूरत थी। अब नौवीं में पढ़ रही थी। बचपन में आवडा फूफी के पास आया करती थी। इत्ती-सी थी, जब हैबती उसे कंधे पर बिठाकर पूरे जाँभली गाँव में घुमाया करता था। खाने के लिए चना-चबेना, लाडूबा के मेले में बताशे दिया करता था। गाँव के लोग चिढ़ाया करते—"क्यों रे हैबो, तूने अभी से लुगाई को सर चढ़ा दिया ?" रूपा की हिरनी-सी छोटी-छोटी आँखें तथा फूले हुए आकर्षक गाल हैबती के दिल में स्थायी रूप से गड़ गये थे। चार मास हुए, हैबती मामा के यहाँ बाभुल गाँव गया था। उसने तन-बदन से भरी हुई मकई की कोमल बाल की तरह गदरायी हुई, पीले रंग की साड़ी पहनी हुई रूपा को देखा तो उसके मस्तिष्क में मधुर झुनझुनी उठने लगी—ब्याह करूँगा तो रूपा के साथ।

"हैबती, तू पर्मनेंट हुआ रे ?"

"मतलब ?" सुभानजी के सवाल से उसकी तंद्रा टूट गयी !

"तुम्हें पक्के होने के लिए आर्डर मिल गया ?"

"पक्के होने के लिए का क्या मतलब ? पक्के का ही तो है। आज तक आठ पगार गिन कर लिये हैं, महीना तीन सौ रुपये।"

"अच्छी तरह से देखना। बीच में ही ब्रेक दे देते हैं।"

"ब्रेक यानी ?"

"बीच में ही कह देते हैं—काम पर मत आना। छह-छह महीने घर में बिठाते हैं।"

"देख बेटे, सावधानी बरतना।" आवडाई चिंतित होकर बोली, "हाथ आयी हुई नौकरी को यों ही मत जाने देना। बाप चल बसा, केले-अमरूद के बगीचे चले गये, अब यह नौकरी भी चली जायेगी तो क्या खाकर जीयेंगे ? तुम्हें तो अभी पूरी जिंदगी निकालनी है।"

हैबती का जी घबड़ा गया। उसने मन-ही-मन कहा, हे भगवान् कुछ भी करो, पर मेरी लाख टके की नौकरी पर पानी मत फेरना। इसी तरह चारों में बहस चल रही थी। तभी बाहर से हाँक आयी "हैबो, क्या सो गये हो ?" हैबती ने शिवा बुनकर की आवाज पहचानी। मड़ैया की किवाड़ खोली। ठिगना शिवा भीतर आ गया। इधर शिवा तथा हैबती की मित्रता खूब बढ़ गयी थी। शिवा और उसकी लुगाई नकुसा दोनों दिनभर बाँध के काम पर मेहनत किया करते। हैबती तथा शिवा की बीच-बीच में साईट पर भेंट हुआ करती। दोनों पान-तम्बाकू खाते। दोनों ठहरे बाँधपीड़ित और एक ही गाँव के निवासी। एक बाँधपीड़ित से दूसरा बाँधपीड़ित मिलता तो गले लगते। अपनी समस्या पर सोचते-विचारते। गाँव कब छोड़ना पड़ेगा ? कैसे छोड़ना पड़ेगा ? पुनर्वास का क्या होगा ? लाख समस्याएँ थीं।

"बैठो शिवराम, बहुत देर से आये ?"

"काम ही जल्दी का निकला। इसलिए आना पड़ा।"

"मतलब ?"

"वैसे कोई चिंता की बात नहीं, पर शाम को ही पटवारी संदेशा लेकर आया। कहते हैं कल पुनर्वास के साहब आनेवाले हैं। लारी में बैठकर खैरापुर जाना है। वहाँ की खेत-जमीन को देखना है। सोचा, तुम्हें भी बता दूँ, इसलिए आ गया।"

"इसका मतलब हमें जल्दी ही उधर जमीन मिल जायेगी ?"

"ना, ना, केवल गाँव और उसके आसपास की जमीन देख लेंगे। देखें तो सही, जहाँ सारा जनम बिताना है उस गाँव की सूरत कैसी है ? रंग-रूप और स्वभाव-गुण कैसा है ?"

आवडाई ने चाय बनाने की तैयारी में चूल्हे पर पानी रखा। उसमें सुभानजी की लायी हुई बंबई की बढ़िया पत्ती डाली। गंध फैल गयी। शिवराम भी इससे पहले बंबई में काम करता था, अतः सुभानजी के साथ उसकी देर तक बातचीत हुई। सुबह खैरापुर जाना तय हुआ। खैरापुर की चर्चा समाप्त हुई तो आवडाई शिवराम की पत्नी के बारे में पूछताछ करने लगी, "सुना है, नकुसा के पाँव भारी हैं। जो सुना है, वह सही है न ?"

"देखते हैं ईश्वर के मन में क्या विचार है ? पिछले दस सालों में तीन बार पेट रहा और सूख भी गया। आशा करता हूँ कि कुछ होगा, पर उसी समय गर्भ अंदर ही अंदर जज्ब हो जाता है। झाड़-फूँक की, देवी-देवताओं की मिन्नते हुईं, फिर भी कुछ सफलता नहीं। भगवान की मर्जी।"

"कालीमाई सब जानती है। तनिक धीरज रख।"

आवडाई तथा शिवराम की बातचीत सुनकर हैबती बेचैन हुआ। जब रहा नहीं गया तो उसने झल्लाते हुए कहा, "वे ससुरे हमारे मुर्दे गाड़कर उधर बाँध बनवा रहे हैं और इधर तुम लोगों को बाल-बच्चों के जन्म तथा ब्याह की चिंता है। मैं पूछता हूँ ऐसे कठिन समय में आपको ऐसी बातें कैसे सूझती हैं ?"

"बेटे, चुप कर। बाँध बने या भूकंप हो जाय, बाल-बच्चों का जन्म कहीं रुकता है ?" आवडाई ने कहा।

"बात सही है, वंश-बेलि बढ़नी चाहिए। संसार को बने रहना चाहिए।" सुभानजी ने अपनी बात कही।

शिवराम चला गया। हैबती को खैरापुर जाने के लिए सुबह जल्दी उठना होगा, अतः सोने की तैयारियाँ होने लगीं। गुदड़ियाँ ठीक-ठाक की जाने लगीं। बहुत देर से गुणवा चुप बैठा था, यह बात आवडाई के ध्यान में आ गयी। उसने पूछा, "गुणवा, बेटे, तू उदास क्यों है रे ?"

"हमारे पीछे भी भुनभुन शुरू हुई है न ?"

"कैसी भुनभुन ?"

"हमारी झांजड़बाड़ी का चौथाई भाग हटेगा। शेष गाँव को पानी घेर लेगा। सामने वाला मसणमाल गाँव पूरा-का-पूरा उठ जायेगा। इतनी असुविधा में कैसे रहेंगे? नीचे के बगीचे पानी में डूबेंगे, सिर्फ पठार-पहाड़ में कैसे गुजर-बसर होगी ? वह भी कहाँ हमारे अधिकार में है ?"

"झांजड़बाड़ी यहाँ से अठारह कोस दूर है। क्या इतनी दूर बाँध का पानी चला जायेगा ?" हैबती ने पूछा।

"हाँ, उस हिसाब से जमीन की नाप-जोख भी हुई है। पानी को किसी का बाप भी रोक नहीं सकता।"

सुभानजी तथा आवडाई दोनों चिंता में पड़ गये। हैबती की परेशानी बढ़ गयी। धीरे से बोला, "मैं सोच रहा था, इधर यदि पुनरवसन की अच्छी व्यवस्था न होगी तो झांजड़बाड़ी में गुणवा भैया के आसरे चले जायेंगे। पर वहाँ दूसरे ही संकट मुँह बाये खड़े हैं। कहते हैं न, गरीब के पास नंगा-बूचा गया और रातभर जाड़े में ठिठुरा।"

छह

पौ फटी। नीम के पेड़ पर कौवे चिल्लाने लगे। ठंडी हवा की लहर गाँव तथा जमीन के कान को खरोचने लगी। मास्टरजी आखिरी बस से आ गये थे। रात में खाना खाकर सोने में देरी हुई थी; फिर भी आज खैरापुर जाना था। वहाँ नयी बस्ती की जगह और खेती के लिए जमीन देखनी थी। छह साल की बेटी शेवंता मास्टरजी के गले में हाथ डाले, उनके शरीर से छिपकली की भाँति चिपककर सोयी हुई थी। मास्टरजी ने ज्योंही उठने की चेष्टा की, नींद में खोयी हुई शेवंता जरा-सी जग गयी। वह नींद की तंद्रा में ही बड़बड़ाने लगी, "बाबूजी सो जाइए न ?" लाड़ली बेटी ठहरी! मास्टरजी उसके लिए गुदड़ी पर वैसे ही पड़े रहे। बाहर कौवों की काँव-काँव बढ़ गयी। पश्चिमी झरना भी जग गया। बाड़ पर बैठे हुए पंछी बोलने लगे। दरवाजे पर, नीम के तले कुछ लोग आकर बैठ गये। उनकी आहट सुन मास्टरजी उठकर बिछौने पर ही बैठे। आधी जगी हुई शेवंता "बाबूजी सोइए नऽऽ" कहते हुए मास्टरजी के गले से चिपक गयी। मास्टरजी ने मन-ही-मन कहा, "यह है लड़कियों की जात। पिता से कितनी ममता जताती हैं ! इनकी ममता से पत्थर भी पिघलेगा।" शेवंता मास्टरजी को हिलने नहीं दे रही थी। तब मास्टरजी बोले–

"अपनी मोरनी के लिए मैं कल बाघेठाण से एक मजेदार चीज ले आया हूँ।"

"बाबूजी, क्या ले आये हैं मेरे लिए ?" शेवंता ने खट् से आँखें खोलते हुए पूछा।

मास्टरजी उठे। उन्होंने खूँटी पर टँगी हुई थैली में से लाल भभूका घाघरा और उसी रंग की चोली निकाली। चोली का लंबा-चौड़ा किनारा। घाघरे के किनारे पर बाजरे की तरह छोटे-छोटे घुँघरू लगे हुए।–शेवंता उन आकर्षक चीजों पर लपक पड़ी। उसने वे कपड़े एक बार आँखों के सामने धरे, फिर मास्टरजी के सामने ही उसने इत्ती-सी चोली पहन ली। मास्टरजी ने पीछे से गाँठ बाँध दी। शेवंता ने दोनों ओर से ज्योंही घाघरा हिलाना शुरू किया, छोटे-छोटे घुँघरू बजने लगे। शेवंता का चेहरा खिल उठा। मास्टरजी अपनी प्यारी बेटी की ओर अपलक देखने लगे। हीरा मास्टरनी ने बेटी के सिर पर बीचोबीच माँग बनाकर उसके बाल कान पर बाँध दिये थे। वे लालिमायुक्त काले बाल मोरपंख की भाँति आकर्षक दिखते थे। शेवंता के चेहरे की रचना भी आकर्षक थी। आँखें नक्काशी की तरह कुरेदी हुई, चंद्रकला की भाँति दोनों ओर नुकीली। लंबा चेहरा, नुकीली ठुड्डी, पैर भी लंबे, मोर के-से–तभी तो मास्टरजी अपनी लाड़ली बेटी को मोरनी कहकर पुकारते।

शेवंता झट् से भीतर के कमरे में गयी। रसोई बनाने में व्यस्त हीराबाई के सामने

जाकर घाघरे के घुँघरू बजाने लगी। हीरा भी पहली बार घाघरा देख रही थी। इन चीजों का कीमतीपन छिप नहीं रहा था। हीराबाई लगभग दौड़ती हुई सामने के कमरे में आयी, वह मास्टरजी से पूछे लगी, "कितने में खरीदा यह कौतुक ?"

"यह कौतुक नहीं। इसे घाघरा कहते हैं।"

"सो तो है, पर कीमत क्या है इसकी ?"

"तीस रुपये।"

सुनते ही हीराबाई अवाक् हुई, आँखें तरेरकर बोली, "लड़की का इतना लाड़-प्यार ठीक नहीं।"

"अपनी तो एक ही लड़की है न ?"

"तो क्या हुआ ? सोने की हुई तो भी छुरी छुरी ही होती है। उसे पेट में घोंपते थोड़े ही हैं ? आगे जाकर सिर पर चढ़ेगी यह लड़की।"

मास्टरजी हँसे। हीरा मास्टरनी ने गरम पानी की हाँडी आँगन में रख दी। मास्टरजी स्नान के लिए बाहर निकले। देखा, नीम के तले पाँच-छह बाँधपीड़ित रोटी की पोटलियाँ लिये मास्टरजी की बाट जोह रहे हैं। मास्टरजी ने जरा आश्चर्य से ही पूछा, "इतनी जल्दी क्यों आये हो ?"

"मास्टरजी, हम क्या बतायें ? नींद ही नहीं आती। जिस गाँव में पूरी जिंदगी काटनी है, आज उस गाँव को देखना है ना ? मन अधीर-अधीर हुआ है।"

मास्टरजी ने इस पर कुछ नहीं कहा। उन्होंने स्नान किया। देहरे पर रखी खंडोबा की मूर्ति के सामने अगरबत्ती जलायी। मास्टरजी अच्छे काम के लिए बाहर जा रहे थे। उन्होंने चौखट पर लगायी हुई बाबासाहब आंबेड़कर की तस्वीर को श्रद्धापूर्वक नमस्कार किया। दरवाजे से बाहर निकल रहे थे–शेवंता दौड़ती हुई उनके पास आयी। मास्टरजी ने उसे उठाया, छाती से लगाया। उसके दोनों गालों को चूमा। शेवंता ने आग्रह किया–"बाबूजी, लौटते समय मेरे लिए मीठी सेव ले आइए।" मास्टरजी ने गर्दन हिलायी, तब जाकर उनकी मुक्ति हुई।

मास्टरजी हाट में आ गये। उनसे पहले ही आकर कई बाँधपीड़ित चाव्ड़ी के अगल-बगल में बैठे हुए थे। हर एक ने अपने साथ थैली में दो-दो दिन के लिए रोटियाँ और सब्जी की गठड़ी रख ली थी। पता नहीं खैरापुर में कितने दिन रुकना पड़ेगा ? सुबह के आठ बज गये। पुनर्वास के सर्कल ऑफिसर दामले आ गये। उन्होंने चावड़ी का दरवाजा खोल दिया। चावड़ी में बैठकर मास्टरजी मुआवजे के अधिकारी बाँधपीड़ितों की सूची देखने लगे। अभी सिंचाई विभाग की लारी नहीं पहुँची थी। लारी में बिठाकर ही बाँधपीड़ितों ने कालीमाई की शरण ली थी। दिगू अण्णा खुले बदन से कालीमाई की पूजा-अर्चना कर रहा था। बाँधपीड़ित स्त्रियाँ देवी के सामने बैठ शकुन विचार रहीं थीं। खैरापुर में हमें किस प्रकार की जमीन प्राप्त

होगी ? घरों के लिए जगह कैसी होगी ? दिगू अण्णा धान पानी में भिगोकर माई की मूरत को लगा रहा था। जब तक दौस मन के मुताबिक नहीं पड़ता, वह शकुन विचारता रहता। बीच में ही कोई चिढ़ाता, "क्यों अण्णा ? आप तो कह रहे थे देवी बाँध बनने नहीं देगी, फिर कैसे यह बाँध की दीवार खड़ी हो रही है ?"

"अरे ससुरो, वह दीवार टिकेगी तभी न ?" दिगू अण्णा तिरछी आँखें कर झल्ला पड़ते।

"मतलब ?"

"देख लेना अब तुम्हें लगता है दीवार पूरी हो रही है। पर मैं कहता हूँ उसमें पानी नहीं रहेगा। बाँध ससुरा टूट जायेगा।"

"कैसे टूटेगा बाँध ?"

"कालीमाई, मारुतिराया, लाडोबा—सब महाजाग्रत देवस्थान हैं। पानी में डूब मरने के लिए वे पागल थोड़े ही हैं ?" दिगू अण्णा की आशाभरी बातों को सुनकर कुछ लोग सिटपिटा जाते। सोचते—यदि बाँध को पूर्ण होना ही नहीं, होने के बाद टूटना ही है तो नयी जमीन तथा नया गाँव देखने क्यों जाएँ ? दिगू अण्णा की भविष्यवाणी से दिलासा प्राप्त होती थी; पर आँखों के सामने बाँध की जो दीवार धरती के गर्भ से धीरे-धीरे उग रही थी—उसको कौन टाल सकता था ?

चावड़ी के चारों ओर भीड़ बढ़ रही थी। धूप भी बढ़ती पर थी। लगभग ग्यारह का समय हुआ था। पुनर्वास अधिकारी सबनीस साहब की जीप भी आ पहुँची थी; लेकिन अभी तक लारी का पता नहीं था। ऐसे तो आधा दिन यहीं पर बीतेगा। फिर कब देख लेंगे जमीन ? चिंता बढ़ी तो मास्टरजी ने दामले से पूछा, "कब आयेगी लारी ?"

"मास्टरजी, विभाग के कार्यालय को पत्र दिए आठ दिन हुए, माँग की गयी थी कि सुबह सात बजे लारी उपस्थित हो, पर वह ठहरा सिंचाई विभाग। इस विभाग का काम ही ऐसा है। एक भी काम ढंग से नहीं होता।"

गाँव में सुबह एक अलग ही चहल-पहल रहती है। बारह बज चुके थे, इसलिए वह चहल-पहल अब समाप्त हुई थी। कहारों की पखालों की आवाजाही बंद हुई थी। गोमा अपने भैंसे के साथ हाट में आ बैठा था। वह लारी में जाने के लिए उत्सुक लोगों का तमाशा देख रहा था। अपाहिज तारा बहन भतीजे की पीठ पर बैठ कालीमाई के दरवाजे पर आयी। उसके मुँह में लगाम नहीं था; गालियाँ बकती जा रही थी—मुँह काला हो जाय उस बाँध बनाने वाले का ! सरकार, तेरी लाश उठ जाय ! दस मन कंडों में भी तेरी लाश नहीं जलेगी। कैसी-कैसी गालियाँ ! वह सरकार के नाम से उँगलियाँ नचा रही थी। उसके ससुर ने सस्ती के दिनों में चार खंडोंवाली हवेली बनवायी थी। उसके दोनों लड़के मिलटरी में भर्ती हुए थे। तारा बहन उन्हीं की

खातिर हवेली, खेती-बाड़ी की देखभाल कर रही थी। वह नहीं चाहती थी कि उसके दोनों लड़कों की गृहस्थी पानी में डूब जाय। इसी से उसका जी तड़प रहा था। शिवराम, हैबती, बाबू पवार लारी की प्रतीक्षा में बाट की ओर आँख लगाकर बैठे थे।

दोपहर बारह के बाद एक लारी किसी तरह आयी और चावड़ी के सामने खड़ी हो गयी। अलसाये गाँववाले उत्साहित हुए। युवा लड़के बंदरों की तरह कूदकर लारी के होदे में जा बैठे। बाँधपीड़ित लारी में सजे-धजे बैठे थे। किसी ने शादी-ब्याह के समय का, धराऊ रेशमी साफा बाँधा था, तो कुछ स्त्रियाँ माथे पर रुपये के आकार का कुंकुम तिलक लगाये नाक में नथ पहने बैठी थीं। लारी जमीन देखने के उद्देश्य से जा रही थी, पर बारातियों को ले जानेवाली लारी के समान सजी-धजी थी। हैबती तथा शिवराम ऊपर, लारी की छत पर बैठ गये। सब लोगों ने फ्रंट सीट की जगह मास्टरजी के लिए खाली कर दी। आगे-आगे साहब लोगों की जीप और पीछे जाँभलीवासियों को लिये वह लारी—एक अलग ही बारात गाँव-सिवान से बाहर निकली।

चौकीदार ने गर्दन ऊपर कर एक बार लारी की ओर देखा। वह ग्रामद्वार की सीढ़ियों पर बैठा था। "अब कुछ भला नहीं होगा।" कहकर उसने मुँह बिगाड़ लिया। बाँधपीड़ितों को सीधे खैरापुर पहुँचने की जल्दी थी, पर लारी-ड्राइवर तथा साहब लोगों की जीप अपनी चाल से चल रही थी। भोजन करने के उद्देश्य से जीप बाघेठाण में रुक गयी। लारी भी रुक गयी।

बाँधपीड़ितों ने पेड़ के नीचे खुले में ही अपनी-अपनी पोटलियाँ खोलीं। भोजन के बाद अगली यात्रा आरंभ हुई।

बाघेठाण से आगे दो-तीन कोस पर ही, रास्ते के दोनों ओर, पेड़ कुछ कम दिखाई देने लगे। खेतों में हरी फसल भी नहीं। हैबती-शिवराम मुँह बनाकर इधर-उधर देखने लगे। इतने में "हटो, हटो" कहते हुए क्लीनर लारी की छत पर चढ़ा और उसी भीड़-भाड़ में बैठ गया। हैबती ने यों ही पूछ लिया—

"किन्नर साब, आप कौन गाँव के हैं ?"

"खैरापुर का हूँ।"

यकायक सबके चेहरे खिल गये—ठीक उसी तरह जैसे बाजार में आकस्मिक रूप से किसी सगे-संबंधी की भेंट होने पर खिलते हैं। सारे लोग क्लीनर पर प्रश्नों की बौछार करने लगे—खैरापुर की खेती कैसी है ? फसल कौन-कौन-सी है ? बाजार तो ठीक है ना ? बनिये-व्यापारियों का स्वभाव भी ठीक होगा ? पनघट कितनी दूर है ? इस प्रकार के सैकड़ों प्रश्न। क्लीनर अपनी शक्ति के अनुसार उत्तर दे रहा था।

लगभग चार का समय हुआ। लारी धीरे-धीरे खैरापुर के निकट सरकने लगी। जाँभलीवासी लारी से बाहर झाँक रहे थे। जिधर भी नजर दौड़ाते उधर बंजर जमीन,

तपी हुई लाल मिट्टी और खुला पठार। बरसात में भी इधर घास उगती है या नहीं ? भगवान ही जाने। यों बीच में जो भी गाँव पड़ता, उसके आसपास दो-चार पाकड़, बरगद के छोटे-छोटे पेड़ और गाँव के निकट के रास्ते पर दोनों ओर सेंहुड़ का बाड़ दिखाई देता। बड़े झरने के किनारे पर बीच-बीच में कंजे के कुछ पेड़ दिखाई पड़ते। रास्ते में एक-दो बार बाघजाई नदी का सूखा-खुला पाट पड़ा। लगा, नदी का वह पाट लंबी-चौड़ी जगह ढूँढ़कर रेती की गुदड़ी ओढ़े सोया हुआ है। गाँव के पास चौड़े मुँह वाले कुएँ खुदे हुए, फिर भी पानी की कमी महसूस होती थी। बीच-बीच में कुएँ के निकट दो-चार हरे-भरे चक जरूर दिखाई पड़ते थे, पर कुल मिलाकर कोसों तक लालिमायुक्त काली मिट्टी अपना खाली पेट लिये, बारिश की बाट जोहती हुई मुँह ऊपर किये पड़ी हुई थी।

यह पराया, बिना पानीवाला, बिना छायावाला मुल्क देखकर जाँभलीवासी सिटपिटा गये। आपस में कानाफूसी करने लगे, "क्या करेंगे रे इधर आकर ? यहाँ तो एड़ियाँ रगड़ने पर भी पानी नहीं मिलेगा।"

"हमारा अपना पहाड़ी इलाका ही अच्छा है। वहाँ कम-से-कम पेड़-पौधों के पत्ते खाकर तो आदमी और जानवर जी लेंगे। यहाँ क्या धरा है ? पत्थर पर सिर पटक-कर मरेंगे ?"

"चुप बैठो। कितना शोर मचाते हो रे ?" बूढ़ा जालिंदर चिल्लाया। वह समझाने लगा, "बाँध बन जाने पर पानी आ ही जायेगा इधर की खेती-बाड़ी में। वहाँ सामने देखो, वह खैरापुर दीख रहा है।"

लारी एक टीले पर पहुँची। वहाँ से पाँच हजार आबादीवाला खैरापुर गाँव दिखाई देने लगा। गाँव के बीचोबीच पुराने मंदिर का एक शिखर अलग से दिखाई दे रहा था। क्लीनर ने बताया, "वही है खैरापुर का भगवान महादेव। बहुत पुराना और जाग्रत देवस्थान है।" गाँव में मंजिल वाले कई मकान दिख रहे थे। मंदिर से कुछ दूरी पर लकड़ी की एक पुरानी हवेली दिखाई देती थी। पता चला, वही सांसद शिंगाडे की हवेली है। देखते-ही-देखते लारी गाँव में पहुँची और शाम चार बजे सुस्ताकर चावड़ी के सामने जाकर खड़ी हुई।

लारी से उतरते-उतरते मास्टरजी ने दूर से ही महादेव को प्रणाम किया—हे भगवान, हमें यश देना ! सरकार और गाँववाले मन में लायेंगे तो सचमुच इसी गाँव में जाँभलीवासियों को स्वर्गसुख प्राप्त होगा। इस गाँव में जिनके पास आठ एकड़ जमीन है, उन जमीनदारों की आठ एकड़ से ऊपर की जमीन प्राप्ति का काम शुरू था। इस प्रकार कुल तीन सौ एकड़ जमीन अर्जित होगी। सबने जमीन के बदले जमीन देने का आश्वासन दिया था, पर उसमें कुछ तथ्य नहीं था, क्योंकि उधर जाँभली गाँव में जितनी जमीन हो, परिवार में चाहे जितने लोग हों डूबक्षेत्र के

प्रत्येक भूस्वामी को अधिक-से-अधिक सात एकड़ जमीन आवश्यक थी। खैरापुर में तो तीन सौ एकड़ भूमि का संपादन चल रहा था। सच ही, इतनी जमीन में जाँभली बुद्दुक का सोना होगा। सबनीस साहब की पूर्वसूचना के बावजूद चावड़ी में पटवारी उपस्थित नहीं था। वह किसी दूसरी मीटिंग के लिए चला गया था। हाँ उसकी मातहती में काम करनेवाला उम्मीदवार लड़का उपस्थित था।

सबनीस साहब ने पूछा, "क्यों रे, भूमि संपादन में निकलनेवाली जमीन गाँव की किस दिशा में है ? तुम्हें कुछ पता है ?"

"जी हाँ पता है, दिखाता हूँ।"

साढ़े चार बजने को थे। सबनीस साहब बार-बार घड़ी की ओर देख रहे थे। काम जल्दी-जल्दी पूरा करना था। साहब बाँधपीड़ितों को साथ लेकर गाँव की पूर्व दिशा में चलने लगे। दो फर्लांग पर बाघजाई नदी का पाट था। वह बिलकुल शुष्क पड़ा था। गाँव तथा नदी के बीच अच्छी उपजाऊ जमीन थी। उम्मीदवार लड़के ने उसी दिशा में इशारा किया। बाँधपीड़ितों का समूह सबनीस साहब के पास इकट्ठा हो गया। साहब प्रसन्न हुए।

उन्होंने हँसकर पूछा, "क्यों जाँभलीवालो, बहुत शिकायत कर रहे थे न ? देख ली जमीन ? पसंद है न ?"

इतनी अच्छी जमीन को देखकर सब अभिभूत हो गये। माटी की गंध से ही जमीन के सत्व को परखनेवाली यह किसान जात। उनके नथुने फूल उठे। महाकू भोसले तो एकदम सकपका गया। कहा, "साहब, हमें कहाँ मालूम था आप हमें सोने जैसी जमीन सौंपनेवाले हैं ?"

"अब मालूम हो गया न ?"

"जी हाँ। पर साहब, इस जमीन में झरने के किनारे पर कुछ कुएँ हैं। उन पर बिजली के इंजिन भी हैं। क्या उनके साथ जमीन कब्जे में देंगे ?"

"हाँ, हाँ। कुएँ, इंजिन, पेड़--जो कुछ दीखता है, सब तुम लोगों का है। चलो अब गाँव के निकट नयी बस्ती की जगह देख लेते हैं।"

अतिप्रसन्न बाँधपीड़ित साहब के पीछे-पीछे लगभग कूदते हुए जा रहे थे। मास्टरजी की नजर ने भाँप लिया–जमीन उर्वरा है। बरसों तक धूप खायी है इस जमीन ने। बाँध का पानी आते ही फसलें लहलहा उठेंगी, आसमान छूने लगेंगी, पर अभी कुछ कहा नहीं जा सकता, अभी प्रस्ताव कहाँ पूरे हुए हैं। तब तक इसमें से कितनी जमीन कम होगी और कितनी टिकी रहेगी ?

जाँभलीवालों का झुंड ढलते सूरज की किरणों में खैरापुर गाँव में आया है–यह समाचार पहले से ही फैल चुका था। घर तथा आँगन के लोग जाँभलीवालों को ठीक उसी तरह देख रहे थे जैसे कोई विदेशियों, दरवेशियों, बंजारों के झुंड को देखा करता

है। कुछ औरतें बहुत ही कुतूहल के साथ इस सजे-धजे झुंड को देख रही थीं। एक औरत ने बाँधपीड़ितों की ओर देखा, मुँह का दातोन 'पच' आवाज के साथ थूक दिया, वह बच्चे को घर के भीतर खींचकर तपाक् से बोली, "हमारा अपना कष्ट क्या कम थोड़ा था जो अब ये भी सिर पर आ गये ?"

सबनीस बाँधपीड़ितों को साथ में लेकर गाँव की पश्चिम दिशा में गये। गाँव के बाहर ढहा हुआ परकोटा था। उससे परे बस-अड्डा था। उसके सामने ही तीस-चालीस एकड़ लंबी-चौड़ी जगह खाली पड़ी हुई थी। जगह पथरीली थी अतः उस पर कोई भी, चाहे जितने बड़े मकान बनाये।

खाली जगह के बीच में खड़े रहकर साहब ने पूछा, "देख ली जगह ? तुम्हारी जाँभूली जैसे—बड़े-बड़े दो गाँव बस जायेंगे यहाँ पर। नयी बस्ती के लिए जगह पसंद है न ?"

"वाह ! बढ़िया !"

"बहुत अच्छी !"

जाँभलीवासी अभिभूत होकर नयी बस्ती की जगह देखने लगे। मास्टरजी की आँखें भी सकपकायीं। सबनीस साहब बता रहे थे, "क्या ही फर्स्टक्लास जगह है ! बस-अड्डा नजदीक ही है। कल यह जमीन सोने के भाव बिकेगी। इस तरफ ही व्यापार उद्योग के लिए दुकानें खुलेंगी। समझ लो आगे चलकर तुममें से किसी के बाल-बच्चे को दुकान करनी हो, तो उसके लिए यह बढ़िया जगह है। होटल खोल सकते हो, एजेन्सी शुरू कर सकते हो। इस प्रकार की बढ़िया जगह लाखों में मिलना मुश्किल है।"

"साहब, यहाँ पानी की क्या व्यवस्था है ?"

"अरे, धीरज रखो आखिर बाँध किसके लिए बन रहा है ?"

जाँभलीवासी नयी बस्ती की जगह देख रहे थे कि वहीं दिन डूब गया। मास्टरजी का मन भर आया था। सोच रहे थे—यह बढ़िया जगह है। गाँव से सटकर। बीचवाली सड़क तथा बस-अड्डा गाँव का हिस्सा होने में देर नहीं लगेगी। दोनों गाँव एक हो जायेंगे। आपसी भेदभाव समाप्त होंगे। अलगाव की दीवारें ढह जायेंगी। रोटी-बेटी के व्यवहार शुरू होंगे। नहीं तो अन्यत्र देखते ही हैं, पुनर्वासित गाँव मूल गाँव से आधे-पौने मील की दूरी पर बसे हैं, मानो वे नयी हरिजन बस्तियाँ ही हुईं। यह समस्या, यहाँ इस गाँव में नहीं होगी। जाँभलीवालों को लगा—अपने घर की कालीमाई ने दूर किया, पर खैरापुर के भगवान महादेव ने अपना लिया।

नयी बस्ती की बढ़िया जगह को देखकर प्रसन्न हुए बाँधपीड़ित चावड़ी की ओर लौट रहे थे; इतने में एक बुलेटवाला आड़े आया। सबनीस साहब से कहने लगा, "आपको सांसद साहब ने बुलाया है।"

"मुझे बुलाया है ? और ये बाँधपीड़ित ?"

"कहा है, सबको साथ ले आइये।" संदेशा देकर बुलेटवाला चला गया।

"चलिए, खैरमोडे मास्टरजी, हो आते हैं।" सबनीस ने मास्टरजी से कहा।

"नहीं, आप हो आइए। मैं थोड़ी देर के लिए चावड़ी हो आता हूँ।"

मास्टरजी ने सभी बाँधपीड़ितों को सबनीस साहब के साथ सांसद महोदय की हवेली पर भेज दिया। बाबू पवार को साथ लिये वे चावड़ी की ओर चल दिये। सबनीस साहब के साथ सभी बाँधपीड़ित हवेली पर पहुँचे। बाहर अँधेरा था; पर सांसद की हवेली बत्तियों से चमक उठी थी। घास-फूस तथा मिट्टी से बने मकानों में रहनेवाले जाँभलीनिवासी सांसद महोदय की हवेली को देखकर सकपका गये। जाँभली में जाधव की जो हवेली है, उसे चार-पाँच गुना करना होगा, तब जाकर ऐसी बनेगी वह। इस हवेली के चारों ओर बहुत बड़ा परकोटा है। भीतर दुमंजिली हवेली। सारा काम पुराने ढंग की नक्काशीदार लकड़ी से बना हुआ। आँगन में दरी बिछायी हुई। सभी बाँधपीड़ित दरी पर भीड़ में असुविधा से ही बैठ गये। सामने चार-पाँच कुर्सियाँ रखी हुई थीं। सांसद महोदय हँसते हुए आये और कुर्सी पर बैठ गये। उन्होंने सबको नमस्कार किया। सबनीस साहब को पास की कुर्सी पर बिठा लिया। राघू भिवा, बालू भेरु, सदू राऊ–जैसे चुनिंदा व्यक्ति सांसद के इर्द-गिर्द बैठ गये। इन्हीं में से अधिकतर लोगों ने पिछले साल बाघेठाण की सभा पर धाक जमायी थी। सांसद ने जब नयी बस्ती को स्वर्ग की उपमा दी थी, तब शेष लोगों ने कट्ठे के बदले में कट्ठा और खंड के बदले में खंड देने की बात कही थी। बाँधपीड़ितों को खुले में न छोड़ने की हामी भरी थी। सांसद हँसे। उन्होंने हमेशा की तरह मीठी आवाज में पूछा–

"भाइयो, देख लिया न हमारा गाँव ?"

"हाँ जी, देख लिया।" कई बाँधपीड़ित एक साथ बोले।

"पसंद आया न ?"

"जी हाँ मालिक, आपके रहते हमें चिंता किस बात की होगी ?" पांडू येताला ने आश्वस्ति व्यक्त की।

"जमीन अभी तो खाली और ऊसर दिखाई देती है, पर एक बार आपके बाँध का पानी तो आने दीजिए, फिर देखिए सोना उगेगा इसी जमीन में। गन्ने के अतिरिक्त कोई और फसल लेने की आवश्यकता ही नहीं पड़ेगी। अब हमारे चीनी के कारखाने को भी मान्यता प्राप्त होगी। आप सब सदस्य बन जाइए। हमारे राघू भिवाजी हैं, राऊजी हैं, सर्जेराव हैं। आप बाँधपीड़ित घबरायेंगे नहीं। भूखे होंगे तो बेझिझक आइए, हमारी टोकरी में से रोटी लीजिए..."

इस प्रकार सांसद बाँधपीड़ितों के कल्याण की बातें करने लगे। बातचीत में खैरापुर के किसान भी शामिल हुए। साहब ने सबके लिए चाय की व्यवस्था की। इसी

समय सर्जेराव ने सबनीस साहब को अलग बुला लिया। वे उनको साथ लेकर दूसरी मंजिल पर स्थित कमरे में चले गये। सर्जेराव इस चिंता में थे कि विषयारंभ किस प्रकार से किया जाय, पर जब रहा नहीं गया तो उबल पड़े—

"मैं कहता हूँ, जाँभली जैसा बदमाश गाँव पूरे बाघेठाण तहसील में नहीं मिलेगा। हमारे आबाजी ने हम लोगों के पीछे यह व्यर्थ का झंझट लगा दिया।"

"साहब आपकी कुछ समस्या है ?" सबनीस ने आत्मीयता जताते हुए पूछा।

"समस्या कैसी ? पर वह गाँव गजब का दुष्ट है। ऐसे नीच गाँव की जिम्मेदारी क्यों ली जाय ? आप तो जानते हैं हमारा ग्राम देवता कितना जाग्रत है। मैं अब खुले-खुले सारी बातें कहता हूँ।"

"हाँ, हाँ, कहिए।"

"आप हमारे ही हैं। आपसे क्या छिपाना ? हम ठहरे खानदानी मराठा जाति के और आप ठहरे कुलशीलवाले ब्राह्मण। हमारे देवी-देवता हैं, धर्म है।"

"साहब आपकी असली समस्या क्या है ?"

"सुना है, आपने बाँधपीड़ितों को बसाने के लिए गाँव के पश्चिम में बस अड्डे के निकट वाली जगह चुनी है। इस संबंध में हमारे गाँववालों की कई शिकायतें हैं।"

"किस संबंध में ?"

"यही, आपके उस नयी बस्ती में नाना जाति के लोग रहेंगे। कोई आदिवासी, कोई ढेढ तो कोई मातंग। अठारह जातियों की ओर से आनेवाली हवा पश्चिम से पूर्व की ओर ही न बहेगी ? बीच में हमारा भगवान महादेव। क्या आप भगवान को भ्रष्ट करेंगे ?"

"साहब, यही एकमात्र कारण नहीं है। अभी साईट सिलेक्शन कमिटी ने हमारे कारखाने की साईट निश्चित नहीं की है। मैं कहता हूँ, कारखाने के लिए यह महत्त्वपूर्ण जगह है, इसे आप खाली रखिए। माना कि उस पर कारखाना नहीं हुआ, पर बायप्राडक्ट्स तो हैं ही। लिकर, पेपर—किसी न किसी अच्छे काम के लिए इस जगह को उपयोग में लायेंगे। इन बाँधपीड़ितों की क्या ? इन्हें कहीं पर भी जगह दे देंगे।"

"आप यह मानकर चलिए कि यह सरकारी जमीन आपको मिल गयी है।" सबनीस साहब ने आश्वासन भी दे दिया। सबनीस साहब द्वारा तुरंत दिये गये अभिवचन से सर्जेराव प्रसन्न हो गये। सबनीस साहब से आत्मीयता जताते हुए उन्होंने स्वयं कहा, "सबनीस साहब, आप जैसा भला अधिकारी। और वह भी इन बाँधपीड़ितों की समस्याओं के पीछे ऐसा सड़ रहा है। नहीं, नहीं, हम रेग्युलर की तरफ बाघेठाण के तहसीलदार के रूप में आपका ट्रान्सफर आर्डर ऊपर से ही निकलवायेंगे।"

"साहब, आपने तो मेरी दुखती हुई रग को सही-सही पहचान लिया। बताइए, कब हाजिर हो जाऊँ बाघेठाण में ?" सबनीस ने अधीरता से पूछा।

"अभी जो तहसीलदार है, दो महीनों के बाद रिटायर होगा, आप तब तक ये मामूली काम निपटा डालिये। आर्डर तो तुरंत निकलवा दिया जायेगा।"

चाय-पानी लगभग समाप्त होने को था। अब सबनीस और सर्जेराव भी आँगन में हो रही बहस में शामिल हो गये। तभी बाबू पवार और खैरमोडे मास्टरजी आ गये। सांसद महोदय ने मास्टरजी को कुर्सी पर बिठा लिया। उनको चाय दिलवायी। बाँधपीड़ितों को जाँभली पहुँचना था। सबनीस साहब के लिए आज का दिन सार्थक हो चुका था, अतः उनका उतरा हुआ चेहरा खिल गया था। इधर मास्टरजी खिन्न थे। उनका उतरा हुआ चेहरा सांसद महोदय की दृष्टि की पकड़ से छूट नहीं सका। रहा नहीं गया तो उन्होंने मास्टरजी को बगल के कमरे में बुला लिया। उनके कंधे पर हाथ रखते हुए नितांत आत्मीय भाव से पूछा—

"मास्टरजी, कुछ समस्या तो नहीं ?"

"साहब, यदि बाघिन ही अपने बच्चों को खा जाय तो शिकायत किसके पास करेंगे ? किसके पास जाकर रोयेंगे-चिल्लायेंगे ?"

"बात कुछ समझ में नहीं आयी।" सांसद ने समस्या को जानने के उद्देश्य से कहा।

"साहब, आप ही हमें स्वर्ग-सा गाँव देनेवाले थे। कट्टे के बदले में कट्टा और खंड के बदले में खंड की बात भी आपने ही निकाली थी।"

"हाँ, हाँ। मैं कब मना करता हूँ ? मैं अपने वचन के लिए प्रतिबद्ध हूँ।"

मास्टरजी से रहा नहीं गया। उन्होंने थैली में से एक सूची निकाली। वह उन जमीनदारों की सूची थी जिनके पास आठ एकड़ से अधिक जमीन थी और वह ज्यादा जमीन बाँधपीड़ितों को दी जानेवाली थी। इस सूची में से सांसद, उनके पुत्र सर्जेराव तथा उनके दोनों चचेरे भाइयों के नाम निकाल दिये गये थे। मास्टरजी ने सांसद महोदय को सूची दिखाते हुए पूछा—

"साहब, यह कैसे हो गया ?"

"लगता है, सेक्शन चार का नोटिस जाहिर होने से पहले ही हम सबके खातों का विभाजन हो गया है।"

"पर, विभाजन अकेले आप के खाते का ही कैसे हो गया ?"

"हो सकता है, मुझे बिना बताये ही यह काम सर्जेराव ने करवा लिया हो। मैं बात करूँगा उससे, लेकिन यह बताइए कि हमारे खातों के विभाजन के कारण आपको कितनी एकड़ जमीन कम मिलेगी ?"

"चालीस एकड़।"

"बस्स ? इतनी-सी बात। जमीन कम पड़ने पर हम अपनी जमीन में से निकाल देंगे। मास्टरजी, आप चिंता क्यों करते हैं ?"

"साहब, प्रश्न मेरी चिंता का नहीं है। कायदे से अर्जित की जानेवाली जमीन आपके अपने लोगों ने गलत रास्ते से कम कर दी है। असल में इतनी जमीन देने पर भी यदि कम पड़े तो आप जैसे लोगों को ही दे देना चाहिए। क्या करते हैं आप लोग ?"

"अच्छा भई, दे देता हूँ। आप यह मामला मुझ पर छोड़ दीजिए। जो हुआ सो हो गया। अब यह बात किसी से कहिए नहीं। व्यर्थ बाँधपीड़ितों का बुद्धि-भेद होगा। और एक बात—बाँध-निर्माण-कार्य आपके गाँव के पास ही शुरू है। आप जरा नजर रखिए उस पर। ये उन्नति के कलश हैं। इन्हें एक-दूसरे की सहायता से ही उठाना है। आखिर राष्ट्र-कल्याण कहते किसे हैं ? हाँ, और कम पड़े तो मैं अपनी जमीन में से दे दूँगा। चिंता छोड़िए। मन से शंका को निकाल दीजिए।"

लारी रवाना हुई। वह जाँभली की दिशा में दौड़ने लगी। बाँधपीड़ितों ने सुबह खाना खा लिया था। पेट में कुछ नहीं था, पर आज भूख कहीं भाग गयी थी। लगता था, पेट एकदम अफर गये हैं। अँधेरे को भी आँखें प्राप्त हुई थीं। हर एक की नजर के सामने एक चित्र था—खैरापुर के निकट नयी जाँभली बसी हुई है। कोई नदी के किनारे गेहूँ बो रहा है, कोई गन्ने की गाड़ियाँ भर-भरकर चीनी की मिल की ओर ले जा रहा है, कोई छोटी कैंची से अंगूर के गुच्छे काट रहा है, तो कोई बसअड्डे के पास बड़ी एजेन्सी खोलकर सुस्ता रहा है। फिर भी मास्टरजी की आँखें खुली थीं। उन्हें डूबने-कुढ़नेवाला गाँव साफ दिखाई दे रहा था। बाकी सबको अँधेरे में दौड़नेवाले हिरन दीखते थे।

सात

जाँभली बुद्रुक की चावड़ी में मेले की-सी भीड़ हुई थी। भूमि-संपादन अधिकारी बाघधरे साहब अपने कर्मचारियों के दलबल को लिये सुबह ही दाखिल हो गये थे। बाँध-निर्माण-कार्य का प्रत्यक्ष आरंभ होने से पहले भूमि-संपादन अधिकारी बिना पुलिस की सहायता के नगरद्वार को लाँघकर भीतर आने में भी डरते रहते थे। आखिर कार्य आरंभ हुआ। डूबनेवाले क्षेत्र के निवासी, लाभक्षेत्र के लोग तथा सरकार तीनों में मौखिक ही सही, बातचीत हुई। बाँध-निर्माण को लेकर जो तीखा विरोध था, वह दब गया। बाघधरे साहब अब बार-बार जाँभली गाँव में दिखाई देने लगे। उनकी आदत थी—पान से तोबड़ा भरते और उसे तुरंत थूक देते। अपनी इस प्रिय आदत को

सँभालते हुए वे घरों की नापजोख करने जाबज़बाब लिखने, हलफनामा तैयार करने जैसे सरकारी कार्य किया करते थे।

श्याम चोरगे बाघधरे साहब का हेडक्लर्क था। इधर वह बार-बार जाँभली गाँव का चक्कर काटता था। बगुले की-सी गर्दनवाला चोरगे क्लर्क हमेशा चौकन्ना होकर देखता था। वह जाँभली में ताया कांबले के साथ इधर-उधर घूमता रहता। रात में वह दत्तू करवंदे के मंजिल वाले रंगीन मकान में रहा करता था। ताया कांबले तो मास्टरजी का खानदानी विरोधक था। ताया और मास्टरजी का पुश्तैनी संघर्ष अगली पीढ़ी तक ज्यों-का-त्यों आया हुआ था। मास्टरजी के प्रति पूरे गाँव के मन में आदरभाव था, उन्हें अच्छा मान-सम्मान मिलता था; पर ताया का एक ही सूत्र था "मास्टर होशियार हो या पागल, हम उसकी परवाह नहीं करेंगे। कुछ भी हो, हम कहना नहीं मानेंगे।' बाँधपीड़ितों के बल पर बढ़े-चढ़े खैरमोडे मास्टर को ललकारनेवाला ताया कांबले हरिजन बस्ती में ही तैयार हुआ था, इसलिए उसे कई लोग फुसलाते थे। दत्तू करवंदे तथा लाला जाधव आवश्यकतानुसार ताया को रुपये उधार देते। उनकी नीति ही थी—दाने डालो और लड़ाते रहो।

जाँभली के कई लोग जानते थे—गाँव में आने पर चोरगे तथा ताया महुए की शराब ढकोसकर इधर-उधर डुलते रहते हैं। ताया का बसीला बढ़ गया था, लोग उसकी मार्फत चोरगे के साथ संपर्क करते। ताया ने गाँव के कई लोगों को मालदार बनने का उपाय सुझाया था—मैं मकान का मूल्य बढ़ा दूँगा। भूमि-संपादन में बढ़िया मकान दर्ज करवायेंगे और सरकार से दुगुनी रकम ले लेंगे। सिर्फ जमीन ही क्यों दिखायें ? जमीन में पेड़ न हों तो भी उन्हें दर्ज करवायेंगे। कुएँ दिखायेंगे। दुगुनी, चौगुनी रकम हासिल करेंगे। तुम्हारे और मेरे बाप का क्या जाता है, पैसे देनेवाली सरकार बहुत मालदार है। हाँ शर्त एक ही—शोर नहीं होने देंगे। जो भी रकम मिले चुपचाप ले लेंगे, किसी को पता न चले। इस प्रकार का व्यावसायिक रास्ता दिखाते हुए ताया धीरे से कहता—"इतने जोखिमभरे काम करने पड़ते हैं साहब को ! यदि इसके एवज में आधी रकम वे काट लेंगे तो हमारे बाप की लँगोटी जाएगी ? दुनिया का दस्तूर है—जो तालाब की रखवाली करेगा वह उसका पानी भी चखेगा।" जिन लोगों के कागज-पत्रों में कुछ समस्याएँ थीं वे लोग भी ताया तथा दत्तू करवंदे के माध्यम से चोरगे तथा साहब से मिल लेते। कुछ लोगों की नकल पर अपनी बहनों के नाम थे। असल में उनके ब्याह हुए 20-20 वर्ष बीत गये थे। चोरगे उन बहनों के नाम नोटिस भिजवाता, धमकी देता—आधी राशि पर बहन का अधिकार है। फिर ताया उसके भाई को बुला लेता। सलाह देता—"सुलह कर डालो।" फिर सुलह हो जाती। ऐसे कितने ही शिकार ताया ने पकड़ लिये थे। अपने साथ चोरगे और साहब का कल्याण किया था।

ताया तथा हेडक्लर्क चोरगे के खिलाफ कई शिकायतें मास्टरजी के कान में पड़ी थीं। कुछ लोग सीधे-सीधे मास्टरजी से संपर्क करते और पूछते—

"मास्टरजी, उस चोरगे साहब की ओर से बुलावा आया है। ताया भी चावड़ी पर बुलाता है। कहते हैं, थोड़ा खर्चा होगा, पर रकम दुगुनी कर देंगे। मास्टरजी, क्या करें ? जायें उसके पास ?"

"आप उन लोगों के बहकावे में मत आइए। ऐसा कभी होता नहीं। मकान की जो भी और जैसी भी रकम होगी, सरकार को वह देनी ही पड़ेगी। दुष्ट लोगों के जाल में फँसकर नुकसान मत उठाइए।" मास्टरजी लोगों को साफ-साफ सलाह देते थे।

सलाह पूछनेवाले कई लोग भी बाद में वही रास्ता अपनाते। आज बाघधरे साहब का पूरा कार्यालय चावड़ी में उपस्थित हो गया था। जाँभली में घरों तथा खेतों के हरजाने की रकम वितरित करनी थी। इसके अतिरिक्त बिबेबाड़ी तथा इरलेबाड़ी के लोगों को भी रकम मिलनेवाली थी, इसलिए बड़ी भोर को ही उधर से लोग आये थे। प्रत्येक क्लर्क के सामने कपड़े में लपेटे हुए सरकारी कागजातों का ढेर था। भाल पर भस्म लगाया हुआ चोरगे रोब में ठीक उसी तरह बैठा हुआ था जैसे शादी-ब्याह में वर का भाई बैठता है। भीतर चावड़ी में बैठने के लिए जगह नहीं थी। पटवारी, ग्राम सेवक, बैंकवाले, सोसाइटीवाले—तरह-तरह के कार्यालयों से इकट्ठा हुए थे। दादू चौकीदार एक के बाद एक नाम लेकर बुलाता। किसान भीतर जाते और रुपये गिनते हुए बाहर आते। बाहर आये हुए लोगों में भुनभुन हो रही थी कि घरों तथा खेतों की कीमतें ठीक नहीं आँकी गयी हैं। जिन लोगों ने ताया कांबले की सलाह मानी थी वे संतुष्ट थे। दत्तू करवंदे तथा ताया कांबले चावड़ी में ठीक उसी प्रकार आवाजाही कर रहे थे जैसे उनके बाप का ही रुपया वितरित किया जा रहा है। वे खुशी से फूल उठे थे।

आरंभ में इरलेबाड़ी तथा बिबेबाड़ी के किसानों को राशि वितरित की गई। फिर जाँभली का काम शुरू हुआ। होते-होते दोपहर का समय हो गया। इतने में बाहर कुछ हलचल हुई। पेड़ तले, हाट-बाट तथा कालीमाई की बगल में बैठे हुए लोग झट्-झट् उठे और मास्टरजी के पास आ गये। उन्होंने मास्टरजी को घेर लिया। मास्टरजी ने पहले ही कह दिया—"यह कोई पुरस्कार की राशि नहीं है। आपके घर और खेत के हर्जाने की राशि है यह। इसे आप लोग सँभालकर रखिए। इसी राशि से नीचे खैरापुर में नये मकान बनवाने होंगे, खेत खरीदने होंगे।"

"क्या कहा मास्टरजी ? इसी राशि में से ?"

"हाँ, हाँ इसी राशि में से। क्या सरकार खेत और मकान मुफ्त में दे देगी। यह रुपया अच्छी तरह से सँभालकर रखना, नहीं तो आगे मर जायेंगे।"

"मास्टरजी, मुझे अपने मकान तथा खेत के केवल पचास रुपये ही मिले हैं। यह कैसे हुआ ?" रुआँसा मुँह कर शिवराम सागर पूछने लगा।

"क्या कहा ? मकान और खेत दोनों के सिर्फ पचास रुपये ?"

"देखिए न मास्टरजी।" शिवराम ने अपने हाथ के नोट मास्टरजी को दिखाये। निश्चय ही कुछ घपला हुआ है। वे सीधे चावड़ी में गये। पान की पीक खिड़की में से ही बाहर थूकते हुए बाघधरे साहब गरज पड़े, "आइए मास्टरजी, आपकी ही प्रतीक्षा थी।" बगल में सरपंच दत्तू करवंदे बैठा था; मास्टरजी को देख उसने मुँह बिगाड़ा। मास्टरजी ने शिवराम सनगर को साहब के सामने खड़ा कर दिया। मास्टरजी बोले–

"साहब, क्या यह पेमेंट की रीत हुई ? दो एकड़ जमीन तथा मकान का हर्जाना केवल पचास रुपये ? क्या कर रहे हैं आप ?"

"चोरगे, इधर आओ। बता दो मास्टरजी को क्या हुआ है ?" साहब ने हाँक लगायी।

चोरगे रजिस्टर पकड़े आगे बढ़ा। वह शिवराम पर आँखें तरेरते हुए बरस पड़ा, "व्यर्थ ही गुमराह मत करो। मास्टरजी इसे कुल सात हजार मंजूर हुए हैं–तीन हजार मकान के बदले में तथा चार हजार जमीन के बदले में।"

"फिर ये पचास रुपये ?"

"बताता हूँ, इसके बाप ने पंद्रह साल पहले तकावी ली थी। सूद सहित उसके पाँच हजार रुपये कम कर दिये हैं। मकान-कर के बकाया रुपये तीन सौ, ग्राम पंचायत को देने थे। घर-जमीन के महसूल वसूली के लिए उधर पटवारी अण्णा साहब बैठे ही हैं।"

"फिर डेढ़ हजार का क्या हुआ ?"

"वे रुपये अल्पबचत योजना में लगाये हैं।"

मास्टरजी आग बबूला हो गये। उन्होंने डाँटते हुए कहा, "आपको यही मुहूर्त मिला जो अल्पबचत में रुपये लगा दिये ? अब इन पचास रुपयों में शिवराम खेती कैसे खरीदेगा ? मकान कैसे बनवायेगा ? बाँधग्रस्त क्या भूखे सो जायेंगे ? और ये बैंकवाले, सोसाइटीवाले–सारे लेनदार बिना बुलाये यहाँ पर कैसे इकट्ठा हो गये ? आपको हमसे पूछे बिना ही हमारी राशि में सीधे कटौती करने का क्या अधिकार है ? आप कौन होते हैं यह सब करनेवाले ?"

"मास्टरजी, समझदारी की बात कीजिए।" बाघधरे साहब ने शांति से कहा, "कल जब यह गाँव यहाँ से उठेगा इस राशि की वसूली कैसे होगी ? बकाया राशि कौन जमा करेगा ?"

"आप क्या सोचते हैं, हम भाग जायेंगे ?"

"भाग जाना और उठकर जाना–दोनों का एक ही अर्थ है।"

"साहबऽऽ, यह बताइए—क्या हम आपके दरवाजे पर यह प्रार्थना करने आये थे कि बाँध आप किसी भी हालत में बनवाइए ? आप हमारा जीना क्यों दूभर कर रहे हैं ? क्यों हमारी जान लेने पर आमादा हो गये हैं ? उधर शहरों में चलनेवाली आपकी मिलें भी बीमार हो जाती हैं तो उनके लिए भी आपके पास दवा-दारू तैयार रहती है। इधर बाँध की चिता पर चढ़े हुए ये ग्यारह हजार लोग आपको दिखायी नहीं दे रहे हैं ? उनकी ओर से भी आप अल्पबचत के लिए राशि वसूल कर रहे हैं। रोक दीजिए यह वसूली। बंद कर दीजिए यह पेमेंट। हम जिलाधिकारी के पास शिकायत दर्ज कर रहे हैं।"

मास्टरजी के साथ बाबू तथा म्हाकू भोसले भी साहब लोगों से झगड़ रहे थे। थोड़ी देर के लिए राशि-वितरण कार्य रुक गया। बाघधरे साहब ने होशियारी की। उन्होंने गाँववालों के क्रोध को उतरने दिया। उन्होंने स्वयं ही अल्पबचत अधिकारी को सलाह दी, "अल्पबचत में लगाने के लिए ज्यादा राशि न लीजिए।" इतने में बाहर से तीन-चार लड़के दौड़े-दौड़े आये—"बूढ़ा पांडू येताला पागल-जैसा बर्ताव कर रहा है। वह कालीमाई के सामने सिर पटक रहा है।" सुनकर मास्टरजी तुरंत बाहर चले गये।

बूढ़ा पांडू कालीमाई के सामने दहाड़ मारकर रो रहा था। चिल्ला रहा था। "मास्टरजीऽऽ, मत रोकिये मुझे। मैं अब जान दे दूँगा। अब मुझे जीना नहीं है।"

"आखिर हुआ क्या है ?"

"अब क्या होना बाकी है ? मैं सोलह एकड़ का मालिक। यह बताइए कि मुझे केवल तीन एकड़ के ही रुपये कैसे दिये गये ? तेरह एकड़ के रुपये की पोटली किसने दबायी ? बताइएऽऽ किसने दबायी ? बताइए मास्टर यह कैसे हुआ ?"

मास्टरजी ने बूढ़े के बटुवे में से कागजात निकाले। नकल देखी तो असल बात उनके ध्यान में आ गयी। उन्होंने बूढ़े को समझाते हुए कहा, "पांडू चाचा, पागलपन छोड़िए। आपको केवल तीन एकड़ का ही हर्जाना मिलेगा। बाकी रुपये नहीं मिलेंगे।"

"आखिर क्यों ? जमीन तो मेरी ही है न ? मास्टरजी, मैं दस साल का था, तब से अब तक—साठ साल तक—यह जमीन मैं जोत रहा हूँ। वही मेरे बाप ने भी जोती, दादा ने भी जोती। आज ही क्या हुआ जो जमीन मेरी नहीं रही ?"

"यह जमीन आपके परिवार को वन विभाग की ओर से प्राप्त हुई थी निन्यानबे साल के अनुबंध पर। अब भी उस पर सरकार का अधिकार है। इसको अवार्ड कौन करेगा ? कैसे मिलेगी राशि आपको ?"

"कानून को मत बताइए।" बूढ़ा आँखें पोंछते हुए बोला, "मेरी तीन पीढ़ियों ने मेहनत की है इस जमीन में। अब चार लड़के और खानेवाले बीस मुँह हैं घर में। इतने बाल-बच्चों को लेकर अब मैं कहाँ जाऊँ ?"

"इस जमीन के रुपये कानून से नहीं मिलेंगे।"

"न सही। हमें रुपये भी नहीं चाहिए, और यह बाँध भी नहीं चाहिए। बाँध का काम बंद कर दीजिए। बाँध का काम बंद कर दीजिए..." पांडू दा जोर-जोर से चिल्लाने लगा।

लड़कों को यह ताकीद देकर कि वे बूढ़े पर नजर रखें, मास्टरजी चावड़ी की ओर निकले। उनको भी लग रहा था दिमाग चकराने का समय आ गया है। वन विभाग द्वारा निन्यानबे वर्ष के अनुबंध पर दी गयी खेती के पंद्रह-बीस मामले गाँव में थे। वही उनकी आजीविका का प्रधान साधन था लेकिन कानून के चंगुल के सामने किसकी चलती है ? चावड़ी के निकट आते ही मास्टरजी को आवडाई, हैबती शिवराम तथा अन्य दस-पंद्रह बाँधपीड़ितों ने घेर लिया। हैबती तो आपे से बाहर हो गया था। मास्टरजी का हाथ पकड़कर वह कह उठा, "मास्टरजी, क्या आपको मालूम हो गया ?"

"क्या चीज रे ?"

"ताया से हार मानकर जिन लोगों ने उसकी सलाह को स्वीकार किया उनको भरपूर रुपये मिल गये। बाकी लोगों को धता बतायी गयी है।"

"सच ?"

"और क्या ? देखिए, आपके मकान का पेमेंट कितना निकाला गया है ? ताया और आप दोनों के मकान एक-सरीखे हैं न ? उसके मकान के पच्चीस हजार और आपके सात हजार।"

"क्या कहते हो ?"

"झूठ क्यों बोलूँ ? प्रत्यक्ष सूची ही देख लीजिए न ?"

हैबती ने आगे बताना शुरू किया, "सारा गाँव शिकायत कर रहा है। सबका सत्यानास हुआ है। दत्तू सरपंच के आँगन में जो चौपायों का गोठ है, उसी को मकान के रूप में दर्ज करवाकर उसका बारह हजार रुपया पेमेंट मंजूर हो गया है। उसने आंबेपुर जाकर पहले ही ले लिया है पेमेंट। मास्टरजी, क्या बतायें जिसकी बन गयी उसकी तो पाँचों घी में हैं और जिसका डूबना है उसके नाक में अभी से दम आ गया है।"

क्षतिपूर्ति के वितरण में हो रही धाँधली के कारण मास्टरजी का सिर चकरा गया। ओट में गठरी दबाये एक बूढ़ी हाथ जोड़कर मास्टरजी के सामने गिड़गिड़ायी—

"बेटे बसंत, तनिक देख तो, मेरे रुपयों का क्या हुआ ?"

"बनू काकी, तू कब आयी ? कैसे आयी बाभुलगाँव से ?"

"अभी-अभी, दोपहर की बस से आ गयी। मालूम हुआ--गाँव और मकान बाँध के कारण उठ रहे हैं। यह मालूम होने पर कि रुपये भी मिल रहे हैं—इधर का रास्ता

पकड़ा।"

"तुम्हें राशि-वितरण का नोटिस मिला है ?"

"नहीं तो।"

"भीतर पूछताछ की, पर कहते हैं उस सूची में मेरा नाम ही नहीं है।"

यह सुनकर कि बनू काकी का नाम सूची में नहीं है, मास्टरजी अत्यंत ही संतप्त हो उठे। उसे साथ लेकर वे साहब के पास गये।

बाघधरे ने शांतभाव से पूछा, "बूढ़ी, तुम्हारे पास नोटिस है ?"

"नोटिस आया कहाँ मेरे पास ?"

"नोटिस नहीं ? फिर रुपये भी नहीं।"

"यह कैसे होगा साहब ?" बनू काकी हाथ मटकाते हुए बोली, "कहते हैं, मेरे सौतेले भाई को सत्तर हजार रुपये मिल गये हैं। उसमें आधा हिस्सा मेरा है। क्या मुझे पैंतीस हजार नहीं मिलने चाहिए ?"

"क्या नाम है तुम्हारे सौतेले भाई का ?"

"यही दत्तूवा कुर्सी पर बैठा हुआ।"

दत्तू सरपंच के चेहरे का रंग खट् से उतर गया।

बाघधरे साहब ने पुनः आदेश दिया, "चोरगे, फिर एक बार सूची देख लो। बूढ़ी का नाम है सूची में ?"

"साहब, तीन बार देख लिया। सूची में बूढ़ी का नाम ही नहीं है।"

"अब आप ही बताइए, हम क्या करें ?" मास्टरजी ने पूछा।

"बूढ़ी को कल आंबेपुर के हमारे कार्यालय में भेज दीजिए। लगता है, मूल मामला देख लेने पर ही कुछ पता चलेगा।"

मास्टरजी ने बनू काकी को शांत किया। उसे बाहर रुकने को कहा। कुछ समय से मास्टरजी देख रहे थे–राशि-वितरण में घपले के अजीब-अजीब नमूने घटित हो रहे हैं। उनका जी सन्न हो गया था। कोढ़ में खाज यह कि मिलनेवाली कम राशि में से अल्पबचत के लिए पचास प्रतिशत रुपयों की कटौती हो रही थी। आधी लँगोटी काट लेने पर बाँधपीड़ित अपनी हया, शर्म कैसे ढँक लेंगे ?

मास्टरजी अल्पबचत के अधिकारी ठोमरे पर बसर पड़े, "साहब क्यों रुपये काट रहे हैं ?"

"मास्टरजी, यह राष्ट्रीय कल्याण योजना है–छह वर्षों में मूल धन की दुगुनी राशि मिलेगी।"

"मैं अब बिलकुल ही नहीं चलने दूँगा।" मास्टरजी आग बबूला होकर बोले, "क्या तुम्हारी इस दुगुनी राशि के लालच में बाँधपीड़ित बिना खेती और मकान के ही रह जायें ? नहीं, मैं अब एक पैसा भी काटने नहीं दूँगा।"

ठोमरे और मास्टरजी का पूर्व परिचय था। उसका लाभ उठाते हुए ठोमरे ने मास्टरजी को अलग बुलाया। उनके कान में धीरे से कहा, "मास्टरजी, आप क्यों झगड़ रहे हैं ? आप अपनी सारी राशि ले जाइए। मत जमा कीजिए रुपये, पर दूसरों के पेमेंट में आप हस्तक्षेप क्यों कर रहे हैं ?"

"भाड़ में जाय मेरा पेमेंट। मुझे उसकी परवाह नहीं। मुझे लोगों के पेमेंट की तथा उनके पुनर्वास की चिंता है। साहब, आप ही बताइए, इन लोगों का पक्ष लेने के लिए भगवान भी खड़ा रहता है ?"

ठोमरे साहब की पत्नी अल्पबचत योजना की एजेन्ट थी। मास्टरजी की इस मूर्खतापूर्ण नीति के कारण आज मुफ्त का कमीशन भी चला जायेगा–ठोमरे साहब को यह चिंता सता रही थी। मास्टरजी ने उधर ध्यान नहीं दिया। वे बाघधरे से पूछने लगे, "साहब, यह कैसे हो गया कि कल हमें नोटिस मिल गये और आज आप हाजिर ? हमें आठ दिन पहले ही सूचना देनी चाहिए थी, हम सबकी समस्याएँ जान पाते।"

"इससे आपका क्या संबंध है ? हमने बाँधपीड़ित सहायक समिति के सदस्यों को पहले ही सूचित किया था।"

"किसको ? इस सरपंच दत्तू को ? वाह साहब वाह ! आप तो चोरों की साक्ष्य पर हत्या की जाँच करने जा रहे हैं।"

"मास्टरजी, जबान सँभालकर बात कीजिए। किसको चोर कह रहे हैं आप ?" दत्तू उबल पड़ा।

"तुमने बनू काकी का पेमेंट हथिया लिया। तुम सौतेली माँ को फूटी कौड़ी भी नहीं दे रहे हो। तुम चोर ही नहीं डकैत हो डकैत।" मास्टरजी गरज उठे।

बाघधरे साहब दोनों के बीच में पड़े। उन्होंने सरपंच को चुप बिठाया, मास्टरजी को घुड़काते हुए बोले, "आप उनसे क्यों झगड़ रहे हैं ? कुछ समस्या हो तो मुझसे बात कीजिए। कहिए, आप क्या चाहते हैं ?"

"यह पेमेंट तुरंत रोक दीजिए।"

"किसलिए ?"

"सारा प्रस्ताव गलत है। किसानों के खेतों में जो पेड़, कुएँ, मेंड़ हैं, आपने प्रस्ताव में उनमें से किसी का भी समावेश नहीं किया है। आप कौन होते हैं हमारे हकों को नकारनेवाले ?" मास्टरजी ने मूल गलती पर ही उँगली रखी।

"खेतों में जाकर संयुक्त पैमाइश की गयी है।" साहब ने अपने पक्ष को स्पष्ट किया।

"आप अभी किसी भी खेत में चलिए। मैं आपको कितने पेड़ दिखाऊँ ? आपके पैमाइशदारों ने खेतों के मुँह तक देखे नहीं। उन्होंने गाँव का नक्शा रखकर टेबल पर

ही पैमाइश पूरी की है। मैं पूछता हूँ कोई पैमाइशदार गया था खेत में ?" मास्टरजी ने भंडाफोड़ कर दिया।

साहब के साथ मास्टरजी का वाद-विवाद शुरू हुआ। चावड़ी के चारों ओर लोग इकट्ठा हो गये। उन्होंने चावड़ी को लगभग घेर लिया। एक मास्टर साहब के मुँह पर ही उनका विरोध कर रहा है—क्लर्क यह देखकर सकपका गया। हैबती, शिवराम, बाबू पवार—सबने चिल्लाना शुरू किया—"पेमेंट बंद करो, पेमेंट बंद करो।"

सारी चावड़ी उत्तेजित हो उठी। बाघधरे साहब आपे से बाहर हो गये। मास्टरजी जोर-जोर से कह रहे थे, "सारा गाँव उखाड़कर दूसरी जगह पर बसाना। यहाँ हमारे अधिकार के रुपये नहीं मिल रहे हैं। हम बाँधपीड़ित किसके दरवाजे पर भीख माँगने जायें ? नहीं, नहीं, पेमेंट रोकिए। बोगस पेमेंट है यह।"

"पेमेंट बोगस होता तो कुछ लोगों को पच्चीस-तीस हजार रुपये कैसे मिलते ?" साहब ने समझाने की चेष्टा की।

"जिन्होंने मुट्ठी गरम की उन्हीं को रुपये मिले। दूसरों का क्या ?" मास्टरजी ने निर्भयता से पूछा।

मास्टरजी के द्वारा किये गये सीधे-सीधे आक्रमण से बाघधरे साहब के मुँह पर हवाई उड़ने लगी। कुछ देर के लिए सूझ ही नहीं रहा था कि क्या कहना चाहिए। ताया कांबले तथा सरपंच दत्तू का मुँह उतर गया। चोरगे शर्मिंदा हो गया। किसी तरह सँभलकर बाघधरे ने पूछा, "इसका मतलब आप हमें पेमेंट करने नहीं देंगे ?"

"इस प्रकार गलत-सलत पेमेंट लेकर क्या चूल्हे में झोंक देंगे ?" मास्टरजी ने प्रश्न किया।

बाघधरे साहब ने आँख से इशारा किया। सभी क्लर्क अपना दफ्तर समेटने लगे। रुपयों का वितरण रुक गया। हाट के चबूतरे पर बैठकर मास्टरजी बाँधपीड़ितों की सूची तैयार करने लगे। पेमेंट में जो दोष थे, उनकी तालिका बनायी जाने लगी। मास्टरजी तथा उनके साथियों के बाहर चले जाने पर चावड़ी में बैठे हुए बाघधरे साहब को थोड़ा अच्छा लगा, पर माथा अभी भी ठनक रहा था। अल्पबचत अधिकारी से रहा नहीं गया। बोला, "बाघधरे साहब, आप चुप मत बैठिये। मैं पिछले दस-बारह वर्षों से इस मास्टरवा को देख रहा हूँ। हर जगह सरकारी काम में बाधा डालता है। यह गजब का झगड़ालू, हठी और अड़ियल है। किसी तरह इसके दाँत खट्टे करने ही चाहिए।"

"आप सरकारी अधिकारियों ने ही उसको सिर पर चढ़ा दिया है। वरना इसके पहले ही मैं मिट्टी में मिला देता।" सरपंच दत्तू ने मन का क्रोध निकाला।

"साहब, सचमुच आप ठान लीजिए। यह किचकिच हमेशा के लिए समाप्त हो जायेगी।" सर्कल दामले ने अपनी भड़ास निकाली।

सभी विभागों के सरकारी कर्मचारियों को एक होते हुए देखकर बाघधरे साहब का जी हल्का हो गया। सरकारी काम रोक देने के तथाकथित अपराध के संबंध में पंचनामा लिखना शुरू किया गया। मास्टरजी ने अधिकारियों को धमकाया। उन्होंने शराब पान कर चावड़ी को आग लगाने की भी धमकी दी—इन सभी शिकायतों को दर्ज कर पंचनामा में रंग भर दिया गया। ताया कांबले, सरपंच दत्तू और उसके बगलगीरों ने एक दूसरी अर्जी लिख मारी—बाभुलगाँव की पाठशाला का काम छोड़कर मास्टरवा राजनीति में ही रुचि लेता रहता है, वह गरीब बाँधपीड़ितों को भड़काता है, गाँव में संघर्ष फैलाता है—इन सबका विवरण बढ़ा-चढ़ाकर लिखा गया।

रात दत्तू की हवेली पर साहब लोगों के लिए गोश्त पकाया गया। ताया कल ही बहेलियों की बस्ती से महुए की खास शराब ले आया था। कई प्याले खाली करने पर भी साहब लोगों की आँखों से धूर्त मास्टर की छवि ओझल नहीं हो रही थी।

मास्टरजी के द्वारा संघर्ष आरंभ करने से पहले ही जिन्होंने रुपये ले लिये थे, जाँभली के वे लोग होश में नहीं थे। शराब पान के कारण उनके पैर धरती पर ठीक से टिक नहीं रहे थे। मास्टरजी के द्वारा बार-बार यह चेतावनी देने पर कि यह पुरस्कार की राशि नहीं है, वे लोग होश में नहीं थे। जो नहीं पीते थे, आज उन्होंने भी पी ली थी। कुछ लोगों की स्त्रियाँ नयी साड़ियों के लिए रूठी हुई थीं। वे पति के पीछे पड़ी हुई थीं। कह रही थीं, "जब गाँव उठेगा तब मकान के बारे में देखा जायेगा। गेहूँ आयेंगे तब रोटियों की बात करेंगे। क्या तब तक हम नंग-धड़ंग बैठेंगी?"

आठ

बूढ़ी बनू काकी चावड़ी से बाहर निकल रही थी। तभी बाघधरे साहब कार्यालयीन कागजातों को कपड़े में बाँधे हुए, अपने स्टाफ के साथ बाहर निकले। उनकी शिकायत थी कि खैरमोडे मास्टर ने चावड़ी में शोर-शराबा किया है। जाते-जाते चोरगे हेडक्लर्क ने सरपंच दत्तू से धीरे से पूछा, "सरपंच, क्या सच ही यह बूढ़ी आपकी सौतेली माँ है ?" सरपंच दत्तू जीप में बैठ रहा था, उसने कहा, "साहब बाट पर चलनेवाली कोई पागल महिला यदि आकर कहे कि मैं सरपंच की माँ हूँ तो आप उसकी बात पर यकीन करेंगे ?" दत्तू की इस बात पर सारी जीप हँस पड़ी। दत्तू का कहना बनू काकी ने सुना तो उसे ऐसा लगा जैसे उसके कलेजे को साही ने डस लिया। दुःखी मन के साथ वह वैसे ही आवडाई की मड़ैया में बसेरे के लिए आ गयी थी। उसे जानना था—उसके रुपयों का क्या हुआ। कल सुबह पहली बस से ही उसे

आंबेपुर पहुँचना था।

बनू काकी सात साल पहले जाँभली गाँव छोड़कर चली गयी थी। उसके बाद पहली बार उसकी आवडाई से भेंट हुई थी। जिस प्रकार कुएँ में चारों ओर से पानी की उबाल आती है, बनू काकी के मन में भी उसी प्रकार का आवेग उमड़ आया था। आवडाई ने बनू काकी की यातनाओं को देखा था। गाँव छोड़ने से पहले दत्तू ने उसका जीना भी दूभर कर दिया था। बनू काकी के कोई संतान नहीं हुई। ब्याह हुए ग्यारह साल बीते, फिर भी संतान होने का कोई चिह्न नहीं, तब वह स्वयं अपने पति का—राघोबा करवंदे का—ब्याह करने को तैयार हुई। वह खुद अपने पति की खातिर दूसरी पत्नी की खोज करने लगी। उसकी समझदारी के कारण ही दत्तू की माँ घर में आयी, दत्तू का जन्म हुआ और वंश लता बढ़ गयी—तब बनू काकी ने कितने कृतज्ञ भाव से भगवान के सामने हाथ जोड़े थे। पर यह वंशलता ज्यों-ज्यों बढ़ती गयी, बनू काकी को ही खाने दौड़ने लगी। पति राघोबा की याद आने पर बनू काकी की आँखें भर आतीं। वह कह रही थी—"...पर मेरे पति की नजर बहुत ही बारीक थी—सौ भेड़ों के रेवड़ में से लँगड़े पैर की भेड़ को पहचाननेवाली। मरने से दो साल पहले उसने मुझसे कहा था, 'बनू, मेरे मरने के बाद यह दत्तू तुम्हारे किसी भी मर्ज की दवा नहीं रहेगा। वह तुम्हें फूटी कौड़ी भी नहीं देगा। मैं तुम्हें जीते-जी जमीन-जायदाद का हिस्सा दे देता हूँ।' बूढ़े ने वचन निभाया, मेरा हिस्सा मुझे दे दिया, उसके बाद ही वह चल बसा।"

पति की मृत्यु के बाद, मजदूरों की सहायता से ही सही, बनू काकी अपने हिस्से की जमीन में पैदावार करने लगी, लेकिन दुर्भाग्य उसका ! वह जी लगाकर फसल पैदा करती और दत्तू रात-बेरात खड़ी फसल में चौपाये छोड़कर ऊधम मचाता। उसके मकान में से बर्तन भी चोरी चले जाते। दत्तू के आतंक के कारण दूकानदार उसे दूकान पर खड़ा नहीं रहने देता। आखिर बनू काकी ऊबकर सीधे बाघेठाण अपने चचेरे भाई के आसरे चली गयी। यह सोचकर कि भाई पर अधिक बोझ न पड़े वह किसी के घर कपड़े धोने या बर्तन माँजने का काम कर दिन काटने लगी। इधर उसे मालूम हुआ कि बाँध के कारण जाँभली गाँव अपनी जगह से उठ रहा है। उसे इस बात की भी भनक पड़ गयी कि मकान और खेत का मुआवजा मिलेगा। इसीलिए वह जाँभली गाँव आ गयी थी। दत्तू को सत्तर हजार रुपये कैसे मिल गये ? उसमें आधा हिस्सा मेरा है। मुझे वह हिस्सा मिलना चाहिए। उसके मन में आशा के अंकुर फूटे—सब लोग नीचे की ओर खैरापुर में बस जायेंगे। हवेली न सही, मड़ैया तो बनवायी जाय। चचेरे भाई के आसरे पर कितने दिन रहूँगी ? बनू काकी आवडाई को बता रही थी—"संतान नहीं हुई तो क्या हुआ ? आदमी को अपने ही घर में प्राण छोड़ना चाहिए। अपनी लाश अपने ही आँगन में दही-पानी के स्नान के बाद नदी पर

जानी चाहिए। तब तक आँगन की तुलसी को जल चढ़ाना चाहिए।"

बातचीत के दौरान आवडाई का ध्यान बनू काकी के हाथों पर गया। उसके हाथों के तलुवे कड़े, खुरदरे हो गये थे, काले पड़ गये थे।

"मौसी, यह क्या ? तुम्हारे हाथ इतने काले और खुरदरे ?"

"तुमसे क्या छिपाना है ?" हल्की आवाज में बनू काकी ने कहा, "मैंने भाई के घर तो बर्तन माँज ही दिये, चोरी-छिपे एक पड़ोसन के घर भी मैंने यह काम किया।"

"हाय ! हाय ! यह तो बुरी बात है। आखिर तुम्हें यह किसलिए करना पड़ा?"—आवडाई ने पूछ लिया।

"दातौन और चोली के कपड़े के वास्ते रुपये माँगते हुए लज्जा आती थी। भाई पर कितना बोझ डाला जाय ?"

जिस प्रकार दत्तू ने बनू काकी की जान साँसत में डाल दी थी उसी प्रकार लाला जाधव की कुदृष्टि आवडाई की घर-गृहस्थी पर थी। लंगड़ गोविंदा लाला के बाप के हाथों संयोग से ही बच निकला था, अन्यथा उसे लाडूबा की कगार से गिराकर खत्म किया गया होता। उसकी सारी जायदाद लाला हड़प लेता। हैबती को सिंचाई विभाग में अस्थायी चपरासी के रूप में नौकरी मिल गयी। लाला से वह भी बर्दाश्त नहीं होती थी। लाला उपसभापति था। उसके निकट हैबती की चपरासी की नौकरी किस झाड़ की पत्ती थी। फिर भी लाला को लगता कि ये लड़के नौकरी कर समझदार न बनें। कल मेरे घर को ही दबा डालेंगे—लाला का हिसाब पक्का था।

लाला जाधव भी पहले क्या था ? चौथी कक्षा में पढ़ता था तो एक दिन पाठशाला जाना छोड़ वह गन्ने के खेतों में छिपकर बैठ गया। उसके बापू ने उसे जानवर की तरह पीटा। वह बापू के भय से गाँव छोड़ भाग गया। आंबेपुर में कोयले की टाल में हमाली करने लगा। रात-दिन काम करते सारा शरीर काला हो जाता, लेकिन जवानी में आने पर उसे लाभ-हानि की बातें मालूम होने लगीं। अपना सेठ गरीब कहारों, चरवाहों तथा कातकरी लोगों से कड़ी मेहनत करवाता है। ये आदिवासी लोग अपने हाथों को आँच में डाले कोयले की भट्ठियाँ लगाते हैं। सेठ उनसे एक आने में कोयला खरीदता है और उसे शहर ले जाकर बारह आने में बेच देता है। कुछ कष्ट नहीं, फिर भी बीच में यह कितना मुनाफा ? लाला जाधव ने सोचा और महीबू नामक एक व्यापारी को पकड़ लिया। उसके साथ आदान-प्रदान की बात की। लारियाँ महीबू की और मजदूर लाला के।

एक दिन महीबू को साथ लिये लाला जाधव जाँभली के जंगल में गया। जाँभली का जंगल बहुत घना था। सागौन, असन, जामुन, हरडा—हजार प्रकार के बड़े-बड़े पेड़। महीबू की लारियाँ रात-दिन दौड़ने लगीं। जाँभली, इरलेबाड़ी से लेकर दूर मसणमाल तक की हद में रात-दिन कोयले की भट्ठियाँ जलने लगीं। जो कातकरी

महुए तथा शहद के वास्ते अपना बदन फाड़ लेता था वह अब नकद रुपयों के लिए कोयले में मेहनत करने लगा। लाला को पहले ही वर्ष में इतना मुनाफा हुआ कि उसने महीबू के मुँह पर ही थप्पड़ लगायी। उसने बाघजाई कछार में चल रही महीबू की सारी लारियाँ ठप्प कर दीं। लाला अब जंगल में कोयला बनाकर नये हरे नोट कमाने लगा। उसने धीरे-धीरे बाघेठाण और आंबेपुर में कोयले की और लकड़ी की टालें खोल दीं। उसने अमीरों के घरों में अपनी लड़कियों के ब्याह कर दिये। रिश्ते बढ़ गये। जिला पंचायत के चुनाव घोषित हुए। दल को आर्थिक दृष्टि से संपन्न बढ़िया कार्यकर्ता की आवश्यकता थी। सत्तारूढ़ दल बिना माँगे ही टिकट लिये लाला के दरवाजे पर चला गया। लाला जाधव झेड्. पी. में चुनकर गया। नेता बन जाने पर क्या मजाल कि कोई काम रुक जाय ? जब सिर्फ व्यापार ही था, दसियों जगहों पर अधिकारी अड़ंगा लगाते थे। अब ? अब तो लाइसेंस, सहूलियतें अपने पैरों चलती हुई उनके पास पहुँचने लगीं। तहसीलदार के कार्यालय में अब काम रुकता ही नहीं। न फौजदार की झाँसापट्टी, न फारेस्टर की किचकिच। व्यवसाय और राजनीति, दोनों एक-दूसरे के लिए पूरक हैं--लाला ने इस चीज के महत्त्व को जान लिया। तब से उसने राजनीति पर अपनी पकड़ ढीली नहीं होने दी। वह दिन-ब-दिन मजबूत ही होती गयी।

आगे चलकर दूसरे नेताओं को भी बाघजाई के कछार की इस संपत्ति का पता चल गया। कोई विधायक का सगा भाई, तो कोई सांसद का साला। बाघजाई के जंगल की दिन-दहाड़े लूट होने लगी। रास्ते के निकट के पेड़ समाप्त हुए तो व्यापारी, ठेकेदार पहाड़ के दुर्गम कगारों पर, गहरी निर्जन खाइयों में घुसकर बचे हुए पेड़ों को काटने लगे। कगारों के नीचे भी भट्टियाँ जलने लगीं। जहाँ बैलगाड़ियाँ जा नहीं पाती थीं, वहाँ घोड़ों तथा बैलों की पीठ पर लादकर कोयला लाया जाने लगा। देखते-ही देखते निबिड़ जंगल का पेट खाली होने लगा। आगे इस व्यवसाय में स्पर्धा बढ़ गयी, मुनाफा कम मिलने लगा। लाला सड़क तथा पुल बनवाने के ठेके लेने लगा। रुपये उसी तरह आते रहे जैसे पहले आते थे।

बड़े पेड़ पर जिस तरह बाना बढ़ता है, लाला जाधव के आधार पर दत्तू वैसे ही बढ़ता गया। उसकी हालत बहुत अच्छी नहीं थी। वह लाला की हवेली में सिर्फ बैठा रहता। घर में नौकर की तरह जो भी काम बताया जाये, कर देता। उसने छोटे-बड़े काम कर लाला से अपनापा बढ़ाया। लाला कभी तहसील में और कभी जिले के नगर में व्यस्त रहता। ऐसे अवसरों पर नीचे की जिम्मेदारी--पुलिस थानों में किसी का चैप्टर केस, गाँव के झगड़े, ग्रामीण सहकारी सोसाइटी और ग्राम-पंचायत के चुनाव--सब में दत्तू ही ध्यान देने लगा। लाला ऊपर का सब कारोबार देख लेता, नीचे दत्तू ध्यान देता। ग्राम परिषद के पिछले चुनावों के समय गाँव में खैरमोडे

मास्टरजी का महत्त्व बढ़ गया। लोगों में बाँध का भय, जंगचढ़ी सिटकनी की भाँति, हमेशा चुभता रहता था। उन्हें मास्टरजी का आधार पहाड़ जैसा लगता था। लाला जाधव ने भाँप लिया था कि मास्टरजी जिसको चाहेंगे वही सरपंच होगा। उसने एक दिन दत्तू को धीरे-से सलाह दी—"फिलहाल कुछ दिनों के लिए तुम मास्टरजी की शरण में जाओ। उसकी हाँ-में-हाँ मिलाओ।" दत्तू चुनाव से छह महीने पहले मास्टरजी का विश्वसनीय कार्यकर्ता हो गया। स्वयं मास्टरजी ने ही गाँववालों से पूछा कि किसको सरपंच बनाना है ? सभी ने बाँधपीड़ितों के ईमानदार कार्यकर्ता के रूप में दत्तू का नाम सुझाया। दत्तू सरपंच बना और केवल पखवाड़े के भीतर ही पूरी ग्राम परिषद को अपनी बगल में दबा लाला जाधव के गुट में पहले की भाँति शामिल हो गया। लाला हो या दत्तू दोनों में से किसी को बाँध का भय नहीं लगता था। यह सोचकर कि एक दिन गाँव जरूर उठ जायेगा, उन्होंने बाघेठाण तथा आंबेपुर में मकान बनवाये, टालें खोलीं। उन्होंने वहाँ पर भूखंड खरीदे। उनका सारा काम अबाध रूप से और गति के साथ चलता रहा।

बनू काकी सकपकायी हुई नजर के साथ आंबेपुर के बस अड्डे पर उतरी। उसकी गोद में गठरी थी। गठरी में बड़ी भोर में ही आवडाई की बनायी हुई रोटियाँ थीं। आटो रिक्शा से वह आंबेपुर के जिलाधिकारी कार्यालय में पहुँची। रिक्शा का किराया साढ़े तीन रुपये हुआ था। सुनकर उसके पेट में खलबली मच गयी। कलक्टर आफिस, अगल-बगल में ऊँची इमारतें—हक्का-बक्का हो सबको देखती हुई वह बगल वाले पेड़ के नीचे जाकर बैठ गयी। उसने कमर से बटुआ निकाला उसमें जो भी रुपये थे, उँगलियाँ पकड़-पकड़कर तीन बार गिन लिये। ठीक नौ रुपये बचे थे। अब क्या किया जाय ? वह वहाँ से उठी। जो भी दिख पड़े, उससे वह जाँभली में कल आये हुए साहब का पता पूछने लगी। बात किसी की समझ में नहीं आती थी। कौन क्या बताये ? आखिर उसे बिलकुल सफेद कपड़े पहने हुए एक चपरासी मिला। वह उसके सामने गिड़गिड़ाकर पूछने लगी—

"भैया, तनिक बताओ तो, रुपये बाँटनेवाले साब कहाँ बैठते हैं ?"

"कौन साहब ? भूमि-संपादन अधिकारी ?"

"हाँ, हाँ, वही।"

"आपको उनमें से किससे मिलना है ? यहाँ तो वैसे दस-बारह साहब हैं ?"

"वही जो कल जाँभली में गये थे ? क्या नाम हैं उनका—सियारदार या बाघदार ?"

"बाघदार नहीं, बाघधरे कहो। वे वहाँ बैठते हैं। यहाँ से आगे जाओ।" चपरासी ने इशारे से रास्ता बता दिया।

बनू काकी ने आफिस ढूँढ़ निकाला। साहब के केबिन से बाहर एक चपरासी

स्टूल पर बैठे-बैठे बीड़ी पी रहा था। उसके पास जाकर बनू काकी ने गिड़गिड़ाकर कहा, "साहब, मुझे भीतर के साब से मिलना है।"

"साहब को समय नहीं है।" चपरासी ने लगभग चिल्लाकर कहा।

"कल जाँभली में उन्होंने ही कहा था, यहाँ आने के लिए।"

"वहाँ किनारे पर बैठिए।"

"लेकिन आप मुझे भीतर कब जाने देंगे ?"

"साहब बुलायेंगे तब जाना।"

बनू काकी गोद में गठरी को पकड़े वहीं बगल में बैठ गयी। आँखें छोटी कर वह अगल-बगल के लोगों को ध्यानपूर्वक देखने लगी, ठीक वैसे ही जैसे वह सर्कस देख रही हो। कार्यालय के लोग भी उसकी ओर ध्यान से देखते थे। उसका हुलिया ही कुछ विचित्र था। बूढ़ी अरहर के पौधे के समान पतली, छरहरी थी। मात्र हड्डियों का ढाँचा। सीपी से खुरचने पर भी उसके शरीर पर मांस नहीं मिलेगा। सिर के बाल हवा के कारण बिखर गये थे। बोंडी से निकले हुए कपास की तरह वे सफेद हो गये थे। कई दिनों से उन्हें तेल और कंघी के दर्शन नहीं हुए थे। बाल सिर के पल्लू के नीचे दबे हुए थे। सफेद चिट्टा भाल और शुष्क मुख। साड़ी का रंग कभी का उड़ गया था। साड़ी का रंग उड़ने से पोतना जैसी बन गयी थी। हाँ, चोली अच्छी, हरे रंग की और धराऊ लगती थी। उसके खुले हाथ पर नागिन का बहुत बड़ा गोदना था। बूढ़ी अदालत और कचहरी को जरा भी नहीं जानती थी। वह भोलेभाले चेहरे से, हक्का-बक्का हो इधर-उधर देख रही थी। वह बदन को सिकोड़कर वहीं फर्श पर बैठी थी।

यकायक केबिन के दरवाजे से आवाज आयी। साहब झट से बाहर निकले और जल्दी-जल्दी चल दिये। साथ में फाइलों का गट्ठर लिये चपरासी दौड़ रहा था। साहब के बाहर चले जाने की बात ध्यान में आते ही बनू काकी तुरंत उठी और साहब के पीछे-पीछे दौड़ने लगी, "साब, मेरे मुआवजे का क्या हुआ ?"

साहब तनिक रुके। चपरासी बूढ़ी को अलग हटने के लिए कह रहा था। तभी बाघधरे साहब को याद आया। उन्होंने हँसकर कहा, "आप सरपंच की चाची हैं न ?"

"चाची नहीं, सौतेली माँ।"

"देखिए आप कल आइए।"

"साब, मैं अकेली इस नगर में कहाँ रहूँगी ? आप मुझे बार-बार चक्कर काटने की तकलीफ न दीजिए। मेरा मामला अभी देखिए न।"

"आज मुझे बिलकुल ही समय नहीं है। कमेटी आनेवाली है दो दिन में। बड़े साहब के साथ दिनभर डिस्कशन है। मुझे वहाँ जाना है।"

"मैं तब तक बैठी रहूँगी, पर आज ही देखिए।"

"बहुत समय होगा, आपको तकलीफ होगी।"

"होने दीजिए। मध्याह्न हो तो भी मैं आपके दरवाजे से नहीं हिलूँगी।"

"तो फिर रुकिये आफिस में।" कहते हुए साहब झटपट चल दिये।

दोपहर हो गयी। बनू काकी ने बगीचे में नल के निकट बैठ रोटी की पोटली खोली। जल्दी-जल्दी रोटियाँ निगलकर उसने सीधे नल को ही मुँह लगाया। भरपेट पानी पीकर वह आम के तले बैठ गयी। उसे पता ही नहीं चला कि बैठे-बैठे ठंडी छाया में उसे कब झपकी आ गयी। लगभग तीन बजे झट से उसकी नींद खुल गयी। वह लगभग दौड़ती हुई गयी और साहब का दरवाजा पकड़े बैठ गयी। वह देर तक बैठी रही। आफिस में काम करनेवाले दो बाबू आपस में बात कर रहे थे—कल जाँभली गाँव में राशि-वितरण के समय खैरमोडे मास्टर ने हुल्लड़ मचाया। साहब ने पंचनामा कर दिया है। साहब दो ही दिन में सख्त कार्रवाई की रपट बनाकर जिलाधिकारी की मार्फत शिक्षा विभाग के पास भेज देंगे। बनू काकी की समझ में ये सारी बातें नहीं आती थीं, पर एक बात उसकी समझ में जरूर आ गयी कि साहब लोग मास्टर से खार खाते हैं।

चार बज गये। फिर पाँच और उसके बाद साढ़े पाँच भी बज गये, लेकिन साहब का पता नहीं था। स्टूल पर बैठे हुए चपरासी ने सलाह दी, "बहन अब तुम चली जाओ, लगता है हमारे साहब सीधे वहीं से घर चले जायेंगे।" बनू काकी चपरासी की बात सुनने को तैयार नहीं थी। वह आतुरता के साथ बाघधरे साहब की प्रतीक्षा करने लगी। देर तक प्रतीक्षा के कारण आफिस के लोग भी ऊब गये थे। दो-तीन चुनिंदा बाबू भी तब तक बैठे हुए थे, बाकी जा चुके थे। अँधेरा हुआ, बाघधरे साहब थके-माँदे अपनी केबिन में आ गये।

दरवाजे पर चपरासी था। उसे जरा-सा अलग होते देख बनू काकी भीतर घुस गयी। उसने सीधे साहब के चरणों पर सिर रख दिया, कहा, "साहब, गरीब पर दया करिये। मेरा काम निपटा डालिए।"

"बूढ़ी, तू अभी रुकी है ?—चोरगे, जरा जाँभली का केस ले आना। देखो तो, बूढ़ी का नाम है या नहीं ?"

थोड़ी देर बाद हेडक्लर्क चोरगे केस लेकर दबे पाँव भीतर आ गया। उसने साहब के कान में कुछ कहा। साहब चौंके। चश्मा निकालकर वे केस में से एक-एक कागज को बिल्कुल आँख के निकट लाकर पढ़ने लगे। साहब ने गर्दन उठायी। शुष्क आवाज में पूछा, "क्या नाम है तुम्हारा ?"

"बनू—बनू साँवलेराम करबंदे।"

"क्या सरपंच आपका ही लड़का है ?"

"जी, हाँ, मेरी सौत का—मेरे पति का ही बेटा है वह।"

साहब, तनिक शांत हुए, सुस्ताकर बोले, "बूढ़ी तुम्हें रुपये नहीं मिलेंगे।"

"कैसे नहीं मिलेंगे ?" बनू काकी लगभग चिल्ला उठी।

"तुम्हारी मृत्यु हो चुकी है।"

"क्या कहा, मैं मर गयी हूँ ?" मुँह टेढ़ा कर बनू काकी ने कहा, "साब, आप मुझ बूढ़ी से मसखरी क्यों कर रहे हैं ?"

"पर रेकार्ड वैसा ही कह रहा है न ?"

"मतलब ?"

"तुम्हारे सौतेले लड़के ने तुम्हारी मृत्यु का सर्टिफिकेट प्रस्तुत किया है। वह तुम दोनों के हिस्सों के रुपये कभी का ले चुका है।"

बनू काकी की घिग्घी-सी बँध गयी। उसे कुछ सूझ नहीं रहा था कि क्या कहना चाहिए। उसने क्रोध में आकर अपने सफेद बालों को झटके से खींचा और चीखना शुरू किया, "दत्तूवा, कमीने, तुमने यह क्या कर दिया ? अपनी माँ को श्मशान दिखा दिया ? लाश उठ जाय तुम्हारी। तुम्हारी लाश को कुत्ते नोच देंगे। टुकड़े-टुकड़े कर डालेंगे। तुम्हारा निर्वंश होगाऽऽ" बनू काकी गालियाँ बकने लगी। वह माथा ठोकते-ठोकते झट से नीचे बैठी। बालों को फैलाने लगी, चिल्ला-चिल्लाकर गालियाँ बकने लगी। आवाज सुनकर क्लर्क, चपरासी दौड़े हुए आये। चिल्लाकर कहने लगे, "ऐ बूढ़ी, पगली, यहाँ शोर मत करो।" चपरासी ने तो एक हाथ पकड़कर उसे खींच ही लिया। कहा, "बूढ़ी, थोबड़ा बंद करो। यह कलक्टर हाफिस है, मसान नहीं।" सब उसे समझाने लगे। उसका गला सूख गया था। उसने चपरासी से पानी माँग लिया। आधा लोटा पानी गट्-गट् कर पी लिया। आँखों का पानी और भाल का पसीना अंचल से पोंछकर वह गिड़गिड़ाते हुए साहब से पूछने लगी—

"साऽब आप ही बताइए, मैं क्या करूँ ?"

"तुम मृत्यु का सर्टिफिकेट प्राप्त करो।"

"पर साब, आप तो देख रहे हैं—मैं जीवित हूँ।" वह जोर-जोर से रोने लगी।

"बूढ़ीऽऽ, इस तरह रोने-चिल्लाने से कुछ नहीं होगा, तुम्हें मृत्यु का सर्टिफिकेट प्राप्त करना ही होगा।" साहब ने जोर देकर कहा।

"पर साब, मैं तो जीवित हूँ..."

"उसका लिखित प्रमाण चाहिए। तुम वैसा प्रमाणपत्र प्राप्त करो। झूठे कागजों के संबंध में उस दत्तू पर पुलिस में शिकायत कर दो। दूसरा कोई उपाय नहीं है।"

"पर साऽब, आप तो इतने बड़े ठहरे। आप ही उसके हाथ में बेड़ियाँ ठोंक दीजिए।" बनू काकी ने रोते-रोते कहा।

बनू काकी दुःखी मन से, गठरी को सँभालते हुए आफिस से बाहर निकली।

बाहर अँधेरा घुप्प था—रास्ते पर बत्तियाँ मंद हुई-सी लग रही थीं। कितने ही समय तक बनू काकी वैसी ही चलती रही। बहुत देर के बाद उसे याद आया—बस अड्डे का रास्ता पूछना है। फिर रास्ता पूछते-पूछते वह अड्डे पर पहुँची। बाघेठाण जानेवाली आखिरी बस कभी की निकल चुकी थी। उसने गठरी को गोद में लिया, बदन को सिकोड़कर, घुटनों को पेट से सटाते हुए वह वहीं बाकड़े पर, ठंडी हवा में गठरी बनकर पड़ी रही।

नौ

''बनू काकी, आपके सौतेले लड़के के खिलाफ पुलिस में शिकायत करने के सिवाय और कोई उपाय नहीं है।'' बाघेठाण के पाटील वकील ने बताया।

''फिर आप ही चलाइए केस और ठोंक दीजिए बेड़ियाँ उस नीच के हाथों में।'' बनू काकी गुस्से से बोली।

''मेरा खर्चा आपसे निभेगा नहीं। हर पेशी के दिन बाघेठाण से आंबेपुर जाने के लिए तीन सौ रुपया टैक्सी का किराया देना पड़ेगा, फीस अलग से देनी होगी। वह आपसे होगा नहीं। आप दूसरे वकील के पास जाइए।''

पाटील वकील को जल्दी में भोजन कर अदालत पहुँचना था। दूसरे मुवक्किलों को अदालत में मिलने की सूचना देकर वे कचहरी से बँगले में भोजन करने चले गये। क्लर्क ब्रीफ्स तथा अन्य कागजपत्र बैग में रखने लगा। बीस साल पहले बनू काकी का पति इसी पाटील वकील का मुवक्किल था। उसी आधार पर बनू काकी आगे की कार्यवाही के संबंध में पूछताछ करने आयी थी, पर फीस की राशि के संबंध में सुनकर उसका सिर चकरा गया। वह गठरी को पेट के साथ लगाये सकुचाकर वैसी ही खड़ी रही। क्लर्क ने झल्लाकर कहा—

''बूढ़ी, तुम अब चली जाओ।''

''तो क्या मैं आंबेपुर का ही वकील दे दूँ ?''

''हाँ वैसा ही करना।''

''कौन से कागज लेकर वकील से मिलना होगा ?''

''अपने गाँव जाँभली जाओ, वहाँ से मृत्यु का दाखिला लेकर फिर वकील से मिलो।''

बनू काकी दोपहर को ही जाँभली की ओर चल पड़ी। पूर्वी नाला निकट आने पर उसकी नजर सामने जाँभली गाँव पर स्थिर हो गयी। यह खाता-पीता गाँव यहाँ से

उठ जायेगा। सब को नये गाँव में जमीन प्राप्त होगी, भूखंड मिलेगा, पर मेरा क्या होगा ? मुआवजे की मेरी राशि कौन देगा ? मैं कितने साल चचेरे भाई के घर पर पड़ी रहूँ ? वह मन-ही-मन सोचने लगी।

"मैं लावारिस हो रास्ते पर मर जाऊँगी, पर हटूँगी नहीं। भाई की दहलीज नहीं झाँकूँगी। सरकार के पैर पकडूँगी। जमीन लेकर ही रहूँगी। मुआवजे के रुपयों से मकान बनवाऊँगी। अपना आँगन लीपूँगी। अपने घर में ही मरूँगी। हे परमेसर, मुझे आखिरी स्नान अपने आँगन की तुलसी के पास ही मिल जाये।" बनू काकी अपनी चाह को मन-ही-मन दोहराती। दूसरे ही क्षण वह दाँत पीसते हुए गालियाँ देने लगती, "दत्तूवा, कमीने, तेरा मुँह काला हो जाय। तूने मेरे रुपये हथिया लिये हैं, पर मैं पचने नहीं दूँगी।"

बनू काकी दोपहर को ही पश्चिमी नाला लाँघकर हरिजन बस्ती में आ गयी। दूर से ही उसने मास्टरजी का एक पाखवाला लाल मिट्टी से लीपा हुआ मकान देखा। नीम पर कौओं का शोर हो रहा था। मास्टरजी के आँगन में कंबल, चटाई बिछाये हुए थे। दस-बारह बाँधपीड़ित बैठे बहस कर रहे थे। बनू काकी ने अपनी रामकहानी कही। वह फूट-फूटकर रो रही थी, पर मास्टरजी अधिक भावविह्वल नहीं हुए। उन्होंने इतना ही कहा, "वह नीच दत्तू और क्या कर सकता था ?" उन्होंने कमीज पहन ली। कहा, "चलो, बनू बहन, देखते हैं तेरे काम के संबंध में क्या हो सकता है ?" मास्टरजी बिना रुके चलने लगे। मजबूत, लंबी-पतली बनू काकी भी उनके पीछे-पीछे चल दी। मास्टरजी पश्चिमी नाला लाँघकर गाँव में आ गये। युवकों, बूढ़ों ने 'राम राम' कहकर उनको नमस्कार किया।

मास्टरजी इस नतीजे पर पहुँचे थे कि पुलिस में शिकायत के बिना कोई इलाज ही नहीं है। दोनों ग्राम पंचायत कार्यालय में पहुँचे। सौभाग्य से ग्रामसेवक कार्यालय में उपस्थित था।

"आइए मास्टरजी, कहिए, क्या सेवा करूँ आपकी ?"

"यह है बनू काकी। आप इन्हें जानते नहीं होंगे। कहो काकी, क्या चाहिए तुम्हें ?"

बनू काकी ने एक बार ऊपर से नीचे देख लिया। वह रुक-रुककर बोली, "साब, मुझे—मेरे मर जाने के संबंध में मेरी अपनी मौत का दाखिला चाहिए।"

"क्या ? क्या कहा आपने ?" हँसकर ग्रामसेवक ने पूछा।

"मुझे मेरी अपनी मौत का दाखिला दीजिए।"

ग्रामसेवक ऊपर बंडेर की ओर देख जोर-जोर से हँसने लगा। वह हँसते-हँसते ही बोला, "बूढ़ी, तुम अपने मस्तिष्क की जाँच करवाओ डाक्टर से—जीते-जी मृत्यु का दाखिला कैसे देंगे ?"

ग्रामसेवक की हँसी बढ़ गयी तो मास्टरजी चिढ़कर बोले, "साहब यहाँ कोई तमाशा तो नहीं हो रहा है जो आप इतना हँस रहे हैं ? आपने ही तो बूढ़ी को जीते जी मार डाला। आपने ही पिछले साल उस आशय का दाखिला दिया है।"

"मतलब ?" ग्रामसेवक की घिग्घी बँध गयी।

"आपको बनू काकी का नाम याद ही नहीं आता होगा—इसी का नाम है बनू राऊ करवंदे। यह सरपंच दत्तू की सौतेली माँ है। पहलेवाला, मौत का सार्टीफिकेट आपने ही दिया है। उसी सार्टीफिकेट के आधार पर दत्तू ने वारिस के नाते अपना नाम दर्ज करवाकर सारे रुपये हथिया लिये हैं।"

ग्रामसेवक का चेहरा झट से उतर गया। उसकी बोलती बंद हो गयी। किसी तरह सँभलकर बोला, "यह संभव ही नहीं कि मैंने इस प्रकार का सार्टीफिकेट दिया हो।"

"पिछले साल ग्रामसेवक पद पर कौन था ? पिछले चार सालों से आप ही तो हैं। दाखिला आपका ही दिया हुआ है। खोलिए जन्म-मृत्यु का रजिस्टर और पढ़ लीजिए उसमें।"

"हो सकता है, गलती से ऐसा कुछ हो गया होगा।"

"साहब, इसमें आपका दोष क्या होगा ? जो कुछ होता है गलती से ही होता है।" मास्टरजी व्यंग्यभरे शब्दों से तीखा प्रहार करने लगे, "गलती से आपने सार्टीफिकेट दिया, गलती से वारिस दर्ज किया गया। पुनर्वास विभाग ने गलती से ही दाखिले को ग्राह्य मान लिया। भूमि-संपादन कार्यालय ने भी गलती से ही राशि दत्तू को दे दी। सारा गलती से ही तो हो गया है। आपका क्या दोष है इसमें।"

ग्रामसेवक को याद आ गया—दत्तू ने कहा था कि अपने सौतेले मामा के घर पर उसकी सौतेली माँ की मृत्यु हुई थी। अर्जी के अनुसार उसने ही बनू काकी की मृत्यु को दर्ज किया था। अब वही महिला जीवित हो डायन की तरह सामने खड़ी हुई है। वह अब मेरी नौकरी को ही खा जायेगी। ग्रामसेवक पसीने से तरबतर हो गया। पान की पीक थूकने के बहाने वह आफिस से बाहर आया। उसने चपरासी को निकट बुला लिया। उसके कान में कहा, "जाकर देख आना, दत्तू अण्णा अपनी हवेली पर हैं या नहीं।" ग्रामसेवक भीतर आ गया। व्यस्तता का बहाना करने लगा। मेज पर यों ही कुछ लिखने लगा। थोड़ी देर बाद चपरासी लौटकर आया। उसने दरवाजे से ही इशारे से बता दिया कि "वे हवेली पर नहीं हैं।"

ग्रामसेवक के कान पर जूँ न रेंगती देख मास्टरजी ने आवाज चढ़ाकर पूछा, "साहब, दे रहे हैं न दाखिले की नकल ?"

"आप ऐसा कीजिए, कल या परसों आ जाइए।"

"नहीं, नकल हमें अभी चाहिए।"

"लेकिन यह..."

"लेकिन-वेकिन कुछ नहीं। आप सिर्फ नकल देने के लिए इतना घबड़ा रहे हैं ?"

"बात यह है कि इतनी जल्दी-जल्दी नकल देना मेरे लिए संभव नहीं है।" ग्रामसेवक ने कह डाला।

ग्रामसेवक के इस उत्तर से मास्टरजी के सिर में झुनझुनी पैदा हुई। उन्होंने कहा, "बिना डंडे से भूत नहीं भागता—यही सही है। झूठे और नकली कागजपत्र बनाने के कारण पहली शिकायत आपके ही खिलाफ..."

"लेकिन मास्टरजी ?"

"बताइए, आप जीते जी लोगों को मार रहे हैं, क्या आपके बाप का राज्य है यह ? सरपंच, पटवारी और आप तीनों मिलकर षड्यंत्र करते हैं। आपके हाथों में बेड़ियाँ पड़ने पर ही आप लोगों की अक्ल ठिकाने आ जायेगी। अभी निकालता हूँ आपका षड्यंत्र।"

मास्टरजी के तेवर चढ़े हुए थे। वे उठे और आफिस से बाहर निकले। यह देख ग्रामसेवक उनके पीछे भागता हुआ आया और आगे बढ़कर मास्टरजी के सामने गिड़गिड़ाने लगा, "मास्टरजी, नाराज न होइए। आप क्यों मुझ गरीब की रोटी छीन रहे हैं ?"

"आप ? और गरीब ? वाह ! कहने को गरीब और भीतर से घुटा हुआ मालदार धूर्त ! नेताओं के लाभ के लिए आप जीवित लोगों को भी श्मशान पहुँचाते हैं और हमें सीधी नकल भी नहीं दे रहे हैं।"

"मास्टरजी, आपको कुछ गलतफहमी हो रही है।" ग्रामसेवक की आवाज धीमी हो गयी थी, "मैंने सिर्फ इतना ही कहा कि आप इसके लिए कल आ जाइए। आपको अभी चाहिए, अभी देता हूँ।"

ग्रामसेवक मास्टरजी की आदत को अच्छी तरह जानता था। जरा-सी गलती होने पर भी मास्टरवा सीधे कलक्टर के पास पहुँच जाता है—शिकायत करने। दाखिला देकर पहले ही झख मार दी है, अब न देने पर कौन-सा आसमान गिरनेवाला है ? ग्रामसेवक मन-ही-मन सोच रहा था।

आखिर बनू काकी को नकल मिल गया। अब आगे क्या किया जाय ? बाघेठाण के पाटील वकील की फीस ज्यादा थी। मास्टरजी खुद साथ में नहीं जा सकते थे। उन्होंने परांजपे वकील के नाम चिट्ठी लिखकर बनू काकी को सौंप दी। परांजपे पहले कभी समाजवादी आंदोलन में थे। इधर उनकी गतिविधियाँ कुछ कम हुई थीं। उनके पास ढेर सारे मुवक्किल आते थे, पर जनहित की चिंता करनेवाले मास्टरजी जैसे व्यक्ति को नमस्कार करने के लिए वे जरूर समय निकालते थे। पुरानी

मित्रता ऐसे ही निभती है ! नकल और चिट्ठी दोनों हाथ में आये तो बनू काकी के जी-में-जी आ गया।

दूसरे दिन बनू काकी पता पूछते-पूछते जिला बार में पहुँची, किसी तरह परांजपे से भेंट हुई। उनके चारों ओर मुवक्किलों की भीड़ लगी हुई थी। उन्होंने जैसे-तैसे चिट्ठी पढ़ ली और अपने असिस्टेंट को बुलाकर कहा, "पवार, आप यह केस देख लीजिए।"

"पर साहब आप ही..." बनू काकी ने अधीरता से कहना चाहा।

"हैव नो टाइम—यह साहब देख लेंगे।" कहते हुए परांजपे अपना काला कोट हवा में फड़काते हुए बार में से बाहर निकले।

पवार वकील बनू काकी को लेकर बगलवाली कैंटीन में चले गये। उनके पास कुछ ज्यादा भीड़ नहीं थी। वकील युवा और अपरिचित-सा दिखाई दे रहा था। बनू काकी मन-ही-मन सोचने लगी, 'भगवान ने मेरा दरवाजा खोला होता, पेट की झोली में लड़का दिया होता तो आज वह इस वकील की तरह ताड़-सा बढ़ गया होता।'

चाय पीते-पीते पवार ने कहा, "दादी केस आसान है। उस दत्तू के हाथ में बेड़ियाँ पहना दूँगा।"

"बहुत अच्छा होगा साब।"

"पेश करने में केस थोड़ा कठिन भी है।"

"मतलब ?"

"तुम जीवित हो इसका सबूत क्या है ?"

"साहब, आप देख नहीं रहे हैं ? मैं तो आपके सामने ही बैठी हूँ। अब और सबूत की क्या जुरूरत है ?"

"यू डोन्ट अंडरस्टैंड। तुम जीवित हो यह बात अदालत में प्रमाणित हो जानी चाहिए।"

बनू काकी की समझ में कुछ भी नहीं आ रहा था, वह सिर थामे बैठ गयी। वकील ने चिंता के स्वर में पर ठीक विषय की ओर संकेत करते हुए कहा, "केस वैसा कठिन है, खर्च भी ज्यादा होगा।"

बनू काकी ने बटुवा खोला। उसमें से पचास का नोट थरथराते हुए हाथ से बाहर निकाला। उस एक नोट के लिए उसने पड़ोसन के यहाँ तीन महीने चोरी-छिपे बर्तन माँजे थे। हाथ में घट्टे पड़ गये थे। नोट वकील के हवाले करते हुए उसका कलेजा टूट रहा था। पवार वकील ने नोट जेब में रखते-रखते शिकायत के स्वर में कहा, "दादी, तुम तो कानून की मसखरी कर रही हो। यह जीवन-मरण का प्रश्न है। तुम वही बनू काकी हो—यह बात अदालत में प्रमाणित होनी चाहिए। उसके लिए साक्ष्य, सबूत, चीफ, क्रास कितनी ही बातें करनी पड़ती हैं। इतने कम रुपयों में यह

सब कैसे होगा ?"

बनू काकी ने बटुवे में हाथ डाला। बड़ी अनिच्छा से उसने बीस का नोट निकाला। वकील के हवाले कर दिया। बचे हुए बीस रुपये बस किराये के लिए रखने होंगे।

वकील ने आगाह किया, "अगली बार आते समय कम से कम पाँच सौ रुपये लेकर आना। इत्ते से रुपयों पर केस लड़ने के लिए यह दीवानी मुकदमा थोड़े ही है ? यह तो फौजदारी केस है..."

"देखती हूँ साहब, पर अभी कुछ कीजिए न।"

"हाँ, हाँ। दत्तू को नोटिस दे देता हूँ। पता चलेगा बच्चू को—कानून का डंडा क्या होता है।"

वकील ने मृत्यु का सार्टीफिकेट अपने पास ले लिया। उसने दत्तू के पास भिजवाने के लिए नोटिस तैयार किया—

प्रति,

श्री दत्तू राऊ करवंदे,

मुकाम—जाँभली बुद्रुक, डाकघर—बाभुलगाँव

तालुका—बाघेठाण, जि. आंबेपुर...

हमारी मुवक्किल श्रीमती बनू राऊ करवंदे, मुकाम जाँभली बुद्रुक, जि. आंबेपुर के द्वारा दी गयी सूचनाओं के आधार पर आपको नोटिस दिया जाता है कि हमारे मुवक्किल के पति के नाम पर जाँभली बुद्रुक के सीवान में मालिकी हक की जमीन थी। उक्त महिला के पति रा. रा. राऊ की लगभग दस-बारह साल पूर्व मृत्यु हुई। उसके बाद उनकी स्थावर तथा जंगम मिल्कियत—मकान व जमीन जाँभली बाँध योजना के लिए अक्वायर हुई है। परंतु आपने हमारी मुवक्किल के दस्तखत एवं सहमति के बिना ही उक्त जमीन आदि का पेमेंट ले लिया है। हमारी मुवक्किल बनू की मृत्यु के झूठे समाचार देकर, झूठे हस्ताक्षर, अँगूठे के निशान आदि कर, आपने हमारी मुवक्किल के अधिकार का आधा हिस्सा भी ले लिया है।

इस नोटिस के द्वारा आपको सूचित किया जाता है कि आप हमारी मुवक्किल की कुल राशि—आठ आना हिस्से के रुपये और उनका ब्याज यह नोटिस प्राप्त होने के दिन से आठ दिन के भीतर हमारी मुवक्किल को लाकर दे दें। आप हमारी मुवक्किल से राशि प्राप्ति की रसीद भी लें। ऐसा न करने पर आपके खिलाफ विश्वासघात तथा धोखेबाजी के अपराध में फौजदारी एवं दीवानी ढंग की कानूनी कार्रवाई करना जरूरी होगा। कानूनी परिणामों तथा व्यय की जिम्मेदारी आप पर रहेगी। इस नोटिस का व्यय रुपये 150/- भी आपको देना पड़ेगा।

आंबेपुर हस्ताक्षर

दिनांक... (वकील)

वकील ने नोटिस पढ़कर सुना दिया। सुनकर बनू काकी का कलेजा ठंडा हो रहा था। उसे युवा वकील पर गर्व हो रहा था। वकील ने दो बार स्मरणपूर्वक आगाह किया कि अगली बार बनू काकी पाँच सौ रुपये लेकर आये। बनू काकी बाघेठाण लौटी। प्रसन्नता को रोकते हुए वह मन-ही-मन कहने लगी–'नीच दत्तूवा, तुम्हारा मुर्दा चढ़े चिता पर ! यदि तुम्हारे हाथ-पैर में दो-दो मन की बेड़ियाँ न डलवाऊँ तो अपना नाम नहीं बताऊँगी। कमीना कहीं का।'

दस

रविवार का दिन था। हैबती की छुट्टी थी। वह दर्पण के सामने खड़े, टूटी कंघी से बालों को सँवार रहा था। पुराने मकान में मिट्टी की दीवार में ही काँच का एक टुकड़ा लीपकर पक्का किया गया था। पुराना मकान गिराते समय, दीवार ढहने से पहले, काँच के उस टुकड़े को निकाला गया था; वही टुकड़ा अब फूस की दीवार में ठूँस दिया गया था। हैबती सिर की जुल्फों को आगे करके फिर उनको खड़ा कर उनसे मुर्गा बना रहा था। बार-बार मुँह धोकर वह दर्पण में देखता था। भीतर के खंड में आवडाई तथा शिवराम सनगर की पत्नी नकुसा बैठी हुई थी। नकुसा अब छह महीने की गर्भवती थी। सनगर के ठूँठ बने हुए पेड़ पर जल्दी ही कोंपल फूटनेवाली थी। सारे घर-द्वार में आनंद फैला हुआ था। नकुसा पाँचवें महीने तक बाँध के काम पर जाती रही, पर अब शिवराम ने उसे मना किया था–कहीं पेट में बढ़ रहे अंकुर को धक्का न लग जाय। कई दिनों के बाद ईश्वर की आँखें खुल गयी थीं। अब किसी दुष्ट की बुरी नजर नहीं लगनी चाहिए।

शिवराम तथा हैबती की दोस्ती के कारण नकुसा का, जाधव बस्ती पर आना-जाना बढ़ गया था। बस्ती पर अब भी इमली के हरे-भरे वृक्ष खड़े थे। नकुसा जब भी मड़ैया में आती, आवडाई उसे चीला खिलाती, उसको लाड़ करती। नकुसा आज समय निकालकर दोपहर को ही आयी थी। भीतर फूस की दीवार से सटकर बैठी हुई थी। उसका ध्यान बाहर बाल सँवार रहे हैबती की ओर जाता था। हैबती दर्पण में देखते-देखते बीच में ही किलककर हँसता, ओठों पर जीभ फेरता। वह आजकल ऐसा नखरा क्यों करता है ?

आवडाई को हैबती के ब्याह की फिक्र लगी हुई थी। हे भगवान, जैसे गुणवा की गाड़ी रास्ते पर लगी वैसे ही हैबती की भी ठिकाने लग जाय। वह कह उठी, "नकुसा, लड़के के बापू को मरे अब साल हो जायेगा। जल्दी ब्याह करना होगा; नहीं तो

रीति-रिवाज के अनुसार तीन साल रुकना पड़ेगा।"

"फिर जल्दी क्यों नहीं करती।"

"अब तो जल्दी करना ही चाहिए। देर तक रुककर लड़के का अचार थोड़े ही डालना है ? पर मैं भी क्या करूँ ? लड़का क्या कम पागल है ? आज तक कितने ही रिश्ते आये। लड़कियों के बाप चक्कर काटते रहे; पर इसे तो कोई लड़की पसंद ही नहीं आती।"

"युवा लड़कों का ऐसा ही होता है। चरागाह में घुसे हुए साँड की तरह। इसे खाऊँ या उसे निगलूँ ?"

नकुसा सोच में पड़ी। यकायक उसकी कली खिल गयी। हैबती उसके घर कई बार आता-जाता है। ब्याह के संबंध में शिवराम के साथ उसकी बातें भी होती हैं। नकुसा को याद आया--हैबती बीच-बीच में अपने सखाराम मामा की बेटी--रूपा का नाम लेता है। पूरे गाँव में अलग दिखनेवाली। नहीं तो जाधव कुनबे में सारे काले ही काले। इसका रंग तो पके हुए खीरे का-सा ! उसकी वे घुँघची-सी आँखें--नकुसा झटके के साथ उठी। उसने आवडाई के कान में रहस्य बता दिया। सुनकर आवडाई भी खुश हुई, बाहर आकर हँसते-हँसते हैबती को बताने लगी।

"बेटेऽ सुना ? तुम्हारे मामा की लड़की का ब्याह हो गया।"

"किसका ? रूपा का ?" कहते-कहते हैबती का थोबड़ा उपले जैसा काला पड़ गया। वह मुश्किल से संभल पाया।

"बुरा मत मानो। मैं उसका ब्याह तय करूँगी।"

"किसके साथ ?"

"मेरे लाड़ले, गुणवान हैबती के साथ।" आवडाई हँसकर बोली, "चोट्टा कहीं का ! इतने दिन व्यर्थ ही पहेली बुझाता रहा ? समय पर बताया होता तो आज मेरा नाती मेरी गोद में खेल रहा होता।"

आवडाई की बात को सुनकर हैबती तवे में उड़ती हुई लाई की तरह उड़ गया। हँसता हुआ वह शर्मिंदा होकर मड़ैया से बाहर भाग गया। नकुसा और आवडाई हँसते-हँसते लोट-पोट हो गयीं। हैबती ने मँडवे में बाँधे हुए बैलों को खोल दिया; वह उनको पानी पिलाने के लिए नदी की ओर ले जा रहा था--लगभग दौड़ते हुए। पगहे ढीले कर देने पर बैल भी मस्ती में आकर नदी की ओर दौड़ पड़े। "राजा रेऽऽ सर्जा रेऽऽ" गाता हुआ, सीटी बजाता हुआ हैबती नाचते-झूमते नदी पर पहुँचा। उसने बैलों के पगहे कुंज के जड़ों में बाँध दिये। कमीज और लुंगी को बगल में फेंककर वह पानी में कूद पड़ा; पहलवानी शरीर को पानी में मथने लगा। वह आड़ी-तिरछी न जाने कैसी-कैसी छलाँगें लगाने लगा।

गोमा कहार का भैंसा खड़े-खड़े हैबती का यह तमाशा देख रहा था। उसकी

पखाल पानी से भर गयी थी, पर चूँकि मालिक सामने तमाशा देख रहा था, भैंसा भी अपनी जगह पर खड़ा था। धीर गंभीर गोमा के चेहरे की रेखाएँ कभी हिलती नहीं थीं; पर आज उसकी भी सख्त मूँछों में हँसी फूट गयी थी। उसने जान लिया कि हैबती को इतनी गुदगुदी क्यों हो रही है। हैबती बदन को सिकोड़कर किनारे पर आ गया। उसके मस्त बैल भी कुंज के तले गीली-नरम मिट्टी को उकेर रहे थे।

गोमा ने पूछा, "हैबतराव, ब्याह किसका पक्का हुआ है ?"

"मतलब ?"

"आपका या बैलों का ? आप दोनों मस्ती में चूर हो रहे हैं। धींगा-मुश्ती कर रहे हैं।" इसलिए पूछ रहा हूँ।"

गोमा की बात पर हैबती हँस पड़ा। गोमा ने भैंसे को हाँक लगायी। पानी से बाहर निकलते हुए गोमा ने हैबती से कहा, "गाँव के उठ जाने से पहले ब्याह होना चाहिए; कल जब गाँव उठ जायेगा तब कौन लड़की का बाप आपको लड़की देगा ?" यह सुनकर हैबती झेंप गया। उसने नदी में से ही नीचे की ओर देखा–बाँध की लंबी-चौड़ी दीवार जमीन के गर्भ से ऊपर उठ रही थी, हैबती को लगा–वह पानी के भँवर में अटक गया है। गोमा ठीक ही तो कह रहा है। देर कर देने पर रूपा का मन भी बदल सकता है। नहीं, नहीं, आज ही माँ से कहना होगा–दो दिन में जाओ और लगे हाथ ब्याह पक्का कर आओ।

भैंसे के साथ गाँव की ओर जा रहा गोमा भी सोच में पड़ गया था–आदमी जात का अच्छा होता है; किसी का किसी के साथ ब्याह होता है, पर इन जानवरों का क्या ? कल-वल जब यह गाँव उठ जायेगा, मेरे इस लाड़ले भैंसे का क्या होगा ? यह घर की भैंस का पांडा जनमते ही बिल्ली की तरह अपने पैरों पर खड़ा रहा। पिछले चौदह सालों से उसकी पीठ पर यह पखाल है। मस्त और भरे-पूरे बदन के साथ पूरी ताकत से पानी की खेपें करता रहता है–कभी कामचोरी नहीं की। उस नये गाँव में दरवाजे पर पानी के नल होंगे। मेरी इस पखाल को कौन पूछेगा ? क्या करेंगे मेरे इस लाड़ले भैंसे का ? इसने जिंदगी में कभी हल-औजार देखा नहीं। यदि यह हल न चला पाया तो पेट कैसे पालेंगे ? इसके घास-चारे का क्या होगा ? गोमा अपनी ही धुन में चल रहा था, उसे पता ही नहीं चला कि वह हनुमान मंदिर के पास कब पहुँच गया ? शिखर पर खेल रहे, मुँह बिचका रहे बंदरों के कारण वह अपनी धुन से बाहर निकला। गोमा बंदरों के लाल मुँह की ओर गुस्से में देखता हुआ बोला, "तुम भगवान के बंदर हो न; भगवान को तुम्हारी चिंता है, पर हम ? हमारा क्या होगा ?"

हैबती नदी की ओर जाते समय लगभग दौड़ता हुआ गया था, अब वह आराम से लौट रहा था। रह-रहकर उसका मन रूपा की तरफ खिंचा जा रहा था। उसके वे हवा में उड़ते हुए बाल, घुंघची जैसी आँखें, गेहुआँ रंग–सब उसकी आँखों से ओझल

नहीं होता था।

हैबती मड़ैया में आ गया, देखा—आवडाई चपाती और उबाले हुए अंडों की पोटली बाँधकर तैयार बैठी थी। हैबती को देख वह बोली, "बेटे हैबती, जल्दी कर, नये कपड़े पहन ले।"

"माँ, कहाँ चलना है ?"

"अनजान मत बन; चल, जल्दी कर।"

"पर माँ, ऐसे काम में दूल्हे की क्या जरूरत है ? तुम अकेली ही जाना।"

"नहीं बेटे। कहीं पराये घर पर थोड़े ही जाना है ? तुम्हारी माँ के भाई की ही तो बेटी है वह। कहाँ जायेगी वह ? नहीं देंगे तो भगाकर ले आयेंगे।" आवडाई ने दृढ़ता से कहा।

माँ-बेटे दोनों शाम की बस से बाभुलगाँव पहुँचे। दोनों को देख सखाराम मामा को अच्छा लगा। आवडाई उसकी छोटी बहन थी। आवडाई ने कैसी कठिन स्थिति में अपने लँगड़े पति की गृहस्थी मजबूत बनायी। बाँध-योजना में गाँव उठ रहा है, फिर भी आवडाई ने हिम्मत नहीं हारी। सखाराम को अपनी बहन पर कितना गर्व होता था। रूपा अपनी माँ के साथ बाजार गयी हुई थी—सखाराम और आवडाई बातें कर रहे थे। भाई-बहन की वे ममत्वभरी बातें ! बोलते-बोलते आवडाई ने थाह लेना चाहा, "भैयाऽ मैं तुम्हारी बेटी की मँगनी लेकर आयी हूँ।"

"मतलब ?"

"रूपा को मैं अपनी बहू बनाऊँगी।"

सखाराम मामा चुप—न तीन में न तेरह में। आवडाई को चिंता होने लगी, "भैया, तुम तो बिल्कुल चुप हो गये; क्या बात है ?"

"बेटी स्कूल जाती है; दसवीं में पढ़ती है। उससे भी तो पूछना चाहिए। पहले दिन कहाँ रहे अब ?"

"उससे क्या पूछना है ? तुम क्या सोचते हो मेरे बेटे में कहीं खोट है ?"

"बहन, डाँट क्यों पिलाती हो ? मेरी बेटी तुम्हारे घर में चली जायेगी तो मुझे अच्छा ही लगेगा।"

आवडाई जरा बेचैन हुई। वह क्या सोचकर आयी थी भाई के घर ! उसने देखा भाई दिल से बोल नहीं रहा है; पर आशा बहुत चीमट होती है। लड़का तो जी लगाये बैठा था—अब क्या किया जाय ? देर शाम रूपा और उसकी माँ दोनों बाजार से लौटीं। गहरी पीली साड़ी पहनी हुई रूपा को देखकर हैबती का मन हुलस गया। यह रूपा रोज सुबह-शाम देखने को मिले। रूपा ने आवडाई को झुककर प्रणाम किया, हैबती की ओर देखकर जरा-सी हँसी। वह रसोई-पानी के काम में जुट गयी। भोजन हो जाने के बाद आवडाई सामनेवाली पौरी में लेट गयी। हैबती कंबल लेकर बगल के

माचे पर लुढ़क गया। दोनों की आँखें नहीं लग रही थीं। मन में सोच रहे थे, ब्याह की बात अब निकलेगी, तब निकलेगी। हैबती को एक ही चुभन थी—मैं ठहरा नान-मैट्रिक ! इसी मुद्दे पर थप्पड़ खानी पड़ेगी। हे भगवान् लाडूबा, तू ही मेरी नौका को पार लगाना।

थोड़ी देर बाद, पिछले कमरे में हो रही बातें सुनायी देने लगीं। दोनों कान देकर सुनने लगे। मामा पूछ रहा था, "रूपा बेटी, तेरा क्या विचार है ?"

"किस बात को लेकर ?"

"बहन आयी हुई है। वह तुझे बहुत चाहती है। तुझे अपनी बहू बनाना चाहती है।"

"देख बापू," रूपा चाबुक के तसमें की तरह कड़क कर बोली, "अगर तुम्हें मेरा बोझ लगता हो, तो गले में पत्थर बाँध दो और धकेल दो मुझे किसी दह में।"

"अरी, तू यह क्या कह रही है ? क्या लड़के में कोई खोट है ?"

"नहीं, मुझे उनके बारे में कोई शिकायत नहीं; पर वह जाँभली गाँव सारा-का-सारा बाँध-योजना में डूब जायेगा। वहाँ के लोग दरवेशियों की तरह दूसरे मुल्क में चले जायेंगे—भिखारियों की भाँति भीख माँगते हुए। क्या तुम सोचते हो मैं भी चली जाऊँ तार पर नाच दिखाने के लिए ? नट की लड़कियों की तरह ?"

मामा-मामी के पास बेटी के प्रश्न का कोई उत्तर नहीं था। सारी बातें बाहर सुनायी दीं। हैबती लाडूबा के कगार से नीचे गिरा; उसके हाथ-पैर टूट गये। हम बाँध-पीड़ित हैं। हमें हाथ-पैर गले में लटकाकर ही, रोते-चिल्लाते सारी जिंदगी बितानी पड़ेगी। आवडाई दुःखावेग को रोक नहीं सकी। उसे जोर से सिसकी आयी, पर पाहुन के घर पर रोना भी ठीक नहीं। आवडाई को वह रात्रि कालरात्रि के समान लग रही थी। रात्रि समाप्त ही नहीं हो रही थी। नींद टूट गयी थी। लगता था—अभी उठकर अपने घर चलना चाहिए, पर ऐसा करना भी ठीक नहीं था। उसके प्राणों को हजार-हजार बिच्छू डस रहे थे। कैसी नींद और कैसा आराम ! हैबती ने सोते समय अपना पाजामा सिरहाने रख लिया था। वह भीगकर गीला हो गया था। मुर्गे ने पहली बाँग दी, माँ-बेटे दोनों ने जाँभली का रास्ता पकड़ा। मामा जगा हुआ ही था, लेकिन उसमें आवडाई को रोकने का ढाढस नहीं था। आखिर रोककर उसे कहें भी तो क्या कहें ?

सूर्योदय से पहले ही माँ-बेटे दोनों बस्ती पर पहुँचे। ओस की बूँदों के कारण पैर घुटनों तक भीग गये थे। हैबती दिनभर घर पर ही पड़ा रहा। बाँध के काम पर भी नहीं गया। कल सारी नदी पर मस्ती में मिट्टी खोदनेवाले बैल आज आँखें मूँदकर, बीच-बीच में खूँटी से सींग घिस रहे थे। आवडाई ने ही, दोपहर के बाद, बैलों को खोला। उनको पानी पिलाने ले गयी। गुदड़ी में सोया हुआ हैबती, आँसू पोंछ रहा था;

अपने आपसे ही बोल रहा था—रूपा अब तू क्यों ब्याह करेगी मेरे साथ ? मैं बाँधपीड़ित जो ठहरा ! हम बाँधपीड़ित नटों, मदारियों की छीलदारियों की तरह हमारी लाशें गिरेंगी। उन्हीं पर बाँध की दीवार बनेगी। नीचे पानी बढ़ेगा। बगीचे खिलेंगे। जमींदार मस्ती में चूर घूमेंगे। तू उन्हीं में से किसी को पकड़ेगी। राजा की रानी बनेगी। तू हमारी दहलीज को क्यों छूने लगी ? दूसरे ही क्षण उसके कानों में रूपा के मीठे शब्द गूँजने लगते—नहीं, मुझे उनके बारे में कोई शिकायत नहीं; पर...पर यानी बाँध बाँध !! यह हमारी जान का बवाल बाँध !!!

अँधेरा हुआ। आवडाई ने रसोई बनायी। हैबती ने सुबह खाना नहीं खाया था। अब भी, दो-तीन बार हाँक लगाने पर भी वह उठ नहीं रहा था। वह बीच में ही गुदड़ी से गर्दन निकाल नीचे नदी की ओर देख लेता। बाँध-निर्माण का काम रात्रि में भी बड़ी-बड़ी बत्तियों के प्रकाश में हो रहा था। यंत्रों की खड़खड़ाहट तथा आदमियों का शोर दिन की अपेक्षा रात में अधिक स्पष्ट सुनाई देता था। लोहे की छड़ों, सीमेंट आदि से बन रही नोंकदार दीवार हैबती के कलेजे में गड़ रही थी...आवडाई हैबती को झकझोरकर जगाने का प्रयास कर रही थी। हैबती "बाँधऽ बाँधऽऽ" कह रहा था। उसे छाती से लगाकर आवडाई बोली—

"बेटे, बाँध-बाँध कहकर नींद में ही मत चिल्लाओ; पागल हो जाओगे।"

"माँ, तुम ही बताओ, मैं क्या करूँ ?" हैबती ने तिलमिलाकर कहा, "यह निगोड़ा बाँध मेरे कलेजे में चुभ रहा है—ठीक उसी तरह जैसे ज़ंगलगी कील एड़ी में गड़ती जाती है। पैर लहूलुहान होता है और कील निकलती नहीं। माँ, तुम ही बताओ; मैं क्या करूँ ?"

ग्यारह

चमगादड़ पीपल पर भोर का गाना गा रहे थे। दिनभर की दौड़धूप के कारण थके हुए मास्टरजी कंबल पर खर्राटे भर रहे थे। उनकी लाड़ली बेटी शेवंता उनसे चिपककर सोयी हुई थी। नींद ने हीरा मास्टरनी को धोखा दिया था, वह कितनी ही देर तक दीवार से पीठ लगाये बैठी रही—नींद आती ही नहीं थी। ताया कांबले का ठहाका उसके कानों में गूँजता था। इधर चार-पाँच दिनों में ताया कुछ ज्यादा ही खुश था। वह शाम को महुए की शराब पीता और अनाप-शनाप ब्रकता रहता। कल रात की बात। हीराबाई दूकान गयी हुई थी। ताया उसे सुनाकर पड़ोस के आदमी को, हँसते हुए जोर-जोर से बता रहा था, "मास्टर की नेतागिरी ज्यादा दिन नहीं चलेगी। नौकरी भी ज्यादा दिन नहीं, चार दिन टिकेगी। फिर देख लेना उसकी दुर्गत।" हरिजन बस्ती

की कई स्त्रियों ने भी मास्टरनी को बताया था—"ताया जोर-जोर से चिल्लाकर यह कहता हुआ घूमता है कि आज मास्टर की नौकरी चली जायेगी, कल गाँव पानी में डूब जायेगा, मास्टर अपनी माँ की तरह याचक बन द्वार-द्वार पर घूमता रहेगा। 'मास्टर, डफली लो और घर-घर घूमते रहोऽ' कहते हुए ताया हिनहिनाता है।

हीरा मास्टरनी का कलेजा टूट गया था। मास्टरजी की नौकरी चली जायेगी तो खायेंगे क्या और पहनेंगे क्या ? अभी लड़की छोटी है; पर कल उसके ब्याह का भी तो देखना है। कौन करेगा यह सब ? मास्टरजी का, गाँव के लोगों के लिए पाँव तोड़ते रहना हीरा को कभी अच्छा नहीं लगता था। सारी हरिजन बस्ती उसे मास्टरनी कहती है; पर उसने जीवन में कभी पाठशाला की दहलीज को देखा तक नहीं था। मास्टर की पत्नी है इसलिए मास्टरनी है; बस इतनी ही। इकलौती बेटी को खिलाना-पिलाना; उसे स्कूल भेजना; मास्टरजी घर में होंगे तो उनके लिए समय पर भोजन-पानी करना; मन से परोसना—यही काम चलता रहता। दोपहर दिन ढलने पर वह टोकरी उठाती और खेतों में चली जाती। रूखी-सूखी टहनियाँ और सेंठी इकट्ठा करती। कभी लाड़ूबा के रास्ते पर कंडे इकट्ठा करती। इस तरह वह जलावन का प्रबंध करती। किसी के खेत-खलिहान में मजदूरी हो तो वह हँसिया-रस्सी ले मजदूरी पर चली जाती। पति की गृहस्थी में हाथ बँटाती। पति मास्टर है; नेता भी है; सभा में बोलता है—हीराबाई को इन कारणों से मजदूरी पर जाने में कभी हिचक नहीं हुई; मेहनत करने में कैसी लज्जा-शरम ! मास्टरजी ने भी उसे कभी मना नहीं किया।

हीरा मास्टरनी की गृहस्थी छोटी-सी ही थी; पर मास्टरजी का पाँव ही ठहरता नहीं था। घर के काम छोड़कर मास्टरजी बेकार का झंझट क्यों मोल लेते हैं ? आज नौकरी है, कल पेंशन भी मिलेगी। इनको गाँव के झंझट में क्यों पड़ना चाहिए ? हीरा मास्टरनी बीच-बीच में मास्टरजी को समझाने का प्रयास करती। मास्टरजी केवल सुनते और "यह तुम्हारी बुद्धि से परे की बात है" कहकर उसकी बात को टाल देते।

हीरा की आँख नहीं लग रही थी। बाहर देखा—पौ फटी हुई थी। ताया नाम का, तिरछी आँखवाला कौआ हीरा के कान में चोंच मार रहा था। नौकरी चली जायेगी। हीरा को भी विश्वास होने लगता। उसके मैके के लोगों को भी आश्चर्य होता था—इतने उग्र आदमी की नौकरी अभी भी कैसे टिकी हुई है। हीरा से रहा नहीं गया। उसने मास्टरजी के भाल पर आहिस्ते-से हाथ रखा, मास्टरजी तड़ाक् से उठ बैठे। उन्होंने हीरा की ओर देखा। उसकी लाल आँखों पर नजर लगाकर पूछा, "यह क्या, तुम सोयी नहीं ?"

हीरा की चुनचुनाती हुई आँखें पनिया गयीं। आँखों के किनारे बहने लगे। मास्टरजी ने उसका हाथ पकड़कर कहा, "पगली, तुम रोती क्यों हो ? किसी ने कुछ कहा तो नहीं ?"

"आप गाँव की तरफ ध्यान देना छोड़ दीजिए। सोने जैसी नौकरी है आपकी, आप बचाइए उसे।"

"यह बात तुम्हें अभी इस समय कैसे सूझी ?"

"लोग आपके जान के ग्राहक बने हुए हैं।"

"इसमें कौन नयी बात बता रही हो। जब जो होगा, तब देखा जायेगा।"

"पर आपको यह झंझट किसलिए चाहिए ?" मास्टरनी चिरौरी करने लगी।

"आज मेरी आँखें देख रही हैं–कल पूरा गाँव पानी में गोता खायेगा।"

"जो गाँव का होगा, वही हमारा होगा। आप उसके लिए इतनी चिंता क्यों करते हैं ? सरकार के साथ लड़ाई-झगड़ा क्यों करते हैं ?"

"मुझे अपना गाँव बचाना है।"

"पर आपकी नौकरी..."

"मुझे उसकी परवाह नहीं। समय आने पर मैं खुद ही नौकरी पर पानी छोड़कर मुक्त हो जाऊँगा।" बदन पर ओढ़ी हुई गुदड़ी को अलग फेंकते हुए मास्टरजी बोले।

मास्टरजी अब स्नान आदि में लगे। उन्हें बाहर जाना था, आँखें पोंछते हुए मास्टरनी उठी। उसने कठौती में रोटियाँ पोना शुरू किया। आठ बज गये। अगल-बगल के बाँधपीड़ित हर रोज की भाँति पीपल तले इकट्ठा हो गये थे। मास्टरजी उन लोगों में जा बैठे। नोटबुक में उन लोगों की समस्याओं को दर्ज कर लिया। धूप बढ़ गयी। सबको नमस्कार कर मास्टरजी भीतर आये। किसी तरह भोजन कर उन्होंने सामनेवाले कमरे में से साइकिल बाहर निकाली। हमेशा की आदत के अनुसार खुले पैडल पर पैर अजमाकर स्टैंड पर खड़ी साइकिल का पिछला पहिया गर्र-गर्र घुमाया। तभी धूप में खेल रही शेवंता चोगा सँभाले दौड़ती हुई आयी। पिताजी से लिपट गयी।

"मोरनी मेरी, क्या ले आऊँ तुम्हारे लिए ?"

"कई दिन हुए बाबूजी, आप मेरे लिए मीठी सेव नहीं लाये हैं।"

मास्टरजी हँसे। उन्होंने साइकिल को सँभाला। वेग से जाती हुई साइकिल पश्चिमी नाला पार कर आगे रास्ते पर आ गयी। जब स्कूल की घंटी बज रही थी, मास्टरजी की साइकिल बाभुलगाँव के नगरद्वार में पहुँच गयी थी। उन्होंने घड़ी में देखा–ठीक पौने ग्यारह बज गये थे। ग्यारह में पाँच कम थे जब वे स्कूल के मैदान में पहुँचे। साइकिल को बरामदे में रख उन्होंने सिर की टोपी निकाली। वे अपने आफिस में गये। देखा–उनकी कुर्सी पर कोई दूसरा ही व्यक्ति बैठा हुआ है। मास्टरजी उसकी ओर देख रहे हैं।

वह व्यक्ति खुद ही बोला, "मैं हसबनीस मास्टर। यहाँ हेडमास्टर पद पर मेरी नियुक्ति हुई है।"

"इसका मतलब मेरी बदली हो गयी।" मास्टरजी ने हँसकर बैठते-बैठते तबादले

का आघात सह लिया।

हसबनीस भले आदमी दिखाई दे रहे थे। मास्टरजी उनके साथ उत्साह से बात कर रहे थे। स्कूल के संबंध में जानकारी दे रहे थे, लेकिन हसबनीस सकपकाये हुए थे। वे कुछ बताना चाहते थे। आखिर उनसे न रहा गया। उन्होंने मास्टरजी के हाथ में लिफाफा दे दिया। मास्टरजी ने उसे खोला। धड़कती हुई छाती से उन्होंने अपने निलंबन का आदेश पढ़ा।

सांत्वना के स्वर में हसबनीस ने कहा, "जाने दीजिए मास्टरजी; चिंता छोड़िए। बुरे दिन हमेशा नहीं रहते।"

"यह एक-न-एक दिन होना ही था।" मास्टरजी आँसू पीते हुए बोले।

मास्टरजी को लगा, किसी ने मनभर बर्फ का टुकड़ा उनके सिर पर रख दिया है। उनका माथा बधिर हो गया। सिर में झुनझुनी उठी। उन्होंने स्कूल के कामों में कभी भी कसूर नहीं होने दिया था। वे बाँधपीड़ितों की समस्याओं को लेकर लड़ते-झगड़ते जरूर हैं; पर उसमें क्या गलत है ? जिसका दिमाग ठीक है ऐसा कोई भी व्यक्ति बाँधपीड़ितों पर हो रहे अन्याय को दूर करने के लिए आवाज उठायेगा ही। उसमें बुरा क्या है ? खैरमोडे मास्टरजी नये मास्टरजी के साथ इस ढंग से बातें कर रहे थे जैसे कुछ हुआ ही नहीं। हसबनीस मास्टरजी ने भी बताया कि शिक्षा अधिकारी मास्टरजी को निलंबित करना नहीं चाहते थे। उनकी बिल्कुल इच्छा नहीं थी; पर शिक्षा विभाग के सभापति बली अण्णा भुजबल ने बहुत दबाव डाला और कल शाम को ही आदेश निकाला और मुझसे तुरंत जाकर चार्ज लेने का हुक्म दिया।

मुआवजे का वितरण करते समय जो अपमान हुआ था; बाघधरे साहब ने उसका पूरा-का-पूरा बदला लिया था। सरकारी काम में हस्तक्षेप कर बाधा डालने की वजह से धारा तीन सौ तिरेपन के अनुसार पहले ही पुलिस स्टेशन में फरियाद दाखिल की गयी थी। इसके अतिरिक्त घटनाओं को बढ़ा-चढ़ाकर रपट लिखी गयी थी—मास्टरजी चावड़ी में अल्पबचत अधिकारी को थप्पड़ मारने पर उतारू हुए, उन्होंने चावड़ी को आग लगाने की धमकी दी, रुपये स्वीकारने के लिए आये हुए लोगों को बाहर भगा दिया। चार विभागों के अधिकारियों के हस्ताक्षर से युक्त रपट को अपने आफिस में देखकर भुजबल को गुदगुदी हुई। वे बाघेठाण की सभा में सांसद के साथ बढ़-चढ़कर बात करनेवाले मुँहजोर खैरमोडे मास्टर को भूले नहीं थे। लाला जाधव ने दो-तीन बार फोन पर याद दिलायी थी। दत्तू सरपंच भी, पिघले हुए मुँह से सभापति से पाँच-छह बार मिला था। उसने उलझनभरा प्रश्न किया था—"आप क्या चाहते हैं ? हम गाँव में रहें या गाँव छोड़कर चले जायें ?" मास्टरजी के विरुद्ध लाला और दत्तू की कई अर्जियाँ पहले से ही आयी हुई थीं। 'मास्टरवा को मजा चखाने का सुअवसर' आया देख बली अण्णा भुजबल आनंदित हुए। उसी आनंद में उन्होंने जिला परिषद को

मास्टरजी के निलंबन का आदेश निकालने के लिए विवश कर दिया। उससे पहले दो पंक्तियों का नोटिस तक नहीं दिया गया। मास्टर, तू सांसद महोदय के सामने सिर उठाकर बोलता है न ? देखना अब !

मास्टरजी लगभग दो घंटों तक वहाँ बैठे रहे। बाद में उठे। गर्दन नीचे कर, उन्होंने साइकिल को निकाला और बीच गाँव में से वे बाहर जाने लगे। स्कूल के बच्चे हक्का-बक्का ! सरकार ने मास्टरजी को स्कूल से क्योंकर निकाला होगा ? बाभुल गाँव पीछे रह गया था। पसीने से तरबतर मास्टरजी ने साइकिल रोक दी। परित्यक्त महिला की भाँति वे वहीं पर बैठे रहे। आँखों से आँसू बह रहे थे। उनको निलंबन का दुःख नहीं था; पर इस बहाने होनेवाली बेइज्जती उनके स्वाभिमानी मन को चुभती थी। उनकी आँखों में आँसुओं का जो बादल छा गया था, पेड़ की साक्ष्य में बरस पड़ा; उसकी निकासी हो गयी। धूप ढल गयी और एक हाथ में साइकिल पकड़े हुए मास्टरजी धूलभरे रास्ते पर पैदल ही चलने लगे।

सुबह जाँभली में से उत्साह से निकले हुए मास्टरजी हाथ में साइकिल पकड़े निराश-हताश लौट गये थे। उनके लौटने से पहले ही गाँव में समाचार फैल गया था। दोपहर को ही लाला जाधव की हवेली में फोन की घंटी बज उठी थी। वहाँ से खबर दत्तू के पास पहुँची और पूरे गाँव में फैल गयी। "मैं यही न कहता था ?" की रट लगाये, अपनी काणी आँख से देखता हुआ ताया कांबले जाँभली की गली-गली में लड़खड़ाते हुए घूम रहा था। मास्टरजी के निलंबन का कितना आनंद हुआ था उसे ! गरीब बेचारों ने जब यह समाचार सुना, उनकी आँखें डबडबायीं। आपस में पूछते—"मास्टरजी की नौकरी क्योंकर चली गयी ?" मास्टरजी आगे और गरीब बेचारे जाँभली निवासी पीछे। दिन डूबते के समय पर यह अटंबर मास्टरजी के दरवाजे पर आ पहुँचा। अपने पति की सिकुड़ी हुई सूरत को देखकर हीरा मास्टरनी सिसकने लगी। दादू चौकीदार पहले से ही आकर पीपल-तले बैठा था। "बैरियों ने बाजी मार ली; मेरे बसंत का सत्यानास कर दिया।"—वह लगातार बड़बड़ा रहा था। मास्टरजी को देखा तो उनके गले से लिपटकर वह फूट-फूटकर रोने लगा। पूछने लगा—

"बेटे बसंतऽऽ, यह कैसे हुआ रे ?"

"कुछ भी नहीं हुआ है जो तुम इस प्रकार महिला की तरह रो रहे हो।" दादू को दुत्कारते हुए मास्टरजी गरज पड़े, "इस प्रकार चोरी-छिपे आघातों से तुम्हारा बसंत मरेगा नहीं, वह कायर माँ का बच्चा थोड़े ही है ?"

मास्टरजी की दृढ़ताभरी बातों से अगल-बगल के लोगों में भी धीरज आ गया। मास्टरजी के आने का समाचार सुन सारा गाँव दौड़ पड़ा। आधे-से अधिक घरों में चूल्हे नहीं जले थे। पांडू येताला, आवडाई, म्हाकू, हैबती, शिवराम, बाबू पवार सारे बाँधपीड़ित इकट्ठा हो गये। वहीं अँधेरे में बैठक शुरू हुई। हाथ की लाठी को ठोंकते

हुए पांडू येताला गरज पड़ा, "जो कुछ करना पड़े, करेंगे; सीधे दिल्ली तक चले जायेंगे; पर इस मास्टर की नौकरी टिकनी चाहिए; नहीं तो ये नेता, यह सरकार हमें किसी दलदल में दबोच डालेंगे; पता भी नहीं लगेगा।"

आवडाई आगे बढ़ी; उसने चिंता के स्वर में पूछा, "मास्टरजी, यह कैसे हुआ ?"

"पेमेंट ही गलत था। मैंने गलत पेमेंट को रोका; मेरी क्या गलती हुई ? गलत पेमेंट की जाँच होनी ही चाहिए।"

"ये अंगारे हमारे गाँव के ही हैं; इन्होंने ही आग लगा दी है।" बूढ़ा जालिंदर बोला।

"आंदोलन करेंगे; मोर्चा निकालेंगे; साहब लोगों के दरवाजे पर धरना देंगे।" शिवराम ने गरजकर कहा।

"चलो, लाला जाधव की जीप को जला डालते हैं; दत्तूवा के मकान में आग लगा देते हैं।" बाबू तथा म्हाकू ने भी गरजकर कहा।

युवा लड़के आपे से बाहर हो रहे थे। मास्टरजी ने ही सबको रोका। अभी इस प्रकार का दुःसाहस करने से कुछ नहीं होगा। अभी अपने गाँव को यहाँ से उठना है; हमें दूसरी जगह पर गाँव बसाना है। कुछ बातों का मुकाबला शांति से करना पड़ता है। बूढ़ों ने मास्टरजी के साथ बहस की। कल सुबह पहली बस से ही आंबेपुर चले जायेंगे। शंकर वकील से मिलेंगे; अब कानून के आधार पर ही लड़ेंगे। दूसरा उपाय नहीं। एक बार फिर एकता के कौल-करार हो गये। देर रात सब लोग उठकर चले गये। मास्टरजी की सहायता के लिए पूरा गाँव दौड़ा-दौड़ा आया था—हीरा मास्टरनी को यह आधार पहाड़-सा लगा।

रात में बहुत देर बाद मास्टरजी बिछौने पर लेट गये। घबड़ायी हुई शेवंता मास्टरजी से अधिक चिपक गयी। हीराबाई को भी चुप हुए देख शेवंता ने मास्टरजी से पूछा, "बाबू जीऽ।"

"कहो बेटी।"

"साहब ने आपको स्कूल से क्यों निकाला ? क्या आपने कविता याद नहीं की थी ?"

"बेटी, कविता की बात नहीं। बाँधपीड़ितों के, उलझनों से भरे गणित हल करता हूँ न ? उसमें बीच-बीच में दम फूलता है। यह तो होगा ही।"

भाग २

राज्य सरकारने
धळी धरण
फलटण, दि. २१ -
बिदाल,
ने या परिसरातील
पासाठी राज्य सरक
तीही तरतूद न
सुरू झालेले काम
देण्याबाबत

एक

गर्मी की छुट्टियाँ आरंभ हुई थीं। मास्टरजी छुट्टियों में नीचे बाघेठाण गए हुए थे। झांजड़बाड़ी की पाठशाला में बिलकुल शांति थी, बच्चों का शोर नहीं था। जनाबाई का मंदिर सूना-सूना लगता था। बगल में ही चबूतरेवाले जामुन के नीचे गुणवंत बैठा हुआ था। वह हैबती की बाट जोह रहा था। जाँभली बुद्रुक से सीधे बाघजाई के किनारे-किनारे झांजड़बाड़ी का अंतर पैंतीस किलोमीटर पड़ता था। अगर हैबती मुर्गे की पहली बाँग के समय पर ही निकला होता तो अभी तक पहुँचा होता। देर क्यों हुई होगी ? पश्चिमी दिशा से हवा बह रही थी। जामुन पर चढ़ी हुई—लता जोर से हिलने लगी। लता के बादामी आकारवाले, गहरे हरे पत्ते डोलने लगे। आक के डाँडे फूटने लगे और उनकी रूई हवा में उड़ने लगी। नीले भरे-पूरे जामुन फलों का छिड़काव हो रहा था। देखते-ही-देखते बापू के पहाड़ की छाया धीरे-धीरे नदी किनारे तक पहुँची। गुणवंत बैठे-बैठे ऊब गया था; वह उठा। उसे चिंता होने लगी—अगर हैबती न आये तो ? वह बाघजाई के सूखे पाट की ओर देखने लगा।

दूर पर दिखाई दिया—एक बैलगाड़ी नदी के पाट में रेती को रौंदते हुए आ रही थी। अब बैल झांजड़बाड़ी की दिशा में मुँह घुमाये जल्दी-जल्दी चलने लगे थे। गुणवंत ने मुट्ठी बाँधी, मुट्ठी की दूरबीन बनाकर उसने सामने नजर दौड़ाई—गाड़ी में हैबती तथा शिवराम आ रहे थे। बैलगाड़ी निकट आयी, गुणवंत ठहाका लगाकर हँस पड़ा। हैबती तथा शिवराम लाल मिट्टी से सने हुए होने के कारण बावलों की तरह दिखाई दे रहे थे। उनकी कमीज और लुंगी पर लाल मिट्टी की पर्त जमी हुई थी, उनकी आँखें भी लाल-लाल दिखाई दे रही थीं। सफेद बैल लाल भभूके हो गये थे।

हैबती चाक के आरागज पर पैर रखकर गाड़ी से नीचे कूद गया। गुणवंत तथा हैबती एक-दूसरे से गले लगे। दोनों भाई घर की ओर निकले। बैताल की कगार पार करते-करते बैलों का दम फूलने लगा। शिवराम ने बैलों को जोर से हाँका। एक खड़ी चट्टान के नीचे बैल रुके। बगलवाली चट्टान सीधी, खड़ी, चोटी की तरह ऊपर उठी हुई

थी, पर मजबूत दिखाई देती थी। यदि चट्टान ढह जाये तो ? सारी झांजड़बाड़ी उसके नीचे दब जायेगी—हैबती को डर लगा। बैलगाड़ी को देख गुणवंत के दोनों लड़के बजरंग और बैजू दौड़ते हुए बाहर आ गये। 'चाचाऽ चाचा' कहकर हैबती के बदन के साथ चिपक गये। पीछे-पीछे पीतल के बड़े लोटे में पानी लिये हुए सालू भाभी आ गयी। हाथ-मुँह धो, हैबती तथा शिवराम ओसारे में बैठ गये।

हैबती लगभग दस साल के बाद झांजड़बाड़ी आया था। अगल-बगल के बदले हुए परिवेश को वह आश्चर्य के साथ देख रहा था। ओसारे के चबूतरे से नीचे उतरने पर तुरंत पौरी थी, वहाँ गाय-बैल बाँधे हुए थे। चार-पाँच पगहे खाली पड़े हुए थे। अगल-बगल में पहाड़ी चट्टानें जाँभली के निकटवाली चट्टानों से ज्यादा तराशी हुई और ऊपर की ओर ज्यादा नुकीली दिखाई देती थीं। झांजड़बाड़ी उसी प्रकार नदी और पहाड़ के खाँचे में बस गयी थी जैसे पत्तल के चावल में दोना गाड़ दिया जाता है। यहाँ की हवा, पानी सब कुछ निराला ही था। गुणवंत बचपन में सुभानजी के यहाँ गोद आया था, तब से वह इन खेतों-जंगलों में रच-पच गया था। हमसे यह होगा नहीं—हैबती सोच रहा था। सालू भाभी ने चाय बनायी। उसने पीतल की दो थालियों में उँडेलकर चाय हैबती और शिवराम को दे दी। ठोंकवाली थाली हैबती को बहुत अच्छी लगी। पहाड़ी चाय का स्वाद कुछ और ही था। दोनों, थालियाँ मुँह को लगाये, सुड़क-सुड़क कर चाय पी रहे थे।

"भाईजी, बच्चे प्याली-तश्तरी जगह पर रखते ही नहीं, इसलिए चाय आपको थाली में ही दी है।"—सालू भाभी बोली।

"यही अच्छा है।" हैबती ने अपनी रुचि बतायी।

"हैबती, तुम्हारी नौकरी का क्या हाल-चाल है ?" गुणवंत ने पूछा।

"बरसात के दिन हैं। फंड भी नहीं है। बाँध का काम अभी बंद है, दशहरा आते ही शुरू होगा।"

"देखो, सावधान रहना। नहीं, व्यर्थ ब्रेक का झंझट पीछे लग जायेगा।" गुणवंत ने हैबती को आगाह किया।

तीनों उठे। बाड़ी में चक्कर लगाने के इरादे से बाहर निकले। झांजड़बाड़ी की रचना ही कुछ अलग थी। नदी के किनारे पर बीस-पच्चीस मकान थे। बैताल की कगार चढ़कर आगे बढ़ने पर पचास-साठ मकान और थे। आधे मकान पत्थर के बने हुए थे। बाकी के तो बाँस से बने हुए थे या नरकट की बाड़ से। बाड़ी में दुमंजिला मकान एक भी नहीं था। यहाँ बारिश धुआँधार होती है। इसलिए घर के पाख, तिरछे, जमीन की ओर झुके हुए थे। कुछ लोगों के मकानों पर देसी खपड़ैल थे। किसी घर का कोई आदमी बंबई में कमाता हो तो उसके मकान पर टीन की चद्दरें थीं। अन्यथा सारे मकान झोंपड़ी-नुमा। जो बिल्कुल गरीब थे, उन्होंने अपनी झोंपड़ियों पर घास की पर्तों से ढालू छाजन बना दिया था। ओलतियाँ बिलकुल जमीन के निकट आयी हुई थीं। बाड़ी के

चारों ओर बाँस के झुरमुट थे। उनमें हवा सनसनाती रहती थी। प्रत्येक के मकान के पीछे की ओर मचान था। सूखी घास बरसात के दिनों में उपयोग के लिए मचान पर तरतीब से रखी हुई थी। व्यस्तता के कारण जिसका मचान समय के भीतर न बनता, वह किसान कटहल के पेड़ पर की घाई का उपयोग करता, उसी में घास की गंज बनाता। बाघजाई नदी की ऊपरवाली कछार में धुआँधार पानी बरसता है। अच्छा है जो बाड़ी के चारों ओर गूलर, करौंदे के कुंज ; आम, बाँस, आदि की अधिकता है ! नहीं , हवा के उल्टे प्रहार में झांजड़बाड़ी की पतंग ही बन जाती। बाड़ी में कहीं पर भी खड़े रहिए, अगल-बगल के पहाड़ पहरा देते हुए बैठे-से दिखाई देते हैं। पश्चिम की तरफ आधे मील पर पहाड़ की आड़ी पंक्ति दिखाई देती है। हैबती के मन में शंका उठी–

"भैया, वाघजाई का उद्‌गम यहाँ से दो-तीन मील पर ही है ?"

"नहीं तो। गोमुख यहाँ से पाँच कोस दूर है।"

"फिर पश्चिम की ओर का यह पहाड़ ?"

"पगले, बाघजाई नदी घूमती, मुड़ती, बहती हुई आती है ; इसलिए उधर भी पहाड़ का भ्रम होता है। वैसे यहाँ पहाड़ दो ही हैं। यह नदी के उस पार का बापू का पहाड़ और इस पार का बालू का पहाड़।"

"बालू-बापू का यह क्या मामला है ?"

"बहुत लंबी कथा है वह।"

गुणवंत चलते-चलते बताने लगा–"बहुत दिन पहले की घटना है। यहाँ के गाँव में बालू और बापू दो जुड़वाँ भाई थे। दोनों गोठ के चौपायों को खोलते, उन्हें चराने ले जाते। चौपायों के पीछे, बाँसुरी बजाते हुए, पूरा सिवान छान मारते। दोनों के कंधे पर धनुष-बाण रहा करता। निशानेबाज ऐसे कि लवकुश से भी आगे बढ़े हुए। उनकी निशानेबाजी से जंगल काँपने लगता। उनके तीर की वजह से किसी पेड़ पर फल नहीं रहता। जब दोनों चलते, पेड़ों पर पत्ते थरथराने लगते।

बालू-बापू सुखी थे; पर समय बदला। अकाल पड़ा। लगातार तीन साल बरसात ने मुँह छिपा लिया। नदी-नालों में पानी की बूँद नहीं रही। पेड़ सूख गये। भूखे मवेशी गोठ में ही लुढ़कने लगे। अकाल इतना जबरदस्त था कि स्वर्ग में भी हलचल मच गयी। देवताओं के घरपर भी पानी दुर्लभ हो गया। देवता बड़ी भोर को ही उठते; घड़े-हंडे लेकर बादल के पास पहुँचते, ऊपर ही ऊपर जो पानी उनके हाथ लगता, उड़ा लेते। बालू-बापू अपने भूखे माँ-बाप के साथ, भूखे गाँववालों के साथ हर रोज बादल का मुँह ताकते; पर बादल ऊपर ही ऊपर तितर-बितर हो जाते। भूखे बालू-बापू का धीरज छूट गया। उन्होंने धनुष उठाया। चिढ़कर बादलों पर बाण-वर्षा शुरू की। उनके बाणों से बादल टूटने लगे, और जोर-जोर से पानी बरसने लगा। देवताओं के मुँह सूख गये। उन्होंने इन दो गुस्ताख लड़कों को कैद करने का फर्मान निकाला। स्वर्ग से हवालदार नीचे उतरे–बालू-बापू को कैद कर ऊपर ले गये। दोनों भाइयों की गुस्ताखी देख देवताओं

ने शाप दिया–

"तुम दोनों पहाड़ बनकर पड़े रहोगे।"

"हे भगवान ! हम पहाड़ बनकर पड़े रहेंगे–कुछ नहीं बिगड़ता; पर हमारे गाँव को पानी दो।" –दोनों ने भगवान के पैर पकड़ लिये।

"ठीक है, तुम दोनों के बीच में नदी बहेगी; पर तुम हमेशा के लिए पहाड़ बनकर रहोगे।"

इस तरह बाघजाई नदी का जन्म हुआ। वह बहने लगी। भगवान ने अपना रुतबा दिखा दिया। नदी निरंतर बहती रहेगी, पर दोनों भाइयों की भेंट कभी भी नहीं होगी। नदी के दोनों ओर, कई जगहों पर, दोनों पहाड़ों की चट्टानें, कगार निकट आये हुए हैं। कई बार दोनों भाइयों ने एक-दूसरे को आलिंगन देने का प्रयास किया है; पर ईश्वर ने कभी भी वैसा होने नहीं दिया। हो न हो, दोनों एक हो जाएँगे और स्वर्ग पर आक्रमण कर देंगे–देवताओं को यही भय था। मसणमाल, झांजड़बाड़ी और इरलेबाड़ी के लोग बताते हैं–बरसात के दिनों में बालू और बापू की आकुलता बढ़ती है। वे दोनों एक-दूसरे को गले मिलने, जी भर कर बोलने के उद्देश्य से चट्टान से गिरनेवाले पानी के साथ जोर-जोर से चिल्लाते हैं, हाँक लगाते हैं। उनकी आँखों का पानी नालों-झरनों में समाता नहीं। दोनों पहाड़ गहरी आह भरते हैं। आँसू बहाते हैं।

सूर्यकिरणें जाती रहीं। सर्वत्र अँधेरा फैल गया। हैबती सिहरने लगा। सभी घर लौट आये। घर में गरमाहट थी। चबूतरे के सामने जो मवेशी बाँधे हुए थे; उनके पीछे नरकट का बाड़ था, पाख पर घासफूस –इससे ठंड कहीं भाग गयी थी। लालटेन जलाई गयी। गुणवंत आँगन में ही बैठ गया। आँगन गाय के गोबर से अच्छी तरह दबाकर लीपा हुआ था। उस पर कंबल बिछाकर बातें होने लगीं। हैबती भयभीत हो बगलवाली चट्टान की ओर लगातार देख रहा था। उसने घबड़ाकर पूछा–

"भैया, यह चट्टान...?"

"उसे यहाँ 'चाँद की चट्टान' कहते हैं। हमारी बाड़ी में चाँद का मुख पहली बार इसी चट्टान पर दिखाई देता है।"

"मगर तुम्हारी यह 'चाँद की चट्टान' भसककर गिर जाये तो क्या होगा ?"

"सुभानजी तात्या की दस पीढ़ियाँ रह चुकी होंगी इस जगह पर। कभी गिरी है यह चाँद की चट्टान ?"–गुणवंत ने पूछा।

जब तक बाहर गपशप हो रही थी, भीतर रसोई बन गयी। सालू भाभी ने मँडुए की गरम-गरम पपड़ीवाली रोटियाँ और गाय का ताजा दूध लाकर रख दिया। हैबती और शिवराम ने रोटियों को दूध में मसल दिया। दोनों ने भरपेट खा लिया। हाथ धो लिये। तब तक सालू भाभी ने ओसारे में कम्बल, नमदा बिछा दिया। पान-तमाखू खाकर फिर से ओसरे में गपशप शुरू हुई। खेतोंवाली पगडंडी पर मिली हुई चुड़ैल से लेकर राजा-महाराजा तक के विषयों पर गपशप हुई। आखिर बातें जाँभली बाँध योजना पर

आ गयीं। शिवराम ने पूछा—

"गुणवंत, इतनी दूरी पर बन रहे बाँध के कारण तुम्हारी इस बाड़ी का कैसे नुकसान होगा ?"

"होगा क्यों नहीं ? जनाबाई—मंदिर के निकटवाले बीस मकान पानी में डूब जायेंगे। इन लोगों की हानि नहीं होगी ?"

"उनका भी पुनर्वास हो जायेगा।" शिवराम ने लगे हाथ समस्या का निराकरण किया।

"कहाँ का पुनर्वास लिये बैठे हो ?" गुणवंत को पुनर्वास की बात कुछ जँच नहीं रही थी। उसने फिर कहा, "जरा सोचो तो, दूसरों के गाँव में भिखारी बनकर जायेंगे। तुम्हें मालूम है ? जमीन-जायदाद का वारिस बनकर कोई रिश्तेदार आ जाये तो भी गाँव के लोगों की आँख में गड़ने लगता है ? मेरी ही बात लो। बीस साल पहले, मैं तात्या के घर गोद लिया हुआ बेटा बनकर आया; कितनी तकलीफ हुई मुझे।"

"आधी बाड़ी उठ जाने पर भी आधी तो रह ही जायेगी न ?" शिवराम ने जानना चाहा।

"वही गुत्थी सुलझ नहीं रही है।" गुणवंत चिंता से परेशान हो बोल उठा, "आँखों के सामने पानी और पीठ पर खड़ा पहाड़। जो उपजाऊ जमीन है, वह सब पानी में चली जायेगी। यहाँ जंगल, घास-फूस पर कम-से-कम बकरियाँ तो जी लेंगी। नीचे जाकर क्या मिट्टी खा लेंगे ?"

बाँध की बात पर हैबती तथा गुणवंत बहुत ही लगन और चिंता के साथ बोले। बालू-बापू के पहाड़ों से गिरनेवाले प्रपातों की तरह उमड़-उमड़कर। शिवराम को भी अब पानी में छुरी दिखाई देने लगी, वह भी उसाँसें भरने लगा। आधी रात बीत गयी। आँखें सुस्त हो गयीं। कल सुबह जल्दी उठना था।

दो

सारा बाघजाई कछार सक्रिय हुआ था। एक सप्ताह के बाद बरसात का मौसम शुरू होगा। उससे पहले सब व्यवस्था करनी चाहिए, इसीलिए खेतों-मेंड़ों पर पहाड़ के नीचेवाली समतल जमीन पर और ऊपर पहाड़ी ढलान पर लोग अपने-अपने काम में व्यस्त थे। किसानों की सरगर्मी शुरू थी। "चलऽऽआय, जीऽऽ जीऽऽ,"—हलवाहों की हाँकें सगवारे में और दूर-दूर तक के खेतों में सुनाई दे रही थीं। जंगल की ढलान पर, जगह-जगह धुएँ का रेला बहता हुआ दिखाई देता था। मँडुवे तथा तिन्नी की फसल के लिए नये सिरे से तैयार किये गये खेतों में सूखी टहनियाँ, घासफूस जलाकर जमीन को तपाया जा रहा था। नदी के उस पार मसणमाल की पहाड़ी ढलान पर तो धुएँ का भंडार ही

खुल गया था। जमीन को तपाने के इरादे से किसानों ने पहले से ही खेतों में जामुन तथा आम की टहनियाँ फैला रखी थीं। तरह-तरह की जंगली घास-फूस उसमें मिली हुई थी। उस पर करौंदे तथा कारवी[1] के गट्ठर बिखेर दिये गये थे—बीच में ही कंडों की पर्त बिछी हुई थी। एक बार कूड़ा-करकट जलने पर हवा घास-फूस के भीतर घुस जाती। वह आग को मथकर आँच और धुआँ उगलती रहती। कंडे धुँधुवाते रहते। एक ही घंटे के भीतर इतनी जगहों पर आग लग गयी कि चारों ओर धुएँ के बादल उठ-उठकर वाघजाई कछार पर तैरने लगे। बादलों की छायाएँ आसमान से नीचे लटकने लगीं।

बरसात के दिन निकट आये हुए थे। बहेलिया, आदिवासी, कुर्मी—सब-के-सब बरसात के दिनों के लिए आवश्यक चीजें जुटाने में व्यस्त थे। कुछ बहेलिये कान तक बँधी लाठी साथ में लिये, सिर पर शहद के घड़ों को सँभालते हुए, नीचे बाघेठाण के बाजार में जा रहे थे। कुछ पश्चिमी पहाड़ पर चढ़कर फिर ढलान से उतरते हुए निजामपूर, महाड़ की ओर कोंकण में जा रहे थे। ढलान इतनी खड़ी थी कि पैर फिसल जाने पर नीचे पाताल के ही दर्शन हो जाते थे। लेकिन बहेलिये लोगों की हड्डियाँ जंगल की हवा खाकर बहुत ही मजबूत बनी हुई थीं। उनको जंगल, नाले-झरने, टीले-कगार, खोह-खाई आदि की बहुत अच्छी जानकारी थी।

कोंकण में उतरना कठिन होने पर भी बाघेठाण की तरह दूर नहीं पड़ता था। ऐन गर्मी के दिनों में भी यात्री-बस मसणमाल तक ही आ पाती थी। हाल ही में दौगरा पड़ा था। उससे रास्ते कट गये थे। बस बिबेबाड़ी में ही रुकती थी। बिबेबाड़ी में बैठिये और सीधे बाघेठाण में ही उतरिये। बरसात शुरू होने से पहले ही आटा-दाल, नमक-मिर्च, सब खरीदकर रखना होगा; नहीं, मूसलाधार बारिश न ऊपर जाने देगी न नीचे उतरने देगी। बारिश में खाली पेट घास-फूस की मड़ैया में एड़ियाँ रगड़नी पड़ेंगी। भय के कारण ही तो बाजार खुलते और बंद हो जाते थे। गुणवंत की, नदी किनारे की जमीन में, रॉब (जमीन को तपाने की क्रिया) में जलते जामुन तथा अन्य वनस्पतियों की विशिष्ट गंध को सूँघते हुए, तीन हल चल रहे थे। एक बैल जोड़ी हैबती की; दूसरी, गुणवंत की, और तीसरी, मसणमाल के कुशाप्पा सनगर की। होड़ के कारण हल जल्दी-जल्दी चल रहे थे। नाश्ते के समय तक जमीन की तीन पट्टियों में हल चले। धूप बढ़ने पर बैल हाँफने लगे। चौथी पट्टी में हल आरंभ होने पर बैल उतावले हो गये। कुशाप्पा चाबुक से बैलों की पीठ पर तड़ातड़ प्रहार करने लगा; दूसरे बैलों को भी उत्तेजित करने लगा—"चलऽऽ जोर लगाकर चल।"

कुशाप्पा की उम्र पैंतालीस साल की हो चुकी थी; पर उसका उत्साह युवकों को भी लजाता था। हैबती सुबह से ही उसकी ओर कौतुक के भाव से देख रहा था। कुशाप्पा का चेहरा रोबीला था। लंबी नाक, पानीदार आँखें, नुकीली ठुड्डी पर थोड़ी-सी बढ़ी हुई दाढ़ी। उसके बदन पर नील में रँगी हुई, टैरेलिन की ढीली-ढाली कमीज थी। रेशम के

1. सफेदा या नरकट जैसा एक पौधा जिसकी टहनियाँ बाड़ बनाने के काम में आती हैं।

किनारे की धोती कमर में लुंगी की तरह लपेटी हुई थी। हल चलाते समय भी उसकी यही पोशाक थी। हैबती कल से देख रहा था। इस भाग में आकर्षक कपड़े पहननेवाला कोई दूसरा आदमी है ही नहीं। हैबती को लगा, पूँजी जमा किये हुए यह कोई बंबई का मालदार होगा। पर जो उसे मालूम हुआ, वह कुछ निराला ही था।

कुशाप्पा कोई बंबई वाला मालदार नहीं था। मसणमाल का परंपरागत राजा था। बाघजाई कछार के सब लोग जानते हैं—कुशाप्पा का खानदान चरवाहों के राजा का खानदान था। काल के प्रवाह में सब चला गया था; फिर भी उसके हाथ में सौ एकड़ जमीन थी। पूरे मसणमाल गाँव में अकेले कुशाप्पा की आमदनी अधिक थी। राजा का तेज और रोब उसके बदन में कहीं छिपता नहीं था। जंगली हवा के साथ नित्य संपर्क होने पर भी उसका ललछौहा रंग फीका नहीं पड़ा था। उसके नारंगी रंग के साफे में आगे की ओर साफे की आकर्षक नोक उठी हुई रहती थी। गले में गाँठदार काले धागे में बँधा हुआ तथा खंडोबा के नाम से अभिमंत्रित ताबीज था। बायें हाथ में चाँदी का कड़ा था। उसकी हवेली पर भी अच्छा-खासा रुआब दिखाई देता था। हवेली किसी सरदार-इनामदार की हवेली की तरह सीमेंट में बनायी हुई न होने पर भी सादी और लंबी-चौड़ी थी। घर में खूँटियों पर टंगी हुई छर्रेवाली दो बंदूकें थीं। इसकी काँख में दुनाली एक बंदूक रहती थी। कहीं पर भी जाना हो, काँख की बंदूक अलग नहीं होती थी।

इधर के दुर्गम पहाड़ी इलाके में कोई सरकारी अधिकारी आ जाता तो उसका खाना-पीना कुशाप्पा की हवेली पर ही होता। मसणमाल में आखिरी बस मुकाम के लिए रुकती है। उसके ड्राइवर-क्लीनर हर रोज कुशाप्पा की हवेली पर जाते; उन्हें बुलाने की आवश्यकता नहीं पड़ती थी। किसी साहब को शिकार के लिए निकलना है, कुशाराजा को साथ में लीजिए। चुनाव के दिनों में, ऊपर जंगल में बसी हुई बाड़ियों-बस्तियों में जाना पड़ता है। तब चुनाव अधिकारी आयें; या किसी दल के नेता आयें उनके साथ बाड़ियाँ-बस्तियों में पहुँचने के लिए कुशाराजा ही आगे रहा करता था।

कुशाप्पा सचमुच ही छोटे से मसणमाल गाँव की नाक था। वह अपने तथा मल्हारराव होलकर के खानदान के बीच पूर्वापर गहरे संबंध को बढ़ा-चढ़ाकर कहता रहता। उसे कोई कुशाप्पा नाम से पुकारता नहीं। राजा कह देने पर उसकी कली खिल उठती है। मसणमाल में किसी को किसी चीज की आवश्यकता पड़ने पर वह राजा से अधिकारपूर्वक माँग लिया करता। कठिनाई के समय पर हर एक की सहायता करना राजा का जन्मजात गुण है।

पिछले सात-आठ वर्षों में कुशाराजा और गुणवंत में गहरी दोस्ती हुई थी। दोनों शिकार के वास्ते रातभर जंगल में घूमते फिरते। गुणवंत के साथ एक बार राजा की दोस्ती जम गयी तो वह कायम हो गयी। दोनों मिलकर सुभानजी के पास बंबई चले जाते; वहाँ चार-चार दिन रह आते। हर साल जब कुशाराजा बंबई निकलता तो काँख में बंदूक और साथ में गुणवंत—दोनों कभी हटे नहीं। गुणवंत उससे बारह साल छोटा

है, इतने पर भी उन दोनों में गहरी दोस्ती को देख बाघजाई कछार को आश्चर्य होता है। बहेलिये, मुसहर, ठाकर—सारी जाति के लोग कुशाप्पा के आगे-पीछे रहने में गौरव अनुभव करते। कटहल के कोये-जैसा मीठा लगनेवाला कुशाराजा सबको अपना गहरा दोस्त लगता था।

दोपहर बारह का समय हुआ। हल-जुआठ से बैल मुक्त कर दिये गये। सभी हलवाहे मेंड़ पर, पेड़ के नीचे भोजन के लिए बैठ गये। हल के पीछे चलने से सबके टखनों में दर्द हो रहा था। सभी भूख से व्याकुल थे। सब रोटियों पर टूट पड़े; इतने में नदी की ओर घने कुंजों के भीतर से क्वाकऽक्वाकऽ की आवाज सुनाई दी। कुशाराजा के कान शिकारी कुत्ते के कानों से भी तेज थे। उसने हाथ की रोटी अलग रख दी। वह उठा; फतुही की जेब में से गुलेल निकाली। गुणवंत ने पूछा—

"राजा, कुंज में यह कैसी खसखस की आवाज हुई ?"

"मोर की नजर और हिरन के कान चाहिए; तभी समझ में आता है सब... । कुशाप्पा ने धीमी, दबी हुई आवाज में कहा, "भाभी, गुणवंत, हैबती, रोटियाँ वैसी ही रखिए; अभी शिकार लेकर आता हूँ।"

कुशाप्पा लंबे डग भरता हुआ जल्दी-जल्दी नदी की ओर चलने लगा। पीछे-पीछे हैबती भी चला। कुशाप्पा की चील की-सी नजर कगार पर दौड़ने लगी। वह कुंज और बाँस की भीड़ में घुस गया। बाँस की चुभती हुई टहनियों की परवाह न करते हुए वह भीतर झाँकने लगा। इतने में "क्वाकऽ क्वाकऽ" आवाज हुई। कुशाराजा ने झट से ऊपर देखा और गुलेल में पत्थर रखा। पत्थर सटाक से ऊपर निकला। पेड़ पर बैठा हुआ भारी-भरकम पंछी 'फड़फड़' आवाज के साथ जोर से नीचे गिर गया। कुशाराजा दौड़ते हुए गया; औंधा गिरकर उसने तड़पती जंगली मुर्गी को दबोच लिया। बहुत ही सहजता से उसकी गर्दन मोड़ दी। दोनों पंखों पर पैर रखकर उसने झट-झट परों को उखाड़ दिया। मुर्गी को पानी में धो, उसे तौलिया में बाँधकर ही कुशाप्पा मेंड़ पर, पेड़ के नीचे आ गया।

गहरे पीले मांस को देखकर हैबती ने पूछा, "राजा, मुर्गी इतनी पीली कैसे दिखती है ?"

"पालतू मुर्गी और जंगली मुर्गी में यही तो अंतर होता है।"

न बर्तन न हाँड़ी। राजा ने मांस वैसा ही सूखी लकड़ियों पर फैलाया। लकड़ियाँ सुलगीं। मुर्गी की चरबी 'चर्रऽ चर्र' की आवाज के साथ पिघलकर काँटों-टहनियों पर बहने लगी। मांस अच्छी तरह सिंक जाने पर सबने उसे मिर्च और रोटी के साथ मुहँ के हवाले कर दिया। हैबती और शिवराम के मुँह में से लार टपकने लगी। हे भगवान, क्या ही बढ़िया स्वाद है यह ! जीभ की नोक पर यह स्वाद ऐसा ही बना रहे। बहुत ही सहजता से—जितनी सहजता से पान में चूना लगाया जाता है—शिकार मिल गया।

धूप कड़ी थी। सब थोड़ी देर के लिए सुस्ताये। झांजड़बाड़ी का एक निवासी

कुशाप्पा और गुणवंत के मुँह पर ही दोनों का गुणगान करने लगा। शिकार के शौक से दोनों बहुत नजदीक आये हुए थे। दोनों के गाँव अलग होने पर भी पनघट एक थे। गुणवंत हर रोज बैताल की कगार पर से ही, मसणमाल के खेत में मेहनत कर रहे कुशाप्पा को हाँक लगाता। कुशाराजा हाथ ऊँचा उठाकर हाँक का प्रत्युत्तर देता। दोनों हेंगा-पटेला में एक-दूसरे की सहायता करते। भारी वर्षा में बाघजाई उफनकर बहने लगती। आर-पार आना-जाना मुश्किल हो जाता, नदी में उतार ही नहीं होता। तेज बहते पानी में नौका भी टिकती नहीं थी। तब दोनों नदी के दोनों तीरों पर खड़े-खड़े एक-दूसरे को देखते। हाथ उठाकर भलेऽऽ भलेऽऽ कहकर गरज पड़ते। उनकी आवाज पानी की आवाज के कारण सुनाई दे अथवा न दे। बैठे-बैठे बाँध के संबंध में बात चली। गुणवंत ने पूछा—

"राजा, आपके गाँव का क्या होगा ?"

"हमारा मसणमाल तो सबसे पहले उठ जायेगा; पहली ही सूची में नाम है गाँव का। बाँध बनने पर जब पानी को रोका जायेगा तब गाँव उठ जायेगा।"

"बाप-दादों ने क्या सोचकर नदी के किनारे पर बसाया होगा आपका गाँव ?" गुणवंत को बाप-दादाओं की गलती महसूस होने लगी।

"उन्होंने जिंदगी में कभी सोचा भी नहीं होगा कि आगे कभी यहाँ बाँध बनेगा और उसकी वजह से गाँव को दूसरी जगह जाना पड़ेगा।" कुशाप्पा बोला।

"लेकिन राजा, कल आप और आपका गाँव उठकर चले जायेंगे। तब हम क्या करेंगे ? क्या इस नंगे-बूचे पहाड़ को हाँक लगाते बैठेंगे ?" कुशाराजा ने दुखी होकर कहा, "देखो, खलिहान में खूँटा चाहिए; खूँटे के पास चौपाये चाहिए; तभी कटाई-दँवरी होती है। बाँस के समूह में तोतों का झुंड रहता है। फसलों को उधेड़कर बर्बादी करने वाले जंगली सूअर भी जत्था बनाकर रहते हैं। मैं अकेले ही गाँव छोड़कर उस पठार पर कैसे रहूँ?"

फिर से हल चलने लगे। यह मुल्क, यह गाँव, यह कल-कल बहती बाघजाई नदी बालू-बापू की ये हाँकें, यह ललछौही मिट्टी, यहाँ की चक्कर काटती हुई ठंडी हवा, झाड़-झंखाड़ में उसाँसनेवाले जानवर—भगवान की दी हुई सारी दौलत को हमेशा के लिए छोड़कर एक दिन यहाँ से जाना है। इस कल्पना से कुशाराजा का गला भर आया। हल के पीछे चलते-चलते उसके पैर बोझिल होने लगे। आम और कटहल की पहली बहार समाप्त हुई थी। कुछ पेड़ पिछड़े हुए थे। बगलवाले खेत की मेंड़ पर आम का एक पेड़ था। उसके फल अभी भी निकाले नहीं गये थे। फल निकालने का काम शुरू था। टहनियों पर बोरियाँ बाँधी गयी थीं। पेड़ पर लड़कों का शोर चल रहा था। आम का मालिक खोंचा लिये गदराये हुए आम के फल छुटक रहा था। छुटके हुए आम खोंचे के किनारे पर बँधी हुई जाली में आहिस्ते से गिर जाते थे। पेड़ धीरे-धीरे खाली हो रहा था। खेती-बाड़ी में आग जलाने के कारण चारों ओर धुआँ फैल गया था। उमस बढ़ गयी थी; बदन से पसीने की धाराएँ बह रही थीं।

हल चल रहे थे; तभी गुणवंत का बड़ा लड़का दौड़ता हुआ आया। हाँफती हुई आवाज में कहने लगा—

"बाबूजी, बाघधरे साहब आये हैं।"

"कहाँ हैं ?"

"जनाबाई के मंदिर में बैठे हैं। वहीं पर इस पार के और उस पार के लोगों को बुलाया गया है। चपरासी घर-घर जाकर सूचना दे रहा है।"

हल रुक गये। गुणवंत तथा कुशाप्पा के सामने आपत्तियों के पहाड़ खड़े थे। हमारा भाग्य ही है कि साहब स्वयं इतनी दूर तक पैदल आ गया। झांजड़बाड़ी ने आज सुबह-सुबह सियार का मुँह देखा होगा ! पर हैबती तथा शिवराम को बाघधरे साहब का कुछ आश्चर्य या कुतूहल नहीं लगता था। जाँभली गाँव में मुआवजा-वितरण के समय पर उन्होंने मास्टरजी को आड़े हाथों लिया था। खैरमोडे मास्टरजी ने धीरज रखा। उनकी नौकरी बच गयी। वरना ये साहब लोग उनको किसी नदी में डुबो देते। नदी किनारे किसी कगार पर पंचनामा लिख मारते; चोट्टे कहीं के !

बाँध से संबंधित अधिकारी के आने का समाचार सुनकर मसणमाल तथा झाजंड़बाड़ी के लोगों का, जनाबाई मंदिर की ओर ताँता-सा लग गया। ये दोनों छोटे गाँव जुड़वाँ भाइयों की तरह थे। मसणमाल में सस्ते दाम की सरकारी दूकान थी। झाजंड़बाड़ी के लोग किराना खरीदने के लिए उस पार मसणमाल में चले जाते। जनाबाई मसणमाल की देवी थी। उस पार के लोग उसके दर्शन के लिए इस पार आ जाते। दोनों गाँवों में रोटी-बेटी का व्यवहार चलता था। मेले-ठेले, कुश्तियों के दंगल, छोटे-बड़े शिकार आदि कई अवसरों पर दोनों गाँव साथ-साथ रहते थे। आषाढ़-सावन के दिनों में नदी का पानी बढ़ जाता। केवल उन्हीं दिनों में उतार न होने के कारण आना-जाना बंद रहता, अन्यथा दोनों गाँव मन से एक ही थे।

गाँव के लगभग सभी लोग जनाबाई-मंदिर के आसपास इकट्ठा हुए थे। भूमिसंपादन अधिकारी बाघधरे साहब के साथ पुनर्वास विभाग के सबनीस साहब को भी देखकर गाँववालों को एक तीर में दो शिकार करने का संतोष प्राप्त हुआ। इनामदार की हैसियत से कुशाराजा पर बड़ी जिम्मेदारी थी। सरकार उसकी सौ एकड़ जमीन में से पहाड़ के नीचेवाली समतल चालीस एकड़ जमीन ले रही थी। जमीन का अच्छा मुआवजा मिल जाने पर नीचे नये गाँव में अच्छा-खासा मकान बनवायेंगे, जमीन खरीदेंगे, तीनों लड़कों के विवाह भी वहीं पर कर देंगे। कुशाप्पा की योजना तैयार थी। जब कुशाराजा मंदिर में आया; लोगों ने उसके लिए रास्ता दे दिया। साहब लोगों को नमस्कार कर कुशाप्पा ने कहा—

"साहबऽऽ क्यों आपने बेकार की दौड़धूप की ? आप तो भगवान की तरह हैं। दस बार बुलाया होता तो भी हम नीचे आंबेपुर तक भी आ गये होते।"

"शरारती लोगों को कुछ काम नहीं रहता। उन्हें लगता है, बाँध के कारण गाँव

उखड़ गये तो उन्होंने संसार का बहुत बड़ा उपकार किया।"

बाघधरे साहब ने गालियाँ देना शुरू किया। 'विपरीत बुद्धिवाला' 'ढीले स्क्रूवाला' 'मास्टरवा' कहकर उन्होंने खैरमोडे मास्टरजी का उद्धार तो कर ही दिया, साथ ही, झांजड़बाड़ी के मुंबई निवासियों को भी खरी-खोटी सुनाई। सुभानजी जाबर तथा अन्य बंबईवाले अपने गाँव के पुनर्वास के लिए उठा-बैठी मंत्रालय में चले जाते हैं। वे माँग करते हैं कि भूमिसंपादन के बाद, मुआवजे की राशि संबंधित गाँव में जाकर ही वितरित कर दी जाये। ठीक है, हम वितरित करेंगे; हम तो आज्ञाकारी सेवक ठहरे। भीड़ में हैबती तथा शिवराम को देखकर बाघधरे साहब ने जली-कटी सुनायी। उन्होंने अपनी यात्रा का सारा वृत्तांत ही सुनाया–जीप बिबेबाड़ी तक ही आ सकी; वहाँ से आगे बैलगाड़ी पर चलना पड़ा; उसकी वजह से शरीर के जोड़ ढीले हो गये। साहब तरह-तरह की शिकवा-शिकायत करते रहे। तभी गुणवंत घर से चाय ले आया। चाय बंबई से लायी गयी पत्ती से बनी हुई थी। चाय घूँट लेने पर साहब तरोताजा हो गये। उन्होंने राशि-वितरण-कार्य आरंभ किया। अनाड़ी किसानों ने कुछ सोचा तक नहीं–जो भी रकम मिली, उन्होंने स्वीकार कर ली। गुणवंत को शंका हुई, उसने पूछा, "साहब हमारी बाड़ी में कुल पचास खातेदार हैं; आप हमें प्रति एकड़ क्या भाव दे रहे हैं ?"

"एक हजार।"

"एक हजारऽऽ। "गुणवंत हानि के आघात को सहन न करने के कारण चीख पड़ा। उसने साहब से पूछा, "साहब, इतने कम रुपये ? इन रुपयों में क्या होगा ?"

"इतने ही मिलेंगे।"

"पर इतने रुपये क्यों मिलेंगे ?"

"यह छह साल पहले की दर है।"

"पर आप रुपये तो आज वितरित कर रहे हैं। आज की ही दर देनी होगी।"

"आज की दर नहीं मिलेगी।"

"कैसे नहीं मिलेगी ?"

"आप जैसे अनाड़ियों को समझाना मुश्किल है। सेक्शन फोर का नोटिस छह साल पहले वाला है। कानून तभी की दर देगा।"

"साहब, नीचे लाभ क्षेत्र में हमें जो जमीन मिलेगी, उसका भाव क्या होगा ? आज का होगा या छह साल पहले का ?"

"वह मैं कह नहीं सकता।" बगलें झाँकते हुए साहब ने कहा।

"आजकल वहाँ क्या दर है ?" गुणवंत ने पूछा।

"होगा प्रति एकड़ पच्चीस हजार।"

"आप ही बताइए, हम इतनी महँगी जमीन कैसे खरीद पायेंगे ? दोनों में कहाँ तालमेल है ?"

"आप लोग अगर टेढ़ी बात करेंगे तो मेरे पास कुछ उत्तर नहीं है। हाँ सीधे तौर

पर कहना हो तो आपकी यह जमीन ? कैसी है यह जमीन ? पथरीली बंजर भूमि उधर की जमीन को देखा ? कैसी महीन है ? मक्खन जैसी। सच देखा जाय तो हमने आपके मकानों का मुआवजा कुछ ज्यादा ही दे दिया है। कंकड़-पत्थर के ये सस्ते मकान ! अधिक हुआ तो बंडेर की चार लकड़ियाँ, वरना सर्वत्र घास-फूस या नरकट के बाड़। कौन इतने रुपये देगा ? उपकार मानिए कि हमने इतने रुपये दे दिये।''

''साऽब हमें अपने ये मकान, कम उपजवाली यह जमीन प्यारी ही लगती है। हम बाँध बनवाने का आग्रह लेकर आपके पास नाक रगड़ने नहीं आये थे।'' गुणवंत ने स्पष्ट ही कह दिया।

बीठल बहेलिया, साहब की बातें सुनकर उत्तेजित हो गया। उसने कहा, ''हमें नहीं चाहिए ये रुपये। जाकर सरकार से कहना, रुपयों की पुड़िया बाँधकर वह उसे अपनी टेंट में रख दें; कल उसकी लड़की की ब्याह में काम आयेंगे।''

अच्छा भाव मिला नहीं। झांजड़बाड़ी के आधे से अधिक किसानों ने रुपये स्वीकार ही नहीं किये। वही रामकहानी मसणमाल की भी थी। वहाँ का वितरण कुछ अच्छा हुआ। बाहर बैठे हुए लोगों में शगूफा निकला। मसणमाल के बाशिंदों में कानाफूसी हुई–

''चलो, हम सब लोग रुपये ले लें।''

''लेकिन ?''

''लेकिन-वेकिन कुछ नहीं। आप क्या सोचते हैं ? यह बाँध पूरा होगा ? बीस साल से सुन रहे हैं। दाँत गिरने को आये हैं। बन गया बाँध ? चलो, रुपये लेकर छुट्टी कर लेते हैं। बाँध पूरा होने में अभी बीस साल और लग जायेंगे। तब तक रुपये-पैसे भुनाकर खा लेंगे।''

मसणमाल के किसानों में रुपयों का वितरण समाप्त होने को आ गया। कुशाराजा का नाम पुकारा गया। कुशाप्पा ने आशा के साथ ऊपर देखा और चालीस एकड़ के मुआवजे में साठ हजार की संख्या सुनकर गर्दन झुका ली।

''क्यों राजा, ले लेंगे न रकम ?''

''साहब, यह तो मसखरी ही हुई। हम अपने कलेजे का टुकड़ा दे दें और आप उसे मिट्टी के मोल से खरीद लें ? नहीं, नहीं साहब, मुझे रुपये नहीं चाहिए। जाकर सरकार से कहिए, बाँध बनवाने में कुछ कम पड़ जाय तो मेरी राशि का उपयोग कर ले वह।''

''ठीक है। आपकी शिकायत दर्ज कर लेता हूँ। बाद में आप रुपये बढ़ाकर देने के संबंध में अर्जी दे दीजिए। मंजूर हुई तो ठीक ही है; नहीं, ये साठ हजार प्राप्त करने के लिए आंबेपुर के सौ चक्कर लगाइए। कहिए, आप क्या चाहते हैं ?''

''साहब रुपये मुझे नहीं चाहिए।'' कुशाप्पा ने हाथ जोड़ दिये। बाघधरे साहब की बात पूरी होने पर सबनीस साहब ने बोलना शुरू किया। मसणमाल तथा झांजड़बाड़ी से उठनेवाले कुछ किसानों के लिए केलापुर गाँव चुना गया है। वहाँ पर कितनी जमीन

है, भूखंड कितना प्राप्त होगा—सबनीस साहब अपने भाषण में सब समझा रहे थे। केलापुर, खैरापुर से इधर की ओर रास्ते पर ही बसा हुआ महत्त्वपूर्ण गाँव है। वहाँ पर आप लोगों की गृहस्थी सोने जैसी चमक उठेगी। सबनीस साहब ने जानकारी दे दी। तभी पटवारी ने कुशाराजा को इशारा कर बैठक से बाहर बुला लिया। धीमी आवाज में पटवारी ने कहा—

"राजा, साहब का मुकाम यहीं पर रहेगा। अब सूरज डूब जायेगा। यहाँ न सरकारी बँगला है न किसी प्रकार की सुविधा है।"

"अण्णासाब, आप हमें पराया क्यों मान रहे हैं ? इस भाग में आया हुआ कोई अधिकारी और कोई नेता कुशाराजा के घर पर बिना भोजन किये लौटा है—ऐसा कभी हुआ है ? आप रुकिये। अभी लड़के को दौड़ाता हूँ और रात के भोजन के लिए दो मुर्गियाँ काटने का बंदोबस्त करता हूँ।"

कुशाराजा ने आगे की तैयारी के लिए उस पार आदमी भेज दिये। वह फिर बैठक में आ बैठा। नीचे नये गाँव में किसको जमीन प्राप्त होगी और किसको भूखंड प्राप्त होगा—पूरी सूची पढ़ी गयी। सूची में कुशाप्पा का नाम ही नहीं था। वह बौखलाकर कह उठा—

"साहब, मैं इस मसणमाल का मालिक ! सब किसानों से बढ़कर मेरी जमीन है; और मेरा ही नाम सूची में नहीं ? देखिए गलती से कुछ हो गया होगा।"

साहब ने फिर से दो बार सूची पर नजर दौड़ायी। कुशाप्पा का नाम कहीं दीखता ही नहीं था। यह कैसे हुआ ? फिर सबनीस साहब ने सूक्ष्म नजर से केस को पढ़ना शुरू किया। दो पृष्ठ पढ़ लेने के बाद वे एकदम कह उठे—

"कुशाप्पा, आपको न भूखंड मिलेगा न आपका पुनर्वास होगा।"

"ऐं ? साहब, आप यह क्या कह रहे हैं ? फिर मैं कहाँ जाऊँगा ? कगार से कूद पड़ूँ ? या जान दे दूँ ?" कुशाप्पा के होश उड़ गये। उसका शरीर पसीने से तर हो गया।

"कानून आपका पुनर्वास नकार देता है।"

"वाह रे कानून ! सारे गाँव का पुनर्वास कर किसी इक्के-दुक्के को निर्जन में रखकर मार डालो—क्या आपका कानून यही कहता है ?"

"देखिए, जिसकी कुछ जमीन पानी में जाती हो और फिर भी पानी से बाहर सोलह एकड़ जमीन बचती हो, वह किसान पुनर्वास के लिए पात्र नहीं माना जाता। राजा आप चिंता क्यों करते हैं ? आपकी तो सोलह क्या साठ एकड़ जमीन बचती है न ?"

"उसमें क्या कुछ पैदा होता है ? किरिच भी उगता नहीं। पहाड़ी ढलान की वह जमीन। करौंदे और कँटीले वृक्षों के जाल ही जाल हैं उसमें। पहाड़ी ढलान पर हल-औजार भी चल नहीं पायेंगे। उसमें क्या पत्थर पैदा होगा ? आप बाँध के नाम पर नदी किनारे की बढ़िया जमीन हथिया लेंगे और हमारे हिस्से में ये पत्थर देंगे। बाल-बच्चों को क्या

खिलाऊँगा ? साहब, आप यह बची हुई साठ एकड़ जमीन भी लीजिए और मेरी छुट्टी कर दीजिए।"

"कानून से हम यह जमीन ले नहीं सकते। पहाड़ी ढलानवाली जमीन लेकर सरकार क्या करेगी।"

"वाह रे कानून ! वाह रे सरकार !!" आँखों से बहती धाराओं को पोंछते हुए कुशाप्पा ने कहा, "सारी बातें आपके ही फायदे की। पानी में जाने की वजह से उपजाऊ चालीस एकड़ जमीन को आप निगल डालेंगे। साठ एकड़ बचती है इसलिए नये गाँव में मेरा पुनर्वास नहीं होगा। मुझे अपने गाँव में, अपने लोगों में रहना भी मुश्किल हो गया। मैं कहता हूँ, बची हुई साठ एकड़ भी लीजिए, तो उत्तर है--कानून में बैठता नहीं। कानून से पुनर्वास भी नहीं होता। निगोड़ी सरकार अपना और लाभक्षेत्र के बागान मालिकों का लाभ ही क्यों देखती है ?"

कुशाराजा ने सिर से साफा निकालकर आँखों से लगाया। वह बैठे-बैठे सिसकने लगा। मसणमाल तथा झांजड़बाड़ी के बाशिंदे सिटपिटा गये। गाँव के इस नेता को पीछे छोड़कर नीचे कैसे जायें ? कुशाप्पा जंगल का राजा था; उसकी आँखों में आज तक किसी ने पानी नहीं देखा था। गुणवंत राजा के पास गया; उसको सांत्वना देने लगा। मसणमाल गाँव के सारे लोगों का दिल हिल गया। शिकार के समय, बाघ के भी छक्के छुड़ानेवाला यह आदमी आज रो रहा था--परित्यक्त महिला की तरह ! सबका दिल दहल रहा था।

अँधेरा होने लगा। बाघधरे साहब ने पटवारी को निकट बुलाया। धीरे से पूछा, "कहाँ किया गया है बंदोबस्त ?"

"कुशाराजा की हवेली पर। वैसी सुविधा अन्यत्र कहाँ होगी ?" बाघधरे साहब ने सिसकी भरते कुशाप्पा की ओर देखा। उन्होंने सबनीस से कहा--

"सबनीस, आप कुशाराजा को क्यों डरा रहे हैं ?"

"मतलब ?"

"हर मर्ज की दवा होती है। यह कुशाप्पा हम सबके उपयोग का आदमी है। उसका स्पेशल केस कर मंत्रालय में भेज देंगे। उसका संपूर्ण पुनर्वास करवायेंगे। इसमें कौन-सी कठिनाई है ?"

"हाँ, यह हो सकता है।"--सबनीस ने कहा।

कुशाप्पा ने गर्दन को घुटनों से ऊपर निकाल लिया, झट् से बाघधरे साहब के पैर पकड़े। वह तिलमिलाकर बोला, "साहब, इस गरीब राजा पर कृपा कीजिए। मुझे अपने लोगों से अलग मत कीजिए। मुझे गाँव के साथ ही भेज दीजिए।"

दोनों साहब लोगों ने कुशाप्पा को आश्वस्त किया। सरकार के पास रपट भिजवाने की बात तय हो गयी। कुशाराजा को ऊपर के स्तर पर थोड़ा जोर लगाकर केस मंजूर करवा लेना होगा, बात खतम। दूसरों को भी प्रसन्नता हुई। गाँव और देव--दोनों के

साथ-साथ अपना राजा भी, नीचे नयी जगह पर जायेगा—यह बात सबको अच्छी लगी।

रात में भोजन का आयोजन बहुत बढ़िया था। अच्छी देसी मुर्गियों का गोश्त, शोरबे में महुए की रोटियों को मसलकर खाते समय साहब लोगों के नथुने फुरफुरा रहे थे। भोजन के बीच-बीच में साहब लोग महुए की शराब ढकोसने लगे। उन्होंने छककर खाया। खड़ा होना भी मुश्किल हुआ। वे दीवार की सहायता से किसी तरह खड़े हुए। बाद में साहब लोग गहरी नींद सोये। सुबह कुशाराजा अपनी बैलगाड़ी को जोतकर स्वयं साहब लोगों को छोड़ने बिबेबाड़ी चल पड़ा। साहब लोगों की आँखें अभी भी भारी थीं। कुशाराजा साहब लोगों के लिए बैलगाड़ी में पीछे की ओर महुए की शराब के दो मटके रखना नहीं भूला था। मटकों के मुँह पलाश के पत्तों से अच्छी तरह बाँध दिये गये थे।

तीन

आधी रात बीत गयी थी। आसमान में कहीं-कहीं पर बादल घिर आये थे। बाकी आसमान साफ था। आसमान के बंदनवार में तारे लक्-लक् कर रहे थे। गहरे झाड़झंखाड़ में पवन बाँसुरी बजा रहा था। ठंड बिलकुल नहीं थी, पूरे परिसर में गरमाहट थी। खेत और जंगल को मृग डाह की आहट लग गयी थी। पंछी झाड़ी में से बारिश को आवाज दे रहे थे। सूखे नाले बरखा-बारिश की प्रतीक्षा में आह भर रहे थे। चैत के आरंभ से ही, उनकी जान पानी के लिए तरस रही थी।

'भैंसा घाटी' की ओर जानेवाली राह पर एक पहाड़ी रास्ता नदी तक आ जाता था; वहीं पर गुणवंत, कुशाराजा, हैबती, शिवराम और दो टोही प्रतीक्षा में बैठे हुए थे। नीचे की ओर जीवंत पानी का एक छोटा ताल था। रात में पानी पीने के लिए जानवर यहीं पर आते हैं—कुशाप्पा यह बात जानता था। यहीं पर उसकी गोली के शिकार हो कई जानवर उलटे-पुलटे होकर गिर पड़े थे। कुशा और गुणवंत की काँख में ठाँसनी की बंदूकें शिकार के लिए आतुर हो गयी थीं। कुशाप्पा लायसेन्स की कारतूसी बंदूक नहीं लाया था। कारतूस गजब के महँगे हो गये थे, उससे ठाँसनी की बंदूक भली। बारूद सस्ती मिलती है। बंदूक की नली में पौन इंच तक बारूद भर दीजिए। उसके बाद नारियल का खूझा भीतर ठूँस दीजिए। बीच में ही छर्रों की पर्त बिछा दीजिए। बाद में फिर सूखी बारूद की पर्त—सारा सामान लोहे की छड़ से अच्छी तरह, देर तक ठूँसते रहिए। कुशाप्पा तथा गुणवंत ने यह सोचकर कि आज कम-से-कम जंगली सूअर जरूर मिलेगा, दोनों बंदूकों को अच्छी तरह ठाँस दिया था। दोनों जानते थे—सूअर मामूली छर्रों की परवाह नहीं करता। दोनों नलियों में बिछे हुए छर्रे बाहर निकलने के लिए आतुर हो रहे थे। बंदूक की टोपी पर घोड़ा पड़ जाने पर तुरंत धमाका हो जायगा; पर जानवर का कहीं पता ही नहीं था। ताल की ओर लगातार देखते रहने से आँखें थक गयी थीं। एक जगह

पर बैठने से ऊब पैदा हो रही थी।

शिकारवाले थकान के कारण आह भर रहे थे। जगह बदलकर यहाँ-वहाँ बैठे रहे थे। आसमान में ठीक सिर के ऊपर तीन तारों का एक नक्षत्र दिखाई देता था। उसकी बगल में जरा-सी दूरी पर चाँदनी का घेरा पड़ा हुआ था। बगल में सात सितारों वाला सप्तर्षि। उसकी ओर देखकर शिवराम ने कहा--

"वह देखिए, आसमान में बिच्छू उग गया।"

"ना, ना, हमारे क्षेत्र में उसे बिच्छू नहीं कहा करते। वह तो मामा और भानजे का हल है।" चिलम का दम भरते हुए कुशाप्पा ने कहा।

"मामा और भानजे का हल ?" हैबती ने पूछा।

"वह आगे के दो तारे--मामा के बैल हुए; उनके पीछे है मामा। बगल के दो तारे भानजे के दो बैल हुए; तीसरा रहा भानजा; और वह--सबसे पीछे धीरे-धीरे चलनेवाली है मामा की लड़की। उसकी गोद में बोआई के बीज हैं।"

हैबती मुँह बाये आसमान की ओर देखने लगा। मामा और भानजे की, बोआई-कार्य में होड़ लगी हुई थी। हैबती ने मामा की लड़की की ओर देखा। उसके दिल में खलबली मच गयी। सच ही है--मेरी रूपा के सामने यह चाँदनी फीकी है; मानो दूसरी चंद्रकला ही है वह ! एक बादल सरसराता हुआ आया और भानजे का हल बैलों समेत बादल की ओट में चला गया। मामा की बेटी पीछे रह गयी। तुम्हारा क्या, तुम्हें दूसरा चाँद मिल ही गया। डूबनेवाले का हाथ तुम क्यों धरने लगीं ?

वृक्ष के नीचे बैठा हुआ हैबती उसाँसें भर रहा था। वृक्ष के छोटे-छोटे पत्ते हवा के झोंकों के साथ हौले-हौले हिल-डुल रहे थे। जमीन को बरसात का आकर्षण था और शिकारियों को जानवरों का। रात के पहले पहर से बैठे हुए शिकारी थक गये। वे पान-तमाखू खाने लगे। गुणवंत ने पूछा, "राजा क्या आज शिकार नहीं मिलेगा ?"

"चाँदनी में शिकार मिलना मुश्किल होता है। हम हैबती के आग्रह से ही तो आ गये। चलिए, बड़ी भोर होने का समय आ गया है। बारिश का चिह्न भी दिख रहा है।"

शिकारी उठे। जाल, ठाँसनी की बंदूकें, बैटरियाँ--सारा सामान उठाकर बस्ती की ओर चलने लगे। वे वापसी की राह भी दबे पाँव चल रहे थे। कुशाप्पा ने बताया, "यह खरगोश के हगने का समय है, जाते-जाते एकाध मिल भी जायेगा।" चाँदनी कम हुई। चंद्रमा पहाड़ की ओट में चला गया। घाटियों, नालों पर अँधेरा छा गया। गुणवंत ने धीरे से कहा, "अच्छा होता यदि बहेलियों के चार लड़कों को साथ ले आते; शिकार निश्चय ही मिल जाता।"

"सच कहा तुमने; जंगल का तिनका-तिनका जानती है वह जाति। उनके पास जंगल की हर गुत्थी का हल होता है।" कुशाप्पा बोला, "जंगल उनके वश में होता है। वे कारतूस-बंदूक के बिना भी जाते-जाते जानवरों का गला दबोच डालते हैं।"

दूर पर, चाँद की चट्टान की बगल में शुक्रतारा दिखाई दे रहा था। पहाड़ की कगार से नीचे उतरकर शिकारी अब पीरूवाले नाले के पास आ गये। सामने बड़ी मेंड़ पर आम के पेड़ों का झुरगुट था। शिकारी नाले की कगार को पार कर ऊपर आ ही रहे थे कि सामने आम के नीचे से सीटी की बारीक आवाज सुनाई पड़ी। कुशाप्पा ने इशारे को भाँप लिया। उसने भी वैसी ही सीटी बजाकर उत्तर दिया। शूऽ की आवाज कर उसने अन्य सबको चुप रहने का इशारा किया। सभी दबे पाँव उसके पीछे-पीछे चलने लगे।

हैबती को डकैतों का भय लगा। वे सब जल्दी ही आम के तले आ पहुँचे। अँधेरे में बहेलियों के लड़के–परसू, झिपरू और येलू–घात लगाकर बैठे हुए थे। लड़कों ने चुपचाप कुछ योजना बनायी थी। पेड़ के नीचे लकड़ी की छोटी-मोटी टहनियों से एक मड़ैया बनाई थी। मड़ैया की रचना ठीक वैसी ही थी जैसे बंडेर के लिए बड़ा दरवाजा रखा गया था। आम की जूठी गुठलियाँ इकट्ठा कर मड़ैया में रख दी गयी थीं। मड़ैया में खंभे के बहाने एक छोटी-सी टहनी इस ढंग से खड़ी की गयी थी कि उसे जरा-सा धक्का लग जाने पर ऊपर का ढाँचा नीचे गिर पड़े।

सब लोग दबे हुए, साँस रोके हुए बैठे थे। पीरूवाले नाले के किनारे साही तथा जंगली सूअर घूमते हैं–इसकी भनक सबसे पहले बहेलियों के लड़कों को ही पड़ी थी। जंगली सूअर को पकड़ने के लिए ही यह जाल फैलाया गया था। सब चुप बैठे थे, तभी सामने के अँधेरे में सूखे पत्तों की सरसराहट सुनाई दी। भैंसे-जैसा एक बड़ा जानवर घास-पत्तों को सूँघता हुआ आगे सरकने लगा था। सब, आँखें फाड़-फाड़कर देखने लगे। जानवर आगे बढ़ा। उसे आम की गुठलियों की गंध का अनुभव हुआ। छोटी-सी पूँछ को बड़ी खुशी के साथ ऊपर उठाते हुए वह जानवर सीधे लकड़ी के जाल में घुस गया। टहनी हिली, लकड़ी का पूरा बोझ उसके बदन पर गिर पड़ा। जंगली सूअर जी-जान से चिल्लाने लगा। "जनाबाई की जय हो" कहकर बहेलियों के लड़कों ने शोर मचाया। हैबती ने उस दिशा में बैटरी की तेज रोशनी फैलाई। देखा–जानवर दम तोड़ रहा था।

लड़कों ने सुबह होते-होते सूअर को पेड़ पर उल्टा टाँग दिया। उसके टुकड़े कर दिये गये। उन टुकड़ों के हिस्से बना दिये गये। शिकार के नियम के अनुसार हैबती, शिवराम सहित सबको अपने-अपने हिस्से मिल गये। डेढ़-दो किलो गोश्त का हिस्सा लेकर सब शिकारी कूदते-फाँदते झांजड़बाड़ी की ओर लौटे।

नाश्ते में शिकार का गोश्त, शोरबा था। शिवराम नाश्ता करते-करते बोला, "गुणवंत, हमें इजाजत दो। आज हम जाँभली चले जाते हैं। यहाँ आये हुए आठ दिन हो गये।"

"अभी दो दिन और रहिए। कल गाँव में पूजा है। पूजा हो जाने के बाद चले जाइए। जाँभली जाने की इतनी क्या जल्दी है ? वहाँ किला थोड़े ही बनवाना है ?"

"पर भारी बारिश शुरू होगी। फिर जाना मुश्किल होगा।"

"होने दो भारी बारिश। बदन में अंकुर तो नहीं न फूटेंगे ?"

"बारिश बैलों को साथ लिये जाँभली तक पहुँचने नहीं देगी।"

"क्या आपको लगता है, मेरे गोठ में बैल भूखे मरेंगे ?" गुणवंत ने पूछा।

तीनों ने भोजन किया। वे दो हल लेकर नाले की ओर चले गये। वहाँ मँडुवे की फसल के लिए नयी जमीन तैयार करने का काम चल रहा था। दोपहर ढल गयी। सूरज बादलों के पीछे ढँकने लगा। बालू तथा बापू के पहाड़ पर काले-काले बादल दिखाई देने लगे। बादल सरकते-सरकते पूरे बाघजाई कछार पर आक्रमण करते हुए आगे बढ़ने लगे। बादल गहरे काले हुए। हवा में उमस बढ़ने लगी। उमस ने लोगों को परेशान करना शुरू किया। खेतों में मेहनत कर रहे हलवाहों तथा बैलों के बदन पर पसीने की धाराएँ बहने लगीं। अधिकतर किसानों की, पठारवाली कंकरीली जमीन में बोआई का कार्य समाप्त हुआ था। धरतीमाता बीजों को सँभाले हुए बारिश की ओर आँखें लगाये बैठी थी। "बारिश होगी, बारिश होगी।" कहते हुए किसान खेतों में अपने-अपने कामों में जल्दी कर रहे थे। जल्दी-जल्दी बोआई कर रहे थे।

दिन दहाड़े बिजली चमकने लगी। बादल बादलों से टकराने लगे। जैसे-जैसे आसमान ने गाना शुरू किया, हवा को भी मानो मिरगी का दौरा पड़ा। वह जोर-जोर से बहने लगी। धूलभरे बादल उठने लगे। हवा बहकी-सी अपने ही ईर्द-गिर्द चक्कर काटती हुई दौड़ने लगी। हवा के रेले के कारण सूखे चारे और घास के मचान टूट-टूटकर गिरने लगे। सबने अनुमान लगाया--अब जोरदार पानी बरसेगा। दौड़-धूप शुरू हुई। हल बीच में ही छोड़ किसान बिखरे हुए मचान, सूखा चारा सब जमा करने लगे, ला-लाकर ओसारे और गोठ में रखने लगे। जल्दी करनी चाहिए, नहीं तो बरसात में चौपाये सूखी घास के बिना एड़ियाँ रगड़ेंगे। पिछले चार महीनों से मस्ती में चूर चौपाये गुर्रानेवाले काले बादलों तथा बहकी हुई हवा का रुख देख जल्दी-जल्दी गाँव के निकट पहुँच गये। किसान अपने-अपने चौपायों को ढूँढ़-ढाँढ़कर, उन्हें गोठ में लाकर बाँधने लगे।

दिनभर की कड़ी मेहनत के कारण थके-माँदे हैबती तथा शिवराम ने भरपेट भोजन किया। वे कम्बल पर लेटने के लिए अधीर हुए थे। गोठ चौपायों से भर गया था। बरसात के कारण ठिठुरे हुए चौपाये खूँटों पर सींग रगड़ने लगे। बरसात का पानी बंडेर पर ऐसे बरस रहा था मानो कोई सूप भर-भरकर उँडेल रहा हो। भय लग रहा था--बद-बद की आवाज के साथ बरसनेवाला पानी कहीं छत तोड़कर भीतर तो नहीं आयेगा ? आधी रात में बारिश का जोर और भी बढ़ गया। पानी की झड़ी दीवारों से टकराने लगी। कुछ देर बाद 'धाड़ऽ धाड़ऽऽ' की आवाज आने लगी। आसमान फटने की-सी वह आवाज ! हैबती चौंककर बिछौने पर उठ बैठा। घबड़ाकर इधर-उधर देखने लगा। निकट लेटे हुए गुणवंत के ध्यान में बात आ गयी। उसने कहा, "हैबती, घबड़ाओ नहीं। बालू-बापू के पहाड़ भीगकर तर-बतर हो गये हैं। उनके नख-शिख से पानी बह रहा है। सर्दी और तूफान के समय, इक्के-दुक्के रहने में उनका मन नहीं करता; इसलिए एक-दूसरे को

पुकारते रहते हैं। उनका जी मिलने के लिए तड़पता रहता है !"

आसमान फट गया। पानी बेहद बरसने लगा। रातभर हैबती की आँख नहीं लगी। बड़ी सुबह ही सालू भाभी जग गयी। अब दीवाली तक चक्की पर आटा नहीं मिलेगा। गर्मी के दिनों में बिबेबाड़ी में चक्की पर अनाज पीसने की सुविधा थी। शहरों में रहनेवाली महिलाओं की तरह आराम करने की आदत पड़ जायेगी। अब बरसात के सारे दिन अनाज घर में ही चक्की पर पीसना होगा। बाहर हो रही मूसलाधार वर्षा की आवाज से उसकी थकान भाग गयी। घर में दो चक्कियाँ थीं—एक पत्थर की; और दूसरी मिट्टी की। मिट्टी की भारी चक्की पर तिन्नी अच्छी तरह से दरदरायी जाती है। तभी तो उस चक्की को तिन्नी की चक्की कहते हैं। सालू भाभी ने अपना एक पैर खींच लिया, दूसरे को सीधे रख वह चक्की चलाने लगी। वह तिन्नी की एक-एक झींक चक्की में डालने लगी। बाहर बरस रही धाराओं की ताल पर वह गाने लगी—

घने आम की छाँव तले—
बालू-बापू की करे पुकार
उमड़ आँख में अश्रु प्रेम के
बहते बन भीषण जलधार
मेरे प्यारे बीर कहाँ हो ?
कब से मैं कर रही पुकार।

चार

कल आधी रात एक विलक्षण घटना घटी। जीर्ण और पुरानी, चारों ओर से डाट के आधार पर खड़ी प्राथमिक शाला की इमारत ही ढह गयी। जोरों की आवाज हुई—मानो आसमान ही ढह गया हो। जाँभली गाँव काँप उठा। अच्छा हुआ जो इमारत रात में गिरी; नहीं, दिन में गिरने पर नन्हे-मुन्ने दबकर मर जाते।

पिछले पंद्रह सालों से खबर फैली है—जाँभली बुद्रुक बाँध योजना पूरी होगी। तभी से सारा काम ठप्प हुआ है—ग्राम परिषद का आफिस मत बनवाइए, स्कूल की मरम्मत मत करवाइए, नाले पर पुल की क्या आवश्यकता है ? सभी रामकहानियों की एक ही जड़—बाँध ? विकास के नाम पर निर्माण-कार्य में रुपये बहायेंगे और कल अगर वह सारा बाँध के पानी में डूब जाय तो ?

खैरमोडे मास्टरजी गाँव को पीछे छोड़ बड़ी तेजी से कॉलोनी की ओर जा रहे थे। उनकी आँखों से, गिरी-ढही इमारत ओझल नहीं हो रही थी। दोपहर बी.डी.ओ. साहब ने जाँभली का दौरा किया था। यहाँ कुछ नयी पाठशाला बनवाने का सवाल ही नहीं था। डूबनेवाले गाँव के लड़कों को कहाँ छोड़ दें ? वे एक मील दूरी पर स्थित कॉलोनी

की पाठशाला में चले जायँ—सबके मत से निर्णय हुआ था। जाँभली में हाईस्कूल नहीं था। गिनकर केवल सात लड़के थे—हाईस्कूल में जानेवाले। वे राज्य परिवहन की सामान्य बस से आते-जाते थे। अब कॉलोनी पर, नयी-नयी, लकदक करनेवाली, नीले रंग की स्कूल बस आ गयी थी। कॉलोनी में जो साहब लोग थे, उनके बच्चे, प्राथमिक और माध्यमिक शिक्षा के लिए हर रोज बाभुलगाँव जाते थे। स्कूल बस उनको लेकर, तनकर जाती और शान से लौटती थी। बाँधपीड़ितों के बच्चे सामान्य बस के भीतर भीड़ में दबकर; बस अड्डे की धूल में सनी अपनी पतलून को ऊपर खींचते हुए, उस नयी, लकदक करती, नीली बस की ओर लालच से देखते रहते थे।

मास्टरजी जा रहे थे, तभी पांडू येताला का छोटा लड़का सामने से आ गया। मास्टरजी को देखकर वह हड़बड़ा गया। माध्यमिक स्कूल में पढ़नेवाले लड़कों में वह थोड़ा-सा तेज था। मास्टरजी ने उससे पूछा, "क्यों रे अशोक ! इस साल तू दसवीं कक्षा में पढ़ रहा है न ? यह महत्त्वपूर्ण वर्ष है।"

"मास्टरजी, आज मुझे कुछ थकान-सी लग रही है।"

"बस से ही तो जाना है; उसमें थकान किस बात की ?"

"आज बुधवार है। बाभुलगाँव में बाजार लगता है न ? गजब की भीड़ होती है बस में। भीड़ में दब जाने की नौबत आती है।"

"दिमाग ठिकाने पर रखो।" मास्टरजी संतप्त होकर बोले, "बेटे, पिछले जन्म में तुम लोगों ने जरूर कुछ पाप किया होगा; तभी तुम बाँधपीड़ितों के घर जन्मे हो। अगर तुम इस कीचड़ में से बाहर निकलना चाहते हो तो शिक्षा के बिना कोई चारा नहीं।"

अशोक ने गर्दन झुका ली। रहा नहीं गया तो आह भरकर वह बोला, "मास्टरजी, इतनी पीड़ा हम लोगों के ही नसीब में क्यों आ गयी है ? साहब लोगों के लिए कॉलोनी बने हुए दो साल भी पूरे नहीं हुए होंगे। वे लोग बिलकुल नयी स्कूल बस लेकर राजा-महाराजा की तरह पालकी में निकलेंगे। हम राज्य परिवहन की सामान्य बस में लटकते हुए यात्रा करेंगे। क्या यही न्याय है ? आप इतने बड़े नेता हैं। हमारे लिए बस की व्यवस्था कीजिए न।"

मास्टरजी का कलेजा फट गया। गाँव में कई लड़कों ने उनसे यही प्रश्न कई बार पूछा था। मास्टरजी के पास इस प्रश्न का उत्तर नहीं था; पर लड़कों को भी ये फालतू अपेक्षाएँ किसलिए चाहिए ? उन्होंने कहा, "सारा संसार राज्य परिवहन की सामान्य बस में यात्रा करता है। तुम्हें किसलिए चाहिए रे स्कूल बस ?"

"मास्टरजी, हमारे लिए अलग नयी बस न सही। उनकी स्कूल बस में लगभग आधी सीटें खाली ही रहती हैं। क्या उन्हें सात लड़कों का बोझ होता है ?"

"मैंने बहुत कोशिश की, पर सफलता नहीं मिली।"

"लेकिन मास्टरजी…"

"उन लड़कों के बाप साहब बने हुए हैं। वे स्पेशल बस में ही जायेंगे। सरकार उन्हें पचासों सुविधाएँ बहाल करेगी; तुम्हें इन बातों से क्या लेना-देना है ?"

"सुविधाएँ उन्हें मिलेंगी और गला हमारा काटा जायगा !" अशोक की आँखें गीली हो गयीं। मास्टरजी भी झेंप गये। उनके मन का ढेला पिघल गया। सोचने लगे—कितनी विचित्र बात है यह ! जिन लोगों का गाँव उखड़ जायेगा, जिनकी बरबादी होगी, जो दर-दर की खाक छानते रहेंगे, ये लोग बस उन्हीं के पीछे पड़ेंगे। जो संगठित हैं वे भरपेट खाकर चैन की बंसी बजायेंगे, असंगठित लोग कौड़ी-कौड़ी के लिए मुंहताज होंगे। जिंदगीभर बुरी हालत में रहेंगे।

मास्टरजी ने रोते-चिल्लाते किसी तरह दिन बितानेवाले गाँव की ओर मुड़कर देखा। बिलकुल पस्त और सुस्त पड़ा हुआ गाँव। बाँध के कारण उखड़ जाने का भय था इसलिए गाँव में बिजली नहीं आयी थी। सड़कें नहीं हुई थीं, लेकिन सामनेवाली कॉलोनी का क्या कहना ! दो साल के भीतर ही बंजर पहाड़ पर उतरी हुई इंद्रपुरी ! जाँभली गाँव ने कितनी पीड़ायें झेली थीं ! जाँभली में इससे पहले बिना दवादारू के कितने लोग चल बसे, बरसात के दिनों में कितने लोगों के शवों को बीच बाट से ही वापस लाया गया—कालीमाई ही यह सब जानती होगी। लेकिन कॉलोनी में एक साल के भीतर ही दवाखाना आ गया। कॉलोनी बनने से तीन महीने पहले ही बहुत बड़ा रेस्ट हाउस बन गया। साहब लोगों के रहने के लिए सौ-सवा सौ छोटे-मोटे बँगले, क्वार्टर बन गये। सरकारी मान्यताप्राप्त राशन की दूकान, कपड़े की दूकान—न जाने कितनी दूकानें वहाँ खुल गयीं। हर महीने मिलनेवाले वेतन का ताजा रुपया कॉलोनी में आता देख वहाँ हर रोज सब्जी मंडी भी लगने लगी। सिनेमा के लिए तंबू खड़ा हो गया। कैंटीन, औषधि की दूकान तारकोल के चकाचक रास्ते—सब कैसे जादू की तरह हो गया। प्राथमिक स्कूल खुला। जिसे के.जी. कहा जाता है, वह छोटे लड़कों के लिए अंग्रेजी स्कूल भी शुरू हो गया। रात में कॉलोनी में जलनेवाली लाल-सफेद बिजली-बत्तियाँ जाँभली के अँधेरे को लजा रही थीं।

जाँभली गाँव से बाभुल गाँव स्कूल जानेवाले लड़कों को कॉलोनी से चलनेवाली नीली बस में जगह मिलनी चाहिए—मास्टरजी ने इसके लिए सरकार-दरबार में कई अर्जियाँ भेज दी थीं। कागज नीचे से ऊपर और फिर ऊपर से नीचे आ गये। सलाह दी गयी—"उपलब्ध सुविधा के अनुसार विचार किया जाय।" साहब लोगों को तथाकथित बाँधपीड़ितों के तेवर का पला चल गया था—ये दुष्ट किसी भी बैठक में दंगा करते हैं, पुनर्वास का नाम लेकर जिद कर-करके सुविधायें उड़ाते हैं, न हुआ तो मारने दौड़ते हैं। आज ये सीधी, चिकनी-चुपड़ी बातें कर रहे हैं; कल ये पूरी बस को दबोच लेंगे। अँगुली पकड़कर पहुँचा पकड़नेवाली बात हो जायेगी। नहीं, नहीं, इन बाधँपीड़ितों को अपनी जगह पर ही रखना चाहिए। ज्यादा लाड़ लड़ाना अच्छा नहीं।

कॉलोनी पर बाँधपीड़ितों के कई काम रुके हुए थे। मास्टरजी डेप्युटी इंजीनियर

के ऑफिस की ओर बढ़ने लगे। इतने में हैबती पीछे से दौड़ा-दौड़ा आया, वह पसीने से तर हो गया था।

"क्या हुआ रे हैबती ?"

"मास्टरजी, फिर से ब्रेक मिल गया।"

"तुम्हारा तो हमेशा का यही रोना-पीटना है।" मास्टरजी ने बौखलाकर कहा, "लगता था—कम-से-कम तेरी रोजी-रोटी ठीक से चलेगी। तुम लोग अभागे ही ठहरे। इसमें तुम्हारा दोष ही क्या है ?"

मास्टरजी हैबती को साथ लेकर निंबालकर साहब के ऑफिस में घुस गये। साहब ने हमेशा की तरह त्यौरियाँ चढ़ाकर उनका स्वागत किया।

"कहिए मास्टरजी ?" साहब ने शुष्क आवाज में पूछा।

"साहब, कहने के लिए क्या बचा है ? आप लोगों के मन से ये बाँधपीड़ित चिड़ीमार ही हैं। आप उन्हें चाहे जैसे भगाइए, जहाँ चाहे धकेल दीजिए।"

"बाँधपीड़ित ? और चिड़ीमार ? आप तो सरकार के जमाई हैं। हठ कर-करके सुविधायें उड़ा लेते हैं।"

"साहब, आप वचन कहाँ निभाते हैं ? जब बुलडोजर ने गाँव को तहस-नहस कर दिया, तब बैठक हुई थी। बैठक में क्या तय हुआ था ? क्या आपने बाँधपीड़ितों के पाँच सौ लड़कों को नौकरी देने की बात नहीं कही थी ?"

"मास्टरजी, आप हमेशा नकार घंटा बजाते रहते हैं। बाँधपीड़ित होने की मामूली पूँजी के आधार पर हमने आपके सवा सौ लड़कों को काम पर रखा है। इनमें से कई पर्मनंट भी हुए हैं।"

"कई नहीं, गिनकर पाँच।"

"पाँच ही सही, पर हुए हैं न पर्मनेंट ?"

"लेकिन वे पाँच किसकी चिट्ठी पर, किसके द्वारा फोन करने पर पर्मनंट हुए हैं? मैं कहता हूँ—वे नाममात्र के बाँधपीड़ित हैं। असली बाँधपीड़ित रोजाना मजदूरी पर टोकरियाँ उठा रहे हैं। आपने हमें सब्ज बाग दिखाया और ऐसी हालत कर दी।"

"मास्टरजी, गोलमाल मत बोलिए। निश्चित उदाहरण दीजिए।"

"यह लीजिए जीवंत उदाहरण !" हैबती को बाँह से खींचकर उसको आगे धकेलते हुए मास्टरजी ने कहा, "यही है वह लंगड़ गोविंद का लड़का। इसी के खेत में बाँध बनवा रहे हैं आप। बैठक में इसे पर्मनंट काम पर लेने का निर्णय किया गया था। लेकिन आप इसे हरदम ब्रेक दे देते हैं।"

"अगले हफ्ते उसे भेज दीजिए। कुछ एडजस्टमेंट कर देंगे।"

"पर मास्टरजी, साहब से यह पूछिए कि वे मुझे पर्मनंट कब कर देंगे। मेरा ब्याह तक रुका हुआ है, सब अटक गया है।" हैबती ने निस्संकोच कह दिया।

"उसमें क्या कठिनाई है ? दो सौ चालीस दिन पूरे हो जायेंगे तो तुम पर्मनंट

हो जाओगे।" साहब ने बात को सहजता से लिया।

"आप दो सौ चालीस दिन थोड़े ही पूरे होने देते हैं ? उससे पहले ही जूनियर साहब हाजिरी-पत्र निकाल लेता है।" हैबती ने शिकायत की।

हैबती का यह मुँहतोड़ जवाब साहब को बर्दाश्त नहीं हुआ। निंबालकर बहुत ही बेचैन हुए। खीझकर बोले, "मास्टरजी, इन लड़कों का यही गलत है। इनको इस बात की तमीज ही नहीं कि किसके सामने क्या बोलना चाहिए। बाँधपीड़ित होने का यह मतलब नहीं कि किसी पर भी आरोप लगाते फिरो। हैबो, तुम्हें परवाना मिला है आरोप लगाने का ? तुम अपने पहलवानी दिमाग को काबू में रखो। नहीं, एक दिन संकट में पड़ जाओगे; समझे ?"

हैबती सकपकाया। मास्टरजी भी चुप हुए। उन्हें लगा हैबती ने गलती ही की। क्यों बड़ों के सामने मुँह चढ़ाकर बोलता है यह हैबती ? निंबालकर साहब को समझाते हुए मास्टरजी बोले, "जाने दीजिए साहब, बुरा मत मानिए। पानी ने हमें तबाह किया, इसीलिए तो आपके दरवाजे पर आये हैं। कुछ भी कीजिए पर इस लड़के को काम पर लीजिए, इसे पर्मनंट कीजिए।"

"ठीक है रे, अगले सप्ताह मुझसे मिलना।" साहब ने हैबती को आशान्वित कर दिया।

मास्टरजी ने इशारा किया, हैबती तुरंत ऑफिस से बाहर निकला। निंबालकर साहब ने मास्टरजी की ओर प्रश्नार्थक नजर से देखा। मास्टरजी बोले, "साहब, हमारे गाँव के सात लड़के हैं। अच्छा होता आपकी स्कूल बस में बाभुल गाँव तक चले जाते। आप इजाजत दे दीजिए।"

"वरिष्ठ अधिकारियों से निश्चित आदेश कहाँ हैं ?"

"साहब, हवा और पानी भी आप वरिष्ठों के आदेश पर ही लेते हैं ?"

"आप बाँधपीड़ितों से बहुत लाड़ लड़ाये जा रहे हैं। आप मुँहजोर हो गये हैं।" निंबालकर ने कहा, "कल पीछे पड़ेंगे—हवाई जहाज को उतार दीजिए, क्या यह संभव है ?"

"साहब, बुरा मत मानिए। आप लोगों के काम के अवसर पर तो आपके पेन तेजी से चलते हैं। रेस्ट हाउस, कॉलोनी, स्कूल, अंग्रेजी स्कूल…"

"कैसे नहीं चलेंगे ? यहाँ दूर ग्रामीण विभाग में काम करने के लिए कर्मचारी नहीं आ रहे थे। गजब की असुविधायें, कर्मचारियों का जरा-सा हित देखा तो आप बाँधपीड़ितों के कलेजे पर साँप लोटने लगा।" साहब ने नाराज होकर कहा।

"साहब, जैसे आपके बाल-बच्चे हैं, घर-गृहस्थी है, वैसे बाँधपीड़ितों के भी हैं; उनकी भी घर-गृहस्थी है। जरा हमारे ऊपर भी तो रहम कीजिए।"

मास्टरजी ऑफिस से बाहर आये। दरवाजे पर हैबती खड़ा था। वह उत्तेजित होकर बोला, "मास्टरजी, मुझे पर्मनंट आर्डर मिलना ही चाहिए। नहीं, मैं आमरण अनशन करूँगा।"

मास्टरजी ने दया भाव से उसकी ओर देखा। बोले, "जो हाथ लग जायेगा, पहले उसे ले लेंगे। तुम्हारे आमरण अनशन से कुछ नहीं होगा। तुम क्या सोचते हो दुनिया तुम्हारे अनशन से उलट जायेगी ? गांधीजी के साथ वह सब चला गया। चार दिन व्यर्थ ही आँतें सूखती रहेंगी; फिर स्वास्थ्य बिगड़ने का कारण बताकर पुलिस तुम्हें जेल में ठूँस देगी।"

हैबती पैरों को पटकते हुए अपनी मड़ैया की ओर पैदल ही चल पड़ा। काली माई, मेरी घर-गृहस्थी कब ठिकाने लगेगी। बाप चल बसा; नौकरी भी नहीं मिल रही है। खैरापुर में भी अभी तक किसी को जमीन नहीं मिली। वहाँ के कुछ किसानों ने अदालत में शिकायतें दर्ज की हैं; स्थगन आदेश लाये हैं—तभी तो भूसंपादन की गाड़ी अटकी हुई है। उम्र बढ़ रही है। रात में नींद अच्छी नहीं लगती। सारी उलझन ही उलझन।

हैबती पीढ़े पर बैठ गया। रोटी-सब्जी परोसकर आवडाई उसकी ओर लगातार देखती रही। बचवा जब हाईस्कूल में पढ़ता था, नियम से तालीम जाता था, कुश्ती लड़ता था। सुबह-शाम दोनों समय पर ताजा दूध पीता था। कैसा गुदगुदा दीखता था मेरा लाल। अब उसमें क्या बचा है—हड्डियाँ और चमड़ा। नौकरी की चिंता; गृहस्थी की फिक्र; गाँव पानी में चला जायेगा; ब्याह नहीं हो रहा है। बाप मरे दो साल हो गये; अब तीसरा भी खतम होने को है। मेरा बूढ़ा स्वर्ग में क्या कहता होगा ? मेरे नाम से कंडे की तरह धुँधुवाता होगा—आवडा, तूने मेरे लड़के को बरबाद किया। आवडाई ने आँखें पोंछीं। उससे रहा नहीं गया। उसने ब्याह का विषय निकाला—

"धामणगाँव से लड़की के घरवालों का संदेशा आया है। लड़की देखने में भी अच्छी है।"

हैबती के हाथ का कौर वहीं-का-वहीं रुक गया। उसकी आँखें गीली हो गयीं। भर्राये हुए गले से उसने कहा, "माँ मुझे अकेले ही जीना मुश्किल हो रहा है। एक और बोझ तुम मेरे गले में बाँधोगी। सोचो, हम क्या खाकर जीयेंगे ? बाल-बच्चे हो जायेंगे तो उन्हें कौन सँभालेगा। पहले नौकरी की बात ठीक-ठाक होने दो, फिर देख लेंगे ब्याह के बारे में।"

"नौकरी के लिए क्यों रुकेंगे ?"

"मतलब ?"

"तुम्हारे बाप ने जब मेरे साथ ब्याह किया था, क्या तब उसकी नौकरी थी?"

"माँ, तुम तो…"

"चुप बेटे, दूध उफन पड़ने के बाद उस पर पानी छिड़कने से क्या होगा ?"

आवडाई अब किसी की भी सुनने को तैयार नहीं थी। उसने ठान लिया था लड़के के हाथ पीले करने ही होंगे। हैबती के दिल में रूपा का रूप गड़ गया था, पर पिछले महीने उसका ब्याह हो गया था। आवडाई ब्याह में गयी थी। हैबती ने उधर झाँका तक नहीं; फिर भी उसे निर्णय तो करना ही था। गाँव चाहे बाँध के पानी में डूबे या आग

में पड़कर जले, घर-गृहस्थी से कोई बचा है ? हैबती को लगता—रिश्ता अच्छा हो, ससुर इज्जतदार हो; नीचेवाले किसी बड़े गाँव का जमींदार हो; हरा-भरा बगीचा हो उसका। रंगीन, मंजिलवाला मकान हो; और पत्नी ? हर बार ससुराल से लौटते समय नयी साड़ी पहनकर आनेवाली हो। हैबती की ये सारी अपेक्षायें हवाई महल बनकर रह जाती थीं क्योंकि उसके लिए आनेवाले रिश्ते अगल-बगल के उन गाँवों में से ही आ रहे थे जो बाँध के कारण कभी न कभी उजड़नेवाले थे। बगीचा-बागानवाला कोई भी नहीं आ रहा था। रिश्ता आ जाता, आशा की शृंखला हैबती को दौड़ाती रहती, पर जैसे ही रिश्ते का अता-पता मालूम होता, वह आसमान से जमीन पर गिर पड़ता, हर बार मामला खटाई में पड़ता था—जिसका घर डूब रहा है कौन पागल उसके घर पर जायेगा ? पर आशा कभी रुकती है ? बेचारा हैबती आशा के चक्कर में पड़कर ब्याह को आगे धकेलता रहा, धकेलता रहा।

एक दिन शिवराम सनगर शाम को ही मड़ैया में आ गया। उसने आवडाई से धीमी आवाज में कहा—

"काकी, कल लड़की देखने के लिए चले जायेंगे।"

"कहाँ पर ? किस गाँव में ?"

"बिबेबाड़ी में। भीमराव दादा की लड़की है। रंग अच्छा है, नाक-नक्श से भी अच्छी है। घर के कामकाज के संबंध पूछोगी तो मान लो बाघिन ही है—किसी काम को रुकने नहीं देगी।"

आवडाई ने हैबती के सामने बात रख दी। धर्म कहता है बाप के मर जाने पर तीसरे साल ब्याह होना ही चाहिए; पर हैबती एक ही बात को बार-बार रट रहा है—"नौकरी की बात ठीक-ठाक होने दो; फिर देख लेंगे ब्याह के बारे में। बाल-बच्चों का अटंबर लेकर क्या मैं बाँध की दीवार पर सिर पटक दूँ ? माँ, रूई का पत्ता बाँध देना मेरे शव पर; लेकिन ब्याह की बात मत करो।" हैबती सुन नहीं रहा था। आवडाई और शिवराम मास्टरजी के घर चले गये। मास्टरजी ने बिबेबाड़ी से भीमराव दादा को बुला लिया। बाँधपीड़ित को बाँधपीड़ित मिला। लेन-देन के बारे में किसी ने कुछ पूछा नहीं। हैबती ने मास्टरजी की बात सुन ली। ब्याह तय हुआ।

एक दिन दोपहर को ही सगे-संबंधी लाडूबा के पहाड़ पर चले गये। चूँकि मरे हुए लंगड़ गोविंद के लड़के का ब्याह था, बिना बुलाये ही सारा जाँभली गाँव ब्याह के लिए इकट्ठा हो गया। गोमा कहार से लेकर ताया कांबले तक लोग जमा हुए थे। दिगू बासन ने मंगलाष्टकी गाकर विवाह की रस्म पूरी की। शाम को बाबू पवार तथा म्हाकू भोसले ने बैलगाड़ी में बरात का जुलूस निकाला। ढोल-लेजम ने रंग जमाया। आवडाई का तार देख सुभानजी दौड़धूप कर बंबई से दूसरे ही दिन विवाह समारंभ में उपस्थित हुआ था। विवाह लाडूबा के मंदिर में किया गया; पर छोटा-मोटा खर्चा तो करना ही पड़ता है। सुभानजी के आ जाने के कारण आवडाई को बनिये से खरी-खोटी सुनने की

नौबत नहीं आयी। गोविंद की मृत्यु के कारण लड़के का ब्याह गरीब-गुराब के ब्याह-सा हो गया—आवडाई इस बात से दुखी हुई। उसके आँसू रुकते ही नहीं थे। दूल्हा-दुलहन ने मढ़ैया में भगवान के दर्शन कर लिये। नामग्रहण विधि शुरू हुई, फूलवंती ने हैबती के हाथ पर गुड़ का ढेला रखते हुए लजाकर नाम लिया—

सौगातों की गठरी आई
उसमें बँधा रुपैया।
मेरा साजन बाँध के ऊपर
सरकारी सिपहिया।।

पाँच

शिवराम जल्दी-जल्दी घर की ओर निकला। उसके लिए आज का दिन गुदगुदी का ही था। वंश-लता के विस्तार के लिए उसने इससे पहले कम मन्नतें नहीं मानी थीं। अब की बार लाडूबा के मन में दया उपजी थी। चित्र में बने बच्चे के समान सुंदर बच्चा जन्मा था। बारीक आँखें, ललछौहे ओंठ, छोटी-सी नाक। किसी की बुरी नजर न लगे, इसलिए नकुसा उसकी आँखों में काजल लगा देती। गाल पर दिठोना लगाकर वह उस पर राई नोन उतार देती। आने-जानेवालों का नाम लेकर वह चूल्हे में मिर्च डाल देती। इस उद्देश्य से कि किसी बाट-पनघट की चुड़ैल का प्रकोप न हो, नकुसा दहलीज पर खड़ी होकर सुबह-शाम भस्म फेंक देती। वैसे जाँभली गाँव में सनगर-जाति के गिनकर चार ही घर थे; पर उनमें गजब के झगड़े थे। दस वर्ष तक नकुसा के कोई संतान नहीं हुई। झगड़ा होने पर, भाई-बिरादरी की महिलाएँ उसे गालियाँ देतीं—"बाँझ कहीं की !" पर गालियों का अंत होता। नकुसा का जी तड़प उठता। बहुत बड़ी तपश्चर्या के बाद बाद नकुसा-शिवराम को फल-प्राप्ति हुई। बच्चे को देख दोनों बाग-बाग हो गये।

बरही के बहाने मेहमान, भाई-बिरादर, गाँववाले सब जमा हो रहे थे। शिवराम और नकुसा को प्रसन्नता हो रही थी। आवडाई, हैबती तथा उसकी पत्नी फूलवती अपने ही घर का कार्य समझकर सुबह से सनगर के घर में दौड़धूप कर बड़ी मेहनत कर रहे थे। शिवराम ने शर्त बदी थी—लड़की होगी तो शिवराम स्वयं मुर्गी काटेगा; लड़का होगा तो हैबती स्वयं मुर्गे का शोरबा बनायेगा। शिवराम ने ही बाजी मार ली थी।

गरीब के लिए हमेशा दस रास्ते बंद रहते हैं, इसलिए नकुसा ने बरही के साथ-साथ चूड़ाकार्य की विधि भी रखी थी। तीन-चार सौ लोगों के लिए भोजन का आयोजन किया गया था। अब तक दो-हजार का खर्चा हुआ था। दरवाजे पर छोटा-सा मंडप, उस पर पताका, बंदनवार, स्पीकर, मंडप में लाल रंग की बिजली-बत्तियाँ, कासमभाई का ताशा, मेहमान के लिए कपड़ों की सौगात—खर्चे की राशि बढ़ती गयी थी।

ताशा-पपैया की घड़ी निकट आ रही थी; पर नकुसा परेशान हो रही थी। उसकी आँखें सड़क की ओर लगी हुई थीं। मैके से अभी तक कोई भी नहीं आया। क्या हुआ होगा ? वह बार-बार दरवाजे पर आती और अपने भाई के संबंध में हैबती से पूछती—

"हमारा शामू आ गया न ?"

"नहीं तो।"

"मँडुए में होगा।"

"सभी ओर देख लिया।"

नकुसा माथे पर आये हुए पसीने को आँचल से पुनः-पुनः पोंछ रही थी। इन ठूँठ शहतीरों में हजारों मन्नतों के बाद अंकुर फूटे हैं। मैकेवालों को कितनी प्रसन्नता होनी चाहिए थी। क्या हुआ होगा ? क्या माँ को संदेशा नहीं मिला ? भाई को पता ही नहीं चला ? हमारे घर में यह पहली ही बरही है; पहला ही चूड़ाकर्म है। फिर भी मैके से कोई नहीं आया। पड़ोसवाले क्या कहेंगे ? भगवान, मैं उनसे सोने की बोरियाँ थोड़े ही चाहती हूँ ? एकाध साड़ी और बच्चे के लिए कुर्ता-टोपी मिले, बस ! मैकेवालों से मुझे और क्या चाहिए ?

शिवराम को बुरा लग रहा था। कितनी जिद और मेहनत के बाद उसने घर-गृहस्थी को खड़ा किया था। देसी करघा बरामदे में घिस-घिसकर पड़ा हुआ था। कंबल और नमदे के लिए पहले जैसे ग्राहक कहाँ थे ? बूढ़े ने किसी तरह दिन निकाले। उसने करघे पर प्राण छोड़े। आजीविका जुटाने के लिए कुछ न कुछ उपाय करना ही चाहिए—शिवराम ने बंबई की शरण ली। वहाँ किसी ठेकेदार के यहाँ मजदूरी की; किसी मिल में टेंपररी काम किया। उसी में तालाबन्दी हुई। फिर हम्माली की। मन और शरीर की कितनी दुर्गति हो गयी। शिवराम ने वहाँ वैसे ही आघात सहे जैसे किसी ताँबे के बर्तन पर ठोंके लगाये जाते हैं। वह जाँभली लौटा। ढाई एकड़ जमीन के सहारे जीने का प्रयास करने लगा, तभी बाँध की काली छाया ने पूरे गाँव को घेरना शुरू किया। यह करघा यहाँ से उठाना पड़ेगा; घर टूटेगा; जमीन छोड़नी पड़ेगी। पराये मुल्क का रास्ता पकड़ना होगा। बाघधरे साहब ने जमीन संपादित की। पुरानी बकाया राशि के रूप में सारे रुपये काट लिये गये। बूढ़े ने किस जन्म में कर्जा लिया था जो मेरे माथे पड़ गया ?

अँधेरा हो गया। मेहमान की बाट जोहने का समय समाप्त हुआ। जात-बिरादरी के लोग चुलबुलाने लगे। एक ने आगे बढ़कर कहा, "चलो, जल्दी करो।"

"जल्दी कैसे करेंगे ? बच्चे का मामा अभी तक नहीं आया है।" आवडाई ने बता दिया।

"उसको, आना होता तो इसके पहले ही आ जाता।"

बच्चे को गोद में लेकर, नकुसा ने सिसकते हुए कहा, "फूफी, वह नहीं आयेगा; आदमी नहीं राक्षस हैं वे लोग।"

आवडाई जल्दी-जल्दी उठी। उसने हैबती को अलग बुला लिया। कान में कुछ

कहा। हैबती पसोपेश में पड़ गया। उसकी जेब में पाँच-छह रुपयों से अधिक एक पैसा भी नहीं था। उसने खैरमोडे मास्टरजी को अलग बुला लिया। मास्टरजी ने जेब से डेढ़ सौ रुपये निकालकर हैबती के हाथ पर रख दिये। हैबती लगभग दौड़ता हुआ हाट में चला गया। वहाँ पर बैठे हुए लोगों में खबर फैल गयी—मामा की हैसियत से सौगात देने की जिम्मेदारी हैबती ने अपने सर पर ली है। बसंत भोंसला खी-खी कर हँस पड़ा। बोला, "यह जोड़ी अच्छी जमी। मामा मराठा और भानजा सनगर।"

बसंत की बात पर वहाँ पर बैठे सभी खिलखिलाकर हँसने लगे; खैरमोडे मास्टर जी को मानो बिच्छू ने डस लिया। उनकी मूँछें खड़ी हुईं। सबको डाँटते हुए वे बोले, "नादानो, तुम लोगों की रस्सी जल गयी, लेकिन ऐंठन नहीं गयी। तुम लोग सुधरोगे नहीं। जात-पाँत लिये बैठे हो। बाँध के कारण कल नदी का पानी रुककर, गाँव में घुस जायेगा तब देख लेना। पानी जाति नहीं देखेगा। वह यह नहीं सोचेगा कि यह सनगर का घर है या मराठा का। बारह लेहनादार और अठारह जातियाँ सब काल के गाल में चली गयीं। लेहनादार भी गये और पौनीदार भी गये। अब केवल दो ही जातियाँ रहीं। एक मेहनत करवानेवालों की और दूसरी मेहनत करनेवालों की। हम सब दलित हैं। औद्योगिक दलित !"

हैबती सौगात के कपड़े ले आया। वह शिवराम के वास्ते टोपी; नकुसा के वास्ते साड़ी और बच्चे के लिए कुर्ता-टोपी लाया था। डेढ़ सौ से ऊपरवाली रकम उधार रखने के लिए उसे बनिये के सामने कितनी बार गिड़गिड़ाना पड़ा। नये कपड़ों में बच्चा कितना सुंदर दीखता था। नकुसा की आँखें हर्षातिरेक से भर आयीं। उसने बच्चे को कई बार चूमा; आवडाई को गले लगाया। बरही की विधि संपन्न हुई; बच्चे का नाम बिरजू रखा गया। बच्चे के सिर पर बाल नहीं थे; फिर भी चूड़ाकर्म संपन्न कराया गया। गरीबी आदमी से क्या-क्या नहीं करवाती ? हैबती मामा बनकर पीढ़े पर बैठा था। भाल पर गंध और सिर पर टोपी। भोजन की पाँतें उठीं। गाँव के लोग, भाई-बिरादरी के लोग, अगल-बगल की महिलाएँ—सब भरपेट भोजन कर अपने-अपने घर चले गये।

आवडाई के घरवालों ने इस विधि में बड़ी मेहनत की। आधी रात होने पर वे सब अपने घर जाने लगे। शिवराम आवडाई के उपकारों से दब गया था। उसे सूझ ही नहीं रहा था कि कैसे वह अपनी भावना को व्यक्त करे। बच्चे के मामा ने ऐन वक्त पर अनुपस्थित रहकर हमें कठिनाई में डाला; आवडाई के घरवालों ने साथ दिया। कितने भले हैं ये लोग ! नकुसा ने आवडाई को गले लगाया। वह आँसू बहाते हुए बोली—

"काकी, आप लोगों ने हम गरीबों की लाज रखी।"

"हम राजा-महाराजा थोड़े ही हैं ? पर समय पर मदद तो करनी ही चाहिए।"

शिवराम अभिभूत हो गया। बोला, "सब ठीक-ठाक हो गया। वंश-लता बढ़ गयी। आज नहीं तो कल वह मँडुवे पर चढ़ेगी। किसी बात की चिंता ही नहीं रही। अब मौत कभी भी आ जाय।"

नकुसा चौंक गयी। बच्चे को पेट से लगाकर उसने घबड़ायी हुई नजर से शिवराम की ओर देखा। उसकी तिलमिलाहट को देखकर आवडाई ने शिवराम को डाँटा, "शिवराम, तू यह क्या कह रहा है रे ? आज खुशी का दिन है। उसे खुशी से मनाना चाहिए। मौत निगोड़ी रोज की है। वह तो हम लोगों की घुट्टी में ही पड़ी हुई है।"

छह

हैबती रात में देर से सोया था। सुबह जल्दी नींद खुल नहीं रही थी। सुस्त पलकें बंद थीं। फूलवंती भोर में ही जग गयी थी। उसने पानी से भरा हुआ हंडा मड़ैया के बाहर चूल्हे पर रख दिया, चूल्हे में लकड़ी के टुकड़े धू-धू कर जल रहे थे। गरम पानी उबल रहा था। सूर्योदय का समय हुआ। फूलवंती जानती थी--हैबती को काम पर जाना है। उसने हैबती का ओढ़ा हुआ कंबल आहिस्ते-आहिस्ते खींचा--"अजी उठिये न ? बहुत देर हो गयी।" हैबती झट् से उठ बैठा। मड़ैया के बाहर बाँस की दीवार से सटकर नहाने के लिए जगह बना दी गयी थी। हैबती ने जल्दी मंजन किया, फूलवंती ने पानी निकाल दिया। हैबती लोटा भर-भरकर बदन पर उँडेलने लगा। फूलवंती जरा-सी शरमायी। उसने आँचल कोंछ लिया। वह हैबती की पीठ मलने लगी, हैबती एकदम कह उठा, "अरी, जरा आहिस्ते से मलना; गुदगुदी हो रही है।"

"ब्याह हुए छह महीने बीते, अभी गुदगुदी खतम नहीं हुई ?"

"चुप कर, बूढ़ी देख लेगी..."

"देखने दीजिए; पीठ पर मैल जम गयी है।"

हैबती का स्नान हो चुका था। फूलवंती ने दही और रोटी उसके सामने रख दी। गरम-गरम रोटी खाते समय उसकी कली खिल उठी। उसने मन-ही-मन कहा, "वाह! इसे कहते हैं, घरवाली।" रंग भी उजला है। अच्छा हुआ जो यह बाँध हो गया, कम से कम घरवाली तो अच्छी मिल गयी।

पति को काम पर जाते हुए देखकर फूलवंती को बहुत सुख हुआ; पर हैबती जानता था--वह क्या काम करता है। उसने सात बार चक्कर लगाकर डी.आर.ओ.ऑफिस से बाँधपीड़ित होने का प्रमाणपत्र जुटाया था। जैसे उपाधिपत्र को फ्रेम किया जाता है, हैबती ने प्रमाणपत्र फ्रेम करवा लिया था। सरकार की ओर से सबको आदेश दिये गये थे कि बाँधपीड़ितों के लिए पाँच प्रतिशत सीटें आरक्षित रखिए। पर इस आदेश का पालन कौन करता है ? उलटा-सीधा रिकार्ड बनाकर ये अधिकारी सरकारी नियमों को ताक पर रख देते हैं और हम बाँधपीड़ित नाक रगड़ते रहते हैं। अरे, यह भी कोई बात हुई कि जिसकी जमीन पर बाँध बनवाया जा रहा है उसे चपरासी की नौकरी भी न दी जाये ? हैबती को शाह कंपनी के पास सौंपा गया था। कहते हैं, बड़े अधिकारी और ठेकेदारों

के भीतर-ही-भीतर कुछ साँठ-गाँठ रहती है। हैबती को यह बात सही लग रही थी। तभी तो वह देख रहा था कि यहाँ अॅडजस्ट किया जाता है। साहब ने मैनेजर शर्मा को फोन किया—हैबती को मस्टर क्लर्क का काम दीजिए; पर शर्मा ने उसके हाथ में फावड़ा और टोकरी थमा दी। लेबर !

"साहब के आदमी हो इसलिए दो रुपये ज्यादा मिलेंगे।"

"लेकिन मुझे तो मस्टर क्लर्क की हैसियत ?"

"नहीं, वह नहीं होगा, बहुत से बालीस्टर लोग पड़े हुए हैं हमारे यहाँ।"

ब्याह हुए ज्यादा दिन नहीं हुए थे। रुपये-पैसे कहीं से आने की सुविधा नहीं थी। जब तक सरकारी नौकरी नहीं मिलती; ब्रेक समाप्त नहीं होता; चार दिन यह काम बुरा नहीं—यही हिसाब लगाकर हैबती काम में जुट गया। खैरमोडे मास्टरजी ने भी वचन दिया, "चार दिन बीतने दो; तुम्हारे लिए कुछ खटपट जरूर करूँगा।" मड़ैया की जगह से कॉलोनी नजदीक ही थी। हैबती बड़ी तेजी से चलकर वहाँ पहुँच भी गया; लेकिन शिवराम का अभी पता ही नहीं था। इस आदमी को कहीं बरही के रतजगे ने तकलीफ तो नहीं दी ?

हैबती की नजर कॉलोनी में चारों ओर शिवराम को ढूँढ़ने लगी। यहीं पर मिलना तय हुआ था। बाट जोहकर कहीं चला तो नहीं गया ? नीचे साईट पर ही भेंट होगी। दोनों एक ही टोली में थे। हैबती बाँध के निकट आ गया। किनारे पर टोली का मुखिया बैठा था। उसने देर से आने की वजह से हैबती को दो-चार गालियाँ दे दीं। बाँध की आधी दीवार खड़ी हो गयी थी। साईट पर विकराल यंत्र एक साथ गुर्राने लग गये थे। पूरे परिसर में घबराहट छा गयी थी। बाँध की दीवार अब मोटी और अच्छी दिखाई दे रही थी। बगलवाली, कुढ़ती-कराहती मजदूर-बस्ती ज्यादा ही साँवली पड़ती जा रही थी।

आज बाँध की मजबूत दीवार के बायें कोने में आखिरी छोर पर बुलडोजर को तैनात किया गया था। शिवराम तथा हैबती की टोली वहीं पर काम में लगी हुई थी। बगल वाले, मिट्टी के टीले को समतल बनाने का काम चल रहा था। उस टीले से इधर की ओर, नदी के पाट में, काला-कलूटा पत्थर पड़ गया था। मजबूत काले पत्थरों की पर्त को उधेड़कर, तोड़कर, खोदना था। मुखिया तथा इंजीनियर ही जानता था कि यह खोदाई किस उद्देश्य से की जा रही है।

'रॉयऽ रॉय' करता हुआ डोजर बगल में टीले को समतल कर रहा था। पाट में स्थित चट्टान में सब्बर से छेद बनाये जा रहे थे। छेदों में सुरंग को बारूद से भरकर चट्टान को तोड़ना था। शिवराम ने सिर पर तौलिया बाँध रखा था। वह दाँत पीसकर, लोहे की भारी सब्बर को कान तक ऊँचा उठाता और चट्टान पर जोर से मार देता था। मजबूत चट्टान पर सब्बर का प्रहार होते ही 'खन्न' की आवाज होती। शिवराम के हाथों में हर आघात के साथ झनक आ जाती थी—ठीक वैसी ही, जैसी बिजली का धक्का लग जाने पर आ जाती है। हथेली पर फफोले पड़ गये थे। दोपहर बुलडोजर का काम

समाप्त हो जाने पर सुरंग की बारूद को सुलगाकर गड्ढा खोदना था। बीच-बीच में मुखिया चक्कर लगाता था और "सालो, जल्दी करो, जल्दी करो !" कहकर बार-बार बरस पड़ता था।

हैबती ने जल्दी-जल्दी सब्बर ले ली। वह अपने हिस्से का छेद खोदने लगा। धूप बढ़ने लगी थी; लू चलने लगी थी। सब्बर की नोकें मोंथरी हो रही थीं। कड़ी मेहनत के कारण आदमी उतावले हो गये थे। छेद में पानी डालते और फिर सब्बर चलाते रहते। दस-बारह का समय हुआ। थके-माँदे मजदूर हाथ की सब्बरों को बगल में छोड़कर झट् से नीचे बैठ गये। हैबती की तो साँस फूल रही थी। अच्छा हुआ, खेत में मेहनत करने की आदत थी; नहीं, यहीं पर आँखें पथरा जातीं।

सबने पानी पी लिया। वे साँस रोककर चट्टान पर ही पड़े रहे। हैबती ने शिवराम से पूछा, "अप्पा, इतना पसीना बहाया, फिर भी तुम्हारे चेहरे की हँसी गायब नहीं हुई। क्या बात है ? कहीं भाभी की याद तो नहीं आती ?"

"ना, ना। मेरा बिरजू आँखों के सामने आ जाता है। इतनी-सी नाक; छोटी-छोटी आँखें; इत्ते-से होंठ और लाल भभूकी जीभ--बचवा बहुत बढ़िया है।"

"अरे कमीनो, भैंसे की तरह क्यों लेटे हो ? चलोऽ उठोऽऽ और आधा घंटा हाथ चलाओ; फिर छेद पूरे हो जायेंगे। दोपहर सुरंग जलायेंगे," मुखिया ने कड़ककर कहा। घड़ीभर सुस्ता लेने के बाद मजदूर उठे। फिर से सब्बरों की खनखनाहट आरंभ हो गयी। चलो जल्दी पूरा करेंगे। तभी दोपहर का खाना खा लेंगे। बुलडोजर भी चल रहा था। मुखिया डोजर के ड्राइवर को विश्राम लेने नहीं दे रहा था। शर्मा का आदेश था--दोपहर तक टीले को समतल बनाना है। परेशान ड्राइवर दनादन आघात कर सामनेवाले टीले को उधेड़ रहा था। बजरी, मिट्टी को निकालकर पीछे की ओर फेंक रहा था। डोजर की घरघराहट पूरे परिसर को कँपा रही थी। सूरज बीच आसमान में आया; दमका और पश्चिम की ओर सरकने लगा। मजदूरों के बदन से पसीने की धाराएँ बह रही थीं। उमस बढ़ी हुई थी; पर काम का दबाव कम नहीं हो रहा था। शिवराम की मोहक हँसी फिर भी कम नहीं हुई थी। सब्बर के प्रहार के साथ उसके हाथों में झिनझिनी आ रही थी। यांत्रिक हलचल चल रही थी; पर मन चील की तरह बच्चे के गिर्द मँडरा रहा था। चोंच में चोंच दे रहा था।

डोजर के ड्राइवर ने जोर लगाया। देखते-ही-देखते टीला जमीन के बराबर समतल होने लगा। ड्राइवर के मन-शरीर में और भी उत्तेजना फैल गयी। वह बार-बार गिअर बदलकर फसाफस मिट्टी उमेड़ने लगा। मिट्टी को उस पार फेंकने लगा। मिट्टी का आखिरी ढेर फेंका गया। ड्राइवर ने डोजर के फाल को जल्दी-जल्दी ऊपर उठाकर तनी हुई स्थिति में रख दिया--ठीक वैसे ही जैसे बगुला अपने पंखों को सिकोड़ लेता है। डोजर झट से घूमते हुए पश्चिम की ओर से चट्टान से होते हुए दायीं ओर मुड़ गया। ड्राइवर के पेट में भी चूहे दौड़ रहे थे। उसका ध्यान शेड में बाँधकर रखी हुई रोटी की पोटली

की ओर था। घरघराता हुआ डोजर गति के साथ आगे बढ़ने लगा। शिवराम छेद की ओर ध्यान से देखते हुए सब्बर चला रहा था। शिवराम को, डोजर की पैनी फाँस का झटका लग गया। उसके पूरे शरीर का मुट्ठा बनकर डोजर के सामने गिर पड़ा। फाँस की ओट में चले जाने से ड्राइवर उसे देख नहीं सका। जमीन को दबा डालनेवाला, डोजर का भारी-भरकम पहिया शिवराम के शरीर पर से होते हुए आगे बढ़ गया। मांस का गोला डोजर और पत्थर के बीच दब गया। बदन की चपाती हो गयी। हड्डियाँ, चमड़ा सब पत्थर के साथ चिपक गया। भयभीत खून झाँसा देकर, जिधर रास्ता दिखाई दे, उधर दौड़ने लगा। पहले से तप्त पत्थर ने खून को तुरंत चाटकर पी लिया।

पलक झपकते यह सब हो गया। शिवराम के मुँह से जरा-सी आवाज तक नहीं निकली। शोर हो गया। चीखें उठने लगीं। बाँध पर चल रहे यंत्र फटाफट बंद हो गये। लोगों ने आक्रोश किया। हैबती की कमर ही टूट गयी। वह निराश-हताश हो नीचे बैठ गया। पुलिस आयी। शर्मा आया। हैबती जोर-जोर से चिल्ला रहा था–"हरजाना मिलना ही चाहिए।" पंचनामा कर दिया गया। काल ने ही पोस्टमार्टम कर दिया था। मजदूरों ने रक्त-मांस के गीले गोले बोरी में भर दिये। पत्थर से चिपके हुए चमड़े को खींचते समय हैबती सिसक रहा था।

जाँभली के सारे लोग और बाँध पर काम कर रहे मजदूर सब इकट्ठा हुए। खैरमोड़े मास्टरजी की आँखों से निरंतर आँसू बह रहे थे। ढलती किरणों के साक्ष्य में मांस के गोले चिता पर चढ़ाये गये। गाँववालों ने अंत्यविधि पूरी की। बेसुध नकुसा जमीन पर पड़ी हुई थी। उसकी घिग्घी बँध गयी थी। उसे होश में लाने के लिए आवडाई और अगल-बगल की महिलाएँ जी-जान से कोशिश कर रही थीं। बगल की बोरी पर अबोध बिरजू पैरों को झटके दे-देकर रो रहा था।

जाँभली गाँव इस घटना से ठिठुर गया था। गाँव के कई लोग हाट में आकर अँधेरे में ही काली माई के सामने हाथ जोड़ रहे थे। सिसकियाँ ले-लेकर उससे पूछ रहे थे–

"माँ, तुम और किस-किस प्रकार की झड़ती लोगी ? तुम्हें छाया प्राप्त नहीं हुई। क्या इसी से तुम गाँव का श्मशान बना रही हो ? यह कमीना बाँध इस गाँव को कैसे-कैसे दिन दिखायेगा ?"

सात

सिंचाई विभाग की लारी सुबह दस बजे ही जाँभलीवासियों को लेकर खैरापुर की चावड़ी पर आकर रुक गयी। मास्टरजी ने तुरंत जाकर खैरापुर में उपलब्ध होनेवाली जमीन की सूची प्राप्त कर ली। जिला पुनर्वास अधिकारी काकड़े साहब आज की विजिट में

जान-बूझकर उपस्थित थे। बाँध का आधा-अधिक काम पूरा हो गया था। नींव का काम कभी का समाप्त हो गया था, बाँध की दीवारें आधे से अधिक ऊपर तक बन गयी थीं। बाँध पूरा होने में अब अधिक देर नहीं लगेगी। सरकार सोचेगी तो अगले साल ही दरार में पानी रोका जा सकता है। पानी रुकेगा और रुका हुआ पानी बाघजाई की खाई-कछार में फैल जायेगा। उससे पहले ही गाँव को वहाँ से दूसरी जगह पर ले चलना था, वहाँ पर बसाना था।

दिन-प्रतिदिन बढ़ती हुई दीवार को देख मास्टरजी का कलेजा मुँह को आता था। कैसे और कब होगा इन पाँच गाँवों का पुनर्वास ? छोटे-छोटे काम के लिए भी दस बार सिर खपाना पड़ता था; तब जाकर एकाध मामूली काम बन जाता था। मास्टरजी ने दो साल पहले जाँभली की चावड़ी पर मुआवजा-वितरण को रोका था। उसी बात पर बाघधरे साहब और मास्टरजी के बीच जोरदार झगड़ा हुआ था। मास्टरजी के साथ व्यक्तिगत रूप में द्वेषपूर्ण व्यवहार किया जाने लगा था। गाँव के तथा बाहर के कुछ लोगों ने मिलकर मास्टरजी को निलंबित करने में सफलता पायी थी। मास्टरजी ने अदालत का आधार लेकर सबको धता बता दिया था। लेकिन एड़ी-चोटी का पसीना एक करने पर भी आखिर क्या निकला ? जिनको कम राशि प्राप्त हुई थी केवल उन्हीं मामलों की जाँच हो गयी। इस प्रकार की शिकायत करनेवाले बीस-पच्चीस खातेदार थे। उन्हें दस-पाँच हजार रुपये ज्यादा मिल गये। बस इतना ही ! ! मास्टरजी की यह माँग कि सारे के सारे प्रस्तावों पर पुनर्विचार हो, मान्य नहीं हुई। कुछ लोगों ने चोरगे क्लर्क और ताया कांबले से साँठ-गाँठ कर सरकारी राशि को उड़ाया था। उन लोगों की मौज-मजा पर तो कुछ प्रकाश पड़ा ही नहीं। एक-एक बात के लिए पहाड़ खोदने पर चूहा ही नहीं चूहे का बच्चा भी हाथ नहीं लग रहा था। विकास के नाम पर और लाभ उठानेवालों के दबाव से बाँध पूरा होगा। वह अब टलेगा नहीं, पर पुनर्वास का क्या होगा ? क्या मेरे जीते जी गाँव की गाड़ी ठिकाने लग जायेगी ? मास्टरजी की नौकरी अब केवल चार साल के लिए थी। बाद में अवकाश ग्रहण करेंगे। बाघेठाण तहसील में बैठक हुई थी। पाँच साल हो गये उस बात को। फिर भी पुनर्वास का बैठा ठाला उठने का नाम नहीं ले रहा था। परेशानी में पड़े हुए बाँधपीड़ितों का क्या होगा ?—मास्टरजी इसी चिंता में थे। मास्टरजी को यह चिंता रात-दिन सता रही थी।

आज फिर प्रत्यक्ष जमीन को देख लेना था। जैसे-जैसे पसंद आयेगी संबंधित लोगों के नाम पर कच्चे रूप में चढ़ायी जायेगी। यहाँ का भूमिसंपादन-कार्य होते ही पसंदगी के अनुसार उनको जमीन दी जाय—मास्टरजी की यह माँग काकड़े साहब ने स्वीकार कर ली थी। सूची लेकर मास्टरजी और काकड़े साहब चावड़ी से बाहर निकले। लारी की बगल में पीपल की छाया में बैठे हुए बाँधपीड़ित उठ खड़े हुए। मास्टरजी ने देखा—पेड़ के नीचे, बच्चे को पेट से लगाये, नकुसा के निकट ही आवडाई बैठी हुई थी। मास्टरजी

से रहा नहीं गया। पूछा, "काकी, तुम नकुसा बेटी को साथ में लेकर क्यों आयीं ? क्या आवश्यकता थी उसकी ?"

"मास्टरजी, आप यह क्या कह रहे हैं ? मुझे अपनी जमीन को देखना ही होगा न ?" नकुसा ने कहा।

"लेकिन हम देख लेते। इस दुधमुँहे बच्चे को लेकर आने में क्या कम परेशानी है ?"

"मास्टरजी, आप मेरे लिए कितने दिनों तक और क्या-क्या देखेंगे ?"

आजिजी के साथ नकुसा ने कहा, "मुझे अपना घर-बार देखना चाहिए। इस गाँव में पूरी जिंदगी बसर करनी है न ? हमसे पहले मरनेवाला पुण्यवान ! वह मुझे और बच्चे को पीछे छोड़कर चल बसा। उसने सोचा होगा—हम जी नहीं पायेंगे; पर सच मानिए, उसकी मृत्यु के बाद भी मैं बच्चे को बड़े वृक्ष की तरह बढ़ाऊँगी।"

नकुसा को हर्जाने के रूप में तिनका भी नहीं मिला। हर्जाना मिलने के संबंध में कई अर्जियाँ लेकर कमिश्नर के ऑफिस में भेज दी गयीं। साहब लोग आये और जाँच करके चले गये। शिवराम स्थायी नौकर नहीं था। इसी वजह से नकुसा को हर्जाने के रूप में एक तिनका भी नहीं मिला।

नन्हे बिरजू का मुख चूम-चूमकर नकुसा ढाढ़ें मारकर रोने लगी। मास्टरजी ने उसके सिर पर हाथ रखा। उसे समझाकर वे आगे निकले। खैरापुर में केवल उन्हीं लोगों से भूमिसंपादित की जा रही थी जिनके पास लाभक्षेत्र में आठ एकड़ से अधिक भूमि थी। सरकार इस प्रकार से मिलनेवाली ढाई सौ से तीन सौ एकड़ जमीन को अपने अधिकार में लेकर फिर उसका वितरण करेगी। बाँधपीड़ित जाँभलीवासी चावड़ी से निकले। वे गाँव से नीचे उतरकर नदी की ओर चले गये। अच्छी, उपजाऊ इस जमीन को देखकर उनके मुँह में पानी भर आया। काकड़े साहब ने जाँभलीवासियों को बताया कि नदी की बगल में ही इस प्रकार की नब्बे एकड़ अतिरिक्त जमीन संपादन में मिल रही है। इतना क्षेत्र ही आधे गाँव के लिए पर्याप्त होनेवाला था। सर्वेअर, साहब लोग एक-एक खाता नंबर दिखाते हुए आगे बढ़ रहे थे। उनके पीछे-पीछे जमीन के संबंध में अपनी पसंदगी दर्शाते हुए, जाँभलीवासी जा रहे थे। साहब जोर से चिल्लाते, "यह रहा खाता नंबर तेरह, कुल क्षेत्र दो एकड़ पाँच गुंठे। दो एकड़ के लिए कौन पात्र है ?"

"साहब, मैं ?"

"क्या नाम है, तुम्हारा ?"

"बालोबा पवार।"

"अच्छा। लिखिए—खाता नंबर तेरह—बालोबा पवार।"

एक के बाद एक खाता नंबर समाप्त होने लगा और जाँभलीवासियों में हुज्जत होने लगी। यह खाता नंबर मुझे चाहिए। म्हाकू भोंसले ने नामू पिसाल का बढ़िया नंबर

हथिया लिया। पड़ोस का नंबर बाबू पवार के पल्ले पड़ गया। लारी में जो लोग आये थे, नदी किनारे की अच्छी जमीन उनके हाथ आ गयी। जो लोग आज जमीन देखने नहीं आये थे, उनकी तो हानि ही हुई। अधिकतर जमीन मेंड़ों-किनारों से देखी गयी। पसंद की गयी। तब एक-एक कर खैरापुर के मूल जमींदार इकट्ठा हो गये। गुस्से में जाँभलीवासियों की ओर देखने लगे। कोई बाँधपीड़ित जमीन के संबंध में अपनी पसंदगी बता देता तो बीच में ही मुँह डालने लगे–

"साहब, मैं अपनी जमीन नहीं दूँगा।"

"क्यों नहीं दोगे ?"

"मेरी शिकायत है। मेरे दो भाई हैं। हमारी जमीन का बँटवारा हो गया है, लेकिन रिकार्ड में उसको समय से पहले दर्ज नहीं करने से एक ही खाते पर आठ एकड़ से अधिक जमीन दिखाई देती है। जमीन आपको देकर हम क्या खायेंगे ?"

"क्या जनसंख्या कम है ? हर एक का बँटवारा दर्ज करने पर बाँधपीड़ितों में वितरण के लिए जमीन ही उपलब्ध नहीं होगी। फिर वे कहाँ जायेंगे ?" काकड़े साहब ने पूछा।

"फिर हम कहाँ जायेंगे ?"

"बाँध बनने पर आपको पानी मिलेगा। आपकी जमीन में सिंचाई की सुविधा होगी। बगीचे खिलेंगे। इस अकाल में आज चालीस एकड़ में जो पैदावार नहीं होती, वह पैदावार कल पानी आ जाने पर सिर्फ चार एकड़ में होगी।"

"मुझे नहीं चाहिए आपका पानी। अगर आप सुनेंगे नहीं तो मैं अदालत चला जाऊँगा। वहाँ कुछ हो जाय ठीक ही है; नहीं, इस मेंड़ पर खड़ी बबूल पर फाँसी लगाकर मर जाऊँगा। मैं अपनी जमीन किसी भी हालत में नहीं दूँगा।" जमीन का मालिक पूरे निर्धार के साथ बोला।

अधिकतर जमीन-मालिक किचकिच करने लगे। जाँभलीवालों के सुबह से खिले हुए चेहरे मुरझाने लगे। खैरापुर के कुछ जमीन-मालिक तो साहब के साथ जोर-जोर से चिल्लाकर हुज्जत करने लगे। काकड़े साहब ने उन्हें समझाया, "देखिए, हम जमीन आज ही बाँधपीड़ितों के कब्जे में नहीं दे रहे हैं। अभी संपादन-कार्य चल रहा है। आपको जो भी शिकायतें होंगी आप लिखित रूप में दीजिए। हम विचार करेंगे।" काकड़े साहब ने शेष जमीन किसी तरह, दूर से दिखाई। नदी किनारे की जमीन दिखा देने के बाद वे बाँधपीड़ितों को साथ में लेकर खैरापुर के ऊपर की ओर आ गये। बाँधपीड़ितों ने बंजर पठार का क्षेत्र दूर से ही देखा। किसी की आगे बढ़ने की इच्छा ही नहीं हुई।

"साहब, आप हमें यह बंजर पठार किसलिए दिखा रहे हैं ? यहाँ सारे पत्थर ही पत्थर हैं। क्या हम उनसे टक्कर ले लें ?"

"लेकिन यहाँ पर भी भूमिसंपादन कार्य शुरू है। यह कैसे संभव है कि सभी बाँधपीड़ितों को नदी किनारे की अच्छी जमीन मिले ?"

"यहाँ पर कभी बोआई हुई ही नहीं। थूहर भी उगता नहीं यहाँ। आप ही बताइए, इस जमीन में हम हल-औजार कैसे चलायेंगे और बोआई कैसे करेंगे ?"

चावड़ी की तरफ लौटते समय सबके मन दुखी हुए थे। अगल-बगल के चार-पाँच आदमी भी बता रहे थे--खैरापुर के चार-पाँच जमीन-मालिक अदालत में गये हैं। उन्होंने भूमिसंपादन के संबंध में स्थगन माँगा है। इस प्रकार प्रत्येक जमीन-मालिक यदि कोई न कोई बहाना बनाकर जमीन देना अस्वीकार कर दे तो बाँधपीड़ितों को गले में पत्थर बाँधकर बाँध के पानी में जान देनी पड़ेगी। दूसरा उपाय ही क्या है ? म्हाकू और बाबू जैसे युवक ज्यादा ही चिढ़ गये थे। बाबू ने तमतमाते हुए पूछा, "साहब, एक बार पुनर्वास कार्य के लिए जमीन देने का निर्णय हो जाने पर जमींदार को उसमें परिवर्तन करने का अधिकार ही क्या है ?"

"क्यों नहीं ? पुनर्वास कार्य के लिए अपनी कौनसी जमीन देनी है--इसका निर्णय करने का अधिकार जमींदार को है।"

"इसका अर्थ यह हुआ कि उनके लिए कानून में बहाना मिलता ही है।"

"कानून के बाल की खाल निकालने पर उसमें कई बहाने मिल जाते हैं।"

"साहब, मैं भी वही कह रहा हूँ। "म्हाकू भोंसला बोला, "आपका कानून है या साही का माँद है यह ?"

तय हुआ कि आज खैरापुर की चावड़ी में मुकाम करें, कल बची हुई जमीन को देखने के बाद जाँभली लौटेंगे। जाँभलीवासियों ने चावड़ी के अगल-बगल में तीन-तीन पत्थरोंवाले चूल्हे बनाये। खुले में ही रसोई बनाना शुरू हुआ। आज खैरमोड़े मास्टरजी का मन ही नहीं लग रहा था। कितने ही लोगों की समस्यायें हल करनी थीं। जाँभली के आस-पास जंगल बहुत था--चौपायों को चरने के लिए विपुल घास थी। प्रत्येक के पास आठ-दस चौपाये थे। सुबह लाडूबा के निकट छोड़ आइए; दिनभर घास चरकर, तृप्त होकर शाम को गोठ में वापस लौटेंगे। अब इस पराये गाँव में उन चौपायों का क्या होगा ? कहाँ पर चरेंगे वे ? नकुसा का पति चल बसा; उसके बच्चे को कौन आधार देगा ? पांडू येताला की तरह जो निन्यानबे साल के अनुबंध पर खेती कर रहे हैं--उनका क्या होगा ? गोमा कहार और रामू कुम्हार जैसे लेहनादार नये गाँव में कैसे जी पायेंगे? पुनर्वास समय पर होगा ? हैबती जैसे युवकों की नौकरी का क्या होगा ? उधर कम रुपये मिले हैं; कम रुपयों में यहाँ जमीन कैसे खरीदेंगे ? उधर हमारे खेतों में जो पेड़-पौधे हैं, उनको काटना-वाटना भी है; यह सब कब होगा ? यहाँ के जमींदार यदि तकनीकी मुद्दे पर अदालत में जीतेंगे तो मिलनेवाली जमीन भी कम होगी। क्षेत्र कम हो जाने पर पूरे जाँभली गाँव का पुनर्वास क्या इस अकेले गाँव में हो पायेगा ? यदि नहीं होता है तो मूल गाँव को विभाजित करेंगे ? बचे हुए लोग कहाँ चले जायेंगे ? लोगों को कैसे विभाजित करेंगे ? देवी-देवताओं को कैसे विभाजित करेंगे ? काली माई कहाँ जायेगी? लाडूबा कहाँ पहुँचेगा ? इतने सारे प्रश्न। मास्टरजी का सिर चकरा रहा था।...क्या किया

जाय ? गाँव के टुकड़े-टुकड़े होंगे। युवा लड़के इस बात को स्वीकार कर लेंगे ?

कई लोग रसोई बनाने में लगे हुए थे। मास्टरजी खंभे से सटकर चुप्पी लगाये बैठे थे। बाबू, म्हाकू और हैबती जैसे युवा लड़के चावड़ी से बाहर खड़े थे। जो कुछ उन्होंने देखा था उससे वे बिगड़ गये थे। तभी हवेली से एक आदमी आ गया। काकड़े साहब से कहने लगा, "साहब, सांसद साब ने आपको बुलाया है।"

संदेशा सुनकर युवक घबड़ा गये। आवडाई कब से मास्टरजी की सूरत निहार रही थी। उसने सूरत को देखकर ही भाँप लिया था कि मास्टरजी के मन में तूफान मचा हुआ है। आवडाई ने कहा, "साहब, आप अकेले ही क्यों जाते हैं ? हमारे मास्टरजी को भी साथ लेकर जाइए न।"

"यह ठीक रहेगा, मास्टरजी, आप भी जाइए।" शेष लोगों ने आवडाई की बात को बल दिया।

सांसद शिंगाडे पाटील बाट जोह रहे थे। उन्होंने देखा–साहब खैरमोड़े मास्टरजी को साथ लाये हैं। सांसद महोदय को यह बात कुछ अच्छी नहीं लगी, लेकिन किसी के आ जाने पर, अनिच्छा से ही सही, आदमी को नमस्कार तो करना ही चाहिए। उन्होंने मास्टरजी का ऊपरी मन से स्वागत किया। हवेली में खैरापुर के कुछ चुनिंदा जमीन-मालिक राघू भिवा, नामू पिसाल, बंडू कोकाटे आदि जमा हुए थे। पुनर्वास अधिकारी को आये हुए देखकर वे आवेश में आ गये। नामू पिसाल ने ऊँची आवाज में कहा, "साहब हम मानते हैं कि बाँधपीड़ितों को जमीन देनी है; पर उन्हें नदी-किनारे की अच्छी जमीन ही क्यों दी जाय ? पठार की जमीन लेने से उन पर कौन आपत्ति आयेगी ? क्या उनके पैरों में काँटे चुभेंगे ?"

"हमारी अच्छी, चुनिंदा जमीन देने की अपेक्षा हम कहते हैं कि न हमें बाँध चाहिए, न उसका पानी।" पहलवान राघू भिवा ने साफ-साफ कह दिया।

"हमारे बँटवारों को दर्ज कीजिए। हिस्सेदारी को ध्यान में रखिए। फिर आप देखेंगे कि अधिकतर लोगों के पास अतिरिक्त जमीन निकलेगी ही नहीं।" कोकाटे ने लाभक्षेत्र के लोगों के हित की बात बताई।

"फिर बाँधपीड़ित कहाँ जायेंगे ?" काकड़े साहब ने पूछा।

"हमारे गाँव में कौन सुर्खाब के पर लगे हुए हैं ? कई गाँवों में भूमिसंपादन कार्य शुरू है, जाइए उधर।"

"हर गाँववाले यही कहेंगे न ? बाँधपीड़ित क्या करेंगे ? उनकी तो लुटिया डूब जायेगी।"

"हमें बाँध भी नहीं चाहिए और पानी भी नहीं चाहिए।"

"सुन लिया न मास्टरजी ?" सांसद ने पूछा।

"क्या सुनेंगे ? अभी आप लोग धीरे-धीरे बाँध की ओढ़ी हुई चमड़ी निकालकर फेंक रहे हैं। पानी मिलना निश्चित हो गया है। अब आप "हमें पानी नहीं चाहिए"

कहकर शोर मचायेंगे। शुरू में मीठी-मीठी बातें कीं। खंड के बदले में खंड और कट्ठे के बदले में कट्ठा देने का आश्वासन दिया। अब बाँधपीड़ित कहीं पर भी चले जायँ। आपका क्या आता-जाता है !!" मास्टरजी चिढ़कर बोले।

मास्टरजी की बात सांसद महोदय के कलेजे में चुभ गयी। उन्होंने दिखावटी गुस्से में गाँववालों से कहा, "हम लोगों ने उन्हें भरी सभा में वचन दिया है। उन्हें अच्छी जमीन मिलनी चाहिए।"

"पर साहबऽऽ..."

"आप इस बात को यहीं पर छोड़ दीजिए। अभी बाँध पूर्ण होने में, पुनर्वास कार्य में और भूमिसंपादन के निर्णय में देर है। हम बाद में बैठेंगे, बात करेंगे, एक-दूसरे की सुनेंगे।" सर्जेराव ने बीच में ही कह दिया।

"हो गया न आपका ? आपकी कुछ लिखित शिकायतें होंगी, आप मुझे दीजिए। मैं साहब से बात करूँगा। अब आप जाइए।" सांसद साहब ने कार्यकर्ताओं से कहा।

सांसद महोदय के कार्यकर्ता इशारे से ही सब कुछ जाननेवाले थे। उन्होंने शिकायती अर्जियों के चोंगे सांसद महोदय के हाथ में थमा दिये। कार्यकर्ता सब बाहर निकले। सांसद महोदय ने बड़े विश्वास के साथ शिकायती अर्जियाँ काकड़े साहब को सौंप दीं। उन्होंने काकड़े साहब से कहा, "डी.आर.ओ. साहब, बाँधपीड़ित धरतीमाता के पुत्र हैं। उनका पुनर्वास होना ही चाहिए; लेकिन लाभक्षेत्र के मेरे गरीब खातेदार जमीन के रूप में अपने कलेजे का टुकड़ा निकालकर दे रहे हैं। उनकी भी कुछ कठिनाइयाँ हैं। आप इस बात पर विचार करेंगे या नहीं ?"

सांसद महोदय की इन स्वार्थभरी बातों से मास्टरजी को अरुचि हुई। उन्होंने ठंडी साँस लेकर कहा, "साहब, आप अपने गाँववालों को न्याय दिलाने की बात कहकर हमारी रोजी-रोटी छीन रहे हैं। आप यह उचित नहीं कर रहे हैं।"

"मास्टरजी, मैं अपने वचन के प्रति प्रतिबद्ध हूँ। सच मानिए, मैं बाँधपीड़ितों को संकट में नहीं डालूँगा।"

"सांसद साहब, हम कमजोर नहीं हैं। हम आखिरी दम तक लड़ेंगे, पर अपने उचित अधिकारों को पाकर ही रहेंगे।"

सांसद महोदय की हवेली में सबको शरबत पिलाया गया। मास्टरजी ने उसे किसी तरह गले के नीचे उतार दिया। उन्हें सांसद की बातों से बहुत नफरत हो गयी थी। वे वहाँ पर रुकना नहीं चाहते थे–व्यर्थ समय की बरबादी क्यों करें ? वे अकेले ही उठे और लंबे डग भरते हुए तेजी से चल दिये। उन्हें, ग्रामपरिषद-कार्यालय में जाना था। सांसद की हवेली पर हुई बातों से वे अत्यंत बेचैन हो गये थे। क्या आदमी की जात इतनी बेईमान होती है ? कल का दिया हुआ वचन आज याद नहीं। वाह रे सांसद ! कितना अच्छा होता यदि बाँध की दीवार बनाने का कार्य आरंभ होते ही उग्र आंदोलन करते। अब इस समय आंदोलन उग्र करने से क्या लाभ ? सरकार ने अब तक आधी

राशि खर्च की है। अब यंत्रों के पहिए बंद नहीं होंगे। फिर लड़ना होगा; झगड़ना होगा। संघर्ष कर अंत तक जो भी पल्ले पड़ेगा, प्राप्त करना होगा। दुखी मास्टरजी, चावड़ी में आ गये। उनका चेहरा पसीने-पसीने हो गया था। उन्हें देखकर बाँधपीड़ितों के कलेजे हिल गये।

"मास्टरजी, आप इतने दुखी क्यों हैं ? क्या बात है ?"

"कुछ नहीं।"

मास्टरजी ने सिर पकड़ लिया; जोर से दबाया। उनकी आँखों के सामने छोटा बसंत खैरमोड़े खड़ा हो गया—पाँच गाँवों तथा पचास घरों के दरवाजे पर, याचक बनकर घूमनेवाला। मुट्ठीभर अनाज के लिए दर-दर भटकनेवाली माँ। तभी उनका मन कोयना परिसर के डूबवाले गाँवों का चक्कर काटकर आ गया। सड़ियल, ढहे हुए वे गाँव ! आदि मानवों के समान जीनेवाले लोग। भली-बुरी, जंगली पत्तियाँ उबालकर खाने वाले। जाँभली के भाग्य में भी इससे कुछ अलग बदा हुआ नहीं था। मास्टरजी बहुत देर तक घुटनों में सिर रखे बैठे रहे। अब समय कम रह गया है। नयी जमीन समय पर नहीं मिलेगी। बाँध तो रुकेगा नहीं। गाँव डूब जायेगा। गाँव को बचाने के लिए जोरदार प्रयास करना चाहिए। आवश्यकता पड़ने पर थोड़ा झुकना भी चाहिए। लाभक्षेत्र के लोगों ने, उन्नति के नाम पर हमें पछाड़ दिया। हम मुँह के बल उलटे-पुलटे हो गिर पड़े। सिर टूट गये। मास्टरजी के मन में उठी हुई क्रोध और उद्वेग की लहर जरा-सी दब गयी। उन्होंने सिर ऊपर उठाया। म्हाकू भोंसले ने पूछा, "सांसद साहब क्या कहते हैं ?"

"हमारी मौत टलेगी नहीं।"

"यह बात हम भी जानते हैं, पर उनका क्या विचार है ? संपादित की हुई जमीन हमारे पल्ले पड़ेगी या नहीं ?"

"नहीं। मेरा अनुमान है—पचास से लेकर साठ प्रतिशत अच्छी जमीन हमारे हाथ नहीं लगेगी।"

"तो क्या हमें पठार की बंजर जमीन मिलेगी ? यह बैठता है कानून में ?"

"बैठता है। खैरापुरवाले कहते हैं—पठार से होते हुए पानी की नहर जायेगी। आज या कल जमीन सिंचाई-क्षेत्र में आ ही जायेगी।"

"मास्टरजी प्राण चले जायँ, पर अब हम यह बाँध बनने नहीं देंगे।" म्हाकू क्रोध से लालभभूका हो गया। उसने दाँत पीसते हुए कहा, "उस निगोड़े बाँध में सुरंग लगा दूँगा, न हो तो शिवराम सनगर की तरह डोजर के नीचे दबकर मरूँगा; पर अब बाँध पुरा होने नहीं दूँगा।"

म्हाकू का क्रोध बेकाबू हो गया। वह आक्रोश करने लगा। फूट-फूटकर रोने लगा। आँखों से आँसू की धाराएँ बहने लगीं। मुँह से फिचकर बहने लगी। लोग उसे समझाने का प्रयास करने लगे; पर वह शांत ही नहीं हो रहा था। किसनू बढ़ई, बाबू पवार, हैबती—जैसे युवा लड़के भी बिगड़ गये थे। उनके मुँह पर अब विद्रोह और आक्रमण

की भाषा आ रही थी। कोई किसी की सुन नहीं रहा था। आखिर आवडाई आगे बढ़ी। उसने मास्टरजी से कहा, "मास्टरजी, आप जानने-समझनेवाले हैं। आप ही बताइए कि यह गुत्थी कैसे सुलझायेंगे।"

शेष लोग चुप हो गये। मास्टरजी आहिस्ते-आहिस्ते समझाने लगे, "लोगो, मैं यह जानता हूँ कि इस बाँध ने पहले से कौन-कौन से मोड़ लिये हैं। अब मैं आपसे एक प्रार्थना करना चाहूँगा, कहिए आप क्या सोचते हैं ?"

"बताइए मास्टरजी।"

"नदी-किनारे की जो जमीन हमें नहीं मिल रही है, उसे पाने के लिए हम लड़ेंगे और जरूर लड़ेंगे; पर नदी-किनारे की जो चालीस एकड़ जमीन अगले ही महीने मिलनेवाली है वह पहले हाथ में ले लेंगे; नहीं, उसके लिए भी कई आपत्तियाँ उठायी जायेंगी; बहाने बनाये जायेंगे।"

मास्टरजी की बात बूढ़ों को जँची। वे गरदन हिलाने लगे; पर युवकों की नजर शंकालु थी। बाबू पवार ने धीरे से पूछा, "मास्टरजी, जहाँ हमारा गाँव बसेगा उस जगह का क्या हुआ ?"

"कौनसी जगह की बात कर रहे हो तुम ?"

"वही, बस अड्डे के निकट वाली।"

"हम अपना गाँव वहीं पर बसायेंगे।"

"सांसद से पूछा ?"

"इसमें पूछना क्या है ? वह तो पहले ही तय हुआ है।" मास्टरजी ने कहा।

मास्टरजी के उत्तर पर बाबू ने मुँह बना लिया। उससे रहा नहीं गया। कहा, "मास्टरजी, लगता है, असली बात बताने की आपकी इच्छा नहीं है। मैं ही बता देता हूँ—वह जगह हमें नहीं मिलेगी। सांसद के कारखाने के लिए ही वह जगह मिलेगी।"

"सच ?"

"जैसे आप जानते ही नहीं।" बाबू ने मुँह चिढ़ाने के स्वर में कहा।

बाबू की बात का रुख अब मास्टरजी की समझ में आ गया, फिर भी वे शांत मन से बोले, "बाबू, मैं ब्रह्मदेव थोड़े ही हूँ जो सारी बातें मेरी समझ में आयें ?"

"हम आपको ब्रह्मदेव ही समझ रहे थे; पर मास्टरजी, समझ में नहीं आता, आप यों पत्थर कैसे बन गये ?" म्हाकू ने मास्टरजी की ओर हिकारत की नजर से देखा।

मास्टरजी को बेहद क्रोध आया; उन्होंने क्रोध की आग को मुश्किल से रोका। युवकों की नाराजगी पांडू येताला को भी सही लगी। उसने ऊँची आवाज में पूछा, "मास्टर, तुम कहते हो कि हमारे लिए आवश्यक जमीन एक ही गाँव में उपलब्ध नहीं होगी; तो क्या जाँभली को तोड़कर हम जाँभलीवासी दो अलग-अलग रास्तों पर चलेंगे?"

"हमारे हाथ में अब दूसरा क्या उपाय है ?" मास्टरजी तसल्ली के साथ बोले। "पुनर्वास कोई जादू की छड़ी नहीं है—घुमायी और सोना बन गया ! जिसको इस सब

की कार्रवाई करनी है उस सरकार की तो वैसी इच्छा ही नहीं है। उसके पास समय ही नहीं। लगन-आस्था भी नहीं है। जिसके लिए हम अपने घर-बार की बरबादी कर रहे हैं, उन लाभक्षेत्रवालों को इसका भान नहीं है। वे बकरे की तरह हैं। इन स्थितियों में बेहतर यही है कि जो भी पल्ले पड़े उसे स्वीकार कर लिया जाय।''

''हाय रे भगवान ! यह मैं क्या सुन रहा हूँ ? मास्टर ऐसी चिकनी-चुपड़ी बातें कब से करने लगा ?'' बाबू व्यंग्य करते हुए बोला, ''वे मास्टरजी कहाँ गये, जो पच्चीस साल पहले कहा करते थे कि जान चली जायेगी पर बाँध बनने नहीं दूँगा ? मास्टर इस तरह भीगी बिल्ली क्यों बन गये ?''

''मैं बता देता हूँ यह कैसे हुआ,'' म्हाकू बीच में ही उठकर बोला, ''मास्टरजी सांसद की हवेली पर गये थे न ? वहाँ से वे अपनी जेब गरम कर आये हैं।''

''म्हाकू, तुम यह क्या कह रहे हो ?'' मास्टरजी की आँखें आग बरसाने लगीं।

''सच कहता हूँ, तभी तो बात इतनी चुभ गयी।''

''म्हाकू मुरदार, बैठ नीचे। तुम्हें कुछ हया-शरम हैऽऽ ?'' आवडाई ने म्हाकू को लगभग खींचते हुए नीचे बिठा दिया।

म्हाकू के आक्रमण से मास्टरजी चकरा गये। युवा लड़के एक-दूसरे का मुँह ताकने लगे। म्हाकू की जुबान पर लगाम नहीं; वह निरंतर बके जा रहा था—''मास्टरजी, आप में पहले जैसी सचाई होती तो आप ऐसी बात नहीं करते। जाइए और सांसद के तलुए चाटते रहिए।''

मास्टरजी किसी तरह उठ खड़े हुए। उन्हें लगा शरीर पर चट्टान गिर गयी है। क्या बोलें, कैसे समझायें ? उनकी आँखों से यकायक आँसू टपकने लगे। पूरे शरीर में तूफान संचरित हो गया। दाँत पीसते हुए वे गरज उठे, ''लड़को, मेरे आचरण के संबंध में शंका व्यक्त कर मेरे पच्चीस सालों के कष्टों पर कलंक लगा दिया है। पर सोचो, मुझे अपनी जेब ही भरनी होती तो इतने दिन रुकने की क्या आवश्यकता थी ? ठीक है—जैसा तुम लोगों को उचित लगे, करो।''

''पर मास्टरजी, आप···?'' बूढ़े लोग मास्टरजी को रोकने का प्रयास करने लगे।

''मुझे जाने दीजिए।'' दुखी मास्टरजी गाँववालों को झटककर, कंधे पर थैला डाले तुरंत बाहर निकल पड़े। आवडाई और पांडू येताला भी सकपका गये। युवा लड़कों ने नारे लगाये—

''चलो जाँभली, चलो ऽ ऽ जाँभली''

''पहले मृत्यु—बाद में बाँध ऽ''

''पहले मृत्यु—बाद में बाँध ऽ ऽ''

मास्टरजी अँधेरे में अकेले ही बस अड्डे की ओर जा रहे थे।

आठ

जाँभली गाँव में अब गाँव की शान नहीं रही थी। वह उदास, पस्त दिखाई देने लगा था। खैरमोड़े मास्टरजी का अब तक का सिलसिला यह था कि वे शाम को बाभुल गाँव से लौटते। लौटते समय उनकी साइकिल अपने-आप हाट-बाट में चबूतरे के निकट रुकती। वहाँ पर कई बाँधपीड़ित उनकी बाट जोहते रहते। मास्टरजी के आ जाने पर उनमें हलचल होती। वे भरे हुए गले से अपनी व्यथा-कथा सुनाते। बहस हो जाती, मास्टरजी की बातों से बाँधपीड़ितों का हौसला बढ़ जाता। मास्टरजी रात में भोजन के समय पर ही हरिजन बस्ती में पहुँचते। खैरापुर में युवकों ने मास्टरजी के आचरण पर शंका उठाई थी, तभी से अनबन हुई। मास्टरजी ने हाट-बाट में जाना बंद कर दिया। उनकी साइकिल गाँव के निकटवाले रास्ते से होकर, बाहर से ही पश्चिमी नाले के उस पार हरिजन बस्ती में जाने लगी। गाँव में बूढ़ों का मन नहीं लगता था। मास्टरजी के बिना दूसरा कोई चारा नहीं था। आवडाई हैबती सहित सभी युवा लड़कों को फटकारती, "दुष्टो, तुम लोगों ने यह अच्छा नहीं किया। खैरमोड़े मास्टरजी हमारे गाँव की नाक हैं। जाकर पहले उनके पैर पकड़ो।"

जाँभली बुद्रुक बाँध निर्माण-कार्य की व्यवस्था में परिवर्तन हो गया था। सरकार ने रामय्या नाम के ठेकेदार को सारा काम सौंप दिया था। ठेकेदार शहा पिछले महीने ही अपनी मशीनरी को बटोरकर चला गया था। रामय्या दक्षिण भारत से आया हुआ ठेकेदार था। कहते हैं उसके सभी काम उधर गोवा, कर्नाटक में चल रहे थे। वह उधर की मशिनरी को ही इधर, काम पर ला रहा था। हर रोज एक-दो लारियाँ, डोजर—कई यंत्र आने लगे थे। शहा के कई मजदूर उसके साथ चले गये थे। उसे गुजरात की ओर किसी बड़ी बाँध-योजना का काम मिल गया था। तभी तो वह बीच में ही हट गया था। अभी तक रामय्या-कंपनी के सभी मजदूर आये नहीं थे। अगल-बगल के बाँधपीड़ित मजदूरों की सहायता से काम जारी रखा गया था।

हैबती का भी मन काम में नहीं था। अब व्यवस्था बदली, पता नहीं नया मालिक कैसा बरताव करेगा। हैबती अभी भी बिगारी मजदूर था और टोकरियाँ उठाता था। उसे अभी भी स्थायी नौकरी नहीं मिली थी। वह पुनर्वास और सिंचाई विभाग के ऑफिस में बीसियों बार चक्कर लगा चुका था, फिर भी स्थायी नौकरी नहीं मिल रही थी। उसे बीच-बीच में शिवराम सनगर की याद आती थी। बिरजू की बरही का दूसरा दिन भुलाये नहीं भूलता था। उस दिन का शिवराम का वह खिला हुआ चेहरा। हैबती की आँखों के सामने वह चेहरा खड़ा हो जाता। दोपहर को जब धूप कड़ी होने लगती, सूरज आग बरसाने लगता, तब हैबती का कलेजा टूक-टूक हो जाता। उसके कान में बुलडोजर की तीखी आवाज गूँजने लगती। शिवराम की, पत्थर से दबी-चिपड़ी देह उसकी आँखों के सामने मँडराने लगती। आवडाई ने नकुसा और उसके बच्चे को अपनी मड़ैया में शरण

दी थी। हैबती सुबह-शाम बिरजू की तुतली बोली सुनता रहता।

म्हाकू भोंसले, बाबू पवार तथा बढ़ई का बेटा किसनू उदास मन से घूमते रहते। उनकी अशिष्टता की वजह से बूढ़े उनके प्रति नाराज हो गये थे। गाँव में एकता नहीं रही। लोग बिगड़े हुए थे। मास्टरजी के सामने अब किस मुँह से जायें ? तीनों की आत्माएँ भीतर-ही-भीतर पश्चात्ताप की आग में झुलस रही थीं। आज तीनों पूर्वी नाले के किनारे पर स्थित जामुन वृक्ष के तने से सटकर बैठ गये थे। उनके मन में कल से रह-रहकर यह बात आ रही थी कि सीधे मास्टरजी के पास चले जायेंगे, उनके पैर पकड़ेंगे और उनसे कहेंगे–मास्टरजी, आप देवता समान हैं; आप ही यह गाड़ी अपने अधिकार में लीजिए; आप ही इसे हाँकिए। तीनों के मन में यही बात बार-बार आती थी; तय भी होती थी; पर उनसे उठा नहीं जा रहा था। तभी उन्हें ढूँढ़ते-ढूँढ़ते दत्तू सरपंच का आदमी वहाँ आ पहुँचा–"सरपंच ने तुरंत बुलाया है।" सरपंच ने बुलाया है ? और हमें ? यह तो विचित्र बात हुई ! तीनों ने हड़बड़ाकर एक-दूसरे की ओर देखा। आँखों ने मन की बात को व्यक्त किया–देख तो लें, सरपंच ने हमें क्यों बुलाया है ! तीनों करवंदे की रंगीन हवेली के सामने आ गये। दरवाजे पर देखा–एक बिलकुल ही सफेद अम्बैसिडर मोटर खड़ी है; उस पर बोर्ड है–उपाध्यक्ष, जिला परिषद आंबेपुर। अभी-अभी हुए चुनावों में उपसभापति जाधव चुनाव जीतकर उपाध्यक्ष हुए थे। भीतर जाधव भी दिखाई देता है। लगता है कुछ बड़ा झंझट है। तीनों, दरवाजे पर रुके। तभी भीतर से हाँक आ गयी–

"लड़को, बाहर ही क्यों रुक गये हो ? भीतर चले आओ।" खुद लाला जाधव ने ही हाँक लगाई थी। तीनों झपाक से भीतर चले गये। वहाँ जाँभली गाँव के और भी कुछ लोग बैठे थे। सरपंच ने दरी को ठीक कर लड़कों को बैठने के लिए जगह दे दी। बैठक में तुरंत चाय और बिस्कुट मँगाये गये।

जाधव ने आत्मीयता से पूछा, "कहो लड़को, मास्टरजी का स्वास्थ्य ठीक है न?"

तीनों के मुँह से शब्द निकल नहीं रहे थे। वे मुँह बाये जाधव की ओर देखने लगे। जाधव को मास्टरजी के बारे में इतनी चिंता कब से होने लगी ? परसों की घटना इनके कान पर तो नहीं पहुँची ? तभी, स्वयं दत्तू ही बोल उठा–

"आप कुछ भी कहिए भैया, मास्टरजी ने बहुत बड़ा काम किया है। इन बाँधपीड़ितों के लिए मास्टरजी अकेले कितने दिनों तक मुसीबत झेलेंगे ?"

"बिलकुल सही कहा तुमने।" मुँह में पान की गिलौरी ठूँसते हुए लाला ने कहा, "यहाँ सेवाभाव से काम करनेवाले बहुत हैं, तभी तो महाराष्ट्र टिक पाया है। कोई कुष्ठ-रोगियों की सेवा कर रहा है। कोई अंधश्रद्धा-निर्मूलन के लिए दौड़-धूप कर रहा है। किसी ने हमाल पंचायत का और किसी ने पानी पंचायत का काम अपने सिर पर लिया है। कोई शिक्षा-प्रसार के लिए वटवृक्ष के विस्तार को अपना आदर्श मानकर चल रहा है–ये लोग न होते तो यह देश कभी का समाप्त हो गया होता।"

"लेकिन, मास्टरजी की-सी लगन किसी दूसरे में नहीं है।" दत्तू करवंदे ने कहना

शुरू किया, "उनका वह अध्ययन, उत्साह और लगन ! पूछना ही क्या ? क्या इसको भूखंड मिल गया ? फलाने को जमीन मिल गयी ? ठिकाने के लिए कर्जा मिल गया? अमुक की नौकरी लग गयी ?–पचासों मामले।"

"बात नौकरी की चली, इसलिए कह ही देता हूँ," पीक को थूकते हुए उपाध्यक्ष महोदय ने कहा, "भले ही सरकार हमारी हो, हमें सत्य ही बोलना चाहिए। हमारे हैबती की बात लीजिए–चीफ इंजीनियर ने जाहिर आश्वासन दिया था कि हैबती को पर्मनंट नौकरी दी जायेगी। सांसद साहब इस बात के साक्षी हैं। पर आज क्या स्थिति है ? हमारी जानकारी के अनुसार, हैबती बेगारी में टोकरियाँ ढो रहा है। वही हाल उस सनगर के लड़के का। बेचारा डोजर के नीचे व्यर्थ ही बलि चढ़ गया। क्या उसका हर्जाना किसी ने दिया है ? फिर किसलिए और किसके लिए कर रहे हैं यह सब ? किसलिए चाहिए ये बाँध ? बंद कीजिए बाँध-योजनाएँ।"

उपाध्यक्ष जाधव ने आवाज ऊँची कर दी। वे दाँत पीसते हुए कहने लगे। यह देखकर दत्तू सरपंच घबड़ा गया। उसने दबी आवाज में कहा, "भैया, हमें इतनी कठोर बातें नहीं करनी चाहिए। हम सत्ता के लोग हैं। यह भाषा हमें संकट में डाल देगी।"

"संकट आ जायेगा ? यह कुर्सी और यह गाड़ी चली जायेगी; यही न ? मेरा पूरा गाँव पानी में डूबेगा, दस पीढ़ियों की कमाई मिट्टी में मिल जायेगी–सरकार ने हमें क्या दिया है ? कहाँ हैं नौकरियाँ ? कहाँ है जमीन ?"

"भैया, आप जो कह रहे हैं, वही सही है।" बीच में ही म्हाकू ने कहा, "खैरापुर में अच्छी जमीन मिल नहीं रही है, बंजर पठार हमारे मत्थे मार रहे हैं। गाँव बसाने के लिए जमीन नहीं मिल रही है। हम कहाँ रहेंगे ?" बाबू पवार ने पूछा।

"देखा, जो इन लड़कों की समझ में आता है उतनी भी अकल शासन तथा अधिकारियों के पास नहीं है। मुझे कुर्सी नहीं चाहिए, सत्ता नहीं चाहिए, भत्ता भी नहीं चाहिए। देर से ही सही, हमें बाँधपाड़ितों के कष्टों का पता चल गया !! जान चली जाय, लेकिन पुनर्वास हुए बिना बाँध पुरा होने नहीं देंगे। पहले पुनर्वास बाद में ही बाँध।" लाला जाधव ने नारा लगाया।

"भैया, आप ही हमारा मार्गदर्शन कीजिए। आप हमारे नेता बन जाइए।" दत्तू ने उठकर कहा।

"मैं क्या मार्गदर्शन करूँ ? उस महापुरुष ने–उस खैरमोड़े मास्टर ने–इन प्रकल्प-पीड़ितों के लिए जितना कष्ट उठाया है अगर उसका दसवाँ हिस्सा काम करने का अवसर मिले तो भी मैं अपने को भाग्यवान समझूँगा।"

उपाध्यक्ष के जोर लगाने पर दत्तू भी जोश में बोलने लगा। अन्य कार्यकर्ता भी आवेश में आ गये। अप्पा भिलारे ने कहा, "पहले पुनर्वास और बाद में बाँध–इसी नीति पर चलना है न ? चलो संघर्ष करेंगे, आंदोलन करेंगे, बैठक लेंगे।"

"बैठक में खैरमोड़े मास्टरजी का होना जरूरी है। उनके बगैर पुनर्वास कार्य शोभा

नहीं देता।" उपाध्यक्ष ने कहा।

उसी रात कालीमाई की साक्षी में सारा जाँभली गाँव हाट में जमा हो गया। लड़कों को चार बार हरिजन बस्ती में दौड़ाया गया; पर मास्टरजी जगह से नहीं हिले। अंत में उन्होंने कहला भेजा—"शरीर में दर्द हो रहा है, स्वास्थ्य ठीक नहीं है।" सभा के आरंभ में दत्तू करवंदे ने कहा—"मास्टरजी नहीं आयेंगे तो भी चलेगा; आखिर वे भी कितना कष्ट उठायेंगे ? उनका अधूरा काम हम पूरा करेंगे, संघर्ष जारी रखेंगे।" दत्तू को तालियों की दाद मिली। जाँभलीवालों को शुरू में लगा—यह दत्तू और लाला का कुछ शगूफा है, पर उनके निर्णय और उत्साह को देखकर सबको विश्वास हो गया। देर से ही सही, इन दोनों की अक्ल जगी।

अगल-बगल के गाँवों में सभा के संबंध में संदेशा भेजा गया था। बिबेबाड़ी और फणसबाड़ी के भी लोग सहभागी हुए थे। लाला जाधव ने सभा के अंत में अपने निर्णय को जाहिर कर दिया, "पुनर्वास के बगैर बाँध बनवाना चाहेंगे तो मैं वह बात चलने नहीं दूँगा। पहले मेरा शव बाँध की दीवार में दफना दीजिए और तभी काम जारी रखिए।" पूरी सभा अवाक् हो गयी। लगे हाथों नयी कार्य-समिति का गठन हो गया। दो दिन के बाद बाघजाई किनारे के डूबक्षेत्र के सारे लोगों को इकट्ठा करेंगे। जोरदार जुलूस निकालेंगे। जुलूस लेकर बाँध के काम पर चले जायेंगे; बाँध-निर्माण-कार्य रोक देंगे—पक्का निश्चय हुआ। अब पुनर्वास जरूर होगा—भाषणों से प्रभावित, आश्वस्त जाँभलीनिवासी अपने-अपने घर चले गये।

दूसरे दिन से ही जाँभली के लोग काम में लग गये। जुलूस की तैयारी शुरू हो गयी। लाउडस्पीकर गरजने लगे। बगलवाले गाँवों में प्रचार के लिए निकलना था। म्हाकू और बाबू की संगत से हैबती भी चलने लगा। आवडाई ने उसे रोका। नाराज होकर कहा, "बेटे, तुम उन ऐरे-गैरों के पीछे क्यों जा रहे हो ? भूल गये—दुष्टों ने तुम्हारे दादा और चाचा को निगल डाला था ? उन्हीं की यह औलाद है। जैसी खदान वैसी मिट्टी।"

"माँ, अब पीछे की बातें छोड़ दो। उन्होंने अब पुनर्वास कार्य के संबंध में ठान लिया है।" हैबती ने माँ को समझाना चाहा।

"बेटे, करेले की बेली में ककड़ी नहीं पैदा होगी। उस लाला ने व्यापार के नाम पर यहाँ जंगल जला डाला। जंगल से कोयला बनाकर बेचा। नोटों से बोरियाँ भर लीं, अब वह आदमियों को निगले जा रहा है। वह मास्टरजी के नाखून की भी बराबरी नहीं कर सकता।"

लड़के यह सब सुनने की मानसिकता में नहीं थे। युवा लड़कों ने जुलूस निकालने की बात को गंभीरता से ले लिया। उन्होंने दौड़-धूप की। जुलूस के दिन बिबेबाड़ी, हरलेबाड़ी, साजुली से लेकर झांजड़बाड़ी तक के बाँधपीड़ित जमा हो गये। चालीस किलोमीटर का बाघजाई किनारा पैदल पार कर लोग जुलूस के लिए आ गये। उसमें गुणवंत तथा कुशाराजा भी शामिल हुए थे। चार हजार लोगों के जुलूस ने बाँध पर हमला

बोल दिया। पुलिस ने पहले से ही बाँध की दीवार के सामने अपने सिपाहियों की दीवार खड़ी कर दी थी। जुलूस ने निश्चय किया था–काम बंद होने पर ही पीछे हटेंगे। डी.. एस.पी. स्वयं बंदोबस्त के लिए उपस्थित थे। उन्होंने, यकायक भड़के हुए बाघजाई कछार को अजमा लिया। अड्डा जमाकर बैठे हुए बाँधपीड़ित बाँध की जगह से उठ नहीं रहे थे। डी.एस.पी. ने रामय्या के मैनेजर–यलाप्पा–को अपने तंबू में बुला लिया। उन्होंने मैनेजर को वचन दिया–

"बिलकुल घबड़ाइए नहीं। काम जारी रखिए। हम आपके साथ हैं।"

"साहब, यह हमसे नहीं होगा।" यलाप्पा ने पहले से ही तैयार अर्जी साहब के हाथ में देते हुए, गिड़गिड़ाकर कहा, "यहाँ साईट पर हमारा करोड़ों रुपयों का मटेरियल पड़ा हुआ है। ये लोग थोड़ा-सा भी दंगा करेंगे तो लाखों रुपयों का नुकसान होगा। करार के मुताबिक साईट पर पीस रखना सरकार का काम है। तभी हम काम शुरू कर देंगे।"

"आप अपनी शिकायत को वरिष्ठों तक पहुँचाइए।" डी.एस.पी. झुँझलाकर बोले।

"साहब, चार तार कर दिये गये हैं। बड़े शेट को बंगलोर फोन भी किया गया है। सब ठीक कर दिया गया है।"

मजदूरों ने काम बंद किया। बाँधपीड़ित मजदूर पहले ही जुलूस में शामिल हुए थे। ठेकेदार घबड़ा गया। सबको पक्का विश्वास हुआ–अब काम रुकेगा। जुलूसवालों की विजय हुई थी। वहीं पर बड़ी सभा हो गयी। सारे बाँधपीड़ितों ने लाला जाधव और दत्तू की प्रशंसा की। जुलूस में गये हुए लोग अब हँसी-मजाक के साथ गाँव की ओर लौटे। एक-दूसरे से कहने लगे, "ऐसे लोग चाहिए; बाघ की तरह। जो काम मास्टरजी से पच्चीस बरसों में नहीं हुआ, वही काम इन पट्ठों ने पाँच दिन में करके दिखाया।"

"मास्टरजी क्या करेंगे ? आखिर मास्टर की ही अक्ल ठहरी।"

पंद्रह दिन बीत गये। बाँध का काम वहीं-का-वहीं ठप्प पड़ा था। ठेकेदार कारण बता रहा था–मजदूरों को बाँधपीड़ितों से खतरा है। उधर सांसद शिंगाड़े चिल्ला रहे थे–काम बीच में ही क्यों बंद रखा गया है ? दिगू बाभन को खुशी हुई। कालीमाई की गोद में रखे हुए प्रसाद को इकट्ठा करते वह डींग हाँकने लगा, "जो मैं कहता था, आखिर वही हुआ न ? क्या कालीमाई डूबेगी ?"

युवा लड़के नये नेतृत्व की ओर आशा से देखने लगे। हे भगवान लाडूबा, जल्दी रोजी-रोटी दे दो। रहने के लिए जगह, पेट पालने के लिए जमीन, एक गाँव के बसने के लिए एक ही पर्यायी जगह दे दो। हमें इंद्रसभा लेकर क्या करना है ?

गाँव तथा बाँध की जगह पर अगल-बगल में भय का माहौल था। दत्तू और लाला ने बड़ा दबाव पैदा कर दिया था। बाँधपीड़ित बिगड़े हुए थे। बाहर के मजदूर साईट पर आने में हिचक रहे थे। पुलिस के दो दस्ते नदी-किनारे पर गश्त लगाने

लगे। गाँव घबड़ा गया। रात में गाँव के अगल-बगल में लकड़बग्घे घूमते रहते। अँधेरे में यों ही देखने पर वे गँवार कुत्ते जैसे दिखाई देते थे; पर उनकी दाढ़ें बहुत मजबूत थीं। किसी भी चीज के टुकड़े करने के लिए तरसते रहते थे। दो पैर छोटे होने की वजह से वे अटक-अटककर चलते थे। बदन पर बाघ के-से पट्टे थे; पर नजर लोमड़ी की तरह दड़बों पर रहा करती थी। रास्ते में जो भी बकरी मिलती, चट कर जाते। मुर्गी के चूजों को समाप्त करते। लकड़बग्घे की नाक में मरे हुए चौपायों और मुर्दों की बास लग जाती। अपने लंबे थूथन से सड़े हुए मांस को उधेड़ने में उन्हें स्वाद आता था। बीच में ही टिटिहरी का शोर शुरू होता, अँधेरा भी काँपने लगता।

सरकार चुप नहीं थी। वह बड़ी सावधानी से कदम रख रही थी। ध्यानपूर्वक गाँव के रंग-ढंग को निहार रही थी। बीच में ही खैरापुर से संबंधित भूमिसंपादन के मामले का अदालती निर्णय जाहिर हुआ। वितरण के लिए जमीन उपलब्ध हो गयी। पर किसी ने उधर झाँका तक नहीं। गाँव में पक्की एकता थी–साथ-साथ जीयेंगे साथ-साथ मरेंगे। करवंदे के घर में हर रोज बैठकें होतीं। आंदोलन को सफलतापूर्वक निभाकर लाला जाधव आंबेपुर चले गये। झेड.पी. की बैठकें, पुणे से जुड़े हुए काम, बंबई की मीटिंग–लाला जाधव इनमें व्यस्त हो गये। जाँभली गाँव दत्तू की मुट्ठी में था।

नीचे खैरापुर के निकट ढगेबाड़ी के परिसर में नयी चीनी मिल बनवाने का कार्य शुरू था। जाँभली-बुद्रुक बाँध योजना के पानी को निश्चित मानकर ही चीनी मिल को मान्यता मिली हुई थी। सांसद और उनके बेटे सर्जेराव ने जोर लगाया था; तब तक बाँध का कार्य रुक जाने की खबर अखबार में फैल चुकी थी। सांसद, जिले के आठ विधायकों को साथ लेकर मुख्यमंत्री से मिले। उन्होंने मुख्यमंत्री से कई प्रश्न किये। मुट्ठीभर बाँधपीड़ितों के दबाव में आकर विकास की गाड़ियों को रोकेंगे ? बाघेठाण तहसील को हमेशा अकाल के कोल्हू में पीसेंगे ?

इसी तरह डेढ़ महीना बीत गया। यकायक पाँच-सात गाड़ियाँ भरकर पुलिस सिपाही आ गये। सेना के दस्तों की तरह पुलिस के दस्ते उतरे। पुलिस की निगरानी में बाँध का काम शुरू हो गया। जाँभली के लोग भागे-भागे दत्तू के दरवाजे पर जमा हो गये। दत्तू भी चिंतित दिखाई दिया। उसने उपाध्यक्ष को फोन किया। ऐन मौके पर वे कहीं चले गये थे। फोन पर मिले नहीं। बाबू, म्हाकू, हैबती ने चिल्लाकर कहा–

"चलिए, जाँभली के सभी लोगों को साथ लेकर चलते हैं। बाँध की दीवार पर बैठे रहेंगे, काम रोक देंगे। आपने ही बताया पहले मृत्यु बाद में बाँध।"

"देखो लड़को, जरा समझदारी से काम लेना।" दत्तू सबको शांत करते हुए बोला, "अरे, हमारे गाँव की क्या हैसियत है जो इतनी बड़ी सरकार के साथ लड़ बैठें ? आसमान को टाँकने निकले हो। वह गुदड़ी थोड़े ही है ?"

"पर हमारी माँगों का क्या होगा ?"

"हाँ, हाँ, जरा धीरज रखो; चार दिन रुको। आबा आ जायेंगे। उनके साथ बैठेंगे;

बात करेंगे।'' बातों पर लड़के नाराज हो गये। बिना निर्णय ही बैठक समाप्त हो गयी। दो दिन के बाद जाँभली में एक अलग ही खबर फैल गयी। सरपंच दत्तू तथा लाला ने खैरापुर में नदी-किनारे की चालीस एकड़ जमीन पसंद की है। कोई दूसरा ही समाचार ले आया—उन्होंने जमीन पसंद ही नहीं की है बल्कि उसको कब्जे में भी लिया है। लड़के तुरंत आंबेपुर चले गये। पुनर्वास-ऑफिस में अपनी रामकहानी सुनाकर पूछा, ''साहब, क्या यह सही है कि उस जमीन का बँटवारा हो गया ?''

''मतलब ? तुम क्या सोचते हो करवंदे और जाधव बाँधपीड़ित नहीं हैं ? उनको जमीन न देने के संबंध में सरकार ने कानून तो नहीं किया है न ?'' काकड़े साहब ने उल्टा प्रश्न किया।

''पर साहब, दो खातेदारों में चालीस एकड़ जमीन बाँट देने का कायदा कब किया गया ?'' बाबू ने खीझकर कहा।

''दो नहीं चौदह खातेदार कहो। दस खातेदार करवंदे के परिवार के और चार जाधव के परिवार के। हमने वितरण नियम से ही किया है।''

''साहब, उनकी, खातेदारों की सूची ही बोगस है।''

''ठीक है। लिखकर दे दो। जाँच करायेंगे। सूचित करेंगे।'' साहब ने बिलकुल ही ठंडे दिमाग से कहा।

लड़कों ने शिकायती अर्जी लिखकर दे दी। टेबल पर कई फाइलें जमा हुईं थीं। साहब ने अर्जी अलग रख दी।

समधी की तरह खड़े लड़कों से साहब ने पूछा, ''हूँ, अब क्या है ?''

''अर्जी के संबंध में निर्णय ?''

''इतनी जल्दी ? जाओ। पहले यह मामला तहसीलदार के पास भेजा जायेगा। उसके संबंध में जवाब-तलब, दाखिले—सब पूरा होकर आ जायेगा, तब तुम्हें सूचित किया जायेगा।'' काकड़े साहब बोले।

लड़के जाँभली की ओर लौट पड़े। उस चालीस एकड़ बढ़िया जमीन ने हर एक के मन को प्रभावित किया था। उसमें अवश्य ही सात-आठ बाँधपीड़ितों का कल्याण हो जाता। बाबू और म्हाकू को भी वही जमीन पसंद आ गयी थी। मास्टरजी कह रहे थे—जो भी पल्ले पड़ेगा ले लो। अच्छा होता अगर उनकी बात मान लेते। सोने की-सी जमीन चोरों के हाथ में न जाती। म्हाकू तथा बाबू बस से उतरे; वे गुस्से में थे। सीधे करवंदे के घर चले गये। दरवाजे पर रामय्या के मैनेजर—यलाप्पा की गाड़ी खड़ी थी। यलाप्पा भीतर बैठक में कॉफी और बिस्कुट पर हाथ मार रहा था। हवेली में घुसते ही लड़कों ने पूछा, ''सरपंच, आपने खैरापुर में चालीस एकड़ जमीन उठा ली है—क्या यह सच है?''

''क्यों रे ? कानून से जो मिल रहा है, उसे ले लेने में कोई पाप है ?'' दत्तू ने भौंहें चढ़ायीं।

"मेरे चाचा ने अलग गृहस्थी की। उसे दस साल हो गये। हमारे तीन अलग-अलग खाते क्यों नहीं हुए ?" दत्तू ने उत्तर दिया, "बारह साल पहले सेक्शन चार का नोटिस मिला। उससे पहले ही मेरे चचेरे चाचा, फूफी, मेरी घरवाली--सबने अपना-अपना हिस्सा अलग करवा लिया। तुम्हारे बूढ़े ने अर्जी दी होती तो तुम्हारे खाते का भी विभाजन हो जाता। सही है न मेरी बात ?"

"पर आपने चुनी हुई ही जमीन कैसे उठा ली ? दूसरे कहाँ जायेंगे ? क्या वे चट्टान-वाली जमीन ले लें ?"

"लड़को, तुम व्यर्थ ही परेशान होते हो। लाभक्षेत्र में कई गाँव आते हैं। दूसरा गाँव माँग लेंगे, उसमें क्या परेशानी है ?"

"लेकिन, आपने गाँववालों से पहले जमीन कैसे ले ली ?" बाबू ने झल्लाकर पूछा, "बाँध का काम रोक देने का निर्णय हुआ था न ? फिर आपने यह निर्णय कैसे लिया ! हमें भनक तक लगने नहीं दी ?"

"काम रोक देने के संबंध में निर्णय हुआ था; पर इसका अर्थ यह थोड़े ही है कि बाँध का काम बिलकुल होने ही नहीं दिया जाय ? ऐसा तो होगा ही नहीं। इतने बड़े काम भगवान के रोके भी नहीं रुकेंगे। बाँध है वे बाँध !!"

"दोनों अवाक् हुए। झुँझलाकर बाहर निकले। म्हाकू तिलमिलाकर बोला, "यह ऐसा ही होगा। गधे के गोठ में लीद ही मिलेगी। गुड़ कहाँ से मिलेगा ?"

दूसरे दिन सुबह, रामय्या कंपनी की सफेद अम्बैसिडर गाड़ी यकायक दत्तू के दरवाजे पर आकर रुक गयी। गाँव के लोगों के कान खड़े हो गये। दत्तू सज-धजकर बाल-बच्चों के साथ गाड़ी में बैठ गया। गाड़ी धूल उड़ाते हुए जाँभली से बाहर निकल गयी। शाम गाँववालों को असली बात का पता चल गया। सरपंच ने रिश्तेदारों के साथ दक्षिण-यात्रा की योजना बनायी थी। वे तिरुपति, बालाजी, रामेश्वर, कन्याकुमारी से लेकर मंगलोर, बंगलोर तक हो आयेंगे। दिनभर की व्यस्तता और दौड़-धूप में समय ही कहाँ मिलता है ? पहली बार ऐसा अवकाश मिल रहा है।

लड़कों के मुँह उतरे। उन्हें पक्का यकीन हुआ कि लाला और दत्तू--दोनों धूर्तों ने पूरे गाँव के साथ दगाबाजी की है। लड़कों ने बूढ़ों का अनुनय किया; आवडाई के पैर पकड़े। कहा, "काकी, हमें मास्टरजी के पास जाने में शर्म लगती है; तुम ही हमें ले चलो।"

शाम आवडाई, हैबती, म्हाकू, बाबू, पांडू येताला पूरा अटंबर पश्चिमी नाला पार कर हरिजन बस्ती में पहुँचा।

खैरमोड़े मास्टरजी और उनकी लड़की शेवंता घर के बाहर, पेड़ के नीचे गप्पें लगा रहे थे। शेवंता अब चौथी में पढ़ रही थी। मास्टरजी उसे धूर्त लोमड़ी और शत्रु मानकर पानी में अपना ही थूथन निहारनेवाले मूर्ख बाघ की कहानी सुना रहे थे। शेवंता कहानी सुनकर जोर-जोर से हँस रही थी। गाँववालों का झुंड देखकर मास्टरजी सकपकाये। उन्होंने

बाहर बैठने के लिए कंबल बिछा दिया। सब पीपल के नीचे बैठ गये। पीपल के पत्तों की सरसराहट सबको अच्छी लग रही थी।

मास्टरजी ने शांत मन से पूछा, "बताओ म्हाकू, क्या कहते हैं तुम्हारे नये नेता?"

"मास्टरजी, आप यह जूता उठाकर मेरे सिर पर चार लगा दीजिए।" म्हाकू रुआँसा होकर बोला।

आवडाई के द्वारा भूमिका बाँध देने के बाद सभी लड़कों ने "गलती हुई" कहकर मास्टरजी से क्षमा-याचना की। मास्टरजी देर तक चुप रहे। चायपानी हो गया। मास्टरजी यकायक आवेश में आ गये। गद्गद होकर कहने लगे, "बेटे, तुमने जिसे जेब भरना कहा न ? उस प्रकार से जेब भरने का कितना बढ़िया मौका मिला था मुझे। यह सोचकर कि बाँध का काम मैं चुटकी बजाते ही रोक सकता हूँ, रामय्या का मैनेजर यलाप्पा पचास हजार की गठरी लेकर पहले मेरे पास आया था।"

"आपके पास ?" सबने आश्चर्यचकित होकर पूछा।

"हाँ, हाँ, मेरे पास। पर मैंने उसे साफ-साफ कहा--गाँव के प्रति गद्दारी मुझसे नहीं होगी, बाँधपीड़ितों के प्रति बेईमानी मुझसे नहीं होगी। मैंने अपने दरवाजे से उसे भगा दिया।"

"इसका मतलबऽऽ ठेकेदार से रुपये लेकर लाला-दत्तू ने हमारे द्वारा बाँध का काम रुकवाया ?" युवा लड़के लगभग चीखकर ही बोले।

"तुम ही जान लो; जो भी जानना है।"

"पर ठेकेदार बाँध का काम क्यों रुकवायेगा ? उसे क्या मिलनेवाला है काम रोककर ?" हैबती ने पूछा।

"लड़को, वह बहुत लंबा हिसाब है। एक साथ चार बाँधों पर रामय्या का काम शुरू है। फिलहाल उसकी मशीनरी खाली नहीं है। समय था। अवकाश के समय में भी लाभ ही लाभ होना चाहिए--ठेकेदार और दलालों का यही हिसाब रहता है। तुम कहोगे कि यह कैसे होता है ? जिस दिन विरोध के कारण या सरकार की किसी अन्य समस्या की वजह से बाँध का काम बंद रखना पड़ेगा उस दिन के लिए सरकार प्रति दिन तीस हजार रुपये के हिसाब से ठेकेदार को मशीनरी के हर्जाने के रूप में दे देगी। एक दिन के तीस हजार, बताओ पिछले दो महीनों के कितने मिलेंगे ? करो हिसाब।"

मास्टरजी से यह सुनकर सब हक्का-बक्का हुए। आवेग को दबाते हुए हैबती ने पूछा, "यदि सरकार इस प्रकार का हर्जाना नहीं देगी तो ?"

"अनुबंध का रिकार्ड ठेकेदार के पास होता है। ठेकेदार सरकार को अदालत में खींचेगा। सरकार से ठोंक-बजाकर रुपये वसूल करेगा।"

"बाप रे ! लाला-दत्तूवा को कितनी पूँजी मिली होगी ?"

"प्रत्येक को एक लाख रुपये सहज ही मिल गये होंगे। कफनचोर कुछ भी कर सकता है न ?" मास्टरजी बताने लगे, "लड़को, तुम लोगों ने बड़ी भूल की। मैं खैरापुर

में ही कह रहा था—जो भी पल्ले पड़ेगी वह जमीन ले लो। अब चुनी हुई जमीन उड़ा ली न उन बदमाशों ने ? कहो क्या मिला तुम लोगों को ?''

''जो हुआ, अच्छा ही हुआ। कम-से-कम इन लड़कों को उन साँपों का स्वभाव तो मालूम हो गया।'' आवडाई ने कहा।

अँधेरा छा गया था। मास्टरजी के दरवाजे से दूर पूर्व दिशा में बाँध का चालू काम दिखाई दे रहा था। बिजली की बड़ी-बड़ी कई बत्तियाँ चमक उठी थीं। उस उजियाले में आदमी, यंत्र जी-तोड़ मेहनत कर रहे थे। कोई बता रहा था कि यलाप्पा कर्नाटक से ट्रक भर-भरके मजदूर ला रहा है। सिकुड़े-सहमे बाँधपीड़ित कल की चिंता में बैठे हुए थे। गाँव के अगल-बगल में लकड़बग्घे चक्कर काट रहे थे। उनके मजबूत दाँतों के लिए अच्छा-बुरा सब चलता था।

नौ

चैत की चिलचिलाती धूप। पहाड़ तथा जंगल के झरने कभी के सूख गये थे। पूर्वी नाला भी सूखकर खाली पड़ा था। नाले के पाट में गोटे और कंकड़ खुले में उसाँस लेते हुए बारिश की बाट जोह रहे थे। पानी नहीं होने की वजह से केंकड़ों ने किनारे की मिट्टी गहराई तक उकेरी थी। दो चार घाघ लोमड़ियाँ केंकड़ों की खोज में, दबे पाँव जा रही थीं। वे उकेरी हुई मिट्टी की ओर लार टपकाती हुई देखती रहती थीं। केंकड़े बाहर की आहट सुनकर सावधान हो जाते। पंजों को पेट के साथ सिकोड़कर चुपचाप बिल में पड़े रहते। तपे हुए नाले अँधेरा हो जाने पर भी उसाँसें भरते थे। लोमड़ी उकेरे हुए बिल के पास जाकर बाहर की ओर मुँह किये बैठ जाती। वह बहुत देर तक, चोर की भाँति, बैठी रहती, अपनी पूँछ के छोर को धीरे-धीरे बिल में सरकाती रहती। मुलायम स्पर्श के कारण केंकड़ा आगे बढ़ जाता। वह लोमड़ी की गुच्छेदार पूँछ को डसता। लोमड़ी की पूँछ को वह मुलायम पत्तियोंवाली घास समझ बैठता। लोमड़ी अटकल लगाते हुए पूँछ को धीरे-धीरे बाहर खींचती। पूँछ जब बिल के मुँह के निकट आ जाती, वह उसे झट से खींचते हुए केंकड़े को हवा में उछालकर चट्टान पर जोर से गिरा देती। केंकड़े के एक-दो पंजे टूट जाते। घबड़ाया हुआ केंकड़ा भागने का प्रयास करता। लोमड़ी उसे दोनों पैरों में दबाकर कर्ऽ कर्ऽऽ चबाती। इस प्रकार केंकड़े फँसते जा रहे थे, लोमड़ियाँ उन्मत्त होती जा रही थीं।

लोमड़ियाँ नाले में रातभर ऊधम मचातीं। दादू चौकीदार अपने कान पर हाथ रखे दिन-रात मुनादी दिया करता था—''तीन महीनों के बाद बाँध में पानी रोका जायेगा ऽऽ, गाँव उठ जायेगा, मकान गिरा दो खैरापुर में जमीन पसंद करो ऽऽ।'' सिंचाई विभाग ने इस वर्ष मृग नक्षत्र में ही दरार को भरना निश्चित किया था। बाँध में पानी अटक

जायेगा। गाँव का डूबना अब निश्चित हो गया था। गोमा कहार हौलदिल हुआ-सा दीखता था। भैंसे का क्या किया जाय ? नये गाँव में पवनी कैसे मिलेगी ? बाल-बच्चों का क्या होगा ? गाँव पर उसका भरोसा नहीं था। इतना बड़ा जाँभली गाँव डूब रहा है। कालीमाई ने जरूर आँखें बंद कर ली होंगी या गाँव को भूत-पिशाच ने पछाड़ा होगा। भगवान बैताल ही गाँव को इस संकट से उबारेगा। वह भूतों का राजा है न ? गलती ही हुई। इसके पहले ही उसकी पूजा करनी चाहिए थी। पनघट की बाट पर पेड़ के नीचे ही तो है बैताल भगवान ! एक पुरसा ऊँचा, सीधा खड़ा, सफेद पत्थर। गोमा ने उसके पैरों पर माथा रखा, "बैताल बाबाऽऽ गुस्सा मत करो, जो भी गलती हुई हो, माफ करो।" गोमा ने पान का बीड़ा और सड़ियल सुपारी बैताल राजा के सामने रख दी। उसे अब बहुत अच्छा लग रहा था।

खैरमोडे मास्टरजी सबसे ज्यादा गड़बड़ा गये थे। फिर भी एक बात अच्छी हुई। जहाँ गाँव बसना था, उस जमीन को लेकर कुछ परेशानी नहीं थी। कम-से-कम इस मामले में मास्टरजी को संतोष था। वे बाँधपीड़ित क्या हुए जिन्हें कोई सुविधा आसानी से मिल जाये ? जब खैरापुर के नीचे ढगेबाड़ी के परिसर में चीनी मिल का निर्माण-कार्य आरंभ हुआ तब मास्टरजी का जी हल्का हो गया क्योंकि युवा लड़कों को यह भय लग रहा था कि खैरापुर गाँव के लोग बस अड्डे के निकटवाली जमीन को चीनी-मिल के लिए हथिया लेंगे। लेकिन मास्टरजी का संतोष अधिक दिन तक टिक नहीं पाया। सांसद शिंगाडे का लड़का सर्जेराव नयी पीढ़ी का प्रतिनिधि था। उसे सरकारी सहूलियतों को हथियाने के संबंध में अच्छी जानकारी हासिल हो गयी थी। उसने सरकार की गर्दन पर सवार होकर बस अड्डे के निकटवाली लगभग पचास एकड़ जमीन मात्र एक रुपया किराये पर 'देशभक्त शिंगाडे चीनी-मिल' से संबद्ध 'अलाईड पर्पज' के लिए हासिल की। मास्टरजी को इस बात की भी खबर मिल गयी कि वह जमीन एन.ए. हो गयी है। वे बाबू पवार को साथ लेकर खैरापुर पहुँचे। आँखों में आँसू लाकर मास्टरजी बोले–

"सांसद साहब, आपकी और हमारी पिछले जन्म की दुश्मनी थोड़े ही है, फिर आप हमारी जान लेने पर क्यों तुले हैं ? हम आपकी उन्नति के लिए ही तो अपने गाँव को उखाड़कर नीचे की ओर आ रहे हैं। आपने हमारे निवास हेतु मिलनेवाली जमीन को भी दबा लिया। आप ही बताइए हम किस दह में कूद पड़ें ?"

"यह बात मुझे मालूम ही नहीं है।" सांसद ने सकपकाकर कहा। उन्होंने सर्जेराव को बुला लिया। जाँभलीवासियों के निवास के लिए तय की गयी जगह कारखाने के लिए प्राप्त हो जाने की बात को स्वीकार करते हुए सर्जेराव बोला, "कारखाना शुरू हो जाने पर खैरापुर को व्यापारिक महत्त्व प्राप्त हो जायेगा। हमारे बोर्ड ने इसीलिए सरकार से माँग की। सरकार ने हमें वह जमीन कानून के अनुसार दे दी।"

"लेकिन हमने इन लोगों को पुनर्वास का गाँव बसाने के लिए यह जमीन दे देने का वचन दिया था।" यह कहते हुए सांसद शिंगाडे की आवाज कुछ ऊँची हो गयी।

"गाँव के पश्चिम में देवस्थान की साठ एकड़ अनुपजाऊ जमीन है। वहाँ पर नया गाँव बसाया जा सकता है।" सर्जेराव ने समाधान सुझाया।

"वहाँ पर भूत भी नहीं रहते ? हम तो मनुष्य ठहरे। हम वहाँ कैसे रह पायेंगे? दूसरी बात यह है कि कल उस जमीन में रिस-रिसकर पानी भी जमा हो सकता है। दलदल होने पर हम वहाँ कैसे जिंदगी बितायेंगे ? सांसद साहब, क्या करें हम ?" मास्टरजी ने गिड़गिड़ाकर पूछा। सांसद महोदय गंभीर हो गये। उन्हें सर्जेराव की बात कुछ जँची नहीं। उन्होंने सर्जेराव को फटकारकर कहा, "हमने उन्हें वचन दिया है। वे उस जगह की भीख नहीं माँग रहे हैं। वे तय की गयी जमीन माँग रहे हैं। जमीन उन्हें देनी ही पड़ेगी।"

"इसमें मेरा विरोध कहाँ है ?" सर्जेराव ने अपनी बात को स्पष्ट करते हुए कहा, "मैं आपकी राय बोर्ड के सामने रखूँगा। बोर्ड स्वीकृति देगा तो जमीन जरूर छोड़ देंगे।"

सांसद शिंगाड़े सहम गये। सर्जेराव उनके साथ कारखाने के चेयरमेन की हैसियत से ही बोल रहा था। उसकी वाणी में उसका अधिकार झलक रहा था। मास्टरजी ने हवेली में बदले हुए तौर-तरीकों को पहचान लिया। वे उठे और बाहर चले गये। उन्हें एक ही चिंता थी—बाँधपीड़ितों के दुःख कैसे बतायें ? किसको बतायें ? पेट में घुसी हुई कील की भाँति बाँध गाँव के परिसर में खड़ा हो गया था। जान चली जायेगी पर कील नहीं निकलेगी। तीन महीनों के बाद पानी रुक जायेगा। निवास के लिए जगह का अभी पता ही नहीं। आधे लोगों को किसी तरह बंजर-पठार की जमीन मिली हुई थी। इतने कम समय में गाँव को कैसे उखाड़ पायेंगे ? कैसे छोड़ पायेंगे ? नयी जगह पर कैसे बसा पायेंगे ? ढोर-डंगरों का क्या होगा ? बाल-बच्चों का क्या होगा ? आँखों के सामने पहाड़ से भी बढ़े-चढ़े प्रश्न खड़े थे। अभी से गाँव के चारों ओर पानी ही पानी दिखाई दे रहा था। क्या किया जाय ? मास्टरजी प्रतिनिधिमंडल को लेकर जिलाधिकारी से मिले। बाँध के अधीक्षक अभियंता के सामने हाथ जोड़े—एक साल की मोहलत दीजिए। अगले साल पानी रोकिए। संकट में मत डालिए। पर बाँध निर्माण का खर्च बढ़ रहा था। विकास की गंगा को कौन रोकेगा ? प्रतिनिधिमंडल, भेंट, तार, फोन, मंत्रालय—मास्टरजी ने सबके सामने बाँधपीड़ितों की रामकहानी कही; लेकिन ससुरा बाँध रुकने के लिए तैयार ही नहीं था। हताश मास्टरजी ने वह खयाल छोड़ दिया—अब बोरिया-बिस्तर सम्हालना होगा। गाँव को उखाड़ना होगा; उठाना होगा। अब उससे हटना होगा। फिर से न लौटने के लिए !

डूब-क्षेत्र के इन गाँवों में कौन-किस उद्देश्य से आयेगा—यह कुछ भी बताया नहीं जा सकता था। जब मुआवजे के पैसे मिले तब बाघेठाण के जुआरी अपना गोल चक्र लिये बाघजाई के किनारे आये थे और बाँधपीड़ितों की जेबें खाली करके ही लौटे थे। आज तो अचानक ही, एडवोकेट गुलाबराव सुगंधी और उनके चिरंजीव एडवोकेट रत्नाकर सुगंधी हाट के निकट ज्ञानू दर्जी की दूकान में उपस्थित हुए थे। वैसे गुलाबराव सुगंधी

वकील पड़ोस के बाभुलगाँव के रहनेवाले थे; इसलिए जाँभली के कई लोग उन्हें जानते थे। आरंभ में उनकी वकालत अच्छी चलती थी; पर बाद में उनका आलस्य ही उनको ले डूबा। अदालत में जिरह करने में कुशलता दिखाने की अपेक्षा वे बार में बैठे रहते। गप्पें ठोकने तथा किस्से-कहानियाँ सुनाने में ही वे अपने जीवन की सार्थकता मानने लगे। हँसी-मजाक की हविश के कारण, उनके कई मुकदमों के फैसले एकतरफा हो गये। घर में गरीबी ने घर कर लिया। लेकिन उनके बड़े लड़के रत्नाकर ने लगन के बल पर पढ़ाई पूरी की। वह पुणे में एल.एल.बी. पास कर लौटा उसने अपने पिता को भी आलस्य छोड़ देने के लिए बाध्य कर दिया। पिता-पुत्र दोनों साइकिलें लेकर बाहर निकल पड़े। जाँभली बुद्रुक बाँध-योजना में भूमिसंपादन के कई प्रस्ताव जाहिर हो गये थे। दोनों ने उन्हीं गाँवों में आना शुरू किया।

सुगंधी पिता-पुत्र ज्ञानू दर्जी की दूकान में बैठे। एक आदमी को भेजकर उन्होंने कई बाँधपीड़ितों को बुला लिया। जो बाहर गये हुए थे, वे अनुपस्थित थे। बूढ़े जालिंदर की ओर देखकर रत्नाकर ने पूछा, "कहिए बाबा, पानी में आपकी कितनी जमीन चली जायेगी ? आपको मुआवजा कितना मिला ?"

"दो एकड़ जायेगी। सिर्फ चवालीस सौ रुपये हाथ लगे हैं।"

"हाय-हाय। सोने की-सी जमीन और उसकी इतनी ही मामूली रकम ?"

"यह कालीमाई का कोप है। कौन क्या कर पायेगा ?" आँखें ऊपर की ओर उठाकर जालिंदर ने कहा।

"आपको सरकार पर नालिश करनी चाहिए।" रत्नाकर ने उपाय सुझाते हुए कहा।

"सरकार पर ? और नालिश ?" जालिंदर ने आश्चर्य से पूछा।

"हम करते हैं नालिश। आप अपना केस हमें दे दीजिए।" गुलाबराव वकील बोले।

"हमारे पास रुपये नहीं हैं। आपकी फीस कौन देगा ?"

"आप फीस मत दीजिए। हम ही नालिश कर देंगे और बढ़कर मिलनेवाली रकम आपके घर पहुँचा देंगे ?"

बूढ़ा जालिंदर, रत्नाकर की ओर ऊपर-नीचे देखने लगा—यह अलग ही झंझट आ गया। रत्नाकर ने बल देकर फिर से कहा, "बाबा, आपका क्या बिगड़ता है ? आपको कुछ भी करना नहीं होगा। हम जिला अदालत में जायें या हाईकोर्ट में, आपका संबंध केवल घर बैठे पैसे मिलने से है। हुई न बात ?"

बूढ़ा खुश होकर रत्नाकर की ओर देखने लगा। इतने में शामू बजंत्री ने कहा, "यह कैसे हो सकता है ? हमें पेमेंट मिले चार साल हो गये। पुरानी नालिशें अब कैसे चल पायेंगी ?"

"लिमिटेशन ऐक्ट का अक्षर-अक्षर जानता हूँ मैं। आप केवल हाँ कहिए।" रत्नाकर बोला। जालिंदर और शामू ने गर्दन हिलाई। तब रत्नाकर ने बैग खोला। वकालतनामा तथा अधिकार-पत्र के फार्म निकाले। वह हँसकर बोला, "लीजिए, यहाँ अँगूठे का निशान

लगा दीजिए।"

दस्तखत, अँगूठे का मामला देखकर दोनों जरा पीछे हटे। बाँधपीड़ितों को इकट्ठा होते देखकर बाबू पवार दौड़ते हुए आया। जालिंदर ने फार्म देते हुए पूछा, "अँगूठा लगाऊँ या नहीं ?" रत्नाकर ने फिर से अपनी मधुर-मीठी बानी शुरू की। ऐसा-वैसा सब समझाया। बाबू पवार ने तुरंत गर्दन हिलाई—

"बूढ़े, घर बैठे रुपये आते होंगे तो क्या बिगड़ता है तुम्हारा ?"

"उस कागज पर क्या लिखा है जरा पढ़ो तो।" जालिंदर ने घबड़ा कर कहा।

"यह अधिकार-पत्र है। वकील साहब इसके आधार पर पैसे लेंगे और लाकर तुम्हें देंगे।"

"हमारी जमीन अपने नाम पर तो नहीं लिखवायेंगे ?"

"यह व्यर्थ की बला ? पानी में जानेवाली जमीन को कौन लेगा ?" बाबू ने समझाया।

सारे खिलखिलाकर हँस पड़े। बूढ़े गुलाबराव वकील ने आश्वस्त करने के उद्देश्य से कई बातें बताईं—हम पराये नहीं हैं, बाभुलगाँव के ही हैं। जाँभली में हमारे रिश्तेदार हैं।

रत्नाकर बीच में ही बोला, "अनाड़ीपन के कारण आपको अपने अधिकार नहीं मिल रहे हैं, हम आपको वे अधिकार, वे रुपये—कानून की चौखट में रहते हुए लाकर दे देंगे। हम आपकी इतनी ही सेवा कर रहे हैं।"

किसी का कुछ आता-जाता नहीं था। बैठे-बैठे ही बाप-बेटे को चालीस मुवक्किल मिल गये। धूप ढलने के बाद, दोनों खुशी से साइकिलें चलाते हुए जाँभली से बाहर निकल पड़े।

मास्टरजी रात आंबेपुर से आ गये। कई गाँववाले बस अड्डे पर ही उनकी प्रतीक्षा कर रहे थे। मुनादी दिये बिना ही जाँभली में से दो-तीन सौ लोग हाट में जमा हो गये थे। बैठक आरंभ हुई। आज क्या हो गया ? कल क्या करेंगे ? गाँव के सामने कई गुत्थियाँ थीं। इसलिए मुनादी के बिना ही हर रोज बैठक होती थी। आज तो ठिठुरा हुआ गाँव काँप रहा था। जाँभली गाँव हजारों वर्षों से सह्याद्रि की गोद में सुख-चैन से रह रहा था। एक गाँव एक पनघट। कालीमाई गाँव की कुलस्वामिनी थी। कई बार आपस में दंगे-फसाद हुए। मार-पीट हुई। रात में लोग लाठी लिये एक-दूसरे पर टूट पड़ते, पर सुबह एक-दूसरे का मुँह ताकने लगते। क्या करते ? एक ही गाँव में रहना था। लेकिन अब गाँव पर आफत आ गयी थी। इस गाँव को छोड़कर, सारे-के-सारे लोग हाथ-में-हाथ डाले वनवासी हो गये होते; पर गाँव के भाग्य में वह भी बदा नहीं था। हमारे गाँव का पुनर्वास एक ही गाँव में कीजिए, हमारे गाँव का विभाजन मत कीजिए—सबकी यही माँग थी। नेता लोगों ने जी भर-भरकर आश्वासन भी दिये; लेकिन अंत में वही हुआ जो होना था। एक गाँव और दो टुकड़े। जाधव, करवंदे, भिलारे, भोंसले

और हरिजन टीले के सब लोग खैरापुर जायेंगे। पवार, कदम की बिरादरीवाले लोगों सहित शेष गाँव केलापुर में बसेगा।

बहस चल रही थी। बीच में ही बाबू पवार उठा। एक ही गाँव के विभाजन की कल्पना उसको जँच नहीं रही थी। उसने बिगड़कर कहा, "मास्टरजी, अभी बाँध के आखिरी दौर का काम बाकी है। चाहें तो आप हमें उसमें गाड़ दीजिए, पर दूसरे गाँव में जाने के लिए मत कहिए। जीयेंगे तो आपके साथ, मरेंगे तो आपके साथ।"

"बाबू, तुम्हारी सारी बातें मुझे पटती हैं, पर क्या करें ? पहले नियमानुसार खैरापुर में दो सौ हैक्टेयर अतिरिक्त जमीन निकलनेवाली थी। होते-होते वह सौ हैक्टेयर तक नीचे आ पहुँची। इतनी जमीन अपने किसानों को पूरी नहीं होगी। साथ में कारीगर और लेहनादार भी तो हैं।"

"पर मास्टरजी, जमीन दो सौ एकड़ से एक सौ एकड़ कैसे हुई ? यह एक फीट में बारह इंचों का अंतर कैसे पड़ गया ?" बाबू आपे से बाहर होकर बोल रहा था।

"अरे, चोरों को बाट की कमी थोड़े ही होती है ? पहले ऐसा होता था कि एकाध आदमी चोरी किया करता था, अब सारा समाज मिलकर चोरी कर रहा है। खैरापुर के कुछ जमींदारों ने मारगेज बैंकों के लिए जमीन गिरवी रखने के मामले दर्ज करवाकर अपनी छुट्टी करवायी। कुछ जमींदारों को सूची में से छोड़ देने के प्रस्ताव हुए। कुछ लोगों ने झूठे विभाजन-पत्र दिखाकर स्लैब कम करवा लिया। चली गयी जमीन हमारे हाथ से !!"

"मास्टरजी, जहाँ भी देखिए हम बाँधपीड़ितों के काम अटक जाते हैं, होते हैं तो आधे-अधूरे। हमारा यह भाग कब समाप्त होगा ?" हैबती ने पूछा।

"इसका कुछ इलाज नहीं।" मास्टरजी ने कहा, "सुना है, दूर कहीं गोरे आदमी काले गुलामों को कोड़ों से मारते-पीटते हैं। वहाँ अच्छा है, मारनेवाला और मार खानेवाला एक-दूसरे को जानते हैं, लेकिन हमारे भाग कुछ अलग ही हैं। कोड़ा तो कोई मारता नहीं, पर पीठ पर चिह्न जरूर दिखाई देता है। किस-किसको रोकेंगे हम ? भूत की तरह दिखाई न देनेवाली, पर पल-पल गर्दन पर सवार होकर, दलदल में फँसाकर मारनेवाली, झड़ती लेनेवाली एक मजबूत व्यवस्था है यहाँ पर।"

"पर मास्टरजी, आधा गाँव छोड़कर जाना हमसे नहीं होगा।" परसू कदम ने कहा।

"तो हम चले जायेंगे।" मास्टरजी बोले।

"मास्टरजी बात यह नहीं है; पर हमारी भावनाओं को भी आप समझ लीजिए। हमें पहले से ही यह मालूम होता कि गाँव के टुकड़े हो जायेंगे, तो जान दे देते, पर बाँध नहीं बनने देते।"

मास्टरजी को यह सब सही लगता था; पर अब तो तीर हाथ से निकल चुका था। अब बकने-बड़बड़ाने से क्या लाभ ? बाँध अब पूरा हो गया था। योजना पूर्ण होने के कारण सरकार खुश थी। वह डींग हाँकने के लिए तैयार बैठी थी। ठेकेदार की सात

पीढ़ियों का कल्याण हुआ था। लाभक्षेत्र के जमींदारों को पानी का वरदान प्राप्त हुआ था। और हमें ? नहीं, नहीं जल्दी-जल्दी कुछ करना चाहिए। लड़-झगड़कर जो भी पल्ले पड़े, ले लेना चाहिए; नहीं, ये विकासवाली जातियाँ बाँध की जगह से एक बार अपना बोरिया-बिस्तर उठाकर चली जायेंगी, तो लाभ उठाने के लिए कोई नहीं आयेगा ? एक और बात थी—मास्टरजी का, अवकाश ग्रहण करने का समय निकट आया था। बुढ़ापे का एहसास हो रहा था। जीवनभर झंझट उठाते-उठाते खून-पसीना एक कर दिया था। खून के घूँट पीने पड़े थे। मिट्टी में मिलने से पहले जाँभली गाँव का पुनर्वास देख लेना था। बस इतनी ही इच्छा थी। विकास की हड़बड़ी में एक पीढ़ी बरबाद हो गयी थी, कम-से-कम बाल-बच्चों की घुट्टी में ये कड़ुवे करेले न पड़ें। भगवान इतना सुने तो क्या कम है ! पेड़-पौधों की कटाई शुरू हो गयी थी; पर मकान गिराने का कोई नाम नहीं ले रहा था। मकानों का हर पत्थर बोल रहा था। आँखें तरेरकर गाँववालों की ओर देख रहा था—"ऋणमुक्ति का यह अच्छा तरीका ढूँढ़ निकाला ?" सरकार रुकने को तैयार नहीं थी। जिला पुनर्वास अधिकारी काकड़े साहब ने कॉलोनी में अस्थायी ऑफिस खोला था। डिविजन ऑफिस के पिछवाड़े टीन की शेड में पुनर्वास का ऑफिस खड़ा था। पाँच गाँवों को हटाकर उन्हें दूसरी जगह पर बसाना था। काकड़े साहब के सामने जिम्मेदारी का पहाड़ ही खड़ा था। शिकायत के बिना काम पूरा करना था। उनका अधिकतर पड़ाव कॉलोनी पर ही रहता था। उन्होंने कुछ ईमानदार साथियों को साथ में लेकर गाँवों को हटाने का काम गति से शुरू किया था, पर उल्टे-सीधे काम करनेवाले चोरगे जैसे बाबू, पटवारी और पेमाइश करनेवाले भी उनके साथ में थे। वे बाँधपीड़ितों के कार्यों में अड़ंगा लगाने, उनको परेशान करने और फँसाने के अच्छे गुर जानते थे। उनको कफन खसोटने की आदत पड़ी हुई थी, उसका मजा कुछ और ही था। पुलिस का कैंप भी कॉलोनी पर ही टिका हुआ था। मकानों को गिराने तथा सामान-असबाब को बाँधने के लिए कहा जा रहा था। सभी हथियारों से काम लिया जा रहा था। टूटी-फूटी चीजों पर भी जान देनेवाले ग्रामवासी बोरिया समेट रहे थे।

जाँभलीवासी बोलते नहीं थे, पर उनके मन में बेहद विरोध था। वे अड़े हुए थे। हमारे पुरखों द्वारा बनाये हुए घरों को कौन गिराये ? यशवंत सुनार अपने मकान को बेचकर रहने के लिए बाघेठाण चला गया। उसने दो साल पहले ही दूकान के लिए जगह खरीद रखी थी। दूसरे ग्रामवासियों की भाँति नये पुनर्वसित गाँव में रहना उसके दुबले-पतले शरीर के अनुकूल नहीं पड़ता था। उसने अपने पुराने मकान की लकड़ी दत्तू करवंदे को बेच दी थी। घबड़ाया हुआ गाँव चुपचाप बैठा हुआ था। पहले मकान कौन गिराए ? सारे दबे-सहमे एक-दूसरे का मुँह ताक रहे थे।

एक दिन बड़ी सुबह सब्बरों की आवाज सुनाई देने लगी। उपाध्यक्ष लाला जाधव ने अपनी हवेली को गिराने का कार्य आरंभ किया। दोपहर तक आगेवाली दीवार गिराई गयी और जैसे रिश्तेदार सहायता के लिए आ जाते हैं वैसे ही पाँच लारियाँ आकर लाला

के दरवाजे पर खड़ी हो गयीं। सिंचाई विभाग की लारियाँ मजबूत दीवारों के बड़े-बड़े पत्थरों को ढोने लगीं। हवेली को गिराने से पहले ही आंबेपुर के आर्किटेक्ट ने उसे भीतर-बाहर से अच्छी तरह देख लिया था। उसने नक्काशीवाली लकड़ियों को बहुत ही सावधानी से निकलवाने के सुझाव दे रखे थे। लोग कह रहे थे—लाला जाधव इसी लकड़ी तथा पत्थरों से आंबेपुर में नया बड़ा बँगला बनवाना चाहते थे। अब उन्हें सिर्फ मजदूरी का खर्चा करना था। सिंचाई विभाग सामान को आंबेपुर तक पहुँचा रहा था। चार रातें तथा चार दिनों तक जाधव के सामान की ढुलाई चलती रही। इसी बीच दत्तू करवंदे ने अपने मकान को गिराना शुरू किया। उनका एक छोटा-सा बँगला बाघेठाण में था ही, पर सरपंच खैरापुर में भी मकान बनवाना चाहता था। बाँधपीड़ितों को मिलनेवाली सारी सुविधाओं को हथिया लेने के बावजूद वह नये पुनर्वसित गाँव में रहना नहीं चाहता था। यायावरों की भाँति बंजर पठार पर कौन रहे ? हम मदारी-भिखारी थोड़े ही हैं ? उसने बस अड्डे के निकट ही चार रुपये प्रति वर्ग फुट के भाव से एक भूखंड खरीद लिया था। दत्तू ने अपने मकान के साथ सुनार का मकान भी ढोया। जो नये गाँव में जा नहीं रहे थे--अपने लड़की-लड़के के पास बंबई में रहना चाहते थे--उन्होंने अपने मकान बेच डाले। लाला और दत्तू ने ऐसे मकानों की मिट्टी को मोल खरीद लिया और सरकारी खर्चे पर लगातार सामान की ढुलाई करवाते रहे।

ग्रामवासी अपंग खड़े रहकर दूसरों के गिरते मकानों को निराश-हताश-देर तक देखते रहते। अपना छोड़कर दूसरों का तमाशा देखने की कई लोगों की आदत होती है। इसी प्रकार घंटों तक तमाशा देखनेवाले शौकिया लोगों को एक दिन मास्टरजी ने डाँट पिलायी, "तुम लोग क्या देख रहे हो ?"

"कुछ नहीं।"

"पागल तो नहीं हुए हो ? नेता लोगों का सारा सामान—पत्थर, लकड़ी सब नीचे पुनर्वास की जगह पर चला गया, उनके घरों की मिट्टी ले जाने के लिए सरकार हेलीकाप्टर भी भेज देगी; पर तुम्हारी छूटी लंगोटियाँ तो तुम्हें ही बाँधनी होंगी। मकान गिराओगे या यहीं पर डूब मरने का विचार है ?"

मास्टरजी की डाँट सुनकर बाकी लोग भी सतर्क हो गये। मकान गिराये जाने लगे। गाँव वीरान होने लगा। मिट्टी के ढूह ढहने लगे। सड़े हुए बंडेर गिरने लगे, पुरानी लकड़ी की सीलनदार बदबू फैलने लगी। गली-गली में धूल जमने लगी। कई मकान गिर गये। लकड़ी एक ओर तथा पत्थर दूसरी ओर, पर विभाग की लारियाँ समय पर मिल नहीं रही थीं। वे लाला और दत्तू के द्वारा सस्ते में खरीदे हुए मकानों के माल-असबाब और मलबे-मिट्टी को ही ढो रहे थे।

मास्टरजी बाँधपीड़ितों के दल को लिये कॉलोनी की ओर दौड़े। उन्होंने काकड़े साहब से पूछा, "आप, नेताओं को छोड़ अन्य लोगों को पानी में डुबोकर मारना चाहते हैं ?"

"पंद्रह दिनों से आप लोगों की प्रतीक्षा कर रहा हूँ। किसी की डिमांड ही नहीं।" काकड़े ने मास्टरजी के आरोप को विफल कर दिया।

"अब दस-पंद्रह मकान गिराये गये हैं, कहाँ हैं आपकी लारियाँ ?"

"मास्टरजी ढुलाई चल ही रही है न ?"

"सिर्फ दोनों की ढुलाई में पंद्रह दिन बीत गये। बचे हुए ढाई महीनों में पूरे गाँव की ढुलाई कैसे होगी ? साहब क्या प्रत्येक खातेदार के लिए इस प्रकार पाँच-पाँच दिन दे देंगे ?"

"पाँच दिन ?" काकड़े साहब ने चौंककर कहा, "ज्यादा-से-ज्यादा तीन खेपें मिल जायेंगी हर एक को।"

"और उन्हें ?"

"आप, उनके बारे में नहीं अपने बारे में कहिए।"

"लेकिन अकेले उनको ही इतनी सुविधायें क्यों दी जा रही हैं ?

"मास्टरजी, आप व्यर्थ ही बौखला रहे हैं। क्लास वन अधिकारी होने पर भी हमारी अपनी सीमायें हैं। आप तो जानते ही हैं।"

"लेकिन ?"

"प्रश्नों के उत्तर जानते हुए भी आप प्रश्न क्यों कर रहे हैं ? कल से लारियाँ आ जायेंगी दूसरे लोगों के लिए।" साहब ने समझाया।

दूसरे दिन से गली-गली में लारियाँ घूमने लगीं। दरवाजे पर लारी आ गयी। किसनू पुजारी अपने मकान के पत्थर लारी में भरने लगा। उसके बाल-बच्चे लारी तक पत्थर ढोने लगे, तभी जूनियर इंजीनियर ने बीच में ही डाँटा, "कौन डाल रहा है पत्थर ? चलो, हौदे से पत्थरों को नीचे फेंक दो।"

"साहब, नीचे के गाँव में मकान कैसे बनवायेंगे ?" किसनू ने अपनी चिंता व्यक्त की।

"उसके लिए यहाँ से चालीस कोस पर पत्थर ढोओगे ?" इंजीनियर ने हँसकर पूछा, "ऐसे तो सरकार घाटे में आयेगी। लाख के बारह हजार हो जायेंगे उसके। तुम बर्तन, अनाज, बिछौने और मकान में जो लकड़ी का सामान होगा–उतना ही भर दो लारी में। तीन ही खेपें मिलेंगी तुम्हें।"

"पर लाला दत्तू के पत्थर ?"

"तुम उनकी बात मत करो। उनके माँ-बाप दिल्ली में बैठे हैं। तुम्हारे होंगे तो तुम भी बताओ। आदेश ले आओ और भर दो चाहे जितने पत्थर लारी में।"

किसनू पुजारी ने चुपचाप लकड़ी का सामान भरना शुरू किया। यह बात मालूम हो जाने पर कि पत्थरों की ढुलाई नहीं होगी, सिर्फ चौखट, दरवाजे, खिड़कियाँ निकाली जाने लगीं। उदास खाली दीवारें अपनी जगह पर गिरती-ढहती रहीं। लकड़ी और बर्तनों से भरी हुई लारियाँ जाँभली से बाहर निकलतीं और कॉलोनी पर आकर रुक जातीं।

घर का मुखिया बर्तन-भांडे कॉलोनी पर उतारकर, लकड़ी आदि लेकर, सीधे खैरापुर चला जाता। पुनर्वास की जगह पर सामान उतारकर वह वापस आता। कोई भी बाँधपीड़ित निवास के उद्देश्य से अभी तक खैरापुर में पुनर्वास की जगह पर नहीं गया था। वहाँ पर सुविधायें हैं अथवा नहीं, इसकी चिंता न नेताओं को थी न अधिकारियों को। उन्हें लगता, एक बार गाँव हट जाने पर, आदमियों और चौपायों को बाहर निकाल देने पर समस्या ही समाप्त हो जाती है। गर्मी की छुट्टियाँ थीं, इसलिए कॉलोनी के प्राथमिक स्कूल में बाँधपीड़ितों की अस्थायी व्यवस्था की गयी थी, जो वहाँ पर समा नहीं सकते थे, उनकी व्यवस्था गोडाउन में की गयी थी।

दिन-पर-दिन बीतने लगे। बाँधपीड़ितों के होश उड़ गये। एक ही समय पर क्या-क्या करेंगे ? मकान गिरायेंगे ? पेड़ों को काटेंगे या चौपायों को देखेंगे ? एक ही समय पर पेड़ों की कटाई और उसकी ढुलाई करना मुश्किल हो गया। मावल अंचल में पेड़ों की क्या कमी ? हर मेड़ पर पाँच-पाँच पेड़। बाँधपीड़ित थे, इसलिए पेड़ों की ढुलाई के लिए प्रत्येक खातेदार को पास मिल गया था, पर घर के माल-असबाब को मिलाकर सारी चीजों की ढुलाई के लिए केवल तीन ही खेपें मिल रही थीं। इतने में कैसे पूरा होगा ? जाँभलीवासी असहाय हो गये थे। ढुलाई का पास प्रत्येक बाँधपीड़ित के पास था। नीचे खैरापुर की ओर जो दलाल थे, जाँभलीवासियों की असहायता को देख, पेड़ों की टोह में ऊपर आने लगे। चालीस-पचास रुपयों में चाहे जितना बड़ा पेड़ मुहैया होने लगा। नहीं बेचेंगे, तो महीने-भर के बाद पानी में डूब ही जायेगा। जो भी रुपये मिलेंगे नमक-मिर्च के लिए कम हैं ? जंगल विभाग के कड़े नियमों के कारण लाला जाधव की टाल लगभग बंद होने को आयी थी। ये नूतन पास-परोस की तरह हाथ लग गये। टाल तथा लकड़ी-कटाई मिल रात-दिन चलने लगी। लाला जाधव की पाँच-छह लारियाँ, रिश्तेदारों की पाँच-छह लारियाँ, कुछ लारियाँ किराये पर, पेड़ की कटाई करनेवाले बढ़ई बाघेठाण के ही। रात-दिन खटाखट कुल्हाड़ियाँ-आरियाँ चलने लगीं। किसानों के पेड़ों को काटते-काटते उन्होंने जंगलवाली ढलान के अच्छे-अच्छे पेड़ों को भी तहस-नहस करना शुरू किया। लाला-दत्तू के मकानों के पत्थरों को सरकारी लारियाँ ढो रही थीं और उनकी खुद की लारियाँ गाँवभर की लकड़ी को उठा ले जा रही थीं। इस प्रकार जाँभली के परिसर में मानो लाटरी ही खुल गयी थी। दूर तक समाचार पहुँचे। लार टपकाते हुए कुछ और भी व्यापारी जंगल में घुस गये। मेंड़ों पर स्थित पेड़ों से भी पहले जंगल-किनारे के पेड़ों की सफाई हो गयी।

गाँव में अधिकतर मकान गिराये जा रहे थे, पर तारा भोंसले तथा दिगू अण्णा बाँभन किसी की सुनने को तैयार नहीं थे। ''पानी में डूबकर मरूँगी, पर मकान नहीं छोडूँगी'' तारा बहन ने यही रट लगायी थी। मिलिटरी में भर्ती हुए उसके दोनों लड़कों के ब्याह बड़े ठाट-बाट के साथ हों। उसने इसी कार्य के लिए खौ में ढेर-सारा अनाज सुरक्षित रख छोड़ा था। वह आगामी दीपावली के बाद, तुलसी विवाह के पश्चात् लड़कों

के हाथ पीले करना चाहती थी। इधर बाँध के बल से गाँव उखड़ रहा था, अपाहिज तारा बहन फिर भी खलिहान के खूँटे की भाँति जोर लगाये बैठी थी। दिगू अण्णा भी गाँववालों को मूर्ख समझ रहा था। वह प्रायः कहता रहता–"अरे, बाँध टिकेगा नहीं। तब व्यर्थ का झंझट क्यों उठाते हो। अभी मकान गिराओ, फिर से बनाओ।" दिगू अण्णा दिनभर कालीमाई के दरबार में बैठा रहता था। गाँव छोड़कर जा रहे लोगों की आँखें गीली हो रही थीं। जाने से पहले वे कालीमाई को प्रसाद चढ़ाते थे, दिगू अण्णा की पाँचों उंगलियाँ घी में थीं।

रामू कुम्हार का मकान गिराया गया। लारी में उसके बर्तन बहुत आहिस्ते-आहिस्ते रखे गये, पर बार-बार के यातायात के कारण रास्ते में छोटे-मोटे गढ़े हो गये थे। जैसे-जैसे लारी दनादन हिचकोले लेती, रामू के मिट्टी के बर्तन टूट जाते। मटकों-घड़ों की टूटती हुई गृहस्थी को देख बनू कुम्हारिन ने शोर मचाया। कॉलोनी तक कम ही बर्तन जा पाये। गृहस्थी की दुर्गत होते देख रामू कुम्हार गुमसुम हो बैठा। रामू जीवनभर गौरी-गणपति के त्योहारों पर मिट्टी की गणेश-मूरतें बनाकर गाँवभर को देता रहा। लेकिन अब बुरे दिनों में उसकी सहायता करने का साहस देवता को भी नहीं हुआ।

कॉलोनी पर आदमी और जानवरों की बहुत भीड़ हुई थी। जाँभली के जानवरों को चरने के लिए विपुल चरागाह था, ऊपर लाडूबा का पहाड़ भी था। नाले में पानी पीकर और चरागाह में चारा खाकर ढोर गदरा जाते थे। प्रत्येक किसान के सार में कम से कम दस-बारह ढोर। अब यह पूरा अटंबर लेकर कहाँ जायेंगे ? जो लोग नीचे की ओर खैरापुर हो आये थे, उन्होंने बताया था--वहाँ चौपायों को हरा-भरा क्या, रूखा-सूखा चारा मिलना भी मुश्किल है; पेड़ों पर पत्ते नहीं हैं, केवल उजड़ा हुआ मुल्क है वह। ऐसी जगह पर ढोरों को ले जाकर उनको क्या खिलायेंगे। बाल-बच्चों को ही आसरा नहीं; ऐसे में ढोरों की ओर कौन देखे ? कॉलोनी पर भी उनकी उपेक्षा हो रही थी। बाँधपीड़ित ढोर-डंगरों को लेकर बाजार जाने लगे।

इधर बाघेठाण के बाजार में ढोरों की भीड़ बहुत लगी थी। जिधर देखिए उधर भीड़ ही भीड़। पाँच गाँव उजड़नेवाले थे। अधिकतर लोग अपने ढोर बेचने के लिए बाजार जा रहे थे। पिछले दो बाजारों में जानवर खचाखच भर गये थे; इसलिए बहुत सस्ते में बेचे गये। आज पूरे बाजार में पैर रखने के लिए भी जगह नहीं थी। इस बात का पता चलने पर कि बाँधपीड़ित सस्ते दाम में जानवरों को बेच रहे हैं, खरीदारों का खत्ता ही खुल गया था। गदराये हुए जानवर कतार में बाँधे गये थे। गले में तौलिया लपेटे दलाल और कसाई बाजार में घूम रहे थे। वे बढ़िया ढोर की ओर भी नाक-भौं सिकोड़कर देखते और उनका मोल करते थे।

बिबेबाड़ी, साजुली, फणसबाड़ी, जाँभली आदि गाँव-के-गाँव बाजार में आ गये थे। अधिकतर लोग ढोरों को बाजार से वापस नहीं ले जाना चाहते थे। मिट्टी के मोल ही सही पर बेच डालेंगे। कौन इस अटंबर को पुनर्वास की जगह पर ले जाए ? गिद्ध की

नजरवाले दलाल ढोरों का मोल पूछ ही नहीं रहे थे। दोपहर बीत गयी। बाजार उखड़ने का समय हुआ। तब जाकर वे मुँह खोलने लगे। बारह सौ रुपये कीमतवाली दुधारू भैंस डेढ़ सौ रुपयों में, बैलों की अच्छी जोड़ी चार सौ-तीन सौ रुपये में माँगी जाने लगी। जेब में कौड़ी ही ले जानी है तो हुज्जत काहे के लिए ? आँखों के पानी को रोकते हुए कागज के नोट लेते और मसलकर बटुए के खाने में रख देते थे। लौटते समय वे बैलों के खाली पगहे, जोते और घुँघरू-मालाओं की गठरी बाँधकर सिर पर उठा लेते। वे दुखी मन से कॉलोनी की ओर लौटते थे। गठरी में बाँधे हुए घुँघरू बोल उठते; रो पड़ते; तब किसानों का दिल भर आता था।

सौ-डेढ़ सौ रुपयों में चुनिंदा मोटे-ताजे ढोर खरीदे जाते थे। कसाइयों की पाँचों उँगलियाँ घी में थीं। चौपाये हल चलायें अथवा नहीं--कसाइयों को इससे मतलब नहीं था, लेकिन हमेशा के दुबले-पतले ढोरों की अपेक्षा ये भारी-भरकम ढोर अच्छे हैं--काफी मांस पड़ जाएगा।

एक पत्थर पर गोमा कहार बैठा था। उसने पहली बार बड़ी मुश्किल से भैंसे के गले में रस्सी बाँधी थी। भैंसा हृष्ट-पुष्ट था। खुला छोड़ने पर बाजार में कहीं भी दौड़ेगा और दस-पाँच जानवरों को फाड़ देगा। इसी भय से गोमा ने यह बंदोबस्त किया था। आज भैंसे को अजीब लग रहा था। गले की रस्सी फाँसी का फंदा लग रही थी। बड़े तड़के उठकर, भैंसा इतनी दूर तक का अंतर अपने मालिक के पीछे-पीछे चलते हुए आज पहली बार बाजार आया था। पीठ पर, भरी हुई ही नहीं, खाली पखालों का भी बोझ नहीं था। आज भैंसे का दिल ही नहीं लग रहा था--पखाल के बिना यों ही पागल की तरह कब तक घूमते रहेंगे। गोमा भी बड़ी अनिच्छा से और दुखी मन से बाजार आया हुआ था। भैंसे को लेकर, गोमा की लुगाई कमली और गोमा पिछले आठ दिनों से एक-दूसरे से लड़ रहे थे। लगभग पूरा गाँव कॉलोनी पर आ गया था। कुछ लोग आगे खैरापुर चले गये, कुछ केलापुर। मकान ढह गये। आँगन के कमोरे मिट्टी के ढूह के नीचे दब गये। कॉलोनी में नल का पानी। कहते हैं, नीचे नये गाँव में भी पानी नल से ही आयेगा। फिर इस भैंसे का क्या उपयोग ? जाइए और बेचकर छुट्टी पाइए--पिछले दो बाजारों से कमली कहारिन लगातार चिल्ला रही थी। दूसरे कहारों ने भी ढोर बेच डाले थे। लेकिन गोमा का जी अपने भैंसे में अटक गया था। "कैसे बेचूँ मैं अपने राजा को ?"

"बिना उपयोग का, तुम्हारा यह राजा ! बाँध लो अपने गले में और अपने पैदा किए पाँच बच्चों को ढकेल दो कुएँ में" कहते हुए कमली कहारिन गोमा पर टूट पड़ती।

कॉलोनी पर तो चारे का पता ही नहीं। भैंसा कहीं पर भी घूमता। जी-जान से प्यारे भैंसे को नयी बस्ती में ले जाकर करेंगे भी क्या ? वहाँ चारा कहाँ है। कमली ने कल रात चिल्ला-चिल्लाकर घर सिर पर उठा लिया। बड़े तड़के ही गोमा भैंसे को लिये बाजार की ओर निकला। उसके दिल में तलखी हो रही थी। घर की भैंस का बच्चा, इसलिए हरी घास खिला-खिलाकर भैंसे को बढ़ाया था। पिछले पंद्रह सालों से पखाल

ढोयी थी, दस-बीस घर की रोटियाँ और पवनी दिलवायी थी। जाँभली में गोमा घुन्ना के रूप में परिचित था। उसका, लोगों में आना-जाना नहीं था। पनघट, सड़क, घर-घर के कमोरे और भैंसा, बस उसका तो यही संसार था। भैंसे और गोमा के पैरों-तले सड़क का चप्पा-चप्पा कई बार रौंदा गया था। गोमा अपना सारा सुख-दुःख भैंसे से ही कहता। भैंसा भी बिना किसी पिनपिन के अपने मालिक की सारी बातों को सुन लेता।

भारी वर्षा में दोनों घुटनाभर कीचड़ में आते-जाते रहे। गर्मी के दिनों में भैंसा बाघजाई की खुली रेती को कुरेदता रहता और गोमा यों ही पड़ा रहता। ऐसे कितने साल, कितने दिन और कितनी ऋतुएँ देखी थीं दोनों ने। यम भी अपने भैंसे से इतना प्यार नहीं करता होगा। अपने उस मित्र को बेचकर छुट्टी पाऊँ ? गोमा ने पिछले सप्ताह दो बार बड़ी भोर में ही बैताल की पूजा की। "जो भी देना होगा दे दूँगा" कहकर गोमा ने बैताल भगवान को वचन दिया। पर बाँध का संकट किसे छोड़नेवाला था।

रोते-दुखते मन को किसी तरह काबू में रखते हुए गोमा खरीदार की बाट जोह रहा था। जब वह बाजार के लिए घर से निकला था तभी उसने तय कर लिया था—भैंसा कसाई को न देकर किसी किसान को ही बेच दूँगा। लाभक्षेत्र के कई किसान, यह जानकर कि चौपाये सस्ते में मिल रहे हैं, बाजार में आ गये थे। उनकी नजर हल-औजार चलाने वाले अच्छे चौपायों को ढूँढ़ रही थी। पांडू येताला तथा उसका बड़ा लड़का शामू उजरका-करिवा की जोड़ी लिये बाजार आये थे। पूरे बाजार में उजरका-करिबा की जोड़ी अलग दिखाई देती थी। इतनी खूबसूरत और चुनिंदा जोड़ी को बेच डालने की उसकी इच्छा बिलकुल नहीं थी। पर क्या करें ? नीचे केवल चार एकड़ जमीन मिल गयी थी। उसके पास, ऊपर निन्यानबे साल के करार पर जो बीस एकड़ जमीन थी, वह सब पानी में चली जायेगी। उसके बदले में कौन जमीन देने लगा ? पाँच हजार रुपयों की जोड़ी को कोई तीन सौ से अधिक रुपयों में माँग ही नहीं रहा था, पर खैरापुर के पंडित पाटील ने बैलों को देखा। उनके दाँत देख लिये। यह जोड़ी अभी कम-से-कम दस-पंद्रह वर्ष हल खींचेगी। पंडित का पिंड असली किसान का था। उसने बैलों का मूल्य पहचाना। वह पाँच सौ रुपये देने को राजी हुआ। पांडू येताला ने बड़ी मुश्किल से बैल उसके हवाले कर दिये। पांडू येताला बाजार छोड़कर चला गया।

भैंसे की ओर कोई आता-जाता नहीं था। कुछ किसान आते और भैंसे की भरी-पूरी देह तथा मस्त गर्दन को देखते रहते। भैंसा किसान के पास ही रहे, इस आशा से गोमा कहता, "क्या ही हाथी जैसा चौपाया है !"

"पर हल-औजार खींचना उसके बाप को कहाँ मालूम है ?"

"सीख लेगा धीरे-धीरे। आप इसे ले लीजिए।"

"पर हमें कहाँ पखाल में पानी ढोना है ?" सामनेवाला ग्राहक हँसकर कहता।

भैंसा कहार का है, यह तुरंत पहचान में आता था। उसके आकार-प्रकार से और पीठ पर पखाल की ऐंठन से भैंसा छिपता नहीं था। उसकी गर्दन पर जोते के निशान

दिखाई नहीं देते थे। ढेलों से भरे हुए खेत में हल खींचते समय चौपायों के पैरों पर पटिया अथवा काँटों का निशान हो जाता है। इस भैंसे के पैरों पर किसी भी प्रकार का निशान नहीं था। किसान को कहार के भैंसे का क्या उपयोग ?

पाँच बज गये, जानवरों के झुंड के झुंड लेकर दलाल और कसाई खुशी के साथ बाजार से लौटने लगे। भैंसे की कीमत निश्चय ही आठ सौ रुपये थी, पर भाव कुछ कम हो गया था। इससे क्या ? चार-पाँच सौ रुपये तो मिल ही जायेंगे। बाजार उठने लगा तो गोमा बेचैन हुआ। घर लौटने पर कमली बाघिन की तरह गुर्रायेगी, झगड़ा करेगी—आपने ही नहीं बेचा होगा भैंसा ? आप उसे कैसे और क्यों वापस लाये ? हे बैताल भगवान, किसान आयें या कसाई आयें, पर भैंसे की बिक्री जरूर हो जानी चाहिए। गोमा ने आँखें खोलीं; देखता क्या है—सामने खरीदार खड़ा है। उसके रंग-ढंग से उसकी भाषा-भाव से लगता था कि वह कसाई ही है। भैंसा भरे-पूरे बदनवाला, भरपूर मांस वाला था—खरीदार बहुत ही खुश दिखाई देता था। बार-बार पान खाने से रँगे-सड़े दाँतों को निपोरते हुए कसाई ने पूछा—

"बोल बेऽ कैसा देना ?"

"चार सौ में।"

"इतने में चार-पाँच जानवर लेता हूँ !"

"आप कितना देंगे ?"

"ये सौ ले लो।" कसाई ने सौ का नोट निकालते हुए कहा।

"मालिक, देखिए और कुछ।" गोमा ने हाथ जोड़कर कहा। कसाई ने बीस का नोट निकालकर दिया। क्या किया जाये ? गोमा पसोपेश में पड़ा। कहा, "मालिक, इतने पैसे में जानवर का चमड़ा भी नहीं आयेगा।"

"अबे, देना है तो दे; नहीं तो ले जा घर और बैठ चमड़ी सुखाते हुए।"

कसाई के दिमाग में पक्का हिसाब था—चौपाया किसी भी हालत में बाजार से वापस नहीं जायेगा। गोमा का सिर चकरा गया। नीचे नयी बस्ती में नल का पानी होगा। न पखाल और न ही हल। घर ले जाकर उसे दुहना थोड़े ही है ? और कमली से जो मुकाबला है ? गोमा ने जी कड़ा कर भैंसे का पगहा कसाई के हाथ में दे दिया। गोमा को छोड़कर भैंसा जा नहीं रहा था। वह अपनी जगह अड़ा रहा; पीछे की ओर खींचने लगा। यह देखकर कसाई ने उसकी पीठ पर चाबुक के चार जोरदार फटके तड़ातड़ लगा दिये। आघात के कारण भैंसा दब गया। दूसरे ही क्षण वह बेकाबू हो गया। उसने जोर से सींग हिलाये और झटका देकर कसाई को नीचे गिरा दिया। भैंसा गले में पगहे के साथ जोर से आवाज करता हुआ वापस भागा और अपने जनम के साथी गोमा के कंधे पर थूथन रगड़ने लगा। गोमा की आँखों की पखालें झर-झर झरने लगीं। उसकी कमीज आँसुओं से तर हो गयी। उसने जेब से दोनों नोट कसाई की ओर फेंक दिये।

गोमा बाजार से बाहर निकला। अँधेरे में जाँभली की ओर चलने लगा। भैंसा

आज्ञाकारी बच्चे की तरह उसके पीछे-पीछे चलने लगा। गोमा रो रहा था। भैंसे का दिल भर आया था।

दस

घासफूस की मड़ैया हवा के कारण सरसरा रही थी। मड़ैया में आवडाई, नकुसा और बिरजू सोये हुए थे। तीन वर्ष उम्र के बिरजू ने माँ को आलिंगन दिया था। माँ-बेटे दोनों एक-दूसरे से चिपककर सोये हुए थे। हैबती ने मड़ैया के बाहर खुली हवा में ही बिछौना डाल दिया था। फूलवंती उसके पास, सटकर सोयी थी। उसके पेट में सात महीने का गर्भ था।

बाँस के समूह में कौए बीच-बीच में पंख फड़फड़ा रहे थे। बाहर मँडवे में बैल खँभिया से गर्दन रगड़ रहे थे। आवडाई को नींद नहीं आ रही थी। इस कल्पना से कि यह सिवान, यह गाँव, यह मुल्क छोड़कर जाना है, वह सिहर उठती थी। उसने इस मिट्टी में कितने भले-बुरे प्रसंग देखे थे। लंगड़ गोविंद की गृहस्थी मजबूत की थी। यहाँ के लोगों से, भयंकर बारिश से, सर्दी और तूफान से दो-दो हाथ किये थे। गोविंद काल के गाल में चला गया--उस घटना को अब सात साल बीत चुके हैं। अमरूद के पेड़ के निकट उसका अंतिम संस्कार किया गया था। वहाँ से निकलते हुए, खेत में मेहनत करते हुए, आवडाई को लगता--उसका प्रिय पति उससे बात कर रहा है। हवा की सरसराहट के साथ 'अरी आवडा' की प्यारभरी हाँक उसके कान पर पड़ती। उसका बदन पुलकित हो जाता। अंतिमसंस्कार की जगह पर धान, ज्वार की फसल अच्छी उगती, अच्छी बढ़ती थी। आवडाई छोटे पौधों के गहरे हरे पत्ते आँखों से लगाती; उसे लगता--बदन पर मोरपंखों का स्पर्श हो रहा है। पौधों के रूप में गोविंद की ही भेंट हो जाती। गोविंद की यादों से भरी हुई उस जगह को छोड़कर चले जायेंगे ? मड़ैया, मँडवा, बैल--सबको उठाकर दूसरे मुल्क में चलेंगे।

बाँध के काम पर दिनभर की मेहनत से नकुसा का बदन टूट-टूट जाता। उसे रात में गहरी नींद आ जाती, पर दोपहर जब धूप तेज हो जाती, उसे शिवराम की याद सताने लगती। मेरे सौभाग्य का धनी कहाँ चला गया ? नकुसा की टूटी-फूटी गृहस्थी को आवडाई ने सहारा दिया था। मड़ैया की छाया में शरण दी थी। अब पंद्रह दिन के बाद बाँध पूरा हो जायेगा। शिवराम की मृत्यु पर नकुसा को हर्जाना नहीं मिला था। हाँ, दया दिखाकर उसे हर रोज के लिए मजदूरी पर रखा गया था। उसे खैरापुर की ओर अभी तक जमीन नहीं मिली थी। जो मिली थी, वह बंजर थी। उसे खरीदने के लिए भी गाँठ में रुपये नहीं थे। उसने दो सौ रुपये जमा कर--गोट बस्ती में एक प्लाट जरूर ले लिया था। इस प्रकार की टूटी-फूटी गृहस्थी लिये वह भी खैरापुर जाएगी लेकिन

घरवाले के वियोग में दूसरे मुल्क में जाना उसे भी बेचैन कर रहा था।

नकुसा और आवडाई कभी-कभी चक्की पर अनाज पीसतीं। पीसते-पीसते लोकगीत तथा गौरी के गीत गाने लगतीं। जाँभली तथा अगल-बगल के गाँवों में महिलाओं की जिह्वा पर चकोर राजा तथा मोहना रानी वाला लंबा गीत रहता था। चकोर राजा तथा मोहना रानी सुख से दिन बिता रहे थे। उनके राज्य में सर्वत्र सुख ही सुख था, पर एक दिन पास-पड़ोस के राजाओं ने मिलकर उसके नगर पर आक्रमण कर दिया। चकोर राजा शत्रु से मुकाबला करते-करते युद्धक्षेत्र में ही वीरगति को प्राप्त हुआ। शत्रु ने नगर के बहुत से लोगों को कैद कर लिया; प्रासाद को आग लगा दी। पुत्र को गोद में लिये, मोहना रानी जलते हुए नगर से बिदा हो गयी। नगर-द्वार पर उसका रथ बार-बार रुक जाता। घोड़ों के पैर भी नगर से बाहर नहीं निकलते। मोहना रानी जलते हुए नगर को, पीछे मुड़-मुड़कर देख लेती। उसे चकोर राजा की याद आती। गला भर आता। उसी भावविह्वल स्थिति में वह गाने लगती। जाँभली तथा अगल-बगल के गाँवों की स्त्रियों में यह गीत मोहना के गीत के रूप में प्रसिद्ध है। यह गीत सुनकर महिलाओं की ही नहीं, पुरुषों की भी आँखें भर आतीं। नकुसा और आवडाई चक्की पर जब यह गीत गातीं, दोनों के कंठ भर आते। वैसे दोनों की उम्र में बहुत अंतर था, पर घरवाले के प्यार तथा आधार का महत्त्व दोनों को एक-सा लगता था। गीत की एक-एक कड़ी गाते समय दोनों, मानो अपने-अपने पति की ओर ही देखा करती थीं–

मैं रथ हाँक विदेश चली हूँ
किंतु चक्र पीछे अटकाया।
डूब गया घर-द्वार हमारा
संतरी-पवन फिरे भरमाया

बाँस के समूह में हवा सन्-सन् कर बह रही थी। हवा के कारण पत्ते गिरते। हैबती चौंक उठता। फूलवंती अब बाँध के काम पर मजदूरी के लिए नहीं जाती थी; पर मड़ैया में किसी-न-किसी काम में उसका हाथ चलता रहता। वह दिनभर मेहनत करती। सास की मदद करती। मामा की बेटी रूपा हैबती के हाथ नहीं लगी। हैबती ने फूलवंती को ऊपरी मन से ही स्वीकारा था, पर आगे उसे पता चला–फूलवंती रंग से साँवली भले ही हो, शील-स्वभाव से वह बहुत ही अच्छी है। उसके बदन से सटकर ही सोयी थी फूलवंती। फूलवंती का गर्भयुक्त पेट उसके बदन से सटा हुआ था। नाक से गरम साँस चल रही थी। यह उसकी, अकेली की साँस नहीं है; उसकी कोख में पल रहा मेरा अंकुर भी जोर से साँस ले रहा है। हैबती ने बड़े प्यार से उसके पेट पर हाथ फेरा। स्पर्श के कारण फूलवंती जग गयी–ठीक उसी तरह जैसे मधुर शहद के छत्ते से मधुमक्खी बाहर निकलती हो। उसने बहुत ही प्रेम के साथ हैबती के हाथ को अपने हाथ में ले लिया। पूछा–

"आप यह क्या कर रहे हैं ?"

"तुम्हारी तबियत कैसी है ?"

"अच्छी है।"

"फिर दिन में कई बार मतली क्यों करती हो ?"

"आपका लड़का ही दुष्ट है, मैं क्या करूँ ?"

हैबती हँसा। उसने कहा, "फूलवंती, मुझे अपने इस लड़के की बात कुछ अजीब ही लगती है। ब्याह हुए दो बरस हो गये, यह दो साल में क्यों नहीं जनमा ? अब जब कि हम गाँव छोड़कर जा रहे हैं, वह जनम लेगा। क्या ही महूरत निकाला बच्चू ने?"

हैबती की बात को सुनकर फूलवंती खिलखिलाकर हँस पड़ी। गर्भवती होने के कारण उसे कई चीजें खाने की इच्छा होती थी। कभी तली हुई पकौड़ी, कभी जलेबी और कभी बाघेठाण के बाजार में मिलनेवाला चिउड़ा। वह जो भी पदार्थ चाहती थी, नकुसा तथा आवडाई उसे वे पदार्थ लाकर दे देतीं। बीच-बीच में गीली मिट्टी खाने को भी जी करता। फूलवंती चुटकीभर मिट्टी उठाकर झट् से मुँह में डाल देती। उसे भय था—कोई देख न ले। बाँधपीड़ित के घर की लड़की है, तभी तो वह हमारी मड़ैया में टिक पायी है। रूपा की तरह केवल खूबसूरती किस काम की ? हैबती को खुश देखकर फूलवंती ने उसकी चिकोटी काटी।

"अजी, बताइए तो ? मुझे कौनसी चीज खाने की इच्छा हो रही है ?"

"कौनसी चीज ?"

"आप ही बताइए।"

"इमली।"

"ऊँऽ हूँ।"

"तो क्या आँवला ?"

"ऊँऽ हूँ"

"फिर कौनसी चीज खाना चाहती हो तुम ?"

फूलवंती ने सामने पहाड़ की ओर इशारा किया। बोली, "मुझे तो वह पहाड़ ही अच्छा लगता है।"

हैबती का सिर भन्ना गया। आँखें गीली हो गयीं। उसने पूरब की ओर हाथ किया। बाँध की साईट पर जल रही बत्तियों की ओर हाथ उठाते हुए उसने कहा, "अरी, पहाड़ को क्यों निगल रही हो ? जिसने मेरे गाँव, सिवान, बाप और घर-गृहस्थी को निगला है, तुम उस बाँध को ही क्यों नहीं निगल लेतीं ?" हैबती के दुःख का बाँध टूट गया। वह फूट-फूटकर रोने लगा। फूलवंती ने उसके सिर को कसकर अपने सीने से लगा लिया, ठीक उसी तरह जैसे—माँ बच्चे को गले लगाती है। वह हैबती को समझाने लगी—

"मालिक, आप इतने दुखी क्यों हैं ?"

"फूलवंती, मैं किस-किस बात की चिंता करूँ ? नौकरी के परमानेंट होने की बात अभी ठिकाने पर नहीं लगी। निंबालकर साहब ने अभी-अभी फिर से काम पर लिया

है, पर मैं यहाँ बाँध पर रहूँगा। तुम लोग सब नीचे खैरापुर चले जाओगे। वहाँ के लोग अपरिचित, सारा माहौल अपरिचित। तुम्हारी स्थिति ऐसी, रानी इन स्थितियों में तुम कैसे सँभालोगी। मेरे बैलों को कौन सँभालेगा ? खेतों में जुताई-बोवाई कौन करेगा ?''

''मैं किसान की कन्या हूँ। खेत में कड़ी मेहनत करूँगी। मालिक, आप जरा भी चिंता मत कीजिए।''

''लेकिन संकट पहले से कहकर नहीं आता।'' हैबती ने दुखी होकर कहा, ''हमारी यह छोटी-सी गृहस्थी, एक-दूसरे के प्रति अपार ममता है, लेकिन यदि शिवराम सनगर की तरह प्रसंग आये तो ?''

''आप ऐसी बातें मत कहिए।'' फूलवंती ने हैबती के मुँह पर हाथ रखा।

फूलवंती की आँखें भर आयीं। उसको समझाते-समझाते हैबती हैरान हो गया। फूलवंती का गहरा पीला बदन काँप उठा। थोड़ी देर के बाद फूलवंती ने अपने मन पर काबू पा लिया। वह गोह की तरह हैबती के बदन से चिपककर वैसी ही पड़ी रही, लेकिन हैबती तिलमिला रहा था। बारिश का मौसम पंद्रह दिन ही रह गया था। बाँध में पानी रुकेगा। हमारी मड़ैया पानी में डूब जायेगी। उससे पहले ही बोरिया-बिस्तर बाँधना होगा। लेकिन लारी कहाँ मिल पाती है ? बारिश के निकट आते ही लारी पाने के लिए सब लड़-झगड़ रहे हैं। पहले तो यह हाल था कि मकान गिराने के लिए कोई तैयार ही नहीं था, पर अब ज्योंही संकट निकट आ गया है, सर्वत्र दौड़-धूप शुरू हो गयी है। हो सकता है, कुछ लोगों का घर, सामान पीछे रह जायेगा। क्या किया जाय ? लारी कब मिल पायेगी ? इस तिलमिलाहट में पता ही नहीं चला कि दिन कब उग आया ? फूलवंती उठी। वह भीतर मड़ैया में चली गयी। गुणवंत की आकस्मिक हाँक से हैबती की नींद खुली। हैबती झट से उठा। उसने हँसते-हँसते गुणवंत के हाथ से बैल के पगहे ले लिये। बैलों को मुक्त किया। आवडाई ने गुणवंत की कनपटी पर उँगलियाँ फिराकर अपना प्यार जताया। गहरी आत्मीयता से पूछा, ''बचवा, वहाँ से कब निकले।''

''रात, खाना खाने के बाद बैठा गाड़ी में।''

''रातभर सोये नहीं होगे ?''

''ऐसा तो नहीं; रास्ता बैलों का परिचित है। मैं तो गाड़ी में गहरी नींद सोया था। बैल अपने-आप रातभर चलते रहे।''

चायपान हो गया। लीप-पोतकर साफ किये गये आँगन में सब बैठ गये। गुणवंत ने चिंता के स्वर में पूछा, ''माँ, बरसात पंद्रह दिन ही रह गयी, अभी तक मकान को नहीं गिराया क्या डूबने का विचार है ?''

''बेटे, अब गिराने को रहा ही क्या है ? बुलडोजर ने पूरा घर गिरा दिया। अब केवल सामान बाँधना है, उसमें कितना समय लगेगा ?''

आवडाई थोड़ी देर के लिए चुप बैठी। बाद में खुद ही बोली, ''पता नहीं बारिश में सामान-असबाब नीचे जायेगा या नहीं ?''

"क्यों नहीं जायेगा ?"

"सरकारी लारियाँ हमें कहाँ मिल रही हैं ? डेढ़ महीने से कॉलोनी के चक्कर लगाकर हैबती बेचारा परेशान हो गया है। आठ लारियाँ रात-दिन चल रही हैं, पर हमारे पल्ले कुछ भी नहीं पड़ रहा है।"

"माँ, ऐसा क्यों हो रहा है ?"

"बेटे, जो किसी की जेब भर देता है, उसका तो बस्स–चट मँगनी पट ब्याह।"

बात गुणवंत के ध्यान में नहीं आयी। उसने दूसरी बात निकाली, "माँ, सरकार से मकान के लिए कर्जा मिलता है न ?"

"हूँऽऽ मिलता है, दो हजार। वह भी तीन किस्तों में मिलेगा। उसके लिए पचासों चक्कर लगाइए–नीचे से ऊपर और ऊपर से नीचे। बेटे दो हजार में मकान क्या, दीवार भी नहीं बनेगी।"

"पर अब बारिश में वहाँ मकान कैसे बनवाओगी ?" गुणवंत ने चिंता व्यक्त की।

"किराये पर मकान लेंगे।" हैबती ने उपाय सुझाया।

"बेटे, तुम तो पागल हो गये हो।" आवडाई ने हँसकर कहा, "किराये के घर में घास-भूसा कहाँ रखेंगे ? बैल कहाँ बाँधोगे ? हम नौकरी-पेशेवाले थोड़े ही हैं–जो किराये पर मकान लेकर सिर्फ चारपाई बिछा दें ? किसानों के साथ बैल और हल-औजार रहेंगे ही–कंकालियों के चौपायों की तरह।

गुणवंत ने अपना बटुआ निकाला, उसके खाने में सावधानी से रखे हुए सौ के दस नोट निकाले। नोट आवडाई के हाथ में दिये। आवडाई ने आश्चर्य से पूछा, "बेटे, इतने रुपये कहाँ से आये हैं ?"

"सुभानजी अप्पा ने भेज दिये हैं बंबई से।"

"क्या कहें इस सुभाना से। बहन के प्रति उसकी ममता कम होती ही नहीं। सुभाना, कितना प्रेम करोगे इस गरीब बहन से ?"

आवडाई सुभानजी की स्तुति करने लगी। गुणवंत ने बीच में ही कहा, "माँ, तुम हमारी इतनी प्रशंसा करती हो; फिर हमारे घर पर ही क्यों नहीं रहतीं ? उस सूखे मुल्क में किसलिए जा रही हो ? पता नहीं, वहाँ पानी कब आयेगा ? तब तक कैसे गुजारा करोगी ?"

"नहीं बेटे। मैं अपने गाँव के लोगों के साथ ही चली जाऊँगी। मैं उन्हें छोड़कर कैसे जी सकती हूँ ?"

"सुभानजी अप्पा कहता है–चाहो तो झांजड़बाड़ी में रहो या बंबई में, पर उस खैरापुर में–वहाँ पर तुम्हारी और हैबती की दुर्गति होगी। सुनो माँ, इस दुर्गत से अच्छा यही है कि तुम वहाँ चलो।"

"तुम लाख कहो, पर मैं गाँव का साथ नहीं छोडूँगी। लिखो अपने आबा को।

कहना, यह आवडा मरेगी, पर गाँव का साथ नहीं छोड़ेगी।''

गुणवंत की बातों को सुनकर हैबती हुलस गया था। पुनर्वास के झंझट की अपेक्षा सुभानजी अप्पा के आसरे रहना अच्छा है, पर आवडाई मान नहीं रही थी। सुभानजी उसका मौसेरा भाई नहीं सगा साथी था। उसने गुणवंत को गोद लिया था। अच्छी तरह से पाला-पोसा था। हैबती के ब्याह के अवसर पर बड़ी सहायता की थी। लेकिन क्या इसलिए हम अपने गाँव, अपनी गोट-बस्ती को छोड़ दें ? आवडाई की बिलकुल ही तैयारी नहीं थी।

जरा इधर-उधर की बातें हुईं। आवडाई उठी। वह रसोई-पानी में जुट गयी। हैबती और गुणवंत—दोनों भाई कॉलोनी पर गये। उनके दिमाग में एक ही चिंता थी—पंद्रह दिन के बाद बारिश शुरू होगी। अपनी मड़ैया, ढोर-डंगर, हल-औजार, सामान-असबाब कहाँ रखेंगे ? बीच में ही बारिश शुरू होगी तो समझो कंगाली में आटा गीला हो गया। चलते-चलते गुणवंत ने पूछा, ''मैंने अभी जाँभली में देखा—कई लोग अपना सामान ले गये हैं। हैबो, फिर हमारा सामान कैसे पीछे रह गया ?''

''माँ और मैं—दोनों ठहरे नाक की सीध में चलनेवाले। हम ऐसे ही मुँह ताकते बैठेंगे।''

''क्या मतलब ?''

''यहाँ पर भी पग-पग पर वसीले से काम होते हैं। बरसात निकट आने की वजह से, लारियाँ पाने के लिए लोग दौड़-धूप करने लगे हैं, हाथापायी हो रही है। या तो कोई नेता फोन पर बता दे या पुनर्वास से संबंधित पटवारी की मुट्ठी गरम करें—बिना उसके होता नहीं।''

''कितना लेता है वह ?''

''तीन सौ रुपये।''

''तीन सौ ?'' गुणवंत की भौंहें तन गयीं। तनिक सोचकर उसने कहा, ''हैबो, इस तरह बारिश में घर-गृहस्थी को सड़ने देने से बेहतर यही है कि हम तीन सौ रुपयों पर पानी छोड़ दें।''

''नहीं, बिलकुल नहीं।'' हैबती आपे से बाहर हो गया। उसने दाँत पीसकर कहा, ''हम हर जगह पर इन नालायकों को क्यों रुपये दे दें ? बाँध बनवाने के संबंध में हमने उनको न्योता थोड़े ही दिया था ? कमीनो, जिसकी जेब भरी है उसकी क्यों नहीं काटते ? हमारी लँगोटियाँ क्यों निकलवा रहे हो ?''

हैबती उबलते पानी की तरह क्रोध से उबल रहा था। लारी के बँटवारे को लेकर वह हुज्जत करने लगा। उसने गुणवंत को बताया कि कैसे दत्तू और लाला को लगातार लारियाँ मिलती रहीं।

''उनको इतनी सुविधा ? कैसे होता है यह ?'' गुणवंत ने पूछा।

''जिसकी लाठी उसकी भैंस। बेचारे गरीब का एकाध सड़ियल बाँस, सिल-बट्टे

का पत्थर भी लारी में नहीं लेंगे, पर करवंदे और लाला के मकानों का एक-एक पत्थर उन्होंने ढोया। जब दूसरों के लिए लारियाँ जाती हैं; तब वे खैरापुर की गोट-बस्ती में ही रुकती हैं, पर लाला दत्तू के लिए खेपें दूर आंबेपुर तक होती रहती हैंऽ ! मुए, भगवान का रहस्य भी कुछ अजीब ही है—जिसको देना है, उसको तो छप्पर फाड़कर देता है; जिसको नहीं देना है, वह कितनी भी नाक रगड़े, टस-से-मस नहीं होता।''

दोनों कॉलोनी पहुँचे। डिवीजन ऑफिस के पीछे की ओर पुनर्वास का नया ऑफिस खोला गया था। बगल में वटवृक्ष के नीचे महिलाएँ पैरों को सिकोड़कर बैठी थीं। वे कई दिनों से चक्कर काट रही थीं। जब भी टीन के शेड में झाँकतीं, उन्हें पहले से ही तैयार शुष्क उत्तर मिलता—''लारियाँ कम हैं, खेपें अधिक हैं, नंबर लगने पर देखा जायेगा।'' समय पर डेरा-डंडा नहीं उठेगा तो बड़ी मुश्किल हो जायेगी। गुणवंत का भाग अच्छा। ऑफिस में काम करनेवाला धोंडू चपरासी उसकी पहचान का था। दोनों ने कई बार साथ-साथ पकोड़े खाये थे, चाय पी थी। गुणवंत ने धोंडू को इशारा किया। दोनों कैंटीन में बैठे। गुणवंत ने धीरे से बात निकाली—

''लारी जल्दी चाहिए हमें।''

''आपको इसी साल सामान ले जाना है न ?'' धोंडू ने सीधे पूछ लिया।

''हाँ, इसी साल।'' गुणवंत का गला सूख गया था। उसने पूछा, ''काकड़े साहब से मिल लूँ ?''

''ना, ना, उनके हाथ में तो बस्स नाम-मात्र का ही अधिकार है। वे सिर्फ कागजी घोड़े दौड़ायेंगे। उनके चक्कर में पड़ेंगे तो समझो गुड़ गोबर हुआ। किसका नंबर कहाँ पर लगाना है, यह हम नीचेवाले ही तय करते हैं, पर मंडल अधिकारी दामले से—महादेव से मिलना हो तो पहले नंदी की पूँछ को हाथ लगाना होगा।''

''उसी को टटोलने आये हैं।''

''पूछता हूँ हसन पटवारी से।''

''इसमें और क्या पूछना है ?''

''इतना सरल थोड़े ही है ?'' चपरासी हँसकर बोला, ''भगवान के पास इस रास्ते से भी कई भगत आये हैं। उनमें भी नंबर लगे हैं। फिर भी पूछ लेता हूँ।''

थोड़ी देर बाद धोंडू लौट आया। उसने कहा कि नंदी से होते हुए आने पर भी छह दिन और लगेंगे। उसने तीन उँगलियों का इशारा किया। गुणवंत ने गर्दन हिलायी। वह मड़ैया में चला गया। उसने सारी बात आवडाई के गले उतार दी। आवडाई ने सोचा—मड़ैया और सामान-असबाब पानी में डूबे, इससे बेहतर है कि तीन सौ रुपयों पर पानी छोड़ा जाय। आवडाई ने, गुणवंत के दिये हजार रुपयों में से ही तीन नोट निकालकर उसके हाथ पर रख दिये। उसने गुणवंत को हिदायत दी—''हैबती को इस बात का पता नहीं चलना चाहिए। पहलवानी तल्ख दिमाग है उसका; वह मना करेगा; बात बीच में ही अटक जायेगी, मेरा बोरिया-बिस्तर बारिश में भीग जायेगा।''

देखते-देखते छठा दिन आ गया। सबको मालूम हो गया था कि आज सामान ले जाने के लिए लारी आ जायेगी। गाँव के कई लोगों का सामान आगे खैरापुर की गोट-बस्ती में पहुँच गया था, पर उनकी अस्थायी व्यवस्था कॉलोनी पर की गयी थी, खाने के लिए, सरकार की ओर से हर रोज रोटी और बेसन की कढ़ी मिलती थी, पर आज नहीं कल, कॉलोनी को छोड़ना ही पड़ेगा, इसलिए आवडाई ने कॉलोनी पर न रुककर तुरंत आगे खैरापुर जाना पसंद किया। आग में चलना ही है, फिर क्या आज और कल? पैरों में आँच आयेगी ही।

नकुसा ने जल्दी-जल्दी चावल पकाया। उसमें चटनी मिलाकर सबको परोसा। आवडाई ने फूलवंती को भात और घी खिलाया। जल्दी-जल्दी चौका-बर्तन का काम पूरा कर महिलाएँ मड़ैया से बाहर आ गयीं। मड़ैया को उधेड़ने का काम शुरू हुआ। गुणवंत का ध्यान मंडवे में बाँधे हुए बैलों--राजा-सरजा की ओर था। जब उससे रहा नहीं गया तो बोला, "माँ, तुम झांजड़बाड़ी नहीं आ रही हो, कम-से-कम अपने बैलों को तो ले जाने दो। इस साल की बरसात का मौसम मेरे यहाँ रहेंगे, वहाँ खैरापुर में न घास है न चारा।"

आवडाई दुविधा में पड़ी। हैबती ने कहा, "माँ, भैया ठीक ही कह रहा है। मैं काम के लिए कॉलोनी पर रहूँगा। उसमें भी, तुम्हारे घर पर जचगी होगी। रसोई-पानी, चौका-बर्तन--लाख झंझट हैं तुम्हारे पीछे। तुम अकेली कैसे सँभालोगी बैलों को ?" आवडाई ने मान लिया। गुणवंत को अच्छा लगा। धूप बढ़ने लगी थी। हैबती मड़ैया पर चढ़ा। उसने टीन की चद्दरें निकाल दीं। वह बाँस में बँधी हुई रस्सियों को खोलने लगा। मड़ैया उधड़ी जा रही थी। आवडाई से देखा नहीं जा रहा था। उसका कलेजा मुँह को आ गया। उसने मुँह फेर लिया। आँखें ऊपर उठाने पर उसने देखा सामने मजबूत बाँध ललचायी दृष्टि से उसकी ओर देख रहा है। आवडाई मुँह फेरकर बाघजाई के तीर की ओर देखने लगी। तीर पर जो भी झाड़झंखाड़ था, काट दिया गया था। खेतों की मेंड़ों पर अब पेड़ दिखाई नहीं दे रहे थे। चारों तरफ पेड़ों की सफाई हो गयी थी। नंगधड़ंग सिवान और खाली जमीन को देख आवडाई की हिम्मत छूट गयी। वह लड़खड़ाती हुई उठी, बगल में तामजाई देवी के दरवाजे पर चली गयी। वह अब फूट-फूटकर रो रही थी।

आवडाई की यह हालत देखकर हैबती का भी जी टूट गया। वह मड़ैया से नीचे उतरा। माँ के पास गया। दोनों एक-दूसरे के गले से लगकर दहाड़ मारने लगे। फूलवंती तथा नकुसा भी जोर-जोर से रोने लगीं। आवडाई चिल्ला रही थी। कई दिनों का अवरुद्ध दुख उसके मुँह से निकल रहा था। गुणवंत का भी गला भर आया। उसने अपने को सँभाला। माँ की पीठ पर हाथ रखकर वह बोला, "माँ, रोओ मत।"

"बेटे, क्यों नही रोऊँ ?" आवडाई चीखकर बोली, "बेटे, हम किसान हैं। बछड़ा भी मर जाता है तो हम दो दिन भूखे रहते हैं। आज तो खेत, देवी-देवता को यहीं छोड़कर,

गाँव को उखाड़कर, दर-दर की खाक छानते हुए, पराये मुल्क में जाना है। बेटे, आज नहीं रोयेंगे तो कब रोयेंगे ?"

सब लोगों ने आवडाई को समझाया। मड़ैया उजाड़ी गयी। सारा सामान बाँध दिया गया। दोपहर लारी आयी। उसमें सामान खचाखच भर दिया गया। हैबती साथ में चला गया। शाम को दूसरी बार लारी आ गयी। दूसरी खेप में नकुसा का पूरा सामान और आवडाई का आधा सामान भर दिया गया। जब नकुसा का एक पाखवाला मकान गिराया जा रहा था, नकुसा दहाड़ मारकर रो रही थी। उसने देवताओं के गुणवाले अपने पति--शिवराम को सदा के लिए खोया था। अब मकान गिराकर गाँव को भी सदा के लिए छोड़ना है--नकुसा इस विचार से पूरी हिल गयी थी। सब लोग तीसरी खेप की प्रतीक्षा में बैठे थे। सूर्यास्त के समय पर पता चला कि तीसरी खेप अब सुबह ही होगी। पहले बाँधी गयी गठरियों को पुनः खोला गया। खुली हवा में ही रसोई बनाने का काम शुरू हुआ। खाने-पीने में किसी की रुचि ही नहीं थी, पर सबको गर्भवती फूलवंती का खयाल रखना था। कम-से-कम उसके लिए तो रसोई बनानी ही होगी; नहीं आँतों के साथ-साथ पेट में पल रहा बच्चा भी भूखा रहेगा।

आवडाई के मन में कुछ आ गया। "अभी आती हूँ" कहकर वह उठी। वह खुले सिवान में गयी। झाड़झंखाड़ सब कट गया था। न पत्तों की सरसराहट न हवा की सीटी। जहाँ गोविंद का अंतिम संस्कार किया गया था, आवडाई वहाँ जाकर बैठ गयी। भर्राये हुए गले से उसने कहा, "मालिक आप हमारे साथ चलेंगे ? मैं अब आपको छोड़कर जा रही हूँ।" उसने आँखें पोंछ लीं। वह सिसकियाँ भरने लगी। उसने वहाँ की मुट्ठीभर मिट्टी अपने आँचल के छोर में बाँध ली। अँधेरा हो जाने पर भी उससे उठा नहीं जा रहा था। तभी ऊपर से गुणवंत की हाँकें सुनायी पड़ीं। आवडाई उठी--चकोर राजा और उसके उजड़े मुल्क से विदा होनेवाली मोहना की भाँति उसके पैर अटक रहे थे। उसके काँपते हुए होंठों पर मोहनावाला गीत आ गया--

डूब गया घर द्वार हमारा
संतरी पवन फिरे भरमाया।

नकुसा ने खुले में ही रोटी-दाल बनाई। खाने की इच्छा किसी को नहीं थी, पर यह सोचकर कि फूलवंती भूखी न रहे, सबने थोड़ा-थोड़ा खा लिया। रात में हवा के कारण दीया बार-बार बुझ जाता था, आवडाई चूल्हे के प्रकाश में ही सारे सामान को देख रही थी। देख रही थी कि सारी चीजें बाँधी गयी हैं या नहीं ? उसने गठरियों, बोरियों को खोला। एक गठरी में--छोटे हैबती के वास्ते गोविंद का खरीदा हुआ, शीशों के टुकड़ों से युक्त एक कनटोप था। बैल की झूलें, जिस पर चमकते हुए शीशे की आँखें--सब वैसा का वैसा था। कड़े थे। झब्बे थे। दूसरी गठरी में लाडूबा की मूरत और ताँबे की चद्दर पर अंकित कालीमाई की छाप थी। ओझा का दिया हुआ नारियल, जेजुरी के भगवान मल्हारी की हल्दी की बुकनी, पूजा की भभूत, अबीर, अभंगों की पुस्तिका, करताल--सब

बाँधा गया था। हैबती के लिए कभी लेजिमवाली डफली खरीदी गयी थी। सामान में वह भी थी। विवाह के अवसर पर आवडाई के वास्ते रेशम का पीला सालू खरीदा गया था। आवडाई ने उसे आज तक जी-जान से सँभालकर रखा था। उसे फिर से गठरी में बाँधते समय उसकी आँखें भर आयीं। गठरी में और भी चीजें थीं—कान की बालियाँ, चाँदी के अनवट, नथुनी और नाथ भगवान के मेले में बालक हैबती के लिए खरीदी हुई चाँदी की करधनी थी। पुरानी साड़ी के एक टुकड़े में पीले रंग के सरकारी कागज, नोटिस, पत्र, धुंआँया हुआ राशन कार्ड और मकान-कर की रसीदें ठीक से बाँधकर रखी थीं। एक बोरी में काँसे की थालियाँ, आवडाई के ब्याह में सुभानजी द्वारा भेंट में दिया गया ताँबे का हंडा, पीतल के छोटे घड़े, टोंचे के लोटे थे। आवडाई ने इस पूरे सामान को बाँधकर जहाँ-का-तहाँ रखा।

"माँ, सब ठीक-ठाक बाँध दिया ?"

"बेटे, सब बाँध दिया।" आवडाई का दिल यकायक भर आया। सिसकियों को रोकते हुए वह गुणवंत से ही पूछने लगी, "पर बेटे धूप और बारिश में हमने यहाँ पर जो पसीना बहाया, खून सुखाया, मैं उसको कैसे बाँध दूँ ?"

वह रात सब लोगों ने जाड़े में बिताई। खुली हवा में ठिठुरा हुआ बिरजू चीखकर बार-बार अपनी माँ से चिपकता था। बड़ी भोर में ही आवडाई को लारी के आ जाने का आभास हुआ। वह जल्दी-जल्दी उठी। उसने एक मटकी में चावल पकाया। उसने सुबह होने से पहले ही दही लाने के लिए हैबती को गाँव में दौड़ाया। गाँव सूना पड़ा हुआ था। दही किससे माँगा जाय ? अपाहिज तारा बहन ने अपनी पुरानी हवेली को अभी तक छोड़ा नहीं था। हैबती ने उसके घर से बचाखुचा दही ले लिया, वह दौड़ा-दौड़ा लौटा।

तब तक लारी यम की भाँति आकर खड़ी हो गयी। ड्राइवर ने चिल्लाकर कहा—"चलो, जल्दी करोऽ।" आवडाई भी जल्दी-जल्दी सब निपटाने लगी। उसने अपने बैलों—राजा-सरजा—को दही-भात के लोंदे खिलाये। बैल आवडाई के बदन से थूथन घिसने लगे। आवडाई फिर पसीज गयी। उसने दोनों गायों के भाल पर हल्दी-कुंकुम लगा दिया, उनको भी लोंदे खिलाये। आवडाई ने झुककर चौपायों को नमस्कार किया। वह तिलमिलाकर बोली—

"कालीमाई, हमारा ध्यान रखना। उस पराये मुल्क में भी हमारे गोठसार फलते-फूलते रहें। माँ, ढोर-मवेशी, बाल-बच्चे लोग—सब सुख-चैन से रहें।"

"माँ, मैं दोनों गायें भी झांजड़बाड़ी ले जाता हूँ।" गुणवंत ने कहा।

"ले जा बेटे। मैं उनके लिए नीचे घास-चरी कहाँ ढूँढ़ती फिरूँ ? पर छोटी भैंस और बकरी-मेमनों को रहने दो मेरे साथ।"

"उनको तुम जरूर ले जाओ। तभी तो हैबती के बालक को घर का दूध मिलेगा।" लारीवाला जल्दी कर रहा था। गुणवंत ने लारी के ढाचे में, आगे की ओर बोरियाँ, गठरियाँ

रख दीं। बकरी तथा मेमनों को ढाचे में ढकेल दिया। डरी-सहमी भैंस को किसी तरह ढाचे में चढ़ाया गया। मड़ैया की जगह एकदम सपाट हो गयी थी। आवडाई ने वहाँ की थोड़ी-सी जगह गोबर से लीप दी। वहाँ दही-भात का प्रसाद रखा। हल्दी-कुंकुम चढ़ाकर उसने हाथ जोड़े। दुखी मन से वह लारी में चढ़ी। पीछे की तरफ नकुसा भैंस का पगहा पकड़े बैठी थी। उसके निकट ही गर्भवती फूलवंती बैठी थी। पेट में सात महीने का अंकुर था। वह सावधान थी--कहीं उस अंकुर को धक्का न लग जाय। लारी वहीं पर खड़ी थी। बेंऽऽ बें कर मेमनों ने शोर मचाया था। लारी शुरू हुई, वह चलने लगी। आवडाई ने पीछे देखा। बैलों के निकट गुणवंत खड़ा था, वह जी कड़ा कर, डबडबाई आँखों से माँ की ओर देख रहा था। हाथ उठाकर सबको विदा कर रहा था।

लारी कंकड़ और पत्थरों से टकराती, ठोकरें खाती हुई जा रही थी। भैंस खड़े-खड़े थड़-थड़ पैर झटक रही थी। उसके झटकों के कारण मेमनों का चिल्लाना बढ़ गया था। फूलवंती भैंस के झटके के भय से पेट को सँभालने के उद्देश्य से, चिपकने लगी। घबड़ायी हुई भैंस, थर्राती हुई वहीं मूतने लगी। उससे आधे से अधिक गठरियाँ तल में भीग गयीं। आवडाई अपनी गोट-बस्ती और सिवान की ओर टुकुर-टुकुर देख रही थी--नंगे-बूचे सिवान और नाले। भयानक दिखाई देनेवाला नदी का किनारा। गाँव में रास्तों के दोनों ओर गिरे हुए बड़े-पत्थर। आधी गिरी-ढही दीवारें। मकानों की छतों को उखाड़कर सामान ले जाया गया था। मकानों की खिड़कियाँ, दरवाजे निकाले गये थे। चारों ओर पोपले मुँह की तरह दिखाई देनेवाली डरावनी दीवारें थीं। अब तक तीन-चौथाई गाँव उखड़ गया था। गिरे-लुढ़के अनाज में चूहों की दौड़-धूप चल रही थी। झाड़झंखाड़ की सरसराहट, पंछियों का कलरव और बच्चों के शोर में डूबा हुआ हमारा भरा-पूरा गाँव कहाँ चला गया ? प्लेग की बीमारी में गुमसुम हुआ या आग में खाक हो गया ? क्या हुआ हमारे भरे-पूरे गाँव को ?

फूलवंती, नकुसा और आवडाई--तीनों चीख रही थीं। उनकी आवाज में भैंस तथा बकरी के चिल्लाने की आवाज मिल गयी थी। तीनों दुःखावेग से हिल गयी थीं। सिसकियों का प्रवाह रुक नहीं रहा था। ऐसी स्थिति में कौन किसको समझाये ? अबोध बिरजू छिपकली की तरह नकुसा के बदन से चिपक रहा था। नकुसा की आँखों के सामने, डोजर और चट्टान के बीच दबी हुई शिवराम की देह झलक रही थी। गोविंद की याद से आवडाई का जी तिलमिला रहा था। गोविंद सिकुड़ी हुई आँखों से पूछ रहा था। खुश्क गले से पूछ रहा था--"आवडाई, क्या मुझ बूढ़े को सिवान जंगल में अकेला छोड़कर जा रही हो ?" बाँध की छड़ें सबके दिल में चुभ रही थीं।

मोहना रानी अपने ध्वस्त नगर को छोड़कर लाड़ले बेटे के पालन-पोषण के लिए दूर जा रही थी। वह पीछे मुड़कर ध्वस्त तथा वीरान नगर की ओर पुनःपुनः देख रही थी। कहाँ चला गया मेरा चकोर ? कहाँ छिप गया मेरा गोविंद ? आवडाई का कलेजा टूक-टूक हो रहा था। उसके दिमाग में गौरी का गीत मँडरा रहा था--

हे मेरे पति परमेश्वर
कहाँ तुम्हारी शीतल छाया
तुम जा बैठे स्वर्गलोक में
रह गयी मेरी अभागी काया ।
मैं रथ हाँक विदेश चली हूँ
किन्तु चक्र पीछे अटकाया।
बरसा पानी महल गिर गया
कब का पाप शाप बन आया।
डूब गया घर-द्वार हमारा
संतरी पवन फिरे भरमाया।
सूनी माँग, बनी वनवासिनि
पुष्पित जीवन, वज्र गिराया।
हे मेरे पति परमेश्वर
कहाँ तुम्हारी शीतल छाया।

ग्यारह

"मास्टरऽ मास्टरऽऽ चाहे तो इस दीवार का पत्थर उठाकर मेरे सिर पर पटक दो, पर मुझे यह गाँव छोड़ने के लिए मत कहो।" पांडू येताला ने रिरियाकर कहा।

"पाटील, आप यह पागलपन छोड़िए। चलिए जल्दी बाहर, लारी रुकी हुई है।" मास्टरजी ने जोर देकर कहा।

पांडू बाबा ने अपनी आँखों को सिकोड़ा। मकान के बंडेर को उतारा गया था। दरवाजों और चौखटों को निकाला गया था। पूरे घर में मिट्टी-ही-मिट्टी फैली हुई थी। पांडू बाबा की बड़ी बहू ने देहरे पर दही-भात रख दिया था। पांडू बाबा ने उसी जगह पर पान-सुपारी रख दी। जमीन पर घुटने टेककर उसने दंडवत किया। बूढ़ा गद्‌गद होकर बोला, "कालीमाई, तुम्हारे मन में ही नहीं था कि गाँव का भला हो जाये। अब तो तुम्हारा जी ठंडा हुआ न ?" बूढ़े की हिम्मत ही टूटी थी। वह टूटी हुई दीवारों का आधार लेकर बाहर आया, दुखी मन से अपने उघड़े हुए मकान की ओर देखने लगा।

बूढ़े पांडू येताला ने बहुत उत्साह और दम-खम के साथ गृहस्थी खड़ी की थी। जब उसकी घरवाली जीवित थी, दोनों की कभी पटती ही नहीं थी। दोनों बहुत जोर से झगड़ते। लोगों को डर लगता, उनके झगड़े से कहीं छत के खपड़ैल तो नहीं उड़ेंगे?

छोटा अशोक पलने में था, तभी जरा-सी बीमारी का निमित्त हुआ—घरवाली पांडू बाबा की फलती-फूलती हुई गृहस्थी को छोड़कर भगवान के घर चली गयी। बड़े तीन

लड़के, अशोक पलने में, पीठ पर विधवा बहन का बोझ, बैल-भैंसे और निन्यानबे साल के पट्टे पर दी गयी खेती--इतना सारा खटराग सँभालना हो तो फिर से विवाह करना ही होगा। गाँव के पंच जमा हुए, कुछ रिश्ते भी आये, पर पांडू बाबा ने उधर ध्यान नहीं दिया। वह अशोक की भी माँ बन गया। बच्चों की अच्छी परवरिश कर उन्हें बड़ा बना दिया। जब गाड़ी जरा पटरी पर चलने लगी, तो इस बाँध की चिंता ने दबोच लिया। चौदह आदमियों के बोझ को उठाकर कहाँ जायेंगे ?

दरवाजे पर लारी देर से रुकी हुई थी। यह तीसरी खेप थी। दोनों बहुएँ तख्ती को गिराकर लारी में बैठी हुई थीं। फटी चद्दर में बाँधे गये बर्तन-भाँडे, फुटकर चीजें भीतर लारी में रख दी गयी थीं। उधेड़ा गया मकान उदास दिखाई दे रहा था। ज्योंही लारी का स्टार्टर शुरू हुआ, सबने शोर मचाया। दसवीं में पढ़ाई करनेवाला अशोक बाप से चिपका, दोनों जब एक-दूसरे के गले से लिपट गये, तब दुःख उमड़कर आया। पांडू बाबा का दुःखावेग रुकता ही नहीं था।

मास्टरजी आगे बढ़े, उन्होंने पांडू बाबा का हाथ पकड़कर कहा, "चलिए पाटील, देर हो रही है।"

"मास्टर, यह पूरा सामान कॉलोनी पर उतारना, वहाँ से उठाकर खैरापुर ले जाना--यह बार-बार की झंझट किसलिए ? सीधे खैरापुर ले चलने का बंदोबस्त क्यों नहीं करते ?"

"अभी फणसबाड़ी के बहुत सारे मकान उठे नहीं हैं। पानी जमा होने से पहले निचले तट पर बसे हुए लोगों को किनारे पर लाना है, फिर बाद को ढुलाई हो जायेगी। अधिकारियों ने ऐसा ही तय किया है। पहले आपका सामान तो कॉलोनी पर पहुँचने दीजिए।"

पांडू बाबा ने गाँव में दूसरे मकानों की ओर देखा। चारों तरफ श्मशान की-सी हालत थी। पत्थर और धूल में जाँभली गाँव खो गया था। बाघजाई नदी की ओर अब भी हरी-भरी फसल खड़ी थी। पवार कुनबे के लोगों ने अमरूद के बगीचे कटवाने का ढाढस नहीं किया था। इस साल बाँध में पानी थोड़े ही रुकेगा ? फसल ले लेंगे--इसी भोले भरोसे पर नाना पवार रुक गया था। गाँव से नीचे की ओर हनुमान के मंदिर पर बंदर इधर-उधर छलाँग लगा रहे थे। मंदिर के परिसर में इमली के पेड़ थे। उन्हें कटवाने का साहस किसी ने नहीं किया था, इसीलिए, वटवृक्ष तथा इमली के पेड़ अभी भी खड़े थे। पानी आये अथवा जाये--बंदरों को इससे क्या ? पांडू बाबा को इस बात का आश्चर्य हो रहा था। उसने मंदिर की ओर देखते हुए कहा, "मास्टर, इन बंदरों को देखो ? ये कहाँ गाँव छोड़ रहे हैं ? तुम ही हमारे पीछे पड़े हो--दुश्मन की तरह। मास्टर, चाहे तो पानी में ढकेल दो, पर मुझे यह गाँव छोड़ने के लिए मत कहो।"

"अब आप निकलेंगे भी या नहीं ?" मास्टरजी ने बूढ़े पांडू येताला को खींचा। बूढ़ा किसी तरह लारी में बैठ गया। लारी चलने लगी। बूढ़े को उजड़े हुए गाँव की ओर

देखने का ढाढस नहीं हो रहा था। उसने सिर से साफा निकालकर आँखों से लगाया। बूढ़े के लड़के न रो रहे थे, न हँस रहे थे। वे होश खोये-से गुमसुम बैठे थे। डेढ़ महीने पहले गाँव को उधेड़ने, पेड़ों को कटवाने तथा मवेशियों को बेचने की शुरुआत हुई थी। गाँव में कुछ चैतन्य ही नहीं रहा। जाँभली के सभी बालक मूक-से हो गये। वे बाघजाई के किनारे पर बालू में छोटे-छोटे मकान बनाते, किले बनाते, उन्हें आँख भरकर देखते रहते। किसी उज्जड़ के द्वारा मकान गिरा देने पर उनकी भौंहें तन जातीं। गरीबों के बच्चों को रबर वाली गेंद मुहैया नहीं होती थी। वे रास्ते में इधर-उधर पड़ी हुई चिंदियों को लपेटकर गेंद बनाते। गन्ने के सूखे पोर से एक-एक तिनका निकालते, तिनका-तिनका जोड़कर बोट बनाते। फटे हुए कागज में जान भरकर वे उससे पतंग बनाते, आसमान में उड़ाते रहते। वे तिनका-तिनका जोड़कर, चिंदी-चिंदी लपेटकर कुछ-न-कुछ नयी चीजें बनाना जानते थे; पर यहाँ तो हर कोई उठता है और बनी-बनायी चीजों को तहस-नहस कर देता है। कहीं पागल तो नहीं हुए थे बड़े-बूढ़े लोग ? बालिग लड़के कुछ-कुछ समझ रहे थे। गाँव छोड़कर पराये मुल्क में जाना है; वहाँ पर हमेशा के लिए रहना है; पर कैसे होंगे वहाँ के लोग ? कैसा होगा वहाँ की मिट्टी का रंग ? पंछियों का गाना ? और हमारा बीच में ही रुका हुआ स्कूल ? वह शुरू होगा ? कहाँ पर ? कैसे ? मास्टरजी वे ही होंगे ? या नये मरकहे आयेंगे ?—लड़के चकरा गये थे, चिंता में पड़े थे। उनकी आँखों का तेज ही गायब हुआ था, उत्साह लुप्त हुआ था। उनके चेहरे उदास गाँव और वीरान पठार की भाँति दिखाई देते थे।

मास्टरजी घुटनों तक की धूल में चल रहे थे। उनके साथ म्हाकू भोंसले, पुलिस के दो सिपाही, सर्कल ऑफिसर दामले तथा और भी लोग थे। मृग नक्षत्र बिलकुल निकट आ गया था। धूप बढ़ गयी थी। उमस के कारण बदन उफन रहा था। मुँह पर, गले पर पसीना बह रहा था। आसमान के कोने में कहीं-कहीं पर छोटे बादल झाँक रहे थे। बारिश का लक्षण दिखाई दे रहा था। बाँध के दरवाजे बंद किये गये थे। बारिश हो जाने पर वाघजाई नदी उमड़कर बहेगी। पानी के बड़े-बड़े रेले अटक जायेंगे। पानी रुक जायेगा। यह सारा मुल्क पानी में चला जायेगा। कुछ ही दिनों के भीतर यह सब घटित होने वाला था। फिर भी कुछ अड़ियल लोग मकान गिराने तथा गाँव छोड़ने को तैयार नहीं थे। उन्हें प्यार से समझाने की आवश्यकता थी। इसीलिए अधिकारी तथा समझदार गाँववाले गाँव में बार-बार चक्कर लगा रहे थे।

मास्टरजी भोंसले की हवेली के सामने आ गये। भीतर अपाहिज तारा बहन लाठी ठोंकती हुई बैठी थी। उसने सामनेवाले जत्थे की ओर यों देखा मानो वह लूट मचाने वाली टोली की ओर देख रही हो। मास्टरजी आगे बढ़े। उन्होंने तारा बहन को सब बता दिया, सुनते ही बूढ़ी ने डाँटा—"मास्टर, इस सीढ़ी पर सिर पटककर जान दे दूँगी; पर हवेली नहीं छोड़ूँगी। हवेली बनवाते समय मेरे ससुर ने खून-पसीना एक कर दिया है। आप लोग इस प्रकार के बाँध हर रोज बनवायेंगे। क्या उसके लिए हम अपनी पीढ़ियों

से चलती आ रही गृहस्थी को तोड़कर चले जायें ? नहीं, आप रास्ता पकड़िए। सरकार से कह दीजिए—हम मरेंगे, तुम्हारे बाप का क्या जाता है ?'' बूढ़ी मान नहीं रही थी। वह पुलिस के डाँटने-धमकाने की ओर भी ध्यान नहीं दे रही थी।

सर्कल ऑफिसर दामले ने कहा, ''जरा गाँव में पानी घुसने दीजिए, फिर देखिए बूढ़ी कैसे भागने लगेगी, तब उसके लूले पैर भी अच्छे हो जायेंगे।'' पूरा जत्था आगे दिगू अण्णा के दरवाजे पर चला गया। वैसे दिगू अण्णा चालाक था। वह हानि-लाभ को जानता था। उसने चाँदी के बर्तन, काकी और कालीमाई के गहने पुणे में रह रहे अपने लड़के के पास भिजवा दिये थे। दिगू अण्णा भी डर गया था, पर आज वह अलग ही राग अलाप रहा था—बाँध में पानी रुकेगा नहीं, यदि रुक भी जाये तो बाँध टूट जायेगा। उसका विश्वास था कि कालीमाई कभी डूब नहीं सकती, पर कौन कहे ? कुछ अलग ही घटित हो सकता है। अधिकारियों तथा गाँववालों का जत्था अब दिगू अण्णा के दरवाजे पर पहुँचा, काकी कॉलोनी पर जाने की तैयारी कर रही थी।

म्हाकू भोंसले ने दिगू अण्णा को छेड़ा, ''क्यों, अण्णा, आप भी चल रहे हैं न कॉलोनी पर ?''

मर्म पर ही आघात होने से दिगू अण्णा क्रुद्ध हो गया। बोला, ''ससुरे क्या तुम मुझे डरपोक समझते हो ? अरे, कालीमाई निद्रित है इसलिए तुम लोगों की यह तूती बोल रही है, जरा उसके शरीर को पानी का स्पर्श होने दो, फिर देखना, बाँध भस्मसात होता है या नहीं। यदि ऐसा नहीं होगा तो मैं जीवनभर कभी पूजा नहीं बाधूँगा; समझे ?''

मास्टरजी ने लाख कहा, पर वह दिगू अण्णा ही क्या जो दूसरों की सुन ले ? पुलिस ने आदेश सुनाकर अपनी जिम्मेदारी निभाई, ''हमने मुनादी दिलाई, दर-दर भटककर सबको बता दिया, इतने पर भी जिसको रहना है, वह डूबकर मर जायेगा !'' कहकर सरकारी कर्मचारी आगे होनेवाली हानि से साफ-साफ मुकर गये।

मास्टरजी कॉलोनी पर आ गये। जाँभली के एक-चौथाई लोग नीचे खैरापुर और केलापुर चले गये थे। बचे हुए लोगों का बहुत सारा सामान नीचे खैरापुर की गोट-बस्ती में पहुँच गया था, पर अभी लारी न मिलने के कारण और मकान-झोंपड़ियाँ न बन पाने के कारण, सबकी व्यवस्था कॉलोनी के प्राइमरी स्कूल की इमारत में तथा गोडाउन में की गयी थी। अभी स्कूल शुरू नहीं हुआ था, इसलिए लोग उसमें अधिकारपूर्वक रह रहे थे। भोजन के रूप में रोटी-कढ़ी की अस्थायी व्यवस्था की गयी थी। जाँभलीवासियों को अभी से बाँध निर्माण-कार्य के परिणाम भोगने पड़ रहे थे। एक दिन के लिए आठ-नौ रुपये मजदूरी मिलती थी, उससे नमक-मिर्च का खर्चा चलता था, पर अब वह सुविधा भी समाप्त हो गयी। अब भीख माँगने किसके दरवाजे पर जायें ? दिनभर की दौड़धूप के कारण मास्टरजी का बदन टूट रहा था। रोटी-कढ़ी खा लेने पर उनकी आँखें भारी हो गयीं। वे वहीं पर स्कूल के बरामदे में टाट बिछाकर लेट गये। दस साल उम्र की लाड़ली बेटी शेवंता उनसे सटकर लेट गयी। देखते ही हीराबाई ने डाँटा, ''शेवंता, क्या

तू अपने को अभी भी छोटी समझती है, जो इस प्रकार बाप से सटकर सो रही है ?"

"माँ, तुम चुप बैठो। अपने बाबूजी के पास सोने में मुझे किसके बाप का डर है ?"

मास्टरजी को किसी बात का ध्यान नहीं था। उनका थका-माँदा शरीर नींद के अधीन हो रहा था। ठंडी हवा चलने लगी थी, देखते-ही-देखते मास्टरजी को गहरी नींद आ गयी। रात में आसमान बादलों से घिर गया। दोनों पहाड़ों के माथे पर, बादल गहरे काले होकर झूलने लगे। काले बादलों ने चाँदनी को कभी का निगल लिया था। हवा भरभरायी। सिवान थर्राया। घास-फूस और तिनके उड़-उड़कर कहीं भाग गये। बादल चूने लगे। क्षणभर में ही टीन की चद्दरों पर बूँदें घोड़ों की टापों की तरह बजने लगीं। ओलती की झड़ी भीतर आने लगी। उसके स्पर्श से शेवंता आधी रात में ही जगी। उसने "बाबूजी, बाबूजी" की हाँक लगाई। मास्टरजी झट से उठ बैठे। उन्होंने चौंककर बाहर देखा। लगता है, चार दिन पहले ही बारिश शुरू हो गयी। मास्टरजी का कलेजा काँपने लगा।

मास्टरजी आँखें फाड़कर बाहर देख रहे थे। अन्य बाँधपीड़ित उनके पास जमा हो गये। बाहर बारिश की ओर देखकर वह भौंचक हो गये थे। भयभीत शेवंता पिताजी से लिपट गयी थी। उसकी पीठ पर ममताभरा हाथ फेरकर उन्होंने अपने-आप से ही पूछा—"कब रुकेगी यह बारिश ?" उन्हें चिंता थी—बचे हुए परिवारों को साथ में लेकर खैरापुर जाना था। रातभर हवा साँय-साँय कर बहती रही। छत का टीन बजता रहा। बारिश की झड़ी बहुत ही जोरदार थी। घंटेभर बाद सोंऽसोंऽ घोंऽघोंऽऽ की आवाज आने लगी।

म्हाकू भोंसले बोला, "मास्टरजी लगता है गाँव के पूरबवाला नाला बहने लगा है।"

रातभर धुआँधार बारिश होती रही। ऐसा लग रहा था जैसे आसमान में छेद हुआ हो। सवेरा होने पर भी आसमान में पानी का पर्दा दूर नहीं हुआ था। नौ-दस बजे वर्षा थोड़ी-सी रुक गयी, लेकिन सामनेवाला दृश्य देखकर जाँभलीनिवासी चकित हुए—बाघजाई के पाट में दोनों किनारों की ओर पानी फैलता जा रहा था। सारा पानी गँदला, उस पर लाल रंग की पर्त।

ज्ञानू दर्जी बोला, "एक ही रात में इतनी बारिश ? यह तो गजब हुआ।"

"सुनो, यह बारिश सिर्फ यहीं पर नहीं है। ऊपर बाघजाई की घाटी में मसणमाल, बसंतघाटी—सब ओर रातभर बादल चू रहे हैं, तभी तो इतना पानी जमा हो गया है।" बूढ़ा जालिंदर बोला।

"सही है। ऊपर बालू-बापू के पहाड़ों से सोते फूट पड़े होंगे वरना इतना पानी न उमड़ता।" रामा कुम्हार ने अतिरिक्त जानकारी देने के प्रयोजन से कहा।

मास्टरजी सामने देख रहे थे। रात में बारिश ने सचमुच ही कमाल कर दिया था।

सिवान में मेंड़, छोटे बाँध कुछ भी नहीं बचा था। मेंड़ टूट गये थे। पानी के वेगवान बहाव जमीन को उधेड़कर, छलाँग लगाकर नदी की ओर बढ़ रहे थे। पाट में से उमड़ता हुआ पानी रुक नहीं रहा था। धीरे-धीरे पानी पूर्व दिशा में स्थित नाले के पाट में घुस गया। उभार के कारण ऊपर-ऊपर चढ़ने लगा। इतने में नाना पवार तथा बाबू पवार सिर पर कंबल लपेटकर जाँभली की ओर निकल पड़े।

मास्टरजी ने आश्चर्य से पूछा, "इतनी भारी वर्षा में कहाँ जा रहे हो ?"

"मक्के की बालें कटवाने योग्य हो गयी हैं, देखते हैं दो-चार बोरे भर बालें हाथ लग सकती हैं। केले के दस-बीस घौदे भी हाथ लगेंगे।"

"तुम लोग धुआँधार बारिश में यह ज्यादती क्यों कर रहे हो ?"

"क्या होता है ?" बाबू ने मास्टरजी की बात को अनसुना कर दिया।

चाचा-भतीजे दोनों उस किचपिच में भी निकल पड़े। घड़ीभर के अंतराल के बाद बारिश फिर से शुरू हुई। मूसलाधार पानी बरसने लगा। दिनभर यही स्थिति रही। लगातार की बारिश के कारण कॉलोनी पर साहब लोग भी बाहर निकल नहीं पाये। दोपहर देर से रोटी-कढ़ीवाला भोजन आ गया। सब लोगों ने पेट-पूजा कर ली। इधर पानी रुक नहीं रहा था। नदी में ऊपर की ओर से पानी के जोरदार रेले आ रहे थे। ऊपर मसणमाल की तरफ, छतने को भी छेदनेवाली बारिश हो रही थी, तभी तो पानी के रेले पर रेले आ रहे थे। पानी बाँध की दीवार से टकराता था। वह साँप की तरह चक्कर काटता हुआ, पानी में से ही बाहर निकलकर सिवान की तरफ छलाँग भरता था। देखते-देखते जाधव बस्ती के निकट की जमीन डूब गयी। तामजाई देवी ने भी डुबकी खायी। इसमें कोई शक नहीं कि पानी रात में गाँव को जरूर निगलेगा।

इससे पहले भी ऐसी ही मूसलाधार बारिश हुआ करती थी; पर जो भी पानी बरसता, बहकर निकल जाता था। अब बाँध की रुकावट के कारण पानी पीछे मुड़ता था और हाथ मारते-मारते दोनों तीरों की ओर ऊपर-ऊपर बढ़ता जाता था। किनारे की हरी-भरी फसल को निगलकर गँदला पानी झरझर बढ़ रहा था। बढ़ते हुए पानी से अब गाँववालों को चिंता हो रही थी। पहले महिलाओं में, बाद में पुरुषों में खुसुरफुसुर होने लगी। सब लोग मास्टरजी के पास इकट्ठा हो गये।

बूढ़ा जालिंदर बोला, "मास्टरजी, यह पानी रात में गाँव को निगल डालेगा; कुछ भी कीजिए, उस अपाहिज बूढ़ी को बाँधकर, खींच लाइए कॉलोनी पर, नहीं, डूबकर मरेगी वहाँ पर।"

"और हमारे 'इन' का क्या करेंगे आप ?" दिगू अण्णा की पत्नी ने सिसककर पूछा, " 'ये' पागल की भाँति हवेली पर बैठे हैं। 'उन' का सारा भरोसा कालीमाई पर है। समझ में नहीं आता कि जिस पानी ने पूरे गाँव को निगल डाला वह 'इन्हें' कैसे बचायेगा। मास्टरजी, मैं हाथ जोड़ती हूँ, आप 'इन्हें' ले आइए।"

"जाना ही है तो तुरंत चलना चाहिए; नहीं, गाँव में पानी घुस जायेगा।" गोमा

कहार ने सुझाव दिया।

"अभी पूर्वी नाले का घेरा पड़ा हुआ है। लाडूबा की ओर से जाना होगा; नहीं, आदमी मर जायेंगे।"

ज्यादा सोचने के लिए समय नहीं था। मास्टरजी ने सिर पर कंबल लपेट लिया, उस पर छतना रखा, हाथ में भाले की लंबी लाठी ले ली। शाम को, मास्टरजी तथा उनके साथ आठ-दस युवक कॉलोनी से बाहर निकले। तभी स्कूल में उस पारवाली इमारत से लड़के चिल्लाते हुए आये, "सुबह से बसंता कहार, छगनू ढेंढ और धरमा पवार–तीनों भी दिखाई नहीं दे रहे हैं।" लड़कों ने चिंता के स्वर में कहा।

"अगल-बगल में पूछताछ करो।" मास्टरजी झल्लाये।

"सारी कॉलोनी छान मारी पर उनका कहीं पर भी पता नहीं।" लड़कों ने हाँफते हुए कहा।

मास्टरजी का कलेजा काँप उठा। इन तीनों को क्या हुआ ? तीनों लगभग साठ साल की उम्र के थे। वे कभी किसी झंझट में नहीं पड़ते थे। स्वभाव ऐसा कि न ऊधो का लेना न माधो का देना। बसंता, छगनू तथा धरमा दा सावन में पोथी सुनने जाते। हर कार्तिक और अगहन में विट्ठल के दर्शन करने पंढ़पुर की यात्रा कर लेते। इन श्रद्धालुओं का क्या हुआ होगा ? तीनों लापता हैं, सुनकर नाना शंकाएँ व्यक्त की जाने लगीं। तीनों ने मिलकर जान तो नहीं दी होगी ? लंगड़ गोविंदा की तरह आत्मघात तो नहीं किया ? तीनों के घरवालों ने शोर मचाया।

मास्टरजी ने कहा, "आखिर जायेंगे भी कहाँ? ढहे-टूटे गाँव में रोते बैठे होंगे।"

शाम हो गयी थी। मशाल, लालटेन की तजवीज कर मास्टरजी बारिश में ही निकल पड़े। पूर्वी नाला पूरे उभार पर था। दूर से साफ-साफ दिखाई दे रहा था कि अब गाँव के चारों ओर पानी का घेरा पड़ेगा। नाले में पानी का घटाव नहीं था; इसलिए सब तिरछी राह से लाडूबा की ओर गये और फिर वहाँ से जाँभली गाँव में उतरे।

अँधेरा घुप्प हुआ था। अंधकार की लहर और बारिश की झड़ी में गाँव भयावह दिखाई दे रहा था। गिरी हुई दीवारों में, घुटने तक की मिट्टी में–सर्वत्र पानी-ही-पानी हो गया था। एक अलग ही गंध फैली हुई थी। बीच में पैर रखने पर किच-किच आवाज होती थी। लालटेन तथा मशाल लेकर आदमी तारा बहन की हवेली के सामने गये। दरवाजे पर थाप लगायी, पर किसी ने दरवाजा नहीं खोला। बारिश तथा हवा का जोरदार प्रहार हो रहा था। शायद इसीलिए भीतर सुनाई नहीं देता होगा; इसलिए किवाड़ों पर पत्थरों के आघात किये गये। ऊँचे टीले से नदी की ओर की सारी स्थिति साफ-साफ दिखाई देती थी। अजगर की भाँति ओंठ चाटता हुआ पानी गाँव के निकट पहुँच रहा था। बूढ़ी व्यर्थ ही प्राणों से हाथ धो बैठेगी। क्या करना होगा ? मास्टरजी गरज पड़े, "दरवाजा तोड़ दो।" अन्य लोगों ने पत्थरों के प्रहार-पर-प्रहार कर दरवाजे को ढीला-ढाला कर दिया। सब भीतर गये। आँगन देखा, रसोई-घर देखा। बर्तन-भांडे–सब जहाँ-का-तहाँ

पड़ा हुआ था, सिर्फ बूढ़ी कहीं दीख नहीं रही थी। भाग गयी होगी तो दरवाजा भीतर से बंद कैसे ? मास्टरजी ने हवेली में सब-के-सब कोने छान मारे। पिछवाड़े की जगहें देख लीं। ऊपर मिट्टी की छत पर सर्वत्र ढूँढ़ा—बूढ़ी कहीं पर भी दिखाई नहीं दी।

रुकने के लिए समय नहीं था। लालटेन, मशालें दिगू अण्णा की हवेली की ओर गयीं। हवेली खुली और खाली थी; पर दिगू अण्णा ऊपर छतपर कहीं छिपा बैठा था। चावल की साठ-सत्तर बोरियाँ ऊपर मंजिल पर छिपाकर, वह उन बोरियों से चिपककर बैठा था। नीचे आँगन में लालटेन, लाठी-भाले लिये आदमियों को देख उसने अनुमान लगाया—ये लोग चावल की टोह में आये होंगे। कॉलोनी पर भूखे मर रहे हैं न ? बारिश में कहीं बाहर जा नहीं सकते। इसलिए ससुरों ने मेरे ही ऊपर डाका डालने का विचार किया है। दिगू अण्णा वहाँ सिकुड़कर बैठा रहा; गाँववाले थककर चले गये।

मास्टरजी अपने साथियों के साथ हाट में आये। वहाँ देवस्थानों के निकट के पेड़ भूतियाये हुए से थिरक रहे थे। जोरदार हवा के कारण पेड़ों की टहनियाँ टूट रही थीं। पहले आधी गिरी हुई दीवारें अब पानी लग जाने के कारण ढह रही थीं। गहरे अँधेरे में हाट का माहौल भुतही जगह की तरह लग रहा था—तीनों बूढ़े कहाँ गये होंगे ? गाँव के तट को मात देकर पानी देखते-देखते गाँव में घुसने लगा। छोटी नालियाँ भर गयीं। कालीमाई से ऊपर की ओर ऊँचाई पर, दिगू अण्णा की हवेली थी। गाँववाले उधर देख रहे थे। दिगू अण्णा ऊपरवाली छोटी खिड़की से कालीमाई की ओर देख रहा था—कालीमाई डूबती है या तैरती है ? बाँध टूटता है या टिकता है ?

मास्टरजी हताश होकर कालीमाई के सामने से जाने लगे। अब गाँव में से बाहर हो जाना था; इतने में, पीछे की तरफ आदमी के पैरों की आहट हुई। गोमा कहार ने आहट को पहचान लिया। कुछ लोग उस आहट को सुनकर भूत-प्रेत की बात करने लगे। मास्टरजी को कुछ याद आया। वे भाला लिये देवी के पिछवाड़े में चले गये और लालटेन के प्रकाश में, दबे पैर पुराने तहखाने में घुसे। सामने देखते क्या हैं कि तीनों बूढ़े ठंड में सिकुड़े बैठे हुए हैं। तहखाने में भी पानी चू रहा था; बूढ़े परेशान हुए थे।

मास्टरजी ने बिगड़कर उनसे कहा, "चलिए, तुरंत बाहर निकलिए। आपकी उम्र को यह शोभा नहीं देता।"

"मास्टरजी, हम साठ साल के हो गये हैं। बहुत दिन देखे। हमें अपनी मिट्टी से, अपने लोगों से अलग मत करो। हमने तय किया है कि हम यहीं पर मरेंगे। हम यहीं पर मरेंगे।"

"अजी, आप ही ऐसा सोचेंगे तो बाल-बच्चे क्या करेंगे ?"

बूढ़ा बसंत पहले से ही ठिठुर गया था; सर्द हवा और तहखाने में चूनेवाले पानी से बूढ़े का बदन और भी काँपने लगा। मास्टरजी ने इशारा किया। गोमा कहार तुरंत आगे बढ़ा। उसने बूढ़े बसंत को पीठ पर उठा लिया। गोमा बारिश और कीचड़ में दौड़ने लगा। दूसरे लोगों ने धर्मा दा तथा छगनू को लगभग घसीटकर बाहर निकाला। सब

लोग लाडूबा की तलहटी में आ गये। बारिश रुक नहीं रही थी। तेज हवा चल रही थी। इतने में गाँव के पूर्व और पश्चिम के दो नालों ने एक-दूसरे को आलिंगन दिया, दोनों के बीचवाला अंतर समाप्त हो गया। आधा गाँव पानी में चला गया।

मास्टरजी और उनके साथी थोड़ी देर के लिए बैठकर थकान मिटा रहे थे; तभी लाडूबा की ओर से लोगों का शोर सुनाई पड़ा। पवार कुनबे के लोग और उनके पीछे-पीछे बामन चाची रोते-चीखते आयी। बिलास पवार चिल्लाने लगा, "नाना पवार और बाबू पवार सुबह मक्के की बालें काटने गये हैं। वे कहाँ लौटे हैं ?"

"वे अबोध बालक थोड़े ही हैं ?" मास्टरजी ने बिगड़कर कहा।

"कहीं पानी में ही फँस गये होंगे। उन्हें ढूँढ़ना होगा।" बिलास पवार ने चिंता व्यक्त की।

"चलिए, पानी बढ़ रहा है। कड़ाह लेकर चलना होगा। पानी में योंही चलना मुश्किल है।" मास्टरजी की भी चिंता बढ़ गयी।

"मास्टरजी, हमारे 'इन' का क्या करेंगे ?" बामन चाची ने रोते-रोते पूछा।

"उन्हें दरवाजा तोड़कर ढूँढ़ा गया, पर उनका कहीं पता ही नहीं चला।"

"मास्टरजी, ऐसा मत कहिए। मैं हाथ जोड़ती हूँ। आप उन्हें ढूँढ़िए।"

"किसने कहा था उन्हें कि कालीमाई के लिए बैठे रहें ?" मास्टरजी झल्लाये।

"ये क्यों रुकने लगे कालीमाई के लिए ? मास्टरजी, बाढ़ की सौगंध लेकर कहती हूँ—अस्सी बोरे चावल हैं घर में। उनकी जान उसी चावल में अटकी होगी, और क्या?"

देखते-ही-देखते पानी ने निचली सारी जमीन निगल डाली। पानी की लाल गँदली और भयंकर धारा हरे सिवान को रौंदते हुए आगे बढ़ रही थी। बाबू तथा नाना पवार काम में लगे हुए थे। उन्होंने मक्के की बालें काटकर कई बोरे भर दिये थे। बोरों का ढेर लगाया था। जब खेत में पानी घुसा तब नाना-बाबू ने बोरे उठाकर ऊपर मेंड़ पर रख दिये। अब केवल चार बोरे बालें काटनी थीं। इस सिवान में फिर कौन आयेगा?—यह सोचकर चाचा-भतीजे घुटनों तक पानी में बालें काटकर बोरे में भर रहे थे। इतने में ऊपर की ओर से पानी का एक जोरदार रेला आया। क्षणभर में ही पानी दोनों की ठोडी तक पहुँच गया। दोनों को धाँधली मच गयी। बाबू पचास साल उम्र के अपने चाचा को सँभालते हुए ऊपर की ओर चलने लगा। ऊपर की ओर भी धारा बहने लगी। अब उस धारा से बाहर कैसे निकला जाय ? चारों ओर पानी-ही-पानी और बीच में नारियल की तरह दिखाई देनेवाले इन दोनों के सिर। नाना पवार की आँखें पथरा गयीं। बाबू ने धीरज नहीं खोया। उसने नाना को खींचा। डूबी हुई मेंड़ का आधार लेते हुए, वे दोनों किसी तरह बगलवाले वटवृक्ष के पास पहुँचे। वृक्ष बहुत बड़ा और पुराना था। पहले बाबू ऊपर चढ़ा। उसने चाचा को हाथ दिया, दोनों ऊपर चढ़कर शाखाओं की घाई में बैठे रहे।

नाना पवार ने पेड़ से चारों ओर देखा। उसके तो छक्के ही छूट गये। वे दोनों

पानी में पहले से ही लथपथ हो गये थे। पेड़ बहुत ऊँचा था, पर पूर्व दिशा में जो बाँध बन गया था, वह पेड़ से कई गुना ऊँचा था। नाना चिल्लाने लगा, "बबुवा, अब हम मरे। हमारी जान का भरोसा नहीं।"

"चाचा, चिंता मत करो, छुटकारा होगा।"

"कैसे होगा छुटकारा ? बाढ़ का पानी होता तो बह जाता। धीरे-धीरे पानी में घटाव आता; यह तो यम का फंदा है। वह हमें जरूर निगलेगा।"

बाबू धीरज दे रहा था, पर घबड़ाया हुआ नाना पवार टहनी से चिपक गया था। वह जोर से चिल्ला रहा था। अगल-बगल में कोई होगा, हमारा छुटकारा करने जरूर आयेगा—इस भोली आशा से नाना ने जोर-शोर से हाँकें लगायीं। चिल्ला-चिल्लाकर उसके गले की नसें तन गयीं। जोरदार बारिश और नीचे से निरंतर बढ़ता हुआ बाढ़ का पानी—दोनों उसका पीछा कर रहे थे। नाना की तो सिट्टी-पिट्टी ही गुम हो गयी। यकायक उसके पैरों में कुछ सरसराहट-सी हुई। उसने पेड़ से नीचे देखा—पानी में तैरकर घबड़ाया हुआ एक नाग उसके पैर में लिपटकर बैठा था। नाना चीख पड़ा। उस ठंड में भी उसको पसीना छूटा था। बाबू का भी ध्यान उधर गया। उसने पेड़ से एक छोटी टहनी निकाल ली। टहनी से वह नाग को ठाँसने लगा। नाग हिलने का नाम नहीं ले रहा था। घबड़ाहट के कारण उसमें काटने तक का भान नहीं था। उसे जीने की तमन्ना थी। आखिर नाग किसी तरह निकल गया और 'रामऽ रामऽऽ' कहकर नाना टहनी से बिलग गया।

शाम होते-होते पूरे जाँभली गाँव में पानी घुस गया। खाली दीवारें ढह रही थीं। बंडेर गिर रहे थे। पानी बढ़ रहा था और चाचा-भतीजे दोनों पेड़ की चोंटी की ओर सरक रहे थे। इन दोनों को निगलने के लिए, पानी अपना विकराल जबड़ा बार-बार खोल रहा था। पेड़ की चोटी कब तक बचायेगी ? दोनों मर जायेंगे। पर इस संकट में भी बाबू नाना पवार को धीरज दे रहा था।

उसने कहा, "चाचा, घबड़ाओ नहीं। टहनी को मजबूती से पकड़े रहो। मैं तैरकर तीर पर जाता हूँ और तुम्हारे लिए तुरंत कडाह ले आता हूँ।"

"नहीं, नहीं मुझे छोड़कर मत जाना। तुम चले जाओगे तो मैं तुरंत पानी में कूदकर जान दे दूँगा।" नाना पवार ने चीखते हुए कहा।

नाना के होश उड़ गये। उसे मरने के लिए भी किसी का साथ चाहिए था। बाबू निरुपाय हो चाचा के साथ पेड़ पर बैठा रहा। वह अँधेरे के साथ-साथ पानी की ओट में जा रहे गाँव की ओर हताश होकर देख रहा था। पूरी जिंदगी ही डूब रही थी। पानी की चपेट से कौन बचा था ? पानी ने सिवान को निगला। फसलें निगल डालीं। गाँव को पेट में डाल दिया। पनघट चला गया। पनघट की डगर अंतर्धान हुई। कुएँ डूब गये—सबकी सफाई हुई। अब केवल यही हाथ में रह गया है कि मृत्यु के तांडव को देखते रहें। चारों ओर कल-कल कर बहता हुआ पानी, नीचे शरीर को स्पर्श करनेवाला ठंडा पानी, माथे पर, उमड़े हुए काले बादल और लगातार बरसनेवाला आसमान। पता

नहीं, उधर बादलों से परे आदमियों की दुनिया है या नहीं ?

अब वृक्ष पर ज्यादा ऊपर चढ़ना संभव नहीं था। क्योंकि उस हालत में टहनियों के सिरे टूटते और दोनों गिरकर मर जाते। नाना का धीरज टूट गया। हाथ-पैरों में कँपकँपी छूटी; रात में कहीं हाथ खिसककर बूढ़ा नीचे न गिरे–यह सोचकर बाबू ने कमर की धोती निकाली। उसने नाना को पेड़ के साथ कसकर बाँध दिया। बारिश में भीगा हुआ बंदर का बच्चा जिस प्रकार अपनी माँ के बदन पर सिकुड़कर पड़ा रहता है, नाना वैसे ही जड़वत् पड़ा रहा। रातभर उसका जी टंगा रहा। अँधेरे की ओट में मृत्यु ने घेर लिया था। मृत्यु ललचायी हुई नजर से साँय-साँय करती हवा में आक्रमण कर रही थी। गरजते हुए पानी के कारण और दो-तीन साँप आये। टहनी से चिपककर पड़े रहे। उन्हें भी अपनी जान प्यारी थी, लेकिन टहनी पर इकट्ठा हुए चींटों ने रातभर उन साँपों को बेशुमार काटा। बारिश, पानी, हवा और मृत्यु का विकराल नृत्य चलता रहा। नाना की समझ में नहीं आता था कि वह मरा है या जीवित है।

अचेत-से पड़े हुए नाना को बाबू ने दो-चार हाँकें लगाईं, नाना ने झट से आँखें खोलीं। रात समाप्त हो रही थी, सबेरा हो रहा था। अभी भी मैं जीवित हूँ ? नाना ने नीचे देखा, कडाह खड़ा है। कडाह में जाँभली के पाँच-दस पहलवान और सिर पर तौलिया लपेटे हुए स्वयं मास्टरजी। नाना को यह सपना-सा लग रहा था। वह "मास्टरजीऽऽ" कहकर रोने लगा। बाबू और नाना को लेकर कडाह पहाड़ की ओर सरकने लगा। कल की छतना-तोड़ बारिश अब रुक गयी थी। अब सावन की तरह बूँदाबाँदी हो रही थी। नाना भगवान का स्मरण कर रहा था। तभी कडाह में दो-चार साँप आ गये। पहलवानों ने उन्हें सहजता से उठाकर फेंक दिया। ठीक उसी तरह जैसे पेड़ के नीचेवाली गुठलियों को उठाकर फेंकते हैं।

म्हाकू ने पूछा, "मास्टरजी, ये इतने सारे सँपोले कहाँ से आ गये ?"

"सिवान, निचली जमीन में से निकले हैं, और हमारे गाँव में पुराने खत्ते क्या कम थे ? उनमें आज तक छिपे हुए ढेर सारे साँप अब जान बचाने के प्रयास में बाहर निकले हुए हैं।"

कडाह कहीं पर न फँसे, इसलिए साथ में तीन बाँस लिये गये थे। बाँस के सिरे को नीचे जमीन में दबाकर उसके आधार से कडाह को आगे धकेला जा रहा था। धीरे-धीरे कडाह आगे बढ़ने लगा। इतने में 'इच-इच' की आवाज आयी। हनुमान की चोटी लगभग डूब रही थी। दस-बारह बंदर चोटी के सिरे पर बैठे आजिजी के साथ चिल्ला रहे थे। म्हाकू कडाह को उस दिशा में ले गया। कडाह के निकट आने पर बंदर झट से उसमें कूद पड़े। बाबू ने पानी से लथपथ बंदर को निकट ले लिया। वह तुरंत बदन के साथ चिपक गया। सामान्य स्थिति में, आदमी को देखते ही उसकी कलाई को काटनेवाले बंदर संकट की इस घड़ी में जाति-पाँति भूलकर बाल-बच्चों की भाँति आदमी के बदन से चिपक गये थे। बीच में ही एकाध साँप कडाह में उतरने लगता। बंदर शोर मचाते

और फिर युवक साँप को बाहर फेंक देते।

कडाह बिलकुल गँदले पानी में से गाँव की तरफ सरक गया। दिगू अण्णा ने पूरी रात बंडेर पर बिताई थी। वह रातभर ठिठुरता रहा। सबेरा होने पर उसने देखा—कालीमाई कभी की पानी की ओट में चली गयी थी। उस जगह पर पानी का आवर्त-सा बना हुआ था। दिगू अण्णा का खुला बदन काँप रहा था। वह "रामऽ रामऽऽ" की रट लगाकर पानी के घेरे की ओर देख रहा था।

कडाह दिगू अण्णा के निकट खड़ा रहा। अण्णा के थरथराते बदन के साथ उसका पेट भी काँप रहा था। उसको देख कडाह में बैठे युवक हँसे। युवकों ने अण्णा से पूछा, "अण्णा, बाँध कब टूटेगा ? कहाँ चली गयी कालीमाई ?"

"उसकी जीभ हिल नहीं रही है। देखते नहीं ठंड ने उसकी क्या दुर्गत की है। पहले उसे किनारे पर ले चलो। आग जलाओ। थोड़ा सेंकने पर ही अण्णा बोल पायेंगे।" साँवलेराम ने युवकों को चुप बिठाया।

कडाह में बैठने के बाद दिग्गू अण्णा के शरीर की कँपकँपी कम नहीं हुई थी। उसका धीरज टूट गया था। कडाह भोंसले की हवेली के निकट पहुँचा। हवेली का बंडेर डूबने की स्थिति में था। अपाहिज तारा बहन को वहाँ देखकर सभी चकित हुए। कल गाँववाले उसे ढूँढ़ रहे थे, तब वह तहखाने में छिपकर बैठी थी। पर जैसे ही तहखाने में पानी घुसा अनाज के बोरे पानी की ओट में चले गये, वैसे ही तारा बहन की तल्खी बढ़ गयी। वह ऊपर छत पर पहुँची। खपड़ैल निकालकर वह बंडेर पर गयी। उसने रात वहीं पर बिताई। उसका पूरा शरीर ठिठुर रहा था, बंडेर की हालत ऐसी कि अब गिरा, तब गिरा, पर तारा बहन तब भी बंडेर को छोड़ नहीं रही थी। अंत में साँवलेराम बंडेर पर चढ़ा। वह तारा बहन को उठाने लगा। तारा बहन नीचे आने के लिए तैयार ही नहीं थी।

उसने आँखों में पानी लाकर, सिर पीटकर मास्टरजी से कहा, "मास्टरजी, आप मुझे कहाँ ले चलेंगे ? अब मेरा क्या बचा है ? इतने बुरे दिन देखने से अच्छा यही है कि मैं यहीं पर मर जाँऊ। मुझे अपने घर में ही मरने दीजिए।"

"चलो बहन, पहले नीचे उतरो।"

"सरकार का सत्यानास हो। उसके बाल-बच्चों को पानी में डुबाओ। मुई सरकार को आग लगाओ।" तारा बहन ने शोर मचाया।

यह सोचकर कि तारा बहन यों सुनेंगी नहीं, एक और युवक बंडेर पर चढ़ा, दोनों ने भीगी हुई बूढ़ी को खींचा, कडाह में रखा। कडाह के आगे सरकते ही तारा बहन चीखने लगी, "कहाँ गया मेरा मकान ? मेरी घर-गृहस्थी को कौन ले गया ? मेरी हवेली कैसे डूब गयी ?" कडाह कुछ ही अंतर पर गया होगा, तब तारा बहन की हवेली के बंडेर और शहतीर गिर पड़े। शहतीरों और दीवारों के गिरने की बड़ी आवाज हो गयी। बंदर आदमी से चिपक गये; पर तारा बहन फिर भी पानी में कूदना चाहती थी और

युवक उसे मजबूती से पकड़े हुए थे।

गँदले पानी, कीचड़ तथा कई रुकावटों को पार कर आखिर कडाह किनारे लग गया। "लोगों का क्या हुआ होगा ?"—इसी चिंता में वहाँ पर इकट्ठा हुए जाँभलीवासी सबको जीवित देखकर बारिश में ही नाच उठे। आदमी, बंदर सब कडाह से बाहर निकले। आदमी से बचने के उद्देश्य से कडाह के बाहर की ओर चिपके हुए साँप किनारे की ओर कूद पड़े और रस्सी की तरह सरसराते हुए खुली जमीन पर भागने लगे।

भाग ३

एक

अब बाँधपीड़ित स्थायी रूप में रहने के लिए खैरापुर आने लगे थे। ऊपर जाँभली घाटी की तरह इधर बारिश तुरंत शुरू नहीं होती। बारिश शुरू होने में अभी डेढ़ महीना बाकी था। कुछ लोग एक साल निकालने के लिए नाते-रिश्तेदारों के आसरे चले गये थे। अपाहिज तारा बहन को उसकी बहन अपने साथ सांगोला ले गयी थी। दिग्गू अण्णा अपनी पत्नी को लेकर पुणे चले गये थे। उन्होंने पुणे में रहना तय किया था। पुणे में रहनेवाली उनकी बहू जरा झगड़ालू थी, पर उन्होंने सोचा—यहाँ खैरापुर के बंजर पठार में रहने की अपेक्षा बाल-बच्चों से जरा-सा अपमान सहकर पुणे में रहना ही अच्छा है। कई लोगों के रिश्तेदार धनी-मानी थे, पर बाँध के कारण उखड़े हुए तथा गाँव से वंचित लोगों को कौन शरण देगा ? दो दिन रहने की बात करेंगे और पूरी जिंदगीभर आसन जमाये बैठेंगे, बाद में उनकी गिरफ्त से कैसे मुक्त होंगे ? व्यर्थ का झंझट। यह सोचकर कि यह बला बाहर से ही टल जाय, कई लोगों ने अपने दरवाजे बंद कर लिये थे। कॉलोनी का स्कूल आरंभ हुआ। साहब लोगों के बच्चों का नुकसान नहीं होना चाहिए—इसलिए वहाँ बसे हुए बाँध-पीड़ितों को निकाल बाहर किया। चार दिनों से चल रहा, रोटी-कढ़ी का आतिथ्य समाप्त हो गया।

हैबती कल रात से जागरूक था। सामान की पहली दो खेपें चावड़ी की बगल में उतारी गयी थीं। लारी आखिरी खेप लेकर शाम तक पहुँचेगी। कल यहाँ आते ही पहले से जाँभलीवालों ने उसे सावधान किया था—यहाँ बाँधपीड़ितों के बर्तन-भाँड़े तथा लकड़ी के सामान की चोरी होती है, सतर्क रहना। हैबती ने इस खतरे को पहचानकर ही चावड़ी के सामने, पीपल के नीचे, सामान एक पर एक रख दिया था। गठरियाँ, गोनियाँ, बोरे—सारा तरतीब से लगाया था। खैरापुर की गर्मी का झोंका अभी से महसूस हो रहा था। हैबती पसीना पोंछता हुआ, बाट की ओर आँखें लगाये बैठा था, कब आयेगी लारी? हो न हो, उमस इसी तरह से बढ़ती जायेगी और पानी बरसना शुरू होगा तो खुले में सारे सामान का गारा ही हो जायेगा। हैबती की बगल में ही दादू चौकीदार की चीज-वस्तुएँ

पड़ी हुई थीं। रातभर उसकी भी आँख नहीं लगी थी। उसका आधा सामान आ गया था, अभी एक खेप बाकी थी। वह भी अलसाया था, आँखें नींद से भारी हो गयी थीं।

चावड़ी के उस पार खैरापुर के लड़के लँगड़ी खेल रहे थे। हैबती बाट जोहते-जोहते थक गया था। वह मिट्टी में उँगली घुसाकर स्वस्तिक चिह्न अंकित कर रहा था, इतने में बगलवाले बर्तनों में खड़खड़ाहट हुई। हैबती ने चौंककर ऊपर देखा—एक दुबला-पतला आदमी दादू के सामान से चीज उठाकर भाग रहा था। दादू झपकी ले रहा था। "देखिए, कोई किसी चीज को उठा ले जा रहा है।" दादू की नींद टूटी। वह उस दुबले-पतले आदमी के पीछे दौड़ा। हैबती भी दौड़ा। वह पाँच-छह डगों में ही उस मरियल के पास पहुँचा। उसकी गरदन पकड़ी। वह शराबी लड़खड़ाया—उसके हाथ से ताँबे का हंडा ठन् से नीचे गिरा। उसकी कालर को पकड़कर हैबती ने उसे जोर से खींचा। उसके मुँह से शराब की तेज बू निकली।

हैबती ने डाँटकर पूछा, "तू कौन है रे ?"

"मुझे पोपट पापुद्रे कहते हैं।" उस मरियल आदमी ने लड़खड़ाते हुए कहा।

"क्या कर रहे थे ?"

"चोरी।" पोपट ने आँखों की पुतलियों को उलटकर कहा।

"चोरी ? किसलिए ?"

"शराब के लिए।"

"क्या यह तेरे बाप का माल है ?"

"क्या यह तेरे बाप का गाँव है ?" पोपट पापुद्रे ने उलटा प्रश्न किया। हैबती आग-बबूला हुआ। उसने बूढ़े दादू के रोकने से पहले ही, पोपट की कनपटी पर जोर से थप्पड़ जमाया। मरियल पापुद्रे उधर जा गिरा। उसका मुँह धूल से भर गया। बायीं कुहनी टूट गयी। पोपट ने पड़े-पड़े ही शोर मचाया। लँगड़ी खेल रहे लड़के, शोर सुनकर दौड़ पड़े। पोपट को ताव आ गया। वह चिल्ला-चिल्लाकर गालियाँ बकने लगा। खैरापुर के लड़के आँखें तरेरकर हैबती की ओर देखने लगे। चिपटी नाकवाला एक लड़का आगे बढ़ा। उसने हैबती को डाँटा, "ओयऽ इसे क्यों मार रहे हैं ?"

"यह हमारा सामान चुराता है।"

"आप अपनी गठरियाँ इधर क्यों ले आये हैं ? गठरियाँ उठाइए और रास्ता पकड़िए।"

"हम क्यों जायेंगे यहाँ से ?" हैबती ने लड़के को डाँटकर कहा, "हमने अपने गाँव को बाँध में गाड़ दिया है, तभी आपके बगीचे खिल रहे हैं, समझे ?"

"अरे ! यह तो पराया होकर भी हमारे ऊपर भौंकता है।" दूसरे लड़के ने तमतमाते हुए कहा, "आये ही हो तो ढंग से रहो, यहाँ के लोगों को दबाकर राजा मत बनो। जाचक कहीं के।" झगड़ा बढ़ने ही वाला था कि इतने में उधर से पटवारी की फटफटिया आयी। पटवारी ने लड़कों को धमकाया, लड़के भाग गये। भोला-भाला दादू सिर थामे

बैठ गया। माथा ठोंकते हुए कहने लगा, "लाडूबा राजाऽऽ, यह भी कोई जिंदगी हुई ? क्यों हमें अपने अधिकार का आसरा छोड़ दूसरे के जूते खाने के लिए मजबूर कर रहे हो ? "शराबी पोपट पापुद्रे टस-से-मस नहीं हुआ। वह पैजामे को सँभालकर वहीं चबूतरे पर बैठ गया। मुँह से लार टपकाते हुए वह दादू तथा हैबती की ओर देखकर बड़बड़ा रहा था, "सांसद साहब यह कारवाँ कहाँ से ले आये ? हमारी जमीन ले-लेकर इन मदारियों को दे रहे हैं ? यहाँ रहना है तो ढंग से रहो; नहीं, इस पोपट से मुकाबला है, समझे? पोपटराव पापुद्रे !—भूतपूर्व सरपंच कहते हैं इस पट्ठे को।"

शाम को लारी आ गयी। सामान पहुँचा तो हैबती की जान में जान आ गयी। आठ महीने की गर्भवती फूलवंती लारी से किसी तरह नीचे उतरी। इसके बाद दो-तीन और भी बाँधपीड़ितों का सामान आ गया। बनगर कुनबे की जनाई और बनाई—दोनों जेठानियों में लड़ाई छिड़ गयी। यह बाँसा मेरा है या यह लोटा तुम्हारा है; यह थाली मेरी, वह कटोरी किसकी ?—आवडाई बीच में पड़ी, उसने दोनों को गाली देकर कहा, "तुम्हारे झोंटे उखाड़ने चाहिए; मुई, कम-से-कम संकट के समय में तो एकता से रहो।"

नकुसा और आवडाई ने पेड़ के तले, खुले में ही रसोई बनाई। बहुत सावधानी बरतने पर भी रसोई में धूल-मिट्टी उड़-उड़कर आ ही गयी थी। हैबती पीपल तले बैठकर खाना खाने लगा। चूल्हे के उजियाले में ही उसने खा लिया। गाँव के छोटे बच्चे घेरा बनाकर इस नये माहौल को देख रहे थे। मुँह में कौर डालकर आवडाई ने अपनी प्रतिक्रिया व्यक्त की, "इस गाँव का स्वभाव-धर्म कुछ अलग ही दिखाई देता है।" सब लोग खुले में ही सोये। गर्भवती फूलवंती लारी में धक्के खाते-खाते इतनी दूर आयी थी। बहुत ही थकी हुई होने से वह तुरंत सो गयी; जोर-जोर से खर्राटे भरने लगी।

आवडाई को चिंता हो रही थी—बरसात के दिन कैसे काटेंगे ? बहू की जचगी का क्या होगा ? उसने बगल में ही सजग बैठे हुए हैबती से कहा, "बेटे, हम लोगों के लिए नियोजित गोट-बस्ती में बनवाया गया समाज मंदिर खाली होगा; मास्टरजी से कहकर आनेवाली बरसात वहाँ पर निकालेंगे।"

"माँ, मैंने सुबह यहाँ आते ही पूछताछ की। समाज मंदिर में जाँभली के पाँच परिवार पहले से ही रुके हुए हैं। खैरापुर का एक भी मंदिर किसी ने खाली नहीं छोड़ा है।"

"अब क्या किया जा सकता है ?"

"किराये का कमरा देख लेंगे।"

"किराये का कमरा ? फिर इस भैंस, बकरी को कहाँ बाँधेंगे ?"

"फूलवंती के लिए कमरा ले लेंगे। भैंस को गोट-बस्ती की खुली जगह पर बाँधेंगे। दूसरा उपाय ही क्या है ?"

दो दिन ऐसे ही चले गये। तीसरे दिन सुना कि पुनर्वास विभाग के पत्रावले साहब और खैरमोडे मास्टरजी गोट-बस्ती में आये हुए हैं। सुनकर आवडाई हैबती के साथ

गोट-बस्ती की ओर चल पड़ी। उसने नियोजित गोट-बस्ती को इससे पहले देखा नहीं था। गोट-बस्ती दूर नदी की ओर खैरापुर से दो किलोमीटर अंतर पर थी। आवडाई चली जा रही थी और बाट समाप्त नहीं हो रही थी।

आखिर आवडाई नियोजित गोट-बस्ती के पास पहुँची। सामने की जगह को देखकर उसका दिल बैठ गया। निचली जमीन, बगल में बड़ा नाला, जरा नीचे चले जाने पर वाघजाई नदी का किनारा। जन्मभर खेत सिवान के साथ टक्कर लेनेवाली आवडाई की नजर कुछ विचलित हुई। मुख पर अप्रसन्नता का भाव उभर आया। उसने बगल में खड़े मास्टरजी से कहा, "मास्टरजी, यह कैसी जगह ढूँढ़ ली आपने ? बारिश के दो जबरदस्त लहरे जाते ही जमीन में पानी के सोते फूट पड़ेंगे। हम इस दलदल में कैसे घर बनवायेंगे ?"

"बहनऽऽ बाँधपीड़ितों को उनकी मृत्यु तक लगातार कैसे कष्टों में रखा जाय—यह कोई इन अधिकारियों से ही सीख ले।"

पत्रावले साहब, पैमाइशदार रोटे और सर्कल अधिकारी दामले गोट-बस्ती में घूम रहे थे। मास्टरजी को समझाने के उद्देश्य से पत्रावले ने कहा, "देख लिये न ये साठ-सत्तर प्लाट ? बहुत ही अच्छी हदबंदी की गयी है। ये अंतर्गत सड़कें तैयार ही हैं। इसके अतिरिक्त समाज मंदिर की वह इमारत, बगल में वह स्कूल, पानी के लिए यह नल-योजना। चार जगहों पर चार-चार नल लगाये हुए हैं। कहिए, बाँधपीड़ितों के लिए सरकार और क्या-क्या करे ?"

मास्टरजी ने कुछ कहा नहीं। वे सब, रास्ते पर पैदल ही आगे बढ़ने लगे। थोड़ी देर बाद मास्टरजी ने रास्ते के कंकड़ों पर ठोकर लगाकर कहा, "देखिए साहब, इस कंकड़ को रोलर से अच्छी तरह से दबाया नहीं गया है। माप के अनुसार यह काम हुआ नहीं है।"

"जाने दीजिए मास्टरजी। चार टोकरियाँ इधर-उधर कम पड़ने से क्या बिगड़ता है ?"

"साहब, यों चार-चार टोकरियाँ मिलकर ही लारी भर-भरकर कंकड़ चुरा लिया जाता है।" बात करते-करते मास्टरजी का ध्यान फिर गोट-बस्ती के भूखंडों की ओर चला गया। नक्शे के अनुसार भूखंड बनाये गये थे। पर हद दर्शानेवाले पत्थर जगह पर नहीं थे। साहब का ध्यान उस तरफ आकर्षित करते हुए मास्टरजी ने पूछा, "साहब, हदबंदी वाले सब पत्थर कहाँ चले गये ?"

"दामले, यह सब कैसे हो गया ?"

"चौपायों के पैरों ने उड़ा दिये होंगे।"

दामले का उत्तर सुनकर मास्टरजी चौंक गये। कहा, "साहब लगता है, इधर के चौपाये कुछ शरारती हैं; समय रहते ही उनकी पूँछ उमेठनी चाहिए।"

मास्टरजी गोट-बस्ती को ध्यानपूर्वक देख रहे थे। बहुत ही ऊबड़-खाबड़,

नाले-ढलानवाली जगह थी। डोजर लगाकर मूल उतार-चढ़ाववाली जमीन को समतल करने का प्रयास किया गया था, फिर भी बायीं ओर के भूखंड समतल नहीं हुए थे। उतार-चढ़ाव की ओर देखकर मास्टरजी ने कहा, ''साहब, आप ही इस जमीन को समतल करवा दीजिए, अन्यथा जिसके गले में यह जमीन पड़ जायेगी उसे पाँच-छह हजार रुपयों की चपत सहनी पड़ेगी।''

सतही तौर पर देखने से ऐसा लगता था कि गोट-बस्ती के बहुत-से काम हो गये हैं। अधिकतर भूखंडों का वितरण पूरा हुआ था। बिजली का तार खींचा नहीं गया था, पर खंभे गाड़ दिये गये थे। पीने के पानी की समस्या महत्त्वपूर्ण थी। मास्टरजी ने उसके संबंध में पत्रावले साहब से पूछा। उन्होंने दूर टीले पर बनी हुई एक टंकी की ओर इशारा किया।

''साहब, इतनी दूर से पानी कैसे ले आयेंगे ?''

''खैरापुर के लिए बनायी गयी पाइप-योजना के साथ आपकी पाइप योजना को जोड़ देंगे। सिर्फ पाइपों का खर्चा। हमने पाइप तो पहले ही गाड़ दिये हैं।''

''साहब, वह नहीं होगा। हमारे लिए अलग जल योजना चाहिए।''

''नया कुआँ खुदवाने के लिए क्या थोड़ा खर्चा आता है ? फिर स्वीकृति हेतु केस मंत्रालय में भिजवाना होगा ?''

''हाँ, हाँ भिजवा दीजिए, पर यह समस्या हल कीजिए।'' मास्टरजी ने परेशान होकर कहा, ''एक ही नल पर पानी भरने से लड़ाई-झगड़े होते हैं। भाई-भाई भी एक-दूसरे के सिर पर घड़े फोड़ देते हैं, यहाँ तो दो गाँव होंगे। यह रोज-रोज की मारपीट और झगड़ों की पिनपिन नहीं चाहिए। नयी गोट-बस्ती में स्पेशल योजना बनवाने के लिए कानून की स्वीकृति है। आप क्यों अड़ंगा डालते हैं ? आप यह छुरी और खरबूजे का गठबंधन क्यों कर रहे हैं ?''

बात करते-करते साहब प्राइमरी स्कूल में आ गये। स्कूल की इमारत बाहर से अच्छी रँगी हुई थी, पर भीतर प्रवेश करते ही मास्टरजी के साथ साहब भी हक्का-बक्का हो गये। पीछे की दीवार का पेट निकल आया था। दीवार एक ओर झुकी हुई-सी लग रही थी, इससे बंडेर भी एक ओर झुक गया था। किसी ने पाख को टेउका लगा दिया था; फिर भी इमारत की हालत ऐसी थी कि अब गिरी, तब गिरी। साहब भी सकपकाये।

उन्होंने सर्कल ऑफिसर दामले से पूछा, ''कहिए, यह सब कैसे हुआ, इमारत तो दो महीने पूर्व ही बनवायी है ?''

''पिछले महीने में बड़ा तूफान आया।'' भूमिसर्वेक्षक रोटे ने बीच में ही मुँह डाल दिया।

''रोटे, चुगलखोरी मत कीजिए।'' मास्टरजी ने रोटे को डाँटा, ''आप ठेकेदारों के पक्ष में क्यों बोल रहे हैं ? वे आपके अनुकूल ट्रान्सफर मैनेज करते हैं इसीलिए न ? कल अगर इमारत गिरेगी और बच्चे मर जायेंगे तो कौन जिम्मेदार होगा ?''

स्कूल की इमारत का काम देखकर आवडाई को भी हँसी आ गयी। "अंधा भी इससे अच्छी दीवार बनायेगा।" उसने अपनी बात कही। मास्टरजी आग-बबूला हो गये। बगल में ही समाज मंदिर की इमारत थी। उसका अवलोकन करते हुए उन्होंने नाखून से उखाड़कर सिमेंट का नमूना लिया और वे झल्लाते हुए बोले—

"साहब, देख लीजिए यह क्वालिटी।"

"यह सब कैसे हो गया ?"

"साहब, काम पर पाँच रुपये खर्च करेंगे और पच्चीस रुपये जेब में डालेंगे—इस हिसाब से इमारतें ऐसी ही होंगी। देखिए, बाहर से सीमेंट लगाया है, भीतर मिट्टी है। भरपूर रेती। सीमेंट का कहीं पता ही नहीं। इमारतें कैसे टिक पायेंगी ? हम पहले से ही कह रहे थे—हमें अच्छा ठेकेदार दीजिए; पर हमारी कौन सुनता है ?"

"आप लोगों का ही लाभ हो—सरकार ने यही सोचकर बाँधपीड़ितों को ही ठेका दे दिया। इसमें सरकार की क्या गलती हुई ?" पत्रावले ने पूछा।

"आपको ठेकेदार के रूप में केवल दत्तू और लाला—ये बाँधपीड़ित ही कैसे मिल गये ? असल में जाँभली का यह पाप ही है कि उन जैसे कमीनों का जाँभली में जन्म हुआ।"

"क्या वे रहने के लिए इस गोट-बस्ती में आयेंगे ?" म्हाकू ने पूछा।

"इस खराब काम की जाँच होनी ही चाहिए। साहब, हम चैन से नहीं बैठेंगे।" मास्टरजी संघर्ष करने पर उतारू हो गये।

"मास्टरजी, जाने दीजिए। आप हर जगह पर व्यर्थ ही गला फाड़ते हैं। अजी, यह तो आप जानते ही हैं कि जाँच कैसे होती है और उसमें से क्या निकल आता है। छोड़िए इस बात को।" साहब ने हँसकर कहा।

"साहब, आप इन बातों को हँसकर टाल रहे हैं, पर हम टाल नहीं सकते। हमें पूरी जिंदगी बितानी है यहाँ पर। मैं आज ही अधिकारियों से लेकर चीफ मिनिस्टर तक सबके पास अर्जियाँ भेज दूँगा। इस मामले की जाँच होनी ही चाहिए।"

मास्टरजी चिढ़े हुए थे। तभी शामू येताला ने उनके कान में कुछ कहा।

मास्टरजी ने साहब से पूछा, "साहब, आपने हमारे मरने की क्या व्यवस्था की है ?"

"मतलब ?"

"गोट-बस्ती में लगभग सभी कार्यों के लिए आपने जगह दी है, लेकिन नियमानुसार श्मशान भूमि कहाँ दी है ? हम मृतकों का दाहसंस्कार कहाँ करेंगे ?"

"गोट-बस्ती के लिए ही पर्याप्त जगह नहीं मिली। आपको श्मशान भूमि देनी ही चाहिए, लेकिन आप कुछ दिन रुकिए। तब तक मूल खैरापुर गाँव के श्मशान का ही उपयोग कीजिए। कुछ-न-कुछ व्यवस्था कर देंगे।"

बाँधपीड़ितों से संबंधित प्रत्येक कार्य में किसी-न-किसी प्रकार की बाधा को आते देख मास्टरजी की आँखें डबडबायीं। वे छटपटाकर बोले, "साहब आपने हमारी इच्छा के विरुद्ध इतनी दूर, एक ओर लाकर क्यों पटक दिया ? यह दलदलयुक्त गंदी जगह है। बाँध की दीवार बनवाने से पहले आपने हमें बस अड्डे के निकटवाली जगह दिखाई थी। जिस प्रकार कोई नौजवान लड़की अपनी साड़ी घुटनों तक ऊपर उठाकर मसें भीगे हुए युवक को पागल बना देती है उसी प्रकार आप लोगों ने हमें पागल बना दिया, और अब आपने यह क्या झंझट खड़ा किया ? हम बरसात के एक-दो मौसम यहाँ पर जैस-तैसे निकालेंगे, पर गोट-बस्ती की इस जगह को आप रद्द कर दीजिए। हमें बस अड्डे के निकटवाला चरागाह ही दे दीजिए।"

साहब ने पटवारी से उस जमीन का ख़सरा ले लिया। उस पर कारखाने का नाम चढ़ा हुआ था। साहब ने मास्टरजी को दिखाकर कहा, "देख लिया न मास्टरजी ? उस चेयरमेन सर्जेराव ने मंत्रालय द्वारा ही खूँटी ठुंकवा दी है। क्या यह खूँटी निकल पायेगी? बाँधपीड़ित व्यर्थ ही दो-चार साल तक संकट में रहेंगे। जो है उसी में सुधार की सोचेंगे।"

साहब की जीप धूल उड़ाते हुए चली गयी। मास्टरजी बहुत देर तक नियोजित गोट-बस्ती की जगह पर बैठे रहे। साथ में कई जाँभलीवासी थे। बहुत बड़ी समस्या खड़ी थी। गँदले पानी में डूबे हुए मूल गाँव में लौटने का रास्ता, काल ने हमेशा के लिए बंद कर दिया था। यहाँ के बगीचे खिल उठें, इसलिए घर-बार पर पानी छोड़ा था। संगी-साथी तितर-बितर हुए। चौपाये मिट्टी के भाव से बेच दिये गये। जिन्हें साथ ले आये हैं, उनके चरने के लिए अगल-बगल में न जगह है न पहाड़। रिश्ते-नाते के सारे धागे टूट गये। बाँध के कारण गाँव छोड़ दिया। दलदलवाली यह जगह। सिरहाने बड़ा नाला। पता नहीं, बारिश में वह क्या गुल खिलाता है ? जैसे पहले तय किया गया था, वैसे ही खैरापुर गाँव के निकट गाँव बसा देते, कितना अच्छा होता ! दो-चार साल के बाद लोग एक-दूसरे से घुल-मिल जाते। सब ठीक-ठाक हो जाता। अब हालत यह है कि न पीने के पानी की सुविधा है न श्मशान भूमि। स्कूल की इमारत ऐसी कि अब गिरी, तब गिरी। स्कूल में मास्टर की नियुक्ति नहीं हुई है। मवेशियों के लिए न चरागाह और सार है; न भगवान के लिए मंदिर ! चारों ओर से परेशानी।

बूढ़ा जालिंदर बोला, "मास्टरऽ बाघेठाण की उस बैठक में सांसद ने कट्टे और खंड का आश्वासन दिया था। वह हमें नया स्वर्ग-सा नगर देनेवाला था। क्या हुआ उसका? हम क्या थे, क्या हो गये ? क्या कहा गया था ? क्या दिया गया ?"

"बाबा, इसी को कहते हैं, मयभा छोहानी ल पूत माठा।" मास्टरजी ने आँखें पोंछकर कहा।

दो

उदास आवडाई समाज मंदिर के पास बैठी थी। नयी गोट-बस्ती में, दस-पंद्रह बाँधपीड़ितों ने घास-फूस तथा टट्टी की झोंपड़ियाँ खड़ी की थीं। उसी में किसी तरह रहना था। आवडाई के मन में आया—ऐसी ही घास-फूस की झोंपड़ी बनवायी जाय और जो भी जमीन प्राप्त हुई है उसकी जुताई-बोआई की जाय, पर फूलवंती का क्या करेंगे ? उसके तो पाँव भारी थे। मास्टरजी ने सिकुड़कर बैठी हुई उदास आवडाई को देखा।

"आवडा बहन, क्या बात है ? किस परेशानी में पड़ी हो ?"

"क्या बताऊँ मास्टर ? घर में पहलौठी बहू। बरसात बिलकुल निकट आयी है। रहेंगे कहाँ पर ? सोच रही थी, यहाँ घासफूस की झोंपड़ी बनवाकर उसी में रह लिया जाय; पर अगर फूलवंती बहू को कुछ कष्ट हुआ तो ?"

"जचगी बाहर ही होने दो, चाहे तो किराये पर जगह ले लो। यहाँ इस नयी-नयी गोट-बस्ती का कुछ भरोसा नहीं। बारिश शुरू हो जाने पर यहाँ गजब की गंदगी और दलदल हो जायेगी। बहू की जचगी होने दो, बाद में ही यहाँ नयी गोट-बस्ती में आ जाना।"

नयी गोट-बस्ती में बैठक हुई। सर्वसम्मति से निर्णय किया गया कि इस जगह के बदले दूसरी जगह की माँग की जाय; पर माँग और पूर्ति में हमेशा ही अंतर रहता है। सरकारी काम इतनी जल्दी थोड़े ही होते हैं ? तब तक यहीं पर बोरिया-बिस्तर खोलना होगा। पूरे गाँव को लेकर किसके सहारे जायेंगे ? आवडाई हैबती को साथ में लेकर खैरापुर में आयी। पीपल के तले, खुले में ही, सारा सामान पड़ा हुआ था। नयी खेत-जमीन में अभी पैर भी नहीं रखा गया था। मेहनत-मशक्कत कर जमीन में जुताई-बोआई करनी थी। हैबती को ज्यादा समय नहीं था। उसको नौकरी सँभालनी थी। उसे बाँध के काम पर कॉलोनी जाना था। साथ में आठ महीने की गर्भवती बहू थी। उसको साथ में लेकर इस तरह खुले में कितने दिन निकालेंगे ? आवडाई ने हैबती को खैरापुर में दौड़ाया, "बेटे, मेरी बहू के लिए कहीं आसरा ढूँढ़ लो।"

अँधेरा हुआ। पीपल के पत्ते सर-सर बजने लगे। नकुसा ने शाम को ही भोजन बना लिया था। खुली हवा में बनाये गये चूल्हे की एकाध चिनगारी भी आग लगा देगी—आवडाई ने इसी भय से पानी डालकर चूल्हा बुझा दिया; चूल्हे की आत्मा को शांत कर दिया। हवा तेज बहने लगी। लालटेन टिक नहीं रही थी। फूलवंती का स्वास्थ्य दिनभर कुछ नरम ही रहा। यात्रा की परेशानी और हवा—दोनों के कारण उसे बहुत कष्ट हुआ था। वह शाम को ही कंबल बिछाकर, कथरी ओढ़कर भारी पेट लिये सिकुड़कर पड़ी हुई थी। आवडाई ने उसके गले के निकट हाथ लगाकर देखा। फूलवंती को हल्का ज्वर था। उसका गला सूख गया था।

उसने पूछा, "माँ जी, वे अभी तक नहीं लौटे ?"

"नहीं। बेटी, तुम्हें डर तो नहीं लग रहा है न ?"

"नहीं, पर पेट में बहुत दर्द हो रहा है। लगता है कोई आँतों को तोड़ रहा है।" फूलवंती ने तिलमिलाकर कहा।

"हे भगवान !" आवडाई को पसीना छूटा।

नकुसा भी घबड़ा गयी। उसने जल्दी-जल्दी आग जलायी। फूलवंती को उठाकर आग के निकट बिठा दिया। आवडाई अपने सामान-असबाब में अजवायन ढूँढ़ने लगी। अजवायन कौनसी गठरी में बाँध दिया था—कुछ निश्चित याद नहीं आ रहा था। पूरे घर-बार की ही गठरी बाँध दी गयी थी। किस गठरी में कौनसी चीज ढूँढ़ी जाय ? आवडाई का तो दिल ही हिल गया था। फूलवंती की जचगी में अभी एक महीने की देर थी, अभी से पेट में दर्द क्यों होने लगा ? बिना पके ही फल कैसे अंकुर पकड़ेगा ? बीच में ही कुछ समस्या तो नहीं होगी ? कालीमाई मैं हाथ जोड़ती हूँ। बहुत हुआ, हमारे भाग में कुछ ज्यादा ही कष्ट लिखे हैं तुमने। ऐन संकट के समय पर अजवायन मिल नहीं रही थी। फूलवंती लगातार चीख रही थी। समय भी बहुत हुआ था। गाँव में दूकानें सब बंद हुई थीं। खा-पीकर तथा सारा काम निपटाकर घर-घर में लोग सो गये थे। दरवाजे बंद हुए थे।

आवडाई ने मन कड़ा किया। वह उठी। उसने बगलवाले मकान का दरवाजा थपथपाया। एक महिला उठी। उसकी आँखों में नींद छा गयी थी, फिर भी दीया लेकर वह बाहर आयी। आवडाई ने सब हाल बताया। वह बेचारी जल्दी-जल्दी भीतर गयी और अजवायन लेकर आयी।

उस पड़ोसन—ज्ञानूभाई की पत्नी अनू—को जचगी के संबंध में अच्छी जानकारी थी। उसने छह बेटियों की कुल ग्यारह जचगियों में देखभाल की थी। एक बेटी की जचगी तो बस में ही हुई थी। ड्राइवर ने गाड़ी को रोका था, पूरी बस ही घर के समान बन गयी थी। सब लोगों ने घर का काम समझकर सहायता की थी। वही अनू बहन अब आवडाई के साथ पीपल के तले आ गयी थी। उसने लालटेन के उजियाले में देखा—फूलवंती के पेट पर हाथ फेरकर अंदाजा लिया। वह आवडाई से बोली, "बहन चिंता मत कर; अभी देर है।" सुनकर आवडाई ने वहीं से कालीमाई को हाथ जोड़े।

"इस प्रकार शरीर की भारी स्थिति में गर्भवती को खुली हवा में रखना ठीक नहीं।"

"हम बाँध के कारण अपने गाँव से उखड़े हुए लोग हैं। हमारा क्या ? बंद और खुला सब एक ही है।"

"लेकिन लड़की को परेशानी होगी..."

"क्या कर सकते हैं ? मेरा बेटा तीन दिन से खैरापुर में चक्कर लगा रहा है, पर किराये पर मकान नहीं मिल रहा है।"

"कैसे मिल सकता है ? यहाँ चीनी मिल शुरू हो रही है न ? सब कर्मचारी किराये पर मकान ले रहे हैं। उनके पास वेतन के रुपये हैं। आपको कौन देगा मकान?" अनू

बहन बोली।

आवडाई को चिंता में पड़ी हुई देखकर अनू बहन ने पूछा, "तुम लोग मेरे सार में रहोगे ?"

"हाँ, हाँ, आ जायेंगे।" आवडाई झट से बोली, "जहाँ हवा और धूप नहीं ऐसी कोई भी जगह हमें चलेगी। बिलकुल श्मशान के पास हो तो भी।"

"पर दस-पंद्रह दिन के लिए ही मिलेगा सार। बारिश शुरू होने पर मेरे बैल खेत से गाँव में आयेंगे; तब तुम्हें सार खाली करना पड़ेगा।" अनू बहन ने साफ-साफ बता दिया।

"बहन, चार दिन ही सही, पर हमें आसरा दे दो। उतने में धरती इधर-से-उधर कर दूँगी; कहीं-न-कहीं किराये की जगह ढूँढ़ लूँगी; तुम्हें संकट में नहीं डालूँगी।" आवडाई ने गिड़गिड़ाकर कहा।

कालीमाई पानी में डूबी हुई होने पर भी आवडाई की हाँक सुनकर उसकी सहायता के लिए दौड़ी थी। अनू बहन ने सार दे दिया। सार उसके मकान के पिछवाड़े में ही था। आवडाई को लगा था, सार घा-फूस की झोंपड़ीनुमा होगा; पर वह तो मंगलोरी खपड़ैलवाला अच्छा-खासा शेड था। चारों ओर गन्ने के पत्तोंवाली टाटी थी। भीतर चौड़ी चन्नी, पीछे की ओर फर्श बिठाये गये थे। ज्ञानूभाई धनी और इज्जतदार किसान लगता था। सालभर बैलों को एक जगह पर बाँधने से सार में पिस्सू तथा किलनी की खान ही खुल जाती; इसलिए गर्मी में सार अच्छी तरह सूख जाने पर मवेशियों को फिर सार में बाँधा जाता।

आवडाई तथा नकुसा ने पीपल-तले रखे गये सामान को जल्दी-जल्दी उठाकर सार में रखना शुरू किया। इतने में हैबती लौट आया। यह देखकर कि आसरे के लिए जगह मिल गयी है, उसे अच्छा लगा। तीनों ने गठरियाँ, बोरे–सब भीतर ले लिये। निर्गुड़ी की टहनियों की झाड़ू से सार को साफ किया गया। सार में से पिस्सू तथा किलनी को भगाने के उद्देश्य से दो-तीन जगह पर घमोय के मुट्ठे जलाये गये; उसमें निर्गुड़ी के हरे पत्ते डालकर धुआँ किया गया। अनू बहन बहुत ही भली महिला लगती थी। उसने पानी का घड़ा आवडाई के हवाले किया।

सोया हुआ ज्ञानूभाई बाहर की आहट सुनकर जाग गया था। उसने पत्नी से पूछा, "सार में कौन आया है ?"

"बाँध से उठे हुए लोग हैं।"

"अरी, जब बैल बारिश में भीगकर आयेंगे, तब क्या उन्हें रसोईघर में बाँधोगी?"

"ऐसा मत कहिए। उनके साथ आठ महीने की गर्भवती बहू है। आदमी की कुछ समस्यायें होती हैं। जगह मिल जाने पर वे सार छोड़कर चले जायेंगे।"

"पर, हमारा बेटा इस बात को मान लेगा ?"

"उसकी चिंता मत कीजिए, मैं उसे समझाऊँगी।"

सामान-असबाब बड़ी मुश्किल से सिरहाने-पैताने रखकर, सब लोग कंबल-कथरी बिछाकर लेट गये। बहुत देर होने पर भी नींद नहीं आ रही थी। सार के जानवरों को चार महीने पहले ही बाहर निकाला गया था, पर खुश्क गोबर तथा पेशाब की दुर्गंध पूरी हटी नहीं थी। भटकौहे पिस्सू बदन से चिपककर परेशान कर रहे थे। फूलवंती के बारे में हैबती भी चिंतित था। उसे नींद नहीं आ रही थी। उसने हाँक दी, "माँ !"

"क्या है बेटे ? अभी सोये नहीं ?"

"नींद कहाँ लगती है ? माँ, एक बात पूछूँ ?"

"हाँ, हाँ, जरूर पूछो बेटे।"

"हमने इनके लिए अपना घर-बार, गाँव-देव, खेती-बाड़ी सब छोड़ दिया; पर चार दिन आसरा देने की भी इन लोगों की नीयत नहीं है। माँ, ऐसा क्यों होता है ?"

"देखो बेटे, आदमी की जात जन्म के पूर्व से ही बेईमान रहती है।" आवडाई कहने लगी, "बच्चा जन्म से पूर्व माँ के गर्भ में रहता है। इतना लंबा-चौड़ा बच्चा माँ के पेट में कैसे समाता है ? वह पैरों को समेटकर भीतर सोया रहता है। उसके हाथ, पेट के साथ चिपके हुए रहते हैं। दरअसल वह भगवान को हाथ जोड़े रहता है। हे भगवान, मुझे मुक्त करो। मेरी माँ की परेशानी दूर करो। उसे कष्ट मत दो। मुझे बाहर का रास्ता दे दो। भगवान ने आदमी की जात से क्या कम आघात सहे हैं ? हमारी कई शरारतें वह जानता है। भगवान जल्दी रास्ता नहीं देता। फिर बच्चा भगवान के सामने रिरियाता है—हे भगवान, बाट दोऽ बाट दोऽऽ। तुम्हें माँ का दूध दूँगाऽ दूध दूँगाऽऽ। बच्चे की बिनती सुनकर भगवान पसीजता है। वह बाट दे देता है। बच्चा माँ के पेट से बाहर आता है। तब भगवान दरवाजे पर खड़ा दिखाई देता है। वह बच्चे से पूछता है—मेरे हिस्से का दूध देते हो न ? तूने ही कहा था। बच्चा हाथ-पैर झटकता है—साफ मुकर जाता है। भगवान को ही झुठलाता है, पूछने लगता है—मैंने ? कबऽ कबऽऽ ? मैंने कब कहा था ? वह टेंऽ टेंऽऽ करता नहीं, कबऽ कबऽऽ ? पूछता है। आदमी की जात ही बेईमान—बिलकुल जन्म से ही।"

तीन

ढगेबाड़ी खैरापुर के ही अधीन एक बस्ती थी; पर उसके निकटवाले पठार पर नयी इंद्रपुरी साकार हो रही थी। उस बंजर भूमि पर, जहाँ कड़ी धूप में कभी-कभी ही मृगजल दिखाई देता था, अब चीनी-मिल बनवाने का कार्य बहुत गति के साथ शुरू था। लंबी-चौड़ी, डेढ़ सौ एकड़ जगह पर मिल के बहुत-सारे काम एक साथ शुरू थे। मुख्य जगह पर मशीनरी बिठाने के उद्देश्य से इस्पात के बड़े-बड़े ढाँचे बनकर तैयार हुए थे। यंत्र-सामग्री

आ गयी थी। उधर, उस पार गोडाउन बनाने का कार्य शुरू था। मशीनें आने से पहले रेस्ट-हाउस बनाने का काम पूरा हो गया था। रेस्ट-हाउस के आधे हिस्से में अस्थायी ऑफिस खोला गया था।

खैरमोड़े मास्टरजी, म्हाकू भोंसले और बाबू पवार वहाँ से होकर जा रहे थे। म्हाकू और बाबू कारखाने के काम की ओर ठीक उसी प्रकार देख रहे थे जैसे वे सर्कस की ओर देख रहे हों। पठार के रंग-रूप में पाँच-छह महीनों में ही कितना परिवर्तन आ गया था। धूल में पैर घसीटते हुए वे तीनों ऑफिस के निकट आ पहुँचे। यह सुनकर कि सर्जेराव शिंगाड़े देखमुख ऑफिस में हैं, उन्हें बहुत ही अच्छा लगा। चपरासी ने मास्टरजी के आने की सूचना भीतर दे दी। मास्टरजी प्रतीक्षा में बैठे रहे। बहुत देर के बाद उन्हें भीतर बुलाया गया। इससे पहले कि मास्टरजी कुर्सी पर बैठें, सर्जेराव ने पूछा, ''कहिए मास्टर, कैसे आना हुआ ?''

''यों ही आ गया था।''

''वह तो है, पर कुछ काम भी तो होगा ?''

''इन लड़कों को ले आया हूँ साथ में।'' मास्टरजी ने म्हाकू-बाबू की ओर उँगली दिखाते हुए कहा, ''इस साल बाँधपीड़ितों के खेतों में पैदावार नहीं होगी। अभी तक बोआई भी नहीं हुई है, फिर पैदावार कहाँ ? इन चार-छह लड़कों को आप नौकरी पर लगाइए। गरीबों की गृहस्थी चल जायेगी।''

''लड़के अच्छे-तगड़े हैं। अच्छा, दोनों की अर्जियाँ लाये हैं न ? मुझे दीजिए।''

''चेयरमेन साहब, आप केवल अर्जियाँ लेकर क्या करेंगे ? आदेश भी दे दीजिए।'' मास्टरजी ने कहा।

''मास्टरजी, आप यही तो गलती करते हैं। आप सबूरी से लेते ही नहीं। बिलकुल सर पर सवार होते हैं। चार दिन प्रतीक्षा करेंगे या नहीं ?''

''मैं जल्दी नहीं कर रहा हूँ। आपने तो इसके पहले ही दो-ढाई सौ लड़कों को काम दिया है।'' मास्टरजी ने चेयरमेन साहब को याद दिलाया।

''हमें गन्ने की पूर्ति करने वाले सदस्यों के लड़के हैं वे। उनको तो नौकरियाँ देनी ही पड़ेंगी।'' चेयरमेन ने बात साफ की।

''आपके खेतों में पानी की व्यवस्था हो, इसलिए ये लड़के अपना गाँव छोड़ आये हैं। आप इनके लिए कुछ भी नहीं करेंगे ? तहसीलवाली बैठक में आपके आबासाहब ने कबूल किया था—सबको नौकरियाँ देंगे। क्या हुआ उस आश्वासन का ? हमें नौकरियाँ मिलेंगी या नहीं ?'' मास्टरजी की आवाज कुछ तेज हो गयी।

''फिलहाल तो बिलकुल संभव नहीं होगा।''

''क्यों नहीं होगा ?''

''पहले से ही प्रत्येक डाइरेक्टर ने लड़कों को भरती कर भीड़ लगा रखी है। उनका मामला ठीक करते-करते ही नाक में दम हो रहा है। नयी भरती करने के लिए डाइरेक्टर

आफ शुगर की इजाजत लेनी पड़ेगी।"

"फिर हम क्या करेंगे ? गरीब बेचारे बाँधपीड़ित क्या खायेंगे ?"

"फिलहाल नौकरी नहीं। हाँ, काम की कहेंगे, हमारे यहाँ देने के लिए भरपूर काम है। हमें मजदूरों की आवश्यकता है। लेबर के रूप में आप चाहे जितने लोग भेज दीजिए। तुरंत ले लेंगे। मुझे लगता है, बाँधपीड़ितों में से कई लोग लेबर के रूप में पहले से ही आ रहे हैं; सही है न ?"

"जी हाँ, साहबऽऽ।" मास्टरजी नाराजगी के स्वर में बोले, "साहब इससे पहले हम लोगों ने सिर पर टोकरियाँ उठायीं। कंकड़-पत्थर ढोये और बाँध बनवाया। अब हम कारखाने के लिए टोकरियाँ ढो रहे हैं। लगता है, हम लेबर ही रहेंगे और लेबर के रूप में ही मरेंगे। हमारे सिर पर ही आपके विकास की टोकरियाँ होंगी। दूसरा क्या हो सकता है ?"

मास्टरजी उदास मन से खड़े थे। सर्जेराव ने हँसकर प्रश्न किया, "मास्टरजी, आप सेवक क्यों, कारखाने के मालिक बन जाइए न ? शेअर की राशि का भुगतान कीजिए।"

"एक शेयर के कितने रुपये देने होंगे ?"

"सिर्फ एक हजार।"

"साहब, हम बाँधपीड़ितों के घरों में दीये के लिए पर्याप्त तेल भी नहीं मिलता, नमक के लिए भी लाले पड़ रहे हैं। ऐसी स्थितियों में शेयर की राशि कहाँ से ले आयेंगे? आगे जब खेतों में पैदावार होगी—शक्ति बढ़ जायेगी, तब ले लेंगे शेयर्स, फिलहाल आप नौकरियों के बारे में सोचिए।"

"वेकन्सी होने पर जरूर सूचित करूँगा।" सर्जेराव ने ठंडे दिमाग से कहा।

मास्टरजी गुस्से में ही बाहर निकले। चेयरमेन साहब जानते थे—बाँधपीड़ितों की यह रोज की ही किचकिच है; इसलिए उन्होंने इस प्रसंग को टाल दिया—ठीक उसी तरह, जैसे कोई कीड़े-मकोड़े को झटक देता है। चेयरमेन अपने काम में लग गये। हाँडी के चावल में जैसे उबाल आता है, मास्टरजी के सिर में क्रोध उबल रहा था। माथा ठनक रहा था। फिर भी उन्होंने म्हाकू और बाबू को धीरज बँधाया, "घर में अगर कुछ भी नहीं होगा तो कल से लेबर के रूप में कारखाने पर जाओ। संकट में कुछ-न-कुछ रास्ता निकालना होगा। हम बाँधपीड़ितों के परिवार, हमारी गृहस्थी ठीक से चलनी हो तो हमारी एक पीढ़ी को बलि चढ़ना होगा—मैं इसे पहले से जानता हूँ। अब इतना ही लगता है कि कम-से-कम दूसरी पीढ़ी इस कूड़े में न गिरे,—मैं बार-बार कहता था—क्यों आप हमारे जान पर उठते हैं ? एक की एवज में छोटे-छोटे चार बाँध बनवाइए। पर कौन ध्यान देता है ? उन्हें हमारे खानदानों को ही हिलाना था; डिगाना था; तोड़ना था। कल क्या होगा ? यह बाँध कितने दिनों तक काम देगा ? —चालीस-पचास सालों में भर जायेगा गाद से। पर तब तक हमारी दूसरी पीढ़ी मिट्टी में मिल जायेगी।" मास्टरजी जब भी चिढ़ते थे, क्रुद्ध होते थे, पागल की तरह अपने से ही बात करते थे—युवक मास्टरजी

का यह स्वभाव जानते थे।

तीनों नियोजित गोट-बस्ती में आये। आज भी दस-बारह परिवार गोट-बस्ती में आकर टिके हुए थे। हर रोज किसी-न-किसी के संबंध में नये समाचार सुनाई देते थे। अपाहिज तारा बहन को उसकी सांगोला निवासिनी मौसेरी बहन अपने घर ले गयी थी। तारा बहन के फौजी लड़के अब वहीं पर आकर उससे मिल लेंगे। ब्राह्मण परिवार के दिगू अण्णा की चिट्ठी मास्टरजी के, खैरापुरवाले पते पर आ गयी थी। गाँव के पोस्ट ऑफिस से लेकर किसी ने वह गोट-बस्ती में भिजवायी थी। दिगू अण्णा और उसकी पत्नी–दोनों पुणे में सुखी थे। मास्टरजी को चिट्ठी पढ़कर अच्छा लगा। उसमें आगे लिखा हुआ था–"मास्टर, आप अपनी गोट-बस्ती में लड़-लड़कर सारी सुविधायें ले ही लेंगे; पर देवी का क्या करेंगे ? अगले साल वाई से श्याम भट्टजी को बुला लेंगे। कालीमाई तथा लाडूबा की नयी मूर्तियाँ बनवा लेंगे। देव के बिना गाँव की शोभा ही क्या ? पहले गाँव को ठीक से बसने दीजिए, बाद में रहने के लिए जरूर आ जाऊँगा। मेरे नाम से भूखंड सुरक्षित रखिए।"

मास्टरजी अपनी घास-फूस की मड़ैया में चले गये। उन्होंने यह सोचकर कि बारिश शुरू होगी, जल्दी कर, खाने-पीने की सुविधा को ध्यान में रखकर एक मड़ैया बनवा ली थी। प्रायः सभी बाँधपीड़ितों ने इसी प्रकार की झोंपड़ियाँ बनवायी थीं–घास-फूस की; जंग चढ़े टीन की; प्लास्टिक कागज और लारी में ढोकर लाये गये टूटे-फूटे खपड़ैलों की छतवाली। जिनका झोंपड़ी बनवाने का काम पूरा हुआ था, वे बाँधपीड़ित अपने दोस्तों की सहायता कर रहे थे। नयी बस्ती में नल का पानी आना अभी शुरू नहीं हुआ था। दूसरे कहारों ने अपने-अपने भैंसे बेच डाले थे; पर गोमा कहार का भैंसा अभी भी था। दह पखाल ढोने लगा। पानी के संदर्भ में पूरा गाँव अब भी मेरे अधीन है–यह सोचकर गोमा के मुख पर पुनः हँसी छा गयी। किसी की मड़ैया में आधी पखालभर पानी दे देने पर वह आधी रोटी के लिए वहीं पर रुकने लगा। गोमा को पहले जैसी पवनी अब नहीं मिलेगी; पर जो भी मिलता था उसमें कमली का और उसके बाल-बच्चों का पेट जरूर भरता था। कमली खुश थी; इसलिए गोमा भी खुश था। मास्टरजी ने जल्दी-जल्दी खाना खा लिया; तभी पांडू येताला आ गया। साथ में उसका छोटा बेटा अशोक था। अशोक की मसें भीग गयी थीं। वह बी.एड. करनें पुणे जा रहा था। "बेटे, मास्टरजी के पैर छूओ।" पांडू ने जोर से कहा। अशोक ने मास्टरजी के पैरों को स्पर्श कर उनका अभिवादन किया। नयी बस्ती में से कम-से-कम एक लड़का पढ़-लिखकर आगे बढ़ेगा–यह सोचकर मास्टरजी ने अशोक की जिम्मेदारी ले ली थी। वैसे मैट्रिक के बाद की शिक्षा के संबंध में पांडू बाबा ने उनसे कभी बात नहीं की थी, फिर भी आश्वासन के अनुसार मास्टरजी ने दो सौ रुपये चुपचाप अशोक की जेब में ठूँस दिये। कहीं हीरा मास्टरनी देख न लें। पुणे जा रहे अपने लड़के का सामान सिर पर उठाकर सत्तर साल का बूढ़ा पांडू दा खैरापुर के बस अड्डे की ओर जा रहा था।

मास्टरजी मड़ैया के दरवाजे पर खड़े थे। वे वहीं से स्कूल की ओर देख रहे थे। उनकी त्योरी चढ़ी हुई थी। जिला परिषद को कई बार लिखा। अभी भी अध्यापक की नियुक्ति नहीं हुई। स्कूल की इमारत भी गिरने की स्थिति में है। पता नहीं कब गिर पड़े; मास्टरजी परसों ही बाघेठाण बी.डी.ओ. ऑफिस में हो आये। तिलमिलाकर पूछा, "आप स्कूल की इमारत में दुरुस्ती कब करवायेंगे ?" इस पर साहब ने कहा, "आपने इससे पहले शिकायत दी है न ? होने दीजिए उसकी जाँच। दुरुस्ती का बाद में देखेंगे।" यह पूछने पर कि तब तक स्कूल के बच्चे कहाँ बैठेंगे, साहब बरस पड़े–"मास्टरजी, मैं चित्रगुप्त नहीं हूँ कि आपके प्रत्येक प्रश्न का उत्तर दे दूँ।" पर कोई किसी भी प्रकार का उत्तर दे; दुत्कार दे अथवा नकार दे; मास्टरजी अपना व्रत छोड़ नहीं सकते थे। उनके मुँह मोड़ लेने पर इन संकटग्रस्त बाँधपीड़ितों को किसका सहारा मिलेगा ? कौन उनकी माँ बनेगा। दौलू हरि रास्ते से जा रहा था। मास्टरजी ने उससे कहा, "आपकी झोंपड़ियों के पास जितने भी बच्चे खेलते होंगे, इधर भेज दीजिए।" वही संदेशा उन्होंने दो-चार और लोगों के हाथों भिजवाया।

मास्टरजी की बातें हीरा मास्टरनी भीतर से सुन रही थी। उसने बाहर आकर पूछा, "स्कूल के लड़कों को किसलिए इकट्ठा कर रहे हैं ?"

"यहाँ स्कूल नहीं होगा ?"

"न अध्यापक हैं न स्कूल; कैसे खुलेगा स्कूल ?"

"मैं ही अपने दरवाजे पर खुले में बच्चों को पढ़ाऊँगा।" मास्टरजी ने कहा।

"आप ? और उस बाभुल गाँव के स्कूल में कौन जायेगा ?" हीरा ने पूछा, "उधर का स्कूल आरंभ हुए एक महीना बीत गया। मकान उखाड़कर यहाँ आते समय आपने क्या कहा था ? आप तुरंत स्कूल के लिए लौटनेवाले थे न ? आप नौकरी का क्या करेंगे ?"

"मैं नौकरी छोड़ रहा हूँ।" मास्टरजी ने साफ-साफ बता दिया।

"और पेट काटने का क्या उपाय सोचा है ? पाँच-छह साल बाद लड़की ब्याहने योग्य हो जायेगी; आप उसका क्या करेंगे ?" कहकर हीरा झट से नीचे बैठ गयी। वह अब फूट-फूटकर रो रही थी।

मास्टरजी ने उसे समझाकर कहा, "तुम व्यर्थ ही चिंता करती हो। दिमाग में कुछ-का-कुछ ले बैठती हो। हमें पेन्शन मिल जायेगी। मैंने प्री मैच्युअर रिटायरमेंट के संबंध में अर्जी दी है सरकार को।"

"अर्जी भी दे दी ? अब आप हम दोनों माँ-बेटी को मार डालिए। दरवाजे पर ताला लगाइए और भगवान जैसी भी बुद्धि दे, आप वैसा ही आचरण कीजिए।"

"व्यर्थ रोओ मत। जाओ और घर में बैठो। बेटी के ब्याह की जिम्मेदारी मुझ पर छोड़ो; पर अब मुझे बाभुल गाँव के स्कूल में जाना संभव नहीं होगा।"

"पर मैं, कहती हूँ क्यों ?"

"यहाँ नयी बस्ती में सैकड़ों समस्यायें, सैकड़ों उलझनें पड़ी हैं। कौन हल करेगा इन समस्याओं को ?"

"हर एक आदमी अपनी-अपनी समस्या हल करेगा। क्या आप अकेले ने ही ठेका लिया है सब की भलाई का ?"

मास्टरजी कुछ बोले नहीं। "इन्होंने पूरी जिंदगी में कभी मेरी बातें नहीं सुनीं।" हीरा मास्टरनी भीतर बड़बड़ा रही थी। उसकी समझ में ही नहीं आ रहा था कि मास्टरजी यह जो पूरे गाँव की गंदगी साफ करने का पागलपन लिये हुए हैं, कब समाप्त करेंगे। वह मड़ैया के भीतर कंथरी में मुँह डाले रो रही थी—उस शोक-संतप्त माँ की तरह जिसका बच्चा चल बसा हो।

इसी बीच नकुसा तथा आवडाई आयीं। नकुसा की गोद में चार बरस का बिरजू था। नकुसा को अभी जमीन प्राप्त नहीं हुई थी। उसने जो जमीन पसंद की थी, वह किसी-न-किसी कारण से भूमिसंपादन में से मुक्त कर दी गयी थी। ऐसा दो बार हुआ था। मास्टरजी ने मड़ैया के बंडेर में लटकाये हुए अपने बस्ते को निकाला। उन्होंने नकुसा को समझा दिया कि कौनसी जमीन कैसी है, और यह भी कि अब कौन-कौन-सी जमीन उपलब्ध हो सकती है।

शाम हो गयी थी। आवडाई उठी; बिरजू के मुँह पर हाथ फेरकर उसने मास्टरजी से कहा, "मास्टर, इस बच्चे की ओर देखकर इसकी सहायता कीजिए; यह अपने शिवराम की ही निशानी है। मेरे और आपके चले जाने के बाद यह बच्चा कहीं निराधार न हो।"

आवडाई तथा नकुसा चली गयीं। मास्टरजी के प्रयास के बावजूद स्कूल के ज्यादा बच्चे जमा नहीं हुए। कोई मड़ैया बनवाने में अपने माँ-बाप की सहायता कर रहा था, कोई भैंस अथवा गाय को यों ही चराने ले गया था। मास्टरजी ने सबसे कहा कि वे कल से लड़कों को जरूर भेज दें। नया अध्यापक आये अथवा न आये, कल से मास्टरजी क्लास लेंगे।

मास्टरजी की बेटी शेवंता पाँचवीं में पढ़ रही थी। स्कूल छूटने पर वह खैरापुर से आ गयी। सालुंखे का बेटा गणेश भी उसकी कक्षा में था। उसका साथ देखकर तो हीरा मास्टरनी शेवंता को स्कूल भेज देती थी। शेवंता ने देखा—माँ रो रही है। वह माँ से चिपक गयी। पूछा, "माँ, तुम रोती क्यों हो ?"

"तुम अपने बाबूजी से पूछो। उन्होंने नौकरी छोड़ दी। कैसे होगा तुम्हारा ब्याह?"

"बाबूजी ने अपने मन से ही छोड़ दी है न नौकरी ? उन्होंने कुछ सोचकर ही तो छोड़ी होगी ?" शेवंता ने माँ का प्रतिवाद किया।

"मुँह झौंसी कहीं की ! इसमें कुछ भी झूठ नहीं है कि बेटी की जात हमेशा बाप का ही पक्ष लेती है।" हीरा कड़ककर बोली।

बाहर बैठे हुए मास्टरजी जोर से हँस पड़े।

चार

दोपहर कभी की बीत चुकी थी। हैबती लगातार काम में लगा हुआ था। खेत में बबूल के छोटे-बड़े कई पेड़ उग आये थे। किसको किसको निकालेंगे ? उनकी जड़ें भी पुरानी और मजबूत हो गयी थीं। पिछले पंद्रह सालों से राघू भिवा ने इस खेत में जोताई-बोआई नहीं की थी। इसलिए बबूल का एक-एक पेड़ सिर तक ऊँचा बढ़ गया था। जहाँ बबूल, वहाँ तो काँटों की बौछार ही होती है। काम करते समय एक घड़ी में चार-चार बार बदन को इधर-उधर मोड़कर काँटों से बचाना पड़ता था। बूढ़ी आवडाई का बदन मजबूत और चीमड़ था। वह खेत-मेहनत से परिचित थी। कुदाली, फावड़ा, सब्बर—जो भी हाथ लगे, वह उस हथियार को चलाती थी; पर केवल तीन लोगों की मेहनत की भी अपनी सीमा थी; इस ढंग से सारे बबूल कैसे कटेंगे ? दिनभर की कड़ी मेहनत से थका-माँदा और परेशान हैबती झट से नीचे बैठ गया। आवडाई ने पूछा, "बेटे, थक तो नहीं गये ?"

"देखो न माँ, चार दिन हुए, रात-दिन लगा हुआ हूँ; तब कहीं चार गुंठे जमीन में से बबूल की कटाई हुई। अब और चार एकड़ में से कटाई करनी है; कितने दिन लगेंगे ? कटाई कब होगी ? सफाई कब होगी ? हल कब चलेंगे ? कब बोआई होगी और कब बीज उगेंगे ? सारी परेशानी ही परेशानी !"

"बेटे, ऐसी उतावली मत करो। जितना होगा उतना ही सही। इस साल दो एकड़ में ही बोआई करेंगे, बाकी काम अगले साल करेंगे।"

"पर माँ, हमने इतनी गंदी, पेड़-पौधों से भरी हुई जमीन सरकार से ली ही क्यों?"

"बंजर पठार से यह अच्छा है न ? केवल बबूल निकालने की परेशानी है, वरना जमीन बहुत ही उपजाऊ है। यह तुम्हें बरकत देगी।"

आवडाई ने हैबती को समझाया-बुझाया। हैबती चुपचाप उठा और काम में लग गया। मेंड़ पर बकरियाँ बाँधी गयी थीं। वे बेंऽ बेंऽऽ कर रही थीं। उन्हें सुबह से एक ही जगह पर बाँधा गया था। इसलिए वे खींचातानी कर बबूल के चारों ओर घूम रही थीं—इधर से उधर और उधर से इधर। आवडाई ने उनके खाली पेट देखे और कहा, "नकुसा, उठ बेटी, अब दिन डूबने को आया; बकरियों को खोल दो; तनिक नदी किनारे पर चराकर ले आना।" नकुसा ने बबूल के तने के इर्द-गिर्द चक्कर काटनेवाली और खींचातानी करनेवाली बकरी का पगहा खोल दिया। बकरी और उसके दोनों मेमनों को लेकर वह नदी की ओर जाने लगी। आवडाई का दिल भर आया। ऊपर जाँभली में उसके सार में कितने चौपाये थे ! और अब ? अब केवल एक भैंस, एक बकरी और उसके दो मेमने ! ज्यादा चौपायों को वह कहाँ रखेगी ? क्या खिलायेगी ? बकरी के ये दो मेमने हैं। अब कुछ बड़े भी हो गये हैं। ये दोनों बढ़ेंगे तो भी बहुत है। एक महीना और परवरिश करने पर कोई भी इन्हें डेढ़-डेढ़ सौ रुपयों में खरीद लेगा।

केवल बकरी का पगहा नकुसा के हाथ में था। दोनों मेमने अच्छे-खासे, गदराये हुए थे। घुटनों तक ऊँचे। गर्दन और पिंडली पर माँस बढ़ गया था। उनके बदन पर मुलायम काले रोंये ढलते सूरज की रोशनी में चमक रहे थे। उनके गले में रस्सी नहीं होने से वे छलाँग लगाते हुए जा रहे थे; पर आखिर जात बकरे की ही ठहरी। जिसने दूध पिलाया था, उस माँ की गर्दन ही सहला रहे थे दोनों। मानो दोनों का जन्म डूब-क्षेत्र में नहीं, लाभ-क्षेत्र में ही हुआ हो।

नदी के किनारे पर कहीं-कहीं सेमल के पौधे, सेम की लताएँ, हरी चरी दिखाई देती थी। नकुसा झपाके से उधर ही जा रही थी; तभी सामने से ज्ञानूभाई का लड़का सिरीपति आया। उसके सार में ही तो आवड़ा-नकुसा ने शरण ली थी। उसको देखते ही नकुसा ने सिर के पल्ले को ठीक-ठाक कर दिया। सिरीपति अपनी माँ पर नाराज था। उसका कहना था—बाँधपीड़ितों की बला उसने व्यर्थ ही मोल ली है। सिरीपति को रास्ता देकर नकुसा आगे बढ़ने लगी, तभी उसने डाँटा, "चौपायों की ओर ध्यान रखो; ज्यादा नखरे मत करो।"

"क्या हुआ भैया ?"

"क्या नहीं हुआ ? ससुरे, मीठा बोलकर धोखा देते हैं। परसों सेम की पूरी मेंड़ उधेड़ दी तुम्हारी बकरियों ने। बाँधपीड़ित ससुरे ! आदमी भी वैसे और चौपाये भी वैसे। जहाँ भी बने, मुँह डालेंगे।"

"गलती से मुँह लगाया होगा। फिर कभी गलती नहीं होगी।"

"फिर कभी ऐसा हुआ तो बकरियों के पैर ही तोड़ दूँगा।"

सिरीपति तमतमाकर आगे निकल गया। नकुसा को बुरा लगा। हमें इस गाँव के लोगों की कैसी-कैसी बातों को सुनना पड़ता है ? आज ही बता दूँगी आवडाई को—मेमने बड़े हो गये हैं, उन्हें बाजार में बेच डालो।

दिन डूबने का समय हो रहा था। बकरियों को चरने के लिए अब थोड़ा ही अवसर मिलेगा। उनके पेट के गड्ढे कब भरेंगे ? नकुसा किसी की डाँट-फटकार सुनना नहीं चाहती थी—तभी तो उसने बकरी का पगहा हाथ में पकड़ रखा था। बकरी मेमनों के पीछे-पीछे जबर्दस्ती पगहा खींच रही थी। पहाड़ की ओट में जा रहे सूरज को उन्होंने भी देखा होगा। हरी घास के वास्ते बकरियों की छटपटाहट नकुसा से देखी नहीं जा रही थी। आखिर बकरी दौड़कर कितनी दूर जायेगी ? नकुसा ने पगहा खुला छोड़ दिया। बकरी और उसके मेमनों ने ऊँची छलाँगें लगाईं। वे सेम की कोमल लताओं तथा हरे चारे की ओर दौड़ने लगीं। देखते-ही-देखते अँधेरा गहरा होने लगा। अगल-बगल की लताओं में बकरियों के पैरों की आवाज आ रही थी। दिनभर की भूखी हैं बकरियाँ। जरा चरने दिया जाय उन्हें—सोचकर नकुसा नदी के किनारे पर बैठ गयी।

इस प्रकार बहुत समय चला गया। अब नकुसा को चिंता होने लगी। कहीं गाँव की ओर से आवडाई की हाँकें न आयें। "हर्ऽ हर्ऽऽ आयऽ आयऽऽ" नकुसा ने बकरियों

को बुलाना शुरू किया। नकुसा के हाथ की, घास की अँटिया को सूँघते-सूँघते बकरी आदत के अनुसार नकुसा के पास आ गयी। उसके पीछे एक ही मेमना था। दूसरा कहीं दिखाई नहीं दिया। नकुसा का दिल धक्-सा हुआ। वह पगहा पकड़े "हर्ऽ हर्ऽऽ आयऽ आयऽऽ" करने लगी।

एक मेमना कहीं खो गया है—बकरी के ध्यान में बात आयी। उसने भी "बेंऽ बेंऽऽ" कर हाँक लगायी। हाँक लगा-लगाकर नकुसा का गला सूख गया। मेमना गुमराह हो कहीं अकेला ही गाँव में पहुँच तो नहीं गया ? कौन बताये ? नकुसा झपाझप पैर उठाकर "हर्ऽ हर्ऽऽ" पुकारती हुई गाँव की ओर निकली।

दो-तीन मेंड़ों को पार कर नकुसा ऊपर की ओर आयी ही थी कि बगलवाली मेंड़ से भयभीत मेमने की "बेंऽ बेंऽऽ" आवाज सुनाई पड़ी। कुत्ता "भों ऽ भों" कर उसके पीछे पड़ गया था। नकुसा ने "हर्ऽ हर्ऽऽ" की हाँक लगाई। वह मेंड़ से कूदकर नीचे चली गयी। घबड़ाया हुआ मेमना भागा-भागा आया। वह नकुसा के पैरों के बीच घुस गया। उस स्थिति में भी, पँडवा-सा-बड़ा कुत्ता उस पर टूट पड़ा। नकुसा ने मेंड़ पर पड़े पत्थर उठाये और कुत्ते की नाक को लक्ष्य कर दे मारे। "क्वाकऽ क्वाकऽऽ" कर कुत्ता पीछे हट गया। मेमना लपककर तिलमिलाता हुआ, नकुसा के पैरों के निकट गिर गया। नकुसा ने उठाकर उसे पेट से सटा लिया। कुत्ते ने उसके पिछले पैरों को खींचा था। एक पैर से तो खून की धारा बह रही थी। मेमना जख्मी पैर को झटक रहा था। वह पीड़ा को सहन कर "बेंऽ बेंऽऽ" चिल्ला रहा था।

मेमने का तुरंत इलाज करना होगा; तभी वह जी पायेगा। नकुसा ने उसे उठाकर कंधे पर ले लिया; उसके चारों पैर अपने सीने के साथ दबाकर पकड़ लिये। वह दौड़ती हुई गाँव की ओर निकली। बकरी तथा दूसरा मेमना दोनों "बेंऽ बेंऽऽ" कर, तिलमिलाते हुए पीछे-पीछे दौड़ने लगे। दौड़ने के कारण नकुसा पसीना-पसीना हो गयी थी। आखिर उसने जख्मी मेमने को सार में आवडाई के सामने पटक दिया। आवडाई जल्दी-जल्दी आयी। उसने दीये के उजियाले में देखा—मेमना निढाल होकर निस्पंद पड़ा है। आवडाई ने उसके बदन पर हाथ फेरा। वह चिल्लायी, "नकुसा बेटी, यह क्या हो गया मेरे मेमने को ?"

"किसी निगोड़े ने उसके पीछे कुत्ता लगा दिया; खींच लिया कुत्ते ने।"

आवडाई ने मेमने के नथुनों को टटोला। उसकी साँसें रुकी हुई थीं, बदन ठंडा पड़ रहा था। आवडाई ने सिर पीट लिया। वह जोर-जोर से चिल्लाने लगी, "डेढ़ सौ रुपयों का नुकसान हुआ। क्या हो गया यह ? भगवान मुए, क्यों आँखें मूँदे बैठे हो? तुम्हें यह अच्छा लगता है ?" नकुसा को अब कहीं खून से सनी हुई साड़ी का ख्याल आया। आवडाई मेमने की टाँग को उठाकर डाक्टर की भाँति जाँचने लगी। एक टाँग पर गीला, गीला स्पर्श हुआ। उसने दीये को जरा और निकट लेकर देखा—दायें पैर पर आघात हुआ था। आघात के कारण लगभग आधी जाँघ टूट गयी थी। उसको देख हैबती

भी सकपका गया। आवडाई ने तिलमिला कर कहा, "यह केवल कुत्ते के काटने की बात नहीं है; यह तो कुल्हाड़ी का प्रहार है। कुल्हाड़ी ने ही जान ले ली मेरे मेमने की।"

आवडाई सिसककर रोने लगी। हैबती ने आँखें पोंछीं। वह नयी बस्ती में चला गया। यह सुनकर कि मेमने को मार दिया गया है, मास्टरजी, दौलू हरि, म्हाकू, गोमा, रामा कुम्हार—सब दौड़े-दौड़े आये। आवडाई मेमने की लाश को बच्चे की लाश की तरह गोद में लिये बैठी थी। देखकर सब छटपटाये। बिरजू घबड़ाकर रोने लगा। मास्टरजी ने सबको समझाया-बुझाया।

"चलिए, अब देर नहीं करनी चाहिए। इसको काटकर हिस्से बनाते हैं। आवडाई को कम-से-कम सौ रुपये तो मिल जायेंगे।" मास्टरजी इस संकट में आवडाई की सहायता करना चाहते थे।

"यह कुत्ते का काटा हुआ मेमना है। इसे कैसे खाया जा सकता है ?" रामा कुम्हार ने शंका उपस्थित की।

"ससुरे, तुम क्या विलायत से आये हो ? ज्यादा पवित्तर मत बनो। जिस पैर को कुत्ते ने काटा है उसे निकालकर फेंक देंगे। बाकी मांस तो ताजा ही है। उसे खाने में क्या हर्जा है ?" बूढ़ा जालिंदर बोला।

जाँभलीवालों ने बंडेर के सहारे पर मेमने को वहीं पर उल्टा टाँग दिया। उसके चमड़े को छीला गया। मांस के समान बीस हिस्से बनाये गये। हरेक के हिस्से लगभग पौन किलो मांस आ गया। दो-तीन लोगों ने ही नकद रुपये दिये। आवडाई के हाथ में केवल पंद्रह रुपये आ गये। सब लोग मांस लेकर चलने लगे। आवडाई ने मास्टरजी से कहा, "मास्टर, हमें इस गाँव से बचकर रहना चाहिए। आखिर घाव तो घाव ही है। आज यह घाव चौपाये पर है; हो सकता है कल आदमी पर होगा।"

"आवडाई, मैं सब जानता हूँ।" मास्टरजी ने आवडाई को दिलासा देना चाहा।

बाकी सब लोग अपनी-अपनी गठरियाँ लेकर गोट-बस्ती की ओर चल दिये। हैबती उठा। लगे हाथों चमड़ी उठाकर वह चमार के दरवाजे पहुँचा। खैरापुर के चमार ने आँखें सिकोड़कर चमड़े को निरख लिया। उसने मुँह बनाकर कहा, "चमड़ा बहुत कच्चा लगता है।"

"बाबा, बहुत जरूरत है। आप मुझे नकद रुपये दीजिए।" हैबती ने आजिजी से कहा।

"नकदऽ ?" चमार ने चौंककर हाथ के चमड़े को नीचे फेंक दिया। "दो-तीन हफ्तों तक रुकना होगा। कबूल हो तो रख दो चमड़ा; नहीं, गेंडुरी कर लगा लो काँख में।"

हैबती दुविधा में पड़ा; आखिर चमड़ा वापस ले जाकर भी क्या करेंगे ? रात में चूहा कुतर डालेगा। चमड़ा चमार के हवाले कर हैबती दुखी मन से सार की ओर लौटा। जीना हो तो सिर्फ रोने से काम नहीं चलेगा—कटु अनुभवों के बाद हैबती की यही राय

हो गयी थी।

नकुसा रसोई में जुट गयी। मांस का एक हिस्सा घर में रह गया था। नकुसा ने पकाये हुए गोश्त की थाली आवडाई के सामने रखी। आवडाई ने रोटी का टुकड़ा तोड़कर गोश्त की बोटी मुँह में डाल दी। उसे वह कौर इतना फीका और बदजायका लगा कि उसे मितली ही आ गयी। पानी पीकर, आँचल से नाक पोंछते-पोंछते वह बोली, "हे भगवान ! अच्छा हुआ, तुमने मुझे सुबुद्धि दे दी। घर के मेमने का गोश्त खाने की भूल कर रही थी मैं।"

उस रात आवडाई, हैबती, नकुसा—किसी की पलक नहीं लग रही थी। फूलवंती भी बिछौने पर लगातार छटपटा रही थी। आधी रात बीत गयी। सामने ज्ञानूभाई के घर में से लड़ने-झगड़ने की आवाज सुनायी पड़ने लगी। शराब के नशे में धुत्त सिरीपति अनू बहन को गालियाँ दे रहा था।

"माँऽ निगोड़ीऽऽ तुमने बाट चलते वे भूत अपने सार में क्यों रखे ? हमारा उन बंजारों से क्या संबंध है ?"

"चुप कर बेटे। बेचारे संकट में हैं। वह गर्भवती बेटी सर्दी-तूफान में कहाँ पड़ी रहेगी ? जल्दी ही मड़ैया बनाकर चले जायेंगे बेचारे। वे यहाँ पर हमेशा के लिए थोड़े ही रहेंगे ?"

"और मेरे चौपायों का क्या होगा ? ससुरे, बाँध में उठे हैं। कमीने कहीं के ! जूठी पत्तलें चाटते घूम रहे हैं। भिखारी कहीं के !!"

इधर माँ-बेटे दोनों जगे हुए थे। हैबती झुँझलाकर बोला, "माँ, सुना तुमने ? नयी गोट-बस्ती में झोंपड़ी-मड़ैया बनाने से क्या गाज गिरेगी ? इन लोगों की ऐसी बातें कहाँ तक सुनते रहेंगे ?"

"बेटे, अब मुझसे भी सुना नहीं जाता। अगर किराये पर दूसरा कमरा नहीं मिलता है, तो कोई खाली मंदिर ढूँढ़ निकालो। हम कल यह जगह छोड़ ही देंगे।"

दूसरा दिन उगा तो आसमान गहरे बादलों से घिर गया था। दोपहर से ही बारिश शुरू हुई। पुनर्वास की बारिश ने खैरापुर को पूरी तरह से पीट दिया। नालों-झरनों में पानी-ही-पानी हो गया। रास्ते कीचड़ से भर गये। खेतों-मेंड़ों पर चलनेवाली पगडंडियों पर कीचड़ की किचकिच हो गयी। खेतों में बनाये गये मँडुए चूने लगे। गर्मी में बनायी गयी अस्थायी बस्तियाँ उठने लगीं। किसान मवेशियों को लिये गाँव की ओर दौड़ पड़े।

हैबती ने पूरा गाँव छान मारा। वह शाम को लौटा। उसने सभी मंदिर, समाज मंदिर, हरिजन बस्ती की सार्वजनिक जगह, मरी माता का मंदिर—सब देख लिया। पहले से आये हुए बाँधपीड़ितों ने मंदिर पर अधिकार कर लिया था। थोड़ी-सी जगह में चार-चार परिवार टिके हुए थे। कहीं पर भी पैर रखने तक के लिए जगह बची नहीं थी। इस मूसलाधार वर्षा में घास-फूस की टट्टी का मकान भी कैसे बनाया जा सकता है ? क्या किया जाय ? अब क्या होगा ? सब चिंताग्रस्त हो, लालटेन के इर्द-गिर्द बैठे हुए थे।

तभी सार के बाहर बैलों के डकारने की आवाज आयी। सिरीपति अपनी माँ अनू को, लालटेन ले आने के लिए हाँक लगा रहा था। अनू बहन ने बाहर आकर देखा—सिरीपति और उसका हलवाहा दो बैल, दो भैंसे तथा गाय को लेकर बाहर आँगन में खड़े भीग रहे हैं। अनू बहन क्षणभर के लिए दुविधा में पड़ गयी। वह बेटे को डाँटने लगी—"सिरीपति तनिक रुको; पहले उन लोगों का सामान एक ओर करवाती हूँ। तभी चौपायों को लेकर भीतर आना।" दरवाजे पर चौपायों की आवाज सुनकर सार में रुके हुए बाँधपीड़ित उठ खड़े हुए। बाहर बारिश की झड़ी लगी हुई थी। फूलवंती को लेकर अब कहाँ चले जायेंगे? अनू बहन भीतर आकर बोली, "बहन, वहाँ उस ओर बैठने के लिए थोड़ी-सी जगह है। तुम अपना सामान एक ओर सरकाकर वहीं पर रख दो।"

सार में पूरबवाली टट्टी से सटकर बैठक के लिए पाँच फीट लंबी और चार फीट चौड़ी जगह थी। मवेशियों को घास-चरी दे देने के बाद किसान वहीं पर पान-तमाखू का बटुवा निकालकर बैठे रहते। वह जगह उन्हें घड़ीभर वहीं पर सुस्ताने की सुविधा से रखी गयी थी। आवडाई तथा नकुसा के सामान से वह पूरी जगह भर गयी। "चौपाये पूरी तरह भीग गये हैं। जल्दी करोऽ"—बाहर से सिरीपति की शिकायतभरी आवाज आ रही थी। चौपाये सार में आ गये। अपनी-अपनी जगह पर आराम से घास-चरी खाते रहे। जुगाली करते रहे। आवडाई तथा परिवार के अन्य लोग गठरियों पर, सामान की बोरियों पर सिकुड़कर किसी तरह लेटे रहे। टट्टी से बाहर, आवडाई की छोटी भैंस ने शोर मचाया था। बकरी तथा बचे हुए एक मेमने की "बेंऽ बेंऽऽ" शुरू थी।

घबड़ाई हुई फूलवंती आवडाई की गोद में लेटी थी। बंडेर पर बारिश की बूँदों की 'टप-टप' आवाज हो रही थी। बगल में बाँधे गये बैल खूँटे से सींग रगड़ रहे थे, टकरा रहे थे। ऐसे में फूलवंती ज्यादा ही घबड़ा जाती थी। आवडाई की आँखों के सामने अपना अमरूद का खिला हुआ बगीचा, पानी से लबालब भरा हुआ कुआँ, सजा-धजा मकान और भरा-पूरा सार खड़ा रहता था। उसकी आँखों का पानी रुकता ही नहीं था। बैल सींग ज्यादा जोर से रगड़कर खट्-खट् की आवाज करते और अपनी जगह पर ही हल्की-सी छलाँग लगाते। झपकी ले रही फूलवंती उनकी आवाज से घबड़ाकर जग जाती, वह चौंककर आवडाई से बिलग जाती, मानो बैल के नुकीले सींग उसके पेट में ही घुस रहे हों।

पाँच

जिस जगह पर पूरा जीवन बिताना है उस जगह की पूजा करनी चाहिए—मास्टरजी के हाथों नारियल का प्रसाद चढ़ाकर पूजा की गयी। हैबती को दिये गये नये प्लाट में झोंपड़ी बनवाने का काम शुरू हुआ। नयी जगह पर झोंपड़ी बनवानी थी। संन्यासी के ब्याह

में जैसे चोटी से आरंभ करना पड़ता है वैसे ही झोंपड़ी के लिए छोटी-छोटी चीज से आरंभ करना था। सामान जमा करने में तीन दिन चले गये। झोंपड़ी बनवाने के लिए लकठा और गन्ने के सूखे पत्तों की आवश्यकता थी। जाधव बस्ती के इर्द-गिर्द गन्ने के ढेर सारे सूखे पत्ते के गट्ठे थे; पर वे सब वहीं पर पानी में डूब गये थे। सरकार लारी एक और खेप दे देती तो यह समस्या न आती। अच्छा हुआ, लारी में डालकर दस-पंद्रह खभियाँ ले आये, वरना समस्या बढ़ जाती। खैरापुर से सात मील पर आवडाई का दूर का रिश्तेदार रहता था। माँ-बेटे को वहाँ जाकर गिड़गिड़ाना पड़ा। रिश्तेदारों ने सोचा—ये उठे हुए रिश्तेदार हैं। पैसे उधार माँगने आये होंगे। उनका मुँह लटक गया। पर जब उनको पता चला कि माँ-बेटे केवल बाजरे की लकठा और गन्ने के पत्ते के लिए आये हुए हैं, उन्हें तसल्ली हुई। उन्होंने तुरंत ही, दो बैलगाड़ियाँ भरकर लकठे और गन्ने के सूखे पत्तों के गट्ठर भिजवा दिये।

सिरीपति ने जिस रात गालियाँ दी थीं, उसी रात माँ-बेटे दोनों ने तय किया था—कुछ भी करेंगे पर यह सार छोड़ देंगे। एक और बात भी थी—छोटा बिरजू साथ में था। वह अगर खेलते-खेलते बैलों के सामने चला जाये तो ? कुछ भी दुर्घटना हो सकती थी। किराये पर एक कमरा मिल गया; पर किराया साठ रुपये। एक महीने के साठ रुपये कहाँ से ले आयें ? हैबती को महीना दो-सौ वेतन मिलेगा। नौकरी भी स्थायी नहीं थी। कल किराया चुकता न करने पर नयी बस्ती में जाना ही पड़ेगा। भाग्य में जो भी कष्ट दिया है, वह टलेगा नहीं। जो इस धराधाम पर भेजता है वही जीने तथा मरने की जगह भी निश्चित कर देता है। भाग्य में बदा हुआ कहाँ टलता है ? दूसरे ही दिन आवडाई अपना सामान नयी गोट-बस्ती में ले गयी। चारों तरफ कीचड़ की किचकिच थी। उन्होंने थोड़े समय के लिए सामान स्कूल में रख दिया। स्कूल की एकाध दीवार ढही हुई थी। ऊपर निराधार पाख था—अब गिरा तब गिरा। "आने दो मौत को"—आवडाई ने हिलते पाख के नीचे दो रातें बितायीं।

हैबती को झोंपड़ी बनवाने के काम से तुरंत मुक्त होना था—कॉलोनी पर साहब लोग नाराज होते होंगे। सौ बार नाक रगड़-रगड़कर यह नौकरी पायी है। अपनी ओर से गैरहाजिर नहीं रहना चाहिए। झोंपड़ी बनवाने का काम तेजी से चल रहा था। दौलू हरि तथा म्हाकू भोंसला भी मदद के लिए आये थे। सारी चीजें इकट्ठा की गयी थीं, पर पत्थरों का कहीं पता नहीं था। जिधर देखिए उधर काली ललछोहीं जमीन। पत्थर छह मील दूर बंजर पहाड़ पर। वहाँ से पत्थरों को कैसे ढोयेंगे ? बेहतर यह है कि अब जैसे भी बने, यह बरसात बिताई जाय। गर्मी में झोंपड़ी उधेड़कर अच्छा मकान बनवायेंगे। तब तक सरकारी कर्जे के दो हजार रुपये भी मिल जायेंगे—सब यही सोचकर सीधी-सादी झोंपड़ी बनवाने के काम में लग गये।

सभी कार्यों में आवश्यक निर्देश देकर मास्टरजी अपने भाई दादू चौकीदार की ओर चल दिये। चलने से पहले उन्होंने आवडाई से कहा, "देखिए, आवडाई, हैबती की

पत्नी अड़चन में है; चार दिन में झोंपड़ियाँ बन जाने पर समाज मंदिर में टिके हुए परिवार बाहर निकलेंगे। आप फूलवंती को लेकर वहीं पर रहिए।''

''ना-ना। मास्टरजी, उस सरकारी इमारत का क्या भरोसा है ? पूरी बरसात वहाँ निकालना ? नहीं मास्टरजी, मेरी झोंपड़ी गिरेगी तो भी घरवाले बचेंगे।''

मास्टरजी हँसे। उन्होंने खैरापुर की ओर देखा। शिवालय की चोटी नयी गोट-बस्ती में से भी दिखाई दे रही थी। कहते हैं, छह-सात सौ साल पुराना मंदिर है वह। अब तक एक छोटी दरार भी नहीं दिखाई देती उसमें; पर आज का जमाना ही कुछ निराला है। उद्घाटन से पहले ही इमारतें गिरने लगती हैं। इमारत बनवाने के लिए पाँच रुपये खर्च करेंगे और पच्चीस रुपये अपनी जेब में ठूँस देंगे तो इमारतें टिकेंगी ही कैसे ? नयी गोट-बस्ती में जो भी सरकारी काम हुए हैं, सब ऐसे ही घटिया स्तर के हैं। समाज मंदिर की दीवारें नाखून से कुरेदने पर भी उसके पलस्तर गिर पड़ते हैं। गिरेंगे ही। बाहर से भले ही सीमेंट का पलस्तर हो, भीतर मिट्टी और भरपूर रेती है।

दादू चौकीदार अपने जाँभली के घर से टीन की जंग-लगी चद्दरों को बहुत ही सावधानी से ले आया था। उन्हीं के बल पर उसने झोंपड़ी बनवाने का कार्य शुरू किया था। उसका काम गोट-बस्ती के नीचे की ओर, नाले की बगल में चल रहा था। अधिकतर हरिजनों ने उधर के ही, एक से एक सटे हुए भूखंड माँग लिये थे। केवल मास्टरजी का भूखंड समाज मंदिर के निकट था। उनके निकट ही भूखंड दिया गया था, पर दादू ने उसे लिया नहीं। उसने यह नया भूखंड पत्रावले साहब से माँग लिया।

''भैया, यह तुम क्या करते हो ? चलो मेरे पड़ोस में रहो।'' मास्टरजी बोले।

''ना बाबा ना ! तुम ठहरे बड़े आदमी ! तुम ऊँच जातवालों में रहो। मुझे वहाँ चैन नहीं आयेगी, मैं अपने लोगों में ही रहूँगा।''

मास्टरजी ने दादू को समझाकर कहा, ''भैया, ऊँच जात और नीच जात यह भेदभाव अब रहा ही कहाँ ? हम सब बाँधपीड़ित हैं। विकास-योजना ने हमें गाँव से बाहर निकाल दिया। उसी ने हमें पीट-पीटकर बेहाल कर दिया। हमारी नयी जाति बन गयी।''

''नहीं बाबा, तुम्हारा अपना ज्ञान अलग है; मेरा अपना अलग है।''

दादू के काम पर ऊँची जातवाले दो किसान थे। वे आपस में बोले, ''दादू ठीक ही कह रहा है।'' दादू खुद से ही बोला, ''मैं ठहरा चौकीदार, गाँव की रखवाली करना मेरा काम है।'' इसी विचार के साथ ही दादू के दिमाग में गुस्से की लहर दौड़ गयी। ''यह कैसा नया गाँव है ? इसका कोई दरवाजा है न कमान। यहाँ भगवान के लिए मंदिर नहीं, आदमी के लिए मकान नहीं। इस गाँव का न कोई आकार है न रूप। अच्छा-खासा गाँव था हमारा। वह चला गया। यह गाँव हमारे गाँव के सार की भी बराबरी नहीं कर सकता। बीस साल पहले की बात है। धान की कटनी कर मजदूरों के कारवाँ आकर जाँभली के पठार पर छोलदरियाँ खड़ी करके रहते थे। वैसी ही है हमारी यह नयी गोट-बस्ती; अंतर केवल इतना ही है कि मजदूरों के समूह आज यहाँ और कल

वहाँ जाकर छोलदरियाँ खड़ी करते थे--नया गाँव, नया माहौल, पर हमारा ऐसा है कि हम यहीं पर दुर्गत में फँसे रहेंगे। कैसा नया गाँव है यह ! इसका न पीछा है न आगा।"

बगल में ही एक नाला था। उसमें पानी आकर बह गया था। अब उसमें पानी कम ही था, पर आगे कभी उसमें बाढ़ आने का खतरा था फिर भी जीना था; तभी तो बाजरे के लकठे की टट्टी और गन्ने के पत्तों की छत की सहायता से झोंपड़ीनुमा मकान बनाये जा रहे थे। अभी जो बारिश हुई थी, उससे सर्वत्र कीचड़ ही कीचड़ हो गयी थी। स्कूल आरंभ नहीं हुआ था। मास्टरजी स्वयं ही स्कूल आरंभ करना चाहते थे; पर उसमें उन्हें सफलता नहीं मिली थी। अभी मकान ही नहीं बन पाये थे; फिर बच्चे स्कूल कैसे जायेंगे ? पहली तथा दूसरी कक्षा के बच्चे लगभग मूक बन गये थे। उनकी समझ में कुछ भी नहीं आ रहा था--यह क्या हो गया है ? क्या हो रहा है ? उधर हमारे अच्छे-खासे मकान थे; उनको क्यों गिराया गया ? हमारे माता-पिता हमें इस कठिनाई में क्यों ले आये ? चौपाये बेचे गये। यहाँ न चौपाये हैं न सार। चौपायों को चरागाह में ले जाने का अवसर नहीं; यहाँ मकान के बंडेर पर खड़े रहकर पतंग कैसे उड़ायेंगे ? ये बंडेर भी कैसे हैं ? मुर्गी का बोझ भी सह नहीं पायेंगे ये बंडेर !

जमीन देर से कब्जे में आ गयी थी। जो मिली थी वह बोआई योग्य नहीं थी। सब जानते थे कि इस साल कटनी-खलिहान कुछ भी नहीं होगा, इसलिए जिन्होंने कारखाने के परिसर में झोंपड़ियाँ बनवायी थीं, वे रोजाना मजदूरी पर जाते थे। केलापुर के कदम और पवार भी नदी को लाँघकर दूर कारखाने पर मजदूरी के लिए दौड़धूप करते थे। नयी गोट-बस्ती में कारीगरों तथा लेहनादारों की भी गजब की छीछालेदर हुई थी। गोमा कहार का भैंसा और रामा कुम्हार का गधा दोनों को खैरापुर के युवकों ने लाठी-लकड़ियों से पीटा था। उनका कहना था कि जानवरों ने फसलों का नुकसान किया था। ज्ञानू दर्जी ने सिलाई मशीन को जंग से बचाने के उद्देश्य से तेल लगाकर टाट में बाँधकर झोंपड़ी में ही रख दिया था। नये कपड़े कौन और कैसे सिलवायेगा ? हाँ, शिवा चमार की रोजी-रोटी कुछ अच्छी चल रही थी। वह रोज सुबह बोरे में फटे जूते-चप्पल आरी--सब भरकर खैरापुर में पैदल जाता। बस अड्डे के सामने ही, पेड़ के तले बैठकर वह जूतों-चप्पलों को दुरुस्त कर देता। अँगूठा लगा देने से ही उसे बीस-पच्चीस पैसे मिलते थे। दिनभर मिलनेवाली दस-पंद्रह रुपयों की पूँजी उसे हजम नहीं होती थी। "पैसे बहुत मिलते हैं।"--इसी आनंद में वह हर रोज शाम को पाँच-छह रुपयों की शराब पीता और नशे में चूर हो, झूमता हुआ नयी गोट-बस्ती की ओर आ जाता।

तीन-चार दिन में सब लोगों की झोंपड़ियाँ बनवाने का काम पूरा हो गया। हैबती नौकरी के तनाव में कॉलोनी पर चला गया। गर्भवती फूलवंती के नौ महीने लगभग पूरे हो गये थे। उसका बदन गहरा पीला दिखाई दे रहा था। आँखें धँस गयी थीं। उसका ख्याल रखने के उद्देश्य से आवडाई तथा नकुसा ने उसकी आँखों में बहुत सारा काजल लगा दिया था। आँखों के चारों ओर सारा काजल का ही लेप था। काजल के उस लेप

में आँखों की पुतलियाँ तालाब के कमल की तरह दिखाई देती थीं। आवडाई रात-दिन उसका ध्यान रखती थी। अब उसका पेट बहुत भारी हुआ था, लटक रहा था। रात में फूलवंती जोर-जोर से साँस लेती; उसका पेट जोर से बजता रहता; लुहार की धौंकनी की तरह ऊपर-नीचे होता रहता। दो जीवों की ताकत थी वह। आवडाई रात में जगती। वह इस बात का ख्याल रखती थी कि फूलवतो कहीं पेट के बल औंधी तो नहीं सोयी है। आवडाई बहुत ही खुश थी। वह आगामी पखवाड़े में अपने पोते का मुँह देखेगी। वंश-लता बढ़कर बंडेर पर चढ़ेगी।

एक दिन बड़ी सुबह ही फूलवंती का बापू भगवान दा झोंपड़ी के दरवाजे पर उपस्थित हुआ। बापू को अचानक देखकर फूलवंती अचरज में पड़ गयी। आवडाई ने उसे गुड़ की चाय दी। पूछताछ की। भगवान दा की बिबेबाड़ी जाँभली गाँव से भी पहले उठ गयी थी। भगवान दा को केरलेबाड़ी की गोट-बस्ती में जगह मिल गयी थी। आवडाई ने पूछा, "दादा, कैसे आना हुआ ?"

"मैं लड़की का बाप हूँ। बाँध के कारण उठा हूँ; पर नेम-धर्म को पालना ही चाहिए। मेरी बेटी पहलौठी है। पहली जचगी के समय उसको अपने बापू के ही घर चलना होगा।"

"बेटी को ले जाने में मेरी कुछ आपत्ति नहीं है, पर आप उसे कहाँ रखेंगे ? नयी बस्ती में मकान बनवा लिया ?" आवडाई ने पूछा।

"सही बात तो यह है कि..." भगवान दा ने जरा रुककर कहा, "सामान अभी तक पेड़ के तले ही रखा गया है। अभी झोंपड़ी तक बनवायी नहीं।"

"फिर जचगी कहाँ करायेंगे ?"

"बेटी को बाघेठाण ले जाऊँगा, सरकारी अस्पताल में।"

"लगता है, बहुत प्रतिष्ठित बने हैं आप।"

आवडाई भगवान दा की हालत को अच्छी तरह से जानती थी। दस साल पहले पत्नी बीमारी में चल बसी। उसके बाद दादा ने इन तीन बच्चों की परवरिश की। फूलवंती बड़ी लड़की थी; उसके बाद के दो भाई अभी छोटे थे। पर भगवान दा इज्जतदार था। घर में तो गरीबी थी, पर नीयत अच्छी थी। उसकी ओर देखकर आवडाई ने कहा, "आप दो छोटे बच्चों को सँभाल रहे हैं, इतना ही काफी है। फूलवंती मेरी बहू नहीं, बेटी है। उसका पीहर-नैहर, भेंट-सौगात सब मैं करूँगी।"

"पर, गाँव-बिरादरीवाले क्या कहेंगे ?"

"कहना सब जानते हैं, भोगना तो खुद को ही पड़ता है।"

फूलवंती बाहर आयी। वह अपने बापू के गले लग गयी। बहुत दिनों बाद दोनों की भेंट हो रही थी। दोनों ने खूब बातें कीं। देर हो गयी थी। भगवान दा चलने लगा। आँखों में आँसू लाकर बोला, "आवडाई तूने मेरी लाज रखी। बेटी माँ की छाया में रहती है। मुझे कोई आपत्ति नहीं; पर देख आवडाई, बरही जरूर मेरे घर पर होगी। तब तक सरकारी कर्जा भी मिलेगा। मेरा मकान भी बन जायेगा।"

भगवान दा बिदा हो रहा था। "अच्छा, चलता हूँ !" कहकर भी उसके पैर झोंपड़ी के दरवाजे पर अटक रहे थे। फूलवंती दो-तीन बार अपने बापू के गले में पड़कर रोयी। बाप-बेटी की बेचैनी को देख आवडाई ने भी आँखों पर आँचल लगा लिया। आँखें पोंछते हुए वह बोली, "निगोड़े बाँध ने आदमी को बिलकुल बंदर बना दिया।" भगवान दा दुःख दबाकर बड़ी मुश्किल से बिदा हुआ। पहाड़-सा आदमी, पर पानी से गली हुई कगार की तरह ढह गया था। बेटी की पहली जचगी; पिता के ही घर पर होनी चाहिए—इस तौर-तरीके को तोड़ते समय भगवान दा को बहुत ही दुःख हो रहा था। पर आखिर वह भी क्या करे ? मकान का ही ठिकाना नहीं था।

फूलवंती भी व्यथित हुई थी। गाँव, मकान, परिवेश सब ठीक-ठाक होता तो वह बैलों की रंगीन गाड़ी में बैठकर प्रसूति के लिए अपने पिता के घर चली जाती। लौटते समय, पाँच टोकरियाँ भर-भरकर सौगात ले आती—गुझिया, चकली, चीले, लड्डू और कपड़े। वह कलाबत्तू की साड़ी, बच्चे के लिए कलाबत्तू का ही कनटोप, चाँदी की करधनी और चेन ले आती। पर भगवान ने यह सारा पानी में डुबो दिया। आवडाई भी बहू को छोड़ने सीवान की हद तक चली जाती। वह अपनी बहू को अधिकारपूर्वक कह देती कि लौटते समय बच्चे के बप्पा के लिये सौगात में क्या-क्या लाना है। पर अब ? अब उसके ओठों पर केवल गीत ही उमड़ पड़ता है—

"सीवान के आम तले
समधी से सास मिले
रेशमी साफा जमाई के लिए"

फूलवंती आवडाई से लिपट गयी। दोनों की आँखों से आँसू बह रहे थे। नकुसा भी आँसू रोक नहीं पायी।

छह

भगवान दा चला गया। फूलवंती को दिनभर अपने बापू की याद आती रही। अँधेरा हुआ। उसे हमेशा की भाँति हैबती की याद आयी। कैसी विचित्र बात है ? वह इतने मील दूर और मैं यहाँ अकेली। ऐसे कितने दिन कटेंगे ? तभी पेट में हलचल शुरू हुई। फूलवंती को मीठी गुदगुदी हुई। वह बड़े प्यार से अपने ही पेट पर हाथ फेरती रही। उसे अकेले में ही हँसी आ रही थी। बच्चा भीतर-ही-भीतर हाथ-पैर पटकता रहा। पेट में धक्का-सा लग जाता। दर्द भी होता, पर बच्चे का मुख देखने की कल्पना से वह आनंदविभोर हो जाती। कुटिया की छत के पत्ते उसे राजप्रासाद के झाड़-फानूस-से लगते।

आवडाई एक ही चिंता में रहती—अपनी बहू का लाड़-प्यार कैसे पूरा किया जाय? वह बहू को छुहारा, खोपरा, बादाम खिला नहीं सकती थी। हैबती जब पेट में था, आवडाई

के बापू ने पौष्टिक आहार की सारी व्यवस्था की थी, पर अब आवडाई की उतनी कुवत नहीं थी। वह फूलवंती के हाथ पर मूँगफली तथा गुड़ का ढेला रख देती। आवडाई ने बहू की प्रसूति के लिए सारी चीजें इकट्ठा करना शुरू किया था। अजवायन-हल्दी से लेकर सारी चीजें जमा कर मटके में रख दी थीं। चारपाई का कहीं पता नहीं था। वह चारपाई की खोज में थी; पर पूरी बस्ती में किसी के पास भी चारपाई नहीं मिली।

इसी तरह पाँच-छह दिन बीत गये। एक दिन दोपहर को ही आसमान में बादलों की गड़गड़ाहट शुरू हुई। देखते-देखते आसमान में गहरी कालिमा छा गयी। भरे-पूरे बादल लटकने लगे। जैसे नौ महीने पूर्ण हुए हों। हवा की लहर बंद हुई। आसमान में बादलों ने कोलाहल शुरू किया। "कड़ऽ कड़ऽऽ कड़ाड़ऽऽऽ कड़" आवाज होने लगी। नकुसा तथा आवडाई निकट के खेत में मजदूरी पर गयी थीं। दोनों भी दौड़ी-दौड़ी आ गयीं। आवडाई ने देखा—फूलवंती कथरी पर पड़ी छटपटा रही है। आवडाई घबड़ा गयी। उसने पूछा, "फूलवंतीऽ बेटी क्या हुआ ?"

"काटाऽ काटाऽ हे माँ, लगता है पेट में कोई काट रहा है।" पसीने से तर फूलवंती एड़ियाँ रगड़कर चिल्लाने लगी।

बाहर बादलों का कोलाहल, भीतर फूलवंती का शोर। चारों ओर से अँधेरा छा गया था। हे भगवान ! अब क्या किया जाय ? आवडाई घबड़ा गयी। उसे कुछ भी सूझ नहीं रहा था। इतने में धुआँधार बारिश होने लगी। भयंकर पानी बरसने लगा। ओलती का पानी प्रपात की तरह गिरने लगा। नकुसा ने, कालीमाई की, मटके में रखी हुई भभूत आवडाई के हाथ में दे दी। आवडाई ने देवी का नाम लिया, "माँ, अब तेरा ही सहारा है।" उसने भभूत फूलवंती के भाल पर लगायी। दुख-संकट दूर हों, इस उद्देश्य से उसने गहरे हरे रंग के कंगनों का गुच्छा और देहरी पर रखा गया नारियल फूलवंती पर न्यौछावर कर अलग रख दिया। नमक-मिर्च उतारकर चूल्हे में डाल दिया।

बारिश ने जोर पकड़ा। नयी बस्ती में रहनेवालों के तो छक्के ही छूट गये। एक तो दलदल की जगह। पीली मिट्टी ने पानी पी लिया। जब पानी समाना बंद हुआ, तो मिट्टी ने मुँह बंद किया। बस्ती में जगह-जगह पर पानी के बड़े-बड़े गड्ढे भर गये। सड़कों के दोनों ओर की नालियों में पानी समा नहीं रहा था। वह जिधर भी रास्ता मिले, उधर भाग रहा था; ठीक उसी तरह जैसे जंगल की आग में फँसे हुए साँप इधर-उधर भागते रहते हैं। पानी इसी तरह फैलता जायेगा तो एक भी झोंपड़ी अपनी जगह पर नहीं रहेगी—मास्टरजी ने भाँप लिया। उन्होंने अपने साथियों को बुलाया। अभी-अभी खेत-सिवान से लौटे हुए लोग झोंपड़ियों से बाहर निकलने लगे। बारिश के कारण धाँधली मच गयी थी। प्रलय की तरह पानी सर्वत्र छा गया था। सारे पुरुष गड़बड़ा गये थे। पानी को कहाँ पर रोकेंगे ? किस दिशा में बहायेंगे ?

"पेट काटाऽ काटाऽऽ" फूलवंती जोर से चीख रही थी। वह पसीने से तर हो गयी थी। आवडाई सोच रही थी—फूलवंती भयंकर बारिश से डर तो नहीं गयी ? घबड़ायी

हुई फूलवंती आवडाई से चिपट गयी। वह एड़ियाँ रगड़ने लगी। यातनाओं के कारण जोर-जोर से कराहने लगी।

मिट्टी में गाड़ा हुआ कटहल जिस प्रकार देखते-ही-देखते फूल आता है, फूलवंती का पूरा बदन फूल उठा। जरा-सी सूजन चढ़े हुए उसके पैर जगह पर टिक ही नहीं रहे थे। उसकी साँस बढ़ने लगी। सारा बदन तन गया। कमर से नीचे भारी दर्द होने लगा। पेट में उथल-पुथल मच गयी। अधमरी-सी स्थिति हो गयी। फूलवंती को लगा गला सूख रहा है।

"बेटी, पानी दे दूँ ?" आवडाई ने पूछा।

"नहीं, इराकत की भावना हो रही है।"

"हे भगवान ! लगता है, सारा निकट आ गया है। अरी नकुसा, उठ जल्दी जल्दी महिलाओं को बुलाकर ले आ।" आवडाई ने कहा।

आवडाई ने फूलवंती को किसी तरह उठाया और ओलती के पास ले आयी। बाहर बारिश का धमार चल रहा था। चारों ओर पानी ही पानी हो गया था—मानो बाँधपीड़ितों ने अपनी झोंपड़ियाँ तालाब में बाँध दी हों। ओलती में फूलवंती का आधा बदन भीग गया। वह फिसलने से बचती हुई, आवडाई की बाँह पकड़कर किसी तरह भीतर आ गयी। देखा—आधी कंथरी भीग गयी थी। गोट-बस्ती में अटका हुआ पानी भीतर आने लगा था। "अब मैं क्या करूँ ?" आवडाई चीखी। पड़ोस के लोग भीगते हुए आ गये। झोंपड़ी में घुसे हुए पानी ने भयानक परेशानी खड़ी की थी। हर झोंपड़ी में शोर मचा था। "कालीमाई, तू ही बता; अब इसे पीठ पर लेकर मैं कहाँ चली जाऊँ?" आवडाई चिल्लाई। तब तक दौलू हरि बाजरे का सूखा लकठा ले आया। उसने लकठा अपने बैलों के लिए सँभालकर रखा था। वह बड़े-बड़े दो गट्ठेभर लकठा ले आया और उसे नीचे बिछा दिया। कड़बी की घुटनों तक ऊँची गद्दी तैयार हो गयी। आवडाई ने उस पर कंथरी बिछाकर फूलवंती को लिटा दिया। बीच में ही कोई चिल्लाया, "अरे, लड़की को समाज मंदिर में ले जाओ।" तभी म्हाकू बोला, "वहाँ क्या रखा है, समाज मंदिर पहले से ही चू रहा है, यह झोंपड़ी उससे बेहतर है।" मास्टरजी के कान में यह समाचार गया। वे तुरंत दौड़े-दौड़े आये। उन्होंने फूलवंती को दूर से ही देखा। उन्होंने वहाँ पर रुके हुए पुरुषों को हाँक लगायी—"चलो, बाहर चलो; बस्ती को बचाना है। महिलाओं को फूलवंती के पास रहने दो।"

बाजरे के लकठे पर सिकुड़कर पड़ी हुई फूलवंती का जी लगातार तड़प रहा था। नकुसा तथा आवडाई दोनों बगल में खड़ी थीं। बहू की छटपटाहट को देखकर आवडाई को चिंता हो रही थी। उसे चिंता थी—तिलमिलाते हुए जीव की और जीव में स्थित जीव की। फूलवंती को लगा जी घुट रहा है। उसे भय लग रहा था कहीं जी टूटकर आँख, कान, पूरे शरीर में से बह तो नहीं जायेगा ? पेट में जोर-जोर से आसमान की-सी गड़गड़ाहट हो रही थी। कमर का दर्द बढ़ गया। बच्चा पेट में से बाहर निकलने के

लिए धक्के देने लगा। फूलवंती को लगा, कलेजा, मगज और बदन के सारे हिस्सों को कोई कुरेद रहा है। उसमें संकट यह कि भगवान बाट नहीं दे रहा था और बच्चा भीतर रुक नहीं रहा था; दोनों के झगड़े में फूलवंती का दम घुट रहा था।

बाहर अँधेरा था। यकायक पानी की तेज आवाज आने लगी। उसके तुरंत बाद आदमियों के चिल्लाने की आवाज आयी—"नाला टूट गया, नाला बहने लगा; जल्दी करो, यहाँ खोदो, उकेरोऽऽ।" बाहर नाले का पानी उमड़कर बहने लगा था। नयी गोट-बस्ती के लोगों का दिल दहल उठा। बारिश रुक नहीं रही थी। बगलवाले नाले की धारा बस्ती में प्रवाहित न हो, इस उद्देश्य से सब लोग नंग-धड़ंग हो जी-जान से लगे हुए थे। तभी फूलवंती की आवाज आयी—माँऽऽ बदन को पानी लग गया रिस-रिसकर झोंपड़ी में आया हुआ पानी अब तक बढ़ गया था। सूखा लकठा गीला हो गया था। फूलवंती के नीचे बिछी हुई कंथरी भीग गयी थी। कंथरी बिलकुल ठंडी पड़ गयी थी। नकुसा दौड़कर गयी। वह दौलू हरि की झोंपड़ी में बचे हुए लकठे को जल्दी-जल्दी खींचकर ले आयी। ऊपर लकठे की और दो पर्तें डाल दी गयीं। लकठे की ऊँची पर्तों ने चारपाई का काम किया। फूलवंती को उस पर लिटाया गया। छोटा बिरजू टट्टी को पकड़कर चुपचाप खड़ा था।

यकायक फूलवंती के बदन में कसमसाहट हुई, पूरी देह में भारी पीड़ा होने लगी। उसने टट्टी की खंभिया का आधार लिया। दर्द ने जोर पकड़ा। फूलवंती के बदन से खून की धार बहने लगी। चिपचिपा द्रव बहने लगा। बदन के नीचे की साड़ी खून से लथपथ हो गयी। दाँतों को किटकिटाते हुए वह सारी पीड़ा सहन कर रही थी। "माँ, अब मैं मर गयीऽऽ" कहकर वह कराहने लगी। कमर में हो रहा दर्द रुक नहीं रहा था; पेट खाली नहीं हो रहा था। गाँठ सुलझ नहीं रही थी। पेट में गड़गड़ाहट शुरू थी। फूलवंती यकायक जी-जान से चीख पड़ी, "माँ !" उसके रक्त-मांस में जोर का दर्द हुआ। धरती और आसमान—सब-का-सब, उसके दिमाग के चारों ओर घूम रहा था। उसका बदन पसीने से लथपथ हो गया। आखिर द्वार खुला। भगवान ने रास्ता दे दिया। रक्त-मांस का पिंड बाहर लकठे पर गिर गया। और "कऽऽबऽऽ" कहकर चिल्लाया। फूलवंती के पूरे बदन में एक निराला ही तृप्ति-भाव भर गया। उस कठिन स्थिति में भी फूलवंती को हँसी छूटी। बिरजू प्रसन्नता से तालियाँ पीटने लगा।

लाल भभूका गोला। केवल माथे के काले बाल दीखते थे। पलकें मिटी हुईं। बदन पर सफेद आवरण। मुँह का पपैया लगातार बज रहा था। ऊपर की ओर बारिश धीर-धीरे कम हो रही होगी क्योंकि नाले का पानी अब घटाव पर आया था। अटके हुए पानी के लिए रास्ता बनाकर अब सभी पुरुष आवडाई के दरवाजे पर आकर खड़े हो गये। बारिश अब भी हो रही थी; पर जच्चा-बच्चा दोनों ठीक हैं—यह देखकर सब हुलस गये। बच्चा चित्र के बच्चे की भाँति खूबसूरत था। पड़ोसन ने हंडाभर पानी गरम किया। आँवल ने तकलीफ नहीं दी। वह समय में ही गिर गयी। आवडाई दरवाजे में ओलती के पास बैठ गयी। उसने नवजात बालक को अपनी जाँघों के बीच औंधा लिटाया। वह तेल

लगाकर उसका बदन रगड़ने लगी; गरम पानी से नहलाने लगी। नकुसा दरवाजे के दूसरे किनारे पर बैठी। उसने झोंपड़ी में जमा हुआ पानी थाली में ले-लेकर "सर्ऽऽ सर्ऽऽ" फेंकना शुरू किया। इतने पर भी झोंपड़ी में थोड़ा-सा पानी रिस ही रहा था।

हैबती के लड़का हुआ था; पर प्रसन्नता से दरवाजे पर झूमने के लिए हैबती अपने घर में नहीं था। बूढ़ा पांडू येताला थाल लेकर बारिश में ही बाहर आया। वह प्रसन्न था; मानो उसके ही घर में पोता जन्मा हो। वह आवडाई के आँगन में जोर-जोर से थाल बजाने लगा। सारे लोग हँसने लगे। थकी-माँदी आवडाई ने बालक को गोद में ले लिया। वह बार-बार उसके कोमल भाल को चूमने लगी। अभी भी बादलों की गड़गड़ाहट हो रही थी। आवडाई की आँखें भर आयीं। बच्चे को छाती से लगाकर उसने आसमान की ओर देखा। भगवान को एक गाली देकर वह बोली, "ऊपर बादलों में बैठकर चैन मत करो ! नीचे आकर बाँधपीड़ित के घर में जन्म ले लो ! देखते हैं तुम्हारा देवपन टिकता है या नहीं !"

सात

झांजड़बाड़ी की गति साँप-छछूँदर की-सी हो गयी थी। पानी ने सारी उपजाऊ जमीन को निगल डाला था। ऊपर कगार की जमीन की उर्वरा-शक्ति पहले ही बह गयी थी। ऐसी स्थिति में पेट पालना हो तो फॉरेस्ट विभाग की हद में घुसकर जमीन तैयार करनी पड़ेगी। खोदाई-गोड़ाई कर बीज बोने पड़ेंगे। मृग नक्षत्र का आरंभिक चरण था। आठ दिन में जमीन तैयार कर बोआई न करने पर सारी अपेक्षाओं पर पानी फिर जायेगा। लेकिन जिन लोगों ने घुसपैठ की थी, फॉरेस्ट विभाग के लोग उनके पीछे भूत की तरह लगे हुए थे। ऐसी उलझन में क्या करेंगे ?

कल दोपहर को ही किसन फॉरेस्टर इरलेबाड़ी में आ धमका था। जिन्होंने जंगल तोड़कर जमीन बनवायी थी वह उनकी गर्दन पर भूत की तरह सवार हो गया था। आज रात वह झांजड़बाड़ी में रुकेगा। बाड़ी के बाशिंदे उसी चिंता में जनाई के मंदिर में इकट्ठा हुए थे। बैठक में तमाखू की डिबिया और सुलगी हुई चिलम चक्कर लगा रही थी। गुणवंत, रघू भोंसले, गोविंद मालुसरे, फरसू बहेलिया और बिलास मसणमालकर—ये लोग सिवान में कड़ी मेहनत कर पहले ही थक गये थे। बोआई की तैयारी में लगे रहने से सब-के-सब बहुत परेशान हो गये थे। फॉरेस्टर के आ जाने की सूचना से वे और भी परेशान हो गये थे। सरकारी आदमी है; किसी बात की कमी न हो, इसलिए बाड़ी के सब लोगों ने मिलकर चंदा इकट्ठा किया था। मंदिर से बाहर दो मोटी-ताजी मुर्गियों को काटकर भोजन की व्यवस्था की गयी थी। बहेलियों

ने महुए की शराब का मटका लाकर रख दिया था।

शाम हुई। सामने से ऊँचा-तगड़ा किसन फॉरेस्टर आ गया। लंबी मूँछें, दाढ़ी का जंगल बढ़ा हुआ, बदन पर चमड़े का कोट—यह खास जंगली पहनावा था उसका। घुटनों तक के गम बूट चलते समय 'सटाकऽ फटाकऽ' बजते थे। उसके साथ में इरलेबाड़ी के आदिवासियों के दो लड़के थे। उनके सिर पर बहुत सामान लदा हुआ था। हाथ में दो-दो मुर्गियाँ थीं। उनके पैर बाँध दिये गये थे। सिर पर बड़ी-बड़ी गठरियों में चावल, शहद की बोतलें, तिन्नी—न जाने क्या-क्या भरा हुआ था। फॉरेस्टर आया। वह किसानों की ओर आँखें तरेरकर देखने लगा। उसकी नाराजी हो जाने पर वह उन किसानों के विरुद्ध पुलिस में शिकायत करेगा जिन्होंने जंगल में घुसपैठ की थी। यदि ऐसा हुआ तो झंझट खड़ा होगा। अनाज भी जायेगा और ऊपर से ऐन बारिश में बाघेठाण तक के चक्कर काटने पड़ेंगे। झांजड़बाड़ी के बाशिंदे घबड़ा गये; वे सहमकर बाहर चले गये। फॉरेस्टर भीतर गया। उसका ठाट-बाट कुछ अलग ही था। मिजाज कुछ गरम था। दो महीने हुए—इरलेबाड़ी के सदू के लड़के ने जंगली सूअर मार दिया था। यही कारण देकर फॉरेस्टर ने उसके हाथ में बेड़ियाँ ठोंक दी थीं। वह मामला अभी भी चल रहा था। सैकड़ों बार बाघेठाण का चक्कर काटकर बेचारा लड़का सूख गया है।

फॉरेस्टर ने आते ही महुए की शराब का आधा मटका खाली कर दिया। मुर्गियाँ पेट में ठूँस लीं और तभी झांजड़बाड़ी के लोगों को भीतर बुला लिया। उसने आँखें दिखायीं। डाँटकर कहा, "क्या सोचा है तुम लोगों ने ? जिस प्रकार चूहे जमीन उकेर देते हैं उसी प्रकार तुम सारा जंगल उधेड़ देते हो। तुम्हें इस बस्ती में रहना है या येरवदा जेल में चक्की पीसनी है ?" बाड़ी के लोगों का दिल दहल गया। इसके विरोध में बोलना ? ना-ना। तहसीलदार से लड़ना अलग है। अगर वह विरोध में भी निर्णय करता है, तो प्रांत ऑफिसर के पास अपील कर सकते हैं; पर फॉरेस्टर का दिल दुखाने पर वह जमीन में बोआई-कटाई करने नहीं देगा। उसके खिलाफ कहाँ अपील करेंगे ? फिर पेट का गड्ढा कैसे भरेंगे ?

"जंगल तुम्हारे बाप का है ? कमीनो, बोलते क्यों नहींऽऽ ?" किसन फॉरेस्टर अंगार उगल रहा था। झांजड़बाड़ी के फरसू बहेलिया को नकियाकर बोलने की आदत थी। वह क्या बोलता है—पता नहीं, वह स्वयं भी जानता है या नहीं ? फरसू शाम को मुफ्त की शराब पीकर आया था। फॉरेस्टर ने फिर से पूछा, "कहो, क्या सोचा है ?"

"साहबऽ आप हमारे सिर पर पत्थर डाल दीजिए।" नकियानेवाला फरसू कह उठा, "एक ओर से पानी ने गाँव को निगल डाला, दूसरी ओर हम खेती भी न करें। फिर हम खायेंगे क्या ? उठाइए जूते और जड़ दीजिए हमारे मुँह पर।"

फटी-पुरानी कमीज, नीचे केवल तौलिया—अरे ! यह फटेहाल आदमी मुँहजोरी करता है ? फॉरेस्टर को यह अच्छा नहीं लगा। वह आग-बबूला हो गया। अंगार उगलने लगा, "कमीनो, तुम्हें घमंड हो गया है। देखो, सारा सिवान उधेड़ दूँगा; थानेदार को

बुलाऊँगा। काटते रहो येरवदा में सजा। चखते रहो चक्की का मजा !! बिना उसके तुम्हारा घमंड नहीं उतरेगा।''

''क्या पेड़ पर फाँसी लगाकर जान दे दें ? एक ओर से बाँध निगल रहा है, दूसरी ओर से फॉरेस्ट विभाग काट रहा है; हम कहाँ जायें ? साँप-छछूँदर की-सी गति हो गयी है हमारी।'' नकियानेवाला फरसू जनाई के मंदिर में लगभग नाचने लगा था—शबीने के नाच की तरह।

''क्या कहा फॉरेस्ट विभाग के संबंध में ? फिर से कहो—कहो फिर से।''

''छोड़ दीजिए साहब, अनाड़ी आदमी है।'' गुणवंत आगे बढ़कर मित्रता के स्वर में बोला।

तभी किसी ने फरसू का मुँह बंद कर उसे पीछे खींच लिया। उसे अँधेरे में ही धक्के दे-देकर घर ले जाया गया। फॉरेस्टर का क्रोध महुए के उफान की भाँति उफन रहा था। साहब लाल-पीला हो गया। वह उठा; जोर से चिल्लाया, ''सालो, हमारे सामने कानून बघारते हो ? यह फालतू बाँध स्टेट का है; मैं सेंट्रल सरकार का सर्वेंट हूँ, समझे? मूर्ख कहीं के। मैं अब एक मिनट भी यहाँ नहीं ठहरूँगा। आओऽऽ पुलिस थाने पर ही मिलेंगे हम।'' झांजड़बाड़ी के सब लोगों ने किसन को घेर लिया। पूरी बाड़ी ने उससे क्षमा याचना की; ''साहब गलती हुई, निबाह लीजिए''—कहकर सब गिड़गिड़ाने लगे। किसन फिर से गरज उठा, ''शरम आनी चाहिए तुम लोगों को। बाँध के पानी ने क्या रखा है तुम्हारे पास ? तुम्हारी गायें फॉरेस्ट में चरती हैं। कर दूँ बंद उन्हें ? खाओ मिट्टी और घास। कमीने कहीं के !!''

''साहब, गलती हुई; माफ कीजिए।''

जिस प्रकार पूजा के समय पूरा गाँव देवता का चरण-स्पर्श करता है, उसी प्रकार झांजड़बाड़ी के सभी बाशिंदों ने फॉरेस्टर किसन के पैर पकड़ लिये। किसन जरा झेंप गया; पर उसकी भाषा अब भी तीखी और बढ़ी-चढ़ी थी। कितने लोगों ने जंगल के पेड़ काटे, कितनी जमीन निकलवायी—फॉरेस्टर ने लोगों के सामने पूरा ब्यौरा प्रस्तुत किया। फॉरेस्टर किसी प्रकार वश में नहीं आ रहा था। नकियानेवाले फरसू ने झांजड़बाड़ी की नाक में दम कर दिया था। जो लोग किसन को देने के लिए पचास रुपये ले आये थे, उन्हें जेट के मटके खाली करने पड़े। अस्सी रुपये तक देने पड़े। उस रात, किसन को दो-ढाई हजार रुपयों की पूँजी प्राप्त हो गयी। जेब बिलकुल गरम। बड़ी भोर होते-होते फरसू का नशा उतर गया। वह जहाँ सोया था वहीं पर, अपनी लुगाई की गोद में मुँह छिपाकर रोने लगा। उसने रात शराब के नशे में ही अधिकारी का अपमान किया था। उसने यह सारी बात जैसे ही अपनी लुगाई से कही, लुगाई झट से उठ बैठी; रोते-रोते बोली, ''आप यह क्या कर आये ? जानते नहीं, फॉरेस्टर तो जहरीले नाग की तरह होता है। उसके काटने पर हम पेट कैसे भरेंगे ? वह जमीन में बोआई-कटाई करने देगा? बच्चे भूखे मर जायेंगे।'' फरसू को अपराध का पूरा भान हो गया। वह मुँह अँधेरे में

ही गुणवंत के दरवाजे पर गया। वहाँ गिड़गिड़ाया; पचास रुपये लेकर ही गुणवंत की दहलीज छोड़ी उसने।

सुबह नहा-धोकर फॉरेस्टर साहब जाने की तैयारी करने लगे। जो भी धान-अनाज मिला था, सबकी गठरियाँ बाँध दी गयी थीं। गठरियाँ ढोने के लिए झांजड़बाड़ीवालों ने बहेलियों के दो तगड़े युवक साथ में कर दिये थे। इतने में फरसू आ गया। वह साहब के जूतों पर पड़कर, दहाड़ मारकर रोने लगा। पश्चात्ताप की आग में जल रहा था बेचारा! उसने पचास का नोट साहब के हाथ में ठूँस दिया। वह अपने सिर पर मुर्गियों का पूरा दरबा ही ले आया था। उसने दरबा लड़कों के हवाले कर दिया। फॉरेस्टर हँसकर बोला, "सरकार के बल पर जीना हो तो घमंड करने से नहीं चलेगा। यह सिर्फ सरकार नहीं, सेंट्रल सरकार है। समझे ?" फरसू ने फिर एक बार उसके पैर पकड़ लिये। साहब हँसा। झांजड़बाड़ीवालों ने चैन की साँस ली। सामान की गठरियाँ लिये चार-पाँच युवकों का दल फॉरेस्टर के साथ था। उसे गाँव से बिदा करने सारा गाँव उपस्थित था—ठीक उसी तरह जैसे चौधरी के दामाद को बिदा करने सारा गाँव उपस्थित रहता है।

झांजड़बाड़ी के सब लोग साहब को बिदा कर जनाई-मंदिर के दरवाजे पर आ गये। वे चिलम पीने लगे। फरसू की मुँहजोरी ने सबको परेशान कर दिया था; फिर भी मामला थोड़े में निभ गया था। सबने चैन की साँस ली। चिलम का कश लगाकर गोविंद मालुसरे बोला, "मेरी बूढ़ी माँ पंद्रह दिनों से ज्वर से कराह रही है। बहुत तकलीफ हो रही है यहाँ पर। हमारी बाड़ी में एक डाक्टर और अस्पताल जरूर होना चाहिए।

"डाक्टर को अपने बाल-बच्चों का बोझ नहीं हुआ है। अपने स्कूल का वह मास्टर गर्मी की छुट्टी समाप्त होने पर मृग के आरंभ में आता है और दस्तखत कर देता है। मृग में चला जाता है तो दशहरे में ही हाजिर होता है। जहाँ मास्टर नहीं टिकता वहाँ डाक्टर कैसे टिकेगा ?" एक ने शंका उपस्थित की।

बातचीत चल रही थी। तभी गुणवंत ने बटुए के खाने से प्लास्टिक का कागज निकाला। उसमें पीले रंग के, सरकारी कागजों की गेंडुली थी। उसे खोलकर गुणवंत बोला, "चार दिन हुए, नीचे कॉलोनी पर गया था। वहाँ डाकिये ने नोटिस दिये हैं।"

"कैसे नोटिस दिये हैं ?"

"यह जनाई का मंदिर और बगलवाले तेरह मकान पानी में चले जायेंगे।"

"क्या कहा ? मकान अब भी पानी में जायेंगे ?"

"हाँ, हाँ। बाँध का दूसरा चरण अभी तक कहाँ रोका गया है ?" इस बरसात में पानी रुकेगा और ज्यादा बढ़ जायेगा। वे ही नोटिस हैं ये। लिखा है—रुपये ले जाइए वरना आर. डी. में जमा करेंगे।"

"यह आर.डी. का क्या मामला है ?"

"आर.डी. से तात्पर्य है ट्रेजरी। सरकारी तिजोरी।"

"अच्छा है, रहने दीजिए रुपये सरकारी तिजोरी में।" गोविन्द मालुसरे बोला।

"गलत सोचते हो तुम।" गुणवंत ने झुँझलाकर कहा, "एक बार वहाँ रुपये फँसते हैं तो जानते हो कैसे फँसते हैं ? साही की माँद में फँसे हुए कुत्ते की तरह। इस ऑफिस में जाओ, उस ऑफिस में दौड़ो। ले आओ इधर का दाखिला, दिखाओ उधर का दाखिला।" बहस हुई और पूरी बाड़ी का ही पुनर्वास करने की माँग ने जोर पकड़ा। सारी-की-सारी बाड़ी को एक ही समय पर उठाइए। गोट-बस्ती एक ही जगह पर हो। जाँभली की भाँति गाँव की दुर्गति नहीं होनी चाहिए। ये सारी बातें हुईं। मृग का पहला चरण समाप्त होने पर बड़ा प्रतिनिधिमंडल लेकर आंबेपुर जाना तय हुआ। कलक्टर के पास जाकर, संपूर्ण पुनर्वास का आग्रह करने की बात निश्चित हो गयी। इस निर्णय के बाद ही झांजड़बाड़ीवालों की बैठक समाप्त हो गयी।

बैताल की कगार पार कर गुणवंत अपने दरवाजे में आ गया। पत्नी सालू दरवाजे पर ही, एक बड़े पत्थर पर बैठकर मंजन कर रही थी। वहाँ से नीचे, बाँध का पानी ही पानी दिखाई दे रहा था।

गुणवंत ने पूछा, "मुँह लटकाकर क्यों बैठी हो ?"

"नहीं तो।"

सालू सामने पानी की ओर क्यों देख रही है ?–बात गुणवंत के ध्यान में आ गयी। उसका नैहर–मसणमाल–पानी में चला गया था। गाँव उठे हुए दो साल बीत गये थे। सालू के बूढ़े माँ-बाप और छोटा भाई–सब उठकर खैरापुर से भी आगे केलापुर में जाकर बस गये थे। दो साल से माँ-बाप की भेंट नहीं हुई थी, इसलिए सालू पिछले महीने ही केलापुर हो आयी थी। नयी गोट-बस्ती में माँ-बाप की दुर्गति को देख वह पूरी हिल गयी थी। मैके के सब लोग जब मसणमाल में रहते थे तब कितना अच्छा था ! दोनों गाँवों का पनघट एक था। पनघट पर रोज माँ अथवा भाई में से किसी-न-किसी की भेंट हुआ करती थी। सावन के आरंभ में ही भाई सिर पर गठरी लिये बैताल की कगार पार कर आता था। दोनों लड़कों–बैजू-बजू–को साथ में लेकर सालू नैहर जाती थी। गौरी-गणेश के त्यौहार में महिलाओं के साथ किकली आदि खेलने के लिए उसे आँगन कम पड़ता था। पिछले दो त्यौहारों में वह मसणमाल नहीं गयी। जाती भी कैसे ? नैहर का गाँव ही नहीं रहा। आँसुओं को रोककर, वह बाँध के कारण रुके हुए पानी की ओर तथा नैहर की डूबी हुई जगह की ओर लगातार देखती रहती। सालू के व्यथित मुँह को देख गुणवंत ने पूछा, "क्यों री ? माँ-बाप की याद आयी ?"

सालू भीतर मकान में चली गयी। उसने बच्चों को चूमा। जाँते पर पीसने का काम करना था। दुःख-दर्द का गीला आटा दिल के पाटन में बहुत दिनों से रुका हुआ था। एक पैर समेटकर, दूसरा पैर फैलाकर वह जाँते पर बैठ गयी। जाँते की 'घर्रऽ घर्रऽऽ' के साथ उसके दिल का दर्द उमड़कर आया। जाँते के चारों ओर गिर रहे आटे की भाँति उसके मन में अटके हुए शब्द एक-एक कर ओठ से बाहर निकल रहे थे। वह गा रही थी :

ससुराल की राह पर, जहाँ-तहाँ काँटे।
नैहर की राह भली, केले-नारियल के बगीचे।।
बगीचे घने डूबे; पानी की ओट चले।
माथे पर बाँध अब, कब यह मृत्यु टलेऽऽ ?

जाँते की गति बढ़ी। सालू का मन और भी भर आया। उसने मँडुवे की झींक को जाँते में डालकर आँखें पोंछीं। वह गाने लगी—

बनवा दिया बाँध यह, डूब गया नैहर
सखी, अब रहा कहाँ प्यारा मेरा पीहर ?
बनवा दिया बाँध, पानी पहुँचा गले तक।
साँवला मेरा भाई, हो गया भिखारी।।
माँ एक राह पर, बंधु दूजी बाट पर।
काल की चपत पड़ी, देव-मानव दूर चले।
माथे पर बाँध अब, कब यह मृत्यु टलेऽऽ ?

सालू जाँते की खूँटी को जल्दी-जल्दी खींच रही थी। पाट में अधिक गति आयी थी। सालू को बाँध के पानी में डूबी हुई, उसके नैहर की बाट दीख नहीं रही थी।

उस दिन दोपहर रोहिणी नक्षत्र की बारिश शुरू हुई। लोगों में हलचल मच गयी। कुछ लोगों के, जमीन को तपाने के काम आधे में ही रह गये थे। बोआई नहीं हुई थी। हर एक के घर में बरसाती मौसम की उपयोगी चीज-वस्तुएँ, खाद्य पदार्थ खरीदे नहीं गये थे। किसी तरह जल्दी कर ऊपर निजामपुर या नीचे जाँभली कॉलोनी जाना आवश्यक था; नहीं, पूरी बरसात में घास-फूस की टट्टी से एड़ियाँ रगड़कर मरने की नौबत आयेगी। दो दिन के बाद झाँजड़बाड़ी में समाचार फैला—फरसू बहेलिये को सूअर ने कुचल दिया। बाड़ी के लोग सकपका गये। बहेलियों की बस्ती पर लोगों का ताँता लग गया। फरसू अपने मकान में, औंधे मुँह पड़ा हुआ था। कमर में सिर्फ गजभर कपड़ा लपेटा था; शेष बदन खुला था। पूरे बदन पर सूअर की नाखूनों के खरोंचें दिखाई दे रहे थीं, ऐसा लगता था, मानो उसके बदन पर किसी ने कँटीले झाड़ों का मुट्ठा ही फेर दिया हो। बदन पर जगह-जगह चोटें थीं। खरोंचें थीं। पीठ नीली-काली हो गयी थी। बदन में सूजन आ गयी थी। लोगों ने उसका मुँह जरा ऊपर कर लिया; देखा—दोनों गालों को खरोंचकर उनका भुर्ता बनाया गया था। अपने स्वभाव-धर्म के अनुसार सूअर ने उसको बहुत ही ददोड़ा था। अच्छा हुआ, इस धमाचौकड़ी में बेचारे फरसू की आँखें बच गयीं। जनाई ने कृपा ही की।

हिरडा बहेलिया अपनी दवा की पोटली लिये सुबह ही मसणमाल के पहाड़ से आ गया था। किसी पेड़ की जड़ों तथा पत्तों का रस निकालकर वह फरसू के बदन को मल रहा था। फरसू जानवर की भाँति चिल्ला रहा था। सारे लोग चिंता में पड़े हुए थे। गोविंद मालुसरे बोला, "सुनते थे, इरलेबाड़ी में ही सूअरों की भीड़ है। पर अब क्या

हमारे सिवान में भी सूअर बढ़ने लगे ?"

"बाँध ने रास्ते बंद कर दिये, सूअर बढ़ेंगे ही। शाम को जरा-सा अँधेरा होते ही पैरों के इर्द-गिर्द सँपोले भी दिखाई देने लगते हैं।" गुणवंत ने कहा।

"इसका मतलब हमें भी अब दरवाजे में आग जलाकर बैठना चाहिए।" येलू बहेलिया ने कहा।

"हमें न आग जलानी है न मशाल। पानी बढ़ जाने पर तेरह मकान पानी की चपेट में चले जायेंगे। हिंसक पशुओं का यह भय; जमीन तो चली ही गयी; अब हमें इस कष्ट से मुक्त होना चाहिए। पूरी की पूरी झांजड़बाड़ी एक ही समय उठकर उसका पुनर्वास होना चाहिए।" गुणवंत ने जोर देकर कहा।

जिलाधिकारी कार्यालय जाने की बात फिर एक बार तय हो गयी; पर रोहिणी ने आँखें खोली थीं। समय पर बोआई नहीं होने पर सारी समस्या ही समस्या। बोआई के संबंध में तो प्रथा यहाँ तक थी कि किसी की मौत भी हुई हो तो उसको बाहर ही बाहर मिट्टी देकर लोग तुरंत खेत में चले जाते, बोआई के कार्य में जुट जाते। इसलिए, बोआई का कार्य समाप्त होने पर ही जिलाधिकारी कार्यालय जाना तय हो गया।

रोहिणी में जोताई समाप्त कर बोआई होने पर ही सारा सध जाता था, इसीलिए भाई से पहले बहन--रोहिणी--की मंशा पूरी करनी पड़ती थी। जमीन को तपाने के कार्य के अवसर पर, कूड़ा-करकट इकट्ठा कर जलाते समय सालू भाभी एक गीत गाती। वह छोटी बहन के लाड़-प्यार की महत्ता ही कहती--

मूसलाधार बारिश
मृग से पहले रोहिणी की।
स्नेह छाया बढ़ती
प्यारी छोटी बहन की।।

बाघजाई की, डूबवाली इस घाटी के लोगों को पूरी बरसात रोते-कराहते बितानी थी; इसीलिए सब लोग अब आवश्यक चीज-वस्तुओं, खाद्य पदार्थों को इकट्ठा करने के कार्य में लग गये। खेत का काम समाप्त हुआ देखकर सालू भाभी भी एक दिन सुबह ही पछाँह के पहाड़ से नीचे उतरकर निजामपुर चली गयी। लौटते समय उसके सिर पर भारी बोझ था। वह तरह-तरह की सूखी मछलियाँ टोकरी भरकर ले आयी। एक बार बारिश शुरू हो जाने पर बाहर निकलना मुश्किल होगा। बारिश में सूखी मछली का ही शोरबा बनाना होगा; फिर आषाढ़ी एकादशी हो या कार्तिक एकादशी। सालू भाभी ने एक डिब्बे में नमक अच्छी तरह से रख दिया।

फरसू बहेलिया को चार-पाँच दिन बहुत ही परेशानी हुई। उसकी लुगाई चिलमी ने उसकी देखभाल करते-करते दो चकों में मँडुवे की बोआई पूरी की। बहेलियों की बस्ती में छवाई का काम शुरू हुआ। बहेलियों ने बहुत सावधानी से छवाई की, जिससे उनके ठिगने मकान चू न पड़ें। कुर्मियों के मकानों में, खास बरसात में चीजों को रखने के

लिए व्यवस्था की गयी। बस्तीवालों ने बिलकुल चूल्हे के ऊपर, बंडेर से सटकर, बाँस के ढाँचे बनवा लिये थे। उनपर जंगली सूअरों का सूखा मांस नमक लगाकर रखा गया था। बारिश बढ़ जाने पर, इस सूखे मांस का एक टुकड़ा निकालकर थोड़ा-थोड़ा कर उससे शोरबा बनायेंगे। अब खेतों में बोआई हो गयी। मकान के निकट, छोटी झोंपड़ियों में सूखी लकड़ियों के मुट्ठे एक पर एक रख दिये गये। अब झाँजड़बाड़ी, इरलेबाड़ी का परिसर बारिश के आघात को सहन करने के लिए पूरी तरह तैयार हो गया था।

मृग नक्षत्र का धमाका शुरू था। आधा मृग नक्षत्र बीत गया। खेत-सिवान में पानी ही पानी हो गया। सूखे नालों में पानी बहने लगा। बोआई पूरी हुई और एक दिन सुबह-सुबह ही झांजड़बाड़ी के बाशिंदों का प्रतिनिधिमंडल सिर पर छतने लेकर बाहर निकला।

फरसू बहेलिया अब ठीक हो गया था। उसके साथ अपनी फरियाद अर्ज करने के लिए कुशाराजा भी जा रहा था। बालू के पहाड़ पर चढ़कर सब लोग पहाड़ की चोटी पर आये। वे वहीं से कॉलोनी की ओर चलने लगे। नदी के किनारे-किनारे चलना मुश्किल था, क्योंकि हर नाले के मुहाने पर जमीन में कटाव आ गया था। जाँघ तक कीचड़ हो गया था। इसलिए ऊपर पहाड़ी रास्ते से नीचे जाना ही सुविधाजनक था। इधर-उधर थोड़ी-थोड़ी घास उग आयी थी। बारिश की झींसी शुरू थी ही। कीचड़ के कारण चप्पल पहनना मुश्किल था; इसलिए सब लोगों ने चप्पल सिर के मुँडासे के साथ बाँध दी थी। बारिश से बचने के लिए छतने थे और फिसलते पैरों को बचाने के लिए हाथ में लाठियाँ थीं। लाठी के सिरे पर लगाये गये लोहे के छोटे छड़ मिट्टी में घुसकर आदमी को सहारा देते थे।

चलते-चलते कुशाराजा ने गुणवंत से कहा, "गुणवा, लकड़बग्घे ने मेरे बाड़ में से तीन भेड़ों को मार दिया।"

"अरे ! मरे हुए जानवरों की हड्डियों को छोड़ ये लकड़बग्घे जीवित भेड़ों को खाने लगे ?" गुणवंत ने आश्चर्य से पूछा।

"अब नदी के उस पार कोई गाँव ही नहीं बचा है। फिर उन्हें मरे हुए जानवर कहाँ से मिलेंगे ? कुछ न मिलने पर उन्हें भेड़-बकरियों की और मेरी ही हड्डियों को चूसना पड़ेगा।"

झाँजड़बाड़ी के प्रतिनिधिमंडल ने कॉलोनी पर परिचितों के यहाँ अपने छतने रख दिये। वे बस से, आगे आंबेपुर चले गये। पहले तो यह तय हुआ था कि सीधे जिलाधिकारी से ही मिल लिया जाय; पर चपरासी का मुँह कौन और कितनी देर तक ताकता रहे? इससे अच्छा यही है कि विधायक भाऊसाहब सालुंखे को साथ में लेकर जिलाधिकारी से मिल लिया जाय। झाँजड़बाड़ी उनके ही मतदाता-संघ में पड़ती थी। एक और बात भी थी—उनके मामा का गाँव—बिबेबाड़ी—भी पानी में चला गया था। वे बाँधपीड़ितों के दुखों से परिचित थे। विधायक महोदय साहब के पास चलने के लिए तुरंत तैयार

हो गये।

प्रतिनिधिमंडल के साथ स्वयं विधायक को देख चपरासी ने दरवाजा खोला। उसने विधायक को झुककर सलाम कर दिया। जिलाधिकारी ने विधायक महोदय का स्वागत किया। उन्होंने प्रसन्नता के साथ पूछा, "कहिए साहब, क्या आदेश है ?"—विधायक महोदय के साथ ही झाँजड़बाड़ी के सब लोग एक साथ बोलने लगे। बाँधपीड़ितों का कोलाहल ध्यान में आते ही जिलाधिकारी साहब ने इंटरकाम पर संपर्क कर डी.आर. ओ. तथा पुनर्वास के तहसीलदार को तुरंत बुला लिया।

"मोरे साहब, झाँजड़बाड़ी के संपूर्ण पुनर्वास में क्या कठिनाइयाँ हैं ?"

"नार्म में नहीं आता, इसलिए गाँव उठता नहीं।" मोरे साहब ने कठिनाई बताई।

"बस्ती में से केवल तेरह मकान ही कैसे उठ रहे हैं ? शेष क्यों नहीं उठते ?" विधायक महोदय ने मोरे साहब की बात को बीच में ही काटकर पूछा।

"साहब, उसका नार्म निश्चित है।" मोरे साहब समझाने लगे, "या तो पचहत्तर प्रतिशत मकान पानी में जाने चाहिए अथवा उतनी ही जमीन डूबनी चाहिए, तभी संपूर्ण गाँव को उठाकर दूसरी जगह पर ले जाया जा सकता है। एक और बात—पानी की सतह से आधा मीटर ऊँचाई बढ़ जाने पर किनारे की जितनी जमीन पानी में डूब जायेगी, उतनी जमीन अथवा पानी के किनारे से बीस मीटर तक जमीन का जो टुकड़ा होगा, वही भूमिसंपादन के योग्य होगा।"

"किनारे से बीस मीटर लंबाई का हिसाब हमारे बाँध के संबंध में कहीं पर भी लागू नहीं होगा।" विधायक महोदय ने कठिनाई बताई।

"सो कैसे ?" मोरे साहब ने पूछा।

"नदी का फुलावटवाला पानी किनारे की निचली सतह की जमीन निगलता है। उस पानी की सीमा के बाद सह्याद्रि की सीधी चट्टानें शुरू होती हैं, आप आड़ा अंतर कैसे गिनेंगे ?"

अंतर तथा फूटपट्टी का हिसाब रघू भोंसले की समझ में बिलकुल नहीं आ रहा था; वह झुंझलाकर बोला, "साहब, आप जरा हमारे क्षेत्र में चलिए। जंगली जानवरों के भय से दरवाजे में आग जलाकर रात-दिन बैठे हुए लोगों को देखिए। आसमान को छेदनेवाली बारिश देखिए। स्कूल न होने के कारण यों ही नदी-नालों के किनारे भटकते बच्चे देखिए। घास की तरकारी उबालकर खानेवाले आदिवासियों की नयी पीढ़ी को देखिए; तभी आप हमें फूटपट्टी का हिसाब बताइए।"

रघू के बोलने पर सभी ने वही धुन बजाई। साहब ने भाँप लिया—मामला कुछ गंभीर है। इतने में कुशाराजा ने विधायक के कान में कुछ कहा। विधायक ने कहा, "आप ही बताइए।"

विधायक के द्वारा ढाढस बँधाने पर कुशाराजा आगे बढ़ा। उसने सिर का लाल साफा टेरेलिन की कमीज के साथ, बगल में पकड़ा था। हाथ जोड़कर आँसुओं को

दबाते-दबाते उसने कहा, ''साहब, मैं वतनदार आदमी हूँ। मेरे बाप-दादों ने 'अवचितगढ़' पर झंडा फहराया है, और आपने तो मेरी दुर्गत ही कर डाली। मुझे अपने लोगों से अलग कर दिया। मेरे पूरे गाँव को उठा लिया और भूत-प्रेत की भाँति अकेले मुझे ही पानी के किनारे रख दिया। पत्नी और लड़की छाती पर पत्थर रखकर किसी तरह दिन काट रही हैं।''

''मोरे, यह कैसे हुआ ?'' जिलाधिकारी ने पूछा।

''साहब, नियम बिलकुल साफ है। जिसका मकान पानी की वजह से उठता है, उसी को हम नयी बस्ती में प्लाट या भूखंड देते हैं और जिसके पास बाँध में चली जाने पर भी सोलह एकड़ जमीन पीछे रहती हो उसको जमीन भी नहीं दी जा सकती। पता है इनकी बची हुई जमीन कितनी है ?—चालीस एकड़ऽऽ।

''साहबऽ।'' कुशाराजा चौंककर बीच में ही चिल्लाया, ''वहाँ किरिच भी नहीं उगती, आप उस जमीन को ले लीजिए।''

''आप बीच में मत बोलिए।'' मोरे साहब ने झल्लाकर कहा, ''साहब, ये गृहस्थ न भूखंड के अधिकारी हैं, न जमीन के।''

''मोरे साहब, क्या आप अपना गाँव और पड़ोसियों को छोड़कर इस तरह जंगल में अकेले रहेंगे ?'' विधायक ने पूछा।

''मैंने सिर्फ नियम बता दिया है।'' मोरे साहब ने हँसकर कहा।

''साहब मैं अकेला ही उस सिवान में कैसे जी पाऊँगा ? आप मुझे अपने लोगों में ले आइए साहबऽऽ'' इतना हट्टा-कट्टा कुशाराजा, पर वह भी छोटे बालक की तरह रोने लगा।

कुल मामला गंभीर था। उसका अंदाजा लगाकर जिलाधिकारी साहब ने तीखी आवाज में कहा, ''मोरे, इन लोगों का पुनर्वास करना ही पड़ेगा।''

''ऊपर से आदेश लेने पड़ेंगे साहब''—मोरे ने साफ-साफ बताया।

''हाँ, हाँ, तो भेजिए रेफरन्स सरकार के पास।''

गुणवंत ने विधायक के कान में कुछ कहा। विधायक ने फरसू बहेलिये को सामने बुला लिया। विधायक बोले, ''देखिए साहब, आदमी की हालत जानवर-सी हो गयी है। बाँध के उस पार न बाट है, न लांच हैं, न रास्ते। आप इस आदमी को देखिए। सूअर ने दबोचकर इसकी क्या दुरवस्था कर दी है। निकाल रे कमीज...''

फरसू ने कमीज निकाली। साहब ने उसके शरीर पर, सूअर के प्रहारों से हुए व्रणों को देखा। इस समय तक मोरे साहब की, कानून की भुनभुन बंद हो गयी थी।

कलक्टर साहब भर्रायी हुई आवाज में बोले, ''लोगो, मैं लगभग आधे घंटे से झाँजड़बाड़ी की दुर्दशा की कथा सुन रहा हूँ। आपके दुःख, आपकी भावनायें मुझे ज्ञात हो गयी हैं। मैं खुद ही झाँजड़बाड़ी में आ जाऊँगा, स्वयं देख लूँगा। कहिए विधायक साहब, दो दिन में कब निकलेंगे ?''

''अब कुछ लाभ नहीं होगा साहब। वहाँ पर भयंकर बारिश हो रही है। उसमें भी, वहाँ लांच नहीं हैं, दूसरी ओर से मँगानी पड़ेगी; नहीं, पैंतीस किलोमीटर बारिश में पैदल जाना पड़ेगा।''

''ओऽ आय सीऽऽ ऐसा है तो दशहरे के बाद ही चलेंगे।''

''साहब, हम चार महीने रुकते हैं; पर कम-से-कम उसके बाद हमें उस संकट से जरूर मुक्त कर दीजिए।'' गुणवंत ने हाथ जोड़कर कहा।

जिलाधिकारी तथा विधायक--दोनों ने भी गुणवंत का कहना मान लिया। स्वयं जिलाधिकारी झाँजड़बाड़ी आयेंगे, स्वयं देख लेंगे—इस कल्पना से सबके मन में प्रसन्नता की लहर दौड़ी। ऐसा लगा मानो झाँजड़बाड़ी का संपूर्ण पुनर्वास अभी हो गया है। विधायक तथा जिलाधिकारी साहब को दूसरी फाइल पर बहस करनी थी। झाँजड़बाड़ीवालों ने हँसकर दोनों से बिदा ली।

हँसी-मजाक करते-करते प्रतिनिधिमंडल बस से कॉलोनी पर आ गया। सारे सदस्य किलकार रहे थे। बरसात के मौसम में घर के लिए आवश्यक चीजों की बोरियाँ पीठ पर लादकर ऊपर छतने ओढ़ लिये और सब लोग बारिश में ही पहाड़ के रास्ते झाँजड़बाड़ी की ओर निकल पड़े। बोरियाँ सूखे खोपरे की बोरी की तरह आनंद में खनूखन् कर रही थीं।

आठ

इरलेबाड़ी तथा झाँजड़बाड़ी पर धुआँधार बारिश हो रही थी। आर्द्रा नक्षत्र जमकर बरसा; बाद में पुनर्वसु नक्षत्र की रिमझिम आरंभ हुई। खेतों-सिवानों में जहाँ-जहाँ आग जलाने से जमीन काली पड़ गयी थी, वहाँ की काली राख कभी की उड़ गयी थी। जगह-जगह पर छोटी-हरी घास उग आयी थी। शाम को चरवाहे लड़के और मवेशी वर्षा में पूरे भीगकर आ जाते। चरवाहों तथा खेती में कड़ी मेहनत कर थके हुए बड़े आदमियों के, भीगे हुए कपड़े चूल्हे के ऊपर बनाये गये खास ढाँचों पर रखे जाते। चूल्हे की आँच वहाँ तक पहुँचती और सड़ियल बासवाले कपड़े वहाँ सूखने लगते।

पुनर्वसु नक्षत्र खूब बरसा। आसाढ़ महीने में पुष्य नक्षत्र ने भी बहुत जोर पकड़ा। पुष्य ने पुनर्वसु नक्षत्र को लजाया। चरवाहे लड़के अपने गीतों में पुष्य का गुणगान करने लगे। पुष्य को वे बुढ़ऊ कहते थे; पुनर्वसु को युवक—लड़के गीत गाते। उनके गीत में बुढ़ऊ पुष्य युवा पुनर्वसु को चिढ़ाता—

तुम्हारी तो फुहार।
देखी मेरी बौछार ?

आसाढ़ की बारिश ने ज्यादा ही जोर पकड़ा। बालू तथा बापू के पहाड़ भारी वर्षा

में कई दिनों तक भीगते रहे। 'बूढ़ी की चट्टान' से प्रपात जोर-जोर से गिरने लगा। दिन भर चारों ओर पानी का मोटा पर्दा ही खड़ा रहता। बारिश और कुहासे के कारण चार-पाँच हाथ दूर का आदमी भी दिखाई नहीं पड़ता। नदी की मछलियाँ मृग के अंतिम चरण में ही नालों-बहावों में से होते हुए उल्टी दिशा में ऊपर की ओर चढ़ने लगतीं। अंडों पर आयी हुई मादा मछलियाँ सुस्त होकर मुहाने से नालों में चली जातीं। बहेलियों तथा कुर्मियों के लड़कों के लिए यह अच्छा मौसम रहता। लड़के रात में पलीते लेकर नालों के किनारे-किनारे मछलियों पर टूट पड़ते। पलीतों के उजियाले में मछलियाँ पानी की सतह पर आ जातीं; लड़के त्रिशूल जैसे शस्त्र के प्रहार से मछली को मारते और उसे सागौन के हरे पत्तों से बनी थैली में डाल देते। आषाढ़ की बारिश ने पानी ही पानी कर दिया। रात में छोटी मशालें और बड़े पलीते टिक नहीं रहे थे। फिर मछलियाँ कैसे दीखेंगी ?

खेतों-सिवानों में घुटनों तक घास उग आयी। मवेशी घास खाकर मस्त हो गये। लड़के 'सुटुर' का खेल खेलने लगे। बूढ़े आदमियों तथा जानवरों को आषाढ़ बहुत जानलेवा सिद्ध हुआ। गर्मीभर में बिस्तर पकड़कर बुरे हाल में किसी तरह जान बचाने का प्रयास कर रहे बूढ़ों को मृत्यु ने उठा लिया। नदी का पानी बढ़ गया। बाँध की सीमा में आनेवाले तेरह मकानों में पानी घुस गया। घास-फूस तथा मिट्टी के मकान ढहने लगे। झाँजड़बाड़ी के निवासियों ने उससे पहले ही, उन घरों में रहनेवालों की व्यवस्था ऊपर भैरव के मंदिर में कर दी थी। कई लोग झाँजड़बाड़ी में ही अपने रिश्तेदारों के यहाँ अस्थायी तौर पर रहने के लिए चले गये। निराई आदि का काम करनेवाले लोग दिनभर तिपाई पर बैठकर काम करते रहते। वे शाम को भीगकर, सिकुड़कर घर आते। उनके लिए धूनी जलाई जाती। धूनी के लिए बगलवाली कुटिया में रखी हुई सूखी लकड़ी उपयोग में लायी जाती। पहले आगे की ओर से सिंकाई करते। शरीर का अगला भाग गरम हो जाने पर पीठ घुमाई जाती। पीठ गरम हो जाने पर बदन को तिरछा किया जाता। इस प्रकार आगे, पीछे सिंकाई शुरू हुई। उसके लिए कुटिया में रखी गयी लकड़ी मानो भगवान बनकर सहायता के लिए दौड़ती, पर भयानक बारिश की सीलन टट्टी में से भीतर झरती ही रहती। डिब्बे में रखे गये नमक से पानी छूटने लगता; तब गंभीर समस्या उठ खड़ी होती। नमक नहीं ? फिर जीयेंगे कैसे ? इतनी दूर कॉलोनी तक जाने के लिए कौन अपनी जान आफत में डाले ?

लोग, नमक को सोने से भी अधिक कीमती मानकर, उसे जी-जान से सँभालने लगे। कोई, सीलनभरे नमक को मटके में उँडेलने लगा। मटके में रखे गये नमक को पानी छूटने पर थोड़ा-थोड़ा ही सही, पर सब्जी-तरकारी में डाला तो जा सकता है। किसी ने नमक की पोटलियाँ बाँधकर बंडेर से लटकायीं। खेत से आये, थके-माँदे आदमी को, ऊपर ढाँचे पर रखे गये सूअर के सूखे मांस का स्वाद आवश्यक लगने लगा। मटके में रखी हुई सूखी मछलियाँ धीरे-धीरे कम होने लगीं। अनाज के खत्ते खाली होने लगे।

झाँजड़बाड़ी के लोगों को चिंता होने लगी—अभी आधी बरसात काटनी थी। लड़के मवेशियों के पीछे जाते थे। वे खाने योग्य जंगली लतायें ढूँढ़-ढूँढ़कर ले आते। लतायें कूटकर तवे में भूनी जातीं। उनकी सब्जी अच्छी लगती थी। उसका स्वाद ग्वार फली-सा लगता। थके-माँदे किसान उसके साथ बड़े मजे में रोटी-टुकड़ा निगलते। आषाढ़ में सिवान में केरमू की घास बढ़ गयी। उस घास की तरकारी भी स्वादिष्ट लगती थी। जिन आदिवासियों, बहेलियों के घरों में धान, अनाज समाप्ति पर था, वे तो केरमू पर ही हाथ मार रहे थे। पेट में दर्द न हो, इसलिए महुए की रही-सही शराब पीकर आदमी कंथरी पर आराम से लेट जाते। पानी, बारिश, बाँध—के कारण झाँजड़बाड़ी के सभी लोगों के दिमाग में पुनर्वास की ही समस्या कुंडली मारकर बैठी थी—ठीक उसी तरह जैसे कोई साँप कुटिया की गरमाहट में आकर कुंडली मारकर बैठता है।

पुष्य नक्षत्र की बारिश ने खूब उत्पात किया। बाद में बालू-बापू की हाँकें जरा धीमी हो गयीं। सावन आया और अश्लेषा नक्षत्र की बूँदा-बाँदी शुरू हुई। सावन में नालों-झरनों, धान की निचली क्यारियों और पूरे परिवेश में पानी बिलकुल स्वच्छ दिखाई देने लगा। कौए की आँख की तरह स्वच्छ। झरने 'कलऽ कलऽ' बहने लगे। अश्लेषा नक्षत्र की बारिश का कुछ न्यारा ही रूप होता है—उसकी झड़ कब आती है और कब चली जाती है, कुछ पता ही नहीं लगता, मानो बुढ़ऊ पुष्य के पीछे उसकी बहुएँ ही दौड़ती हैं। क्यारियों में निराई का काम करनेवाली बहू-बेटियों को अश्लेषा का गीत याद आता। वे गाने लगतीं—

> ससुरजी, आप दौड़ते झरऽ झर।
> हम चलतीं सर्रऽ सर्रऽऽ।

झाँजड़बाड़ी में अगल-बगल के झरनों की आवाज एक लय में लगातार सुनाई पड़ती। बारिश रुक जाने पर, आँखों के सामने, बाँध का स्वच्छ पानी दिखाई देने लगता। सामने के टीले हलके रंग के दीखते। उनके पीछे गहरे हरे पहाड़ सुहावने लगते। नागपंचमी का त्योहार आया। सिवान में गौरी के पौधे उग आये थे, अब उन पर गुलाबी फूल भी दिखाई देने लगे। सालू भाभी पनघट से ही, सामने जलराशि की ओर टुकुर-टुकुर देखती रहती। पानी में डूबे हुए नैहर की ओर देख उसका दिल भर आता। जब मसणमाल गाँव अपनी जगह पर था, तब सालू भाभी इन्हीं दिनों में बजू-बैजू को कनटोप पहनाकर, कलेवा लेकर, भीगी बाट से नैहर चली जाती। वह गौरी-गणेश का त्योहार मनाकर ही लौट आती। गौरी-गणेश का त्योहार निकट आ रहा था। खेतों, सिवानों में झरनों के गीत लगातार सुनाई दे रहे थे। मँडुवे की पट्टियों में भी छोटे-बड़े झरने फूट पड़े थे। पौधों के बीच की मिट्टी बह जाती थी; पर इस घाटी के जीवट-चीमड़ लोगों की तरह मँडुवे की फसल पथरीली जमीन से बल ले-लेकर बढ़ रही थी। हरी घास में छोटे-छोटे सोते फूटे थे। आदमी की आहट लग जाने पर केंकड़े जिस प्रकार घास की ओट में दबे पाँव चलते हैं, सोते भी उसी प्रकार चुपचाप बह रहे थे।

बारिश के कारण रास्तों पर काई फैल गयी। पेड़ों के तनों पर टहनियों पर भी हरी काई उग आयी। छड़वाली लाठी न रहने पर फिसलनभरे रास्तों पर चलना भी मुश्किल होता था। काई पर 'सटाक्' से पैर फिसलता और आदमी सुलुर्र के खिलाड़ी की भाँति धम् से गिर जाता। झाँजड़बाड़ी के स्कूल का मास्टर मृग नक्षत्र में ही, स्कूल को हवा-पानी के भरोसे छोड़, नीचे अपने गाँव चला गया था। वह अब दशहरे से पहले झाँजड़बाड़ी में हाजिर नहीं होगा। सरकार द्वारा घोषित किये बिना ही बच्चों को बरसात के पूरे मौसम में छुट्टी मिलती थी। बच्चे मवेशियों के पीछे जाते; तभी तो घर के कर्ता-धर्ता और बड़े लोग निश्चिंत हो निराई के काम में लग जाते। बच्चों से इतनी सहायता मिलती थी; मास्टर के खिलाफ किसी को कुछ शिकायत नहीं थी !! स्कूल, बारिश में अकेला, चुपचाप भीग रहा था। उसमें सड़ियल बू फैल गयी थी। भीगी हुई भटकौहीं बकरियाँ शाम को स्कूल के बरामदे के आसरे आ जातीं। वे वहाँ खड़े-खड़े भीगे बदन को झटकती थीं। स्कूल ने बच्चों को न सही, बकरियों को तो आसरा दे दिया ! झाँजड़बाड़ी के बाशिंदों में से कई लोगों ने, आषाढ़ में की जानेवाली देवी की पूजा, स्कूल में ही की थी। तीन पत्थरों के चूल्हे और अगल-बगल में काली-भूरी मुर्गियों के पंख दिखाई दे रहे थे।

आषाढ़ की बारिश के बाद अश्लेषा नक्षत्र धीरे-धीरे बरस रहा था। पुनर्वसु और पुष्य नक्षत्र जोर-शोर से और धुआँधार बरसते। झाँजड़बाड़ी को धो डालते; पर अश्लेषा की फुहारें—यहाँ गिरीं, वहाँ नहीं गिरीं। ओलतियाँ टपकने नहीं लगीं कि बारिश बंद!! इसलिए गली में से पानी बहता ही नहीं। हर किसान के ओसारे चौपाये थे। वहाँ से उनका मूत और पतला गोबर आकर गली में ही अटक जाता। एक अलग ही दुर्गंध फैल जाती।

झाँजड़बाड़ी के चारों ओर बाँस के कोठ ही कोठ थे। दूर से देखने पर लगता कि यह बस्ती बाँस में ही खो गयी है। बाँस ने बारिश से अच्छा लाभ पाया था। उसके लहलहाते हुए हरे-गोंफे फूटे थे। यह बाँस बिना काँटोंवाला पर बहुत ही चीमड़ था। अगल-बगल के पेड़ों का आधार ग्रहण कर उसकी नोंक लगातार ऊपर ही ऊपर चढ़ती रहती।

झाँजड़बाड़ी के कुठले खाली होने लगे। नमक समाप्त होने को आया और लोग सिकुड़ गये, चिंतित हुए। धनकटी के बिना कुछ भी सहारा नहीं होगा। सब लोग कटनी के मौसम की ओर आँख लगाये बैठे थे; पर उसके लिए अभी बहुत समय था। अब कहीं धान बन रहा था। मघा नक्षत्र धान को बढ़ा देता है; अच्छी परवरिश करता है। अच्छी बारिश हुई तो फसल ज्यादा बढ़ेगी; नहीं, आँखें सूखे बादल की तरह सूख जायेंगी—पानी नहीं, फसल नहीं। झाँजड़बाड़ी के किसान आसमान की ओर देखते रहे, देखते रहे।—देखते-देखते कहते रहे—

शुरू होगी मघा की बौछार।
छोड़ नहीं पायेंगे घर-बार।।

जब बरसेगी नहीं मेघा, देखो।
आसमान ताको, आसमान ताको।।

मघा नक्षत्र ने अधिक प्रतीक्षा करने नहीं दी। बारिश अच्छी हुई। पूर्वा ने भी साथ दिया। धान अच्छा भरा। हवा के साथ बालियाँ डोलने लगीं। सिवान में धनकटी के लिए लालायित हो उठे। फरसू बहेलिया के भूखे बच्चे एड़ियाँ रगड़ रहे थे। उसने रात गुणवंत के खेत से बालियाँ चुराईं। उबालकर बच्चों को खिलाईं। सारे लड़के रात में पलीते लेकर फिर से बस्ती से बाहर निकलने लगे। नाले-झरनों की परिक्रमा करने लगे। बारिश में हरे पत्ते तथा खाद्य खाकर केंकड़े हट्टे-कट्टे हो गये थे। उनके पंजों में अच्छा रस भरा हुआ था। काली पीठवाले बड़े केंकड़े हाथ लगते। पीले-सफेद, छोटे-बड़े सब प्रकार के केंकड़े मिल जाते थे। भूखे बच्चे नालों के किनारों पर ही आग जलाकर, केंकड़ों को भूनते। वे उन भुने हुए कुरकुरे पंजों को बड़े चाव से खाते।

उत्तरा नक्षत्र में धान की कटाई शुरू हो गयी। धान की फसल अच्छी होने से झाँजड़बाड़ी में उत्साह फैल गया था। धान की बहुतायत हुई। क्षुधार्त्त बहेलियों और आदिवासियों के पेट में मानो आग लग गयी थी। वे दिन में चार-चार बार चावल पकाकर साफ कर देते। जितने भयंकर फाके पड़ते थे, अब उतना ही भरपेट खायेंगे। सारी बस्ती पेट भर-भरकर चावल खाने लगी। चावल की विपुलता हुई। बाल-बच्चों को अँटाकर खाने का भान नहीं था, पर बूढ़े अनुभवी लोग परेशान थे। फसल जितनी भी अच्छी रही हो, इस साल कुल पैदावार पचास प्रतिशत से भी कम हुई थी, क्योंकि निचली सब जमीन बाँध के पानी ने निगल डाली थी। फटनी के बल पर चार-छह महीने निभ जायेंगे, पर बाद के दिन कैसे कटेंगे ?

कटनी में दँवरी-दँवनी शुरू हो गयी। खलिहान में धान व्यवस्थित रखा जाने लगा। जिनकी दँवरी समय पर नहीं हुई थी उनके धान के अंबार भीतर से उबल रहे थे। भीतर छिपी हुई बालियों में भाप बढ़ गयी। कुछ लोगों की बालियाँ काली पड़ने लगीं। दँवरी के कामों में हड़बड़ी मच गयी। दँवरी के समाप्त होते-होते हस्त की बारिश शुरू हुई। हस्त नक्षत्र की, हाथी के पैरों चलनेवाली बारिश खेतों-आदमियों को रौंदते हुए आगे बढ़ने लगी। खलिहान में लोग बोलने लगे—

हथिया बरसे
दीवार गिराये।

मँडुवे के ढोंढों पर लालिमा छा गयी। पहाड़ों की ढलान पर मूँगफली फूल उठी। फलियाँ भरने लगीं। बारीक दाँतों से मूँगफलियाँ कुतर-कुतरकर खाने से चूहे भी मुटा गये। बहेलियों के बच्चे चूहों के पीछे पड़ गये। सिवान में मुँगफलियों की गंध फैल गयी। जंगली सूअरों ने अपने थूथन और खाँग फैलाये। खलिहान की बालियों में थूथन घुसेड़कर, बालियाँ खा-खाकर वे उकता गये थे। मूँगफली की बढ़िया गंध को सूँघकर अब जंगली सूअरों के झुंड अपनी छोटी पूँछ हिलाते फसल में घुसने लगे।

एक समय पर आठ-आठ, दस-दस सूअरों का झुंड मूँगफली में घुसने लगा। थूथन से जमीन उकेरकर फलियों को उखाड़ने लगा। खायेंगे थोड़ा, पर बरबादी करेंगे ज्यादा—सूअरों की यही आदत थी, इसलिए किसी के खेत में सूअरों के घुस जाने पर उसकी पूरी बरबादी ही समझिए। बाँध का पानी रुक जाने से जीप के रास्ते बंद हुए थे। इतने भीतर शिकारी नहीं आ पाते थे। सूअर बेशुमार बढ़ रहे थे। फसलों की बरबादी रोकने के लिए, लड़के डिब्बे बजाते-बजाते खेतों में घूमते रहते। कटनी के कामों से मुक्त हो कुशाराजा, गुणवंत, फरसू तथा येलू रात में मिलने लगे। ठाँसनी की बंदूकें तैयार होने लगीं। कारतूसी हथियारों से काम नहीं चलेगा, क्योंकि एक-एक कारतूस की कीमत पचास-साठ रुपयों तक पहुँच गयी थी। गरीब लोगों के लिए यह शौक महँगा पड़ता था। छर्रेवाली बंदूक का काम आसान और सस्ता था। बारूद खरीद ली; नली में डाल दी; लोहे की छड़ से उसे बार-बार ठूँस दिया; बीच में छर्रे बिखेर दिये; ऊपर से नारियल की जटाओं को ठूँस दिया। वैसे जंगली सूअर ठहरा मोटे चमड़ोंवाला बदमाश जानवर ! उसके शिकार के लिए छर्रे की दोहरी पर्त बिछानी पड़ती। बंदूक ठाँसकर शिकारी जंगल में चले जाते। निशाना साधकर टोपी पर घोड़ा छोड़ते। 'धाँयऽ धाँयऽऽ' की आवाज होती। क्षण में ही सामनेवाला जानवर गिर पड़ता।

सूअर की नाक में गजब की संवेदना रहती है। यदि हवा की दिशा से आदमी आ जाता तो सूअरों को दूर से ही उसकी गंध आती। वे तुरंत लुप्त हो जाते। इसलिए कुशाराजा और गुणवंत उनकी जगह को अच्छी तरह निहारकर, उनकी टोह में रहकर, हवा की उलटी दिशा में दबे पैर आगे बढ़ते और उनका शिकार करते। रातभर यह धींगा-धींगी चलती। सूअरों का एक झुंड रातभर शिकारियों की नाक में दम करता। उधर दूसरे खेतों में कम-से-कम तीन-चार झुंड फसल को चौपट कर डालते। गुणवंत सुबह-सुबह ही बस्ती के लोगों के लिए, 'चाँद की चट्टान' के नीचे मांस के हिस्से बनाता। इतने में दूसरी ओर से कोई किसान चिल्लाता हुआ आता गुणा, तुम रातभर कहाँ थे ? सूअरों ने मेरी मूँगफली की फसल को तहस-नहस कर डाला। गुणा, तुम कहाँ थे ? बाँध के पानी की रस्सी ने लोगों के गले में फंदे डाल दिये थे। लोग फाँस लग जाने से उलटे-पुलटे हो रहे थे। जंगल-सिवान में जानवर बेशुमार बढ़ रहे थे।

भाग ४

एक

खरीफ बेकार चला गया। कम से कम रबी की फसल हाथ लगनी चाहिए; इसलिए जाँभलीवाले किसान जल्दी कर रहे थे। कई सालों से परती पड़ी हुई जमीन बाँधपीड़ितों के मत्थे मार दी गयी थी। किसी के खेत में बबूल के पेड़ बढ़ गये थे; बबूल की जड़ें जमीन में सर्वत्र बिखर गयी थीं। किसी के पल्ले बजरी से युक्त हलकी जमीन आ गयी थी। किसी के हिस्से बिलकुल पथरीली जमीन आ गयी थी। बाँधपीड़ित फिर भी मिट्टी से टक्कर ले रहे थे; उसी में से ऊपर उठने का प्रयास कर रहे थे। आवडाई ने बारिश में ही, किसी तरह, बबूल के पेड़ कटवा दिये थे। उसने जमीन में नमी के रहते ही पहली जोताई समाप्त की थी। लगभग दशहरे के समय पर हेंगा-पठेला कर चने की बोआई की थी। जाड़े के दिनों में चना अच्छा उग आया था। चने के गुलाबी फूल और पीले बूट दिखाई दे रहे थे। खेत फूल और पत्तों से लहलहा गया था।

हैबती छुट्टी पर खैरापुर आ गया था। नयी गोट-बस्ती के उसके साथी उसकी सहायता के लिए आ गये। खेत में बचे-खुचे बबूल के पेड़ भी काट दिये गये। आज दो हल चल रहे थे। जोताई पूरी हो जाने पर खेत बोआई के लिए तैयार हो जायेगा। पूरा परिवार कमर कसकर काम में लगा हुआ था। दौलू हरि का हल एक सीध में आगे बढ़ रहा था, पर पांडू येताला के बैल और गोमा कहार के भैंसे का मामला कुछ अच्छा नहीं था। भैंसे का बाप भी नहीं जानता था कि हल कैसे चलाया जाता है। पुराने गाँव जाँभली में केवल पखाल ढोने की, उसकी आदत थी। जिस प्रकार पालतू पहलवान अच्छा खा-पीकर चावड़ी पर आवारगी करता है, गोमा कहार के भैंसे का मामला भी वैसा ही था। दो महीने पहले साँवलेराम तथा गोमा ने उसे पहली बार हल में जोतने का प्रयास किया; पर भैंसा झट से नीचे बैठ गया। उसे ढेलों में से चलना मुश्किल हो गया। उसने गर्दन का जूआ उठाकर फेंक दिया। वह हल से एक ओर बाहर निकल गया। भैंसे के

पैर, पाठ पर—जहाँ भी संभव हो, दनादन चाबुक के प्रहार किये। साँवलेराम ने भैंसे को मार-मारकर उसके बदन को छलनी कर दिया। इतने पर भी भैंसा टस-से-मस नहीं हुआ। दो-तीन किसानों ने भैंसे को जोर से पीटा। हल खींचने या हेंगा चलाने की, उसकी आदत नहीं थी। कमली इसीलिए तो डाँटती-फटकारती रहती थी। इसके विपरीत, भैंसे को जरा-सी चुभन होने पर भी गोमा की आत्मा तिलमिला उठती थी; पर आखिर भैंसा तो भैंसा ही ठहरा। बिना काम के मड़ैया के सामने बाँधकर उसका अचार थोड़े ही डालना था ? भैंसा कुछ काम करे, उसे काम की आदत हो, इसलिए कमली परेशान रहती थी।

आज हैबती के खेत में भैंसा ठीक से चल नहीं रहा था। कमली आवडाई की सहायता के लिए खेत में आ गयी थी। भैंसे का अड़ियलपन देखकर वह बहुत ही चिढ़ गयी थी, आग-बबूला हो गयी थी। उसने दौलू हरि से कहा, "उसकी अच्छी धुनाई करिए। मुआ सिर्फ निगलता रहता है।" चाबुक की फटकार के साथ ही भैंसा चर्राकर झुक जाता और चर-चर मूतने लगता। गोमा मेंड़ पर बैठा हुआ था। भैंसे को मारते हुए देखकर गोमा का जी तड़प उठता। "बेटे, जरा आहिस्ते हाँकना !" कहते-कहते वह तिलमिलाता था। चार हराई चलने के बाद भैंसे ने फसकड़ा मार दिया। यह देख कमली उसकी ओर बाघिन की तरह दौड़ी। उसने दौलू हरि के हाथ से चाबुक खींच लिया। वह भैंसे पर तड़ातड़ प्रहार करने लगी। भैंसे के मुँह से फिचकुर और आँखों से आँसू बह रहे थे। "अरी, अरी" कहकर गोमा कहार आगे बढ़ा। उसने कमली के हाथ से चाबुक का तसमा खींच लिया। कमली ने झटका देकर चाबुक को जोर से खींच लिया और उसका एक फटकारा गोमा को मारा। लुगाई ने चार लोगों के सामने गोमा को चाबुक मार दिया। गोमा की पगड़ी उतार दी। घुन्ना गोमा का खून खौल गया। उसने कमली की पीठ में जोर से घूँसा जमाया। वह गिरते-गिरते बच गयी। वह जोर से चिल्लायी। हैबती, आवडाई आगे बढ़े। उन्होंने बीच-बचाव कर दोनों को रोका। गोमा लँगड़ाते भैंसे को लेकर खेत से बाहर निकला। कमली हाथ मटकाकर गरज पड़ी—

"मुए, उस भैंसे को बेच डालो कसाई के यहाँ। चार रुपये ले आओ। बच्चे दो जून कुछ खा तो लेंगे।"

"राँड कहीं की। मैं तुम्हें छोड़ दूँगा, पर भैंसे को नहीं बेचूँगा।" गोमा ने धमकाया।

गोमा तथा भैंसा—दोनों चले गये। खेत में ढेले तोड़ने, छोटे-मोटे झुरमुट को निकालने का काम चल रहा था। आवडा, हैबती, नकुसा और कमली सबेरे से लगे हुए थे। उनकी पीठ हँसिया की भाँति झुकी हुई थी। वे प्यास लगने पर, मेंड़ पर रखे हुए छोटे घड़े में पानी लेकर पीते और तुरंत काम में जुट जाते। पड़ोस में ही खैरापुर के पंढरी पाटील का खेत था। उसकी पत्नी गजराई आवडाई की कड़ी मेहनत की ओर लगातार देख रही थी—कितने खटते हैं ये बाँधपीड़ित ! लगता है, खेती इनका पुश्तैनी व्यवसाय है। लगभग बारह बज गये। आवडाई और उसके जन मेंड़ पर बबूल के तले बैठे। गजराई वहाँ आ गयी। आवडाई की ओर टुकुर-टुकुर देखकर उसने पूछा—

"बहुत जोर लगाया है आप लोगों ने ?"

"पेट पालना हो, वंश-बेल बढ़ानी हो तो मेहनत करनी ही चाहिए।" आवडाई ने उत्तर दिया।

"आप मेहनत जरूर करिए, पर अच्छा तभी होगा, जब फसल खेत-खलिहान में, और खलिहान से घर में आयेगी। सही है न ?"

आवडाई के कलेजे में धक्-सा हो गया। उसने गजराई की ओर सकपकाकर देखा। जरा क्रोध में ही पूछा–

"बहन, तुम क्या कह रही हो ? यह सिलींग में निकली हुई जमीन है न ? हमने जमीन कायदे से ही ली है। हम बाँधपीड़ित हुए तो क्या ? सरकार ने हमें जमीन फोकट में थोड़े ही दी है ? मैंने रुपयों का भुगतान करने के लिए बहू के गहने तक बेच डाले हैं। मेरा माथा और गला तो पहले ही खाली हुआ है।"

"बहन, आप लोग सुखी रहें। आपके ही कारण इस गाँव को पानी मिला।" गजराई तसल्ली के स्वर में बोली, "आपने यह खेत देखा पर इसके मालिक को कब देखा है? साहब ने आपको जो कब्जा दिया है, वह कागज की बात है। कागज में और व्यवहार में बहुत अंतर होता है; देखिए आगे क्या होता है। भगवान करे, आप सुखी रहें।"

"खेत का मालिक बाघ तो नहीं है न ?" हैबती ने पूछा।

"बाघ नहीं, पर नाम का राघू भिवा है वह ! खुद के भतीजों को भी छोड़ा नहीं उसने। आप तो दूर के हैं; न नाते के, न रिश्ते के।"

"पर हमें सरकार ने कब्जा दिया..."

"हाँ, हाँ, दिया है कब्जा। पर जिसे आप सरकार कह रही हैं, वह उसकी जेब में है–कमीज की बायीं जेब में, समझी ? जब देखिए तब शिंगाड़े पाटील के तलवे चाटता रहता है। चुनाव में आगे रहता है। हवेली पर, हर काम में आगे रहता है। हर जगह पर उसकी तूती बोलती है। क्या आपको कोई दूसरा मालिक नहीं मिला ? आपने व्यर्थ ही साँप की पूँछ पर पैर रख दिया।"

गजराई ने बहुत कुछ कहा। वह धूप ढलने के बाद चली गयी। उसने आवडाई के लाभ की ही बात कही थी। तीनों को ऐसा लगा, मानो उनकी हिम्मत ही छूट गयी है। गजराई तथा उसका पति–पंढरी पाटील दोनों भले लोग दीखते थे। ज्ञानूभाई की अनुबाई भी भली महिला थी। खैरापुर के बाकी लोग तो बस्स, थोथा चना बाजे घना। खैरमोडे मास्टरजी का भला ही हुआ, जो उन्हें पंढरी पाटील के अधिकार की दो एकड़ जमीन मिल गयी।

आवडाई का ध्यान अब खेती के काम से उचट गया, ठीक उसी तरह जैसे चावल में कंकड़ी लगने पर भोजन से ही मन उचट जाता है। हम जो रात-दिन खून-पसीना एक कर रहे हैं, क्या उसका यही नतीजा होगा ? फिर यह मेहनत किसलिए ? हैबती के दिमाग में भी इसी विचार ने घर किया। कौन है यह राघू भिवा ? कैसा होगा वह?

हमें जीने देगा ? या वही आसमान से गिरा और खजूर में अटका वाली बात होगी ? हैबती को यकायक याद आया–जमीन का कब्जा लेने के अवसर पर मास्टरजी से पूछने पर उसे बताया गया था–जब उसका मक़ान डोजर से गिराया गया, तब बाघेठाण में पहली सभा हुई थी। उसमें सांसद शिंगाडे देशमुख के साथ राघू भिवा को भी जोश आ गया था। उसने दया का राग अलापा था, "बाँधपीड़ित हमारे सगे भाई हैं। वे बड़े, हम छोटे। वे कहेंगे और हम सुनेंगे। वे बोलेंगे, हम डोलेंगे।" हैबती को लगा यदि ऐसा ही है तो आदमी स्वभाव से अच्छा ही होगा। हैबती आवडाई को तसल्ली देकर बोला–

"संभव है, गजराई में और राघू भिवा में कुछ झगड़े-फसाद का मामला हो।"

"कौन कहे बेटे ?" आवडाई ने निराशा के स्वर में कहा।

"माँ, दुनिया का दस्तूर है–राह चलते आदमी को भी अगर कोई पानी पिला दे तो पीनेवाला संतोष से डकार देता है। हम लोगों की बात तो और ही है। हमने स्वयं को बाँध में गाड़ दिया है। हम यहाँ तक पूरी नदी ही ले आये हैं। लोग हमारे इस उपकार को कैसे भूलेंगे ?"

"बेटे, तुम्हारा मुँह मीठा हो; लेकिन अब तक का अनुभव कुछ दूसरा ही है। आवडाई का दिल व्यथित हुआ था। हैबती ने उस विषय को वहीं पर छोड़कर दूसरी बात निकाली। पूछा–

"नकुसा काकी, तुम्हारी जमीन का क्या हुआ ?"

"मास्टरजी के साथ आंबेपुर के चार चक्कर लगाये, पर अभी बात बनी नहीं।"

"क्यों नहीं बनी ?"

"मैं जिस जमीन को पसंद करती हूँ, उसका आर्डर निकलने से पहले ही कोई उसे हथिया लेता है।"

"इठलाई के आंम के निकट दो एकड़ की पट्टी की बात निकाली थी न ?"

"हथिया लिया उसे दत्तू करवंदे ने।"

हैबती के हाथ की हँसिया रुक गयी। उसने मेंड़ पर थूककर एक चुनिंदा गाली दे दी–

"साला, दत्तुवा। अकेला कितनी जमीन हथिया रहा है; वह भी चुनी हुई जमीन।"

"उसके तो बारह खाते हैं।"

"माँ, उस कमीने ने बारह खातों की जमीन कभी की हड़प कर ली है।"

"फिर अब क्यों जमीन के पीछे पड़ा है वह ?"

हैबती ने दत्तू और लाला जाधव की एक-एक खुराफात के संबंध में कहना शुरू किया। जिन लोगों के नाम डूबक्षेत्र में जमीन थी, उनमें से कुछ लोग नौकरी-पेशे की खातिर पुणे-बंबई चले गये थे, लेकिन बाँधपीड़ितों की सूची में उनके नाम थे। उन्हें बाहर अच्छा वेतन, रोजगार मिलता था। वे लाभक्षेत्र में आना नहीं चाहते थे। उनके पास समय भी नहीं था। कौन प्रमाणपत्रों-दाखिलों को इकट्ठा करे ? जमीन पाने के लिए कौन पुनर्वास

ऑफिस के चक्कर काटे ? लाला और दत्तू ऐसे ही लोगों को खोजते फिरते थे। उनके हाथ पर पाँच-छह हजार रख देते और उनसे अधिकार-पत्र लिखवा लेते थे। जो असली बाँधपीड़ित थे, उन्हें सैकड़ों चक्कर काटने पड़ते थे, पर लाला-दत्तू का केस तुरंत तैयार हो जाता। जमीन पर प्रत्यक्ष न जाते हुए भी, ऑफिस में ही, उन्हें जमीन का कब्जा मिल जाता था। उन चुनिंदा जमीन के पट्टों में उनके हलवाहे मेहनत करते। खाता भले ही दूसरे का हो, पर जोताई-बोआई करने, पैदावार हड़पने के लिए तो लाला-दत्तू ही आगे बढ़ते थे।

सब लोग कार्य में व्यस्त थे, इतने में एक घोड़ा जोर से हिनहिनाया। हैबती ने झट से देखा–पैंतालिस साल की उम्रवाला, गठीले बदन का एक पहलवान घुड़सवार मेंड के निकट खड़ा था। खद्दर की बिलकुल सफेद कमीज और धोती में उसका साँवला रंग छिप नहीं रहा था। गुदगुदे गाल, गालों पर अधिकार जमायी हुई मोटी नाक, गले में चार तोले की चैन। वह लगाम खींचकर बनविलाव की भाँति, सामनेवाले सिवान की ओर देख रहा था, उसकी ऐंठ को देख सब लोग सकपका गये। वह सामने देख रहा था। मन में कई प्रश्न थे–कई दिनों से परती पड़ी हुई, बबूल के पेड़ों से भरी हुई जमीन कहाँ चली गयी ? जगह-जगह पर जो छोटे-छोटे नाले और गड्ढे थे, वे कैसे भर गये ? छाती तक ऊँची मेंड़ किसने बनवायी ? घुड़सवार इन सारी बातों की ओर आश्चर्यपूर्वक देखने लगा। परती पड़ी हुई अपनी जमीन इतनी अच्छी होगी–इस बात का उसे विश्वास ही नहीं हो रहा था। हरे-भरे चने के बीच गुलाबी फूल उसकी आँखों में चुभने लगे। वह कड़ी नजर से हैबती की ओर देखने लगा। हैबती उठ खड़ा हुआ। उस आदमी की कड़ी नजर के कारण उसके दिल में चिंता और भय की भावना उठने लगी। उसे लगा पैर में सड़ा काँटा चुभ गया है। वह सिटपिटाया, खेत में इधर-उधर फैले कंकड़ों-पत्थरों को उठाकर मेंड़ पर फेंकने लगा। जब रहा नहीं गया, तो सकपकाया हुआ हैबती बोला–

"आप इस जमीन के पुराने मालिक तो नहीं ?"

"अच्छा हुआ, पहचान हुई।" राघू भिवा ने गुर्राकर कहा।

"पहले भेंट नहीं हुई थी। जब हमने कब्जा लिया, आप गाँव में नहीं थे।"

"लड़के, मुझे गाँव में न देखकर ही तूने कब्जा ले लिया। तुम बाँधपीड़ित छँटे हुए हो। तुम लोगों की जाति गन्ने में छिपे हुए गीदड़ की तरह है।"

राघू भिवा ने घोड़े पर बैठे-बैठे ही सुपारी कतरकर मुँह में डाली। हैबती भौंचक वैसा ही खड़ा रहा। राघू भिवा ने पुनः मुँह खोला–

"तुम उठाईगीर आदमियों को कहाँ पहचानते हैं। यहाँ की जमीन को हथियाने से तुम लोगों की आँखों में धुंध छा गयी है।"

"नहीं मालिक, बात वैसी नहीं है, कब्जे के अवसर पर आप गाँव में नहीं थे," हैबती हकलाकर बोला।

"कैसे संभव था ? मेरे पीछे सांसद महोदय ने एक ही काम थोड़े ही लगा दिया

था ? उनके साथ दो महीने दिल्ली में ही डेरा डाले बैठा रहा—चीनी मिल के लिए मान्यता जो प्राप्त करनी थी। मान्यता पाकर ही दिल्ली से निकले।''

हैबती बेचारगी के स्वर में बोला, ''मालिक, सोचा है आपके आशीर्वाद से खेती में मेहनत करूँ, कुछ पैदावार कर पेट पाल लूँ। आप हम गरीबों का ख्याल रखिए।''

''बच्चू, उँगली पकड़कर पहुँचा मत पकड़ो।'' राघू भिवा गरज पड़ा, ''मैं सांसद के साथ दिल्ली गया हुआ था, तभी तो तुम्हें जमीन का कब्जा मिला। न जाता तो जरूर देख लेता कि कौन कब्जा देता है और कौन लेता है। टाँग ही उखाड़ देता।''

''भैया, यह कैसी बातें कर रहे हैं आप ?'' आवडाई गिड़गिड़ाकर बोली, ''आप भी बाल-बच्चोंवाले हैं। बाँध के कारण हमारा गाँव और घर उठ गया। हम कहाँ जाते?''

''मैं कहता हूँ, तुम्हें मेरी ही जमीन मिली ? किसी दूसरे की जमीन ले लेते।''

''हर एक अगर ऐसा ही कहता रहेगा, हम कहाँ जायें ?''

''फिर हम कहाँ जायें ? मेरे दो लड़के हैं—पांडू और धोंडू। खाते पर कुल जमीन केवल पंद्रह एकड़ है, पर समय पर दो खाते नहीं हुए; इसलिए सरकार ने गर्दन पकड़ ली। हम कहाँ जायें ? तुम करो जोताई-गोड़ाई। करो खेती। अच्छा है, मेरी जमीन अच्छी हो जायेगी; पर ध्यान में रखो, यह राघू भिवा की जमीन है, किसी ऐरे-गैरे की नहीं। सरकार में अर्जी ठोंक दी है। देखते हैं, उनकी पद्धति से कुछ होता है या नहीं। नहीं, हमारा गाँवदी झटका है ही।

''भैया, यह कैसी बातें कर रहे हैं आप ?'' आवडाई की आँखें भर आयीं।

''वही तो कह रहा हूँ। आप जरा ढंग से रहिए।''

राघू भिवा की धमकीभरी भाषा को सुन हैबती के छक्के छूट गये। आवडाई को बुरा लगा। वह हाथ जोड़कर बोली—

''भैया, हम गरीब आदमी हैं। आपकी छाया में चार दिन जीने दीजिए हमें।''

''गरीब ही तो ज्यादा ऐंठ करता है। पर ध्यान में रखो ज्यादा दिन नहीं चलेगी। तुम्हारी यह ऐंठ।''

''थेक, थेक'' कह राघू भिवा ने घोड़े को हाँक लगायी। घोड़ा जोर से हिनहिनाया और दुलकी चाल से चल दिया। काटी हुई जड़ें मेंड़ पर पड़ी थीं। आवडाई तथा उसके लोगों की हालत सँवलाये हुए बबूल वृक्ष की भाँति हो गयी। सब होश खोये हुए-से बैठे रहे।

दो

बाँध पूरा होकर तीन वर्ष बीत चुके थे। जाँभली बुद्रुक बाँध की नहरें बाघजाई नदी के दोनों ओर बह रही थीं। आँधी-बवंडर के साथ उड़नेवाली ललछोंही-काली मिट्टी में,

पानी के कारण जान आ गयी थी। तहसील का पूर्व भाग धूप के कारण बरसों से तड़क गया था। अब पानी आ जाने से वहाँ झरबेरी के स्थान पर बाजरे तथा मकई की फसल उग रही थी। कई किसानों की, गन्ने की पहली-दूसरी फसल लहलहा उठी। गन्ने ने जोर पकड़ा था। उसके पोर पिंडली के आकार के हो रहे थे। इतने सालों से जमीन के गर्भ में तप रहा जीवन-रस उबलकर पोर-पोर में भर रहा था। बाघजाई के किनारे हरे-भरे कुंज बढ़ रहे थे।

नयी गोट-बस्ती के अगल-बगल में गन्ने की हरी-भरी फसल फैल गयी थी। उसके बीच में उदास-मनहूस बस्ती थी। बस्ती में बिजली आयी थी, पर जब किसी खंभे पर लगाया हुआ बल्ब फ्यूज हो जाता, छह महीने चिल्लाने पर ही नये बल्ब की रोशनी दिखाई पड़ती थी। कई लोगों को मकान बनवाने के लिए चार हजार रुपयों का अतिरिक्त कर्जा प्राप्त हो गया था, पर उस राशि में मकान का दरवाजा भी बन नहीं सकता था। लोग डूबी हुई जाँभली के दुमंजिले मकानों को भूल गये थे। गाँव पानी में चला गया मानो एक विशाल सपना ही टूट गया। अब पग-पग पर यथार्थ की ठोकरें लग रही थीं। कई लोगों ने कच्ची ईंटों की दीवारें खड़ी कर उन पर पाख बनाये थे। उन्होंने पाख गन्ने के पत्तों तथा जंग-लगी चद्दरों के हवाले कर दिये थे। कई लोगों के सपने थे कि वे बड़े और पक्के मकान बनवाने पर ही बिजली ले लेंगे। छोटे बच्चे बहकावे में आते थे; पर घर में माँ-बहनों को चूल्हे के उजियाले में ही रसोई-पानी का काम करना पड़ता था। केवल मास्टरजी तथा दौलू हरि के मकान में बिजली की सुविधा थी। दूसरे लोगों ने बिजली-खर्चे के भय से ही इस ऐश को नकारा था। बस्ती में बड़ी मुश्किल से नल का पानी आता था; वह भी कभी-कभी ही। खैरापुर के निवासियों तथा नयी बस्ती के लोगों में पानी को लेकर झगड़े होते थे। खैरापुर के शरारती लड़के नयी बस्ती की ओर जाने वाले वाल्व में पत्थर ठूँसकर पानी बंद कर देते।

मास्टरजी के द्वारा कई शिकायतें कर देने पर भी स्कूल की इमारत की मरम्मत हुई नहीं थी। निर्माण कार्य की जाँच से संबंधित फाइल नीचे से ऊपर और ऊपर से नीचे चक्कर काट रही थी। हाँ, समाज मंदिर के निर्माण कार्य का स्तर थोड़ा अच्छा था। बरसात में वह भी चूता था, पर मास्टरजी ने बंडेर पर गन्ने के पत्ते डालकर उसकी छवाई की थी, उसी में टूटे-फूटे खपड़ैल छिप गये थे। इससे यह हुआ कि पानी चूना कम हो गया। उसी इमारत में प्राइमरी स्कूल की पढ़ाई चलती थी। बड़ी मुश्किल से पहली तथा दूसरी कक्षा के बच्चे स्कूल में आते थे। तीसरी तक कोई टिकता ही नहीं था। मजदूरी के बिना आजीविका चलती नहीं थी। चौथी-पाँचवी कक्षा में खैरापुर जानेवाले बच्चों की संख्या उँगलियों पर गिनने योग्य ही थी। मास्टरजी स्कूल की गतिविधियों पर बराबर ध्यान दिया करते थे। जब भी समय मिलता, वे बच्चों को पढ़ाते रहते। पहले वर्ष जिला पंचायत की ओर से स्कूल में हिरवे नामक एक अध्यापक की नियुक्ति हो

. .ा। उन्हें दमे की बीमारी थी। बीच-बीच में उनकी बीमारी बढ़ती, तब स्कूल का मामला ाई में पड़ता। वे हर रोज सुबह खैरापुर से निकलते। धीरे-धीरे पैदल चलकर, बीच में रुककर बारह के लगभग स्कूल में पहुँचते, और चार बजे वहाँ से निकल पड़ते। कोई अच्छा अध्यापक बाँधपीड़ितों की इस फालतू बस्ती में आने के लिए तैयार ही नहीं था। वास्तव में नयी गोट-बस्ती भी दमे की बीमारी से ग्रस्त थी। हाँ, असली मरीज का कभी-न-कभी छुटकारा होनेवाला था; बाँधपीड़ितों का दमा एक-दो पीढ़ियों की बलि चढ़ाए बिना नहीं हटेगा।

हिरवे मास्टर, इस बात का पता लग जाने पर कि खैरमोडे मास्टरजी आंबेपुर गये हुए हैं, नयी गोट-बस्ती के स्कूल में आये ही नहीं थे। खैरमोडे मास्टरजी के बाहर रहने पर हिरवे मास्टर को बहुत सुविधा होती थी।

स्कूल आये हुए छोटे बच्चे मंदिर में लंगड़ी या गोटी से खेलते थे। बाहर बरामदे में गोमा कहार बैठा था। उसके हाथ में घुंघरू लगा हुआ चाबुक था। उसने गर्दन घुटनों में डाली थी। भैंसे की मौत हुए छह महीने बीत गये थे। भैंसा बच जाये, इसलिए गोमा ने जी-जान से प्रयास किया था। वह खैरापुर की कंठा बहन से भस्म आदि ले आया। उसने भैंसे पर नींबू उतार दिया, पर दिन-ब-दिन छीजनेवाला भैंसा जी नहीं पाया। हल में ज़ोतने का निमित्त हुआ और उसके पैरों में सूजन आ गयी। उसी में चिरकने की बीमारी शुरू हुई; वह दुबला गया। घास-कड़बी का भी अभाव था। भैंसा खूब अशक्त हो गया। हड्डी का ढाँचा मात्र रह गया। बदन पर कई जगहों पर दरारें पड़ी थीं। गोमा की आँख बचाकर इठलाई के आम से कौए आते और भैंसे को चोंच मारते। एक समय हाथी की तरह झूमनेवाले भैंसे की यह हालत देख गोमा भी दुबला गया। उसकी हड्डी-पसली दीखने लगी। वह बीस साल से बूढ़ा हो गया।

जाँभली बुद्रुक में गोमा की गुंठाभर भी जमीन नहीं थी, पर लेहनादार समझकर सरकार ने उसे नयी गोट-बस्ती में एक एकड़ जमीन मंजूर की थी। कमली ने छोटी-मोटी चीजें बेचकर पैसा इकट्ठा किया और सरकार से जमीन खरीद ली। दो बच्चे बड़े हों, खायें-पीयें—इस उद्देश्य से कमली जी-जान से मेहनत करती थी। जब तक भैंसा था, गोमा बिना कहे उसकी सहायता करता था, पर भैंसा मरा, उसकी दुनिया समाप्त हो गयी। कमली को भैंसे के चमड़े से कुछ रुपये मिलने की आशा थी, पर ढोर ने चमड़ा निकालने से इन्कार कर दिया। दरारों तथा कौए की चोंच के प्रहारों के कारण चमड़ा निरुपयोगी हो गया था। भैंसे की लाश माँग लगाकर उठायी गयी और नाले के उस पार फेंक दी गयी। जब उस पर गिद्धों ने हमला किया; गोमा पूरा हिल गया। भैंसे की मौत के बाद वह बिलकुल मूक हो गया है। वह किसी से बोलता नहीं, कुछ काम भी नहीं करता। घुँघरूवाला चाबुक लेकर समाज मंदिर के ओसारे में मूक होकर बैठता है। किसी की दी हुई बासी रोटी खाता है, नहीं भूखा ही अपनी मड़ैया में चला जाता है। टाट पर पड़ा रहता है। कमली उसे सहारा देकर उठाती है, जो कुछ घर में हो, खिलाती है। गोमा

घुंघरूवाला चाबुक पेट से लगाकर सोता है। कई लड़कों को अब गोमा का राज मालूम हो गया है। वह अकेला ही चाबुक से बात करता है; तसमे पर लगे हुए छोटे-छोटे घुंघरू बजाता है। "चल चल" कहकर वह चाबुक से बात करता है; रूठता है; रोता है। नयी बस्ती के सब लोग कहते हैं–"गोमा कहार अब मेंटल केस हो गया है।"

दोपहर आवडाई सूप से अनाज फटक रही थी; इतने में स्कूल के चार बच्चे दौड़े-दौड़े आये। सबसे आगे बिरजू था। वह नाक पोंछकर कहने लगा–

"दादीऽ दादीऽऽ, कहते हैं, कल रात साँवलेराम बहेलिया इठलाई के आम तले होश-हवास खोकर पड़ा था।"

"गिरा होगा शराब ठूँसकर।" निकट बैठी हुई हौसा बोली।

"ना, ना हौसा। बात वह नहीं है।" आवडाई ने जरा डाँटकर कहा, "वहाँ बड़ी डायन है। शाप से पूरा पेड़ प्रभावित हुआ है। वह मुई बिठलाई पेड़ को नहीं छोड़ेगी।"

बच्चे सकपकाये। आवडाई की ओर देखने लगे। उनकी आँखों के सामने गोट-बस्ती के उस पारवाला आम का वृक्ष खड़ा हुआ था। वृक्ष बूढ़ा था; पर दो खलिहान का-सा उसका फैलाव था। खैरापुर की ओर जानेवाली बाट आम के नीचे से होकर जाती थी। रात खैरापुर के बनिये की दूकान जाते समय, लोग आम के नीचे आकर डर जाते थे। डरी हुई हौसा ने पूछा–

"बहन, सच ही वहाँ डायन रहती है ?"

"डायन कहो या कुछ और कहो, पर पेड़ की चोटी पर बिठलाई की आत्मा टँगी हुई है। त्रस्त होने पर वह झोंटा बिखेरती है, पेड़ अभुआने लगता है। वह गदगद टहनियाँ हिला देती है। 'मनोहरऽ, मनोहरऽऽ' कहकर हाँक लगाती है।"

"मनोहर ? कौन मनोहर ? बिठलाई कौन ? किसकी ?"

"चालीस साल हुए होंगे उस घटना को। सांसद शिंगाडे की एक चाची थी ! उसका नाम बिठलाई था। बेचारी विधवा बूढ़ी। उसके कोई संतान नहीं हुई। उसने बहन के लड़के को गोद लिया। लड़के का नाम मनोहर था। कहते हैं वह आठ साल का बहुत ही खुबसूरत लड़का था। चाची के द्वारा उसे गोद ले लेने पर शिंगाडे पाटील की आँखें नीली-पीली हुईं। आधे हिस्से का मालिक उसकी आँख में खटकने लगा। उस आम के निकट का बगीचा मनोहर के हिस्से आ गया था। मनोहर बरसात के दिनों में, एक दिन बगीचे में आ गया। यह देखकर कि अगल-बगल में कोई नहीं है, शिंगाडे के काश्तकारों ने उसे मेंड़ में जीवित ही गाड़ दिया। ऊपर से कीचड़ थोप दिया। 'मनोहर नदी में बह गया'–शिंगाड़े तथा उसके लोगों ने गाँव में चारों ओर यही अफवाह फैलायी। पर झूठ तो झूठ ही होता है। कुछ दिनों के बाद बिठलाई को सही बात का पता लग गया। वह पागल हुई। बूढ़ी बिठलाई आम के तले तने से सटकर बैठी रहती और 'मनोहरऽ मनोहरऽऽ" चिल्लाती। एक दिन उसी आम के तले बूढ़ी मर गयी, डायन बन गयी।"

बिठलाई की कथा सुन लड़के घबड़ा गये। हौसा चिंतित होकर बोली, "चचेरे भाई

का यह हाल। हम तो पराये हैं। हमारी क्या दुर्गति होगी ?''

''जो होगा उससे टक्कर देंगे। दूसरा क्या करेंगे ?'' आवडाई ने उपाय सुझाया। वह उठी, लड़कों को बुलाकर कहा, ''बच्चो, क्यों बैठे हो ? स्कूल जाना है न तुम लोगों को ?''

''आज हिरवे मास्टरजी आये ही नहीं।''

इतने में नयी धोती-कमीज पहने पांडू येताला लाठी टेकते-टेकते आ गया। वह हँस रहा था। बच्चे भी हँसे, उन्होंने कुतूहल के स्वर में पूछा--

''चाचा, क्या बात है ? आप आज बहुत सजे-धजे हैं ?

''मेरे अशोक ने ये नये कपड़े भेज दिये हैं। आंबेपुर के बाजार से खरीदे हैं।

पांडू येताला आवडाई के सामने अपने लड़के अशोक की प्रशंसा करने लगा। खैरमोड़े मास्टरजी ने अशोक की सहायता के लिए बहुत खटपट की थी। उसकी, बी. एड. की पढ़ाई के लिए रुपये दिये थे; साथ ही, कोर्स पूरा होने के बाद उन्होंने कई चक्कर लगाकर बाँधपीड़ित होने के संबंध में प्रमाणपत्र प्राप्त किया। शिक्षा अधिकारी के सामने कई बार अनुनय कर उन्होंने अशोक को नौकरी दिलवायी थी। इधर कुछ दिनों से बूढ़ा पांडू समाज मंदिर के ओसारे चैन की नींद लेता था, वरना निन्यानबे साल के पट्टे वाली जमीन चली जाने के बाद उसका जीना ही दूभर हो गया था। सरकार ने उसका एक ही खाता मानकर एक ही प्लाट दिया था। तीन एकड़ जमीन, उसमें चार बच्चों की परवरिश--कैसे बेड़ा पार लगेगा ? यही चिंता थी। जब से अशोक की नौकरी लग गयी थी, वह हर महीने साढ़े चार सौ रुपये भिजवा देता था। उसने घर में सभी लोगों के लिए कपड़े खरीदे। वह चीनी, चायपत्ती से लेकर तेल तक सारी चीजें भिजवाता था। बूढ़ा पांडू खुश था। उसे ऐसा लगता, मानो अपने छोटे लड़के ने दिल्ली की गद्दी ही पा ली है--बूढ़ा अशोक की खूब स्तुति करता था,;सफेद मूँछों में हँसता था। बात करते-करते आवडाई ने सुझाया--

''क्या बतायें, दमे की बीमारी के कारण यह हिरवे मास्टर कभी भी मौत के घाट उतर सकता है। आप अपने अशोक की ही बदली करवाइए यहाँ पर। अपने बच्चे अच्छा पढ़ेंगे।''

''हाँ, हाँ, वैसा ही करेंगे।''

बूढ़ा पांडू येताला अशोक की बदली की कल्पना से हुलस गया। बच्चे भी आनंदित हुए; इतने में पाँच-छह बालिग लड़के दौड़े-दौड़े आये; उन्होंने दरवाजे से ही चिल्लाकर कहा--

''आवडा दादी, झगड़ाऽ झगड़ाऽऽ।''

''किसका झगड़ा ? किसलिए ?'' आवडाई ने चौंककर पूछा।

''साँवलेराम और गोमा कहार के खेत में शोर मच गया है। बहुत लोग जमा हो गये हैं।''

"लेकिन हो क्या गया है ?"

"शिंगाडे का हलवाहा दोनों को फसल काटने नहीं दे रहा है। कुल्हाड़ी लिये मेंड पर खड़ा हो गया है। धमकी दे रहा है।"

आवडाई हाथ का काम वहीं पर पटककर चलने लगी। उसने रोते सदू को फूलवंती के हवाले कर दिया। कमर में हँसिया खोंसकर आवडाई झगड़े की जगह पर पहुँच गयी। उसके पीछे-पीछे लड़कों का झुंड दौड़ा। खेत में सौ-दो सौ आदमी जमा हुए थे। धोंडू कुल्हाड़ी लिये नाग की भाँति मेंड़ पर खड़ा था। वह और साँवलेराम दोनों में हुज्जत चल रही थी। कमली कहारिन धोंडू का नाम ले-लेकर उँगलियाँ चटका रही थी, गालियाँ बक रही थी। वहाँ पर जमा हुए लोगों में खैरापूर के लोगों की संख्या अधिक थी। आवडाई को आते देख साँवलेराम तथा कमली की आवाज ऊँची हो गयी। आवडाई की ओर देखकर साँवलेराम गरज पड़ा–

"देखा बहन, हम सालभर खून-पसीना एक करते रहेंगे और कटनी करेंगे ये मुँहजोर और गुस्ताख लोग। इनसे हमारा क्या संबंध है ? यह जमीन मुझे और गोमा को सरकार ने दी है न ? फिर ये लोग क्यों अड़ंगा लगा रहे हैं ?"

"कौन सरकार ? कहाँ की सरकार ? कहाँ रहती है वह ? कहाँ खाती है ? मैं सरकार-वरकार कुछ नहीं जानता।" कुल्हाड़ी उछालकर धोंडू धमका रहा था।

आवडाई से देखा नहीं गया। उसने आँचल खोंसकर कहा, "ऐ, बड़े मुँहवाले, जरा शरम करो; तुम लोगों को बाँध चाहिए था, तब तुम्हारा शिंगाडे नंदी बैल की तरह गरदन डुलाता था। खुद की चालीस एकड़ जमीन में हल चलाने की बात कर रहा था। अब केवल चार ही एकड़ जमीन दी है उसने। लबार कहीं का ! हमने आपके लिए घर-बार पर पानी छोड़ा है, हम आपसे भीख माँगने नहीं आये हैं। तुम्हारा इस जमीन पर क्या अधिकार है ?"

"मैं उनका असामी हूँ। भूमिधरी कानून के अनुसार यह जमीन मुझे मिलनी चाहिए।" धोंडू गरज उठा।

"पर जब हमें कब्जा दिया गया, तब तुम्हारी भूमिधरी कहाँ चली गयी थी ?"

"मालिक ने मेरी अनुपस्थिति में आपको कब्जा दिया, मैं अपना हक नहीं छोड़ूँगा।"

"पर कौन कहता है कि तुम असामी मालिक हो ? इसका कुछ सबूत ?"

"तहसील में नालिश कर दी है मैंने। फैसला हो जाने पर सब पता चल जायेगा तुम लोगों को।"

धोंडू अकेला नहीं था। उसके साथ लाठी-कुल्हाड़ीवाले पाँच-छह और लोग खड़े थे। खैरापुरवालों का बल अधिक था। आवडाई हवा का रुख देखकर अस्थायी तौर पर पीछे हटी। साँवलेराम भी चुप रहा। कमली का क्रोध कम हो गया। उन्होंने अनाज से ठसाठस भरी हुई बालियाँ और बालियों के बोझ से झुकी हुई फसल को छोड़कर खाली मन से बस्ती का रास्ता पकड़ लिया। उनके मुँह लटके हुए थे। मन उदास हो गये थे।

खून-पानी एक कर बढ़ायी हुई फसल को ऐन मौके पर यों छोड़ देंगे ? एड़ियाँ रगड़कर जान देंगे ? कितने दिन इस प्रकार के झगड़े-टंटे चलते रहेंगे ? इस झडती का कोई अंत है या नहीं ?

शाम को नयी गोट-बस्ती शांत-शांत थी। रात की गाड़ी से मास्टरजी आ गये। समाज मंदिर के बरामदे में जाँभलीवाले लोग उनकी ही प्रतीक्षा कर रहे थे। यह संकट पूरे गाँव पर आया हुआ संकट था। आज साँवलेराम, कल मैं, परसों तुम--होते-होते सब लोग इस संकट के चपेट में आयेंगे। मास्टरजी के आ जाने पर सब लोग एक ही राग अलापने लगे--

"मास्टरजी, ये लड़ाई-झगड़े कितने दिनों तक चलेंगे ?"

"कब फैसला होगा ? कब रुकेंगी ये परेशानियाँ ?"

"क्या हम ऊपर बाँध पर चले जायें ? गले में पत्थर बाँधकर डूब मरें ?"

मास्टरजी भी अब बहुत परेशान थे। समस्याओं का कोई अंत नहीं था। सारी दिशाएँ ही टूटकर लटक रही थीं। किसको दुरुस्त करेंगे ? किसको छोड़ेंगे ? संघर्ष के बिना कुछ भी हाथ नहीं आ रहा था।

"मास्टरजी, मेरी रोजी-रोटी ही छीन ली गयी। अब मैं क्या करूँ ?" साँवलेराम रो रहा था।

"बोआई के समय धोंडू ने रोका था, तब तुमने पुलिस में शिकायत की थी न?"

"वही रामकहानी कितने दिन बताऊँ ?--आप तो जानते ही हैं। थाने में अर्जी देने पर पुलिस ने कहा था--असामी के कब्जे के संबंध में फैसला हो जाने पर विचार करेंगे।"

"उस नालिश का क्या हुआ ? बात कहाँ तक आयी है ?"

"सुनवाई के लिए चार महीनों में बारह तारीखें दी गयीं। मैं जब भी जाता हूँ, आगे की तारीख दी जाती है। धोंडू हाजिर ही नहीं रहता। लगातार ऐसा ही हो रहा है; मैं तो तंग आ गया हूँ।"

"यह उस शिंगाडे या उसके लड़के--चेयरमैन की चालबाजी है।" मास्टरजी ने मूल कारण की ओर संकेत किया।

"नाऽ नाऽ मुझे तो ऐसा नहीं लगता।" साँवलेराम ने बीच में ही कहा, "मास्टरजी, यदि ऐसा होता तो धोंडू शिंगाडे के खिलाफ भूमिधरी की नालिश क्यों करता ? अजी, उन दोनों की बिलकुल बनती नहीं। दोनों में छत्तीस का संबंध है।"

"साँवलेराम तुम चुप रहो, तुम्हें पढ़े-लिखे और सुधरे हुए लोगों की चालाकी मालूम नहीं। सियार से भी धूर्त होती है यह जात।" मास्टरजी ने परिस्थिति का विश्लेषण करना शुरू किया, "इस क्षेत्र में पानी आ गया; सिंचाई की व्यवस्था हुई; गन्ने की खेती आ गयी। दो साल पहले जमीन का भाव पंद्रह हजार से बीस हजार रुपये हो गया है। बाँधपीड़ितों को भगाकर जमीन वापस ले लेने की यहाँ के जमींदारों की चालबाजी है।

पर हमें चाहिए कि हम इन गुंडों की बातों में न आयें। हम अपनी जगह को न छोड़ें।''

''पर धोंडू ने शिंगाडे पाटील के खिलाफ नालिश की है ?''

''यही सुधरे हुए लोगों की चालबाजी है। जमीन में असामी दिखाने पर जमीन स्लैब में नहीं आती, इससे जमीन मुक्त होती है। असामी के तौर पर धोंडू का नाम केवल रिकार्ड पर रहेगा। प्रत्यक्ष कब्जा रहेगा चेयरमैन सर्जेराव का। ये सुधरे हुए लोग हैं। प्रत्यक्ष गधे को घोड़ा कहेंगे, सियार को कुत्ता समझेंगे, पर जमीन का ताबा नहीं छोड़ेंगे—यही इनकी चालबाजियाँ हैं।''

खैरापुरवासियों की चालबाजी की एक-एक कथा सुनकर जाँभलीवाले चकरा गये। आवडाई बीच में ही बोली, ''राघू भिवा की भी आँख मेरी जमीन पर है। हम चट्टान से टक्कर लें, रात-दिन मेहनत करें, फसल पैदा करें और अंत में सारा इनके हवाले करें? वाह ! भाई वाह ! यह अच्छा न्याय हुआ !!''

नयी गोट-बस्ती के सब लोग निराश थे। उन्हें धीरज देकर मास्टरजी ने कहा, ''चिंता छोड़िए, घबड़ाइए नहीं। हो सकता है, ये लोग हमें इससे भी ज्यादा बूरे दिन दिखायेंगे। मेरा प्रयास केवल इतना ही है कि हमें भले ही जीवनभर खटना पड़े; खटते-खटते चितापर जाना पड़े; पर आगे की पीढ़ियाँ सुख से रहें।''

बैठै-बैठे बहस चल पड़ी। बहस में बाँधपीड़ितों की गोट-बस्ती के लिए श्मशान भूमि तथा पीने के पानी के लिए स्वतंत्र नल-योजना की समस्या उठ खड़ी हुईं। खूब बहस हुईं। साँवलेराम मनहूस हुआ था। वह घुटनों में गर्दन लटकाये चुपचाप बैठा था। वह बहेलिया जाति में पैदा हुआ था। उसकी पूरी जिंदगी ऊपर पहाड़ो में बीत गयी थी। निचली जमीन डूब गयी, इसलिए वह जाँभलीवालों के साथ इधर नीचे आ गया। पहाड़ी ढलानवाली जमीन वहीं रह गयी। उसका भाई रामू जमीन और भेड़-बकरियों की देखभाल़ करता था। बाँधपीड़ित होने से साँवलेराम को जो जमीन मिली थी, उसकी जोताई-बोआई वह पूरी मेहनन और ईमानदारी से कर रहा था। दोनों भाई एक ही जगह पर कैसे जिंदगी काटेंगे ? पानी की सतह से ऊपरवाली जमीन के साथ सरकार का कोई लेना-देना नहीं था। इस प्रकार कितने ही भाई-भाई में से एक नीचे नयी गोट-बस्ती में और दूसरा ऊपर पहाड़ी ढलान पर जी रहे थे। बालू और बापू की भाँति अलग-थलग पड़े हुए थे।

साँवलेराम बहुत ही सीधा-सादा आदमी था, न किसी के लेने में न किसी के देने में। शिंगाडे की स्लैब में निकली हुई तीन एकड़ जमीन उसे मिल गयी थी; वह उसी में जोताई-बोआई करता था। एक एकड़ जमीन गोमा को मिल गयी थी। साँवलेराम परेशान हुआ था—कितनी जगह झगड़ेंगे ? कितनी जगह संघर्ष करेंगे ? बोआई के समय पर भी धोंडू ने अड़ंगा डाला था। साँवलेराम को तहसील में जाकर अधिकारियों के सामने सिर फोड़ना पड़ा, तब कहीं चार दिनों के बाद दो पुलिस-सिपाही आ गये। मुश्किल से बोआई पूर्ण की थी तब। मक्के की फसल घुटने तक बढ़ गयी और धोंडू ने खड़ी फसल में ही भैंस खुली छोड़ दी। उसने चार क्यारियाँ तहस-नहस कर डालीं। और अब ? अब,

पकी हुई फसल हाथ नहीं लग रही है। उसके लिए दस बार चक्कर लगाये। कमली ठहरी महिला। घरवाला तो अब न के बराबर है। कमली दोनों बच्चों को पेट से लगाये बैठक में उपस्थित थी। सहमी-डरी वह सबकी ओर देख रही थी। गोमा घुँघरूवाला-चाबुक पेट से लगाये दूर बैठा था, मानो कुछ हुआ ही नहीं था।

मास्टरजी को कल बाघेठाण के एक-दो कार्यालयों में जाना था। उन्होंने साँवलेराम तथा कमली को साथ में आने के लिए कहा। पहली बस से निकलना तय हुआ; पर साँवलेराम न तीन में न तेरह में। मास्टरजी ने उदास साँवलेराम से पूछा—

"कहो साँवलेराम, जायेंगे न कल ?"

"मास्टरजी, क्या इस मामले में सच ही चेयरमैन का हाथ होगा ?"

"साँवलेराम, बात साफ है।" मास्टरजी बोले।

"तो मैं किसलिए जाऊँ ?"

"क्यों, क्या हुआ ?"

"अगर एक ही पत्थर होता तो उसे किसी तरह तोड़ देता; यह तो पहाड़ है। पहाड़ के साथ कौन टक्कर लेगा ? वे बड़े लोग हैं। पुणे-बंबई तक उनकी पहुँच है। साहब लोग भी उनके साथ हैं। मैं ठहरा गरीब; मेरी हैसियत ही क्या है ? मैं तो बस जाँभली चला जाऊँगा; भाई के यहाँ रूखा-सूखा खा लूँगा। पहाड़ पर बस जाऊँगा। यहाँ रहना मुझसे निभेगा नहीं।"

"साँवलेराम, कलेजा पत्थर का करो। अरे भाई, तुम भाग जाओगे तो खैरापुर के लोगों को आदत पड़ेगी; वे बाँधपीड़ितों को एक-एक कर भगायेंगे। जरा सोचो; हिम्मत हारकर मत बैठो।" आवडाई ने साँवलेराम को सावधान किया।

दूसरे ही दिन सुबह तीनों तहसीलदार के ऑफिस पहुँचे। सौभाग्य से तहसीलदार साहब दौरे पर नहीं थे। मास्टरजी ने उन्हें दो महीने पूर्व बाघेठाण में हुई बैठक की याद दिलायी। कलेक्टर तथा डी.एस.पी ने तहसील की जगह विशेष बैठक आयोजित की थी। बाँधपीड़ितों को जमीन की जोताई-बोआई में किसी प्रकार की बाधा नहीं आनी चाहिए; उनका संरक्षण करना चाहिए—इन्हीं बातों पर बहस हुई थी। उस बैठक में महसूल, पुलिस तथा सिंचाई विभाग के सभी अधिकारी उपस्थित थे। बाँधपीड़ितों को संकट में नहीं डाला जायेगा—इस निर्णय तथा संकल्प के साथ अधिकारियों ने बैठक समाप्त की थी। तहसीलदार साहब ने मास्टरजी की सब बातें सुनीं और फाइल से गर्दन ऊपर उठाकर कहा—

"आज क्या काम है ? आप उतना ही कहिए, तूमार मत बाँधिए।"

"आपके सामने इस साँवलेराम की जमीन का मामला है। धोंडू की भूमिधरी का मामला है यह; कृपा कर आप फैसला कीजिए।"

"वही न, शिंगाडे की ओर से धोंडीबा काले वर्सेज साँवलेराम दबड़े ?"

"जा हाँ साहब, वही मामला है।"

"धोंडीराम का वकील आगे की तारीख लेकर थोड़ी देर पहले ही चला गया; आप पंद्रह दिन के बाद आ जाइए।"

"साहब, आपने आगे की तारीख क्यों दे दी ?" मास्टरजी संघर्ष पर उतारू हो गये।

"क्यों नहीं देंगे ? वादी या प्रतिवादी का, अडजोर्नमेंट का राईट आप कैसे निकाल लेंगे ?" तहसीलदार साहब ने झुंझलाकर कहा।

"लेकिन साहब, आप कितनी बार अगली तारीख देंगे ? यह अललबछेड़ा चक्कर लगाने में ही मर रहा है। ऐसे मामलों के फैसले छह महीने के भीतर करने चाहिए तहसीलदार ऐक्ट यही कहता है। छह महीने हो गये। कब होगी सुनवाई ?"

"देखिए खैरमोडे मास्टरजी !" तहसीलदार का मुँह लाल हो गया। उन्होंने धमकाकर कहा, "मैं जानता हूँ कि आप बाँधपीड़ितों के ईमानदार नेता हैं; पर इसका अर्थ यह नहीं कि आप तहसीलदार के सामने ही कानून बघारें। यह तो नानी के आगे ननिहाल की बातें कर रहे हैं आप।"

"साहब, जाके पाँव न फटी बिवाई, सो का जाने पीर परायी ? आप किसानों के–बाँधपीड़ितों के घर जन्म लीजिए, तभी आप हमारी व्यथा-वेदना को समझ पायेंगे।" मास्टरजी भर्रायी हुई आवाज में बोले, "जब तक फैसला नहीं होगा तब तक फसल खेत में ही रखेंगे ? फसल की बरबादी हो जाने पर घर क्या खुबरी ले जायेंगे ? पूरे साल तक पेट कैसे भरेंगे ?"

मास्टरजी का बदला हुआ रंग देखकर तहसीलदार रावसाहब जरा झेंप गये। आवाज धीमी हुई, कहने लगे–

"मास्टरजी, आप पुलिस के पास क्यों नहीं जाते ?"

"वहाँ का झटका तो आप जानते ही हैं। रातभर रामायण सुनेंगे और सुबह पूछेंगे कि राम कौन और रावण कौन ?"

"तात्पर्य ?"

"उन्हें कोर्ट की ओर से–आपकी ओर से–लिखित आदेश देना जरूरी होता है।"

"ठीक है, आइए पंद्रह दिन के बाद। हम केस का फैसला ही कर देंगे।"

"लेकिन साहब, आज क्या होगा ? अनाज से भरी हुई खड़ी फसल को खेत में रखकर हम घर में चैन की नींद ले पायेंगे ?"

तहसीलदार रावसाहब ने अंदाजा लगाया–यह बला यों ही नहीं टलेगी। वे बोले, "ठीक है, मैं स्टेटस्को का–स्थिति को यथावत रखने का–आर्डर दे देता हूँ। आप पुलिस को आर्डर दिखा दीजिए। उससे सहायता ले लीजिए।"

"साहब, वह जमींदार हमें फसल काटने से रोक रहा है। आप हमें संरक्षण दीजिए, हमारे साथ पुलिस के आदमी दीजिए।" साँवलेराम ने नाक रगड़कर कहा।

"स्टाफ बंदोबस्त के लिए बाहर गया हुआ है। उसमें भी तुम्हें संरक्षण जरूरी हो

तो बताओ।"

"जी हाँ साहब, संरक्षण चाहिए। बड़ी कृपा होगी आपकी।"

"तो फिर ऐसा कहो न। दो ही नहीं, चार सिपाही देता हूँ साथ में; पर खर्चा तुम्हें स्वयं करना पड़ेगा। यहाँ पैसे जमा करो—एक सिपाही के पच्चीस रूपये। कहो कितने दिन और कितने सिपाही संरक्षण के लिए चाहिए तुम्हें ?"

"साहब, गरीब पर दया कीजिए। दया कीजिए गरीब पर !" साँवलेराम तथा कमली दोनों रोने-पीटने लगे।

"संरक्षण नहीं निभता न तुमसे ? फिर जाओ भागो; कोर्ट ने जो आदेश दिया है उसका पालन करो; जैसी स्थिति है वैसी ही रखो—स्टेटस्को—जरा भी गड़बड़ी मत करो, समझे ? चलो, भागो।"

दोनों की हिम्मत टूट गयी। वे पुलिस थाने से बाहर निकले। पसीने से तर-ब-तर कमली बोली—

"साँवले दा, जरा वकील से पूछ लेते।"

"मेरे पास केवल बस किराये के लिए पैसे हैं। तुम्हारे पास कुछ ज्यादा पैसे हैं?" साँवलेराम जानता था कि बिना रुपयों के कोई वकील मुँह तक नहीं खोलता।

"मुझे किराये के लिए ही पचास पैसे कम पड़ते हैं। साँवले दा मुझे पचास पैसे दे देना।"

वकील की बात वहीं पर छोड़कर दोनों बस्ती में लौट आये। साँवलेराम को, खेत की ओर जाने का भान ही नहीं रहा। वह टाट बिछाकर दिनभर अपनी मड़ैया में पड़ा रहा।

दूसरे दिन बच्चों के शोरगुल से साँवलेराम की नींद टूटी। "साँवले दाऽ, साँवले दाऽ दौड़ो।" साँवलेराम हड़बड़ाकर जगा। "तुम्हारे खेत में खैरापुरवालों ने चौपाये खुले छोड़े हैं। खड़ी फसल का सत्यानाश हो गया।" बच्चे चिल्ला उठे। बच्चों के शब्द साँवलेराम के कान में गरम तेल की भाँति चरचरा गये। वह तुरंत खेत की ओर दौड़ने लगा। उसके पीछे उसकी पत्नी थी; अधिकतर लोग मजदूरी या अन्य काम पर गये हुए थे, जो थे वे साँवलेराम की सहायता के लिए दौड़े।

साँवलेराम ने देखा—मक्के की खड़ी फसल में चार बैल, दो-तीन भैंसे खुले छोड़ दिये गये हैं। बैल अपनी लंबी जीभ को आड़ा कर मक्के की कच्ची बाल खींच लेते और अपने कठोर दाँतों से उसकी बुकनी बना देते। भैंसों ने, जो भी हरा-भरा देखा, खा लिया। उन्होंने कच्ची बालियों की बरबादी की। कड़ी बालियों को आधा खाकर, आधा चबाकर वैसे ही फेंक दिया। यों खड़ी फसल की बाट लग गयी। मेंड़ पर लाठी, कुल्हाड़ी लिये धोंडू, राघू भिवा, बबेराव—खैरापुर के दस-पंद्रह किसान तैयार खड़े थे। वे फसल की बरबादी कर रहे मवेशियों की ओर देखकर खीसें निकाल रहे थे। खैरापुर के पचास-साठ आदमी तमाशा देख रहे थे। तभी साँवलेराम तथा कमली दोनों मेंड़ पर

आ गये। फसल की बरबादी देख उन्होंने हाय-तौबा मचायी। साँवलेराम से यह सहा नहीं गया। वह लाठी लिये आगे बढ़ा; यह देख उसकी पत्नी ने उसे बीच में ही रोका। वह साँवलेराम के पैरों से लिपट गयी; पैरों को जोर से पकड़ लिया। मेंड़ पर मानो लाठी-कुल्हाड़ी की फसल ही उग आयी थी। उसकी ओर देखकर वह चीखी, "फसल की बरबादी हो रही है, होने दीजिए—पर आप अपनी जान बचाइए।"

आवडाई गालियाँ बक रही थी। नकुसा की आँखें भर आयी थीं। दुखी साँवलेराम जमीन पर पड़ा जोर-जोर से चिल्ला रहा था। कमली, चीखती-चिल्लाती, सिर पीट रही थी। खैरापुर के मरकहे जानवरों के पेट अफर गये थे। वे डकार रहे थे, बरबाद फसल में हगते-मूतते थे।

रात में नयी गोट-बस्ती सिकुड़ गयी। मास्टरजी की प्रतीक्षा में ठिठुरकर बैठी रही। आधीरात बीतने पर भी मास्टरजी नहीं आये। गोमा की मड़ैया और साँवलेराम की कुटिया में सन्नाटा छाया हुआ था। उनके चूल्हे ठंडे पड़े थे। आदमी भूखे पेट ही टाट पर लेटे थे। पास-पड़ोसियों ने रोटियाँ दे दीं—भूखे बच्चों ने खा लिया। मास्टरजी दूसरे दिन भी आंबेपुर से लौटकर नहीं आये। उन्हें यहाँ के महाभारत के संबंध में कैसे पता चलेगा? खड़ी फसल की बरबादी ! यह तो छोटा समाचार है ! ऐसे समाचार समाचार-पत्रो में थोड़े ही छपते हैं ? मास्टरजी उधर स्कूल के दुरुस्ती-कार्य को लेकर अटक गये थे। आधी रात खैरापुर के दो आदमी आये। "चेयरमैन ने तुम लोगों को बुलाया है।" चेयरमैन का संदेशा सुनाकर वे दोनों साँवलेराम तथा कमली को लेकर चले गये।

साँवलेराम को अब किसी भी बात का डर नहीं था। खड़ी फसल की बरबादी को छोड़ और बुरा था ही क्या ? क्या मौत भी इससे बुरी होती है ? दोनों अँधेरे में चलकर हवेली पर पहुँचे। चेयरमैन का पी.ए. कुलकर्णी सर्जेराव के दालान में ही बैठा था। सर्जेराव झूले पर पेंग मार रहे थे। झूले के साँकल बज रहे थे। साँवलेराम तथा कमली, दरवाजे के पास, जूतों के निकट सिकुड़कर बैठ गये। पी.ए. कुलकर्णी ने कहा—

"तुम लोग और हमारे साहब के बीच कोई झगड़ा नहीं है; पर धोंडिराम, साहब का आदमी है। वह पच्चीस साल से साहब की कोठी पर पला और बढ़ा है। साहब उसी को ही जमीन देंगे; पर साहब आपकी हानि नहीं चाहते। साँवलेराम, चार महीने बीतने दो; तुम्हारे बड़े लड़के को कारखाने पर स्थायी नौकरी मिलेगी।"

साँवलेराम तथा कमली दोनों दबे-सहमे पत्थर की भाँति जड़ बैठे रहे। कुलकर्णी बताने लगा, "जमीन की कुल कीमत सरकारी दर से तीस हजार हो गयी है। तुम लोगों की भी हानि नहीं होनी चाहिए। ये आठ हजार रुपये तुम दोनों को दे रहे हैं, शेष रुपये दो-चार महीनों के बाद दे देंगे। ठीक है न ? देखो, साहब को फालतू बातें अच्छी नहीं लगतीं। वे नहीं चाहते कि आपका नुकसान हो। कोई तुम लोगों के कान भर देगा, उनके बहकावे में मत आना। सरकार की ओर से दूसरी जमीन ले लो। गरीब को चाहिए कि वह गरीब की ही तरह रहे। ध्यान में रखो; नक्कारखाने में तूती की कोई सुनता नहीं।

पहाड़ से टक्कर लेने पर किसका सिर फटेगा ? तुम्हार या पहाड़ का ?"

साँवलेराम और कमली अब भी वैसे ही उकडूँ बैठे थे। कुलकर्णी ने आठ हजार रुपयों का पुलिंदा साँवलेराम के हाथ में जबरदस्ती ठूँस दिया। साँवलेराम बिना कुछ बोले ही उठा, चेयरमैन को सलाम कर दोनों बाहर निकल पड़े। झूले के साँकल खुशी से छनछना रहे थे।

तीसरे दिन सुबह-सुबह ही मास्टरजी खैरापुर के बस अड्डे से गोट-बस्ती की ओर जाने के लिए मुड़े। रास्ते के मुहाने पर ही पंढरी पाटील का घर था। गजराई ने, जो भी घट गया था, मास्टरजी को बता दिया। मास्टरजी संतप्त हुए। वे सीधे साँवलेराम की कुटिया के पास पहुँचे। टट्टी का दरवाजा खुला पड़ा था। भीतर कोई आदमी या बर्तन-भाँड़ा कुछ भी दिखाई नहीं दे रहा था। केवल खुली हुई जगह थी—खुले आसमान की तरह दिखाई देनेवाली। साँवलेराम रात में ही बोरिया-बिस्तर बाँधकर शायद जाँभली के पहाड़ की ओर चला गया था। मास्टरजी कमली के दरवाजे पर पहुँचे; उन्होंने हाँक लगायी। डरी-सहमी कमली किवाड़ बंद कर भीतर बैठी थी। दोनों बच्चे बदन से लटके हुए थे। कमली में चलने के लिए भी ताकत बची नहीं थी—मुझे अपने बच्चे ही भले! पहाड़ से टक्कर लेने पर किसका सिर फटेगा ?

तीन

अँधेरा हो गया था। खैरापुर की नयी गोट-बस्ती में तीन-चार खंभों पर बिजली के दीये टिमटिमा रहे थे, शेष बस्ती अँधेरे में खो गयी थी। नाले की ओर के मकान तो छह महीनों से अँधेरे में थे। शिकायत करने पर भी दीयाबत्ती का काम नहीं हुआ था। मास्टरजी के दरवाज़े पर पाँच-छह बाँधपीड़ित टाट बिछाकर बैठे हुए थे। भीतर मड़ैया में हीरा मास्टरनी के पास नकुसा बैठी हुई थी। उसका बिरजू अब आठ साल का हो गया था। वह बाहर बच्चों के साथ हुड़दंग मचा रहा था। नकुसा शांत बैठी थी। पति शिवराम की मृत्यु के बाद उसे घर-गृहस्थी के सब काम ठीक-ठाक करने थे। उसने हाल ही में एक प्लाट अपने अधिकार में कर लिया था, उसमें कच्ची ईंटों की दीवारों के आधार पर कुटिया बनवायी थी। गाँठ में सुगंधी वकील के प्रयास से प्राप्त छह हजार की राशि थी। राशि के समाप्त होने से पहले ही उसे पहली किस्त जमा कर जमीन कब्जे में लेनी थी, पर वह जमीन की जो भी पट्टी पसंद करती, उसमें कुछ-न-कुछ अड़ंगा लगाया जाता था अथवा सरपंच दत्तू जैसे धनी-मानी लोग पुनर्वास आफिस के कर्मचारियों को मुट्ठी गरम कर उस जमीन को हथिया लेते थे। कुछ-न-कुछ बाधा आ ही जाती थी। मामला खटाई में पड़ता था।

उधेड़ बुन में हुई नकुसा ने हीरा मास्टरनी से कहा, "तीन पट्टियाँ पसंद कीं, पर

कोई न कोई बीच में अड़ंगा डालता ही है। हम पीछे रहकर संकटों से टक्कर ले रहे हैं।''

''नकुसा, बुरा मत मानो। आज या कल सब भला हो जायेगा।''

''हमारा भला नहीं होगा, भला होगा ताया कांबले जैसे नेताओं का।''

''आग लग जाये उसके मुँह में।'' हीरा ने गुस्से से कहा।

बस्ती में सब जानते थे—ताया कांबले अब बड़ा नेता हो गया है। जब भी देखा जाय, वह बाघेठाण के तहसीलदार कार्यालय में या आंबेपुर के पुनर्वास ऑफिस में पड़ा रहता है। पहले की भद्दी पोशाक छोड़कर वह अब विधायक सांसद की-सी बढ़िया माँडवाली पोशाक पहनता है। वह दिन में पीता नहीं 'समाज सेवा' करता है। भूमिसंपादन विभाग में उसका चहेता दोस्त चोरगे हैड क्लर्क अब पुनर्वास विभाग में तबादला होकर आ गया था। तब से डी.आर.ओ. ऑफिस में ताया के चक्कर और भी बढ़ गये थे। ''मैं तुम्हें प्लाट दिलवाता हूँ,'' ''मैं उसकी जमीन का कब्जा दिलवाता हूँ''—वह इस प्रकार के आश्वासन देता रहता। जिले में तीन बाँध थे। उसके कारण कई गाँव और बस्तियाँ उठी हुई थीं, इसलिए सर्किल ऑफिसर दामले तथा हैड क्लर्क चोरगे को आफिस से बाहर बुलाता; उनके साथ बैठकर चाय-नाश्ता करता; उन्हें पान की गिलेरियाँ दिलाता। कभी इसके कान लगता; कभी उसके कान भरता; और शाम को जेब भरकर घर लौटता—यों ताया का अच्छा गुजारा चल रहा था। नकुसा द्वारा खैरापुर में पास की गयी जमीन के संबंध में उसी ने बाधा डाली थी और दूसरों के मामले मंजूर करवाये थे। मास्टरजी ने तीसरी बार, जमीन की एक पट्टी दिलवाने के संबंध में कई चक्कर काटे। पहली किस्त का चालान भी भर दिया; पत्रावले साहब ने नोट भी लिखा; इतने में ताया का गुरु दत्तू सरपंच पत्रावले साहब से मिला। एक रात में जादू हुआ—कागज उल्टे-पुल्टे हो गये। पैमाइशदार नांगरे ने ऑफिस में ही कब्जे का पत्र तैयार किया। सर्किल ऑफिसर ने ऑफिस में बैठे-बैठे ही पंचनामे में लिख दिया—''प्रत्यक्ष जगह पर जाकर कब्जा दिया गया।'' तीसरे ही दिन गाँव के रिकार्ड में दूसरा नाम चढ़ गया।

जिसका चलता है उसका बहुत चलता है। इसीलिए ताया की पाँचों उँगलियाँ घी में थीं। मास्टरजी ने कई बार माँग की थी कि ताया कांबले-जैसे दलालों को चुन-चुनकर अलग कर दिया जाय। उसके विपरीत ताया ने बंबई से दिल्ली तक खैरमोडे मास्टर के विरुद्ध लिखित शिकायतें कर दी थीं—खैरमोडे मास्टर बाँधपीड़ितों को भड़काता है, कर्मचारियों पर दबाव डालता है; उसने बहुत माया जमा की है। कलक्टर ऑफिस में उसकी एक फाईल ही बन गयी थी।

''नकुसा, तुम धीरज मत छोड़ो। जब तक हमारे 'घरवाले' और आवडाई तुम्हारी सहायता करते रहेंगे, तब तक तुम्हें किसी बात की चिंता नहीं है। तुम्हारा जमीन का काम होगा।'' हीरा समझा रही थी।

''दसियों जगहों पर जंतर-मंतर हो गया, पर अभी तक यश नहीं है।'' नकुसा

ने परेशानी व्यक्त की।

"तुम, मैं तथा आवडाई—हम तीनों कल कंठामाई के दरबार में चलेंगे, वहाँ की पवित्र हल्दी यश देती है। कल सुबह जल्दी आओ, वहाँ हो आयेंगे।" हीरा ने कहा।

नकुसा उठी और अपनी मड़ैया की ओर चली गयी। मास्टरजी बाहर आँगन में किसी से बात कर रहे थे। शेवंता कहीं पड़ोस में चली गयी थी। हीरा के मन में चिंता थी। उसे कंठामाई के पास जाकर शेवंता के संबंध में भी पूछना था। लड़की ने वर्नाक्युलर फाइनल की परीक्षा दी थी। उम्र तेरह साल की थी; पर लंगलेट अच्छी होने से वह बड़ी दिखाई देती थी। मास्टरजी को लगता था कि उसे आगे खूब पढ़ाया जाय; पर हीरा मास्टरनी को यह बात पसंद नहीं थी। खैरापुर के लोग बाँधपीड़ितों के लड़कों को कूड़ा-करकट ही समझते थे। गोट-बस्ती के स्कूल में तीसरी कक्षा उत्तीर्ण कर पाँच-सात ही लड़के खैरापुर के स्कूल में जाते थे। उनकी भी एक नयी जमात तैयार हुई थी। उनके माता-पिता बहुत गरीब थे; ऐसी स्थिति में लड़कों के बदन पर अच्छे कपड़े कहाँ से आयेंगे? बस्ती के फटीचर लड़के खैरापुर के लकदक स्कूल में अलग दिखाई देते थे। बाकी के लड़के पीढ़े पर बैठते थे और ये ? ये लड़के बिना शिकवा-शिकायत के नीचे फर्श पर ही बैठते। उनके सहपाठी ही नहीं, मास्टर लोग भी उनको डाँट पिलाते। झल्लाकर कहते—"उठकर आये हुए, जरा ठीक से बैठना। "अरे ओ, बाँध में डूबे हुए लड़के, तुम्हारा स्वाध्याय क्या तुम्हारा बाप लिखेगा ?" खैरापुर, निवासी नयी बस्ती के लोगों को 'पराये,' 'उठकर आये हुए' कहकर डाँटते-फटकारते थे। दूसरे लड़के भी मास्टरजी की ही लीक पर चलते थे। नयी बस्ती के लड़कों को स्कूल में बैठने दिया जाता था, यही बहुत था।

लड़का होता और उसे बैरिस्टर कर दिया होता तो भी हीरा मास्टरनी को कुछ परेशानी न होती, लेकिन यह तो ठहरी बढ़ती उम्र की लड़की ! माँ के लिए सबसे अधिक चिंता का यही विषय था। शेवंता बस्ता लेकर अकेले ही खैरापुर चली जाती, साथ में बस्ती के लड़के थे, पर वह तो बस्स यों ही ! गाँव के लड़के शेवंता की ओर देखकर हँसते हैं; उसे एकाकी देखकर खखराते हैं; "मास्टर की चिड़िया बहुत बढ़िया" जैसी गंदी बातें कहते हैं; सीटी बजाते हैं—हीरा को ये सारी बातें मालूम थीं। मास्टरनी प्रतीक्षा में थी कि शेवंता की, वर्नाक्युलर फाइनल की परीक्षा जल्दी ही हो जाये। मास्टरनी सोचती—मास्टरजी ने जल्दी पेंशन लेकर गलती ही की। उनका हर रोज का यात्रा-व्यय और गृहस्थी का खर्चा—दोनों पेंशन के रुपयों पर चल नहीं पाता था; इसलिए जब से नयी बस्ती में आयी थी, मास्टरनी रोज मजदूरी पर जाती थी। दिनभर किसी के खेत पर खटती रहती, पर शाम को उसके दिल में चिंता छा जाती; खैरापुर के सँकरे रास्ते का उसे भय लगने लगता। रास्ते के दोनों ओर गन्ने की खेती थी; गन्ना बढ़ा हुआ था। उसे लगता कि मनोहर को हाँक लगानेवाली बिठलाई की भाँति वह खुद भी शेवंता को हाँक लगाती रहे। जब लड़की बस्ता लेकर आँगन में आ जाती, तब मास्टरनी की परेशानी समाप्त होती; चिंता दूर होती।

पिछले दस-बारह दिनों से नयी गोट-बस्ती में खुशी का ही माहौल था। मास्टरजी के आँगन में उसी की चर्चा शुरू थी। जब जाँभली गाँव अपनी जगह पर था, तब एडवोकेट सुगंधी और उसके वकील बेटे ने हस्ताक्षर, अँगूठे के निशान ले लिये थे। उन्होंने जाँभलीवासियों से कहा था कि जाँभली की जो जमीन पानी में चली गयी है, उसके मुआवजे की राशि कोर्ट से बढ़वा देंगे। उन्होंने जाँभली के साथ-साथ बिबेबाड़ी, सार्जुली जैसे कई गाँवों में इसी प्रकार हस्ताक्षर और अँगूठों के निशान ले लिये थे। अब तक बाँधपीड़ित इस बात को भूल गये थे; पर वकील बाप-बेटे उन सभी मामलों को लेकर हाइकोर्ट में जूझते रहे। इधर कुछ महीने पूर्व उनका फैसला हुआ। अतिरिक्त राशि तो मिल ही गयी, पर अदालत ने संपादन की तिथि से लेकर आगे की मुद्दत का ब्याज देने का आदेश भी दिया। लेकिन अधिकार-पत्र वकील के अधिकार में थे। जब पता चला कि रुपये मिल रहे हैं, बाँधपीड़ितों का ताँता लग गया। बाँधपीड़ित पता ढूँढ़ते-ढूँढ़ते आंबेपुर चले गये। जितनी भी मिली उस राशि को लेकर, खुशी से झूमते हुए खैरापुर लौट आये। दो-दो, चार-चार हजार ही सही, पर रुपये तो मिल रहे थे। जाँभलीवालों ने एक साथ इतने रुपये इधर पाँच-छह सालों में देखे ही नहीं थे। जहाँ साल में एकाध बार सौ के नोटों के दर्शन मुश्किल थे, वहाँ हजार की बात ही अलग थी।

म्हाकू भोंसले ने कहा, "मास्टरजी, उन दिनों वकील पुरानी, जंग-चढ़ी साइकिल पर घूमता था; अब देखते-ही-देखते कितना बड़ा हो गया ! हम रुपये लाने गये थे; देखा—बहुत बड़ा बँगला बनवाया है उसने !"

"कहतें हैं, एक नहीं, दो-दो बँगले हैं उसके।" बंडू नाई ने सूचना दी।

"चलिए, कई बार शिकायत करने पर बाघधरे साहब की जाँच हुई। उस जाँच में से कुछ निकला नहीं, पर इस वकील के प्रयास से कुछ रुपये मिल गये, यही संतोष है।" मास्टरजी ने कहा।

"पर वकील ने अपना उल्लू सीधा किया। वकील का कल्याण ही हुआ। बाँधपीड़ितों के केस थे। कहते हैं, सरकार ने स्टैंप के संबंध में सहूलियत दी थी, अपने केस में पचास प्रतिशत ही स्टैंप लगता है।" म्हाकू ने बताया।

"म्हाकू, यह सब सही है। सरकार ने बाँधपीड़ितों को बहुत सहूलियतें दी हैं। पुनर्वास का कानून भी बनाया है। ये सहूलियतें सही माने में बाँधपीड़ितों तक पहुँचती तो यहाँ स्वर्ग का निर्माण हो जाता !" मास्टरजी ने भर्राये हुए स्वर में कहा।

गप्पें चल रही थीं। पांडू येताला ने बीच में ही शिकायत की—

"मास्टर, उस मंजू का क्या हुआ ? उसके प्लाट के संबंध में कुछ किया ?"

"तहसील कार्यालय में शिकायत दी है; पंद्रह दिन हुए। मैं स्वयं तहसीलदार से तीन-चार बार मिला। अतिक्रमण हटाने के संबंध में कहा; पर कौन सुनता है ?"

"मास्टर, आप सरकार से कहिए—जो प्लाट खाली हैं उनका तुरंत वितरण किया जाय। उन्होंने मेरा एक ही खाता माना। मेरे चार लड़के हैं, मैं और तीन प्लाट माँग

रहा हूँ। बार-बार चिल्ला रहा हूँ कि फिलहाल कम-से-कम एक प्लाट तो दीजिए। मेरे लड़के और उनकी घरवालियाँ कहाँ सोयेंगीं ? अच्छा है कि अब तक दो ही लड़कों के ब्याह हुए हैं। लड़कों को असुविधा न हो, इसलिए मैं चार साल से समाज मंदिर के आसरे सो रहा हूँ। मुझे प्लाट नहीं मिल रहा है; पर वह आवारा मंजू खैरापुर से आकर यहाँ कैसे बस गयी है ? क्या उसके लिए कायदा-कानून कुछ नहीं ?'' बूढ़ा पांडू चिल्लाने लगा।

''पांडू काका, आप तो सब जानते ही हैं। खैरापुर के कई छैलछबीलों की असामी है वह। और तो और, इधर खुद दामले सर्किल ही उससे चिपक गया है। उसने ही अनुमति दी है--तुम रहो गोट-बस्ती में, देखते हैं कौन क्या करता है।'' मास्टरजी ने सारी बात स्पष्ट की।

''यह तो मुश्किल है। उसे साहब ने ही रखा। अब वह प्लाट कैसे खाली होगा?'' पांडू बाबा हँसने लगा।

''मास्टरजी, वह पोपट पापुद्रे दोपहर शराब पीकर बस्ती में आया था। मंजू के दरवाजे पर शोर मचाकर चला गया वह कमीना !'' बंडू ने सूचना दी।

सब लोग गंभीर हो गये। बूढ़े पांडू ने फिर एक बार दाँत पीसे। चिढ़कर बोला, ''देखा मास्टरजी ? अब यह बला कैसे टलेगी ? इस बदचलन औरत के पीछे खैरापुर के बहुत छैलछबीले यहाँ आयेंगे।''

''आते ही हैं।''--बंडू ने सूचना दी।

''देखिए मास्टरजी, पहले इस सड़ियल आम को यहाँ से निकाल दीजिए; वरना पूरी बस्ती बिगड़ जायेगी। अभी हम लोगों की बेटियों के ब्याह होने हैं। हम गरीब और बाँध के कारण उठे हुए जरूर हैं; पर इज्जतदार हैं।''

''जी हाँ मास्टरजी, पहले उस बदचलन को निकाल दीजिए बाहर।''

सभी जानते थे--खैरापुर-निवासियों की नजर में बाँधपीड़ितों की तनिक भी कीमत नहीं थी। उन्हें बाँधपीड़ितों की स्त्रियाँ और लड़कियाँ भी बहुत सस्ती लगती थीं। जब अच्छी दिखाई देनेवाली कोई महिला किराना लाने खैरापुर जाती, तो वहाँ जरूर ही उसकी खिल्ली उड़ायी जाती। ठट्ठेबाज उसके पीछे पड़ते। उससे उल्टी-सीधी बात करते। मास्टरजी के न रहने पर खेतों-बगीचों की ओर जानेवाले युवा लड़के नयी बस्ती में रुकते। समाज मंदिर की सीढ़ियों पर बैठते, भद्दी बातें करते रहते, लड़कियों का मजाक उड़ाते। अगर कोई बूढ़ा डाँटकर पूछे कि क्यों यहाँ बैठे हो तो युवक उल्टा उसी को मुँहतोड़ जवाब देते--''क्या यह समाज मंदिर तुम्हारे बाप का है ?'' कोढ़ में खाज यह कि सर्किल ऑफिसर दामले ने नयी बस्ती में उसका मकान खड़ा किया। अब तो हालत यह हो रही थी कि वहाँ खैरपुर के युवकों का खुलेआम आना-जाना शुरू हो गया था। गोट-बस्ती के लोग चिंतित हो गये थे।

दो-तीन बार याद दिलाकर कहा कि अब भोजन का समय हो गया है। आखिर

मास्टरजी उठे; हाथ-मुँह धो वे पीढ़े पर बैठे। चूल्हे के निकट बैठी हुई मास्टरनी ने धीरे से कहा–

"इसी साल सब निपटा डालते हैं।"

"किसकी बात कर रही हो तुम ?"

"लड़की की।"

मास्टरजी झिझके। झुंझलाकर बोले, "तुम पागल तो नहीं हुईं ? बेटी अभी तेरहवाँ पार कर चौदहवें वर्ष में गयी है, और तुम तुरंत उसका ब्याह करने चली हो ?"

"हाँ, इसी साल निपटा डालेंगे।"

"पर उसकी शिक्षा का क्या होगा ?"

"उसका पति उसे पढ़ा-लिखाकर बालीस्टर बना दे या किसी दह में धकेल दे, पर हमारी चिंता मिटनी चाहिए।"

"पर तुम्हें किस बात की चिंता लगी है ?"

"उम्र कम हुई तो क्या हुआ, उसकी अंगलेट बड़ी है। वह सत्रह-अठारह साल की दिखायी देती है।"

"अरी, इतनी गुणशीलवाली मेरी बेटी, इतनी जल्दी उससे वंचित होंगे ?" मास्टजी बेचैन हो गये।

"फिर क्या करने का विचार है ? सोने की हुई तो भी छुरी, छुरी ही होती है, उसे सीने में भोंकना थोड़े ही है ? सच उसका जल्दी ब्याह करना ही ठीक है। खैरापुर के लड़कों की नजर बुरी है। उन्होंने दो-तीन बार उससे छेड़छाड़ की है।"

"क्या कहती हो ?"

"वही तो बता रही हूँ। उस राघू भिवा का लड़का मुआ धोंडू हमेशा उसकी टोह में रहता है। इस संबंध में न आपको अधिक पूछना चाहिए, न मुझे अधिक बोलना चाहिए। काँच का बर्तन है वह; जिसके भाग्य में लिखा है, उसी के घर में उसे निश्चिंत ही भेजना चाहिए।

शेवंता के विवाह को लेकर मास्टरजी तथा हीरा मास्टरनी के बीच रात में देर तक पक्ष-विपक्ष में बहस होती रही। गहरी नींद सोयी हुई शेवंता आवाज सुनकर बीच में ही जग गयी। उसने देखा कि उसके विवाह को लेकर माता-पिता में झगड़ा हो रहा है; वह गुदड़ी में मुँह छिपाकर रोने लगी। सुबह आवडाई, नकुसा और उसके पीछे-पीछे बिरजू–पूरा अटंबर खैरापुर में चला गया। कंठाई का कृपाप्रसाद लेना था; कठिन काल पर उतारा ढूँढ़ना था। मास्टरजी अबीर-गुलाल और मंत्र-तंत्र के खिलाफ थे; पर मास्टरजी की आँखें बचाकर हीरा मास्टरनी कई बार कंठाई के पास चली जाती थी। मास्टरजी की लगातार हो रही परेशानी, अवमान, कई बार का अपयश और स्वयं कष्ट उठाकर गाँव के लिए दिन-रात खटते रहने की उनकी रीत–यह सब किसी भूत की बाधा ही है। भूत-प्रेत रूप उस झाड़ का प्रभाव ही मास्टरजी को परेशान कर रहा है, उनसे झाड़ा

ले रहा है–मास्टरनी की यही राय थी।

कुंठाई के दरवाजे पर पाँच हाथ घेरे के तनेवाला गूलर का एक पेड़ था। कंठाई का एक पाखवाला छोटा मकान गूलर की टहनियों में छिपा हुआ-सा दिखाई देता था। उसके दरवाजे पर श्रद्धालुओं की बहुत बड़ी भीड़ थी। सभी महिलायें अपनी बारी की प्रतीक्षा कर रही थीं। वे एक-दूसरी से कंठाई की महिमा बता रही थीं। कंठाई बाल-विधवा थी। विवाह की रात उसकी बारात निकली। पटाखों की आवाज से बैल तितर-बितर हुए। जिस बैलगाड़ी में उसकी बारात निकली थी वही उल्टी-पुल्टी हो गयी, कंठाई का पति पहिये के नीचे दबकर चल बसा। तब कंठाई ग्यारह साल की थी। तभी से वह रेणुका देवी की पूजा में लग गयी। देवी ने उसे यश दिया। वह देवी की भक्तिन हुई; संकटग्रस्त लोगों को संकटमुक्त करने लगी।

आवडाई के साथ सभी महिलायें गूलर के नीचे प्रतीक्षा कर रही थीं, तभी कंठाई बाहर आयी। उसके माथे पर हल्दी का लेप था, जटा बढ़ गयी थी। हीरा तथा आवडाई को देखकर उसने कहा–

"बेटे, तुम लोग यों बाहर असुविधा में क्यों बैठे हो ? भीतर आ जाओ। बेटो, खैरापुरवासियों के बगीचों को हराभरा करने के लिए तुम लोगों के घर-बार पानी में चले गये; पर चिंता मत करो; रेणुका देवी तुम्हें यश देगी। तुम्हारे दुख-संकट दूर हो जायेंगे। तुम्हें जायदाद मिल जायेगी।"

कंठाई मोरपंखों की झाड़ू ले आयी। उसने सबके बदन पर झाड़ू के झटके लगाये सबको पवित्र कर दिया। कंठाई सबको अपने बड़े देवघर में ले गयी। उसने देवी का दरबार इस ढंग से सजाया था कि देखनेवालों की आँखें चौंधिया जाती थीं। हीरा के साथ आये हुए सब लोग देवी के सामने नतमस्तक हुए; कंठाई ने सबके माथे पर पवित्र हल्दी का तिलक लगाया। सबसे पहले हीरा मास्टरनी ने अपनी बेटी की समस्या सामने रखी। पवित्र हल्दी की पुड़िया हाथ में देते हुए कंठाई ने कहा, "पहले बेटी के ब्याह का कार्य करवाओ; गाय को सार में बाँध देने पर किसी बात की चिंता नहीं रहती; तुम विवाह की तैयारी में लगो; देवी तुम्हें यश देगी।" हीरा मास्टरनी की समस्या हल हुई–देवी भला झूठ क्यों बोलेगी ? इसके बाद नकुसा ने कंठाई के पैर पकड़े; बिरजू को पास में खींचकर, आँसू बहाते हुए कहा–

"देवी माँ, आज आठ साल हुए, पीछे साढ़ेसाती लगी हुई है। तुम ही इस बालक की रक्षा करो। या तो अपने आँचल का आसरा दो या जैसे मेरे पति को बीच रास्ते से ही उठा ले गयीं, वैसे मुझे भी तुरंत मुक्त कर दो।"

"बेटी, क्या हुआ था तुम्हारे पति को ?"

"क्या बताऊँ, माँ बच्चे की बरही हुई और दूसरे ही दिन, शेर-सा मेरा पति बुलडोजर के नीचे दबकर मर गया। बाँध ने उसे निगल लिया। माँ, अभी भी साढ़ेसाती समाप्त नहीं हो रही है।"

कंठाई ने मोरपंख की झाडू बिरजू के बदन पर फिर एक बार घुमा दी। नकुसा ने सिसकियाँ भरकर कहा, "देखो न माँ, लड़के की कैसी हालत हो गयी है ? हड्डी-चमड़ी भी जगह पर नहीं बची है। बार-बार बीमार हो जाता है; बदन बुखार से जलने लगता है। पता नहीं कौनसी अघोरी शक्ति मेरे बेटे का पीछा कर रही है ? माँ, उस अघोरी शक्ति की टोह लो। उस झाड़ को सजा दो माँ।"

कंठाई ने रेणुका देवी की पवित्र हल्दी बिरजू के माथे पर मल दी। पवित्र हल्दी की दो पुड़ियाँ नकुसा के हाथ में देकर कंठाई बोली, "इसे घर की पूर्व और पश्चिम दोनों दिशाओं में बिखेर दो। दो नींबू चीरकर उनकी फाँकें दायीं, बायीं, ओर फेंक दो। आनेवाली पूनम से पहले ही देवी को साड़ी, नारियल चढ़ा दो। फिर देखना, सूरज से लेकर सागर तक की कोई शक्ति हाथ लगा नहीं पायेगी तुम्हारे बच्चे को !"

कंठाई भले मन की भक्तिन लगती थी। उसने बाँधपीड़ितों की बहुत आत्मीयता से पूछताछ की। वह सबको चेतावनी देकर बोली, "खैरापुर गुंडों का गाँव है। लोग तुम्हें चैन से जीने नहीं देंगे।"

"माँ, उनकी गुंडई के कई अनुभव लिये हैं हमने।" नकुसा प्रमाण देकर कहने लगी, "आज तक इतनी जमीन पास की, किसी-न-किसी प्रकार की खोट रहती है उसमें—कभी अदालत का मनाई हुक्म है तो कभी कोई बदमाश बीच में मेरी पास की हुई जमीन को हथिया लेता है। मैंने दौड़-धूप की; पैर छलनी हो गये; पर माँ, सफलता नहीं मिल रही है। माँ, देवी से कहलवाकर कुछ करो माँ।"

"तुम्हें कितने एकड़ जमीन मिलनी है ?"

"चार एकड़।"

"मेरी पाँच एकड़ जमीन है, तुम उसे ले लो।" कंठाई ने झट से कह दिया।

"कहाँ पर है ?"

"वहीं, नदी की ओर है। जमीन के पोत का क्या कहना ? मानो पूरी जमीन में घी उँडेल दिया है; मकई की बोआई करें और गेहूँ की फसल ले लें—ऐसी मुलायम जमीन है वह।"

"पर जमीन संपादन में निकली है ?" आवडाई ने पूछा।

"कैसे निकलेगी संपादन में ? नोटिस नहीं है। जमीन आठ एकड़ से कम है न? पर, हम ही अर्जी दे देंगे सरकार को; अगर सरकार मेरी पाँच एकड़ जमीन के रुपये देती है, तो मुझे कुछ परेशानी नहीं। दरवाजे पर लोगों को बैठने के लिए चबूतरा बनवाऊँगी। मेरे कोई खानेवाला नहीं है; तुम्हारे लड़के का निर्वाह होगा; इधर मेरी देवी का दरबार सज-धज जायेगा। मैं देवी की ही सेवा करती रहूँगी। जमीन किसके लिए रखूँ ?"

नकुसा प्रभावित हुई। उसने कभी सोचा तक नहीं था कि देवी के दरबार में इतनी जल्द प्रतीति आयेगी। वह तुरंत दंडवत् के लिए जमीन पर गिर गयी; उसने

आँखें भरकर देवी के दर्शन किये। देवी की चुटकीभर पवित्र हल्दी बिरजू को खिलायी। आवडाई को भी बहुत आनंद हुआ। आखिर नकुसा की समस्या हल हो गयी। उसने आश्वासन दिया कि जो भी कागज-पत्र तैयार करने होंगे, खैरमोडे मास्टरजी करेंगे। सब लोग अभिभूत हुए थे। वह उठे और रेणुका देवी की महिमा गाते-गाते गोट-बस्ती की ओर बढ़ने लगे।

चार

आवडाई ने देखा गोमा कहार समाज मंदिर के बरामदे में बैठा है। उसने गोमा को हाँक दी। गोमा सूखकर काँटा हो गया था। आवडाई ने उसके माथे पर पवित्र हल्दी लगायी। उसे समझाया—"गोमा, पागलपन छोड़ दो; सोचो, घर-गृहस्थी की ओर ध्यान दो।" घुँघरू लगा चाबुक लेकर गोमा फिर से बरामदे में जा बैठा। गोमा ही नहीं, जाँभली के दूसरे लेहनादार भी बेकार हो गये थे। स्वयं कुर्मी-किसानों को ही पेट काटना पड़ रहा था। ऐसी स्थिति में लेहनादारों की ओर कौन ध्यान देगा ? देगा भी तो किसके आधार पर ? सरकार ने नये गाँव में लेहनादारों को एक-एक एकड़ जमीन मंजूर की थी; लेकिन किसानों के पास ही हल-बैल नहीं थे, लेहनादारों के पास कहाँ से आयेंगे ? दूसरी कठिनाई यह थी कि नये गाँव में खेती करते समय पुराने मालिक लोग भी बाधायें डालते थे। लेहनादारों को जाँभली में अनाज ही नहीं, अन्य चीजें भी मिलती थीं—कड़बी में उन्हें हिस्सा मिलता था। त्योहार के अवसर पर घर-घर से पुरण पोली मिलती थी। किसान के घर शादी पड़ जाने पर कुम्हार पति-पत्नी को सौगात में कपड़े मिलते; बढ़ई को अंगोछा मिलता—ऐसी कितनी ही सुविधायें थीं; पर बाँध ने यह सारा फूँक डाला। भाई-भाई में आत्मीयता नहीं रही; फिर लेहनादारों को कौन पूछेगा ?

अकेला और उदास गोमा कभी-कभी दहाड़ मारकर रोता था। उसे भैंसे की याद आती थी। भैंसे के मरने से ही तो गोमा के पेट की पखाल खाली रहने लगी थी। ज्ञानू दर्जी ने दो साल पहले ही अपनी सिलाई-मशीन टाट में बाँधकर रख दी थी। उसे आशा थी दिन पलटेंगे, पर नयी बस्ती की हालत में कुछ भी परिवर्तन नहीं दिखायी दे रहा था। बस्ती की महिलाओं को पर्याप्त वस्त्र नहीं मिल रहे थे। बेचारी महिलायें किवाड़ के भीतर रहकर अपनी इज्जत की रक्षा करती थीं। चोली, झगे, कमीज—नया सीने के लिए इनमें से कुछ भी नहीं आ रहा था। ज्ञानू ने कुछ दिन अपनी मशीन खैरापुर के बाजार में भी लगायी; पर नये फैशन का तंत्र-मंत्र उससे निभनेवाला नहीं था। आखिर उसने मशीन आधी कीमत पर एक रिश्तेदार को बेच डाली। उसमें से आधे रुपये उसे अब भी नहीं मिले हैं। रंग-बिरंगे कपड़े सीनेवाला ज्ञानू अब खैरापुरवासियों के खेतों में

मेहनत-मजदूरी कर रहा था। उसके कोमल हाथों को कड़ी मेहनत की आदत नहीं थी। धागे का बारीक टाँका लगानेवाला हाथ अब निराई कर रहा था। ज्ञानू तथा उसकी घरवाली कठोर मेहनत से दुबले हो गये थे। बाँध के कारण जिस किसी को लाभ हुआ हो, पर इस बात में कोई शंका नहीं थी कि ज्ञानू दर्जी जैसे लोग अपनी माप भरने से दस साल पहले ही जीवन-यात्रा समाप्त कर चलते बनेंगे।

नाश्ते का समय बीतकर सूरज माथे पर आ गया था; पर बंडू नाई अभी भी मड़ैया के दरवाजे से हिला नहीं था। बंडू भी छीजने लगा था। जब जाँभली सुख-चैन में था; तब यही बंडू कितनी ऐंठ एवं रोब में रहता था। उसने हाट में पाकड़ के नीचे खुद की दूकान लगायी थी। बाजार तथा जिला-कार्यालय जानेवाले आदमी बंडू को नमस्कार करते और बाल कटवाकर या दाढ़ी बनवाकर आगे बढ़ते थे। ग्राहक के दोनों गालों पर ब्रुश मारकर साबुन का फेन निकालते-निकालते वह गाँव के मामलों पर बाल की खाल निकालता था। उसे सुबह-सुबह नकद पैसे देनेवाले ग्राहक मिलते थे। दोपहर को वह पवनी के काम करता था। पवनी के काम पर वह साबुन का खर्चा नहीं करता था। दोनों गालों पर दो-तीन बार पानी लगाता और धीरे-धीरे उस्तरा खींचता। बाल काटने के उद्देश्य से जब किसी खेत की बस्ती पर जाता तो काम पूरा हो जाने पर उसी किसान के खेत में घुसता, मकई को बालियों समेत उखाड़ता। सिर पर मकई का मुट्ठा, काँख में किसबत और धोती की छोर में बैंगन या तरकारी लेकर वह घर लौटता। वह अपने उस्तरे की कला पर अपना, अपने बाल-बच्चों का और अपने दुधारू मवेशियों का पेट पालता था। लेकिन इस नयी बस्ती में सबकी दुर्गति हो गयी थी। गालों पर बालों के पुंज के पुंज बढ़ते; पर आदमी को तीन-तीन महीने सिर तथा दाढ़ी के बाल कटवाने की याद नहीं होती थी। लेहनादारी अपने-आप टूट गयी थी। गोठ में मवेशी रह नहीं पाये थे। बंडू ने अपने दो लड़कों को बंबई भेज दिया था। वे दोनो बंबई की झोंपड़पट्टी के चौराहे पर, खुले में ही बैठकर उस्तरा चलाते और पेट भरते थे; पर बंडू की सब शान समाप्त हो गयी थी। हथियारों पर जंग लग गयी थी। बीच-बीच में कभी गोट-बस्ती का कोई ग्राहक मिल जाता; पर पचास पैसे का काम करने पर दस पैसे ही नकद मिलते, शेष उधार में ! वे पैसे कभी मिलते ही नहीं थे। पेट भरना मुश्किल हो गया था, इसलिए वह खेत-खलिहान में मजदूरी के लिए भटकता रहता। कड़ी मेहनत करता। उम्र के चालीसवें वर्ष तक उसे इस प्रकार की मजदूरी की आदत नहीं थी। ढलती उम्र में इस प्रकार की कड़ी मेहनत करने का अर्थ था हड्डियाँ तोड़ लेना। पर मरता क्या नही करता ? पेट का ही राग था, उसे अलापना ही चाहिए।

बंडू दिनभर मेहनत करता; मड़ैया में जो रूखा-सूखा मिलता, पानी के साथ निगलकर टाट पर लेट जाता। आँखें जरा-सी बंद होने लगतीं, तभी बगल की मड़ैया में शोर शुरू होता। शिवा चमार तीन-चार कप शराब ठूँसकर देर से आ जाता। आते ही पत्नी के साथ झगड़ना शुरू करता। नशे में पत्नी को पीटता। उसकी चीख सुनकर

सोये हुए बच्चे झट से जग जाते। सभी रोने लगते। फिर शिवा का गला भर आता। वह भी रोने लगता। बच्चों को अपने पास लेता। "चुप करो" कहकर ममता जताने लगता। थैले में लायी हुई पकौड़ियाँ बच्चों के हाथ में रखता, सूखे झींगे पत्नी को दे देता। शिवा के घर में, तपे हुए तवे पर झींगे की "चर्रऽ चर्रऽऽ" आवाज आने लगती। चारों ओर झींगे की महक फैल जाती। अधभूखे बंडू को झींगे की महक पर ही जीने की इच्छा होती। शिवा चमार भरपेट खाता था, बचा-खुचा बंडू की मड़ैया में भेजता था।

शिवा की याद आने पर बंडू हँसा। जाँभली के सभी लोगों में शिवा को ही धनी कहना चाहिए। ऐसे कठिन दिनों में हर रोज पीने के लिए शराब किसको मिलती है? कड़ी मेहनत के कारण बंडू का बदन टूटने लगता। वह दो दिन से मजदूरी के लिए गया ही नहीं था। दो दिन की गैरहाजिरी का अर्थ था भूखा रहना। लड़के और पत्नी सुबह ही मजदूरी पर गये थे। जाते समय पत्नी ने उसे खरी-खोटी सुनायी थी। जरा तू-तू, मैं-मैं भी हो गयी थी। वह बात बंडू के दिमाग में अब भी बैठी हुई थी, पर यों हाथ पर हाथ धरे कितने दिन बैठेंगे ? हाथ-पैर हिलाना ही चाहिए, नहीं, लोग गोमा कहार की पंक्ति में बिठायेंगे।

किसी प्रकार की उत्तेजना में बंडू उठा। कंधे पर धोती का छोर डाल वह लपकते-लपकते चला। सँकरा रास्ता, बिठलाई का आम, पंढरी पाटील का मकान—सबको पीछे छोड़कर वह खैरापुर के बस अड्डे पर पहुँचा। बाहर की ओर, दूकानों की कतार में शिवा चमार गर्दन झुकाकर काम कर रहा था। एक टूटी चप्पल के तले में चमड़े का पैबंद ठोंक रहा था। अगल-बगल में तीन-चार ग्राहक बैठे हुए थे। एक ग्राहक का काम हो जाने पर उसने गर्दन ऊपर उठायी। वह बंडू की ओर देखकर हँसा। बंडू को बैठने के लिए चमड़ा देकर वह बोला—

"ले लो, बैठो। कैसे आना हुआ बंडू दादा ?"

"क्या बताऊँ शिवा ? इस संकट से मुझे मुक्त करो।"

"पूरा गाँव ही संकट में पड़ा हुआ है। वही बात रट-रटकर क्या करेंगे ?"

"बाल-बच्चों की बिलकुल दुर्गति हो गयी।" बंडू तिलमिलाकर बोला।

"मैं क्या कर सकता हूँ ?" शिवा ने पूछा।

"तुम जरा मन में लाओगे तो मेरे परिवार का कुछ निभ सकता है।" शिवा का हाथ पकड़कर बंडू ने कहा।

"बोलो, क्या करूँ तुम्हारे लिए ?"

"शिवा, तुम अपनी दूकान के निकट मेरे लिए भी दूकान खोलकर दे दो। बड़ा उपकार होगा।"

शिवा बंडू को ऊपर-नीचे देखने लगा। जरा आश्चर्य व्यक्त करते हुए उसने पूछा, "यह तुमसे कैसे निभेगा बंडू दादा ?"

"क्यों नहीं निभेगा ? मैं जन्मजात नाई हूँ ? मुझे क्या नहीं आता ? सिर के

बाल काटता हूँ, डाढ़ी बनाता हूँ, मालीश करता हूँ—मैं सब कुछ कर सकता हूँ।''

''पर यहाँ लोग विलायती कट पसंद करते हैं। देहात में सब चलता है; एक बार उस्तरा चलाना शुरू करने पर क्या आदमी और क्या भैंसा ? केवल मूँड़ते चलो। यह सब इधर कैसे चलेगा ?''

''मुझे आता है विलायती कट। तुम्हारा अच्छा चल रहा है। तुम मुझे भी रोजी-रोटी दिलाओ। एक कुर्सी, एक आइना, ब्रुश और क्या चाहिए ? एक महीने में तुम्हारे रुपये लौटा दूँगा।''

शिवा दिनभर चप्पल दुरुस्त कर रहा था। बंडू उसके पास बैठकर अपनी योजना समझा रहा था। शाम का समय हुआ। ग्राहकों की संख्या कम हुईं शिवा ने चप्पल, चमड़ा सब व्यवस्थित किया; बोरी बाँधकर अलग रख दी। वह बंडू को लेकर परिचित बढ़ई के पास चला गया। बढ़ई के सामने गिड़गिड़ाया; पंद्रह रुपये पेशगी दी। उधार के पैंतीस रुपये एक सप्ताह में दे देने का वचन दिया। तुरंत एक अच्छी-सी कुर्सी लेकर दोनों बस अड्डे के पास आ गये। ब्रुश-साबुन तथा पच्चीस-तीस रुपयों की और भी कुछ चीजें खरीदी गयीं। बंडू रातभर सो नहीं पाया। उसने इधर-उधर से बाँस के बल्लम-खपच्चियाँ इकट्ठा कीं। फटी हुई टीन की चद्दर जुटायी। उसने शिवा के पास, बरगद के पेड़ का आधार लेकर, ग्राहकों के लिए छाया की व्यवस्था की। वहीं पर कुर्सी रख दी। पेड़ के तने में कील ठोंककर उस पर नया आईना अटका दिया। शाम होते-होते बंडू दा की दूकान सजकर तैयार हुई। बंडू ने कंडाई मुहूर्त भी पूछ लिया। उसने सूर्योदय की घड़ी में कालीमाई के नाम से नारियलफल फोड़कर व्यवसाय की शुरुआत की। उसके सूखे चेहरे पर हँसी छा गयी। संकट से मुक्त होने का मार्ग मिला। दोपहर चार बजे तक सात लोगों की दाढ़ियाँ बनाने का काम मिला। बस से जानेवाले आदमी थोड़ी-सी फुर्सत पाकर आते और डाढ़ी बनवाने के लिए बैठते। बंडू की , विलायती ढंग से बाल काटने की भी तैयारी थी; पर उसकी दूकान का रंग-रूप देखकर लड़कों ने उधर देखा तक नहीं।

शाम होने लगी। बस अड्डे पर अब आखिरी बसें लगने लगीं। दोपहर में सुस्ताया हुआ बस अड्डा अब चहल-पहल और हड़बड़ी से भर गया। पान की गिलौरी थूकते हुए एक उम्दा ग्राहक जल्दी-जल्दी बंडू के पास कुर्सी पर बैठा। उसे तुरंत जाना था; फिर भी उसे खुश करने के उद्देश्य से बंडू नाई ने उसके गाल पर तीन-चार बार ब्रुश घुमाया। साबुन का फेन निकाला। वह उसके गाल पर आहिस्ता-आहिस्ता उस्तरा चलाने लगा। बंडू अच्छी तरह जानता था कि शहर के लोग उस्तरे की एक खरोंच तक पसंद नहीं करते। दाढ़ी बनाने के बाद बंडू ने खुश होकर पूछा, ''कैसा लगा ?'' ग्राहक के गर्दन हिलाने पर बंडू ने बिना बताये ही ग्राहक के सिर पर उँगलियाँ चटकायीं। सिर पर मालिश की। जल्दी करो; बस छूट जायेगी; यहाँ जरा मूँछ के ऊपर बारीक कट लेना है।''

बंडू दा फिर नीचे झुका। ढलते प्रकाश में उसे स्पष्ट दिखाई नहीं दिया; उसके

हाथ का उस्तरा सरक गया; ग्राहक के ओंठ पर आधी मूँछ ही कट गयी। वह आदमी उठा; उसने बंडू को जोरदार मुक्का मार दिया, बंडू पीछे धूल में जा पड़ा। ग्राहक ने उस पर दनादन लातें बरसायीं। बंडू चीखने-चिल्लाने लगा। शिवा दौड़कर आया और बीच में पड़ गया; हाथ जोड़कर उस ग्राहक आदमी से कहा—

"सरकार, दया कीजिए; गरीब को मत मारिए।"

"साले को मूँछ काटने की अक्ल नहीं। हज्जाम हुआ है साला।"

"गलती हुई सरकार, दया कीजिए; मारिए मत।"

शिवा बहुत गिड़गिड़ाया। घबड़ाया हुआ बंडू काँप रहा था। बगलवाले लोग बीच-बचाव के लिए दौड़े। किसी तरह बंडू का छुटकारा हुआ। उसनें किसबत बाँध ली। उसने अपने खुरदरे हाथ में, दिनभर की कमाई के दो रुपये कसकर पकड़े थे। वह शिवा के पास बैठा रहा। सूरज डूब गया। शिवा ने पुरानी चप्पल, चमड़ा सब बोरी में भर दिया। उसने बोरी एक दूकान की तख्ती के नीचे रखी। शिवा बंडू को साथ लेकर शराब के अड्डे पर चला गया। वहाँ दोनों ने तीन-तीन कप खाली किये। अँधेरा होने पर वे झूमते-लड़खड़ाते गोट-बस्ती की ओर चल पड़े। मारपीट से बचे हुए बंडू के मुँह से अब कहीं शब्द फूट पड़े। उसने आश्चर्य के साथ शिवा से पूछा—

"शिवा, तुम यह चमड़ा सीने का काम चुपचाप और बेझिझक कैसे कर लेते हो? तुमसे यह कैसे जमता है ?"

"बंडू दा, मेरा काम सीधा-सादा और मामूली है। मेरे हाथ में ग्राहक के पैर होते हैं, तुम्हारे हाथ में सिर ! अँगूठा जरा इधर-उधर सरक जाने पर भी चल सकता है; पर पगले, जरा सोचो; मूँछ निकल जाने पर कैसे चलेगा ?"

"लेहनादारों के दिन अब लद गये भैया।" दोनों अब लड़खड़ा रहे थे।

पाँच

सुबह आठ बजे की बस के लिए खैरमोडे मास्टरजी अड्डे पर आये। उनके साथ म्हाकू बाबू, नकुसा और कंठामाई अपने-अपने काम से आंबेपुर जा रहे थे। शिवा चमार ने मास्टरजी को बस अड्डे पर आते हुए देखा। शराब की तेज बू न आये, इसलिए उसने झट से पान की गिलौरी मुँह में डाली। उसने पान चबाया। मास्टरजी की थैली लेने के उद्देश्य से वह आगे बढ़ा। उसके पीछे-पीछे बंडू नाई भी चला। बस आने में अभी देर थी; इसलिए सब लोग फलाट पर रुके। मास्टरजी ने उदास बंडू दा की ओर देखकर पूछा—

"तुम्हारी दूकान कैसे चल रही है ?"

"चल रही है खुटूर-खुटूर दाढ़ी बनाने के चार-पाँच रुपये मिलने पर भी अच्छा लगता है। मजदूरी की आदत ही कहाँ है ? उँगलियों को कैंची और उस्तरे की आदत पड़ गयी है न ?"

"बंडू दा, जरा सावधानी से धंधा करो।"

"उसमें गलती हो जाने पर अगर कोई चार घूँसे जमाता है तो क्या करेंगे ? चुपचाप सहेंगे। मजदूरी देनावाला मालिक भी तो लातें जमाता ही है।" बंडू ने अपनी व्यथा सुनायी।

"दूकान में तुम्हारी नयी कुर्सी दिखायी नहीं दी ?"

मास्टरजी के प्रश्न पर बंडू दा पैरों के नाखूनों की ओर देखने लगा। एक सप्ताह में रुपये देने के वायदे पर कुर्सी खरीदी गयी थी। बढ़ई ने चार सप्ताह तक प्रतीक्षा की। आखिर ऊबकर दूकान से कुर्सी उठा ले गया। पेशगी के पंद्रह रुपयों का घाटा ही हो गया। बंडू के न कहने पर भी मास्टरजी ने वास्तविकता का अनुमान लगाया। बंडू दा ने ही आगे बात बढ़ायी—

"दूकान में पीढ़ा लाकर रखा है। देहात के ग्राहक पीढ़े पर बैठते हैं। ज्यादा रुपये किसे चाहिए ? हम राजा-महाराजा थोड़े ही हैं ? पाँच-सात रुपये रहेंगे तो भी काफी हैं।"

"जब बढ़ई यहाँ आकर कुर्सी ले गया, तब बेचारा बहुत छटपटायाा। पहली पत्नी की मृत्यु पर भी उसने इतना अफसोस जाहिर नहीं किया होगा।" शिवा ने मास्टरजी को बताया।

बस आयी, तब तक पांडू येताला भी अड्डे पर आ गया था। रास्ते में रुकते-रुकते, दोपहर बारह के लगभग बस आंबेपुर पहुँची। मास्टरजी के साथ सभी लोग पैदल ही कलक्टर ऑफिस के अहाते में आये।

पुनर्वास की शाखा में भीड़ थी, मानो बाजार लग गया हो। जिले में तीनों बाँध से संबंधित बाँधपीड़ित किसी-न-किसी काम से ऑफिस में आये थे। ताया कांबले मास्टरजी के पहले ही ऑफिस में पहुँचा था। आज सोमवार था; अधिकारी जरूर जगह पर होंगे—यह सोचकर ताया ने सुबह छह बजे की बस पकड़ी थी। वह कचहरी के सामने चाय की दूकान में सिगार फूँक रहा था। साथ में हैड क्लर्क चोरगे था। उसकी बगल में लंबोतरा मोरे चाय सुड़क रहा था। चोरगे ने सिगार का जोरदार दम मारकर ताया को चिढ़ाया—

"क्यों तानाजीराव, आप हर बार खाली हाथ आते हैं। कोई जैकपोट का केस ले आइए न।"

"हाँ, यह लीजिए। जेब में डालिए, ताया ने लिफाफे में रखा हुआ नोटों का बंडल चोरगे के हाथ में थमा दिया।

"कितने हैं ?" लिफाफा झट से जेब में डालकर चोरगे ने पूछा।

"डेढ़ हजार।"

"काम का स्वरूप ?"

"भूमिसंपादन से जमीन मुक्त रखने का एक प्रस्ताव है। पर हाँ, आप इसमें उस पत्रावले साहब का भी देख लीजिए; नहीं, खाली कागजों को देखकर बूढ़ा चिढ़ जायेगा।" ताया ने चेतावनी दी।

"आप चिंता मत कीजिए, मैं देख लूँगा कैसे और क्या करना हैं।" चोरगे ने आश्वासन देकर पूछा, "अच्छा, जमीन मुक्त रखने का प्रस्ताव किसका है ?

"राघू भिवा पाटील को जानते हैं न ? उन्हीं का है।"

"क्या ? उस हैबती जाधव को वितरित की गयी जमीन का मामला ? ना भाई, ना। व्यर्थ का झंझट पीछे पड़ेगा। यह बंडल वापस ले जाइए।"

ताया ने फिर से जेब में हाथ डाला। पाँच सौ रुपयों के नोट चोरगे के हाथ में ठूँसकर वह बोला—

"कोई भी हो, वह हैबो क्या कर लेगा ?"

"लेकिन..."

"आप केवल नोट पुटप कीजिए। सांसद साहब की ओर से राघू आण्णा फोन कर ही देंगे। चिंता की बात नहीं।"

"देखिए, केस जोखिम का है।"

"आप अपने तक देखिए; अपना काम पूरा कीजिए। व्यर्थ चिंता क्यों करते हैं?"

चोरगे क्लर्क ताया की ओर देखकर हँसा। पूछने लगा, "तायाजीराव मुझे आश्चर्य होता है, आप बाँधपीड़ित होकर भी उन्हीं के खिलाफ प्रस्ताव कैसे लाते हैं ?"

"वहीं तो मेख है। देखिए, मैं ईमानदार हूँ। काम के लिए किसी से दस रुपये ले लेता हूँ तो काम होने तक मुझे चैन नहीं आता। मैं पहले ईमानदार हूँ। बाँधपीड़ित का बाद में देखेंगे।"

तीनों चाय की दूकान से उठे। उठते-उठते ताया ने पूछा, "आण्णा साहब यह नया डी.आर.ओ. कौन है ? कहाँ का है यह ?

"पवार नाम है। सतारा के हैं।"

"कैसा आदमी है ?"

"नया है। अनुशासन का नखरा करेगा चार दिन। बाद में तो हमारे साथ ही पाला पड़ेगा।"

तीनों खी-खी कर हँसने लगे। होटल से बाहर निकलते समय ताया ने देखा, मास्टरजी कचहरी में जा रहे हैं। वह जोर से बोला, "अरेऽ रेऽऽ आज कुछ भला नहीं। बिल्ली ने रास्ता काट लिया !!" मास्टरजी ने भीड़ में से रास्ता निकाला। वे नकुसा तथा कंठामाई को साथ लेकर पत्रावले साहब के टेबल के पास पहुँचे। साहब के अगल-बगल में कई लोग बैठे थे। सामने की व्यर्थ की बला को तुरंत चलता बनाने के उद्देश्य से पत्रावले साहब ने पूछा—

"हाँ, कहिए मास्टर।"

"यह नकुसा है। इसका पति शिवराम सनगर। याद है ? आठ-दस साल पूर्व बाँध के काम पर बुलडोजर के नीचे दबकर मर गया..."

"हाँ, तो उसका क्या है अब ?"

"इस महिला को अभी तक जमीन नहीं मिली।"

"तो दीजिए न।"

"तीन बार प्रस्ताव किये, तीनों खटाई में पड़े।"

"ठीक है, चौथी बार कीजिए।"

"लेकिन खैरापुर में उपजाऊ जमीन अब बची ही कहाँ ?"

"सो तो है ही।"

"फिर क्या करेंगे ?"

"आप ही बताइए, क्या करना होगा ? आप तो बाँधपीड़ितों के नेता..."

मास्टरजी ने कंठामाई के हाथ से अर्जी ली। उसे साहब के सामने रखकर वे बोले "यह कंठा बहन है। इसकी जमीन स्लैब में नहीं आती, लेकिन आप उसे ले लीजिए। बहन को रुपये दे दीजिए, नकुसा को जमीन का कब्जा दीजिए।"

"मास्टरजी आप कुछ का कुछ उपाय सुझाते हैं। जो नियम में नहीं बैठता, आप हमें वही करने के लिए कहते हैं। इस तरह से टेढ़े-तिरछे काम करने के लिए हमारे पास फुरसत नहीं है।"

"साहब, यह काम सरल और सीधा है।"

"सरल है न ? तो जहाँ से होगा वहीं से करवा लीजिए, हमसे वह नहीं होगा।"

"मुझे डी.आर.ओ. साहब से मिलना है।"

"भीतर पर्ची भिजवाइए। साहब बुलायेंगे, मिलिए, बात कीजिए।"

मास्टरजी ने भीतर चिट भिजवायी। वे बगलवाली एक चौकी पर बैठ गये। डी. आर.ओ. साहब ने किसी दूसरे काम से पत्रावले को भीतर बुला लिया। काम के संबंध में चर्चा हुई। पत्रावले से रहा नहीं गया। वे कहने लगे, "साहब, वहाँ खैरमोडे मास्टर आया है, बाहर बैठा है।"

"कौन खैरमोडे ?"

"साहब, आपने अभी तक उसका नाम नहीं सुना ? वह जाँभली-बाँधपीड़ितों का नेता है।" पत्रावले बताने लगे, "साहब, बहुत बदमाश आदमी है वह ! पेशे से अध्यापक था; पर जब देखिए, सरकारी अधिकारियों के खिलाफ शिकायत करता है। पिछले दस-पंद्रह वर्षों से इस कार्यालय को परेशान कर रहा है। महा बदमाश, गजब का अड़ियल, धूर्त्त और चालबाज..."

"ठीक है, मैं पता करूँगा।"

पत्रावले साहब बाहर निकल आये। पवार साहब ने चश्मा उतारा, एक बार साफ किया। वे अपने केबिन में अकेले ही बैठे रहे। दिलीप पवार साहब ने प्रशिक्षण कालावधि

पूर्ण कर, अभी-अभी पुनर्वास विभाग के उपजिलाधिकारी के रूप में चार्ज लिया था। उन्होंने पिछले तीन सप्ताह में ही पुनर्वास-ऑफिस का रंग आजमा लिया था। यह चार्ज लेने से पहले कई सहयोगियों ने उन्हें सलाह दी थी, " अजी, आप व्यर्थ का झंझट क्यों उठाते हैं ? पुनर्वास का काम बड़ा कष्टदायक होता है। बाँधपीड़ितों की समस्याओं का भी कोई अंत है ? वहाँ अच्छा स्टाफ कौन देता है ? चार्ज लेनेवाला आदमी कभी सहीसलामत छूटता है ? आप अपने कैरियर के आरंभ में ही यह व्यर्थ की बला मोल ले रहे हैं। बाँधपीड़ित क्या आदमी होते हैं ? जान पर उठते हैं वे बदमाश !" ऐसी न जाने कितनी बातें पवार साहब ने सुन रखी थीं, पर देख तो लें चार्ज का स्वरूप कैसा रहता है, इसी उद्देश्य से उन्होंने चार्ज ले लिया था।

दिलीप पवार मूल सतारा जिला के निवासी थे। उनके गाँव से कुछ ही मील पर एक बड़े बाँध का निर्माण-कार्य अभी-अभी पूरा हुआ था। वहाँ के बाँधपीड़ितों की एक छोटी-सी बस्ती उनके ही खेत के पास बस गयी थी। पवार साहब जब छुट्टी पर अपने गाँव जाते, तब वे बस्ती के दुबले-पतले अंगों को देखते। बाँधपीड़ित उन्हें अपने-अपने काम से मिले थे। छोटे-छोटे और मामूली काम के लिए भी उन्होंने कई चक्कर लगाये थे। पवार साहब ने उनके काम निपटाये थे।

पुनर्वास शाखा को दिया जानेवाला कर्मचारी-वर्ग प्रायः अच्छा नहीं रहता। जो अन्यत्र बर्दश्त नहीं होता, उसे पुनर्वास विभाग में धकेल देने का तरीका रहता है। सहयोगियों के ये मत पवार साहब को अक्षर-अक्षर सही लगते थे। पहले डी.आर.ओ. ने कर्मचारियों के विरुद्ध जो-जो शिकायतें की थीं, उनकी एक अलग फाइल तैयार की गयी थी। पवार साहब ने उसे दो-तीन बार पढ़ लिया था; साथ ही पिछले कुछ दिनों में उन्होंने स्वयं अनुभव लिया था। उनकी समझ में नहीं आ रहा था कि ऐसे कर्मचारी-वर्ग को लेकर, पुनर्वास से संबंधित कार्यों को वे कैसे निपटायेंगे। प्रांत अधिकारी ने माने और साने इन दो पटवारियों को पुनर्वास विभाग की ओर धकेल दिया था। माने हमेशा गैरहाजिर रहा करता था। वेतन के लिए हाजिर होता था और फिर कभी-कभी ही दिखायी देता था। साने आज तक शराब के कारण बेकार हो गया था; अभी कुछ ही दिन पहले से वह शराब की चपेट से मुक्त हो गया था; पर उसे बी.पी. ने दबोच लिया था। कहते हैं, अगर कोई उस पर जरा-सा भी गुस्सा करता है तो वह पसीने से तर-बतर हो जाता है। इसके पहलेवाले साहब एक बार उस पर बिगड़े; साने को चक्कर आ गया; वह केबिन में गिर पड़ा। जीप में डालकर साहब ही उसे अस्पताल ले गये। उन्होंने आगे की सब देख-भाल की और घर भिजवा दिया। तब से उसे पत्रावले भी कुछ पूछते नहीं। आते हो, आओऽ जाते हो, जाओऽऽ।

बाँधपीड़ितों को प्रत्यक्ष कब्जा देने के लिए तीन पैमाइशदार थे। उनमें से पिसाल ईमानदार था, पर हिरे और कचरे बड़े उस्ताद थे। वे सियार की पूँछ कुत्ते को लगा देने में वाक़िफ़ थे। और दोनों मिलकर पिसाल को परेशान करते थे। उनका तरीका था—वे

रिश्वत लिये बिना कब्जा देते ही नहीं थे। कचहरी के टेबल पर ही लिखित रूप में कब्जा दे देते थे। वहीं पर कब्जे का कागज लिख मारते; पर प्रत्यक्ष पंचनामे में लिखते—"खेत में जाकर कब्जा दिया गया।" उसमें भी, कभी खेत में जाना ही पड़े तो मूल जमींदार के इशारे पर वे चालबाजी कर नक्शा उल्टा रखते और बाँधपीड़ित को दूसरी ही जमीन का कब्जा देते। बंजर पथरीली जमीन विस्थापितों के गले बाँधते। सोचते—बाँधपीड़ित कोर्ट में जायेगा तब देखा जायेगा। जब की बात तब देखी जायेगी, ज्यादा चिंता नहीं करेंगे।

ऑफिस में क्लेरिकल काम के लिए महिलाओं की ही ज्यादा भरती की गयी थी। पति शहर में नौकरी करता है—इसलिए इन्हें भी जिले का मुख्यालय चाहिए। किसी महिला कर्मचारी का पति एल.आइ.सी. में नौकरी करता है, किसी का बैंक में। ये महिलाएँ डेढ़ बजे भोजन के लिए जातीं और साढ़े तीन बजे तक लौटतीं। बीच में ही किसी के घर बरही की विधि संपन्न होती, उसका अल्बम इस शाखा से उस शाखा में दिनभर घूमता रहता। बाँधपीड़ित, उनके गाँव, उनकी समस्यायें किसी की कोई चिंता उन्हें नहीं थी। अव्वल कारकूनों में चोरगे ज्यादा ही लालची था। गाँव को निगलकर ओठ पर जीभ फेरनेवाला चोरगे अपनी जात का अलग ही क्लर्क था। कोई साहब आ जाता, तो यही लल्लो-चप्पो कर आगे-पीछे दौड़ता रहता। पत्रावले साहब से उसकी अच्छी पटती थी।

पवार साहब ने दूसरे सप्ताह में पत्रावले साहब की बदली का प्रयास किया। पत्रावले को अवकाश ग्रहण करने में दो साल बाकी थे। अभी दो लड़कियों के ब्याह करने थे, इसलिए उसने चोरगे को कह रखा था—जो भी हाथ आयें, चुपचाप ले आओ। लाभक्षेत्र में पानी मिला था; इस बात को हुए कई वर्ष बीत चुके थे। जिन जमींदारों ने आरंभ में खुशी से जमीन के कब्जे दिये थे, उनकी ईमानदारी भी विचलित हो गयी थी। उन्होंने अलग ही उद्योग आरंभ किये थे—दी गयी अच्छी जमीन वापस लो और उसकी जगह पर बंजर-पठार की जमीन बाँधपीड़ितों के गले में मार दो। उन्हें कानून की चौखट में रहकर ही अपना लाभ देखना था। इन सब बातों को कानून में बिठाने के लिए एडवोकेट सुगंधी जैसे वकील आगे आ गये थे। उन्होंने इससे पहले डूबक्षेत्र के लोगों को मुआवजे के तौर पर ज्यादा राशि प्राप्त करवायी थी। अब वकीलों के झब्बे लाभक्षेत्र के लोगों की संपादित जमीन को मुक्त करवाने के केस तैयार करने में झूम रहे थे। कानून की चपेट से मुक्त होने के उपाय पत्रावले, चोरगे जैसे लोग पहले से ही जानते थे। बाँध बनेगा, सरकार आठ एकड़ से ऊपरवाली जमीन ले लेगी—ये समाचार इन्हीं प्रवृत्तियों ने बाँध-निर्माण कार्य की घोषणा से पहले ही जमींदारों को बताये थे। इसी से जल्दी-जल्दी खातों का विभाजन हुआ और अधिकतर खाते आठ एकड़ से कम जमीन के स्लैब में आ गये। इस काम में पिछली तिथियों के ठप्पे लगवाकर गलत-सलत व्यवहार भी किये गये थे। इतने पर भी जिस भूमि का संपादन हुआ था और जो बाँधपीड़ितों को दी गयी थी, वह भूमि भी चार-चार साल की जोताई-बोआई के बावजूद बाँधपीड़ितों से छीनी

जा रही थी। बाँधपीड़ित गरीब और निराश हो रहे थे, लाभक्षेत्र के लोग पत्रावले जैसे रिश्वतखोरों के बल पर अधिक मालदार हो रहे थे। दिलीप पवार साहब ने इसीलिए पत्रावले की बदली का निर्णय लिया था। वे आर.डी.सी. को साफ शब्दों में बोले–

"साहब, आप इसकी बदली कीजिए।"

"इतनी जल्दी ? किसलिए ?"

"यह काम नहीं करता; कई झंझट खड़ा करता है; उसके बदले रेग्युलर के किसी तहसीलदार को मेरे यहाँ भेज दीजिए।"

"पुनर्वास शाखा में काम करने का अर्थ है जान आफत में डालना। कौन अपनी जान आफत में डालेगा ?"

"साहब, अगर आप ही ऐसा कहेंगे तो कैसे बनेंगे काम ?"

आर.डी.सी. हँसे। उन्होंने कहा, "पवार, आप नये-नये आये हैं। आप जानते नहीं–पुनर्वास शाखा की ओर कोई तहसीलदार बदली पर नहीं आयेगा।"

"नहीं आयेगा ? आप आदेश निकालिए; उपस्थित होने के लिए कहिए उसे।"

"पहले डी.आर.ओ. भी आपकी तरह ही कहते थे। हमने इसके पहले तीन लोगों के आर्डर निकाले थे। कोई दीर्घकाल की छुट्टी लेकर चला गया, किसी ने जिले से बाहर बदली करवा ली। तीसरा डेप्युटेशन पर चला गया। सबको पुनर्वास का काम झंझट लगता है; इसलिए पत्रावले जैसे आदमी उनके सिर पर सवार हो जाते हैं। लगता है, आपके मन में बाँधपीड़ितों के प्रति बहुत सहानुभूति है; आप रहिए वहाँ। कीजिए काम।"

जो परिस्थितियाँ थीं, उसी में गाड़ी आगे बढ़ानी होगी–पवार साहब ने सोच लिया था। उन्होंने सामने रखी हुई पर्ची को देखा, बेल बजायी। अदब से नमस्कार करते हुए मास्टरजी तथा उनकी पूरी गोत भीतर आ गयी। भीतर आ जाने पर मास्टरजी ने नकुसा के संबंध में बताया। शिवराम, बुलडोजर, कई जगहों पर हुई दुर्गति–उन्होंने वही पुराना राग अलापा। पवार साहब को नकुसा पर दया आयी। मास्टरजी ने केस समझाया। वे बोले–

"साहब, यह कंठामाई है। यह स्वयं अपनी जमीन देने के लिए तैयार है। आप जमीन अधिकार में लीजिए; कंठामाई को पेमेंट दीजिए। नकुसा को जमीन दीजिए–सीधा, सरल काम है यह। साहब, इसमें कठिनाई क्या है ?"

"मास्टरजी, कुछ भी कठिनाई नहीं है। आप बैठिए।"

सभी लोग बैठ गये। मास्टरजी ने उत्सुकता के साथ पवार साहब की ओर देखा। साहब ने भूमिसंपादन अधिकारी म्हेत्रे साहब को बुला लिया। पूछा–

"खैरापुर की बची हुई कुछ जमीन का अभी भी अवार्ड होना है न ?"

"जी हाँ, साहब।"

"आप उसमें यह एक केस मिला दीजिए।" साहब ने संक्षेप में केस समझाया।

बंडेर की ओर देखते हुए म्हेत्रे साहब बोले, "मेरी कोई आपत्ति नहीं है, पर इस

केस के संबंध में कलक्टर साहब की मंजूरी लेनी चाहिए।"

"मैं मंजूरी ले आऊँगा। म्हेत्रे साहब, आप क्यों चिंता करते हैं ?"

साहब ने बेल बजायी। उन्होंने पत्रावले को नकुसा तथा कंठामाई का जवाब लिख लेने का आदेश दिया। मास्टरजी ने पांडू येताला की ओर से साहब के सामने अर्जी पेश की, बाबू की नौकरी के लिए उनसे सिफारिश माँगी। पवार साहब ने सारी बातें शांत चित्त से सुन लीं, कागज-पत्र ले लिये। उन्होंने अकेले मास्टरजी को बिठा लिया। म्हेत्रे साहब कह गये–

"देखिए साहब, आप अधिक भावुक बनकर इन बाँधपीड़ितों की बातें मत सुनिए। ये आदमी मुँह पर एक कहेंगे, अन्यत्र दूसरी ही बात कहेंगे। साहब इनके संबंध में कुछ बताया नहीं जा सकता।"

"म्हेत्रे साहब, आपके इस फौलादी पिंजड़े में जंग लग गयी है, फिर भी आप उसे छोड़ नहीं रहे हैं; इसीलिए हमें रोज उस पर सिर पीटना पड़ रहा है। अगर जमींदारों ने हमें सताया न होता और आप लोगों ने हमारी सहायता की होती तो पुनर्वास की उलझन कभी की समाप्त हो जाती।" मास्टरजी ने कहा।

म्हेत्रे साहब ने मुँह बनाया। वे बरसों से खैरमोडे मास्टरजी की पिनपिन सुनते आ रहे थे। उठकर चलने लगे, पर पवार साहब मास्टरजी की बातों से बहुत प्रभावित हुए थे। उन्होंने चाय मँगवायी। मास्टरजी ने कई वर्षों के बाद पुनर्वास ऑफिस में चाय पी ली। साहब ने पूछा–

"मास्टरजी, क्या सचमुच ही खैरापुर में ज़मीन की उलझनें हैं ?"

"साहब, यह सब आपके कर्मचारियों के व्यवहार पर निर्भर करता है।"

"तात्पर्य ?"

"साहब, संपादित की गयी जमीन बची हुई होने पर भी दिखाई नहीं जाती, धीरे-धीरे हड़पने के लिए पीछे रखी जाती है।"

"मास्टरजी, आप यह क्या कह रहे हैं ? जमीन बची हुई होने पर भी वितरित नहीं की जा रही है ?–यह हो नहीं सकता।

"साहब, आप जाँच कीजिए।"

"रजिस्टर से पता चल ही जायेगा न ?"

"साहब, आपके लोग बहुत चालबाज हैं। जो अच्छे नंबर बचे हुए हैं, उनके सामने टिप्पणी में पेन्सिल से स्टे लिख दिया है !",

"अदालत के आर्डर के बिना ही ?"

"जी हाँ साहब, अदालत के आर्डर के बिना ही ऐसा लिख दिया जाता है। आप चाहेंगे तो मैं अभी जमीन के नंबर बता देता हूँ, आप आज ही जिला अदालत में पूछताछ कीजिए।"

"रुकिये, मैं अभी रजिस्टर मँगाता हूँ।", साहब ने बेल बजाकर पत्रावले को बुला

लिया।

"कहिए साहब।" पत्रावले ने आते ही कहा।

"खैरापुर की संपादित की गयी जमीन में से बची हुई जमीन का रजिस्टर ले आइए।"

"लाता हूँ साहब।"

पत्रावले साहब केबिन से बाहर आये। मास्टरजी तथा पवार साहब की गपशप चलती रही। आधा घंटा हुआ फिर भी रजिस्टर का पता नहीं। पवार साहब ने बेल बजायी, "अरे, पत्रावले साहब से कहना, वे रजिस्टर लेकर आयें।" चपरासी चला गया। "रजिस्टर ढूँढ़ रहे हैं" कहता हुआ लौटा। एक और घंटा बीत गया। मास्टरजी उठे। उन्होंने हँसकर कहा–

"साहब, अब मैं चलता हूँ। आपका रजिस्टर आज नहीं मिलेगा।"

"नहीं, नहीं। यह कैसे संभव है ? बैठिए, रजिस्टर तुरंत आ जायेगा।"

मास्टरजी बैठे। पवार साहब बेचैन हुए। धड़ाम से दरवाजा खोल वे ऑफिस में चले गये। उन्हें यों आते देख सभी कर्मचारी उठकर खड़े हुए। "रजिस्टरऽ रजिस्टरऽऽ"–चारों ओर एक ही हड़बड़ी मच गयी। सब कर्मचारी इस अलमारी से उस अलमारी में हाथ डालने लगे। भीतर की फाईलें बाहर आने लगीं; इधर से उधर गिरने लगीं। धूल उड़ रही थी; फाइल की खोज जारी थी। शाम के छह बज गये। तीन घंटों की खोज के बावजूद फाइल कहीं मिल नहीं रही थी। "अरे, फाइल यहीं पर थी," "वहाँ देख लो", "इधर देख लो"–लगातार यही सुनायी पड़ता था। अँधेरा होने लगा; कर्मचारी महिलायें चुलबुलाने लगीं। पवार साहब ने विवश हो महिलाओं को जाने की अनुमति दे दी। आखिरी बस के निकल जाने पर मास्टरजी तथा उनके लोगों को होटल-खर्च करना पड़ेगा। खर्चे के लिए पैसा भी नहीं था। "साहब, गरीब बाँधपीड़ितों का ख्याल रखिए" कहकर मास्टरजी चले गये। "कल किसी भी हालत में फाइल मिलनी चाहिए..." सख्त चेतावनी देकर पवार साहब ने सब कर्मचारियों को घर जाने की अनुमति दी।

दूसरे दिन, दिनभर फाइल की तलाश जारी रही। शाम पवार साहब ने सबको लिखित मेमो दिये। तीसरे दिन जिलाधिकारी साहब जाँभली बाँध के क्षेत्र में दौरे पर गये। पवार साहब को उधर जाना पड़ा। उसके बाद बंबई से कमेटी आयी, उसकी बैठकों की व्यवस्था में चार दिन बीत गये। तब तक किसी को भी फाइल नहीं मिली, आखिर पवार साहब ने पुलिस में शिकायत दर्ज की। उसी दिन दोपहर बारह बजे पत्रावले साहब हँसते-हँसते पवार साहब के केबिन में आये। उनके हाथ में एक फाइल थी। उस पर जमी हुई धूल को झटकते हुए, पत्रावले ने हँसकर कहा–

"देख लिया न साहब ? बगल में बच्चा गाँव में ढिंढोरा। यह लीजिए फाइल।"

"कहाँ मिली ?"

''वहाँ, रेकार्ड में पुरानी जंग-चढ़ी अलमारी पर धूल खा रही थी। दो महीने पूर्व ऑफिस में रँगाई हुई न ?''

''लाइए, लाइए इधर।''

साहब उत्सुकता से फाइल देख रहे थे। रेकार्ड के अनुसार, खैरापुर में अब भी पच्चीस एकड़ जमीन बची हुई थी, जो बाँधपीड़ितों को वितरित नहीं की गयी थी। साहब ने उत्साह में आकर पुलिस स्टेशन फोन किया और शिकायत वापस ली। वे खुश थे क्योंकि देर से ही सही, फाइल मिल गयी थी। उनका हिसाब था कि पच्चीस एकड़ में कम-से-कम सात-आठ बाँधपीड़ित परिवारों का निर्वाह होगा। उन्होंने रजिस्टर बारीकी से देखा। उन्हें साफ दिखायी दे रहा था--टिप्पणी के खाने में किसी ने पेन्सिल से कुछ लिखा था और बाद में रबड़ से मिटा डाला था। लेकिन फिर भी ठीक है; अंत अच्छा हुआ--फाइल मिल गयी। उन्होंने बेल बजाकर पत्रावले को बुला लिया--

''ऐसा कीजिए, आप कल ही खैरापुर के पटवारी को लिखित सूचना भिजवाइए। गाँव में मुनादी देने के लिए कहिए। हम इस बची हुई जमीन का तुरंत वितरण कर देंगे।''

''लेकिन...''

''अब और लेकिन-वेकिन क्या है ?'' साहब की आवाज चढ़ गयी।

''साहब, आज की डाक देखी नहीं आपने ? उस जमीन के मालिक सचमुच ही अदालत में गये हैं। स्टे आर्डर भी आ गये हैं आज।''

पत्रावले ने स्टे आर्डर की प्रतियाँ दिखायीं। पवार साहब का सिर भिन्ना गया। उन्हें ऐसा लगा, मानो उनका सिर धूल से खचाखच भर गया है। लबाड़ फाइल जमीन मालिकों को स्टे मिलने के समय तक धूल में मुँह डाले बैठी थी। अब उसके अज्ञातवास का कारण समाप्त हुआ था।

छह

न खुदा मिला, न विसाले सनम--हैबती की स्थिति ऐसी ही हुई थी। लंगड़ गोविंद भगवान के दरबार में चला गया, इस घटना को अब दस वर्ष हो गये थे। जाँभली बुद्रुक बाँध योजना चार साल पहले पूर्ण हुई, बोरिया-बिस्तर खैरापुर लाकर चार वर्ष हो गये; पर हैबती की नौकरी के संबंध में अब भी ठनठन गोपाल ! अट्ठाईस वर्ष उम्र होने में केवल छह महीने बाकी थे। अगर आनेवाले छह महीनों में वह पर्मनंट नहीं होता, तो वह नौकरी से सदा के लिए वंचित रहेगा। फिलहाल उसे केवल चार सौ रुपये मिलते थे; आखिर टेंपररी तो टेंपररी ही। वह भी क्या नौकरी हुई ? कोई भी आकर गरदनियाँ दे और

चाहे जब हलाक दे।

पिछले दस वर्षों से हैबती को एक ही चिंता थी--नौकरी ! मेरी नौकरी का क्या होगा ? मेरे अधिकार की रोजी-रोटी का क्या होगा ? पर रात-दिन की लगन और दौड़-धूप के बावजूद उसे यह गुलबकावली का फूल अभी तक दिखायी नहीं दिया था। सब एक ही उत्तर देते हैं--नौकरी के लिए योग्यता आवश्यक है। इस बाँध की नींव में अच्छा-खासा, सुख-आनंद से भरा मकान ढह गया; केले के बगीचे बरबाद हुए; बाँध-निर्माण के आरंभ में ही बूढ़े बाप की बलि चढ़ गयी। गाँव छोड़ दिया; सारा सत्यानास हुआ। खैरापुर के बाहर, गन्ने के पत्तों की कुटिया में दिन बिताये। अब और क्या चाहिए योग्यता ? कितने दिन प्रतीक्षा करेंगे ? कब तक सहते रहेंगे ? ब्याह के पहले कुछ ज्यादा परेशानी नहीं लगती थी; पर ब्याह हुआ, परिस्थितियाँ बदल गयीं। ब्याह एक उलझन ही तो है। भगवान बड़ा बुद्धिमान होता है। वह आदमी को बाल-बच्चों में फँसा देता है, ठीक उसी तरह जैसे लतायें एक-दूसरी में फँसती रहती हैं। वे भारी बेड़ियाँ भी मधुर लगने लगती हैं, पर वियोग तो काले पानी की सजा की तरह होता है। इस बाँध ने वैसी ही सजा दी है। नौकरी के कारण हैबती कॉलोनी पर अटक गया। अस्थायी नौकरी की पूँछ पकड़े वह भूत की भाँति एकाकी पड़ा रहा। दूर नीचे खैरापुर के सिवान में आवडाई , फूलवंती तथा नन्हा सदाशिव सब रहते हैं। पारिवारिक रिश्ते सेंवई के धागों की तरह होते हैं; पर बाँध की वजह से वे धागे टूट गये थे।

हैबती रेस्ट-हाउस के बाहर, खानसामा की कोठी की बगल में, खुले में ही पड़ा रहता। कंबल ओढ़कर, लेटे-लेटे ही वह खुले आसमान की ओर देखता। वहाँ लेटे-लेटे करवट बदलने पर भी, पानी से लबालब भरा हुआ बाँध दिखाई देता था। अमावस्या निकट आने पर अँधेरा घना होने लगता और दोनों पहाड़ों के बीच पानी की घाई में उतरता। हैबती सोचने लगता--मेरी जाधव बस्ती कहाँ पर थी ? यहाँ या वहाँ ? कहाँ है वह पके फलों से लदा हुआ अमरूद का बगीचा ? कहाँ है वह डकारने वाले गाय-बैलों की सार ? वह सब कहाँ छिप गया ? पूर्णिमा आ जाने पर, आसमान के कगार पर चढ़ा हुआ चंद्रमा पानी की रुपहली तरंग पर नृत्य करने लगता। लहरों की सारी क्रीड़ा में पानी खूब चमकने लगता। चंद्रमा राजा, अब तुम्हें नाचने में मजा आता है; पर हम तो सदा के लिए बरबाद हुए न ? लकदक चमकता पानी हैबती की आँखों में चुभने लगता। अंजुली में मुँह छिपाकर वह औंधा लेटा रहता; फूट-फूटकर रोने लगता। उसे लाड़ली फूलवंती तथा प्यारे बच्चे सदाशिव की याद आती--उसके मन का मक्खन पिघलने लगता। देखते-देखते उसकी देह तप्त घी की तरह खदखदाने लगती। ऐन जवानी में यह वियोग ? पुनर्वास हो जाने पर क्या बुढ़ापे में मजा लूटेंगे ?

रविवार के दिन हैबती का मन-पखेरू उड़ता और खैरापुर की ओर पंख मारने लगता। हर सप्ताह वहाँ जा नहीं सकता था--यात्रा-खर्च के रूप में पच्चीस रुपयों का व्यर्थ घाटा। उससे न जाना अच्छा है। हैबती मन मसोसकर पानी की ओर देखता रहता।

वह महीने में एक बार ही नीचे खैरापुर चला जाता। बाप कई दिनों के बाद आता। यह देखकर नन्हा सदाशिव हैबती के गले में हाथ डाले चिपका रहता। उसका मन अलग होना नहीं चाहता। हैबती आधी रात तक उसे कौए और चिड़िया की कहानियाँ सुनाता रहता। बच्चे के सो जाने पर फूलवंती हैबती के निकट सरकती। उसकी आँखों से आँसू बहने लगते। एक महीने से कॉलोनी की ओर लगी हुई आँखें आँसुओं में भीगने लगतीं। एक-दूसरे के आलिंगन में पड़कर चार मीठी मधुर बातें होती रहतीं कि तुरंत दिन उदित होता–गनीम की तरह ! इस प्रकार कभी-कभार आनेवाली ये रातें तिनके की तरह उड़ जातीं। फिर महीनेभर के लिए काले पानी की सजा !

हैबती कल आखिरी बस से आया था। जब से आया था; मास्टरजी के गले पड़ गया था। सुबह सूर्योदय के साथ मास्टरजी दरवाजे पर आये। मानो सुबह-सुबह भगवान के दर्शन हुए। हैबती के जी में जी आ गया। मास्टरजी हर एक के संबंध में छोटी-से-छोटी जानकारी भी रखते थे। उन्होंने आते ही पूछा–

'हैबती, अब केवल छह महीने ही बाकी हैं न ? तुम कब पर्मनंट होगे ? कहाँ तक आया है तुम्हारी नौकरी का काम ?''

''मास्टरजी, आप मुझसे ही पूछेंगे ? सच मास्टरजी, यह बाँध बनने दिया, हमने गलती की; अच्छा होता अगर हम बंदूक की गोलियाँ खाते।''

''आंबेपुर में नया जिलाधिकारी आया है। कहते हैं अच्छा, भला और तगड़ा युवक है। उसने चार दिन के बाद कालोनी पर बैठक बुलायी है। फिर एक बार सिर पटक देंगे उसके सामने, देखते हैं–कुछ उपाय निकलता है या नहीं।''–मास्टरजी बोले।

घर में दुधारू चौपाया नहीं था; मास्टरजी को बिना दूध की ही चाय मिली। पूरी गोट-बस्ती में यदि किसी के यहाँ दूध मिलाकर चाय बनायी जाती तो वह चर्चा का विषय हो जाता। गोट-बस्ती में तीन-चार भैंसें, दुबले-पतले चार बैल और तीन भैंसे इतने ही चौपाये बचे हुए थे। जाँभली के सिवान की हरी घास खाकर मस्त बने हुए चौपाये किस बाट चले गये ? मास्टरजी ने हैबती तथा आवडाई की आशा-भरी नजरों को देखा। वे उठे। उन्हें जल्दी थी, कहीं जाना था। शेवंता पिछले एक वर्ष से स्कूल नहीं जाती थी। लड़की चार महिलाओं में कुछ अलग ही दिखायी देनेवाली थी; पर वह बाँधपीड़ित के घर की लड़की थी। बाप अवकाशप्राप्त अध्यापक था। दामाद को उससे क्या सहायता और आधार मिलेगा ? केवल इसी कारण से शेवंता के विवाह की बात बन नहीं रही थी। दोपहर कहीं से रिश्ता आनेवाला था। मास्टरजी उसी वजह से जल्दी-जल्दी जाने लगे। उन्होंने दहलीज के बाहर पैर रखते-रखते हैबती को सावधान किया–

''नौकरी के संबंध में जरूर देखो, पर जमीन पर भी ध्यान रखो।''

''क्यों ? क्या हुआ मास्टरजी ?'' माँ-बेटे दोनों का दिल धड़कने लगा।

''राघू भिवा...''

''उसका क्या ?''

"तुमने अपनी जमीन का रेकार्ड देखा है कभी ? खसरे पर तुम्हारा नाम लगा है ? समय रहते यह सब देख लो; नहीं, साँवलेराम की-सी दुर्गत होगी।"

"लेकिन मास्टरजी, कब्जा तो मेरा ही है न ? मैंने चार साल मेहनत की है खेत में। मैंने गहने-अलंकारों की बरबादी की है उस जमीन के लिए। गाँव में गहने के नाम पर कुछ भी नहीं बचा, और यह..."

"बेटे, वही तो कह रहा हूँ। इन बागानवालों ने अपनी जमीन को हराभरा करने के लिए हमें बाँध में गाड़ दिया। हमें अपनी परंपरा और भूतकाल से तोड़ दिया; भविष्य की आशायें मिट्टी में मिला दीं—अब हम किस आधार पर उन पर विश्वास करें ?"

मास्टरजी चले गये। माँ-बेटे के दिल, पानी में गिरे हुए ढेले की तरह पिघल गये। आँखों के सामने राघू भिवा मँडराने लगा। वह पिछले साल घोड़े पर सवार हो मेंड़ पर आया था, आँखें तरेरकर सिवान की ओर देख रहा था। बबूल से भरे हुए सिवान में अच्छी फसल के रूप में इतना सोना उग आयेगा, इसका उसे अंदाजा नहीं था; पर खेत में हरी-भरी फसल को देखकर बौखला गया था। उसका प्रयास था किसी न किसी उपाय से जमीन को मुक्त करना ही होगा। उसने कचहरी में देने के लिए ताया के पास कुछ रुपये भी दिये थे। वह सरकार में तकाजा कर रहा था कि उसकी पठारवाली अनुपजाऊ जमीन खाते में से कम कर दी जाय। वह माँग पूर्ण होने पर, बाँधपीड़ित हैबती को दी गयी जमीन मुक्त हो सकती थी। इसके लिए राघू भिवा ने भले-बुरे नाना उपाय किये थे। जमीन के अनुपजाऊ होने के संबंध में, कृषि अधिकारियों द्वारा दिये गये प्रमाणपत्र जोड़े गये थे; पर कमिश्नर साहब ने राघू भिवा की माँग ठुकरायी। ये सभी बातें हैबती को मालूम थीं; पर यह जानकर कि उसका नाम ही नहीं चढ़ाया गया है, वह चिंतित हो गया था। कुछ भी बुरा और हानिकारक हो सकता था। क्या राघू भिवा का वसीला कम है ? सांसद की बैठक में साथ-साथ बैठनेवाला आदमी ठहरा। सिवान में चक्कर लगाने के लिए उमदा घोड़ा है उसके पास। बाहर जाना हो तो डाइरेक्टर के नाम पर जीप गाड़ी है। उस तगड़ी हस्ती के साथ कहाँ-कहाँ दौड़ेंगे ? सत्ता और संपत्ति दोनों की नब्ज उसके हाथ में थी, वह नब्ज किसी भी तरह से खींच सकता था, गरीब बेचारे की गर्दन फंदे में फँसा सकता था। हैबती क्षणभर काँप उठा।

हैबती तुरंत खैरापुर की चावड़ी पर चला गया। अर्जी लिखकर पटवारी के हाथ में दी। कहा—

"अण्णा साहब, आप मेरा नाम चढ़ा दीजिए।"

"कब्जे की रसीद कहाँ है ? सीमाओं का नक्शा कहाँ रखा है ?" पटवारी ने पूछा।

"अण्णा साहब, आप यह क्या कह रहे हैं ?" हैबती की आवाज भर्रायी, "डी. आर.ओ. साहब स्वयं जीप लेकर कब्जे के समय पर आये थे। उनकी उपस्थिति में ही मुझे कब्जा दिया गया था..."

"कागज ? कागज कहाँ हैं ?"

"उन्होंने कागज दिये ही नहीं। मैं क्या करूँ ?"

आंबेपुर जिले का भाग्य अच्छा था कि इधर उसे अनिल देशमुख जैसा युवा कलॅक्टर मिल गया था। काम पर हाजिर होते ही, एक पखवाड़े में साहब के कान तक कई शिकायतें पहुँच गयी थीं। शिकायतों को सुनकर उन्होंने पवार को डाँटा था। पवार ने साफ-साफ कहा–"साहब, शिकायतें क्यों नहीं होंगी ? जिस ढंग से विस्थापितों की समस्यायें हल की गयी हैं, उसे देखते हुए शिकायतों का आना आवश्यक लगता है।" दोनों में लंबी चर्चा हुई। इन सभी बातों का नतीजा यह हुआ कि जिलाधिकारी साहब ने सिंचाई, बिजली, जिला पंचायत आदि सभी संबंधित खातों के अधिकारियों की आकस्मिक बैठक बुलायी। उनका विचार था कि लगे हाथ सभी समस्यायें हल करते जायेंगे। इरलेबाड़ी तथा झाँजड़बाड़ी के लोग विधायक भाऊसाहब सालुंखे को खास बैठक के लिए ले आये थे। जिला पंचायत के उपाध्यक्ष लाला जाधव तथा दत्तू करवंदे पुनर्वास कमेटी के सदस्य की हैसियत से उपस्थित हुए थे। वैसे दोनों को निमंत्रण की आवश्यकता नहीं पड़ती थी; भोजन बरसी का हो या बरही का, पत्तल पर चावल मिलने से काम था।

मास्टरजी बाँधपीड़ित लोगों के बीच बैठे हुए थे। वे जरा सकपकाये थे। सांसद शिंगाडे तथा चेयरमन सर्जेराव के साथ-साथ लाभक्षेत्र की कई बड़ी-बड़ी हस्तियों को आमंत्रित किया गया था; पर उनमें से बहुत लोग उपस्थित नहीं थे। बाँध-निर्माण-कार्य संपन्न हुआ, पानी मिल गया, आगे हमें क्या लेना-देना ? बाँध-निर्माण-कार्य न होता तो लारी भर-भरकर आदमी ले आते। हम सुख-सुविधायें भोगेंगे, पुनर्वास की जिम्मेदारी सरकार की–लाभक्षेत्र के लोगों का सीधा-साधा यही हिसाब था। बाँध का अवलोकन कर, ठीक ग्यारह बजे लाल बत्ती की मोटर रेस्ट-हाउस पर आ गयी; बैठक आरंभ हुई

जिलाधिकारी देशमुख साहब ने आरंभ में ही अपनी भूमिका समझायी–पहले बाँधपीड़ितों की शिकायतें सुनेंगे; फिर बैठक में निर्णय करेंगे। बाँधपीड़ितों की शिकायतों के बारे में पूछने पर तुरंत कुशाराजा, गुणवंत और इरलेबाड़ी के कई लोग अपनी जगह पर उठ खड़े हुए। उन्होंने शिकायतें बतायीं–हम पानी के घेरे में अटक गये हैं; हमें वहाँ भारी बारिश से मुकाबला करना पड़ता है; बारिश से पहले चीज वस्तुओं की खरीद में तकलीफ होती है; जंगली जानवरों से टक्कर लेनी पड़ती है; गर्भवती महिलाओं तथा बच्चों की कठिनाइयाँ तो अलग ही हैं; रोग-बीमारियों की झंझट है। बाँधपीड़ितों की शिकायतों की रामकहानी छोटी नहीं थी। उन्होंने जोरदार माँग की–या तो तीन बस्तियों को वहाँ से तुरंत उठाइए, या पहाडों में रास्ते खुदवाइए। अगर वह भी असंभव हो तो एक लौंच का स्थायी प्रबंध करवाइए। बाँधपीड़ितों की यातनाओं के भयंकर वर्णन सुनकर देशमुख साहब ने कँधे उठाकर कहा–

"आय काण्ट बिलीव इट।"

"साहब, आप लोगों के बिलीव करने न करने के मामलों में ही हमारे लोग परेशान

हो रहे हैं।'' विधायक भाऊसाहब डाँटकर बोले—

''अच्छा, मैं स्वयं दौरा कर लेता हूँ उस भाग में।''

''साहब, पिछले साहब भी यही कहते थे। पता ही नहीं चला कि उनका टर्म कब समाप्त हुआ।'' विधायक परेशान होकर बोल रहे थे।

''ठीक है, मैं आपको सूचना दे दूँगा।''

''साहब, मैं आपको यहीं पर जीवंत प्रमाण देता हूँ न ! गुणवंतऽ, क्या फरसू बहेलिया आया है ?'' विधायक ने पूछा।

पीछे कोने में बैठा हुआ फरसू उठ खड़ा हुआ। विधायक भाऊसाहब ने उसे आगे बुला लिया। उसे फतुही निकालने के लिए कहा। फरसू शरमाकर सबके सामने खड़ा रहा। उसकी कमर में केवल तौलिया था; बाकी शरीर नंग-धड़ंग। उसके बदन पर खरोंचें देखकर देशमुख सकपकाये। उन्होंने आश्चर्य के साथ पूछा—

''यह क्या हुआ है ?''

''सूअर ने हमला लिया था। सारा बदन छलनी कर दिया है। देखिए साहब, पहाड़ की गर्त में कैसे रहते हैं ये लोग ?'' विधायक ने प्रत्यक्ष प्रमाण दिया।

देशमुख साहब ने विधायक महोदय को अभिवचन दिया कि वे झाँजड़बाड़ी का दौरा ज़रूर करेंगे। विधायक महोदय ने बहुत ही जोश के साथ इरलेबाड़ी तथा झाँजड़बाड़ी का पक्ष सामने रखा। कुशाराजा को बैठक में उपस्थित कराकर बताया गया कि कैसे वह अकेला ही जंगल में यातनायें भोग रहा है। विधायक महोदय ने चेतावनी दी कि विकास के नाम पर इन लोगों की बरबादी न की जाय। लाभक्षेत्र में रह रहे बाँधपीड़ितों की तो बोरी भरकर शिकायतें थीं। किसी की जमीन का मामला अटका हुआ है; मंजूर नहीं हुआ है; कब्जे की रसीद नहीं दी गयी है; कब्जा दिया है पर रसीद नहीं दी गयी है; रसीद दी गयी है पर खसरे पर नाम नहीं चढ़ा है; प्रत्यक्ष जमीन में काम करते हुए कठिनाइयाँ आती हैं; तहसीलदार कचहरी में दो सालों से दाबे अटके हुए हैं, मूल जमींदार की धमकियाँ सुननी पड़ती हैं, पुलिस स्टेशन के झटकों का तो स्वरूप ही अलग है, बाँधपीड़ित होने का प्रमाण-पत्र नहीं; जहाँ प्रमाण-पत्र है, वहाँ नौकरी नहीं—हजारों शिकायतें थीं। पवार साहब हर एक की शिकायत दर्ज करते जा रहे थे। जिलाधिकारी साहब शिकायती अर्जी खुद अपने पास रख रहे थे।

खैरमोडे मास्टरजी की तोपें दहाड़ेंगी ही। बिना उसके बैठक समाप्त नहीं होगी कई लोग इसे जानते थे। अधिकारियों के साथ अन्य कई लोग मास्टरजी को संकेत करने लगे ''जल्दी कीजिए, कहिए जो भी कहना है।'' मास्टरजी उठे। उन्होंने कहना शुरू किया—

''साहब, पुनर्वास की रामकहानी कहते-कहते हमारे गलों में सूजन आ गयी है। रोज वही राग अलापने में क्या तुक है ? क्या अधिकारी लोग हमारी समस्याओं को नहीं जानते ? लोकनाट्य तमाशा की गोपियों की तरह ये विकास की गोपियाँ मथुरा के बाजार जा रही हैं। वे एक ही जगह पर परिक्रमा कर रही हैं। उन्हें मथुरा का बाजार

कहाँ मिल रहा है ? गोपियाँ भूखी हैं; यह कैसा बाजार है ? यह तो नकली बाजार है।''

''मास्टरजी, बी स्पेसिफिक। निश्चित और मुद्दे की बात कहिए।'' देशमुख ने सुझाया। साहब की इस सूचना से मास्टरजी गरम हुए। सिंचाई विभाग के अधिकारियों की ओर हाथ दिखाकर मास्टरजी ने कहा–

''साहब, आप इन्हीं से पूछिए–स्पेसिफिक क्या होता है ? हमें जीवित गाड़ दिया; उस पर बाँध की कब्र बनवायी। आप पूछिए इनसे–क्या सभी बाँधपीड़ितों को पानी के लिए नहर मिली ? हम दूसरों की नहर से कब तक पानी लेते रहेंगे ?''

''मास्टरजी, आप गलत बता रहे हैं।'' ए.सी. साहब ने उठकर बीच में ही कहा, ''खैरापुर की नयी गोट-बस्ती में से सिर्फ बाइस लोगों की माँग थी, उनमें से ग्यारह लोगों को हमने इससे पहले ही अनुमति दी है। हम हर जगह पर बाँधपीड़ितों को प्रायारिटी देते हैं।''

''आपकी प्रायारिटी मुझे कंठस्थ है।'' मास्टरजी आग-बबूला होकर बोलने लगे, ''आपकी सुविधायें इस उपाध्यक्ष को मिलीं, इस दत्तू सरपंच को मिलीं। शेष इन्हीं के असामियों तथा हिस्सेदारों को मिलीं। जिन्हें सही माने में आवश्यकता है, उनकी ओर कौन देखता है ?...''

जिलाधिकारी ने मास्टरजी को रोका, ''मास्टरजी, कुछ और कठिनाइयाँ हैं ?''

''कठिनाइयाँ ? साहब हम बाँधपीड़ितों के सिर पर बाल कम और कठिनाइयाँ अधिक हैं। लाभवाले किसान हमारी खड़ी फसल में चौपाये खुले छोड़ देते हैं। खेती की परिपाटी के संबंध में जो भी शिकायतें हैं, कोर्ट में दो-दो साल तक उनके फैसले नहीं होते। पुलिस स्टेशन हमें घास नहीं डालते...''

साहब सुन रहे थे और बीच-बीच में संबंधित अधिकारियों को आदेश दे रहे थे। मास्टरजी को बीच में ही रोकते थे। बैठक बहुत लंबी खिंची। आखिर साहब ने कहा–

''मास्टरजी, मैंने आपके संबंध में सुना है। मैं आपके साथ अलग से चर्चा करूँगा ही; अब आप उतनी ही समस्यायें बताइए जो अति महत्त्वपूर्ण हैं। समय कम है।''

''ठीक है साहब तब से हम जीने के संबंध में बात कर रहे थे। अब हम मृत्यु के संबंध में सोचेंगे। बताइए, आपने हमारी मृत्यु की क्या व्यवस्था की है ? नियमानुसार प्रत्येक नयी बस्ती में श्मशान चाहिए; हमारी बस्ती के लिए श्मशान क्यों नहीं ? आप ही बताइए हम कहाँ मरेंगे ?''

''साहब ने जिला पंचायत के उस अधिकारी की ओर देखा, जिसने गोट-बस्ती के निर्माण की पूरी योजना बनायी थी। जिला पंचायत के अभियंता खड़े होकर बोले–

''सर, प्लान बनाने के बाद श्मशान के लिए जगह ही नहीं रही।''

''यह प्लान मूल में किसने बनाया था ?'' साहब ने झल्लाकर पूछा।

''जिन्होंने बनाया था, वे कभी के रिटायर हो गये।'' पवार ने जानकारी दी।

''पवार साहब, नयी बस्ती में सचमुच ही श्मशान की समस्या है ?'' देशमुख साहब

ने पूछा।

"बात सही है सर।"

"लोग पागलों की तरह कैसे प्लान बनाते हैं ?"

"साहब पागलों की तरह नहीं, सब सोच-समझकर किया गया है।" मास्टरजी बताने लगे, "साहब, नेता और सरकारी अधिकारियों की साँठ-गाँठ होने पर वे तुरंत नर से वानर और पहाड़ से सागर बनायेंगे।"

"तात्पर्य ?"

"मूल प्लान ऐसा नहीं था। पहले नयी गोट-बस्ती के लिए बस अड्डे के पास जगह दी गयी थी—एकदम खुली। हमें वही जगह दे देते तो हम आदमियों की तरह रह पाते; पर आपके अधिकारी निकले नेताओं की तरह स्वार्थी। उन्होंने वह जमीन कारखाने के लिए दे दी। कहते हैं, उस जगह पर डिस्टीलरी और कोई बाजार खुलने वाला है। साहब एक प्रार्थना है; आप जरा फुरसत निकालकर पुरानी फाइलों को देख लीजिए, सारे कागज स्वयं ही बोल देंगे, असलियत बता देंगे।"

"सर, समस्या कुछ भी नहीं है।" जिला पंचायत अभियंता समझाने लगे, "मूल खैरापुर गाँव का श्मशान प्रशस्त है; नदी के किनारे है, दोनों गाँवों के अन्त्य संस्कार एक ही जगह पर किये जा सकते हैं; नये एक्विज़िशन की आवश्यकता नहीं।"

"साहब, वहाँ हमें मरना है, आपको नहीं।" मास्टरजी की आवाज भर्रायी। उन्होंने गिड़गिड़ाकर कहा, "कलक्टर साहब, आप वहाँ चलिए, बारिश में हमारी क्या दुर्दशा होती है—आप स्वयं देख लीजिए। एक तो श्मशान खैरापुर से दो किलोमीटर दूर है, हमारी बस्ती से वह साढ़े तीन किलोमीटर दूर पड़ता है। बारिश में बहुत कीचड़ होता है; रास्ता अच्छा नहीं; घुटनों तक कीचड़ में किसी तरह वहाँ जाते हैं। शव ले जानेवालों की ही मौत का प्रसंग आ जाता है। साहब साफ-साफ कहता हूँ—आप असलियत को देख लीजिए, हमें नया श्मशान दीजिए।"

मास्टरजी चिढ़कर नीचे बैठे। दोपहर का समय हो गया। भोजन करना था। अधिकारियों को कई काम थे। उन्हें इधर-उधर जाना था। जिलाधिकारी महोदय बैठक समाप्त करने लगे। इतने में कुशाप्पा खड़ा हुआ, संक्षेप में अपनी रामकहानी बतायी। उसने गिड़गिड़ाकर कहा—

"देखिए साहब, आपके कानून की खाई में अटकने से मेरा सत्यानास हो गया। गाँव छोड़कर अकेला पहाड़-जंगल में रहता हूँ। जंगल खाने को उठता है। मेरे स्पेशल केस का क्या हो गया ?"

"पत्रावले, इनका क्या हुआ ?"

"क्वेरी निकली थी; केस नीचे आया था। फिर से ऊपर भिजवाया है।" पत्रावले ने सूचना दी।

"देखिए साहब, इस नीचे और ऊपर के झंझट में ही कई दिन बीत गये। मेरी

लड़की अब ब्याहने योग्य हुईं। आप गौर कीजिए, मुझे संकट से बचाइए।'' कुशाराजा ने तिलमिलाकर कहा।

देशमुख साहब ने कुशाराजा का नाम अपनी डायरी में लिख लिया। पवार साहब आभार व्यक्त करने के लिए उठ खड़े हुए; तभी हैबती झट से उठा और गरज पड़ा–

''साहब, जिस दिन हमारे घर-द्वार पर बुलडोजर चलाया गया, उसी दिन मेरे बूढ़े पिता ने कुएँ में जान दे दी...''

''ऐऽऽ मुद्दे की बात करोऽऽ,'। बाँधपीड़ितों समेत सब लोग चिल्लाये। सब चाहते थे कि बैठक जल्दी समाप्त हो जाय। बुलडोजर, बूढ़ा, आत्महत्या–ये सब बातें सबको कंठस्थ थीं। हैबती ने संक्षेप में बताना शुरू किया–

''साहब, पूरे दस साल हुए। टेंपररी के रूप में बाँध के काम पर हड्डियाँ तोड़ रहा हूँ। छह महीनों के बाद मेरी उम्र अट्ठाईस साल हो जायेगी, फिर तो मैं कभी भी पर्मनंट नहीं हो पाऊँगा। मैं हमेशा के लिए नौकरी से वंचित रह जाऊँगा। साहब, कुछ तो कीजिए।''

हैबती की बात पर जिलाधिकारी महोदय ने ए.सी. की ओर देखा। ए.सी. साहब बोले, ''तुम्हारी कुल उपस्थिति दो सौ चालीस दिन होने पर तुम अपने-आप पर्मनंट हो जाओगे।''

''पर दो सौ चालीस दिन उपस्थिति होने ही नहीं देते हैं।'' मास्टरजी ने कहा।

''तात्पर्य ?''

''साहब, एक दिन अनुपस्थित दिखाने पर दो सौ उनतालीस दिनों पर पानी पड़ता है। उपस्थिति-पत्र इन्हीं के हाथ में, लिखनेवाले भी ये ही अधिकारी लोग; मौत होती है बाँधपीड़ितों की !'' मास्टरजी बहुत चिढ़ गये थे।

जिलाधिकारी ने ए.सी. की ओर देखा। ए.सी. ने कहा, ''साहब, हम क्या कर सकते हैं ? देअर इज नो वेकेन्सी !''

''क्यों नहीं है वेकेन्सी ? जब हमारे गाँवों को उठाया जा रहा था, तब उस समय के जिलाधिकारी ने चार सौ लड़कों को नौकरी देने की बात कही थी।''

''कहिए भोंसले साहब, क्या यह बात सही है कि इसका मकान पानी में गया है ?''

''जी हाँ, साहब।''

''इसके पिता...''

''अैक्सिडैंट...''

''वाट इट मे बी; पर वह हुआ है, सही है न ?''

''येस सर।''

''दस वर्षों से वह टेंपररी के रूप में काम कर रहा है–यह सही है ?''

''जी हाँ।''

"आपने इसके बादवाले कुछ लड़कों को पिछले दस वर्षों में पर्मनंट किया होगा?" बताइए कितने लड़कों को पर्मनंट किया ?"

"किया है, पर अभी मेरे पास संख्या नहीं है।"

"यह केस जेन्युइन है, तुरंत इसका आर्डर निकाल दीजिए।"

जिलाधिकारी साहब ने ए.सी. भोंसले साहब को जिस ढंग से आड़े हाथों लिया, वह ढंग भोंसले साहब के मन में चुभ गया। भोंसले साहब लाल-पीले हो गये। वे तमतमाकर हैबती की ओर देखने लगे। जिलाधिकारी ने बैठक का सब रेकार्ड पी.ए. को सौंपा। हैबती अभी भी खड़ा था।

"अब और क्या बचा है ?" साहब ने झुँझलाकर कहा। वे हैबती की ओर देख रहे थे। हैबती की आँखों से लगातार आँसू बह रहे थे; आँखों को पोंछकर उसने कहा–

"साहब, आपके दरबार में नौकरी के संबंध में फैसला नहीं हो रहा है, हमें कम-से-कम जमीन में तो सुख से रहने दीजिए।"

"क्या तुम्हें अभी तक जमीन नहीं मिली ?" साहब ने जरा कठोर आवाज में पूछा।

"मिली है, चार-पाँच साल हुए, पर अभी तक खाते पर मेरा नाम नहीं चढ़ा है। जमीन मेरे नाम पर नहीं; इसलिए कर्जा नहीं, सरकारी सुविधा नहीं। बताइए, हम क्या करें ?"

"पर नाम क्यों नहीं चढ़ा ?" साहब ने टेबुल पर मुट्ठी मारकर पूछा।

"इसलिए कि कब्जे की रसीद नहीं है।"

"पर कब्जे की रसीद क्यों नहीं ? मिस्टर पत्रावले, कहिए, क्यों नहीं है कब्जे की रसीद ? आप काम करते हैं या झख मारते हैं ?" साहब आग-बबूला हो गये थे।

"सर-सर, बाकी लोगों की रसीदें दी गयी हैं।"

"फिर इनकी क्यों नहीं दी गयी ?"

पत्रावले का मुँह उतर गया। वे गर्दन झुकाकर खड़े रहे। उनके मुँह से शब्द नहीं निकल रहा था। हैबती बीच में ही बोला–

"साहब, मैं बताता हूँ।"

"कहिए।"

"साहब, यह नेताओं और अधिकारियों के लेन-देन का मामला हे। चोर-चोर मौसेरे भाई। मुझे कब्जे की रसीद न देने का कारण है–हमारा राघू भिवा। वह चीनी मिल का डारेक्टर है। बड़ा आदमी ठहरा। वह संपादित जमीन में से अपनी जमीन को मुक्त करना चाहता है। तब तक नाम मत चढ़ाना–उसी ने अधिकारियों की मुट्ठियाँ गरम कर यह सूचना दी है। मेरा काम दबा दिया..."

"स्टाप इट। पवार, आइ काण्ट बीअर धिस।" देशमुख साहब गरज उठे, "पवार, पत्रावले को कल ही जीप में साईट पर भेजिए। कब्जे की रसीद दिलवाइए। कल ही

नाम चढ़वाइए। आप कल ही इसे मंजूर कर दीजिए। संशोधित खसरा इस लड़के को दे दीजिए। मुझे कल रात ही रिपोर्ट कीजिए, दैट्स आलऽऽ।''

देशमुख साहब को अब अधिक समय नहीं था। वे जाकर गाड़ी में बैठ गये। साथ में पवार साहब थे। मास्टरजी आगे बढ़े; उन्होंने बहुत ही नम्रता के साथ साहब को नमस्कार किया। साहब ने कहा, ''मास्टरजी, आप ऐसा कीजिए–जरा फुरसत में मेरे पास आइए, चर्चा करेंगे।'' गाड़ी चली गयी। बाँधपीड़ितों की भीड़ छँट गयी। ए. सी. साहब अपने सूट में चले गये। उन्होनें कार्यकारी अभियंता को बुलाया; उन्हें आड़े हाथों लिया, ''एक टेंपररी लड़का भरी सभा में हमारी बेइज्जती करता है। आप काम करते हैं या घास खोदते हैं ?''

वाश लेने के बाद भोंसले साहब शांत हो गये। पत्रावले बाहर बरामदे में खड़े थे। वे चोरगे से बोले, ''अब कुछ ठीक नहीं है, मुझे लगता है, या तो बदली करवा लेना ठीक होगा या प्रिमेच्युअर रिटायरमेंट। बाँधपीड़ितों के इशारों पर नाचनेवाले इस प्रकार के अधिकारी आयेंगे तो काम ही क्यों करेंगे ?'' भीतर भोंसले साहब डाइनिंग टेबुल पर आ गये। उनके साथ निंबालकर साहब, उपाध्यक्ष लाला जाधव और दत्तू भोजन करने बैठे। भोजन आरंभ होने पर भी भोंसले साहब चुप थे। चिकन की बोटी दाँतों में दबाकर दत्तू ने ही बात शुरू की–

''यह भी क्या मीटिंग थी ? बाजार था बाजार !''

''क्या हमने आज तक बाँध देखे नहीं ? बाँधपीड़ितों को देखा नहीं ? एक टेंपररी लड़के के लिए जिलाधिकारी हमारी बेइज्जती करें ? वह भी भरी सभा में ? मुझे उन्हें उत्तर देना ही पड़ेगा। आइ एम ए.सी. नाट लेस दैन कलेक्टर इन रेंक ऐंड फाईल।''

''जाने दीजिए साहब, वह लड़का ही वैसा है। अजी, रिश्ते में मेरा भतीजा है।'' लाला जाधव बोले, ''उस बदमाश को ही सीधा करना होगा। मास्टर के बहकावे में आकर पूरा बिगड़ गया है साला।''

''बाँध में मकान चला गया। माना कि उसका बाप मर गया; पर इसका अर्थ यह तो नहीं कि उसने चंद्रमा पर यान भेज दिया ! निंबालकर उस बदमाश पर ध्यान रखिए। वह बहुत घपलेबाज दिखायी देता है।'' भोंसले साहब ने निंबालकर को सतर्क रहने के लिए कहा।

पुलाव की थाली खाली कर दत्तू बोला–

''लगता है, इस कलेक्टर को, इस जिले में ज्यादा दिनों के लिए रहना नहीं है। क्यों जी ?''

''सही है।'' लाला जाधव बोले, ''क्या हमने इसके पहले अधिकारियों को देखा नहीं ? अधिकारियों को चाहिए कि वे बच्चे के मुँह में दूध देनेवाली माँ के समान रहें! अजी, यह प्रजातंत्र है।''

सात

हैबती को अपनी हिम्मत पर गर्व हो रहा था। उसे ऐसा लगता था मानो उसने बाघ का शिकार कर दिया हो। मैं उस दिन कलक्टर साहब के सामने कैसे तड़ातड़ बोलता रहा। बदन में कहाँ से ताकत आ गयी थी ? जो भी हो, उस प्रकार हिम्मत से बोलने के कारण जमीन के संबंध में काम तो होने लगा। सुबह से दो बार पटवारी मड़ैया की ओर गया था। आज साहब लोग सिवान में आयेंगे, आज ही नाम दर्ज किया जायेगा। आवडाई भी प्रसन्न थी। मास्टरजी को अच्छा लगता था; मास्टरजी ने पहल कर नकुसा का, जमीन संबंधी मामला आगे बढ़ाया था। नकुसा के खेत में ज्वार की फसल घुटनों तक बढ़ गयी थी। म्हाकू भोंसले को दूकान खोलने के लिए अनुमति मिलने के आसार दिखाई दे रहे थे। यह वर्ष गोट-बस्ती के लोगों के लिए कितना बढ़िया था, लाभदायक था !

आवडाई तथा हैबती सुबह नौ बजे से ही बबूल के तले बैठे हुए थे। पता नहीं, साहब की जीप झपाक से कब आयेगी ? हैबती की नजर चार एकड़ सिवान पर दौड़ रही थी—सिवान में फैले हुए बबूल के पेड़, कंकड़-पत्थर, छोटे-छोटे नाले—सब कहीं लुप्त हो गया था। एक तरफ मेंड बनाकर अच्छी तरह हदबंदी की गयी थी, अब खेत इतना अच्छा हो गया था कि उसमें आदमी भी उग सकता था। हैबती को बहुत ही संतोष हो रहा था। उसने मेंड़ के ग्यारह बबूल देख लिये—एक तो जमीन बबूल के लिए अनुकूल थी, उसमें भी इधर उनकी जड़ों को पानी पीने की खूब आदत हो गयी थी, इससे मेंड़ के पेड़ डहडहा उठे थे। एक-एक तना पहलवान की दोनों जाँघों का-सा मोटा हो गया था, घने पीले फूलों की बौछार-सी हुई थी।

"माँ, अब हम रुकेंगे नहीं।"

"बेटे, किसकी बात कर रहे हो ?"

"अगले साल बबूल के तने बहुत मोटे हो जायेंगे, अँकवार में समा नहीं पायेंगे। अच्छी-खासी दस गाड़ियाँ भरकर तख्तियाँ निकलेंगी। कितने दिन कुटिया में बितायेंगे ? गोट-बस्ती में अच्छा-खासा मंजिलवाला मकान बनवायेंगे।"

"तुम्हारा मुँह मीठा हो।"

हैबती के खेत में, गन्ने में अंकुर आ गये थे। उसे सल्फेट देने में देर हो गयी थी। दूकान की बकाया राशि बढ़ गयी थी, घर में आर्थिक तनाव पैदा हुआ था, यहाँ-वहाँ से पेशगी ली गयी थी। हैबती ने एक बैल को बेच डाला था। जब वह बैल को लिये बाजार जा रहा था, उसे ऐसा लग रहा था मानो किसी ने उसके दिल पर एक मनभर का बोझ लाद दिया हो। जाँभली से इधर आने पर दूसरे ही वर्ष घर की बैल-जोड़ी बेच डाली थी, जीवन में पहली बार आवडाई की सार खाली हो गयी थी। पिछले साल बंबई से सुभान भाई आया था। उसने देखा—बहन ने चार एकड़ जमीन में से बबूल के छोटे-बड़े पेड़ों को

निकलवाकर जमीन अच्छी कर ली है; अब हल आदि में जोतने के लिए बैलों की आवश्यकता थी। सुभान जी ने समस्या को भाँप लिया। बहन के मना करने पर भी वह बाघेठाण के बाजार से बैल-जोड़ी खरीद लाया, पर चार महीनों में ही बैल-जोड़ी को नजर लग गयी। घरेलू खर्चे के लिए, जमीन की किस्त जमा करने के लिए गाँठ में कौड़ी तक नहीं थी। सरकारी नोटिस लेकर सर्किल ऑफिसर दामले बैरी की तरह आ जाता। बैलों को बेचेंगे तो हल आदि का क्या होगा ? आखिर माँ-बेटे ने सोचकर निर्णय किया। एक बैल को बेच डाला। उसकी चौथाई कीमत में एक भैंसा खरीद लिया, बची हुई तीन चौथायी राशि में से अन्य कर्जे का भुगतान किया।

हैबती को अब किसी की चिंता नहीं थी। हिम्मतवाला कलक्टर उसकी पीठ पर था। आदेश के आधार पर नाम चढ़ेगा। खेत में गन्ने की पहली फसल आयेगी। फसल के आधार पर चीनी मिल से पेशगी ले लेंगे, शेयर्स खरीदेंगे, एक बार जमीन नाम पर चढ़ जाने पर आगे कुछ भी किया जा सकता है। अच्छा हुआ, भगवान की कृपा हुई अगले साल बेटा सदाशिव पहली कक्षा में जायेगा। उसके बालिग होते-होते गृहस्थी की गाड़ी राह पर आ पायेगी। कालीमाई तुम केवल आशीर्वाद दो, फिर हमें किसी बात की चिंता नहीं रहेगी।

शाम हो गयी। माँ-बेटे जीप की प्रतीक्षा कर रहे थे। लगभग पाँच बजे जीप आ गयी। पत्रावले साहब जीप से उतरे। पैमाइशदारों ने जमीन को नापा। पैमाइश का कच्चा नक्शा तैयार हुआ। पत्रावले साहब ने गाँव से पंचों को बुला लिया। सब लोगों ने घूमकर जमीन देख ली। तुरंत कब्जे की रसीद लिखना आरंभ किया गया–

कब्जे की रसीद

हम, नीचे दस्तखत करनेवाले पंच मुकाम कसबे खैरापुर, तहसील बाघेठाण जिला आंबेपुर, कब्जा- रसीद लिख देते हैं कि मौजे मजकुर कसबे खैरापुर स्थित क्रमांश 1252/2 की 1 हेक्टर 60 आर जमीन, माननीय जिलाधिकारी तथा उपसंचालक पुनर्वास (जमीन) आंबेपुर के आदेश DRO/Jambali/222 आंबेपुर दिनांक...के अनुसार बाँधग्रस्त खातेदार आवड़ा गोविंद जाधव मुकाम जाँभली बाघेठाण जिला आंबेपुर को मंजूर की गयी है। उक्त आदेश के अनुसार संबंधित जमीन का कब्जा तदंगभूत वस्तुओं के साथ संलग्न पंचनामे में लिखित ब्यौरे के अनुसार आवडा गोविंद जाधव को, हम पंचों की उपस्थिति में दिया गया। इस जमीन की उत्तर में साठ गुंठे जमीन में गन्ने की फसल है, मेंड़ पर बबूल के कुल 11 पेड़ तथा नीम के कुल तीन पेड़ हैं। अन्य क्षेत्र में कोई भी फसल नहीं है। कब्जे के संबंध में मूल जमीन मालिक श्री, राघू भिवा पाटील की किसी प्रकार की शिकायत या आपत्ति दिखायी नहीं दी। हम पंचों की उपस्थिति में प्रस्तुत कब्जा-रसीद तथा संलग्न पंचनामा लिख दिया गया है।

तारीख..... [1] [पंच के हस्ताक्षर]
[2] [पंच के हस्ताक्षर]

[3] [पंच के हस्ताक्षर]

[आवडाई के हस्ताक्षर]

कागज-पत्र हाथ में आते ही हैबती को लगा, आसमान नीचे उतरकर उसकी मुट्ठी में समा गया है। पत्रावले साहब को जल्दी थी, उन्होंने खैरापुर के सर्किल ऑफिसर को आदेश दिया–

"जोशी आप आज ही हेरफेर रजिस्टर पर दर्ज कीजिए, उसे मंजूर कर संशोधित खसरा भी इस लड़के को दे दीजिए; नहीं, यह लड़का बहुत बदमाश है; यहाँ से उठेगा और तुरंत कलक्टर के पैर छूने जायेगा। फिर से हमारी दौड़ा-दौड़ी नहीं होनी चाहिए। जल्दी-जल्दी निपटा डालिए यह काम !"

"जी हाँ साहब।" जोशी ने गर्दन हिलायी।

पत्रावले साहब चले गये। आगे की कार्रवाई के लिए पटवारी सर्किल ऑफिसर ने हैबती को चावड़ी पर बुला लिया। पटवारी ने लगे हाथों हेरफेर रजिस्टर में दर्ज किया। उसी आशय का 'ड' सर्किल के हाथ में दे दिया। जोशी ने मुँह से तमाखू बाहर निकाली मुँह धोया, रजिस्टर को बंद कर वह बोला–

"अब रहने दो, कल आ जाना।"

"अण्णा साहब, यह झंझट क्यों पीछे रख रहे हैं। आदेश के अनुसार दर्ज करना है, लगे हाथ मंजूरी दीजिए।" हैबती ने प्रार्थना की।

"अरे, थोड़ा विचार करने दो–सोचने दो। तुरंत सिर पर सवार होते हैं ये लोग ? खेत कहीं भाग जाता है ? या तुम ही कहीं फरार होनेवाले हो ? कल सुबह आ जाओ, ले जाओ मंजूरी का पत्र।" जोशी सर्किल गरज उठा।

हैबती चुपचाप उठा। ठीक है, आज नहीं तो कल, सनकी जोशी के मुँह क्यों लगेंगे चिढ़ेगा तो रेकार्ड में कुछ मेख मारकर रखेगा। उसे निकालते-निकालते जिंदगी बरबाद हो जायेगी ! ठीक है, कल ही देखा जाय।

हैबती को रातभर नींद नहीं आयी। वह कंथरी में, इस करवट से उस करवट पर होता था; बीच में ही उठकर बच्चे को चूम लेता था, फूलवंती के मुँह पर प्यार से हाथ फेरता था। वह बीच में जगती, "ऊँऽ हूऽ" कहकर करवट बदल लेती और तुरंत सो जाती थी। हैबती जगा हुआ था; उसकी आँखों के आगे एक दृश्य खड़ा हुआ–बबूल के तने लकड़ी काटने की मशीन पर गये; तख्तियों से ठसाठस भरी हुई लारी दरवाजे पर खड़ी हुई; चारों ओर पत्थरों की पक्की दीवारें उठ गयीं, ऊपर मेंगलोरी खपड़ैलों का साज चढ़ गया, ऐंठबाज मंजिलवाला घर बनकर तैयार हुआ। हैबती की कल्पना ने मकान के पिछवाड़े में तुरंत एक सार बनवायी, सार में अच्छी डील-डौल के बैल डकारने लगे, फूलवंती ने प्रसन्न हो दरवाजे पर तोरण बाँध दिया, वह हँस-हँसकर आँगन की तुलसी को पानी देने लगी,. ...अरे ! यह मैं प्रत्यक्ष देख रहा हूँ या सपना ? मन की बात कुछ विचित्र ही होती है ! दौड़ता ही रहता है !! क्या किया जाय इस मन का ? वह लबालब भरी हुई बाल की भाँति

भर आया है !

हैबती सुबह जल्दी, चिंतातुर हो पटवारी से पूछने लगा—

"कहाँ हैं अण्णासाहब ?"

"दौरे पर गये हैं, अगले सप्ताह में आ जायेंगे।"

"हमारा काम हुआ ?"

"यह लो "ड" की पुस्तक, पढ़ो अपनी आँख से।"

हैबती ने जल्दी-जल्दी "ड" की पुस्तक ले ली। वह खोलकर दिया हुआ पन्ना आँख में जान लाकर पढ़ने लगा; जिलाधिकारी के फलाँ-फलाँ आदेश के अनुसार यह हुआ, वह हुआ—यह सब उसने जल्दी-जल्दी पढ़ लिया; उसके आगेवाले खाने में लिखी हुई बातों को पढ़ते समय उसकी साँस फूलने लगी, आँखों के सामने अँधेरा छा गया, उसने फिर से आँखें खोलीं, वह टिप्पणी को ध्यानपूर्वक पढ़ने लगा, "प्रस्तुत जमीन में मूल जमीन मालिक की, गन्ने की फसल होने के कारण पंजीकरण नामंजूर—(हस्ताक्षर)—मंडल निरीक्षक।" हैबती झट से नीचे बैठ गया। चेहरे पर झर-झर पसीना छा गया, आँखों में बाघजाई खड़ी हुई, भर्रायी हुई आवाज में उसने पटवारी से पूछा—

"अण्णा साहब, सच बताइए, खेत में गन्ना किसका है ? मेरा या राघू भिवा का ? मुझ गरीब का पंजीकरण नामंजूर कर आपका कौन-सा लाभ हुआ ? आप हमारे जान का बवाल क्यों बन रहे हैं ?"

"सर्किल आफिसर वरिष्ठ हैं, मैं उनके हाथ रोक दूँ ? मैंने अपना काम निभाया।" कलक्टर से जान-पहचान कर ली है न तुमने ? अब भागो, उन्हीं के पैर पकड़ो, तुम्हें वहीं पर न्याय मिलेगा।

जंगल में आग लगी। हैबती की हालत ऐसी हुई मानो सूखी घास में आग दौड़ती रहे और बीच में फँसा हुआ खरगोश का बच्चा भयभीत होकर इधर-उधर भागता रहे। वह दौड़ा-दौड़ा बस अड्डे पर गया। वहाँ पहुँचने पर उसे लगा कि ये सब बातें मास्टरजी से कहनी चाहिए; इसलिए वह दौड़कर गोट-बस्ती में गया। मास्टरजी को सारी रामकहानी बतायी। मास्टरजी ने जिलाधिकारी के लिए एक चिट्ठी लिखी। उन्होंने हैबती से कहा कि वह, चावड़ी पर जिस रूप में पंजीयन हुआ था, उसकी प्रतिलिपि लेकर ही साहब से मिलने के लिए जाये। हैबती दौड़ने लगा, मास्टरजी ने उसे हाँक लगायी, "यात्रा के लिए रुपये हैं रे ?" हैबती चौंककर खड़ा रहा। मास्टरजी ने बीस का नोट निकालकर उसके हाथ पर रखा। सदा, फूलवंती, माँ—किसी से कुछ कहे बिना ही, वह दौड़कर गाँव में गया; पटवारी से प्रतिलिपि ले ली; पसीने से तर-ब-तर हो बस में बैठा।

हैबती का जी घबड़ा गया था। उसकी आँखों के सामने तीन साल पहले घटित प्रसंग बार-बार उभरकर आ रहा था—घोड़े पर सवार राघू भिवा मेंड़ पर आया है; वह बैठे-बैठे सुपारी काट रहा है, वहीं से तमतमाये हुए धमकी दे रहा है—"देख बच्चू, वह राघू भिवा की जमीन है, किसी ऐरे-गैरे की नहीं—हमारा गाँवदी झटका है ही !—आप लोग जरा ढंग

से रहिए–ज्यादा दिन नहीं चलेगी तुम्हारी यह ऐंठ राघू भिवा हाथ धोकर पीछे पड़ा है। पहले ताया के माध्यम से घूस दिलाकर जमीन मुक्त करने का प्रयास किया था। लगता है, अब उसने जोशी सर्किल को ही अपनी मुट्ठी में कर लिया है। जमीन के मालिक के रूप में मेरा नाम ही नहीं चढ़ा है, ऐसी स्थिति में अदालत में मेरा केस टिक पायेगा ? कौन पूछता है बाँधपीड़ितों को ? साँवलेराम की कैसी दुर्गति हुई ? उसकी, ऊपरवाली जमीन पानी में चली गयी; यहाँ उसे फसल से भरी-पूरी जमीन में से खदेड़ दिया गया; अब वह सहयाद्रि के पहाड़-जंगल में चला गया है, कोयले की भट्टी में अपनी जवानी जला रहा है। कमली कहारनी की क्या कम दुर्गति हुई ? मजदूरी में पेट नहीं भरता; इसलिए सिर पीट रही है। मैं संघर्ष नहीं करूँ तो मेरी भी यही दुर्गति होगी। लाभक्षेत्र वाले विकास का नाम लेकर ढोलक बजायेंगे और हम उस ताल पर नाचते रहेंगे। कालीमाई, तुम्हें यह सब दीखता नहीं ? क्या तुम्हारी आँखें फूट गयीं ?

कचहरी में पहुँचने पर पता चला कि साहब मीटिंग के लिए बंबई गये हुए हैं, दो दिन के बाद आयेंगे। रूखी-सूखी खाकर हैबती ने दो दिन काटे। उसे कॉलोनी पर गैरहाजिरी की चिंता थी; पर उससे यह काम बहुत महत्त्वपूर्ण था। तीसरे दिन साहब आये। तुरंत एक मीटिंग आरंभ हुई। चपरासी हैबती को भीतर जाने नहीं दे रहा था। हैबती दो दिन से परेशान था। उसने उबलकर केबिन का दरवाजा खोला; वह भीतर घुस गया। चपरासी के ध्यान में आते ही उसने हैबती को पीछे खींचा। जिलाधिकारी ने हाथ के इशारे से चपरासी को अलग होने के लिए कहा। उन्होंने पूछा–

''कहो बेटे तुम्हारी जमीन के बारे में क्या हो गया ?

''यह देखिए साहब, सब घपला हो गया है।'' हैबती ने प्रतिलिपि तथा रसीद साहब को दे दी। उसने कहा, ''आपके आदेश के अनुसार पत्रावले साहब आ गये; कब्जा रसीद देकर चले गये; पर आपके उस जोशी सर्किल ने पंजीकरण नामंजूर कर दिया। साहब, आपके कहने पर भी काम नहीं होता ? हम किससे न्याय की याचना करें ?''

देशमुख साहब का मुँह क्रोध से लाल हो गया। उन्होंने बैठक का कार्य बीच में ही रोक दिया, दिलीप पवार तथा पत्रावले को बुला लिया। तुरंत पत्र तैयार किया। पत्र तुरंत बाघेठाण के तहसीलदार के पास पहुँचना चाहिए–उन्होंने सख्त चेतावनी दी। स्टेनो ने पत्र टाइप किया। हैबती का सद्भाग्य कि आज लाइन खराब नहीं थी; बाघेठाण को फोन लग गया। साहब ने तहसीलदार को डाँटा, ''मिस्टर एकबोटे, आय वांट रिपोर्ट बिफोर टुमारो इव्हीनिंग। जाँच के कागजों के साथ तुरंत भिजावाइए।'' साहब ने फोन तपाक से नीचे रखा। विजयी मुद्रा में हैबती की ओर देखकर वे बोले–

''डोंट वरी यंगमैन, उस स्टुपिड को कल रात ही सस्पेंड कर देता हूँ।''

हैबती ने अधीर होकर कहा, ''साहब, आप उस पर कठोर कार्रवाई करें चाहे न करें, पर मेरी जमीन के साथ मेरा नाम चढ़ाइए, बड़ी कृपा होगी साहब।''

साहब ने पवार साहब को जल्दी में बताया, ''देखिए, वहाँ जो भी नया सर्किल हाजिर

हो जायेगा उसे चार दिन के भीतर नाम चढ़ाने का आदेश दीजिए।''

''साहब, ऐसा नहीं किया जा सकता।'' पत्रावले ने अड़ंगा लगाया।

''क्यों ?''

''पुनरावलोकन करने के बाद ही पंजीकरण के संबंध में निर्णय करना होगा।''

''पर यह निर्णय आखिर तहसीलदार ही करेंगे न ?''

''जी हाँ साहब !''

''तो कह दीजिए उनसे—वे तुरंत डिसिजन ले लें।'' साहब ने गरम होकर कहा, ''प्रोसिजर का पालन जरूर कीजिए, पर लोगों की कठिनाइयों को भी जानना सीखिए। अरे किसका बाँध ? किसके लिए बाँध ? और मौत किसकी ? डॅम इट। पवार, आप पर्सनली ध्यान दीजिए इस केस में।''

पवार ने ''यस सर'' कहकर गर्दन हिलायी। हैबती ने जमीन को छूकर साहब को ''राम राम'' की। केबिन से बाहर निकलते ही पत्रावले ने हैबती से कहा, ''साले, तूने तो पूरे डिपार्टमेंट को तंग कर दिया है !''

आठ

आवडाई तथा फूलवंती खेत में जाने की तैयारी में चौका-बर्तन के काम में जल्दी कर रही थीं। मड़ैया के दरवाजे पर पहले की अपेक्षा अधिक चमक आ गयी थी। अच्छा हुआ देशमुख कलक्टर भगवान बनकर आ गया। फटाफट निर्णय कर उसने आज तक के अटके हुए सभी मामलों को गति दे दी। उन्होंने गलत पंजीयन के अपराध में जोशी सर्किल को झट से सस्पेंड किया। यह समाचार ''राष्ट्रभक्ति'' में बोल्ड टाइप में निकला था। चारों ओर से साहब का अभिनंदन हो रहा था। आखिर पंजीयन मंजूर हुआ और रेकार्ड पर आवडा गोविंदा जाधव का नाम चढ़ गया। यह सोचकर कि अपनी नौकरी के संबंध में किसी प्रकार की बाधा न आये, हैबती तुरंत कॉलोनी पर चला गया था।

चौका-बर्तन का काम पूरा हुआ। किवाड़ बंद कर आवडाई तथा फूलवंती खेत की ओर जाने लगीं; इतने में दो-तीन बच्चे सामने से दौड़े-दौड़े आये। उन्होंने हाँफते हुए कहा, ''दादी, तुम्हारे खेत की मेंड़ पर जो बबूल के पेड़ थे, किसी ने उन्हें काट दिया।''

''हे भगवान !'' आवडाई चीखी।

उसने किवाड़ खोलकर टोकरी और गेंडुरी भीतर फेंक दी। दोनों खेत की ओर दौड़ीं। वैसे मन में खटका था ही—छिपे दुश्मन चुप नहीं बैठेंगे। जिस दिन जोशी को निंलबित किया गया था, ताया कांबले ने खूब शोर मचाया। अपने परम मित्र की हानि के कारण वह रातभर चिल्लाता रहा। इधर कई दिनों से ताया के लिए पुनर्वास कार्यालय लगभग बंद हुआ था। पवार साहब ने सारे दलालों को ढूँढ़ निकाला था। एक बार उन्होंने ताया

को ऑफिस में आते देखा। उन्होंने उसे तुरंत अपने केबिन में बुला लिया। "फिर कभी इधर दिखाई दोगे तो तुम्हारे हाथ में बेड़ियाँ पड़ेंगी।" साहब ने धमकाया था। सबको मालूम हो गया था कि साहब का, चारों तरफ बारीक ध्यान है। ऑफिस के बाहर, अगर चाय की दूकान के निकट भी ताया दीख पड़ता, तो चोरगे क्लर्क उसे दूर से ही हाथ जोड़ता--इधर न आने का संकेत करता। सारे काम अब सीधे और सरल ढंग से हो रहे थे, इसलिए ताया की ओर आनेवाली भीड़ कम हो गयी थी। अब ताया को बस के किराये के लिए आवश्यक रुपये भी नहीं मिल रहे थे, वह खिसियाता रहता था। शाम को गोट-बस्ती में आकर हल्ला मचाता था।

आवडाई तथा फूलवंती खेत के निकट पहुँचीं। खाली मेंड़ को देख आवडाई का दिल टूट गया। इन्हीं पेड़ों के बल पर मंजिलवाला रंगीन मकान और सार बननेवाला था। जब जमीन कब्जे में आयी थी तब ये बबूल के पेड़ निर्गुंगी के समान थे—छोटे-छोटे, पतली टहनियोंवाले। आवडाई ने उनकी कितनी अच्छी देखभाल की थी ! जैसे घर में किसी नन्हे-मुन्ने अथवा विलायती गाय की देखभाल की जाती है वैसी ही देखभाल इन पेड़ों की, की गयी थी, खाद आदि के कारण पेड़ लहलहा उठे थे। वे ही पेड़ अब यकायक गायब हो गये थे। मन की मंजिल ढह गयी थी। लगा, मंजिलवाला रंगीन मकान बंडेर के साथ बदन पर गिर गया है। आवडाई मेंड पर यों बैठी, मानो उसकी कमर ही टूट गयी हो। स्पष्ट दीख रहा था कि कल रात ही बबूल के पेड़ काटे गये थे। गीला लासा बह गया था; उसकी गोंद बन गयी थी और वह सँवलाकर पेड़ के साथ चिपक गयी थी। उदास पेड़ औंधे पड़े थे। आवडाई तथा फूलवंती के पीछे-पीछे गोट-बस्ती के लोग दौड़कर आये। खैरमोडे मास्टरजी को देखते ही आवडाई की व्यथा का बाँध टूट गया। वह सिसकियाँ लेकर बोली—

"मास्टरजी, यह सब क्या हो गया ?"

"उठो आवडा बहन, निराश मत बनो। पुलिस में शिकायत देंगे। पेड़ों के संबंध में पंचनामा करेंगे। कम-से-कम, जो लकड़ी है वह तो हाथ लग जायेगी।"

"मास्टर, मैं सौंगध लेकर कहती हूँ, हम गरीबों का मकान नहीं बनेगा, हम इसी तरह खुले में छीज-छीजकर मर जायेंगे।"

"आवडा बहन, अगर तू ही यों हताश-निराश होगी, तो दूसरे कहाँ चले जायेंगे ? अरी, उद्‌घाटन के समय पर मंत्री के हाथ का थाल ठुकरा दिया था तुमने, तुम तो बाघिन हो। अगर तुम पीछे हटोगी तो हममें से किसी की भी गाड़ी पटरी पर नहीं चलेगी।"

मास्टरजी ने आवडाई को दिलासा दिया। वे उसे साथ लेकर बस अड्डे की ओर निकले। पंढरी पाटील के मकान से जरा आगे खैरापुर विकास सेवा सोसायटी का बड़ा ऑफिस था। दरवाजे पर किसी की नयी जीप खड़ी थी। मास्टरजी तथा आवडाई ऑफिस के सामने से ही आगे बढ़े। इतने में राघू भिवा बाहर निकला; जीप में बैठ गया। आवडाई उसे तीन वर्षों के बाद देख रही थी। राघू भिवा इसके पहले भी खद्दर की धोती, कमीज, टोपी पहनता था, फिर भी वह किसान लगता था, पर जब से कारखाने की हवा लग गयी थी, वह एकदम

बदल गया था। गाल फूल गये थे। गर्दन पर चरबी बढ़ गयी थी। बदन पर सफेद कपड़े थे। मंत्री टाइप सफेद छोटा कोट, पैरों में चमकनेवाले पालिश के बूट।

जीप को लाँघकर आगे बढ़ती हुई आवडाई तथा मास्टरजी को देख राघू भिवा क्रुद्ध हुआ। उसने क्रोध में ही गाड़ी फर्स्ट गिअर में कर ली। उसके घर में ही झगड़ा आरंभ हुआ था; उसके दो लड़के–पांडू और धोंडू जमीन का बँटवारा चाहते थे। नदी किनारे की यह अच्छी चार एकड़ जमीन बच गयी होती तो लड़कों का कल्याण हो जाता। जमीन को संपादन से मुक्त करने के उद्देश्य से उसने न जाने कितनी तिकड़म लड़ाई थी। अच्छी से अच्छी जमीन को कोई केवल कानून के बल पर हथिया ले ? मेरी इतनी इज्जत के बावजूद कोई मामूली बाँधपीड़ित मेरी पगड़ी उतार दे ? राघू भिवा कारखाने के संचालक मंडल में कोई मामूली संचालक नहीं था; वह पर्चेस कमेटी का चेयरमन था। वही सारे के सारे काम करता था। सांसद महोदय की संगति में रहकर वह दुनियादारी जान गया था। कारखाने के काम में वह दिल्ली के कृषि मंत्रालय, पुणे के शुगर डायरेक्टर के ऑफिस से लेकर मंत्रालय, झेड.पी. तक कहीं पर भी उसका काम रुकता नहीं था। फटाफट काम होते थे दुनिया को इतना उलटा-पुलटा करनेवाला राघू भिवा ! उसी के खेत से बाँधपीड़ित हट नहीं रहे हैं !! खैरापुर निवासियों को इसका आश्चर्य हो रहा था। "अण्णाऽ हम क्या सुन रहे हैं ? अभी भी जमीन मुक्त नहीं हो रही है ?" किसी के छेड़ने पर राघू अण्णा चिढ़कर कह उठता, "आवश्यकता पड़ने पर खून का प्रसाद चढ़ाऊँगा, पर उन मच्छरों को खेत से बाहर निकाल दूँगा।"

राघू भिवा ने जीप को आगे दौड़ाया। उसे मास्टरजी के पास रोककर हाँक लगायी–

"ओय मास्टरऽऽ आग लगाने के लिए कहाँ जा रहे हैं ?"

"देखता हूँ, कुछ काम बन जाय, आप हमें चैन की नींद कहाँ सोने देते हैं ?"

"मास्टर, ससुर के घर आने पर बहू को चाहिए कि वह चुपचाप जीवन बिताये। उसे हठ नहीं करना चाहिए; उसे जो भी दिया जाये उससे संतोष कर लेना चाहिए। हमें यह चाहिए; वह चाहिए–यह पिन-पिन क्यों लगानी चाहिए ?"

"अण्णा साहब, हम बाँध की नींव में घर-द्वार को गाड़कर इधर आये हैं..."

"आप कितने दिनों तक यही राग अलापते रहेंगे ?"

अड़ियल टट्टू के साथ हुज्जत किस काम की ? मास्टरजी चुप रहे। आवडाई की ओर देखकर राघू भिवा ने कहा–

"मामले को मत बढ़ाइए। मेरे भी दो लड़के हैं; चाहें तो समझौता करेंगे।"

"कैसे होगा समझौता ?"

"आपने जमीन के लिए जितने रुपये दिये होंगे; हम आपको उससे हजार पाँच सौ रुपये ज्यादा देंगे, कैसा लगता है यह समझौता ?"

"और हमने जो पिछले चार साल से पसीना बहाया है; हड्डी तोड़ दी है; खून सुखाया है; उसका क्या होगा ? कैसा हिसाब करेंगे ?" आवडाई ने चिढ़कर पूछा।

"मास्टर, आप क्या सोचते हैं ?"

"आप बाँधपीड़ितों को यहाँ से भगा रहे हैं।"

"मैं यह थोड़े ही कह रहा हूँ ? आप मेरी जमीन लौटा दीजिए, दूसरों की बची हुई है न ? आप चाहें तो उसमें से ले लीजिए।"

"कल वे लोग भी बल्लम-लाठी लिये खड़े होंगे। हम कहाँ जायेंगे ?"

"लगता है, आप सुख से रहना नहीं चाहते हैं।" राघू भिवा ने ओठ को दबाकर कहा।

"देखते हैं, हमें कौन भगाता है ?" मास्टरजी की आवाज चढ़ी हुई थी।

"मास्टरजी, आपकी यह अकड़ उस नये कलक्टर के बल पर ही है न ? उसे न कुछ आता है न वह कुछ समझता है। मूँछ काली होने से पहले ही सरकार ने उसे कलक्टर बना दिया। पर दिमाग में तो कुछ चाहिए ? मजाक है सब !!

राघू भिवा की जीप गुर्राती हुई आगे निकल गयी। आवडाई तथा मास्टरजी दोपहर से पहले ही बाघेठाण की कचहरी में पहुँचे। पुलिस स्टेशन में पेड़ काटने के संबंध में, राम कहानी सुनायी। मास्टरजी आजिजी के साथ बोले—

"पुलिस सिपाहियों को भेज दीजिए, पंचनामा कराइए।"

"खबर देने आप क्यों आ गये ?" जमादार ने गरम होकर पूछा।

"इसलिए कि हमारे पेड़ काट दिये गये हैं।"

"पर खबर देने का काम पटेल का है, उसने शिकायत क्यों नहीं की ?"

"वह हमारी क्यों सुनेगा ? वह इसी गाँव का बाशिंदा है। हम ठहरे बाँधपीड़ित।

"आप हमें कुछ भी मत बताइए, पहले पटेल को ले आइए, तभी शिकारत दर्ज कर लेंगे।"

जमादार के सामने अधिक बोलना उचित नहीं था। मास्टरजी जल्दी-जल्दी तहसीलदार कार्यालय में गये। मास्टरजी तथा आवडाई को भीतर आते देख तहसीलदार एकबोटे झल्लाये—

"मास्टरजी, आप क्या सोचते हैं ? हमें इतना ही काम है ? हर रोज की यह भुनभुन आप बाँधपीड़ित क्यों बन गये ?"

"रावसाहब, आपने बाँध क्यों बनवाया ?"

"सरकार ने वही भूल की। हमारे लिए हर रोज की परेशानी खड़ी कर दी।"

मास्टरजी ने, जो भी कुछ हुआ, सब कह सुनाया। सुनकर एकबोटे खीझ उठे—

"आप किस पंचनामे की बात कर रहे हैं ? पेड़ ? कैसे पेड़ ? किसके पेड़ ? आपने आज तक खसरा क्यों नहीं ले लिया ? क्या चार साल सो गये थे ? आपकी शिकायत की वजह से सर्किल ऑफिसर की नौकरी चली गयी। अब और कितने लोगों को घर भेजने वाले हैं आप लोग ? नहीं, आप चले जाइए। हम यहाँ बैठकर उन्हीं के कार्य कर रहे हैं न ?—ऐऽ हवलदारऽऽ इस मास्टर को बाहर का रास्ता दिखा दो।"

मास्टरजी क्रुद्ध हो गये। वे कचहरी से बाहर निकले। आवडाई को साथ लेकर वे सीधे आंबेपुर चले गये। तब तक अँधेरा हो गया था। मास्टरजी सीधे कलक्टर के बँगले पर पहुँचे। उन्होंने भीतर पर्ची भिजवायी। देशमुख साहब ने मास्टरजी को तुरंत भीतर बुला लिया। साहब को देखते ही आवडाई के दुख का बाँध टूट गया। उसने साहब के पैर पकड़ लिये। वह दहाड़ मारकर रोने लगी। देशमुख साहब ने उसे समझा-बुझाकर शांत कर दिया। चपरासी से पानी मँगाया। दोनों को बोलने दिया, उनकी सारी बातें शांत मन से सुन लीं। अधीनस्थ के अधिकारियों तथा कर्मचारियों के व्यवहार का एक-एक किस्सा सुनकर वे आपे से बाहर हो गये। उन्होंने तुरंत स्टेनो को बुला लिया, वे वहीं पर नोटिस का मजमून बताने लगे। उन्होंने तहसीलदार एकबोटे को आड़े हाथों लिया--

1.क्या वजह है कि द्वितीय श्रेणी के राजपत्रित अधिकारी होने के बावजूद आपने आज खैरमोडे मास्टरजी तथा आवडा जाधव--इन दो बाँधपीड़ितों की शिकायतें नहीं सुनीं ? आपने उनके साथ अपमानजनक व्यवहार क्यों किया ? आपने अधिकारों की सीमाओं का उल्लंघन क्यों किया ?

2.बाँधपीड़ितों के पेड़ों को काटने की खबर लगते ही आप प्रत्यक्ष उस जगह पर क्यों नहीं गये ? संबंधित खेत में मूल जमींदार--राघू भिवा--की, गन्ने की फसल है इस आशय का झूठा पंचनामा कब्जा-रसीद बनाने के अवसर पर किया गया। उन पंचों के खिलाफ तुरंत कार्रवाई की जाय।

3.ऐसा दिखाई देता है कि पेड़ों को काटने से पूर्व आपकी अनुमति नहीं ली गयी है। आपने गैरकानूनी पेड़-कटाई के संबंध में क्या कार्रवाई की ? क्या खबर लगते ही आपने संबंधित जगह पर पहुँचकर पंचनामा लिखा ? यदि आपने अनुमति दी होगी, तो तुरंत स्पष्टीकरण दीजिए। अगर बिना अनुमति के ही पेड़ काट दिये होंगे, तो लोगों के विरुद्ध पुलिस में शिकायत दर्ज करवाकर इधर रिपोर्ट भेजी जाय।

4.क्या संबंधित पंजीयन के बारे में, निलंबित सर्किल ऑफिसर का कहना लिखित रूप में लिया गया है ? क्या पंजीयन संख्या 1252 का पुनरावलोकन कर बाँधपीड़ित को संबंधित दस्तावेज देने की कार्रवाई की गयी है ?

उपरोक्त चार मुद्दों को लेकर, इस अर्धसरकारी पत्र की प्राप्ति से चौबीस घंटों के भीतर स्पष्टीकरण दिया जाय, अन्यथा आपको विभागीय जाँच से सामना करना पड़ेगा।

(हस्ताक्षर)

जिलाधिकारी, आंबेपुर

देशमुख साहब ने तुरंत नोटिस भिजवा दिया। मास्टरजी जाने के लिए निकले। दुखी साहब ने पूछा--

"मास्टरजी, आप लोगों के साथ इस प्रकार का घिनौना व्यवहार क्यों किया जाता है ?"

"साहब, क्या बतायें ? हम लोगों की यह नयी जाति है। पूरा गाँव नये सिरे से

बसाना होता है। कई समस्याओं को लेकर कई बार अधिकारियों से मिलना होता है; इसलिए उन्हें लगता है कि बाँधपीड़ित और उनकी समस्यायें एक व्यर्थ की झंझट ही है। आपके एकबोटे तहसीलदार तो सबको खुले रूप में बताते हैं—सामने बाँधपीड़ित दिखायी देने पर मेरे सिर में दर्द होने लगता है।''

''तो यह बात है ?'' देशमुख साहब बोले, ''मास्टरजी, आप जरा फुरसत से आइए न। ये समस्यायें मेरे लिए भी नयी हैं, मैं, उन्हें समझ लेना चाहता हूँ।''

''साहब, मैं अब लड़की के विवाह के चक्कर में हूँ। उससे फुरसत पाते ही पखवाड़े के बाद आपसे जरूर मिलूँगा।''

दूसरे ही दिन, सुबह-सुबह एकबोटे को अर्धसरकारी पत्र मिला। बिना किसी प्रकार की चिंता के, उन्होंने वह पत्र-फाइल में रख दिया। वे जीप लेकर तुरंत खैरापुर के लिए निकल पड़े। खैरापुर में प्रवेश करने से पूर्व ही चीनी मिल पड़ती थी; आदत के अनुसार जीप कारखाने की ओर मुड़ी। चेयरमन सर्जेराव ऑफिस में ही थे।

सर्जेराव ने एकबोटे को भोजन के लिए आग्रह किया। एकबोटे ने कहा कि वे लौटते समय दो कौर खाकर आगे बढ़ेंगे। उनके पीछे कई काम थे। जिलाधिकारी महोदय के दीर्घकाय पत्र का उत्तर देना था। तहसीलदार साहब पंचों को लेकर खेत में गये, पूरे क्षेत्र का अवलोकन किया। हैबती तथा आवडाई मेंड़ पर यों बैठे थे मानो घर में किसी की मौत हो गयी हो। एकबोटे ने पंचनामा, हस्ताक्षर-अंगूठे के निशान यह सब पूरा किया। दोपहर के भोजन में देर हो रही थी; वे तुरंत मेंड से बाहर निकले। कारखाने पर भोजन कर वे बाघेठाण गये। उन्होंने लगे हाथ, जिलाधिकारी के सख्त पत्र का साफ-साफ जवाब लिखना शुरू किया, 1.श्री. खैरमोडे मास्टरजी तथा आवडा गोविंद जाधव—इन दो बाँधपीड़ितों की यह शिकायत कि हमने उनका कहना नहीं सुना, निराधार, यथार्थ से दूर, शरारतपूर्ण तथा भ्रम में डालनेवाली है। इसके विपरीत, इनवर्ड रजिस्टर में इस बात का कोई प्रमाण नहीं है कि ये दोनों संबंधित दिन पर कोई शिकायत अथवा अर्जी लेकर कचहरी में आ गये हों इसलिए उनके प्रति अपमानजनक व्यवहार करने का प्रश्न ही उपस्थित नहीं होता। मैं वरिष्ठ अधिकारियों का ध्यान इस बात की ओर आकर्षित करना चाहता हूँ कि खैरमोडे मास्टर अवकाशप्राप्त अध्यापक हैं। उनका पूर्व इतिहास देखने से पता चलता है कि उन्हें जिला पंचायत ने दो बार निलंबित किया था। हाँ, यह बात दूसरी है कि उन्होंने कानून की त्रुटियों से लाभ उठाकर उन आदेशों को रद्द करवा लिया। वे स्वभाव से प्रतिहिंसक अड़ियल हैं। उन्हें इस बात का घमंड है कि बाँधपीड़ित, और उसमें भी हरिजन, होने की वजह से कानून उनके साथ में है और यह भी कि कोई भी उनका कुछ बिगाड़ नहीं सकता। उनके खिलाफ बाघेठाण पुलिस स्टेशन में चार एन.सी. गुनाह दाखिल किये गये हैं। वे बाँधपीड़ित तथा खैरापुर के लोगों को हमेशा लड़ाते रहते हैं; तनाव पैदा करते हैं। झूठी बातें कहकर बेचारे बाँधपीड़ितों को उकसाते रहते हैं। इस आदमी के पूर्व इतिहास एवं आज के चरित्र को देखकर ऐसा लगता है कि इसे निर्वासित ही करना चाहिए। तहसील दंडाधिकारी की हैसियत से यह

मेरी साफ-साफ सिफारिश है।

2.आपके स्पष्ट आदेश एवं निर्देश के अनुसार आज दोपहर दो बजे मैं स्वयं पंचों के साथ विवादास्पद जमीन गट संख्या 1252 क्षेत्र 1 हैक्टयर में पहुँचा और उसका अवलोकन किया। संबंधित जमीन में से एक एकड़ में गन्ने की फसल है—यह बात सही है। आवडा का कहना है कि इस जमीन में वह पिछले चार सालों से जोताई-बोआई करती है; पर जैसा कि आप जानते हैं, उसका नाम खसरे पर चढ़ा हुआ नहीं है। पंचनामे में लिखा गया है कि "क्षेत्र में उत्तर बाजू में 60 गुंठे गन्ने की खेती है; बबूल के कुल 11 पेड़ तथा नीम के कुल तीन पेड़ है।" गन्ने की फसल और कुल पेड़ों की मिल्कियत सिद्ध होनी है; इसलिए उसके मालिक के रूप में किसी का भी नाम नहीं लिखा गया है। पंचों ने वास्तविकता का ही विवरण किया है, इसलिए बाँधपीड़ितों की यह शिकायत, कि झूठा पंचनामा किया गया है, निराधार एवं द्वेषमूलक है; ऐसी स्थिति में पंचों के विरुद्ध कार्रवाई का प्रश्न ही नहीं उठता।

3.संपूर्ण गट नंबर की जाँच करने पर कहीं पर भी काटे गये पेड़ दिखायी नहीं दिये; लेकिन मेंड़ पर पेड़ों के कटे हुए तने, कुल 11 दिखाई दिये। बाँधपीड़ित अपने जबाब में यह कह नहीं पाया कि ये पेड़ दिन में काटे गये हैं या रात में; परिणामतः किसी पर कार्रवाई का प्रश्न ही उपस्थित नहीं होता है। तनों से पता चलता है कि संबंधित पेड़ बबूल के हैं, तथापि महाराष्ट्र राज्य के, पेड़ काटने से संबद्ध, अधिनियम 1964 के अंतर्गत कलम 2[फ] तथा अपेंडिक्स [दो] एवं तत्पश्चात् की, 1976 की सूची के 11 पेड़ों में बबूल एवं नीम का समावेश नहीं है; इसलिए इस जाति के पेड़ काटने के लिए अनुमति माँगने अथवा देने का प्रश्न ही उपस्थित नहीं होता है। एक बात यह भी कि मूल खातेदार अब दीवानी कोर्ट में चला गया है। ऐसी स्थिति में आपसे इस बात के निर्देशन की अपेक्षा है कि इस स्तर पर कार्रवाई की जा सकती है या नहीं ? फिर भी मैं तहसील के दोनों पुलिस स्टेशनों को तुरंत आदेश देता हूँ कि वे इसके आगे बाँधपीड़ितों के कब्जे तथा जोताई-बोआई की परिपाटी के संबंध में होनेवाले मामलों की ओर बारिकी के साथ ध्यान दें।

4.संबंधित पंजीयन के पुनरावलोकन का अधिकार मुझे नहीं है, अतः मैंने वह फाइल, मा. प्रांत अधिकारी आंबेपुर उपविभाग के पास भिजवायी है। मैं व्यक्तिगत रूप से इस बात की ओर ध्यान दे रहा हूँ जिससे कि उस फाइल के संबंध में तुरंत कार्रवाई कर बाँधपीड़ित को जल्द से जल्द कब्जा और तत्संबंधी दस्तावेज तुरंत मिलें। जाँभली बाँध के कारण उठे हुए गाँवों की कुल तेरह पुनर्वास गोट-बस्तियाँ मेरी तहसील में आती हैं। उनकी कई कठिनाइयों के निराकरण हेतु मैंने अपने कार्यालय में एक स्वतंत्र सेल खोल दिया है। उस काम के लिए एक अनुभवी हैड क्लर्क एवं दो कारकुनों की खास नियुक्ति कर दी गयी है, जिसकी बाँधपीड़ितों को चौबीसों घंटे सेवा उपलब्ध हो सके।—

नौ

जल्दी ही शेवंता का ब्याह होगा, अपनी वह मोरनी उड़कर चली जायेगी—मास्टरजी का मन इस कल्पना से बेचैन होता। भगवान की लीला का क्या कहना ? कलेजे के इस टुकड़े को इतने दिनों के लिए, सोने के पिंजड़े में अत्यंत आत्मीयतापूर्वक सँभालकर रखेंगे और ब्याह के नाम पर उसे यकायक दूसरे के हवाले कर देंगे ! बाँधपीड़ितों के लिए दिन-रात कष्ट उठानेवाले मास्टरजी थके-माँदे घर आते। शेवंता की बातों से उनकी दिनभर की थकान कहीं भाग जाती। लड़की की जात की बात ही कुछ विचित्र है। पता ही नहीं चलता कि वह पिता के हृदय में कब स्थान बना लेती है ? फूल में छिपी हुई तितली के समान यह समझ में ही नहीं आता।

अपनी मोरनी अब पराये घर चली जायेगी, इस विचार से मास्टरजी का मन टूट जाता। उन्होंने कई गुड़िया दे-देकर अपनी इस प्यारी गुड़िया को सँभाला था, देखभाल की थी। किसी गुड़िया के बाल फैल जाने पर शेवंता हाथ-पैर पटकती, जोर से रोने लगती। वह रोती, मास्टरजी का दिल उमड़ पड़ता। बात मर्म को छूती। बाहर किसी के सामने न झुकनेवाले मास्टरजी घर में इस ममता के मधुर जाल में अटक गये थे—हीरा मास्टरनी को यह देखकर हँसी फूटती थी। शेवंता को भी अपने पिता से अटूट ममता थी। जब गाँव अपनी जगह पर था और मास्टरजी नौकरी में थे, तब उन्होंने शेवंता को बहुत लाड़-प्यार किया था; पर गाँव उठा, घर-गृहस्थी चरमरा गयी। इधर की खस्ता हालत नसीब में आ गयी। मास्टरजी की पेंशन कम पड़ने लगी। माँ मजदूरी पर खटने लगी। यह सारा देखकर शेवंता समझदार हुई। उसने हठ छोड़ दिया। थके-माँदे मास्टरजी बाहर से आ जाते तो शेवंता तेल लगाकर उनके पैरों को रगड़ती। पीठ को दबाती। सिर की मालिश करती। लाड़ली बेटी की इस सेवा को देख मास्टरजी का दिल पसीज जाता।

हीरा मास्टरनी को काम पर जाने में जरा देर हुई थी। घर की ओर पूरा ध्यान देने की सूचना देकर हीरा जल्दी-जल्दी बाहर निकली। उसे उमाजी पाटील के खेत में निराई के काम पर जाना था। कल उमाजी का लड़का दो बार मड़ैया की ओर आया था। काम बहुत है, शेवंता को भी साथ लाना, मजदूरी अच्छी देंगे—वह कहकर गया था। कई लोग शेवंता को मजदूरी पर बुलाते हैं; पर हीरा मास्टरनी उसे कहीं पर भी जाने नहीं देती। वह जानती थी—खैरापुर के लड़कों की नजरें अच्छी नहीं हैं। दो साल पहले शेवंता अंगलेट से अच्छी दीखने लगी और लड़के उसके पीछे पड़ गये। कई लड़के दरवाजे पर चक्कर काटते रहते हैं। निठल्ले लड़के समाज मंदिर के पास आकर ताश खेलते रहते हैं। खैरापुर के निठल्लों के लिए तो मंजू की मड़ैया अधिकार की जगह हो गयी है, वहाँ पर भी कई आवारा लड़के आते हैं। वे वहाँ से टोह लेते हैं—गोट-बस्ती की कौनसी लड़कियों को फँसाया जा सकता है ? मास्टरजी की गैरहाजिरी में गोट-बस्ती में ज्यादा गुलगपाड़ा होता।

हीरा मंजू की मड़ैया के सामने से होकर निकल रही थी। खैरापुर के दो-चार निठल्ले

दरवाजे पर अड्डा जमाकर बैठे थे। मंजू हँसी-मजाक कर रही थी। मास्टरनी को दरवाजे से जाते देख लड़के सकपकाये। मास्टरजी ने कई बार शिकायत की थी। मंजू कोई बाँधपीड़ित नहीं है; फिर उसने प्लाट कैसे हथिया लिया ? उसने गर्दन को झटका दिया, नाक-भौं चढ़ाकर वह ठसक में बोली, "हाँ, हाँ, मुझे रखा है दामले सर्किल ने, मुझे किसका भय है ? मैं अपने अधिकार की जगह में रहती हूँ। चिल्लाओ, जितना भी चिल्लाना है।" हीरा ने मंजू की ओर ध्यान नहीं दिया। वह जल्दी-जल्दी उमाजी पाटील के गन्ने के खेत में चली गयी। देर होने के कारण उमाजी पाटील बड़बड़ाया। उसने धमकाया कि पाँच रुपये मजदूरी में से वह एक रुपया काट लेगा। आज सचमुच ही देर हो गयी थी। दूसरी मजदूरनियों ने निराई की आधी-आधी पाँत पूरी की थी। खुरपी बंडू दादा के उस्तरे के समान लगातार चल ही रही थी; पर सिर में विचारों का तूफान था; वह कहाँ कम हो रहा था ? कालीमाई, कम उम्र में भी शेवंता कितनी बड़ी दिखायी देती है ! आने-जानेवालों की आँखों में गड़ जाती है वह ! माई, कृपा करो, तुम उसके हाथ पीले कर दो !

मास्टरजी भी शेवंता के ब्याह के बारे में गंभीरता से सोच रहे थे। उन्हें अब बुढ़ापा महसूस हो रहा था। साठ साल पार कर गये थे। सारी युवावस्था संघर्ष करने और लड़ने में बीत गयी थी। बदन में गरम खून तथा हड्डियों में जिद थी, पर पहले की दौड़-धूप अब तकलीफ दे रही थी। पहलेवाला जोश अब नहीं रहा था। शेवंता के ब्याह के संबंध में पाँव तोड़ना पड़ता था। एक तो बाँधपीड़ित की लड़की। इसलिए मास्टरजी को कोई दरवाजे पर खड़ा होने नहीं देता था। ये कहाँ के लोग हैं ? बंजारों की भाँति उठकर आये हुए हैं। इनके नाते-रिश्ते कहाँ हैं ? माना कि ये भले आदमी हैं; पर इनके पास लेने-देने के लिए क्या है ?—लोग सीधा-सरल व्यावहारिक हिसाब लगाते थे। उसमें एक और बात भी थी—मास्टरजी का भड़कीला स्वभाव सर्वविदित था। लोग सोचते यह आदमी जब-तब सरकार के साथ लड़ने-झगड़ने पर उतारू हो जाता है। इसके साथ रिश्ता जोड़कर व्यर्थ की बला क्यों मोल लेंगे ? हीरा बेचैन थी कि उसकी सोने-सी लड़की का रिश्ता कहीं जम नहीं रहा था।

अपनी एक-एक पाँत पूरी कर दूसरी मजदूरनियाँ, दूसरी पाँत में जुट गयी थीं। हीरा अपनी एक पाँत को ही पूरा करने के लिए जल्दी कर रही थी। वह निराई करते-करते मेंड़ तक पहुँची थी, तभी उसने देखा—निकटवाले गन्ने के खेत में दो-तीन पहलवान लड़के गप्पें छाँटते आराम से गन्ना खा रहे थे। जब हीरा ने सुन लिया कि वे लड़के शेवंता को ही लेकर आपस में बोल रहे हैं; उसका कलेजा मुँह को आ गया। वह कान लगाकर सुनने लगी——

"क्या ही भरी-पूरी हो गयी है मास्टर की वह लड़की।"

"क्या उपयोग है उसका ? उसका बाप उसके ब्याह के चक्कर में है। समझ लो, ब्याह हो जाने पर वह बढ़िया पंछी अपने सिवान से उड़ ही गया।"

"ना,ना, यह नहीं होना चाहिए ! उस गोट-बस्ती की शोभा ही चली जायेगी। देखा नहीं, वह कितनी भरी-पूरी हो गयी है ? यह खरबूजा हममें से किसी के भी हाथ लग जाय,

पर किसी पराये गाँव में नहीं जाना चाहिए। उसके ब्याह की बात कहीं पर भी पक्की नहीं होनी चाहिए...''

''क्यों रे ?''

''पागल हो। अरे, बिन व्याही रहने पर हम उसे थोड़ा-थोड़ा बचा-बचाकर खायेंगे नहीं ?''

लड़के जोर-जोर से हँसने लगे। हीरा के हाथ की खुरपी अब उसके कलेजे को कचोटने लगी; वह लहूलुहान हो गयी। वह इन फालतू और बदमाश लड़कों की योजना को ध्यान से सुन रही थी–

''वह पंछी पहले ही चला जाता; पर...''

''क्या हुआ ?''

''हमारे जैसे लड़के बैठे ही हैं न ? गाँव के कल्याण की सोचकर लगा दिया अड़ंगा।''

''क्या कर दिया तूने ?''

''पंद्रह दिन पहले की घटना है। शेवंता को देखने के लिए बिऊरबाड़ी के मेहमान आये थे। मैं खेत की ओर से आ रहा था। उन्होंने मुझसे गोट-बस्ती तथा मास्टरजी की मड़ैया का रास्ता पूछा। मैंने कहा चलिए बता देता हूँ। रास्ते में उन्होंनं पूछा, लड़की रंग-रूप और चाल-चलन से कैसी है ? मैंने कहा, अजी, ये बाँध में उठे हुए लोग हैं। इन्हें कुछ हया-शर्म रहती है ? चाहे जैसे रहते हैं, कुछ भी खाते हैं। उस गोट-बस्ती में तो आवारा लड़कों की भीड़ लगी हुई है–इस लड़की को फँसाने के लिए तीन-चार लड़कों ने उस मंजू को रुपये भी दिये हैं। लड़की हट्टी-कट्टी और गदरायी हुई है, दीखने में सुंदर है–पता नहीं, मंजू ने कुछ मामला पटाया होगा। यह बढ़िया लड़की घर में अकेली ही रहती है–बाप दिनभर कचहरियों के चक्कर लगाता है और माँ मजदूरी पर खटती है। दिनभर आवाराओं की भीड़ रहती है गोट-बस्ती में–पता नहीं, अब तक बाल में से कितने दानों को तोते उड़ा ले गये और कितनी खुलरी बची हुई है?''

लड़के खी-खी कर जोर से हँस पड़े। बतानेवाले ने आगे कहा, ''फिर तो बस्स काम ही हुआ। बिठलाई के आम से ही मेहमान लौट गये।'' हीरा ने बात सुनी और उसका कलेजा टूक-टूक हो गया। हाथ की खुरपी रुक गयी। उसने आँखों पर आँचल लगाया। वह बैठे-बैठे रोने लगी। मन में आया–यहाँ से उठकर इन लड़कों को खुरपी से खदेड़ा जाय, पर किसको मारेंगे और किसको छोड़ेंगे ? अपनी लड़की ठहरी काँच के बरतन की भाँति। बात में से बात बढ़ जायेगी–लड़की की बदनामी न होगी ? उससे अच्छा यही है कि चाहे लँगड़ा हो चाहे गूँगा, लड़की अपने पति के घर चली जाय।

हीरा मास्टरनी का ध्यान अब निराई के काम से उचट गया था। वह पेट में दर्द होने का बहाना बनाकर काम आधे में ही छोड़कर घर चली गयी। मड़ैया में जाकर रोती रही। शेवंता गले में पड़कर पूछने लगी; पर हीरा से बोला नहीं जा रहा था। उसने शेवंता को दो-चार बार चूम लियया, वह दिनभर सिसकती रही। शाम को मास्टरजी आये। हीरा

ने उनसे हाथ जोड़कर कहा–

"आप कुछ भी कीजिए पर हमारी चिंता दूर कीजिए। लड़की के हाथ पीले कर दीजिए।"

"मैं उसी प्रयत्न में हूँ।"

"लँगड़ा-गूँगा जैसा भी पति हो; पर यह काम अब करना ही चाहिए।"

शेवंता की भी आँखें गीली हो गयीं। उसने सब बता दिया,-"राघू भिवा का बड़ा लड़का–धोंडू–मुझे देखकर खखारता है; भद्दी बातें करता है।" मास्टरजी को रातभर नींद नहीं आयी। जो भी हो, लड़की का ब्याह करेंगे–उन्होंने तय कर लिया। उन्होंने दूसरे ही दिन बाघेठाण के रिश्ते की टोह ली। लड़का क्लर्क था; तहसील की सहकारी संस्था में उसकी नौकरी थी। पहली पत्नी विवाह के पाँच-छह महीने बाद ही विषमज्वर की बीमारी से चल बसी थी; पर लड़का बहुत अच्छा था। यह भी पता चला कि उसके माँ-बाप का स्वभाव कुछ भला नहीं था। इन स्थितियों में बात करना भी मुश्किल था; पर हीरा तो लगातार पीछे पड़ी थी। लड़के के विधुर होने पर भी उसके माँ-बाप अपनी ही हाँक रहे थे। वे नीचे आ ही नहीं रहे थे; दहेज के रूप में आठ हजार रुपये माँगने लगे। मास्टरजी दहेज-प्रथा के खिलाफ थे; पर वे दुविधा में पड़े हुए थे। इच्छा न होने पर भी दहेज देना पड़ रहा था; पर दूसरा कुछ उपाय भी नहीं था। कुल बारह हजार रुपया खर्चा हुआ। खैरापुर में ही यमाई देवी के मंदिर में विवाह संपन्न हुआ। मास्टरजी के पास भविष्य निर्वाह निधि की राशि थी; उन्होंने पंढरी पाटील से तीन हजार रुपये उधार लिये। विवाह समारोह में म्हाकू, हैबती तथा बाबू ने खूब दौड़-धूप की। आखिर किसी तरह मास्टरजी के सिर का बोझ कुछ कम हुआ। शेवंता ससुराल चली गयी।

दस

लाड़ली शेवंता घर से चली गयी, मास्टरजी उदास हुए। दो-तीन दिन ठीक से भोजन नहीं किया। गोट-बस्ती की कितनी ही समस्याओं की ओर अधिकारियों का ध्यान आकर्षित करना था। कई बाँधपीड़ितों के घर-बार की गाड़ियाँ पटरी पर लानी थी। मास्टरजी इधर थकान अनुभव करने लगे थे। वे कहीं जाते तो म्हाकू भोंसले को साथ ले जाते। गोट-बस्ती के लोग कहते–मास्टरजी के बाद म्हाकू भोंसले उनकी गद्दी चलायेगा। लड़की के ब्याह से फुरसत पाते ही मास्टरजी को जिलाधिकारी देशमुख साहब की याद आयी। उन्होंने दो-तीन बार संदेशा भिजवाया था। देशमुख साहब बहुत भला आदमी था। मास्टरजी को विश्वास था कि देशमुख के कार्यकाल में बाँधपीड़ितों के दो-चार काम जरूर चल निकलेंगे। फुरसत मिली; मास्टरजी म्हाकू को साथ लेकर जिला कार्यालय चले गये।

पता चला कि देशमुख साहब रास्ते को चौड़ा बनाने के संबंध में प्रश्न को हल करने

कहीं बाहर चले गये हैं। मास्टरजी पवार साहब के पास चले गये। पवार साहब ने चाय मँगवायी। तभी एकबोटे साहब एक फाइल लिये भीगी बिल्ली की भाँति अंदर आये। पवार साहब से कुछ चर्चा कर वे बाहर चले गये। मास्टरजी के ध्यान में यह बात आ गयी कि एकबोटे ने जान-बूझकर उनकी ओर देखा नहीं। एकबोटे के बाहर चले जाने पर दिलीप पवार जोर से हँसे। मास्टरजी से पूछा--

"कहिए मास्टरजी, पुनर्वास की गाड़ी के लिए आपको यह नया घोड़ा कैसा लगता है ?"

"साहब, मैं समझा नहीं।" मास्टरजी ने सकपकाकर कहा।

"क्या आप इस बात को जानते नहीं ?"

"नहीं, साहब।"

"अजी मास्टरजी, हमारे साहब ने फौरन एकबोटे का तबादला किया। अब वे यहाँ पुनर्वास विभाग में काम कर रहे हैं।"

"और पत्रावले साहब का क्या हुआ ?"

"उनको छुट्टी पर भेज दिया।" पवार साहब ने हँसते-हँसते कहा, "यही उन्मत्त आदमी कहता था न--बाँधपीड़ितों को देखकर मेरे सिर में दर्द होने लगता है। यह पुनर्वास के काम को हर रोज की भुनभुन मानता था न ? अब देखिए कैसे उन्माद कम होता है। भीगी बिल्ली-सा दीखता है बच्चू।"

"साहब, मुझे विश्वास ही नहीं हो रहा है। अजी, एकबोटे रावसाहब सांसद के आदमी हैं। सांसद साहब ने उन्हें यहाँ कैसे आने दिया ?"

"एकबोटे ने खूब हाथ-पैर मारे। सांसद साहब का चार बार फोन भी आया। फोन पर बहुत कहा-सुनी भी हुई, पर हमारे साहब पीछे नहीं हटे। उन्होंने एकबोटे को बुलाकर सख्त ताकीद की--तुरंत उपस्थित हो जाइए, वरना सभी सी.आर. मिट्टी में मिल जायेंगे। जिंदगीभर में प्रमोशन नहीं मिलेगा। तब जाकर एकबोटे चुपचाप नयी जगह पर हाजिर हो गये।"

जिलाधिकारी अभी तक कचहरी में नहीं आये थे। मास्टरजी पुनर्वास के ऑफिस में बैठे रहे। वे देख रहे थे--कचहरी की शक्ल-सूरत बदल गयी थी। एकबोटे गर्दन झुकाकर चुपचाप काम कर रहे थे। अब तो यह हालत थी कि कचरे, हिरे तथा पिसाल--ये तीनों पैमाइशदार सीधे खेत पर जाकर बाँधपीड़ितों को कब्जे दे रहे थे। माने और साने--पटवारियों का यह जोड़ा भी काम में लग गया था। अब न कोई दमे का या रक्तचाप का बहाना बनाता था, न बार-बार छुट्टी लेता था। कोई सामने चाय की दूकान में कनबतिया भी नहीं करता था। उपलब्ध खेतों की सूचियाँ नोटिस बोर्ड पर चिपकायी गयी थीं। ताया कांबले जैसे दलाल तो कचहरी की ओर ताकते भी नहीं थे। उसको लगता--देशमुख साहब दीवार में छिपकर मेरी ओर संदेह से देख रहे हैं। अगर ताया जैसा कोई दलाल ताकने-झाँकने लगता, तो सभी कर्मचारी हाथ से ही इशारा करते--"जाओ, भागो यहाँ से।" ऑफिस में अब जिस

ढंग से काम हो रहा था, उसे देख मास्टरजी को शंका हुई—"मैं किसी दूसरी कचहरी में तो नहीं गया ?"

बहुत देर होने पर भी बड़े साहब कचहरी की ओर नहीं आये। मास्टरजी ने दिलीप पवार से पूछा कि साहब कहाँ चले गये हैं। पवार साहब ने सारी सूचना दे दी—पंद्रह साल हुए, आंबेपुर से जरा आगे, आम रास्ते पर चार पुराने मकानों को छोड़कर रास्ते की चौड़ाई का काम हो गया था, पर ये चार मकान बीच रास्ते में उगे हुए-से लगते थे। यातायात में बाधा आती थी। नागरिकों की कई दिनों से शिकायत थी कि इन मकानों को तुरंत हटाया जाय; पर मकान मालिक ऐरे-गैरे नहीं थे; वे बड़े धनी-मानी थे। उन्होंने रुपयों के बल पर तथा राजनीतिक रिश्तों के आधार पर लगातार पंद्रह वर्षों तक पूरे शहर को धता बतायी थी। कभी अदालत का आधार और कभी सांसद सावंत का फोन। कभी वरिष्ठों की ओर से हस्तक्षेप। देशमुख साहब कई दिनों से अटके हुए इस मामले का फैसला करना चाहते थे। उन्होंने पूरी तैयारी की थी। मकानों के सामने तीन बुलडोजर खड़े कर दिये गये थे। पक्का पुलिस बंदोबस्त था। यह सोचकर कि वे चारों मकान कोर्ट में न जायें, कैवेट दाखिल किया गया था। देशमुख साहब का प्रण था—इन चार मकानों को रास्ते से हटाकर ही आज ऑफिस में जायेंगे।

थोड़ी देर बाद साहब के पी.ए. का फोन आया। सूचना मिली कि साहब कचहरी की ओर आने के लिए निकले हैं। सूचना मिलते ही पवार साहब उठे। वे मास्टरजी को लेकर साहब के केबिन में जा बैठे। देशमुख साहब थके हुए थे। कुर्सी पर बैठते-बैठते वे बोले—

"पवार, आपको कुछ पता चला ?"

"जी नहीं।"

"आज उन मकानों को रास्ते से हटाया नहीं जा सका।"

"साहब, यह कैसे हुआ ?"

"कुछ देर पहले वायरलेस आ गया है। गृह-निर्माण-मंत्री ने स्थगन आदेश दिया है। स्टेऽऽ ; कहिए, इच्छा होते हुए भी ठीक से काम नहीं कर पा रहे हैं।"

मास्टरजी से रहा नहीं गया, वे हँसे। साहब ने झुँझलाकर उनकी ओर देखा। मास्टरजी झेंप गये, हाथ जोड़कर बोले, "देखा साहब, रास्ते में आनेवाले चार गैरकानूनी मकान आपका पसीना निकाल रहे हैं। पंद्रह-पंद्रह सालों तक ठेंगा दिखा रहे हैं। हम बाँधपीड़ितों को देखिए। पानी रोकने की बात तय होते ही हमारे गाँव के गाँव तुरंत उठाये जाते हैं। हम अनाड़ी हैं न ! इन लोगों को देखिए—इनके साथ काँख में ग्रंथ दबाये हुए वकील हैं; समाचार-पत्र हैं; फोन; दबाव—सब इनके लिए उपलब्ध हैं। हम ठहरे पहाड़-खाइयों के लोग ! एक बार आप हमें दबाने, रौंदने का निर्णय करेंगे तो तुरंत हमारे गाँव के गाँव तहस-नहस हो जाते हैं।"

साहब को मास्टरजी की बातें सही लगीं। उन्होंने चाय मँगवायी। चाय पीते-पीते

साहब बोले—

"मास्टरजी, बाँधपीड़ितों के संबंध में आपकी लगन और तिलमिलाहट को मैं देख रहा हूँ। आपका संघर्ष निरंतर चल रहा है; पर ऐसा लगता है कि आप देश में विकास नहीं चाहते हैं। बाँध की बात थोड़ी देर के लिए अलग रखिए, मान लीजिए हमें कोई औद्योगिक कॉलोनी खड़ी करनी है, उस स्थिति में लोगों को एक जगह से हटाना ही पड़ेगा न ? विकास के लिए यह कीमत चुकानी ही पड़ेगी।"

"साहब, हम कब नकार रहे हैं ? आप विकास की कीमत जरूर ले लीजिए। कुछ लोगों को विकास के सुख में जीना है, जीने दीजिए; पर हमारी पुनर्वास की गाड़ी भी तो पटरी पर लगनी चाहिए न ? हमें कम-से-कम दाल-रोटी तो मिलती रहे। औद्योगिक कारणों से आप शहरों के निकटवाले गाँवों को उठाते हैं; पर उन्हें दिया जानेवाला मुआवज़ा और हमें दिया जानेवाला मुआवजा—आपने दोनों के फर्क को कभी नापा है ? हमें उनकी तरह झगड़ना भी नहीं आता; क्योंकि वे कायदे और वायदे को अच्छी तरह से जानते हैं। वे पढ़े-लिखे बुद्धिमान लोग होते हैं। हम ठहरे अनाड़ी। हमें क्या ? कोई भी रौंदे ! कोई भी ठुकराये!!"

"मास्टरजी, आप यह क्या कह रहे हैं ? सरकार लाभक्षेत्र के प्रत्येक जमींदार से आठ एकड़ से ऊपरवाली जमीन लेकर आपको दे रही है न ?" साहब ने अपने मुद्देपर जोर देकर समझाया।

"सरकार लाभक्षेत्र के प्रत्येक जमीनदार की जमीन को नहीं लेती है, जिसके पास आठ एकड़ से अधिक जमीन होती है, उन्हीं से अतिरिक्त जमीन को लिया जाता है। गाँव में ऐसे लोगों की संख्या कम रहती है। इसका भी एक कारण है—बाँध-योजना के संबंध में पहले से ही ढींढोरा पीटा जाता है। खातेदार अपने खातों का विभाजन करवा लेते हैं। वे आठ एकड़ से नीचे के स्लैब में आ जाते हैं। यद्यपि उन सबको हानि उठानी नहीं पड़ती है; फिर भी लाभक्षेत्र के गाँव के गाँव एक होकर बाँधपीड़ितों के साथ शत्रु जैसा व्यवहार करने लगते हैं। जो जमीन दी जाती है वह भी पठारवाली, अनुपजाऊ और उलझनों से भरी रहती है। उस जमीन को अच्छा बनावें तो भी सैंकड़ों दिक्कतें। साहब आप ही बताइए हम क्या करें?"

"मास्टरजी, ऐसा लगता है कि समस्याओं की गिनती कर आप बाँधयोजनाओं का ही विरोध कर रहे हैं।"

"साहब, आप बाँध बनवाइए; पर बड़े बाँधों का ही आग्रह क्यों करते हैं, छोटे-छोटे बाँध बनवाइए। इससे लोगों के गाँव नहीं उठेंगे, पानी भी उतना ही मिलेगा जितना बड़े बाँधों से मिलता है। वैसे बड़े बाँध साठ-सत्तर वर्षों में गाद से भर ही जाते हैं; निरुपयोगी हो जाते हैं; पर तब तक बाँधपीड़ितों की पीढ़ियाँ बरबाद हो जाती हैं। एक और बात है—बाँध आप समय पर बनवाइए। होता यह है कि गाँव के गाँव उठाये जाते हैं, पानी रोका जाता है, पर नहर का कहीं पता ही नहीं। ऐसा कई जगहों पर होता है। नियोजन ही गलत होता है। साहब, हमारे नियोजन की भी क्या कहें ? आप बुरा नहीं मानेंगे न?"

"नहीं, आप बताइए।"

"हमारा नियोजन काशी के नाई के समान रहता है। भगवान के दर्शन से पहले यात्री नाई से बालों को सफाचट करवा लेते हैं। नाई की धूर्तता देखिए कि ग्राहक कहीं अन्यत्र न जायें, इसलिए वह ग्राहक के सिर पर उस्तरे से एक पट्टी खींचता है और उसे अलग बिठा देता है। आधी हजामत लिये ग्राहक कहीं भागेगा ? ऐसा ही होता है हमारा नियोजन। जिधर बोट कम होने का भय रहता है उधर एक योजना की घोषणा करेंगे ? चार दिन काम शुरू कीजिए, फिर बंद। पूछिए क्यों ? बतायेंगे पैसा ही नहीं। साहब, यह इतनी जल्दी किस बात के लिए ? एक-एक की हजामत तो पूरी होने दीजिए न।"

मास्टरजी द्वारा दिये गये उदाहरण पर साहब खूब हँसे। तब तक दो-तीन फोन आये। साहब ने मास्टरजी से पूछा—

"कहिए, अविलंब हल की जानेवाली कठिनाइयाँ कौनसी हैं ?"

"साहब, अब भी सबको जमीन प्राप्त नहीं हुई है।"

"पवार, क्या बात है ? वितरण के लिए जमीन शेष नहीं ?"

"जी हाँ साहब, पच्चीस एकड़ जमीन शेष है पर उस पर स्टे आर्डर हैं। स्टे आर्डर हटाने के संबंध में हमने पहले डी.सी.पी. को लिखा है।" पवार ने कहा।

"मैं प्रयास कर उस जमीन को उपलब्ध करा देता हूँ। अगर उसमें से सभी बाँधपीड़ितों का काम न बनता हो तो एक और गाँव की जमीन उपलब्ध करा देंगे।"

"नहीं साहब, पहले हमारे गाँव के दो टुकड़े हो गये हैं; अब तीसरा टुकड़ा मत बनाइए। कुत्ते और बिल्लियाँ भी अपने-अपने जत्थों में रहते हैं; हम तो आदमी हैं। पहले ही पराये मुल्क में बोरिया-बिस्तर पड़ा है; गाँव के और टुकड़े हो जाने पर सारी बरबादी हो जायेगी।"

"मास्टरजी, ऐसे तो जमीन उपलब्ध नहीं होगी।"

"साहब, हम बाँधपीड़ितों में से जिन्होंने साठ-साठ एकड़ जमीन हथिया ली है, आप पहले उनकी जाँच कीजिए। फिर गरीबों को जरूर जमीन मिलेगी।"

"पवार, क्या सचमुच ऐसा हुआ है ?"

"जी हाँ, साहब।"

"कौन-कौन हैं वे लोग ?"

"जिला पंचायत के उपाध्यक्ष लाला जाधव, चीनी मिल के दत्तू करवंदे।"

"ठीक है। जो कोई हों। संबंधित दस्तावेज इकट्ठा कीजिए; तुरंत जाँच आरंभ करेंगे। मास्टरजी, कुछ और कठिनाई ?"

"साहब, आप एक दिन समय निकालकर हमारी बस्ती में आइए। तसबीर खिंचवाने के उद्देश्य से पाँच-दस मिनटों के लिए मत आइए; पूरे दिनभर के लिए आइए। आप देखिए, वहाँ पर कितने घटिया स्तर के निर्माण-कार्य हुए हैं। श्मशान की समस्या अभी भी हल नहीं हुई है। आप सोचिए, हम भारी बरसात में अन्त्यसंस्कार कैसे करते होंगे ?"

"ठीक है। मास्टरजी, पंद्रह-बीस दिनों के बाद, आपकी बस्ती को देखने जरूर आ

जायेंगे। एक बार वहाँ भीतर, झाँजड़बाड़ी में भी जाना है...''

''साहब, आप वहाँ भी जरूर हो आइए, देखिए, पानी के घेरे में आदमियों की कितनी दुर्गति हो गयी है। उधर भी बहुत समस्यायें हैं।''

मास्टरजी लगन तथा आस्था के साथ बोल रहे थे। उनकी, हृदय की भाषा ने देखमुख साहब को प्रभावित किया था। जरा खिन्न हो देशमुख साहब ने कहा, ''मास्टरजी, मैं आपसे सहमत हूँ, सरकार ने आपके लिए कुछ भी नहीं किया है।''

''नहीं साहब, मैं यह कैसे कह सकता हूँ ?'' मास्टरजी आजिजी के साथ बोले, ''सरकार ने बहुत किया है। जो तय किया गया है, अगर उतने पर अमल किया जाय तो सचमुच कल्याण हो जायेगा; पर यही तो गड़बड़ी है कि तय की हुई बातें नीचे तक रिसकर आती ही नहीं, आने ही नहीं दी जातीं। साहब, सच बताऊँ ? हमारी सरकार बहुत अच्छी है।''

''मास्टरजी, आप सरकार को अच्छा बता रहे हैं ?'' साहब ने आश्चर्य से पूछा।

''साहब, मैं झूठ क्यों बोलूँ ? महाराष्ट्र में पुनर्वास का कानून बना है; उसी के बल पर हम अपने हकों के लिए लड़ते-झगड़ते हैं; पर साहब, अन्य राज्यों में पुनर्वास का कानून बना ही नहीं हे। वहाँ के लोग किस बल पर और किससे लड़ेंगे ? यहाँ कानून के रहते पग-पग पर नानी याद आती है, उधर आदमी कैसे जीते होंगे ? जन्मदाता भगवान ही जाने!

मास्टरजी ने कई दिक्कतें बतायीं। साहब ने स्वयं वे सारी दिक्कतें दर्ज कर दीं। पवार साहब ने भी उनकी सूची बनायी। मास्टरजी ने उठते-उठते कहा—

''साहब, यह हमारा म्हाकू भोंसले है, बारह साल हुए, बाँधपीड़ित होने का प्रमाणपत्र लिये घूमता है। ऐसे कई लड़के नौकरी के लिए दर-दर भटकते हैं। सरकार ने सभी विभागों को लिखित आदेश दिये हैं—पाँच प्रतिशत नौकरियाँ बाँधपीड़ितों के लड़कों को दी जायँ। पर साहब, इस बात की ओर कोई ध्यान नहीं देता। साहब आप कलक्टर की हैसियत से इस बात पर ध्यान दीजिए, सभी विभागों का जायजा लीजिए। हमारे दो-चार लड़कों को रोजी-रोटी तो दिलवाइए।''

साहब ने मास्टरजी को बिठाया। एकबोटे साहब को बुला लिया। सभी विभागों से संबद्ध सूची बनवाने के लिए कहा। मास्टरजी से भी कहा कि वे अपनी ही संघटना के द्वारा बेकार युवकों की एक सूची बना दें। संयुक्त बैठक के आयोजन का निर्णय हुआ। स्वयं जिलाधिकारी अनिल देशमुख बाँधपीड़ितों की नौकरी के संबंध में जायजा लेने वाले थे।

भाग ५

एक

कॉलोनी पर कुशाप्पा तथा गुणवंत के रुकने की व्यवस्था हुई थी। यह अच्छा ही हुआ, क्योंकि डूबक्षेत्र के अन्य लोगों को रातभर बाँध की बगल में आग जलाकर बैठना पड़ता था—ठिठुरते रहो। सामने आग की आँच और पीछे चुभनेवाली ठंडक। एक ओर उन्नति और दूसरी ओर अवनति। आखिरी बस से उतरे हुए कुशाप्पा तथा गुणवंत हैबती की ओर आये। हैबती ने दौड़-धूप कर दोनों के भोजन की व्यवस्था की। चौकीदार के वसीले पर रेस्ट-हाउस के मीटिंग'हाल में दरी पर सोने की अनुमति मिली। बढ़िया जगह। न सर्दी, न हवा; पर आँख कहाँ लगती थी ? कई दिनों के बाद भाई-भाई एक-दूसरे से मिले थे। बातें शुरू हुईं। बातें कैसी ? वह तो रोना ही था। लगातार का रोना—यह नहीं मिला; वह नहीं मिला। बहुत देर के बाद तीनों सो गये। बड़े तड़के हैबती की नींद खुली। वह चिल्लाया, "भैयाऽ राजाऽऽ उठिये। लांच पर चली जाने पर दस कोस पैदल जाना पड़ेगा।"

तीनों मुँह धोकर दौड़े-दौड़े बाँध पर आये। ऊपरवाले डूबक्षेत्र के लोगों के लिए तो लांच, लक्ष्मी ही बनी हुई थी। इरलेबाड़ी तथा झाँजड़बाड़ी के संपूर्ण पुनर्वास का प्रस्ताव सरकार-दरबार में पड़ा धूल खा रहा था। कितना भी शोर मचाइए। भीतर, डूबक्षेत्र के लोगों के लिए कोई भी रास्ता नहीं खुदवाता। नयी लांच भी नहीं देता। स्वार्थवश ही क्यों न हो, पर जिला दूध संघ ने एक पुरानी लांच खरीदकर, पिछले दो सालों से, लोगों की सुविधा की थी। डूबक्षेत्र के लोगों के लिए इस टूटी-फूटी लांच का बहुत बड़ा आधार प्राप्त हुआ था। बरसात के मौसम में वह बिलकुल बंद रहती थी। पर गर्मी में, बीच-बीच में ही सही, वह शुरू रहती।

गहरे-काले पानी पर लांच की बत्ती चमक रही थी। नाविक हरिबाबू ने इंजिन स्टार्ट कर दिया था। लांच की आशा से रातभर ठिठुरे हुए लोग भीतर जा बैठे थे। धुएँ की चिमनी फक्-फक् धुआँ उगल रही थी। सीटी बजी। लांच निकली, तभी कगार पर

हैबती चिल्लाया, "ओयऽ, हरिबाबू रुकोऽ रुकोऽऽ।" कुशा-गुणवंत दौड़े। इसके पहले कि लांच किनारा छोड़ दे, दोनों भीतर कूद पड़े। लांच पानी को काटती हुई आगे बढ़ी। हैबती पीछे रह गया। वह दीख नहीं रहा था। पानी के विशाल दह में लांच ने मगरमच्छ के समान नाक घुसेड़ दी और वह बहुत ऐंठ के साथ आगे सरकने लगी। भीतर बैठे हुए लोग आंबेपुर जिला दूध संघ को आशीर्वाद दे रहे थे। लांच रानी हर रोज तड़के ठंडे पानी में ठिठरती हुई बाँध के निकट से ऊपर मावल भाग में निकलती। नांदगाँव, फणसबाड़ी, बिबेबाड़ी की बची हुई बस्तियों, मसणमाल, झाँजड़बाड़ी से लेकर अंत में इरलेबाड़ी तक इसका अमल चलता है। जाते समय वह पानी के इस किनारे से उस किनारे तक आती-जाती रहती। वह पानी के किनारे पर स्थित बस्ती-बाड़ियों तथा छोटे गाँवों के निकट रुकती। दूध से भरे केनों को नीचे फेंकती और बड़ी सुबह दूध से भरे कैनों को लिए लौट आती। ऊपर जाते समय निश्चिम रूप से जगह मिल जाती पर लौटते समय जगह मिलना मुश्किल होता। चोरी-छिपे काटी गयी चंदन की लकड़ी अथवा कोयले के बोरों से लांच भर जाती। दूध तथा चोरी का माल भरकर अगर खड़ा रहने के लिए जगह बचती तो आदमी को प्रवेश मिलता, अन्यथा हमेशा की भाँति पहाड़ के रास्ते दस कोस चलकर कोलोनी जाना पड़ता। पैदल चलने में बहुत तकलीफ हो जाती, पर लोगों को आदत पड़ गयी थी।

"आज हवा का जोर अच्छा दिखाई देता है।" गुणवंत ने कहा।

"हाँ। पिछले सप्ताह में तीन दिन हवा उलटी बह रही थी। तीन दिन लांच बंद। करौंदे के लगभग साठ बोरे सड़ गये। लोगों ने अफसोस के साथ करौंदे पानी में फेंक दिये। क्या करें ? मिर्च-मसाले के लिए भी पैसा नहीं मिला।" कुशाप्पा व्यथा से बोला।

लांच आगे बढ़ रही थी। सुबह की ठंडी हवा बदन को काट रही थी। कई लोग चिमनी से चिपककर बैठे हुए थे। जरा-सी गर्मी महसूस होती थी; इसीलिए तो चूल्हे के निकटवाली छिपकली के समान लोग वहाँ चिपकते। नाविक के केबिन में तो भीड़ मचती। भीड़ की वजह से चक्र को घुमाने में कठिनाई होती थी। हरिबाबू बार-बार परेशान होकर शिकायत करता। ठंडी हवा खुले में बैठे हुए लोगों के बदन में झुनझुनी पैदा करती थी। अमावस्या निकट आयी हुई थी। अँधेरे का गहरा पर्दा छाया हुआ था। दो-ढाई कोस चलने पर या तो कोई गाँव लगता या बस्ती। हरिबाबू अटकल से चक्र घुमाता। इंजिन अपनी आवाज का स्वर बदलता था तथा "डीबऽ डीबऽ ठीबऽ ठीबऽ" कर किनारे पर लगता। केन की प्रतीक्षा में एक-दो आदमी अंधेरे में भूत की तरह बैठे रहते। खाली केन नीचे फेंके जाते। 'ठन्-ठन्' की आवाज होती।

जब तक केन तथा आदमी नीचे नहीं उतरते, लांच किनारे पर मगर की तरह मुँह टिकाकर आराम से खड़ी रहती; फिर पीछे हटती और पंखों में बल लिये 'ठीबऽ, ठीबऽ, ठीबाकऽ, ठीबाकऽ' कर आगे सरकती। 'डीऽ, डीऽऽ, डीऽऽऽ' कर चढ़ाव पर लगती। नदी के फैले हुए पानी में लांच के माथे पर साठ का बल्ब चमकता रहता। उसके उजियाले

में पानी को पीछे फेंकते हुए लांचरानी आगे बढ़ती। पतवार के पीछे पानी की पूँछ सँपोले की तरह पीछे रहती।

लोगों ने कई बार शिकायत की थी कि बालू तथा बापू के पहाड़ों में रास्ते खोदे जायें पर इंजीनियर लोगों के अनुमान टूटते रहते। कहा जाता कि करोड़ों तक खर्चा होगा। बड़े खर्चे का कारण बताया जाता। बीस हजार लोगों के लिए न रास्ते थे न ही उनका पुनर्वास होता था। लांच की माँग पिछले आठ सालों से कागज पर ही सूख रही थी। इस पार से उस पार का गाँव या बस्ती दिखाई देती। इस प्रकार के गाँवों तक पहुँचने के लिए टूटी-फूटी ही सही, नौकायें दीजिए—बाँधपीड़ितों की यही माँग थी। पर सुनता कौन है ? बाँध बन गया, नीचेवाले लोगों को पानी मिला, अधिकारियों-नेताओं का स्वार्थ सधा, अब तुम रोओ-चिल्लाओ, शोर करो, कुछ भी नहीं होगा। तुम्हारा नसीब तुम्हारे साथ। विद्वान लोग, नीचे कारखाने के रेस्ट हाउस पर, विकास कार्य पर चर्चायें आयोजित करने के लिए मुक्त। सखाराम की गाड़ी, तुकाराम का पेट्रोल, भीमराव का कारखाना और श्यामराव के समाचार-पत्र में रंगीन फोटो के साथ चर्चा-सत्र का अहवाल !! वाह !! क्या ही विकास है !! मरनेवाले मर रहे हैं बेचारे !!

दूध जमा करने के बहाने ही सही, दूध-संघवालों में ममता उपजी और लोगों का काम हुआ। प्रति लीटर बीस पैसे लांच-किराये के कटवा लिये जाते। रोज दो हजार लीटर दूध की ढुलाई होती। दूध संघ को चार सौ रुपये किराया मिलता। इधर डूबवाले क्षेत्र में दूध का भाव एक रुपया अस्सी पैसे प्रति लीटर था। उधर लाभवाले क्षेत्र में दूध की जैसी डिग्री-दर्जा, वैसा ही प्रति लीटर का भाव रहता। डूबक्षेत्र में डिग्री वगैरह का झंझट नहीं था। इधर आकर कोई-न-कोई दूध खरीद लेता है और हमें रोज कुछ रुपये पैसे मिलते हैं। यह हमारा भाग्य ही है, अन्यथा जब लांच नहीं थी तब दूध से दही, छाछ बनाया जाता। जो चुकता नहीं था वह सड़कर, फटकर बेकार चला जाता। इसीलिए, जो भी राशि हाथ आती थी, वह बड़ी पूँजी के समान लगती थी।

लांच ने संकटग्रस्त जच्चों तथा बीमार बूढ़ों की अच्छी सहायता की थी। हरिबाबू के हाथ में रुपया-बारह आने रख देने पर वह लांच को कहीं पर भी रोक देता। शुरू-शुरू में हरिबाबू की पाँचों उँगलियाँ घी में थीं। लौटते समय बीस आदमी भी बैठते तो भी उसे पंद्रह रुपये मिलते। वह हर रोज शाम तीन कप शराब तथा गोश्त की थाली का आनंद लूटता। सचमुच ही हरिबाबू की चारों उंगलियाँ घी में थीं, पर यह परिपाटी अधिक दिनों तक टिक नहीं पायी। दूध संघ के आस्थापन-कारकून—जेधे—को यह रहस्य मालूम हुआ। सीटों का रुपया चालान से जमा करना पड़ता है—इस प्रकार झूठा ही कहकर वह हरिबाबू से रोज बारह, पंद्रह रुपये वसूल करने लगा। हरिबाबू के हाथ में मुश्किल से पाँच-छह रुपये बचने लगे। चूँकि हरिबाबू अभी पर्मनंट नहीं हुआ था, उसे जेधे के सामने झुकना ही पड़ा। आदेश निकलने का काम जेधे के हाथ में था।

हरिबाबू मूलतः जाँभली का मछुआ था। वह पाँच-छह वर्ष बंबई में रहा। काम

ढूँढ़ते-ढूँढ़ते दसियों जगहों पर खदेड़ा जाकर लौटा, लेकिन अब लांच पर उसका प्रभाव जम गया था। बाघजाई-कछार तथा बालू-बापू पहाड़ के सभी लोग उसे पहचानते थे। शुरू में सभी लोग उसे 'हरिया' नाम से बुलाते। उसने लोगों को ताकीद की कि वे उसे पाटील कहकर पुकारें। ठीक है, पाटील तो पाटील। अगर पाटील न कहते तो मामला बिगड़ जाता।

कुछ ही दिनों के बाद हरिबाबू के ध्यान में बात आ गयी कि कुछ बहेलिये झाड़-पत्ते, औषधि के बहाने शराब के गुब्बारे बोरे में छुपाकर लांच में ले जाते हैं। हरिबाबू के लिए शराब जान से भी प्यारी थी। इस नये रहस्य का पता चलते ही उसकी काली-कलूटी, रहठे जैसी देह चमक उठी। उसकी बड़ी मूँछों में हँसी फूटी। महुए की शराब में उसका एक चौथाई हिस्सा तय हुआ। वह दिनभर झूमने लगा। लोग कभी-कभी ताड़ी भी ले जाते। हरिबाबू उस पर भी दाव मारने लगा। खूब नशा चढ़ने पर वह जेधे को गालियाँ देने लगा, "तू कारकून बेऽ परमनंट हुआ तो क्या हुआ ? आय एम किंग। इस इलाके का किंग है किंगऽऽ।" जैसे-जैसे नशा ज्यादा चढ़ जाता वैसे-वैसे हरिबाबू हिन्दी और अँग्रेजी में बड़बड़ाने लगता। लांच में बैठे लोगों का मनोरंजन होता, पर हरिबाबू सही माने में राजा बनता जा रहा था। कॉलोनी पर निकले हुए अंडे, धान, मंडुए से लेकर, जामुन, करौंदे तक—हर गठरी में से उसे पसर-पसर मिलता। बूढ़े उसकी झूलती हुई हिंदी से प्रभावित होते थे। ग्यारह बजे के लगभग लांच रुक जाती, हरिबाबू इकट्ठा किये गये सामान को धोती की छोर में बाँधता और झूमते-झूमते कॉलोनी पर अपने घर की ओर निकलता।

कुशाप्पा तथा गुणवंत में रोज ही बहस चल रही थी। तीन बाड़ियों का संपूर्ण पुनर्वास का प्रस्ताव अभी भी मान्य नहीं हुआ था। कुशाप्पा की, 'खास मामले' की गाड़ी भी अभी पटरी पर नहीं लगी थी। वह मामला, इस ऑफिस से उस ऑफिस में, उधर से इधर, नीचे और ऊपर जाता रहता। यह शंका और वह संदेह—यों होते-होते उसकी जवानी समाप्त हो गयी थी; उसकी बेटी सायरी ब्याहने योग्य हुई थी। आठ-नौ साल पहले प्राप्त राशि चुक गयी थी। कुशाप्पा का गदराया हुआ मुख दुबला गया था; गाल और ठुड्डी की हड्डियाँ निकल आयी थीं। इसी उम्र में वह साठवें की ओर झुका हुआ लगता था।

बची-खुची बंजर जमीन में कुछ भी पैदा नहीं होता था। बैंक के चालीस हजार रुपये समाप्त हो रहे थे। बचे-खुचे दस-बारह हजार रुपयों को भी पिछले साल यकायक आग लग गयी। बरसात के आरंभ में ही निजामपुर के बाजार गयी हुई मंजुला पहाड़ चढ़ते-चढ़ते पैर फिसलकर गिर पड़ी। उसकी हालत गंभीर हुई थी। कुशाप्पा ने उसे बड़ी मुश्किल से आंबेपुर भिजवाया। दवा-पानी, डाक्टर, अस्पताल करते-करते जो रुपये चले गये उन पर कुछ नियंत्रण ही न रहा। कुशाप्पा ने हिसाब लगाते-लगाते गुणवंत से कहा—

"गुणवंत, बारह हजार रुपये खत्म हुए। उस बीमारी में रुपयों की बरबादी हुई।"

"भाभी बची, क्या यह कम है ? क्या पैसा आदमी से बढ़कर है ?"

"भैया गुणवंत, तुम्हारी बात जँचती है; पर मैं क्या करूँ ? लड़की पेड़ की तरह बढ़ रही है, दो के चार हाथ करने ही पड़ेंगे; भारी चिंता लगी हुई है रे।"

"उसमें दिक्कत क्या है ? राजा, आप इस डगर से उस पार हाँक लगाकर देखिए, कुशाराजा की लाड़ली बेटी के साथ विवाह करने के लिए दर्जनभर युवक तैयार होंगे।"

"नाऽ, नाऽ वह नहीं होगा।" कुशाप्पा ने कहा, "मैं इस दह में बरबाद हो गया; क्या अब बेटी को भी उसी में धकेल दूँ ?"

"तो फिर ?"

"बाँध के नीचे की ओर, उस सिंचाईवाले क्षेत्र में बेटी का ब्याह करूँगा।"

"सिंचाईवाले क्षेत्र में ? और खर्चे का क्या होगा ?"

"गुणवंत, जान गिरवी रखूँगा, पर बेटी का ब्याह सिंचाई वाले क्षेत्र में ही करूँगा।"

रुपयों की चिंता में कुशाप्पा का सिर भिन्ना गया था। काश, सिवान में पेड़ों पर पत्तों के बजाय रुपये लगते ! कितना अच्छा होता !! बहेलियों के लड़के महुए की शराब बेचते हैं। कहते हैं कालोनी पर काफी पैसा मिलता है। क्या शराब का धंधा शुरू किया जाय ? दिमाग में यह विचार आते ही उसका अपराधी मन बोल उठता, "अरे दुष्ट, अगर लड़की के ब्याह के लिए रुपये नहीं हैं तो उसे कुएँ में धकेल क्यों नहीं देते? गढ़ी के ऊपर बैठा हुआ भगवान मल्हारी क्या कहेगा ? वह रात में आकर गला दबोच डालेगा।"

फणसबाड़ी के निकट आते-आते सबेरा हुआ। खाली केन किनारे पर फेंके गये। कुशाप्पा किनारे की ओर देखने लगा। करौंदों से भरी हुई पाँच-छह टोकरियाँ लिये दो आदमी किनारे पर, कुहरे में ठिठुरकर खड़े थे। पहली खेप में ही यह करौंदे नीचे की ओर जायेंगे। लांच शाम को करौंदों के लिए ही दूसरी खेप करती। चैत का महीना था। जंगल-पहाड़ की बस्तियों में, चैत में होनेवाले मेलों की चहल-पहल होती। करौंदे के ताजा रुपये हाथ लगते।

करौंदों ने पिछली दो गर्मियों में लोगों की काफी सहायता की थी। डूबक्षेत्र के लोगों के सूखे चेहरों पर चमक आयी थी। आंबेपुर और विशेषकर पुणे के बाजार में करौंदों की काफी माँग थी। 'मावल भाग की काली मैना, पुणे निवासियों को बहुत पसंद आती थी। काले, मोट-ताजे करौंदे ! सफेद या गुलाबी गूदा। भीतर फीके घुँघची जैसे बीज। पुणे निवासी ओठ चाटते हुए करौंदे खाते। लांच चालू है, इसीलिए तो डूबक्षेत्र की भीतरवाली बस्तियों के करौंदे पुणे तक पहुँचते हैं। अन्यथा पिछले छह सालों में क्या हाथ लगा ? बकरियाँ करौंदे के कुंज पर पैर रखकर लम्बी जीभ से करौंदों का सफाया करतीं। जो बचते, वे सूखकर गिर जाते।

लांच के कारण अब काली मैना थिरकते-थिरकते पुणे के बाजार तक दौड़ती थी। उसे ले जाने के लिए बाघेठाण के दो व्यापारी—आयूब तथा छगनलाल कॉलोनी पर अनवार बनकर आते और अड्डा जमाकर रहते। उन्होंने किराये के मकान में ऑफिस खोला था।

गड़रिये, बहेलिये, किसान—आदि सब करौंदों की टोकरियाँ भर-भरकर ले आते। आयूब-छगनलाल, चार रुपयों में टोकरी खरीदते और टेम्पों भर-भरकर करौंदे आंबेपुर तथा पुणे के बाजार में भेज देते।

फणसबाड़ी से जरा आगे बढ़ने पर सबेरा हुआ। काला पानी नीला दिखाई देने लगा। पहाड़ हरे दिखाई देने लगे। पूर्व दिशा के आसमान पर सुनहला मुलम्मा चढ़ा। वह मुलम्मा पानी में भी छन-छनकर आने लगा; पर कुशाप्पा के दिमाग से करौंदों से भरी हुई टोकरियाँ ओझल नहीं हो रही थीं। उसने पूछा—

''गुणवंत, एक टोकरी में कितने किलो करौंदे आते होंगे ?''

''कम-से-कम आठ किलो।''

''क्याऽ ?'' कुशाप्पा ने चौंककर कहा।

''क्यों ? राजा, क्या हुआ ?'' गुणवंत ने पूछा।

''कल आंबेपुर के बाजार में एक किलो का क्या भाव था ?''

''आठ रुपये किलो।''

''इसका अर्थ यह है कि एक टोकरी के—आठ-आठ-आठ—साठ पर चार—चौंसठ रुपयेऽ। और हम व्यापारियों को केवल चार रुपयों में टोकरीभर करौंदे बेच डालते हैं?''

इस हिसाब को सुनकर गुणवंत भी चौंका। हम जंगल में कुंजों की तलाश करें, अपने बदन को फाड़ लें, दिनभर करौंदे इकट्ठा करें, कोलोनी पर पहुचाएँ और इतने पर भी ये दलाल हमारे हाथ पर सिर्फ चार रुपये टिका देंगे और उधर चौंसठ रुपयों पर हाथ मारेंगे।—गुणवंत ने झुँझलाकर पूछा—

''राजा, हम लोगों के जीवन का कोई अर्थ है ?''

''इच्छा होगी तो रास्ता भी मिलेगा।''

''कैसे मिलेगा रास्ता ?''

''हम अपने करौंदे स्वयं पुणे ले जाकर बेचेंगे।'' कुशाप्पा खुश होकर बोला।

''यह सब कैसे करेंगे ?''

''हम नाविक हरिबाबू को अपने में शामिल कर लेंगे। उसके वसीले से हम यह योजना सफल बनायेंगे। दूध-संघ का जो भी किराया होगा, दे देंगे। हम अपना माल स्वयं बेचेंगे।'' दोनों के मुँह खिल उठे। चढ़ती हुई लांच के साथ-साथ उनका कलेजा भी डीऽ डीऽऽ डीऽ डीऽ कर चढ़ाव पर चढ़ने लगा। झाँझड़बाड़ी के पास लांच रुकी। तंबाकू खाने के बहाने दोनों ने हरिबाबू को अलग बुलाया। दोनों ने उससे गिड़गिड़ाकर पूछा—

''हरिबाबू, तुम भी बाँधपीड़ित हो, हमारे आदमी हो। जैसा हम कहेंगे, हमारा वैसा ही काम करना होगा।''

''हम तो इस क्षेत्र के राजा हैं। हम अपनी मर्जी के अनुसार बोल देंगे।'' हरिबाबू बड़बड़ाने लगा।

दोनों ने हरिबाबू को समझाया। सुनकर हरिबाबू 'खी-खी' कर हँसा। कुशाप्पा पूछने लगा–

"व्यापारी दूध-संघ को लांच किराये के रूप में कितना रुपया देते हैं ?"

"अढाई-सौ रुपये।"

"हम एक खेप के तीन सौ देंगे, पर तुम्हारी पहचान के आधार पर दूध-संघ में हमारा यह काम होना चाहिए।"

"तुम्हें हर दिन के पच्चीस रुपये अलग से दे देंगे।" गुणवंत ने कह दिया।

हरिबाबू के मुँह में पानी भर आया। उसने झूठ ही कहा, "तुम धोखा मत दो। हम तो किंग हैं किंग। वे व्यापारी मुझे हर रोज चालीस रुपये अदा करते हैं।"

आखिर हरिबाबू के लिए पचास रुपयों का हफ्ता तय हुआ। इरलेबाड़ी से लांच आते ही नीचे की ओर जाना तय हुआ। व्यवसाय के लिए थोड़ी ही सही, पूँजी की आवश्यकता थी। सुभानजी ने चैत के मेले के अवसर पर गुणवंत, सालू तथा बजू, बैजू के कपड़ों के लिए बंबई से पाँच सौ रुपये भिजवाये थे। गुणवंत वह राशि बक्से से निकालने लगा, तभी सालू बीच में पड़ी। उसे अलग हटाकर गुणवंत ने कहा, "अरी, केवल चार दिनो की बात है। मैं तुम्हें इन रुपयों के पचास हजार रुपये दे दूँगा।" कुशाप्पा तथा गुणवंत, बिना भोजन किये ही हरिबाबू के साथ कॉलोनी पर गये। सेक्रेटरी ने हर खेप के लिए तीन सौ रुपयों पर सौदा मान्य किया। वह बोला–

"व्यापारी उन्मत्त हुए हैं। आप किसान हैं। आप अगर अपने पैरों पर खड़े रहते हैं तो हमें प्रसन्नता ही होगी।"

दोनों मेमने की तरह कूदते हुए झाँझड़बाड़ी में आये। दूध संघ में दो सौ और टेम्पो मालिक के लिए दो सौ रुपये पेशगी दी। हरिबाबू सौ रुपयों के लिए अड़ गया। उसका भी देना चुकता किया।

पहाड़ में बसनेवाली पाँच-छः बस्तियों के लोगों की बैठक हुई। अच्छे, समझदार चार-पाँच लड़के टेम्पो के साथ पुणे भेज देंगे। हम अपना माल स्वयं बेचेंगे। हर टोकरी के, चालीस रुपये मुनाफे के रूप में मिलेंगे। बहेलियों, कहारों, पहाड़ के सभी लोगों में उत्साह की लहर दौड़ी। छोटे बच्चे तथा लँगड़े-बूढ़े भी पूरे दिन तक करौंदे बीनने के लिए कुंजों के चारों ओर चक्कर काटने लगे। कुशाप्पा की पत्नी लँगड़ी मंजुला लाठी टेकते-टेकते कुंज में घुसने लगी। मसणमाल के येलू, वीरू तथा लहू आदि युवकों में जोश आया। बूढ़ा बिबवा नंग-धड़ंग बदन से कुंज तलाशने लगा। फरसू बहेलिया को अब सूअर का डर नहीं रहा। गुणवंत, सालू, बजू, तथा बैजू दिन-दिनभर करौंदे बीनने लगे। ऊपर से चैत की चिलचिलाती धूप की लू चलती और नीचे करौंदों के काँटों की खरौंच से बदन फटने लगता। कभी-कभी एड़ी में काँटा इतनी जोर से चुभता कि उसकी कसक मगज तक पहुँचती, इतनी पीड़ाओं के बावजूद करौंदे बीननेवाले हाथ रुके नहीं। दिनभर की तोड़ाई से हाथ चिपचिपे हो जाते। पत्थर पर देर तक घिसने पर भी हाथ

का चिपचिपाना कम नहीं होता था। दिनभर थकी-माँदी महिलायें, बच्चे रात को टोकरी के नीचे और ऊपर पलाश के पत्तों का आवरण बाँधते। हलके हाथों से आवरण बाँधते-बाँधते आधी रात बीत जाती। कभी-कभी टोकरियाँ कम पड़तीं, तब बँसोड़ की तरह बाँस को काटकर रात में ही कच्ची टोकरियाँ बनाते। दूसरे दिन दोपहर करौंदे से भरी लांच रानी निकलती–ठीक उसी तरह जैसे केलों से भरी हुई रेल निकलती है। तब दोनों किनारों पर, कगारों पर खड़े लोग प्रसन्नता से सीटियाँ बजाते। जिस तरह ससुराल जानेवाली बेटी को बिदा करने के लिए लोग जमा होते हैं, उसी तरह लांच रानी को बिदा करने बस्तियों के लोग दोनों किनारों पर इकट्ठा होते।

टेम्पो मालिक ने अपना किराया डेढ़ गुना कर दिया। नाविक हरिबाबू तथा जेधे कारकून ज्यादा पैसों के लिए हाथ आगे करते। फॉरेस्ट विभाग का चुंगीवाला दुगुने रुपये लेता, लेकिन इतने पर भी धंधा मुनाफे में था। इसके पहले गुणवंत के परिवार के सभी लोग दिन-दिनभर मेहनत करते, पर उन्हें पैंतीस-छतीस रुपये मिलना भी मुश्किल था। अब हर रोज दो-ढाई सौ रुपये घर आते थे। इस प्रकार हर एक के घर पर रुपयों की इफरात थी। इस तरह कुछ दिन काफी पैसा मिला। डूबक्षेत्र के लोग प्रसन्नता से झूमने लगे महुए की शराब पीकर कुशाप्पा बड़बड़ाने लगा, ''अरेऽऽ एक नहीं ऐसे दस-दस लड़कियों के ब्याह का खर्चा उठाऊँगा, मुझे किसी बात का डर नहीं।''

प्रसन्नता से झूमनेवाले परिसर का उत्साह चार-पाँच दिन से अधिक टिक नहीं पाया। लांच हर रोज सुबह दूध लेकर चली जाती; पर शाम को करौंदों की ढुलाई के लिए लौट ही नहीं रही थी। करौंदा अधिक समय टिक नहीं पाता। दो दिन से अधिक कैसे टिकेगा? लांच की प्रतीक्षा करते-करते गहरे, काले, मोटे करौंदे किनारे पर पड़े रहने लगे। बाट जोहते-जोहते मुरझाकर, सड़कर, सूखकर पानी में पड़ने लगे। हरिबाबू हर रोज सुबह कहता, ''दूध पहुँचाने पर तुरंत लौट आता हूँ। इस आशा पर करौंदे फिर से इकट्ठा किये जाते, प्रतीक्षा में सूखते, सड़ते और पानी में डाले जाते। फरसू बहेलिया तथा रग्घू भोंसले को कुछ शक हुआ। दोनों कॉलोनी पर हो आये। पता चला, दूध संघ के कॉलोनी पर स्थित ऑफिस में व्यापारियों ने पाँच-छः हजार रुपये बाँट दिये थे। पता नहीं, उन्होंने और कितने रुपये फेंके हैं। रग्घू तथा फरसू ने बदले हुए रूप-रंग का अंदाजा लिया। उन्होंने आधी रात को ही झाँजड़बाड़ी के लोगों को इकट्ठा किया। दोनों गुणवंत के दरवाजे पर आये। उन्होंने गुणवंत से साफ-साफ कहा–

''वह दूध-संघ व्यापारियों के सामने झुकता है। हम किस खेत की मूली हैं ? हम अपनी इच्छा को दबायेंगे। करौंदे व्यापारियों को ही बेचेंगे। अन्यथा सुबह दूध लेकर जानेवाली खेप भी बंद होगी। कंगाली में आटा गीला हो जायेगा, आसमान से गिरकर खजूर पर अटकने की स्थिति पैदा होगी। ना बाबा, ना। हमें बड़ा नहीं होना है। मिर्च-मसाले के लिए चार पैसे मिलेंगे। हमारे लिए उतना ही काफी है।''

भीड़ में से किसी ने कहा, "हम नई लांच ही क्यों न खरीदें ?"

"यह कौन बोला ?" दूसरे ने घुड़ककर कहा, "क्या तुम लांच को भैंस का पँडवा समझते हो ?"

इस तरह पहाड़ी बस्तियों के लोग समझदार (?) हुए। पहलेवाले ही अनवारों की टोकरियों में बैठकर 'मावल की काली मैना' पुणे के बाजार में जाने लगी।

दो

मास्टरजी अपने दरवाजे पर बैठे हुए थे। रात, भोजन से पहले गप्पें शुरू थीं। गोट-बस्ती में मच्छरों ने बहुत परेशान किया था। आरंभ में यह परेशानी ज्यादा महसूस नहीं होती थी; लेकिन जब से चारों ओर गन्ने की फसल बढ़ गयी थी, इस परेशानी ने गंभीर रूप धारण किया था। लोग गन्ने की दूसरी फसल भी लेते थे। गन्ने के पेड़ी से दोबारा फसल ली जाती थी। एक हाँक के अंतराल पर नाला था। जब बाँधपीड़ितों के लिए यह बस्ती बन गयी तब कम-से-कम गर्मी में यह नाला सूखा रहता था; पर अब पूरे सिवान में सिंचाई की सुविधा हुई थी। छोटी नहर टूटकर पानी नाले में चला जाता था; इससे नाले के किनारों पर झाड़-झंखाड़ बढ़ गया था। मच्छर बदन को काटकर परेशान करते थे, इसीलिए दो-तीन बाँधपीड़ितों ने मास्टरजी के दरवाजे पर आग जलायी थी। बगलवाले खेत में दो दिन पहले ही पानी दिया गया था। पहले से ही हरी-भरी फसल। उसमें भी अभी दिया गया पानी। वातावरण ज्यादा ठंडा बना था। आग सबको गरमा रही थी। आग तापते-तापते उन्हीं पुरानी दिक्कतों पर बातें हो रही थीं। गोट-बस्ती के लिए अलग ग्राम-परिषद दीजिए; स्वतंत्र जलसंभरण योजना दीजिए। श्मशान भूमि मिलनी ही चाहिए। ये माँगें कई बार सबके सामने चिल्ला-चिल्लाकर रखी गईं थीं; पर उनके कानों पर जूँ नहीं रेंगती थी।

इधर मास्टरजी को अधिक आशा लग रही थी—देशमुख साहब के कार्यकाल में कई माँगें पूरी की जायेंगी। साहब ने हिम्मत के साथ कार्य आरंभ किया था। वचन के अनुसार पिछले महीने में ही आंबेपुर में विशेष बैठक बुलायी गयी थी। प्रत्येक विभाग में कितने लोगों की भरती की गयी है; उनमें से पाँच प्रतिशत जगहों पर बाँधपीड़ितों को लिया गया है या नहीं ? साहब ने मास्टरजी तथा अन्य बाँधपीड़ितों से बेकार बाँधपीड़ित युवकों की सूचियाँ ली थीं। आश्चर्य की बात थी कि पिछले पखवाड़े में बाँधपीड़ितों के दस लड़कों की भरती अलग-अलग विभागों में की गयी थी। बाबू पवार का चयन पुलिस विभाग में हुआ था। म्हाकू भोंसले को कनाल सर्किल में उम्मीदवार के रूप में चुना गया था। उसकी नौकरी खैरापुर में ही थी। इसके अतिरिक्त फणसबाड़ी, बिबेबाड़ी, साजुली गाँव के लड़के—कोई राज्य-मार्ग परिवहन विभाग में, तो कोई बी. एन्ड सी.

डिपार्टमेंट में नियुक्त किये गये थे। ये चयन लाला, दत्तू, अथवा सांसद शिंगाडे के वसीले पर नहीं हुए थे। जो असली बाँधपीड़ित थे, उन्हीं लड़कों को लाभ हुआ था। जाँभली के सभी बाँधपीड़ित मास्टरजी तथा देशमुख साहब को दुआएँ देते थे। दुष्ट ताया कांबले शराब पीकर बड़बड़ाता था, "मास्टरजी ने रिश्वत लेकर लड़कों की भरती की।" देशमुख साहब की आत्मीयता के कारण बाँधपीड़ितों के ठूँठ बने हुए मन में नये अंकुर फूटे थे।

पवार तथा देशमुख ने देखते-देखते कितने ही काम तुरंत पूरे किये थे। कुछ लोगों को अभी भी गृह-निर्माण के लिए कर्जा अथवा बची हुई किस्त नहीं मिली थी। ऐसे लोगों की, गाँव के अनुसार सूची तैयार हुई। गृह-निर्माण के लिए सरकारी कर्ज के रूप में केवल पाँच हजार रुपये मिलते थे। वह भी तीन किस्तों में। प्रत्येक किस्त के योग्य उपयोग की जाँच के लिए सर्किल आफिसर आता। सिफारिश जल्दी जायें, इसलिए लोग उसके दरवाजे पर चक्कर काटते। इतने-से कर्जे के लिए पचासों बार चक्कर काटने पड़ते—यह कागज ले आओ, वह सबूत दे जाओ। देशमुख साहब की हिम्मत के कारण कर्जे की पुरानी किस्तें हाथ लगीं। सबको इस बात का विश्वास था कि अगर एक बार देशमुख साहब गोट-बस्ती में आ जायेंगे तो अधिकतर कामों को और भी गति मिल जायेगी। दो बार दौरा निश्चित किया गया; पर मीटिंग तथा कमेटी के कारण उसे आगे धकेला गया। अब तो साहब किसी प्रशिक्षण के लिए मसूरी गए हुए थे। दो महीनों के बाद लौटेंगे।

मास्टरजी ने गोट-बस्ती के कई लोगों के काम निपटाये थे। मसखरा किंतु मन से निर्मल पांडू येताला बहुत किच-किच करता। सरकारी दस्तावेज में एक ही खाता दर्ज होने के कारण उसे पर्याप्त जमीन नहीं मिली थी। तीन गुंठों का एक ही भूखंड हाथ लगा। उससे काम नहीं बन सकता था। पांडू के छोटे लड़के को अध्यापक की नौकरी दिलवाने में मास्टरजी ने काफी कष्ट उठाया था। आंबेपुर से गोट-बस्ती में तबादला करवाने के लिए भी उन्होंने काफी प्रयास किया। सोचा—उसकी भी सुविधा होगी और बूढ़े पांडू के परिवार का भी ठीक से चल निकलेगा; लेकिन इस प्रयास के बावजूद अशोक ने उधर आंबेपुर में एक नयी झंझट खड़ा किया। खैरापुर के आबाजी मास्टर की लड़की डी.एड. में उसके साथ पढ़ती थी; अशोक ने उसके साथ विवाह कर लिया। बूढ़े पांडू को विवाह के लिए निमंत्रण भी नहीं दिया गया। बूढ़े को ऐसा लगा, मानो आसमान ही टूट गया है। वह मास्टरजी के गले में पड़कर फूट-फूटकर रोया। बाद में उसने अशोक को बहुत गालियाँ दीं; पर आखिर लड़का तो लड़का ही; ममत्व का धागा क्यों टूटने लगा ? सुंदर बहू को देखकर बूढ़े का क्रोध कम हुआ। तब तक बहू का तबादला हुआ खैरापुर में। अगर अशोक भी यहाँ गोट-बस्ती में आ जायेगा तो दोनों अपनी छत्रछाया में आ जायेंगे। बड़े लड़के—श्यामू तथा भीमू के नन्हे बच्चे गोट-बस्ती के स्कूल में जाते हैं; वे भी सही रास्ते पर चलेंगे। छोटे नामू का अभी विवाह होना है, धीरे-धीरे उसकी गाड़ी भी पटरी पर आ जायेगी—बूढ़े पांडू ने इन सब बातों पर सोचा और वह मास्टरजी

के पीछे पड़ा—अशोक का बस्ती में तबादला किया जाय।

मास्टरजी ने हाथ जोड़कर देशमुख साहब से प्रार्थना की। उन्होंने सी.इ.ओ. साहब के नाम एक खास पत्र दिया। इधर कुछ दिनों पहले ही अशोक के तबादले का आदेश निकला था। प्यारा लड़का अशोक अपनी ही गोट-बस्ती में आ रहा है—यह देखकर बूढ़ा बहुत खुश हुआ था। वह प्रसन्नता से झूमकर कहता "मेरा लड़का घर आ गया, घर आ गया।" हिरवे मास्टर को खैरापुर के स्कूल में भेजा गया। उसकी दमे की आधी बीमारी अपने-आप भाग गयी, लेकिन अशोक का रंग-ढंग अलग ही दिखाई दे रहा था। पहले दिन वह बूढ़े की कुटिया में आया। बूढ़े से मिलकर, भगवान से प्रार्थना कर वह स्कूल में हाजिर हुआ; लेकिन इसके बाद उसने घर जाने का नाम ही नहीं लिया। वह सगे भाइयों के साथ भी ठीक से नहीं बोलता था। सुबह अतिथि की तरह स्कूल में आता। शाम घंटी बजने पर खैरापुर लौटता। वह सास के अधीन रहता। कहते हैं, कल अपने बूढ़े बाप के साथ उसका जोरदार झगड़ा हुआ। आग के इर्द-गिर्द बैठे हुए लोगों में अशोक के ही संबंध में बात चल रही थी। म्हाकू तथा दूसरे लोग बोल रहे थे; पर मास्टरजी बिलकुल ही चुप थे।

ठंडी हवा का एक झोंका आया। उसके साथ ही पांडू येताला की आवाज सुनाई पड़ी, "मास्टरऽ, मास्टरऽऽ, यह तुमने क्या कर दिया ? क्या बोया और क्या उगा ?" बूढ़ा अँधेरे में लाठी टेकते-टेकते, तनतनाते हुए निकट आया। उसका हृदय भर आया था। मास्टरजी ने उसे हाथ पकड़कर नीचे बिठाया। आँखें पोंछकर, बूढ़े ने तिलमिलाकर पूछा—

"मास्टर, यह क्या हो गया ?"

"पांडू चाचा, इसका कोई इलाज नहीं। कहना चाहिए, हमारा समय ही खराब है।"

"पर तुमने उस साँप को दूध पिलाया ही क्यों ?"

"हमने पेड़ को पानी दिया; यह सोचकर कि छाया मिलेगी। पेड़ ही सूखकर, सड़कर निकम्मा हुआ। पांडू चाचा, अब हम किसको दोष दें ?"

"पर मास्टर, यह अच्छा नहीं हुआ। पत्नी भरी उम्र में ही चल बसी। पुरुष होकर भी मैंने माँ बनकर बच्चों को पाला-पोसा, बढ़ाया। उन्होंने मेरी कौनसी कामना पूरी की ? मुझे अशोक पर बहुत भरोसा था; पर वह कमीना अपने भाई को भी पहचान नहीं रहा है; अपने घर को भी भूल गया है। मैं उसका मुँह नहीं देखना चाहता। आप उसे गोट-बस्ती के स्कूल से निकाल दीजिए। उसका तबादला कीजिए। मैं नहीं चाहता कि मेरे नाती-पोती पर उसकी छाया पड़े। वह बकरे की तरह है।"

"पांडू चाचा, आप शांत हो जाइए। दिमाग से बात निकाल दीजिए। दो दिन आराम से सोइए।"

"मास्टर, कैसे आराम से सोऊँ ? छोटा नामू भी नाराज है; दाँत पीसता रहता

है। मास्टर, उस जाँभली गाँव में मेरी कितनी खेती-बाड़ी थी ! क्या ही हवेली थी ! कितनी शान थी ! अब मेरे गाँव की, मेरे लोगों की यह क्या हालत हो गयी !"

पांडू येताला ढाढ मारकर रो रहा था। बूढ़े को रोता हुआ देखकर दूसरों का दिल भी पसीज आया। मास्टरजी ने बड़ी मुश्किल से बूढ़े को समझाया। उसका मन हलका हुआ। कैसे बदल जाते हैं ये लोग ? मिट्टी से जुड़ा हुआ नाता कैसे टूट जाता है ? पढ़-लिखकर समझदार हुए लड़कों को दूसरों का ख्याल रखना चाहिए। एक-दूसरे की सहायता कर जीवन में खड़ा रहना चाहिए। यह अशोक पहले कैसा था ? सात-आठ साल पहले जाँभली से धूल उड़ाते हुए, बाभुल गाँव के स्कूल में जाता था। साहब लोगों के लड़कों को ले जानेवाली नीली स्कूल बस को देखते ही इसके दिमाग में हूक उठती थी। यह दाँत भींचता था। मास्टरजी से पूछता था—हमने क्या पाप किया है जो हमें स्कूल बस नहीं मिल रही है ? वही अशोक आज खुद क्या कर रहा है ?

अशोक की शरारत के कारण बूढ़ा पांडू बहुत ही बदल गया। बुढ़ापे के कारण पीठ में कूबड़ आया था; फिर भी वह तनकर चलने का प्रयास करता। "मैं लड़के का मुँह तक नहीं देखूँगा"—पांडू ने इस सौगंध को निभाया। दिन में अशोक स्कूल में रहता है; इसलिए बूढ़ा पांडू उस ओर झाँकता तक नहीं था। वह बीच में ही झुँझलाता; परेशान होता। घर में खानेवाले बारह-तेरह मुख थे। एक ही खाता दर्ज होने के कारण पर्यायी रूप में केवल चार एकड़ जमीन मिली थी। उसमें डेढ़ एकड़ बेकार थी। बिलकुल रद्दी। उसमें निर्वाह नहीं होता था। बूढ़ा घर के सारे लोगों को साथ लिये मजदूरी पर चला जाता। वह पैंसठ की अवस्था में भी निराई का काम करता। जीवनभर कड़ी मेहनत करने से पीठ झुक गयी थी—हँसिया की तरह। उठते-बैठते हड्डियाँ बज उठती थीं। शरीर को पीड़ा होती थी; फिर भी वह बड़ी हिम्मत से मेहनत करता था। फसल की दो पाँतों के बीच घसीटकर, औंधा गिरकर वह निराई करता था। सुबह गन्ने के सूखे पत्ते निकालते समय, ओस की बूँदें ढल जातीं। पत्तों के रोयों के कारण हाथ में जलन होती। बूढ़े की आँखें बरस पड़तीं। शाम बूढ़ा अपने राजू नामक नाती को एक बगल में उठाकर दूसरे हाथ से लाठी टेकते-टेकते गोट-बस्ती में टहलता। राजू सिर्फ डेढ़ साल का था; लेकिन बहुत सुदंर दिखाई देता था। लसोड़े-सी आँखें। वह बच्चा गोट-बस्ती में सभी लोगों को अच्छा लगता था। बूढ़े पांडू बाबा तथा राजू की तो बहुत बनती थी। राजू बूढ़े की सफेद मूँछों को खींचता। बूढ़े को हँसी फूटती। वह खुश होकर सबसे कहता, "देखा, मेरे नाती को ? क्या ही पावरबाज हैऽ। यही नाम कमायेगा। अशोक की तरह बेईमान नहीं होगा। मैं इसे पढ़ा-लिखाकर समझदार बनाऊँगा। यह उस अशोक का बाप बनेगा।"

बड़े दो लड़के अपने बाल-बच्चों को लिये घर में सोते थे। वहाँ सोने के लिए जगह न होने के कारण बूढ़ा बाहर आँगन में टाट पर सोता। उसका सबसे छोटा लड़का नामू भी अब जवान हो गया था। वह भी उसकी बगल में एक फटे कंबल पर सो जाता। बरसात में बाप-बेटे समाज मंदिर के ओसारे में ठिठुरते पड़े रहते। वे गर्मी और जाड़े

के दिनों में अपनी कुटिया के आँगन में सोते। गर्मी में उमस के कारण साँप-बिच्छू बाहर निकलते। वे नाले के किनारे घूमते-घूमते बीच-बीच में गोट-बस्ती में भी चक्कर लगाते; लेकिन बूढ़े को उनका भय नहीं था; आदमी की जात साँप से बढ़कर विषैली होती है। युवा नामू पूरे उफान पर था। उसे नींद नहीं आती थी। वह बिस्तर पर तड़पता रहता। तिलमिलाता। बात बूढ़े के ध्यान में आ जाती। वह खखारकर कहता, "बेटे, चुपचाप सो जाओ। अगर सरकार एक और प्लाट दे देती, तो एक और कुटिया बनवाते। मैं तुम्हारा विवाह कर दूँगा, पर पत्नी को लिये तू कहाँ सोयेगा। कुछ दिन सब्र कर।"

बूढ़ा दूसरे दिन उठता। राजू को गोद में लिये वह मास्टरजी के दरवाजे पर चला जाता। तिलमिलाकर कहता—

"मास्टरऽ मास्टरऽऽ, मेरे सोने जैसे जाँभली गाँव का तुमने सत्यानास कर दिया। अगर यह मालूम होता, तो जान चली जाने पर भी गाँव न छोड़ता।"

"पर सरकार खींचकर बाहर निकाल देती न ?" मास्टरजी हँसकर कहते।

"मैं अपनी दहलीज पर सिर पटककर मर जाता। यह क्या ? भिखारी बनकर झोली लिये दूसरों के दरवाजों पर घूमना ?"

"चाचा, आज कुछ विशेष बात हुई ?"

"छोटा लड़का नामू परेशान है।"

"क्यों ? क्या बात है ?"

"जवान है। लगातार ब्याह की बात करता है। चौपायों के पीछे, लड़कों के साथ, सबसे झगड़ता है। जवान हो गया है न ?"

"इसमें उसकी क्या गलती है ?"

"मैं कब कहता हूँ कि उसकी गलती है ?" पांडू बाबा को बीच में ही हँसी फूटती। उसे अपने मजे याद आते, "चढ़ती जवानी में मैंने भी यही किया था। बाप के साथ झगड़ा किया कि वह जल्दी ब्याह कर दे। बूढ़ा बदमाश और धूर्त था। उसने एक न सूनी। मैं मामा के यहाँ भाग गया। मामा की लड़की को फँसाया। हम खेत में मजे लूटते। मामा ने कहा पगले, मेरी लड़की की बेइज्जती मत कर, उसके साथ ब्याह कर ले। वहीं पर ब्याह किया और पत्नी को लिये जाँभली पहुँचा। मेरा बूढ़ा बाप हँसा। कहने लगा—दुष्ट मुझसे भी भारी निकला।"

हँसते-हँसते बूढ़े पांडू बाबा को लड़कों की, आज की दूर्दशा याद आयी। आँखें बहने लगीं। नाक-मुँह पोंछते-पोंछते बूढ़ा दीनता से मास्टरजी की ओर देखने लगा। मास्टरजी के पास दूसरा कोई उत्तर ही नहीं था। वे हमेशा की तरह कहते—अर्जी करेंगे, सरकार के साथ लड़ेंगे। बूढ़ा 'हाँ' कहकर उठता। जाते-जाते पीछे मुड़कर देखता, वह मास्टरजी को सूखी डाँट पिलाता, "अगर मेरे लड़के की जवानी व्यर्थ गयी तो मैं तुम्हें देख लूँगा। इस दुर्गति के लिए मैं तुम्हारी सरकार को जिम्मेदार मानूँगा, हाँ।"

मास्टरजी सोच में पड़ते। अगर यह बाँध न बनता, सुख से दिन बितानेवाली जाँभली

अपनी जगह पर ही रहती, तो जगह की कमी न रहती। हर एक के घर का पिछवाड़ा खुला और विस्तीर्ण था। वहाँ बहुत मकान बनवाये होते। यहाँ एक-एक ईंच के लिए झगड़ना पड़ रहा है। यहाँ की जमीन, यहाँ की हवा, यहाँ का सारा परिवेश ही बैरी हो उठा है। निराई करते समय गन्ने के पत्तों के रोंये बदन को चुभते हैं। बदन में जलन होने लगती है। रोजाना मजदूरी पर गन्ने की सिंचाई करते हुए पैर सड़ने लगते हैं। पानी की बारी दिन और रात दोनों समय चलती थी। रात में तो साँप पर पैर रखकर सिंचाई का काम करना पड़ता था। उधर मावल अंचल में, बाघजाई के कछार में अच्छा था। भारी वर्षा में धान की रोपनी करते थे। क्यारियाँ भरते थे। कटाई के दिनों की इफरात का क्या कहना ! बहेलियों के लड़कों को यहाँ पर जंगली चूहों तथा बिल्लियों पर हाथ मारना पड़ता है। उधर मावल अंचल में, पूरे जंगल का एक चौथाई भाग किसी-न-किसी रूप में लाभदायक होता था--जंगल में शहद मिलता; कटाई के समय पर गाना-बजाना होता। बैल-पोला, कालीमाई का जागर, लाडूबा का मेला, ढोल-लेजम, खंजड़ी-पपैया--आदमी के साथ-साथ सिवान भी नाच उठता, हँसने लगता। और यहाँ? आदमी, आदमी से नहीं पूछता है। सभी बातों का मोल यहाँ रुपयों में किया जाता है।

जंगली हवा से जूझने पर भी वहाँ मावल अंचल में लोग मस्ती में जीते थे। पर इधर आ जाने पर जाँभलीवालों में वह पहली मस्ती नहीं रही; बदन की चमक ही चली गयी। गदराये गाल मुरझा गये। पसलियाँ और हड्डियाँ दिखाई देने लगीं। जो बात आदमी की वही जानवरों की भी। गोट-बस्ती में ज्यादा चौपाये बचे नहीं थे। कसाई और दलालों क चारों उँगलियाँ घी में थीं। उन्होंने सभी चौपायों को कम दाम में खरीदकर अधिक दाम पर बेचा था। वे घर-घर की लक्ष्मी को उठा ले गये थे। गोट-बस्ती में चौपायों के रखरखाव के लिए सार-चरनी नहीं थी। चरागाह नहीं था। जहाँ पर किरिच भी उगता नहीं वहाँ घास कहाँ से आयेगी ? नीचे सारी गन्ने की खेती; पक्के मेंड़ बने हुए। बकरी-मेमने गलती से भी गन्ने में घुसते तो उनके पैरों में कुल्हाड़ियों के प्रहार होते। ऐसी स्थिति में चौपायों की दुर्दशा का क्या कहना !

यह गोट-बस्ती भी कैसी है ! यहाँ श्मशान भी नहीं। सुबह जल्दी उठकर लोटा लिये शौच जायेंगे तो कहीं आड़ नहीं। उधर मावल अंचल में सारा पठार हमारे ही बाप का। यहाँ नाले के किनारे, किच-किच कीचड़ में, झाड़-झंखाड़ की आड़ में किसी तरह इज्जत सँभालकर टट्टी के लिए बैठना; किसी तरह लाज ढँकना।

मास्टरजी घर में ही थे। पानी के संबंध में हीरा मास्टरनी की भुनभुन शुरू थी। भोजन कर मास्टरजी बाहर आये। देखा, समाज मंदिर के निकट कई महिलाएँ मिट्टी के घड़े लिये बहुत देर से प्रतीक्षा कर रही हैं। पूरी गोट-बस्ती में ही कोलाहल मचा हुआ है।

"कल सुबह से पानी गायब है। बहुत परेशानी हो रही है। पानी का नल बार-बार इस तरह बंद क्यों होता है ? आप जरा खैरापुरवालों से पूछिए न।" हीरा ने सुझाया।

"उनकी जल-योजना भी गड़बड़ा गयी होगी।"

"नहीं मास्टरजी।" पाँच-छः लड़के एक साथ चिल्ला उठे, "खैरापुर के लड़कों ने शरारत की होगी।" तभी, सात-आठ महिलाएँ नाले की ओर से पानी के घड़े भरकर ले आयीं। मास्टरजी ने पूछा–

"तुम पानी कहाँ से ले आयीं ?"

"नाली से।"

"वहाँ से क्यों लाती हो ? वह गंदा पानी है। उसमें कारखाने का मैल बहा देते हैं।"

"क्या करें ? बिना पानी के कैसे चल सकता है ? कम-से-कम चाय के लिए तो पानी चाहिए ही ?" दुरपदा ने कहा।

"लेकिन गंदगी ?"

"नाले की बाजू में छोटे-छोटे गढ़े बनाये गये हैं। वह पानी अच्छा रहता है।"

मास्टरजी का सिर भिन्ना गया। वे चार-पाँच लोगों को साथ लिये, झपाके से पानी की टंकी की ओर निकले। खैरापुर के पठार पर, ऊँची जगह पर, पानी की टंकी थी। मास्टरजी सीढ़ी पर चढ़े। उन्होंने भीतर झाँका। टंकी पानी से भरी हुई थी; पर जाँभली गोट-बस्ती की ओर जानेवाले नल के मुँह में गन्ने के पत्ते ठूँसकर भर दिये गये थे। पत्तों में ही लकड़ी का डाट ठोंक दिया गया था। मास्टरजी भुनभुनाये, "ये बच्चों का नहीं, सयानों का काम है।" इसी तरह गोट-बस्ती की ओर जानेवाला नल बीच-बीच में टूटता और बहता था।

मास्टरजी जल्दी-जल्दी ग्रामपरिषद के ऑफिस की ओर चले गये। उनके सिर में आग लगी थी। उन्होंने ग्रामसेवक से डाँटकर पूछा–

"साहब, आपने गोट-बस्ती की ओर जानेवाला नल कैसे रोक दिया ?"

"किसने रोका है ?"

"हमारे वाल्व का मुँह क्यों बंद है ?"

"ऐसा ?" ग्रामसेवक ने आँखें घुमायीं।

"साहब, राह चलते यात्री को भी पानी दिया जाता है। हम तो इस गाँव के लिए पानी ले आये हैं। हमारी यह दुर्दशा ?"

"चपरासी को भेजकर दुरुस्ती करा लेते हैं।" ग्रामसेवक ने कहा। वह याद दिलाते हुए बोला, "लेकिन मास्टरजी, आप अपने लोगों को पानी का कर देने के लिए कहिए न।"

"पानी-कर ? मैंने पानी-कर का पैसा-पैसा दिया है। अब और क्या देना है ?" मास्टरजी ने साफ-साफ कहा।

"आपको मालूम नहीं है ? ग्रामपरिषद ने आपका पानी-कर दुगुना कर दिया है। जाँभली के लोग बहुत पानी बहा देते हैं।"

"उल्टा चोर कोतवाल को डाँटे। आप हमें स्वतंत्र योजना दे दीजिए।"

"आप नये कलक्टर से लीजिए न ?" ग्रामसेवक ने हँसकर कहा। उसने मास्टरजी को चिढ़ाने के उद्देश्य से पूछा, "कहाँ गये आपके देशमुख साहब ?"

"ट्रेनिंग के लिए गये हैं।"

"सुना है, वे आंबेपुर लौटकर नहीं आ रहे हैं।" आँखें मिचकाकर ग्रामसेवक ने कहा।

"क्या कहा ?"

"सुना है, उनका तबादला होनेवाला है। वे वहीं से नयी जगह चले जायेंगे।"

मास्टरजी भय से काँप उठे। बिना कुछ भी कहे वे बाहर निकले। उनका मन दिनभर विपन्न रहा। वे लगातार भगवान को याद करते थे, "हे भगवान, तुम अपना देहरा छोड़कर पहली बार गरीबों की इस गोट-बस्ती में आये थे। चार दिन और रहो। तुम हमें छोड़कर क्यों जा रहे हो ?" मास्टरजी दो-तीन दिन उदास रहे। खाना भी ठीक से खाया नहीं गया।

इसी तरह कुछ दिन बीते। एक दिन सुबह पांडू येताला की कुटिया से चीख सुनायी दी। सभी कुटियों में से लोग दौड़े-दौड़े पांडू बाबा के दरवाजे पर इकट्ठा हुए। पांडू बाबा की बड़ी बहू डेढ़ बरस के अपने बेटे राजू को गोद में लिये लगातार चिल्ला रही थी। उसने चिल्ला-चिल्लाकर कोहराम मचा दिया था। उसके लाड़ले राजू को दो-तीन दिन बुखार का दौर हुआ। पांडू बाबा राजू को पूरी गोट-बस्ती में घुमाता रहता; उसे अपने नाती पर बड़ा गर्व था। वह कहता, "यह बालक बड़ा नाम कमायेगा। वह पढ़-लिखकर बड़ा होगा और मेरे खानदान को मच्छड़ तथा गन्ने की किचकिच से बाहर निकालेगा। लेकिन हुआ उल्टा ही। पता नहीं गोट-बस्ती में भिन्नानेवाले मच्छरों ने दाँव साधा या नाले के गंदे पानी ने ? बालक बुखार से लगातार कराहता रहा। उसकी माँ कंठाई से भस्म ले आयी। उसने बालक के बदन पर भस्म मल दिया। जड़ी-बूटी का रस पिलाया। पांडू बाबा ने कई बार समझाने का प्रयास किया—

"बेटी, मेरी बात सुनो। चलो, बच्चे को डाक्टर के पास ले चलते हैं।"

"इतनेभर बुखार से क्या होता है ? आज चढ़ा है तो कल उतरेगा। डाक्टर एक सूई लगायेगा और हमारे घर में पाँच रुपये का गड्ढा खोद देगा। यह हमें नहीं चाहिए।" वह पांडू बाबा की खस्ता हालत को जानती थी।

समय बदला। आज सुबह ही राजू ने दम तोड़ दिया। नाती की मृत्यु पर पांडू बाबा छाती पीट-पीटकर रोने लगा। उसे यह नन्हा-मुन्ना नाती अपने लड़कों से भी बढ़कर और प्यारा लगता था। वही खानदान की ख्याति को बढ़ानेवाला था। मास्टरजी पांडू बाबा की ओर दौड़े। उन्होंने बच्चे की तरह फूट-फूटकर रोते पांडू बाबा को गले लगाया। वे समझाने लगे—

"शांत हो जाओ, पांडू चाचा।"

"मास्टर, जो हुआ वह अच्छा हुआ।"

"यह तुम क्या कहते हो ?"

"आगे मेरा नाती जवान हो जाता; तुम्हारी सरकार अलग प्लाट न देती। हमारा खाता एक ही है न ?"

"चाचा, शांत हो जाओ।"

"मास्टर, तुम ही बताओ कैसे शांत हो जाऊँ ? बहुत अच्छा होता यदि उस लंगड़ गोविंद के साथ तभी कुएँ में जान दे देता। मास्टर, अब भी सुनो। मुझे उठाओ और बाँध के उस दह में फेंक आओ। मास्टर, मुझे अपनी मिट्टी में ही मरने दो।"

मास्टरजी ने पांडू चाचा को किसी तरह शांत किया। पडोसियों को अपना धर्म निभाना था। दफन-कार्य पूरा करना था। और पेट काटने के लिए तुरंत मजदूरी पर जाना था। समस्या यह थी कि दफन कहाँ पर किया जाय ? खैरापुर का श्मशान गोट-बस्ती से एक कोस दूर था। नाले के किनारे-किनारे, काँटों में से चलकर ही उधर जाना पड़ता था। फिर आगे नदी के किनारे-किनारे फसल में से होते हुए मेंड़ों को पार करते, आगे सँकरे रास्ते से होकर श्मशान पहुँचना। रास्ता बहुत ही कठिन था। जांभलीवालों को वहाँ तक पहुँचना पहाड़ लाँघने के समान लगता था। इस नन्हे-मुन्ने को लेकर इतनी दूर कौन जाए? एकमत से तय हुआ कि उसे नाले के उस पार मिट्टी की ओर दफनाया जाय।

जब माँ की गोद से नन्हे का शव अलग किया जा रहा था, बेचारी माँ दहाड़ मारकर रो रही थी।

छोटे पैरों पर, कुटिया के सामने दौड़नेवाला नन्हा अब ठंडा गोला बनकर चुपचाप पड़ा हुआ था। वह नन्हा एक-दो दिन की बीमारी के कारण हमेशा के लिए दूर-दूर चला गया था; कभी भी वापस न आने के लिए। बाँध के कारण उठे हुए लोगों की तरह। माँ की आँखों से आँसू रुकते नहीं थे। वात्सल्य कराह रहा था। राजू के बदन पर नये कपड़े थे। ऐसा लगता ही नहीं था कि वह मरा हुआ है। मुस्काता चेहरा नींद में खोया हुआ-सा लगता था। म्हाकू ने राजू को गोद में उठा लिया था। राजू के बाप–श्यामू से रास्ते पर चला नहीं जाता था। सब लोगों ने नाला पार किया।

उस पार गन्ने का खेत था। उसकी बगल में, नाले से सटकर चरागाह का एक छोटा-सा सँकरा टुकड़ा था। छोटी-छोटी घास उग आयी थी। कोमल, कच्ची–फुदककर चलनेवाले बालक राजू की भाँति। म्हाकू और किसनू ने वहीं पर सब्बर से गड्ढा खोदना शुरू किया। खेत में कोलाहल सुनकर बगल की बस्ती से खेत मालिक भाऊ शिंदे और उसकी पत्नी दौड़े-दौड़े आये। भाऊ शिंदे बीच में आकर गरज उठा–

"नालायको, ध्यान में रखो, बच्चे को यहाँ दफनाओगे तो ठीक नहीं होगा। मैं एक-एक की जान ले लूँगा।"

"मैं मरे हुए इस बालक को लेकर कहाँ जाऊँ ?" पांडू बाबा ने तिलमिलाकर

पूछा।

"तुम कहीं पर भी चले जाओ—नदी-नाले के किनारे पर ले जाओ या कुत्तों के आगे फेंक दो पर मैं अपने खेत में इसे दफनाने नहीं दूँगा।" शिंदे की घरवाली तमतमाते हुए बोली, "मेरे खेत में भूतों की भरमार है। उनमें इसकी भरती नहीं चाहिए।"

जाँभलीवाले जड़वत बैठे रहे। मास्टरजी नन्हे राजू की लाश को गोद में लेकर उठे। पीछे मुड़कर चलने लगे। म्हाकू ने गंभीर होकर पूछा—

"मास्टरजी, अब क्या करना होगा ?"

"नाले में ही दफना डालते हैं।" किसनू बोला। तय हुआ कि नन्हे की लाश को नाले में ही दफनाया जाय। तभी पांडू बाबा ने गिड़गिड़ाकर कहा, "नाले में दफनाना नहीं चाहिए। रेत में शव सड़कर घुल जायेगा। नल का पानी बंद रहने पर महिलायें नाले का ही पानी भरती हैं।" राजू के शव को लेकर सभी फिर से नाले के इस पार गोट-बस्ती के निकट आ गये। वहीं पर गड्ढा खोदने लगे। दादू चौकीदार के दरवाजे से गड्ढे की जगह दिखायी देती थी। मास्टरजी ने स्कूल के छोटे-छोटे बच्चों को डाँटा कि वे वहाँ से चले जायँ पर बच्चे फिर भी अगल-बगलवाली कुटियों की आड़ से देख रहे थे। बिरजू माँ से चिपककर देख रहा था। गड्ढे की खुदाई पूर्ण हुई। बालक की लाश को हल्के हाथों गड्ढे में रखा गया। किनारे की मिट्टी को नीचे धकेलकर पांडू बाबा तथा श्यामू चीख पड़े। मिट्टी की ओट में चले गये राजू को देखकर गोट-बस्ती के बालक भयभीत हुए। वे घबड़ाकर माँ-बाप से चिपक गये। बिरजू ने नकुसा से पूछा, "माँ, क्या सभी बच्चों को उनकी मृत्यु के बाद इसी तरह दफनाते हैं ?" नकुसा ने बिरजू की पीठ पर जोर से मुक्का मारकर उसे बगल में खींचा। राजू मिट्टी की ओट में चला गया। महिलाओं का दिल भर आया। दफनायी हुई जगह को लकड़बग्घे, सियार उधेड़ न दें, इसलिए गड्ढे पर कँटीली टहनियों का मुट्ठा तथा बड़े-बड़े पत्थर रख दिये गये। लोग अपने-अपने काम के लिए चले गये। राजू की मृत्यु के बाद पांडू बाबा की हँसी हमेशा के लिए लुप्त हो गयी। उसने लगभग खाना छोड़ दिया। उसका मन बेचैन हो उठता। बूढ़ा उठता और दादू चौकीदार के दरवाजे पर आ बैठता। उसे वहाँ से वह जगह दिखाई देती, जहाँ पर राजू को दफनाया गया था। वह उस जगह की ओर टकटकी लगाये बैठता। बीच में ही पागल की तरह हँसता। अपनी सफेद मूँछों को खींचता—ठीक उसी तरह जैसे नन्हा राजू खींचता था। बूढ़े की तबीयत ढलने लगी। मोटा-तगड़ा दिखायी देनेवाला बूढ़ा दुबला हो गया। सिकुड़ गया। कुछ दिनों के बाद उसका चलना-फिरना भी बंद हुआ। वह कंथरी पर ही पड़ा रहता। राजू की याद आने पर सिसकी भरता। बूढ़ा दुख के कारण भीतर से बिलकुल ही हिल गया था। अब उसकी तबीयत ठीक नहीं होगी। सब लोगों ने यह समझ लिया कि बूढ़ा अधिक दिनों का साथी नहीं है। लड़कियाँ उसे मिलने आयीं।

सूर्यास्त होने पर गोट-बस्ती के बच्चे अपनी अपनी कुटिया में भागते। कोई बताया

करता कि अँधेरे में उसे राजू का भूत दिखायी दिया। सारे बच्चे भयभीत हो जाते। समय आने पर वे पिशाब के लिए बाहर नहीं जाते; कंथरी में ही पिशाब करते। एक और बात भी थी कि किसी ने अफवाह फैलायी थी कि गोट-बस्ती के इर्द-गिर्द लकड़बग्घे घूमते रहते हैं। जब घुटनों तक ऊँचा कुत्ता चलता तो उसे बच्चे लकड़बग्घा समझ लेते। बच्चों को सपने में भी लकड़बग्घे दिखायी देते। चौड़ी धारियोंवाले, बड़े जबड़े के, मजबूत डाढ़वाले, हड्डियों के टुकड़े-टुकड़े करनेवाले भारी-भरकम लकड़बग्घे।

एक दिन वही हुआ जो होना था। घंटी हुई। स्कूल की छुट्टी हुई और इधर बूढ़ा पांडू बाबा ठंडा हो गया। उसकी बहुओं और लड़कों ने शोर मचाया। रोना सुनकर स्कूल से निकला हुआ अशोक मास्टर पांडू बाबा की कुटिया की ओर गया। वह बाप के शव पर गिरा, और ढाढ मारकर रोने लगा। नदी के उस ओर—बाजेगाँव—समाचार भेजा गया। बूढ़े की दोनों लड़कियाँ अँधेरे में नदी पार कर बाप से मिलने आयीं। उन्होंने पांडू बाबा के शव को कसकर आलिंगन दिया। उसके माथे पर कालीमाई की भभूत लगायी। शव को दरवाजे में पीढ़े पर बिठाया गया। उसके सिर पर बासा दही थोप दिया गया और इस प्रकार उसे दही-दूध से नहलाया गया। यह सारा करते-करते रात के दस बज गये। इसके बाद खेतों-मेंढों से होकर शव खैरापुर के श्मशान में कैसे ले जायेंगे ? वहाँ लकड़ी की क्या व्यवस्था होगी ? गोट-बस्ती में पर्याप्त चौपाये नहीं थे। पर्याप्त उपले कहाँ से लायेंगे ? जाँभलीवालों ने प्रेत को उठाया। जहाँ नाती को दफनाया गया था, उसी के बगल में दादा के लिए चिता रची गयी। चिता के लिए लकड़ी की कमी थी। चिता किसी तरह जल रही थी। चिता के अगल-बगल में सगे-संबंधी, भाई-बिरादरी के लोग बैठे थे। उन्हीं में अशोक का ससुर—आबाजी मास्टर भी बैठा हुआ था। चिता का दहकता हुआ लाल उजियाला पूरी गोट-बस्ती पर, उस पार 'बीठलाई के आम' तक फैल गया था। लकड़ी को थोड़ा-थोड़ा और बचा-बचाकर जलाते हुए मास्टरजी तथा उनके साथी बड़ी भोर तक चिता के पास बैठे रहे। बच्चे घबड़ाकर माँ से चिपके हुए थे। हैबती का लड़का सदाशिव आवडाई के बदन से छिपकली की भाँति चिपक गया था।

बंडू नाई तथा शिवा चमार शराब के नशे में ही चिता के निकट बैठे थे। भोर हो गयी। शव लगभग जल गया और एक-एक कर, सभी लोग उठकर चलने लगे। अशोक भी उठा। उसके साथ उसका ससुर आबाजी मास्टर था। वह अशोक को साथ लेकर खैरापुर की ओर निकला। अशोक के अन्य भाई, बहनें उसकी ओर दीनता से देख रहे थे। ज्ञानू दर्जी बीच में ही बड़ी आवाज में बोला, "अशोक मास्टर, बाप की मृत्यु के दिन पर तो उसकी कुटिया में रहो। देखो जरा गोट-बस्ती का जीवन कैसा है ?" अशोक ने पीछे की ओर देखा। आबाजी मास्टर उसके कंधे पर हाथ रखकर, उसे आगे-आगे ले चला। अन्त्य-संस्कार का पूरा कार्य समाप्त करने के बाद, मास्टरजी ने गोट-बस्ती के नल पर ही स्नान किया। उनके बदन में कँपकँपी थी। वे गीले तौलिये के साथ ही

घर में आये। इसके पहले हीरा मास्टरनी कभी चिढ़कर नहीं बोली थी। आज उसने लगभग डाँटते हुए कहा, "आग लग जाय आपकी नेतागिरी में। आप इतने दिन से नेता बने घूमते हैं, और गोट-बस्ती के लिए मामूली-सा श्मशान भी न मिले ?"

तीन

जाँभली-गोट-बस्ती में रिश्तेदार आते नहीं थे। बाँधपीड़ितों के रिश्तेदार कहलवाने में भी लोगों को हिचक होती थी। कोई बाँधपीड़ित घर पर आ जाता तो लोग उसे तुरंत टरका देते थे। व्यर्थ ही उधार देने का संकट आ जाएगा, लेकिन पिछले चार दिनों में गोट-बस्ती में दो अतिथि आये हुए थे। एक दिगू अण्णा बामन और दूसरा सुभानजी। दिगू अण्णा जैसे ही गोट-बस्ती में आया, सभी खुश हुए। पाँच-छह वर्षों के बाद आया था दिगू अण्णा। जाँभलीवाले उसकी भेंट पर खुश थे। वह दौलू-हरि के घर पर ही रुका हुआ था। उसे गोट-बस्ती की टूटी-फूटी झोंपड़ियों में मेहनती दौलू का घर अच्छा दिखाई दिया।

गोट-बस्ती के लोग दिगू अण्णा को लगभग भूल गये थे। सभी लोग आजीविका जुटाने में व्यस्त थे। ब्राह्मण आदमी की जरूरत विवाह समारोह, गृहप्रवेश तथा पर्व-त्यौहार पर ही होती है, पर अब गोट-बस्ती में इनमें से कुछ भी हो नहीं पाता था। किसी का ब्याह तय होता तो वह भी दूसरे गाँव के बाँधपीड़ित की लड़की के साथ ही। किसी पुराने मंदिर में ब्याह की रस्म पूरी कर ली जाती। चंपा के फूलों से ही काम चला लिया जाता। देव मूर्तियाँ ही जगह पर नहीं थीं, मेले-ठेले कैसे होते ? दिगू अण्णा का कालीमाई पर भरोसा था, पर सब उल्टा हुआ। कालीमाई ही पानी में डूब गयी। जब से जाँभली गाँव उठ गया तभी से काकी तथा दिगू अण्णा सीधे पुणे चले गये और वहीं पर रहने लगे। पढ़ी-लिखी बहू का नाज-नखरा कुछ और ही था। वह सास-ससुर को डाँटती-फटकारती, बार-बार नाक-भौंह सिकोड़ती, और कभी-कभी मुँह फुलाये बैठती। दिगू अण्णा और काकी के लिए दूसरा उपाय भी क्या था ? कहाँ पर रहेंगे ?

पिछले सप्ताह में अण्णा का उसकी बहू से मामूली बात पर झगड़ा हुआ। दिगू अण्णा मन में चिढ़े हुए थे। जाँभली गाँव में उन्हें कितना सम्मान मिलता है। पुणे में बहू की डाँट-फटकार सुनने से बेहतर यही है कि अपनी गोट-बस्ती में जाकर बसा जाय; लेकिन उन्होंने अपनी इस इच्छा को प्रकट नहीं किया। स्वयं काकी को भी इस बात का पता लगने नहीं दिया। दिगू अण्णा ने सोचा कि गोट-बस्ती को प्रत्यक्ष देख लिया जाय, वहाँ पर सात-आठ दिन रह लिया जाय, और बाद में ही निर्णय कर लिया जाय। इसी उद्देश्य से दिगू अण्णा गोट-बस्ती में आये हुए थे। बहुत दिनों के बाद गाँववालों से भेंट हुई थी। अण्णा का मन भी भर आया। रात, दौलू-हरि के दरवाजे पर आधी गोट-बस्ती जमा होती। देर तक गप्पें चलती रहतीं।

आवडाई की मड़ैया में तो खुशी ही खुशी थी। उसका लाड़ला भाई सुभानजी बहुत दिनों के बाद आया हुआ था। अब उसको लौटने की जल्दी नहीं थी। चार महीनों पहले ही वह रिटायर्ड हुआ था। बंबई की नौकरी समाप्त हुई और उसे अपने खेत-खलिहान की चिंता सताने लगी। पूरी जिंदगी बंबई में बीत गयी थी। शायद इसीलिए झाँजड़बाड़ी का नाम लेते ही सुभानजी का मन खिल उठता। वह सब लोगों से हमेशा कहता रहता, "आदमी जन्म लेकर कहीं पर भी पले-बढ़े पर उसकी मृत्यु अपने ही गाँव में होनी चाहिए। जहाँ जन्म लिया जाता है वहीं पर मरने से बढ़कर दूसरा कोई सुख नहीं।" झाँजड़बाड़ी लौटने के बाद वह तीन महीनों तक बाहर गया ही नहीं। नीचेवाले खेत सब पानी में चले गये थे; फिर भी वह बचे हुए बंजर पठार के खेतों से ममता लगाये हुए था। वह खेत-खलिहान में मेहनत कर रहा था। सालू भाभी उसे काम करने नहीं देती थी। वह थोड़ी देर के लिए रुकता पर उसे काम किये बिना चैन नहीं पड़ती थी। बचपन में चौपायों को चराते समय वह पहाड़ की जिन जगहों तथा खोंहों से परिचित था, शीतल छाया के लिए जिन पेड़ों के नीचे बैठता था, जहाँ पर सुटूर का खेल खेलता था, उन सबको कौतुहल से देखता। वहाँ पर यों ही घूमता था।

इस बाँध ने बहुत परेशान किया। इसने किसी को हमेशा के लिए शिकंजे में डालकर कभी हल न होनेवाली समस्याओं में फँसा दिया, तो किसी को उल्टे-सीधे झंझटों में डाल दिया। गुणवंत तथा कुशाराजा पानी के घेरे से बहुत परेशान थे, ऊबे हुए थे। ऊपर पहाड़ी भाग की वह भारी वर्षा। वर्षा में होनेवाली वह दुर्दशा ! अपर्याप्त खेती और रास्ते एवं यातायात के साधनों के अभाव में बनी हुई जिच–इन सभी यातनाओं से वे ऊब गये थे। वे बाड़ी-बस्तियों का संपूर्ण पुनर्वास चाहते थे। उन्हें निचले लाभक्षेत्र का आकर्षण था। पर सुभानजी को झाँझड़बाड़ी जैसी भी थी, प्यारी लगती थी।

सुभानजी जब भी आवडाई के घर आता, आश्लेषा की मधुर बौछार की तरह लगता। आवडाई जब जाँभली में रहती तब भी और जब से खैरापुर की गोट-बस्ती में चली आयी तब भी, वह बहन के लिए बहुत सारी चीजें ले आता–किस चीज को छोड़ा जाय ? पर बहन को लगता वह कुछ भी न लाये। सिर्फ ममता और स्नेह ले आये। उसके कलेजे के टुकड़े गुणवंत को ही सुभानजी ने अपने हृदय में स्थान दिया था। आवडाई को इससे बढ़कर और क्या चाहिए ? पर सुभानजी सबके लिए कपड़े ले ही आया। उसने आते-आते बाघेठाण के बाजार से हैबती के लड़के सदाशिव के लिए चाँदी की करधनी खरीदी। सदाशिव नये कपड़े पहनकर, मड़ैया के इर्द-गिर्द हँसते-कूदते खेल रहा था। सुभानजी के आने पर पूरी मड़ैया में उत्साह की लहर दौड़ी थी। शाम हुई। भाई-बहन गप्पें छाँटते दरवाजे पर बैठे हुए थे। तभी खेत की ओर से घूमकर आता हुआ पंढरी पाटील दिखायी दिया। आवडाई ने पाटील को हाँक लगाई। पाटील आया, सुभानजी के पास बैठ गया। गप्पें चलने लगीं। आवडाई ने जल्दी-जल्दी चाय बनायी, इतने में म्हाकू भी आया; गप्पों में रंग चढ़ गया।

आवडाई के मन में पंढरी पाटील के प्रति आत्मीयता थी। क्यों न होगी ? खैरापुर वाले दूसरे लोग जाँभलीवालों से जानी दुश्मनी रखते थे। जाँभलीवालों से बैरी-सा व्यवहार करते थे। खैरापुर में बाँधपीड़ितों के प्रति आत्मीयता रखनेवाले जो पाँच-छह लोग थे, पंढरी पाटील उन्हीं में से एक था। खैरापुर के अन्य लोगों की धारणा हो गयी थी कि पंढरी पाटील बाँधपीड़ितों के ज्यादा लाड़ लड़ाता है, उनको उन्मत्त कर देता है, पर पंढरी पाटील को किसी बात की परवाह नहीं थी।

"क्यों आवडा बहन, तुम्हारी जमीन का मामला हल हुआ या नहीं ?" पंढरी पाटील ने पूछा।

"क्यों नहीं हल होगा ? वह राघू भिवा दीवानी में चला गया, पर हमारे देशमुख साहब ने सरकारी वकील को कोर्ट में भेज दिया। फैसला मेरे पक्ष में हुआ। खाते पर नाम चढ़ाकर खसरा लिये पटवारी स्वयं मेरे दरवाजे पर चला आया। जब तक यह कलक्टर है, हमें किसी बात की चिन्ता नहीं, हम स्वर्ग पर भी बंदनवार बाँध देंगे।"

"लेकिन राघू भिवा को यह बात चुभती है कि उसकी जमीन चली गयी है। जानती हो, अब वह गाँव में क्या कहता फिरता है ?" पंढरी पाटील ने पूछा।

"क्या कहता है वह ?"

"कहता है कि हमारा कोई झगड़ा ही नहीं था। खैरमोडे मास्टर लोगों को व्यर्थ में ही लड़ाते हैं, आग में घी डालते हैं। राघू भिवा अब तुम्हारा खेत बँटाई पर चाहता है। वह उसमें गन्ने की फसल लेना चाहता है। कहता है कि बूढ़ी से यह सब नहीं निभेगा।"

"उसने मेरे पास भी दो आदमियों द्वारा संदेशा भिजवाया था, पर मैं उस दुष्ट को जमीन में पैर रखने नहीं दूँगी। वह साँप अगर एक बार खेत में घुसेगा तो उसका बाहर निकलना मुश्किल है, खेत उसे देकर हम क्या खायेंगे ?" आवडाई पूछने लगी।

"मार्के की बात कही तुमने। वह राघो साँप-जैसा है। वह बँटाई पर खेत लेगा। पानी में रहनेवाले साँप की-सी उसकी चाल है। वह काला साँप पत्थरों में, सेंवार में मुँह छिपाये भोला बना बैठता है, पर ज्यों ही समय आता है, वह झट से मेंढ़की को जबड़े में पकड़ लेता है, फाड़कर उसको चट कर जाता है। राघो वैसा ही है, पता ही नहीं चलेगा कि यह कब धोखा देगा।"

गप्पें चल रही थीं। म्हाकू ने कहा—

"बहन, दिगू अण्णा कल सुबह पुणे जा रहा है, पता है न ?"

"क्यों, इतनी जल्दी ?"

"वह यहाँ कैसे रहेगा ? उसे दो दिन अच्छा लगा, पर अब वह परेशान हुआ है। कहता है यहाँ का पानी अच्छा नहीं। कल रात उसे मच्छरों ने बहुत परेशान किया। उसे हमारी तरह आदत कहाँ है, मुँह पर फुंसियाँ निकल आयी हैं। सुना है, वह अपना खेत दौलू हरि को बेच रहा है।"

"अच्छा, तो यह बात है ?"

दिगू अण्णा को जल्दी थी। उसे पहली बस से निकलना था। बूढ़ा दिगू अण्णा हर एक से मिल रहा था, जाँभली के लोग भी उसके पास अटके हुए थे। भले ही टूटा-फूटा गाँव हो, दीन-दुखी लोग हों पर थे तो दिगू अण्णा के ही गाँव के। दिगू अण्णा आवडाई के दरवाजे पर आया, उसने हाँक दी–

"आवडाई, अब मैं चलता हूँ।"

"अण्णा, आप इतनी जल्दी थक गये ?"

"पत्नी बाट जोहती होगी पुणे में।"

"आप तो बहू से परेशान होकर, हमेशा के लिए यहाँ आये थे न ?"

"देख ली तुम्हारी गोट-बस्ती ! बहू हुई तो क्या हुआ ? आखिर वह अपनी ही है न ? पूरे गाँव के जूते खाने से बहू की डाँट-फटकार भली। समझ में नहीं आता आप इस दलदल में कैसे रहते हैं ?"

"अण्णा, आप यहाँ की हालत देखने बरसात के दिनों में आ जाइए।" आवडाई ने हँसकर कहा।

"इन दिनों में ही मेरे छक्के छूट गये, बरसात में बुलाकर क्या मारने का विचार है ?"

दिगू अण्णा की जमीन दौलू हरि बँटाई पर करता था। अण्णा ने अपनी जमीन उसको बेच दी। अब गाँव में उसका कुछ भी नहीं बचा। रिक्तता की इस भावना से अण्णा का दिल भर आया। उसको विदा करने पूरा गाँव 'बीठलाई के आम' तक गया। दिगू अण्णा वहाँ खड़ा रहा। उसका दिल भर आया था। उसने सबको गले लगाया। वह उपरने से आँखें पोंछकर बोला–

"पगलो, तुम लोगों ने यह क्या किया ? खुद मजदूर बन खटते रहे। स्वयं अपने लिए ही कब्र बनवायी। मैंने कहा था न यह बाँध मत बनाओ।"

दिगू अण्णा का बाल-सखा–बूढ़ा जालिंदर–आगे बढ़ा। दोनों एक-दूसरे के गले लगे। भरी हुई आवाज में जालिंदर ने पूछा, "दिगू गोट-बस्ती फिर कब लौटोगे रे ?"

"आऊँगा, जीवित रहा तो कभी आ जाऊँगा।" दिगू अण्णा ने सबकी ओर देखकर कहा, "पुणे आने पर मेरे यहाँ जरूर आ जाना। मैं स्वारगेट के बिलकुल निकट ही रहता हूँ। मैंने दौलू को पता दिया है।"

दौलू हरि, दिगू अण्णा की थैली लिये बस अड्डे तक पहुँचाने गया। दिगू अण्णा के चले जाने से व्याकुल हुए लोग बस्ती की ओर लौटे। आवडाई के साथ सुभानजी को भी खेत में जाना था। उसे अपनी बहन की परिश्रमशीलता पर बड़ा गर्व था। इसलिए वह बहन की खेती को आँखभर देखना चाहता था।

आज धूप ज्यादा ही कड़ी थी। खेत में हल चल रहा था। सुभानजी हल को देख रहा था। बीच में, दो बार उसे लगा कि उसका मुँह सूख गया है। उसने आवडाई से पानी माँग लिया। मटके का ठंडा पानी पीने के बाद उसका जी ठंडा हो गया। वह एक

जगह पर बैठना ही नहीं चाहता था। सुभानजी फिर से उठा, वह मेंड़ों पर घूम आया। धूप के कारण बदन में तल्खी हो गयी थी। उसके सीने में यकायक दर्द हुआ और वह मेंड़ से नीचे गिर गया। यह देख, आवडाई हाथ का काम छोड़, आगे बढ़ी। वह घबड़ायी। उसने बाहुओं को पकड़कर सुभानजी को उठाया। दौलू हरि ने हल को बीच में ही रोक दिया। "भाई सुभाना, कुछ तकलीफ हो रही है तुम्हें ?" आवडाई घबड़ाकर पूछने लगी। सुभानजी ने फिर एक बार लोटा-भर पानी पी लिया। "दौलू भाईजी, आप जल्दी-जल्दी जाइए और कहीं से गाड़ी ले आइए।" कहकर आवडाई ने अपने आँचल से सुभानजी का पसीना पोंछा। आँचल से ही हवा करते हुए उसने पूछा—

"सुभानजी, क्या तकलीफ है रे ?"

"कुछ नहीं, सीने में जरा सूई की-सी चुभन हो रही है।" सुभानजी की साँस फूलने लगी थी। उस हालत में भी हँसकर उसने कहा, "आवडा, मेरी सौगंध है, अगर मेरा कुछ भला-बुरा हो जाय, तो मेरे शव को मेरी झाँजड़बाड़ी में ले चलना। मुझे अपने गाँव की मिट्टी में ही घुल-मिल जाने दो।"

यह देखकर कि सुभानजी मृत्यु के संबंध में कह रहा है, आवडाई रोने लगी। उसने कहा, "ऐसी अशुभ बात मत करो, तुम मुझसे छोटे हो। तुम भला मुझसे पहले क्यों मरने लगे ? आराम से अपने बेटे के पास चले जाना।" बगल में ही पंढरी पाटील के खलिहान पर खाली बैलगाड़ी थी। दौलू ने उसमें बैलों को जोत दिया। सुभानजी को गाड़ी में लिटाकर वह गाड़ी जल्दी-जल्दी खैरापुर की ओर हाँकने लगा। गाड़ी खैरापुर के अस्पताल तक पहुँची। गाड़ी के हिचकोलों के कारण सुभानजी पसीने से तर-ब-तर हुआ था। उसे उठाकर अस्पताल में लाया गया। डाक्टर ने इलाज शुरू किया। सुभानजी की बीमारी के समाचार को सुन गोट-बस्ती के लोग अस्पताल की ओर दौड़े। आवडाई लगातार रो रही थी—प्यारा भैया अतिथि बनकर यहाँ आया, और उस पर यहाँ यह संकट आ गया। हे भगवान, अब क्या होगा ? फूलवंती आवडाई को समझा रही थी।

कमरे में बढ़ती हुई भीड़ को देखकर डाक्टर शिकायतभरे स्वर में चिल्लाये, "चलोऽ हटोऽऽ, यहाँ भीड़ मत करो। पेशन्ट को रेस्ट करने दो।" सलाईन, औषधि दी गयी। डाक्टर बाहर आये, उन्होंने कमरे का दरवाजा बंद किया। ऐसे पेशन्ट को बैलगाड़ी में लिटाकर कौन ले आया ?—क्रोध में आकर डाक्टर ने पूछा। उन्होंने सूचना दी कि पेशन्ट को दो घंटों तक आराम से सोने दिया जाय। तब तक फूलवंती जल्दी-जल्दी गोट-बस्ती चली गयी। वह सुभानजी के लिए लपसी बनाकर ले आयी। दो घंटों के बाद दरवाजा खोला गया। आवडाई तथा मास्टरजी डाक्टर के साथ भीतर गये। सुभानजी चुपचाप सोया हुआ था। छोटी आँखें ऊपर छत की ओर देख रही थीं। जरा-सी भी हलचल नहीं। इसे क्या समझ लिया जाय ? चार हाँकें लगाने पर भी आवाज नहीं। गोरी देह पीली-पीली दिखाई देने लगी थी। बदन में टेरेलीन की कमीज और कमर में धोती वैसी ही शान में थी जैसे रोज रहती थी। बायें पैर से कोल्हापुरी चप्पल गिर गयी थी। यह समझ में

ही नहीं आया कि कब और कैसे यह दुखद घटना हुई। जैसे हवा के झोंके के साथ घास का बारीक बीज बिना दिखाई दिये उड़ जाता है, वैसे ही सुभानजी के प्राण देह को छोड़कर चले गये थे।

आवडाई जोर से चीख पड़ी। चीख सुनकर नर्सें दौड़ीं। वे आँखें तरेरकर डाँटने लगीं कि यह घर नहीं अस्पताल है। आवडाई मुँह में आँचल का डाट ठूँसकर सिसकियों पर सिसकियाँ लेने लगी। वह खुलकर रो भी नहीं सकती थी। सबकी आँखें भर आयीं। सुभानजी ने बाघजाई कछार के कई लोगों को बंबई में नौकरी दिलवाई थी। फूलवंती लगातार रो रही थी। सदाशिव सकपका गया था।

मास्टरजी ने आँखें पोंछीं। अब आगे का कार्य पूरा करना था। उन्होंने डाक्टर से पूछा–

"साहब, अब हम निकलें ?"

"ऐसे कैसे निकलेंगे ? पोस्टमार्टम करना पड़ेगा न।"

"पोस्टमार्टम ? --अच्छा, जल्दी-जल्दी कीजिए।"

"यहाँ पर वह सुविधा नहीं है। आप गाड़ी कर लीजिए। शव को बाघेठाण के सरकारी अस्पताल में ले जाना पड़ेगा।"

मास्टरजी दुविधा में पड़ गये। बूढ़ा जालिंदर आँखें छोटी कर बोला, "डाक्टर, यह पोस्टमार्टम का झंझट किसलिए ? हमारा सोने जैसा आदमी चला गया, बैलों की तरह उसकी चीरफाड़ किसलिए ? क्या चीरफाड़ कर वह जीवित होगा ? चीर फाड़कर उसे टाँकेंगे ही न ?"

"वाहऽऽ ! बिना पोस्टमार्टम के शव ले जाने पर कल कोई शिकायत भी हो सकती है। क्या हमें नौकरी से निकालना चाहते हैं ?" साहब गरम होकर बोले।

मास्टरजी ने आवडाई के कान में कुछ कहा। वे गाड़ी के संबंध में पूछताछ करने के लिए जाने लगे। खैरापुर में टैक्सी नहीं थी। आवडाई ने सिसकियाँ लेकर कहा–

"कहाँ-कहाँ दौड़ाओगे मेरे प्यारे भैया को ?"

"बाघेठाण से फाड़कर लाना होगा न ?"

"नहीं मास्टरजी, उसे कहाँ से , कैसे वापस ले आओगे ? उसकी अंतिम इच्छा थी, उसे झाँजड़बाड़ी में ही पहुँचना चाहिए। अगर नहीं पहुँचायेंगे तो गुणवंत क्या कहेगा? मैं सालू को क्या मुँह दिखाऊँगी ?"

इतने में दूसरा गंभीर पेशंट आ गया। दौलू तथा शिवा चमार ने सुभानजी के शव को बाहर निकालकर बरामदे में रख दिया। गोट-बस्ती के सारे लोग शव के अगल-बगल में बाट जोहते रहे। आवडा तथा फूलवंती सिसकियों पर सिसकियाँ ले रहीं थीं। मास्टरजी ने बाघेठाण को फोन कर टैक्सी मँगाई थी। डेढ़ घंटा हो गया पर अभी भी टैक्सी का पता नहीं था। बाहर बिजली के खंभे के नीचे म्हाकू खड़ा था। वह घड़ी की ओर देखकर किसनू से बोला–

"रात के दस बज गये। बापू के प्राण चार से पहले गये होंगे। इस समय पर ही पाँच-छह घंटे हुए। अभी पोस्टमार्टेम होना बाकी है। ऐसी हालत में शव को झाँजड़बाड़ी ले जाकर उसकी दुर्दशा क्यों करें ? बाघेठाण में फाड़ देने के बाद उसे गोट-बस्ती में ही लाकर जला देंगे।"

"आवडा बहन नहीं सुनेगी, मुर्दे को आखिर तक पहुँचाना ही होगा।" बगल में बैठे मास्टरजी बोले।

"अपने गाँव की मिट्टी में ही मिलने की उसकी इच्छा थी। दूसरा क्या किया जा सकता है ?" किसनू ने कहा।

"किसनू तुम ठीक कहते हो, पर इसी समय छह घंटे बीत गये। मुर्दे को टैक्सी में बाघेठाण ले जाना, वहाँ चीरफाड़ में चार घंटे लगेंगे, वहाँ से कोलोनी पहुँचने में डेढ़ घंटा, फिर उस लांच के लिए डेढ़ घंटा, कितने घंटे हुए ? कम-से-कम बारह घंटे लगेंगे झाँजड़बाड़ी पहुँचते-पहुँचते। उसके बाद जलेगा मुर्दा। जानते हो कितना समय लगेगा?"

किसनू तथा मास्टरजी भी चुप बैठे। पर म्हाकू चुलबुला रहा था। रात ग्यारह बजे टैक्सी आयी । मुर्दे को पीछे की ओर रखा गया। दौलू हरि, वहीं किनारे पर बैठा। बगल में ही, किसी तरह फूलवंती बैठी। ड्राइवर के निकटवाली जगह पर म्हाकू बैठा। आवडाई को भी लगे हाथों निकलना था, पर म्हाकू ने ही मास्टरजी के कान में कहा। शंका है, लांच शुरु होगी या नहीं, आवडाई मुर्दे के साथ दस कोस कैसे दौड़ पायेगी ?"

"दो दिन के बाद साथ में ही निकलेंगे।" मास्टरजी ने उसे समझाया। "चलिए, अब चलिए" सभी लोगों ने कहा, पर ड्राइवर गाड़ी स्टार्ट नहीं कर रहा था। आवडाई ने झट से बटुए में से नोट निकाले। टैक्सीवाले ने जितने थे उतने साढ़े तीन सौ रुपये रख लिए। "भाई सुभाना, ये रुपये तुम्हारे ही हैं रेऽऽ।", आवडाई फिर से रोने लगी।

रात लगभग एक बजे, टैक्सी बाघेठाण के सरकारी अस्पताल में आयी। अस्पताल में पूरा सन्नाटा था। डाक्टर लोग सोने गये हुए थे। डयूटी पर जो नर्सें थीं वे झपकियाँ ले रही थीं। पूछे गये प्रश्नों के ठीक उत्तर नहीं मिल पा रहे थे। ड्राइवर ने भी जल्दी मचायी थी। वही आगे बढ़कर सबसे पूछ रहा था। उसे लग रहा था कि इस गंदे किराये के काम से जल्द से जल्द मुक्त हो लिया जाय। बहुत पूछताछ की। अंत में उत्तर मिला--अभी, इस समय पोस्टमार्टेम नहीं होगा। सुबह ही देखा जायेगा। पहले से ही एक शव आकर दाखिल हुआ है। मृत्यु के दरवाजे पर भी कतार लगी हुई थी। चुलबुलाकर कुछ भी लाभ मिलनेवाला नहीं था। सब लोग सिकुड़कर, अकड़कर बैठे हुए थे। हे भगवान, यह भयंकर रात कब समाप्त होगी ? फूलवंती बहुत बैचेन थी--यह चीरफाड़ का काम अभी होता तो बड़ी भोर निकलनेवाली पहली लांच तो मिल जाती। भगवान, जल्दी कर, मेरे मामाजी की चिता में बाल-बच्चों का स्पर्श हो जाय, बाल-बच्चों को मेरे मामाजी के दर्शन हो जायें।

डाक्टरों ने सुबह आठ बजे पहला शव हाथ में लिया। लगभग दस बजे सुभानजी

का नंबर आया। नर्सें तथा सफेद साड़ीवाली दो मोटी महिलाएँ आगे बढ़ीं। ऐसा लगता था कि इन सबको इसी काम की आदत पड़ी हुई थी। उन्होंने झट से बापू के कपड़ों को निकाला। बापू का बदन फूल गया था। पेट नगाड़े-सा हो रहा था। उसके सर्वांग को पीले रंग का तेल मल दिया गया। जिस प्रकार ढोर चमड़ी को छीलता है, उसी प्रकार सुभानजी की देह को फाड़ दिया गया। जगह-जगह दरारें की गयीं। गाल की हड्डियों को काटा गया। छाती के पिंजड़े के पास एक बड़ा छेद किया गया। डाक्टर ने अपनी कलाई भीतर डाल दी। बापू के हृदय को निकाला। हृदय को अच्छी तरह उलट-पुलट कर देखा। क्षणभर डाक्टर भी निर्मम लगा—लाभक्षेत्र के जमींदारों की तरह। आखिर देह को फाड़ने की क्रिया पूर्ण हुई। जगह-जगह पर रूई भर दी गयी। सफेद साड़ीवाली मोटी बूढ़ियाँ उधेड़ी हुई देह को मोटे धागों से जोड़ने लगीं, सूजे के-से टाँकों से टाँकने लगीं। कागज-पत्र और बाकी औपचारिकताएँ पूर्ण हुईं और ग्यारह बजे मुर्दा हाथ में आ गया। तब तक प्रतीक्षा कर थका हुआ ड्राइवर अपने बाघेठाण के घर पर भोजन के लिए चला गया। साढ़े ग्यारह टैक्सी स्टार्ट हुई। सुभानजी की अकड़ी हुई, सरल देह को पिछली सीट पर रखा गया। मुर्दा नीचे ढह न पड़े, इसलिए फूलवंती ने असुविधा में बैठकर मुर्दे को पकड़ रखा था। टैक्सी टेढ़े-मेढ़े रास्ते पर मुड़ती हुई आगे बढ़ने का प्रयत्न कर रहीं थी, पर गड्ढों से भरे हुए रास्ते पर पहिए जल्दी-जल्दी आगे बढ़ नहीं रहे थे।

ड्राइवर को किसी बात की चिंता नहीं थी। उसने आधा रास्ता पार करने के बाद नाके पर एक होटल के पास टैक्सी रोक दी। भीतर जाकर गरम पकौड़ी और तीखी चाट खा ली। वह चाय पीकर लौटा और स्टीअरिंग पर बैठ गया। टैक्सी में जितने भी लोग बैठे थे, उन्होंने कल शाम को भोजन किया था। सुबह का, नल का पानी और प्यालीभर चाय—इतनी ही सामग्री पेट में थी। सबके प्राण व्याकुल हो उठे थे। मुर्दे के शरीर से आनेवाली औषधि की गंध अब कम होने लगी थी। फूलवंती को अब एक अलग ही गंध का एहसास होने लगा था। मुर्दा जैसे ही तनकर सख्त होने लगा, फूलवंती घबड़ायी। अगर बीच में ही पेट का नगाड़ा फूट जायेगा तो ? उसका कलेजा भय से काँपने लगा। दौलू हरि ने म्हाकू से कहा—

"मुर्दा समय पर बाड़ी में न पहुँचने पर मुसीबत खड़ी होगी।"

"डेढ़-दो बजे तक कालोनी पर पहुँचेंगे, वहाँ से लांच पर चलने से अधिक-से-अधिक दो घंटे लगेंगे। शाम चिता जलायेंगे और मुक्त हो जायेंगे।"

ड्राइवर की ओर देखकर दौलू हरि ने कहा, "अजी चलिए न जल्दी-जल्दी।"

"मैं क्या हजामत बना रहा हूँ ? चल ही तो रहा हूँ।" ड्राइवर गुर्राया।

म्हाकू तथा दौलू हरि दोनों का दिल दहल उठा। सुभानजी जाबर को मरे लगभग बीस-इक्कीस घंटे हो चुके थे। मुर्दे की सड़ियल गंध आने लगी। बात डाइवर के भी ध्यान में आ गयी। अगर गाड़ी में मुर्दा गल जाय तो ? सीट खराब हो जायगी ? ड्राइवर

ने एक्सीलेटर पर पैरों को दबाया। स्टेअरिंग दबाकर नजर रास्ते पर रखी, गाड़ी अब पूरे वेग पर थी। रुकती, हिचकोले लेती, धूल से सनी टैक्सी लगभग डेढ़ बजे कॉलोनी पर पहुँची।

चार

हैबती दिनभर कॉलोनी पर ऑफिस में काम करता था। वह अस्थायी चपरासी था। रास्ते के कंकड़ के समान उसकी हालत थी। कोई भी आये और सहजता से पैरों के नीचे दबा दे। उसे आफिस में झाड़ू लगाने से लेकर संडास की सफाई तक सब काम करने पड़ते थे; नहीं, ब्रेक की तलवार टँगी हुई थी। चूँकि थोड़ी-सी फुरसत मिली थी, वह रेस्ट हाउस के बाहर चबूतरे पर बैठकर तंबाकू मल रहा था। नीचे से साँवलेराम आया। दोनों में चूने की डिबिया का लेन-देन शुरू हुआ। जब से धोंडू तथा खैरापुर के अन्य ऊधमियों ने उसे खैरापुर से भगाया था, साँवलेराम घबड़ा गया था। अपना सिवान ही अच्छा है, साँवलेराम अपने जाँभलीवाले भाई के आसरे आया था। वह भाई की बकरियों को ऊपर पहाड़ में ले जाकर, चरा ले आता। जिंदगी की गाड़ी किसी तरह चल रही थी। हैबती के बदन पर नये कपड़े थे—नाइलोन की कमीज तथा सफेद बढ़िया कपड़े का पाजामा। सुभानजी गुणवंत के लिए बंबई से कपड़े ले आया था। गुणवंत ने अपने लाड़ले भाई को उन्हीं में से कपड़े दिये थे। कपड़े गले में और बाहुओं में गंदे हो गये थे; फिर भी हैबती ने बड़ी चाह और रुचि से उन्हें पहन रखा था। मुँह में तम्बाकू की चुटकी डालते समय भी हैबती के दिमाग में सुभानजी की ही बात चल रही थी। वह साँवलेराम के सामने सुभानजी की प्रशंसा कर रहा था। वह उससे पूछ रहा था कि क्या यह बात किसी को सही नहीं लग सकती है कि गुणवंत सुभानजी का गोद लिया हुआ लड़का है ? तभी नीचे की ओर से एक लड़का हाँफते-हाँफते आया। वह दूर से ही चिल्लाकर कहने लगा—

"हैबो भैयाऽ लाश आयी है लाशऽऽ।"

"किसकी लाश रे ?"

"तुम्हारे बंबई वाले सुभानजी की..."

डाढ़ तले रखे हुए तम्बाकू का नशा मगज तक पहुँचा। उसे लगा, कमर ही टूट गयी है। वह नीचे बैठ गया। साँवलेराम भी हड़बड़ा गया। उसने हैबती को धीरज दिया, "पागल मत बनो, चलो देखते हैं क्या सही है ?" हैबती उठा। दोनों नदी की ओर चकई की तरह दौड़ पड़े। नीचे की ओर से सफेद-काली धारीवाली एक टैक्सी आयी और बाघेठाण की ओर चली गयी। हैबती का दिल मचलने लगा। वह दौड़कर लांच के अड्डे पर पहुँचा। देखता क्या है कि आदमियों के मुहासरे में पाँच फीट की एक देह तनकर

पड़ी हुई है; मानो सागौन का सीधा तना ही जमीन पर आड़ा पड़ा हुआ हो। बदन पर, मैली-सी चद्दर ओढ़ी हुई, चारों ओर मक्खियाँ भिन्ना रही हैं, जरा दुर्गन्ध भी आ रही है।

"मेरे बापू !" हैबती चीख पड़ा। माथे की चद्दर हटायी। सुभानजी के चेहरे की कांति—सब-की-सब समाप्त हो गयी थी, ठीक उसी प्रकार, जैसे सजी-धजी गुड़िया को बच्चों ने अस्त-व्यस्त कर दिया हो। गोबर से पोती हुई जमीन जिस प्रकार फूल उठती है, सुभानजी के गाल उसी प्रकार फूल आये थे। मुँह के दोनों कोनों से सड़ियल द्रव बहने लगा था। उस भद्दे बिखरे मुँह पर आँखों की पुतलियाँ भेदक और भयानक दिखाई दे रही थीं। जीवन और मृत्यु में बहुत बड़ा अन्तर रहता है। जमीन और आसमान के अंतर के समान ! हैबती के दिल में सुभानजी का आकर्षण था; पर असह्य दुर्गन्ध के कारण उसे मतली आने लगी। पेट में गड़बड़ी मची। उसने लाश को चद्दर से ढँक दिया। वह बगल में बैठा घुटनों में सिर रखकर फूट-फूटकर रोने लगा। हैबती को देखकर फूलवंती का दिल भी भर आया। वह भी जोर-जोर से रोने लगी।

दौलू हरि जल्दी करते हुए बोला, "हैबो, यह शोर मचाने का समय नहीं है; चलो, जल्दी करो। बापू को मरे बीस घंटे हुए हैं।"

"जल्दी करो, वरना मुर्दा यहाँ जंगल में फेंक देना पड़ेगा।" म्हाकू ने कहा।

हैबती म्हाकू के गले लगकर रो रहा था। पूछ रहा था, "दोस्त, यह बताओ कि यह सब कैसे हो गया ?" बाँध के एक ओर यह शोर मचा हुआ था। सुनकर कॉलोनी के लोग दौड़कर आये। भीड़ बढ़ गयी। कौन मरा ? कैसे मरा ? आपस में जोर-जोर से बहस शुरू हुईं। यह मालूम हो जाने पर कि सुभानजी की मृत्यु हुई है, कॉलोनी के बाँधपीड़ित और ऊपर झाँजड़बाड़ी से किराना खरीदने आये हुए लोग जमा हुए, "चलो, जल्दी करो," कहकर शोर मचाने लगे। लांच सामने ही खड़ी थी। दौलू ने चिल्लाकर पूछा—

"अरे, वह लांचवाला कहाँ है ? लड़कों को भेजे आधा घंटा हुआ। अभी तक क्यों नहीं आया ?"

"लांच की प्रतीक्षा करने से क्या होगा ? वह तो चार दिन से बंद पड़ी है। एक कॉलोनीवाले ने कहा।

"पर, नाविक हरिबाबू कहाँ है ?"

भीड़ में से एक आदमी आगे बढ़ा। उसने पक्की खबर दी, "हरिबाबू सुबह ही ससुराल कारंडबाड़ी गया है।"

"अरे, उसे बुलाओ। बिना उसके यह पानी की मशीन कैसी चलेगी ? किसी को फटफटिया पर कारंडबाड़ी भेज दो।"

"बिबेबाड़ी का बूढ़ा दामाजी आगे बढ़ा। वह मुर्दे के पास गया। उसने जरा सूँघ लिया। उसने जीवनभर मुर्दों को कंधा दिया था। उसने शवों को जलाने के बहाने श्मशान में कई रातें निकाली थीं। बीमारी से पिचके हुए शव जल नहीं पाते थे; ऐसे अवसर

पर दामाजी ने कुल्हाड़ी से तोड़कर शवों को जलाया था—ठीक उसी प्रकार जैसे लकड़ी को तोड़कर जलाया जाता है। मरे हुए आदमी की नब्ज उससे बढ़कर कोई नहीं जानता था। उसने समझाने के स्वर में कहा—"लड़को, मुझ बूढ़े की बात सुनो। जिद मत करो। लाश अंत तक पहुँच नहीं पायेगी। मरे हुए के साथ खिलवाड़ मत करो, उसे यहीं पर जलाकर मुक्त हो जाओ।"

"यह बिलकुल नहीं होगा।" हैबती चिल्लाया, "बापू की इच्छा थी कि वह अपने गाँव में ही मरेगा। उसे यों लावारिस की तरह जंगल में जलायेंगे ? और वह भी किसलिए ? क्या उसके बाल-बच्चे नहीं हैं ? गुणवंत मुझे गला दबाकर मार देगा। कुछ भी हो मुर्दे को झाँजड़बाड़ी तक पहुँचाना ही है।"

"हाँ, तो फिर जल्दी कीजिए।" दौलू ने कहा। साँवलेराम सहित सभी लोग काम में लग गये। हरिबाबू को बुलाने के लिए दो लड़कों को भेजा गया। फटफटिया कारंडबाड़ी चली गयी। देखते-देखते बाँध के पानी पर अँधेरा उतरने लगा। वह बदन पर ठंडी हवा का आवरण ओढ़कर गहरा हुआ। देखने आये लोग धीरे-धीरे चले गये। केवल दस-बारह बाँधपीड़ित बगल में चिलम फूँकते हुए बैठे रहे। हैबती, फूलवंती को ममतालु सुभानजी की याद आती; दोनों रो भी रहे थे और एक-दूसरे को सांत्वना दे रहे थे।

फटफटिया पता पूछते-पूछते शाम को ही हरिबाबू की सास के दरवाजे पर पहुँची शराब से लैस हरिबाबू अपनी सास के द्वारा उबाले हुए अंडे खाकर कंबल पर लेट गया था। चार बार हाँक लगाने पर भी वह जगा नहीं। लड़कों ने हिला-हिलाकर जगाया। वह बड़बड़ाने लगा—

"कौन बे ? हम तो किंग हैं, किंग; समझे ?"

अब तक सारा मामला हरिबाबू की पत्नी की समझ में आ गया था। वह हरिबाबू का हाथ खींचकर चिल्लाईं, "अजी उठिएऽ;" पर हरिबाबू की आँखों से नशा उतर ही नहीं रहा था। पत्नी ने देखा कि पति ऐसे-वैसे नहीं जगेगा। हरिबाबू की बड़बड़ जारी ही थी, "हम तो किंग हैं, किंग।" पत्नी पानी से भरी बकेट ले आयी। उसने हरिबाबू के बदन पर पानी उँडेलकर कहा—

"मुए, तुम यहाँ किंग बने हो। वहाँ लाश रुकी हुई है, और तुम यहाँ लाश बने पड़े हुए हो ?"

"कौन लाश, किसकी लाश ?" हरिबाबू नींद से जगे हुए आदमी की तरह चौंका।

फटफटिया स्टार्ट हुई। हरिबाबू गीले कपड़ों में ही दोनों के बीचों-बीच बैठा। उसे यह बात बहुत बुरी लगी कि सुभानजी की लाश रुकी हुई है। हरिबाबू की नौकरी के लिए सुभानजी ने बंबई में बहुत प्रयास किये थे। उस समय पर सुभानजी ने उसे लाल बाग में कई बार तीखी चाट तथा पकौड़ियाँ खिलाई थीं। हरिबाबू को उन सब बातों की याद आ रही थी। हरिबाबू पछताया। कहने लगा, "तुम लोग सोने का-सा आदमी लिये आये हो; पर अच्छा तभी होगा जब इंजिन चलेगा।"

"क्या कहते हो ?"

"चार दिन से इंजिन बंद है। दूध-संघ से इंजिन के पाटों की माँग की है; पर अभी कुछ भी पता नहीं चला; फिर भी कोशिश करेंगे। सुभाना बापू मेरे घर का आदमी है।"

पाँच-छह लोग लांच पर चढ़ गये। हथियार लेकर बैटरी के उजियाले में मरम्मत का काम शुरू हुआ। हरिबाबू इंजिन खोलकर बैठा। लालटेन तथा बैटरी के उजियाले में वह एक के बाद एक पार्ट देख रहा था। वह बीच में ही इंजिन का हैंडिल मार रहा था; पर इंजिन दाद ही नहीं दे रहा था। बाँध के पानी पर कटखनी हवा बह रही थी। ऐसे जाड़े में भी हरिबाबू पसीना-पसीना हो रहा था। लालटेन तथा बैटरी का उजियाला बाहर पानी पर भी फैल गया था। कई छोटी-छोटी लहरें पीछे-पीछे सरक रही थीं, पर हाथ कुछ भी नहीं लग रहा था। जाड़े में ठिठुरा हुआ सुभानजी का शव एक ओर चुपचाप पड़ा हुआ था। हैबती तथा फूलवंती उसकी ओर पुनः-पुनः देख रहे थे। मन टूट गया था, हृदय हिल गया था। साँस रोककर एक बार लांच की ओर देखता, फिर तुरंत मुर्दे की ओर नजर घुमाता। उधर झाँजड़बाड़ी में गुणवंत को इस बात का कैसे पता चले ? वह क्या कहेगा ? ज्यों-ज्यों रात बढ़ने लगी, हैबती की बेचैनी बढ़ने लगी। सिर बधिर हुआ। दौलू ने कहा, "साढ़े नौ बज गये हैं।" सुनकर हैबती उठा; अपने-आप से ही कहने लगा, "यहाँ कुछ ठीक नहीं है। ठीक नहीं है।"

हैबती को उठते देख साँवलेराम, म्हाकू, दौलू तथा कॉलोनी के उसके साथी चारों ओर से घिर आये। हैबती लरजती हुई आवाज में बोला–

"लांच का कुछ ठीक नहीं है।"

"फिर क्या करेंगे ?" म्हाकू ने पूछा।

"तुम लोग लांच को देख लो; मैं ऐसे ही नदी किनारे-किनारे दौड़कर जाता हूँ। जाकर गुणवंत को खबर देता हूँ।"

"यह दस कोस का रास्ता है; तुम इतनी दूर दौड़कर जाओगे ?"

"फिर क्या करूँ ? मुर्दा सिरहाने रखकर खुशियाँ मनाऊँ ? अगर लांच चलेगी तो मुर्दा लेकर पीछे से आ जाओ। मैं नदी किनारे-किनारे दौड़कर चलता हूँ। गुणवंत को लेकर इसी रास्ते से पीछे लौटूँगा। बीच में ही अग्नि देंगे; पर गुणवंत भैया के हाथों ही चिता जलानी चाहिए। बिना उसके कुछ भी मत करो। मेरी सौगंध है।"

"तुम आगे बढ़ो।" हैबती को धीर देकर साँवलेराम ने कहा, "हम भी अधिक-से-अधिक घंटाभर प्रतीक्षा करेंगे। लांच चल पड़ी तो अच्छा ही है। अगर वैसा नहीं हुआ, तो पुराना पलना देख लेंगे, मुर्दे को उसमें रखेंगे। लकड़ी लगाकर, पलने को कंधे पर उठाकर नदी किनारे-किनारे चलने लगेंगे। मुझे भी लांच पर भरोसा नहीं है।"

हैबती को बिलकुल ही फुरसत नहीं थी; उसे दौड़कर झाँजड़बाड़ी पहुँचना था। इसलिए कि पाजामे में पैर ना अटके, उसने पाजामा निकालकर सिर पर बाँध दिया।

उसने रोती हुई फूलवंती की ओर देखकर कहा, "म्हाकू के साथ आ जाना।" वह दौड़ने लगा। इस भयावह अँधेरे में, जंगल की काँटोंवाली राह पर हैबती को अकेले ही कैसे भेजें ? बीच-बीच में दोनों पहाड़ों की घनी झाड़ी आकर बाँध के पानी से सट गयी थी। रास्ते पर बीच-बीच में जंगली जानवरों की गस्त थी। संयोग से इरलेबाड़ी के कहार का एक जवान लड़का कॉलोनी पर आया था। वहाँ पर उपस्थित सब लोगों ने उसे हैबती के साथ जाने के लिए राजी किया।

हैबती ने आँखों के सामने, पानी का प्रचंड दह देखा। इसी गहरे पानी ने उसकी जाँभली को निगल डाला था। बाँध की इस जगह पर ही किसी समय उसका अमरूद का बगीचा था। उसने दह में डुबकी लगाए बैठी कालीमाई को नमस्कार किया। लाडूबा का स्मरण कर वह अँधेरे में लगातार दौड़ने लगा। हैबती की समझ में ही नहीं आया कि उसकी गति के साथ तालमेल न बिठा पाने के कारण, कहार का लड़का कब और कहाँ पीछे रह गया ? दौड़ते समय, जूतों के कारण, पैरों में बोझ महसूस हो रहा था। हैबती ने खैर का एक पेड़ देखा। उसके तने के निकट जूतों को गाड़ दिया। उस पेड़ के चिह्न से जगह समझ में आ सकती थी। वह तेज हवा की तरह दौड़ने लगा। कड़कती सर्दी में भी उसे पसीना छूटा। नदी किनारे-किनारे जानेवाला रास्ता गजब का कठिन था। नदी-पाट के पानी की वजह से नालों के मुहाने अवरुद्ध हो गये थे। नालों में से ऊपर की ओर फैले हुए पाट के पानी को पार करने के लिए टेढ़ा-तिरछा दौड़ना पड़ रहा था। नालों में कमर तक का गहरा पानी; जगह-जगह जाँघ तक का गाद; करौंदे और बेर के, पैरों में चुभनेवाले काँटे; छोटे-बड़े पत्थर, टखने से जांघ तक और हाथ की उँगलियों से बाहुओं तक बदन को फाड़नेवाले करौंदे, टनटनी के कुंज, आँखों को फाड़नेवाला अँधेरा–हैबती को इनमें से किसी का भी भान नहीं था। सुभानजी ने उसके सगे भाई को गोद लिया था; सुभानजी उसकी माँ का सगा भाई था। हैबती की इतनी ही इच्छा थी कि चिता पर रखने पर सुभानजी के मुँह में उसके दत्तक पुत्र–गुणवंत के हाथों पानी की चार बूँदें गिर जायें। आवडाई, हैबती पर ही नहीं, पूरे बाघजाई कछार से ममता रखने वाला सुभानजी जाबर बिना कहे चला गया था। "बापूऽ मेरे बापूऽ" कहता और कराहता हुआ हैबती लगातार दौड़ रहा था।

बारहों महीने बहनेवाली बाघजाई माता मौन हुई थी। बाँध बनवाकर आदमी ने उसके चंचल पैरों में बेड़ियाँ ठोंक दी थीं। रुकावट के कारण बाघजाई फैल गयी थी; फूल गयी थी। पानी ने पैरों तले के रास्तों-पगडंडियों को निगलकर अपने पेट में समा लिया था। पुराने रास्ते नष्ट हो गये थे। नये रास्ते बनाये नहीं गये। पूछिये क्यों ? तो उत्तर है–खर्चा ज्यादा आता है। हमने कहा–शेष लोगों और मवेशियों को निचले इलाके में ले जाइए, तो कहा गया–कानून में बैठता नहीं। हम किस दिशा से शोर करें ? इस या उस ? रास्ते बनवाइए, रास्ते खुदवाइए, अगर यह भी न बन पड़ता हो तो कम-से-कम एक स्थायी लांच तो दीजिए। हम शोर-मचाते रहें, और आप आनाकानी कर चुप बैठे

रहें ? डूबक्षेत्र की बारह हजार रैयत की नाक में दम कर दिया है इस पानी ने ! लोगों का सत्यानाश कर दिया। स्त्रियाँ विधवा हुईं। गाँव टूट गये। कोई इधर बसा, तो कोई उधर चला गया। शेष लोग भीतर फँस गये; सिकुड़े-सहमे जीवन बिताने लगे। हमारी आँखों का पानी उधर लाभक्षेत्र में कल-कल बह रहा है। उस पानी के बल पर पथरीली जमीन में भी गन्ने के पोर बढ़ गये हैं; गन्ने में शक्कर भर रही है। शक्कर से प्राप्त होनेवाली दौलत घरों में, आँगन में 'थाऽ थैऽऽ' नृत्य कर रही है; पर जिनके सीने पर पैर रखकर बाँध की प्रचंड दीवार बनवायी गयी है उनकी अवरुद्ध साँस को किसी ने सुना है ? यहाँ हमारा दमित, पीड़ित जीवन देखने के लिए कौन आता है ? आपने हमारी चमड़ी निकाल-निकालकर हमें गन्ने की तरह छील दिया। चबा-चबाकर हमारे जीवन-रस को चूस लिया। सात पीढ़ियों की पुरानी ग्रामदेवताओं की जड़ें काट डालीं। हमारे दरवाजों पर कानून की त्रुटियों की कीलें ठोंक दी। भविष्य के भी रास्ते बंद कर दिये, इतने पर भी लोगों की भूख नहीं मिटी है। जैसे बाघ को खून का चस्का लगता है, वैसे ही उनके मुख को चीनी का चस्का लगा है ! एक की हानि पर दूसरे का विकास ? इतने पर भी हम कभी आपके विकास के रास्ते की बाधा नहीं बने। पर क्या आपको हमारे उस त्याग का भान है ? हम नहीं चाहते हैं कि आप हमें आपने चौके में स्थान दें; पर हमें अपनी नौकरी के निकट तो शरण दीजिए न ?

क्या ही लम्बी, विकट तथा नटखट बाट है यह ! मेरे गुणवंत भैया ने कितनी बार माँग की थी कि फँसे हुए लोगों का पुनर्वास किया जाय, पर वह तो आपके कानून में ही नहीं बैठता। रास्ते खुदवाइए, तो कहते हैं हजारों मीटर ऊँचाई पर रास्ते बनवाने के लिए करोड़ों रुपये बहाने होंगे। हमने कहा—उसे छोड़ दीजिए, एक छोटी-सी लांच दीजिए, तो इनका हाथभर लम्बा उत्तर—सद्यः स्थिति में दूध-संघ की एक लांच शुरू है, इसलिए नयी लांच के संबंध में निर्णय करना व्यवस्था के लिए उचित नहीं लगता। यह दूध-संघ की लांच ! पुरानी ! चूनेवाली ! जीवित आदमी को छोड़िए, क्या यह मरे हुए आदमियों की ढुलाई के लायक है ? तुम लोगों के ही कागज, तुम्हारी ही पेन्सिलें, तुम्हारे ही नक्शे, तुम्हारे ही हिसाब, तुम्हारी ही चीनी और तुम्हारे ही दाँव-पेंच।

आधी रात बीत गयी। चंद्रमा ने देर से आँखें खोलीं। दूर के न सही पर निकट के कुंज दिखायी देने लगे। पानी में भी चंद्रमा दिखाई दे रहा था। वह लहरों पर खेलता हुआ चकमा दे रहा था। हैबती के बदन का पसीना अब सूख गया था। गला खुश्क हो गया था। तलुओं में जलन हो रही थी। जाँघें तन गयी थीं। जाँघों में लोहे की मथानी डालकर कोई भीतर-ही-भीतर खून को मथ रहा था। बीच-बीच में मँडुए के खेत दिखाई दे रहे थे। मँडुए के डोंडे पैरों की उंगलियों की घाइयों में फँस रहे थे और हैबती अपने को गिरते-गिरते सँभाल रहा था। उसे ऐसा लग रहा था, मानो पेट तथा बदन का खून सूख गया है। साँस फूल रही थी। पेट में कुछ-न-कुछ ठूँस देना चाहिए, तभी पैरों में गति आयेगी। तभी उसके पैर मूँगफली की जालों में घुस गये; उसने भागते-भागते ही

मूँगफली की जालियाँ उखाड़ लीं। उन्हें छीलकर खाने की किसे फुर्सत थी ? उसने मिट्टी को झाड़कर फलियाँ वैसे ही मुँह में डाल दीं। कच्चे छिलके ज्यादा तकलीफ नहीं देते, पेट की सुविधा हो रही थी; दौड़नेवाले पैर रुकते नहीं थे।

लगातार दौड़ने से हैबती का बदन गरम हुआ। तपे हुए बदन को थकान महसूस नहीं हो रही थी, पर बदन ठंडा पड़ जाने पर शामत आ जायेगी। हैबती दौड़ रहा था। वह अँधेरे में डूबे हुए गाँवों, जंगल की बस्तियों, भौंकनेवाले कुत्तों और गुर्रानेवाले जंगली जानवरों को पीछे छोड़कर दौड़ रहा था। भोर हुई। आसमान में दिखाई देनेवाली साज-सज्जा लुप्त हो गयी। पानी पर गहरा कोहरा छा गया। ओसकणों के कारण हैबती का, कमर तक का बदन भीग गया था। जंगली घास की किरिचें लँगोटी में लग गयी थीं। एक गाँव निकट आया। पौ फटते-फटते सामने मूँगफली का एक खेत दिखाई दिया। किसान ने उसे ख़ून-पसीना एक कर विकसित किया था। हैबती यकायक चौंक गया—दूर कोने में किसी के दस-बारह चौपाये मूँगफली में घुसे हुए दिखाई दे रहे थे। इस किसान का नुकसान ही होगा। हैबती नीचे झुका। छोटे-छोटे दस-बारह पत्थर उठाकर वह उन चौपायों की ओर फेंकने लगा। यह देख जंगली सूअर अपने थूथन ऊपर उठाकर तिरछे दौड़े और फिर पीछे की ओर मुड़ गये। वे अपनी छोटी पूँछों को उठाये, लंबे दाँतों को निकाले हैबती की ओर दौड़ने लगे। हैबती ने देखा, अरे ! ये चौपाये नहीं जंगली सूअर हैं। यह देखकर कि पूरा झुंड ही उसके ऊपर टूट पड़ेगा, हैबती की लँगोटी ही गीली हुई। वह जान बचाकर पहाड़ की ओर भागा। दूर से चक्कर लगाकर फिर नीचे आया; सीधे आगे की ओर दौड़ने लगा। सूअरों तथा जंगली जानवरों के भय से आग जलाकर रातभर जगनेवाले गाँव दिखाई दे रहे थे। हैबती दौड़ ही रहा था।

आधी रात बीत जाने पर भी लांच स्टार्ट नहीं हो रही थी। हरिबाबू परेशान हो गया था। वह पाना, मारतौल पटकने लगा; इंजिन के साथ खींचातानी करने लगा; पर किसी का भी उपयोग नहीं हो पा रहा था। साँवलेराम ने वह सब मामला देख लिया। उसने दौलू तथा म्हाकू को अलग बुला लिया। आठ-दस जवान लड़के साथ में थे; फिर भी लांच ने गड़बड़ी पैदा की थी। तनी हुई लाश गल रही थी। उसकी बदबू फैलने लगी थी। साँवलेराम नाक पकड़कर बोला—

''राम, राम ! अब तो ज्यादा ही दुर्गंध आने लगी। लगता है, अँतड़ी-कोठा फूटकर बाहर निकल आया।''

चद्दर उठाकर देखने का भी साहस किसी को नहीं हो रहा था। दौलू पूछने लगा, ''साँवलेराम अब क्या किया जाय ?''

''क्या करोगे ? अगर हम भगवान होते तो पानी पर दौड़कर चले जाते। यहाँ राह देखते हुए कब तक बैठेंगे ? लाश को पलने में डालकर आगे दौड़ना शुरू करेंगे।''

"और बीच रास्ते में लाश गल जाय तो ?"

"जहाँ तक चला जाय वहीं तक ही सही।"

"और अगर यह लांच स्टार्ट हुई तो उसका क्या होगा ?"

"हम नदी किनारे-किनारे चलेंगे। लांच स्टार्ट हो जाने पर हरिबाबू पीछे से ले आयेगा, उसमें बैठकर आगे बढ़ेंगे।"

हैबती का दोस्त महमद खानसामा शाम से ही सहायता कर रहा था। वह थोड़ी देर पहले ही एक पुराना पलना ढुँढ़कर ले आया था। रस्सियाँ भी ले आया था। लाश से ज्यादा ही दुर्गंध आने लगी, तो सबको चिंता होने लगी; पर एक बार यह तय हो जाने पर कि अब निकलना ही चाहिए, समस्या किसी तरह हल करनी ही होगी। दौलू तथा साँवलेराम पीछे की ओर गये। उन्होंने जामुन का पेड़ ढूँढ़ लिया, उसकी छोटी टहनियाँ निकाल लीं। नाले में घुसकर दौलू कंजे की बिलकुल छोटी टहनियाँ निकालकर ले आया। उसने पलने में कंजे के पत्ते बिछा दिये। कहते हैं, कंजे के पत्तों से दुर्गन्ध कम हो जाती है। सबने आगे बढ़कर चद्दर समेत लाश को उठाया, सड़ियल बू का जोरदार झोंका फैल गया। सबका जी मितलाने लगा। एक ने तो बगल में जाकर कै ही कर दी। दूसरों ने नाक पकड़कर किसी तरह लाश को उठाया, पलने में डाल दिया। सिर से कमर तक का भाग पलने में ठीक से बैठ गया, पर सुभानजी की देह मोटी-लंबी थी। उसके हाथ और पैर पलने में बैठ नहीं रहे थे। साँवलेराम ने अपनी धोती निकाली, उससे नाक को बाँध लिया। वह आगे बढ़ा। उसने सुभानजी के तने हुए दोनों पैर मोड़कर खींचे और पलने में बिठा दिये। फुसफुसे सड़े हुए पैरों से 'फसऽ' की आवाज हुई। दुर्गन्ध फैल गयी; पैर निकल आये। वही स्थिति हाथों की भी हुई। केंकड़ों के पंजों की तरह हाथों को तोड़कर उन्हें पलने में रखा गया। ऊपर जामुन तथा कंजे की पत्तियाँ बिछा दी गयीं। लाश को रस्सियों से कसकर बाँध दिया गया। पलने की दोनों लकड़ियाँ तैयार थीं। दो आदमी आगे दो पीछे—चारों ने पलना उठाया, शेष पाँच-छह आदमी और कछौंटा लगायी हुई फूलवंती साथ में दौड़ने लगी। साँवलेराम ने हाँक दी—

"हरिबाबू, लांच ठीक हो जाने पर तुरंत आ जाना। हम किनारे-किनारे चलते हैं।"

"हाँ, आ जाऊँगा।" पानी की ओर से आवाज आयी।

अँधेरे में लाश के पैर फूट पड़े। लाश अब आठ पैरों से दौड़ रही थी। तुकाराम बजनिया ने कहा, "इस लाश का भी कमाल है। तीस घंटे हो गये, फिर भी हाथ-पैर जगह पर हैं। अगर मुझ जैसा कोई मरा होता तो अब तक बर्फ की भाँति पिघल जाता।" अँधेरे में, गड्ढों में किसी का पैर उलटा-तिरछा पड़ता और अन्य तीनों को खिंचाव महसूस होता। कोई बीच में ही पत्थर से टकरा जाता। पलने को जंगली जालियों में से, झाड़-झंखाड़ में से निकालने तथा आगे ले चलने में सबको तकलीफ हो रही थी। साथ में चलनेवालों ने, चलते-चलते ही कंजे की, कान तक लंबी छड़ियाँ निकालीं और कंधा देनेवालों के हाथों में पकड़ायीं। एक हाथ से पलने की लकड़ी को सँभालना और दूसरे हाथ से छड़ी

का सहारा लिये चलते चलना। छड़ी से गड्ढों, नालियों की टोह लेकर पैर उठाना और अँधेरे में रास्ता काटना—लगातार यही क्रम चल रहा था। झाड़-झंखाड़ से आगे बढ़नेवाली, नदी किनारे की भुरभुरी गाद-मिट्टीवाली बाट समाप्त नहीं हो रही थी। जब कंधा देनेवाले थक जाते, खाली चलनेवाले बाँधपीड़ित झट आगे बढ़ते, कंधा देते और पहलेवालों को विश्राम देते। वाहक उत्साहित हो एक घड़ी के बाद फिर से पलना ढोने के लिए तैयार होता।

यहाँ के लोग इसी मिट्टी में जन्मे और बढ़े थे; इसलिए ऐसे पचासों बोझ सँभालने, उठाने और झेलने में उन्हें कोई दिक्कत न होती; इस भयावह अँधेरे में जंगली रास्ते पर चलने में किसी को कुछ भी संकट महसूस न होता; कंकड़-पत्थर और काँटे तो उनकी घुट्टी में ही पड़े थे। उन्हें बाट और बोझ की बिलकुल चिंता नहीं थी; पर लाश की जानलेवा बदबू से सारे परेशान थे। अच्छा है कि बीच-बीच में बाँध के दह की ओर से आनेवाली शीतल हवा के कारण उग्र दुर्गन्ध अलग भाग जाती है। हवा के रुक जाने पर दुर्गंधि का प्रहार शुरू होता। सभी ने नाक पर या तो धोती बाँध रखी थी या लुंगी। इतने पर भी बदबू जान ले रही थी। बदबू ज्यादा ही बढ़ गयी तो कंधा देनेवालों ने साफे में कंजे की टहनियों के मौर खोंस दिये। दुर्गन्ध से उतनी ही मुक्ति।

चंद्रमा उग आया। आँखों के सामनेवाला रास्ता साफ दिखाई देने लगा, लेकिन रास्ता काटे कट नहीं रहा था। खाली चलते हुए जान आफत में आती थी; यहाँ तो भारी-भरकम लाश सिर पर सवार थी। थके-माँदे आदमी बीच में ही पानी के दह की ओर देखते—शायद पीछे से लांच आ जाये, पर उसका तो कहीं अता-पता ही नहीं था। पानी में सिर्फ झाँसा देनेवाला चंद्रमा दिखाई दे रहा था। सुभानजी की लाश अपनी चाल से चल रही थी। यहाँ के आदमियों, यंत्रों तथा हवा के झोंकों पर उसका भरोसा नहीं था। पूरी लाश में कीड़े कुलबुला रहे थे। सख्त बनी हुई चमड़ी छिलकर बगल में गिर रही थी। चिपचिपा द्रव बह रहा था। अच्छा हुआ कि मगज की ओर जानेवाली नब्जें बंद थीं, लाश के सिर को परेशानी नहीं थी।

इसी तरह पाँच कोस का रास्ता कट गया। सभी आदमी दौड़-दौड़कर परेशान हुए। असह्य उग्र दर्प से आधे लोगों ने कै की। उग्र सड़ियल गंध से नाक के बाल बधिर हो गये। पलना आराम के लिए एक जगह पर रुका। दो-चार लोग यकायक बोल उठे—

"साँवलेदादा, बस हुआ। यहीं पर लाश को जलाकर मुक्त होंगे।"

"ना-ना, ऐसा मत कीजिए, उनको क्या लगेगा ?" फूलवंती आँचल पसारकर बोली।

"लड़को, आलस मत करो।" साँवलेराम बोला, "आधा रास्ता पार कर ही लिया है। हैबती आगे चला गया है, वह गुणवंत को लेकर वापस आता होगा। कहीं बीच में ही भेंट होगी। वहीं पर अग्नि देकर मुक्त होंगे। अब उठो जरा जल्दी करो।"

कंधा देनेवाले नीचे पानी में उतरे। उन्होंने गट-गट पानी पी लिया, लाश फिर

से आगे दौड़ने लगी। भोर हो चुकी थी। पैर ओस-कणों से पहले ही ठिठुर गये थे, रात-भर दौड़ने से अकड़ गये थे। पर लाश को रोके रखना इन्सानियत में नहीं बैठता था। पौ फटते-फटते कंधा देनेवाले पिछले दो आदमी यकायक चिल्लाये, "अरेऽ रुकोऽऽ।"

"क्या हुआ ?"

"पहले पलना नीचे रख दो।"

पिछले दो आदमियों ने अपने पैरों की उँगलियाँ दिखाईं। वे तिलमिलाकर बोले, "यह देखो नऽ लाश गलने लगी है। देखो पैर भीग गये हैं।" पतला चिपचिपा, द्रव पिछले आदमी के पैर पर दिखाई दे रहा था। उसकी दुर्गन्ध से उस आदमी को चक्कर-सा आने लगा था। कंधा देनेवालों ने निकट के नाले में पैर धोये। अब न कोई हिलना चाहता था, न बोलना चाहता था। पलने को, रस्सी की दूरी पर रखकर वे सभी बगल में चुपचाप बैठ गये। साँवलेराम हाथ जोड़कर बोला—

"चलोऽ, अभी और थोड़ा चलते हैं। अब धीरे-धीरे चलेंगे। ज्यादा हुआ तो वहीं पर रुकेंगे, तब तक गुणवंत झाँजड़बाड़ी की ओर से दौड़ा-दौड़ा आयेगा। चलोऽ उठोऽऽ।"

"भैया, जरा और चलिए नऽ।" फूलवंती दीनता से बोली।

थके-माँदे आदमी मुँह बिगाड़कर उठे। कौन कहे, यह प्रसंग कल हम पर भी आ सकता है। सभी लोग पलना उठाकर धीरे-धीरे चलने लगे। चूता हुआ पलना कंधा देने वालों की ओर टुकुर-टुकुर देख रहा था। पागल आदमी दम फूली हुई स्थिति में भी चल रहे थे। ठंडी लाश सड़ियल बदबू के झोंके छोड़कर हँस भी रही थी और रो भी रही थी।

सबेरा होते-होते 'चाँद की चट्टान' के निकट शोर हुआ। सालू भाभी की हाय तोबा पूरी झाँजड़बाड़ी में सुनाई पड़ी। उसके तुरंत बाद गुणवंत जोर से चिल्लाया "बापूऽऽ !" झाँजड़बाड़ी झट् से जाग उठी। बाँस के कोठ हिल उठे। सुभानजी जाबर की मृत्यु की खबर घर-घर में पहुँच गयी। सारी बाड़ी कंथरी, कंबल फेंककर गुणवंत के दरवाजे पर पहुँच गयी। रातभर पागल की तरह दौड़े हुए हैबती का दम फूल गया था। वह जमीन पर चुपचाप लेट गया था—ठीक उसी तरह जैसे जाँघ के रोग से पीड़ित बैल चुपचाप पड़ा रहता है। सालू भाभी,-बजू, बैजू, गुणवंत—पूरा घर जोर-जोर से "बापूऽ बापूऽऽ" चिल्ला रहा था। घर तथा बाहर के शोर से मवेशी उठे, पूँछ झाड़कर तिरछा होकर वे खंभे से थूथन रगड़ने लगे। दरवाजे पर लोग बोल रहे थे, "लाश कैसे आयेगी ? लांच बंद है। कहते हैं, लाश कॉलोनी पर ही रुकी हुई है।" "अरेरेऽ इतना पुण्यवान आदमी और उसके भाग्य में इतनी दुर्दशा ?"

सुभानजी गया। झाँजड़बाड़ी की :ाक गयी। सारे लोग तिलमिलाये। गुणवंत ने अपने-आप को सँभाला। उसने फरसू बहेलिये को निकट बुलाकर कहा, "नदी के पाट पर जाओ। कुशाराजा को हाँक लगाओ। कहना, शायद लांच शुरू होने पर लाश नदी

से ऊपर आयेगी। जैसे-जैसे नीचे जाओगे पानी का फैलाव ज्यादः है। किसी घुमाव की आड़ में कहीं लांच छिप जायेगी और सारी गड़बड़ी होगी। कहना, उस पार के किनारे-किनारे नीचे जाओ। बीच-बीच में हाँक लगाने के लिए भी कहो। फरसू बहेलिया संदेशा लेकर बाहर निकला। हाथ में लाठी लिये गुणवंत भी चल पड़ा। झाँजड़बाड़ी के दस-बारह आदमी बिना कहे ही साथ में निकल पड़े। गुणवंत के बाहर निकलते ही भीतर से सालू चिल्ला उठी–

"अजी, अकेले ही कहाँ चलने लगे, आपके साथ मैं भी चलूँगी।"

गुणवंत रुका, आँखों से लगातार बहते हुए आँसुओं को पोंछकर बोला, "अरी, तुम पागल तो नहीं हुई न ? हम चलकर नहीं दौड़कर जायेंगे। जंगल में मेरा बापू मेरी बाट जोहता होगा।"

"तो क्या मेरे पैर टूट गये हैं ?" सालू रोने लगी, "मेरा ससुर, लालबाग का राजा बिना कहे ही चला गया। कम-से-कम अन्त में तो आँख भरकर देखने दीजिए न ?"

घर के लोग निकले। यह देखकर बजू और बैजू हठ करने लगे "हम भी चलेंगेऽऽ।" दोनों रोने लगे। दोनों की उम्र दस-बारह साल की थी। सालू ने उन्हें डाँटा कि वे पीछे चले जायें। सुनकर गुणवंत गरज पड़ा, "चलो, आने दो बच्चों को। उनका कैसा बोझ? वे बाघ के बच्चे हैं।"

सभी लोगों ने सूर्योदय के साथ ही बाड़ी के बाहर का नाला पार किया। उस पार किनारे-किनारे कुशाराजा दो साथियों को लिये चल रहा था। जैसे-जैसे नीचे चले जाते, नदी का पाट बड़ा हुआ दिखाई देता था। पाट में अभी भी बहुत सारे सूखे पेड़, बाँस के कोट दिखाई दे रहे थे। बालू-बापू की नुकीली पहाड़ी चट्टानें टेढ़ी-तिरछी होकर नदी के पाट में आकर मिली हुई थीं। नालों में, कई जगहों पर पानी का फैलाव पहाड़ों के पैर पकड़ने खोहों में पहुँच गया था। इस पूरे चक्कर में लाश आगे न बढ जाय, इसलिए गुणवंत ने पर्याप्त सावधानी बरती थी।

काली रात को निगलकर, पचाकर दिन उग आया था। वह बोझिल भीगी आँखों से बाघजाई की कछार को सकपकाकर देख रहा था। नदी में कोहरे के छोटे-बड़े पुंज आसमान की ओर बढ़ रहे थे।

इस ओर के तीर पर झाँजड़बाड़ी के लोगों का समूह और उस ओर के तीर पर कुशाराजा नीचे की ओर दौड़ रहा था। रास्ता कट रहा था। पानी का फैलाव बढ़ रहा था। बीच में ही इंजिन की आवाज आती और सालू तथा लड़कों को लांच के आने का आभास होता। वे "बापूऽ बापूऽऽ" कहकर शोर करने लगते, पर वह आवाज नदी किनारे के किसी इंजिन की होती। सभी लोग नाराज हो जाते। कोहरा हट गया था। सालू भाभी कछौंटा मारे निर्भीक होकर दौड़ रही थी। बच्चे थक गये। फरसू ने बैजू को उठा लिया, पर बजू अपने बाप के साथ दौड़ रहा था। धूप बढ़ रही थी। विस्तीर्ण हो रहे पाट के साथ "बापूऽ बापूऽऽ" की हाँकें गिरि गह्वार में गूँज रही थीं।

आधे से अधिक बाट कट चुकी थी। सड़ी हुई लाश को इससे आगे ढोना संभव ही नहीं था। गुणवंत की प्रतीक्षा भी कहाँ तक की जाय ? बिबेबाड़ी से आगे, नदी किनारे पर एक खाली कुटिया दिखाई दी। कंधा देनेवालों ने पलने को नीचे रख दिया। कुटिया के बाँस और लकड़ियों को खींचकर निकाला गया। नदी किनारे ही चिता रची गयी। उसमें कच्ची लकड़ियाँ ही अधिक थीं। सूखी लकड़ी, उपले यहाँ पर कहाँ से मिलेंगे ?

चिता रची गयी। गले हुए शव को पलने से निकालना मुश्किल था। पलने के साथ ही शव को चिता पर रखा गया। ऊपर से लकड़ियाँ रख दी गयीं। फूलवंती को इस बात का दुख हो रहा था कि सुभानजी की चिता बाल-बच्चों की अनुपस्थिति में ही जल जायेगी। वह हाथ जोड़-जोड़कर सबको रोकने लगी। कुछ लोगों ने सोचा कि फूलवंती तो घर की ही है, वही चिता में अग्नि देगी, पर महिला के हाथों अग्नि देना क्या ठीक रहेगा ? स्वर्ग में सुभानजी को यातनायें होंगी ? एक घंटे तक गुणवंत की प्रतीक्षा की गई। चिता रुकी हुई थी। पश्चिम दिशा में गुणवंत के आने का जरा भी लक्षण दिखाई नहीं दिया। सभी लोग भूखे और थके हुए थे। साँवलेराम उठा। उसने दौलू को आगे किया। दौलू हरि ने दंडवत् किया। "बापूदादाऽ, इस दौलू को ही अब पूत मान लो। मैं ही अग्नि दे देता हूँ।" चिता के चारों ओर धान के डंठलों के सूखे जूड़े रखे गये थे। दौलू ने बटुआ निकाला। चकमक को रगड़कर चिनगारी निकाली। ऊपर के जूड़े धूऽ धूऽऽ जलने लगे। सूखे घास-पत्ते फुर्रऽ फुर्रऽऽ जल उठे और भीतर की चिता धीरे-धीरे सुलगने लगी। आसमान में धुआँ फैलने लगा। आज आसमान धूमिल था। बादल छाये हुए थे। बादलों ने सूरज को निगल डाला था।

गुणवंत ने आधे मील की दूरी पर ज्वालायें देखीं। उसका कलेजा धक-सा हुआ। पैरों में और भी गति आयी। वह तूफान की तरह दौड़ने लगा। पीछे सालू, हैबती, बजू-बैजू सारा अटंबर था। दूर से ही गुणवंत ने देखा, चिता धू-धू जल रही है। चारों ओर अपने ही लोग बैठे हुए हैं। देखते ही गुणवंत जोर से चीख पड़ा—"बापू !" वह तीर की तरह चिता की ओर बढ़ा। चिता से भिड़े हुए गुणवंत को दूसरों ने बड़ी मुश्किल से पीछे खींचा। दुखावेग से भरा हुआ—उखड़ा हुआ गुणवंत झट से नीचे मिट्टी में बैठ गया। तिलमिलाया। वह व्याकुल होकर "बापूऽ बापूऽऽ" चिल्लाने लगा। "बापू क्या तुम्हारी चिता में अग्नि देना भी मेरे नसीब में नहीं था ?"

सालू मिट्टी में गिरकर सिर पीटने लगी, "मेरे लालबाग के राजाऽ तुम यों जंगल में क्यों चल बसे ? मेरे भगवान, तुमने यह क्या किया ?" सालू लगातार रो रही थी। थोड़ी देर के बाद धूऽ धूऽऽ जलती चिता को देख कुशाराजा तैरकर इस पार आया। दोपहर का आसमान बहुत ही सँवला गया था। गली हुई लाश जल्दी जल नहीं रही थी। शाम चार बजे सुभानजी की देह की राख हो गयी। साँवलेराम और

कुशाप्पा ने चिता पर नदी का पानी छिड़क दिया; जलती हुई लकड़ियाँ बुझा दीं। वहीं पर भस्मी विसर्जित की गयी। पानी से बुझ जाने पर भी राख भीतर से गरम लग रही थी। गुणवंत ने गर्म राख को धोती में बाँध लदया। बजू और बैजू ने बहती हुई आँख और नाक को पोंछकर चिता की जगह को दंडवत् किया। अन्य सभी लोगों ने भी झुककर प्रणाम किया।

गुणवंत चिता की गर्म राख लिये लड़खड़ाकर झाँजड़बाड़ी की ओर निकला। साथ के लोग भी धीरे-धीरे चल रहे थे। सूरज कभी का डूब गया था। आसमान भर आया था। बालू और बापू की पहाड़ी चट्टानें बाँध के प्रचंड दह में उतरकर एक-दूसरे के गले में पड़कर रो रहे थे। पहाड़ की चोटी से, आसमान के माथे से देखने पर लगता था कि पानी के किनारे-किनारे चलनेवाले लोग चीटियों की तरह चल रहे हैं। चींटियाँ जी-जान से आगे बढ़ रही थीं। छोटी-छोटी चींटियाँ फौलादी पिंजड़े पर धक्के मार रही थीं। बिना बल्मीकवाली चींटियाँ ओलती की शरण माँग रही थीं। निर्जन जंगल में विधवा बनी मानवता नाम की राँड अँधेरे का हाथ पकड़कर कहीं भाग गयी थी।

पाँच

नेता लोग खैरापुर की ग्रामपंचायत में सुबह से ही प्रतीक्षा में बैठे थे। जिलाधिकारी अनिल देशमुख पुनर्वास-बस्ती को भेंट देने के लिए आनेवाले थे। खैरमोडे मास्टर ने आंबेपुर जाकर कुछ चाबियाँ घुमाई होंगी। खैरापुरवासियों की समझ में नहीं आ रहा था कि साहब के मन में निश्चित क्या चल रहा है। राघू भिवा, बबेराव जाधव, उपाध्यक्ष लाला तथा दत्तू करवंदे—सब-के-सब सहमे हुए थे। उन सबकी दौड़-धूप इसलिए चल रही थी कि आज की भेंट में गड़े हुए मुर्दे न उखाड़े जाएँ। सब लोगों ने योजना बनाई थी कि साहब को पहले कारखाने पर बुलाया जाए, शरबत पिलाकर शान्त किया जाए और उसके बाद ही वे आगे गोट-बस्ती चले जायें। चेयरमन सर्जेराव ने फोन पर साहब को निमंत्रण दिया। साहब ने कारखाने पर जाने से इंकार किया; लेकिन जाते-जाते खैरापुर ग्रामपंचायत में चाय-पानी के लिए रुकना स्वीकार किया।

सर्जेराव को किसी बात की परवाह नहीं थी। कलेक्टर आए या कोई दूसरा आए। एक तो पहले से ही खानदानी रुबाब और अब हाथ में चीनी मिल ! सांसद शिंगाडे पाटील ने सही जगह पर खूँटा गाड़कर सर्जेराव की सुविधा की थी। राघू भिवा बबेराव तथा लाला-दत्तू के बहुत आग्रह करने पर सर्जेराव ने साहब के सामने जाना तय किया।

लाला-दत्तू का धीरज जवाब दे चुका था। देशमुख युवा और जाहिल हैं। किसी का मुलाहिजा न रखकर फटाफट निर्णय लेते हैं। आज तक लाला-दत्तू की जोड़ी ने कई अधिकारियों को पचा डाला था, लेकिन यह पानी कुछ तेज था। हो सकता है उबलकर

छींटें बदन पर आ जायेंगे और जख्मी करेंगे। दत्तू केवल अपना हित कभी भी नहीं देखता था। वह अपने साथ अपने गुरु—लाला का भी कल्याण करता था। भोंसले परिवार की तारा बहन अपनी बहन के साथ सांगोला में रहती थी। वह पिछले साल ही चल बसी। उसे लाभक्षेत्र में नदी किनारे पर पाँच एकड़, सिंचाई की सुविधावाली जमीन मिली थी। उसकी जोताई-बोआई लाला ही करता था। वह मजदूर लगाकर गन्ने की पैदावार करता था और उसमें से थोड़ा-सा हिस्सा तारा बहन को भिजवाता था। दत्तू ने दो साल पहले चुपचाप एक खुराफात की थी। लाला के नाम से झूठा ही बख्शीश तैयार करवा ली थी। किसी दूसरी ही नकली महिला को अदालत में खड़ा कर कागज बनवाया था। खाते पर लाला का नाम चढ़ गया था। देर से ही सही तारा बहन के लड़के जग गये थे। उन्होंने देशमुख साहब के पास लिखित शिकायत की थी। साहब ने जाँच के लिए लाला को नोटिस भिजवाया। उन्होंने इस बात की परवाह ही नहीं की कि लाला जिला परिषद का उपाध्यक्ष है या कोई और है। लाला ने इतने दिन राजनीति की, पर ऐसा नोटिस उसने कभी भी नहीं देखा था।

दत्तू के बारह खातों की भी जाँच शुरू हुई थी। उसने अपने परिवारवालों के बारह अलग-अलग खाते दिखाकर पचास-साठ एकड़ जमीन हथिया ली थी। इब्राहीम पटवारी ने समय रहते संकेत दिया, तभी तो उसने कलम चार के जारी होने से पहले ही आधे खातों का विभाजन करवा लिया था। काम गैर-कानूनी ही था पर कागज पर व्यवस्थित कराकर उसे कानूनी रूप दिया गया था। कलक्टर कुछ भी फैसला कर दें पर अदालती फैसला उसके पक्ष में ही होगा। उसका सोचना था कि कानून के बल पर ऐसे दसियों अधिकारियों को धता बतायेगा; लेकिन् यह रोज की किचकिच किसलिए ? साहब की ओर से मामला सध जाये तो अच्छा ही होगा—इसी विचार से पुष्पहार लिये, साहब के आगे-आगे करने के लिए वह तैयार था। वह सर्जेराव के साथ कानाफूसी कर रहा था। उसने शिंगाडे पाटील की हवेली से कुछ ही दूरी पर मंजिलवाला रंगीन मकान बनवाया था। उसका प्रिय शिष्य ताया शिकायती अर्जियों की गेंडुरी लिये साहब की प्रतीक्षा कर रहा था।

सबसे पहले पुनर्वास विभाग की जीप आई, उसमें से काँख में बड़ी-बड़ी फाइलें लेकर एकबोटे नीचे उतरे। जिलाधिकारी सम्पूर्ण अवलोकन के लिए आनेवाले थे, इसलिए प्रत्येक विभाग के अधिकारी इकट्ठा हुए थे। एकबोटे को पता चला कि सर्जेराव भीतर ऑफिस में हैं। वे तेजी से भीतर गये। उन्होंने चेयरमन साहब को झुककर अभिवादन किया।

"क्यों राव साहब, आपका पुनर्वास विभाग कैसा चल रहा है ?"

"चेयरमन साहब, सच बताऊँ ? यह मैं ही हूँ कि बर्दाश्त कर रहा हूँ। किसी तरह दिन बिता रहा हूँ, वरना यह भी कोई नौकरी है ? पुनर्वास के हजारों झंझट। पता नहीं मैं कहाँ से इस गाद में गिर गया ?"

"क्या मंत्रालय से आर्डर ले आऊँ ? क्या आप बाघेठाण के तहसीलदार के रूप में फिर से आने के लिए तैयार हैं ?" सर्जेराव ने पूछा।

"ना, ना, ऐसा मत कीजिए।" एकबोटे घबड़ाकर बोले, "हमारे साहब का क्या कहना ? बहुत डेन्जर आदमी है। दसियों झंझट पीछे लगायेगा। मैं उन झंझटों से कैसे पार पाऊँगा ?"

"आप क्यों घबड़ाते हैं ? आपका साहब चार दिन का मेहमान है। वह ज्यादा दिन नहीं रहेगा।"

एकबोटे के मन की बात चेयरमन के मुख से निकली। सुनकर एकबोटे 'खी-खी' कर बहुत दिनों के बाद तहेदिल से हँस पड़े,–"मेहमान के चले जाने पर तुरन्त वहाँ पर आ जाऊँगा, पर तब तक किसी प्रकार का झंझट नहीं चाहिए।"

"चेयरमन साहब आप इस मेहमान को कितने दिन रखेंगे ? तब तक हम तो जी नहीं पायेंगे।" दत्तू शिकायती लहजे में बोला, "क्या हमने आज तक कम कलक्टर देखे हैं ? अजी अधिकारी को कैसे रहना चाहिए ? पान का डंठल हलके हाथ से कब तोड़ा गया, पान में कब चूना लगाया गया और बीड़ा कब रँग गया–इसका पता ही नहीं लगना चाहिए। बाँधपीड़ित तो झुँझलाये हुए होते हैं। उनका दिमाग हमेशा ही गरम रहता है, पर कम-से-कम कलक्टर को तो ठण्डे दिमाग से काम करना चाहिए न ? 'हाँ, कर दूँगा, कर दूँगा' कहकर दिन निकालने चाहिए। बाल-बच्चों को साथ में लिये सरकारी गाड़ियों में घूमने का मजा लेना चाहिए, रेस्ट-हाउस में रुककर आनंद लेना चाहिए। ऐसा करते-करते तीन साल यों ही हँसते-खेलते बीत जायेंगे कि इतने में प्रमोशन का समय आ जायेगा, पर इस पट्ठे की बात ही कुछ निराली है। किसी ने जरा-सी शिकायत की नहीं कि तुरन्त उकेरना और कुरेदना–इसकी जाँच करो। उसको सस्पेंड करो। यह भी कोई व्यवस्था हुई ? क्या चल रहा है इस जिले में ?"

एकबोटे साहब ने शांति से कहा, "यह सब उस खैरमोडे मास्टर की शरारत है। पहले उसका मुँह बंद करना चाहिए।"

"आपने बिलकुल मेरे मन की बात कही। सचमुच यह कलक्टर उस मास्टर के हाथ की कठपुतली बन गया है। सुना है, परसों उन सब लड़कों को, जिनकी सिफ़ारिश मास्टर ने की थी, कलक्टर ने भर्ती कर लिया।" राघू भिवा ने कहा।

गप्पें चल रही थीं। दूसरे कई विभागों के अधिकारी जमा हुए। चर्चा में से बात निकली कि खैरमोडे मास्टरजी ने नये साहब को कई शिकायती अर्जियाँ दी थीं। सस्ते अनाज की दूकान चलानेवाला तातोबा गंभीर मुँह किये बीड़ी फूँक रहा था। लेबर सोसाइटी का अध्यक्ष बबेराव जाधव अपनी जीप लिये सुबह से ही उपस्थित था। वह राघू भिवा का फुफेरा भाई था। अभी-अभी हुए आम चुनाव से तो वह सांसद शिंगाडे की हवेली पर रूबाब में बैठता दिखाई देता था। उसने शिंगाडे की प्रचार सभाओं में लारियाँ और जीपों की व्यवस्था करने में कोई कसर नहीं रखी थी। उसने सांसद की सहायता के

लिए भी जी-तोड़ मेहनत की थी। लेकिन सुना है, मास्टरजी ने उसे भी शिकायत में फँसा दिया था। पिछले साल उसी ने गोट-बस्ती की ओर जानेवाला रास्ता लेबर सोसाइटी की मार्फत बनवा लिया था। सारे लोग उखड़े हुए मन से साहब की प्रतीक्षा कर रहे थे।

आखिर नौ के लगभग साहब की गाड़ी आयी और पंचायत के दरवाजे पर खड़ी हुईं। सर्जेराव ने दरवाजे पर ही साहब का स्वागत किया। उनके गले में एक बहुत बड़ा पुष्पहार पहना दिया। स्वागत के बाद ग्रामपंचायत में चाय-पान आरंभ हुआ। सर्जेराव ने तश्तरी को साहब के आगे रखकर उन्हें काजू ले लेने का आग्रह किया। चाय पीते-पीते उन्होंने अपने निकटतम सभी कार्यकर्त्ताओं का परिचय करा दिया। बीच में ही दत्तू करवंदे बोला–

"ताया, अरे ओ तायाप्पा; जरा आगे आओ। कहो, तुम्हारी क्या शिकायत है?"

ताया कांबले हाथ जोड़कर आगे आया। उसके साथ उसका लड़का गज्जू भी खड़ा था। वह घबड़ाया हुआ था। तायाप्पा मुँह छोटा कर बोला, "साहब, मामला जरा नाजुक है।"

"जो भी हो साफ-साफ बताओ।"

"यह है मेरा लड़का गज्जू। इसके पास बाँधपीड़ित का प्रमाणपत्र है। परसों आपके यहाँ नौकर-भर्ती थी। तब खैरमोडे मास्टर ने इसे बुला लिया। उन्होंने कहा–साहब तुम्हारा काम जरूर कर देंगे, पर नौकरी पाने के लिए साहब को पाँच हजार रुपये देने पड़ेंगे..."

साहब गम्भीर हुए। उनका उतरा हुआ मुँह देखकर चेयरमन सर्जेराव ने कहा, "देखिए साहब, यह बाँधपीड़ितों की ही शिकायत है। उस मास्टर के खिलाफ इस प्रकार की शिकायतें रोज आती हैं..."

"बन्द करो, यह बड़-बड़।" साहब गुस्से में बोले, "मैं अच्छी तरह से जानता हूँ कि कौन कैसा है और क्या है। क्या नाम बताया रे तूने ?"

"ताया कांबले..."

"तुम्हारा हफ्ता बंद हो गया ना ? क्या, चोरगे क्लर्क और तुम–दोनों के कच्चे चिट्ठे मुझे मालूम नहीं हैं ? ध्यान में रखो, ठीक से रहो; नहीं, पैरों में बेड़ियाँ पड़ेंगी।" साहब गरज उठे।

ताया घबड़ा गया। वह बहुत परेशान हुआ। हकलाकर बोलने लगा। उसे पसीना छूटा। साहब उठे। वे पवार साहब के साथ गाड़ी में बैठकर गोट-बस्ती की ओर रवाना हुए। अपमानित चेयरमन उनके साथ नहीं गये; लेकिन बेशरम लाला-दत्तू अपनी गाड़ियाँ लिये गोट-बस्ती की ओर चले गये।

'बीठलाई के आम' के निकट ही बाँधपीड़ितों ने बाँस की एक सादा कमान खड़ी की थी। उस पर चम्पे के फूलों की मालायें लटकाई थीं। पूरी गोट-बस्ती के लोग अच्छे कपड़े पहनकर साहब के स्वागत में खड़े थे। हीरा मास्टरनी ने अतिथि को हल्दी-कुमकुम लगाया। आवडाई ने सबकी आरती उतारी। इस्माईल भैया का पुराना ताशा और बालू

बजनिया का पपैया बज रहा था। साहब पैदल ही आगे बढ़े। उनकी पैनी नजर इधर-उधर घूम रही थी। उन्होंने रास्ते की ओर देखकर मास्टरजी से पूछा, "क्या लेबर सोसाइटी का बनाया हुआ रास्ता यही है ?" मास्टरजी ने गरदन हिलाई। साहब ने झेड.पी. के कार्यकारी अभियंता को बुला लिया, उन्होंने उसके कान में कुछ कहा। जुलूस आगे निकला और अभियंता रास्ते की पैमाइश करने लगा।

साहब गोट-बस्ती में घूमने लगे। आन्तरिक रास्तों को देखकर उन्होंने नाक-भौं सिकोड़ ली। देशमुख साहब गोट-बस्ती का निरीक्षण कर रहे थे। उनके हृदय में हलचल मच गई थी। कागज पर मजबूत कंकड़ी दिखाकर प्रत्यक्ष हलकी बजरी बिछाये हुए अस्त-व्यस्त रास्ते; स्कूल के बंडेर पर लोडिंग नहीं; पाँच-पचास खपरैल ही उठे हुए; नये समाज मंदिर के दरवाजे ढीले-ढाले थे। पानी के चार नल बंद ही थे। गोट-बस्ती के आधे हिस्से में बिजली आई थी। बचे हुए हिस्से में सिर्फ खम्भे खड़े थे। बिजली विभाग को तार खींचने के लिए फुर्सत नहीं मिली थी। रास्ते पर निकम्मी बत्तियाँ, चारों ओर गन्ने की खेती के कारण हवा तंग; निकट ही बहनेवाला नाला; गोट-बस्ती की दलदल; मच्छर; घास-फूस तथा कच्ची ईंटों के आधे-अधूरे मकान—बाधँपीड़ितों का दयनीय जीवन देखकर साहब बहुत दुखी हुए। उन्होंने कहा—

"यह साईट सिलेक्शन कितना फालतू है। यह भी कोई बस्ती की जगह हुई ?"

"साहब, पहले, बस्ती के लिए बस अड्डे के निकट की जगह चुनी गयी थी।" मास्टरजी ने कहा।

"फिर क्या हुआ ?"

"साहब आपने आते समय देखा होगा जहाँ चीनी मिल की डिस्टीलरी का काम चल रहा है, वही जगह चुनी गयी थी। उनका वसीला बड़ा है। हमारी क्या ? हमें कहीं पर भी फेंक दीजिए।"

साहब चुप हो गए। यह काम उनकी शक्ति और सीमा से बाहर का था। नाले के किनारे पर घूमते हुए वे यकायक रुके। नाले को देखकर उन्होंने कहा—

"मास्टरजी, बरसात के दिनों में नाले का पानी गोट-बस्ती में आता होगा ?"

"क्या बताएँ साहब ? हम ही जानते हैं कि हम रो-रोकर किस तरह दिन बिता रहे हैं। साहब, हमारी महिलायें बाजरे के सूखे डंठलों पर प्रसूत हुई हैं। हमें कष्ट होता है, इसीलिए हम इतना तिलमिलाकर बोलते हैं।"

मास्टरजी ने साहब को दादू चौकीदार की कुटिया के निकट की जगह दिखायी। उन्होंने कहा—

"साहब, यही हमारा श्मशान है। हम बूढ़ों को यहीं पर जलाते हैं। नन्हे बालकों को यहीं पर दफनाते हैं। जब यहाँ पर मुर्दे जलाये जाते हैं, तब गोट-बस्ती के बच्चे घबड़ा जाते हैं, सहम जाते हैं। अँधेरा होने पर कोई दरवाजे से बाहर नहीं निकलता।"

"इसका अर्थ यह हुआ कि हमें आपकी, मौत की समस्या को हल करना चाहिए।"

साहब हँसकर बोले।

"साहब, आप इतना पुण्य ले लीजिए।"

"पवार, चलिए। हम खैरापुर का श्मशान देख लेते हैं। बस्ती के श्मशान की समस्या भी हल करनी होगी।" जिलाधिकारी नाले के किनारे-किनारे चलने लगे। मजबूत देशमुख साहब काँटों में से, सँकरे मेंड़ों पर से आगे-आगे चल रहे थे। दूसरे अधिकारियों में हड़बड़ी मची थी। तोंद बढ़े हुए अधिकारियों के लिए तो धूप में चलना तक मुश्किल हो गया था। नाला नदी से मिल गया। अब साहब नदी किनारे-किनारे नीचे की ओर चलने लगे। बीच-बीच में छोटी नालियों तथा मेंडों को पार करने में ऐन बरसात में यहाँ पर कितनी दिक्कत होती होगी ?—साहब इस विचार से ही बेचैन हो उठे थे। आखिर वे तीन किलोमीटर दूरी पर स्थित श्मशान पहुँचे। देशमुख साहब खुद पसीने से तर-ब-तर हो गये थे। कहने लगे—

"मास्टरजी, आप लोग बारिश में यहाँ तक कैसे आते होंगे ?"

"साहब, बारिश में जब किसी की मृत्यु होती है, तब गोट-बस्ती के निकट लाश को लाना बहुत कठिन हो जाता है--फिर दूसरा उपाय ही क्या है ? लाश को कंधे पर उठाकर कीचड़ में चलकर आते हैं।"

"जी हाँ साहब, आना ही पड़ता है। अगर नहीं आयेंगे तो लाश का क्या होगा? उसका अचार थोड़े ही डालना है ?" बूढ़ा जालिंदर बोला।

साहब ने बूढ़े की ओर विस्मित होकर देखा। बिलकुल सफेद बालवाला बूढ़ा इतनी दूरी पर पैदल आया हुआ था। आज साहब के आगमन की बात सुनकर कोई भी मजदूरी पर नहीं गया था। बंडू नाई तथा शिवा चमार ने बस अड्डे की ओर झाँका तक नहीं था। उस किनारे पर स्थित केलापुर गोट-बस्ती से कई लोग नदी पार कर आ गये थे। बाबू पवार सबसे आगे था। बहुत-सी बाट पैदल चलकर साहब लौट आये। जहाँ पर नाला समाप्त होता है वहाँ बड़ी चट्टान थी। गूलर के बड़े-बड़े तीन-चार पेड़ थे। नदी किनारे चढ़ाव था। यह जगह भी बाँधपीड़ितों की बस्ती के निकट पड़ती थी। यहाँ बारिश में भी अच्छी आड़ हो सकती थी। साहब ने पटवारी को निकट बुलाकर पूछा—

"यह जगह किसकी है ?"

"साहब, यह जगह व्यक्तिगत अधिकार में है।"

"यहाँ निकट कोई सरकारी जमीन नहीं है ?"

"जी नहीं।"

"पवार, आप यही जगह श्मशान भूमि के लिए निश्चित कीजिए। जमीन तुरंत संपादित कर काम आरंभ कीजिए।"

जाँभलीवाले खुश हुए। तभी पीछे खड़ा बबेराव आगे बढ़ा। उसने कहा, "साहब यहाँ बारिश में बहुत पानी रहता है।"

"मुझे तो ऐसा नहीं लगता।"

"साहब, श्मशान के लिए यह जगह बिलकुल अच्छी नहीं है।"

"लगता है, यह जमीन आपकी है।"

"जीऽ जीऽ हाँ साहब।" बबेराव हकलाते हुए बोला।

साहब बस्ती में लौट आये। मास्टरजी ने उन्हें दादू चौकीदार के मकान के निकट वाले भूखंड दिखाये। खैरापुरवालों ने पाँच भू-खंडों पर अतिक्रमण किया था। एक भूखंड पर मंजू की कुटिया थी। इस बात का पता चलने पर कि आज साहब आनेवाले हैं, कुटिया में ताला लगाकर वह कहीं चली गयी थी। साहब ने उसी जगह पर बाघेठाण के नूतन तहसीलदार श्री सूबेदार तथा इन्सपेक्टर श्री नलवडे को आदेश दिया कि वे अतिक्रमण को हटाकर कल शाम तक उन्हें रिपोर्ट दें। मंजू के बंद दरवाजे की ओर देखकर साहब ने पूछा--

"यह महिला कहाँ गयी है ? इसके परिवार का कोई सदस्य बस्ती में रहता है या नहीं ?"

"साहब, आप यह बात अपने सर्किल आफिसर दामले से ही पूछिए न ?" पीछे से दो शरारती लड़के कह उठे।

सब लोग हँसने लगे। दामले को पसीना छूटा। साहब ने उन्हें धमकाकर कहा, "आप बस्ती के अपने लोगों को कल ही यहाँ से निकाल दीजिए, समझे ?" तय हुआ कि समाज मंदिर के आँगन में खुले में ही बैठक ली जाय। देशमुख साहब पालथी मारकर नीचे बैठ गये। साहब की बातें सुनने के लिए बस्ती के सभी लोग चारों ओर घेरकर बैठे थे। लाला, दत्तू भी साहब की बगल में बैठे थे। यह सूचित करने पर कि श्मशान भूमि की जगह निश्चित की गयी है, सभी लोगों ने तालियाँ बजायीं। कुछ लोगों ने स्कूल तथा समाज-मंदिर के निर्माण कार्य के संबंध में फिर से शिकायत की। देशमुख साहब ने कार्यकारी अभियंता से पूछा--

"सोनारे, इस काम का ठेका किसको दिया गया था ?"

"साहब, ठेका बाँधपीड़ित को दिया गया था।"

"आप उसका नाम बताइए न।" पीछे से बाबू चिल्लाया।

"तायाप्पा धर्माप्पा कांबले।"

"वही, जिसने अभी-अभी शिकायत की थी ?" साहब ने आश्चर्य से पूछा।

"नाम सुनते ही, कोने में मुँह लटकाये बैठा ताया कांबले घबड़ाकर उठ खड़ा हुआ। म्हाकू भोंसले पूछने लगा--

"साहब, क्या आपको लगता है कि यह असली ठेकेदार है ? यह तो केवल नाम का ठेकेदार है।"

"फिर असली ठेकेदार कौन है ?"

"मैं बताता हूँ, ठेकेदार वही है।" दत्तू खड़ा होकर बोलने लगा, "रुपये-पैसे की जरूरत पड़ने पर मैं उसकी सहायता करता हूँ।"

"बात समझ में आ गयी। क्या ढूँढ़ निकाले हैं ठेकेदार ?" साहब ने नाराज होकर कहा, "थोड़ी देर पहले देख लिया है न ?"

"साहब, वह तो बाहर-बाहर से देखना हुआ। आप जरा भीतर जाकर देखिए न। तब जाकर पता चलेगा कि सरकारी रुपया कैसे उड़ाया जाता है। यह भी पता चलेगा कि कैसे हमारी बरबादी होती है।"

साहब भीतर स्कूल में गये। भीड़ भी उनके पीछे-पीछे सरकने लगी। म्हाकू ने एक लोहे का टुकड़ा मँगाया। भीतर के फर्श की ओर इशारा करते हुए उसने कहा, "साहब, यह सब नया दिखाई देता है, पर यह फर्श चार महीनों तक भी नहीं टिकेगा। आप सोनारे साहब से पूछिए कि टेंडर में क्या लिखा है। नीचे रेती बिछाकर, उस पर सिमेंट की पर्त बिछाकर फिर उसमें फर्श बिठाना पड़ता है, और यह देखिए, यह क्या है ?" म्हाकू ने एक कोने में लोहे के टुकड़े का जरा-सा प्रहार किया। फर्श के दो टुकड़े निकाले। भीतर की काली मिट्टी मुट्ठी में लेकर उसे साहब के हाथ में देकर उसने कहा, "कहिए साहब, इसे रेती कहते हैं या सिमेंट ?" लाला-दत्तू के मुँह उतर गये। चिढ़े हुए म्हाकू ने बंडेर की ओर अँगुली दिखाई। कहा, "वह देखिए ऊपर के शहतीर। लकड़ी सागौन की दिखाकर काफी बिल निकलवाया गया है; पर वह जामुन की लकड़ी है। ये खिड़कियाँ, दरवाजे सब ऐसा ही है, इसमें घुन लगा है, दीमक लग गयी है। दीवारों के पलस्तर में सिमेंट है या राख ? आप ही देखिए। देखिए ! यह नाखून से भी निकल आता है। आप ऐसे काम क्यों करवाते हैं ? हर साल नया टेंडर क्यों निकलवाते हैं ? हमारे बच्चे नीचे दबकर मरेंगे, इसकी जिम्मेदारी किसकी ?"

दोनों इमारतों के निर्माण-कार्य का स्तर देखकर साहब क्रुद्ध हो गये। वे वापस बैठक की जगह पर आ गये। उन्होंने सोनारे से कड़ी आवाज में पूछा–

"क्यों सोनारे साहब ? आपके काम करने का यही ढंग है ? आपने टेंडर के अनुसार कार्य पूरा हो जाने का सर्टिफिकेट दिया होगा ?"

"सर-सर, बाँधपीड़ितों की सभी बातें सही नहीं हैं। वह जामुन की लकड़ी नहीं है, हल्का सागौन है।"

"साहब, यह आप क्या कह रहे हैं ?" मास्टरजी ने उठकर पूछा, "सागौन कितना भी हल्का हो क्या उसमें घुन और दीमक लगती है ? हम ऊपर पेड़ों के इलाके से ही तो आये हैं न ? आप हमें पेड़ों के प्रकारों के संबंध में पढ़ायेंगे ?"

साहब, तीखी नजर से सोनारे साहब की ओर देखने लगे। सोनारे हकलाते हुए बोले, "सर-सर, ठेकेदार को पेमेंट की अंतिम किस्त का भुगतान नहीं किया गया है। जब तक काम अच्छा नहीं होगा, हम पेमेंट रोके रखेंगे।"

"वाह रे वाह !!" मास्टरजी खीझकर बोले, "पेमेंट की आखिरी किस्त ? साहब, मालूम है आखिरी किस्त कितनी बची है ? सिर्फ बारह सौ पचास रुपये। क्या चार-चार लाख के बिलों का भुगतान करते समय काम की क्वालिटी समझ में नहीं आयी थी?"

"सोनारे, आपकी सर्विस कितनी बची है ?"

"छह महीने।" रूमाल से पसीना पोंछकर सोनारे ने कहा।

"सोनारे और दत्तोपंत, मैं आप दोनों को ताकीद देता हूँ, आगामी पंद्रह दिनों के भीतर इस इमारत के घटिया काम ठीक हो जाने चाहिए। आप खपड़ैल निकाल दीजिए। बंडेर पर सागौन ही चाहिए। फर्श नये सिरे से बिछा दीजिए। दरवाजे बदल दीजिए। पलस्तर अच्छा हो। मैं पंद्रह दिनों के बाद एक विश्वसनीय इंजिनियर भेज दूँगा। ये सभी काम ठीक होंगे, तो अच्छा ही होगा; नहीं, मैं आपको यरवदा जेल में कड़ी कैद भोगने के लिए विवश कर दूँगा। नानसेन्स !"

साहब की तड़प देखकर सभी बोलने लगे। बबेराव जाधव और उसके द्वारा बनवाये गये रास्तों की कलई खुल गयी। उसने मजबूत कंकरीट की जगह पर कमजोर बजरी बिछा दी थी। मजदूरों का झूठा पंजीयन कर बोगस लेबर सोसाइटी की स्थापना की थी। रास्ते के दस लाख उड़ा लिये। संदेह है कि प्रत्यक्षतः दो-तीन लाख रुपये भी खर्च हुए हैं या नहीं। मास्टरजी ने यह बता दिया। बबेराव ने गिड़गिड़ाकर कहा कि वह एक महीने के भीतर संपूर्ण रास्ता अच्छा बना देगा। बबेराव अपने विरुद्ध कठोर कार्रवाई नहीं चाहता था। बैठक में यह भी शिकायत की गयी कि खैरापुर की अनाज-दूकान में गोट-बस्ती के राशन-कार्ड हैं, पर माल सीधे बाहरवालों को बेचा जाता है। मास्टरजी की माँग के अनुसार साहब ने आश्वासन दिया कि म्हाकू को दो दिन में दो नयी दूकानों की अनुमति दी जायेगी। बिजली विभाग ने अपनी ओर से कहा कि आठ-दस दिनों के भीतर बचे हुए तार भी खींचे जायेंगे।

बैठक समाप्त हुई। मास्टरजी देशमुख तथा पवार साहब को चाय के लिए अपने छोटे घर में ले गये। साहब ने संतोष के साथ चाय ली। मास्टरजी ने नम्रता से कहा–

"साहब, अगर हमें मालूम होता कि आप इतनी रुचि लेकर पूरा दिन यहाँ बिताने वाले हैं, तो हम भोजन की व्यवस्था कर देते।"

"आप हमारे यहाँ पर ही भोजन के लिए आ जाइए।" साहब ने कहा।

साहब चलने लगे। मास्टरजी ने बाबासाहब की प्रतिमा को नमस्कार किया। वे साहब के सामने भी हाथ जोड़कर खड़े रहे। आँखों में पानी लाकर कहने लगे–

"साहब, प्रजातंत्र की इस हवा में उन्हीं के काम होते हैं जो अपनी माँगों को आगे धकेलते रहते हैं। बार-बार चिल्लाने पर भी हम जैसे बाँधपीड़ितो की ओर कोई ध्यान नहीं देता।"

"प्रजातंत्र कब कहता है कि काम ठीक से मत करो ?" साहब ने कहा।

"साहब, कैसे काम होंगे ?" बूढ़ा जालिंदर खैरापुर की ओर हाथ का इशारा कर बोला, "वह देखिए खैरापुर के महादेव का मंदिर। कहते हैं, उसे चार सौ साल पहले बनवाया गया है। देखिए, आज भी वह मजबूत है। आज तो नेता ही ठेकेदार बने हुए हैं। पत्तल पर भोजन आने से पहले ही , भोजन बनवाने के बर्तन ही उड़ा लिये इन

लोगों ने। सब सत्यानास कर दिया !"

साहब ने, मास्टरजी का दिया हुआ श्रीफल तथा पान का बीड़ा मनोयोग से स्वीकार किया। उन्होंने चारों ओर खड़े लोगों से हाथ ऊँचा कर विदा ली। साहब गाड़ी में बैठ गये। गाड़ी खैरापुर से बाहर निकल गयी। साहब के उत्साह और तड़प से प्रभावित दिलीप पवार बोले–

"सर, आज का दिन दमदार था।"

"इस प्रकार के निर्णयों के बिना ये धूर्त लोग राह पर नहीं आयेंगे।"

"लेकिन साहब, ये सब ठेकेदार सांसद के बगल-बच्चे हैं। आज बहुत नाराज हुए होंगे।"

"इससे क्या होगा ? तबादला ही तो होगा ? मुझे कोई आपत्ति नहीं। घर पर नासिक में दो जून रोटी आराम से मिलेगी। नौकरी भले ही चली जाय, मैं इन उन्मत्त लोगों को छोड़ूँगा नहीं।"

उस रात खैरापुर के सभी लोग सांसद के दरवाजे पर अड्डा जमाये बैठे रहे। सर्जेराव बहुत गरम हुआ था। इन सब लोगों को साथ लेकर उसे जिले में राजनीति करनी थी। बबेराव झल्लाया था, "श्मशान भूमि के लिए मेरी ही जमीन क्यों प्रस्तावित की जा रही है ? इसमें जरूर ही विरोधियों का हाथ है। मैं आपका आदमी हूँ ना ?"

दत्तू करवंदे ने भी चिढ़कर कहा–

"आबाजी, यह आदमी अगर इसी प्रकार हमारी दुर्दशा करता रहेगा तो हम गरीब कार्यकर्त्ता किसका मुँह ताकते रहें ?"

"दत्तू, क्या तुम लोगों के काम ठीक रहते हैं ? आठ वर्षों में तीन बार स्कूल की इमारत गिर गयी, यह भी कोई निर्माण-कार्य हुआ ?" सांसद ने कहा।

"लेकिन इमारत फिर से बनवायी न ?"

"बिल भी तो फिर से लिया न ?"

"आबाजी, आप जो भी कहें, पर बाहर से उठकर आये हुए बाँधपीड़ितों के कारण हमारी राजनीति धोखे में आ रही है। अगर ऐसा ही होता रहेगा, तो वह मुझे मंजूर नहीं। आप किसलिए प्रतीक्षा कर रहे हैं ?"

"आप उस घमंडी कलक्टर का तबादला कर डालिए"–सर्जेराव ने उपाय सुझाकर कहा।

"सर्जेराव ठीक ही कह रहे हैं" दाँत कुरेदकर राघू भिवा कहने लगा, "यह भी क्या अधिकारी है ? नादान कहीं का ! ऐरे-गेरे की सुनता है, कुछ भी करता है। अभी ईजार-बंद भी बाँधना नहीं जानता, और हमारी सरकार है कि उसे कलक्टर बना दिया है। सारा बचकानापन है !!"

छह

म्हाकू भोंसले कनाल सर्किल में चपरासी का काम करता था, पर पूरी गोट-बस्ती जानती थी कि उसकी यह नौकरी अधिक दिनों तक टिक नहीं पायेगी। आखिर वही हुआ। परसों देशमुख साहब के दौरे में म्हाकू ने शरारत ही की। उसने सरकारी अधिकारियों की कलई खोल दी और धूर्त ठेकेदारों की करतूतों का पर्दाफाश कर दिया। उस रात बस्ती में उसकी बहुत ही वाहवाही हुईं। बबेराव जाधव सांसद साहब का इतना निकट का आदमी; पर म्हाकू को, उस पर तोप दागने में हिचकिचाहट नहीं हुईं। एक और बात, उसने ''जाँभली बुद्रुक बाँध-पीड़ित संग्राम परिषद'' नामक संस्था का गठन करना शुरू किया। मास्टरजी ने जीवनभर में यही काम किया था पर म्हाकू की तरह सदस्यों का पंजीयन नहीं किया था। वे इतना ही जानते थे—जहाँ से भी बुलावा आये, वहाँ पर दौड़े-दौड़े जाओ और सहायता करो। म्हाकू को घर-बार, बाल-बच्चे, किसी की चिंता नहीं थी। वह मास्टरजी की छाया में पाँच-छह वर्षों तक पला-बढ़ा और साथ में रहा था। उसकी यह धारणा पक्की हुई थी कि हम संघर्ष के बिना कुछ भी पा नहीं सकते। बाँधपीड़ितों तथा उनकी समस्याओं ने उसके दिमाग में पक्का अड्डा जमाया था। इधर उसके चलने और बोलने में भी परिवर्तन आया था। बस्ती के लोग कहते कि मास्टरजी का यह प्रिय शिष्य उनसे भी दो कदम आगे बढ़ेगा। तहसील और जिला कचहरी के चक्कर, सस्ते अनाज की दूकान का जोखिम, साहब का दौरा—इन सब चीजों के पीछे वह पिछले महीनेभर से नौकरी पर गया ही नहीं। एक दिन यकायक एक रजिस्ट्री उसके हाथ में पड़ गयी। उसने उसे पढ़ा। उसकी नौकरी अस्थायी थी; पर फाटक साहब ने उसे स्थायी रूप से नौकरी से निकाल दिया था। म्हाकू हँसा, उसने उस पत्र को आग में फेंक दिया। वह मुक्त मन से मंजन करने लगा। उसे ऐसा लग रहा था कि वह पूरी तरह से मुक्त हुआ है—पिचके शव को जलाकर, तुरंत रक्षा विसर्जित कर, श्मशान से लौटने पर मिलनेवाली मुक्तता।

देशमुख साहब के दौरे के बाद बहुत सारे लोग सकपका गये थे। जिलाधिकारी ने कम समय में पुनर्वास का अच्छा अध्ययन किया था। वे कई लोगों के कच्चे चिट्ठे अच्छी तरह से जानते थे। इसलिए सब उनसे डरते थे। तबादला जब हो तब हो, पर तब तक पता नहीं, यह साहब कितने झंझट पीछे लगा देगा। दत्तू, लाला जाधव से भी अधिक घबड़ा गया था। उसने कई प्रकारों से झूठे हस्ताक्षर कर, झूठे कागज-पत्र तैयार कर जमीन को हथिया लिया था। उसने जीवनभर सारे पाप को सफेद टोपी की आड़ में पचा लिया था; लेकिन देशमुख साहब के आगे उसके एक नहीं चलती थी। साहब ने स्वयं तारा बहन के लड़कों की कैफियत ले ली थी। वह फौजदारी मामला कभी भी पीछे लग सकता था। इस बात की भी जाँच शुरू हो गयी थी कि इतनी जल्दी-जल्दी

बारह खाते कैसे बनाये गये हैं। उसमें भी, पिछले पाँच-छह सालों से स्कूल और समाज मंदिर के नाम पर बिल पास करवाकर वह उस पर मजे लूट रहा था। साहब ने उसे आगाह कर दिया था कि यह सभी गैरकानूनी मामले उसके सिर पर आ धमकेंगे।

कहते हैं, बस्ती में संपन्न हुई बैठक के बाद दत्तू को दो दिन तक नींद ही नहीं आयी। कार्यकारी अभियंता सोनारे ने दत्तू और बबेराव को परेशान कर रखा था। वह लगभग रोज ही दोनों के घर जाता। उनके सामने रुआँसा मुँह कर कहता—"क्या आपने मेरी बात पर कुछ सोचा है ? मेरी पेन्शन अब केवल छह महीने पर आयी है। क्या मेरी पेन्शन बंद करने का विचार है ? मैं आपसे कह रहा था कि बिल निकलवाने में जरा धीरज से काम लेना चाहिए।" ये दोनों बड़े नेता से जुड़े हुए थे। इसलिए बिलों पर हस्ताक्षर करते हुए सोनारे साहब ने जरा ढिलाई बरती थी। बबेराव तथा दत्तू उनसे कहते—रावसाहब, आपको किस बात की चिन्ता है ? दिल्ली की भी गर्दन हमारे हाथ में है। सांसद साहब सिर्फ एक फोन कर दें तो बंबई उलटी-पुलटी हो जायेगी। हाँ, यह जरूर है कि उन दोनों के अंजुली में घड़े खाली करते समय जरा-सा उदक सोनारे साहब के हाथ भी लग गया; पर उन्हें इस बात की जानकारी ही नहीं थी कि इस चालाकी का दंड पेन्शन को रोक देने की सीमा तक और इतनी जल्दी मिलेगा। इसीलिए उन्होंने लगातार शोर मचाया था। उन्होंने सभी नेताओं के दरवाजों पर जाकर दीनता से प्रार्थना करना शुरू किया था—आप मुझे बचाइए।

दत्तू ने इस स्वार्थी विचार से कि साहब का क्रोध कम होगा और दूसरे मामले ठंडे पड़ जायेंगे, काम शुरू किया था। उसने स्कूल तथा समाज-मंदिर के बंडेर को नीचे उतरवा लिया। उसके दरवाजों, किवाड़ों को बदल डाला। बंडेर पर जामुन की लकड़ी निकालकर वहाँ सागौन की लकड़ी बिछाना शुरू किया। जब से वह राजनीति में आया था, उसे पहली बार इस प्रकार का धक्का लग गया था। नुकसान उठाना पड़ रहा था। बात मन को चुभ रही थी; पर जब तक इस देशमुख साहब की बदली न हो जाय तब तक कुछ-न-कुछ करना ही चाहिए; नहीं, यह नाग हाथ में बेड़ियाँ भी ठोंक सकता है।

सोनारे साहब को अच्छा लगा कि कम-से-कम समाज-मंदिर और स्कूल का काम पूर्ण हो रहा है; पर गाँव के निकट के सँकरे रास्ते का पैसा बबेराव ने हड़प लिया था। उससे बाहर निकलने का रास्ता सूझ नहीं रहा था। रास्ते के लिए दस लाख रुपये तो मंजूर थे ही; पर उससे भी आगे बढ़कर सोनारे साहब ने चार लाख रुपयों के अतिरिक्त बिल मंजूर किये थे। उस काम के सिलसिले में बबेराव के लिए सांसद साहब के फोन आते। तब सोनारे साहब को लगता कि दिल्ली हमारे साथ है; पर अब, जब कि यह सारा मामला सिर पर आ पड़ा, उन्हें पसीना छूट गया।

बबेराव ऐरा-गैरा और पोचा नहीं था। उसका, कार्य करने का एक सूत्र था। आदमी कितना भी बड़ा हो, उसकी एक कीमत हुआ करती है। उसकी कीमत चुकाने पर काम कानून की प्रतीक्षा करते नहीं बैठते। बीचवाले छेदों-दरारों से वे बाहर आते हैं। बिल

फटाफट निकलने लगते हैं। बबेराव का, आज तक का यही अनुभव था। वह इसी सूत्र के आधार पर म्हागू तथा मास्टरजी की कीमत चुकाना चाहता था—"जिसका जो भी मूल्य होगा, उसे चुकता कर मुक्त होना चाहिए। फिर निर्भिक हो आगे के काम में लगने में सुविधा हो जाती है।" किसी भी हालत में म्हाकू तथा मास्टरजी की आवाज बंद कर देनी होगी। ये मूर्ख बाँधपीड़ित मनमानी कर रहे हैं। उन्हीं के कारण मरे हुए भी चलने लगते हैं, बोलने लगते हैं। एक बार इनके मुँह बंद हो जाने पर मामला ढीला हो जाता है। कलक्टर को तो पूरे जिले का काम करना होता है, उसे इतनी फुरसत कहाँ होती है ? पर इनकी भद्दी बातों से पानी के तल की गंदगी ऊपर आ जाती है। गाँव के निकटवाले रास्ते ने गंभीर मोड़ धारण कर लिया था। दो-तीन समाचार-पत्रों में समाचार निकले थे। बबेराव लोगों के संतोष के लिए, रास्ते के काम पर लाख-डेढ़ लाख रुपये खर्च करने के लिए तैयार था। उसको पूरा यकीन था कि जिलाधिकारी, मुआयने के लिए जिस किसी इंजिनिअर को भेज देगा, उसकी रिपोर्ट को बड़ी सहजता से 'मैनेज' किया जा सकता है; पर आखिर वह भी क्या कहेगा ? आप पहले उस मास्टर तथा म्हाकू का मुँह बंद कीजिए; रिपोर्ट की बात आप मेरे ऊपर सौंप दीजिए। बात घूम-फिर कर वहीं पर आती है—मास्टर और म्हाकू।

पता नहीं उस दिन कलक्टर किस मुहूर्त पर गोट-बस्ती का मुआयना करने आये? यह भी कोई बात हुई कि, उन उठाईगीरों की श्मशान भूमि के लिए मेरी ही नदी किनारे की चार एकड़ जमीन को पसंद किया जाय ? बबेराव की आदत थी—जिसके लिए जो देना होगा उसे वह देकर झट-झट काम करवा लिया जाय।

पर इन बाँधपीड़ितों ने तो जान आफत में डाल दी थी। लाला जाधव स्वयं जाँभली गाँव के ही थे। उसमें भी वे सांसद-गुट के थे; इसलिए बबेराव ने सोचा कि वहीं पर जाकर समस्या का हल निकाल लिया जाय। बबेराव की मारुति मोटर आंबेपुर में, जाधव के बँगले के सामने रुक गयी।

"हम भी जाधव, आप भी जाधव। लालासाहब आप अपनी बिरादरी को कितना कष्ट देंगे ?" बबेराव ने पूछा।

"कहो, सुबह-सुबह क्या बात हुई ?"

"बात यह है", लाला के बिलकुल निकट जाकर, बबेराव ने बात उनके कान में कही, "उस मास्टर को जो भी कुछ देना है, देकर मुक्त होना ठीक होगा।"

"पागल मत बनो।" लाला ने बबेराव को घुड़कते हुए कहा, "क्या खैरमोडे मास्टर को हम आज पहचानते हैं ? वह हमारे दादू चौकीदार का छोटा भाई है। ऐसे मामले में उसके पास जाओगे तो तुम्हें मुँह की खानी पड़ेगी। वह आदमी नियम का पक्का है।"

"उसका जो भी कुछ हो..."

"उसके पास यह लेन-देन नहीं चलेगा।"

"वह जितना भी माँगेगा उतना..."

"बबेराव, हम लोगों की बात निराली है; हम लोगों ने क्या हया-शरम सबकुछ ताक पर रख दिया है। भगवान ने हया-शरम की चिन्ता करनेवाले चार आदमी जीवित रखे हैं, इसीलिए तो यह संसार चल रहा है। तुम समझदार बनो और यह रास्ता छोड़ दो। अगर दूसरे रास्ते चलकर भगवान और मंदिर मिलता हो तो जरूर देखना।" बबेराव इतनी सहजता से नाराज होनेवाला आदमी नहीं था। वह सीधे उठकर खैरापुर, दत्तू के पास चला गया। दत्तू ने भी ना कहा। उसने बताया कि मास्टर नियम का बहुत पक्का है। बात करते-करते दत्तू ने दस वर्ष पुरानी, हड़ताल की हकीकत बतायी–रामय्या लाखों रुपयों की गड्डियाँ लिये मास्टर के घर गया था; पर मास्टर जरा भी विचलित नहीं हुआ। उस मामले में गाँव को उल्लू बनाकर हमने और अन्य लोगों ने कैसे जेबें गरम कर लीं। इतनी बड़ी पूँजी इधर के दिनों में कभी भी हाथ नहीं लगी। बबेराव दत्तू के बँगले से बाहर निकला; फिर भी उसके दिमाग में यही विचार चल रहा था। किसी आदमी को 'मैनेज' नहीं किया जा सकता ? यह कैसे संभव है ? बबेराव इसे अपनी पराजय मान रहा था।

दूसरे दिन खैरमोडे मास्टरजी के संबंध में पूछताछ करते-करते बबेराव को एक अलग ही बात की जानकारी मिली। मास्टरजी की, शेवंता नामक अकेली लड़की है। कहते हैं, मास्टरजी को अपनी लड़की से बहुत ममत्व है। उसी शेवंता को उसके ससुराल वालों ने मैके भेजा है। दामाद को बुलेट गाड़ी चाहिए। दामाद की अपेक्षा उसका बाप बुलेट गाड़ी के लिए ज्यादा उत्सुक हुआ था। वह बुलेट गाड़ी की पिछली सीट पर बैठ कर संतोष पाना चाहता था। मास्टरजी को, जो भी पेन्शन थी, उसमें गृहस्थी और यात्रा का खर्चा चलाना मुश्किल था; ऐसी स्थिति में मास्टरजी बुलेट गाड़ी कहाँ से लायेंगे ?

मास्टरजी कभी-कभी जीवन से ऊब जाते थे। समझौते की भी एक सीमा होती है। उस समझौते से क्या लाभ जो जीवन के प्रति ही घृणा पैदा करता है ? मास्टरजी लाड़ली मोरनी के ब्याह में दहेज देने के लिए भी तैयार हुए। लड़का दुहेजू था; फिर भी उसके बाप के हाथ में आठ हजार रुपयों की पोटली दे दी। उसमें बची-खुची ग्रॅच्युईटी चली गयी। शेवंता दो बच्चों की माँ हुई; फिर भी उसके ब्याह के लिए ली गयी उधार की राशि लौटायी नहीं जा सकी। पंढरी पाटील स्वभाव से अच्छा आदमी था; तभी तो उसने रुपयों के लिए तकाजा नहीं किया था। दूसरा कोई होता तो इतने दिनों तक रुकता ?

ब्याह के बाद पहले दो साल इस खुशी में चले गये कि अपनी लाड़ली मोरनी के जीवन का कल्याण हुआ; पर डेढ़-दो साल बीतने पर ही खुशी चली गयी। समधी के असली दाँत दिखाई देने लगे। शेवंता को गालियों और बीच-बीच में मुक्कों का प्रसाद मिलने लगा। पहले से ही बाप कई दिक्कतों में दब गया था; उसके सिर पर अपना एक अलग बोझ न पड़े–इस विचार से शेवंता ने मारपीट भी सहन की। इधर की बात उधर तक होने नहीं दी; पर पास-पड़ोसवालों से मास्टरजी को पता चल ही जाता था

कि अपनी लड़की कितने सुख में है। शेवंता को बार-बार मारपीट होती थी। कारण एक ही था; मुझे यह चाहिए, वह चाहिए। मास्टरजी की पक्की धारणा हो गयी थी कि दामाद की पहली पत्नी सामान्य कारण से मरी नहीं होगी; लेन-देन की बात पर उसका गला दबोच डाला होगा।

रामचंद्र ने बुलेट गाड़ी की माँग को लेकर शेवंता को सीधे मैके भेज दिया। ससुर ने भी बल देकर कहा, "बुलेट फटफटिया को लेकर ही आना। न बन सके, तो वहीं पर रहना। हमारे रामू के लिए स्त्रियों की क्या कमी है ? दूसरी ले आयेंगे।" शेवंता नन्हें शंकर को गोद में लेकर एक दिन दोपहर को ही मास्टरजी के दरवाजे पर आ खड़ी हुई। तुलसा को कोई बस- अड्डे से ही घर ले आया था। मास्टरजी की हालत उस पुराने बरगद की तरह हुई जो आषाढ़ की बारिश में गदगद हो जाता है; पर शेवंता ने कुछ भी नहीं कहा। वह आँसू पीकर रह गयी। दूसरे दिन से ही माँ के साथ मजदूरी पर जाने लगी। उसे निराई करते-करते ससुराल की याद आती। रामचंद्र जरा समझदार था। शेवंता ने पति के घर पर बहुत कष्ट सहा था। वह राम की सीता बनने की जिद लेकर वहाँ चली गयी थी; पर रामचंद्र ठहरा माँ-बाप के हाथ की कठपुतली। अगर उसकी रीढ़ की हड्डी मजबूत होती, तो शेवंता को बच्चों के साथ घर छोड़ना न पड़ता !

शेवंता की सास महा बातूनी थी। अंट-संट बकती रहती। उसने शेवंता के माँ-बाप को तथा बाँधपीड़ितों को जितनी गालियाँ दी थीं, उतनी शायद खैरापुर के पोपट पापुद्रे ने भी नहीं दी होंगी। "क्या ही ससुराल ढूँढ़ निकाला है ? क्या ही बहू ले आये ? ये बाँध में उठे हुए लोग ! न बाप का पता न गाँव का। गाँव छोड़कर इधर-उधर रहे हैं। न जाने कहाँ-कहाँ पर खाया है ? कहाँ-कहाँ पर सोये हैं ? भगवान, तुम्हें सब मालूम है—सुना है उस गोट-बस्ती में बाजार लगता है। मेरे समधी के घर के निकट राँडों का बाजार लगता है। हमारे रामू की ही अक्ल पर पत्थर पड़ गया था। उस गोट-बस्ती की 'सीता' को ढूँढ़ लाया है। बाप झोंपड़ी में रहता है और माँ आँगन में सोती है। सभी की सभी राँड हैं।"—शेवंता जब से मैके आयी थी, इस प्रकार की भद्दी गालियों से उसकी मुक्ति हो गयी थी। जो भी होगा, देखा जायेगा। दो बच्चों के लिए जीना है। अगर मैं बच्चों को निराधार करूँगी तो वे कहाँ चले जायेंगे ?

एक दिन की बात है। बच्चे आँगन में खेल रहे थे। मास्टरजी बस्ती में किसी की मड़ैया में गये हुए थे। शेवंता तथा हीरा मास्टरनी घर के काम में लगी हुई थीं। तुरंत मजदूरी पर जाना था; तभी तुलसा दौड़ी-दौड़ी आयी। माँ से कहने लगी, "माँ, दादा और बाबूजी आये हैं।" शेवंता को विश्वास ही नहीं हो रहा था। वह झट से बाहर आयी। देखा—पति रामचंद्र, ससुर नाना कांबले दरवाजे पर खड़े हैं। रामचंद्र ने फटफटिया बगल में खड़ी की थी। दोनों के मुख प्रसन्न थे, खिले हुए थे। नाना ने थैली में से केले निकालकर तुलसा के हाथ में दे दिये। उसने हँसकर कहा, "बेटी, केले सबको दे देना, तुम्हारा दादा बुलेट गाड़ी लेकर आया है। आखिर नाना ने न सही, दादा ने तो बुलेट ले ही ली।"

सारे परिवार में खुशी फैल गयी। शेवंता चाय बनाने लगी। रामचंद्र ने तुलसा को उठाया और उसे बाहर लाकर फटफटिया पर रख दिया। किक लगाकर गाड़ी स्टार्ट की, तुलसा घबड़ाकर चिल्लाने लगी। रामचंद्र ने उसे बुलेट पर आगे बिठाया, उसकी घबड़ाहट को दूर करते हुए बोला, ''पगली, इसमें घबड़ाने की क्या बात है ? अब तो रोज ही बुलेट पर बैठेंगे।'' रामचंद्र तुलसा को बिठाकर ले चला; देखते-देखते बुलेट ने 'बीठलाई के आम' तक दो फेरे लगाये। तुलसा का भय दूर हुआ। वह दरवाजे पर खड़ी फटफटिया से हिल-मिल गयी, उससे धींगा-मुश्ती करने लगी। नन्हा शंकर भी वहीं निकट खेलने लगा।

चाय हो गयी। ससुर जल्दी करने लगा। वह लगे हाथों शेवंता को ले चलना चाहता था। वह हीरा मास्टरनी से हँसकर कह रहा था, ''मैं बस से आगे चला जाता हूँ; राजा-रानी का यह जोड़ा बुलेट पर आ जायेगा।'' सुनकर शेवंता के मुख पर प्रसन्नता छा गयी। इतने में मास्टरजी आ गये। बातें होने लगीं। रिश्तेदारों के अच्छे व्यबहार से मास्टरजी को भी प्रसन्नता हुई। हीरा मास्टरनी यह सोचकर कि बेटी तुरंत ससुराल जा रही है, कलेवा बनाने बैठ गयी। मास्टरजी ने अपने समधी नाना कांबले से पूछा—

''आपने इतनी मँहगी चीज खरीद ली। बैंक से कर्जा-वर्जा लिया होगा ?''

''ना-ना, नकद रुपये देकर खरीदी है।''

''अच्छा ?''

''हाँ जी, लड़के की इच्छा थी; उसे कैसे ना कहते ? गाँव के निकटवाली एक एकड़ जमीन को बेच दिया, ले ली फटफटिया।''

''जमीन क्यों बेच दी ? फटफटिया बाद में भी मिल सकती थी। फिर भी अच्छा किया जो सेकण्ड हैंड ले ली।''

''हाँ, यहीं पर सौदा किया। उस बबेराव ठेकेदार को अठारह हजार रुपये दिये और गाड़ी ले ली।''

''अच्छा हुआ।''

बात करते-करते बूढ़ा नाना धीरे से बोला, ''मास्टर आप क्यों इतनी जान लड़ाते हैं ? क्यों इतना छटपटाते हैं ? मैं पूछता हूँ, यह इतना दर-दर भटकना भी किसलिए? आखिर इतना कष्ट आप क्यों उठा रहे हैं ?''

''तो क्या किया जाय ?''

''अजी, केवल बाँधपीड़ित, बाँधपीड़ित चिल्लाने से क्या होता है ? कुछ अपना भी लाभ होना चाहिए न ? संगठन के नाम से ले लेना चाहिए; अपना स्वार्थ सधना चाहिए; दूसरे की भी थोड़ी-बहुत सहायता करनी चाहिए।''

''आपसे यह किसने बताया कि सब लोग कुछ पाने के लिए ही सार्वजनिक कार्य करते हैं ?'' मास्टरजी ने पूछा।

''पर मैं कहता हूँ, अगर घर बैठे कुछ मिलता हो तो आप उसे क्यों छोड़ते हैं?

लक्ष्मी को कभी ठुकराना नहीं चाहिए।'' बूढ़ा नाना जिद कर रहा था।

''कैसी लक्ष्मी ?'' मास्टरजी ने सकपकाकर पूछा।

''मैं साफ-साफ कहता हूँ, आप केवल हाँ कर दीजिए।'' नाना बहुत ही खुश होकर बोला, ''वे लोग, कहें तो आपके लिए, कहें तो संगठन के लिए, चाहे जितने रुपये देने के लिए तैयार हैं।''

''कौन लोग ?'' मास्टरजी की भौंहे तन गयीं।

''कहें तो बबेराव, कहें तो दत्तू। हर कोई चाहे जितना रुपया खर्च करने के लिए तैयार हैं।''

''मुझे उसके लिए क्या करना होगा ?'' मास्टरजी ने सीधे-सीधे पूछ लिया।

''आपको कुछ भी करना नहीं होगा; सिर्फ चुप बैठना होगा। आप किसी के संबंध में कुछ भी बोलेंगे नहीं। शिकायत नहीं करेंगे, कुछ नहीं करेंगे। सिर्फ चुप बैठने के लिए आप कितना रुपया चाहते हैं ? दस हजार ? पंद्रह हजार ? पच्चीस हजार...''

मास्टरजी को ये बातें सहन नहीं हो रही थीं। ऐसा लग रहा था मानो पूरे बदन में ही आग लग चुकी है। वे चिढ़कर बोले, ''समधी जी, अब आप चले जाइए। इससे पहले कि मेरे पैरों का जूता आपके सिर पर पड़े, आप उठिए; चुपचाप चले जाइए।'' नाना कांबले का चेहरा फीका पड़ गया। बाप-बेटे दोनों नाराज होकर उठ खड़े हुए। बूढ़े से रहा नहीं गया। वह तिलमिलाकर बोला–

''मास्टर, पागलपन छोड़िए। हम लोगों का ऐसा है कि कल या परसों मर जायेंगे– पर बाल-बच्चों का प्रश्न है। आप उनके लाभ को क्यों छोड़ रहे हैं ? आपको बुलेट खरीदने में परेशानी हो रही थी; इसलिए मैंने वह समस्या बाहर ही बाहर हल की। बिना सौदे के ही बबेराव ने हमारा यह काम कर दिया।''

''देखिए, आप मेरी बेटी को ससुराल नहीं ले जायेंगे, तो भी मुझे कोई परवाह नहीं; पर मैं अपने बुढ़ापे में किसी भी रूप में बदनाम नहीं होना चाहता। आप अभी यहाँ से निकल जाइए।''

''हाँ, हाँ चले जाते हैं।'' बूढ़ा नाना तमतमाकर बोला, ''मुए, बाँध में उठे ये लोग आखिर कूड़े में ही रहेंगे। इनकी अक्ल ही मोटी है। भगवान सुख के चार दिन दिखाना चाहता है; पर ये हैं कि अपनी ही झोंक में हैं। रहिए इसी कूड़े में !!''

बुलेट गुर्राती हुई चली गयी। शेवंता का कलेवा तवे में ही जलता रहा। वह, तुलसा तथा शंकर को अंक में भरकर रोने लगी। खैरापुर की चावड़ी के पास बबेराव खड़ा था। नाना और रामचंद्र–दोनों बाप-बेटे उसके पास चले गये। बबेराव ने दोनों की सूरत को ही भाँप लिया कि मामला कुछ सध नहीं पाया। उसने गाली देकर कहा, ''कमीनो, गाड़ी से उतर जाओ।'' रामचंद्र बबेराव के हाथ में चाबी देकर, धूल में ही, बस अड्डे की ओर पैरों को घसीटता रहा। उसके पीछे-पीछे परेशान बूढ़ा नाना भी जा रहा था। गुस्से से उसका बदन जल रहा था।

सात

जाँभली कॉलोनी का रेस्ट-हाउस शांत-शांत था। दो दिन में इधर किसी ने झाँका तक नहीं। महमद खानसामा काम न होने की वजह से दिनभर बैठा रहता था। जब इधर कोई आता-जाता है, अँगीठी सुलगती है; खाना बनता है और तब जो भी बचा-खुचा रहता है, हैबती के भगोने में पहुँच जाता है। पिछले तीन दिन से अँगीठियाँ बंद थीं। हैबती को अपने लिए स्वयं ही खाना बनाना पड़ रहा था।

रेस्ट-हाउस के पिछवाड़े में तीन पत्थरों का चूल्हा बनाया गया था। उस पर चावल पकने की "रट्ऽ रट्ऽ" की आवाज आ रही थी। हवा रुक जाने से चूल्हे का दम घुट जाता; धुआँ फैल जाता; आँखें पानी से भर जातीं। हैबती चूल्हे में फूँक लगाता। आज उसकी प्रबल इच्छा थी कि छीमी की तरकारी बनायी जाय। वह देर तक छीमी के बीज निकालता रहा। दम घुटा हुआ चूल्हा परेशान कर रहा था। मुँह और नाक से पानी टपक रहा था। खाँसी आ रही थी। इस हड़बड़ी में, बीच में ही, फूलवंती की याद आती। वह आँखों के सामने खड़ी रहती। वह हैबती के हाथ की थाली को खींच लेती; आँखें मरोड़कर कहती, "आप पुरुष होकर भी यह क्या कर रहे हैं ? देखिए, मुझे दीजिए। देखिए, मैं कितनी बढ़िया तरकारी बनाती हूँ।" सचमुच भरे-पूरे घर में होता तो पैर पसारकर बैठा होता।

हैबती के दिमाग में एक ही विचार-चक्र लगातार घूम रहा था—दस दिन के बाद उम्र के अट्ठाईस साल पूरे हो जायेंगे। उससे पहले खुलने पर ही अलीबाबा की गुफा! सरकारी नौकरी !! एक दिन भी ज्यादा बीत जाए तो सरकारी नौकरी का दरवाजा हमेशा के लिए बंद। बोरिया-बिस्तर बाँधकर खैरापुर का रास्ता पकड़ना होगा। कालीमाई, कृपा करो; इतना काम करो। ग्यारह सालों से टेंपररी तौर पर खट रहा हूँ। मन में एक ही लगन है, मेरी नौकरी ! सरकारी नौकरी !! चपरासी की ही सही, पर पर्मनंट नौकरी दो। लाडूबा, हे मेरे भगवान; तुम आँखें मूँदकर इस पहाड़ में मत बैठो। मेरे काम में ध्यान दो। मैं तुम्हारे दरवाजे पर इक्यावन नारियलों का तोरण बाँधूँगा।

इधर हैबती को ज्यादा चिंता नहीं थी। जब से देशमुख साहब आंबेपुर में कलक्टर बनकर आये हैं, हम गरीबों के काम चल निकलने लगे हैं। दस वर्ष व्यर्थ खटता रहा; पर किसी ने डब्ल्यू.सी. दी थी ? हैबती छुट्टी के दिन सीधे साहब के बँगले पर चला गया। साहब बगीचे में समाचार-पत्र पढ़ रहे थे। हैबती ने जाकर सीधे उनके पैर छू लिये।

हैबती गोविंद जाधव का केस अब तक साहब के लिए भी कंठस्थ हो गया था। उन्होंने हैबती को उठाया। धीरज देकर बोले, "हैबती चिंता मत करो, तुम पर्मनंट हो जाओगे।"

"साहब, अट्ठाईस साल की उम्र हो जाने के बाद मुझे कोई नहीं पूछेगा।"

"मैंने संबंधितों से कहा है।"

"साहब, सिर्फ कहने पर वे निर्णय कहाँ लेते हैं ? अभी डब्ल्यू.सी. (वर्क चार्ज) आर्डर कब दिया गया है ? केवल दिन पूरे होने से क्या लाभ ?"

साहब ने फोन किया। ए.सी.भोंसले साहब को लगभग दम देकर ही कहा,

"भोंसले, यह काम होना ही चाहिए।"

"लेकिन साहब..."

"आप यह लेकिन-वेकिन क्या लिये बैठे हैं ? जानते हैं न, आपका बाँध इस हैबती की जमीन पर खड़ा है। ऐसे लड़के की यह हालत ? दस वर्षों से ? नहीं। यह काम आपको करना ही चाहिए।"

"साहब, मैं आपके साथ ही इस जिले में तबादले पर आया। मुझे यह मालूम नहीं है कि पहले क्या हुआ है। लेकिन मैं ध्यान देता हूँ।"

"डबल्यू.सी. दीजिए।"

आखिर वह आर्डर मिला। उपस्थिति आरंभ हुई। धीरे-धीरे घुटनों के बल चलते-चलते वह जल्दी-जल्दी भागने लगी। दो सौ चालीस दिन पूरे होने में अब केवल दस दिन बाकी थे। उतने दिन हो जाने पर कानून से नौकरी स्थायी होगी। पर्मनंट। मिस्टर हैबतराव गोविंदराव जाधव, पर्मनंट !! बिलकुल पर्मनंट। सीधे आसमान से नीचे कूदने जैसा। उसने इसी खुशी में दो रोटियाँ मींजकर खायीं।

छीमी की रस्सेदार तरकारी के साथ चावल खाया। बगीचे में जाकर नल के नीचे बर्तन धोये। उसने रेस्ट-हाउस के बरामदे में एक कोना पकड़कर कंबल बिछा दिया। महमद खानसामा हैबती के निकट आया। उसने हैबती को आगाह किया, "अबे हैबू, पर्मनंट होने के बाद हमें मत भूलना। अच्छा खाना चाहिए।"

"महमदभाई, तुम उसकी चिंता मत करो," हैबती खुश होकर बोला, "यह, इतना बड़ा काम होने दो। तुरंत बड़ी पार्टी करेंगे। मैं, साँवलेराम, नाविक हरिबाबू और हमारे सावंत साहब–सब लोग साहब की तरह यहाँ टेबल पर बैठेंगे। जिसको मुर्गी चाहिए उसको मुर्गी। जिसको शराब चाहिए उसको शराब। किसी को गाँजा चाहिए, वह भी मिलेगा। पर बिना पर्मनंट के कुछ होगा नहीं। बिलकुल पर्मनंट होना है मुझे।"

किसी बात का ध्यान आने पर हैबती यकायक रुका; धीमी आवाज में पूछने लगा, "भाई, तुम्हारी, मटन की एक थाली का रेट क्या है ?"

"एक थाली का बाईस रुपये।"

"हैबती चुप हुआ। उसकी पीठ पर हाथ रखकर महमद बोला, "तुम काहे को फिक्र करते हो रे ? तुम पहले पर्मनंट बन जाओ। तुम्हारे लिए सहूलियत, थाली के सिर्फ बारह रुपये।"

महमद, पिछले आठ-दस सालों से हैबती के कष्टों को निकट से देख रहा था। रेस्ट-हाउस के कोने में ठिठुरकर पड़नेवाला, कभी-कभी भूखे ही दिन बितानेवाला और

फूलवंती-सदाशिव की याद आने पर तिलमिलानेवाला हैबती महमद को अपने छोटे भाई के समान लगता था। वह मन से चाहता था कि अल्लाह हैबती पर खैर करे। महमद सोने के लिए चला गया। पार्टी का बोझ हैबती के सिर से उतर गया; लेकिन पेड़े का तालमेल कैसे बिठायेंगे ? अच्छे पेड़े का दाम पैंतीस रुपये किलो था। तीन किलो के कितने रुपये हुए ?—घर पर ही दूध औटाकर पेड़े बनायेंगे। माँ अच्छे पेड़े बनाती है; पर किसी भी हालत में पेड़े चाहिए। ऊपर झाँजड़बाड़ी में गुणवंत तथा कुशाराजा के पास भी भिजवाने होंगे। कॉलोनी पर सभी साहब लोगों को देने होंगे। अपनी, खैरापुर की गोट-बस्ती में से किसी को न देने से कैसे चलेगा ? हैबती लेटे-लेटे ही उँगलियाँ गिन रहा था। आँख लगने पर भी, बीच में ही झट से जग जाता था। उसकी आँखों के सामने कड़क इस्त्री की हुई बिलकुल सफेद पोशाक पहना हुआ सरकारी चपरासी खड़ा हो जाता। टेंपररी नहीं पर्मनंट। इसके आगे फूलवंती को नीचे गोट-बस्ती में नहीं रखेंगे। कॉलोनी पर कम-से-कम किराये में छोटा-सा कमरा लेंगे। सदाशिव को यहीं के अंग्रेजी स्कूल में भेजेंगे। उसे कानवेंट में साहब के लड़के की तरह लेफ्ट-राईट करते हुए रूआब में जाना चाहिए। बेटे सदाशिव, लाड़ली फूलवंती, अब तुम लोगों का वनवास समाप्त हुआ !! हैबती पर्मनंट ! एकदम पर्मनंट !!

खुशी के उबाल के साथ-साथ हैबती का मन यों उड़ता और पहाड़ की चोटी पर जा बैठता। अगल-बगल का पूरा परिसर उसे ठिगना लगता; लेकिन उसी समय आँखों के सामने भोंसले साहब का मुख दिखाई देता। हैबती का मन उसी क्षण पहाड़ से नीचे गिर पड़ता। देशमुख साहब के द्वारा कॉलोनी पर बुलायी गयी बैठक में हैबती ने सीधे ए.सी. को नंगा कर दिया। सिंचाई विभाग अब भी उस घटना को भूला नहीं था। इसी जाँभली बाँध पर निंबालकर साहब तरक्की प्राप्त कर उप-अभियंता से कार्यकारी अभियंता हुए; पर इतने काल में उन्हें हैबती की तरह और किसी ने झटका नहीं दिया था। मीटिंग के दूसरे दिन, भोंसले साहब ने निंबालकर को आंबेपुर के ऑफिस में बुला लिया था। उनको आड़े हाथों लिया था। आपका, अपने स्टाफ पर बिलकुल कंट्रोल नहीं है। डेलीवेजिस पर काम करनेवाले उस लड़के की हिम्मत ही कैसे हुई ? निंबालकर के सिर में चार दिनों तक दर्द होता रहा। इस घटना के प्रतिशोध में विभाग मेरे मुँह का निवाला तो निकाल नहीं लेगा ? पर—पर ऐसा हो ही नहीं सकता। कलक्टर साहब ने ए.सी. से कहा है; जे.ई. सावंत साहब से भी कहा है। चारों ओर से तैयारी हो गयी है। आवडाई ने भी एक दिन उसके मुँह पर हाथ फेरकर, गद्‍गद्‍ होकर कहा था, "बेटे नौकरी-नौकरी चिल्लाकर पागल हो जाओगे। कहीं पर पाँच-छह हजार देने पड़ेंगे तो एकड़भर जमीन बेच देंगे; पर नौकरी का काम पक्का करवा लो।" इस प्रकार के काम करनेवालों से भी कह रखा है। चारों ओर से हमारी तैयारी है पर मुँह का निवाला मत छीनो। अट्ठाईसवाँ पूरा होने से पहले ही यह काम होना चाहिए। ऐसा न होने पर जीवन में सरकारी नौकरी का अवसर ही नहीं मिलेगा। काँख में झोली लटकाकर भीख ही माँगनी पड़ेगी। छोड़ा

हुआ तीर ढूँढ़ने पर वापस मिलेगा; पर बीती हुई उम्र ? मुझे उम्र वापस कौन देगा ?

दिन तिनके के समान उड़े जा रहे थे; बीत रहे थे। अट्ठाईसवाँ पूरा होने में केवल चार दिन बाकी थे। हैबती बड़ी भोर में ही जगा। स्नान कर, वह देवबन से होता हुआ लाडूबा के मंदिर पहुँचा। यद्यपि जाँभली गाँव उठ गया था, फिर भी भगवान लाडूबा पहाड़ की रखवाली करते बैठा था। हैबती ने उसके पैरों पर सिर रख दिया। उसके सामने की मिट्टी उठाकर भाल को लगाते-लगाते उसने कहा, "भगवान, मुझे सफलता देना। देखो, काम बिलकुल निकट आ गया है।" हैबती लाडूबा का पहाड़ उतरकर कॉलोनी पर, ऑफिस में आया। ऑफिस में झाडू लगाई; टेबुल और फर्नीचर को ठीक किया। उसने पानी की टंकी अच्छी तरह से माँज दी; उसमें पानी भर दिया। दस की घंटी हुई। धीरे-धीरे कर्मचारी आये। ओ.एस. आये। हैबती रोज की तरह ओ.एस. की टेबुल के पास पहुँचा। दीन आवाज में बोला—

"साहब, वह मस्टर दीजिए न।"

ओ.एस. ने न हाँ कहा, न ना। हैबती रुका, बड़े आदमी के दिल को क्यों दुखाया जाय ? पर मन चुप बैठने नहीं दे रहा था। बेचैनी बढ़ रही थी। उसने अधीर होकर कहा—

"साहब वह मस्टर दीजिए न।"

"किसका मस्टर ?"

"साहब, मुझे दस्तखत करने हैं।"

"जाओ, काम करो। एक तारीख के बाद हस्ताक्षर करो।"

"साहब, एक तारीख के बाद ?"

"हाँ-हाँ, एक तारीख के बाद। मस्टर हेड ऑफिस चला गया है। आ जाने पर हस्ताक्षर करना।"

हैबती का दिल धक्-सा हुआ। कालीमाई, तुमने यह क्या किया ? जिसका भय था, तूने मुझे उसी संकट में ढकेल दिया। हैबती घबड़ाकर लाल-लाल हो गया। उसके भाल पर पसीना छा गया। रजिस्टर से गर्दन ऊपर उठाकर ओ.एस. ने कहा, "जाधव, मैं तुम्हें क्या कह रहा हूँ ? सुनाई देता है न ?" हैबती उस जगह से हिला। न जाने कैसी-कैसी शंकायें मेरे ही दिमाग में उठती रहती हैं ? सभी अधिकारी पहले से ही मुझसे नाराज हैं। उसमें यह नया झंझट नहीं चाहिए। मस्टर किसी काम से ऊपर भिजवाया होगा। हैबती बिलकुल घबड़ा गया था; पसीना पोंछ रहा था। दूसरे क्लर्क तथा चपरासी उसकी ओर देखकर बैरी की तरह मुसकुरा रहे थे। हैबती को वह व्यंग्यभरी मुस्कान बहुत ही चुभ रही थी। निश्चय ही दाल में कुछ काला है। हैबती के मन ने उसे किसी तरह दोपहर तक रोक दिया। वह डेप्युटी इंजीनियर के केबिन में घुसा।

"जाधव, क्या है रे ?"

"साहब, मुझे आप दस्तखत के लिए मस्टर नहीं मिला।"

"तुम ओ.एस. से मिलो।"

"साहब, मैं उनसे मिला।"

"उन्होंने क्या कहा ?"

"कहते हैं, मस्टर हेड ऑफिस गया हुआ है।"

"गया है न ?"

"पर साहब, मेरी हाजिरी ?"

"मस्टर आ जाने के बाद हस्ताक्षर करो।"

"साहब, इस गरीब का ध्यान रखिए।" हैबती ने बाहर जाते-जाते जमीन पर माथा टेककर साहब को नमस्कार किया।

दिनभर सब लोगों की संदेहास्पद नजरें और व्यंग्यभरी हँसी हैबती का पीछा नहीं छोड़ रही थीं। डेप्युटी के ड्राइवर ने व्यंग्यभरे शब्दों में कहा, "क्यों हैबती पर्मनंट ? हवा-पानी, तबीयत सब ठीक है न ?" हैबती को सभी लोगों के संबंध में शंका हो रही थी। निश्चय ही दाल में कुछ काला है। जे.ई. सावंत साहब से ही पूछना चाहिए। वही असली बात बतायेगा। वह बाँधपीड़ित का ही लड़का है न ? कोयना बाँध-योजना में उसका घर-बार, खेत-खलिहान सब डूब गया। पचासों जगहों पर ठोकरें खाकर उसे अब कहीं नौकरी मिल गयी है। ऑफिस की छुट्टी हुई। सावंत साहब अकेले ही काम करते बैठे थे। हैबती उनके पास जाकर खड़ा रहा। उसका मन यकायक तिलमिला उठा,

"साहब, आप तो सच-सच बताइए। यह क्या चल रहा है ? आप और हम दोनों की जड़ एक ही है; कम-से-कम इसलिए तो बताइए।"

"हैबती, तुम यहाँ एक मिनटभर भी मत रुको। तुम्हें मस्टर नहीं मिलेगा। तुम्हारे दिन पूरे नहीं होंगे। नौकरी भी नहीं मिलेगी। दौड़कर जाओ और आंबेपुर पहुँचो। कलक्टर साहब के पैर पकड़ो। अगर होगा तो वहीं पर; नहीं तो-नहीं तो..."

"हैबती का पूरा बदन थर्रा उठा। हाथ-पैरों में चीटिंया चलने लगीं। समझ में ही नहीं आ रहा था कि क्या हो रहा है। सावंत साहब उठे। उन्होंने एक हाथ हैबती के कंधे पर रखा। दूसरे हाथ से बीस का नोट निकाला। हैबती की जेब में रखा। उसकी पीठ पर हाथ फेरकर साहब बोले, "जाओ हैबती; यहाँ समय मत गवाँओ।" हैबती दुखी होकर ऑफिस से बाहर निकला। उसका मन थोड़ा हलका हुआ था। पैरों में गति आयी। हैबती, बचे हुए तीन दिन ही जीवन की असली कमाई के समान हैं। उन तीन दिनों में काम सध जाये तो ठीक ही है वरना लाडूबा भी तुम्हारी रक्षा नहीं करेगा। वह दौड़कर महमद के घर गया; उसने अपने बक्से में से तौलिया, अंडरवियर निकालकर थैली में रख दिया। वह दौड़ा-दौड़ा बस अड्डे पर आया।

हैबती ने पूरी रात आंबेपुर के बस अड्डे पर काटी। वह सूर्योदय से पहले देशमुख साहब के बँगले पर पहुँचा। वहाँ पर उसे पता चला, साहब किसी मीटिंग के लिए बंबई गये हैं। क्या अब लौटकर बाँध के दह में जान दे दूँ ? या खेरापुर जाकर दर-दर की

खाक छानूँ ?

हैबती दिनभर कलक्टर ऑफिस के दरवाजे पर साहब की प्रतीक्षा करता रहता। साहब आज आ जायेंगे। कल आ जायेंगे। वह शाम रुपयेभर के मुरमुरे खाता और भरपेट पानी पीता। रात बस अड्डे के बाकड़े पर, बदन की मुठिया बनाकर सो जाता। खाली पेट में दर्द होने लगता। वह बीच-बीच में उठता। गट-गट पानी घूँटता। उसे लगता कि पेट भर गया है। बाकड़े में छिपे हुए, भूखे खटमल उसको काटते। हैबती का खुला बदन जाड़े में काँपने लगता; पर पर्मनंट नौकरी के लिए यह सब सहन करना ही पड़ेगा।

जैसे-जैसे दिन बीत जाता, वैसे-वैसे हैबती की बेचैनी बढ़ती जा रही थी। उम्र के अट्ठाईस वर्ष पूरे करा देनेवाला दिन उगा और हैबती के मन की घबड़ाहट और भी बढ़ गयी। दिन दहाड़े अँधेरा छा गया था; पर हैबती अपने मन को धीरज दे रहा था—देशमुख साहब निश्चय ही कुछ हल निकालेंगे। सौभाग्य से, साहब दूसरे दिन बंबई से लौटे। हैबती ने भीतर चिट भिजवायी। उत्तर मिला—"ऑफिस में मिलो।" ऑफिस का समय हो गया था। साहब की गाड़ी बाहर निकली। हैबती को डर था—साहब किसी दूसरी मीटिंग में चले न जायें। वह रेस के घोड़े की तरह गाड़ी के पीछे दौड़ने लगा। पसीने से भीगा हुआ वह ऑफिस पहुँचा; सीधे साहब के सामने जा खड़ा हुआ। उसने अपना पूरा रोना रोया। आँखों में पानी और मुँह में जान लाकर वह गिड़गिड़ा रहा था—

"साहब, उम्र चुक गयी। जवानी बाँध के काम पर बितायी। बाँध में गाँव डूब गया। बाप चल बसा। बारह साल खटते रहा और अब—जबकि मुझे पर्मनंट होना है, मस्टर छिपाकर रखा गया है। साहब, आप देखिए। कुछ होगा तो आपसे ही..."

हैबती फूट-फूटकर रोने लगा। देशमुख साहब ने उसे नीचे बिठा दिया। उन्होंने तुरंत ए.सी. को फोन किया। "भोंसले, हैबती गोविंद जाधव के केस का क्या हुआ ? मस्टर किसने दबा रखा है ? क्या मामला है ?"

"सर, सर। मुझे मालूम नहीं कि बात क्या है। मैं इमीजियट जाँभली कॉलोनी पर फोन कर पता कर लेता हूँ—आपको तुरंत सूचित करता हूँ।"

हैबती बाहर पी.ए. के कमरे में बैठा। घंटेभर बाद स्वयं भोंसले साहब आये। हैबती झट से उठ खड़ा हुआ; पर उसकी ओर ध्यान न देकर साहब सीधे देशमुख साहब के केबिन में घुसे। बाँधपीड़ित बार-बार देशमुख साहब से मिलकर कुछ का कुछ बताते रहते हैं, इसलिए भोंसले साहब खुद ही मिलने आये थे। वे अच्छी तरह जानते थे कि सरकारी नौकरी बिना शिकायत किये, मीठी जबान लिये, सबके साथ मिल-जुलकर रहकर करनी होती है। भोंसले साहब डेप्युटी से तरक्की पाते-पाते इस पद पर पहुँचे थे। देशमुख साहब की तरह वे जल्दबाजी नहीं करते थे। युवा लड़के जब सीधे बड़े पद पर आ जाते हैं, तो उनमें चार दिन इसी प्रकार का उत्साह रहता है।

"भोंसले साहब, आप हैबती के बारे में क्या कर रहे हैं ?"

"कहाँ है वह लड़का ? सर मैंने अभी कॉलोनी पर फोन लगाकर निंबालकर से

बात की। कहते हैं, वह जाधव चार दिन से वहाँ गया ही नहीं। 'नौकरी, नौकरी' कर चिल्लाता है और ऐन समय पर ऐसी उलझन खड़ी करता है।''

देशमुख साहब ने बेल दबायी। हैबती को बुलाकर पूछा, ''क्यों रे, तुम पिछले चार दिनों से कहाँ थे ?''

''साहब, मैं आपसे मिलने यहीं पर आ बैठा हूँ।''

''मतलब, मस्टर पर उपस्थिति ही नहीं ?''

''साहब, मैं वही शिकायत लेकर आया हूँ। वहाँ बैठा क्या करता ? मुझे दस्तखत करने कोई मस्टर ही नहीं दे रहा था। ओ.एस. से पूछा। डेप्युटी से लेकर निंबालकर साहब तक सबसे पूछा। साहब, मस्टर छिपाकर रखा गया है; वे चाहते हैं कि मेरे दो सौ चालीस दिन पूरे न हों। सौगंध लेकर कहता हूँ, साहब।'' हैबती आँखों में पानी लाकर बोला।

''देखो जाधव, तुम्हारा यह कहना ठीक नहीं है। क्या तुम्हारे पर्मनंट हो जाने पर बाँध टूट जाता ? तुम उठते-बैठते हर एक पर आरोप करते हो। अपनी यह आदत छोड़ दो।'' भोंसले साहब देशमुख की उपस्थिति में हैबती को सुना रहे थे, ''सर, इसको वहीं पर रुकना चाहिए था। माना कि इसकी बात सही है; बाद में शिकायत दी जा सकती थी। मैं स्वयं वहाँ जाकर जाँच कर लेता। साहब, अब आप ही बताइए, यह आखिरी चार दिनों में काम पर ही नहीं था, ऐसी स्थिति में इसके दिन कैसे पूरे होंगे ? क्यों रे, तुमने स्वयं अपना नुकसान क्यों करवा लिया ?''

हैबती को कुछ भी सूझ नहीं रहा था। वह फूट-फूटकर रो रहा था। उसकी हालत देखकर देशमुख साहब दुखी हुए। उन्होंने शांत स्वर में कहा–

''भोंसले, आप इस लड़के के लिए कुछ कीजिए। पिछली उपस्थिति लिखवा दीजिए।''

''बैक डेटस् सर ? विदाउट वर्क ? उन्हें कैसे अडजस्ट कर सकते हैं ?''

भोंसले ने देशमुख साहब की ओर विचित्र नजर से देखा। देशमुख झेंप गये। ऐसी बातें करने के लिए लिखित आदेश कौन देगा ? करनेवाला भी कैसे करेगा ? देशमुख साहब यह भी जानते थे कि अगर कोई मन पर ले तो सूजे के छेद में से हाथी भी निकल जाता है; पर निष्पाप हैबती जैसे लड़के का धागा भी अटक जाता है। भोंसले साहब ने जाते-जाते वचन दिया कि वे हैबती के केस को 'खास मामला' मानकर ऊपर भेज देंगे। उन्होंने देशमुख साहब से यह भी कहा कि वे जिलाधिकारी की हैसियत से सिफारिश जोड़ दें। जब तक ऊपर का आदेश प्राप्त नहीं होगा, हैबती को कॉलोनी पर–जहाँ पर वह है वहीं–रोजाना मजदूरी का काम दिया जायेगा। भोंसले साहब चले गये। देशमुख साहब ने सिकुड़कर खड़े हैबती से पूछा–

''हैबती, तुम यहाँ किसी निजी फैक्टरी में काम करोगे ?''

''साहब, वहाँ पर भी मुझे पर्मनंट नौकरी कौन देगा ? जब तक आष रहेंगे, वे

मुझे भी रखेंगे। साहब, आप मेरी कॉलोनी की नौकरी के संबंध में ही सोचिए। वह सरकारी नौकरी है। आप जरा जोर लगाइए, आपके ही हाथों यह होगा।"

हैबती ने देशमुख साहब के पैर छू लिये। वह बाहर निकला; गर्दन झुकाये चलने लगा। साहब के पास जिले का कारोबार था; उन्हें कई काम थे। वे फाइलों के ढ़ेर में खो गये।

आठ

मेमने अपनी-अपनी माँओं से चिपक रहे थे। उनका शोर हो रहा था। कुशाराजा बाहर, बगलवाले पत्थर पर बैठा था। सामने एक लम्बे-चौड़े कपड़े पर सरकारी कागज-पत्र, रजिस्टर, नोटिस आदि का पुलिंदा यों रखा था जैसे खेत जाते समय कलेवे की रोटियाँ एक पर एक रखी जाती हैं। कुशाराजा को लग रहा था; पुनर्वास का काम जितनी बार और जहाँ-जहाँ से ठुकराया गया था, यह पुलिंदा उसी का सबूत था।

कुशाराजा पिछले दस साल से सबके पास जाकर, लगातार चिल्ला रहा है,—"मेरा पुनर्वास करो, मेरा पुनर्बास करो !" पर उसकी कौन सुनता है ? कहते हैं कुशाराजा का पुनर्बास नियम में नहीं बैठता। अरे, ये नियम भी किसके लिए होते हैं ? आखिर आदमियों के लिए ही न ? फिर किसी की ऐसी दुर्दशा क्यों होनी चाहिए ? क्या आप लोगों को दिखाई नहीं देता ? आदमी होकर भी कुशा की हालत बंदर से बदतर हो गयी है ? मेरा अपना अच्छा-खासा गाँव मसणमाल उठ गया। पानी के इस किनारे पर मैं, मंजुला, सायरी, बिमला और छबू—भूत की तरह रह रहे हैं। लकड़बग्घे बकरियों के झुंड में घुसकर उन्हें खींचते हैं। भालुओं ने घर के आदमियों को अकेला देखकर कितनी बार सताया। आषाढ़ में तो मूसलाधार बारिश की झड़ी ही लगी रहती है। आगे पानी, पीछे पानी—सिर्फ पानी ही पानी ! लगातार होनेवाली वह बारिश ! दिन में भी अँधेरा। कभी-कभी लगता, लड़की को साथ लिये सामनेवाले दह में जान ही दे दी जाय। लड़की के ब्याह की चिन्ता अलग से परेशान करती है। अरी ओ सरकार, जब से तू पुनर्वास की बात कर रही है, लड़की बढ़कर ब्याह-योग्य हो गयी है। अरी सरकार, तुझे मुहूर्त कब मिलेगा ?

कुशाराजा की आँखें भर आतीं, वह भरी आँखों से बार-बार अपनी ओर देखता। साठ की उम्र होने में सिर्फ चार साल बाकी हैं। उसके बदन पर किसी भी प्रकार की चमक नहीं बची है। इस बाँध ने उसकी पूरी दुर्गति बना दी है। वह सौ एकड़ का मालिक था। गाँवभर में सबसे बड़ा खाता था उसका। उपजाऊ चालीस एकड़ जमीन पानी में चली गयी। बची हुई साठ एकड़ पहाड़ की ढलान पर है। हर साल पानी से बह जाती है। जी-तोड़ मेहनत कर, जरा-सी समतल भूमि देखकर उसमें मूँगफली बोयी जाती; मंडुवे

की फसल ली जाती। जब इन सभी फसलों की कटाई का समय आता, जंगली सूअर उन्हें तहस-नहस कर देते। दस-ग्यारह साल पहले सरकार ने चालीस एकड़ उपजाऊ जमीन अधिकार में कर ली। बदले में हमारे हाथ पर क्या रखा ? केवल साठ हजार ! डेढ़ हजार रुपये एकड़ ! जिस प्रकार चैत से पहले पतझड़ होती है, पत्ते उड़ जाते हैं वैसे ही ये रुपये उड़ गये; पता ही नहीं चला कि रुपये कब उड़े, कहाँ चले गये ? बची हुई जमीन कागज पर सोलह एकड़ से अधिक है, इसलिए पुनर्वास नहीं होता। इस तरह हवा, पानी और जंगली जानवरों से जूझते-जूझते कितने साल बिताने होंगे। मुझे इस यातना से मुक्त करो। अरे, मुझे अपने आदमियों में ले चलो।

कुशाप्पा की, राजा के रूप में पहले से चली आ रही ऐंठ, पिछले दस सालों में समाप्त हो गई थी। भगवान मल्हारी जी से संबंध जोड़कर क्या उपयोग ? बाप-दादाओं ने उस अवचितगढ़ पर झंडा फहराया; क्या लाभ हुआ उससे ? बकरियाँ हैं, इसलिए किसी तरह गुजर-बसर हो रही है। बदन पर टेरेलिन के सरसराते कपड़े, रंगीन किनारे की बढ़िया धोती कभी की चली गयी। बायें हाथ में चाँदी का बढ़िया कड़ा था; पता नहीं वह कहाँ चला गया ? दुनाली बंदूक से उसका कितना स्नेह था। वह गौरवचिह्न ! दादा ने उसे ब्रिटिश साहब से लिया था। वह बंदूक भी कम दामों पर बेच दी गयी। छर्रोंवाली बंदूकों के जोड़े में से एक पिछले साल बेची गयी। मंजुला मृग के आरंभ में बाजार से लौट रही थी। कोंकण की पहाड़ी चट्टान पर पैर फिसलकर गिर पड़ी। उसकी दवा-दारू के लिए बंदूक बेची गयी। आज तक यह तय किया था कि पुनर्वास हो जाने पर नीचे लाभक्षेत्र में मकान बनवायेंगे और तभी बेटी का ब्याह करायेंगे; पर पुनर्वास का भैंसा फसकाड़ा मारकर बैठा है, वह उठने के लिए तैयार ही नहीं। कितनी बार पूँछ को मरोड़ा जाय ? बेटी की उम्र लगातार बढ़ती ही जा रही है। यह बला एक बार अपने पति के घर चली जायेगी तो चिन्ता ही समाप्त होगी। भगवान मल्हारी ने आज तक बहुत कष्ट दिये। उसकी कृपा से ही मन के अनुकूल रिश्ता आ गया है; पर रुपयों के जुगाड़ का क्या होगा ?

कुशाप्पा कपड़े में बाँधे गये पीले कागजों को पुनः-पुनः देखता था। दूर जंगल-पहाड़ में कुशा नाम का एक आदमी अपने बाल-बच्चों के साथ अकेला ही रहा। चूँकि उसका पुनर्वास कानून में बैठता नहीं। 'स्पेशल केस' करने की बातें कई बार हुईं। इसका हिसाब ही नहीं कि कितनी अर्जियाँ लिख मारीं और ऊपर-नीचे भेज दी गयीं। जेजुरी के रिश्तेदार की पहचान से पुनर्वास मंत्री की, पुणे में जाकर भेंट ले ली। उनको लिखित निवेदन दिया गया। उन्होंने टिप्पणी लिखकर केस नीचे जिलाधिकारी के पास भिजवाया।

सब लोग आश्वस्त हुए कि मंत्री की टिप्पणी है, अब काम आठ-पंद्रह दिन में ही हो जायेगा। गाँव का डाकघर पानी में चला गया था। कॉलोनी के अतिरिक्त कहीं डाकघर नहीं था। काम हो जाने के आशय का पत्र कहीं कॉलोनी पर फँसा तो नहीं ? कुशाराजा हर सप्ताह के बाद पहाड़ के रास्ते, नदी के किनारे-किनारे छत्तीस किलोमीटर

पैदल कॉलोनी पर जाता। वहाँ डाकघर में सभी आदमियों से फिर-फिर पूछता। कभी-कभी जाते समय बढ़िया कटहल का बोझ ले जाता। कटाई के दिनों में पँसेरीभर कच्ची मूँगफलियाँ ले जाता और डाकघर के साहब लोगों में बाँट देता। गिड़गिड़ाकर कहता, "अगर मेरी कोई डाक हो तो जरूर बता दीजिए।" चार महीने बाट जोहने के बाद कुशाराजा सीधे आंबेपुर डी.आर.ओ. ऑफिस चला गया। वहाँ दो दिन बैठकर पत्र के संबंध में पूछता रहा। दूसरे दिन पत्रावले साहब को वह पत्र मिला। उन्होंने उसे पढ़ा। अधीर कुशाप्पा, साहब से बोला, "साहब, आप जरा लिखकर ऊपर भेज दीजिए, मेरा काम तुरंत हो जायेगा।" डी.आर.ओ. साहब ने पत्र डेप्युटी इंजिनियर के पास भिजवाया। डी.आर.ओ. साहब ने उस पर लिखा था—"संबंधित जगह पर जाकर मुआयना किया जाय। अगर नियम में नहीं बैठता हो तो यह देख लिया जाय कि पुनर्वास कैसे किया जा सकता है।" "साहब, आप मुझ गरीब का घर देखने कब चलेंगे ?" कुशाप्पा निंबालकर साहब के पीछे पड़ा था। साहब को फुरसत नहीं मिली। बरसात के दिन शुरू हुए। निंबालकर, डी.आर.ओ. को दो पंक्तियोंवाला उत्तर देकर मुक्त हुए—"बारिश की वजह से संबंधित जगह पर जाना असभंव है। बरसात के बाद मुआयना कर सविस्तार अहवाल भेज दिया जायेगा।" आषाढ़ की बरसात से कुशाप्पा ठिठुर गया। साथ में गाँव नहीं था। अपने आदमी नहीं थे। उसने मंत्रालय की ओर पत्र के बाद पत्र भेजना शुरू किया। वह पत्र लिखता और बहेलिये के किसी लड़के के हाथों कॉलोनी के डाकघर पहुँचाता। उस काम के लिए लड़के को आधी पँसेरी मँडुआ देता। मंत्रालय में कई पत्र पहुँचे। वहाँ के लोग भी जग गये। उवर सचिव ने जिला कार्यालय कों लिखा—"चूँकि अब बरसात समाप्त हुई है, संबंधित अधिकारी से अहवाल मँगाकर मामला प्रस्तुत किया जाय।" उस पत्र के पहुँचते ही कलक्टर ने उस पर सही का निशान लगाकर डेप्युटी के पास भिजवाया।

आखिर निंबालकर साहब ने तय किया कि कुशाप्पा के घर को देखेंगे, मुआयना करेंगे, पर वहाँ पर पहुँचना बड़ा कठिन काम था। तब दूध-संघ की पुरानी लांच भी नहीं थी। साहब दस कोस चलकर कैसे जायेंगे ? कुशाप्पा ने दौड़-धूप कर जामगाँव के रिश्तेदार का घोड़ा उपलब्ध किया। घोड़ा साहब का बोझ लिये दिनभर चला; आखिर साहब को कुशाप्पा की पुरानी गिरी हुई हवेली दिखाई दी। उसका मुआयना किया गया। चार मुर्गे काटकर कुशाप्पा ने साहब और उनके साथ आये हुए सभी लोगों का प्रबंध किया। महुए की शराब पिलाई। कुशाप्पा उत्साह में आकर फिर से चक्कर काटने लगा। अहवाल आधा लिखा गया था, तभी निंबालकर साहब को तरक्की मिली। अभिनंदन तथा बिदाई समारोह संपन्न हुए। कुशाराजा का हर रोज का तगादा देखकर ओ.एस. ने अहवाल, नये आये हुए गोरे साहब के सामने प्रस्तुत किया। उन्होंने पढ़ते-पढ़ते चौंककर कहा, "ओ. एस. रुकिए। आप ऐसे गंभीर मामलों पर जल्दी-जल्दी हस्ताक्षर करवा लेते हैं ? बाँधपीड़ितों के ये मामले बहुत झंझटभरे होते हैं। कल मेरे पीछे भी कोई झंझट लगा सकता है। "सर, निंबालकर साहब ने यथार्थ स्थिति को प्रत्यक्ष देख लिया है।" "ना,ना;

मुझे स्वयं देखना होगा।'' कुशाप्पा के चक्कर फिर से बढ़ने लगे। रिश्तेदार के यहाँ घोड़े के लिए चक्कर, और साहब के यहाँ विनती के लिए चक्कर। फिर से घोड़ा ले आना, फिर से जगह का मुआयना; इतने पर भी, हस्ताक्षर करते समय गोरे साहब का हाथ थरथरा रहा था।

आखिर पत्र डी.आर.ओ. ऑफिस पहुँचा। पत्रावले साहब पहले ही कुशाप्पा की भुनभुन से परेशान हुए थे। उन्होंने मामला जिलाधिकारी की ओर भेज दिया। वहाँ से पत्र बंबई रवाना हुआ। उसके बाद छह महीनों तक कुछ भी उत्तर नहीं मिला। इस बात का भी कुछ पता नहीं चला कि पत्र वहाँ पहुँचा है या नहीं। कुशाप्पा ने फिर से पत्रों की बौछार की। वह विधायक भाऊ अण्णा सालुंखे से मिला। उन्होंने जिलाधिकारी कार्यालय से पत्र की प्रति प्राप्त की। पत्र पर सिफारिश लिखी गई थी—''विशेष मामला मानकर पुनर्वास करने में कोई एतराज नहीं है।'' कई दिनों के बाद कक्ष अधिकारी का पत्र नीचे आ गया। उसमें लिखा गया था--''यह कैसे संभव है कि पूरे गाँव के उठ जाने पर भी अकेला आदमी पीछे रह गया हो ? अगर मसणमाल गाँव के विस्थापितों का अन्यत्र पुनर्वास हो गया है, तो श्री कुशाप्पा बनगर मु.मसणमाल, तहसील बाघेठाण की जमीन भी संपादन में आ गयी होगी; इसलिए श्री बनगर के घर तथा खेती को संपादित करने में दिक्कत नहीं होनी चाहिए। प्रस्तुत प्रकरण में 'स्पेशल केस' का प्रश्न ही नहीं उठता।''

इरलेबाड़ी का एक आदमी डी.आर.ओ. ऑफिस से लौटा था। उसकी कुशाप्पा से पहाड़ में भेंट हुई। उसने कुशाप्पा को निकट बुलाकर कहा, ''राजा, आपके संबंध में बंबई से कुछ लिखकर आया है।'' कुशाप्पा ने तुरंत बकरियों को भिंगरू ठाकर के हवाले किया और वह दौड़कर कॉलोनी पहुँचा। वहाँ से आंबेपुर चला गया। उसे देखकर पत्रावले साहब की त्यौरियों पर बल पड़ा। वे चिढ़कर बोले—

''कुशाप्पा, लगता है, तुम्हारे काम के लिए मुहूर्त ही नहीं है। अगर काम होना ही नहीं है तो तुम हमारे पीछे क्यों पड़े हो ?''

''साहब, मैं अकेला उस जंगल में कैसे रहूँ ? मुझे वहाँ बहुत कष्ट होता है। मुझे उससे मुक्त कीजिए।'' कुशाप्पा की आँखें भरी हुई थीं।

पत्रावले साहब ने पत्र को पढ़ा; वे झुंझलाकर बोले, ''बात नियम में बैठती नहीं, इसलिए 'स्पेशल केस' बनाकर वहाँ भिजवायी, तो ऊपरवाले बाप कहते हैं, 'प्रस्तुत प्रकरण में स्पेशल केस का प्रश्न ही नही उठता।' कुशा, तुम्हारा भाग्य ही ठीक नहीं, दूसरा कोई क्या करे ? तुम किसी पंचांग में देखो। तुम्हारी ग्रह अच्छे नहीं हैं।''

''साहब, आप ठीक कहते हैं।'' कुशा ने गरदन हिलाकर कहा।

कॉलोनी पर आते ही कुशाप्पा श्रीरंग ब्राह्मण के घर पहुँचा; उसे सब हाल बताया। यह भी बताया कि कैसे कागज चंपत हो जाते हैं। प्रार्थना की कि काम किसी तरह चल निकलना चाहिए। श्रीरंग ने लगातार चार सोम के दिन मिलने को कहा। मकान

में फूँकने के लिए भभूत दी। कुशाप्पा ने भभूत को पूरे घर में फूँक दिया; साथ ही, सरकारी कागजों की पोटली पर आधी पुड़िया खाली कर दी। इस एक काम पर पूरे परिवार का भविष्य निर्भर था। कुशाप्पा जब भी बाघेठाण या आंबेपुर से आता, मंजुला तथा सायरी आगे बढ़कर काम के बारे में पूछतीं। हर बार बिगड़नेवाले काम की ओर मंजुला का भी ध्यान था। उसने बिबवू बहेलिये के पास जाकर देवी-देवता के कोप के संबंध में जानना चाहा। सरकारी कागजों पर से भूरे पंखोंवाली दो मुर्गियाँ न्यौछावर कर दीं।

कुशाप्पा किसी तरह रोते-खटते दिन काट रहा था; पर उसके जीवन का कुछ अर्थ ही नहीं था। झाँजड़बाड़ी के फरसू बहेलिये पर भालू द्वारा आक्रमण के संबंध में समाचार मिला। दो भालुओं ने 'भैंसा घाटी' की ओर दो आदमियों को अधमरा कर दिया था। हवेली के पीछेवाली, गिरी हुई दीवार से एक बार, आधी रात को ही, चितकबरा साँप भीतर आया। वह मंजुला के बिस्तर में कुंडली मारकर बैठा। अच्छा हुआ, उसकी ओर तुरंत ध्यान गया। कुशाप्पा ने उसे भाला लगाकर रौंद दिया; पर उस दिन से माँ-बेटी तथा बिमला, छबू बहुत घबड़ा गयीं। जरा-सा अँधेरा होते ही उन्हें अँधेरे की पीठ पर चितकबरे साँप के काले धब्बे दिखाई देते। पूरा घर भय के कारण धीरज खो देता।

कठिनाई, भय, अकेलापन आदि से भरा हुआ पीड़ादायक जीवन तुरंत समाप्त होना चाहिए। इस ऑफिस से उस ऑफिस में सैकड़ों बार चक्कर काटने के कारण इधर कुशाप्पा की हड्डियाँ ढीली हो गयी थीं; पर किसी तरह इस संकट से मुक्त होना ही चाहिए। उसने पुनः चक्कर लगाना शुरू किया।

कुशाप्पा भाऊ अण्णा को साथ लेकर कई बार जिलाधिकारी के पास गया। साहब ने फिर से सिफारिश कर मामला ऊपर भिजवाया। साहब ने सिफारिश में लिखा था "कुशाप्पा बड़ी कठिनाइयों में अकेला रहता है, नियम में न बैठने के कारण स्पेशल केस के रूप में वरिष्ठ स्तर पर ही मामला मंजूर होना आवश्यक है।" कुशाप्पा दो-तीन बार बंबई हो आया। सात-आठ महीनों के बाद, कई शंकाओं के साथ मामला फिर नीचे की ओर आ गया—

"अ – जलाशय का स्तर और बनगर के मकान में कितना अंतर है ?

ब – कुल जमीन में से कितनी जमीन संपादित करनी होगी ?"

कुशाप्पा का भाग्य अच्छा, जो दूध-संघ की लांच शुरू हुई, वरना साहब को इतनी दूर ले जाना मुश्किल था। रिश्तेदार ने अपना घोड़ा छह महीने पहले ही बेच दिया था। आखिर गोरे साहब ने अंतर नापा और मामला फिर से ऊपर भिजवाया। मंजिल-दर-मंजिल कर केस फिर से ऊपर मंत्रालय की मंजिल में जा पहुँचा।

इसी तरह कई महीन बीतने के बाद ऊपर से एक हाथभर लम्बा पत्र आ गया। इस बार तो दिमाग लड़ाकर क्वेरी पर क्वेरी निकाली गयी थी—

"1. क्या कुशाप्पा बनगर का पुनर्वास वर्तमान नीति के अनुसार संभव है ?

2. श्री बनगर का पुनर्वास लाभक्षेत्र की जिस बस्ती (केलापुर) में प्रस्तावित किया गया है, वह बस्ती बनगर के मकान से कितनी दूर है ?

3. श्री बनगर का मकान किस साल बनवाया गया था ? क्या उस मकान का, ग्रामपंचायत कार्यालय में पंजीयन हुआ है ? उसके मकान का नंबर तथा कुल क्षेत्र की जानकारी दी जाय।

4. साथ में मसणमाल गाँव का नक्शा भी भेज दिया जाय।''

इन सभी क्वेरियों को सुनकर कुशाप्पा झुँझला उठा। उसने गुणवंत से पूछा, ''गुणवा, इन्हें क्वेरियाँ कहा जाय या यम की डोरियाँ कहा जाय ?'' पर संकट का सामना करना ही चाहिए। डी.आर.ओ. ऑफिस ने इन शंकाओं के दो भाग किय। अंतर को नापने का मुद्दा तकनीकी था, इसलिए उसे सिंचाई विभाग की ओर भिजवाया गया। गाँव, ग्रामपंचायत–सारी बातें आठ-नौ साल पहले ही पानी में चली गयी थीं। क्या पंचायत का रेकार्ड उपलब्ध है ? वह किसके पास होगा ? फोन पर पूछताछ करने पर भी कहीं से पता नहीं चला। अगर कानून की दृष्टि से देखा जाय तो पंचायत जिलापरिषद के अधिकार में आती है, इसलिए यह दाखिले का मामला झेड.पी. के गले में बाँधना ही अच्छा। पत्र जिलापरिषद में दिया गया और कुशाप्पा उधर के भी चक्कर लगाने लगा। वहाँ पर भी ऐसे ही प्रेमभरे (?) उत्तर–''कैसा दाखिला ? किसका दाखिला ? मसणमाल की ग्रामपंचायत कहाँ है ? क्या वह आज अस्तित्व में है ? भैया, वह तो कभी की डूब गयी। तुम्हें दाखिले की याद आज ही क्यों आ गयी ? दस साल कहाँ गये थे ? अब इस घड़ी में दाखिला कहाँ ढूँढ़ा जाय ? क्या इतना ही काम है ? क्या तुम्हें सचमुच दाखिला चाहिए ? उनसे कहो कि दाखिला ढूँढ़ने पर नहीं मिल रहा है। अगर उनके मन में होगा, तो बिना दाखिले के भी पुनर्वास हो सकता है। तुम कलक्टर से क्यों नहीं मिलते ? ऊपर क्यों नहीं जाते ?''

इस प्रकार के अजीब उत्तरों को सुनकर कुशाप्पा की जान आफत में पड़ गयी। हे भगवान, तुम्हारे दिमाग में इस बाँध की बात ही क्यों उठी ? मल्हारी, तुमने यह क्या किया ? हर बार नया कागज, नयी क्वेरी और नया दिमाग। ससुरो, जो पूछना है, एक ही बार में क्यों नहीं पूछते ? चाहे तो पाताल से लेकर स्वर्ग तक का अंतर पूछो, पर एक ही बार में पूछो। न हो सके तो साफ-साफ बता दो। हर सप्ताह में एक-दो बकरियाँ बेचना और उसमें से बाट-खर्चा करना–मैं अकेला कहाँ तक दौडूँ ? कितने पैर तोड़ूँ ? किस-किसके दरवाजे पर जाऊँ ? कितना रोऊँ ? हे मेरे भगवान मल्हारी, तुम गढ़ से नीचे उतरो; मेरे साथ चलो; तुम्हारे पैरों में इतना दर्द होगा, तुम फिर से गढ़ पर चढ़ भी नहीं पाओगे।

चक्कर लगा-लगाकर कुशाप्पा के पैरों में मोच आयी। लगता है, मेरा मामला इस जीवन में चल नहीं निकलेगा। जादू की पोतड़ी में से निकलनेवाली वस्तु की तरह हर बार नयी क्वेरी निकलेगी। बीच में अधिकारियों के तबादले होंगे। सरकारें आयेंगी, सरकारें

जायेंगी; पर अपना कुछ ठीक नहीं। खेत, हवा, आदमी—कुशाप्पा का किसी पर भी भरोसा नहीं रहा। अपनी बकरियाँ ही भलीं। बाघ एक दिन जंगल में मुझ अकेले को पकड़कर फाड़ देगा, फाड़ने दो। मरेंगे, आखिर दूसरा कर भी क्या सकते हैं ? बेटी ब्याहने योग्य हुई है। चाहे जितने कष्ट उठाने पड़ें, उसके प्रति अन्याय नहीं करूँगा। उसे जन्म दिया है, तो उसका विवाह भी कर दूँगा। गर्दन का जुआ दूर करूँगा।

कुशाप्पा ने सरकारी रास्ता छोड़ा; वह अपने घर-गृहस्थी के कामों में व्यस्त हुआ। एक दिन उसे पता चला कि जिले में नया कलक्टर आया हुआ है। पता चला कि नया साहब होशियार और तेज है; उसने कॉलोनी पर बैठक बुलायी है। कुशाप्पा के निराश और ठूँठ बने मन में कोंपल फूट गयी। उसने बैठक में अपनी व्यथा-कथा सुनायी। वह आंबेपुर भी गया। नये डी.आर.ओ. से मिला। दिलीप पवार ने उसकी सारी बातें ध्यान से सुनीं। पवार साहब स्वयं प्रयास करने लगे। बहुत तलाश करने पर भी कुशाप्पा का, डूबे हुए गाँव की पंचायत का दाखिला ही नहीं मिल रहा था। एक बार, रेकार्ड में, बाँध-निर्माण-कार्य से पहलेवाले, परिवार-गणना के कुछ कागज मिले। पवार साहब ने उसी दिशा में तलाश जारी रखी, आखिर आवश्यक दाखिला पुनर्वास कार्यालय में ही मिल गया। पवार साहब ने परिश्रम और धैर्य से काम लिया; सिंचाई विभाग के पीछे पड़कर जानकारी प्राप्त की; देशमुख साहब के हस्ताक्षर से प्रस्ताव तैयार कर फिर ऊपर भेज दिया।

बीच में कुछ दिन बीत गये। पवार ने देशमुख साहब के हस्ताक्षर से स्मरण-पत्र भिजवाया। एक महीने के बाद मामला शंकाओं के साथ वापस आ गया—"श्री बनगर के मकान तथा जमीन को संपादित करने के लिए कितना खर्चा आयेगा ? क्या बची हुई साठ एकड़ जमीन संपादित करने की आवश्यकता है ? नयी जमीन किस ढंग और कानूनी आधार पर दी जा सकती है ?" पवार साहब ने जल्दी-जल्दी कार्रवाई की। मकान की कीमत तय करना तकनीकी मामला था। उन्होंने उसे सिंचाई विभाग की ओर भिजवाया। इस बीच गोरे साहब का तबादला हुआ; उनकी जगह पर साने साहब आये। उन्होंने मकान की कीमत तय की; पर उनके दिमाग में एक नयी शंका उठ खड़ी हुई—क्या इस एक मामले पर 'स्पेशल केस' के रूप में सिफारिश करना ठीक होगा ? इस प्रकार की आपत्ति से घिरे हुए, कुशाप्पा के समान कई लोग हैं। कल वे भी यही माँग करेंगे, साने ने सीधे ए.सी.भोंसले साहब को लिखा—"...ऐसी स्थितियों में श्री बनगर की जमीन को अधिकार में कर लेने पर, इस उदाहरण की ओर संकेत कर अन्य बाँधपीड़ित इसी प्रकार की अयोग्य माँग करते रहेंगे, फिर ऐसे लोगों से मुकाबला करना ही एकमात्र काम हो जायेगा।"

भोसले साहब ने पढ़कर अहवाल अपनी दराज में अलग रख दिया। कुशाप्पा ने सीधे देशमुख साहब के पास दो-तीन चक्कर लगाये। एक दिन साहब ने फोन किया,

"हैलोऽ, भोंसले साहब, उस कुशाप्पा बनगर के मामले का क्या हुआ ?"

"हंऽ हाँऽऽजी, सर, मुआयना होकर मामला अभी नीचे से नहीं आया है; लेकिन सर, उस मामले में मेरी एक शंका है।"

"क्या शंका है ?"

"मुझे लगता है इस बनगर की तरह दूसरे कई लोग भी माँग करेंगे। ऐसे मामले सरकार के लिए कठिन हो जायेंगे। कल कोई शंका उठायेगा और मामला आपके और मेरे ऊपर आ धमकेगा।

"भोंसले साहब, आप ज्यादा ही सोचते हैं, मामला हमारे ऊपर कैसे आयेगा ? बात सीधी है। आप जानते हैं, वह आदमी वहाँ किन परिस्थितियों में दिन काट रहा है ?"

"लेकिन यह लाड़ लड़ाना... ?"

"लाड़ ? क्या यह लाड़ लड़ाना हुआ ? उसे तीन एकड़ जमीन और मकान बनवाने के लिए भूखंड देना है। वह भी मुफ्त में नहीं। बाँधपीड़ित से उसके पैसे लेने हैं। आप क्या सोचते हैं, इतने मात्र से सरकार का दीवाला निकलेगा ? आप यह केस तुरंत भिजवा दीजिए।"

"येस सर।"

भोंसले साहब बहुत झुँझला गये थे। बाँध बनवायेंगे या पी.ए.पी. को सहलाते बैठेंगे ? यह केस कुछ दिन पड़ा रहने दो। कलक्टर देशमुख साहब भी कहाँ अधिक दिन रहेंगे ? कुछ मामलों में उनसे पहले ही झगड़े हुए हैं। इस केस में दिमाग को ज्यादा तकलीफ नहीं देनी चाहिए। परसों चेयरमन सर्जेराव शिंगाडे की मुलाकात हुई थी। कह रहे थे—कलक्टर का तबादला कभी भी हो सकता है। मैं देशमुख जैसा ज्यादा उत्साह क्यों दिखाऊँ ? भिजवाने की बात करके भी उसे यहीं पर रखूँगा। नया साहब आ जाने पर अपने मन के अनुकूल नोट बनाकर भेजा जायेगा। क्या बाँधपीड़ित बाँध से बढ़कर हैं ? नीति बड़ी या बाँधपीड़ित बड़े ? नहीं, इन बाँधपीड़ितों को ज्यादा लाड़ नहीं करना चाहिए।

कुशाप्पा की मूल योजना थी कि सरकार द्वारा मामला मंजूर होने के बाद ही सायरी का ब्याह करेंगे। लेकिन सरकार-दरबार के आघातों के कारण उसने अपना निर्णय बदल दिया था। अगर मैं उस काम के पूर्ण होने के भरोसे बैठा रहा तो हो चुका बेटी का ब्याह ! कुशाप्पा ने कचहरी के चक्करों से ध्यान हटा लिया। उसने लड़की के ब्याह की ओर ध्यान देना शुरू किया। सायरी का ब्याह नीचे लाभक्षेत्र में ही करेंगे। हम उसे इस पहाड़-जंगल में जीवनभर खटने नहीं देंगे। न हो तो, बाँध के पानी में धकेलने में क्या बुरा है ? कुशाप्पा की गाड़ी रुपयों के अभाव में लँगड़ा रही थी। कुल-शील की समस्या नहीं थी। बाप-दादा जंगल के राजा थे; पर इधर पानी के घेरे में उसका सिर अटक गया था। कुशाप्पा की उम्र भी बढ़ गयी थी। साठवाँ समाप्त होने में चार साल ही बाकी थे। जब तक बदन में उत्साह है तब तक सायरी के ब्याह की जिम्मेदारी से

मुक्त होना चाहिए, अन्यथा बाद में भारी संकट हो जायेगा। कैसे होगा ?

भगवान मल्हारी की कृपा हुई। दूल्हे की खोज में ज्यादा भटकने की आवश्यकता नहीं पड़ी। दशहरे के लगभग बाघेठाण के हटकर का रिश्ता आया। हटकर ने पहली नजर में ही लड़की पसन्द की। पंद्रह दिन के बाद सभी लोग बातचीत के लिए बाघेठाण में ही बैठे। गुणवंत तथा कुशाप्पा नये रिश्तेदार का, मंजिलवाला रंगीन मकान बार-बार, आँखें भर-भरकर देख रहे थे। रिश्तेदार का परिवार अच्छा, सुधरा हुआ दिखाई दे रहा था। जाँभली बाँध योजना के कारण खेती में सिंचाई व्यवस्था हुई थी। खेतों में गन्ने के कोठ के कोठ उमड़ पड़े थे। घर में ऐंठबाज लोग थे, गोठ में मवेशी भरे हुए थे। दूल्हा नाक-नक्श से अच्छा था। सुना है, बैंक में कैशियर है। गुणवंत और कुशाराजा को इस बात का अंदाज नहीं आ रहा था कि बातचीत के दौरान, दहेज के रूप में कितनी राशि बतायी जायेगी। कुशाप्पा बैठे-बैठे उँगलियाँ चटका रहा था। रिश्तेदार ने दहेज के रूप में पच्चीस हजार रुपयों की माँग की। संख्या सुनकर कुशाप्पा को बैठे-बैठे ही पसीना आ गया। चार समझदार आदमियों ने बीच-बिचौवल की। खूब खींचातानी के बाद संख्या पंद्रह हजार रुपयों तक नीचे आ गयी। इसके अतिरिक्त कपड़े, सौगात, भोजन के लिए कम-से-कम दस हजारों का खर्चा था। कुशाप्पा बोझिल मन से, दीवार का सहारा लेकर उठा। वह चार दिन की मोहलत लेकर, बेटी के ब्याह की तैयारी के लिए निकल पड़ा।

अँधेरी रात में जनाई-मंदिर से ऊपर की ओर गुणवंत तथा कुशाप्पा बातें कर रहे थे। कुशाप्पा के सिर पर पहाड़ जैसा बोझ था। रिश्ता मान्य न करने पर बेटी का क्या होगा ? क्या मजबूत काठीवाली लड़की को कुठले में बंद करना है ? क्या उसे लीपकर बंद रखना है ? गुणवंत ने कुशाप्पा की समस्या को भाँप लिया। उसने कहा—

''राजा, यह लाभवाले क्षेत्र तथा बड़े जमींदार के घर का चक्कर आप छोड़ दीजिए। आपको वह किसलिए चाहिए ? क्या बालू-बापू की पहाड़ी तलहटी में बेटी के लिए अच्छा रिश्ता नहीं मिलेगा ?''

''नहीं गुणवा, हमें एक ओर से पानी ने निगल लिया है और दूसरी ओर पहाड़ ने दबोच लिया है। हम कम-से-कम बाल-बच्चों को तो इस परेशानी से मुक्त करें। आज या कल मेरे पुनर्वास का प्रस्ताव मान्य होगा ही। फिर मैं भी नीचे की ओर चला जाऊँगा।''

''तुम सरकार पर इतना भरोसा क्यों करते हो ? तब तक सायरी के नाती हो जायेंगे।'' गुणवा ने कुशा को समझाना चाहा।

कुशा चिंता में पड़ा हुआ था। भगवान बिरोबा, मैं सोने की इस छुरी को कितने दिन छिपाकर रखूँ ? पर क्या किया जा सकता है ? रुपयों का जुगाड़ कैसे होगा ? गुणवंत ने आश्वासन दिया कि वह कुशाप्पा की, तीन हजार रुपयों तक की सहायता जरूर करेगा। गुणवंत भी क्या करे ? उसका आधार—सुभानजी—काल के गाल में चला गया था। बंबई में सुभानजी का कमरा था; उसे अंचल के ही लोगों ने हथिया लिया था, इसलिए बंबई से ज्यादा रुपये नहीं मिले। रिश्तेदारों को पता लगने पर कि सायरी

का ब्याह तय हुआ है, वे कुशाप्पा के घर आने लगे। बिरेबाड़ी से साला आया। डूँगरबाड़ी से साढू आया। मौसेरे भाई का संदेशा आया। प्रत्येक रिश्तेदार ने अपनी कुवत के अनुसार सहायता के लिए तैयारी दर्शायी। किसी ने चार हजार देने का वचन दिया, तो किसी ने पाँच हजार की बात कही। यह देखकर कि सारे रिश्तेदार मदद के लिए तैयार हैं, कुशाप्पा का उत्साह बढ़ गया। उसने बाघेठाण संदेशा भिजवाकर रिश्ता मान्य कर लिया। हाँ, उसने मुहूर्त की तिथि चैत महीने में से चुनी, तब तक रुपये भी जमा होंगे और ब्याह की तैयारी ठीक-ठाक होगी।

ब्याह की तिथि तीन महीनों पर आयी। कुशाप्पा ने रुपये इकट्ठा करना शुरू किया। वे लोग, जो एक महीना पूर्व, बड़ा मुँह लिये आश्वासन दे चुके थे, मुँह छिपाने लगे--"फिलहाल आप उससे ले लीजिए, बाद में हम हैं ही।" रुपये कहीं से भी हाथ नहीं आ रहे थे। रिश्तेदारों ने यों रिश्तेदारी निभायी। कुशाप्पा पहाड़ी ढलानवाली अपनी रही-सही जमीन बेचने के लिए तैयार हुआ; पर ऐसी अनुपयोगी जमीन को कौन खरीदता? चारों ओर से चिंता बढ़ी। रुपये ! रुपये कहाँ से इकट्ठा करेंगे ? रुपयों के लिए कौन से रास्ते ढूँढ़ लिये जायें ? कहते हैं, बंदर को महुए की शराब पिला देने पर वह बदन खुजलाता फिरता है--बेचैन ! कुशाप्पा की तल्खी वैसी ही थीं। दिन बीतने लगे; कुशाप्पा कुढ़ने लगा; घुलने लगा। बाँध ने यह कैसा जाल बिछा दिया है ? हमें बंद कर दिया; हमारे भविष्य को भी बंद कर दिया। छाती पर सवार यह बाँध का पहाड़ ठीक से साँस भी लेने नहीं दे रहा है; दम घुट रहा है; पर बेटी का ब्याह तो करना ही होगा।

कोई मुझे चोर कहे या साहु। इस संकट से रास्ता निकालना ही होगा। कुशाप्पा को कुछ सूझ नहीं रहा था। मंजुला तथा सायरी भी सिटपिटा गयीं। कुशाप्पा के दिमाग में महुए के फूलों की गंध गमकने लगी। चैत का महीना चल रहा था। भीतर जंगल में ढलानवाले खेतों में भैंसा घाटी में महुए की कोई कमी नहीं थी। आदमी खड़े-खड़े, फूल चबाकर, भूख की पीड़ा को नशे की तह में छिपा रहे थे। यही नहीं, भालू भी फूल चबाते और बेहोश होकर जंगल में पड़े रहते।

इस पहाड़ी और जंगली इलाके में महुए की शराब से बढ़कर और कौन-सा धंधा है जो इतना पैसा देता हो ? अगर एक भी बड़ा गुब्बारा भरकर नीचे कॉलोनी पर पहुँचाया जायेगा तो तीनसौ रुपये आसानी से मिल जायेंगे। एक दिन में इतना मुनाफा ? कुशाराजा उठा। लंबे डग भरते हुए वह ऊपर की ओर बहेलियों की बस्ती पर चला गया। बूढ़े बिबवा बहेलिये के दरवाजे पर जाकर खड़ा हुआ। यह देखकर कि स्वयं राजा ही दरवाजे पर आया है, बिबवा हड़बड़ा गया। राजा के कहने पर बूढ़े ने बाड़ी के सभी युवा लड़कों को हाँक लगायी--"राजा आये हैं, यहाँ जल्दी-जल्दी आ जाना।" बिबवा इस धंधे में अनुभवी था। वह शराब से भरे कई गुब्बारे नीचे भेज देता था। बाँध-निर्माण-कार्य होने से पहले तो उसका धंधा तेजी से चल रहा था। एक बार उसे जबर्दस्त धक्का लगा। उसके दोनों लड़कों को एक-एक साल की सख्त कैद हो गयी। बिबवा ने, इतने पर

भी, धंधे की ओर से आँखें नहीं मोड़ीं। पर आगे ऐसा होने लगा कि लाभ से अधिक हफ्ता ही जाने लगा। पुलिस तथा फॉरेस्टर उसकी नाक में दम कर देते। आखिर उसने घाटेवाला यह धंधा बंद किया। अब तो दूध ले जाने के लिए लांच आती थी। पता ही नहीं चलता कि पुलिस लांच से कब कूद पड़ती है। बिबवा ने इस धंधे से मुँह फेर लिया था।

यह देखकर कि स्वयं राजा ही शराब ढालने का धंधा करना चाहता है, बिबवा को आश्चर्य हुआ। लड़के भी चौंक गये। वह राजा, जो शराब ढालनेवालों के सिर पर सवार होता था, अब खुद शराब ढालना चाहता है। राजा सच-सच कह रहा है या खुद ही महुए की शराब ठूँसकर आया है ?

नौ

कुशाप्पा ने लड़कों को साथ में लेकर जंगल में पाँव तोड़ना शुरू किया। यह देखकर कि कुशाराजा अपने धंधे में आया है, लड़के उत्साह में आकर महुए के फूल जमा करने लगे। महुए के गहरे पीले, मादक फूल खिल उठे थे। उनकी गंध से पूरा सिवान गमक उठा था। कुशाप्पा लड़कों को हाँक लगा-लगाकर काम कर रहा था। वह इस धंधे में अपने को अनुभवी जता रहा था। हर खोह में दो-दो बोरे फूल मिल जाते। कुशाप्पा की हलचल ऊपर-ऊपर से तो निर्भीकता से भरी हुई प्रतीत होती, पर मन-ही-मन चुभन होती थी। उसने सारा जीवन निर्मलता से बिताया था। जितना संभव था, उसने संसार को दे दिया। किसी से कुछ लिया नहीं। कुछ माँगा नहीं। न चोरी, न सीनाजोरी; न झूठ; न फरेब; पर भाग फूटे। इस ढलती उम्र में, बेइज्जती का काम करना पड़ रहा था। अगर किसी को मालूम हो जाय कि राजा शराब छानने के लिए भट्टी के पास बैठता है तो ? पैरों में बेड़ियाँ पड़ जायेंगी। कुशाप्पा मन-ही-मन घबड़ा गया था। अपनी इज्जत को बचाता हुआ वह बहुत सावधानी से कदम रख रहा था। किसी को पता न लगने देने के उद्देश्य से उसने एक खोह को लाँघकर उस पार 'बंदरनाले किनारे' की जगह को पसंद किया था।

कुशाप्पा ने बिबवा की देखरेख में दूर जंगल में एक पुराना कमोरा गाड़ दिया। उसमें महुए के फूल उँडेल दिये। कमोरे में पासवाले नाले का पानी भर दिया। इसलिए कि रसायन जल्दी-जल्दी सड़ जाय, उसमें हरड़े के छिलके डाल दिये, तमालपत्र डाल दिये। काला चिपचिपा गुड़ उँडेल दिया। ऊपर से ढक्कन लगाकर कमोरे को गाय के गोबर से अच्छी तरह से लीपा गया। दो-तीन दिन बीत गये। बहेलियों के लड़के सुबह-शाम कमोरे के निकट जाने लगे, नथने फैलाकर कमोरे को सूँघने लगे। पाँचवाँ दिन बीत जाने

पर कमोरे से तीखी गंध आने लगी। रसायन अच्छी तरह से सड़ गया था। बूढ़े बिबवा ने गर्दन हिलायी। कुशाप्पा को प्रसन्नता हुई। लड़कों ने रात ही रात तैयारी की। टीन का डिब्बा, छन्ना, बाँकदार मुँहवाली टोंटी और खाली गुब्बारा लिये लड़के आधी रात में ही नाले में उतरे।

डिब्बे को चूल्हे पर रखा गया। उसमें कमोरे में से रसायन उँडेल दिया गया। एक नली डिब्बे के मुँह में पक्की बिठाई गयी। इसलिए कि उसमें से गरम भाप बाहर न निकले, उसे गोबर से लीपा गया। आग धूऽ धूऽ जलने लगी, रसायन खदखदाने लगा। भीतर की भाप उछलकर नली में से आगे सरकने लगी। लड़कों ने नली के दूसरे सिरे पर घड़ा बाँध दिया। उसे नाले के, कल-कल बहते पानी में रखा गया। घड़े में आयी हुई भाप को बाहर की सर्दी लगती और भाप भीतर-ही-भीतर मजे में झरने लगती। बढ़िया शराब घड़े में उतर आती। पहले उबाल का बढ़िया माल तैयार हुआ। कुशाप्पा शराब में उँगली बोरकर चाटने लगा। महुए का बढ़िया स्वाद प्राप्त होते ही वह हुलस गया। माल बढ़िया बना था। ग्राहक की कमी नहीं थी।

पहले माल की बिक्री कर येलू बहेलिया कॉलोनी से लौटा। उसने तीन-सौ रुपयों के तीन हरे, नये नोट कुशाप्पा के हाथ पर रखे। कुशाप्पा के दिमाग में भी कोंपलें फूट गयीं, जैसे चैत महीने में शुष्क टहनियों में कोंपलें फूटती हैं। हरे पत्तों ने रास्ता दिखाया। दिन में तीन-सौ रुपयों की आय, फिर दस दिन में कितने होंगे ? दिमाग मे आँकड़े घूमने लगे। कान में सायरी के विवाह का पपैया बजने लगा। तीन दिन में एक सौ कम एक हजार रुपये नकद मिल गये। उसने आज जिद पकड़कर भट्टी जलायी थी। बूढ़ा हिरड़ा आँखें छोटी कर भट्टी में हवा दे रहा था। टोह के लिए, नीचे, कगार पर बलू बहेलिया बैठा था। सुबह दस से पहले ही ताजा माल लांच द्वारा कॉलोनी पर भेजना था।

भट्टी की आँच के कारण बूढ़ा हिरड़ा बहुत तप गया था। भट्टी में लकड़ी ठूँसते-ठूँसते उसकी नाक धुएँ से भर रही थी। उसे हटाकर कुशाप्पा स्वयं ही आगे बढ़ा। उसने जोर से फूँक लगायी, आग धूऽ धूऽ जलने लगी। डिब्बा खदखदाने लगा। कुशा ने एक-दो बार डिब्बे से कान लगाया। बीचवाली रबड़ की नली तप गयी। कल की लिपाई सूख गयी थी। उसमें से भाप बाहर निकलने लगी। कुशाप्पा उस जगह पर ताजा गोबर लीपने लगा। गरम नली हाथ को आँच देती थी। कुशाप्पा का सारा ध्यान रसायन और भाप पर था।

कुशाप्पा नीचे नाले में उतरा। यद्यपि घड़ा पानी में डूब रहा था, पर उसकी गर्दन के निकटवाला भाग खुला था। यह सोचकर कि यह भी ठंडा पड़ जाय और भाप का पानी बन जाय, वह खुले भाग पर अँजुली से पानी फेंकने लगा। कुशाप्पा ने घड़े को कान लगाकर सुनना चाहा, भीतर से 'सुईऽऽ' की आवाज आ रही थी। बूँद-बूँद कर माल टपक रहा था। कान पर बूँद की 'टिबक्-टिबक्' आवाज आ रही थी। कुशाप्पा ने खुश होकर नीचे नाले के स्वच्छ, निर्मल पानी की ओर देखा। उसे पानी में ही, लकदक

पोशाकवाले दो आदमियों की आकृतियाँ दिखायी दीं; देखकर उसने तुरंत गर्दन मोड़ ली। किनारे पर जाँभली कॉलोनी गेट का कान्स्टेबल बंडू तथा किसनू फॉरेस्टर खड़ा था। ड्रेसवाले हवालदार को देखकर कुशाप्पा की धोती गीली होने की बारी आयी। धोखा हुआ। वह सकपकाकर इधर-उधर देखने लगा। बलू कहार दूर नीचे निगरानी कर रहा था; पर पता ही नहीं चला कि ऊपर के पहाड़ी रास्ते से ये दोनों यकायक नीचे कैसे आ गये ?

"क्यों राजा ? जंगल का राजाऽऽ, यह छोटा धंधा कब से शुरू किया ?" बंडू ने पूछा।

"अण्णा साहब, आप हत्यारे की खोज के लिए आये और आपके हाथ कलाल लग गया ! इनामदार कलाल !!" किसनू फॉरेस्टर खीं-खीं हँसकर बोला। कुशाप्पा के कान में शराब का रसायन भभकने लगा। जिस प्रकार किसी महिला की, पतिव्रता के रूप में इज्जत हो, और वही किसी दूसरे के बिछौने में दिखाई दे—कुशाप्पा पर ठीक वैसा ही बेइज्जती का प्रसंग आया। दोनों गालियाँ देने लगे। कुशाप्पा को लगा कि उसकी गर्दन का मनका ही टूट गया है। वह गर्दन झुकाकर खड़ा रहा। बंडू कुशाप्पा को हिकारत की नजर से देखकर बोला—

"इस इलाके में आनेवाला हर अफसर पहले आपका नाम पूछता है; पर आपने यह धंधा कब से आरंभ किया ? क्या पेट नहीं पल रहा था, इसलिए यह कमबख्ती सूझी ?"

हवलदार ने जेब में से डायरी निकाली। वह हाथ में पेन्सिल लेकर बलू कहार से बोला, "जाओ, उस पार जाओ, झाँजड़बाड़ी से चार पंचों को ले आओ। तुरंत पंचनामा करना है।" बंडू डायरी में कुछ लिखने लगा। सारे बहेलिये सकपका गये थे। कुशाप्पा पहले ही पसीने से भीग गया था, पंचनामे की बात सुनकर उसका दिल धड़कने लगा। वह झट से नीचे झुका। हवालदार के पैर छुए। उसने तिलमिलाकर कहा—

"मालिक, एक बार माफ कीजिए। फिर कभी भी ऐसी गलती नहीं होगी।"

"पर आपने यह गलती की ही क्यों ?" किसनू ने पूछा।

"बेटी का ब्याह तय हुआ है। बाँध ने चारों ओर से घेर लिया है।"

"क्या नये रिश्तेदार को सूचित कर दूँ कि आप कितने इज्जतदार हैं ? "बंडू ने पूछा।

कुशाप्पा देर तक गिड़गिड़ाता रहा। वह विधवा, दीन महिला की तरह रोने लगा—अगर यह बात नये रिश्तेदारों तक पहुँच गयी तो ? यह देखकर कि कुशाप्पा मन-प्राण से पूरी तरह हिल गया है, बंडू ने डायरी बंद की और जेब में रख दी। कुशाप्पा ने क्रोध में आकर कमोरा तोड़ दिया। डिब्बा तथा नली पानी में फेंक दी; पर महुए की शराब से भरे हुए घड़े पर बंडू की आँख थी। उसने घड़ा बलू कहार के कंधे पर रखा।

सूर्य पश्चिम की ओर ढल गया था। अब लांच नहीं मिलेगी—दोनों अधिकारियों

ने कुशाप्पा के घर पर ही मुकाम करना उचित समझा। सुबह भाड़ जलाने और रसायन उबालने में जुटे हुए लड़के अब अधिकारियों की सेवा में जुट गये। रात मटन-मुर्गी का बढ़िया भोजन हुआ। बंडू हवालदार ने महुए की शराब खूब ठूँस ली थी। उसने भड़-भड़ कै की। आधी रात के बीत जाने पर भी अधिकारियों का दंगा चलता रहा। दूसरे दिन सुबह कुशाप्पा दोनों को लांच तक पहुँचाने गया। बलू कहार साहब का घड़ा पहुँचाने के लिए निकल पड़ा। कुशाप्पा ने साहब के लिए दो-दो पँसेरी बढ़िया चावल और एक-एक पँसेरी मूँगफली दे दी। उन दोनों गठरियों को लेकर मजबूत येलू बहेलिया साहब लोगों को कॉलोनी पर पहुँचाने के लिए साथ में निकला। हरिबाबू ने लांच स्टार्ट की। कगार पर खड़े कुशाराजा ने हाथ जोड़कर बंडू से कहा, "साहब, जो भी हुआ, उसे भूल जाइए। इस गरीब का ख्याल रखिए।"

दिन के बाद दिन बीत रहे थे और कुशाप्पा की जान आफत में पड़ती जा रही थी। उसका मन काँप उठता। वह दो-दो, तीन-तीन बार रुपयों के लिए रिश्तेदारों के यहाँ हो आया। ऐन संकट की इस घड़ी में अकेले गुणवंत को छोड़ कोई भी उसका साथ नहीं दे रहा। नदी की ओर से, सनसनाती हुई जंगली हवा गुर्राती हुई आ रही थी। मंजुला तथा कुशाप्पा को नींद नहीं आती थी। दोनों कंबल पर तिलमिलाते रहते। अपनी बेटी के भविष्य की चिंता में मंजुला का धीरज ही चुक गया था। वह रात में बिस्तर पर उठ बैठती और सिसकते हुए कहती–

"आप कुछ भी कीजिए, यह ब्याह होना ही चाहिए। हमें व्यर्थ बेटी की बेइज्जती नहीं चाहिए। अगर ब्याह न हो पाये, तो लोग यह नहीं सोचेंगे कि दहेज के कारण टूटा। दुनिया यह मानकर चलेगी कि बेटी में ही कुछ खोट है। बेटी का ब्याह फिर कभी भी तय नहीं होगा।"

अपनी वजह से माँ-बाप के मन-प्राण को समस्या में घिरे देखकर सायरी का मन भी भर आता। दिन एक-एक कर तिनके के समान उड़ गये। ब्याह की तिथि अब केवल दस दिनों पर आ गयी। कुशाप्पा गड़बड़ा गया। उसके मन में बुरे विचार मँडराने लगे। अगर बाँध के पानी के घेरे में ही अटककर मरना था तो सायरी ने हमारे घर पर जन्म ही क्यों लिया ? भगवान को चाहिए कि वह बाँधपीड़ितों को संतान ही न दे। भगवान लाभक्षेत्र के जमीनदारों को ही ढेर सारे बाल-बच्चे देता रहे। सायरी को बचपन में पेट की बीमारी हुई थी। इस तरह माँ-बाप के गले में फाँस लगाने की अपेक्षा सायरी उस बीमारी के कारण बचपन में ही चल बसी होती तो कितना अच्छा होता। इतने तीखे, तपे हुए पलटे को लेकर बेटी के पेट को दागा, फिर भी मुई बच गयी। भगवान मल्हारी, लगता है तू इस कुशा की बार-बार परीक्षा ले रहा है।

ब्याह दस दिन पर आया। घर में कुछ भी तैयारी नहीं थी। कुशाप्पा पूरी तरह गड़बड़ा गया था। हिल गया था। वह घर से जरा-सी दूरी पर, एक पत्थर पर बैठा था। उसकी नजर सामने पानी के दह पर थी। घेरे में भेड़ें चिल्ला रही थीं। भगवान, क्या

इन सारी भेड़ों को बाजार ले जाऊँ ? कितने रुपये आयेंगे ? अधिक हुआ तो पाँच-सात-आठ-नौ हजार। पर बाकी सोलह सत्रह हजार का जुगाड़ कैसे होगा ? कुशाप्पा देर तक उसी तरह बैठा रहा। लँगड़ाती हुई मंजुला उसके निकट आयी। वह मनुहार के स्वर में बोली—

"इस तरह धीरज खोने से क्या होगा ? चलिए, दो कौर खा लीजिए।"

"तुम चुपचाप भीतर चली जाओ। मुझे भूख नहीं है।"

"आपने सुबह भी खाना नहीं खाया है।"

"मेरी भूख कभी की मर गयी है।" कुशा ने कह दिया।

"मालिक मेरी एक बात सुनेंगे ?"

"क्या है ? कहो।"

"जुड़ा हुआ रिश्ता टूट गया तो भी चिन्ता नहीं। आप गुणवंत भाई से कहिए कि वे इसी जंगल-पहाड़ के इलाके में, दो चार गाँवों में दुल्हा खोजें, पाँच-छह हजार रुपयों में ब्याह हो जायगा। चादर देखकर ही पाँव फैलाने चाहिए न ?"

"लगता है, तुम्हारी अक्ल पर पत्थर पड़ गया है। तुम सोचती क्यों नहीं—इस डूबक्षेत्र में, भारी वर्षा में, पानी के इस घेरे में बेटी के जीवन की बरबादी करूँ ? एक दिन तुम्हारी ही तरह चट्टान से गिर पड़ेगी, पैर टूटेगा, तब जाकर तुम्हें संतोष होगा।"

"अजी, पर रुपयों का क्या होगा ?"

"तुम चुप बैठो; मैं अपनी जान गिरवी रखूँगा। गले में पत्थर बाँधकर उस पानी में जान दे दूँगा, पर सायरी का ब्याह उसी दरवाजे पर—उस लाभक्षेत्र में ही करूँगा।"

मंजुला अच्छी तरह जानती थी कि कुशाप्पा उसकी एक भी नहीं सुनेगा। वह घर में चली गयी। एक जगह पर बैठे-बैठे कुशाप्पा की पीठ में खिंचाव आया। उसने वहीं पर कंबल बिछाया। उसने एक समतल पत्थर सिरहाने लिया और हवा के झोंके में लेटा रहा। नदी की ओर टिटिहरियों का शोर चल रहा था। अगल-बगल में झींगुरों के गीत शुरू थे। रात बढ़ती गयी। भेड़ों का शोर मूक होता गया। भेड़ें एक-दूसरे के गले में गला डाले शांत पड़ी रहीं। बीच में एकाध भेड़ चिल्लाती। आसमान में चंद्रमा नहीं था, इसलिए अँधेरा गहरा था। यकायक दूर पर, 'बंदर घाटी' की ओर बाघ की दहाड़ सुनायी दी। दहाड़ सुनकर कुशाप्पा झट से उठ बैठा। अरे, आज दूर निचले सिवान में बाघ तो नहीं आया ? कुशाप्पा मन-ही-मन हँसा। आखिर बाघ भी कहाँ जायेंगे ? सुनते हैं, दो दिन पहले इरलेबाड़ी के सिवान में बाघ ने दो-चार बकरियों को फाड़ डाला। पहले से ही इस पहाड़ी इलाके में कई बाघ हैं, उसमें से सरकार ने 'टायगर प्रोजेक्ट' या ऐसी ही कुछ योजना बनाकर बाघों को पिंजड़ों में लाकर हमारे सोहबत में छोड़ दिया है। इस जंगल में दर्जनभर जानवर जरूर होंगे।

वैसे कुशाप्पा और बाघ का नाता कई वर्ष पुराना था। वह जब बीस की अवस्था में था, बहेलियों के लड़कों के साथ उसने बाघ पर बड़ा जाल फेंका था। जीवंत जानवर

पर झपट पड़ने के साहस को देख पूरी बाघजाई कछार में उसकी वाहवाही हुई थी। उसके बाद भी उसने 'भैंसा घाटी' की ओर दो बाघों को छर्रोंवाली बंदूक से मार डाला था। कुशाप्पा खुद से ही बोला, "हमारी औलाद ही बाघ की बिरादरवाली है।"

कुशाप्पा के दिमाग में यकायक हलचल मच गयी। जिस तरह सुरंग के आघात से चट्टान टूट जाती है उसी तरह कुशाप्पा के दिमाग में विचार कौंध उठा। पंद्रह दिन पहले जाँभली कॉलोनी के बाजार में कोई कह रहा था—"फणसू बहेलिया ने 'भैंसा घाटी' के निकट बाघ को मार डाला। चमड़ा निकालकर चोरी-छिपे पुणे के बाजार में बेच डाला। कहते हैं, नकद चौदह हजार मिले।" कुशाप्पा हड़बड़ाकर उठा। बदन की एक-एक नस तन गयी थी। सिर पर बाल खड़े हुए थे। ऐसा लगा मानो उसने अपने हाथों आसमान पर तोरण बाँध दिया है। होंठों पर दाँत पीसते हुए वह बोला, "सायरी, बेटी जरा-सा धीरज रख...तुम्हारे भाल पर मौर बाँधने के लिए जीवंत बाघ को खींच लाता हूँ। जैसे कुत्ते को खींचकर लाया जाता है, ठीक उसी तरह खींच ले आता हूँ।" कुशाप्पा को लगा मानो उसने यकायक इस पहाड़ से उस पहाड़ पर हनुमान-छलाँग लगाई है। उसके सिर पर भहरानेवाला पहाड़ था, वह चुटकी के साथ दूर हुआ। एक ही बाघ को नाथने से बेटी का ब्याह पूरा होगा। कुशाप्पा के बदन पर अब खुशी का पसीना था। ऐसे ही दौड़कर उस पार जाया जाय, गुणवंत को साथ लेकर बंदूक से शिकार साध लिया जाय, पर ऐसा करने से काम नहीं होगा। पहलेवाले दिन अब कहाँ रहे ? अब तो आदमी की हत्या करने पर भी आदमी सही-सलामत छूट जाता है। अच्छा-सा वकील दे दीजिए, काम समाप्त। पर बाघ की हत्या का मामला बहुत बुरा। जंगल विभाग को जरा-सा सबूत मिलने पर सत्यानाश होगा। लगातार आठ साल यरवदा में सख्त कैद। इससे अच्छा यही है कि बिना किसी को खबर दिये अकेले ही इस पहाड़ को सिर पर उठाया जाय। यह काम बहुत सावधानीपूर्वक और आहिस्ते से करना होगा।

कुशाप्पा उठा। छोटे-छोटे मेमनों को दूध पिलाने का बहाना कर वह भीतर-बाहर जाने-आने लगा। उसने, टट्टी में ठूँसकर रखा हुआ पुराना बाँका निकाला। बाँका, गँडासा, हँसिया आदि धारवाले हथियारों को इकट्ठा किया। हथियार सान पर चढ़ाये। उनमें चमकदार धार आ गयी। जानवर को फँसाने के लिए नारियल की जटा से बनायी गयी, ऐंठनवाली, मजबूत रस्सी ले ली। वह अच्छी टिक पायेगी। काम भी बन जायेगा। उसने रस्सी को हाथ से नापा। वह बारह हाथ लंबी थी। उसने रस्सी, हँसिया, बाँका—सारे हथियार बोरे में भर दिये। बोरा आहिस्ते से उठाया और जरा दूर ढलानवाले खेत के पैताने एक पेड़ के नीचे रख दिया।

तैयारी हो गयी। अब सचमुच ही उसे भूख लगी हुई थी। उसने मंजुला को जगाया—

"अरी उठो, जल्दी करो, खाना परोस दो। अब मुझे ज्यादा समय नहीं है।"

"मालिक, इतनी रात में आप कहाँ जा रहे हैं। बाघ के शिकार के लिए तो नहीं जा रहे हैं ?" मंजुला ने पूछा।

"ना, ना।" कुशाप्पा जरा गड़बड़ा गया, "तुम कैसी पागल की-सी बात करती हो ? लड़की का ब्याह इतना नजदीक आ गया है, और मैं शिकार के लिए निकलूँ ? मैं नीचे कोंकण में निजामपुर जा रहा हूँ।"

"निजामपुर ?"

"हाँ, निजामपुर। वह--वह--मेरी चचेरी मामी येसूबाई है न ? मैंने एक बार तुम्हें बताया था उसके संबंध में। उसकी घर-गृहस्थी अच्छी है। मैं उसी से रुपये ले आता हूँ। पंद्रह हजार रुपये।"

"इतने रुपये ?" मंजुला को आश्चर्य हुआ।

"क्यों ? उसकी इतनी कुवत है। मुझसे उसकी अच्छी ममता है। वह रुपयों के संबंध में 'नाही' नहीं कहेगी। बैंक से रुपया निकालना हो तो बात अलग है, अन्यथा मैं तीन दिन में आ जाऊँगा।"

कुशाप्पा ने घी तथा मिर्च की चटनी को इकट्ठा कर उसके साथ मंडुवे की रोटी खा ली। जल्दी-जल्दी पानी पीकर वह तुरंत बाहर निकला। मंजुला को आश्चर्य हो रहा था। बाहर अँधेरा देखकर वह बोली--

"अजी, जरा रुककर बाद में जाइए, अभी मुर्गे ने बाँग भी नहीं दी है।"

"पगली, क्या मैं नन्हा-मुन्ना बालक हूँ ? अभी निकलता हूँ, सुबह नाश्ते के समय तक मामी के घर पहुँच जाऊँगा। तुम क्या समझती हो--यह सिवान, जंगल और उसके रास्ते मुझे मालूम नहीं ?"

सायरी ने देखा, उसका बापू, उसके लिए ही इतनी अँधेरी रात में बाहर जा रहा है। वह सिसकने लगी। कुशाप्पा ने उसे पेट के साथ सटा लिया। वह उसकी पीठ पर हाथ फेरने लगा। उसने मन-ही-मन कहा, "तुम जरा धीर रखो। सायरी, बाघ के चमड़े की कुर्ती पहनाकर ही मैं तुम्हें वेदी पर बिठाऊँगा।" बालू कुत्ता कुशाप्पा की धोती पकड़े उसके पीछे-पीछे चल रहा था। कुशा ने सोचा--कुत्ते की जात है, व्यर्थ शोर मचायेगी। उसने उसे एक पत्थर मार दिया। 'कुईऽ कुईऽ' कर कुत्ता पीछे चला गया। मंजुला ने कहा--

"उसे अपने साथ रहने दीजिए।"

"मैं कुत्ते को लेकर पाहुन के घर जाऊँ ? हम जोगड़े थोड़े ही हैं ?" कुशाप्पा ने हँसकर कहा।

कुशाप्पा अँधेरे में ही ढलानवाले खेत की तलहटी में आ गया। उसने हथियारों का बोरा उठाया। "जय बिरोबाऽ" कहकर उसने वह बोरा पीठ पर रख दिया। उसने वहीं से भगवान को हाथ जोड़े। वह अँधेरे में छिपे हुए पहाड़ की ओर देखने लगा। सारा सिवान बाघों से भरा हुआ था। किसी जाली में घुसूँगा और बाघ को ले आऊँगा--जैसे किसी मेमने को, उसके कान पकड़कर घेरे में से लाया जाता है। बस्स् ! उसमें कठिनाई ही क्या है ?

दस

कुशाराजा ढलानवाले खेतों में से ऊपर की ओर झपाके से जा रहा था। उसे साँप और बिच्छू, भूत और प्रेत, अँधेरा और उजियाला—किसी का भी भय नहीं था। उसे ब्याह के मंडप में मौर बाँधकर खड़ी हुई सायरी तथा गुर्रानेवाले बाघ के अतिरिक्त कुछ भी दिखाई नहीं दे रहा था। मेंड़ों पर बढ़ी हुई घास-फूस में उसके पैर अटकते; काँटेदार किरिच बोझिल जूतों से टकराकर धोती में अटकते। अंदाजा न होने के कारण कभी पैर गड्ढे में पड़ता; उसमें मोच आती। कभी वह सूखी घास से फिसलता। उसके दिमाग में एक ही कीड़ा कुलबुला रहा था—बाघ ! भोर होने से पहले ही बापू के पहाड़ पर स्थित बिरोबा के मंदिर तक पहुँचना चाहिए। वहाँ से एक कोस दूरी पर एक छोटा-सा तालाब है। उस तालाब पर सबेरे-सबेरे जानवर आते हैं। "भगवान बिरोबा, अगर तुम चाहो तो मेरा काम आज ही होगा। भगवान, तुम लड़के का बाप मत बनो, लड़की का बाप बनो।"

कुशाप्पा बड़ी भोर होने से पहले ही जल्दी-जल्दी तालाब पर आ पहुँचा। उसने झाड़-झंखाड़ में कंबल बिछाया। वह छिपकर, साँस रोककर बैठा। पेड़ों की ऊँची-ऊँची चोटियाँ सुबह की हवा से हौले-हौले हिल रही थीं। शाखाओं से गलनेवाले पत्ते मंद-मंद आवाज कर रहे थे। बगलवाले झाड़-झंखाड़ में बीच में ही कुछ सरसराता; कुशाप्पा खरगोश की तरह कान खड़े कर अंदाजा लेता। उसके पैरों के निकट गुलेल तैयार थी। गँडासे पर हाथ की पकड़ मजबूत थी। वह चिंतातुर हो आसमान की ओर देखता।

जैसे ही पौ फटी, कुशाप्पा दुखी हुआ। जानवरों का, तालाब पर आने का समय बीतने लगा। उसका कलेजा छलनी हुआ। जानवर कहाँ छिप गया ? सबेरा होते-होते भालुओं का एक जोड़ा आया और नथुने फुलाते हुए पानी पीकर चला गया। सिवान में चारों ओर उजियाला हुआ। पंछियों का कलरव और बंदरों का मुँह बिचकाना शुरू हुआ। कुशाराजा उठा। उसने तालाब का नीला शंख, ठंडा पानी अंजुली भर-भरकर पी लिया। वह तालाब के किनारे पर जानवरों के पैरों के निशानों को निरखने लगा। बाघ के पैरों के निशान कहीं पर दिखाई नहीं दे रहे थे। उसे लावा पंछी के चार अंडे मिले। उसने चकमक को रगड़कर आग जलायी। गाय का गोबर ढूँढ़ निकाला। अंडे गोबर के गोले में लपेट दिये। गोबर के गोले आग में रखे। अंडे भीतर ही भीतर अच्छी तरह से उबल गये। कुशाप्पा ने पानी में धोकर, उबले हुए बढ़िया अंडे वहीं पर खा लिये। भरपेट पानी पीकर वह आगे बढ़ा। कुशा सारे वन-सिवान में इधर से उधर, दायें-बायें घूम रहा था। पहाड़ी बस्तियों से आनेवाले चरवाहे लड़कों अथवा शहद की खोज में निकले हुए आदिवासी ठाकरों की भेंट होने पर कुशा अपने पास का तंबाकू देकर धीरे से बात निकालता—

"कहते हैं, इस जंगल-सिवान में बाघ बहुत हैं, क्या यह सही है ?"

"क्यों जी, आप यह किसलिए पूछ रहे हैं ?"

"कुछ नहीं, मेरी एक बढ़िया छोटी भैंस खो गयी है। वह पहिला है। दो दिन से ढूँढ़ रहा हूँ। कहीं मिल नहीं रही है। मुझे शक है, कहीं बाघ ने खायी तो नहीं ? किस दिशा में बाघ ज्यादा हैं ?"

बाघ तो जंगल का राजा होता है। क्या वह मेहमान-अनवार थोड़े ही हैं ? अजी, वह तो कभी इस खोह में रहता है कभी उस खोह में ! लेकिन उधर 'भैंसाघाटी' में बाघ बहुत हैं।

कुशाप्पा ने बिरोबा का पठार पार किया। तीन कोस चलने के बाद वह पश्चिम दिशा की ओर मुड़ा। दिनभर चलकर उसके पैरों में दर्द होने लगा। जूते लाल मिट्टी से सन गये। धोती को घुटनों तक खींचकर बाँध लेने के बावजूद वह किरिचों से भर गयी थी। किरिच जाँघ में चुभने लगे थे। उसने धोती निकाली और सर पर बाँध दी। घुटनों तक लम्बी चड्डी तथा घेरेदार कमीज में चलते हुए वह सिवान को रौंदने लगा। दिनभर चार जंगली पाड़े छान मारे। भैंस के बहाने बाघ की पूछताछ की। कहीं पर भी बाघ का लक्षण दिखाई नहीं दे रहा था। ससुरे, क्या एक ही दिन में निर्वंश हो गया ?

पश्चिम दिशा में लाल सूर्य पहाड़ी क्षितिज की ओर ढलने लगा। थका-माँदा कुशा शिथिल होने लगा। इतने में सामनेवाली जाली में से एक सियार निकला और पूँछ हिलाकर नीचे की ओर चला गया। क्या ही बढ़िया सियार है ! कुशाप्पा मन-ही-मन हँसा। सियार का मुँह देखने से बढ़कर दूसरा शुभ शकुन नहीं। आज की रात तो काम होना ही चाहिए। वह उत्साहित होकर दौड़ने लगा, पर आखिर कहाँ तक दौड़ा जाय ? पूछताछ कहाँ तक की जाय ? कितने नालों के कितने किनारों को जाँचा जाय ? जानवरों के कितने निशान ढूँढ़े जायँ ? कितनी बार लेंडी देखी जाय ? दिनभर चलने से थका हुआ कुशाप्पा एक पत्थर पर बैठा। सिर पर लदा हुआ बोझ बगल में रखा। वह जंगल को निरखने लगा। अब चारों ओर अँधेरा छाने लगा। बाघ का लक्षण तो कहीं दिखाई नहीं दे रहा था। इतने में उसे इरलेबाड़ी का स्मरण हुआ। वह चौंका। मन-ही-मन हँसकर बोला, "ससुरा, बगल में बच्चा गाँव में ढिंढोरा।" बाघ ने इरलेबाड़ी के सिवान में छह दिन पहले ही तो बकरियाँ मार दी थीं। बाघ वहीं पर ज्यादा होंगे। पाँव तोड़कर व्यर्थ ही इतनी दूर आया। अब छह कोस पीछे लौटना। इस पहाड़ से उतरना; तैरकर नदी पार करना और फिर उस पार बालू के पहाड़ में घुस जाना। तब तक अँधेरा होगा। कान तक ऊँची घास में रास्ता दिखाई नहीं देगा; फँसने की नौबत आयेगी; इसलिए कुशाप्पा उठा और लगभग दौड़ने लगा।

गहरे ललछौहें पट्टोंवाला, उनमें सुनहरी चमकवाला, गर्दन नीचे तिरछी कर दहाड़नेवाला बाघ कुशाप्पा की आँखों के सामने लगातार खड़ा था। उस चमड़े की आशा में कुशाप्पा को किसी भी बात का भान नहीं था। वह सुध-बुध खो बैठा था। लगातार

दौड़ने से पेट खाली हुआ था। कड़ी भूख लगी थी। उसने खड़े-खड़े ही टनटनी के पत्ते तोड़े और बकरी की तरह चबाये; उसके पैर रुकने के लिए तैयार ही नहीं थे।

कुशाप्पा भूत की तरह रास्ता काटकर बड़ी रात बाघजाई के किनारे आया। उसने हथियारों का बोरा सिर पर बाँध दिया। वह ठंडे पानी में कूद पड़ा। जब वह इरलेबाड़ी के निकट पहुँचा, तब आधी रात बीत चुकी थी। भालुओं, लकड़बग्घों के भय से जगह-जगह पर आग जलायी गयी थी। कुशाप्पा ने जैसे ही बाड़ी में प्रवेश किया, कुत्ते जोर-जोर से भौंकने लगे। बहेलिया चोर के भय से भाला लिये झोंपड़ी से बाहर आया। कुशाप्पा ने चिल्लाकर अपना परिचय दिया। भीमू बहेलिया परिचित निकला।

"राजा, आप इतनी रात बीते कैसे आये ?"

"छोटी भैंस खो गयी है।"

"भीमू ने खाना नहीं खाया था। रात में उसने खाने का समय चुक जाने पर एक खरगोश मार डाला था। वह चूल्हे पर पक रहा था। तब तक गप्पें हुईं। कुशाप्पा बात करते-करते भैंस से बाघ पर, बाघ से चमड़े पर और चमड़े से पुणे की ओर सरका। भीमू के सामनेवाला, महुए की शराब का मटका खाली हो चुका था। भीमू बोला—

"बहुत सारे लोग चोरी-छिपे बाघ मारते हैं। चमड़ा लिये पहाड़ उतरकर निजामपुर जाते हैं। वहीं से चमड़ा बंबई की ओर चला जाता है।"

"सुना है, कुछ लोग चमड़ा पुणे भी ले जाते हैं।" कुशा को पुणे की ही जानकारी चाहिए थी। लौटते-लौटते ब्याह के लिए आवश्यक वस्तुओं की खरीद भी होगी। चीजें पुणे में ही सस्ती मिलेंगी।

"पर पुणे में यह काम बहुत चोरी-छिपे करना पड़ता है। पुलिस की आँख बचानी पड़ती है, अन्यथा पैरों में बेड़ियाँ ही पड़ती हैं।"

"पर पुणे में चमड़ी कहाँ पर बेचते हैं ?"

"पहले दाना-गली में जाना पड़ता है। वहाँ से बायीं ओर, फिर दायीं ओर। सामने पाकड़ का हिलता-डुलता पेड़। निकट ही लाल बत्तीवाली माड़ी है। उसके निकट ही इस्माईल सेठ की दुकान। जूते बनाने का धंधा—धीरे से पता लगाइए। काम तुरंत बन जाता है।"

कुशाप्पा ने पता दिमाग में बिठा लिया। लगता है, भीमू ने एक-दो चमड़े जरूर बेच डाले हैं। अच्छा हुआ कि पता मिल गया। खरगोश का गोश्त खाकर भीमू आग के निकट सोया। उसने सिरहाने एक पत्थर ले लिया था। धीरे-धीरे आग से शरीर गरमा रहा था। कुशाप्पा की चिंता बढ़ रही थी। दस दिनों में से दो दिन व्यर्थ गये। मेरी सायरी का ब्याह सिर्फ आठ दिन पर आया। मंजुला तथा सायरी बाट जोहती होंगी। अच्छा होता, अगर भेड़ों के झुंड को बाजार ले जाकर बेच डालता। वे दोनों गुझियाँ, लड्डू, पूड़ियाँ, चकलियाँ तो बनायी होतीं। नयी धोतियाँ, कमीजें, हल्दी की साड़ियाँ, ब्याह की साड़ी—सब कुछ खरीदना है। लगे हाथ दामाद के लिए कपड़ा खरीद लेता, तो दर्जी समय रहते सीकर

दे देता। कुशाप्पा, जाने दो। चिंता मत करो। तुम सिर्फ बाघ को मारो। दर्जी का क्या है ? उसे रातभर बिठायेंगे; दुगुनी सिलाई लेगा; उसमें कौन बड़ी बात है ?

जिस प्रकार भालू बल्मीक में धीरे से थूथन घुसाता है, उसी प्रकार नींद ने कुशाप्पा को गिरफ्त में ले लिया। एक रात और एक दिन चलने से उसका पूरा बदन अकड़ गया था। वह खर्राटे भरने लगा। "कुशाप्पा बेसुध तो नहीं हुआ ?" भीमू बदन खुजलाते हुए बोला, "लगता है, राजा बहुत थका है।" बड़ी भोर की ठंडी हवा में भीमू भी खर्राटे भरने लगा। आग में लकड़ी न डालने के कारण धीरे-धीरे अँगारे बुझने लगे। भोर की ठंडी हवा बदन को नोचने लगी। कुशाप्पा की आँख मुश्किल से तीन घंटे लगी होगी। सुबह होते-होते झट से उसकी आँख खुलीं। अरे, यह कालरात की तरह कैसी नींद है?

कुशाप्पा ने गठरी उठायी। वह पश्चिम दिशा में दौड़ने लगा। रात में भीमू से बहुत बातें मालूम हुई थीं। 'बिलाव घाटी' के पास एक झरना है। अगर आ जाय तो बाघ वहीं पर आयेगा। परसों निचले सिवान में उतरा हुआ बाघ भटकैया था। संभव है, जैसा आया वैसा ही चला गया हो। इरलेबाड़ी के लोगों ने मवेशियों को बचाने के लिए चार दिन पहले ही सिवान में हाँकें लगा-लगाकर शोर मचाया था। डिब्बे, ढोल न जाने क्या-क्या बजाकर सिवान जगाया; पर बाघ किसी को भी दिखाई नहीं दिया। कुशाप्पा 'बिलाव घाटी' के पास छिपकर बैठ गया। वह सुबह तक बैठा रहा; पर 'बिलाव घाटी' के झरने ने उसकी सहायता नहीं की।

'भैंसा घाटी' की ओर जंगल घना था। उधर बाघ जरूर मिल जायेगा। कुशाप्पा फिर से दौड़ने लगा। दिन ढल गया। घाटी का घना भाग शुरू हुआ। चलते-चलते पैरों की शिरायें तन गयीं। लगा, अब पैर टूट जायेंगे। इधर बाँध के पानी का छोर पहुँच गया था। कुशाप्पा उसी ओर से बालू का पहाड़ चढ़ने लगा। पहाड़ चढ़ते-चढ़ते वह अगल-बगल की नालियों में पानी की जगहों की टोह ले रहा था। सिवान में अब भी जगह-जगह पर पानी है, इसीलिए तो जानवर पानी के लिए नीचे नदी की ओर नहीं उतरते। रास्ते में एक साही दिखाई दी। वह आँख में धूल झोंककर देखते-देखते झाड़-झंखाड़ में चली गयी। वह दिन भी व्यर्थ चला गया।

तीसरा दिन भी बीत गया। कुशाप्पा दीवाना बन गया। उसका इन्सान गायब हुआ। ब्याह अब पाँच-छह दिन पर आया था। मैं रिश्तेदारों से कैसे सामना करूँ ? अगर रिश्तेदार दरवाजे से वापस चले जायेंगे तो मुँह की खानी पड़ेगी। हाथ आया हुआ रिश्ता छोड़ देना पड़ेगा। दूसरा रिश्ता ढूँढ़ते-ढूँढ़ते पैर छलनी हो जायेंगे। ब्याह क्यों टूटा ? कैसे टूटा ? लड़की का शील-चरित्र—भगवान बिरोबा, देखो सारा काम ही उलटा-पुलटा हो जायेगा।

बीतनेवाला हर दिन बदन को कँपा देता था। कुशा को भूख की परवाह नहीं थी। सिवान को छान मारते समय वह खड़े-खड़े ही करौंदे, टनटनी के पत्ते चबाता था। नालों, झरनों के किनारे जानवरों के पैरों के निशान्नों की तलाशी कर रहा था। अगर

कंदमूल मिलता तो वहीं पर दाँतों में दबा डालता था। नाले, झरने, आड़ की छोटी-छोटी जगहें—सब देख लिया। सिवान में कहीं पर भी जानवर का पता नहीं लग रहा था। कुशाप्पा की जिद बढ़ गयी। वह बड़ी-बड़ी पहाड़ी दरारों की ओर मुड़ा। कड़ी धूप में इस कगार से उस कगार पर मृगजल दिखाई देता। कुशाप्पा को धधकता हुआ मृगजल बाघ के चमड़े पर दिखाई देनेवाली ललछौहीं धारियों के समान लग रहा था। सारे सिवान में बाघ तितर-बितर होकर भाग रहे हैं, और मैं हूँ कि मुझे वे दिखाई ही नहीं दे रहे हैं ! !

चौथा दिन निकला। कुशाप्पा बेभान हुआ। क्या अपने पुनर्वास के 'खास' मामले की तरह यह बाघ का मामला भी अटक जायेगा ? कुशाप्पा को पूरा सिवान बैरी-सा दिखाई देने लगा। पत्तों की सरसराहट बैरियों की हँसी-सी लग रही थी। वह चलते-चलते पेड़ पर यों ही गँडासे का आघात कर देता। ये पेड़ नहीं, सरकार-दरबार के आदमी हैं। वह चोरगे हेड क्लर्क, वह पत्रावले साहब, वह तहसीलदार एकबोटे—सारे-के-सारे पेड़ की ओट से मेरी ओर देख-देखकर हँस रहे हैं। चार दिनों के कष्ट से कुशाप्पा बिलकुल परेशान हुआ था। उसे स्नान का भी भान नहीं था। बदन में मैली-कुचैली फतुही, उस पर वैसी ही कमीज, कमर में लँगोटी रगड़ रही थी। भूखा कुशाप्पा बेभान हुआ। वह सीधे जाकर बाघ की दरारों, साही की माँदों को तलाशने लगा। कहते हैं, साही की माँद भीतर से लंबी-चौड़ी होती है। कौन कहे ? गलती से बाघ उसमें भी घुस सकता है। कुशाप्पा चकमक को रगड़कर दरार के मुँह पर आग जलाने लगा। माँद के मुँह में से घास-फूस, पत्ते सरकाने लगा। धुआँ करने लगा। उसकी अटकल थी कि धुएँ के कारण, भीतर बैठे हुए जानवर का दम घुट जाएगा; वह तुरंत बाहर निकल आयेगा। एक दरार में धुएँ से परेशान अजगर "फस्स" कर बाहर निकला। कुशाप्पा के पैरों तले की जमीन खिसक गयी। दौड़ते-दौड़ते उसके प्राण मुँह को आ गये। पर इतने पर भी कुशाप्पा अपने संकल्प से पीछे नहीं हटता था; वह ज्यादा ही धधक उठता था। उसके बदन में आग लग गयी थी, वह खोहों, दरारों को छान मार रहा था। "बाघऽ बाघऽ" कहकर दाँत पीस रहा था, बेभान हो सिवान को रौंद रहा था।

कुशाप्पा को 'भैंसा घाटी' की चढ़ाई पर, एक नाले के किनारे पैरों के निशान दिखाई दिये। देखते ही उसका हृदय खिल उठा। अब चिंता का कोई कारण ही नहीं। इस सिवान में बाघ हैं, इस बात में कोई संदेह नहीं। चार दिन और चार रातें परिश्रम करने के कारण थका हुआ कुशाप्पा नये उत्साह में उठा। दरारों, माँदों, खोहों की तलाश करने लगा। बाघ के पैरों के निशान देख लेने के आनंद में उसने दोपहरी बितायी। पर थोड़े ही समय के बाद शाम की हवा चलने लगी। यह बात घ्यान में आने पर कि थोड़ी देर बाद यह दिन भी बीत जायेगा, कुशाप्पा झटसे नीचे बैठ गया। बिरोबा, मैं अब क्या करूँ ? अरे, बेटी के ब्याह की तिथि केवल पाँच दिन पर आ गयी है न ? घर में बेटी क्या कह रही होगी ? यह बाप है या दुश्मन ?

बगल में टनटनी के कुंज में कुछ सरसराहट हुई। कुशाप्पा उठा। दबे पाँव आगे बढ़ने लगा; इतने में चार हाथ दूरी पर उसे एक केंकड़ा दिखायी दिया। अच्छा-खासा पाव किलो वजन का होगा। गहरी काली पीठ। आहट लगते ही उसने अपने पंजे तान दिये। धारदार पंजे तनकर सख्त हो गये। अच्छा हुआ यह समय पर दिखाई पड़ा, खूब भूख लगी हुई थी। कुशाप्पा ने आगे छलाँग मारी; देखते ही केंकड़ा सूखे पत्तों पर सरसराकर आगे निकलने लगा। यह ध्यान में आने पर कि वह झाँसा देने के चक्कर में है, कुशाप्पा आगे लपक गया। वह अच्छी तरह जानता था कि केंकड़े को काटने का मौका दिये बिना, बगल से पकड़कर उसके पंजे कैसे तोड़े जाते हैं। कुशाप्पा ने केंकड़े के पंजों को तोड़ा। पंजों से ही उसका पेट फाड़ दिया। उसने खड़े-खड़े ही कच्चा केंकड़ा चबा डाला। तभी उसकी नजर ऊपर कगार की ओर गयी। नीचे खायी और बगल में घनी घास-फूस, झाड़-झंखाड़। ऊपर गूलर का एक छोटा-सा पेड़ भी था। उस दुर्गम जगह की ओर से पानी रिसकर सूखी घास में से बह रहा था। कुशाप्पा हाथ झाड़कर आगे बढ़ गया। पानी में भीगकर चप्पल खराब न हो, इसलिए उसे हाथ में लेने के उद्देश्य से वह नीचे झुक गया। नीचे देखा, कीचड़ में तीन उँगलियों के निशान। वह समझ गया। उसका कलेजा धक्-सा हुआ। यहीं पर, अगल-बगल में कहीं बाघ है। उसके पैरों के ताजा निशानों से साफ हो रहा था कि वह घास और कीचड़ में से होकर ऊपर की ओर चला गया है। बाघ की टोह लगाते-लगाते वह ऊपर ठिगने गूलर-वृक्ष के पास आ पहुँचा। नीचे की ओर कटाववाली कगार थी। पेड़ के सामनेवाले झंखाड़ में बड़ी दरार दिखाई दे रही थी। बहुत बड़े पत्थर टेढ़े-तिरछे पड़े हुए थे। दरार के मुँह पर कई वर्षों की धूप तथा बारिश के कारण काई चढ़ गयी थी; वह काली पड़ गयी थी।

कुशाप्पा बेभान हुआ। ब्याह के मंडप में बेटी खड़ी थी। कुशाप्पा अपनी बेटी के लिए बाघ के जबड़े में हाथ डालकर उसके दाँत गिनने के लिए भी तैयार था। चार दिन पैरों की छलनी बनाकर टोह ले ली है, अता-पता लगाया है—अब यह जानवर हाथ से जाना नहीं चाहिए। कुशाप्पा ने बोरे का मुँह खोल दिया। उसमें से धारदार हथियार निकाले। गँडासा निकाला। नारियल की जटावाली रस्सी निकाली। उसमें गाँठ लगाकर फाँस तैयार किया। जानवर अगर यकायक टूट पड़ेगा तो तुरंत फाँस का फंदा खींच लेंगे। कुशाप्पा ने कंबल का आधा हिस्सा सिर पर बाँध दिया, आधा पीठ पर लटकाकर उसे छोटी रस्सी से कमर के साथ बाँध दिया। झड़पा-झड़पी हो ही जायेगी तो यह संरक्षण अच्छा है। बदन फटने से बच जायेगा। उसने अपनी लँगोटी के बंद में, एक ओर धारदार बाँका खोंस दिया। उसने नारियल जटा की, ऐंठनवाली रस्सी महादेव के नाग की तरह अपने गले में चारों ओर लपेट ली। बचे हुए सारे हथियार-औजारों का बोरा ऊपर घाई में रख दिया। हाथ में तेज धारवाला गँडासा ले लिया। वह नाक फुलाकर दरार की ओर देखने लगा—अब वह बाघ का बच्चा कभी भी बाहर आ जाय; मैं तैयार बैठा हूँ। भड़ुवे को खदेड़-खदेड़कर मार डालूँगा।

धूप तेजी से ढलने लगी। यों कितनी देर तक प्रतीक्षा में खड़ा रहना पड़ेगा ? अँधेरा हो जाने पर उससे लाभ उठाते हुए बाघ कहीं झाँसा देकर चला न जाय। जो भी करना पड़े, आज की रात व्यर्थ जाने नहीं दूँगा। उधर ब्याह को लेकर धाँधली मच गयी होगी। माँ-बेटी दोनों आतुर होकर बाँट जोह रही होंगी। वह पेड़ के तने से हटा। झटसे पत्ते, सूखी घास इकट्ठा कर उसे दरार के मुँह में भीतर सरका दिया। बाहर से आग लगा दी; वह दौड़कर, फिर पेड़ की घाई में आ बैठा।

दरार के मुँह से धुआँ भीतर चला गया। दरार तपी, धुएँ से भर गयी; गर्मी और धुएँ से जानवर को तल्खी होने लगी। अब बाहर निकलने के सिवा दूसरा कोई चारा नहीं था। दरार के दूसरे, सँकरे मुँह में से बाघ की दहाड़ सुनायी दी; उससे सारा परिसर काँप उठा। गुर्राता बाघ बाहर की ओर झपट पड़ा। उसकी बाट गूलर के पेड़ के नीचे से होकर आगे बढ़ती थी। जानवर इस आकस्मिक संकट से सकपका गया था। नीचे की ओर सीधे झपटने में धोखा था, क्योंकि नीचे कटावदार कगार थी। ऊपर भी झपट्टा नहीं लगाया जा सकता था, क्योंकि उधर चढ़ाव था। बाघ गरदन तिरछी कर, विकराल जबड़ा फैलाकर दहाड़ने लगा। कान के पर्दे फटने की बारी आयी। सकपकाया हुआ कुशाप्पा घाई में सावधान हो बैठा। गुर्रानेवाला जानवर लपकते हुए आगे बढ़ा। आदमी की गंध आने पर उसने तुरंत जबड़ा खोला और जोर से दहाड़ लगायी। पूरा सिवान हिल उठा। कुशाप्पा बचाव के लिए ऊपर की टहनी पर सरक गया। गले में लिपटी हुई रस्सी हाथ में लेकर वह फाँस फेंकने के पैंतरे में खड़ा रहा। बाघ के साथ ही साथ कुशाप्पा पर भी खून सवार हुआ। अब उसे जानवर का चौड़ा जबड़ा, फैले हुए तीखे दाँत, उठाये हुए पंजे दीख नहीं रहे थे। नजर बाघ के लंबे-चौड़े, तगड़े बदन पर पड़ गयी थी। क्या ही बड़ा जानवर है ! बहुत बड़ा, लंबा-चौड़ा चमड़ा मिलेगा। सत्रह-अठारह हजार रुपये गिनकर लूँगा। उससे कम रुपयों में नहीं दूँगा। सायरी बेटी, इन रुपयों में तुम्हारा पूरा ब्याह ही हो जायेगा।

बाघ झल्लाया हुआ था। वह अब पीछे नहीं हटेगा। वह झल्लाकर कुशाप्पा की ओर लपका। उसकी छलाँग ऊपर की टहनी तक पहुँच नहीं रही थी। कुशाप्पा ने भी जल्दी कर फाँस का फंदा फेंका। उसका निशाना चूक गया। बाघ अब कुशा का गला घोंटने के लिए अधीर हो गया था। वह लपककर गूलर के चारों ओर चक्कर काटने लगा। चक्कर लगाते-लगाते बार-बार ऊपर झपट्टे मारने लगा। उसने क्रोध में आकर गूलर के तने पर भी पंजे मार दिये, पेड़ को खरोंचा। कच्चे छिलके पर उसके नाखून की खरोंच हुई, उससे लासा चूने लगा। कुशाप्पा बाघ को ऊपर से चुमकार रहा था। उसके मुँह बनाने से बाघ अधिक ही झल्ला गया। उसके चक्कर बढ़ने लगे। उसे हिकारत की नजर से देखकर कुशाप्पा गरज उठा–''ससुरे, मैं भी तुम्हारा बाप हूँ।'' कुशाप्पा ऊपर से बार-बार रस्सी फेंक रहा था; फाँस लगाने का प्रयास कर रहा था। बाघ दहाड़कर ऊपर उछल रहा था। बाघ को ऐसा लग रहा था कि उस आदमी को अब खाऊँ, अभी

निगलूँ। कुशाप्पा को मन-ही-मन डर हो रहा था कि यह जानवर झाँसा देकर चला न जाय। उसने बिरोबा को स्मरण कर झट से फाँस फेंक दिया, उसमें बाघ की गरदन और एक पैर अटक गया। कुशाप्पा खुश हुआ। ऊपरवाली टहनी में बाँधकर वह रस्सी को खींचने लगा; तभी उसके ध्यान में आया कि बाघ के पंजे ने गड़बड़ी की है। पंजा फंदे में अटक गया है और फाँस गरदन में अच्छी तरह से बैठ नहीं रहा है। बाघ पीछे हट नहीं रहा था। पैरों से जमीन को पकड़े हुए वह पीछे की ओर खींच रहा है। कुशाप्पा ने जितना संभव था, रस्सी को खींच लिया; पर काम बन नहीं रहा था। कुशाप्पा पसीने-पसीने हुआ। दिन कभी का डूब गया था। पूरे सिवान में अँधेरा छा रहा था; वह भयभीत हो कुशाप्पा की लड़ाई देख रहा था।

बाघ गिरफ्त में आ गया है—अब वह कहाँ जायेगा ? कुशा ने कमर में खोंसा हुआ गँडासा निकाला। उसने बाघ के पेट को लक्ष्य कर हथियार तान दिया; तभी उसके मन में कोई बात उठी। वह पछताया, "हाय ! कुशा, दुश्मन, तुम यह क्या कर रहे हो? बाघ के पेट का चमड़ा फट जायेगा। फटा हुआ चमड़ा पाँच-छह हजार रुपये कम में माँगेंगे।" अँधेरा गहरा रहा था। कुशा का बदन सिहर उठा। उसने आव देखा न ताव, 'जय बिरोबा' की गर्जना के साथ वह विकराल जीवंत बाघ की पीठ पर कूद गया। पर नीचे आते-आते वह जरा बगल में फिसल गया। झट से रस्सी पकड़कर वह जानवर के फाँस को कसने लगा; यह देख बाघ भी आपे से बाहर हुआ। उसने झल्लाकर अपना दूसरा पंजा कुशा की पीठ पर जोर से मारा। पंजा कंबल से फिसला; पर पसली की ओर उसका आघात हो ही गया; वहाँ जख्म हो ही गया। पूरी जिद के साथ दोनों की छीना-झपटी छिड़ गयी। उस छीना-झपटी में पेड़ से बाँधी हुई रस्सी टूट गयी और बाघ मुक्त हुआ। कुशाप्पा का भाग्य अच्छा था कि उसने अब तक फाँस की रस्सी छोड़ी नहीं थी। भीम और जरासंध की भिड़ंत की भाँति दोनों भिड़ गये थे। फाँस को जोर से झटका देकर कुशाप्पा ने बाघ को नीचे खींचा। वह बाघ की पीठ पर आरूढ़ हुआ; तभी बाघ ने पूरा जोर लगाकर, कूल्हे को झटके से ऊपर उठाकर कुशाप्पा को नीचे ले लिया। कुशाप्पा ने पूरा बल लगाकर फाँस की रस्सी खींची। बाघ ने उसे दो बार नीचे गिराकर चबाने का प्रयास किया। कुशाप्पा ने नसीब की डोरी मजबूत थी; फाँस बाघ के मर्म पर लग गया। वह उलटा-पुलटा होकर तड़पने लगा। कुशा ने चिढ़कर उसके पेट पर लातों की झड़ी लगाई। रस्सी ने काम फतह कर दिया। बाघ हगते-मूतते हुए धीरे-धीरे ठंडा पड़ने लगा। जिस प्रकार बाजरे की बालियों को बोरी में डालकर ऊपर से रौंदा जाता है; उसी प्रकार कुशा उस भारी-भरकम लाश को देर तक पीटता रहा, रौंदता रहा। कुशा को किसी भी बात का भान नहीं था।

कुशाप्पा की साँस फूलने लगी। साँस फूलकर उसका दम घुटने लगा था। वह भी नीचे घास पर बदन को शिथिल कर, ऊपर मुँह किये लेटा रहा—मरे हुए बाघ की तरह। उसकी नाक, मुँह, हाथ, पैरों की नसें, घुटने—सारा बदन मसल चुका था। उसकी

छाती का पिंजड़ा जोर-जोर से बज रहा था। उसे ऐसा लग रहा था कि बगलवाली मिट्टी खा ली जाये। वह देर तक बिना हिले-डुले वैसा ही पड़ा रहा। अँधेरे से भरा हुआ सिवान। जोर से बजनेवाले बड़े-बड़े पेड़। जैसे-जैसे ठंडी हवा के झोंके आने लगे, वैसे-वैसे उसका मन उल्लसित होता गया। चलो, कुशाप्पा उठो; बहुत बड़ा काम किया तूने। अब जो भी काम रह गया है उसे भी पूरा कर लो। कुशाप्पा भाल से पसीना पोंछने लगा; देखा उसके हाथ पर खून लगा हुआ है। फिसलते हुए पंजे ने भाल के कोने पर खरोंच डाला था। पसीना नहीं, बल्कि खून जम गया था। जैसे-जैसे बदन ठंडा होने लगा, वैसे-वैसे दर्द होने लगा। बायीं पसली के निकट पंजे का जोरदार झटका लग गया था। उससे माँस का छोटासा लोथड़ा भी निकल आया था। बाघ से टक्कर लेते-लेते कुशाप्पा के घुटनें, कोहनियाँ टूट गयी थीं। खरोंचे हुए बदन में जानलेवा दर्द हो रहा था। उस भाग में चुभन और टीस हो रही थी। कुशा, ससुरे, जीवंत हो न ? उठो। देखो सामने संकट पड़ा है। उधर ब्याह का मंडप अटका हुआ है। देखो, स्पीकर में कोई चिल्ला-चिल्लाकर पूछ रहा है—लड़की का बाप कहाँ है ?

कुशाप्पा बदन मरोड़कर उठा। जिस तरह मँडुवे से भरा हुआ बोरा पीठ पर उठाया जाता है, उसी प्रकार कुशाप्पा ने बाघ को पीठ पर लादा। उसके अगले दोनों पैरों को अपने कंधे से आगे खींचकर छाती के साथ पकड़ लिया। पीछे की भारी-भरकम लाश को खींचता हुआ वह आगे बढ़ा। बाघ अभी भी गरम लग रहा था। कुशाप्पा उसे खींचकर बड़े नाले के किनारे ले आया। उसने बाँका निकाला। बाघ को नाक की ओर से धीरे-धीरे छीलना शुरू किया। काम तुरंत समाप्त नहीं हो रहा था। ज़ल्दबाजी से सोने जैसे कीमती चमड़े का नुकसान हो जायेगा। कीमत कम हो जायेगी। उसने दो-ढाई घंटों में छीलकर चमड़ा अलग किया। वह हँसकर चमड़े के मुलायम बालोंवाले हिस्से पर हाथ फेरने लगा। चमड़ा बहुत ही मुलायम था। बिरोबा, अरे तुमने कितनी यातनाओं के बाद यह पारस दिया ?

कुशाप्पा ने चमड़ा नाले में डालकर ठंडे पानी से धो लिया। झटककर उसे बगलवाली घास पर बिछा दिया। थका हुआ वह देर तक बैठा रहा। घने जंगल में बाघ की लाश के अतिरिक्त उसके साथ कोई नहीं था। रेती में माँस का ढेर पड़ा था। कुशा उसकी ओर देखकर चौंका। माँस ऐसा ही खुला छोड़ने पर किसनू फॉरेस्टर को टोह लग जायेगी। जेल का चक्कर काटना पड़ेगा। इस माँस का बंदोबस्त करना ही होगा। वह बगल की रेती में गड्ढा खोदने लगा। सिवान में चारों ओर सन्नाटा था। गड्ढा खोदते समय रेती की खन्-खन् आवाज होती—जेल की घंटी के समान। बड़ी भोर से पहले ही कुशाप्पा ने सारा माँस गाड़ दिया। चमड़ा फिर एक बार धोया। उसे बोरे में डालकर वह पहाड़ उतरकर बाघजाई की ओर दौड़ने लगा। पहली लांच मिल जायेगी तो आज ही पुणे पहुँचूँगा। चमड़ा बेचकर तुरंत ब्याह के लिए आवश्यक चीजें खरीद लूँगा। अच्छे काम के लिए देर नहीं करनी चाहिए।

पौ फटी। चारों ओर उजियाला छाया। बोरे में रखा, भीगा हुआ चमड़ा कुशाप्पा को बोझिल लग रहा था। कुशाप्पा ने उजियाले में अपनी ओर बारीकी से देखा। सारा बदन खरोंचा गया था। मुँह पर सूजन थी। धोती और कमीज पर खून के दाग दिखाई दे रहे थे। पीठ पर लादा गया बोरा भी संदेह पैदा करता था। इसी हालत में नीचे जाने का अर्थ था–सीधे पुलिस का दामाद बनना। मेरे इस सूजनभरे बदन को देखकर नाविक हरिबाबू क्या कहेगा ? क्या उसकी नजर से यह गठरी बच जायेगी ? सुनो कुशाप्पा, यह जल्दी तुम्हें बहुत तकलीफ देगी। अब तक का काम बढ़िया हुआ है। एक दिन बढ़ जाने पर आसमान नहीं टूटेगा। तुम लांच का चक्कर छोड़ो। ऊपर पहाड़ के रास्ते ही जाओ। और हाँ, दिन में जाना ठीक नहीं। जाँभली कॉलोनी नाके पर फॉरेस्टरों का कड़ा पहरा है। क्या वे तुम्हें चमड़ा लिये खुला छोड़ देंगे ?

कुशाप्पा ने योजना बदल दी। वह फिर से पहाड़ चढ़ने लगा। अब तो चमड़े का बोझ अधिक ही लग रहा था। चढ़ाव पर चढ़ते-चढ़ते कलेजा मुँह को आया। धूप बढ़ने पर आँखों के सामने अँधेरा छाया। देर से निकलना था। पैर शिथिल हुए। कुशाप्पा अपनी ही धुन में पहाड़ चढ़ रहा था; तभी सामने से दो आदमी आते हुए दिखाई दिये। कुशाप्पा चौंक गया। उसकी हालत देखकर एक आदमी ने पूछ ही लिया–

"अजी आप यह क्या कर आये हैं ?"

"कुछ–कुछ नहीं। भैंसे ने जंगल में मसल दिया। देखिए न, सींग भी लगे हैं। अच्छा हुआ जान बची।" उसने झूठ कहकर समय को चलता बनाया।

नदी के पास पहुँचने पर कुशाप्पा फिर निर्जन जंगल में घुसा। उसने सोचा, अगर इसी हालत में चमड़ा ले चलूँगा तो बीच रास्ते में ही दुर्गन्ध आने लगेगी; दिक्कत हो जायेगी। इससे अच्छा यही है कि बबूल के छिलके से चमड़े को रौंद दिया जाय। बहुत ढूँढ़ने के बाद बबूल का पेड़ मिला। कुशाप्पा ने गँडासे से बबूल के छिलके निकाले। उसे कूट-पीटकर पानी में भिगो दिया। उससे रस निकालकर भीगे चमड़े पर छिड़क दिया। बहुत बड़ा काम हुआ। उसने दोपहर चमड़े का बोरा सिरहाने लिया; वह पेड़ के नीचे सो गया। मन में खटका बना हुआ था। अगर नाके पर कोई पूछे कि बोरे में क्या है? क्या जवाब दूँगा ? उसे एक उपाय सूझा। कढ़ीपत्ता निकाला जाय। वह बोझ में भी हलका होता है और उसकी आड़ में चमड़े को भी छिपाया जा सकता है। आखिर कड़ीपत्ता मिला, उसे तोड़कर बोरे में भर दिया गया। बोरे का मुँह बाँध दिया; तब जाकर उसकी जान में जान आयी। बदन पर जो कपड़े थे, सब धो डाले; उन्हें सूखने के लिए डाल दिया। उसने बोरा सिरहाने लेकर एक और झपकी निकाली। थके-माँदे कुशाप्पा को गहरी नींद आ गयी। दिन ढलने पर वह जगा। सोचा–अभी उठना चाहिए, तुरन्त पहाड़ के रास्ते नीचे जाना होगा। कॉलोनी पहुँचना है; वहाँ से टेम्पो में बैठकर पुणे पहुँच जाऊँगा।

पच्चीस मील का रास्ता पार करना था। बदन की हड्डियाँ टूट रही थीं। चप्पलें खो गयीं या टूट गयीं, कुछ पता नहीं चल रहा था। कुशाप्पा थका-थका-सा चल रहा

था। एक-एक कदम रखते समय कमर के जोड़ों में दर्द हो रहा था। कच्चे चमड़े के बोझ से पीठ झुक गयी थी; पर न चलने पर काम कैसे होगा ? बेटी, एक बार तुम्हारे माथे पर मौर बाँध दूँ तो मुक्त हो जाऊँ।

कुशाप्पा बड़ी भोर ही कॉलोनी पहुँचा। बाघेठाण से होते हुए पुणे जानेवाला टेंपो मिल गया। कुशाराजा अँधेरे में, बोरा पेट से लगाकर बैठा था। नाश्ते का समय होते-होते टेंपो स्वारगेट पहुँचा। रिक्शा लेकर वह दाना बाजार के निकट पहुँचा। उसने पता अच्छी तरह ध्यान में रखा था। बायीं ओर मुड़ना—फिर दायीं—ओर पाकड़ का पेड़—लाल-बत्तीवाली माड़ी। चप्पल की दूकान। कुशाप्पा दूकान में पहुँचा। सेठ के काम में सब-कुछ कह दिया, "खून-पसीना एककर आया हूँ। उधर बेटी मंडप में खड़ी है। अभी ब्याह के लिए कुछ भी खरीदा नहीं है। मालिक, मुझे जल्दी-जल्दी मुक्त कीजिए।"

मालिक हँसा। उसने भीतर से एक लड़के को बुला लिया। पीछे की ओर ले जाकर चमड़ा ऊपर निकाला गया। मालिक उसे देखकर चौंक गया। चमड़ा वहीं पर रखकर वह बाहर आया। "मालिक, जरा जल्दी कीजिए"—कुशाप्पा जल्दी करने लगा। मालिक ने चाय के लिए आग्रह किया। कुशाप्पा आजिजी के साथ बोला, "फुरसत नहीं है, आपको सत्रह-अठारह हजार रुपये अधिक लगते होंगे तो तीन-चार हजार कम कीजिए; पर मुझे तुरंत मुक्त कीजिए।" मालिक ने बाहर से स्पेशल चाय मँगायी। कुशाप्पा गरम-गरम चाय घूँटने लगा। उसने दीनता से मालिक की ओर देखा। मालिक उठा। फोन का नंबर घुमाकर उसने इतना ही कहा—"हैलो पुलिस स्टेशन ? डी.एस.पी. साहब हमारे यहाँ एक गड़रिया आया है। वह बाघ को मारकर चमड़ा ले आया है।" कुशा उछला; उसने मालिक के पैर पकड़ लिये, "मालिक गरीब को धोखा मत दीजिए। आप चमड़ा वापस दीजिए—बेटी-ब्याह—मालिक ?" मालिक ने तुरंत हाँक दी, "महमदऽ बसंतऽऽ इधर आओऽऽ इसे पकड़ लोऽऽ।" कुशाप्पा पसीने से तर-ब-तर हुआ। जिस प्रकार बैल बाड़ से छलाँग लगाता है उसी प्रकार—कुशाप्पा ने दूकान से छलाँग लगायी। सारी शक्ति जुटाकर, भरी भीड़ में चोर की भाँति भागने लगा। पढे-लिखे सभ्य आदमियों की भीड़ में से वह अपनी जान बचाकर भागने लगा।

भाग ६

एक

जिलाधिकारी देशमुख दिनभर बेचैन थे। वे जानते थे कि आज या कल उनका तबादला होगा। उनकी वजह से सांसद का गुट नाराज हुआ था। देशमुख मामूली बाँध-पीड़ितों की फालतू समस्याओं को विशेष महत्त्व देते हैं। कार्यकर्ताओं का कहना था—बाँधपीड़ितों के कारण जिलाधिकारी अगर हमारी राजनीति को ही धक्का लगाते रहें होंगे तो हम सांसद शिंगाडे का पक्ष क्यों लें ? पर अनिल देशमुख ने ठान लिया था कि बाँधपीड़ितों के बहाने अपना उल्लू सीधा करनेवाले लाला, दत्तू तथा बबेराव जैसे दलालों को वे कुचल डालेंगे।

दत्तू ने अपने परिवार में अलग-अलग बारह खातेदार दर्ज कर चालीस एकड़ से अधिक जमीन हथिया ली थी। उसकी हथियायी हुई जमीन उत्कृष्ट थी। गाँव के शेष लोग पथरीली जमीन से जूझ रहे थे। बाँधपीड़ित कई दिनों से माँग कर रहे थे कि इस मामले की जाँच की जाय। दत्तू ने अपने राजनीतिक प्रभाव का उपयोग कर यह मामला दबा दिया था। उसे जब मालूम हुआ कि अब जाँच होगी, तब उसने मामला दीवानी में दर्ज कराया। वह स्थगन आदेश ले आया। अब स्थगन आदेश के बल पर टट्टी की ओट शिकार खेलने लगा। जिलाधिकारी देशमुख साहब ने सरकारी वकील के पीछे पड़कर उस केस को सुनवाई के लिए पेश करवाया, पर धूर्त दत्तू ने चार क्रमांक का नोटिस लगने से पहले ही खातों में विभाजन करवा लिया था, उसी के बल पर बाद में जमीन पायी थी। दत्तू अच्छी तरह जानता था कि कानून और उसकी त्रुटियाँ गधे के समान होती हैं। तभी तो वह उस गधे पर सवार हो, उसके लंबे कान पकड़कर हाँक रहा था। हाँ, गधे की लातें, गाँव वालों को सहनी पड़ रही थीं।

तारा बहन के लड़कों ने शिकायत की थी कि दत्तू ने तारा बहन की जमीन पर लाला जाधव का नाम चढ़वाया है। लड़कों ने अपनी कैफियत भी दी थी। देशमुख साहब सरकार को धोखा देने के अपराध में दत्तू को फँसाना चाहते थे, फिर भी उन्हें लगता

था कि एक अन्य हथियार भी अपने हाथ में होना चाहिए जिससे वे दत्तू जैसे बाँदों को खदेड़ दें। इसी सोच-विचार में उनका, आज का पूरा दिन बीत रहा था। नित्य के कार्यों में उनका ध्यान नहीं था। विचारमग्न थे। तभी चपरासी ने उनके टेबल पर एक चिट्ठी रख दी। चपरासी ने बताया कि कोई बूढ़ी महिला उनसे मिलना चाहती है। साहब ने उसे बुला लिया। महिला बहुत ही बूढ़ी थी, बाल बिलकुल सफेद हुए थे। उसने आते ही हाथ की लाठी कुर्सी पर रख दी और साहब को झुककर दंडवत् किया। साहब ने चपरासी से कहकर बगलवाली कुर्सी पर बिठाया।

"साहब, मुझे आपके दरबार में न्याय मिलेगा ?" बूढ़ी ने हाथ जोड़े।

"अगर आपका पक्ष सही है, तो आपको न्याय जरूर मिलेगा।" साहब ने कहा।

"सब ऐसा ही कहते हैं, पर पिछले बारह साल से इस ऑफिस से उस ऑफिस में चक्कर काटकर मेरे पैर थक गये। भगवान भी ऐसा है कि वह दुष्टों के दरवाजे चला जाता है, उन्हीं का साथ देता है, आप ही बताइए मैं क्या करूँ ?" बूढ़ी तिलमिलाकर बोली।

"यह दत्तू कौन है ?"

"दत्तूवा सरपंच। नेता। खैरापुर का। मैं उसकी सौतेली माँ हूँ। पर निःसंतान मैं बिना घर-बार के दर-दर भटक रही हूँ। वह बदमाश दत्तू बड़े-बड़े लोगों को पकड़कर अपना काम करवाता है। कमीने ने मुझ पर अन्याय किया–मेरी जमीन हथिया ली !" बूढ़ी बोली।

"आपकी जमीन ? सो कैसे ?"

"अजी, मेरे जीते जी उसने मेरी मौत को गजट में दर्ज करवाया और मेरे नाम की मुआवजा राशि–पैंतीस हजार रुपये खा लिये, जमीन भी दबा ली।" बूढ़ी ने अपनी रामकहानी बतायी।

देशमुख साहब को याद आया। उन्होंने इस केस के संबंध में पहले भी किसी से सुना था; पर उनके पास निश्चित सबूत या जानकारी नहीं थी। वे चौकन्ना होकर बनू का केस सुनने लगे। बनू ने देखा कि साहब उसका केस ध्यान से सुन रहे हैं, वह भावुक हुई। उसके हृदय का बाँध टूट गया। वह रो-रोकर एक-एक घटना बताने लगी। उसने बताया कि संतान न होने के कारण उसने ही पति को दूसरा विवाह करने के लिए बाध्य कर दिया। पति ने मरने से पहले कई बार कहा–"बनू, यह कमीना दत्तू तुम्हारी अच्छी देखभाल नहीं करेगा, सँभलकर रहना, अपने हिस्से को जमीन-जायदाद पर निगरानी रखना।" बनू ने यह भी बता दिया कि भाई के पास चले जाने पर दत्तू ने कैसे उसको धोखा दे दिया। भाई के साथ रहते समय कुछ रुपये कमाने के लिए उसने चोरी-छिपे किसी के यहाँ बर्तन माँजने का काम किया। उसने देशमुख साहब को बताया कि वह इस उम्र में कॉलोनी में बर्तन माँजती है, दूसरों के बच्चे खिलाती है और रोते-कुढ़ते जिंदगी काट रही है। देशमुख साहब ने इंटरकॉम द्वारा डी.आर.ओ. पवार को

बुला लिया। बनू बूढ़ी की हकीकत सुनकर साहब हक्का-बक्का हुए। उन्होंने पूछा,

"आपने पुलिस में कंप्लेंट क्यों नहीं की ?"

"शिकायत ? मैंने अधिकारियों के दरवाजे पर कितनी ही बार सर फोड़ा है। हर कोई मुझे कुत्ते की भाँति हकाल देता है। साहब, आप ध्यान दीजिए। उस कमीने दत्तू पर मेरा शाप जरूर पड़ना चाहिए। साहब उसके हाथ में बेड़ियाँ ठोंक दीजिए।"

"आपको अपनी मृत्यु का दाखिला प्राप्त करना चाहिए था।"

"साहब, क्या बताऊँ ? मैंने वह भी कर लिया। जीते जी मृत्यु का दाखिला लिया, वकील को सौंपा, दत्तू को नोटिस भी दिया, पर साहब..." बनू का दुख बेकाबू हुआ। वह किसी तरह बोली, "उस नीच ने वकील की भी जेब गरम कर दी। मुझसे वकील को क्या मिलता ? कहते हैं, दत्तू ने वकील को बहुत रुपये दिये। वकील ने मेरे कागजों को भी हड़प लिया। कहा–कागज कहीं खो गये। साहब आप बेटे के समान हैं, आप इस बूढी को न्याय दिलाइए।"

"आपके तो सारे कागज ही गायब हुए हैं।"

"बेटे, तुम ध्यान दोगे तो सब हो जायेगा। तुम इतना बड़ा बाँध बनवा सकते हो, क्या तुम्हें मेरे चार कागज़ नहीं मिल सकते ? मैं अब चलती हूँ, बस निकल जायेगी।"

बूढ़ी बनू बहन चलने लगी। देशमुख साहब ने पवार से कहकर उसकी कैफियत दर्ज करवायी। बनू बहन ने पवार साहब के सामने सारा मामला सिलसिलेवार कहा, वह चलने लगी। उससे रहा नहीं गया, पैर फिर देशमुख साहब की केबिन की ओर मुड़े। बिना किसी झल्लाहट या क्रोध के इतनी शांति से शिकायत सुनने वाला साहब उसने कभी देखा नहीं था। वह फिर से हाथ जोड़कर बोली,

"साहब, आप इतना जरूर देख लीजिए, मेरा पुनर्वास हो चाहे न हो, पर इस नीच दत्तू के हाथ में बेड़ियाँ पड़नी चाहिए।"

"आपका पुनर्वास भी होगा। आप चिंता क्यों करती हैं ? आपको प्लाट मिलेगा, मकान के लिए कर्जा, खेती..."

"अब यह सारा मिलकर क्या होगा ? मैं तो बिलकुल बूढ़ी हो गयी। आप जैसे साहब के इर्दगिर्द बारह साल चक्कर काटे। मैं अब थक गयी, उम्र हो जाने पर पुनर्वास किस काम का ? मैं गाँव से अलग हुई, अपने लोगों से अलग हुई, अब मुझे किसी भी बात का, कुछ भी बुरा नहीं लगता। बस्स, एक ही इच्छा है–उस कमीने दत्तूवा के हाथ में बेड़ियाँ पड़नी चाहिए।"

बनू चली गयी, साहब ने पवार से फर्माया, "पवार, चाहे जितना समय चला जाय, चाहे जितनी मेहनत उठानी पड़े, पर यह केस स्ट्रांग हो जाना चाहिए।" पवार ने सात-आठ दिन बिताये, आखिर सारे पुराने कागज-पत्र उनके हाथ में आ गये। सरसरी तौर पर यों ही देखा, भूमि वितरण-सूची में भी बनू बहन का नाम था। पवार को आश्चर्य हुआ। उन्होंने तुरंत सारे कागज-पत्र देशमुख को दिखाये।

"यह देखिए देशमुख साहब, खैरापुर में इसी बूढ़ी के नाम से जमीन वितरित की गयी है।"

"क्या !! एक बार बूढ़ी को मरवाकर मृतक के नाम से फिर वितरण ?"

"जी हाँ, लगता है झूठे हस्ताक्षर और अँगूठे के निशान करवाकर, किसी दूसरी ही महिला को प्रस्तुत कर कब्जा लिया गया है।"

"जमीन के खसरे पर दत्तू का नाम दिखाई देता है।"

"वेल इन मि. पवार। अब सीधे पुलिस में शिकायत दाखिल करेंगे ! चार सौ बीस फेब्रिकेशन ऑफ डाक्युमेंट्स।"

"उस नीच दत्तू को सचमुच नानी याद आनी चाहिए।"

स्वयं पवार साहब ने पुलिस में शिकायत दी। देशमुख साहब ने डी.वाय.एस.पी को निर्देश दिया था कि दत्तू के हाथ में बेड़ियाँ ठोंककर उसे खैरापुर में घुमाया जाय। उसी दिन सुबह डी.आर.ओ. ऑफिस में से तहसीलदार एकबोटे बाहर गये। उन्होंने प्राइवेट फोन पर दत्तू को यह समाचार तुरंत बता दिया।

दत्तू जीप लेकर तुरंत खैरापुर चला गया। दत्तू पर संकट आया हुआ देखकर बबेराव ने अपनी अम्बेसिडर निकाली, वह सीधे जिला कोर्ट चला गया। जमानत मिलने पर ही दत्तू का कलेजा ठंडा हुआ, पर दूसरे ही दिन जिला-समाचार-पत्र में दत्तू का यह पूरा रामायण छप गया। बाँधपीड़ित कमेटी के सदस्य तथा देशभक्त शिंगाडे चीनी मिल के तज्ञ संचालक श्री. दत्तू करवंदे ने अपनी माँ को ही धोखा दिया। उनके अन्य कई मामले भी छपकर आये, आंबेपुर जिले में हलचल मच गयी। समाचार-पत्र में निकले समाचार को पढ़कर मास्टरजी तथा म्हाकू तुरंत आंबेपुर गये। उन्होंने देशमुख साहब का, पुष्पहार पहनाकर अभिनंदन किया। "साहब, आपके काम को किसी की बुरी नजर न लगे। आप दो साल यहीं पर रहिए। आपके कार्यकाल में पुनर्वास के अटके हुए मामलों में से एक तिनका भी नहीं बचेगा। सारे काम हो जायेंगे।" मास्टरजी ने बहुत खुश होकर कहा। बात में से बात निकली। मास्टरजी ने देशमुख साहब को बताया कि खैरापुर तथा बाघेठाण में सांसद गुट के लोग देशमुख साहब से चिढ़े हुए हैं। उनके कार्यकर्त्ता उनके ट्रांसफर की आतुरता से प्रतीक्षा कर रहे हैं। साहब की कट्टर तथा सख्त भूमिका से सांसद गुट की सिट्टी गुम हो गयी है। चुनाव के दिनों में बबेराव जाधव के बिना सांसद गुट में पत्ता भी नहीं हिलता। देशमुख साहब ने बबेराव को पहले ही सख्त आदेश दिया था कि वह गोट-बस्ती के निकटवाला रास्ता अच्छा बना दे। उस आदेश के अनुसार बबेराव ने उस पर फिर से एक लाख रुपये खर्च किये, पर रास्ते को न्याय नहीं मिला था। साहब ने इंजीनियर से रिपोर्ट ले ली और झूठे बिल बनवाकर सरकार को धोखा देने के मामले में बबेराव के विरुद्ध पुलिस में शिकायत दर्ज की। उन्होंने रिपोर्ट भिजवायी कि सरकारी ठेकेदारों की सूची में से उनका नाम निकाल दिया जाय। संयोग से बबेराव की ही जमीन श्मशान भूमि के लिए अनुकूल सिद्ध हुई थी। साहब ने उस भूमि के संपादन

का काम भी पूरी शक्ति के साथ हाथ में लिया था। देशमुख साहब के आघात से लाला-दत्तू की नींद ही हराम हो गयी थी। पुनर्वास के बल पर तथा उसके बहाने ही उन्हें ये दिन दिखाई दिये थे। तारा बहन की जमीन का मामला और उसके तुरंत बाद यह बनू बहन का केस—गुरू-शिष्य दोनों को जबरदस्त धक्का लगा। दोनों ने साहब के रोष से बचने के लिए, गोटबस्ती के स्कूल तथा समाज मंदिर की अच्छी-खासी दुरुस्ती की थी। उन दोनों की इच्छा थी कि कम-से-कम उस काम को देखकर तो साहब अपराधों को दुर्लक्षित करेंगे; पर साहब किसी भी बात की परवाह करने के लिए तैयार नहीं थे। उन्होंने जिला पंचायत को निर्देश दिया कि वह गोट-बस्ती के निकटवाले रास्ते के मामले में कार्यकारी अभियंता सोनारे के विरूद्ध कार्रवाई करे। यह सोचकर कि अपने पेन्शन का मामला खटाई में पड़ेगा—सोनारे साहब हैरान हो गये थे। चोरगे क्लर्क को निलंबित कर उसकी जाँच शुरू कर साहब ने उसको भी जबरदस्त झटका दिया था। पत्रावले भय से बिलकुल सहम गये थे—कार्रवाई का नोटिस आज आता है या कल ? देशमुख साहब ने जिले के नेताओं तथा कर्मचारियों की नाक में दम कर दिया था। हाँ, आम लोग साहब पर बहुत खुश थे। बाँधपीड़ितों के लिए तो साहब भगवान ही लगते थे।

बहुत बहस हुई। मास्टरजी उठे। साहब ने पूछा, "मास्टरजी, गोट-बस्ती में अभी भी कुछ काम बचे हुए हैं ?"

"साहब, श्मशान भूमि का आपके ही कार्यकाल में हो जाय, फिर तो हम आराम से मरेंगे।"

साहब ने ठहाका लगाया। उनको एक अर्जी देकर मास्टरजी बोले, "साहब कनाल सर्किल में बीस सीटें भरनी हैं। आधी सीटों पर बाँधपीड़ितों के लड़कों को रखा जाय।"

"आधी ?"

"क्यों नहीं साहब ?" हमारे माथे पर ही तो बाँध बनवाया है। इसके अतिरिक्त, सरकार की भी नीति है कि सिंचाई विभाग में अधिकतर जगहों पर बाँधपीड़ितों को ही अग्रता दी जाये। कृपया ए.सी. भोंसले साहब को फोन पर फाटक साहब को आदेश दिलवाइए। उनके यहाँ भरती है।"

"मास्टरजी, आप जानते ही हैं कि भोंसले के साथ हमारे संबंध अच्छे नहीं हैं। मैं नोट लिखता हूँ, पर अच्छा होगा यदि आप फाटक साहब से कहेंगे।" मास्टरजी का प्रयास चल रहा था कि बाँधपीड़ितों के दो-चार लड़कों को काम मिलेगा तो उनकी रोजी-रोटी की समस्या हल हो जायेगी। वे म्हाकू को साथ लेकर बाहर निकले। वे भोंसले साहब से मिले। उन्होंने जिलाधिकारी की सिफारिशवाली अर्जी भोंसले साहब को दे दी। दोनों देर तक आस्था और लगन के साथ बहस करते रहे। "ठीक है, मैं यह सूची फाटक साहब तक भिजवा देता हूँ"—बहुत ठंडी प्रतिक्रिया व्यक्त करते हुए भोंसले साहब ने चलता बनाया। मास्टरजी तथा म्हाकू दोपहर बाघेठाण पहुँचे, वे फाटक साहब से मिले। इस बात की भनक पड़ने पर कि मास्टरजी नौकर भर्ती के सिलसिले में मिलने आये

हैं, फाटक सकपका गये। कई लोगों से पत्र, चिट्ठियाँ, फोन आ रहे थे; लोग अपने-अपने उम्मीदवारों को एडजस्ट करना चाहते थे। यकायक तबादले का संकट आ जाने पर शिंगाड़े उनकी सहायता के लिए दौड़ते थे, तबादले का आदेश निकलने से पहले ही उसे दबाया जाता था। फाटक का जी ठंडा होता था। फाटक को ऐसा दो बार अनुभव आया था। बबेराव की मर्जी के दो-चार लड़कों को लेना था। कैसे न लेते ? वह तो सांसद की बैठक का आदमी ! विधायक भाऊअण्णा सालुंखे का आरोप था कि फाटक साहब हमेशा सांसद गुट के लोगों के ही काम करते हैं, इसलिए उनकी सूची में से कम-से-कम दो लोगों को लेना चाहिए। कुछ रिश्तेदार भी हैं। दूसरे अधिकारियों की खास सिफारिशें भी हैं। इन सबमें से बीस लड़कों को कैसे चुनेंगे--बड़ी मुश्किल थी, उस पर यह मास्टरजी का नया संकट ! राम ! राम !!

फाटक झुँझलाकर बोले, "कौन बाँधपीड़ित ? कैसे बाँधपीड़ित ? आप तो कुछ नया ही झंझट खड़ा करते हैं।"

"बाँधपीड़ित, वे जिनके सीने पर बैठकर आपने बाँध की दीवारें बनवायीं; हमने आपके लिए अपना गाँव उठाया, पराये मुल्क में आये।"

"हाँ, तो इससे क्या हुआ ? क्या आपको अपनी जमीन के पैसे नहीं मिले ? सरकार ने आपको भरपूर रुपये दिये हैं, घर बनवाकर दिये हैं, अब और क्या रह गया है ?" फाटकसाहब ने पूछा।

"साहब, यह रही सूची। आपको सरकारी नियम के अनुसार हमारे लड़कों को लेना ही पड़ेगा। हम यह नहीं कहेंगे कि आप इसे ले लें और उसे न लें। यह तीन सौ लड़कों की सूची है। उनके दाखिले हैं। आप इनमें से कोई भी दस-पंद्रह लड़के चुनिए।"

"आप चयन आयोग के पास क्यों नहीं जाते ? सेवायोजना कार्यालय में नाम क्यों नहीं दर्ज करवाते ?"

"हम उधर क्यों जायें ? सेवायोजना के कॉल की आवश्यकता नहीं। सरकार का जी.आर. है--बाधपीड़ितों के लड़कों को सीधे सेवा में ले लिया जाय। साहब, यह लीजिए जी.आर.।"

मास्टरजी ने थैली में से जी.आर. निकाला और फाटक के टेबुल पर रख दिया। फाटक ने उसकी ओर देखा तक नहीं। उन्होंने चिढ़कर कहा, "मास्टर, आप हमें सरकार के जी.आर. के संबंध में पढ़ाने लगे ?"

"साहब, पढ़ाने की बात ही कहाँ उठती है ?" मास्टरजी जरा नरम होकर बोले, "हम अपने अधिकारों के लिए लड़ रहे हैं।"

"मास्टर, जो बाँधपीड़ित नहीं हैं उन्होंने कौनसा पाप किया है ?"

"साहब, आप तो यों कह रहे हैं जैसे बाँधपीड़ितों के सैंकड़ों लड़कों को नौकरी दी गयी हो। साहब पाप आपका नहीं, पाप तो हमारा है, हमारे बाप-दादों का है। हम उन्हीं के पापों का प्रायश्चित भुगत रहे हैं; पर कम-से-कम आप तो नियम से चलेंगे

या नहीं ?"

मास्टरजी ने जान लिया—फाटक से हुज्जत करने से कुछ लाभ नहीं होगा। वे म्हाकू को लेकर बाहर निकले। आठ-दस दिन के बाद उन्हें पता चला—फाटक ने बीस जगहों पर भरती की है और उनमें ताया कांबले के लड़के गज्जू के अतिरिक्त कोई भी बाँधपीड़ित नहीं है। गज्जू का नाम बाँधपीड़ित के रूप में नहीं बल्कि सांसद की हवेली से भेजी गयी महत्त्वपूर्ण सूची में से सरकाया गया था। बाघेठाण के पाँच-सात और खैरापुर के बबेराव की सूची में पाँच-सात लड़के काम पर लग गये। मास्टरजी क्रुद्ध हुए। बाँधपीड़ितों के लड़कों का एक अच्छा अवसर हाथ से चला गया। मास्टरजी को बहुत बुरा लगा। उन्होंने फाटक के विरुद्ध सरकार में कई अर्जियाँ लिखीं।

भर्ती के चार-पाँच दिन बाद ही सिंचाई मंत्री सुबराव अण्णा पाटील दौरे पर आंबेपुर गये। उनके दौरे का समाचार पढ़कर मास्टरजी तथा म्हाकू स्वयं खर्चा उठाकर आंबेपुर गये। देखा—सर्किट हाऊस पर भीड़ लगी हुई थी। जिस दालान में मंत्री बैठे हुए थे उसमें तो भीतर घुसने के लिए भी जगह नहीं थी। कोई दूध-संघ का, तो कोई क्रय-विक्रय संघ का, कोई सहकारी चीनी मिल का, तो कोई जिला बैक का—कितने ही छोटे-बड़े नेता और उनके कार्यकर्ता भीतर खचाखच घुसे हुए थे। मास्टरजी पुष्पहार लिये दरवाजे पर देर तक प्रतीक्षा करते रहे, तभी शोर हुआ—"निकलेऽ निकलेऽऽ साहब निकले।" बाहर सैल्यूट ठोंकने वाले पुलिसमैन झटझट उठे। अधिकारियों में हलचल मची। मास्टरजी की ओर देखकर पूछा, "कहिए, कैसे आना हुआ ?"

"सोचता हूँ, साहब से मिल लूँ।" तभी मंत्री महोदय बाहर आये। पुलिस ने लोगों को अलग हटाया ? देशमुख साहब मास्टरजी को साहब के निकट ले गये, उनका परिचय कराया,

"सर, आप इस जिले के बाँधपीड़ितों के लगनशील नेता हैं—खैरमोडे मास्टरजी।"

"वाह ! बहुत अच्छा ! ! आप अपना काम दमखम के साथ जारी रखिए।"

मास्टरजी ने साहब को पुष्पहार पहनाया, उनके हाथ में शिकायती अर्जी देकर वे बोले, "देखिए साहब, आपके डिपार्टमेंट ने बीस लोगों की भरती की। बाँधपीड़ितों के प्रति बिलकुल भी न्याय नहीं किया गया है। ये लोग आपके आदेश ठुकरा देते हैं।"

"भोंसले, यह क्या मामला है ?"

"सर, मैं ध्यान देता हूँ, देखता हूँ क्या बात है ?" भोंसले साहब लचककर बोले।

"फाटक ने भरती की है। आप उन्हीं से पूछिए न।" मास्टरजी गरज पड़े।

घबड़ाये हुए फाटक 'सर सर' कहकर आगे बढ़े। जिलाधिकारी ने कहा, "क्यों फाटक, साहब क्या पूछ रहे हैं ?"

"सर, हमने एक पी.ए.पी. ले लिया है न ?" फाटक ने सहमकर कहा।

"वह भी वसीले का है, असली बाँधपीड़ित को..."

"रुकिए मास्टर। एक ही सही, पर उन्होंने बाँधपीड़ित को लिया है न ?" मंत्री

महोदय ने मास्टरजी को रोका। उन्होंने फाटक को सख्त ताकीद दी—"आगे यह नहीं चलेगा। असली भूमिपुत्रों को न्याय मिलना चाहिए, अदरवाईज आय वील टेक अडवर्स नोट अगेन्स्ट यू, समझे फाटक ?"

"साहब, गलती हुई।" पसीना पोंछकर फाटक ने कहा। और भी कुछ लोग साहब को पुष्पहार पहनाना चाहते थे। वे आगे बढ़े। उनकी भीड़ में मास्टरजी उनकी शिकायत और फाटक सब दरकिनार हो गये। "अच्छा, भाइयो" कहकर मंत्री सुबराव अण्णा ने हाथ जोड़कर सबको नमस्कार किया। सभी उपस्थितों के सामने अधिकारियों को डाँटकर उन्होंने कहा, "जिला स्तर पर ये सारे काम इतने जल्दी होने चाहिए कि जनता को वहाँ मंत्रालय का चक्कर काटने की आवश्यकता ही न पड़े। सामान्य जनता की यह भावना होनी चाहिए कि यह शासन मेरा है।" बिगुल बज गया, सलामी स्वीकार कर साहब लालबत्ती की गाड़ी में बैठ गये। उनके साथ उनके रिश्तेदार, कृषि महाविद्यालय के प्राचार्य थे। बाँध की चर्चा के कारण सुबराव अण्णा को बहुत कुछ याद आने लगा—वे रूस के दौरे पर थे—उन्होंने वहाँ कई बाँध देखे थे, स्विट्ज़रलैंड की सिंचाई नीति—अमरीका में...

दो

बाघेठाण-खैरापुर बस दौड़ रही थी। मास्टरजी नन्ही तुलसा को गोद में लिये बैठे थे। उनका ध्यान बस से बाहर की ओर गया। कभी यह भाग बंजर और अनुपजाऊ था। पर अब उसका रूप कितना परिवर्तित हो गया है। सर्वत्र हरा-भरा गन्ना दिखाई दे रहा था। बीच में कहीं-कहीं पर गन्ने की कटाई शुरू हो गयी थी। लारी-ट्रैक्टर भरभर कर गन्ना खैरापुर चीनी मिल की ओर भेजा जा रहा था। रास्ते के किनारे पर कभी सूखकर ठूँठ बने हुए पेड़ों पर अब शाखाएँ, हरीभरी टहनियाँ डहडहा रही थीं; पर मास्टरजी अब ठूँठ जैसे हो गये थे। पूरी जिंदगी परेशानी में बीती। नसीब में केवल लड़ना और झगड़ना ही आया। सुख और शांति कभी देखी ही नहीं। पास में ही उनकी लाड़ली मोरनी शेवंता बैठी हुई थी। वे उसे लेकर ही बाघेठाण गये हुए थे। शेवंता के मंगलसूत्र की एक लड़ी टूट गयी थी, मटके में मणि इधर-उधर गिरते रहते। हीरा मास्टरनी ने तकाजा लगाया था कि बेटी के उस एकमात्र गहने को ठीक-ठाक करवा लिया जाय। मास्टरजी के नसीब में यह सुख कहाँ था कि वे बाल-बच्चों को लेकर कहीं आराम से घूम आयें। वे इसके पहले, शेवंता के ब्याह के अवसर पर साड़ियाँ खरीदने के उद्देश्य से बाघेठाण के बाजार गये थे। शेवंता का घर भी यहीं पर था; पर वे उधर नहीं गये। सुनार की दूकान के सामने वाले चबूतरे पर शेवंता खड़ी थी, उसने रामचन्द्र—अपने पति को सामने से आते हुए देखा था। उसे लगा, बेटी तुलसा को देखकर रामचन्द्र दौड़ा-दौड़ा आयेगा; पर रामचन्द्र

ने देखा-अनदेखा कर दिया। चोर की भाँति मुँह छिपाकर वह बगल वाली गली में चला गया। मास्टरजी को बुरा न लगे इस उद्देश्य से शेवंता ने यह घटना मास्टरजी को नहीं बतायी। उसने मन पर काबू रखा, पर आँखें भीग गयी थीं। मास्टरजी कहीं देख न लें, इस ढंग से उसने आँचल के किनारे से आँखें पोंछ लीं। मंगलसूत्र को ठीक-ठाक करवाकर दोनों बस से खैरापुर लौट रहे थे।

निराश्रित और गरीब बाँधपीड़ितों के लिए झगड़ते हुए, मास्टरजी ने किसी की भी परवाह नहीं की थी। समय से पहले ही अवकाश ग्रहण किया। गरीबों को अपनाया; पेट को काटा। हीरा मास्टरनी मजदूरी पर चली जाती—उन्हें इसमें कोई बेइज्जती नहीं लगती। बड़ा भाई दादू चौकीदार भी बाँधपीड़ित हुआ, उसकी दुर्गति हुई। ममतालु भाई की जो हालत हुई वही पूरे जाँभली गाँव की भी हुई थी; पर परंपरागत चौकीदार को निभाकर हाथ में घूँघरू की नयी लाठी लेकर मास्टरजी को अपने गाँव की रक्षा करनी थी। जहाँ भी बाँधपीड़ितों पर संकट आये वहाँ पर लाठी ठोंककर, चेतावनी देकर उन्होंने गाँव की रक्षा करने का भरसक प्रयास किया। रात-दिन लगे रहे। लड़ने-झगड़ने के सिवा शरीर को किसी बात की आदत ही नहीं थी। वे बाघ की भाँति झगड़ते रहे, जूझते रहे। उन्होंने किसी भी बात की परवाह नहीं की; भय नहीं पाला; पर यह तथ्य मास्टरजी के संबंध में भी सही सिद्ध हुआ कि लड़की की जात पिता के कलेजे को पसीज डालती है।

मास्टरजी ने आर्थिक संकट में पड़कर बेटी के लिए दहेज दिया था। शेवंता ससुराल चली गयी। दो बच्चे भी हुए। उसका फला-फूला मँडवा देखकर मास्टरजी का मन भर आता; पर ससुराल तो ससुराल ही ठहरा। आखिर ससुराल वाले अपनी आदत पर गये। मास्टरजी ने बेटी की खातिर, अपने दामाद को बुलेट गाड़ी भी दी होती; पर उसका बाप जरा भी रुकने को तैयार नहीं था। एक वस्तु देने पर तुरंत दूसरी वस्तु की माँग होने लगती; पर मेरी बेटी का क्या होगा ? जिस ढंग से दामाद और समधी बबेराव की बुलेट ले आये थे वह ढंग उनके आचार-विचार के विरुद्ध था। उन्हें खदेड़ देने के संबंध में शेवंता भी कुछ बोली नहीं; पर लड़की की जात; आगे उसका क्या होगा ? दामाद दूसरा ब्याह तो नहीं करेगा ? लड़की अकेली पीछे रहेगी तो उसे कौन सँभालेगा ? लाड़ली मोरनी के विचार से मास्टरजी का दिल उमड़ पड़ता।

मास्टरजी को अब बुढ़ापे का एहसास हो रहा था। इस बात का पता ही नहीं चलता कि शरीर का उत्साह समाप्त होते-होते बुढ़ापा चुपके से कब आता है। पहले जैसा अब जल्दी-जल्दी उठा नहीं जाता, हड्डियों में दर्द होता है। दाँत ढीले हो गये हैं। अच्छा होगा, यदि जीवन-यात्रा समाप्त होने से पहले पुनर्वास के बचे हुए प्रश्न हल हो जायेंगे। आँख मूँदने से पहले, कम-से-कम यह संतोष तो जरूर हो जायेगा कि चलिए, जीवनभर किये हुए संघर्ष का फल तो अच्छा निकला। यह भी क्या पुनर्वास हुआ ? आप लोग तो बस्स, चंद्र पर हमला करते हैं और इन्द्र को पकड़ते हैं। आप पानी पर

सेतु बनवाते हैं। नदी को मोड़ देते हैं !! और यह चार-छह गाँवों का पुनर्वास नहीं होता, आपसे ? अगर सब लोग दृढ़ निश्चय कर लेंगे तो पुनर्वास किस झाड़ की पत्ती ! आप विकास से प्राप्त सुख-सुविधायें जरूर उठाइए; इस प्रकार के और दस बाँध बनवाइए; पर जिनके बल पर आप यह सब कर रहे हैं उन बाँधपीड़ितों को कम-से-कम ओलती के पास तो बैठने दीजिए। पर इस पर ध्यान कौन देता है ? जो लोग विकास से लाभ उठाते हैं, बकरे की तरह उनकी प्रवृत्ति। माँ को भी भूल जायेंगे !! मैं कहता हूँ, अधिकारी-कर्मचारी जरा-सी भी आस्था-आत्मीयता दिखायेंगे तो कहाँ भागेगा यह पुनर्वास? देशमुख साहब जैसा एक ही अधिकारी होता है—सावन के मधुर लहरे की तरह। बाकी सारे शुष्क। उन्हें जनता की चिंता ही नहीं। बाँध गाद से भर गये, पर लोगों का पुनर्वास नहीं हो रहा है। पुनर्वास करते हैं या मसखरी ?

मास्टरजी ने फाटक के विरूद्ध मंत्री सुबराव अण्णा पाटील के पास जो शिकायत की थी, वह उन्हें बहुत महँगी पड़ी। जिन्हें नौकरियाँ मिली थीं, वे लड़के, उनके रिश्तेदार, उनके पक्षधर राजनीतिक नेता—सब मास्टरजी की कोसाकाटी कर रहे थे। खैरापुर के निवासी तो गुस्से से पागल हो गये थे। राघू भिवा हर जगह पर कहता फिरता था—"जब तक यह मास्टर जीवित रहेगा, गाँव को सुख और आराम नहीं मिलेगा।" बबेराव के चार और सांसद महोदय के दो-तीन आदमियों को नौकरी दी गयी थी, इसलिए वे दोनों भी मास्टरजी पर नाराज थे। ताया कांबले के गज्जू की नौकरी लगी थी। ताया शराब पीकर बड़बड़ा रहा था—"यह मास्टरवा हमें जीने नहीं देगा, बचपन से ही इसकी खुराफातें देखते आये हैं। गुड़ गोबर करने की उसकी आदत ही है। उसके हाथ-पैर तोड़ देने चाहिए, तभी उसके होश ठिकाने आ जायेंगे।" लाला और दत्तू तो मास्टरजी से बहुत ही द्वेष करते थे। वे खुद ही नहीं जानते थे कि उनके खिलाफ पुलिस में कितनी शिकायतें होंगी। यह मास्टर ही उस नादान कलक्टर को भड़काता है। इसीके इशारे पर साहब नाचता है। यह मास्टरजी सभी पापों की जड़ है। हरिजन होने का कितना लाभ उठायेगा यह ? इसको एक बार देख लेना चाहिए; नहीं, हमारा बुरा हाल होगा, संस्थायें टूट जायेंगी।

मास्टरजी ने लाला जाधव और दत्तू करवंदे की बुद्धि की थाह ली थी। ताया अन्य बाँधपीड़ितों का हक इसलिए नकार रहा था कि उसे अपने लड़के को नौकरी दिलवानी थी। मास्टरजी को ताया की भी ज्यादा चिंता नहीं थी, लेकिन फाटक साहब की चालों को देखकर मास्टरजी को आश्चर्य हुआ था। बाबू पवार ने मास्टरजी को सब बता दिया था। सुबराव अण्णा के सर्किट हाऊस से चले जाने पर फाटक साहब ने, भरती किये गये सभी लड़कों को बुला लिया। दूसरे दिन सुबह ही सभी लड़के साहब के बँगले पर इकट्ठा हुए। साहब ने उन्हें साफ-साफ बताया; देखो, मैंने तुम लोगों को बड़ी मुश्किल से रोटी दी है पर वह खैरमोडे मास्टर तुम लोगों की रोजी-रोटी छीनने पर उतारू हो गया है। मैंने अपना काम कर दिया। अब तुम लोग अपनी समस्या हल करो। तुम लोग जिनकी मार्फत मेरी ओर आये थे, उनसे मिलो; फिर वे सांसद शिंगाडे हों या

विधायक भाऊ अण्णा हों। अब जो भी करना है, तुम ही देख लो। चाहें तो मास्टर के दरवाजे पर भूख हड़ताल करो। मोर्चे निकालो, जो कुछ करना है, तुम ही तय कर लो। मैंने तुम लोगों का काम कर दिया। मास्टरजी अच्छी तरह से जानते थे कि उनकी ओर कई नजरें तनी हुई हैं। प्रत्यक्ष खैरापुर के सात-आठ लड़कों की नौकरी लगी हुई थी। आज तक नौकरी के लिए उन्हें बहुत ही परेशानी उठानी पड़ी थी। अब नौकरी लगते ही यह मास्टर उनकी जान का ग्राहक बना है—पूरा गाँव यही सोचता था। खैरापुर गाँव मास्टरजी का बुरा करने की ताक में था।

'खन्' से बेल बज उठी। मास्टरजी की तल्लीनता टूट गयी। सोयी हुई तुलसा को छाती से सटाकर मास्टरजी नीचे उतरे। हाथ में थैला लिये शेवंता उनके पीछे झपाके से चलने लगी।

मास्टरजी बस अड्डे से बाहर निकले। सामने देखा—पंद्रह-सोलह युवा लड़के मास्टरजी को घूर-घूरकर देख रहे हैं। पीछे की ओर राघू भिवा के लड़के धोंडू और पांडू, बबेराव का भाई छगनराव और ताया कांबले का लड़का गज्जू मुसकुरा रहे थे। मास्टरजी को आगे आते देखकर उन्हें चारों ओर से घेर लिया। मास्टरजी सकपकाये, शेवंता घबड़ा गयी; वह बाप से चिपक गयी।

"क्यों मास्टर ? हवा-पानी, तबीयत तो ठीक है ?" एक लड़के ने झोंक में आकर पूछा।

"तुम लोग कौन हो ?"

"पहचाना नहीं ? साहब ने हमारी ही भरती की है।"

"मास्टर, आप हमारी जान के ग्राहक बने हुए हैं।" यकायक दो-तीन लड़के चिल्लाये।

"मेरा तुम लोगों से झगड़ा नहीं।" मास्टरजी ने शांत होकर कहा, "मैं अपने लोगों के लिए लड़ रहा हूँ। इसमें तुम लोगों का क्या संबंध है ?"

"क्या संबंध है ? धत् तेरी माँ की !" एक लड़के ने तेजी से आगे बढ़कर कहा। दूसरे लड़के ने उसे दबाया। फिर भी दाँत पीसकर, हाथ-पैर पटककर वह लड़का गरज़ उठा, "मास्टर, दसियों बार मन्नतें मानने पर नौकरियाँ लगी हैं। किसी ने मुफ्त में नहीं दी हैं ये नौकरियाँ; और तुम हो कि हमारी रोटी छीन रहे हो। ध्यान में रखो, तुम्हारी हड्डी-पसली एक कर देंगे।"

"एक एक कर गोट-बस्ती जलकर खाक होगी।" दूसरे ने धौंस दी।

लड़कों ने यकायक चारों ओर से धावा बोल दिया था। मास्टरजी चकरा गये थे। छाती पर सोयी हुई तुलसा जगी, वह जोर-जोर से रोने लगी। शेवंता पिता के रक्षण के लिए आगे आयी। उसने हाथ जोड़कर सबसे कहा, "जो कुछ झगड़ा हो, सरकार-दरबार में निबटाइए। हाथ जोड़ती हूँ, पीछे हटिए।" खैरापुर के चार समझदार आदमियों ने बीच-बचाव किया। उन्होंने लड़कों को पीछे हटाया। बंडू नाई तथा शिवा चमार भी

मास्टरजी की सहायता के लिए दौड़े। यह देखकर कि लोगों ने ही आधे से अधिक लोगों को तितर-बितर कर दिया है, बस अड्डे पर तैनात पुलिस सिपाही आगे बढ़ा। सीटी बजाकर कहने लगा, "चलो हटो, यहाँ रुको नहीं।" वह सबको हटाने लगा। मास्टरजी पर जो भी बीत गयी थी, उसे पचाकर वे गोट-बस्ती की ओर निकले। तभी "नमस्कार मास्टरजी" चिल्लाता हुआ, घोड़े की तरह हिनहिनाता हुआ पोपट पापुद्रे आगे बढ़ा। वह कहीं से मुफ्त की शराब पीकर आया था। उसने खी-खी हँसते हुए मास्टरजी से पूछा, "मास्टर, तुम्हें श्मशान चाहिए, न ? किसलिए ? तुम्हें जलाने के लिए ?" पोपट पापुद्रे के पीछे उसके तमाशबीन मित्र भी थे; वे भी हँसने लगे। मास्टरजी को क्षणभर लगा—जूता निकालकर एक-एक को दे मारें, पर शेवंता ने सोचा—ज्यादा तमाशा टालना चाहिए। उसने मास्टरजी को खींच लिया; रोक दिया।

बस अड्डे पर जो भी घटित हुआ, पूरे गाँव में फैलने में देर नहीं लगी। म्हाकू और उसके चिढ़े हुए साथी मास्टरजी के दरवाजे पर इकट्ठा हुए। मास्टरजी ने बड़ी मुश्किल से उन्हें समझाया और लौटा दिया। दूसरे दिन मास्टरजी को पुनर्वास के आफिस में आंबेपुर जाना था। पर हीरा मास्टरनी ने उन्हें घर से बाहर निकलने नहीं दिया। मास्टरजी दिनभर घर में घिरे हुए बैठे रहे। दोपहर यकायक तुलसा को बुखार आया। मास्टरजी ने बगीचे में संदेशा भिजवाया। शेवंता मजदूरी से लौट आयी। तुलसा बेटी बुखार से कराह रही थी। हीरा मास्टरनी ने उसके भाल पर ठंडे पानी की पट्टियाँ लगायीं। मास्टरजी बीठलाई के निकट वाली मेंड़ पर गये। वहाँ से औषधि वनस्पति ले आये। रात होने लगी, फिर भी बुखार उतर नहीं रहा था। मास्टरजी औषधि के लिए बोतल लेकर घर से बाहर निकले।

खैरापुर में आते-आते रात हुई। अस्पताल में पहले से ही भीड़ थी। मास्टरजी की बारी आने में रात के साढ़े नौ बज गये। मास्टरजी तुलसा के लिए दवा और लेमन की चार गोलियाँ लेकर गोट-बस्ती की ओर जाने वाले रास्ते पर आ गये। खैरापुर में लोग सोने की तैयारी में थे। सन्नाटा फैल गया था। रास्ते पर लोगों का आना-जाना कम हो गया था। गोट-बस्ती का रास्ता बिलकुल ही शांत पड़ा था। मास्टरजी आगे चल रहे थे। रास्ते के दोनों ओर गन्ने की खेती थी। अमावस्या निकट आयी थी। अँधेरा गहरा हो गया था। हवा के झोंके के साथ ही गन्ने के पत्ते बज उठते थे।

सामने बहुत अँधेरा हुआ था। कुछ भी दिखाई नहीं दे रहा था। बहुत बार ऐसा होता है कि भूभल की गरमाहट में साँप पड़ा रहता है—व्यर्थ ही संकट आ जायेगा—मास्टर इसीलिए बहुत धीरे-धीरे चल रहे थे। आधा रास्ता बीत गया। 'बीठलाई का आम' निकट आने लगा। पैरों के नीचे की भूभल जरा गरम थी; पर बगलवाली गन्ने की फसल की सिंचाई की गयी थी, इसलिए हवा में थोड़ी-बहुत ठंडक भी थी। मास्टरजी धीरे-धीरे पैरों की ओर ध्यान देते-देते आगे बढ़ रहे थे; तभी बगलवाले, गन्ने के खेत में कुछ आहट हुई, गन्ने में 'तड़-तड़' आवाज आयी। मास्टर ने सोचा—सियार घुसे होंगे गन्ने में। वे आगे बढ़ने लगे, तभी बगलवाली मेंड़ से पाँच-छह जवान लड़के 'धबऽ धबऽऽ' आवाज

कर कूद पड़े। कुछ सूझने से पहले ही मास्टरजी "हाय् माँ ! हाय माँ !!" चिल्लाकर गिर पड़े। "मारोऽ पीटोऽ" की आवाज के साथ और पाँच-छह लाठियाँ बरस पड़ीं। पहले प्रहार में ही वे टंडे हुए-से गिर पड़े थे। शेष लाठियाँ पीठ पर, पिंडली पर लग गयी थीं। एक लाठी मर्मस्थल पर लगी हुई थी। झुनझुनी इतनी अधिक थी, कि दर्द के बावजूद वे रो नहीं सकते थे। उनकी नाक और मुँह में मिट्टी चली गयी थी। औषधि की बोतल टूटकर अलग पड़ी हुई थी। मास्टरजी सदा के लिए ठंडे हो जायें इसी उद्देश्य से लाठियों के प्रहार किये जा रहे थे; इतने में रास्ते पर पीछे की ओर से किसी के बोलने की आवाज सुनाई पड़ी। लाठियों के प्रहार रुक गये। हमलावर झट-झट गन्ने में भाग खड़े हुए।

शिवा चमार तथा बंडू नाई खैरापुर के शराब अड्डे पर बहुत देर तक पीते बैठे थे। वे हमेशा की भाँति नशे में धुत् होकर, एक-दूसरे को सँभालते हुए, लड़खड़ाते हुए गोट-बस्ती की ओर लौट रहे थे। बंडू दादा चिल्ला रहा था,

"शिवा, तुम्हें मेरा काम करना होगा। सौगंध लेकर बताओ। करोगे न मेरा काम?"

"क्या तुम्हें दूसरी लुगाई चाहिए ?"

"अरे, जो है उसी का पेट पालना मुश्किल हुआ है; दूसरी को कैसे सँभालूँ ? मुझे कुर्सी चाहिए, मेरा ग्राहक कुर्सी पर बैठे। इधर कुर्सी, सामने विलायती दर्पण, छोटी विलायती कैंची, आलपीण कट..."

इतने में बंडू दादा के पैरों को किसी चीज का स्पर्श हुआ। उसने देखा—कोई कराह रहा है। "क्या तुम्हें भी चढ़ गयी ?" पूछकर बंडू दादा ने माचिस निकाली—देखते हैं, कौन है ? उसने माचिस के उजियाले में गिरे हुए आदमी का सिर ऊपर उठाया। देखकर चीख पड़ा, "अरे, ये तो हमारे मास्टरजी हैं !!" दोनों का नशा झटसे उतर गया। शिवा और बंडू दादा जोर-जोर से चिल्लाने लगे। शोर मच गया। आधी गोट-बस्ती दौड़कर आयी। लड़कों ने मास्टरजी को उठाया, उनके हाथ पसीने और खून से लथपथ हो गये। मास्टरजी को जल्दी-जल्दी गोट-बस्ती में लाया गया। दरवाजे में ही कंबल बिछाकर लिटाया गया। समाचार पाकर बस्ती की झोपड़ियाँ सिहर उठीं। सोये हुए लोग फटाफट जग पड़े। मूक जानवर चिल्लाने लगे। युवा लड़के बल्लम-कुल्हाड़ी लेकर इकट्ठा हुए। म्हाकू लाल-पीला होकर चिल्लाने लगा, "चलो, अभी चलते हैं; खैरापुर को जला डालेंगे।"

लाठी मर्मस्थल पर लग गयी थी। झुनझुनी थोड़ी कम हो गयी। पसीने से भीगे हुए मास्टरजी स्वयं उठ बैठे। उन्होंने पीने के लिए पानी माँगा। धूल से भरा हुआ मुँह धो लिया। शेवंता रो रही थी; उसने आँचल से अपने पिता का मुँह पोंछा। मास्टर जी ने लोटा भर पानी गटागट पी लिया। कुल्हाड़ियाँ लेकर खड़े युवकों को उन्होंने इशारे से नीचे बिठाया। कुछ लोग डाक्टर को ले आने के लिए खैरापुर की ओर दौड़े। आवडाई लगभग मास्टरजी की ही उम्र की थी। उसने जाँभली गाँव का टूटना-बिखरना मास्टरजी के साथ-साथ देख लिया था। उसने रोती हुई हीरा मास्टरनी को चुप किया। आवडाई के लिए मास्टरजी भाई जैसे थे। उसने मास्टरजी को गले लगाया। उसने पसीना तथा

खून पोंछकर कहा,

"मास्टर, ज्यादा तो लगा नहीं न ?"

"पहला ही प्रहार सिर पर हुआ। थोड़ा खून निकला है, बाकी मुक्का मार है; चिंता की कोई बात नहीं; आप लोग शांत रहिए।" मास्टरजी ने सबको समझाया।

हीरा मास्टरनी ने आँखें पोंछीं; दुखावेग को रोका। मास्टरजी की दोनों जाँघों पर, पिंडलियों पर लाठी की साँटें दिखाई दे रही थीं—काली-नीली। सब लोगों का दिल टूक-टूक हो गया। पुनः एक बार गालियों की बौछार हुई। बूढ़ों ने डाक्टर की प्रतीक्षा नहीं की। उन्होंने वनस्पति औषधि, सूखी जड़ें तोड़कर पीस डालीं, काली-नीली जगह पर उनका लेप चढ़ाया। किसी ने रक्तचंदन को घिस दिया। शिवा इरकर मास्टरजी के बदन को मलने के लिए तेल ले आया। मास्टरजी कमीज निकालने लगे, पीठ तन गयी, दर्द बढ़ गया। उजियाले में मास्टरजी की काली-नीली पीठ दिखाई दी; युवा लड़कों के सिर चकरा गये। दो-तीन लोगों ने मास्टरजी को पेट के बल लिटा दिया। शिवा तेल लगाकर पीठ रगड़ने लगा। मास्टरजी असह्य दर्द से कराहने लगे। मालिश हो जाने के बाद वे गर्दन नीचे कर शिथिल हो पड़े रहे।

थोड़ी देर बाद डाक्टर आ गये। उन्होंने बैटरी के उजियाले में सिर के घाव को देख लिया,—थोड़े में ही बच गये; पर चिंता की कोई बात नहीं; उन्होंने सबको धीरज बँधाया। मास्टरजी के सिर पर पट्टी बाँध दी; औषधि की टिकिया दे दी। दूसरे दिन अस्पताल में आने की सूचना देकर डाक्टर चले गये। घबड़ाये हुए बच्चे माँ-बाप की गोद में वहीं पर सो गये। बूढ़े व्यथित हुए थे। पर बल्लम-कुल्हाड़ियाँ लिये हुए युवक अभी भी जोश में खड़े थे। म्हाकू भोंसले के हाथ में चमकते हुए फल की कुल्हाड़ी थी। वह नथुने फुलाकर बैठा था। मास्टरजी ने देखा युवकों की आँखें लाल हुई हैं, उन्होंने खीझकर कहा,

"क्यों रे म्हाकू ? यहाँ किसलिए रुके हो ? जाओ, देर हुई है। सो जाओ।"

म्हाकू से रहा नहीं गया। वह तमतमाकर बोला, "नाना, आप सिर्फ आदेश दीजिए, गाँव में चूड लगा देता हूँ, खैरापुर जला डालता हूँ। उन्होंने आपका खून बहा दिया, मैं बदला लूँगा।"

"मास्टरजी, ठीक ही कहता है म्हाकू !" गणू गुर्राया, "इस गाँव के साथ कुल्हाड़ी की भाषा में ही बोलना चाहिए। हम कितने दिनों तक डरते रहेंगे ? कायर के पीछे ब्रह्मराक्षस। नहीं, अब हम आपकी कुछ भी नहीं सुनेंगे, सीधे जाकर एक-एक को मार डालेंगे।"

"किसको-किसको मार डालेंगे तुम लोग ?" मास्टरजी ने पूछा।

"उस राघू भिवा को, बबेराव को, धोंडू को और हाँ उस चेयरमन को भी !"

"बस्स ? हो गयी तुम्हारी सूची ? इन चार-पाँच लोगों के अतिरिक्त खैरापुर में और भी सात-आठ हजार आदमी हैं; इसके अतिरिक्त सरकारी नौकर, बाँध बनवाने वाले

इंजीनियर, वे बुलडोजर, वह पहाड़ जैसा बाँध, सरकार–कहो किसको-किसको मार डालोगे तुम लोग ?''

म्हाकू गड़बड़ाया। उसका दिल भर आया। आँखों से आँसू बहने लगे। सिसकियों को दबाकर उसने पूछा, ''कहिए मास्टरजी, किसको मारूँ, कैसे मारूँ ?''

''भले आदमी, किसी को भी मत मारो !'' मास्टरजी ने ठंडे दिमाग से कहा।

''क्यों नहीं मारूँ मास्टरजी ?''

''तुम क्या सोचते हो, उन लोगों के साथ हम मुकाबला कर पायेंगे ? सोचो चार माँ-बहनें विधवा हो जायेंगी। बेचारे बच्चे अनाथ हो जायेंगे, दर-दर भटकेंगे, क्योंकि...''

''...''

''जिन्हें मारने की बात तुम कर रहे हो, उनके पास बंदूकें हैं, हथियार हैं, कारतूसों के कारखाने हैं। उनके हाथ दूर तक पहुँचे हुए होते हैं।''

''मास्टरजी, हमें क्या करना होगा ?'' सबने एक साथ पूछा।

''हम वही करेंगे जो साबरमती के संत ने–गाँधी बाबा ने–किया। हम वैसा ही संघर्ष करेंगे।''

''संघर्ष ? संघर्ष हम किस आधार पर करेंगे ? हमारे बदन पर कपड़े तक नहीं हैं...''

''चिंता मत करो बेटे, नंगे से खुदा भी डरता है।''

मास्टरजी पर हमले का समाचार आंबेपुर में पहुँच गया। 'राष्ट्रभक्ति' तथा अन्य स्थानीय दैनिक पत्रों के संपादक हड़बड़ाकर जग उठे। 'राष्ट्रभक्ति' के सहसंपादक विजय मांडके तथा अन्य पत्रकारों का एक बड़ा दल खास मोटर लेकर, दूसरे ही दिन खैरापुर में पहुँचा। इससे पहले, संपूर्ण जिला मास्टरजी को, अधिक न सही, पर जानता जरूर था। बाँधपीड़ितों के हित को लेकर, स्थानीय स्तर पर लड़नेवाला खैरमोडे नामक कोई बहादुर मास्टर है। उसे जिला पंचायत ने निलंबित किया था। उसने हाइकोर्ट में अपील कर निलंबन रुकवाया था। जिला पंचायत की बेइज्जती हुई थी; यही नहीं वह शिंगाडे शुगर मिल की राक्षसी सत्ता की भी परवाह नहीं करता था। जब पत्रकार मास्टरजी से मिले, मास्टरजी ने बस्स इतना ही कहा–''समाज ने हमें बाँध के दह में धकेल दिया, हमें इंद्रपुरी नहीं चाहिए; हमें उतना ही दीजिए जो कानून से मिलता हो। मवेशियों के लिए सार, बच्चों के लिए स्कूल और किसानों के लिए जमीन। बाकी हमें कुछ नहीं चाहिए।'' इस प्रश्न पर कि आपको किसके कहने पर अँधेरे में पीटा गया, उन्होंने उत्तर नहीं दिया; सिर्फ इतना ही कहा, ''मुझे दो गाँवों में संघर्ष बढ़ाना नहीं है। आखिर मैं भी कितने दिन जीऊँगा ? मेरी इतनी ही इच्छा है कि दोनों गाँव सुख से रहें। मैं नहीं चाहता कि मरने से पहले मैं द्वेष के बीज बो दूँ।''

दूसरे दिन के समाचार पत्रों में जख्मी मास्टरजी की तस्वीरें तथा हमले का पूरा

विवरण छपा। गोट-बस्ती में घूमते समय बाँधपीड़ितों की जितनी भी समस्यायें दिखायी दी थीं, पत्रकारों ने उन सबको दर्ज कर लिया था। जाँभलीवालों की नूतन बस्ती के लिए स्वतंत्र जल-योजना कब प्राप्त होगी ? पहले से ही पीड़ित बाँधपीड़ितों की, श्मशान भूमि के अभाव में और कितने दिनों तक दुर्गति होगी ?–पत्रकारों ने इस प्रकार के कई प्रश्न पूछे थे। बसंत खैरमोडे जैसे समाज सेवक की हत्या के प्रयास के बावजूद पुलिस चुप क्यों है ? वह हमलावरों तथा उनके सर्मथकों को हिरासत में क्यों नहीं लेती ? क्या उसमें हिम्मत नहीं है ?–पत्रकारों ने पुलिस को चेतावनी भी दी थी।

जिस दिन समाचार छापा, उसी दिन दोपहर खैरापुर की चावड़ी के सामने सायरन बज उठा। डी.एस.पी. मिश्रा तथा जिलाधिकारी देशमुख ने चावड़ी में धैर्यपूर्वक प्रवेश किया। साथ में तहसील-स्तर के कई अधिकारी थे। स्थानीय कर्मचारियों से चर्चा कर लेने के बाद गाड़ियाँ गोट-बस्ती में आ गयीं। देशमुख साहब मास्टरजी के झोंपड़ीनुमा मकान के दरवाजे पर खड़े रहे; उन्हें देखकर मास्टरजी की आँखें भर आयीं। उन्होंने बैठे-बैठे हाथ बढ़ाकर कंबल बिछा दिया; एस.पी. और कलक्टर उस पर बैठ गये। मास्टरजी का, व्यथा से भरा हुआ चेहरा देखकर देशमुख साहब को बहुत पीड़ा हुई फिर भी रिवाज निभाने के लिए उन्होंने पूछा–

"मास्टरजी, कैसा है स्वास्थ्य ?"

"ठीक है, किसी तरह जान बची।"

हीरा मास्टरनी भीतर से लगातार झाँक रही थी; वह इशारे से कुछ पूछ रही थी। बात मास्टरजी के ध्यान में आ गयी। उन्होंने कहा–

"क्या शरबत बनाने के लिए शक्कर पर्याप्त नहीं है ? जितना बन सके उतना बनाइए, थोड़ा-थोड़ा ले लेंगे।"

सबने शरबत पी लिया। देशमुख साहब ने पूछा, "मास्टरजी, आप हमलावरों के नाम क्यों नहीं बताते ? क्या कठिनाई है ?"

"साहब, आप हमलावरों को हिरासत में क्यों नहीं लेते ? आपको भी क्या दिक्कत है ?"

"लेकिन —नाम ?"

"आपके अधिकारी सभी हमलावरों को जानते हैं।

आप इन्सपेक्टर नलवडे से पूछिए न।"

नलवडे साहब को बुलाया गया। वे हर प्रश्न के उत्तर में 'येस सर, येस सर' कहने लगे। साहब उठे। उन्होंने मास्टरजी का हाथ अपने हाथ में लिया; आत्मीयता जतायी; मास्टरजी का दिल उमड़ आया। उनकी आँखें कह रही थीं–"साहब, आप और थोड़े दिन यहाँ रहिए, गरीबों के छोटे-मोटे काम पूरे होंगे। उसके बाद तबादला हो जाने पर कुछ चिंता नहीं रहेगी; मुझे भी मुक्त होने में दिक्कत नहीं होगी।" गाड़ियाँ चावड़ी की ओर लौट आयीं। एस.पी. कलक्टर तथा पवार तीनों दरवाजा बंद कर एकांत में बहस

करने लगे।

सांसद शिंगाडे अभी-अभी मारिशस से लौटे थे। दोपहर का आराम हुआ। नौकर कॉफी दे गया। कॉफी पीने के बाद सांसद चारपाई पर पड़े-पड़े पढ़ने लगे। अब उन्हें राजनीति में ज्यादा रुचि नहीं रही थी। तीन बार सांसद हुए थे; नेहरू से लेकर अन्य कई लोगों के साथ राजनीति में आवाजाही रही। अब उनकी एक ही इच्छा थी—विधायक के आगामी चुनाव में सर्जेराव को पार्टी-टिकट दिलवाना; सर्जेराव को चुनाव में जिताना और राज्यमंत्री ही सही, पर मंत्रि-परिषद में स्थान दिलाना। इस काम के लिए वे ठेठ दिल्ली से अपनी राजनीतिक शक्ति का उपयोग करेंगे। वे चाहते थे कि कम-से-कम एक बार शिंगाडे—पाटील देशमुख की हवेली के सामने लाल बत्ती जगमगाती रहे। जिस बाँध के संबंध में लोगों को संदेह था, वह तो बन गया। पानी भी आ गया। अपना भू-भाग सुजलाम् हो गया। चीनी मिल में यह तीसरा पेराई-मौसम था; अब और क्या चाहिए ?

सर्जेराव के नूतन नेतृत्व के कारण, इस प्रदेश में काफी उत्साह फैल गया था। अब हमें क्या करना है ? बस्स पुस्तकें पढिए, कभी बालाजी, कभी सोरटी सोमनाथ, कभी दिल्ली में सेशन। सेशन समाप्त हो जाने पर गऊघाट, मथुरा—फर्स्टक्लास में यात्रा, व्यर्थ कष्ट नहीं उठायेंगे। इधर सांसद महोदय, के सिरहाने गांधीजी द्वारा लिखित 'आत्मकथा' और विनोबा की रचना 'गीताई' हमेशा रखी रहती है। वे अन्य कार्यों से ऊब जाने पर 'आत्मकथा' तथा 'गीताई' पढ़ते। मन शांत हो जाता। पुस्तकों के साथ सारे समाचार-पत्र भी रहते।

सांसद महोदय को कल मालूम हो गया था कि खैरमोडे मास्टर के साथ किसी ने मारपीट की है। समाचार-पत्र वालों ने आज भी भरपूर लिखा है। सांसद महोदय के मन में बाँधपीड़ितों के प्रति आत्मीयता थी। उन्होंने कई बार अपने भाषणों में इस बात की चर्चा भी की थी; पर बाँध पूरा हुए सात-आठ साल हो गये—अभी भी इनका रोना-पीटना है। यह रोज का रोना-धोना कौन सुनेगा। उसमें भी यह ठहरा खैरमोडे मास्टर; अगर इस आदमी ने पहले से ही अड़ंगा न लगाया होता, तो बाँध पंद्रह साल पहले ही पूरा हो जाता। इस आदमी की आत्मा कभी संतुष्ट हुई ही नहीं। जब देखिए, तब किचकिच। बहुत लालची और धूर्त है यह मास्टर। हमेशा शिकायत करता रहता है—मेरे बाँधपीड़ित भाइयों को यह चीज नहीं मिली, वह चीज नहीं मिली। यह बात सही है कि कभी एक बार इनकी खेती तथा पहाड़ी मकान पानी में चले गये; इसका अर्थ यह नहीं है कि इनके बिछौने पर स्वर्ग से रंभा और मेनका को लाकर उन्हें इनकी सेवा में प्रस्तुत किया जाय। पत्रकारों को भी कहाँ काम रहता है ? बस्स, उठते-बैठते उल्टी-सीधी बातें छाप देते हैं। भैया मेरे, उल्टी-सीधी छापने से पहले जरा देहातों की समस्याओं को समझ लेंगे या नहीं ? गांधीजी ने सच ही कहा था—देहातों की ओर चलो।

उन्होंने 'गीताई' के दो पृष्ठों पर नजर दौड़ाई। उनकी आँखों पर नींद आ गयी

थी। उन्होंने शाल ओढ़ ली, अब आँख लगने ही वाली थी कि दरवाजे पर किसी ने दस्तक दे दी। उन्होंने झुँझलायी हुई आवाज में पूछा–

"कौन है रे ?"

"मैं, सर्जेराव।"

सांसद ने बिछौने पर आसन जमाया। चिंरजीव भीतर आ गये। प्रणाम कर वे बगल वाले कोच पर बैठ गये। साथ में चुनिंदा कार्यकर्त्ता भी थे–राघू भिवा, बबेराव, दत्तू करवंदे, ताया कांबले। सांसद ने इशारा कर सबको बैठने के लिए कहा। खाँसी रोककर उन्होंने कहा–

"सर्जेराव, कारखाने में कुछ समस्या तो नहीं ?"

"वहाँ पर सब कुछ ठीक चल रहा है; पर आपने गाँव के बिलकुल निकट, बहुत प्यार से जो काँटें बिछा दिये हैं, वे बहुत ही चुभ रहे हैं।"

"अब और क्या हो गया ?"

"उस मास्टर को किसी ने पीटा है; किस ने पीटा–कुछ सबूत नहीं।"

"तो फिर ?"

"उस पागल मास्टर ने कलक्टर को भी भरमा दिया है। कलक्टर तथा एस.पी. चावड़ी में बैठे हुए हैं। मास्टर की हत्या के प्रयास के अपराध में वे हमारे राघू अण्णा और पाँच-छह चुनिंदा कार्यकर्ताओं को हिरासत में लेना चाहते हैं।"

"यह बात है !"

सांसद महोदय ने फोन लगाने के लिए कहा। पी.ए. कुलकर्णी ने चावड़ी में फोन लगा दिया। सांसद ने हँसकर पूछा–

"कौन ? साहब बोल रहे हैं ? अजी साहब, यह भी कोई बात हुई ? आप आकर चावड़ी के चबूतरे पर बैठे हैं। जैसे खैरापुर में हमारा कोई मकान ही नहीं। साहब, मकान आपका ही है, आइए न इधर।" सांसद बहुत आत्मीयता जताकर बोल रहे थे।

"क्षमा कीजिए सांसद साहब। मैं जरा व्यस्त हूँ, फुरसत नहीं है।"

"लेकिन हमें फुरसत है न; आप आयेंगे तो हमें संतोष होगा। आइए आप।"

"चाहें तो आप चावड़ी में आ जाइए, मुझे फुरसत नहीं है।"

"लेकिन..."

"क्षमा कीजिए–"

उस ओर से फोन जोर से रखने की आवाज आयी। सांसद शिंगाडे को यकीन ही नहीं हो रहा था। यह क्या बदतमीजी है ? उन्होंने क्रोध से रिसीवर बगल में पटक दिया। उनकी भौंहें तन गयीं। वे दाँत पीसने लगे। उनके बदन में आग लग गयी। ये आजकल के लड़के खुद को समझते क्या हैं ? मैं मंत्रालय में जाता हूँ–वरिष्ठ अधिकारी "जी हाँ, जी हाँ," कर दौड़ते रहते हैं; मंत्री उठकर खड़े हो जाते हैं। मुझे कारीडोर में देखकर स्वयं नेहरू चाचा भी रुकते थे; दो शब्द कहकर आगे बढ़ते थे। और यह

कलक्टर ? साला मुझे चावड़ी पर बुला रहा है ! !

परसों हवाई जहाज में राजस्व विभाग के सचिव मिले थे। आंबेपुर जिले की बात निकली थी। सांसद साहब ने उन्हें संकेत दिया था—"जिलाधिकारी कम उम्र के हैं। उन्हें व्यवहार-ज्ञान और अनुभव कम है, आप उन्हें जरा समझाइए।" तब सचिव महोदय ने कहा था कि देशमुख कल जब मीटिंग में आयेंगे, वे उन्हें जरूर समझा देंगे। सब व्यर्थ चला गया। औंधे घड़े पर पानी ! ऊपर से मुझे ही धमकाता है !! उसकी यह अकड़? और वह भी सांसद बाबूराव शिंगाडे पाटील-देशमुख के सामने ? स्वयं उसके गाँव में आकर ? सांसद महोदय बेहद बेचैन हुए। दत्तू ने उसमें और भी आग लगा दी,

"साहब, हम कैसे दिन बितायेंगे ? यह हर किसी के पीछे इंक्वायरी लगा देता है, उस मास्टर के इशारे पर नाचता है।"

"मुझे तो इसमें साफ-साफ राजनीति दिखाई देती है," चेयरमन सर्जेराव ने कहा, "यह केवल बाँधपीड़ितों का मामला नहीं है। लगता है, यह उस बाबा सावंत के गुट का आदमी है। उसे हमारी राजनीतिक ताकत को कम करना है।"

बैठक शुरू थी। तभी पुलिस इन्सपेक्टर नलवडे बैठक में आ गया। सांसद ने पूछा—

"कहिए, नलवडे, आप यहाँ पर क्यों आये ? आपका क्या काम है यहाँ पर ? कलक्टर तथा एस.पी. किसलिए आये हैं ? लगता है, उनका दिमाग ठिकाने पर नहीं है," खी-खी हँसकर नलवडे ने कहा, "साहब, आप ही सोचिए, हम इनके मातहत रोज के काम कैसे करते होंगे ?"

"यह ज्यादा दिनों तक नहीं चलेगा।"

"साहब, चलने देना या न देना आपके हाथों में है" नलवडे ने हँसकर कहा। उन्होंने बात ही बात में सांसद साहब को बाँस पर चढ़ा दिया, वे धीरे से बोले—

"साहब, मैं छोटा अधिकारी हूँ, आप बड़ों की लड़ाई में मुझे मत घसीटए। मुझे आदेश दिया गया है कि मैं राघू चाचा को पकड़कर ले चलूँ।"

"किस चार्ज के तहत ?"

"अगेंस्ट टू मर्डर"

सांसद महोदय क्रोध से तमतमा उठे; पर नलवडे इन्स्पेक्टर को समस्या की जड़ नहीं कहा जा सकता। वह तो अपना आदमी है। उसे क्यों संकट में डालेंगे ? उसने एक कार्यकर्त्ता को बचाने के लिए, केवल हमारे कहने पर, मर्डर की जगह पर दुर्घटना को दर्ज किया था। नलवडे ने धीरे से सारी बातें बतायीं—राघू अण्णा के दोनों लड़कों तथा बबेराव के छोटे भाई छगनराव को पुलिस ने पहले ही हिरासत में ले लिया है। यह सुनकर सब लोगों के मुँह फक्-से हो गये। सांसद महोदय ने अपने को सँभाला। उन्होंने राघू भिवा को इशारा किया, इन्सपेक्टर के साथ जाने को कहा। राघू भिवा हड़बड़ा गया। वह उठा। उसकी आँखें भर आयीं। सिसकी लेकर कहा—

"आबा साहब, आपके रहते, आपके ही दरबार से, आपके राधू भिवा को पुलिस उठा ले जा रही है, क्या यह उचित है ?"

"राघू, तुम जाओ। तुम मेरे कलेजे के टुकड़े के समान हो, चिंता मत करो। इससे पहले कि पुलिस गाड़ी बाघेठाण में पहुँचे, जमानत की तैयारी होगी।"

सांसद बेचैन बैठे थे। उनकी समझ में ही नहीं आ रहा था कि वे अपने ही राज्य में हैं या किसी दूसरे के ? भाई की गिरफ्तारी के कारण बबेराव का चेहरा लालभभूका हो गया था। उसने जेब से कागजों की गेंडुरी निकाली और सांसद महोदय के हाथ में दे दी।

"यह क्या दे रहे हो ?"

"मेरे यहाँ आने से पहले हमारे कार्यकर्त्ताओं की बैठक हुई। मैं डिस्टीलरी के कार्यभार से मुक्त होना चाहता हूँ, राघू अण्णा ने कारखाने के डायरेक्टर पद से इस्तीफा दिया है, इन कागजों मे दत्तू का भी इस्तीफा है। अगर निकट के लोगों को दिनदहाड़े जर्बदस्ती उठाया जाता हो तो यह राजनीति किस काम की ?—आप कलक्टर के परामर्श से चलाइए जिले का कारोबार।"

सांसद महोदय ने बबेराव की ओर तीखी नजर से देखा। उन्होंने किसी निश्चय के साथ फोन उठाया, "हाँ, मैं बोल रहा हूँ। कारखाना पी.बी.एक्स नं ? भाऊसाहब को लायटनिंग काल करना है—-हाँ-हाँ बंबई-----हाँ----हाँ पी.ए. ? नहीं--साहब को दीजिए--मैं आबासाहब शिंगाडे पाटील—-हाँ-हाँ नमस्कार—-कैसा कुशल मंगल ? भाऊसाहब, आप किस राजनीति की बात कर रहे हैं ? आप हमारे हाथ में उस्तरा और कटोरी क्यों नहीं देते ? चौराहे में जाकर आने-जानेवालों की हजामत बनाते बैठते हैं। खीझने की वजह ?—क्या आप हमारी ताकत को देखना चाहेंगे ?—नहीं, नहीं—काम छोटा सा ही है--मुझे कल सूर्यास्त से पहले आंबेपुर में नया कलक्टर चाहिए —हाँ—जी हाँ, मुझे यकीन था; आप मेरी बात जरूर मानेंगे—अजी, क्या बतायें ? सोचा था मराठा है, दूर का रिश्तेदार भी है। ग्रामीण परिवेश को जानता होगा; जनता के काम करेगा, पर ससुरे बाँधपीड़ितों के लिए इसने हमारी राजनीति को ही धक्का दिया। कार्यकर्ताओं की नाक में दम कर दिया; सभी विभागों के अधिकारी इस पर नाराज हैं—हाँ, देखिए कल सूर्यास्त से पहले नया कलक्टर..."

तीन

हैबती जांभली बुद्रुक बाँध पर आकर खड़ा हुआ। उसने अँधेरे में ही एक बार दह की ओर देखा। मेरा जाँभली गाँव किसी समय इसी दह के नीचे सुख से रहता था। यहाँ, आँखों के सामने ही, स्वच्छ पानी का कुआँ था। मेरे पिताजी पुण्यवान थे। तभी तो उन्होंने

अपना जीवन समाप्त कर दिया। शायद उन्होंने जीते जी सपने देखे होंगे कि आगे गाँव की, घर-बार की बरबादी होनेवाली है, इसीलिए वे भगवान शेष से मिलने गये। क्या मेरे जीवन की भी कोई अर्थवत्ता है ? रुको, भाई शिवराम, तुम इतने दिनों तक ठंडे पानी में ठिठुर गये होगे; मैं तुम्हारी सोहबत करने आ रहा हूँ। वहाँ—दूर-दूर, भीतर पानी के तीर पर, जंगल में मेरे सुभानजी चाचा के शव को अग्नि दी गयी। इस जंगल में, इस हवा में, इस परिवेश में सारे अपने ही तो लोग हैं। क्यों न कूद पड़ूँ इस पानी के सागर में ?

हैबती पानी की चमचमाती हुई लहरों की ओर पुनः-पुनः देखने लगा। उसे लहरों में हिलता हुआ, मुसकाता हुआ किसी का मुख दिखाई दिया। दोनों किनारों पर बालों को सूखने के लिए फैला दिया है, और बीच में ही यह कोई महिला खिल-खिलाकर हँस रही है। इसीलिए न कि उसका मुख सुंदर है ? कौन है यह महिला ? यह रूपा ही है—मेरे मामा की लड़की रूपा, जिसने मुझे ठुकरा दिया। रूपा, तुम्हारा अच्छा है। तुम शत-प्रतिशत व्यावहारिक निकलीं। तुम क्यों इस गरीब बाँधपीड़ित का साथ करती ? इसी पानी के बल पर तुम्हारे पति की खेतीबाड़ी खिल उठी है; लहलहा उठी है। किसका साथ करना चाहिए और किसका नहीं यह तो तुम्हीं से सीखना चाहिए। तुम भी ठीक वैसी ही निकलीं। लाभक्षेत्र के नेताओं की तरह। यह पानी, ये खाइयाँ, ये पहाड़, ये हवा—सब-के-सब हम बाँधपीड़ितों के शत्रु हैं। आखिर तुम भी क्या करोगी ? जहाँ भगवान ने ही हमारा साथ छोड़ा, वहाँ आदमी क्या करेगा ?

आखिर जीना भी किसलिए ? यहाँ से इतना-सा मुँह लेकर खैरापुर में भी कैसे जाऊँ ? जब देशमुख साहब के सामने ही ए.सी. साहब ने स्पेशल केस करने की बात कही थी, तभी हैबती को अपने भविष्य की भनक लग गयी थी। साहब का तबादला हुए आठ दिन बीते नहीं थे कि उसे रोज की मजदूरी से भी हटाया गया था। अब उसकी नौकरी नहीं लगेगी। कहते हैं कि उम्र बढ़ गयी है। उनतीसवाँ चल रहा है। पिछले दस-बारह वर्षों में पर्मनंट आर्डर कभी भी मिला नहीं। पूछिए क्यों ? इसलिए कि दो सौ चालीस दिन पूरे नहीं हुए। आखिर वे दिन भी पूरे क्यों नहीं हुए ? इसलिए कि ऐन समय पर मस्टर ही उपलब्ध होने नहीं दिया गया। काली माई, तूने मेरी सारी उम्मीद, उम्र और जवानी पगली आशा के पीछे जला डाली। ठीक उसी तरह जैसे चूने की घानी का बैल अपने पैरों को जलाता है। हैबती को पानी में सभी लोग दिखाई दे रहे थे। जैसे चंगेरी में रखकर, भूतों के लिए, पानी में मिट्टी के दीये छोड़े जाते हैं, ठीक वैसी ही एक-एक घटना। लाड़ली चहेती रूपा, ममतालु बूढ़ा बाप, खैरापुर में अच्छे मकान का सपना, हल के लिए एक बैल खरीदने की इच्छा, हक से प्राप्त होने वाली नौकरी—सब ने धोखा दिया। फिर जीना ही किसलिए ? आँखों के सामने दीयों का तेल चुक गया। एक-एक बाती बुझ गयी।—हैबती तुम किसलिए और किसके लिए जीओगे ? हैबती निश्चय कर दौड़ा। वह बाँध के तट तक आया। उसके पैर वहीं पर रुक गये। ऐसा

लगा कि दम घुट रहा है। जान देना भी कितना कठिन होता है ? उसने पसीना पोंछकर बाँध के तट से नीचे देखा। यहीं से कूदा जाय—पर नहीं। यहाँ गहरा पानी है, एक बार कूद पड़ने पर अगर जीने की इच्छा हुई तो ? मुझे तैरना आता है। वह चलकर पूरबवाले तट की ओर आया। नीचे पानी नहीं था। नदी के सूखे पाट में विस्तीर्ण चट्टान थी। यह जगह बहुत अच्छी है। अगर एक बार नीचे कूद पड़ा जाय तो ठीकरे-ठीकरे होंगे, जैसे बुलडोजर के नीचे शिवराम के हुए थे—आत्मघात के विचार से हैबती को पसीना छूटा। उसने इधर-उधर देखा। बाँध के पहरेदार कहीं दीख नहीं रहे थे। बायें किनारे पर जरा नीचे की ओर बहेलियों की छोलदारियाँ पड़ी हुई थीं। बहेलिये लोग छोलदारियों के सामने आग जलाकर बैठे हुए थे। उन्होंने किसी जगंली जानवर को मार दिया था। वह उसी को भून रहे थे। उसके भुनने की गंध आ रही थी। उन्हींका जरा-सा कोलाहल सुनाई दे रहा था। बाकी सारा सन्नाटा। शांति। आत्महत्या के विचार से पीछे हटने का कोई कारण नहीं था। बुझे हुए दीये हैबती के सिर में उलटे-तिरछे घूमने लगे। ''जय काली माईऽऽ'' कहकर वह तट पर चढ़ा।

हैबती ने झुककर नीचे देखा। ऐसा लगा—मानो नीचे की चट्टान थरथरा रही है। तभी कानपर ''ट्याँऽ ट्याँऽ'' आवाज आयी। अरे, यह कौन रो रहा है ? यह तो मेरा लड़का सदाशिव है। हाँ, जब सदाशिव छोटा था, पलने में वह ऐसा ही रोता था। हैबती गड़बड़ाया। पूरा बदन भय से काँप उठा। मेरे चले जाने के बाद निराधार सदाशिव किसका मुँह ताकेगा ? विधवा फूलवंती को कौन आसरा देगा ? अरे, आदमी होकर भी तुम जान दे रहे हो ? वह बेचारी कहाँ जायेगी ? छोलदारी में से 'ट्याँऽ ट्याँ'' की आवाज आ रही थी। बहेलिन अपने बच्चे को चुप करा रही थी। हे भगवान, अभी मैं चट्टान के पेट में घुस गया होता तो मेरे सदाशिव की ओर कौन देखता ? कौन उसे छाती से लगा लेता ? बच्चे के रोने के कारण हैबती का, आत्महत्या का विचार पूरा-का-पूरा भहराकर गिर पड़ा। हे भगवान, इतने-से बच्चे के आँसुओं में क्या ही शक्ति होती है ! भगवान, तुम्हारे दिमाग के संबंध में भी क्या कहना ? बाँध बनानेवाले इंजीनीयरों से भी तेज है तुम्हारा दिमाग ! किसे, कैसे और कहाँ फँसाना है यह तुम्हीं से सीखना चाहिए।

हैबती झपाके से रेस्ट हाऊस पर आया। बोरिया-बिस्तर, बर्तन-भाँड़े—सब-का-सब समेटा। बोरे में भर दिया। वह चलने लगा। उसका दिमाग अब उल्टी दिशा में दौड़ रहा था। मैं कायर की भाँति जान क्यों दूँ ? मैं तो मावल प्रांत का मर्द आदमी हूँ। मंत्री के हाथ का थाल ठुकराने वाली आवडाई का बच्चा हूँ। मैं मर्द की तरह जीवन बिताऊँगा। जरूरत पड़ने पर खैरापुरवालों से दो-दो हाथ करूँगा। पत्थर से भी पानी निकालूँगा पर मैं जीना चाहता हूँ ! जीना चाहता हूँ !!

आवडाई ने बोरिया-बिस्तर समेटकर आये हुए बेटे से कुछ कहा नहीं। वह बिना पूछे ही सभी कारणों को जानती थी। आग लग जाय इस नौकरी में। बेटा यहाँ खेती का काम कर जी लेगा। उसका तथा फूलवंती-सदाशिव का वियोग तो टलेगा। हैबती

दो दिन गोट-बस्ती में बहुत भटकता रहा। उसने देखा, गोट-बस्ती का रंग ही बदल गया है। समाज-मंदिर, स्कूल, भीतरी रास्ते, बिजली-बत्ती—ये सारे काम देशमुख साहब ने पूरा जोर लगाकर करवा लिये थे। मास्टरजी बीमार ही थे। पहले जैसे कहीं ज्यादा आते-जाते नहीं थे। उनके बायें पैर के घुटने में बहुत दर्द होता था। वे लाठी के सहारे से बस्ती में टहलते। इच्छा होने पर स्कूल में चले जाते। अशोक मास्टर के हाथ से खड़िया लेकर बच्चों को पढ़ाते रहते। मास्टरजी के बहुत से काम अब म्हाकू भोंसले देखता था। म्हाकू तथा हैबती में दिनभर बहस चलती। म्हाकू ने हैबती को सब बता दिया। देशमुख साहब का तबादला होने पर गोट-बस्ती डाँवाँडोल हो गयी। लोगों ने दो दिन तक अच्छी तरह से भोजन भी नहीं किया। तबादले के तीसरे दिन जाँभली के पच्चीस-तीस आदमी देशमुख साहब को विदा करने आंबेपुर गये थे; पर देशमुख साहब उसके पहले ही दिन आंबेपुर छोड़ चुके थे। मास्टरजी और अन्य लोग दिल मसोसकर रह गये। वे लौट आये। तभी से पोपट पापुद्रे तथा ताया कांबले "हमने कलक्टर का तबादला किया" की गर्जना करते रहे। वे शराब पीकर लडखड़ाते रहते। साहब का तबादला हुआ और खैरापुरवासियों को बल मिला। एक-एक भूत सिर उठाने लगा। बबेराव श्मशान-भूमि के लिए जमीन संपादित करने के कार्य में स्थगन हेतु दौड़-धूप करने लगा। राघू भिवा ने कंठामाई को पटाया। दो साल पहले कंठा ने स्वयं ही अपनी जमीन नकुसा को दी थी। मुआवजे में सरकार से पैसे भी लिये थे। नकुसा रात-दिन कड़ी मेहनत कर खेती करने लगी। हरी-भरी फसल हवा पर डोलने लगी। यह देख राघू भिवा के मुँह में पानी भर आया। उसे लगता कि कारखाने में अपने अधिकार का सैंकड़ों टन गन्ना चला जाना चाहिए। उसके हाथ में बिना परिश्रम के रुपये आये थे; उसकी जमीन अधिक नहीं थी; इसलिए चवन्नी के स्थान पर अठन्नी फेंककर वह नये सौदे करने लगा। उसने बड़ी पोटली कंठामाई को सौंप दी। रुपयों को देखकर कंठामाई की भी आँखें चकरा गयीं। उसका ईमान विचलित हुआ। कंठामाई ने जिला-कार्यालय में अर्जी दी। स्लैब के कानून में मेरा समावेश नहीं होता; फिर भी जमीन को कैसे लिया गया ? मैं जमीन देना नहीं चाहती थी। किसी ने नकली अर्जी लिखकर अभुआने की स्थिति में मुझसे हस्ताक्षर करवा लिये। सरकार मेरी जमीन वापस दे। ये नयी शिकायतें नकुसा के कान पर आयीं और वह हड़बड़ा गयी। इधर कुछ दिनों से उसकी घर-गृहस्थी की गाड़ी पटरी पर लगी हुई थी कि इतने में यह नयी बला। उसकी आँखों के सामने बुलडोजर के नीचे दबा हुआ शिवराम खड़ा रहता। चट्टान से चिपकी हुई उसकी हड्डियाँ तथा चमड़ी दिखाई देती। शिवराम का नाम ठेकेदार के मस्टर में कभी भी दर्ज नहीं हुआ था। इसलिए नकुसा को तनिक भी हरजाना नहीं मिला। आवडाई ने सहारा दिया, इसलिए बेचारी जी पायी। वह इसलिए दौड़-धूप कर रही थी कि बिरजू की गाड़ी भी पटरी पर आये; पर दुर्भाग्य का भुनगा पीछा नहीं छोड़ रहा था। यह भुनगा इनके जीवन को और कितने दिनों तक कुतरता रहेगा ? हम बाँधपीड़ितों के भाग्य में सुख के चार दिन, शांति के कुछ दिन कब आयेंगे ? यह हमारी पूरी जिंदगी

राजा हरिश्चन्द्र के कमोरे की भाँति सूखी ही रहेगी ? कितना ही पानी भरो, कमोरा खाली-का-खाली ! हमारे भाग्य में ही बड़ा छेद हो गया है, कमोरा कैसे भरेगा?

मास्टर पर हमले के मामले में जमानत मंजूर होने तक राघू भिवा के हाथ में बेड़ियाँ तो पड़ गयी हैं। अब मैं पवारनी की चार एकड़ जमीन को दबाकर ही रहूँगा—राघू भिवा का यही संकल्प था। इसीलिए वह डी.आर.ओ. पवार पर लगातार दबाव ला रहा था। राघू भिवा ने खैरापुर में आधे से अधिक लोगों के हस्ताक्षर इकट्ठा किये थे। एक अर्जी ठोंक दी थी। स्लैब में समावेश न होते हुए भी उसकी जमीन को कैसे लिया गया ? सरकार एक गरीब, असहाय विधवा को न्याय देगी या नहीं ? सांसद शिंगाडे ने जिलाधिकारी कोलगाँवकर को दो बार फोन किया था। नये साहब ने पवार को आदेश दिया था कि वे फाइल प्रस्तुत करें पर पवार साहब देशमुख साहब के आखाड़े में तैयार हुए थे। उन्होंने अपने अधिकार में कंठामाई की अर्जी पर फैसला किया। कंठामाई ने चार एकड़ के रुपये स्वीकार किये थे; इसलिए यह कहना ठीक नहीं होगा कि सरकार ने धोखा देकर उससे जमीन ले ली। कंठामाई ने स्वेच्छा से ही सरकार को जमीन दी है, इसलिए उसकी अर्जी पर विचार नहीं किया जा सकता।

राघू अण्णा ने पवार साहब के पत्र को मसल दिया। उसने सांसद साहब से एक खास पत्र ले लिया। कंठामाई को जीप में बिठाकर वह जिलाधिकारी से मिलने चला गया।

पी.ए. ने इंटरकॉम पर संदेश दिया। साहब कंठामाई की फाइल लेकर बुला रहे हैं; पवार ने तभी पूछ लिया कि इस संदर्भ में मिलने के लिए कौन आया है ? जब पवार को इस बात का पता चला कि राघू भिवा तथा एडवोकेट सुगंधी मिलने आये हैं, वे जरा हड़बड़ाये। ऑफिस में अब नयी व्यवस्था शुरू हुई थी। पवार साहब पिछले पंद्रह दिनों से कोलगाँवकर साहब को देख रहे थे। आदमी दीखने में सुंदर लंबा-तगड़ा, पचास की उम्र—उत्साही चेहरा तथा निर्मल मन। बंबई पूना के लोगों का-सा अनुशासन। साहब सुबह साढ़े नौ बजे ही टिफिन लिये ऑफिस में हाजिर होते। जिला-स्तर के आदमी की तरह उन्हें दो-तीन रोटियाँ तोड़नी नहीं होतीं। छोटा-सा टिफिन उसमें पतली-सी सवा रोटी और दो चुटकीभर सब्जी। उसी में साहब का भोजन हो जाता। न ऊधो का लेना ना माधो का देना। किसी से उपकार लेने की भी बात नहीं। किसी रेस्ट हाऊस पर खायेंगे तो तुरंत दस का नोट निकालकर देंगे। परेशानी, कार्य का प्रेशर—कुछ भी नहीं। ठीक पौने छह बजे साहब बँगले की ओर लौटते। छुट्टी के दिन फाइल का मुँह तक नहीं देखते।

कोलगाँवकर स्वभाव से जितने भी निर्मल रहे हों, उन्हें ग्रामीण परिसर और जीवन-पद्धति का अधिक ज्ञान नहीं था। उनकी अधिकतर नौकरी मंत्रालय में ही हुई थी। इसलिए वे उठते-बैठते कानून पर उँगली रखते—ऐसा नियम कहाँ है ? जी.आर. कहाँ है ? क्या इस मुद्दे पर कानून स्पष्ट नहीं है ? अगर नहीं तो बंबई को रेफर कीजिए।

मैं स्वयं कोई भी रिस्क नहीं उठाऊँगा। मुझे व्यर्थ के झंझट नहीं चाहिए। बाँधपीड़ितों की माँगों के सिलसिले में ही देशमुख साहब का तबादला हुआ था और उनकी जगह पर कोलगाँवकर ने चार्ज ले लिया था। चार्ज लेने से पहले जब वे विश्राम धाम पर थे, कुछ कर्मचारियों ने उन्हें कुछ बातें बतायी थीं। देशमुख साहब ने इस जिले में बाँधपीड़ितों को बहुत सर चढ़ाया है; फिर भी ये शिकायत कर रहे हैं"–पुनर्वास हो नहीं रहा है। ए.सी.भोसले साहब सदिच्छा भेंट पर आये थे। बात निकली तो उन्होंने कहा–"सर, अच्छा हुआ, आप आ गये; नहीं, इस जिले के कई अधिकारी तबादले के लिए तैयार बैठे थे। देशमुख साहब पुनर्वास के पीछे पागल हुए थे। हैबती नाम का एक फटीचर पी.ए.पी. था। बस्स उसके लिए मेरे साथ इतना सख्ती से पेश आना ?" एक भेंट में सांसद ने भी यही राग अलापा।

किसी पद पर जब कोई नया अधिकारी आता है, ऑफिस में एक हलचल रहती है। प्रायः अधिकारी छोटी-मोटी शिकायतें करने लगता है–पहले वाले अधिकारी ने सारी व्यवस्था गड़बड़ा दी है। अब मुझे सब पुरानी गंदगी हटानी पड़ेगी; बिखरी बातों को ठीक करना होगा। यद्यपि कोलगाँवकर तीव्रता के साथ ऐसा नहीं सोचते थे; पर उनकी एक निश्चित धारणा बन गयी थी कि पुनर्वास के मामले में देशमुख साहब ने काफी उत्साह दिखाया था। नये साहब के आने पर कुछ कर्मचारी साहब पर इम्प्रेशन मारने के लिए कहते हैं–पहलेवाले साहब ने सब बरबाद किया; साहब, अच्छा हुआ, आप आ गये। कोलगाँवकर इन सब बातों को जानते थे। वे अनुभवी अधिकारी थे। इसलिए उनमें देशमुख की भाँति बचकानापन नहीं होगा।

कोलगाँवकर ने पवार के हाथ से कंठामाई की फाईल ले ली। उन्होंने उसमें से हर कागज ध्यानपूर्वक पढ़ा। कुछ कागजों को पुनः-पुनः उलट-पुलटकर देखा, उनकी दृष्टि अंतिम कागज पर स्थिर हो गयी। भाल पर एक हल्की-सी रेखा उभरी, चेहरे को जरा-सा तिरछा कर उन्होंने पूछा–

"पवार, क्या आपने इस केस पर फैसला कर दिया ?"

"येस सर ?"

"हाऊ ? मेरी अनुमति के बिना ही ?"

"साहब, देख लिया न ? यहाँ कैसे काम हो रहे हैं ?" राघू भिवा बीच में बोल उठा।

"पहलवान, आप जरा चुप बैठिए !" साहब ने राघू भिवा को डाँटा। उन्होंने पवार की ओर मुड़कर कहा, "आपको इतनी जल्दी क्यों पड़ी थी ?"

"सर, यह जमीन संपादित की गयी है। महिला को मुआवजा दिया गया है, बाद में पी.ए.पी. को जमीन वितरित की गयी है।"

"लेकिन यह महिला स्लैब में नहीं आती।"

"उन्हीं की सहमति से संपादन..."

"नहीं, इस प्रकार की जल्दबाजी किसी काम की नहीं है। क्या पी.ए.पी. के लिए दूसरी जमीन नहीं थी ?"

"सर, भूमि-संपादन के इस मामले में ठीक से जाँच भी नहीं हुई है। यह जमीन सरकार को देने से संबंधित महिला भूमिहीन हो जाती है। इस मुद्दे पर सोचा ही नहीं गया है कि क्या भूमिहीन की जमीन संपादित की जा सकती है ?" एडवोकेट सुगंधी ने कहा।

"अच्छा, अब आप क्या चाहते हैं ?" कोलगाँवकर ने पूछा।

"आप जमीन को मुक्त कर हमें दे दीजिए। द लेडी हैज नो आदर सोर्स ऑफ इन्कम।"

"बाँधपीड़ित को कब्जा दिया गया है। उसकी दो वर्षों की जोत को कैसे नकारा जायेगा ?" पवार ने समझाने का प्रयास किया।

"पवार, आप चुप बैठिए," कोलगाँवकर साहब अब चिढ गये थे; उन्होंने वकील से कहा, "आप अपनी कैफियत मुझे लिखित दीजिए। मैं ठीक से देखकर निर्णय करूँगा।"

"साहब, अच्छी तरह देख लीजिए, बूढ़ी के प्रति न्याय कीजिए, माँ दूर्गा आपका कल्याण करेगी।" कंठामाई ने दोनों हाथ जोड़कर कहा।

"ठीक है, मैं देखूँगा।"

सभी बाहर चले गये। साहब का नूर बदल गया था; उनके नथने लाल हुए थे। साहब काफी चिढ़े हुए थे। कंठाई की जमीन के संबंध में बात समाप्त हुई थी, फिर भी पवार साहब दूसरी फाइल लिये खड़े थे। कोलगाँवकर ने फिर एक बार चश्मा उतारा। उन्होंने पवार साहब के हाथ की फाइल माँगकर पूछा, "बताइए अभी और क्या है ?"

"सर, सभी विभागों के प्रमुखों की एक बैठक बुलानी है।"

"किस बात के लिए ?"

"नौकर भरती के संबंध में। हम उस बैठक में सभी विभागों का जायजा लेते हैं; यह देखते हैं कि सरकार की सूचनाओं के अनुसार, प्रत्येक विभाग ने भरती करते समय पाँच प्रतिशत सीटें भर दी हैं या नहीं ? बाँधपीड़ितों की कुछ नयी अर्जियाँ हों तो वे संबंधित विभागों को सौंप दी जाती हैं।"

"इस प्रकार की बैठकें कब से ली जाती हैं ?"

"जब से देशमुख साहब यहाँ आये थे तभी से --"

"अच्छा, इस संबंध में कुछ कानून है ? कम-से-कम जी.आर. टू कंपेल कलेक्टर टू टेक सच रिव्यू।"

"नहीं सर, इस संबंध में कानून तो नहीं; पर आप पुनर्वास के जिला प्रमुख हैं। इस हैसियत से आप...इसका लाभ कई लड़कों को हो गया---देशमुख साहब के कार्यकाल में..."

"उन्हें कुछ काम नहीं रहा होगा। उन्हें नौकरी की चिंता नहीं रही होगी। मुझे

नौकरी की चिंता है। देखिए मिस्टर पवार, सरकार ने जितना बताया है उतना और उतना ही बोलना चाहिए। ऐज पर रूल, ला, जी.आर.--सरकारी काम में ज्यादा उत्साह किसी काम का नहीं। आप किसी दिन संकट में पड़ेंगे। वे देशमुख—आखिर तुरंत तबादला हो गया न ? ही वाज डायरेक्ट आई.एस.एस. लेकिन क्या लाभ हुआ ? सरकारी नौकर को चाहिए कि वह सरकारी नौकर की तरह रहे। है न ?"

कोलगाँवकर की डाँट से पवार साहब का मुँह उतर गया। कोलगाँवकर की नजर से यह बात छिपी नहीं। उन्होंने बेल बजायी, चाय मँगवायी। पवार साहब को समझाने लगे, "यू आर यंग गाय। जीवन में कई समस्यायें हल करनी होंगी। बट डोंट बी इंपेशंट। अगर चार काम जरा देर से होते हैं तो आसमान नहीं टूट पड़ता; पर किसी मामले में फँसे बिना नौकरी करना सीखिए; नहीं, सोने के मोल वाली इस नौकरी से हाथ धो बैठेंगे आप। यू हैव गुड कैरियर, प्रमोशन चान्सेस..."

कोलगाँवकर ने बंबई में कई बार सुना था कि जिला तथा तहसील स्तर पर कई झंझट चलते रहते हैं, इसलिए वे प्रत्येक फाइल की बाल की खाल निकालते। कम-से-कम दस-बारह शंकायें उपस्थित करने पर ही फाइल उनके हाथ से छूटती। उन्हें इस बात का पक्का विश्वास हुआ था कि पुनर्वास के काम में भी बहुत ही झँझट चलते हैं; इसलिए, जब पवार फाइल लेकर आते तो कोलगाँवकर कहते—"पवार, आपको देखकर मुझे पसीना छूटता है। अजी, आपका यह सेक्शन बहुत झंझट का है।" यह कहकर फाइल का आपरेशन होता। बाँधपीड़ित के लिए एकाध सामान्य भूखंड मंजूर करना हो तो भी उन्हें पसीना छूटता। उन्हें बंबई-पूना के भूखंडों की याद आती। फाइल नीचे से ऊपर और ऊपर से नीचे चक्कर काटती रहती। बाँधपीड़ित चक्कर काट-काटकर हैरान हो जाते, पर साहब अपनी सावधानी छोड़ने के लिए तैयार ही नहीं होते थे।

सरकार मेरी जमीन निकलवा लेगी, डाक में आज ही आदेश डाला गया है—इस प्रकार के समाचार नकुसा के कान पर आते और उसका दिल दहल उठता। आँखों के सामने शिवराम की मूर्ति उभर आती। हँसते-हँसते शिवराम डोजर के नीचे खून से लथपथ हो जाता। चट्टान से चिपकी हुई अंतड़ियाँ, खुरचकर निकाला गया माँस याद आता और नकुसा को लगता कि सीधे जाकर बाँध पर सिर पटक दूँ। जीवन ही समाप्त कर दूँ। पर बिरजू की दीनहीन आँखों की ओर देखने पर उसके दिमाग का तूफान शांत हो जाता। बिरजू नकुसा के लिए शिवराम की निशानी था। खैरमोडे मास्टर, म्हाकू, हैबती और आवडाई उसे समझाते रहते। उसे धीरज बँधाते पर नकुसा को आभास होता कि उसके पैरों तले की तख्ती ही खिसक रही है। कंठामाई मंत्र-तंत्र करने में आगे थी। मेरे बिरजू को जिम्मेदार मानकर वह दुष्ट महिला उसे मूठ मार देगी और खाते-पीते बच्चे को ठंडा कर देगी। इस भय से नकुसा का दिल काँपने लगता।

ताया के ध्यान में यह बात आ गयी थी कि ऑफिस में पवार साहब का प्रभार कम हुआ है। उसने "रुकिए तबादला हो रहा है"—कहकर रुके हुए मामलों को एक-एक

कर बाहर निकालना शुरू किया। सर्जेराव के फोन का आधार लेकर वह सीधे बड़े साहब से मिलने लगा। वह नकुसा के काम में दखल देने लगा। ताया, सियार को कुत्ता बना देगा और कुत्ते को सियार–जाँभलीवालों को इस बात का विश्वास था; पर अगर एक बार नकुसा को अपने खेत से निकाल दिया जायेगा तो शेष सभी बाँधपीड़ितों को यहाँ के बड़े जमीनदार भगा देंगे–गोट-बस्ती के लोगों को यह बड़ा ही डर था। जो बात गोमा कहार के संबंध में हुई, जो साँवलेराम के संबंध में हुआ, वही दूसरों के भी नसीब में आ जायेगा, अगर कुछ प्रयास नहीं किया जायेगा तो यह दुष्ट-चक्र रुकना मुश्किल है। नहीं, किसी भी तरह नकुसा की जमीन को बचाना ही होगा। युवक लड़के इकट्ठा हुए। हरएक ने थोड़ा-थोड़ा चंदा जमा कर वकील को देने के लिए रुपयों की व्यवस्था की और कंठामाई के विरुद्ध दीवानी कोर्ट से स्थगन आदेश प्राप्त किया। तब कहीं उनकी जान में जान आयी।

नकुसा खेत में मेहनत कर रही थी। मजदूरी के पीछे दौड़-धूप कर रही थी। सिर पर जो टँगी हुई तलवार थी वह फिलहाल तो अलग हो गयी थी। पर यकायक बिरजू बहुत बीमार हो गया। दवा-पानी किया गया। देवऋषि से दुआएँ माँगी गयीं। वनस्पति-औषधि दी गयी; पर बालक के बदन से बुखार नहीं निकला। बालक पीला-पीला दिखायी देने लगा। जन्म के बाद बिरजू पहले साल में ही एक-दो बार बीमार हुआ था। वह हट्टा-कट्टा था। पिछले दस सालों में कभी बीमारी नहीं हुई थी; और अभी उसके बदन में यह बुखार कैसे बैठा है ? उस दुष्ट महिला की करतूत तो नहीं होगी ?

नकुसा झपाके से मेंड़ पर आयी। चार दिन के पहले जमीन में जोताई की गयी थी। दूसरों की सहायता लेकर हल चलाया गया था। खेत में अभी भी छोटे-बड़े ढेले पड़े हुए थे। नकुसा ने धान के लिए जमीन को ठीक-ठाक करना शुरू किया था। वह बड़े-बड़े ढेलों को पिटने से तोड़ रही थी। अपनी बोआई के लिए उसने मजदूरी पर जाना बंद किया था। ढेलों को तोड़ देने के बाद उसने मेंड़ को ठीक-ठाक करना शुरू किया। खुरपी चलाते हुए वह झट्-झट् आगे बढ़ने लगी, इतने में खुरपी किसी चीज में फँस गयी; उसने खुरपा को खींच लिया। देखा–खुरपी के साथ नारियल निकल आया है। नकुसा घबड़ा गयी। उसने नारियल को उठाकर हाथ में ले लिया। देखा, नारियल के दोनों ओर हल्दी-कुंकुम की पाँच-पाँच लकीरें खींची गयी हैं। नकुसा के दिमाग में भानमती की बात पक्की हुई। उसने जल्दी-जल्दी बगलवाली मिट्टी उकेरी तो एक मंत्रित नींबू उभर आया। उसके बाद एक-एक कर छह नींबू मिले। प्रत्येक में सूई खोंस दी गयी थी। नकुसा बहुत डर गयी। वह पसीने से लथपथ हो गयी। राँड ने पूरे खेत को भानमती से भर दिया है–उसने कछौंटा मारा, वह घबड़ाकर गोट-बस्ती की ओर भागी।

भागते-भागते नकुसा को कंठा की कई दंतकथायें याद आयीं। उसे तोते का-सा कंठ फूटता है। तभी तो उसे कंठामाई कहते हैं। कहते हैं जब उसकी नजर करवट बदलती है तो वह पत्थर को भी पानी बना देती है। जब नकुसा और कंठा की अच्छी बनती

थी तब वह कई बार उसके दरबार हो आयी थी। अमावस्या-पूर्णिमा पर तो उसका पूरा बदन अभुआने लगता है। वह बालों को हवा में फैलाकर उल्लू की तरह धुत्कार करने लगती है। शिवकलाओं के संबंध में बोलने लगती है। किसी को किसी भी प्रकार का भूत-रूप झाड़ पकड़े वह उस झाड़ को हिला देती हैं। कई चुड़ैलों को उसने कुतिया बना दिया। जल-देवियों को घर में पानी भरने के लिए मजबूर किया। जमीन न मिलने से वह तड़प रही है। उस कुलटा में इतना बल है कि उसका मन करेगा तो वह मेरे बालक को चार पैर देकर कुत्ता-बिल्ली बनाने से भी बाज नहीं आयेगी। नकुसा दौड़ते-दौड़ते घर आयी और बुखार से पीड़ित बिरजू को पेट से सटाकर दिनभर ठिठुरकर बैठी रही। मास्टरजी शाम को कंबल ओढ़कर अपने दरवाजे पर बैठे थे। अगल-बगल में युवक और बूढ़े भी आकर बैठे थे। पुनर्वास के संबंध में हर रोज की तरह बातें चल रही थीं। बीच में ही नकुसा आ गयी। मास्टरजी के सामने बैठ गयी। सिर घुटनों में रखकर वह फफक-फफक कर रोने लगी।

"मास्टरजी, मैंने अपने पति को खोया। अब मैं नहीं चाहती कि अपने लड़के को खो दूँ। आग लग जाये उस कंठा के खेत में। राँड ने सारा खेत भानमती से भर दिया है; अब मेरे लड़के को भी मार डालेगी।"

रोते-रोते नकुसा ने सब बता दिया। मास्टरजी, उसे समझाकर बोले, "बेटी यह पागलपन छोड़ो। देवधर्म हमारा क्या बुरा करेंगे ? हमारे जैसे पुण्यवान कौन होंगे ?"

"मास्टरजी, मुझे भरोसा नहीं है। वह राँड भानमती करती है। भूतों को नचाती है।"

"चाची, चिंता छोड़ो।" म्हाकू ने कहा, "क्या भूत आदमी से बढ़कर बुरे होते हैं?"

म्हाकू आवेश में आकर अपना मुद्दा समझाने लगा। वह समझाने लगा कि कंठामाई का तंतर-मंतर हमारा कुछ भी नहीं बिगाड़ेगा। नकुसा को म्हाकू पर क्रोध आया। उसने पूछा—

इतने बड़े मुँह से बोलते हैं, तो चलिए खेत की अदला-बदली करते हैं।"

"हाँ, हाँ, कर देंगे। मैं भूत के बाप से भी नहीं डरता।" म्हाकू ने आवेश में आकर कहा।

जैसा तय हुआ था, म्हाकू ने बीड़ा उठाया। अपना खेत नकुसा को दिया। उसका खेत ले लिया। दो दिन के बाद सीधे जाकर कंठामाई के खेत में बोआई की। म्हाकू की माँ—द्रौपदी—को उसकी यह मूर्खता पसंद नहीं थी। इधर लड़का बिगड़ गया है। नौकरी छोड़कर मास्टरजी के पीछे घूमता है। दिल्ली-बंबई की बातें करता है। इसने उस नागिन की पूँछ पर पैर क्यों रखा ? लड़का बदमाश है। माँ-बाप की बातों को सुनने की उसकी आदत ही नहीं। द्रौपदी ने तय कर

लिया, कल चोरी-छिपे ही सही वह कंठामाई के पास जायेगी। देख तो लूँ–मेरे म्हाकू पर किसने जादू किया है ? लड़का हाथ से जाना नहीं चाहिए।

चार

शाम हो गयी थी। गन्ने के खेत में ठंडी हवा चल रही थी। शाम की छायायें शिथिल होकर फैल गयी थीं। अधिकतर मजदूरनियों की निराई की पाँतें छोर तक पहुँची हुई थी। मजदूरनियाँ अपनी-अपनी टोकरियों में जवार की छोटी, हरी कड़बी लेकर, बकरियों के लिए सेमल की टहनियाँ तोड़कर घर जाने के लिए निकलीं। शेवंता ने अपनी पाँत मेंड़ तक पहुँचायी। खुरपी लिये वह पीछे लौटी। हीरा मास्टरनी की पाँत अभी भी पीछे थी। एक-एक कर सभी मजदूरनियाँ घर के आकर्षण से चलने लगीं। हीरा को अलग बुलाकर शेवंता ने कहा–

"माँ, तुम आगे चली जाओ। मैं अँधेरा होने से पहले तुम्हारी बची हुई पाँत पूरी कर तुम्हारे पीछे-पीछे आ ही जाती हूँ।"

"क्या तुम अकेली बैठोगी ?"

"क्यों ? यह पंढरी पाटील का खेत है। मुझे किसका डर है ? तुम जल्दी-जल्दी जाओ। मेरे बच्चे बाट जोहते होंगे। तुलसा से कहना मैं आ ही रही हूँ।"

"देख, जल्दी आ जाना।"

हीरा ने गेंडुरी पर टोकरी रखी और वह गोट-बस्ती की ओर निकली। शेवंता आड़ी खुरपी मारकर तेजी से आगे बढ़ने लगी। देखते-देखते अँधेरा होने लगा। गन्ना बढ़ गया था। उसकी पोर बढ़ गयी थी। दूर नीचे नालों के किनारे सियारों की हुआँ-हुआँ सुनाई दे रही थी। पीछे की ओर पंढरी पाटील बैलों के लिए हरी कडवी काट रहा था। उसने हाँक लगाई, "बेटी, हुआ या नहीं ? जल्दी करो। देखो अँधेरा हो गया।" थोड़ी देर के बाद पीछे की हलचल बंद हुई। लगता है, पंढरी पाटील कडवी का बोझ उठाकर चला गया। अँधेरा फैल रहा था। शेवंता ने किसी तरह पाँत को पूरा किया।

बगल के सँकरे रास्ते पर भी अँधेरा फैल गया। हवा के झोंकों के साथ गन्ने के खेत सरसराने लगे; शेवंता का कलेजा काँपने लगा। यों ही भय बढ़ने लगा। गेंडुरी बाँधकर वह निकली, तभी उसे बकरी की याद आयी। गोट-बस्ती में चरने के लिए जगह नहीं थी। खेत से कुछ हरा चारा ले जाने पर ही बकरी पेन्हाती है। कम-से-कम तुलसा के लिए दूध मिलता है। शेवंता ने जल्दी-जल्दी सेमल की टहनियाँ तोड़ीं और टोकरी में डाल दीं। वह मेंड़ से उतरकर तुरंत सँकरे रास्ते पर आ गयी।

वह आगे-पीछे देखते हुए झपाके से चलने लगी। अँधेरे में अच्छी तरह दिखाई नहीं दे रहा था। सामने 'करंज का नाला' पार करना है, उसके बाद तो बस्स चिंता ही

नहीं। नाला पार करते हुए वह ''राम राम'' कह रही थी। सामने चढ़ाव लगा। किसी तरह नाले किनारे के भूत पीछे चले गये और उसकी जान में जान आ गयी। वह बड़ी तेजी से आगे बढ़ी। गोट-बस्ती बहुत दूर थी। गन्ने की आड़ के कारण वहाँ की बत्तियाँ भी दिखाईं नहीं दे रही थी। वह नाला पार कर कुछ अंतर आगे आयी थी कि दूर से तेज प्रकाश दिखाई दिया। उसने आवाज से ही पहचान लिया कि वह फटफटिया है। आग लग जाय उस फटफटिया में ! उसके कारण ही तो मेरा ससुराल में रहना बंद हो गया है, और बुढापे में बाप को दुख देना पड़ रहा है।

घरघराती हुई मोटर साइकिल देखते-देखते निकट आयी और झट से आगे बढ़ी। तुरंत ही उसकी आवाज में परिवर्तन हुआ—खड़क्-खट्। शेवंता ने झटसे पीछे मुड़कर देखा—फटफटिया पीछे मुड़कर, तिरछी होकर उसी की ओर देख रही है। उसका दिल दहल उठा। वह पैर उठाकर तेजी से भागने लगी। तभी मोटर साइकिल भी पीछे-पीछे आयी। वह शेवंता के चारों ओर चक्कर काटकर सीधे उसके सामने आकर खड़ी हुई शेवंता का बदन काँपने लगा। मोटर साइकिल से बबेराव का भाई छगनराव बोला—

''क्यों शेवंता, देर कर दी ?''

''हँ-हाँ भैया।''

''भैया ? हमें भैया कहती हो और बदमाशों के हाथ धरती हो ?''

छगनराव के पीछे-पीछे राघू भिवा का धोंडू भी उतरा। गाड़ी बंद कर दोनों शेवंता की ओर बढ़े। धोंडू ने उसके सर की टोकरी को एक ही चाँटे में उड़ा लिया। वह उसके हाथ को खींचकर चिल्लाया—

''तुम ब्याह के पहले से ही मुझे झाँसा दे रही हो। आज अच्छा अवसर आया।''

''भैया, पैरों पड़ती हूँ। मुझे छोड़ दो।''

''लेने दो न मजा।''

''भैया, पैरों पड़ती हूँ। छोड़ दो मुझे; मैं बच्चों की माँ हूँ।''

''फिर पति को छोड़ अकेली क्यों रहती हो ? मंजू ने हमें सब बता दिया है—तुम्हारे कारण गोट-बस्ती कैसे बिगड़ गयी है।''

''धोंडू ने अपने मजबूत हाथों से उसका मुँह दबाया और उसकी साड़ी में हाथ डाला। भेड़ियों का हुड़दंग मच गया और बेचारी बकरी की जान जाने लगी। अँधेरा ठिठुर गया। गन्ने के पत्ते थर्राये। रास्ते के पेड़ भय से सरसराये। पत्तों ने लज्जित हो गर्दन झुका ली।

मास्टरजी घर के बाहर शेवंता की बाट जोह रहे थे। बेटी को पीछे छोड़कर आने की वजह से उन्होंने हीरा को गालियाँ भी दीं। खेत से आयी हुई नानी ने बच्चों को रोटी खिलायी। बच्चे निकट की कुटियों की ओर दौड़े। शेवंता के आने में जैसे-जैसे देर होती गयी, मास्टरजी परेशान हुए। इधर गोट-बस्ती का वातावरण ही बदल गया है। देशमुख साहब का तबादला हुआ और कायरों में भी बल आ गया। एक दिन मास्टरजी

को गोट-बस्ती में न देखकर मंजू ने फिर से खाली कुटिया पर कब्जा कर लिया। छगनराव तथा धोंडू ने उसे सामान-असबाब ला दिया। गोट-बस्ती में दोनों की भी आवाजाही बढ़ गयी। ताया का गज्जू इन बदमाशों में शामिल था। मंजू के घर में रातभर गप्पें चलती रहतीं। उसने अब हाथ-पैर फैलाना शुरू किया था। बस्ती में रहनेवाले बाँधपीड़ितों की दो लड़कियाँ उसकी बातों में आ गयी थीं। उनकी गरीबी उन्हें जला रही थी और मंजू उस आँच पर अपनी रोटी सेंक रही थी।

ठिठुरती शेवंता सिर पर टोकरी को सँभालते, जान मुट्ठी में लिये भाग रही थी। बदन अपवित्र हुआ था। मन में आग लगी हुई थी। इस प्रकार देह को भ्रष्ट कर लेने की अपेक्षा उसने फाँसी लगाकर जीवन का अंत कर लिया होता; पर पहले ही बाप की छत्र-छाया से वंचित बच्चे। उसी में अगर माँ भी जीवन समाप्त कर देगी तो वे बच्चे कुत्ते की मौत मरेंगे। बच्चों की तुतली वाणी के लिए तो माँ शेवंता का कलेजा पसीजता था। उसे लगता कि जोर से चिल्लाया जाय; पेड़ पर सिर पटक दिया जाय और टूटा सिर लिये चिल्लाकर उन शैतानों के नाम से शोर मचाया जाय। लेकिन नारी की इज्जत। काँच का बर्तन !! टिन का होता तो आँच को बदन में समा लिया होता। मोम की गुड़ियाँ अपना दुख किससे कहेंगी ? उसमें भी उन बदमाशों ने गले पर हाथ रखकर धमकी दी थी, "अगर यह बात किसी से कहोगी तो पूरी गोट-बस्ती में आग लगा देंगे। हम तुम्हारे बूढ़े बाप को जीवित नहीं छोड़ेंगे।" घबड़ायी हुई शेवंता भागती-दौड़ती गोट-बस्ती में आयी। देखा, बाप दरवाजे पर खड़ा है। अस्त-व्यस्त तथा पसीने से तर-ब-तर बदन को देख वह सकपकाया। मास्टरजी ने कड़ी आवाज में पूछा–

"तुम अब तक कहाँ थीं ? और यह पसीना कैसा ?"

"वह–पंढरी पाटील का भैंसा खुल गया था। मेरे पीछे लगा था। किसी तरह जान बचाकर भाग आयी।"

पिता से मुँह बचाकर वह घर में भाग गयी। वह यह दिखाना चाहती थी कि कुछ हुआ ही नहीं। हीरा मास्टरनी रोटियाँ बना रही थी। उसे अलग कर शेवंता आटा गूँथने लगी। उसने किसी तरह एक रोटी बनायी। दूसरी रोटी का आटा हाथ से ढल गया। पूरे बदन में आग लगी हुई थी। मन का दर्द बदन में समा नहीं रहा था। हे भगवान, उन दुष्टों का हाथ बदन पर पड़ने से पहले ही मैं जलकर खाक क्यों नहीं हुई ? शेवंता जोर-जोर से सिसकियाँ लेने लगी। आग फूँकने वाली मास्टरनी सकपका गयी। शेवंता झट-से उठी और टट्टी की दीवार को पकड़कर फफक-फफक कर रोने लगी। यह देख मास्टरनी ने उसे बाँहों में ले लिया। शेवंता के बेचैन हो रहे गदराये बदन पर ममता से हाथ फेरकर उसने घबड़ाकर पूछा–

"बेटी क्या हुआ ? कहो न, हुआ क्या ?"

शेवंता आँखें पोंछकर सिसकियाँ लेते-लेते कहने लगी–भेड़िये टूट पड़े; उसने मुक्त होने के लिए बहुत प्रयास किया; पर वह राक्षसों की गिरफ्त में रौंद दी गयी; देह पर

डाका पड़ा। मास्टरनी घबड़ायी, सहम गयी। शेवंता की आँखें लगातार बह रही थीं। माँ को दिये गये आलिंगन को कसकर उसने पूछा–

"माँ, मैंने क्या अपराध किया था ? मैंने कौन सा पाप किया था ? माँ, यह क्या हो गया ?"

"बेटी, मैं तुम्हारे पैरों पड़ती हूँ, तुम छाती पर पत्थर रखो, बाबूजी से मत कहो। एक तो बीमार हैं, उसमें भी गरम मिजाज..."

भीतर की सिसकियों तथा दबे हुए दुःख की टोह बाहर लग गयी थी। मास्टरजी भीतर आये; माँ-बेटी मास्टरजी की ओर टुकुर-टुकुर देखने लगीं। मास्टरजी ने डाँटकर पूछा–

"सच-सच बताओ, शेवंता, क्या हो गया ?"

"कुछ नहीं।" -हीरा ने मुँह खोला।

"उसको बोलने दो, तुम क्यों बोल रही हो ?" मास्टरजी ने डाँटकर कहा।

"बाबूजी, मैं आपसे कैसे बताऊँ ?" शेवंता ने चीखकर कहा। वह मास्टरजी के पैरों से लिपटी हुई थी।

हीरा ने मास्टरजी से सारी बातें बता दीं। मास्टरजी की सूरत-शक्ल बदल गयी। वे जामे से बाहर हुए। जोर से चिल्लाने की इच्छा हुई। मेरे कलेजे का इतना-सा अंकुर किन जंगली भैंसों ने रौंद दिया ? मुझे अपनी वीरान जिंदगी में किससे ममता थी ? केवल मेरी 'मोरनी' से। मैंने उससे जान से भी बढ़कर प्यार किया; दिल के पलने पर रखा और उसी का जीवन कोई ध्वस्त कर दे ? मास्टरजी का पूरा बदन जल भुनकर कोयला हो गया। टट्टी में खोंसी हुई कुल्हाड़ी को लिये, "साले के टुकड़े-टुकड़े कर देता हूँ" कहकर वे पीछे अँधेरे में चले गये। "मास्टर, रुकिये !" कहकर हीरा उनके पीछे-पीछे दौड़ी, उनके पीछे शेवंता भी भागी।

तेजी से दौड़ रहे मास्टरजी को हीरा ने बीच रास्ते में ही रोक दिया; उनके पैरों को पकड़कर वह चिल्लाने लगी–

"मैं आपके पैरों पड़ती हूँ, आप लौट चलिए।"

"डायन, पीठ में लात मार दूँगा; तुम मेरे रास्ते से हट जाओ।" मास्टरजी ने गाली देकर मास्टरनी को अलग करने का प्रयास किया, "मैं उन बदमाशों का गला घोंट दूँगा।"

"पर आप सोचिए, नतीजा क्या निकलेगा ?"

"मुझे फाँसी दी जायेगी, यही न होगा ?"

"तुम फाँसी पर चढ़ जाओगे, पर मैं अपनी बेटी का क्या करूँगी ?" मास्टरनी ने जोर से सिसकी लेते हुए पूछा, "वह विवाहिता ठहरी, उसे कभी न कभी ससुराल जाना है; उसका क्या होगा ? उसके बच्चों को कहाँ छोड़ देंगे ?"

"हीरा तुम क्यों समझ नहीं रही हो ? उन बदमाशों ने मेरी मोरनी का जीवन बरबाद कर दिया।"

मास्टरनी ने मास्टरजी की आँखें पोंछी। वह जी कड़ा कर बोली, "मास्टर, आज या कल, कभी-न-कभी उसके पति का होश ठिकाने पर आयेगा। उसका गुस्सा कम हो जायेगा; शेवंता उसके घर चली जायेगी। सोचिए, आप मार-पीट करेंगे, किसकी बेइज्जती होगी ?"

मास्टरजी को लगा पैरों तले की धरती सरकने लगी है। वे दुखी मन से नीचे धूल में ही बैठ गये। घबड़ायी हुई शेवंता उनके गले में पड़कर फूट-फूटकर रोने लगी। बगलवाला 'बीठलाई का आम' सरसराया। पत्ता-पत्ता सिकुड़ गया। तीनों एक-दूसरे के गले में गला डाल रो रहे थे। मास्टरजी देर तक फफक-फफक कर रोते रहे। वे इससे पहले इतने दुखी, हताश, विवश और उखड़े हुए कभी भी नहीं दीखे थे। थोड़ी देर बाद उन्होंने आँखें पोंछीं। बड़ा लहरा निकल जाने के बाद बूँदा-बाँदी होने लगती है। मास्टरजी हलकी सिसकियाँ भर बोले,

"हीरा, मेरी एक बात सुनोगी ?"

"कौन सी बात ?"

"चलो पुलिस में चलते हैं; शिकायत देंगे।"

"पुलिस में शिकायत ? ना, ना। पुलिस में शिकायत का अर्थ हुआ चावड़ी पर पंचनामा। मेरी बेटी की खुले आम बेइज्जती !! और आखिर पुलिस भी क्या करेगी ? कागज पर कागज लिख मारेगी और अंत में फेंक देगी उस कूड़े में। पुलिस जिंदगीभर थोड़े ही साथ देगी ?"

"तो क्या हम चुप्पी साधकर बैठें ? समझदार होकर भी हम अनाड़ी-सा व्यवहार करें ? उन बदमाशों के लिए मैदान खुला छोड़ दें ?" मास्टरजी जामे से बाहर हो रहे थे।

"नहीं मास्टर, समझदार होकर भी अनाड़ी-सा व्यवहार नहीं करेंगे।" मास्टरनी ने अपने पति को समझाया, "मास्टर, आप पुरुष ठहरे; पुरुष अगर गाँव को निगलता है तो भी उसकी बात सहन की जाती है। पुरुष की आँख का शहतीर भी दिखाई नहीं देता; पर नारी की आँख का छोटा तिनका भी पुरुषों को चुभने लगता है। आप इस तरह शोर करेंगे और बात अगर शेवंता के पति तक पहुँचेगी तो वे लोग शेवंता को घर में आने देंगे ? तुम पूरे गाँव के सारे-के-सारे बर्तनों को जूठा कर दो चल सकता है; पर नारी की बात ही दूसरी है।"

मास्टरजी विवश हुए थे। पहाड़ से टक्कर लेनेवाला उनका मन इसलिए तड़प रहा था कि इस मामले में कुछ भी किया नहीं जा सकता। तीनों के दुःख का बाँध फिर एक बार फूट पड़ा। बचपन में गाँववाली मीठी सेव माँगनेवाली मास्टरजी की मोरनी सचमुच ही मास्टरजी के हृदय की गाँठ बनी हुई थी। पर आज ? आज वही गाँठ पित्त की गाँठ बन, टूटकर पूरे बदन को जला रही थी। इतनी सुदंर लड़की को गरीब के घर जन्म ही क्यों लेना था ? तीनों उठे। पैरों को घसीटते हुए वे गोट-बस्ती की ओर निकले।

समाज मंदिर के निकट देर तक खेलने में व्यस्त तुलसा तथा शंकर माँ को, नानी को बुला रहे थे। शेवंता ने आगे बढ़कर बच्चों को गले लगाया; उसने अपने बच्चों को गोद में ले लिया। मास्टरजी की मड़ैया रातभर जगती रही। टट्टी, घास-फूस, पत्ते सब अपनी-अपनी जगह पर थे; पर मड़ैया में रहनेवाले लोग मन से बिखर गये थे। मन के खंभे गिरकर पाख बदन पर गिर गया था। शेवंता की भ्रष्ट देह में आलोड़न मचा था। जीवनभर अन्याय के विरुद्ध दम-खम के साथ जूझनेवाले मास्टरजी निढाल हो गये थे। न रोना, न चिल्लाना। कलेजे में घुसा हुआ भाला भी वैसा ही रखना होगा। दर्द के संबंध में शिकायत करना भी मुश्किल !

पाँच

अच्छे समाचारों की ओर कोई ध्यान नहीं देता; पर बुरे समाचार तुरंत फैल जाते हैं। शेवंता के साथ घटित प्रसंग की कहीं पर भी चर्चा नहीं करेंगे—मास्टरजी तथा हीरा ने अपना दुख मन में ही रखा था। ऐसा न करने पर बेटी का ससुराल में रहना ही मुश्किल हो जाता; लेकिन चार-आठ दिनों के बाद ही बात खैरापुर तथा गोट-बस्ती में फैल गयी। मास्टरजी ने पुलिस में शिकायत नहीं की। यह सोचकर कि कुछ शिकायत नहीं है, छगनराव तथा धोंडू की हिम्मत बढ़ गयी। हो सकता है, उन दोनों ने ही अपनी करतूत को पराक्रम समझकर इस बात के संबंध में यहाँ-वहाँ कह दिया होगा।

म्हाकू को भी यह समाचार मिला। वह चिढ़कर, बेकाबू होकर मास्टरजी की ओर आया। क्रोध के कारण उसका बदन काँप रहा था। जिन मास्टरजी ने गाँव को सँभाला, जिन्होंने माता बनकर गाँव की इच्छा आकांक्षाओं की चिंता की, भला उसी मास्टरजी पर ऐसे दुर्भाग्यपूर्ण प्रसंग क्यों आते होंगे ? मास्टरजी को देख म्हाकू बालक की भाँति रोने लगा। वह उनके गले में पड़कर बोला, ''मास्टरजी, आप 'हाँ' कहिए; आप अनुमति दीजिए, मैं शिवा चमार की आरी से उन बदमाशों को काट देता हूँ। उनके शरीर के टुकड़े-टुकड़े कर देता हूँ। मास्टरजी, आप 'हाँ' कहिए।'' मास्टरजी ने क्रोध से जल रहे म्हाकू को किसी तरह शांत किया। इससे बात कुछ भी नहीं बनेगी; हाँ, शेवंता का ससुराल में रहना मुश्किल हो जाएगा। मास्टरजी ने बड़ी मुश्किल से उसे शांत किया।

खैरापुर का पंढरी पाटील भी चिढ़ गया था। वह बता रहा था, ''मास्टर, ये लोग साँप की औलाद हैं। उन्हें कुचलकर ही मारना होगा। आप निश्चिंत हो, पुलिस में शिकायत कर दीजिए। लड़की मेरे खेत में मजदूरी पर आयी थी। मैं अदालत में गवाही दे दूँगा कि मेरे सामने ही छगनू तथा धोंडू ने दुष्टता की।'' ईमानदार पंढरी पाटील अपनी गवाही से कभी भी विचलित नहीं होंगे; उल्टे सांसद की हवेली के विरोधक तथा जाँभलीवासियों

के साथ-साथ रहने के कारण खैरापुर के बाल-बच्चे भी उसे "बाँध-पीड़ित का भाई" कहकर बुलाते थे। पिछले साल वह ग्रामपंचायत के चुनाव में खड़ा था। उसके वार्ड में ही जाँभलीवालों की गोट-बस्ती थी। उसे विश्वास था कि बाँधपीड़ितों के वोट कहीं जायेंगे नहीं। मास्टरजी ने भी उसका प्रचार किया था; पर चुनाव से एक दिन पूर्व, रात में, रुपयों ने करामात की। पंढरी को गोट-बस्ती में अपेक्षित वोट नहीं मिले। उसकी पराजय हुई। फिर भी बाँधपीड़ितों के साथ उसका नाता जुड़ा रहा। राघू भिवा सरपंच हुआ। उसने अपने इस सिद्धांत को कि "भिखमंगे, उठे हुए लोगों के वोट थोड़े हैं, उन्हें सहज ही खरीदा जा सकता है", सही साबित किया था। पंढरी पाटील पुलिस-केस करने के संबंध में बार-बार आग्रह कर रहा था। मास्टरजी ने उसे कह दिया—"पाटील, लड़की की इज्जत का प्रश्न है, पुलिस शिकायत के कारण बात ससुराल तक पहुँच जायेगी, लड़की का ससुराल में रहना मुश्किल हो जायेगा; इसीलिए सीने में छुरी लिये दर्द सहते बैठा हूँ।"

'बीठलाई के आम' के पास मास्टरजी पर लाठियाँ पड़ीं, पैर में मोच आ गयी, फिर भी मास्टरजी बीच-बीच में आंबेपुर जाते। बाघेठाण भी हो आते; लेकिन शेवंता पर बीते हुए प्रसंग के बाद तो उन्हें कँपकँपी छूट गयी। उनके मन पर आघात हुआ। शेवंता तथा हीरा चिंता में रहतीं। बूढ़ा दादू चौकीदार अपने हट्टे-कट्टे हाथों से उनका दर्दभरा पैर दबाता। तेल लगाकर बदन को रगड़ता। "बेटे बसंत, जी खट्टा मत कर, मन के दुख को निकाल दे; नहीं, काँटे की तरह घट्टा बनायेगा"—दादू समझाता। मास्टरजी ऊपर से हट्टे-कट्टे, इमली के पेड़ की तरह चीमट दिखाई देते थे; पर जड़ की ओर से निरंतर खोखले बनते इमली के तने की भाँति उनका पूरा बदन खोखला बन गया था। बाँधपीड़ितों की अनंत समस्यायें, जिंदगीभर की परेशानी और अब शेवंता की यह बढ़ती हुई व्यथा—इन सबके कारण मास्टरजी बहुत ही व्यथित रहते। मेरे चले जाने पर बेटी का क्या होगा ? दामाद उसे अपने साथ ले जायेगा या नहीं ? उसके मन में तीसरे विवाह का विचार तो नहीं ? शेवंता के विवाह के लिए जो कर्जा लिया गया था, वह अभी भी चुकाया नहीं गया था। मेरे दौहित्रों का क्या होगा ? मास्टरजी के दीन मुख की ओर देख शेवंता दुखी हो जाती। वह अपने पिता के पैर दबाती। आँखों में आँसू लाकर कहती, "बाबूजी, आप बिस्तर छोड़ दीजिए। बात को मन से निकाल दीजिए। मेरी चिंता छोड़ दीजिए। मैं भी बाघ की बच्ची हूँ। मैं अपने बच्चों को हिम्मत से पालूँगी, सम्हालूँगी।"

"बेटी, भेड़ियों ने बदमाशी की। मैं तुम्हारे लिए कुछ भी कर नहीं सका।" मास्टरजी भर्रायी हुई आवाज में बोले।

"काली माई ने ही आँखें मूँद लीं; उसके लिए हम क्या कर सकते हैं ?"

मास्टरजी कुटिया के ओसारे में दिनभर लेटे रहते। सामने की बाट की ओर आँखें लगाये रहते, दामाद आज आ जायेगा, कल आ जायेगा—इस प्रकार सोचते-सोचते कई

दिन बीत गये। एक दिन धूप में ही समधी नाना काँबले पैदल आता हुआ दिखाई दिया। लगता है, बहू को ले जाने के लिए ही आया है। मास्टरजी का मन खिल उठा। उन्होंने हँसते-हँसते शेवंता को सूचना दी। नाना ने पोतों को निकट बुलाया। उनके हाथ में ग्लूकोज बिस्कुट का एक पूरा का पूरा पुड़ा दे दिया। शेवंता दौड़ी-दौड़ी खैरापुर गयी। वह अंडे खरीद लायी—ससुरजी को अच्छा भोजन खिलाया।

भोजन के बाद दोनों समधी बातें करते रहे। सुपारी का टुकड़ा मुँह में डालकर ससुर ने कहा—

"मास्टर, हमारी गलती हुई। हमने आपकी हालत के संबंध में सोचा ही नहीं। व्यर्थ ही बुलेट के लिए जिद की। बहुत रुपये लगते हैं बुलेट के लिए।"

"आप ही देखिए।"

"मास्टरजी, क्या बताऊँ ? हमारा रामू बिगड़ गया है। आप उसे समझाइए। कहता है दूसरा विवाह करेगा।"

"दूसरा नहीं, तीसरा कहिए। आपकी वैसी इच्छा ही होगी तो आप लोगों को कौन रोकेगा ?" मास्टरजी ने पूछा।

"ना,ना; मुझे यह बात पसंद नहीं। अजी, मेरी शेवंता बहू तो सोने के गुणवाली और हल्दी के रंगवाली है। बहू के घर में न होने से रोटी भी ठीक से खायी नहीं जाती। बढ़िया चावल इसी से बनेगा। चावल का कन-कन कैसे फूल आता है ! बढ़िया रोटियाँ भी इसी से बनेंगी। मास्टरजी, आपकी बेटी रसोई में बहुत ही कुशल है।"

"तो फिर समस्या किस बात की है ? आपके ही घर ब्याही गई है। अब आ ही गये हैं तो ले जाइए।"

"उसी के लिए आया हूँ," ससुर ने भीतर की ओर हाँक दी—"बेटी शेवंता, तैयार हो जाओ। धूप ढल जाने के बाद तुरंत निकलेंगे।"

"भीतर से माँ-बेटी दोनों बाहर की बातें सुन रही थीं। ससुर बेटी को ले जाने के लिए तैयार हैं, यह देख हीरा मास्टरनी को बहुत आनंद हुआ; लेकिन शेवंता दुखी थी। सुपारी का दूसरा टुकड़ा मुँह में डालकर ससुर ने कहा—

"अजी मास्टर, आप लड़के को भी नाराज क्यों रखते हैं ? आखिर उसने माँगा भी क्या है ? आखिर दो पहियोंवाला खिलौना ही तो माँगा है। हाँ, वैसे बुलेट महँगी पड़ती है, पर कम-से-कम स्कूटर का तो तय कीजिए।"

"लगता है, आपके दिमाग से अभी सौदेबाजी की भाषा चली नहीं गयी है," मास्टरजी गरम होकर बोले, "आप बेटी को ससुराल में रख देते तो मैं जरूर कुछ कर देता; सूद पर रुपये लेकर स्कूटर खरीद देता; पर आप इस दृष्टि से सोचते ही नहीं; हाँ, आपकी माँगें निरंतर बढ़ती जाती हैं—हनुमान की पूँछ की तरह।"

"मैंने रामू से वही कहा—आप स्कूटर तो ले आइए, फिर देखिए रामू अपने आप राह पर आ जाता है या नहीं ?"

"पहले लड़की को ले जाइए। आप अपने यहाँ उसे ठीक से रहने दीजिए, फिर सोच लेंगे स्कूटर के बारे में।"

"हमारे रामू ने आपके पास विजय दुर्ग तो माँगा नहीं न ?" ससुर की आवाज कुछ चढ़ी हुई थी।

शेवंता से सहा नहीं गया। वह झटके से बाहर आ गयी। कड़ककर बोली, "ये दोनों बाप-बेटे उचक्के हैं। स्कूटर ले लेंगे और मुझे दबाकर कहीं पानी में फेंक देंगे। आप इनकी बातों में न आइए।"

बूढा नाना चिढ़ गया। उठते-उठते धोती का छोर कंधे पर डालकर बोला, "तुम्हारी यह ऐंठ ? तुम तो अपने को पतिव्रता समझकर बोल रही हो, पर ध्यान में रखो हमें सब मालूम है।"

"देखिए, आप ठीक से बोलिए !" मास्टरजी गरज उठे।

"ठीक ही तो बोल रहा हूँ। हमने झख मारी जो बाँधपीड़ित की लड़की को बहू बनाया। आपके सारे पापों पर परदा डालकर, बात को केवल स्कूटर पर समाप्त करने आया था; पर आपसे वह भी नहीं बन पा रहा है।"

"पाप ? किन पापों पर परदा डाल रहे हैं आप ?" मास्टरजी ने चिढ़कर कहा।

"आप अपनी लड़की को पतिव्रता जरूर कहिए; आखिर आपकी ही लड़की है; पर सारा खैरापुर जानता है—नेताओं के लड़कों ने उसे गन्ने के खेत में कितनी ही बार भ्रष्ट किया है।"

मास्टरजी ने समधी पर लाठी उठायी; तभी शेवंता ने उन्हें पीछे खींचा। उसने दरवाजे से चप्पल उठायी और ससुर के मुँह पर सटासट दें मारी। चिढ़ी हुई मास्टरनी ने भी पीछे से लातें जमाकर उसे मुँह के बल गिरा दिया। बूढा चीखते-चिल्लाते भाग गया। मास्टरजी का बदन पसीने से भर गया। यकायक उनके बदन में कँपकँपी छूट गयी। थके हुए मास्टरजी ने शेवंता से कहा—

"बेटी, तुमने इतना साहस क्यों किया ?"

मास्टरजी को लगातार दो दिन बुखार चढ़ा। बस्ती के लोग चिंतित हुए। कुछ दिन के बाद बुखार कम हुआ और खतरा टला। सबकी जान में जान आयी। यद्यपि मास्टरजी एक ही जगह पर लेटे रहते, फिर भी उनकी नजर पूरी बस्ती पर घूमती रहती—ठीक उसी तरह जैसे कछुए की नजर अपने अंडों की ओर रहती है। उनके इर्द-गिर्द कई बाँधपीड़ित जमा हो जाते। बंडू नाई मिलने आता तो वह नयी कुर्सी खरीदकर दूकान लगाने की बात करता। ज्ञानू दर्जी टेलरिंग की मशीन को बेचने के संबंध में पश्चात्ताप व्यक्त करता। ज्ञानू हमेशा परेशान रहता था; उसकी शिकायत थी कि जिन हाथों ने सिलाई का काम किया, जिन उँगलियों ने बटन लगाये तथा चोली-ब्लाऊज सीये उन हाथों तथा उँगलियों को कठोर मेहनत बर्दाश्त नहीं होती थी। वह आशा लिये बैठा था कि वह कभी-न-कभी मशीन खरीद लेगा। जब से मास्टरजी बिस्तर पर पड़े हुए थे; गोमा

कहार समाज मंदिर का चबूतरा छोड़कर, घुँघरू लगा चाबुक लिये, मास्टरजी के निकट आकर घंटों बैठा रहता। अकेला रहने पर उसे अपने भैंसे की याद आती। वह बच्चे की तरह एक लय में रोता रहता। उसको समझाते-समझाते मास्टरजी परेशान हो जाते।

पांडू येताला अपने लड़कों की चिंता करते-करते पहले ही मर गया। मास्टरजी को बूढ़ा पांडू हमेशा याद आता। वह बार-बार कहता था—"मास्टर, मास्टर, तुमने हमें अपने गाँव से क्यों उठाया ? हमारी जाँभली को बरबाद किया। स्वतंत्र भूखंड नहीं मिला, इसलिए पांडू ने दो लड़कों के विवाह नहीं किये थे। अब अकेला नामू पीछे रहा था। उसने भूखंड में अलग झोंपड़ी बनवायी थी; पर उसे पत्नी ही नहीं मिल रही थी। मिलती भी कैसे ? लाभक्षेत्र के लोगों के सिर फिरे नहीं थे, जो वे अपनी लड़कियों को बहू बनाकर बाँध-पीड़ितों के घर भेज दें ? मास्टरजी अपनी जगह पर पड़े-पड़े ही विवाह का नियोजन कर रहे थे। अगल-बगल की बस्तियों में ब्याहने योग्य लड़की नहीं मिल रही थी। मास्टरजी ने म्हाकू तथा हैबती को ऊपर झाँजड़बाड़ी की ओर भेज दिया। बहुत तलाश करने पर इरलेबाड़ी में एक लड़की मिल गयी। यह सुनकर कि नामू का विवाह तय हुआ है, अशोक मास्टर घबड़ाया। "अशोक, अशोक" कहकर पिता चल बसा था। पिता की मृत्यु पर अशोक को हमेशा यह बात चुभती रहती कि ससुर की संपत्ति के लालच में पड़कर उसने अपने पिता को विवाह में भी नहीं बुलाया। उसे कई बार बूढ़े का सपना भी दिखाई दिया था। वेतनवृद्धि हो जाने पर एक बार पाँच सौ रुपयों की राशि मिली। अशोक ने बिना किसी को बताये वे रुपये मास्टरजी को दे दिये। कहा—नामू का विवाह ठाट-बाट से होना चाहिए। मास्टरजी ने पाँच सौ के नोट नामू को सौंप दिये। समाज मंदिर में बहुत सादगी के साथ विवाह संपन्न हुआ। मास्टरजी लाठी टेकते-टेकते विवाह-समारोह में गये। उन्होंने दुल्हा-दुल्हन को खूब आशीर्वाद दिया।

एक-दो महीनों के बाद छगनराव फिर से उन्मत्त-सा बर्ताव करने लगा। घड़-धड़ कर उसकी मोटर साइकिल गोट-बस्ती में आती। वह मंजू की कुटिया में बैठता। उसकी सहायता से वह गोट-बस्ती में रहनेवाली लड़कियों की मसखरी मजाक करता। उसने बिमला तथा सोना नामक दो लड़कियों को पटाया था। पेट भरने के लिए रुपये चाहिए। रुपयों के लिए गरीबी लाचार हो जाती है; और छगनू जैसे भेड़ियों के मुँह में पानी भर आता है। बाँधपीड़ितों की लड़कियों को वे अपनी संपत्ति मान लेते थे। उनके साथ खैरापुर के कुछ और लड़के भी आते। वे मंजू के घर में विलायती शराब के पात्र लिये बैठते थे। चना-चबेना खाते; शराब ठूँसते और आधी रात तक शोर मचाते रहते। खैरमोडे मास्टर स्वभाव से क्रोधी थे। उनकी लड़की के संबंध में शरारत करने पर भी कोई कुछ बिगाड़ नहीं सकता। ऐसी स्थिति में दूसरे बाँधपीड़ितों की क्या बिसात ? छगनराव जैसे लोगों की हिम्मत बढ़ गयी थी।

रास्ते में बाँधपीड़ित की कोई लड़की दिखाई देती तो मोटर साइकिल अपने आप रुक जाती। छगनराव डाँटकर पूछता—"क्यों क्या विचार है ?" कभी शेवंता अकेली

दिखाई देती तो वह हँसता। परसों तो उसने शेवंता को अकेले में ही रोककर कहा, "शेवंता तब की बात अलग थी वह तो जबर्दस्ती हुई अब राजी-खुशी से शुरुआत कब करेंगे?" यह बात मास्टरजी तक पहुँचेगी तो वे बहुत क्रुद्ध और परेशान होंगे; इसलिए शेवंता ने कुछ कहा नहीं; पर यह शरारत बंद होनी चाहिए। वह म्हाकू के पास गई और 'देख म्हाकू भैया' कहकर दहाड़ मारकर रोने लगी।

गोट-बस्ती में नामू की पत्नी शकुंतला नयी-नयी आयी थी। नामू उसे देखकर पागल हुआ था। शकुंतला दीखने में सुंदर, छरहरी रंग से साँवली थी। छगनराव की नजर उस पर भी चली गयी। वह उसे 'जंगली करौंदा' कहता। वह मंजू के घर में बैठकर उसके लिए तड़पता रहता। वह सबसे कहता रहता कि उधर दिल्ली की ओर बड़े-बड़े जमींदार रहते हैं। जब गाँव में किसी का विवाह हो जाता है, तो पहली रात बहू को जमींदार की सेवा में भेजा जाता है। हमारे गाँव में वैसी प्रथा आरंभ होने में कौनसी दिक्कत है ? मंजू तथा बिमला के माध्यम से शकुंतला को बार-बार संदेशा जाने लगा। छगनराव तुम्हारे लिए इतने-इतने रुपये फेंकने को तैयार है; तुम खुशी से तैयार हो जाओ; अन्यथा जबर्दस्ती से ही सही, वह अपना काम साध लेगा। इससे खुशी ही बेहतर है।

ये सारी बातें म्हाकू के कान में पड़ रही थीं। वह सोच रहा था कि इस दुष्ट प्रवृत्ति को समाप्त करने के लिए कोई कठोर उपाय ही ढूँढ़ना होगा। वह एक रात सीधे मास्टरजी के पास चला गया। वही एक जगह थी जहाँ पर वह अपना मन खाली करता था। वह जाते ही बोलाँ

"मास्टरजी, गोट बस्ती में शांति बनाये रखनी चाहिए। खैरापुर के कम-से-कम एक आदमी को बलि चढ़ाना चाहिए। बिना उसके शांति नहीं होगी।"

"तुम किसकी जान पर उठे हुए हो ?"

"वह बबेराव ठेकेदार का भाई—छगनू। जिस बदमाश ने आपको इस तरह एक ही जगह पर बिठा दिया। उसकी बुरी नजर पूरी गोट-बस्ती में चक्कर काटती है। लड़कियों को खतरा है। मास्टरजी, उसे कुल्हाड़ी से तोड़ना चाहिए।"

मास्टरजी ने म्हाकू को समझाया, "बेटे, यह बुरा विचार छोड़ दो। मैं कुछ दिनों का मेहमान हूँ—मैं आज हूँ, कल नहीं रहूँगा। मुझे तुम और हैबती—दोनों पर भरोसा है। तुम दोनों यों कुछ गलत-सलत करोगे और फाँसी पर चढ़ जाओगे। गोट-बस्ती में अभी बहुत काम शेष हैं, तुम्हारे बिना वे काम होंगे नहीं। दूसरी बात यह है कि इन मामलों में कानून का तराजू सबका सब अमीर के पक्ष में झुकता है। ग्रंथ उन्हीं के, दिखाग उन्हीं के, पर दुर्गति हमारी। तुम्हारे दिमाग में जो कीड़ा बैठा है उसे निकालकर अगल करो।"

"पर मास्टरजी, उन भेड़ियों का क्या करेंगे ?"

"मैं उसे बुलाकर चेतावनी देता हूँ।"

मास्टरजी ने छगनराव के पास तीन बार संदेशा भिजवाया; पर उसने मास्टरजी

के दरवाजे की ओर झाँका तक नहीं उलटे चार दिनों के बाद वह सीधे नामू की झोंपड़ी में घुस गया। घर में शकुंतला अकेली थी। वह घबड़ा गयी। छगन ने उससे चाय माँग ली। उल्टी-सीधी तथा भद्दी बातें कर वह बाहर निकला। ये सारे प्रसंग म्हाकू के कान में पड़े। म्हाकू रातभर तिलमिलाता रहा।

दूसरे दिन शकुंतला स्वयं ही मंजू की मड़ैया में चली गयी। वह छगनराव के ठाठ-बाट का गुणगान करने लगी। उनसे हँसने-बोलने की इच्छा है; पर गोट-बस्ती के बाँधपीड़ित बहुत बदमाश हैं; वे कभी भी सुधरेंगे नहीं। शिकार को अपने आप चला आता देखकर मंजू की खुशी का ठिकाना ही नहीं रहा। शकुंतला की मर्जी के अनुसार उसने अपने घर में छगनराव से भेंट कराना टाल दिया। रात नाले के किनारे कुंज में मिलना तय हुआ।

योजना के अनुसार छगनराव कुंज के निकट पहुँचा। साथ में मंजू भी थी। उसने दबी आवाज में "शकुंतलाऽ शकुंतलाऽऽ" कहकर सीटी बजाई; तभी अँधेरे में छिपे हुए दस-बारह लड़कों ने उसे घेर लिया। कुछ लड़कों ने मंजू को बाँध दिया। उसके मुँह में कपड़े का गोला ठूँस दिया। शेष लड़कों ने छगनराव को नंगा कर दिया। उसके बदन पर घूँसे जमाये, उसके मुँह में भी कपड़े का जबरदस्त गोला ठूँस दिया; पैरों में रस्सी बाँधकर उसे पेड़ के साथ जकड़ दिया। "राँड के, क्या तुम्हारे कोई माँ-बहन नहीं है ? क्या तुम्हारी जवानी बहुत उफन रही है ?" कहकर म्हाकू आगे बढ़ा। उसने लड़कों से पूछा, "अरे, कहाँ है माल ? जल्दी-जल्दी ले आओ।" लड़कों ने मटकी आगे बढ़ा दी। उसमें लाल भभूकी चटनी तथा हरी मिर्च का भुर्ता था।

"पकड़ो, ठूँस दो साले के..." कहकर म्हाकू ने मुट्ठीभर भुर्ता लिया। छगनराव अपनी जगह पर ही तड़प उठा; तिलमिलाया; जल-भुन गया। मुँह में गोला होने की वजह से वह जोर से चिल्ला भी नहीं सकता था। पीछे तो आग लगी हुई थी। बेसुध अवस्था में ही वह पेड़ के साथ लटकता रहा।

लड़के छगनराव को मुर्दे की तरह उठाकर ले आये। उन्होंने उसे खैरापुर के बस अड्डे पर फेंक दिया। वह लँगड़ाते हुए घिसटते हुए किसी तरह अपनी कोठी पर पहुँचा। घरवालों से कहा—"फटफटिया से गिर पड़ा। लकड़ी का धक्का लगा, जख्म हुआ।" उसे जीप में डालकर तुरंत आंबेपुर के अस्पताल में भिजवाया गया। वह डाक्टर के अतिरिक्त किसी से कुछ नहीं कह सकता था। मंजू ने दूसरी ही रात, अपना बोरिया-बिस्तर उठाया। वह गोट-बस्ती से भाग गयी। चोर के इशारे, चोरों ने पहचान लिये। खैरापुर के बदमाश लड़कों ने गोट-बस्ती की ओर ताकना-झाँकना बंद कर दिया। छगनराव के बदन का पिछला हिस्सा लगभग जल ही गया था। चार महीनों के बाद जब बदमाश छगनराव अस्पताल से बाहर निकला तब वह लँगड़ाकर चलता था।

छह

सुबह नाश्ते का समय हो गया था। गन्ने के खेत में गन्ने की जड़ों में मिट्टी लगाने का काम शुरू था। घुटनों तक बढ़े हुए, हरे-भरे गन्ने में हल चल रहा था। एक ओर राजा बैल और दूसरी ओर भूरा भैंसा—दोनों जुते हुए थे। बढ़ती धूप के साथ-साथ चौपायों का दम घुटने लगा। हल खींचते-खींचते चौपाये हरे-भरे कच्चे गन्ने झटके से खींच न दें इसलिए उनके नथनों पर जाबे बाँध दिये गये थे। खेती के लिए पानी मिलने तथा फस़ल बढ़ने के कारण जमींदारों की बुद्धि भ्रमित होती है। काश ! भगवान उनके नथनों पर भी इसी प्रकार के जाबे बाँध देता ! अगर बैल और भैंसा एक ही हल में जोत दिया जाता है तो उस हल का न आगा होता है न पीछा। एक ओर लम्बा बैल और दूसरी ओर ठिगना भैंसा—जुआ तिरछा होता; हल झूलने लगता। वह किसी तरह आगे बढ़ता डगऽमगऽ डगऽमगऽ। जाधव के खानदान में बैल के साथ भैंसे को जोतने का कभी प्रसंग ही नहीं आया था। कैसे आता ? यह तो न्यूनता है न ? पर अब ? दुर्भाग्य आदमी से क्या नहीं करवाता ? बेचारी आवडाई खूब छटपटाती।

राघू भिवा की बुरी नजर जमीन से अभी भी टली नहीं थी। उसने घोड़े पर बैठे-बैठे, सुपारी कतरते-कतरते हैबती को धमकी दी थी—"देख, लड़के यह जमीन मैं तुम्हारे हाथ लगने नहीं दूँगा।" उसने इस धमकी को अभी भी जीवित रखा था। जमीन के खाते पर आवडाई का नाम चढ़ गया था। दो साल बीत गये थे। कमिश्नर ने राघू भिवा का, जमीन को मुक्त रखने का प्रस्ताव भी ठुकरा दिया था; लेकिन कानून की धाराओं में उँगलियाँ डालकर गरीबों को कैसे सताना चाहिए, कैसे दौड़ाना चाहिए, इसकी सीख देने के लिए सुगंधी जैसे वकील अपनी दूकानें सजाकर तैयार बैठे थे। सुगंधी पिता-पुत्र ने डूबक्षेत्र में जमीन-संपादन कार्य में त्रुटियाँ दिखला-दिखलाकर काफी धन कमाया था। अब वे जमींदारों की ओर से बाँधपीड़ितों को दी गयी जमीन को मुक्त करने के पीछे पड़े हुए थे। इस कार्य में वे माहिर हो गये थे। सुगंधी वकील की जबरदस्त फीस को देख बाँधपीड़ित उसके दरवाजे पर जा नहीं सकते थे। वकील पिता-पुत्र को भी, धनी-मानियों को छोड़ लँगोटीधारियों के पीछे पड़ने की आवश्यकता ही नहीं थी। अब वे टूटी साइकिल पर बैठने वाले वकील थोड़े ही थे ? सुगंधी वकील ने राघू भिवा की ओर से दीवानी में एक दावा पेश किया था। उसने कारण बताया था कि भूमि-संपादन से पहले सरकार ने राघू भिवा को अपना मत प्रस्तुत करने का अवसर नहीं दिया था। अदालत के पटल पर बहस चल रही थी कि सोलह-सत्रह साल पहले इस प्रकार का अवसर दिया गया था या नहीं। सुनवाई के लिए बीच-बीच में तिथियाँ दी जातीं। हैबती छोटी-बड़ी चीजों को बेचकर आंबेपुर चला जाता। यह व्यर्थ की दौड़-धूप करते-करते थके-माँदे बैल की तरह उसके मुँह में फिचकुर आ जाता।

हैबती अपनी जमीन में चना और मकई की फसल लेता था। जमीन में किसी भी प्रकार की फसल लहलहा उठने से राघू भिवा के मन में वह काँटे की तरह चुभने लगती थी। राघू भिवा को लगता कि अपनी सोने जैसी मूल्यवान जमीन पर किसी ने डाका डाला है। वह बेचैन हो उठता। उसका विचार था कि हो सके तो लाड़-प्यार से समझौते से, नहीं तो दरेरा देकर जमीन को पुनः कब्जे में लेंगे। पानी आने से पहले जमीन का यह टुकड़ा परती पड़ा था। वह बबूल के पेड़ों से भर गया था। पानी न होने की वजह से तब इस बात का अंदाजा ही नहीं लगता था कि उसमें कौनसी फसल अच्छी आयेगी। पर उसी जमीन में अब हरी-भरी फसलों को देख राघू भिवा के मुँह में पानी भर आता। वह ताया कांबले के द्वारा, बनिये के द्वारा हैबती के पास संदेशा भिजवाता—तुम मुझे कुछ दिनों के लिए गन्ने की फसल के लिए जमीन दे दो। आधी बटाई दे दूँगा। तुम व्यर्थ कष्ट क्यों उठाते हो ? तुम्हारे पास सामान-असबाब कहाँ है ? सल्फेट का क्या करोगे ? गन्ना पैदा करने पर तुम उसे कहाँ भेजोगे ? गुड़ बनाने की सुविधा है तुम्हारे पास ? तुम चीनी कारखाने के सदस्य नहीं हो। तुम्हारा गन्ना कौन खरीदेगा ? जमीन मुझे दे दो। तुम घर बैठे-बैठे सुख से रोटी खाओ। हैबती तथा आवडाई राघू भिवा की चालाकी को अच्छी तरह से जानते थे। अगर एक बार भी घोड़ा उसके हाथ में चला जाय, तो वह उसे दौड़ा-दौड़ाकर थकायेगा, उसके घुटने तोड़कर लँगड़ा बनायेगा। वह घोड़ा अपनी चरनी पर कभी भी वापस नहीं आयेगा।

भगवान ! कितना अच्छा होता अगर तुम बाँधपीड़ितों को एक ही जगह पर दस-दस कलेजे देते। हम एक कलेजे पर कितने-कितने आघात बर्दाश्त करेंगे ? मेंड़ पर जो पेड़ थे चले गये। सोचा था—उन्हीं पेड़ों की लकड़ी का उपयोग कर बढ़िया मकान बनवायेंगे। बाँध बन गया; हम बाँधपीड़ित हुए; रूपा हाथ से चली गयी। मवेशियों की सार उजड़ गयी। इस ओर पहाड़ जंगल नहीं हैं, इसलिए हमने अपने चौपायों को मिट्टी के मोल बेच डाला। उन जानवरों को इन्हीं लोगों ने खरीद लिया; हल और अन्य कामों के लिए अब हमें एक दिन के लिए अस्सी रुपये देने पड़ रहे हैं। हमारे ही बैल, जो खैरापुर के किसानों ने खरीदे हैं हमसे काफी रुपये लेकर हमारी जमीन में काम कर रहे हैं। हमने कितनी ममता से उन पँडवों को बड़ा किया था। अब वे हमारी ओर मूक नजर से देखते हैं। आदमी की अपेक्षा जानवर ही अच्छे हैं—बेचारे हमेशा के लिए जान-पहचान रखते हैं !!

गोट-बस्ती की परेशानियाँ वैसी-की-वैसी पड़ी हुई हैं। स्वतंत्र जल-संभरण योजना नहीं। श्मशान-भूमि की माँग को रटते-रटते एक दिन बूढ़े खैरमोडे मास्टरजी परलोक चले जायेंगे।

दोपहर, हैबती हल का काम समाप्त कर गोट-बस्ती में आया। उसने माँ को बिना जगाये ही रोटी-सब्जी ले ली। उसने खड़े-खड़े ही रोटी निगल डाली। तभी आवडाई हडबडाकर उठी। उसने टट्टी में खोंसा हुआ लिफाफा निकाला और हैबती के हाथ में

दे दिया। वह बोली–

"बेटे, यह पत्र चार दिन पहले ही आया है, पर याद ही नहीं रहा।"

"माँऽ लो। पूरे जन्म की बरबादी हुई।"

"क्यों रेऽ ? क्या हुआ ?" आवडाई ने परेशान होकर पूछा।

"राघू भिवा के दीवानी मुकदमे की सुनवाई आज ही थी आंबेपुर में।" हैबती ने थाली को अलग सरका दिया। वह दोपहर की बस से आंबेपुर पहुँचा। कचहरी बंद होते-होते पवार साहब से भेंट हुई। उन्होंने रजिस्टर देखकर कहा, "चिन्ता मत करो तुम्हारी ओर से जिरह करने के लिए सरकारी वकील दिया गया है। मैंने आज भी उसे याद दिलाई है।" इसके बाद और दो तिथियाँ दी गयीं। फैसला हुआ। बताया गया कि सत्रह साल पहले जब भूमि-संपादन का प्रस्ताव हुआ था; तब राघू भिवा को अपना मत प्रस्तुत करने के लिए अवसर नहीं दिया गया था। दूसरी बात यह है कि मूल जमींदार बाँधपीड़ित को बदले की जमीन देने के लिए तैयार है। सुगंधी वकील का यह तर्क अदालत ने मान लिया। सत्रह साल पहले, भूमि संपादन अधिकारियों की ओर से की गयी गलती का नतीजा हैबती को भोगना पड़ा। आवडाई छह-सात साल से जोताई-बोआई कर रही थी। उसकी इस जोत का, दो साल पहले खाते पर चढ़े हुए उसके नाम का–किसी का कुछ भी उपयोग नहीं हुआ। अदालत का फैसला राघू भिवा के पक्ष में चला गया। आदेश हुआ कि बाँधपीड़ित बदले की जमीन स्वीकार करे। हैबती का दिमाग सुन्न हो गया। वह पवार साहब के सामने जाकर खड़ा हो गया। साहब ने कहा, "धीरज मत खोओ, अपील करेंगे।"

आवडाई तथा फूलवंती रातभर रोती रहीं। जब से मकान में बुलडोजर लगा, तभी से दुर्भाग्य पीछा कर रहा है। कहाँ-कहाँ पर सिर पटकते रहेंगे ? कहाँ-कहाँ पर शिकायत करेंगे ? राघू-भिवा बदले की जमीन के रूप में बंजर भूमि मत्थे मार देगा। पिछले छह-सात सालों में उसकी जमीन को ठीक-ठाक करने में खून-पसीना एक कर दिया। हमने उसमें चौपायों के गोबर का खाद डाला, बबूल का जंगल काटते समय और पुरसा भर ऊँचा मेंड़ बनाते समय आँतों में बल पड़ गया था। अब तो उसमें गन्ने की बोआई की है। पोरों के साथ-साथ मन में भी अंकुर फूटे हैं। इतने में यह कानून की बला आ धमकी। हैबती ने संकल्प किया–जान चली जाय पर जमीन नहीं दूँगा। अगर अब की बार हार जाऊँगा तो ये लोग निरंतर घूँसे जमाते रहेंगे। कौन उन प्रहारों को झेलता रहे ? हैबती ने मास्टरजी की सलाह ली। उसने अपील की। भाग्य से निचले आदेश पर तुरंत स्थगन प्राप्त हुआ। राघू की अटकल थी कि विरोध में फैसला होने पर लड़का अपने आप राह पर आ जायेगा। ताया कांबले उसकी बैठक में सिर पकड़कर बैठने लगा। सुपारी कतरते-कतरते राघू भिवा अपनी योजना बताने लगा–"यह लड़का इस तरह से राह पर नहीं आयेगा। उसको जीवनभर के लिए सबक सिखाना चाहिए।"

मूल जाँभली गाँव की रखवाली करनेवाली, ग्रामद्वार पर स्थित पुरसा भर ऊँचे

आकार की हनुमान की मूर्ति बैलगाड़ी में चढ़ायी गयी। उसे गाजे-बाजे के साथ गोट-बस्ती में लाया गया। सभी देवी-देवताओं की स्थिति दयनीय हो गयी थी। कभी न बोलनेवाला, समाज मंदिर की सीढ़ी पर बैठे-बैठे छीजने वाला गोमा कहार बोला—"तुम लोग अपने हनुमान को ले आये, मेरे भगवान बैताल को क्यों नहीं ले आये ?" लड़कों ने हँसकर पूछा—"तुम्हारे भगवान के लिए क्या हम पानी में डूब मरें ?" पागल गोमा को लगा, कौन कहे ? अगर भगवान बैताल यहाँ आ गया होता तो मेरा भैंसा जीवित भी हो जाता। बंडू नाई ने हनुमान के सामने मन्नत मनाई—भगवान मुझे जल्दी-जल्दी नई कुर्सी दे दो, पर भगवान भी पत्थर हो गया था। हर शनिवार के दिन उसके बदन पर कोई भी तेल नहीं उँडेलता था। कई दिनों से माँ-बहनों के बालों के लिए भी तेल की बूँद नहीं मिली थी। लोग तेल की छौंक का स्वाद भूल गये थे। और बिना स्वाद की दाल खा रहे थे। दुर्भाग्य हमारा और हमारे देवी-देवताओं का ! हमारे साथ-साथ हमारे देवी-देवताओं के बदन की भी चमक गायब हो गयी !!

हैबती के दिमाग से अब नौकरी की बात पूर्णतः निकल चुकी थी। आँखों के सामने एक ही लौ लगी थी—यह मेरी जमीन। इसमें गन्ने की फसल बढ़ानी है। कुछ रुपये-पैसे पाने का यही तो एक साधन है; अन्यथा सदाशिव को क्या मिलेगा ? आजीविका कैसे चलेगी ? क्या खायेंगे ? क्या पहनेंगे ? इसी खेत में पैदावार करनी है। पसीने की बूँदों के बल गन्ने को बढ़ाना चाहिए। आवडाई, हैबती, फूलवंती और छुट्टी के दिन सदाशिव सारे के सारे रात-दिन पसीना बहाते। क्यारी को ठीक करो; सिंचाई करो; मेंड़ पर हुए छेदों को बंद करो; निराई पूरी करो, मवेशियों के लिए हरा चारा काटो; गन्ने के सूखे पत्ते निकाल दो—कितने ही काम थे जिन्हें पूरा करते-करते सब रात-दिन ख़टते रहते। समस्यायें कम नहीं थीं। सल्फेट खाद का पता ही नहीं था। खैरापुर में रघू येलू से गोबर की खाद ली गयी थी। अधिक-से-अधिक दो गाड़ियाँ भर गाद थी पर चौपायों के मल-मूत्र का मोल भी कितना बढ़ गया था। दो सौ रुपये प्रति गाड़ी। उधार मिला, इसलिए हैबती दो गाड़ियाँ भरकर खाद ले आया। समाज-मंदिर के सामने ही खाद को उतार लिया गया। उसे वहाँ से एक किलोमीटर दूर, भीतर की ओर ले जाना था। गोट-बस्ती से आगे की ओर बैलगाड़ी के लिए रास्ता नहीं था। स्थान-स्थान पर फसलें थीं। कोई भी गाड़ी ले जाने की अनुमति नहीं देता था; इसलिए परिवार के सभी सदस्य टोकरियाँ ढो रहे थे—बड़े तड़के से लेकर बिलकुल अँधेरा होने तक। टोकरियाँ ढोते-ढोते गर्दन के मनके ढीले हो गये। सिर पर घट्ठे पड़ गये। खाद ढोने का काम चार दिनों तक चलता रहा। हैबती चीनी मिल का शेयर प्राप्त करने में भी लगा हुआ था।

हैबती तथा उसका पूरा परिवार आठ-दस महीने इसी तरह खटता रहा। जमीन में अच्छी मेहनत की; पसीना बहाया—तब जाकर गन्ने की फसल अच्छी आ गयी। अगल-बगल के गन्ने की अपेक्षा हैबती की, गन्ने की फसल बहुत तगड़ी दिखाई देने लगी। आने-जाने वाले लोग कहते, "ससुरा यह गन्ना है या पेड़ ? खूब लंबा-बाँस जैसा

यह गन्ना। हाथभर लंबे पोर, एक-एक गन्ने में बारह-बारह। हरे पत्तों में पीला गन्ना हँस रहा था। फसल बहुत अच्छी थी। सियार धींगामुश्ती न करे इसलिए हैबती बीच-बीच में उठता। भाले की लाठी लिये वह खेत में घूम आता। जंगली चूहे फसल को बरबाद न करें इसलिए वह मेंड़ के छेदों को पैरों से दबाकर बन्द करता। कालीमाई, गन्ना समय में कारखाने पर चला जाये तो मैं मुक्त हो जाऊँगा।

गन्ने की कटाई का समय आया। हैबती दो-तीन बार कारखाने पर गया। वह कटाई के लिए मिन्नत बिनती करने लगा। पूरे तहसील में गन्ने की काफी फसल हुई थी। बाँध का मुफ्त में मिलनेवाला पानी और कई वर्षों से तपी हुई जमीन, तभी तो पोरों की गाँठों में जड़ें छूट गयी थीं। गन्ना पेड़ की तरह बढ़ गया था। कारखाने पर सदस्यों की कतारें लगतीं—हमारे गन्ने की जल्दी-जल्दी कटाई हो जाय। कटाई तुरंत होने के लिए भी सदस्यों को रिश्वत देनी पड़ती थी। हैबती कारखाने में सदस्य नहीं था। जब वह कटाई के लिए विनती करने गेट पर चला जाता, सब उसकी ओर देखकर हँसते। कहते—''बेटे, जरा रुको। चिंता मत करो, आज या कल कटाई होगी।'' आवडाई उसे धीरज देती। हम पैसा जमा करेंगे, पर कारखाना हमें शेयर्स देकर सदस्य बना नहीं रहा है।

सदस्यों के गन्ने की कटाई लगभग समाप्त हुई। अन्य किसानों के गन्ने की कटाई भी हुई। पर हैबती की ओर किसी ने ध्यान नहीं दिया। वह खेत की मेंड़ पर बैठता; वहाँ से ढगेबाड़ी के सिवान में खड़ा कारखाना दिखाई देता; चिमनी का धुआँ दीखता। कारखाना रात-दिन चालू था। कटाई की प्रतीक्षा करते-करते फसल भी छीजने लगी। गदरायी हुई फसल मुरझाने लगी। गहरे-हरे पत्तों को सूखते देखकर हैबती का मुँह भी सूख गया। अब क्या करना होगा ? बालक की तरह जिसको पाला-पोसा, उस गन्ने को सूखने दिया जाय ? फिर खायेंगे क्या ? आवडाई की भी हिम्मत पस्त हुई। पास में दूसरा कोई चीनी मिल नहीं थी। ढगेबाड़ी के कारखाने की वजह से गुड़ बनाने की प्रक्रिया भी बंद हुई थी। हैबती मास्टरजी के दरवाजे पर जाकर खूब रोया। मास्टरजी ने कारखाने से प्रार्थना की कि वह हैबती के गन्ने की तुरंत कटाई करे; पर यह बात लगभग तय की गयी थी कि हैबती का गन्ना किसी भी स्थिति में खरीदा नहीं जायेगा। जिस किसी से पूछा जाता, वह कान पर हाथ धरता। आखिर मास्टरजी ने चिट्ठी लिखी। दूर सतारा जिले में साखरबाड़ी नाम का एक गाँव है। वहाँ मास्टरजी का कोई पूर्व छात्र कारखाने में एम.डी. हुआ है। अगर वह कारखाना गन्ना खरीदेगा तो हैबती की बड़ी समस्या हल हो जायेगी। हैबती का धीरज लौट आया। आँखें पोंछकर वह साखरबाड़ी की ओर निकला। उसने जाते-जाते मास्टरजी से पूछा—

''मास्टरजी कुछ भी समझ में नहीं आता। लाभक्षेत्र के ये लोग इतने स्वार्थी कैसे हुए ? ये हमारे साथ ऐसा व्यवहार क्यों करते हैं ?''

''ये धूर्त लोग बड़े चूहों की तरह होते हैं। एक बार चूहे को भुरभुरी जमीन मिल

जायेगी तो वह छेद बनाते-बनाते भीतर ही चला जाता है। वह मिट्टी को लगातार बाहर फेंकता रहता है और आखिर अनाज के कुठले तक पहुँच जाता है। लाभक्षेत्र के लोगों की जाति उसी चूहे की तरह होती है।''

हैबती दूर साखरबाड़ी चला गया। एम.डी. साहब से भेंट हुई। यह देखकर कि मास्टरजी की ओर से कोई आया है, उन्होंने हैबती की अच्छी पूछताछ की; पर जब काम की बात चली, उन्होंने कागज पर सीधा-सीधा गणित समझाया। लगभग ढाई-ढाई सौ किलो मीटर दूर गन्ने की ढुलाई आर्थिक दृष्टि से लाभदायक होगी ? गन्ने के सारे के सारे रुपये लारी के किराये में चले जायेंगे। हैबती निराश होकर लौट आया।

माँ-बेटे मेंड़ पर बैठे रहते। वहाँ से ढगेबाड़ी कारखाने की चिमनी दिखाई देती। हमारे गाँवों की तबाही कर, गावों को उठाकर ही तुम लोगों के कारखाने शुरू हुए हैं न ? मेरी खुद की जमीन पर बाँध बनवाया; तभी तो तुम्हारी पाँचों उँगलियाँ घी में हैं। गन्ना कटाई की स्थिति में आकर दो महीने बीत गये। उसका सार कम होने लगा। लकड़ी की तरह सीधा ऊँचा गन्ना झुक गया। पत्ते सूख गये। पोरों में कूबड़ आने लगे। भीतर की शक्कर समाप्त होने लगी। बीच में ही कहीं-कहीं कीड़े निकलने लगे। वे छेद बनाकर गन्ने का रस पीने लगे। खेत की ओर देखा नहीं जा रहा था। हड्डियाँ तोड़कर उपजाई हुई फसल को हँसिया से तोड़कर बाहर फेंक देंगे ? आठ दिनों के बाद कारखाने का मौसम समाप्त होगा।

गोट-बस्ती में युवा लड़के सिर पकड़कर बैठते। राघू भिवा कारखाने में डाइरेक्टर हुआ था। वही सत्ता और संपत्ति के बल पर नयी चालें चलता था। बाँधपीड़ित कोल्हू में पिसकर खोई बनते जा रहे थे। म्हाकू तथा हैबती रात-रात बहस करते रहते। समस्या का कुछ हल नहीं निकलता। आखिर म्हाकू इतना ही कहता, ''हैबती, कुछ भी हो, हम पीछे नहीं हटेंगे।'' एक दिन आवडाई तथा हैबती सुबह जल्दी-जल्दी उठे और सांसद शिंगाडे की हवेली की सीढ़ी पर जा बैठे। दिनभर बैठने पर भी भेंट नहीं हुई। साहब बूढ़े हुए थे; दूसरी मंजिल पर विश्राम कर रहे थे। पी.ए. कुलकर्णी ने साफ-साफ कहा, ''बड़े साहब का बी.पी. बढ़ गया है। जरा भी तकलीफ न दो।'' दूसरे दिन भी दोनों ने वैसा ही धरना दिया। फिर वही उत्तर। भेंट नहीं हुई।

कारखाना बंद होगा। गन्ना सूख जायेगा—आवडाई की मड़ैया उदास रहती। खाने-पीने का भी ख्याल नहीं रहता। चूल्हा भी सँवला गया। खेत में सूखती जा रही फसल, कलेजे में चुभन पैदा करती। मन के अंकुर कभी के सूख गये थे। मन गन्ने की तरह भीतर से खोखला हो रहा था। कौन पीला पड़ रहा है, आदमी या गन्ना ? कालीमाई, तुम्हारा मंदिर नहीं बना, इसलिए तुम हमें संकट में डाल रही हो ? हैबती का सिर भिन्ना गया। माना कि गन्ने की कटाई हुई; या जला दिया; खेत में हल चलाया; उसमें दूसरी फसल ले ली; तो फिर वही प्रश्न उपस्थित होगा—गन्ने का क्या करेंगे ? क्या गन्ना इसी तरह सुखायेंगे ? क्या इसी तरह छीजते, कुढ़ते रहेंगे ? इससे अच्छा

हैं कि जीवन का यह झमेला ही समाप्त हो जाय।

हैबती सिकुड़कर लेटा हुआ था। वह बड़ी सुबह ही उठा और ताया कांबले के दरवाजे पर जा खड़ा हुआ। ताया मुसकुराया--आखिर शरारती पँडवा हमारी चरनी पर आ गया। दोपहर राघू भिवा, ताया तथा हैबती चेयरमन सर्जेराव से मिले। चेयरमन ने जरा कठोर आवाज में पूछा--

"अब दिमाग ठिकाने पर आ गया न ?"

"सरकार, सचमुच मेरे मन में कुछ बुरा नहीं था।"

"उस मास्टर के पीछे पड़कर तुम्हारी गोट-बस्ती पूरी-की-पूरी बिगड़ गयी।"

"मालिक, मैं यह बात कैसे कहूँ ? उन्होंने हमारा क्या बुरा किया है ?"

"यही तो गलती करते हो तुम लोग। बताओ, क्या वह आदमी है ? जब-तब अड़ँगा डालता है। सोचता होगा बाँधपीड़ित होकर संसार पर कृपा की उसने। अच्छा, यह बताओ, तुम राघू काका की जमीन बदलकर देने के लिए तैयार हो ?"

"जी हाँ सरकार, मैं जमीन बदलकर लूँगा; पर मेरा गन्ना तुरंत उठाइए; बिलकुल सूख रहा है; कम-से-कम खाद के पैसे तो हाथ में आने दीजिए।"

हैबती ने बड़ी नम्रता से प्रणाम किया। वह जाने के लिए निकला ही था कि चेयरमन ने कहा, "उस मास्टर से कहो कि राघू काका के विरुद्ध संघर्ष को वह वापस ले ले। क्यों गाँव को परेशान करते हो और खुद भी परेशान होते हो ?" समझौता हो गया। दो दिन के भीतर ही गन्ने की कटाई हुई। हैबती का गन्ना किसी तरह कारखाने पर चला गया।

हैबती ने मास्टरजी पर लाठियाँ बरसाने वाले राघू भिवा के पैर पकड़ लिये—यह समाचार सुनकर पूरी गोट-बस्ती उस पर नाराज हुई। हैबती अब मास्टरजी से भी मुँह चुराने लगा; पर मास्टरजी के मन में किसी भी प्रकार की गाँठ नहीं थी। वे जरूरतमंद हैबती की मानसिकता को जानते थे। एक रात म्हाकू युवकों को लेकर हैबती के दरवाजे पर आया। हैबती को भला-बुरा कहकर पूछने लगा—

"हैबती, आखिर तुमने उस गधे के पैर पकड़ लिये न ? इससे तुम्हें क्या मिलेगा? लातें और लीद ही न ?"

"प्यारे म्हाकू, मैं सब जानता हूँ; पर तुम ही बताओ मैं क्या करूँ ? सड़ रहे गन्ने की ओर मुझसे देखा नहीं गया। मैं भी क्या कर सकता था ?"

"हैबो, मुझे तुम्हारे ऊपर बहुत भरोसा था। मुझसे ज्यादा पढ़े-लिखे हो तुम; पर तुम डरपोक निकले। अब तुम मुझसे बात भी मत करो। उस ताया की हाँ-में-हाँ मिलाओ।"

हाथ पर हाथ धरे बैठने से कुछ नहीं होगा। हैबती दूसरे ही दिन घर के सभी लोगों को साथ लेकर जमीन की ओर चल दिया। खैरापुर से आगे ऊपर की ओर बंजर पठार था, मरी-माता के मंदिर के पीछे जमीन थी। संतोष की बात थी कि वहाँ तक

पानी की नहर पहुँची हुई थी; अन्यथा वह तो बिना पानी की, ललछोंही मिट्टी ही थी। उसमें जगह-जगह पर बेर के बौने पेड़ उगे हुए थे। छोटे-बड़े रोडों का फैलाव था। आवडाई ने जमीन पर नजर दौड़ाई। वह तिलमिलाकर बोली, "बेटे, तुम मुझे कैसी जमीन में ले आये हो ? इस बंजर जमीन को बोआई के योग्य करने के लिए तुम्हारी माँ युवती थोड़े ही है ?"

सात

एक दिन डाकिया 'बीठलाई के आम' पार कर गोट-बस्ती में आया। कई लोगों को आश्चर्य हुआ। इससे पहले खाकी कपड़े परिधान किया हुआ डाकिया कभी भी इस ओर नहीं आया था। समझ में नहीं आता था कि वह इधर आने में आलस्य करता था या उसे इधर आने में न्यूनता महसूस होती थी ? वह स्कूली बच्चों के हाथ में डाक देकर मुक्त होता था; लेकिन आज वह सीधे आकर मास्टरजी की मड़ैयानुमा मकान के सामने रुका। भीतर छाया में बैठे-बैठे मास्टरजी का बदन ढीला हुआ था। वे बदन पर सुबह की किरणें लेने के उद्देश्य से दीवार से पीठ टिकाये बैठे थे। डाकिया ने रजिस्टर्ड पत्र मास्टरजी के हाथ में दिया। हस्ताक्षर लेकर वह चला गया।

मास्टरजी ने लिफाफा देख लिया। वह डी.आर.ओ. ऑफिस से आया था। उस लिफाफे में श्मशान-भूमि के संबंध में मास्टरजी की भेजी हुई अर्जी का उत्तर था। हम कितनी भी अर्जियाँ भेज दें उधर से प्रायः उत्तर नहीं आता। उन्हें यों ही कभी-कभी फुरसत मिलती है। मास्टरजी ने पत्र के साथ वाला कागज देखा और उनका चेहरा झर्र से उतर गया। पास में बैठी हुई आवडाई ने पूछा—

"मास्टर, क्या हुआ ? हमें भी तो पता चले।"

"मरने पर ही हमें श्मशान मिलेगा।" मास्टरजी काँपती हुई आवाज में बोले।

"क्यों जी, ऐसी क्या बात लिखी है कागज में ?"

"बबेराव हाईकोर्ट गया है। कलक्टर ने सूचित किया है कि बबेराव ने श्मशान के लिए भूमि-प्राप्ति के संबंध में स्टे दिया है। आनेवाले मृग नक्षत्र में श्मशान नहीं बनेगा। फिर पिछली बरसात की-सी स्थिति होगी—बारिश में शवों का अंतिम संस्कार करना पड़ेगा। कीचड़ में दो मील चलकर शवों को ले जाना और जलाना।"

मास्टरजी चुप हुए। उन्हें उन दिनों की याद आयी जब वे भगवान मल्हारी की मन्नत मनाने हेतु माँ का आँचल पकड़कर पाँच गाँवों में से पचास दरवाजों पर जाया करते थे। पसर-पसर अनाज के लिए गला फाड़ना पड़ता था। वे नाराज चेहरे, धड़ाम-धड़ाम से बंद होते किवाड़, सियार कुत्तों के बहाने दी गयी गालियाँ—उन्हें सब याद आता था।

उन्हें याद आता तहसील में हुई बैठक में सांसद शिंगाडे का वह आश्वासन "हम आपको कट्ठे के बदले में कट्ठा देंगे, खंड के बदले में खंड देंगे" वे हमें इधर बसाकर इतने बढ़िया मकान देनेवाले थे कि मानो स्वर्गलोक का आनंद ही मिले। साहब, आपने सच ही कहा था। आपने अपने आश्वासन को निभाया भी। जीतेजी हमें स्वर्ग दिखा दिया। हम भिखारी बनकर झोली लिये आपके दरवाजे पर नहीं गये थे। आपके बगीचे खिल उठें, गन्ने की फसल झूमती रहे, चीनी मिल आरंभ हो, यंत्र चलते रहें, आप शिक्षितों के घरों में बिजली-बत्ती जलती रहे, इसलिए हमने अपने गाँव तथा अपने भविष्य को बाँध-परियोजनाओं की नींव में ठूँस दिया। आपने विकास का श्रीफल फोड़ने के लिए हमारे सिरों का पत्थरों के समान उपयोग किया। गरी आप को मिल गयी; और हम ? हम पानी के लिए, एक मामूली श्मशान के लिए भीख माँग रहे हैं। जीते जी और मृत्यु के बाद भी हमारी झाडाझडती चलती ही रहेगी।

आवडाई ने कहा, "मास्टर, मुझे लड़कों का लक्षण कुछ अच्छा नहीं दिखाई दे रहा है।"

"बहन कुछ नयी बात ?"

"आजकल हमारी गोट-बस्ती के लड़के बार-बार इकट्ठा होते हैं। म्हाकू भिवा, हैबती बीच-बीच में जाँते पर कुल्हाड़ी को पैना करते हैं। लड़के कुछ फुरफुरे हुए लगते हैं।"

"अच्छा, फिर ?"

"मास्टर, इस तरह का व्यवहार ठीक नहीं है। आप मुझे बताइए, जो भी दिक्कतें आयें क्या हम अपने गाँव को यहाँ से उठाकर ऊपर बाँध के पानी में ले जायेंगे ? हमारी अगली पीढ़ियों को यहीं पर जीना है न ?"

"बहन तुमने मेरे मन की बात कही," मास्टरजी का गला भर आया; वे भर्रायी हुई आवाज में बोले, "लड़कों को रोकना ही पड़ेगा। आंदोलन चलता रहे, पर दुःसाहस कर पहाड़ पर सिर पटकने से क्या होगा ? हमारा ही सिर फूटेगा न ? पहाड़ की लँगोटी कोई नहीं निकालता। उसमें दिक्कत यह कि हम दोनों पीले पत्ते हैं। आज हैं पर कल नहीं होंगे।"

"मास्टर, आप यह अशुभ बात क्यों कर रहे हैं ? आप मुझसे दस साल छोटे हैं। मेरा सत्तरवाँ चल रहा है और आप साठवें में हैं। हाँ, मेरा कुछ भला-बुरा हो जाय तो आपको ही यह गाँव सँभालना है। आप यह अशुभ बात क्यों करते हैं ?"

चूँकि मास्टरजी से चुप बैठा नहीं जाता था; थर्राते हाथ से लिखा नहीं जाता था; उन्होंने स्कूल से अशोक मास्टर को बुलाया। प्रधानमंत्री तथा मुख्यमंत्री से लेकर बिलकुल तहसीलदार तक सब को पत्र भेज दिये गये–गोट-बस्ती के लिए श्मशान भूमि दीजिए; हमारे शवों को यातनाओं से मुक्त कीजिए। मास्टरजी को बहुत बुरा लगता था। प्रेतों को अगल-बगल में जलाने से बच्चे घबड़ा जाते हैं। आँखों के सामने दफनाये गये नन्हे राजू को बच्चे अभी भूले नहीं थे। अफवाह फैलती कि कई लोगों को राजू का भूत दिखाई

दिया। बच्चे घबड़ा जाते।

रात बिना बुलाये ही आधी गोट-बस्ती मास्टरजी के दरवाजे पर इकट्ठा हो जाती। मास्टरजी लाठी टेकते-टेकते बाहर आ जाते और दीवार से सटकर पैरों को फैलाकर बैठ जाते। उनकी आवाज का तीखापन धीरे-धीरे लुप्त हो रहा था। अब उनके मुँह से निकलने वाला शब्द फीका लगता था। वे दबी आवाज में, कराहते हुए बोलते थे। जांभली गाँव का आधा हिस्सा नदी के उस पार केलापुर की गोट-बस्ती में बसा हुआ था। वहाँ गाँव के, कदम तथा पवार बिरादरी के लोग रहने गये थे। उनके मत्थे भी केलापुर के बंजर पठार की जमीन पड़ी थी। उन्होंने भी खून सुखाकर चट्टान को पिघला दिया। उन्होंने किसी तरह जमीन को जुताई-बोआई योग्य बना दिया था। तभी जिला दूध-संघ की यह परियोजना साामने आयी कि दूध का एक बहुत बड़ा प्लांट बनाया जाय। परियोजना के लिए एक ही जगह पर सत्तर एकड़ जमीन की आवश्यकता थी। केलापुर में चरागाह नहीं था। जो जमीन थी उसे गाँव के नेताओं ने संस्थाओं के बहाने हथिया लिया था। जमींदार अपनी गन्ने की खेती भूमि-संपादन के अंतर्गत देने के लिए तैयार नहीं थे; इसलिए यह संकट जाँभली के बाँधपीड़ितों पर ही धकेलनें की धूर्तता चल रही थी। भाइयो, आपके विकास के लिए हम कितनी जगहों पर अपने गाँवों तथा मकानों को उठाते रहेंगे ? जरा आप भी तकलीफ उठाइए, दिक्कतों को बर्दाश्त कीजिए।

ये बातें मास्टरजी के कान पर आती थीं। मास्टरजी, बाबू पवार के साथ आये हुए कार्यकर्ताओं से कह रहे थे कि वे संघर्ष को अधिक तीव्र बनायें। मास्टरजी अपनी व्यथा कह रहे थे; "संघर्ष करना इक्के-दुक्के का काम नहीं होता। विकास के नाम पर दी जानेवाली घोषणाओं की ताकत बहुत बड़ी होती है। मैंने अपना जीवन केवल जाँभली के बाँधपीड़ितों के लिए बिताया है। उसके स्थान पर अगर पहले से ही जाँभली के साथ साजुली, मसणमाल, इरलेबाड़ी, झाँजड़बाड़ी, फणसबाड़ी आदि सभी गाँव अन्याय के विरुद्ध एक हो जाते तो सत्ताधारियों को सोचना पड़ता। ध्यान में रखिए—संघर्ष के बिना कुछ भी नहीं मिलता। आरंभ में अभय देकर, तोते की तरह आश्वासन देने वाले मधुरभाषी धूर्त लोगों को बकरों में रूपांतरित होते देर नहीं लगती। "पहले पुनर्वास और बाद में बाँध यही नीति अच्छी है; नहीं हम लोगों की तरह उनकी भी तबाही होगी।" बोलतेबोलते मास्टरजी परेशान होते। थक जाते। वे लंबी साँस लेकर कहते "मैं तभी उन पेन्सिल वालों से, नक्शों के चोंगे फड़कानेवाले इंजीनियरों से चिल्ला-चिल्लाकर कहता था कि इस बड़े बाँध की अपेक्षा छोटे-छोटे तीन बाँध बनवाइए। उस स्थिति में हमारे गाँवों की तबाही नहीं होती। निचले इलाके को पानी भी उतना ही मिल जाता; पर बड़ा बाँध बड़ा विकास। लेकिन मैं पूछता हूँ, क्या विकास के गर्भ में छिपी हुई, हमारी सात-सात पीढ़ियों की दुर्दशा को आप जानते हैं ?"

एक दिन शाम को बंडू नाई एक समाचार-पत्र ले आया। उसमें मास्टरजी के संबंध में गलत-सलत बहुत कुछ छपा था। विकास का विरोध करनेवाले खैरमोडे मास्टरजी ने

एक भूतपूर्व जिलाधिकारी की सहायता से काफी रुपया जमा किया है। आंबेपुर में उनका एक बहुत बड़ा बँगला है। यह धूर्त, बूढ़ा स्कूल मास्टर बाँधपीड़ितों को धोखा देता है। वह अपने को बाँधपीड़ितों का नेता मानता है और उसी ऐंठ में रहता है–इस तरह की बातें छपी हुई थीं। उसी समाचार-पत्र में, साक्षात्कार छपा था। उसमें खैरमोडे मास्टर को विदेशी शक्ति का दलाल बताया था। मास्टरजी पर यह आरोप लगाया गया था कि वे विकास नहीं चाहते। साक्षात्कार में यह भी बताया था कि मास्टरजी के संगठन को काफी विदेशी रुपया मिलता है। किसी ने यह समाचार जोर से पढ़कर सुनाया। मास्टरजी संतप्त हुए ? उनकी आँखें भर आयीं। उद्विग्न होकर कहा–

"यह बाबू भांबरे भी किस खेत की मूली है ? काँख में शबनम लटकाये, समाजवाद के नाम से केवल सभा-सम्मेलनों में घूमते रहना। गांधीजी तथा साने गुरुजी का नाम लेकर जीवनभर दया की भीख माँगना। अगर वे महापुरुष न होते तो इन निष्क्रिय नेताओं को अपना पेट पालना भी मुश्किल हो जाता। अरे, आप अपने मुखौटों को हटाकर आइए न हमारे बीच। हटाइए अपनी पन्नी को। आप हमारी गोट-बस्ती में आकर, गिनकर केवल चार दिन रहिए। हमारे देश में एक नया फैशन ही चल पड़ा है–जब किसी प्रश्न का उत्तर नहीं मिलता, जब उस प्रश्न के सम्मुख होने की हिम्मत नहीं होती तो शोर मचाओ–इस प्रश्न के मूल में विदेशी शक्ति का हाथ है !! अगर कल इन निठल्लों की घरवालियाँ रसोईघर से बाहर निकाल देंगी तो ये घरवालियों की ओर उँगली दिखाकर कहेंगे–यहाँ भी विदेशी शक्ति का हाथ है !!"

मास्टरजी बहुत परेशान थे। उस रात वे अकेले बड़बड़ाते रहे। आखिर उन्होंने, यह सोचकर कि धीरे-धीर ये सारी बातें लोगों की समझ में आ जायेंगी संतोष कर लिया और वे सो गये। बीच-बीच में कुछ अच्छे समाचार भी उनके कान में पड़ते थे। कुछ दिन पूर्व देशमुख साहब जिले में आये थे। बनू को मृत घोषित कर सरकार को धोखा देने के मामले में उन्होंने स्वयं ही शिकायत दी थी। अदालत में सुनवाई चल रही थी। उसमें देशमुख साहब की गवाही थी। साहब गवाही देने नागपुर से आये थे। उन्हें गवाही देने से रोकने के लिए सरपंच दत्तू ने सांसद की मार्फत बड़े मंत्री का दबाव डाला था, लेकिन देशमुख साहब विचलित नहीं हुए थे। कहते हैं, उन्होंने अदालत में कई लिखित प्रमाण प्रस्तुत किये। वे लौटते समय मास्टरजी के संबंध में पूछताछ करना नहीं भूले।

एक दिन अचानक मास्टरजी को पता चला कि उनके दामाद ने तीसरा विवाह कर लिया है। उनके मन को धक्का लग गया। मेरी शेवंता का क्या होगा ? शेवंता हिम्मत नहीं हारी थी। दादू चौकीदार ने मास्टरजी को गले लगाया। वह उन्हें समझाने के स्वर में बोला, "भैया बंसतऽ, तुम मुझसे पाँच साल छोटे हो, तुमने अपने स्वास्थ्य की क्या दुर्गति बना रखी है ? मैं सबकी देखभाल करूँगा; पर तुम ठीक हो जाओ। मास्टरजी का, घुटनों का दर्द बढ़ गया। दादू मनोभाव से मालिश करने लगा।

मास्टरजी ने बढ़ता हुआ दर्द लिये किसी तरह गरमी बितायी। मृग नक्षत्र समाप्त

हुआ। इस साल बरसात अच्छी हो रही थी। धान की फसल जोरदार थी। गन्ने की खेती में क्यारियाँ, नहरें भर-भर कर बह रही थीं। जोरदार बारिश होती और कुटियाँ चूने लगतीं। लोग हमेशा की तरह कहते—अगले साल पक्के मकान बनवायेंगे। गन्ने की खेती का जाड़ा मेंड़ों को लाँघकर गोट-बस्ती में घुसता था, गोट-बस्ती के लोग ठिठुरते रहते। मास्टरजी ने बाँधपीड़ितों की आवश्यकताओं की पूर्ति के लिए जीवनभर तहसील तथा जिले के चक्कर काटे थे। उन्होंने जीवनभर कष्ट उठाया था; दौड़-धूप की थी; वही दौड़-धूप बुढ़ापे में बीमारी बनकर उन्हें परेशान कर रही थी। उनके बदन में भारी दर्द होता; बदन ठिठुरकर सिकुड़ने लगता। शेवंता चूल्हे में कंडे डालती, कंडे धुँधुआते रहते। मास्टरजी चूल्हे के निकट बैठे रहते; फिर भी उनके बदन से जाड़ा भागता नहीं था; मास्टरजी सुबह देर तक चूल्हे के निकट बैठे रहते। फिर कंबल ओढ़कर ओसारे में आ जाते; गिरती ओलतियों को देखते। गोट-बस्ती में जगह-जगह गड्ढों में पानी रुका हुआ था; मच्छरों ने परेशान कर रखा था। पिस्सूओं की संख्या बढ़ गयी थी। उन्मत्त पिस्सू चौपायों को काटते और उन्हें परेशान करते थे। रात में मास्टरजी कथरी पर लेटे-लेटे बंडेर की ओर देखते रहते। बाहर मेंढकों की टर्र-टर्र सुनाई देती। बारिश तथा बहती हवा के कारण गन्ना कड़-कड़ बज उठता। 'बीठलाई का आम' भी टहनियों को हिलाकर झूमने लगता। मास्टरजी की उदासी बढ़ती रहती।

मास्टरजी दवा-पानी कर रहे थे; पर बदन से सर्दी हटती ही नहीं थी। दिन में युवा लड़के उनके पास आकर बैठ जाते। म्हाकू, हैबती, भिवा किसनू घंटों तक बैठे रहते। बाबू पवार नदी को पार कर दो दिन में एक बार जरूर आ जाता। आवडाई भी बार-बार आकर मास्टरजी के पास बैठी रहती। मास्टरजी बीमारी में भी बोलते रहते, "हमें खैरापुर में ही रहना है, लड़ाई-झगड़ा ज्यादा मत बढ़ाओ। जब बरसात की जोरदार लहरें आतीं, मास्टरजी की छत भी चूने लगती। मास्टरनी दौड़-धूप कर बर्तन-भाँडे रखती और जमीन को भीगने से बचाती।

एक बार बीच में ही बारिश रुक गयी। चार दिनों के लिए आसमान खुल गया। मास्टरजी को तरोताजा लगने लगा। उन्होंने अशोक मास्टर को बुला लिया। वे उसके आधार से धीरे-धीरे चलकर स्कूल में जा बैठे। बाँधपीड़ितों के अधनंगे बच्चो को देखकर उनका मन भर आता। आँखें पोंछकर बालकों से कहते, "बच्चो, तुम खूब पढ़ो। हम जैसे डूबतों को शिक्षा के इसी तिनके का आधार है। अगर तुम्हारे पिता साक्षर होते, लिखना-पढ़ना जानते होते तो वे कायदे एवं वायदे के बीच की खाली जगह को भी पढ़ लेते। फिर हमारे जीवन की इतनी छीछालेदार न होती।" मास्टरजी देर तक स्कूल में बैठे रहे। दो कहानियाँ सुनायीं। बच्चों को एक कविता पढ़ायी। उन्होंने डबडबायी आँखों से स्कूल से विदा ली। उस रात फिर से जोरदार बारिश आरंभ हुई। गोट-बस्ती में पानी-ही-पानी हो गया। सर्दी के शिकंजे में कुटिया-मड़ैया सब ठिठुर गयी।

हीरा मास्टरनी हमेशा की भाँति भोर में ही उठी। बाहर जोरदार बारिश हो रही

थी। मास्टरजी भोर में जगते थे। मास्टरनी उनके लिए आग जलाती तो मास्टरजी की क्षीण हाँक सुनायी पड़ती। "हीरा, चाय देती हो न ?" आज हाँक नहीं आयी। चूल्हा भभक उठा था। बरतनों की आवाज हुई। मास्टरजी की हाँक ही नहीं। फिर से सर्दी बुखार बढ़ा तो नहीं ?

"अजी चाय लेंगे न ?"

हीरा की हाँक का कुछ उत्तर नहीं !!

मास्टरनी उनके बिस्तर की ओर दौड़ी। देखा, बिस्तर पर ठंडा गोला पड़ा हुआ है। बिना गोट-बस्ती की खोज-खबर के, मास्टरजी आधी रात में ही चल बसे थे। हीरा जोर से चीखी, शेवंता बाबूजी के शव पर गिर पड़ी। गोट-बस्ती का कलेजा दरक गया। हैबती तथा म्हाकू चीख पड़े, उन्हें ऐसा लगा मानो वे अपने पिता के कृपा-छत्र से वंचित हुए हैं। गोट-बस्ती का राजा, पालनहार, पितृतुल्य व्यक्ति चल बसा। सब लोग दहाड़ मारकर रो रहे थे। घरवालों तथा जाँभलीवालों की कमर ही टूट गयी थी। दीन चौपाये दुखी मुख से इधर-उधर देख रहे थे। उस दिन किसी की भी झोंपड़ी में चूल्हा नहीं जला।

सुबह जरा आसमान खुला था। खैरापुर का जीवन हमेशा की तरह शुरू था। हर कोई अपनी-अपनी ऐंठ में था। दामू पुजारी हनुमान पर जल चढ़ाने गया था। उसने देखा कि पोपट पापुद्रे रात में किसी समय मरा पड़ा है। लगता है, मरने से पहले सुबह शराब पीकर उसने कै की है। दामू ने शोर मचाया—अरे उसके शव को वहाँ से हटाओ। शराबी पति की यातनाओं से तंग आकर उसकी पत्नी बाल-बच्चों को लेकर अपने बाप के यहाँ चली गयी थी। इतने पर भी पोपट ने शराब पीना नहीं छोड़ा था। उसकी मृत्यु से किसी का कुछ भी नहीं बिगड़ा था। हाँ, बच्चों का मनोरंजन जरूर हुआ। ओसारे में एक ओर टूटी बोतल पड़ी हुई थी। पोपट अस्त-व्यस्त पड़ा था। कमर का पैजामा नीचे की ओर खिसक गया था। कपड़ों पर गोबर तथा कीचड़ के धब्बे पड़े हुए थे। मरने से पहले कमीने ने टोकरी भर कै की थी। खुले मुख और नाक पर मक्खियाँ भिन्ना रही थीं। देखनेवालों ने कहा—"अच्छा हुआ, गाँव को राहत मिली; मुफ्तखोर साला !"

पोपट की लावारिश लाश को उठाने के लिए कोई भी आगे नहीं आ रहा था। पापुद्रे कदम बिरादरी का था, पर कदम बिरादरी के लोग मुँह छिपाने लगे—शव सड़ जाये तो भी चिंता नहीं।

आषाढ़ का महीना। भगवान की कृपा से आसमान खुला था। दोपहर टली। जाँभली वालों ने मास्टरजी का शव ले जाने के लिए अरथी बनवाना शुरू किया। शाम को बारिश शुरू होने पर समस्या खड़ी होगी। शव मील भर ढोना था। गोट-बस्ती के अगल-बगल में दलदल थी। नाले के किनारे पर अंतिम संस्कार करना मुश्किल था; क्योंकि वहाँ घुटनों तक कीचड़ था। नाला बह रहा था। अगल-बगल का सिवान पानी और कीचड़ से भर गया था। एक और भी समस्या थी—खुले में शव को कैसे जलायेंगे ? जली हुई चिता, बीच में ही बारिश आ जाने पर बुझ भी सकती थी। अच्छा है, खैरापुर के श्मशान में

ही अतिंमसंस्कार कर देंगे। वहाँ पेड़ों की भीड़ है, कितनी भी बारिश हो, पेड़ जोखम उठायेंगे।

गोट-बस्ती में शोर मच गया था—"जल्दी करो, जल्दी करो" उस पार वाले केलापुर की गोटबस्ती से कई लोग नदी पार कर आ गये थे। पंचक्रोशी में जहाँ-जहाँ बाँधपीड़ित रह रहे थे, वहाँ से लोग दौड़े-दौड़े आ गये थे। विस्थापितों का राजा चला गया था।

बूढे लोग भी हौलदिल हुए; पर आषाढ़ की बारिश ने उनके पैरों को रोका था। कई लोग इकट्ठा हुए थे। दरवाजे में टूटे पीढ़े पर बिठाकर मास्टरजी को नहलाया गया। जब शव को अरथी पर रखा जा रहा था, हीरा मास्टरनी तथा शेवंता दहाड़ मारकर रो रही थीं। गोट-बस्ती के युवा लड़कों ने कंधा दे दिया। चावल की मटकी लिये म्हाकू आगे चलने लगा। दादू चौकीदार बिस्तर पर ही पड़ा हुआ था। भाई पहले ही चल बसा—यह देखकर वह तिलमिलाकर रो रहा था। बसंत, मेरे भैया, तुमने अपने जीवन की क्या दुर्गति कर ली। तुमने यह सब किसके लिए किया ? दादू ठंडी हवा में चल नहीं सकता था। हैबती उसे पीठ पर उठाकर चल रहा था। जाँभली ने जाति-पाँति देखी नहीं। मास्टरजी आगे और सब उनके पीछे। आज जो भी टूटी-फूटी गोट-बस्ती खड़ी है वह सब-की-सब मास्टरजी के बल पर ही। गाँव को आकार देनेवाला हमेशा के लिए ग्रामद्वार से बाहर जा रहा था। यह देखकर गोट-बस्ती हिल गयी। घास-फूस के मकान काँप उठे। स्कूल थर्राया। आवडाई ने कहा, "मास्टर तुम मुझसे चार साल छोटे हो। मुझ बूढ़ी को पीछे छोड़कर तुम कहाँ जा रहे हो ?" सभी बाल-बच्चे, महिलायें अरथी के साथ चलने लगीं। जो भी मिल गया, उन लकड़ियों, कंडों की बोरियाँ लेकर जाँभली वाले कीचड़ में से चलने लगे। ऊपर बादल घिर आये थे। दिनभर बारिश नहीं हुई थी। पर इसके बाद का कुछ कहा नहीं जा सकता था। हरिजन मास्टर की मृत्यु की खबर खैरापुर में पहुँची थी। अकेला पंढरी पाटील दौड़ा-दौड़ा गोट-बस्ती में गया था। खैरापुर के शेष मूल खातेदारों को प्रसन्नता हुई थी। ठीक सोमवार को ही मास्टर की मृत्यु हुई। हमारे जाग्रत भगवान शंकर ने ही कृपा की। हमारी यातनायें समाप्त हुईं। कई लोगों में खुशी की लहर दौड़ी। सही माने में खैरापुर गाँव मुक्त हुआ। बला टल गयी। लोग मास्टरजी की मृत्यु की प्रसन्नता में पोपट पापुद्रे की मृत्यु को भूल ही गये। राघू भिवा को तो ऐसा लग रहा था मानो पालतू सूअर उसके बदन में गुदगुदी कर रहा है। उसकी हवेली में हो रही बैठक में कई लोग जमा हुए थे। छगनराव, बबेराव, सरपंच दत्तू, धोंडू कूला हर एक को केसरी दूध पिलाकर राघू अण्णा बार-बार कह रहा था—"चलिए, दवा के बिना ही बीमारी दूर हूई।" दत्तू को छोड़ बाकी सभी खुश थे। पिछले सप्ताह में दत्तू के विरुद्ध चल रहे फौजदारी मामले का फैसला हुआ था। उसने काट-कूटकर झूठे कागज-पत्र तैयार किये थे। लँगड़ी तारा बहन के लड़कों को धोखा दिया—यह अपराध साबित हुआ था। अदालत ने दो साल की कड़ी कैद की सजा सुनायी थी। दत्तू ने समय पर वरिष्ठ अदालत में अपील की थी। इसी से आज वह गाँव में था; लेकिन बबेराव

के मामले का फैसला नहीं हुआ था। फिर भी देशमुख साहब उसे जबर्दस्त झटका देकर चले गये थे। सरकारी ठेकेदारों की सूची में से उसका नाम हमेशा के लिए निकाला गया था। आज सबको ही भीतर से प्रसन्नता हुई थी। मास्टरजी के चले जाने पर उस गोटबस्ती में बाकी जो भी बंदर रहेंगे वे हमारा क्या बिगाड़ेंगे ? अब आंदोलन नहीं होंगे, गंदे आरोप नहीं लगाये जायेंगे। हर जगह पर आड़े आनेवाली बाधा समाप्त हो गयी। राघू अण्णा ने सुबह जब यह समाचार चेयरमन सर्जेराव को फोन पर बताया, तब उधर से चेयरमन तहेदिल से हँसे थे। बबेराव ने पूछा,

"क्यों राघू अण्णा, आज शाम को बकरा काटेंगे ना ? पूरे गाँव को भोजन का निमंत्रण देंगे ना ?"

"ना,ना। अब दस दिनों तक बकरा-मुर्गा सब बंद !" चिढ़ने का नाटक कर राघू बोला।

"क्यों जी ?"

"मास्टर की मृत्यु पर शोक नहीं मनायेंगे ?"

राघू भिवा के साथ बैठक के सारे लोग जोर-जोर से हँसने लगे। तभी बसंत दरजी तथा ताया कांबले बैठक में आ गये। खड़े-खड़े ही कहने लगे—

"मास्टर का शव गाजे-बाजे के साथ हमारे ही श्मशान की ओर ले जाया गया।"

"जाने दीजिए, तुम्हारे बाप का क्या जाता है ?"

"साथ में पूरी जांभली चली गयी है।"

"तो इसमें तुम्हारा क्या बिगड़ता है ?" बबेराव ने पूछा।

"बापू, मैं आपसे कैसे कहूँ ?" बसंत चिढ़कर बोला, "उस हरिजन के लिए बनिये, कुर्मी, सारी जातियाँ एक होती हैं; पर हमारी ऊँची कदम बिरादरी का पोपट पापुद्रे सुबह से ही लावारिश अकेला पड़ा हुआ है। क्या उसका कोई गाँव नहीं है ?"

"हरिजन मास्टर गाजे-बाजे के साथ हमारे श्मशान में जाये और आपका पोपट खुले में सड़ता रहे ? क्या यह सब आपको शोभा देता है ?" ताया ने पूछा।

"बात सही है।" गणू इसाल बोला, "उस पोपट की सेवा को भूलिये नहीं। हरिजन मास्टर के साथ सभी बाँधपीड़ितों को वह गालियाँ देता था। हमारे गाँव के लिए वह कितनी बार लड़ बैठा। उसने गोट-बस्ती की किसी महिला को कभी सीधे-सीधे किराने की दूकान पर आने नहीं दिया। वही वीर आज लावारिश पड़ा है; और वह हरिजन मास्टर गाजे-बाजे के साथ जा रहा है। "चलिए, पोपट को न्याय दीजिए !" एक ही शोर हुआ।

पोपट के शव पर मक्खियाँ भिन्ना रही थीं। पोपट यकायक देशभक्त बना और खैरापुर वालों की कतारें हनुमान मंदिर की ओर बढ़ीं। बसंत दरजी ने अपने खर्चे से कफन खरीदा। बिना आदेश के सभी लोग काम में जुट गये। अरथी तैयार हुई। आधे घंटे में ही पोपट पापुद्रे गाजे-बाजे के साथ निकला। लोग इस कदर इकट्ठा हुए थे मानो गाँव का पाटील, चौधरी या इनामदार ही चल बसा हो। राघू भिवा, बबेराव, छगनराव,

धोंडू चिखलीकर तथा साखर कारखाने की ओर से चेयरमन साहब का पी.ए. कुलकर्णी खास पुष्पहार लिये शोभायात्रा में शामिल हुए थे। देखते-ही-देखते पाँच सौ उत्साही लोग शव के साथ नदी की ओर चलने लगे। डफली तथा सींग बज रहा था। सजी हुई अरथी झूमते-झामते आगे बढ़ रही थी।

शाम का समय था। बादल चारों ओर से घिर आये थे। बारिश के भय से जाँभली वाले जल्दी-जल्दी चिता रच रहे थे। आधी चिता रची गयी थी। नाले के किनारे सँकरे मेंड़ से फिसलाते हुए कीचड़ में से सारे लोग बड़ी मुश्किल से शव को ले आये थे। चिता रच दी गयी। कफन में लिपटे हुए मास्टरजी के शव को सब लोगों ने हाथ लगाया। इतने में दूसरी डफली सुनाई पड़ी। जाँभलीवाले सकपकाये। झाड़ी में से गाँव की ओर देखने लगे। पोपट का शव दूल्हे की तरह सज-धजकर श्मशान में दाखिल हो गया था। अब क्या करेंगे ? बाँधपीड़ितों के होश उड़ गये। आषाढ़ की इस बारिश में पेड़ों की आड़ में एक ही शव को जलाया जा सकता था। श्मशान के शेष भाग में कीचड़ ही कीचड़ था। बगल में चिता रच देने पर अगर बारिश शुरू होगी तो ? शव के साथ कहाँ तक खेलते रहेंगे ?

बाँध-पीड़ित बंदरों को देख खैरापुरवालों का सिर भन्ना गया। सभी लोग चिल्लाने लगे, "यह श्मशान हमारा है। हम पहले अपने पोपट को जलायेंगे।"

"पर हमने चिता रच दी है।"

"यहाँ से चिता को हटाओ। हम पहले पोपट को जलायेंगे।"

"जलाइए न, जरा हटकर आप भी चिता रचिए। शव को जलाइए।"

"इसका अर्थ यह हुआ कि हम अपने पोपट को बारिश में जलायें और यह मास्टर आराम से पेड़ की ओट में ?" ध्यान में रखिए, यह श्मशान पोपट के बाप का है; मास्टर का नहीं।"

तू-तू, मै-मैं होने लगी। बात बढ़ गयी। हैबती, म्हाकू, बाबू पवार आदि युवक बाहँ पीछे कर लड़ने-झगड़ने के अंदाज में खड़े हुए। श्मशान में ही चिनगारी पड़कर आग भड़कने वाली थी। मृत्यु के बाद भी मास्टरजी की यातनायें समाप्त नहीं हो रही हैं—युवक इस विचार से बहुत बिगड़ गये थे। आवडाई बीच में पड़ी। उसने हाथ जोड़कर युवकों से विनती की—"जरा समझदारी से और धीरज से काम लो।"

जाँभलीवाले सकपका गये थे। एक तो बारिश के भीगे दिन, उसमें यह लड़ाई-झगड़ा, पुलिस स्टेशन भी दूर—बाघेठाण में। उधर शिकायत ले जायेंगे, तो पहले शिकायत दर्ज करो; जबाब तलब करो; गवाही दो, सबूत दो-इन सब बातों में से मुक्त होते-होते इधर शव में चींटियाँ लग जायेंगी।

आवडाई ने हाथ जोड़कर युवकों को रोका। बाबू तथा म्हाकू की आवाज ढीली पड़ गयी—यह देख दूसरे जाँभलीवाले पीछे हटे। रची गयी चिता को हटाया गया। खैरापुरवालों ने उसी जगह पर पोपट की चिता रची और अन्त्य संस्कार किये। शव धू-धू

जलने लगा। अँधेरा होने लगा। खैरापुर वासियों का उधार का उत्साह समाप्त हो गया। जलती हुई चिता को वहीं छोड़कर लोग चले गये। अँधेरा हो गया। रिमझिम बारिश शुरू हुई। पोपट का शरीर शराब-पान से कुछ ज्यादा ही चीमड़ हो गया था; वह जल्दी जल नहीं रहा था। उसकी राख हो जाने पर उसी जगह पर मास्टरजी की चिता रचनी थी।

पूरी गोट-बस्ती सुबह से भूखी थी। अपने को बारिश के प्रहारों से बचाते हुए बालक माँ-बाप से चिपककर पेड़ की ओट में खड़े थे। बीमार दादू चौकीदार झाड़-झंखाड़ की ओट में बैठा ठिठुर रहा था। उसे चिंता थी कि प्यारे भाई बसंत का शव कब जलेगा। मास्टरजी के दाहकर्म के लिए जितनी भी जल्दी की जाये, भोर होनेवाली थी। जाँभली वाले लोग सहयाद्रि की खाई में, मिट्टी के संस्कारों में पले-बढ़े थे। उनके मतानुसार मृत्यु के साथ-साथ बैर समाप्त होता है। उन्होंने यह सोचकर कि पोपट का शव जल्दी जल जाय, चिता की गिरती हुई लकड़ियों को ठीक से लगाना शुरू किया। अधजली तख्तियाँ भीतर चिता में फेंकीं। बारिश लगातार हो रही थी। रात बढ़ती जा रही थी। मास्टरजी के शव के साथ-साथ पूरी गोट-बस्ती ठिठुर गयी थी। सारे प्रतीक्षा में थे। पीछे से झरती हुई बारिश का आघात, चुभने वाली सर्दी और आगे चिता की आँच। एक शव जल रहा था; दूसरा जलने की प्रतीक्षा में था। बारिश की बड़ी बूँदें जल-जामुन के लंबे पत्तों से होकर नीचे गिर रही थीं।

भाग ७

उडवणारी काळ
मरणाची... अन्
पाण्यातून सहज जाऊ शकू, या विश्वा
सर्वजण घोळक्याने हळूहळू पाण्यातून पुढे
गले.
रेडे डोहापर्यंतचा मार्ग त्यांनी कसाबस
ला. पण त्यानंतर मात्र पाण्याचा वेग व पा
ळी वाढत असल्याची त्यांना जाणी
करायचे, हा विचार
र्यंत. चढले

एक

बैताल की कगार पर तीन बस्तियों के लोगों की बैठक हो रही थी। चैत की धूप परेशान कर रही थी। पहाड़ी ढलान वाले खेतों में जमीन को तपाने का काम चल रहा था। पिछले साल फरसू बहेलिये को बरसात के दिन भूखे ही बिताने पड़े थे; उसने इस साल पहाड़ी ढलान के पेड़ों को काटकर सरकारी जंगल में घुसपैठ की थी। किसनू फॉरेस्टर के बहुत सारे गैर-कानूनी मामले वरिष्ठों के ध्यान में आये थे। उसकी जगह पर अब नागू फॉरेस्टर आया था; वह गजब का दुष्ट था। अगर कोई जलावन के लिए दो चार टहनियाँ भी काट दे तो नागू,बहेलियों के घर में घुसकर महिलाओं की पीठ पर लातें जमाता। सरकार ने इधर का बालू का पहाड़ और उस पार का बापू का पहाड़—दोनों पहाड़ों को अभयारण्य के रूप में घोषित किया था। इसलिए जंगल में अधिकारियों का सख्त पहरा रहता था। फरसू की शरारत नागू फारेस्टर से बर्दाश्त नहीं हुई। उसने पेड़ कटाई का, हथियारों के साथ पंचनामा किया। ऊपर खबर की। पुलिस ने फरसू को झाँजड़बाड़ी में ही हिरासत में ले लिया। उस समय बाड़ी के लोग पूरी तरह से हिल गये।

उपजाऊ खेती पानी में चली गयी; ऊपर जंगल में कानून पेड़ों के तनों को आलिंगन किए बैठा था। नीचे से पानी का घेरा और ऊपर से जंगल विभाग की चहारदीवारी—इस गिरफ्त में बिबेबाड़ी, झाँजड़बाड़ी तथा इरलेबाड़ी फँसी हुई थी। यहाँ कैसे और किसलिए जीयेंगे ? गाँव में मामूली स्कूल भी नहीं। गर्मी में मास्टर स्कूल में और लड़के मवेशियों के पीछे। बरसात में मास्टर नीचे अपने इलाके में चला जाता और बच्चे कुड्डुक मुर्गी की तरह घरों में बैठ जाते। झाड़-झंखाड़ बढ़ गया; सँपोले पैरों में रेंगने लगे। जंगल के रास्ते अकेले आदमी को चलना मुश्किल हुआ। भालुओं के हमले होते। बाजार जानेवाले रास्ते पानी में डूब गये। या तो पैरों को तोड़कर कालोनी पर जाइए, या कोंकण की तरफ घातक चट्टानें पार कीजिए। सिवान में अधिकार की जमीन थोड़ी; जरा-सा इधर या उधर सरकेंगे तो फॉरेस्टर छाती पर सवार हो जाता।

ओने में घिरी बाड़ियों बस्तियों की सारी शान ही चली गयी। गाँव अनाथ हुए। नात-गोत के भाव-भीने धागे टूटे। कितनी बार चिल्लाये--बाड़ियों का स्थलांतर कीजिए, गाँवों का स्थलांतर कीजिए, पुनर्वास कीजिए। सरकार की, टालमटोल की गाड़ी लगातार चल ही रही है। "आज करेंगे", "कल करेंगे"--कहते-कहते सरकार समय ले रही है; व्यर्थ समय ले रही है। उधर कई परिवार पानी के भय से जगह छोड़ ऊपर पहाड़ पर चले गये हैं। वे खरगोश के उन बच्चें की तरह, जो घास में रहते हैं, सिकुड़कर, सहम कर रह रहे हैं। गर्मी के दिनों में ऊपर पहाड़ में पानी भी नहीं मिलता। तब उन्हें पहाड़ उतरकर नीचे आना पड़ता है। सिर पर, काँख में पानी से भरे घड़े लेकर फिर पहाड़ चढ़ना पड़ता है। बरसात के मौसम में जानलेवा वर्षा। पानी खेतों की मेंड़ें तोड़कर बहने लगता है। पुनर्वास की कहाँ तक प्रतीक्षा करेंगे ? अब तो अभाव और गरीबी में दिन काटने की आदत-सी हो गयी है।

जंगली सूअर फसलों को तहस-नहस कर डालते हैं। अगर एक बार भी सूअरों का झुंड खेत में घुस जाता है, किसान की बरबादी हो जाती है। इससे पहले कोई भी जंगली सूअरों का शिकार कर सकता था। शिकार पर किसी प्रकार की रोक नहीं थी; पर अब शिकार पर भी रोक लगायी गयी। सूअरों की संख्या बढ़ गयी। टाइगर प्रोजक्ट के बाघ आदमी पर गुर्राने लगे थे। वे गाय और भैंसों का गला घोंटकर उन्हें भगाने लगे थे। पँडवों-मेमनों के लिए अपने अधिकार की कोई जगह ही नहीं रही थी।

जिसका सध जाता है, उसका तो सब-का-सब सधता है। लकड़ी के ठेकेदारों ने बहुत बड़ी लांच खरीद ली है। कहते हैं, उसमें उपाध्यक्ष लाला जाधव की भागीदारी है। अपने व्यक्तिगत अधिकार की लकड़ी काटने के लिए अनुमति लायी जाती है; पर सरकारी जंगल ही काटे जा रहे हैं। रात में लांच भर-भरकर लकड़ी नीचे वाले इलाके में चली जाती है। फॉरेस्टर उन्हें धक्का नहीं लगा सकता, पर हम जमीन तपाने के लिए जरा-सी टहनियाँ भी काटते हैं तो ये फॉरेस्टर हमारे सिर पर सवार हो जाते हैं। जंगल में कोयले की अनधिकृत भठियों की संख्या फिर से बढ़ गयी है। ठाकर, बहेलिये जैसे आदिवासियों का शोषण हो रहा है; भट्ठी की आँच में उनकी जिंदगी झुलस रही है। हमारे लिए न बाजार की सुविधा है; न संगी-साथी की सहायता है। न डाकघर की सुविधा है; न यात्रा की। बाघ सरकारी शरण में आराम कर रहे हैं; सूअर मजे लूट रहे हैं। आदमी, तुम्हारा कुछ ठीक नहीं। तुम खटते रहो ! तुम्हें पूछता ही कौन है ? कितना सिर खपाया; ऊपर से नीचे तक शिकायत लेकर गये; पर पता नहीं, पुनर्वास का घोड़ा कहाँ पर और क्यों अड़ जाता है ?

तीन बाड़ियों के पुनर्वास को लेकर बहुत शोर मचा। विधायक सालुंखे ने विधान सभा में चर्चा छेड़ी; तब जाकर सरकारी अधिकारी होश में आये। जिलाधिकारी कोलगाँवकर तथा अधीक्षक अभियंता ने बस्तियों को मुलाकात देना कबूल किया। वे कई वर्षों से मुआयने के लिए जाने की बात कर रहे थे; उन्हें अब जाकर फुरसत मिली।

इसी बात पर बहस हो रही थी कि साहब लोगों का स्वागत किस प्रकार से किया जाय। लाला जाधव ने साहब लोगों को बाड़ियों तक ले आने की जिम्मेदारी अपने ऊपर ले ली थी। वह लांच मुई रात में चलती थी। उसे किनारे पर बसे लोगों से कुछ लेना-देना नहीं था। लकड़ी भर दो, और भगाकर ले जाओ। अगर किसी मरीज को किनारे पर लाया जाता और वह गिड़गिड़ाता, तो भी लांच रुकती नहीं थी। हाँ, अब साहब लोगों को ले आने के लिए लांच रानी सज-धजकर तुरंत तैयार हो गयी थी।

बैठक में साहब लोगों के स्वागत को लेकर जोरदार चर्चा हो रही थी। येलू ने पूछा–

"साहब लोगों के लिए फूलमालाओं का क्या होगा ?"

"सिवान में चंपे के काफी फूल हैं; माला उन्हीं की बनायेंगे।" रग्धू बोला।

"लगता है, तुम्हारी अक्ल पर पत्थर पड़ गया है," कुशाराजा ने डाँटा।

"तुम्हें क्या लगता है ? तुम कलक्टर को चम्पे के फूलों में ढँकना चाहते हो ? क्या वह आदिवासी का दूल्हा है ? अरे ! नीचे की ओर से सारा सामान लाना पड़ेगा। लम्बी-लम्बी फूलमालायें, और क्या कहते हैं–वह पुष्प-गुच्छ भी लाने होंगे।" गुणवन्त को कुशा की बात पट गई। साहब लोग हमारे ही काम से इतनी दूर आ रहे हैं। उनका मान-सम्मान करना ही होगा। साथ में हमारे विधायक सालुंखे भी आयेंगे–सुनकर गुणवन्त हड़बड़ा गया। कहा–

"राजा, आपने यह पहले क्यों नहीं बताया ? साहब लोग कल सुबह आ रहे हैं। अब इतनी दूर जाकर मालायें कैसे लायेंगे ?"

"दो युवकों को भेज देंगे। अँधेरा होते-होते कॉलोनी पर पहुँचेंगे। कल बड़ी भोर में दूध के लिए आनेवाली पहली लांच से लौटेंगे। साहब के आने से पहले मालायें यहाँ पहुँचनी चाहिए।"

येलू तथा गुलू को कॉलोनी पर भेजना तय हुआ; पर मालाओं के लिए रुपयों का क्या होगा ? कम-से-कम तीस रुपये जमा होने चाहिए। गुणवन्त ने चंदे के लिए सबके सामने हाथ पसारा; देखते ही सबने मुँह फेर लिये। रुपये कहाँ से आते ? जेब में ही नहीं तो हाथ में कहाँ से आयेंगे ? सालू ने परसों के बाजार में उलटे परवाली दो मुर्गियाँ बेची थीं। उसके बीस रुपये गुणवंत की जेब में थे। उसने नोट बाहर निकाला। शेष रुपये कुशाप्पा ने दिये। येलू तथा गुलू के हाथ पर रुपये रख दिये गये। गुणवंत ने लड़कों को ताकीद की–"पूरे रुपयों की मालायें ले आओ। शराब मत पीना।" दोनों लड़के नदी के ऊपरवाले किनारे-किनारे कॉलोनी की ओर दौड़ने लगे। बहुत दूरी तय करनी थी। दौड़कर जाना और लौटना था।

चूँकि साहब लोग कल सुबह ही आने वाले थे, कुशाप्पा उस पार अपने गाँव मसणमाल नहीं गया। उसने गुणवंत के ही घर पर भोजन किया। दोनों बाहर चाँदनी मे सोये। सोने से पहले गुणवंत आग ज़लाना नहीं भूला। चारों ओर से जंगली

जानवरों–विशेषकर जंगली सूअरों तथा भालुओं का संकट था। झाँजड़बाड़ी के चारों ओर लकड़बग्घे भी चक्कर काटते थे। बाँध के कारण पानी रुक जाने से झाड़-झंखाड़, जंगली घास-फूस काफी बढ़ गई थी; इसलिए आदमी और जानवर की जान बचाने के लिए आग जलानी ही पड़ती थी।

दो गहरे मित्र कई दिनों के बाद मिले थे। दोनों बातों में खोये हुए थे। दोनों बीच में ही अपनी राम-कहानी सुनाकर आहें भरते थे। नीचे की ओर, हैबती तथा आवडाई की हालत अच्छी नहीं थी। हैबती को बड़ी मुश्किल से दूसरा खेत मिला था। उसकी गिरी हुई गृहस्थी कभी भी अच्छी नहीं हुई थी। उधर बम्बई में सुभानजी का जो कमरा था, उसमें से किरायेदार परिवार निकल नहीं रहा था। अगर निकला होता तो उसे बेचकर कुछ रुपये आये होते; छोटे भाई की कुछ सहायता की होती। हैबती की फटेहाली को देखकर गुणवंत छटपटाता था।

कुशाराजा बीच में ही पेशाब के लिए उठने लगा। उठते-उठते उसकी बायीं बगल में टीस उठी "अरी माँ"–कुशाप्पा छटपटाया। गुणवंत ने घबराकर पूछा–

"राजा, क्या हुआ ?"

"उस बाघ ने पसली में पंजा मारा था न; बीच-बीच में ऐसी ही जानलेवा टीस उठती है।"

बाघ के साथ कुशाप्पा की टक्कर का रहस्य अकेला गुणवंत ही जानता था। सायरी तथा मंजुला को उसने जरा-सा भी पता नहीं दिया था। उसने उन दोनों से झूठ ही कहा था–"निजामपुर से लौटते समय जंगली भैंसे ने हमला किया। रौंद दिया।" कुशाप्पा ने एक महीने तक बिस्तर पकड़ा। बूढा बिबवा बहेलिया अपनी औषधियों की पोटली लिये रात-दिन उसके सिरहाने बैठा रहा। कई वनस्पतियाँ पीसी गयीं, उबाली गयीं; कपड़े से छानकर पिलाई गयीं। बिबवा ने अच्छी तरह से जान लिया था कि कुशाप्पा के मुँह पर आयी हुई खरोंच बाघ के नाखूनों के कारण आयी हुई है। इस घटना के बाद कुशाप्पा की तगड़ी देह की शान सदा के लिए चली गयी। उसके आकर्षक मुँह पर खरोंच के निशान सदा के लिए रह गये। वह उस बीमारी में दुबला हो गया। उसके बाद उसका शरीर कभी भरा ही नहीं। कुशा पेशाब से वापस आया। गुणवंत ने कहा–

"राजा, अगर आप मुझे साथ ले लेते तो एक नहीं ऐसे दस-दस बाघ मार देता।"

"सिर्फ बाघ मारने से क्या होता ? चमड़े के रुपये पाने थे न ?"

कुशाप्पा के इस प्रश्न के लिए गुणवंत के पास उत्तर नहीं था। उसने मौन साधा। हवा का एक झोंका आया और चला गया। गुणवंत ने कहा–

"राजा, मैंने कई बार कहा था कि आप अपनी बेटी के ब्याह के संबंध में सिंचाई की व्यवस्थावाले भाग के चक्कर में मत पड़िए। आखिर क्या हुआ ? दहेज के मसले पर ब्याह टूट ही गया न ?"

"जो हुआ अच्छा ही हुआ। ऐन समय पर बालू बंडगर दूल्हा बनकर मंडप में

खड़ा हुआ। गरीब के घर का लड़का, तभी तो मेरी बेटी का अच्छा ख्याल रखता है। मेरी आधी गृहस्थी की ओर भी ध्यान देता है। लड़का अच्छा मिल गया। गुणवंत उस सिंचाई वाले भाग के, उस पढ़े-लिखे लोगों का मान-सम्मान करना मेरे बस की बात नहीं थी।''

गुणवंत ने करवट बदली। बोलते-बोलते उसकी आँख लग गई। कुशाप्पा बीच-बीच में जग जाता। 'चाँद की चट्टान' की ओर देखता। उसे लगता कि 'चाँद की चट्टान' बाघ की तरह सीधे बदन पर आ रही है। सुबह येलू तथा गुलू की हाँकों से दोनों जग पड़े। दोनों लड़के सुबह होने से पहले ही फूलमालायें ले आये थे। लगता है, पट्ठे रातभर सिर्फ चल ही रहे थे। एक दिन और एक रात निरंतर दौड़कर लायी हुई मालायें सूखनी नहीं चाहिए—गुणवंत ने उन पर पानी के छींटे मार दिये।

सुबह नौ बजे से तीनों बाड़ियों के लोग बैताल की कगार पर रुके हुए थे। बाट जोह रहे थे—साहब अब आयेंगे तब आयेंगे। सूरज डूब गया पर साहब नहीं आये। गुणवंत ने फूलमालायें देहरे पर रख दीं। शायद एक-दो दिन बाद साहब लोग आ जायें। इसलिए कि मालाएँ सूख न जायें, गुणवंत सुबह-शाम पानी के छींटे मारता रहा। पंद्रह दिन बीत गये। मालायें बिलकुल सूख गयीं। फिर भी गुणवंत को उन्हें उठाकर फेंकने का ढाढस नहीं हो रहा था। कैसे होता ? उनके लिए तीस रुपये गिन-गिनकर दिये थे। चर्बी चढ़ी हुई दो मुर्गियों को बाजार दिखाया गया था इन मालाओं के लिए। अगर मुर्गियाँ घर पर होतीं तो उनके कितने अण्डे मिलते। उनके कितने चूजे आँगन में खेलते। यों ही कुछ दिन बीते और यकायक रात को संदेशा देकर दूसरे दिन सुबह साहब लोग लाला की लांच पर बैठ बाड़ी के किनारे पहुँचे। आखिर चम्पा के फूलों से ही उनका स्वागत किया गया।

साहब लोगों ने घूम-घूमकर बाड़ियों का मुआयना शुरू किया। बूढ़े बिबवा ने हाथ जोड़कर कहा, ''देखिए साहब, हमारा यह मामला टूटे हुए ब्याह की तरह है। आप इसे किसी तरह सुलझा दीजिए। आप सिर्फ अपना हाथ हमारे सिर पर रखिए, सब ठीक हो जायेगा।'' कोलगाँवकर तथा भोंसले दोनों अचम्भे में आकर सारा परिसर देख रहे थे। बाड़ियों की नाक तक पहुँचा हुआ पानी; लोगों के सीने पर सवार ऊपर वाला फॉरेस्ट का सिवान, लोगों की दुखती-खुपती जिंदगी; इनकी शिकायत गलत नहीं थी। साहब ने पूछा—

''इस गाँव में सस्ते अनाज की दूकान है ?''

''साहब, दूकान कहाँ है ? दूध की लांच से उस कॉलोनी पर जाना पड़ता है। अगर लांच बंद हुई तो पहाड़ के रास्ते पाँव तोड़ते रहो। बारिश के दिनों में चार महीने घास-फूस की कुटिया में बिताने पड़ते हैं।''

''स्कूल ?''

''है न; तीसरी तक; पर बरसात में मास्टर पूरा वेतन लेकर भी घर पर। गर्मी

में वेतन लेने के लिए एक बार चला जाये तो पंद्रह दिन तक लौटता नहीं।"

"लोगों की बात सही है। इस पहाड़ी इलाके के मास्टर पंद्रह-पंद्रह दिन लापता रहते हैं।" विधायक ने कहा।

"यह सब कैसे चलता है ?" साहब ने आश्चर्य के साथ पूछा।

"तहसील के प्रमुख मास्टर को रिश्वत देने पर सब चलता है। फिर तो कितने ही दिनों तक झाँसा दे दो।"

"ऐसे मास्टरों पर कुछ एक्शन नहीं ?"

"एक्शन कैसे लेंगे ? इस दुर्गम भाग में आने के लिए कोई भी अध्यापक तैयार नहीं रहता है। उन्हीं लोगों को इस ओर सजा देने के उद्देश्य से भेजा जाता है, जिन्हें एक-दो बार सस्पेंड किया गया था।"

"साहब, अध्यापक की ही बात नहीं," कुशाराजा ने हँसकर कहा, "आपके पटवारी और ग्रामसेवक भी आज ही यह इलाका देखने आये हैं। आप न आते तो वे भी नहीं आते। हमें मामूली खसरे के लिए कॉलोनी तक पैर तोड़ने पड़ते हैं।"

पटवारी और ग्रामसेवक ने मुँह छिपा लिया। चार घंटों में तीन बस्तियों का मुआयना किया गया। इरलेबाड़ी से लौटते समय साहब लोगों ने देखा—एक बहेलिया नंग-धड़ंग हो धूप सेंक रहा था। उसके मुँह पर कई जख्म थे, मुँह पर सूजन आ गयी थी। उसका मुँह धोख की तरह दिखायी दे रहा था। उसके बदन पर भी खरोंच दिखाई देती थी। बहेलिये की घरवाली उसके बदन को तेल लगा रही थी। वहाँ पर आते ही साहब के पैर अपने आप रुक गये। गुणवंत ने कहा, "साहब, यह भिवरु बहेलिया है; चार दिन पहले वह सूखी टहनियाँ इकट्ठा करने के लिए जंगल में गया था। अकेला देखकर, भालुओं ने उसे फाड़ डाला। अच्छा हुआ कि उसका शोर सुनकर, राह चलते लोग दौड़ पड़े; वरना इसका, अपने बाल-बच्चों में लौटना ही मुश्किल था। "

तीनों बाड़ियों का मुआयना हो जाने के बाद लोग आम के पेड़ के नीचे बैठ गये। वहीं पर थोड़ी देर के लिए बैठक हो गयी। पवार साहब ने सरकार की ओर भिजवाने के लिए कच्चा प्रस्ताव तैयार किया। झाँजड़बाड़ी के पच्चीस, इरलेबाड़ी के बत्तीस, कुशाप्पा के परिवार सहित मसणमाल के रहे-सहे सभी परिवार, बिबेबाड़ी के बचे-खुचे परिवार—सब का स्थानांतरण करना था। इन सबके पुनर्वास के लिए पच्चीस लाख रुपयों का खर्चा होगा; पर अगर मकान और बस्तियाँ न उठाकर वहाँ तक रास्ते खुदवाने हों तो उसके लिए बहुत काम करना होगा। सहयाद्रि की चट्टानें तोड़नी थीं—करोंड़ो का मामला था। लगातार घूमने के कारण दोनों साहबों के पैरों में दर्द हो रहा था। उन्होंने प्रस्ताव को अनुमति दे दी। साहब लोग लांच में बैठे। झाँजड़बाड़ी के बाशिदों ने लिखित निवेदन दिया—जिन्होंने जलावन के लिए लकड़ी काटी है उन गरीबों पर दायर किये गये मुकदमे वापस लिये जायें। फरसू बहेलिये को मुक्त किया जाये। साहब ने ध्यान देने का वचन दिया। तीनों बाड़ियों के लोगों ने भरे हुए मन से साहब को विदा किया। लांच मगर

की भाँति मुँह में पानी लेकर पीछे सरक गयी और फिर पूर्व की ओर मुड़ गयी।

साहब लोग चले गये। बाघजाई के पानी के घेरे में अटके हुए लोगों के जी में जी आया। वे अब खुशी के सपने देखने लगे। जोताई-बोआई के लिए बदले की जमीन, रहने के लिए बड़ा भूखंड, नयी गोट-बस्ती में हर दरवाजे पर पानी के नल। दाह-संस्कार के लिए बिलकुल नया श्मशान। बाकी सब लोग हवा में चल रहे थे, पर कुशा अच्छी तरह से जानता था कि सरकारी झटका क्या होता है ? वह और गुणवंत दोनों प्रस्ताव के संबंध में बार-बार याद दिलाते थे। जिला कार्यालय में विधायक सालुंखे से भिलते थे। बीच-बीच में समाचार निकलता। अब प्रस्ताव आंबेपुर से मंत्रालय जा पहुँचा है। अब इस डिपार्टमेंट में चला गया है, उस डिपार्टमेंट में मंजूरी की राह पर है।

एक दिन विधायक भाऊसाहब सालुंखे का संदेशा मिला—फलाँ-फलाँ तिथि को बंबई निकलना है, दस-पंद्रह लोग मिलकर आइए। फिर से तीनों बस्तियों की बैठक बैताल की कगार पर हुई। चार ही दिन में बंबई निकलना था; पर यात्रा-व्यय का क्या होगा? बस का ड्राइवर सगा-संबंधी थोड़े ही था जो उन्हें मुफ्त में ले जाये। सब लोग यात्रा-व्यय के मामले पर चुप होते थे। आज तक जिस काम को आगे धकेला था उसे अब बीच में ही छोड़ा नहीं जा सकता था। "खुद को बेच डालेंगे, पर बंबई जायेंगे"—सबने कठोर संकल्प किया। किसी ने मुर्गियाँ बेच डालीं; किसी ने बकरियों-मेमनों को बाजार दिखाया। बूढ़ा बिबवा तो सबसे पहले तैयार बैठा था; पर उसके लड़के यात्रा-व्यय के रुपयों को लेकर भुनभुन करने लगे। बिबवा ने बारिश में सर्दी से बचने के लिए चोरी-छिपे महुए की शराब छानी थी। उसने शराब के तीन मटके घर के पिछवाड़े में गाड़ दिये थे। उसने शराब बेचकर बंबई चलने की तैयारी की। किसी ने शहद बेच कर रुपये जमा किये। किसी ने कोयले के भट्टीवाले से पेशगी ली। जैसा तय हुआ था—सोलह-सत्रह लोग बंबई रवाना हुए।

ग्रामीण-विभाग-कार्यालय के निकट निवास कर प्रतिनिधि-मंडल मंत्रालय की ओर चलने लगा। गुणवंत तथा कुशाप्पा ने इससे पहले, प्रस्ताव के संबंध में ही कई बार बंबई की यात्रा की थी। उनके लिए बंबई अपरिचित नहीं थी; पर बाकी सभी लोग पकड़कर लाये गये मवेशियों की भाँति डरे-सहमे चल रहे थे। जैसे ही लिफ्ट ऊपर की मंजिल पर जाने लगी बिबवा घबड़ाकर गुणवंत से लिपट गया—अरे, यह भूकंप तो नहीं हो रहा है ? विधायक भाऊसाहब सालुंखे की, सिंचाई विभाग के मंत्री सुबराव अण्णा पाटील के निकट अच्छा रोब था। प्रतिनिधि-मंडल वहाँ जा पहुँचा। भाऊसाहब ने पुनर्वास विभाग से कई बार संपर्क कर तीनों बाड़ियों के पुनर्वास का प्रस्ताव मंजूर करवा लिया था। वह फाइल मंजिल-दर-मंजिल होते-होते सिंचाई विभाग पहुँच गयी थी। सिंचाई विभाग द्वारा हरी झंडी दिखाने पर तीनों बाड़ियों के लोगों की दिक्कतें सदा के लिए समाप्त होनेवाली थीं। विधायक ने मंत्री महोदय से तीनों बस्तियों की राम-कहानी संक्षेप में कही। मंत्री महोदय ने भी उसे संक्षेप में ही सुन लिया। उन्होंने उपसचिव आलंदीकर साहब

को बुलाया।

आलंदीकर जल्दी-जल्दी केबिन में आये। बाघजाई कछार में, पानी के घेरे में अटके हुए, धरती के सपूतों की ओर इशारा कर मंत्री महोदय बोले–

"ये हैं हमारे लोग ! जंगल-पहाड़ से आये हैं।"

"येस सर।"

"जंगल-पहाड़ में रहनेवाले इन लोगों को भी लगना चाहिए कि यह सरकार इनकी अपनी है।"

"येस सर।"

"साहब, आप स्वयं ही प्रस्ताव मँगा लीजिए। आप ही जरा देखिए।" विधायक ने बिनती की।

"आप चिंता मत कीजिए; हम इशारे से ही सब जान जाते हैं। मुझे एक मीटिंग में जाना है। आवश्यकता पड़ने पर हम हैं ही। फिलहाल आप आलंदीकर से बात कीजिए।"

केबिन में "येस सर, येस सर" कहकर मोथा घास की तरह झुकनेवाले आलंदीकर साहब केबिन से बाहर निकलने पर कुछ ज्यादा ही कठोर हो गये। वे नाराज होकर विधायक से बोले–"डाइरेक्टर साहब के पास जाने से पहले मुझसे बात कर लेते।" आलंदीकर अपनी केबिन में, अपने अधिकार वाली कुर्सी पर विराजमान हुए। वे अब बहुत ही शक्तिशाली दिखाई दे रहे थे। उन्होंने जरा नाराज होकर ही फाइल मँगायी। ऊपर का लाल फीता अलग किया। चार कागज ऊपर के और चार कागज अंतवाले पढ़ लिये। गर्दन ऊपर उठाकर, त्योरियाँ चढ़ाकर उन्होंने हुंकार भरी–

"हाँ, कहिए।"

"साहब, कहना क्या है ? ये लोग बहुत कठिनाइयों में जी रहे हैं। मंत्री महोदय ने 'हाँ' कह ही दिया है। कागज सिफारिश के साथ आ ही गये हैं। आप सिर्फ सही का एक निशान लगा दीजिए; बस्स काम हो ही गया।"

"लेकिन उन्होंने लिखित आदेश कब दिया है ? जिम्मेदारी कौन लेगा ? मैं कल ही उनके सामने प्रपोजल पुटअप करता हूँ।"

"पर साहब !"

"विधायक साहब, हमें ये सब बातें देखनी पड़ती हैं। संकट में पड़ जाने पर जान बचाने के लिए कोई आगे नहीं आता।"

"आप जैसा चाहें वैसा ही कीजिए।"

"लेकिन हमारी मान्यता से पहले यह केस मंजूरी के लिए एफ.डी. के पास भिजवाना होगा।"

"एफ.डी. ?"

"जी हाँ–फाइनान्स डिपार्टमेंट।"

"साहब, अब ज्यादा मत खींचिए। यह मेरे चुनाव क्षेत्र से संबंधित काम नहीं है; फिर भी मैं इन लोगों को ले आया हूँ। हमारे ये पहाड़ी बाँधपीड़ित बहुत कठिनाइयों में जी रहे हैं। विधायक सालुंखे कहने लगे, "साहब, इनकी दिक्कतों के संबंध में क्या कहें ? कई कठिनाइयाँ हैं। सड़कें नहीं हैं। बाजार जाना हो तो इन्हें चालीस-चालीस किलोमीटर पहाड़ी रास्ते से जाना पड़ता है। मुर्दा भी गाँव तक पहुँचता नहीं। जंगली जानवर इनकी बस्तियों पर हमला करते हैं। आप जरा-सी पूछताछ कीजिए–किसी की बहन बारिश में, रास्ते में ही प्रसूत हुई; किसी को भालू ने फाड़ डाला–कोई चट्टान से गिरा।"

विधायक की बातें सुनते-सुनते आलंदीकर साहब को हँसी आ रही थी। उन्होंने हँसकर पूछा–

"विधायक साहब, आप ये किस देश की बातें कह रहें हैं ? आफ्रिका की ?"

"साहब, मैं यह अपने ही प्रांत में हो रही घटनाओं के संबंध में कह रहा हूँ। आप जरा उधर कोयना क्षेत्र में हो आइए। वहाँ की बिजली पर पूरे महाराष्ट्र का नंदनवन हुआ; पर विस्थापितों की घर-गृहस्थी के चीथड़े अब भी हवा पर उड़ रहे हैं। आप कोयना क्षेत्र में जाइए, पानशेत मे जाइए, कुकड़ी-योजना के डूब-क्षेत्र में जाइए, मुलशी में जाइए, चांदोली-योजना के विस्थापितों को देखिए–आपको सभी जगहों पर इस क्षण भी ये ही स्थितियाँ दिखाईं देंगी।"

"यूवर टाक इज मार्वलस आफ्रिकन फिक्शन। देखते हैं; कभी आकर आपके बाघजाई कछार को देखेंगे।"

"साहब, जरूर देखिए; बड़ी कृपा होगी," गुणवंत ने बीच में मुँह डाला, "आप चूनेवाली, पुरानी लांच में दो घंटे बैठकर भीतर आ जाइए। हमारा घिरा हुआ इलाका देख लीजिए। साहब सच कहता हूँ, आप आइए। देखकर आपकी भी आँखें भर जायेंगी। आपको सिर्फ वहाँ तक आना होगा, देखना होगा। अगर आप एक बार भी हमारे इलाके को देखेंगे, आप कोरे कागज पर भी हस्ताक्षर कर देंगे।"

गुणवंत का इस कदर बीच में ही बोलना आलंदीकर साहब को अच्छा नहीं लगा। सच ही, ग्रामीण विभाग से बंबई आनेवाले प्रतिनिधिमंडलों की संख्या इधर कुछ ज्यादा ही हो रही है। आलंदीकर ने आवाज चढ़ाकर कहा–

"क्या हम हर एक मामले में नीचे जाकर मुआयना करें ? जिले में कलक्टर, ए.सी. भी तो हैं ? वे क्या कर रहे हैं ?"

"साहब, उन्होंने तो क्लीयरकट रिपोर्ट भेज दी है; अब आपके "हाँ" कहने की आवश्यकता है।" विधायक ने कहा।

"एनी वे। अपार्ट फ्राम दिस प्रपोजल–मुझे आपका कहना कुछ सही नहीं लगता। विधायक महोदय, क्या इतनी कठिन परिस्थितियों में लोग जी सकेंगे ?"

"साहब, हम वही तो कह रहे हैं।" कुशाप्पा झटसे उठकर बोला, "इन सभी प्रश्नों

के उत्तर भक्त तुकाराम ने पहले ही दे दिये हैं, मछली भगवान के दरबार में—पानी में नींद कैसे ले पाती है ? उसके वंश में जन्म लेने पर ही पता चलता है। यहाँ मंत्रालय में चौथी-पाँचवीं मंजिल पर बैठने से पता नहीं चलेगा।''

कुशाराजा की बात सुनकर सभी हँस पड़े। बात साहब के मन में चुभ गयी। मन में उभड़े हुए क्रोध को बाहर व्यक्त करना मुश्किल था। फिर भी चोट खायी हुई आवाज में, एक आँख को छोटा कर, उन्होंने कहा,

''बाँधपीड़ितों के कुछ ज्यादा ही लाड़ लड़ाये जा रहे हैं। हर बात के लिए शोर करते हैं; मानो उन पर आसमान ही टूट पड़ा हो। जहाँ कहीं बाँधनिर्माण-कार्य की बात आरंभ होती है, ये लोग मरण, आंदोलन न जाने क्या-क्या बात करने लगते हैं। क्या पुनर्वास पाँच-दस साल देर से हो जाने पर धरती फट जायेगी ? पहले अधूरी बाँध-योजनायें पूरी करनी होंगी। सरकार को उसके लिए तीन हजार करोड़ रुपयों का व्यय करना पड़ेगा। उधर व्यय निरंतर बढ़ रहा है। और इधर आपकी माँगें बढ़ रही हैं; विकास का महत्त्व अधिक है या दो-चार आदमियों का ?''

''अच्छा साहब, आप इन बाड़ियों का काम कब तक पूरा करेंगे ?'' सालुंखे ने उठते-उठते पूछा।

''अभी फाइल एफ.डी. कहाँ गयी है ? उधर से रिमार्क आने होंगे। पर विभाग की आर्थिक स्थितियों को देखकर ऐसा लगता है कि यह प्रस्ताव जल्दी चल नहीं निकलेगा।''

''लेकिन साहब...''

''हाँ-हाँ, ठीक है; आइ वील ट्राइ बेस्ट आन माइ लेवल !'' आलंदीकर ने विधायक सालुंखे के हाथ में हाथ देते हुए कहा।

सभी लोग सिटपिटा गये। पानी और जंगल से बाहर निकलने के लिए इतना सिर खपा रहे हैं, और फिर वही घेरा ? वे मुर्दे, वे संकटग्रस्त जच्चे, जंगली जानवरों के हमले, मरकुहा फॉरेस्टर, आदमियों से अलग करनेवाली घनघोर बारिश—साहब की नकार को सुनकर युवक चिढ़ गये। रग्घू भोंसले गुर्राने लगा। विधायक भाऊसाहब ने अपनी बात को आगे बढ़ाते हुए कहा—

''साहब, जो भी हो, यह काम होना ही चाहिए।''

''अजी, आप यह क्यों नहीं समझते ? विकास का संतुलन, फिनानसियल डिफिकल्टीज, गलत नियोजन।''

''साहब,'' चिढ़ा हुआ रग्घू चाबुक के तसमे की तरह बीच में गरज उठा, ''साहब आपका नियोजन गलत हुआ; क्या आप इसकी सजा हमें देंगे ? हमारी बरबादी करेंगे ?''

''आई काण्ट बीअर दिस। कौन है यह उजड्ड ? पहले इसे बाहर निकाल दीजिए !''

आषाढ़ का महीना। पुनर्वसु नक्षत्र समाप्त हुआ था। पुष्य की भारी बूँदें दनादन बरस रही थीं। छतनों को तोड़ रही थीं। बालू-बापू की चोटियों से पानी के प्रवाह टूट-टूट

कर गिर रहे थे। बूढ़ा बिबवा जंगल से ठिठुरकर आया था। वह आते-आते मेंडों को कुरेदकर कुछ केंकड़े ले आया था। वह चूल्हे के अंगारों पर केंकड़े भून-भूनकर अपने नातियों को दे रहा था। महुए की शराब का मटका खाली था। झख मार दी जो बंबई की यात्रा के लिए हमने शराब बेच डाली। अब बदन से सर्दी हट नहीं रही है। वहाँ का काम भी नहीं हुआ। चूल्हे के निकट बैठे हुए बच्चे बूढ़े से बंबई के बारे में पूछ रहे थे। कहते हैं, हरे-हरे पहाड़ों से परे, दूर बादलों से भी परे बंबई है। बच्चे उत्सुकता से सुन रहे थे। बूढ़ा भी रुचि ले-लेकर बता रहा था। वह एक-एक चीज का वर्णन कर रहा था—रानी का बाग, बूढ़ी का बड़ा जूता, कहते-कहते वह मंत्रालय पर आया। नातियों ने पूछा—

"बूढे, तुम जो 'मंत्रालय, मंत्रालय' कह रहे हो, कैसा है यह मंत्रालय ?"

"मंत्रालय ? बच्चो, मंत्रालय बहुत बढ़िया है। मंजिल पर मंजिल, मंजिल पर मंजिल—छह मंजिलें। इस मंजिल से उस मंजिल पर ज़ाने के लिए सीढ़ियाँ नहीं हैं। कोने-कोने पर बिजली के पलने हैं। बटन दबाओ कि झट से ऊपर—हनुमान की तरह; आसमान की ओर बढ़ते चलो; बढ़ते चलो। बिजली के ठंडे-ठंडे पंखे; ठंडे पानी की मशीन। बच्चो, वह तो इंद्रपुरी है इंद्रपुरी।"

"बूढ़े, वहाँ का राजा कहाँ रहता है ?"

"राजा ? राजा रहता है पाँचवी मंजिल पर; शेष प्रधान हर मंजिल पर। राजवाड़े के बाहर चार पैरोंवाले घोड़े खड़े हैं।"

"और बूढ़े, रानी कहाँ रहती है ?"

"बच्चो, वह तो कहीं दिखाई ही नहीं दी; पर कहते हैं, वह दूर सागर के किनारे पर और बादलों की आड़ में रहती है।"

दो

बकरियों के बाड़े में मेमने छलाँग लगा रहे थे। कुशाप्पा बाहर पीपल के तले, तने से सटकर बैठा था। दो बहुत छोटे मेमने उसके बिलकुल निकट बैठे थे। कुशाप्पा की नजर नीचे कगार की ओर चली गई। एक मोटे बदन वाला गोरा-चिट्टा आदमी चढ़ाव पार कर ऊपर आ रहा था। उसके आगे बिबेबाड़ी का बाशिन्दा विष्णु तेजी से चल रहा था। स्थूलकाय आदमी पैरों को खींचते हुए चल रहा था। ये दोनों कहाँ जा रहे हैं ? पहाड़ में ? किसलिए ? देखते-ही-देखते दोनों निकट आ गये। विष्णु कुशाप्पा की ओर देखकर हँसा; कुशाप्पा झट से उठ खड़ा हुआ—अरे ! ये तो मेरी ही ओर आ गए !!

कुशाप्पा भीतर से कंबल ले आया। उसने कंबल पेड़ की छाया में बिछा दिया।

अतिथि को मटके का ठंडा पानी दिया। कुशाप्पा अतिथि की ओर टुकुर-टुकुर देखने लगा। चढ़ाव चढ़कर आने के कारण थके-माँदे अतिथि का मुँह और भी लाल हुआ था। लगता है, शहर में अच्छा रचा-पचा है। इधर क्यों आ गया ? विष्णु ने अतिथि से कहा—

"यही कुशाप्पा बनगर है।"

"मैं बी.बी.शाह !" अतिथि बोला, "मैं जी.एण्ड एम. कम्पनी में पार्टनर हूँ। आपके पास एक काम से आया हूँ।"

"काम शिकार का हो तो बिलकुल मत कहिए !" कुशाप्पा ने पहले ही कह दिया।

"न, न; शिकार का नहीं है।"

"कानून की फाँस बहुत सख्त हो गयी है; इसलिए कहा। मामूली सूअर का शिकार करने पर भी सख्त कैद होती है।"

अतिथि के संकेत पर विष्णु ने जेब से कागज निकाला। अतिथि हँसकर बोला, "जाँभली में आपके पिताजी—मल्हारी—के नाम पर ढाई एकड़ जमीन है।"

"क्या ?"

"जी हाँ, यह देखिए खसरा।" विष्णु हँसकर बोला।

कुशाप्पा क्षणभर के लिए हैरान हुआ। बाद में उसे याद आया—बचपन में उसका बूढ़ा बाप हमेशा कहता था, "हमारे पास छप्पन देहातों की जागीर थी। हम इस जंगल के राजा हैं।" कुशाप्पा ने सिर खुजलाया और पूरी-की-पूरी गुत्थी सुलझ गयी। जब तक बूढ़ा था, तब तक बाड़ी से जाँभली के निकट स्थित लाडूबा के लिए प्रसाद जाता था। मेले के अवसर पर तो मल्हारी की रंगीन गाड़ी लाडूबा की ओर जाती। एक बार मल्हारी ने मेले में से ही बगल वाली दो-तीन एकड़ जमीन दिखाकर कुशाप्पा से कहा था, "बेटे, वह देखो, वही है हमारी जमीन, जागीरवाली। हम राजा हैं इस मुल्क के।" कुशाप्पा ने आश्चर्य से पूछा—

"अजी, वह जमीन तो बिलकुल टीले पर है। उसमें फालतू घास भी नहीं उगती। क्या करेंगे उसे खरीदकर ?"

"राजा, हम आपसे वही कहने आये हैं।" विष्णु कहने लगा, "शाह साहब अब बूढ़े हुए हैं। कहते हैं कि वे बंबई में नहीं रहेंगे। उन्हें आपकी जमीन पर एक छोटा-सा बंगला बनवाना है। कहिए, आप जमीन बेचेंगे न ?"

"उसमें क्या दिक्कत है ? ले लीजिए। हम उसमें बोआई करने थोड़े ही जाएँगे ?"

"रेकार्ड पर आपके पिताजी का नाम है। अर्जी देकर आपको अपना नाम चढ़ाना होगा।" शाह ने कहा।

"मैं उस संबंध में कुछ नहीं जानता। जो कुछ करना है आप कीजिए। अँगूठा कहाँ लगाना है, उतना बताइए।" कुशाप्पा हँसकर बोला।

"अब जरा व्यवहार की बात करेंगे। कहिए, आप ढाई एकड़ के कितने रुपये लेंगे?

कुशाप्पा चकरा गया। कमाल है, आज सुबह-सुबह पठार पर किसका मुँह देखा था ? सियार का थोबड़ा तो नहीं देखा ? जाँभली में जमीन है या नहीं—यह तो मैं भूल ही गया था। जो है, वह भी परती पड़ी हुई। उस बंजर पठार का उपयोग ही क्या है ? जाँभली गाँव तो कभी का उठकर चला गया है। वहाँ पर कोई मुफ्त में भी सुस्तायेगा नहीं। आज उसी जगह को खरीदने के लिए नकद रुपये लिये ग्राहक दरवाजे पर खड़ा है। कुशाप्पा के मन में आया, प्रति एकड़ पाँच सौ रुपये का भाव बताया जाये; पर क्या पता, अतिथि प्रति एकड़ हजार रुपये देने के लिए भी तैयार हो। हाँ, बकरी मेरी है; पहले दाम वही बताये।

ऊपर-नीचे देखकर अतिथि बोला, "प्रति एकड़ दस हजार दे देता हूँ।"

सुनकर कुशाप्पा को ऐसा लगा जैसे वात का झटका आ गया हो। उसने गुदगुदी छिपाने का प्रयास किया। फिर भी उसके मुँह पर प्रसन्नता झलक रही थी। पर नहीं,...दरवाजे पर खुद चलकर आया हुआ ग्राहक चला जायेगा। फिर बुलाने पर भी कोई नहीं आयेगा। मन में आई हुई राशि को कम करते हुए कुशाप्पा बोला, "देखिए जी, प्रति एकड़ बारह हजार रुपये आयेंगे तो जमीन दे दूँगा।"

"कबूल !" अतिथि बोला।

इतनी बड़ी रकम देना विष्णु को अच्छा नहीं लगा। वह विचलित हुआ। अतिथि ने बिना विचलित हुए जेब में से पाँच सौ रुपये निकाले; कुशाप्पा को पेशगी के रूप में दिये। अतिथि ने कागज पर कुशाप्पा के अँगूठे का निशान लिया। कुशाप्पा खुश हुआ। ढाई एकड़ के तीस हजार रुपये। उसने आषाढ़ की बारिश की शीतलता अनुभव की। अतिथि चाय नहीं ले रहा था। इतने मोलवाले अतिथि को यों ही जाने दिया जाये ? कुशाप्पा छाछ से भरी दो लुटियाँ ले आया। तय हुआ कि चार दिनों के बाद शेष राशि देकर कागज किया जाये। अतिथि तथा विष्णु दोनों चले गये।

कुशाप्पा ने भीतर जाकर बेटी सायरी के बदन पर प्यार से हाथ फेरा। अश्रुधारा को रोकते हुए वह कहने लगा, "सायरी बेटी, एक साल पहले अगर भगवान इस प्रकार हाथ देता तो बाघ से टक्कर लेने की क्या आवश्यकता थी ? बात कुछ और ही हो जाती। पर अब मैं, जन्म लेने वाले तुम्हारे बच्चे के लिए तीन तोले का गहना बनवाऊँगा।"

"रहने दीजिए बाबूजी।" सायरी गद्गद् होकर बोली, "जब फसल पानी के बिना सूखती होती है तब बारिश की एक बूँद भी नहीं गिरती। गर्मी में खुले सिवान में दौंगड़ा गिरता है। उसे लेकर क्या करेंगे ?"

"बेटी, इस बाँध की वजह से पूरा जीवन ही बरबाद हो गया। कितने भी हाथ-पैर मारिए बाँध अब पीठ नहीं छोड़ेगा।"

शाम मेमनों को लिये, बकरियों को हाँकते हुए मंजुला आयी। बकरियों के बाड़े में पैर रखने से पहले ही कुशाप्पा आगे बढ़ा। उसने अचंभित करने वाली सारी बातें मंजुला को बतायीं। मंजुला ने आँखें तरेरकर देखा—लगता है, कुशाप्पा ने दिन में

ही शराब ठूँस ली है। कुशाप्पा ने बटुआ खोला। उसने पीपल के पत्तों की तरह लम्बे-चौड़े तथा हरे रंगवाले पाँच नोट मंजुला को दिखाये; तब जाकर मंजुला को यकीन हुआ। फिर भी उसका चेहरा लटक गया था। वह बोली–

"अतिथि आया था, यह बात तो सही है; पर..."

"पर क्या ?"

"वह लौटकर आयेगा न ?"

कुशाप्पा भी उदास हुआ। अतिथि को आना ही चाहिए; नहीं, व्यर्थ मुँह की खानी पड़ेगी। यह पाँच रुपये हाथ पर रखकर, धोखा देने का, शहरवासियों का खेल तो नहीं होगा ? बालू, सायरी, कुशा, मंजुला, विमला और छबू–सब रातभर चर्चा करते रहे। मुँह मीठा होता था और कड़ुवा भी। ऐसा भी लगता था, और वैसा भी।

दूसरे दिन सुबह बकरियों के बाड़े के दरवाजे पर रंगाप्पा आया। वह भी पहली लांच से आया था। यह कॉलोनी छोड़कर यहाँ कैसे आ धमका ? उसने कुशाप्पा को 'राम-राम' की। कुशाप्पा ने अचरज से पूछा–

"क्यों जी रंगाप्पा, कैसे आना हुआ ?"

"आप पहले यह बताइए कि मेरे आने से पहले आपके पास कौन-कौन आया था ?"

"मैं समझा नहीं।"

"नहीं ? वह विष्णु भिलारे नहीं आया था ?"

"हाँ, आया था, आपको कैसे पता चला ?" कुशाप्पा ने सहमकर पूछा। उसे शंका हुई–यह रंगाप्पा मुझसे रुपये उधार माँगने के लिए तो नहीं आया ?

"पहले यह बताइए कि सौदा पक्का हुआ या अभी होना है ?"

"पक्का हुआ है।"

"बात कैसे तय हुई ?"

"बारह हजार रुपये प्रति एकड़।"

"उसने आपको धोखा दिया है", रंगाप्पा चिंता को दबाते हुए, नकली हँसी हँसकर बोला, "राजा, आप अभी भी मेरी बात मान जाइए। विष्णु बीच में बहुत कमीशन मारता है। मैं साबीरा बिल्डर के लिए कार्य करता हूँ। बोलिए, प्रति एकड़ पंद्रह हजार रुपये दे दूँ ?"

"इस कुशा को जंगल का राजा कहते हैं। एक बार शब्द देने पर उसको निबाहने के लिए जान भी दे दूँगा, पीछे नहीं हटूँगा।"

"राजा, गंगा आपके दरवाजे पर आयी है; उसमें आप हाथ धो लीजिए।" रंगाप्पा बिनती करने लगा।

कुशाप्पा ने साफ-साफ नकार दिया; पर वह गड़बड़ा गया था। बंजर भाग में जमीन का इतना दाम क्यों आ रहा है ? किस लिए यह दौड़ मच गयी है ? कुशाप्पा को उत्तर

देते हुए रंगाप्पा बोला—

"राजा, आप पहाड़ में रहिए। कुत्तों-सियारों की संगत में दिन बिताइए। आप बंबई पुणे के लोगों की तरह कभी भी नहीं बन जायेंगे।"

"मैं समझा नहीं।"

"जाँभली बाँध की साइट बिलकुल बढ़िया है। नीला शंख पानी, ठंडी हवा। पहाड़ की चोटी पर बत्तियाँ जलेंगी। बत्तियाँ पानी में भी चमकेंगी। शहरवाले लोग बिलकुल खुश होंगे। बाँध के दोनों ओर बँगले बनवा रहे हैं; तभी तो कूड़े के भी भाग खुल गये हैं। बंजर पठार का दाम बढ़ गया है।"

"पर शहर के लोग अपनी घर-गृहस्थी छोड़कर इधर आयेंगे ही क्यों ?"

"आप अनाड़ी की तरह यह कैसी बात कर रहे हैं ? अजी, उन अमीर लोगों का समय नही कटता; इसीलिए ये नखरे करते हैं।"

रंगाप्पा से अचंभे की एक-एक बात सुनकर कुशाप्पा अवाक् हुआ। अंत में, उठते-उठते वह बोला, "राजा, आप एक महीना भर रुकिए। मैं आपको प्रति एकड़ बीस हजार रुपये दिलवा दूँगा। मुझे रंगाप्पा एजंट कहते हैं। बंबई-पुणे की ओर मेरी बड़ी इज्जत है। उधर के लोग मुझे एअर कंडिशंड गाड़ी में बिठा लेते हैं। बोलिए ?" कुशाप्पा अपने बचन को तोड़ना नहीं चाहता था। रंगाप्पा निराश होकर चला गया। मंजुला को पक्का यकीन हुआ कि परती पड़ी हुई, बंजर जमीन के भाग खुल गये हैं। पूरा परिवार दो रातें चैन की नींद सोया। विष्णु को रंगा के आने की भनक पड़ी। दो दिन के बाद विष्णु फिर हाजिर।

"वह कमीना रंगो क्या कर रहा था ?"

"कुछ नहीं", कुशा ने कहा, " वह मुझे बहुत लालच दिखा रहा था; पर मैं तो वचन निबाहने वाला आदमी हूँ।"

"राजा, आपने अच्छा किया जो उसे भगा दिया; नहीं, उस कमीने ने एक ही जमीन चार-चार लोगों को बेच डाली है; सब लोग उसके नाम से चिल्ला रहे हैं।"

"पर, वह शहा आपके साथ क्यों नहीं आया ?" कुशा ने चिंतित होकर पूछा।

"वह कॉलोनी पर आपकी ही बाट जोह रहा है। ये रहे दस हजार रुपये। कागज हो जाने पर, हस्ताक्षर-ठप्पा होजाने पर बचे हुए रुपये वहाँ पर दे देंगे।"

कुशाप्पा ने नोटों की गड्डी हाथ में ले ली। उसे आँखभर कर देखा। उसने गड्डी वैसी ही मंजुला के हाथ में दे दी। मंजुला ने गड्डी देहरे पर रख दी; उस पर मल्हारी की हल्दी छिड़क दी। नोट दोनों आखों पर लगाये। कुशाप्पा ने बाघेठाण चलने की तैयारी की। मंजुला चिंतित होकर पूछने लगी—

"क्यों जी, इन रुपयों का क्या करेंगे ?"

"रुपये चार दिन घर में ही रखेंगे। अरी, इस टूटे बंडेर को कितने ही दिनों से रुपयों के दर्शन नहीं हुए थे। आगे दो बेटियाँ ब्याहने योग्य हो जायेंगी।"

"ना,ना; घर पर चोर-उचक्कों का डर है। पाँच-सात सौ रुपये घर में रखिए; बाकी सारे रुपये कॉलोनी पर बैंक में रख दीजिए। जाते समय, साथ में गुणवंत भैया को ले जाना मत भूलिए। आप व्यवहार में धोखा खायेंगे; लाख का बारह हजार कर देंगे, हाँ।"

कुशा ने गर्दन हिलायी। मंजुला सच ही कह रही है। मैं व्यवहार में कुशल होता तो बाघ से टक्कर लेकर चमड़ा दूसरे के हवाले क्यों करता ? उसने तुरंत बालू को गुणवंत के पास दौड़ाया। फतुही की जेब में दस हजार रुपयों की गड्डी रख दी। फिर एक बार भगवान बिरोबा को हाथ जोड़कर वह नदी किनारे-किनारे निकल पड़ा। समय पर संदेशा मिला था; गुणवंत भी चला आया। लांच इरलेबाड़ी होकर लौट आयी। एक-दूसरे को टकरा रहे थे। बैठने के लिए जगह नहीं थी। कुशाप्पा तथा गुणवंत एक किनारे बिलकुल सिकुड़कर, सहमकर, एक-दूसरे से सटकर खड़े थे। दूध की गंध पूरी लांच भर फैली हुई थी। नाविक हरिबाबू हाथ में स्टेयरिंग लिये खुश होकर हँस रहा था। गुणवंत ने उसे हाँक दी–

"वोय हरिबाबू, क्या बुढ़ापे में दूसरा ब्याह तो तय नहीं हुआ न ?"

"हम तो किंग हैं, किंग !" हरिबाबू चिल्लाया।

"अरे, वह तो जान गया; पर इतनी खुशी किस बात के लिए ?"

"मैं पर्मनंट हो जाऊँगा। बिलकुल पर्मनंट।"

"क्या इस पुरानी, चूती लांच पर ?"

"अरे हट्ऽ अब पर्यटन-केंद्र होगा। यहाँ बिलकुल नयी लांच आ जायेगी। मैं पर्मनंट ड्राइवर बनूँगा; बिलकुल पर्मनंट।"

गुणवंत हँसने लगा। विष्णु भिलारे और एक इरलेबाड़ीवाला बंबई का बाशिंदा बात कर रहे थे। उनकी बातों से खबर मिली–पालक मंत्री सुबराव अण्णा के दामाद श्री. जॉन फर्नांडीस तथा अन्य कई नेताओं ने माँग की है कि जाँभली बुद्रूक कॉलोनी को एक आकर्षक पर्यटन-केंद्र के रूप में विकसित किया जाये। दामाद फर्नांडीस की होंडा गाड़ी में बैठकर साहब लोगों ने साइट का निरीक्षण भी किया है। एक बार केंद्र हो जाये तो दूर-दूर से यात्री आयेंगे। केंद्र की ओर से कई लांचें लायी जायेंगी। उधर के शौकीन लोग पानी में छोटी-छोटी नौकायें चलायेंगे। युवक-युवतियाँ एक-दूसरे के बदन पर पानी फेंकेंगे। अभी-अभी दो होटलों का निर्माण कार्य पूरा हो गया है। फर्नांडीस के परिचयवाली दो बड़ी होटल कंपनियाँ भी जाँभली में अवतरित होंगी। बाँध के बगलवाले दोनों पहाड़ों की ढलान पर सेठ-साहूकारों, विधायकों, अवकाशप्राप्त न्यायाधीशों, तथा सिनेमा के कुछ अभिनेताओं-अभिनेत्रियों ने बँगले बनवाने के उद्देश्य से पहले ही जमीन खरीद रखी है। कुछ के तो निर्माण-कार्य शुरू भी हो गये हैं। बंबई के शौकीनों के लिए लोणावला-खंडाला में जगह कहाँ बची है ? पुणे के पर्वतीय टीले भी निगल दिये गये हैं। अब वे लोग जाँभली आयेंगे। मजे लूटेंगे।

नयी हवा की खबर सुनकर कुशाप्पा को किसी बात की याद आयी–"गुणवंत,

हमारी तीन बाड़ियों के पुनर्वास का क्या हुआ ?"

"कैसा पुनर्वास लिये बैठे हो ? पुनर्वास-ऑफिस में ऊपर से हाथ भर लंबा उत्तर आया है—तीनों बाड़ियों को आने-जाने के लिए रास्ता नहीं है तो वे लोग जरा पहाड़ की ओर से दूसरे रास्ते से आयें-जायें। उसमें भी आवश्यकता होगी तो लांच के संबंध में जिला परिषद, आंबेपुर से संपर्क किया जाये। नयी लांच के खरीदने के संबंध में जो भी निर्णय करना है, जिला परिषद ही करेगी।"

कुशाप्पा चुप हुआ। यहाँ बंजर पठार है; इसलिए पर्यटन केंद्र होगा। अमीरों के आनंद के लिए सरकार के पास चाहे जितना पैसा उपलब्ध है; पर हम ठहरे पहाड़ की खाँच में अटके हुए लोग। हमारी ओर कौन ध्यान देता है ? सभी लोग लांच से उतरे। बाँध के अगल-बगल का परिवर्तित पर्वतीय रूप कुशा राजा आँखें फाड़-फाड़कर देख रहा था। दोनों ओर के टीलों पर बँगलों के निर्माण-कार्य शुरू थे। बगल वाली जमीन कहीं पर भी खाली नहीं थी। जगह-जगह पर चूने की लकीरों से हदबंदी की गयी थी। सीमाओं के निशान के रूप में प्लाटनंबर के बोर्ड पक्के किये गये थे। कॉलोनी पर दलालों की भरमार हो गयी थी। पुणे-बंबई के सेठ-साहूकारों की अतिरिक्त पूँजी ऊधम मचा रही थी। बड़े बिल्डरों ने जगह-जगह पर बड़े-बड़े रंगीन बोर्ड लगा रखे थे। उनमें जाँभली बाँध का नीला शंख पानी और पानी में पैर फैलाकर बैठे हुए, दोनों ओर के बँगले दिखाई दे रहे थे। पानी में डुबकियाँ लेनेवाली अधनंगी युवतियों के आकर्षक चित्रों से बोर्ड भरे पड़े थे। दो बड़े होटलों का निर्माण-कार्य पूरे जोर पर था। इस नूतन मायानगरी को देखते-देखते गुणवंत का ध्यान पानी की लहर की ओर जाता। उसकी दृष्टि विस्तीर्ण जलाशय में खोयी हुई हरी-भरी, सुखी जाँभली की तलाश कर रही थी। कहाँ है जाधव बाग ? कहाँ चला गया अमरूदों से लदा हुआ, भरा-पूरा बगीचा ? केले की गंध से गमकते हुए बगीचे कहाँ चले गये ? अरे, कहाँ हैं वे गाय-बैलों के चौंकरते सार ?"

कुशाराजा कॉलोनी पर आया। सामने शानदार दुमंजिले बंगले को देखकर वह अचंभित हुआ। बँगले के सामने पाँच-छह मोटरें थीं। चार महीने पहले इस जगह पर कुछ भी नहीं था। बँगला स्वर्ग से गिरा या जमीन में से उगा ? गुणवंत ने उसके कान में कहा, "यह फर्नांडीस साहब का है।" बंगले की बगल में जीप के बानेट से सटकर ताया कांबले खड़ा था। जमीन बेचने के इच्छुक किसानों से वह लेन-देन की बातें कर रहा था। वह सिगरेट फूँकते-फूँकते कह रहा था—"मैं आपको अच्छा भाव दिलवाता हूँ; ऐसा भाव आपको दूसरा कोई नहीं दिलवायेगा।" कहते हैं, जाँभली के अगल-बगलवाली चार सौ एकड़ जमीन फर्नांडीस के लिए उपलब्ध करा देने में ताया तथा दत्तू सरपंच सबसे आगे थे।

यहाँ के लोगों को आश्चर्य हो रहा था। पालक मंत्री सुबराव अण्णा ने अपनी बेटी का विवाह ऊँचे खानदान वाले मराठा परिवार में क्यों नहीं किया ? वह ख्रिश्चन के परिवार में कैसे ब्याही गयी ? फर्नांडीस तथा अण्णा की पुत्री शारदा के प्रेम-संबंध

को सभी जानते थे। सुबराव अण्णा ने मंत्रीपद की, दस वर्षों की अवधि में बंबई तथा नये संसार का सही-सही अनुभव पाया था। मराठा लड़का भले ही आइ.ए.एस. हो, पर वह ससुर के वसीले पर अधिक-से-अधिक क्या माँग लेगा ? दो एडवान्स इन्क्रीमेंट। पर बाहर के लड़कों की फोरसाइट कुछ निराली ही होती हे। जॉन विदेश से बिझनेस मैनेजमेंट का कोर्स पूरा कर लौटा था। बंबई-दिल्ली के उद्योगपतियों के लड़कों में उसका उठना-बैठना था। उसके दिमाग में व्यवसाय, नयी योजनायें और रुपयों के अतिरिक्त दूसरी कुछ बात ही नहीं आती थी। इसीलिए आकर्षक, रौबदार फर्नांडीस ने अण्णा के मन में घर कर लिया। कुल-खानदान, खानदान की प्रतिष्ठा--ये सब बातें गाँवों में, गरीबों में आपसी झगड़ों के लिए अच्छी रहती हैं। पूँजीवाले इन छोटी बातों की ओर ध्यान नहीं देते।

एक बार, जॉन अपनी पत्नी शारदा को लिये जाँभली बाँध-प्रकल्प देखने आया। इस इलाके का भाग्य ही खुल गया। महाबलेश्वर, कश्मीर में अब पहले जैसा मजा नहीं रहा। इस बाँध की साईट का अच्छा लाभ उठाया जा सकता है। फिर क्या था ? जॉन ने एक ओर से, बहुत ही सस्ते में जमीन खरीदना शुरू किया; दूसरी ओर वह बाँध-योजना पूर्ण करवाने की दिशा में जोरदार प्रयास करने लगा। फर्नांडीस ने अपने मित्रों को समझाया इधर पहाड़ में लेबर बहुत सस्ते में मिलते हैं। ठंडा पानी, खुली हवा, पानी में मौज-मजे-नौकायन। जॉन के साथ अन्य बिल्डर भी जाँभली की ओर घुस गये। इलाके का रूप बदलने लगा, स्वरूप पलटने लगा। पर्यटन-केंद्र को मंजूरी मिल गयी। जल्दी ही औपचारिक उद्घाटन के लिए मुख्यमंत्री आनेवाले थे।

विष्णु ने बँगले में संदेशा भिजवाया। शहा बिल्डर जॉन को विदा कर बाहर आया। खरीद-बिक्री का कागज लिखवाने रजिस्टर आफिस जाना था, शाह साहब की बढ़िया, भीतर से मुलायम, लंबी-चौड़ी मोटर खड़ी थी। उस गाड़ी में बैठने की कल्पना से ही कुशा-गुणवंत के बदन पर रोंगटे खड़े हुए। वे अंदर बैठ ही रहे थे कि शहा के ड्राइवर ने कहा, "अरे, कीमती है; जूते निकालो।" दोनों झेंप गये। उनकी मजबूत, अनगढ़ जूतों के तल्लों में बहुत ही धूल लगी हुई थी। दोनों ने जूते झाड़ दिये। गाड़ी बहुत बढ़िया थी। अंदर गलीचे-सा मैट बिछाया हुआ था। जब कुशा-गुणवंत गाड़ी में सीट पर बैठे, उनके बदन में मीठा दर्द हुआ। गुदगुदी होने लगी, अरे ! यह मोटर का बाकड़ा है या गोरी-चिट्टी महिला की जाँघ है !!

दोपहर गाड़ी बाघेठाण पहुँची। शहा साहब ने कुशा के हाथ में सोलह हजार रुपयों की गड्डी दे दी। कहा--"शेष दस हजार चार दिनों में विष्णु के पास दे दूँगा।" दस्तावेज हो गया। मोटर चली गयी। कुशा-गुणवंत रजिस्ट्रार ऑफिस से बाहर निकले। वहीं पर उनकी हैबती से भेंट हुई। गुणवंत उसे देखकर दंग रहा, पूछा--

"हैबो, तू यहाँ कैसे आया रे ?"

"भैया, लाडूबा के रास्ते हमारी तीन एकड़ जमीन थी न ? उसे बेच दिया।"

"क्या भाव मिला रे ?"

"पंद्रह हजार प्रति एकड़।"

"अच्छा हुआ। माँ से कहना—गोट-बस्ती में अच्छा-सा मकान बनवाना। एक-दो दूधारू भैंसें भी ले लेना।"

"भैया, वही जुगाड़ चल रहा है।"

तीनों मांसाहार वाले भोजनालय में चले गये। जेब गरम थी। आठ रुपये रेट वाली तीन थालियाँ मँगवायीं। तीनों ने भरपेट मटन खा लिया। भाई-भाई कई दिनों के बाद मिले थे। बातें चलती रहीं। हैबती को खैरापुर पहुँचना था। कुशा-गुणवंत को कॉलोनी से होकर ऊपर झाँजड़बाड़ी जाना था। बिदा होते-होते गुणवंत ने पूछा—

"हैबती, वह राघू भिवा अदला-बदली के बाद वाली जमीन की जोताई-बोआई ठीक से करने देता है न ?"

"हाँ, चल रहा है," हैबती ने लंबी आह भरते हुए कहा।

हैबती खिन्न दिखाई दे रहा था; पर मुँह से शब्द निकल नहीं रहा था। इतने में खैरापुर जानेवाली बस आ गयी। हैबती ने दोनों को विदा किया। उसकी आँखें डबडबा गयी थीं। गुणवंत का कलेजा भी हिल गया। कुशा-गुणवंत कॉलोनी पर पहुँचे। तब तक बैंक बंद हो गया था। तय हुआ कि दूसरे दिन बैंक में रुपये जमा कर ही घर लौटेंगे। रात भोजनालय में भोजन कर दोनों बाहर निकल रहे थे; इतने में एक बूढ़ी पीछे से जल्दी-जल्दी आयी। कुशाराजा की पीठ में मुक्का जमाकर लाड़ से पूछने लगी,

"राजा, पगले; मुझे पहचाना न ?"

"कुशाप्पा ने पीछे मुड़कर देखा। अचंभे में आकर पूछा—"कौन ? बनू दादी तुम? यहाँ क्या कर रही हो ?"

"मैं इसी भोजनालय में रोटियाँ बनाने का काम करती हूँ। कुछ रुपये मिल जाते हैं।"

इधर-उधर की बातें हुईं। बनू बहन बोली—

"राजा, उधर की कुछ महिलायें हों तो भेज दो मेरे पास। यहाँ होटल बढ़ गये हैं। महिलाओं को काम मिल रहा है। रुपये भी अच्छे मिलते हैं; पर कपड़े धोने और बर्तन माँजने के लिए महिलायें कम पड़ती हैं। उधर बारिश में ठिठुरकर मरने की अपेक्षा उन्हें यहाँ कॉलोनी पर भेज दो। यहाँ मजदूरी की बहुतायत है। कपड़े धोने, बर्तन माँजने, फर्श पोंछने, बंगलों की रखवाली करने, बगीचे में काम करने के लिए यहाँ महिलाओं की संख्या कम पड़ रही है। भेज दो महिलाओं को। अपने इलाके का भाग्य ही अच्छा है; तभी तो लक्ष्मी अपने पैरों चलकर यहाँ आयी है।"

गुणवंत बूढ़ी की ओर लगातार देख रहा था। उसका दिमाग चौंधिया गया। अरे, यही है वह बनू बहन—दत्तू की सौतेली माँ। इसी को मृत घोषित कर पेमेंट हथिया लिया था। यही वह बूढ़ी है जो बैठक में तड़ातड़ बोल उठी थी। गुणवंत पूछने लगा—

"दत्तू क्या कहता है ?"

"क्या कहेगा भड़वा ? उसकी मिट्टी उठ जाए।" बूढ़ी लगातार गालियाँ देने लगी।

"पर देशमुख साहब ने न्याय दे ही दिया न ? सुना है, अदालत ने उसे सख्त कैद की सजा दी।"

"उसने ऊपरवाली अदालत में दाद माँगी। सुना है, उस अदालत ने क्या कहते हैं...? स्टे दे दिया है।"

"चलता है," गुणवंत बताने लगा, "आजकल तुरंत स्टे मिलता है। दो कौर रोटी खाने के बाद पानी पीने के बारे में भी तुरंत स्टे।"

"पर मैं उस भड़वे को छोड़ूँगी नहीं। मैं उसे अपने हिस्से की जमीन पचने नहीं दूँगी।" बनू बहन बड़बड़ा रही थी।

गुणवंत ने छीजती जा रही बूढ़ी को देखा। सत्तर के आसपास उम्र। कब पेशी होगी ? सुनवाई कब होगी ? और किस जन्म में उसे अपनी जमीन मिल जायेगी ? देवी जनाई, तुम ही जानो। बूढ़ी बनू बहन दत्तू के नाम से चिल्ला रही थी। दत्तू को जीवनभर किसी ने छुआ नहीं था। पर कलक्टर देशमुख साहब ने उसे अच्छा झुका दिया। बूढ़ी, देशमुख साहब की, जी भरकर प्रशंसा कर रही थी। रात अहमद खानसामा के परिचय पर कुशा, गुणवंत रेस्टहाउस के बरामदे में सोये। गुणवंत ने कुशा राजा से कहा--

"राजा, आप इन्हीं रुपयों पर कॉलोनी पर होटल खोलिए।"

"ना बाबा, ना। मैं इन रुपयों में से एक पैसा भी खर्च नहीं करूँगा। आवश्यकता पड़ने पर मैं यहाँ के होटल में बर्तन माँजूँगा।"

"फिर रुपयों का क्या करेंगे ?"

"छोटी बेटी बिमल पाँच-छह बरस के बाद ब्याहने योग्य हो जायेगी। वह अरंड की तरह निरंतर बढ़ रही है। उसके ब्याह के लिए रुपये न रखूँ तो किस जंगल में बाघ का शिकार करने जाऊँ ? अब मेरे शरीर में ताकत नहीं रही।"

गुणवंत की आँख नहीं लग रही थी। वह बिस्तर पर छटपटा रहा था। बाँध के खातिर जब गाँव-के-गाँव उठ रहे थे तब लोग जानवरों की तरह चिल्ला रहे थे। वह दृश्य उसकी आँखों के सामने बार-बार खड़ा रहता था। उसे डोजर के नीचे दबा हुआ शिवराम दिखाई दे रहा था। भालू के द्वारा जख्मी किया गया बहेलिया तिलमिलाता हुआ दिखाई दे रहा था। चारों ओर व्यथा-वेदनाओं की आहें गूँज रही थीं। जलते सुरंगों की तरह। शौकीनों के बँगले आसपास से पंछियों की तरह नीचे उतर रहे थे। उतरकर जलाशय के दोनों किनारों पर धीरे-धीरे बस रहे थे। बिजली-बत्तियों का लाल-लाल उजियाला बाँध के पानी में बदन को फैलाकर प्रतिबिम्बित हो रहा था। होटलों, बँगलों में, छोटी-छोटी चीजों के लिए मजदूरी करनेवाले, आह भरनेवाले, कुढ़नेवाले मावल प्रांत के सपूत दिखाई दे रहे थे। हम जंगल सिवान के आदमी गरीब बेचारे मेमनों की तरह हैं। वे रुपये वाले, पढ़े-लिखे लोग चालाक सियार जैसे होते हैं। वे बहुत चालाकी से मेमनों को निगल डालते

हैं। विकास के बहाने कानून भी उन्हीं की सहायता करता है। हमेशा 'विकास' 'विकास' के ही नारे। विकास की थैलियाँ उनका साथ देती हैं। वे एक होकर सिवान-जंगल पर हमला करते हैं। हमलें भी कैसे ? मार पड़ेगी, पर जख्म नहीं होंगे। उस मार को हम ही कराहते, कुढ़ते हुए सहन करते रहेंगे। हम जंगल-सिवान में रहनेवाले बिखरे हुए पंछी ! खैरमोडे मास्टरजी सच ही कह रहे थे–"संसार पलट जाय तो पलट जाय, धरती हिल जाय तो हिल जाय; पर वे कल अमीर थे, आज अमीर हैं और कल भी अमीर रहेंगे।"

तीन

आवडाई ने जब देख लिया कि राघू भिवा द्वारा अदल-बदल कर दी गयी जमीन बिलकुल बंजर है तो क्षणभर के लिए उसकी कमर ही टूट गयी; पर उसे जीते-जी हैबती की घर-गृहस्थी को मजबूत करना था। वह कमर कसकर काम में जुट गयी।

पिछले साल लाडूबा के पठार की जमीन को अच्छा भाव मिला। बिल्डर ने जाँभली वाले उस बंजर जमीन के तीस हजार रुपये दिये। आवडाई ने बहुत जिंदगी देखी थी। रुपये पाने पर भी उसे किसी प्रकार के घमंड या मस्ती ने छुआ तक नहीं। उसने वे रुपये खेत की अच्छी जोताई-गोड़ाई में लगाये। उन रुपयों में से पंद्रह हजार रुपये गोट-बस्ती में मकान बनवाने में खर्च किये। सदाशिव के जन्म के अवसर पर बहुत असुविधा हुई थी। गोट-बस्ती को पानी ने घेर लिया था। बाजरे के डंठलों के बिस्तर पर बच्चे का जन्म हुआ था। आवडाई ने वह पुरानी मड़ैया निकलवा दी। चारों ओर लकड़ी के खंबे गाड़ दिये। बंडेर पर छोटी-छोटी तख्तियाँ पक्की कर दीं। उस पर मंगलोरी खपड़ैल बिछा दिये। उसके मन में आया कि चारों ओर पक्की ईंटों की दीवार बनवाई जाये; पर तब तक पंद्रह हजार रुपये समाप्त हो चुके थे। मड़ैया का काम उतने पर रोकना पड़ा; फिर भी इस बार की बरसात में छप्पर में से पानी चू नहीं पाया। जमीन उखड़ी नहीं। इस बार की बरसात में ठिठुरने की नौबत नहीं आयी।

आवडाई ने किराये के ट्रैक्टर द्वारा घुटने-भर गहरी जोताई करवा ली थी। मिट्टी में जितना पसीना बहाया था, फसल उतनी ही जोरदार आई थी। खैरापुर के लोग आते-जाते कहते–

"बेटे, तुमने बंजर धरती को हरा-भरा कर दिया।"

"हमारी, किसानों की जाति है। बिल्ली-सा हमारा स्वभाव है। हमें कहीं पर फेंक दीजिए, हम फसल लेकर ही रहेंगे।"

"हमें लगता था, आप बाँध के कारण उठे हुए लोग हैं। बंजारों की भाँति भटकते रहे हैं, आप क्या खेती करेंगे ?"

"खेती करना ही हमारा जाति-धर्म है।"

आवडाई ने फसल उपजाने के मामले में अपने साथ खैरापुर के दूसरे लोगों को भी दीवाना बनाया। नहर के पानी की सुविधा पर गन्ने की रोपाई की। कई पीढ़ियों से तपती आ रही जमीन में गन्ना बेतहाशा बढ़ गया। मरीमाई के मंदिर की बगल में खैरापुरवासियों की जमीन ऐसी ही परती पड़ी थी। फालतू पठार फैला पड़ा था। आवडाई की मेहनत को देख दूसरों ने भी पठार की अच्छी जोताई-गोड़ाई की। चीनी मिल की ओर से सस्ते किराये में ट्रैक्टर प्राप्त किये—कितना भी चलाइए। एक वर्ष के भीतर ही पठारवाली जमीन उपजाऊ बनायी गयी; पर आवडाई, फूलवंती, सदाशिव तथा हैबती की कड़ी मेहनत को फसल ने जितनी दाद दी, उतनी और वैसी फसल दूसरों से सधी नहीं। खड़ी फसल की ओर देखकर आवडाई हैबती से कहती—

"बेटे, जाधव-कुल को कलंक मत लगाओ। जैसे दर्जी को धागा, लुहार को अहरण, चमार को आरी वैसे ही किसान को बैल चाहिए। कुछ भी करो, पर बैल खरीद लो।"

"बैल हमें किसलिए चाहिए ? हमारा भैंसा पाँच-दस बरस सहज ही काम कर लेगा।"

"देख हैबती, हमारे परिवार ने कई बार दारिद्र्य देखा; पर बैल के साथ भैंसे को जोतने की नौबत कभी नहीं आयी। तुम्हारा, बैल और भैंसा जुता हुआ हल देखकर मन उदास हो जाता है; आँखें भर आती हैं। जब से सरजा बैल को बेचा है, राजा बैल का थोबड़ा कैसे उदास-उदास रहता है ?"

बढ़ती हुई फसल को देख माँ-बेटे के मन में अंकुर फूटते। उन्हें लगता—एक बैल खरीद लिया जाये; मशक्कत का सामान खरीदा जाये; गोट-बस्ती में नये बनवाये गये मकान की पक्की ईंटोंवाली दीवारें बनवायी जायें; हैबती की घर-गृहस्थी की गाड़ी अब ठीक से चल रही थी; पर उसके मन में एक बात बराबर चुभती रहली थी। गोट-बस्ती में पिछले वर्ष-डेढ़ वर्ष से म्हाकू उसके साथ बात नहीं करता था। म्हाकू अब पूरा नेता बन गया था। छोटा भाई खेती का कारोबार देखता था। म्हाकू खैरमोडे मास्टरजी के समान कोर्ट-कचहरियों को छान मारता था। उसे मास्टरजी की तरह कायदा-कानून की ज्यादा जानकारी नहीं थी; पर मन में उमंग थी। तभी तो हमेशा घूमता रहता—कचहरियों के चक्कर काटता।

मास्टरजी को बुढ़ापे में आकर इस बात का दुःख होता था कि वे जाँभली बाँध-योजना के कारण पीड़ित सभी गाँवों को एक नहीं कर पाये। म्हाकू ने मास्टरजी की इस कमजोरी को पहचान लिया था। बाँधपीड़ितों को एक करने को लेकर वह रात-दिन खटता रहता था। मास्टरजी को म्हाकू और हैबती पर भरोसा था; उन्हें लगता—ये दो युवक ही मेरे काम को आगे बढ़ायेंगे। हैबती के मन में भी संघर्ष करने की अच्छी जिद थी; पर कितनी जगह पर सर फोड़े ? नौकरी पाने के लिए टेंपररी काम दिया और सारी जवानी झुलसा दी। बारह साल बरबाद हुए। जमीन की गाड़ी भी ठीक राह पर नहीं

आ रही थी। वह आँखों के सामने सूख रही गन्ने की फसल को कैसे देखता ? कहाँ ले जायेंगे गन्ना ? हर साल किस दूसरे कारखाने के सामने नाक रगड़ेंगे ? मन में नहीं था, फिर भी वह समझौते के लिए झुक गया। परिस्थितियों ने उसे झुकने के लिए विवश किया। म्हाकू की यह चिंता उचित ही थी कि अगर एक किसान अपनी जमीन की अदला-बदली में सफल होगा तो खैरापुरवाले दूसरे किसान भी उठ खड़े होंगे। म्हाकू हैबती को "डरपोक" समझ रहा था। वह उससे बात करना भी नहीं चाहता था। वह बराबर कहता रहता—"हैबती ने हमें धोखा दिया।"

म्हाकू ने 'महाराष्ट्र राज्य बाँधपीड़ित जन परिषद' से संपर्क किया था। वह कई बार पुणे-बंबई की ओर मीटिंग के लिए जाता; चर्चाओं में जाँभली बाँधपीड़ितों की समस्याओं को रखता। उसके उत्साह और लगन को देखकर परिषद के लोग भी अचंभित हो गये थे। उन्होंने भाँप लिया था कि ऊपर से अनाड़ी, अनपढ़ दिखाई देनेवाले इस युवक का पानी कुछ निराला ही है,। अभी भी सब बाँधपीड़ितों को जमीन वितरित नहीं की गयी थी। मकान बनवाने के लिए कर्जा नहीं मिला था। कई गोट-बस्तियों में भूखंड समाप्त हो गये थे। जल-संभरण-योजनायें बेकार हो चली थीं। स्कूल की इमारतें गिर गयी थीं। बाँधपीड़ित होने के प्रमाणपत्र मिलने में भी कई दिक्कतें खड़ी हो जाती थीं। अपने पिचके दबे बाँधपीड़ित भाइयों के लिए म्हाकू रात-दिन लड़ रहा था।

पढे-लिखे लोग अपने लाभ के लिए नये-नये जाल बिछाते हैं और गरीबों की जान के ग्राहक बनते हैं। कारखाने के उपाध्यक्ष गजाभाऊ पाचुंद्रीकर ने ऐसा ही जाल बिछाया था। वे आडगाँव के रहनेवाले थे। आडगाँव जाँभली बाँध-योजना के लाभवाले क्षेत्र में आता था। वहाँ बाँधपीड़ितों के वितरण के लिए दो-सौ एकड़ जमीन उपलब्ध थी। सरकार ने भूमि-संपादन कर उसे अधिकार में कर लिया था। बाँधपीड़ित बार-बार माँग कर रहे थे कि कई गावों के उन बाँधपीड़ितों को, जिन्हें अभी भी जमीन वितरित नहीं की गयी है, यह जमीन वितरित की जाये; वहाँ तुरंत गोट-बस्तियाँ बसाई जायें। पर दूसरी ओर, गजाभाऊ ने सरकार के पास अर्जियों के बाद अर्जियाँ भेज दीं। हमें जाँभली-योजना की नहर नहीं चाहिए। हमें बाँध का पानी नहीं चाहिए। आप इस सिंचाई-व्यवस्था से हमारे गाँव को हटा दीजिए। उन्होंने अपनी बात की पुष्टि के लिए पंद्रह साल पुरानी जल-योजना सामने रखी। वास्तव में वह योजना पानी के अभाव में कभी की बंद हो गयी थी; पर उन्होंने उसी के बहाने चिल्लाना शुरू किया—गाँव की अपनी पुरानी ही जल योजना है; अतः हमें बाँध का पानी नहीं चाहिए।

गजाभाऊ की धूर्तता सियार के स्वभाव-धर्म-सी थी। शिकार, तो डटकर खायेंगे, मुँह पोंछकर कहते रहेंगे कि हमें कुछ नहीं चाहिए। अब बाँधपीड़ित ऐसी चालाकियों को अच्छी तरह से समझने लगे थे। गाँव को लाभक्षेत्र से हटाने का अर्थ था जमीन का संपादन न किया जाये; बाँधपीड़ितों में उनका वितरण न किया जाये। म्हाकू आम सभाओं में उनकी इस धूर्तता का पर्दाफाश कर देता। जाँभली बाँध के कारण नदी में

झरने फूट गये; नदी में पर्याप्त पानी था। आडगाँव के जमींदार एक ओर उस पानी से लाभ उठा रहे थे और दूसरी ओर अपने गाँव को, लाभ क्षेत्र से अलग रखने के संदर्भ में दबाव डाल रहे थे।

बाबू पवार तो बहुत ही चिढ़ गया। वैसे मूल जाँभलीनिवासी पवार तथा कदम बिरादरी के लोग अपनी गोट-बस्ती को छोड़ केलापुर जाने के लिए तैयार नहीं थे; पर खैरापुर में संपादित जमीन में से कुछ जमीन को इस या उस कारण से छोड़ देना पड़ा। सब लोगों के भूखा मरने की अपेक्षा बेहतर यही है कि कुछ लोग अन्यत्र चले जायें। मास्टरजी की बिनती को स्वीकार कर पवार तथा कदम नदी के उस पार केलापुर चले गये। नदी किनारे की जो जमीन उनके हाथ लगी थी, केलापुरवालों ने उन्हें वहाँ से भगाया। दो-दो सालों से जोती-बोयी जानेवाली जमीन को बाँधपीड़ितों ने निरुपाय होकर छोड़ दिया। उन्हें बंजर धरती दी गयी। रात-दिन पसीना बहाकर उन्होंने उस जमीन को भी फसल लेने योग्य बनाया। पाँच-छह वर्ष इसी में बीत गये। पिछले दो वर्षों से ही फसल अच्छी आ रही थी। जमीन का सत्त्व बढ़ रहा था कि इतने में आफत आ गयी।

सरकार कारखाने की सहायता से दूध-योजना को विस्तार देना चाहती थी। जमीन की आवश्यकता थी। सौ-सवा सौ एकड़ में दूध संकलन-वितरण का बड़ा प्लांट खड़ा करना था। जाँभली बाँध के कारण सिंचाई-व्यवस्था हुई; बंजर भूमि में भी हरी-भरी फसल दिखाई देने लगी। फसल बढ़ी, दूध बढ़ा; पर बाँधपीड़ितों के मुँह सूख गये। केलापुर-निवासी अपनी जमीन को बचाने के लिए बाँधपीड़ितों की जमीन की ओर उँगली दिखा रहे थे। बड़े जमींदारों की सेवा के लिए सरकारी अधिकारियों तथा कर्मचारियों की सेना तैयार ही थी। धनी-मानियों के अनुकूल लेखनियाँ चल रही थीं—केलापुर के जमींदारों की जमीन गाद की है। वहाँ पर मकान अच्छे नहीं बन पायेंगे। इसके विपरीत बाँधपीड़ितों की जमीन पठार पर है। वहाँ पर नींव के लिए ज्यादा खोदना नहीं पड़ेगा; निर्माण कार्य के लिए रुपये ज्यादा नहीं लगेंगे। धनियों के मनोनुकूल लेखनियाँ ही नहीं चल रही थीं, नक्शे भी बन रहे थे। नक्शों का रंग-ढंग भी धनियों के ही अनुकूल। चेयरमन सर्जेराव दूध-योजना उस पार वाली लाटेबाड़ी में ले जाने के लिए तैयार नहीं थे। लाटेबाड़ी उनके चुनाव क्षेत्र में नहीं आती थी। शिंगाड़े गुट का आग्रह था कि वह योजना केलापुर में ही बनी रहे। अपने अधिकार के मतदाताओं की जमीन हाथ से जानी नहीं चाहिए। उनकी मतसंख्या अधिक थी; बाँधपीड़ितों के मतों की संख्या कितनी होगी ? होगी दो-ढाई सौ। उनके लिए पाँच हजार मतदाताओं के गाँव को नाराज करें ? ना, ना। बाँधपीड़ितों के मतों को सस्ते दाम पर सहज ही खरीदा जा सकता है। बाँध के पानी के बल पर गन्ने की खेती लहलहा रही थी; उसके बल पर राजनीति की गोटियाँ सरकायी जा रही थीं। इनके लिए सभी अर्थों में बर्बादी सहने वाले बाँध-पीड़ितों की स्थिति मेंड़ के चूहे-सी बन गयी थी। उन्हें कोई भी सहारा नहीं दे रहा था।

हमने अच्छी जमीन पहले ही छोड़ दी; पठार की जमीन पसंद की। वह जमीन

भी अब दूध-प्लांट के लिए छोड़ दें ? किसी दूसरे गाँव जाकर फिर से जमीन पसंद करें? "अरे म्हाकू, हम एक ही जन्म में कितनी बार धक्के खाते रहें ? मुआ बाँध का यह भूत–यह झाड़–कहाँ तक झडती लेता रहेगा ?" बाबू पवार आपे से बाहर होकर पूछ रहा था। केलापुर-गोटबस्ती के युवक संघर्ष के लिए इकट्ठा हो रहे थे। उन्होंने एक बार भूमि-संपादन से संबंधित पैमाइश का काम ही रोक दिया। दो दिन के बाद गाड़ियाँ भर-भर कर पुलिस आयी। बड़ी मुश्किल से पैमाइश हुई। युवकों ने अलग बैठकर सत्याग्रह किया; वे नारे लगा रहे थे–"मरेंगे पर हटेंगे नहीं।"

"हम अपनी जमीन, नहीं देंगे।"

"हम अपनी जमीन, नहीं छोड़ेंगे।"

केलापुर का संघर्ष भड़क रहा था। म्हाकू उसके लिए परिश्रम उठा रहा था। हैबती मोर्चे में शामिल हुआ था; पर म्हाकू ने उससे बात नहीं की। हैबती को बुरा लगा। फिर भी हैबती को म्हाकू पर गर्व था। म्हाकू, मास्टरजी की ही तरह, स्वयं आर्थिक हानि उठाकर बाँधपीड़ितों की समस्यायें हल कराने में किसी प्रकार की कोताही नहीं करता था। उसने अपनी जमीन नकुसा को दी थी; वह स्वयं कंठाई की जमीन में जोताई-बोआई करता था। बाँधपीड़ितों का नेतृत्व करते समय वह मुक्के के लिए मुक्का, वायदे के लिए वायदा और कानून के लिए कानून की नीति अपनाकर लड़ रहा था। भगवान, म्हाकू की इस हिम्मत को देखकर स्वर्ग में शिवराम को कितनी प्रसन्नता होती होगी !

एक दिन शाम को गोट-बस्ती में मास्टरजी के घर के सामने धड़ाधड़ पटाखे फूटे। जोरदार आवाज सुनकर पूरी गोट-बस्ती जाग गयी। हैबती घर से बाहर आया। उसकी समझ में नहीं आ रहा था कि क्या हो गया है ? किसी ने बाहर ही बाहर चोरी-छिपे ब्याह तो नहीं किया ? हाँ, ले आया होगा बारात गोट-बस्ती में। हैबती दौड़े-दौड़े आया। युवकों ने ऊधम मचाया था। सारे हँस रहे थे। किलकारियाँ लगा रहे थे। सारी गोट-बस्ती में खुशी की खबर फैल गयी थी। तीन साल पहले खैरमोडे मास्टरजी को मारपीट की गयी थी; आज उसी केस का फैसला सुनाया गया था। राघू भिवा, उसके दोनों लड़के–पांडू और धोंडू छगनराव–हर एक को चार-चार साल की सख्त कैद हो गयी थी। कोई गुलाल ले आया था। गुलाल बिखेरा जा रहा था। शेवंता मजदूरी से थकी-माँदी आयी थी। सबसे पहले म्हाकू ने यह खबर सुनायी। सुनकर उसकी आँखों से प्रसन्नता की अश्रुधारा बहने लगी। संसार में कहीं-न-कहीं न्याय है। कई बार वह मिलता नहीं; पर बीच में कभी-कभी उसकी भी भेंट होती है। नाले के किनारे, गन्ने के खेत में एक काँटा बदन में घुसा था; चुभा था,। उसने वह दुःख बड़ी मुश्किल से सहा था, पचाया था; आज वह दुःख भी खुशी से रो रहा था।

बहुत देर के बाद युवकों का शोर बंद हुआ। हैबती अपने घर आया। मन में एक कसक उठ गयी थी। थाली में रोटी परोसते हुए आवडाई ने कहा–

"जो भी हुआ, ठीक नहीं हुआ।"

"माँ, तुम यह क्या कह रही हो ?"

"बेटे, वह कटु प्रसंग दो-तीन साल पहले घटित हुआ था। आज की घटना बुझे हुए अँगारों को फिर से जलाने के समान हुई। सोचो, आग लग जायेगी तो उनकी क्या हानि होगी ? हमारा ही नुकसान होगा।"

एक कसक लेकर ही हैबती गुदड़ी पर लेटा था। उसका लड़का, सदाशिव, उसके बदन से सटकर सोया हुआ था। दूसरे दिन हैबती खैरापुर होकर अपने खेत की ओर जा रहा था। तब उसने देखा, खैरापुर के लोग आँखें तरेरकर उसकी ओर देख रहे हैं। हमेशा उससे बात करनेवाले लोग भी आज मुँह फुलाये हुए थे। दो ही दिन बाद राघू भिवा ने अपील की। वह स्टे आर्डर लेकर, सिर ऊँचा कर, जीप में बैठकर गाँव लौटा। जो हुआ अच्छा ही हुआ। चार दिन में मक्के की फसल काटी गयी। खेत में ही खलिहान बनाया गया। फूलवंती ने पानी में गोबर मिलाकर उसे खलिहान में छिड़क दिया। खलिहान दो बार अच्छी तरह से लीप दिया। मक्के की बालियाँ खुटक ली गयीं। बालियाँ खलिहान में लायी गयीं। खलिहान पूरा-का-पूरा भर गया। बालियों के दाने हँस-हँसकर खेत की ओर देख रहे थे। पहाड़ी लोगों की कड़ी मेहनत के बल पर इतनी सारी फसल आ गयी थी। यहाँ के लोगों की तरह उनमें आलस्य नहीं था। मकई में इतने मोटे-मोटे दाने फूटे थे कि वे किसी की भी आँखों में चुभ सकते थे।

दँवनी के दिन आवडाई सुबह जल्दी उठी। पौ फटने से पहले ही फूलवंती ने रसोई बनायी। सूरज उगने से पहले ही सास-बहू दोनों खेत पहुँचीं। कंठाई ने सुबह सवा आठ बजे का मुहूर्त बताया था। मुहूर्त पर ही बैलों को जोतेंगे। दँवनी की पाँत आरंभ करेंगे। दँवनी के कारण सदाशिव स्कूल नहीं गया था। वह दादी माँ के साथ खेत में आया था। हैबती बड़ी सुबह गाड़ी लिये सँकरे रास्ते के निकट आया। गाड़ी भीतर खेत की तरफ मुड़ने लगी। हैबती के खेत के चारों ओर राघू भिवा की ही खेती थी। बैलगाड़ी लेकर उसी के खेत में से जाना पड़ता था। बैल ज्यों ही मुड़े, कान खड़े कर रुक गये। हैबती ने सामने देखा, छोटे दस्ते वाली, तेज फलक की कुल्हाड़ी लिये धोंडीराम खड़ा था,

हैबती धोंडीराम की ओर देखकर हँसा। वह हँसकर ही बोला—

"मालिक, आप हमारा रास्ता क्यों रोक रहे हैं ? जरा हटिए न ?"

"क्या यह तुम्हारे बाप का खेत है ? हमारी मेंड़ से गाड़ी चलाने वाला तू कौन होता है ?"

"हम गरीब अपने खेत में कैसे जायें ?"

"हेलिकाप्टर ले आओ; उसमें बैलों को बिठाओ और उड़कर चले जाओ।"

"मालिक, हम कितनी बार अपनी जिद छोड़ते रहें ?" हैबती हाथ जोड़कर दीनता से बोला, "हमने आपको, सात बरस तक जोताई-बोआई कर उपजाऊ बनाई हुई जमीन दे दी। उसके बदले में आपने यह बंजर भूमि हमारे माथे मार दी। हमने वह बात भी

मान ली। आप यहाँ पर भी हमें भीतर जाने नहीं दे रहे हैं, हम झोली लिये कहाँ-कहाँ जायें ? हम गरीब आदमी ठहरे। कहाँ चले जायें ?''

''तुम ? और गरीब ? भडुवो, तुम्हें चरबी चढ़ी हुई है। दूसरों के गाँव में पत्तल चाटने आये हो, और ऊपर से कानून की बात करते हो ? हम चार-चार बरस की सख्त कैद भोगते रहें और तुम लोग गुलछर्रे उड़ाते रहो। जान चली जाये; पर अब मैं तुम्हें अपने खेत में से बैलगाड़ी जाने नहीं दूँगा।'' धोंडीराम गरज उठा।

''पर मालिक, मुहूर्त ?''

''पता नहीं, तुम बाँधपीड़ित किस मुहूर्त पर पैदा हुए हो ? तुम लोग बेशर्म हो, छँटे हुए हो।'' धोंडीराम गालियों की बौछार कर रहा था।

तू-तू, मैं-मैं, हो रही थी; इतने में फटफटिया की आवाज हुई। राघू का दूसरा लड़का पांडूरंग आया। हैबती गाड़ी में से कूदकर पांडू की ओर गया। कहने लगा, ''मालिक देखिए न ? हम किस रास्ते जायें ?'' पांडू ने आव देखा न ताव; उसने हैबती को चार थप्पड़ दे मारे। बात बढ़ गयी। हैबती की आवाज सुनकर आवडाई दौड़ी। उसने जोर से खींचकर हैबती को पांडू की गिरफ्त से छुड़ा दिया। शोर बढ़ गया। भीड़ जमा हुई। बढ़ती धूप के साथ आवडाई की आवाज भी बढ़ गयी। वह आँसू पोंछकर बोली—

''आप माई-बाप हैं, आप ही बताइए, बगैर जानवरों के हम खेती के काम कैसे करेंगे ? हमें गाड़ी-बैल तो भीतर ले जाने ही पड़ेंगे।''

''तुम ले जाओ, पर मेरे खेत में से नहीं।'' धोंडीराम की आवाज चढ़ी हुई थी।

''धोंडीराम, अरे, यह कैसे हो सकता है ? हल-हेंगा करना हो तो एक-दूसरे के खेत में जाना ही पड़ता है न ?'' खैरापुरवाला पंढरी पाटील समझाने लगा।

''मेरे खेत में बैलगाड़ी का रास्ता नहीं जाता; तुम चाहो तो नक्शा ले आओ; परंपरा दिखाओ।'' धोंडीराम गरज उठा।

लोग आपस में चर्चा कर गुत्थी हल करने का प्रयास करने लगे। हैबती तथा आवडाई सकपकाकर एक-दूसरे का मुँह ताकने लगे। पुलिस केस करके क्या होगा ? सबूत जवाब-तलबी। उसमें समय चला जायेगा। तकलीफ होगी। हमारी हालत ऐसी होगी कि बस्स भीख मत दो; पर अपने कुत्ते को रोको। शिकायत का फैसला होने तक खलिहान के दानों में अंकुर फूटेंगे। मुहूर्त के दिन ही बाधा आ पड़ी। फूलवंती का चेहरा उतर गया था। सदाशिव घबड़ाकर माँ के पैरों से लिपट गया था। कुछ समझदार किसानों ने बीच-बचाव किया। उन्होंने हल निकाला—कागज़-पत्र और दस्तावेज में देख लिया जाये कि वहाँ परंपरा से चलता आया रास्ता है या नहीं। यह भी सुझाया गया कि धोंडीराम हैबती को खुले बैल और हल-हेंगे का सामान ले जाने में रुकावट न डाले।

हैबती ने सँकरे रास्ते के किनारे पर ही गाड़ी छोड़ दी। वह केवल बैलों को लेकर अपने खेत में आ गया। देर से ही दँवनी शुरू हुई। धूप बढ़ गयी थी। घर के सारे लोग

धूप के कारण परेशान थे। इसे कर्म कहें या भोग ? कितनी बार हमें पीछे हटना पड़ेगा ? बबूल की गंदगी को निकालते समय लगातार तीन साल तकलीफ हुई। गन्ना सूख रहा था; इसलिए वह बढ़िया जमीन छोड़ दी। हमने जमीन कितनी बढ़िया बना दी थी ! आटे की भाँति बारीक मिट्टी ! क्या ही सत्त्व आया था उसमें ! उन लोगों की पूँछ यहाँ पर भी टेढ़ी ही। हम खेत-खलिहान का काम कैसे कर पायेंगे ? हम क्या खायें ? इन्हें और कुछ भी नहीं चाहिए। ये बाँधपीड़ितों को हमेशा के लिए भगाना चाहते हैं। मरीमाई के खेत का यह कोलाहल गोट-बस्ती तक पहुँच गया। कई लोग दौड़ पड़े। "माँ, क्या हुआ ? कैसे हुआ ?" पूछने लगे। मास्टरजी की मृत्यु के बाद गोट-बस्ती में सब लोग आवडाई की ही बात को मानते थे। वह समझदार थी। उम्र तथा अनुभव की हैसियत से ही नहीं, आदमी और मवेशियों के प्रति उसके ममतामय व्यवहार के कारण वह पूरी गोट-बस्ती की माँ बन गयी थी। म्हाकू जिद करने लगा। वह जामे से बाहर हो गया था। वह कहने लगा–

"मैं पहले ही कह रहा था कि पहली जमीन को मत छोड़ो। तुम लोगों ने वह जमीन छोड़ी। अब क्या मिला ? सोने का टुकड़ा छोड़कर पथरीली जमीन मत्थे मार दी। वह जमीन भी कड़ी मेहनत कर अच्छी उपजाऊ बनायी; पर क्या इन सब बातों का भान इन मूल जमीन मालिकों को है ? यहाँ एक-एक को हथियार से ही सीधा करना होगा।"

आवडाई सबको समझाने लगी कि वे समझदारी से काम लें। घबड़ाये हुए और अन्याय के कारण क्रुद्ध युवक एक हो गये। चाहे जिस पद्धति से हो, लड़ना आवश्यक है। अगर आवडाई उठकर यह जमीन भी छोड़ देगी तो खैरापुर के दूसरे जमींदार भी बाँधपीड़ितों को भगा देंगे। फिर तो जाँभलीवालों की कमर ही टूट जायेगी। हैबती म्हाकू से लिपटकर रोने लगा–

"म्हाकू यह सब क्या हो गया रे ?"

"अरे हैबो, यह रोना किसलिए ? म्हाकू अभी मरा नहीं। जान चली जाने पर भी अब हम पीछे नहीं हटेंगे।"

दोपहर गोट-बस्ती के युवक बस्ती में नहीं गये। सात-आठ युवकों ने हैबती की बड़ी सहायता की। दँवनी का काम किया। आधी दँवनी उसी दिन की गयी। रात हैबती खलिहान पर पहरा देने के लिए कुल्हाड़ी लिये चला गया। उसके साथ पाँच-छह और भी युवक थे। शेष युवकों ने मास्टरजी के दरवाजे पर बैठक बुलायी। शेवंता ने आटे के डिब्बे पर पीढ़ा रखा। उसी पर कागज रखकर दस-बारह शिकायती अर्जियाँ लिखीं। नीचे से ऊपर तक भेज देनी थीं। न्याय पाने के लिए सिर पीटना था। आवडाई चिंतित थी–मेरी मौत के बाद मेरे हैबती का क्या होगा ? उसने ऊपर जाँभली के पहाड़ में भारी बारिश सही थी। यहाँ खैरापुर की गर्मी से वह झुलस गयी थी। आवडाई और दादू चौकीदार एक ओर बैठे थे। दोनों को खैरमोडे मास्टर की याद आ रही थी। मास्टर

का कहना था कि दो गाँवों के बीच का मनमुटाव समाप्त होना चाहिए। दरार मिटानी चाहिए। दोनों गाँव मिल-जुलकर रहें। उनमें आपस में रोटी-बेटी के व्यवहार हों। पर ताली एक हाथ से तो बजती नहीं। आवडाई रात में चिंता के कारण बहुत परेशान होती; उसे नींद ही नहीं आती थी। वह बिस्तर पर छटपटाती रहती। जरा-सी आँख लगने पर झट से नींद उचटती; भयावह आभास होने लगते। कभी वह खुद ही 'बीठलाई का आम' बनकर 'हैबतीऽ हैबतीऽऽ' कहकर चिल्लाती। मन में बुरे विचार आ जाते। वह झट से बिस्तर में उठ बैठती। घबड़ाये मन से गट-गट पानी पीती। वह सख्त ताकीद के स्वर में काली माई से कहती—"काली माँ, मेरे बेटे पर तुम्हारी यह जो काली नजर है, तुम उसे छोड़ दो; मेरे बेटे ने बहुत बुरे दिन देखे हैं। जीते जी मरण का कष्ट उठाया। दंड भोगा है। उसका कुछ बुरा हो जाये तो मैं तुम्हारा थान्ह ही जला डालूँगी। मैं यम के भैंसे को रोक दूँगी; उसके सींगों का आघात अपने पेट पर ले लूँगी; पर मैं अपने प्यारे बेटे को धक्का लगने नहीं दूँगी।"

बाँधपीड़ित कहाँ-कहाँ दौड़ें ? केलापुर के भूमिसंपादन को रोकें या आडगाँव की जमीन को बचायें ? बाँधपीड़ितों की प्रत्येक गोट-बस्ती में कुछ-न-कुछ काम अड़े पड़े हैं। आवडाई का माथा ठनक रहा था। उसके मन से खैरमोडे मास्टरजी की याद दूर हो नहीं रही थी—"धनी और गरीब दोनों की लड़ाई में धनियों का कुछ भी नहीं जाता, कुछ भी नहीं बिगड़ता। रुपया उन्हें बचाता है। कानून उनकी सहायता करता है; पर जब गरीब कठिनाई में आते हैं, उनकी कमर में लँगोटी भी बचती नहीं; उनका सर्वस्व ही चला जाता है।" सुबह आवडाई उठी। सदाशिव को साथ लेकर वह शिंगाडे पाटील की हवेली पर पहुँची। सुना है, बूढ़ा सांसद बीमार रहता है; किसी से मिलता नहीं। आवडाई ने सोचा, कम-से-कम उसके बेटे के कान तक यह बात पहुँचनी चाहिए। राघू भिवा, सर्जेराव का कहना जरूर मान जायेगा। झगड़ा मिट जायेगा। आवडाई हवेली के अहाते में आयी। वहाँ एक कोना पकड़कर सीढ़ी पर बैठ गयी। वह बैठे-बैठे ऊब गयी। उसने दो-एक आदमियों के हाथों से भीतर संदेशा भिजवाया; पर भीतर से बुलावा नहीं आया। बहुत भीड़ दिखाई देती थी। कार्यकर्ता कह रहे थे कि चेयरमन को तुरंत मीटिंग में जाना है। हवेली के बाहर सफेद काँटेसा गाड़ी खड़ी थी। ड्राइवर सजी हुई उस गाड़ी पर पीला कपड़ा मार रहा था। आवडाई देर तक बैठी रही। यकायक चेअरमन बाहर निकले। साथ में आदमियों की भीड़। देखते-देखते चेअरमन गाड़ी में बैठ गये। आवडाई झटसे आगे बढ़ी। वह गाड़ी के निकट जाकर खड़ी रही। सर्जेराव की भौंहें तन गयीं। आवडाई हाथ जोड़कर, दीनता से बोली—

"मालिक, आप जरा राघू भिवाजी को बताइए। हम कितनी बार जमीन की अदला-बदली करें ?"

"क्या हुआ ?"

"ये लोग हमें अपने खेत में गाड़ी-बैल लेकर जाने नहीं दे रहे हैं। हम क्या करें?

कैसे जीयें ?"

"मैं दस सालों से देख रहा हूँ। साले बाँधपीड़ितों की रोज की भुनभुन सुनकर तंग आ गया। ये लोग ठीक से जीयेंगे नहीं। चल रेऽऽ गाड़ी स्टार्ट करो। क्यों रुके हो?" सर्जेराव ने कड़ककर कहा।

गाड़ी तारकोल के रास्ते पर "सूईऽऽ" कर चली गयी। अब क्या किया जाय ? आवडाई के पैर उठ नहीं रहे थे। इस आशा पर कि सांसद शिंगाडे से भेंट होगी, वह दो घंटों तक बैठी रही; पर उसे कोई भी भीतर जाने नहीं दे रहा था। साहब के पी. ए. ने कहा—"साहब का बी.पी. बढ़ गया है। उनकी भेंट नहीं होगी। बूढ़ी तुम रुको नहीं।" आवडाई का अनुमान था कि इस दरवाजे पर न्याय नहीं मिलेगा; फिर भी वह यहाँ पर आयी थी—झूठी आशा आदमी को चुप बैठने नहीं देती ! वह उठी। एक-एक पग रखते हुए वह गोट-बस्ती की ओर चलने लगी। सदाशिव धूल में पैर रखकर उसके पीछे-पीछे चल रहा था।

चार

गोट-बस्ती के युवक दूसरे दिन भी हैबती की सहायता में जुटे रहे। युवकों ने कड़ी मेहनत कर दँवनी का काम किया। दँवनी के लिए जोते गये बैलों को अलग किया। उनके पैरों से जिनके दाने नहीं निकले थे, उन सारी सेंठियों को अलग किया। हाथ से दाने निकाले गये। कुछ-कुछ बालियों के दाने बहुत ही चीमट थे। सेंठियों से दाने अलग करते-करते उँगलियाँ लाल हो जाती थीं, पर दाने भी बहुत चीमट—पुनर्वास कचहरियों में अड़कर पड़े हुए मामलों की तरह ! बालियों को छीलते-छीलते म्हाकू ने बताया कि बंबई से बाँधपीड़ित परिषद का पत्र आया है। बारह दिन के बाद आंबेपुर में विराट मोर्चा निकलेगा। बाँधपीड़ित अपनी विविध माँगों के लिए जोर लगायेंगे। युवकों ने तय किया था कि उसी मोर्चे में केलापुर तथा आडगाँव की समस्याओं को हल करने के लिए जोरदार प्रयास करेंगे। बाली छीलते-छीलते आवडाई बोली—

"मैं भी मोर्चे में चलूँगी।"

"माँ, बहुत चलना पड़ेगा।"

"बेटो, मेरे पैर अभी भी मजबूत हैं।"

युवक हँस पड़े। आवडाई की जिद पक्की थी। सुबह का जाड़ा कम हुआ। धूप बढ़ गयी। हैबती का पूरा घर खेत में आया था; पर कल जो तय हुआ था उसके अनुसार सभी युवक नहीं आये थे। हरेक के पीछे अपनी-अपनी घर-गृहस्थी है। आवडाई ने कच्चे दानों को धूप दिखाई। बोरे भरे। खलिहान में बोरों का अम्बार देखकर आवडाई बहुत खुश हुई। हैबती जल्दी-जल्दी बैलगाड़ी लाने के लिए चला गया। इस अनाज की ढुलाई

हो जाये तो काम पूरा होगा। गाड़ी सँकरे रास्ते के मुँह तक आयी और हैबती हैरान हुआ। राघू-भिवा के दोनों लड़कों ने बैलगाड़ी का रास्ता पूरा का पूरा बंद किया था। रास्ते में बबूल की बड़ी-बड़ी टहनियाँ आड़ी, खड़ी, तिरछी गूँथ दी गयी थीं। आम का घाईवाला खंभा गाड़कर रास्ता और भी सँकरा किया गया था। उसमें से मुश्किल से एक आदमी आ-जा सकता था। राघू के खेत में बहुत से आदमी थे। हैबती के लौटने तक उन्होंने बबूल की टहनियों का बुर्ज खड़ा किया था। यह देखकर कि आज हैबती की सहायता के लिए गोट-बस्ती के युवक ज्यादा नहीं हैं, राघू भिवा के आदमियों का उत्साह बढ़ गया था। अब यह बुर्ज कैसे दूर किया जाये ? यह तो झगड़े की जड़ ही है। भीतर खेत में काम करनेवाला धोंडीराम हैबती की ओर बदले की भावना से देख रहा था। हैबती का मुँह फीका पड़ गया। उसने चिन्ताभरी आवाज में माँ से पूछा–

"माँ, अब क्या किया जा सकता है ?"

"बेटे धीरज रखो। जी छोटा मत करो। बात से बात बढ़ती जाती है। चार-आठ दिन के बाद उनका क्रोध कम हो जायेगा।"

"पर खलिहान में बोरे भरे पड़े हैं, मैं उनकी ढुलाई कैसे करूँ ?"

"तुम किसान के लड़के हो न ? फिर हिचक किस बात की ? उठाओ पीठ पर, और ले आओ यहाँ तक।"

बैलगाड़ी को रास्ते पर ही खड़ा कर हैबती खलिहान में चला गया। अपने हाथों को पीठ पर लिये, थोड़ा पीछे की ओर झुककर वह बोरा पीठ पर उठाने लगा। आवडाई नीचे खिसकने वाले बोरों को ऊपर सरकाने लगी। हैबती एक-एक मन का बोझा गाड़ी तक ढोने लगा। उसमें भी रास्ते के निकट, घाईवाला खंभा गाड़ दिया गया था। घाई में से पैर बाहर रखने में मुश्किल होती थी, बोरे के बोझ के कारण पूरा बदन थरथराता था। फिर वह बोरा जरा ऊँचाई पर गाड़ी के ढाँचे में रखना भी था। यह सब करते-करते उसे नानी याद आती थी। रीढ़ की हड्डी में टीस निकलती थी। पिंडली की शिरायें तन जाती थीं। दोनों बाहु ठनकने लगते थे। लगता, गँडासा लेकर बाहुओं को काट दिया जाय। एक फर्लांग भर की दूरी से एक बोरे को रास्ते तक ले जाने में पंद्रह-बीस मिनट लगते थे। फूलवंती से अपने पति के कष्ट देखे नहीं जा रहे थे। उसने आँचल खोंस लिया। उसे एक मन बोरा उठाना मुश्किल था। इसलिए उसने आधा बोरा खलिहान में उँडेल दिया। एक बोरे के दो-दो भाग कर, वह बोझ सिर पर उठा-उठाकर गाड़ी तक ले आने लगी। भगवान, अगर हमारे खेत तक गाड़ी ले जाने की अनुमति दी जाती तो यह मरने की नौबत क्यों आती ? थका-माँदा हैबती रात में बिलकुल शिथिल होकर बिस्तर पर पड़ा रहा। आवडाई ने उसकी पीठ पर तेल मल दिया। फूलवंती ने तपे हुए तवे पर कपड़ा गरम कर हैबती की पीठ को सेंक दिया। गर्म कपड़े की आँच सहन न होने से वह बीच-बीच में चिल्ला उठता था।

चार दिन बीत गये। लगे हाथों हल चलाना चाहिए। एक बार जमीन की सील

कम हो जायेगी तो हल चलाना मुश्किल हो जायेगा। मिट्टी बीज नहीं पकड़ेगी। गेहूँ बो देंगे। नहर का पानी काफी है। हैबती बड़ी सुबह ही हल लेकर खेत की ओर निकला। सँकरा रास्ता पार कर वह अपने खेत की ओर बढ़ा। देखा, बबूल की टहनियें का बुर्ज अभी वैसा ही था। राघू भिवा के लड़कों ने अपने खेत में जाने के लिए दूसरी ओर से रास्ता रखा था। हैबती के रास्ते पर खंभे गाड़ दिये थे। वहाँ से सिर्फ एक आदमी बड़ी मुश्किल से जा सकता था। अकेला खुला बैल भी नहीं जा सकता था। ऐसी स्थिति में हल और अन्य सामान कैसे ले चलेंगे ?

हैबती का माथा ठनक उठा। गाड़ी को वहीं खड़ा कर वह भीतर खेत में आया। राघू के खेत में गन्ने की रोपाई चल रही थी। धोंडीराम मजदूरों के पीछे खड़ा था। हैबती झपाके से पैर उठाकर धोंडीराम तक पहुँचा। उसने जरा क्रोध में ही धोंडीराम से पूछा, "मैं अपने बैलों को खेत में कैसे ले जाऊँ ?"

"कंधे पर ले जाओ।" धोंडीराम ने गुस्से से कहा।

"कंधे पर ? वह कैसे ? कभी किसान के बाप ने भी यह काम किया है ?"

"देखो न, तुम्हारे बाप से बनता हो तो ?"

धोंडीराम और उसके मजदूर 'खी-खी' कर हँसने लगे। हैबती का माथा और भी ठनक उठा। बदन में आग-सी लग गयी। सच ही, अन्याय के मुश्कों ने आदमी के मुँह को बंद किया है। पीठ पर साँटें उठती थीं। कसक बर्दाश्त नहीं होती थी, पर किसी से कहा नहीं जाता था। खैरापुर की ताकत बड़ी थी। हैबती पैर पटकता हुआ, सँकरे रास्ते की ओर आया। उसने बैलों को गोट-बस्ती की ओर भगा दिया। वह बदन को सिकोड़कर कथरी पर पड़ा रहा। आवडाई हैबती के दुख और घुटन को जानती थी। उसे क्षणभर लगा कि गोट-बस्ती के युवकों को बुलाया जाय, पर युवकों को भी हररोज कितनी तकलीफ देंगे ? उनके पीछे भी घर-गृहस्थी है। आवडाई आगे बढ़ी। उसने हैबती के उफनते हुए भाल पर हाथ रखा। वह धीरज देकर बोली—

"बेटे, उठो, बाघेठाण चले जाओ। कचहरी में शिकायत दर्ज कर आओ।"

"उससे क्या होगा माँ ? क्या तुमने सरकारी झटका देखा नहीं ? क्या मिलता है शिकायत दर्ज करने से ?"

"पर बेटे, इस तरह हिम्मत हारकर पड़े रहने से क्या होगा ? जीना हो तो लड़ना चाहिए।"

हैबती उठा। दोपहर की बस से बाघेठाण पहुँचा। देशमुख कलक्टर की बदली के बाद एकबोटे साहब को अनुकूल जगह मिल गयी थी। वे एक दिन में ही शिंगाडे जी की रियासत में दाखिल हो गये थे, पर जाते-जाते देशमुख साहब ने अच्छी मेख मार रखी थी। एकबोटे के दो सी.आर. बिगाड़ दिये थे; इसलिए अपेक्षित तरक्की मिलते-मिलते रह गयी। बाँधपीड़ितों के कारण ही तो उस साहब ने इतनी खींचा-तानी की थी। पुनर्वास की उस गन्दी कचहरी में सख्ती से वर्षभर खटना पड़ा था। एकबोटे की पक्की धारणा

हो गयी थी कि इन शिकायतखोर बाँधपीड़ितों के कारण ही उनकी तरक्की होते-होते रुकी। एकबोटे के मन में बाँधपीड़ित वर्ग के प्रति कभी भी आस्था नहीं थी। अब तो बिलकुल ही नहीं रही थी। उन्होंने हैबती को नख से लेकर शिख तक निहारा। एकबोटे व्यंग्य से मुस्कराकर बोले–

"आइए, आइए। बहुत दिनों के बाद आपने दर्शन दिये। कहिए, मैं आपकी क्या सेवा करूँ ?"

हैबती आषाढ़ की झड़ी में भीगे हुए पेड़ की भाँति भीतर से भीगा हुआ था। उसकी आँखें अपने आप उमड़ पड़ीं। उसने सारी घटना कह सुनाई। वह तिलमिलाकर, दीनता से पूछने लगा,

"साहब, आप ही बताइए, हम कितनी बार जमीन बदलकर दें ?"

"क्या तुम्हें नये खेत का खसरा मिल गया ?"

"जी।"

"क्या खसरे पर तुम्हारा नाम चढ़ा है ?"

"जी हाँ।"

"क्या आज के दिन जमीन तुम्हारे ताबे में है ?"

"जी हाँ साहब।"

"अरे गधे, अब तुम्हें और क्या चहिए ? तुम क्या सोचते हो कि तहसीलदार इस कचहरी को छोड़कर तुम्हारे खेत में हल चलाने के लिए जायें ?"

"साहब, यह कैसे हो सकता है ?" हैबती ने झेंपकर कहा।

"नहीं, मैं आ ही जाता हूँ तुम्हारे खेत में। तुम बाँधपीड़ित बहुत बदमाश हो। किसी जमाने में बाँध योजना में एकाध गुंठा जमीन गयी होगी, तुम लोग उसी एक पूँजी पर सरकार का कितना शोषण करोगे ?"

"पर साहब, यह लड़ना-झगड़ना, मार-पीट, खेत की जोताई-बोआई में बाधा-–यह, सब हमारे ही भाग्य में क्यों आता है ?"

"लड़ाई-झगड़ों के संबंध में शिकायत करनी हो तो उसके लिए पुलिस स्टेशन खुले हैं, तुम वहाँ जाओ, चलोऽ, हटो यहाँ सेऽऽ" एकबोटे ने लगभग गरजकर कहा।

"पर साहब, आप पुलिस थाने के लिए एक चिट्ठी तो दीजिए।"

"हवालदार, इसे बाहर का रास्ता दिखाओ।"

पुलिस सिपाही हैबती को खींचकर बाहर निकालने के लिए आगे बढ़ा। हैबती चुपचाप कचहरी से बाहर निकला। सामने की फाइल पर सही के निशान करते-करते एकबोटे झुँझलाकर बोले,

"वह कमीना खैरमोडे मास्टर पहले ही मर गया। अच्छा हुआ। हम मुक्त हुए नहीं, उसकी हर रोज की भुन-भुन चलती रहती।" हैबती को लगा कि वह बिलकुल गाद में डूब रहा है, गँदला पानी उसके मुँह और नाक तक पहुँच गया है। वह निराश

होकर पुलिस थाने में पहुँचा। जमादार शेलके अपने काम में व्यस्त था। बगल में पाँच-सात आदमी खड़े थे। हैबती टेबल के निकट जाकर खड़ा रहा। थोड़ी देर बाद जमादार ने गरदन उठाई। वहँ हैबती को देखकर झुँझला गया। सहमा हुआ हैबती बोला–

"साहब, मैं मरूँगा।"

"भैया, यह बताओ कि यहाँ जीने के लिए कौन आया है ?" बिलकुल ठंडे मन से जमादार ने पूछा।

"साहब, मैं बाँधपीड़ित–मेरी जमीन दो बार पानी में डूबी–रुकावट..."

जमादार ने दराज में से पीला कागज निकाला। हैबती के हाथ में देकर वह बोला,

"हाँ ले लो। ज्यादा बक-बक मत करो। कागज पर लिखो और अर्जी दे दो।

"साहबऽ सुनिए तो।"

"कागजऽ, यहाँ कागज पर ही बोलना पड़ता है। हर एक की चिल्लाहट सुनने बैठेंगे तो पुलिस स्टेशन को ताला लगाना पड़ेगा।"

हैबती ने पीला कागज हाथ में ले लिया। जो हुआ था, सब सही-सही कागज पर आगे-पीछे लिख मारा। उसने कागज जमादार के हाथ में दिया। जमादार ने उसे बिना पढ़े ही दराज में रख दिया। उसने हैबती से कहा, "ठीक है, जाँच करेंगे, जरा धीरज रखो। तुम दूसरे को तकलीफ मत दो और खुद भी तकलीफ में मत पड़ो। अच्छा, अब जाओ।"

हैबती रात गोट-बस्ती में पहुँचा। खाने की इच्छा नहीं रही थी, पर उसे मालूम था कि अगर वह नहीं खायेगा तो आवडाई अनाज के कण को भी स्पर्श नहीं करेगी। उसने मुश्किल से आधी रोटी निगल डाली। पानी पीकर वह हताश-निराश पड़ा रहा। रात देर होने पर म्हाकू तथा बाबू हैबती से मिलने आये। म्हाकू बोला–

"हैबोऽ, धीरज मत खोओ। हमें कल ही मोर्चा के लिए आंबेपुर चलना है। बाँधपीड़ित परिषद का प्रतिनिधि-मंडल कलक्टर से मिलने वाला है। डी.एस.पी. से भी मिलेंगे। तुम भी हमारे साथ चलो।"

"तुम लोग मुझे कहीं पर भी मत ले चलो। मुझे अब कुछ भी नहीं करना है।"

"तुम मत आना। पर हम तुम्हारे मामले को जरूर उठायेंगे।"

दूसरे दिन हैबती कंथरी से उठा नहीं। वैसा ही पड़ा रहा। भगवान, मेरा सील-भरा खेत सूख रहा है। हल कब चलेगा ? खेत में फसल कब उगेगी ? फसल नहीं होगी तो हम क्या खायेंगे ? बेटे, सदाशिव, तुम्हारा क्या होगा ? जन्म से ही तुम्हारे पीछे साढ़ेसाती लगी हुई है रे ! फूलवंती, तुम्हारी गृहस्थी कब मजबूत होगी ? माँ तुम्हें हमारे जीवन की बरबादी और कितने दिनों तक देखनी पड़ेगी ? बाँध-योजना के विरुद्ध लड़ते-लड़ते तू युवती से बूढ़ी हो गयी। तूने हड्डियाँ घिस डालीं, पर क्या तुम्हारी आँखों के सामने हमारे घर-गृहस्थी की गाड़ी पटरी पर आयेगी ? रात म्हाकू आया। उसने आंबेपुर की हकीकत बताई–महाराष्ट्र राज्य बाँधपीड़ित परिषद के लोग डी.एस.पी. से मिले। उसने

तुरंत रीडर को बुला लिया। बाघेठाण पुलिस स्टेशन फोन लगाने का आदेश दिया—हैबती ने सारा किस्सा सुन लिया। वह चुपचाप वैसा ही पड़ा रहा। म्हाकू द्वारा दिये गये समाचार को सुनकर माँ के मन में अंकुर फूटे। आशा ! आदमी झूठी आशा पर भी जीता है। उसने हैबती को हाँक दी—

"बेटे, कल पुलिस स्टेशन जाओ। देखना क्या होता है ?"

"माँ यह बाँध और उससे उत्पन्न समस्याओं से जूझते-जूझते मैं एक दिन बूढा हो जाऊँगाऽऽ", हैबती रूआँसा होकर बोल रहा था, "माँ, मैं तुम्हारी सौगंध खाकर कहता हूँ कि वहाँ कुछ भी नहीं होगा। इस मामले में मैं मर जाऊँगा। मैं जीऊँगा नहीं, मेरा मन ही मुझसे कह रहा है।"

हैबती की आँखों में अपने आप आँसू उमड़ पड़े। आवडाई ने उसे गले लगाया, अपने रूखे-सूखे किन्तु ममतालु हाथ से हैबती की पीठ सहलाई। वह बोली, "बेटे, धीरज मत खोओ। मरने की बात मत करो। धूप और बारिश से टक्कर लेते-लेते मैंने जिंदगी किसके लिए बिताई ? हम रूखी रोटी खाकर भी खुश रहे। पथरीली जमीन से टक्कर लेकर उसे भी उपजाऊ बनाया। हमने यह सब किसलिए किया ? धीरज धरो। काली माई तुम्हें सफलता देगी।"

"माँ, उसका नाम भी मत लो। उसी का शाप पूरे गाँव को तकलीफ दे रहा है।"

"बेटे, ऐसा मत कहो। ये दिन भी पलट जायेंगे। आशा करो कि सब ठीक होगा। बेटे, धरती भी तपती है, सूखती है। अकाल पड़ता है। धरती के पूरे बदन में जलन होती है। पर वह बरसात की बाट जोहती है। हम उसी की संतान हैं। आज या कल दिन पलटेंगे। तकलीफ हटेगी।"

आवडाई ने हैबती के भाल पर भस्म लगाया। यात्रा-भाड़े के लिए मटके से दस रुपये का नोट निकालकर दिया। हैबती बस में से ढगेबाड़ी का धुआँ उबालने वाली चीनी मिल देख रहा था। बाँध के पानी पर लहलहानेवाली गन्ने की खेती रास्ते के दोनों ओर हँस रही थी, किलक रही थी। चौदह साल पहले----वह पहली बार खैरापुर देखने आया था। तब यहाँ पर क्या था ? बरसों से बारिश की बाट जोहने वाली बंजर भूमि, सूखे हुए पेड़ और गरीब आदमी; पर बाँध का पानी आया; सूखे सिवान भीग गये। पेड़ भी खिल उठे। पंछी चहकने लगे; पर जिन्होंने अपनी सारी जिंदगी, अपने गाँव, अपना इलाका, अपने मवेशी—सबको बलि चढ़ाया, उनको क्या मिला ? इस मिट्टी को उनके त्याग का कुछ अहसास है; हैबती को, माँ से बचपन में सुनी कहानी याद आयी। आदमी की जाति जन्म से ही कृतघ्न होती है। जब बच्चा पेट में रहता है तब भगवान के सामने गिड़गिड़ाता है, मक्खन लगाता है। उसके द्वारा रोकी गयी बाट खोलने के लिए याचना करता है। वचन देता है कि वह उसे माँ का थोड़ा-सा दूध देगा; पर बाहर आते ही "कबऽ ? कबऽऽ ?" कहकर भगवान को ही झूठा ठहराता है। भगवान की यह स्थिति। हम तो बाँधपीड़ित हैं।

हैबती पुलिस स्टेशन पहुँचा। जमादार शेलके दोनों हाथ पीछे गरदन पर रखे कुर्सी पर बैठा था। ज्यादा भीड़ नहीं थी। साहब खुश दिखाई देते थे। जमादार ने हँसकर हैबती का स्वागत किया।

"आइएऽ दो दिन में दिखाई नहीं दिये ?"

"साहब, मैं मरूँगा। मुझे संरक्षण दीजिए।"

जमादार 'खी-खी' कर हँसने लगा। उसने और दो कॉन्स्टेबलों को बुलाया। पेट पकड़कर हँसते-हँसते वह दूसरों से कहने लगा–

"देखा ? यह कमीना क्या कह रहा है ? कहता है–मैं मरूँगा। अरे दुष्ट, यहाँ जीने के लिए कौन आया है ?"

"साहब, आप हँसिए; पर हमारे कलेजे की कसक आपकी समझ में नहीं आयेगी। आप मुझे संरक्षण दीजिए, नहीं तो मैं मरूँगा।"

"तुम कैसे मरोगे ? तुम्हें कौन मारेगा ?"

"राघू भिवा की जमीन मेरे मत्थे मार दी गयी है। उसने बाट रोक दी है। वह अपने खेत में से जानवरों को ले जाने नहीं देता। मुझे अपने पेट के लिए उसकी बाड़ को तोड़ना पड़ेगा। साहब, खून बहेगा।"

"अरे, नीच, कायर की तरह क्यों चिल्लाते हो ? जाओ; कुछ करो। खून बहने दो, फिर हम पंचनामा करने आयेंगे। जाओऽ भागोऽऽ।"

ज्यों ही बाहर की बात भीतर तक चली गयी; केबिन से बेल की आवाज आई। जमादार उठा। पेट से नीचे की ओर खिसका हुआ पट्टा ठीक करते-करते भीतर गया, जाकर नलवडे फौजदार के सामने खड़ा रहा।

"अरे, बाहर किसकी बक-बक चल रही है ?"

"वह हैबती जाधव है, बाँधपीड़ित। यह उनकी हर रोज की भुन-भुन है।"

"हाँ–बाँधपीड़ितों का संघटन बढ़ रहा है। उस जाधव के संबंध में एक नंबर की ओर से मैसेज आया था। जाँच के लिए किसी कांस्टेबल को भेज दो। वे खैरापुर के लोग उलटे दिमाग के हैं। दोनों ओर की जवाब-तलबी ठीक से दर्ज करने के लिए कहो।"

जमादार शेलके ने कांस्टेबल भोंसले को बुला लिया। लगभग डाँटते हुए उसे आदेश दिया–

"तुम इस लड़के के साथ जाँभली-गोटबस्ती में जाओ। कसकर जाँच करना। जवाब-तलबी अच्छी करो। शाम रिपोर्ट लेकर आना।"

"जी साहबऽऽ" भोंसले ने गर्दन हिलायी।

हैबती ने जमादार को झुककर नमस्कार किया। थाने से बाहर आने पर भोंसले ने हैबती से पूछा–

"तुम कैसे आये हो रे ?"

"साहब, मैं समझा नहीं।"

"अरे, तुम्हारे पास फटफटिया है या यों ही बस से चले आये हो ?"

"साहब, इस गरीब को फटफटिया कैसे मुवस्सिर होगी ?"

"हाँ, हाँ, रहने दो। साला आज का दिन ही बेकार है। इतनी दूर बस से जाना और शाम को लौटना, फालतू तकतक साला !!"

अपने पास फटफटिया न होने के कारण हैबती लज्जित हुआ। यह देखकर कि कांस्टेबल भोंसले उसके साथ जायेगा, हैबती निराश हुआ। यह भोंसले रुकावट क्या दूर करेगा ? बुढ़ापे के कारण सिर के बाल झड़ गये थे। रिटायरमेंट के महीने गिन रहा है बेचारा। हवा का बड़ा-सा झोंका भी आ जाये तो यह मरियल भोंसले उड़ जायेगा। यह किस दुर्ग पर पताका फहरायेगा ? पर ठीक है। पुलिस को देखकर लोग जरा भी क्यों न हो, डर जायेंगे। हैबती कांस्टेबल को लेकर गोट-बस्ती में आया। भोंसले को हैबती के घर की फीकी चाय अच्छी नहीं लगी। उसने एक घूँट चाय किसी तरह पी ली; बची हुई चाय को वह बाहर फेंक आया। वह मामले की जाँच के लिए बाहर निकला। घर से बाहर निकलते-निकलते उसने कहा,

"देखो, मुझे भूख अधिक लगती है। मेरे भोजन की व्यवस्था अच्छी होनी चाहिए।"

"साहब, आप चिंता क्यों करते हैं ? माँ से कहूँगा कि वह अंडों का शोरबा बनाये।"

"अरे, अंडों से क्या होगा ? वह तो आम चीज है, मैं ऊब गया हूँ अंडों से। एकाध मुर्गी ही देख लेना। हाँ, पोल्ट्री की नहीं चाहिए। गाँवदी मुर्गी अच्छी रहती है।"

हैबती फिर से घर में चला गया। माँ से बात की। आवडाई नाराज होकर बोली—

"उस भडुवे के लिए मुर्गी ? बाजार में एक मुर्गी के चालीस रुपये मिलते हैं। उसमें पंद्रह दिनों के किराने की समस्या हल हो जायेगी।"

"पर..."

"हाँ तुम्हारी बात रखो अपने पास ! पाव किलो मटन ले आती हूँ। सस्ता पड़ता है। हम नहीं खायेंगे। सारा का सारा उसी को परोसेंगे। मुआ, मुर्गी माँगता है।"

"नहीं माँ, यह ठहरा सरकारी आदमी। लेखनी का एक फर्राटा खींचेगा और उससे निस्तार पाते-पाते आधी जिंदगी चली जायेगी।"

भोंसले कांस्टेबल चावड़ी में चला गया। उसने पांडू तथा धोंडीराम को बुला लिया। दोनों के जवाब दर्ज किये। उसने घूमकर जमीन देख ली; वहीं मेंड़ पर पांडू से पूछा—

"क्यों जी पाटील, आपने रास्ता क्यों बंद किया है ? बैल कैसे जायेंगे ?"

"आप उसी से पूछिए न ? क्या उसके पास जमीन का नक्शा है ? पूरे गाँव का नक्शा है, उसमें भी देख लीजिए, कहाँ है गाड़ी की लीक ?"

"क्यों रे ? नक्शे में गाड़ीबाट दिखाई गयी है ?" भोंसले ने हैबती से डाँटकर पूछा।

"हवालदार साहब, क्या सभी रास्ते नक्शे पर दिखाये जाते हैं ? केवल कागज

पर चलने से कैसा होगा ? अगर रास्ते के संबंध में आपके नियम को लागू करेंगे तो महाराष्ट्र में किसी भी किसान के लिए खेती करना मुश्किल हो जायेगा।''

''साहब, हैबती सही कहता है, क्या हम साँस लेने के लिए भी कागज पर आदेश की प्रतीक्षा करते हैं ?'' म्हाकू ने पूछा।

''मुझे कीर्तन नहीं चाहिए, सबूत चाहिए।''

दोनों ओर से जवाब-तलबी हुई। अब तक धोंडीराम जीप लेकर आया। कारखाने के रेस्ट हाऊस पर भोजन करना तय हुआ। बिना हैबती को सूचना दिये हवलदार जीप में बैठकर चला गया। उधर खेत सूख रहा था। रास्ते को रोकने वाली बाड़ वैसी ही अपनी जगह पर बनी हुई थी। म्हाकू को हवलदार द्वारा की गयी जाँच के संबंध में आश्चर्य हुआ। वह हैबती से बोला, ''कमीना, कितनी मीठी बात कर रहा था। जाँच करने आया था या बेटी का ब्याह रचाने ?'' हैबती मन ही मन छटपटा रहा था—''मैं बैल को कंधे पर कैसे ले जाऊँ ? कैसे ले चलूँ बैल को कंधे पर ?''

घर में मुर्गी पक गयी होगी। जाँच का यह ढंग ! अच्छी-खासी मुर्गी नाहक ही चली गयी !! माँ जल-भुनकर रह जायेगी ! हे राम !

पंद्रह दिन के किराने से हाथ धो बैठे।

पाँच

हैबती घर आया। उसने देखा—भीतर दरवाजे से सटकर कोई तीस वर्ष की महिला पीढ़े पर बैठी है। लंबी नाकवाली। गोरी-चिट्टी। घुंघची-सी आँखवाली। बदन पर जरी के किनारे की साड़ी। लगभग सात-आठ वर्ष की उम्र वाले दो स्वस्थ लड़के उसकी बगल में बैठे थे। अरे ! हमारे घर सांसद शिंगाडे की बहू तो नहीं आयी ? हैबती के पैर दहलीज पर ही रुक गये। वह क्षणभर अवाक् हो उसकी ओर देखता ही रहा। जब रहा नहीं गया तो पूछा, ''कौन ? रूपा ? तुम ? और इधर कैसे ?'' रूपा उठी और उसने हैबती के पैर छुए। उसके रिश्तेदारों में से देशमुख परिवार की लड़की का विवाह खैरापुर में था। रूपा उसी विवाह में आयी थी। वह आवडाई का पता पूछते-पूछते बड़ी मुश्किल से गोट-बस्ती में आयी थी। कितने वर्षों के बाद रूपा की भेंट हो रही थी। वह, ''भैया, भैया'' कहकर बड़ी मीठी बात कर रही थी। अगर यह रूपा मेरे सदाशिव की माँ होती तो सदाशिव भी गोरा-चिट्टा दिखाई देता; पर वह कैसे होगा ? ऐसे गोरे-चिट्टे रूपों पर भी धनियों की ही सत्ता चलती है ! वह गरीब के हाथ कैसे लगेगा ? कमल भले ही कीचड़ में पैदा होता हो पर वे ही लोग उसे खुटककर ले जायेंगे। सड़ियल पत्ते कीचड़ की सोहबत करते रहेंगे।

हैबती ने अपने खुरदरे हाथों से बच्चों को उठा लिया। उन्हें ममता से गोद में

ले लिया। रूपा बता रही थी—उसके घर पर अच्छा ठाठ-बाट है; लोग इज्जतवाले हैं; पति, उससे बहुत प्रेम करता है। हैबती, जितना संभव था, उससे बात कर रहा था। शाम होने को आयी। रूपा को बारात के साथ लौटना था। आवडाई ने उसे रुकने का आग्रह किया, फिर भी वह चलने लगी। रूपा ने चलते-चलते हैबती से पूछा, ‘‘भैया, क्या मैं जाऊँ ?’’

‘‘हाँ, ऐसे ही कभी आती रहो।’’ हैबती का हृदय भर आया था।

‘भैया, तुम्हारा अच्छा चल रहा है न ?’’

‘‘हाँ, अच्छा ही कहना चाहिए।’’

रात हैबती को देर तक नींद नहीं आयी। जीवनभर किये गये कष्टों की याद आ रही थी। भोगी हुई यातनायें आँखों से ओझल नहीं हो रही थीं। रूपा ने अच्छा किया जो उसने मुझे नकार दिया। उसका कल्याण हुआ। तब उसने जो भी कहा था, वही सही था। हम बाँधपीड़ितों का जीवन भी कोई जीवन है ? बंजारों की तरह भटकते रहो। रूपा सच है, किसका साथ देना और किसका साथ न देना यह तुम्हीं से सीखना चाहिए। सोचते-सोचते हैबती का मन भर आया, कंठ अवरुद्ध हुआ, आँखों से आँसू की बूँदें टपकने लगीं। उसके बदन पर हाथ रखकर सोया हुआ सदाशिव झट से जग गया। घबराकर पूछने लगा—

‘‘बापू, आप रो क्यों रहे हैं ?’’

‘‘कुछ नहीं बेटे, सो जाओ।’’ हैबती ने बात अपने तक ही रखी। वह रातभर छटपटाता रहा। सारा जीवन यों ही चला गया—हाथ से निकली हुई रूपा के समान। नौकरी की आशा में जवानी जलायी। बाप चला गया। अमरूद का बगीचा चला गया। नौकरी चली गयी। हमारे कलेजे के टुकड़े पर आज यह बाँध खड़ा है। जमीन है, पर उसमें काम करना मुश्किल हो गया है। हम कहाँ तक समझौता करें ? कहाँ तक झुकें? हे काली माई, चौरासी लाख योनियों के फेरे में कीड़ा, चींटी, मेंढ़क—किसी का भी जन्म दो; पर फिर से बाँधपीड़ित मत बनाओ। क्या था, क्या हो गया ? हम कौन थे, क्या हो गये ?

सुबह आवडाई के दरवाजे पर पूरी गोट-बस्ती इकट्ठा हुई। युवकों के हाथ में लाठियाँ, कुल्हाड़ियाँ थीं। सभी युवक चिल्ला रहे थे, ‘‘हैबो, तुम कितने दिनों तक खेत को यों ही पड़े रहने दोगे ? चलो, हम सब तुम्हारे साथ चलते हैं। देखते हैं, कौन बीच में आता है। जल्दी करो। उस बाड़ को हटा डालेंगे। चलो, जल्दी करोऽऽ’’ बाबू, म्हाकू, दामू सब जिद कर रहे थे। किसी ने हैबती के बैल और भैंसे को खोला; किसी ने हल का सामान उठाया। गोट-बस्ती में से भरी जवानी वाले तीस-चालीस आदमी चल पड़े। आवडाई तथा हैबती की भी हिम्मत बढ़ी। युवक मरीमाई के खेत में पहुँचे। उत्साह में आकर उन्होंने बाड़ की टहनियाँ फेंक दीं; छोटे खंभे उखाड़कर फेंक दिये। हल राघू भिवा के मेंड़ से, बारात के समान गरजता हुआ, हैबती के खेत में पहुँच गया। हैबती के खेत

में हल चलने लगा। खैरापुरवाले देखते ही रह गये। गोट-बस्ती के युवक दो दिन तक हैबती के कंधे से कंधा मिलाकर खेत में खटते रहे।

तीसरे दिन बाबू पवार की करुण हाँकों से गोट-बस्ती जग पड़ी। केलापुर जाकर बसे हुए कदम और पवार बिरादरी के आदमी ठिठुराते हुए जाड़े में, पानी में तैरकर इस ओर आये थे। बूढ़ा नाना पवार भी भीगा हुआ आया था। सबने एक ही शोर मचाया था। उन्हें देखकर गोट-बस्ती के लोग जमा हुए। प्रत्येक के हाथ में नोटिस थी। कल रात ही नोटिस दिये गये थे। शेवंता ने पढ़कर सुनाया। पाँच-अ के नोटिस थे। केलापुर में बाँधपीड़ितों को दी गयी जमीन दूध-संघ के लिए संपादित की जा रही थी। पैमाइश के समय पर बाँधपीड़ितों ने रुकावट डाली थी। जोरदार प्रदर्शन किया गया। "केवल अनुमान करने के उद्देश्य से जमीन की पैमाइश कर रहे हैं।"—अधिकारियों ने तब इस प्रकार के झूठे उत्तर दिये थे। अब नोटिसें आ गये थे; स्पष्ट कहा था कि भूमिसंपादन रुकेगा नहीं। कराल-काल के गर्भ से बुलडोझर की घरघराहट सुनाई दे रही थी। आगे धारा नौ का नोटिस आ जायेगा। फिर कलम बारह का नोटिस—आपकी जमीन की इतनी कीमत तय की गयी है; आप उसे स्वीकार करें। खातेदारों द्वारा रुपये स्वीकार न किये जाने पर वैसा रिकार्ड तैयार किया जायेगा। रुपये ट्रेजरी में जमा किये जायेंगे। कोर्ट में भी बताया जायेगा कि राष्ट्रीय सार्वजनिक हित के लिए ही, कानून के अधीन रहकर भूमि संपादित की गयी है। इतना सारा हो जाने पर पुलिस की गाड़ियाँ, लाठियाँ आ जायेंगी। अगर इससे भी नहीं बन पड़ेगा तो बंदूकें, बुलडोजर। सरकार की राक्षसी सत्ता, रुकावट डालनेवाले को रौंदने के लिए तैयार। जाँभली गाँव के बाँधपीड़ित एक बार इस आग में झुलस गये थे। वही क्रूर पाठ फिर से दोहराया जा रहा था।

आज करवा चौथ। भगवान का दिन। हैबती बोआई का काम पूरा करने के उद्देश्य से खेती के औजारों को बैलगाड़ी में रखकर मरी माई के निकट वाले खेत की ओर निकला। गेहूँ की बोआई करनी थी। समय पर बोआई नहीं हुई; पर अब ज्यादा देर भी नहीं होनी चाहिए। बाद में पंछी फसल की बर्बादी करते हैं। लगे हाथों काम पूरा करना होगा।

खेत में बोआई शुरू हुई। हल के कूँड़ में से निकले छोटे-छोटे कीड़ों पर बगुले टूट पड़ते थे। मेंड़ वाले बबूल पर कौए जमा हुए थे। उनकी 'काँव, काँव' शुरू थी। मेंड़ की उस ओर, छोटी नहर में पानी बह रहा था। बगल में राघू भिवा के खेत में गन्ने की रोपाई चल रही थी। खैरापुर के दस-बारह आदमी गन्ने के पोर गाड़ रहे थे। तपी हुई मिट्टी में नहर का पानी मिल जाने पर थोड़ी देर के लिए मिट्टी गरम लगती थी। कीचड़ की लुगदी हो जाने के बाद पैर के अँगूठे से, पोर को गाद-मिट्टी में दबाना। फिर दूसरी ओर लेकर उसे दबाते-दबाते आगे चलना था। राघू के मजदूर बीच-बीच में हैबती के हल की ओर चौकन्ना होकर देखते। कोई बीच में ही आपस में भद्दी बातें करता। फिर से काम शुरू होता। राघू भिवा के दोनों लड़के—धोंडीराम और पांडू, मजदूरों

के सिर पर सवार होकर उनसे काम ले रहे थे।

ऐन दोपहरी तक बोआई चल रही थी। फूलवंती हल के कूँड़े में गेहूँ बो रही थी। आवडाई, बीच-बीच में निकलनेवाले बड़े ढेलों को पिटने से तोड़ रही थी। निरंतर चलने के कारण राजा बैल के मुँह से फिचकुर निकल रहा था। भूरा भैंसा तो बैल के साथ हल खींचते-खींचते थक गया था। बैल की लंबाई अधिक थी, इसलिए भैंसे पर अधिक बोझ पड़ता था। उसके मुख से फिचकुर टपक रहा था। धूप के कारण चौपायों की चमड़ी चटचटा रही थी। थके-माँदे चौपाये घुटने टेक रहे थे। दोपहर हो जाने पर भी हल चल ही रहा था। हैबती को न संकष्टी के उपवास का एहसास था न उपवास के उपाहार का। सुबह-सुबह ऐसा लग रहा था कि आज बोआई समाप्त होगी; पर दोपहर ढलने पर भी आधी बोआई नहीं हुई थी। लगता है, कल का आधा दिन और लगेगा। जब चौपाये ज्यादा ही घुटने टेकने लगे, तब आवडाई ने पुकारकर कहा, "अरे, हैबोऽ, अब रोक दो। क्या मेरे सोने के मोल वाले चौपायों को मार डालेंगे ? थोड़ा-सा खा लो; जरा सुस्ता लो; फिर धूप ढलने के बाद चौपायों को जोत देना।" गरीब के उपाहार का क्या कहना ? करवा चौथ हो या एकादशी, उपवास होने पर भुनी हुई मूँगफलियाँ और काले रंग के गुड़ का छोटा सा टुकड़ा। हैबती ने बबूल के पेड़ के तले चौपायों को बाँध दिया। ऊपर बैठे हुए कौए उड़-उड़कर उस पार कनाल के पानी में डुबकियाँ लेने लगे। हैबती ने हाँडी से पानी लेकर हाथ धोये। वह मड़ैया में उकडू बैठा और कलेवा करने लगा। भुनी हुई मूँगफली के दाने खाते-खाते उसने आवडाई से पूछा—

"माऽँ, बाघेठाण में युवक राह देखते होंगे न ?"

"कल दोपहर तक बोआई निबटा लेंगे। चार की बस से चले जायेंगे।"

हैबती का मन कुछ बेचैन हो उठा था। बोआई का काम पूरा कर उसे जल्दी-जल्दी सत्याग्रह में शामिल होना था। जब उपाहार चल रहा था तभी सँकरे रास्ते से एक जीप गाड़ी आयी। कनाल लाँघकर भीतर खेत की ओर मुड़ी। जीप में राघू भिवा था। वह क्रोध में आकर, निकाली गयी बाड़ की ओर देख रहा था। राघू अण्णा उसके खेत में पहुँचा। वह मजदूरों, लड़कों के पीछे पड़ गया था कि वे जल्दी-जल्दी काम करें। उसे गन्ने की रोपाई का काम आज ही पूरा करना था।

आवडाई का परिवार मड़ैया में घंटेभर के लिए सुस्ताया। चार बजे धूप कम हुई। हवा बहने लगी। हैबती उठा। आवडाई ने फूलवंती से कहा, "बेटी, तुम अब घर चली जाओ। सदाशिव स्कूल से आ जायेगा। हैबती भी दिनभर थक गया है। चार रोटियाँ बनाओ, तब तक सूरज डूब जायेगा। बेटे, हैबती को भूख लगी होगी। उसके लिए तवे में बेसन बनाना।" फूलवंती ने गर्दन हिलायी। वह गोट-बस्ती की ओर चली गयी। हैबती हल चला रहा था। जरा चैन लेने पर चौपाये उत्साहित हुए थे। सूरज डूबने तक बहुत-सी बोआई हो गयी। हैबती ने बैल और भैंसे को हल से खोल दिया। दोनों को बबूल के तले बाँध दिया। उसने हल उठाकर मड़ैया में रख दिया। तब तक आवडाई जलावन

के लिए लकड़ियाँ, सूखी टहनियाँ इकट्ठा कर लायी। हैबती ने दूसरी बार जाकर जूआ उठाया, उसे भी मड़ैया में रख दिया। हल-औजार ठीक से रख देने के बाद जब वह बबूल की ओर बढ़ा तो देखा—भैंसा कहीं दीख नहीं रहा है। भगवान ! पगहा तोड़कर कहीं भागा तो नहीं ? उसने डूबते सूरज की किरणों में देखा—भैंसा अपने खेत को लाँघ कर राघू भिवा के गन्ने के खेत में घुस गया था। बाप रे !! भूखा भैंसा गन्ने के छोटे पौधे उखाड़-उखाड़कर खा रहा था। हैबती का कलेजा मुँह को आया। वह तीर-सा दौड़ पड़ा।

हैबती ने देखा, धोंडीराम मेंड़ की आड़ में से आकर उसके सामने ही भैंसे पर झपट पड़ा। उसने भैंसे की पिछली टाँग पर कुल्हाड़ी का प्रहार किया। टाँग से खून का फव्वारा छूटा। देखकर हैबती का खून खौल उठा। "अरे ! तुम यह क्या कर रहे हो? आदमी हो या हैवान ?" हैबती ने गरजकर कहा। उसने आगे बढ़कर धोंडीराम को बाहुओं में पकड़ लिया; बड़ी मुश्किल से कुल्हाड़ी छुड़ा ली और बगल के सिवान में फेंक दी। यह देख धोंडीराम ने हैबती के मुँह पर दो थप्पड़ जड़ दिये। हैबती भी आग-बबूला हो गया था। वह जरा नीचे झुककर, धोंडीराम की जाँघ में घुसा और एक ही क्षण में उसे उठाकर मेंड़ के नीचे गिरा दिया, "पकड़ोऽ पकड़ोऽऽ; दौड़ोऽ, दौड़ोऽऽ" का शोर मच गया। राघू भिवा के आदमी दौड़ पड़े। लाठियाँ, पिटने—जो भी हाथ लगे, लेकर वे हैबती पर टूट पड़े। हैबती पर खून सवार हुआ था। वह अकेला चारों ओर के आघातों को रोक रहा था; इतने में उसकी पीठ पर पिटने का जोरदार धप्पा पड़ा। हैबती चिल्लाया—"माँऽऽ मैं मर गया।" उसकी दर्दनाक चीख सुनकर आवडाई भयभीत हो दौड़ पड़ी। उसने देखा—हैबती पर कई आदमी एकसाथ टूट पड़े हैं, जैसे किसी खरगोश पर लकड़बग्घे टूट पड़े हों। वह बाघिन की तरह झपटी। हैबती के बदन पर औंधा गिरकर चिल्लायी—"अरे, मेरे बेटे को क्यों मार रहे होऽ ? क्यों मार रहे हो मेरे बेटे कोऽऽ ?" कोई भी उसकी चीख सुनने को तैयार नहीं था। दो-तीन आदमियों ने उसे पीछे खींचा, उसकी पीठ पर भी लाठियाँ पड़ीं।

चारों ओर बड़ा घेरा था। इसमें टिक पाना मुश्किल है। हैबती को एहसास हुआ। वह जान मुट्ठी में लेकर पूर्व दिशा की ओर भागने लगा। राघू भिवा जोर से चिल्लाया—"पकड़ोऽ मारोऽऽ, उसे छोड़ो मतऽऽ !" हत्यारे लाठियाँ, पत्थर—जो भी हाथ लगे, फेंक-फेंककर मार रहे थे। हैबती तेजी से भाग रहा था; बीच रास्ते में कनाल पड़ा। उसने आगा देखा न पीछा। वह पानी से भरे कनाल में ही कूद पड़ा। ऊपर से पत्थरों की बौछार शुरू थी। हत्यारे चिल्ला-चिल्लाकर कह रहे थे—"मारोऽऽ यह साँप का बच्चा है, इसे जीवित मत छोड़ो।" हैबती पत्थरों के प्रहारों से अपने को बचाने के लिए पानी में डुबकियाँ ले रहा था। उसे अपनी जान की पड़ी थी। पत्थरों की बौछार रुक नहीं रही थी। हैबती यह सोचकर कि पानी में निभना मुश्किल है, उस पार के किनारे पर पहुँचा। भीगे बदन ही किनारा चढ़ने लगा, तभी कनाल के पुल से उस पार गये हुए

हत्यारे पूर्व दिशा से किनारे पर उग आये। उन्होंने हैबती को लाठियों से दनादन पीटना शुरू किया। हैबती फिर से पानी में कूद पड़ा। दोनों किनारों से पत्थरों की बौछार हो रही थी। अँधेरे में पत्थर दिखाई नहीं देते थे। हैबती पत्थरों से बचने के लिए पानी में बार-बार डुबकी लगा रहा था। डुबकी लगा-लगाकर वह थक गया था। उसकी साँस फूलने लगी थी। वह उधरवाले किनारे पर, आधा पानी में और आधा किनारे पर पड़ा रहा। "अरे, पकड़ोऽ उठाओऽऽ, लगता है, थक गया है।" एक आदमी ने नीचे छलाँग लगायी। हैबती की भीगी हुई गरदनिया पकड़कर, वह उसे खींचकर ऊपर ले आया। दूर अँधेरे में आवडाई का करुण क्रंदन सुनाई दे रहा था–"बेटेऽऽ, मेरे प्यारे बेटेऽऽ" उसे दो-तीन आदमियों ने पकड़ रखा था। बूढ़ी जान छूटने के लिए छटपटा रही थी। ऊपर किनारे पर लाये गये हैबती को देखकर पांडू गरज पड़ा–"भडुवे, मेरे भाई की जान पर उठते हो ?" उसने नीचे झुककर एक खरबूजे जैसा बड़ा पत्थर उठाया और हैबती के सिर पर पटक दिया। हैबती के मर्म पर आघात हुआ था, वह नीचे गिरा। "लगता है, मर गया, अब यह जीयेगा नहीं"–हत्यारों ने कहा। वे जीप में बैठ गये। जीप अँधेरे का कलेजा चीरकर चली गयी।

इस बीच आवडाई ने अपने को छुड़ा लिया था। वह आगे दौड़ी। "बेटेऽऽ मेरे प्यारे बेटेऽऽ" कहकर वह हैबती के भीगे बदन पर औंधी गिर पड़ी। उसका सिर अपनी गोद में उठा लिया। वह खून से सने भाल को बार-बार चूम रही थी। सहला रही थी। हैबती के टूटे हुए सिर में, भाल पर, बालों में, खून में कीचड़ लग गया था। आवडा चिल्ला रही थी और साथ-साथ कीचड़ भी निकाल रही थी। उसका पूरा बदन गीला हो गया था। वह हैबती को बार-बार सहला रही थी–जैसे कोई माँ नवजात बालक को सहलाती हो। वह उसे बार-बार चूम रही थी। थोड़ी देर बाद उसने हैबती की छाती से कान लगाकर देखा। साँस तेजी से चल रही थी। "मेरा बचवा जीवित है।" फिचकुर भरे मुँह से वह अँधेरे से ही बात कर रही थी। थोड़ी देर तक वह वहीं पर बैठी रही। फिर खुद से ही बोली–"अरी राक्षसिनी, तुम बैठी क्यों हो ? बच्चे की जान खतरे में है। उसे बचाओ। बगल वाले अँधेरे के अतिरिक्त वहाँ पर किसी का भी साथ नहीं था। हैबती बेसुध पड़ा था। आवडाई हिम्मत से उठी। उसने हैबती की भीगी हुई देह को पीठ पर उठाया। पूरी ताकत लगाकर वह उसे खींचते-खींचते आगे बढ़ने लगी। उसके मन में भय की घंटी बजी–"यह देखकर कि हैबती जीवित है, वे दुष्ट उस पर फिर से टूट पड़ेंगे। क्या किया जाए ?" उसके पैर दूसरी दिशा में मुड़े; पसीने से तर आवडाई हैबती को बड़ी मुश्किल से मड़ैया में ले आयी। उसे घड़े में से पानी पिलाया। क्षणभर लगा–ऐसे ही खेतों-मेंड़ों से होकर दौड़ा जाय। गोट-बस्ती में जाकर चिल्लाया जाय। पर हैबती को इस हालत में, यहाँ पर अकेला छोड़कर कैसे जाऊँ ? क्या अपने बेसुध बेटे को सियारों, कुत्तों के हवाले करूँ ?"–आवडाई रोती-चिल्लाती फूलवंती की प्रतीक्षा करती रही।

घरवाले अभी तक क्यों नहीं आये ? देर तक बाट जोहने के बाद फूलवंती सँकरे रास्ते से मरी माई के निकटवाले खेत की ओर दौड़ी। उसके पीछे-पीछे सदाशिव दौड़ रहा था। फूलवंती घबड़ायी हुई थी। शाम जब जीप खेत में आयी थी, तभी उसके कलेजे में धक्-सा हुआ था। वह चकई की भाँति दौड़ रही थी। वह खैरापुर को लाँघकर आगे बढ़ी। गाँव से ऊपर की ओर, सँकरे रास्ते पर उसे वही शामवाली जीप दिखाई दी। अँधेरे में कुछ कानाफूसी हो रही थी। फूलवंती का कलेजा हिल गया। बिना उन लोगों को आहट दिये, वह बगलवाले खेत में से, तिरछा चलकर आगे बढ़ने लगी। मड़ैया में हैबती को बेसुध हालत में देखकर वह चीख पड़ी। "बापूऽ बापूऽऽ" कहकर सदाशिव जोर से रोने लगा। हैबती अभी भी बेहोश पड़ा हुआ था। आवडाई ने फूलवंती को किसी तरह समझाया। अँधेरा गहरा हो रहा था। कुछ-न-कुछ करना ही होगा। फूलवंती ने सास से कहा,

"माँ जी, आप जरा सहायता कीजिए। मैं इन्हें अकेली उठा ले चलती हूँ। अस्पताल ले चलते हैं।"

"बेटी, मेरे बचवा को यहाँ के अस्पताल में कौन भर्ती करा लेगा ?"

"फिर क्या करना होगा ?"

"बैलगाड़ी जोतकर तहसील ले चलते हैं।" आवडाई बोली, "तुम दौड़कर बस्ती में जाओ, वहाँ जो कोई होगा उसे दूसरे रास्ते ले आना। पलना ले आओ, जड़ी-बूटी ले आओ।"

फूलवंती अँधेरे में ही, तेजी से दौड़ी। हैबती जोर-जोर से कराह रहा था। आवडाई का कलेजा फट रहा था। मेरे बेटे, तुम्हें कितना वनवास भोगना पड़ रहा है ? उसने सदाशिव को निकट बिठाया। वह खुद गाड़ी जोतने लगी; पर अभी-अभी हुए हो-हल्ले में, पता नहीं, भैंसा कहाँ भाग गया ? अब उसे अँधेरे में कहाँ ढूँढ़ें ? उसने बगलवाली मेंड़ पर ढूँढ़ा, चौपाया कहीं मिल नहीं रहा था।

इस बीच हैबती किंचित् होश में आया। घबड़ाया हुआ सदाशिव उसके बदन पर हाथ रखकर बैठा था। "बेटेऽऽ सदाशिवऽ" हैबती दयनीय आवाज में कराह रहा था। सुनकर सदाशिव ने हाँक लगायी—"दादी माँऽ दौड़ोऽऽ बापू बुला रहे हैंऽऽ।" आवडाई दौड़कर मड़ैया में आयी। हैबती का सिर गोद में लेकर उसे सहलाते-सहलाते पूछने लगीऽ—

"बेटे, कैसे हो रे ?"

"ठीक हूँ। सिर में जरा ज्यादा ही मार लगी है; पर माँ यह मेरे जन्म की दुर्गति कैसे हुई ? मैंने किसी का क्या बिगाड़ा है ?"

"बेटे मेरे, ज्यादा बोलो मत, चुपचाप पड़े रहो।"

"माँ ऽ मुझे जीना है; मुझे जीना है माँऽ।" हैबती की आँखों में आँसू भर आये थे।

"बेटे, तुम जरूर जीओगे। मैं अपना कलेजा निकालकर तुम्हारे ऊपर न्यौछावर

कर दूँगी। तुम जीओगे; बेटे, तुम जीओगे।"

इतने में फूलवंती दौड़ी-दौड़ी आयी। अँधेरे में, खेंतो-मेंड़ों में से होकर आने से उसकी साड़ी फट गयी थी; बदन पर खरोंचे आयी थीं। वह पसीने से तर हो गयी थी। फूलवंती ने कराहते-बोलते हैबती को देखा। वह दुःखावेग से चीखने लगी—"मालिक, यह क्या हो गयाऽऽ !" वह ढाढ मारकर रोने लगी। खुद आँसू बहाते-बहाते, फूलवंती को सांत्वना देकर आवडाई ने कहा—"बेटी, रोओ मत। हमें जीते जी मरण सहना है; चलो, पहले पट्टी बाँधते हैं।

"फूलवंती आँचल में मुट्ठीभर हल्दी ले आयी थी। बूढ़े जालिंदर से वनस्पति-औषधि ले आयी थी। आवडाई ने हैबती के सिर पर हाथ रखा। खून बह जाने के कारण बाल चिपक गये थे। सिर पर बीच में ही जख्म हो गया था, हाथ से छूने पर उस जगह का साफ-साफ पता चल जाता था। फूलवंती ने उस जगह पर हल्दी उँडेल दी। वनस्पति-पत्ते कूटकर उसपर रख दिये। आँचल का छोर फाड़कर जख्म पर उसकी पट्टी बाँध दी। क्या करें ? कहाँ जायें ? कुछ सूझ नहीं रहा था। मारपीट का मामला, इसलिए खैरापुर का कोई भी प्राइवेट डाक्टर हैबती पर इलाज नहीं करेगा। बाघेठाण जाएँ ? पर सुबह आठ बजे ही बस मिलेगी। फूलवंती के पीछे-पीछे, गोमा कहार दौड़ा-दौड़ा आया। साथ में कुछ महिलायें भी थीं। युवक इन सबको साथ लेकर आये थे। सब-के-सब सहमे हुए थे। गोट-बस्ती में भी अब कितने लोग रह गये थे ? सात-आठ महिलाएँ, चार-पाँच स्कूली बच्चे और पाँच-छह खाँसने -कुढ़ने वाले बूढ़े। बूढ़ों में से जालिंदर ही अपने नाती का हाथ पकड़े मुश्किल से चलकर आ गया था। गोट-बस्ती के शेष लोग बाघेठाण में जाकर सत्याग्रह पर बैठे हुए थे।

हैबती को उसी स्थिति में बिठा रखने से क्या होगा ? रात में कुछ भला-बुरा घटित होगा तो ? बैलगाड़ी को इसी तरह आगे ले चलना ठीक होगा। जो भी अंतर पार होगा, अच्छा ही है। तभी पीछे से बंडू नाई का लड़का हरूवा दौड़ा-दौड़ा आया। सबसे कहने लगा—

"उनकी नीयत ठीक नहीं, दाल में कुछ काला है।"

"क्यों रे ? क्या हुआ ?"

"मैंने आते-आते छिपकर सुना। गाँव के निकट, आम के तले बैठक हो रही है। राघू, बबेराव—सब वहाँ बैठे हुए हैं। बबेराव सबसे कह रहा है—"कुछ भी करेंगे, पर उसे अस्पताल ले जाने से रोक देंगे। अस्पताल जाने पर पुलिस केस हो जायेगा। मामला महँगा पड़ेगा।"

"हे भगवान, अब मैं क्या करूँ ? अपने बेटे का क्या करूँ ?" आवडाई का कलेजा फट रहा था।

बूढ़े जालिंदर ने लालटेन आगे किया। देखा—हैबती का मुँह खून से सना था। कमीज पर सर्वत्र खून के धब्बे ही धब्बे दिखाई दे रहे थे। धोती पर भी खून गिर गया

था। जख्म नाजुक जगह पर था। हैबती को फिर से ग्लानि आ रही थी। उसकी आँखें अधमूँदी थीं। वह धीरे-धीरे कह रहा था—"माँऽऽ, मुझे जीना हैऽ, माँ, मुझे जीना है !" उसकी आवाज धीरे-धीरे बंद हुई। वह जोर-जोर से कराहने लगा। यह कराहना है या खुर्राटा भरना ?—आवडाई का धीरज टूट गया। वह "बेटेऽऽ, मेरे बेटेऽऽ !" कहकर सिसकने लगी। बूढ़ा जालिंदर धीरजवाला था। वह सब पर बरस पड़ा, "अरे, क्या ऐसे हट्टे-कट्टे लड़के को मरने दोगे ? ना, ना, साँस रहते कुछ करना चाहिए। चलो। देखता हूँ; कौन कमीना रास्ता रोकता है ? चलोऽऽ !"

गोमा कहार ने, बदन पर ओढ़ी हुई चद्दर उतार फेंक दी। हैबती को उसमें लपेट दिया गया। लड़के बैलगाड़ी को खींचकर मड़ैया तक ले आये। जूए की एक बाजू में बैल जोता गया। दूसरी बाजू को दो लड़कों ने अपने कंधे पर उठा लिया। तय हुआ कि ऐसे ही गाड़ी खैरापुर तक ले चलेंगे। तब तक कोई दौड़कर जायेगा और दौलू हरि का बैल लेकर आयेगा। रात ही, सीधे रास्ते से तहसील पहुँचेंगे आवडाई, हैबती को पकड़े, गाड़ी में बैठी। एक ओर बैल और दूसरी ओर लड़के—गाड़ी खींची जा रही थी। अँधेरे में गड्ढे दिखाई नहीं देते थे। लड़के लड़खड़ाते थे। उनके लड़खड़ाने से गाड़ी भी हिचकोले लेती थी। अच्छा था कि हैबती बेसुध था, वरना दर्द बढ़ने से वह चिल्ला उठता।

आधी रात बीत गयी। गाड़ी और उसके साथ ठिठुरकर, सहमकर चल रहे लोग गाँव के निकट पहुँचे, देखा—रास्ते पर जीप खड़ी है। अगल-बगल में खैरापुर के सौ-दो सौ आदमी जमा हुए थे। वे रास्ता रोककर बैठे हुए थे। गाड़ी अपने-आप रुकी। बूढ़ा जालिंदर आगे बढ़ा। उसने राघू भिवा के पैर पकड़े, "हमें जाने दो, लड़के को बचने दो, उपकार करो।"

"डाक्टर के पास ? अरे डाक्टर के पास नहीं तुम पुलिस के पास जाओगे। उचक्को, तुम कम दुष्ट नहीं हो। हम तुम्हें बिलकुल ही नहीं जाने देंगे। चलोऽ हटो पीछेऽऽ" छगन ने धमकाया।

कोई भी बाट से उठ नहीं रहा था। यह देखकर आवडाई जोर-जोर से चिल्लाने लगी—"अरे कमीनो, अरे दुष्टों, मेरे बेटे को जीने दो। आग लग जाय उस जमीन में। मैं उस जमीन को गले में बाँधकर क्या करूँगी ? राक्षसो, हमें जाने दोऽ हमें जाने दोऽऽ !" गाड़ी को आगे जाने नहीं दिया गया। उनकी ताकत बड़ी थी। उसके सामने गाड़ी का बल कम था। युवकों ने गाड़ी पीछे की ओर खींची, आम के तले खड़ी की। मरणासन्न हैबती को नीचे उतार दिया गया। नीचे, जमीन पर बैठकर आवडाई ने हैबती का सिर गोद में लिया। दोनों छाती पीट-पीटकर रो रही थीं। सदाशिव के रोने का कोई अंत नहीं था।

हैबती के गले में से घर-घर की आवाज आ रही थी। उसमें संकट यह कि ठंडी हवा बढ़ गयी थी। सिंचाई वाले गन्ने के खेतों से आते-आते हवा ज्यादा ही ठंडी हो आती। गाड़ी के साथ चले रहे लोग ठिठुर रहे थे। खैरापुर के मूल निवासियों में दो गुट

हो गये--हैबती को अस्पताल ले जाने दिया जाय या नहीं ? विवाद जल्दी समाप्त नहीं हो रहा था। बड़ी भोर का समय हुआ। खैरापुरवाला एक आदमी गाड़ी के निकट आया। उसने हैबती के गले से हाथ लगाकर उसकी हालत अजमायी। वह झटसे पीछे मुड़ा। जाकर राघू अण्णा के कान में कहा, ''जल्दी करो। जो कुछ करना है तुरंत करो। उसकी हालत गंभीर है। साँस उलटी चल रही है। जल्दी करो, वरना यह बचेगा नहीं।'' राघू गड़बड़ा गया। उसकी मस्ती निथर गयी। अगर यह ससुरा मर जायेगा तो हत्या का केस दाखिल किया जायेगा। क्या करें ? हो सकता है वह अब भी बच जाय। औषधि का खर्चा कर देंगे। पहले ही सख्त कैद का मामला अपील में पड़ा हुआ है, उसमें यह नया झंझट नहीं चाहिए।

ड्राइवर ने जीप स्टार्ट की। वह मुड़कर आम-तले आयी। हैबती को उठाकर जीप में लिटाया गया। फूलवंती, आवडाई तथा बूढ़ा जालिंदर उसके साथ जीप में बैठने लगे। कौन कहे, हैबती बाघेठाण पहुँचने तक भी जी पायेगा या नहीं ? अच्छा होगा, अगर खैरापुर वाले डाक्टर से एक-दो इंजेक्शन लगवाकर आगे चला जाये। सुबह होने से पहले जीप खैरापुर पहुँची। खैरापुर में कुल पाँच डाक्टर थे। हर एक के दरवाजे की बैल बजायी जाती। डाक्टर मुँह पर नींद ओढ़कर बाहर आता। वह ''कौन है ?'' ''क्या है ?'' पूछता। हैबती के डरावने मुँह की ओर देखता; उसकी उलटी चल रही साँस का अंदाजा लेता। पीछे हटकर सलाह देता—''यहाँ इलाज होगा नहीं। इसे आंबेपुर ले जाओ।'' दरवाजा जोर से बंद हो जाता। जिस किसी डाक्टर के पास गये, वहाँ यही उत्तर और यही दरवाजों का जोर से बंद होना।

खैरापुर के सभी डाक्टरों ने यही सलाह दी। सुबह हो रही थी। कालरात्रि ने मात दी थी। सुबह होते-होते हैबती ने दम तोड़ दिया। आवडाई ने ''बेटेऽऽ, बेटेऽऽ !'' कहकर उसे तीन-चार बार हिलाया, उसकी नाक टटोली; आँखों की बंद पलकों को खोलकर देखा। वह जोर से चीखी—''बचवाऽ, तू मूझे छोड़कर क्यों चला गया रेऽऽ !'' जीप यकायक रुक गयी। राघू, बबेराव और धोंडीराम जीप से कूद पड़े। ड्राइवर का, स्टेयरिंग पर रखा हुआ हाथ थरथराने लगा। स्टेयरिंग मुर्गी की तरह थड़-थड़ उड़ने लगा। उसे देखकर राघू भिवा ने ड्राइवर को डाँटा, ''भडुवे, तुम्हें क्या हुआ है ? जाओ, जल्दी जाओ। इन सबको गोट-बस्ती में उतारकर झटसे लौट आओ।''

छह

कल दोपहर से गुणवंत का मन स्थिर नहीं था। उसने ज्योंही बल्मीक में नाक घुसेड़कर लाल-लाल चींटियाँ खाने वाले भालू को देखा, उसका बदन भय से काँप उठा। भगवान, लगता है, कुछ बुरा होने वाला है। रातभर वह उखड़ा-उखड़ा रहा। आज पौ फटी। उगते

हुए दिन के साथ ही नाविक हरिबाबू 'चाँद की चट्टान' की तलहटी में दिखाई दिया। उसका मुँह लटका हुआ था। उसने गुणवंत को, कलेजा चीरनेवाली वह खबर सुनाई। सुनकर गुणवंत चीख पड़ा। वह झट् से नीचे बैठ गया। इतनी भयानक खबर ! मेरा हैबती यों नाहक मौत के जबड़े में जा पहुँचा। मैं सुभानजी के घर दत्तक होकर आया। मैंने सुख के चार दिन भोग लिये, पर मेरे हैबती भैया को क्या मिला ? बेचारे का पूरा जीवन अभाव की आग में झुलस गया।

दूध के केन भरकर इरलेबाड़ी से लांच के लौटने तक गुणवंत, सालू भाभी, कुशाराजा और लड़के लांच में बैठने के लिए आ गये। लांच चली। बाँधपीड़ित की हत्या की खबर चारों ओर फैल गयी थी। घी से भरी हाँडियों तथा शहद के मटकों को लिये लांच में सिकुड़कर बैठे हुए लोग आपस में उसी विषय को लेकर कानाफूसी कर रहे थे। ढाढ मारकर रो रही सालू को गुणवंत ने बड़ी मुश्किल से चुप किया; वह उसे सम्हालकर लांच तक ले आया। सालू भाभी बीच में ही दुःखावेग से भर जाती, सिसकने लगती। गुणवंत खिन्न होकर बालू-बापू के पहाड़ की ओर देख रहा था। कड़ी धूप के कारण घास बिलकुल सूख गयी थी। पत्ते झड़ गये थे। पेड़ शुष्क हो गये थे। इस पगली आशा पर कि घास ज्यादा फूटेगी, इलाके में रहनेवाले लोगों ने जगह-जगह पर सिवान के सिवान जलाये थे।

बालू-बापू के पहाड़ खिन्न दिखाई दे रहे थे। यहाँ का अकाल हट जाये, सबको पानी मिल जाये, इसीलिए तो बालू-बापू ने धनुष उठाया था। बाण मारकर बादलों को फोड़ दिया था। उनकी क्या गलती थी ? आदमियों और जानवरों को पानी दो। घास दो। धान दो। उनकी मामूली अपेक्षायें थीं; पर भगवान बड़ा धूर्त है। उसने पानी तो दिया, पर तभी एक शाप भी दिया। बालू-बापू को पहाड़ बनाकर हमेशा के लिए रोते-कुढ़ते रहने दिया। बीच में बाघजाई की उलझन डाल दी। भाइयों में हमेशा के लिए बिछोह पैदा किया। भाई हैबती, हमने कितना कठिन जीवन बिताया रे ? मैं इधर पानी के घेरे में अटका पड़ा। तू उधर पुनर्वास के कड़ुवे घूँट पीता रहा। अब तो कभी भी भेंट नहीं होगी। हमेशा के लिए बिछोह ! भगवान, तूने ये क्या कर दिया ? छठी माता ने मेरे हैबती के भाल पर कौनसा लेख लिखा था ? काल उसके बदले मुझे ही क्यों नहीं उठा ले गया !

लांच नीले शंख पानी का पेट फाड़ते-फाड़ते आगे बढ़ रही थी। दोनों ओर के पहाड़ सकते में आ गये थे। बंबई के व्यापारी ने बाघजाई के पानी में बोटिंग का ठेका लिया था। दूध-संघ की पुरानी लांच बंद पड़ गयी थी। हरिबाबू अब बिलकुल नयी लांच चला रहा था। परमनंट होने के चक्कर में उसकी आधी जिंदगी इसी पानी में चली गयी थी। उसके मुख का उत्साह लुप्त हो गया था। पहले जैसी चमक नहीं रही थी। किसी ने हँसकर पूछा—

"हरिबाबू, तुम्हारा नया मालिक कैसा है ? तुम्हारी वेतन-वृद्धि हुई ?"

"हाँ, हुई, देखते नहीं ? ये बीस रुपये बढ़ा दिये हैं।"

"तुम्हारे परमनंट का क्या हुआ ?"

"अब तो बिलकुल 'ऊपर' जाकर ही परमनंट हो जाऊँगा।" हरिबाबू की अवसाद-भरी हँसी छिपी नहीं।

जाँभली कॉलोनी आ गयी। बाँध के जलाशय में बंबई-पुणे के शौकीन लोग बोटिंग का मजा लूट रहे थे। छोटी-छोटी कई लांचें आतिशबाजी के चक्र के समान पानी में चक्कर लगा रही थीं। युवक-युवतियाँ लाड़-प्यार से एक-दूसरे के बदन पर पानी छिड़क रहे थे। पहाड़ के दोनों ओर बँगलों के निर्माण-कार्य जोरों पर थे। नये होटल खुल रहे थे। कुशाराजा ने दो-तीन लोगों से कह रखा था कि किसी के बड़े बँगले मे या होटल में चौकीदारी का काम मिल जाये तो जरूर बता देना। किसी समय बाघ की तरह जंगल में गुर्राते हुए घूमनेवाला तथा अपने को जंगल का राजा मानने वाला कुशाप्पा अब घुँघरू लगी लाठी लिये किसी होटल के बाहर खड़ा रहेगा। होटलों, बड़े-बड़े बँगलों को बाघजाई परिसर की मीठी, ठंडी हवा का चस्का लग चुका था। यहाँ पर दूध ही नहीं, कपड़े धोने और बर्तन माँजने के लिए बनू बहन जैसी बूढ़ियाँ और अन्य युवतियाँ भी सस्ते में मिलने वाली थीं। शिवाजी के, मावल् प्रांतवाले के साथियों के वंशजों की चमक ही गायब हो गयी थी। उनकी गर्दन पर पैर रखकर, शौकीन पूँजीपतियों का संसार पूँजी के बल पर लगातार फैल रहा था।

दोपहर बारह के लगभग गुणवंत, उसके घरवाले और कुशाराजा सब-के-सब बाघेठाण पहुँचे। खैरापुर जानेवाली बस की प्रतीक्षा में अड्डे पर बैठे रहे; तभी बजू चौगुले दिखाई पड़ा। दौड़कर आकर उसने कहा, "गुणवंत, खैरापुर मत जाओ, यहीं पर सरकारी अस्पताल में हैबती की लाश लायी गयी है, फाड़ी गयी है। सभी लोग एंबूलंस की प्रतीक्षा में हैं।" सभी रिक्शा कर सरकारी अस्पताल पहुँचे। सफेद कपड़े में लिपटी हुई हैबती की लाश बरामदे में, खुले में ही, पड़ी हुई थी। केलापुर के लिए सत्याग्रह करने हेतु इकट्ठा हुए सभी बाँधपीड़ित अस्पताल के अगल-बगल में आकर बैठे हुए थे। युवक दुःख और क्रोध की आग में जल रहे थे। बगल में ही एक चपरासी पीढ़े पर बैठा ऊँघ रहा था। सालू भाभी जोर से चीख पड़ी। सिकुड़ा हुआ गुणवंत धीरे-धीरे आगे बढ़ा। उसने हैबती के मुख से सफेद कपड़े को हटाया। देखा, हैबती का चेहरा अत्यंत भयावह दिखाई दे रहा था। पोस्ट मार्टम करने वालों ने गालों के चीथड़े-चीथड़े कर दिये थे, उसमें रूई ठूँसकर भर दी थी। औषधि छिड़की गयी थी। चलते-बोलते हैबती का भयावह मुख देखकर गुणवंत का हृदय भर आया; वह जोर से चीख उठा; तिलमिलाकर कहने लगा, "हैबाऽ, मेरे भैयाऽऽ यह क्या हुआ रे !" गुणवंत की देह का कण-कण शोक कर रहा था। बगल में खड़े पंढरी पाटील ने उसे अपने बाहुओं में लिया। वह गुणवंत को सांत्वना देने लगा।

आषाढ़ के गहरे बादल बरस रहे थे। बालू-बापू की चोटियों से पानी के बहाव उछल रहे थे, टूट-टूटकर गिर रहे थे,। बालू-बापू बिलकुल पसीज गये थे। पूरा सिवान

ही बारिश की ताल पर गा रहा था—

घने आम की छाँव तले-
बालू-बापू की करे पुकार
उमड़ आँख में अश्रु प्रेम के
बहते बन भीषण जलधार
मेरे प्यारे बीर कहाँ हो ?
कब से मैं कर रही पुकार।

गुणवंत दुखावेग से रो रहा था। चीख रहा था। उसकी हालत सहमे-सिकुड़े मेमने की तरह हो गयी थी। पंढरी पाटील तथा म्हाकू उसे अलग ले गये। उसने आँसू पोंछते-पोंछते युवकों से पूछा—

"मेरी माँ कहाँ है ?"

"गुणवंत, तुम सम्हल जाओ और माँ को भी सम्हालो।"

"क्यों ? उसे क्या हुआ ?"

"उस पर तो पहाड़ ही टूट गया है ? उसका दम घुट गया है। वह रो भी नहीं सकती है। दो-तीन बार उसकी घिग्घी बँध गयी। शोक अनावर हुआ है।"

रात नाले के किनारे चिता रची गयी। तीसरी कक्षा में पढ़ रहा सदाशिव अपनी ढीली चड्ढी को एक हाथ से ऊपर खींच रहा था। उसने दूसरे हाथ में धान के डंठलों का जलता हुआ जूड़ा लिया। चिता जलायी। आग धूऽ धूऽऽ जल उठी। सदाशिव अब सयाना हो गया था। जैसे पांडू येताला चल बसा। उसका नाती राजू चल बसा, उसी तरह खैरापुरवालों ने मेरे बापू को भगवान के घर भेज दिया। वह चला गया, फिर से न लौटने के लिए चला गया ! सदाशिव बहती हुई नाक पोंछ रहा था। गुणवंत के गले से लिपटकर रो रहा था। उसको रोते हुए देखकर गोमा कहार, बंडू नाई, शिवा चमार, ज्ञानू दर्जी, शेवंता, नकुसा--गोट-बस्ती के सब लोगों का कलेजा फट गया था।

खैरापुर में हमेशा की चहल-पहल नहीं थी। व्यर्थ की गिरफ्तारी, जवाब-तलबी के भय से कोई घर से बाहर निकल नहीं रहा था। नलवडे फौजदार ने हत्या की जाँच के सिलसिले में कल से ही चावड़ी पर डेरा जमाया था, पर वह अपनी जगह से हिल नहीं रहा था। कल ही आवडाई का जवाब दर्ज कर लिया गया। उसने अत्यंत दुखी मन से बताया कि उसके हैबती को किसने और कैसे मार डाला। आवडाई के जवाब में अभियुक्तों के नाम थे। अभियुक्त गाँव में थे और फौजदार चावड़ी में।

नलवडे फौजदार के लिए यह हत्या गुप्त स्थान की बीमारी के समान लगती थी। अभियुक्त थे--राघू भिवा और उसके दोनों लड़के। सत्तारूढ़ दल की राजनीति, सांसद की राजनीति। अरे, ये सब लोग तो मेरा हित देखने वाले हैं। पुलिस पदक के संबंध में सांसद शिंगाडे ने नलवडे के लिए कई जगहों पर फोन किये थे। फौजदार चुपचाप बैठा था। किसको गिरफ्तार किया जाये ? किसको न किया जाये ? इसके राजनीतिक

परिणाम क्या होंगे ? इसको क्या लगेगा ? वह क्या कहेगा ? फिर मेरे तबादले का क्या होगा ?--फौजदार के सामने कई प्रश्न थे।

म्हाकू तथा बाबू जैसे युवक पूरे बिगड़ गये थे। म्हाकू तो सुबह से तीन बार चावड़ी हो आया। 'जाँच जारी है'–उसे यह ठंडा उत्तर बार-बार सुनना पड़ा। अगल-बगल के कई गाँवों से बाँधपीड़ित बस्ती में जमा हो रहे थे। गोट-बस्ती के सभी लोग बौखला गये थे, बिगड़ गये थे। म्हाकू ने डी.एस.पी., सरकार, बिलकुल दिल्ली तक भी कई तार किये; पर कोई भी अपनी जगह से हिलने का नाम नहीं ले रहा था। अगर यह एक हत्या पच जाये तो इसके बाद बाँधपीड़ितों के लिए कुछ भी भविष्य नहीं था। लाभ-क्षेत्र में किसी को भी सुख से जीवन बिताना मुश्किल होगा। गोट-बस्ती में से बीस-पच्चीस लड़के चावड़ी की बगल में बैठकर नजर रखे हुए थे, पर पुलिसवाले चुप्पी साधे बैठे थे। म्हाकू से यह निष्क्रियता बर्दाश्त नहीं हुई। वह अपने साथियों को लेकर सीधे चावड़ी में घुस गया।

"साहब, आप गुनहगारों को कब पकड़ेंगे ?"

"जाँच जारी है।"

"और गुनहगार फरार हो गये तो ?"

"हम किसलिए हैं ?" झूठी हिम्मत से नलवडे ने कहा।

"पर गुनहगार..."

"पहलवान, आप जरा बाहर रुकिए। प्लीज !"

थोड़ी देर बाद राघू भिवा का लड़का पांडुरंग आया। उसे आता हुआ देखकर बस्ती के युवकों के कान खड़े हुए। पांडू की शिकायत आरंभ हुई। तुरंत कागज हिलने लगे। पेन दौड़ने लगे। फौजदार नलवडे के संकेत पर हवलदार भोंसले पांडू का जवाब दर्ज करने लगा।

"हाँ, नाम बताइए।"

"पांडू राघू चोरमारे, पाटील।"

"उम्र पैंतीस, इस समय–अच्छा-कहिए, जिस दिन गुनाह घटित हुआ उस दिन मैयत आदमी हैबती शराब पीकर खेत में आया था।...अच्छा...उसका अपने ऊपर काबू नहीं था। उसकी मनःस्थिति ठीक नहीं थी; इसलिए वह कुल्हाड़ी लेकर जिस किसी आदमी के पीछे लगता था। उसने मेरे ऊपर, अर्थात् पांडू राघू पर हमला किया। उस समय वह कनाल के किनारे पर खड़ा था। तब उसका पैर फिसल गया। वह कनाल में डूबकर मर गयाऽऽ। उसने शराब का ज्यादा सेवन किया था। हाँ, खैरापुर के सिवान में रहनेवाले बाँधपीड़ित लोग धूर्तता करने पर तुले हुए हैं। वे मैं, मेरे भाई तथा मेरे पिता पर मैयत की हत्या का झूठा इल्जाम लगाना चाहते हैं। मैयत हैबती पहले से ही जंगली और बदला लेने की मनोवृति वाला था।"

हत्यारा पांडू भागने की अपेक्षा चावड़ी में बेहिचक कैसे आया ? इन सारी बातों

के पीछे जरूर कुछ घपला है। गोट-बस्ती के युवकों को चिन्ता होने लगी—क्या हैबती की हत्या को भी नया मोड़ मिलेगा ? लड़के फिर से हकबकाये, चकरा गये।

"साहब, कितने दिनों तक जाँच चलती रहेगी ?" म्हाकू ने पूछा।

"सबूत, आपके पास कोई सबूत है ?"

"आवडाई की आँखों के सामने ही तो हत्या हुई है। साहब, आपको इससे बढ़कर और क्या सबूत चाहिए ?" बाबू ने चिल्लाकर पूछा।

"उस अकेली महिला को छोड़ उस घटना को देखनेवाला दूसरा कोई था ? फिर इतने से आधार पर किसी की जान पर उठने का हमें क्या अधिकार है ? एक और बात, उनकी काऊंटर कम्प्लेन्ट भी तो है।"

"क्याऽ ?"

"हाँ, हाँ, हैबती ने शराब पीकर शोर मचाया। उसीमें उसकी मृत्यु..."

"साहब, आपका यह अच्छा न्याय है। लगता है, सांसद साहब की हवेली से जैसा हुक्म होगा उसी के अनुसार कागजों को रँगाया जा रहा है।"

"आप जबान सँभालकर बोलिएऽऽ !" नलवडे ने डाँटा, "मैं सरकार का नौकर हूँ, सांसद साहब का नहीं।"

"लेकिन...?"

"मुझे बहस नहीं चाहिए। दो दिन में पोस्टमार्टेम की रिपोर्ट आयेगी। रिपोर्ट ही बतायेगी कि हैबती ने शराब का सेवन किया था या नहीं।"

युवा लड़के पूरी तरह चकरा गये थे। कहाँ-कहाँ तार करें ? कहाँ-कहाँ शिकायत करें ? संसार में हजारों रास्ते हैं; पर बाँधपीड़ितों का साथ देनेवाला एक भी रास्ता नहीं। युवकों ने आंबेपुर जाकर बाँधपीड़ित संघटना के अध्यक्ष कामरेड सुभाष चौरे से भेंट की। उन्होंने बाँध-पीड़ितों की बस्ती का सरसरी तौर पर मुआयना किया। उन्हें भी स्थिति की भयानकता का बोध हुआ। उन्होंने भी मंत्रालय से लेकर सीधे दिल्ली तक लंबे-लंबे तार भिजवाये।

हत्या के बाद दो-तीन दिनों तक सारा सबूत खुला पड़ा था; लेकिन अगर यही तय हुआ हो कि उसे दर्ज करवाना ही नहीं है, तो उसे कौन देखेगा ? हैबती का सिर तोड़नेवाला, खून से सना हुआ पत्थर, कनाल के किनारे पर वैसा ही पड़ा हुआ था। हैबती के सिर के बाल सूखे खून के साथ पत्थर से चिपक गये थे। उनमें से प्रत्येक बाल की तह में वेदना और आक्रोश था। कनाल के पानी में ही उसकी कमीज की आधी फटी बाँह फड़फड़ाती हुई पड़ी थी। पानी में गिरा हुआ खून बह गया था; पर पानी को भी हृदय था। अगर उसका मनोयोग से जवाब लिया होता तो वह भी सही-सही बोलता। हैबती के बाप-दादाओं की जमीन में ही तो, गरीब गोविंद तथा आवडाई के सुखपूर्ण गृहस्थी की गरदन पर पैर रखकर बाँध का निर्माण-कार्य हुआ था। उनके लड़के को, हैबती को जीवनभर न्याय नहीं मिला। यह कितना बड़ा बाँध है ? उसका कितना

बड़ा पानी ! उस पानी पर कितना बड़ा विकास ! बाँध के निकट बनाये गये रेस्ट-हाऊस के एक कमरे के एक कोने पर जितना खर्चा किया गया है, अगर उतना ही हैबती को मुआवजे के रूप में दिया होता, तो उसका जीवन सँवर जाता, पर क्या कहें ? विकास के दाँत होते हैं। नाखून होते हैं। मस्ती होती है। भावना नहीं होती। मन नहीं होता। बाघजाई के पानी ने आँखों में पानी लाकर जवाब दिया होता। खेत वाली मड़ैया में भी खून की बूँदें गिरी हुई थीं। आम के नीचे बैलगाड़ी वैसी-की-वैसी भूमि पर जूए की गरदन टिकाये चुपचाप पड़ी हुई थी। अगर सबूत इकट्ठा करना होता तो कितना ही सबूत मिल गया होता। हैबती की मृत्यु से पहले पुनर्वास कार्यालय, पुलिस स्टेशन तथा तहसीलदार कचहरी में कलेजा फाड़नेवाले पत्र दिये थे–"साहब मैं मरूँगा।---से मेरी जान को खतरा है।" इन पत्रों की किसी ने दखल नहीं ली। कचहरियों के मजबूत काले पत्थर, पुराने करकराते हुए दरवाजे ऐसे समय पर चुप्पी साधे रहते हैं। ये पत्थर सौगंध लिये हुए होते हैं कि हम मजबूत और तगड़े हैं। हम न हिलेंगे न बोलेंगे। बबेराव ने फौजदार की बाट जोहते पड़े सबूतों को नष्ट कर दिया। एक ही दिन में, वह पत्थर, वह फड़फड़ाती हुई बाँह, वह बैलगाड़ी–सारा-का-सारा नष्ट किया गया।

सांसद शिंगाडे की पुरानी हवेली धीर-गंभीर थी। हैबती की हत्या के मामले में हवेली के लोगों के मुख पर जरा-सी चिंता की छटा दिखाई देती थी। लेकिन यह सब धैर्य से पचाकर आगे बढ़ना था। हवेली की सीढ़ियों पर नाक रगड़नेवाले तथा हैबती के लिए रात-दिन कष्ट उठाने वाले कार्यकर्ताओं का ख्याल रखना जरूरी था–कुछ भी कीजिए लेकिन राघू अण्णा को बचाइए। राघू भिवा के हस्ताक्षर वाली अर्जियाँ चारों ओर भिजवाई गयी थीं–"बाँध-पीड़ित की हत्या के मामले में मुझे व्यर्थ ही घसीटा जा रहा है। जब मुझे यह मालूम हुआ कि हत्या हुई है, तब मैं देशभक्त शिंगाडे चीनी मिल पर परचेस कमेटी की बैठक में था। मैं उसका सबूत पेश कर सकता हूँ। मुझे गिरफ्तार कर, अगर मानसिक यातनायें दी जायेंगी तो उसकी जिम्मेदारी सरकार पर रहेगी।" जैसा हवेली पर तय हुआ था, एम.डी. साहब ने मीटिंग का प्रोसिडिंग तैयार किया। पिछली तिथि डालकर हस्ताक्षर लिये गये थे। इतने पर भी राघू भिवा चिंतित था। वह सांसद शिंगाडे से गिड़गिड़ाकर कहता था–

"आबाजी, कुछ भी कीजिए पर मुझे इस संकट से बचाइए।"

"अरे, हत्या करने तक मामला बढ़ाने की क्या आवश्यकता थी ? तुम्हें यह शरारत करने के लिए किसने कहा था ?"

"आबाजी, गोद में बैठे हुए बच्चे ने जाँघ को गंदा किया तो क्या आप जाँघ को ही काट डालेंगे ?"

"जाँघ नहीं, आप लोगों ने तो आदमियों को काटा है।"

"मन में हत्या का उद्देश्य नहीं था; पर आघात मर्म पर लग गया, हैबती मर गया। हमारे मन में उसकी हत्या करने का विचार बिलकुल नहीं था। साहब इस गरीब कार्यकर्ता

पर कितने संकट आयेंगे ? उस मास्टर की मार-पीट के मामले में चार-चार वर्षों की सख्त सजा हुई है। उसको किसी तरह 'स्टे' का अड़ंगा लगाकर रोक दिया और अब यह नया संकट आ पड़ा। कहिए, कैसे जी पायेंगे कार्यकर्ता ?" राघू अब फफक-फफक कर रो रहा था।

"आबा साहब, राघू अण्णा को बचाना ही चाहिए।" चेयरमन सर्जेराव कह रहे थे।

"बबेराव तो हमेशा कान भरता था।" प्रांतीय विधानसभा के चुनाव एक वर्ष पर आये हुए हैं। ऐसे समय पर राघू अण्णा सरीखा क्रियाशील कार्यकर्ता कैद में चला जाये ?" राघू अण्णा को बचाने के लिए पूरी तैयारी चल रही थी। राजनीतिक दबाव लाया जा रहा था। इसके अतिरिक्त जिले के प्रसिद्ध फौजदारी वकील कुलकर्णी को बुला लिया गया था। कुलकर्णी इस बात का यकीन दिला रहे थे कि अगर शराब पीकर हैबती द्वारा मार-पीट का मामला सिद्ध हो जाय तो—यह केस निश्चय ही अपने अनुकूल होगा। लेकिन असली समस्या आवडाई के जवाब की थी। उसने स्वयं वह सारा प्रसंग देखा था।

तीसरे-चौथे दिन तो सारा शोर ही मच गया। जिले के सभी समाचार-पत्रों में मुखपृष्ठ पर ही समाचार छपे—"जिसके खेत में बाँध बनाया, उसी की दुःखद हत्या," "बाँधपीड़ित की हत्या—लोग गाँव छोड़कर जाने लगे," "हत्या के मामले को दबाने के लिए राजनीतिक दबाव।" समाचार-पत्रों ने खलबली मचाई। दो-तीन दिन तक धीर-गंभीरता का स्वांग रचनेवाले फौजदार तथा तहसीलदार की सिट्टी-पिट्टी गुम हो गयी। इतने में कामरेड चौरे के तार की प्रतिक्रिया में मंत्रालय से आंबेपुर वायरलेस पहुँचा। वहाँ से वह तुरंत खैरापुर पहुँच गया। पीछे-पीछे, हत्या की जाँच के लिए डिप्टी साहब भी पहुँचे। पूरे जिले की नजर खैरापुर की ओर लगी हुई थी।

चारों ओर से दबाव बढ़ रहा था। समाचार-पत्रों ने लगातार शोर मचाया था। फौजदार नलवडे को पसीना छूट रहा था। उसने मिलने के लिए आये हुए सर्जेराव से कह दिया—

"अभियुक्तों को कैद करना ही पड़ेगा।"

"साहब, थोड़ा सा धीरज..."

"मेरा जीवन ही बर्बाद हो जायेगा। उस कम्युनिस्ट चौरे ने केस उछाला है—चारों ओर से दबाव बढ़ रहा है।"

"साहब, कुछ उपाय तो सुझाइए।"

"वह बूढ़ी आवडाई आइ-विटनेस है। कुछ भी कीजिए, आप उसी को हटा दीजिए फिर कैसे कागजों को रँगाना है, वह हम देखेंगे। मर्डर के स्थान पर एक्सीडेंटल डैथ के रूप में मामला तुरंत दर्ज करेंगे।"

"लेकिन बूढ़ी मान जायेगी ?"

"मैंने मार्ग बताया। उसे कैसे मनवाना है, यह आप ही देख लीजिए।"

आधी रात जब यकीन हुआ कि पूरी गोट-बस्ती सो गयी है, सांसद शिंगाडे की कॉन्टेसा धूल उड़ाते हुए फुसफुसाहट के साथ, आवडाई के दरवाजे पर जा खड़ी हुई। दीया जल रहा था। उसके उजियाले में, बुखार से पीड़ित माँ के पास गुणवंत बैठा हुआ था। सांसद बाबूराव शिंगाडे पाटील भीतर आये। उनका बदन भी बुढ़ापे के कारण हिल रहा था। सीधे आकर आवडाई के पैर पकड़ लिये। उन्होंने गद्गद् आवाज में कहा,

"आवडाई जो भी बुरा हुआ हम उसे भूल जायेंगे। आप किसी को मामला बढ़ाने का अवसर मत दीजिए। आप बहुत भले बाँधपीड़ित हैं !"

आवडाई का गला भर आया। उसने कहा, "सरकार, आप बाँध का क्या लिये बैठे हैं ? आप ऐसे दस बाँध बनवाइए न। आप अपना विकास जरूर कीजिए, पर हमारे जीवन को तहस-नहस क्यों करते हैं ? बाँध ने मेरी माँग सूनी कर दी, मैंने उस दुःख को भी पचाया; पर मंडवे पर चढ़ी हुई वंश लता को तोड़कर आपको क्या मिला ?"

समझौते की बहुत सारी बातें कह देने के बाद सांसद ने कहा–

"हम कुछ भी समझौता करने के लिए तैयार हैं, पर मेरे राघू भिवा को बुढ़ापे में तकलीफ मत दीजिए। उसका नाम अभियुक्त के रूप में मत लीजिए।"

"उसका नाम क्यों नहीं लूँ ?"

"इसलिए कि वह हत्या के मामले में नहीं था।"

"नहीं था ? फिर "मारोऽ मारोऽऽ" कहकर कौन चिल्ला रहा था ? वह या उसका बाप ?"

"पर..."

"नहीं सरकार," आवडाई ने सिसकी लेकर कहा, "उन दुष्टों ने मेरे बेटे को मेरे सामने चीर डाला। क्या आपको हमारे लड़के कंकड़ के समान लगते हैं ? उस राघू ने ही सब लोगों को भड़काया है। क्या उसका नाम नहीं लेकर मैं अपने बेटे के प्रति बेईमानी करूँ ?"

साहब गंभीर हुए। पी.ए.कुलकर्णी ने एक वजनदार थैली आवडाई के पैरों के निकट रखी। उसे देखकर वह आग-बबूला हो गयी। वह बेकाबू हो गयी। उसने चीखकर कहा, "सरकार, आप इज्जतदार लोग हैं, इसलिए कहती हूँ, कि आप इस गंदगी को उठाइए, वरना चप्पल हाथ में लेकर..."

"लेकिन..."

"भड़वों, जैसे आये हो, वैसे ही चले जाओ। अपना मुँह काला करो। अपने बेटों को चीरकर उसके प्रति बेईमानी करने की शिक्षा मेरी मिट्टी ने मुझे नहीं दी है। उठाओ उस गंदगी को..."

आवडाई दुःख और चिंता से छीजने लगी थी। उसके बदन में से बुखार हट नहीं रहा था। हैबती की छवि उसकी आँखों के सामने बार-बार खड़ी हो जाती थी। गुणवंत

तथा फूलवंती रात-दिन आवडाई के निकट बैठे हुए थे। दवा-दारू हो रही थी, पर आवडाई का मन किसी भी बात में नहीं था। वह कुढ़ रही थी, घुल रही थी, दुबली हो रही थी। वह निरंतर "हैबतीऽ हैबोऽऽ' !' की रट लगाये हुए थी। खैरमोडे मास्टर जी की बेटी शेवंता बार-बार आकर समझाती थी। गोट-बस्ती में से सारे युवक आते, आवडाई को समझाने पर आवडाई के उठने का कुछ चिह्न ही दीख नहीं रहा था। युवक जान गये थे कि अगर वह इसी तरह कुढ़ती-घुलती रहेगी तो उसकी मृत्यु निश्चित है।

पोस्ट मार्टम की रिपोर्ट आ गयी थी। उसके बाद अन्ननलिका के परीक्षण का अहवाल भी आ गया। शराब को कभी भी स्पर्श न करनेवाले हैबती के पेट में अल्कोहल पाया गया था। बस्ती के सभी लोगों का धैर्य समाप्त हुआ था। उन्हें यकीन हो गया था कि हत्या को पचाने के भरसक प्रयास हो रहे हैं। अभियुक्त सही-सलामत मुक्त हो जायेंगे। नलवडे ने गुनाह दर्ज तो किया था, पर अभियुक्तों की गिरफ्तारी नहीं हो रही थी। बताया जा रहा था कि अभियुक्त फरार हो गये हैं।

म्हाकू का क्रोध कम नहीं हो रहा था। वह बेकाबू हो गया था। खैरापुरनिवासी पुनर्वसित बाँधपीड़ितों के साथ गहरी दुश्मनी निभा रहे थे। अकेले पंढरी पाटील को छोड़, बाँधपीड़ितों का साथ देनेवाला कोई नहीं था। बीच में आंबेपुर में जो हड़ताल की गयी थी, उससे कुछ ज्यादा हाथ नहीं लग रहा था। गाँव की रखवाली करनेवाले, उसके कल्याण के लिए रात-दिन खटनेवाले खैरमोडे मास्टरजी, पहले ही संसार को छोड़कर चले गये थे। जिसके पूरे जीवन की बरबादी हुई, उस हैबती को भी बुरी मौत आ गयी थी। बाँधपीड़ितों को कहीं से भी न्याय मिलने की आशा नहीं। सत्ता विरोध में है। कानून विरोधियों को जासूस है। जिन्होंने हमारे बलिदान के बल पर लाभ पाया, वे बेईमान हैं। बाँधपीड़ितों को आवडाई का आधार पहाड़-सा लगता था; पर हैबती की हत्या के कारण उसके भी हाथ-पाँव ढीले पड़ गये हैं। अब हम किसकी ओर देखें? यों कुढ़ते हुए मरने से बदला लेकर मरना अच्छा है। इस बेहया जीवन का कुछ अर्थ है ?

रात 'बीठलाई का आम' सिकुड़ गया था, सहम गया था। गोट-बस्ती के युवक आम के तले, गहरे अँधेरे में घात लगाकर बैठे थे। म्हाकू, बाबू, दामू, गणू, शिवा—सभी युवक जमा हुए थे। बगल में गोमा इस सबकी टोह ले रहा था। युवकों के बदन उमड़ रहे थे, दहक रहे थे। वे बौखला गये थे, बिगड़ गये थे। उनकी धमनियाँ धधक उठी थीं। युवक अब पूरी तैयारी में थे। केरोसिन का डिब्बा, चार मशालें और पच्चीस निर्भीक युवक। राघू भिवा पुलिस के हाथ नहीं आ रहा है न ? लाभक्षेत्र वाले दुष्टो, हमें मूर्ख मत बनाओ। वह गाँव के बाहर, नये बँगले में सोया है। युवको, अब हम किसी की नहीं सुनेंगे। उसके दरवाजे पर फटफटिया है, जीप है, बैल हैं, बारदाना है, अब हम कुछ भी नहीं छोड़ेंगे। अभी जरा और रात होने देते हैं। आज राघू का कुछ भी नहीं बचेगा।

कुटिया के किवाड़ की जोरदार आवाज हुई। गोमा कहार ने किवाड़ धमाके से खोला था। आवडाई के निकट जाकर उसने सब कुछ बता दिया—"ऐसा-ऐसा हो रहा

है।'' आवडाई झटसे उठी। उसके बदन की शिथिलता क्षणभर में ही भाग गयी। उसने जोर से गुणवंत का हाथ पकड़ा, दबाया। ''भगवान लाडूबाऽ मास्टर के पीछे-पीछे अगर मैं भी ऊपर जाऊँगी तो इन बिगड़े दिमागवाले युवकों का क्या होगा ?...ऐसी ही आग...ऐसी ही आगजनी।'' आवडाई उठ नहीं सकती थी। उसने गुणवंत से कहा, ''बेटे, मुझे अपनी पीठ पर उठा लो। चलो, जल्दी करो।'' माँ को पीठ पर उठाये गुणवंत 'बीठलाई के आम' की ओर चल पड़ा।

यकायक आवडाई को सामने देख 'बिठलाई के आम' का नूर ही पलट गया। आवडाई ने म्हाकू को निकट बुला लिया। म्हाकू को आवेश में देखकर उसने अपना हाथ उसके बदन पर रखा और पूछा–

''बेटे, तुम यह क्या करने जा रहे हो ? ऐसा व्यवहार ठीक नहीं है।''

''माँ , इसके बगैर कोई इलाज नहीं।''

''इससे क्या होगा ?''

''इससे राघू का वंश नष्ट होगा।''

''उस अकेले का ? अरे, ऐसे हजार-हजार राघू बैठे हुए हैं खैरापुर के परिसर में। गोट-बस्ती के ये लोग उनके सामने टिक पायेंगे ? पागलपन छोड़ो, तुम्हारे अपराध की तुरंत जाँच हो जायेगी। सबूत खड़े किये जायेंगे। पूरी व्यवस्था तुम लोगों के विरुद्ध सबूत जुटाने में लग जायेगी। तुम फाँसी पर लटक जाओगे। फिर इस गोट-बस्ती का क्या होगा ? केलापुर के लिए कौन लड़ेगा ? आडगाँव को कौन बचायेगा ? म्हाकू, तुम्हें खैरमोडे मास्टर की सौगंध है। पागलपन छोड़ दो।''

म्हाकू से रहा नहीं गया। वह आवडाई के गले से लिपटकर फूट-फूटकर रोने लगा। गहराये हुए बादल की निकासी हुई। उसने जरा डाँटकर आवडाई से कहा–

''तुम बिस्तर पकड़ती हो, और हमें जीना सीखाती हो ?''

''बेटे, मैं तो अब थक गयी हूँ।''

''क्योंकर ? क्या इसलिए की एक हैबती चला गया ? क्या इस गोट-बस्ती के शेष लड़के तुम्हारे नहीं हैं ?''

आवडाई चौंकी। म्हाकू की बात सुनकर उसकी आधी बीमारी भाग गयी। बारिश और तूफान से टक्कर लेनेवाली, गोविंदा जाधव की पत्नी आवडाई जाग उठी। मंत्री के हाथ का पूजा का थाल ठुकराने वाली आवडाई उत्तेजित हुई। खैरमोडे मास्टर को दिया गया वचन जाग उठा। बदन में बल संचरित हुआ। पूरी गोट-बस्ती अपनी माँ की ओर आशा से देखने लगी। आगे की योजना पर चर्चा शुरू हुई शेवंता ने कहीं पर खबर सुनी थीं। उसने खबर सुनायी–

''कहते हैं, पंद्रह दिनों के बाद मुख्यमंत्री जाँभली कॉलोनी पर आ रहे हैं। उनसे वहीं पर मिल लेते हैं।''

''सही है, ऐसा ही करना चाहिए।'' सारे लड़के चिल्ला उठे, ''अभी से तैयारी

करेंगे। इसी अवसर पर जाँभली कॉलोनी को घेर लेंगे। बिना उसके न्याय नहीं मिलेगा।''

सात

खैरमोडे मास्टरजी ने ठीक ही कहा था—कोई भी सत्ता जंगली सूअर की तरह उन्मत्त होती है। उनमता की झोंक में उसे कुछ भी दिखाई नहीं देता। रास्ते की घास-पात को वह सहज ही दबाती जाती है, लेकिन अगर इस उन्मत्त जंगली जानवर को घाई में पकड़ लिया जाय और भालों से नोंच दिया जाय तो यह झुक जाता है। जाँभली बुद्रुक बाँधपीड़ितों ने वही उपाय करने का संकल्प किया था। तीन दिन बाद मुख्यमंत्री के हाथों में जाँभली पर्यटन केंद्र का उद्घाटन होनेवाला था। उद्घाटन के लिए केन्द्रीय सरकार में पर्यटन-विभाग के मंत्री तथा राज्य के कई अधिकारी आनेवाले थे; तीन-चार मंत्री भी समारोह में आ जायेंगे। उनके साथ दो बड़ी होटल कम्पनियों के मैनेजर मुलाकात करने वाले थे। युवकों ने अच्छी तरह जान लिया था कि—इस उद्घाटन समारोह को तितर-बितर किये बिना बाँधपीड़ितों की माँगों की ओर कोई ध्यान नहीं देगा।

कॉलोनी के आसपास जमीन सोने के भाव बेची जा रही थी। दलाल-कलाल बढ़ गये थे। एक दिन अशोक मास्टर कॉलोनी पर आया। उसका विचार था कि अपने पिता—पांडू येताला—की, पठार पर बची हुई जमीन को बेच दिया जाये; पर उसको पता चला कि वह जमीन ताया कांबले ने झूठे अँगूठे बोरकर, झूठे हस्ताक्षर ले-लेकर पहले ही किसी को बेच दी है। ताया, विष्णु जैसे फुटकर एजेंटों ने एक ही जमीन पाँच-पाँच लोगों को बेच दी थी। ऐसे मामलों में मूल जमीन मालिकों की पाँचों उँगलियाँ घी मे थीं और इधर ग्राहकों में झगड़े बढ़ गये थे। इन मामलों की जाँच कराकर बाँधपीड़ित न्याय चाहते थे। आडगाँव को लाभक्षेत्र से निकाल देने पर बचे हुए बाँधपीड़ितों को लाभक्षेत्र में कहीं पर भी जमीन नहीं मिलेगी। केलापुर की दूध परियोजना का काम रुक नहीं रहा था। भूमि संपादन-कार्य पूर्ण होने की राह पर था। आज या कल बुलडोजर घरघराने लगेंगे। उनकी अंधी आँखों को कुछ भी सूझता नहीं। जो बात जाधव-बस्ती के संबंध में हुई थी वही केलापुर में बसे हुए कदम और पवार बिरादरी के लोगों के संबंध में होगी। दोनों बिरादरियों का विनाश होगा। लोगो, हमें एक ही जन्म में कितने-कितने बुलडोजरों से टक्कर लेनी पड़ेगी ? बाघेठाण पुलिस स्टेशन में अभियुक्त के रूप में राघू-भिवा का नाम ऊपरी मन से ही दर्ज किया गया था। वह फरार था। पर फरार होकर भी आखिर कहाँ था ? कारखाने के रेस्ट हाऊस पर भोजन की पार्टियों में मस्त था। बिल्ली के गले में घंटी कौन बाँधे ? हैबती की हत्या पच जाने पर लाभ-क्षेत्र वाले चुप नहीं बैठेंगे; उनके मुँह में खून का चस्का लगा है न ? प्रायः सभी गोट-बस्तियों में श्मशान की व्यवस्था नहीं थी। नौकरियाँ नहीं थीं। पर्याप्त जमीन नहीं थी। सारी

समस्याओं के लिए पुनः एक बार डटकर संघर्ष करना था।

कामरेड सुभाष चौरे ने एक बार गोट-बस्ती का दौरा किया। उन्होंने वचन दिया कि वे अपने कार्यकर्ताओं की सेवा बस्ती के लिए जरूर दे देंगे। म्हाकू ने चारों ओर प्रचार किया; परिसर में वातावरण तैयार किया। उसके बदन में खैरमोडे मास्टर का बल संचरित हुआ था। वह इस गोट-बस्ती से उस गोट-बस्ती में निरंतर दौड़-धूप कर रहा था; दर-दर भटककर बाँधपीड़ितों को चेता रहा था–शिथिलता छोड़ दो, अपनी न्यायपूर्ण माँगों के लिए एक हो जाओ। गुणवंत ऊपर वाली बाड़ियों में जाकर लोगों को सजग कर रहा था। आवडाई ने अपना मन विशाल बना दिया था। उसकी बीमारी भाग गयी थी। उसकी बहादुर आवडा जाग गयी थी। दूसरी महिलायें भी उसके साथ-साथ रहकर, संघर्ष में उतरने के लिए तैयार थीं। मास्टरजी की लड़की शेवंता म्हाकू के साथ रहकर गोट-बस्तियों को जगा रही थी। वह सभी महिलाओं को एक होने का आह्वान कर रही थी।

तीन दिन पैदल चलकर बाँधपीड़ित कॉलोनी के परिसर में पहुँच रहे थे। अपर्याप्त कपड़ोंवाले, दबे-पिचके बाँधपीड़ित आगे बढ़ रहे थे। उनकी वे घुलती हुई हड्डियाँ। फटे-मैले कपड़े। कई बाँधपीड़ितों को देखकर ऐसा लगता है कि गरीबी ने उन्हें युवावस्था में ही बूढ़ा बना दिया है। बाट पर, अगल-बगल के गाँवों के लोग उन्हें देखकर सिटपिटा जाते थे। बाँध बन गये। दूर-दूर तक पानी पहुँचा। जिनका भाग्य खुला उनका तो खुलता ही गया; पर उन्होंने उन बाँधपीड़ितों को, जिनके जीवन के चीथड़े-चीथड़े हो गये हैं, कब देखा था ?

कोलोनी के पीछेवाले टीले को लाँघकर मोर्चा आगे बढ़ा। मोर्चे में तीन हजार आदमी शामिल हुए थे। पैरों में फोड़े नजर आ रहे थे; पर आँखों में अंकुर फूट रहे थे। भगवान, अब जरा-सा यश दे दो। आखिर सबको बाँध की दीवार दिखाई दी। दीवार दोनों पहाड़ों के पैरों को लिपटकर बैठी हुई थी। बाँधपीड़ितों ने चारों ओर नजर दौड़ायी। सात-आठ सालों के बाद हम अपना इलाका देख रहे हैं। पर क्या यह हमारा ही इलाका है ? पहाड़ की तलहटी में सिमेंट के सफेद-सफेद घर कहाँ से आये ? वह ऊपर, पठार पर लाडूबा ही है न ? कॉलोनी पर जिधर देखिए उधर तारकोल के रास्ते बने हुए, बिजली का जाल बिछाया हुआ, जहाँ-तहाँ खड़ी विलायती गाड़ियाँ, सूट-बूट पहने हुए लोग और स्कर्ट पहनी हुई गोरी युवतियाँ–अरे ! यह अपना ही इलाका है या सिनेमा का दृश्य है ?

पर्यटन-केंद्र ने रेस्ट हाऊस को अपने अधिकार में ले लिया था। उससे सटकर दो बड़ी इमारतें बनवायी थीं। वहीं पर पर्यटन-ऑफिस था। उद्घाटन-समारोह तीन दिन पर आ गया था। आज रात पालक-मंत्री सुबराव अण्णा पाटील सी.एम. के दौरे की पूर्व तैयारी का मुआयना करने के लिए आनेवाले थे। जॉन फर्नांडीस तो दूल्हे की तरह सज-धजकर बैठा था। पर्यटन-केंद्र पहले से ही शुरू हो गया था, सी.एम. के हाथों उसका औपचारिक उद्घाटन कराना था। इस अवसर से लाभ उठाकर फर्नांडीस को चार लायसेंस

प्राप्त करने थे। बड़ी होटल इंडस्ट्री से संपर्क स्थापित कर वह बाहर के पूँजीपतियों का मन और रुपया यहाँ पर खींच लाना चाहता था।

बाधपीड़ितों ने आते ही पर्यटन-केंद्र की इमारतों को घेर लिया। सूरज डूब रहा था। गुणवंत तथा कुशाराजा ऊपर के इलाके से आ गये थे। उनके साथ बिरू, फरसू, येलू। और ऐसे ही लगभग हजार लोग थे। उन्होंने नारे देना शुरू किया। "तीनों बाड़ियों का पुनर्वास—होना ही चाहिएऽऽ" "तीनों बाड़ियों का पुनर्वास होना ही चाहिएऽऽ" आसमान नारों से गूँज उठा। उद्‌घाटन समारोह के लिए मंडप आज ही तैयार किया गया था। पताकाओं, बंदनवारों की ओर किसी का भी ध्यान नहीं था।

मूल जाँभलीनिवासी बाँधपीड़ितों की नजर सीधे बाँध की ओर लगी हुई थी। क्या ही राक्षसी दीवार है। यह दीवार हमारे गाँव, मकान के सिर पर सवार हुई। पश्चिम दिशा में जहाँ तक नजर दौड़ाइए—दूर-दूर तक पानी ही पानी है। पानी में रंग-बिरंगे जलयंत्र छलाँग लगा रहे हैं। यात्रियों के मौज-मजे चल रहे हैं। इसी पानी में हमारा हरा-भरा सुखी गाँव खो गया है। कहाँ खो गये हैं वे पेड़ ? हाट के पाकड़ पर गीत गानेवाले वे पंछी कहाँ चले गये ? मासूम बच्चों के मीठे शोर से झूम उठनेवाला, वह मिट्टी का स्कूल कहाँ गया ? गाय-बैलों का चौंकरना, शिकारियों की हाँकें, हनुमान मंदिर की चोटी पर बैठे हुए, लालमुंहे वे बंदर और उनका वह मुँह बिचकाना......... ?

गोमा कहार बाँध की ओर आँखें तरेरकर देख रहा था। इसी कमीने ने मेरा भैंसा निगल डाला ! यह बाँध है या राक्षस ? कैसे हैं इसके दाँत ? यह न कच्चा देखता है, न पका। इसने आदमियों को निगल डाला, जानवरों को चबाया। बंडू नाई की नजर पानी की ओट में छिपे हुए हाट को ढूँढ़ रही थी; उसी हाट में उसके अधिकार की दूकान थी न ? दूकान गयी, उसका सर्वस्व गया। अब जो भी जिंदगी बची है दाढ़ी के ठूँठ बने बालों के समान—कितना भी पानी लगाओ, कितना भी गीला बनाओ, उस्तरा ठीक से चल ही नहीं पायेगा; दाढ़ी पहले जैसी सध नहीं पायेगी। आवडाई तो पानी की ओर देखना भी नहीं चाहती थी। उसकी बस्ती के सीने पर ही तो यह दीवार रची गयी है न ? उसका पति गोविंद उसे इसी सिवान में छोड़कर चल बसा। जाने से पहले वह बार-बार चिल्लाता रहा—"क्या था और क्या हो गया, हम कौन थे, क्या हो गये ?" आवडाई ने उसकी ठंडी लाश पर प्यारभरा हाथ फेरा था। सामने वाले जलाशय से कई बुदबुदे निकल रहे थे, उसकी कई आँखें फूट पड़ी थीं। एक बुदबुदे में उसे खून से सना हुआ हैबती का मुख दिखाई दिया। अंतिम साँस लेता हुआ हैबती आँखों में जान लाकर तिलमिलाकर कह रहा था, "माँऽ मुझे जीना है, माँऽऽ" बेटेऽ इस कलिकाल ने तुम्हें जीने भी नहीं दिया रे !

पानी की ओर देखते-देखते किसी को पांडू येताला की याद आती। किसी को भोंसले परिवार की तारा बहन दिखाई देती। कोई इसलिए छटपटा रहा था कि इधर कई वर्षों से दिगू अण्णा दिखाई नहीं दिया। इस बाँध ने एकता भरे गाँवों को तोड़ दिया।

आदमियों का बिछोह किया। सबके चिथड़े-चिथड़े उड़ाये। बिरजू अपनी माँ–नकुसा–से चिपका, वह उसके गले लगकर पूछने लगा–

"माँ, मेरा बापू कहाँ पर मर गया ?"

"बेटे, वहाँ देखोऽ उस जगह परऽऽ"–नकुसा पानी के दह की ओर इशारा कर बोली।

बिरजू की समझ में निश्चित जगह नहीं आ रही थी। आखिर आयेगी भी कैसे? उसने अपने बापू को कभी देखा ही नहीं था। उसे प्रचंड दह का पानी धीर-गंभीर दिखाई दे रहा था। मेरा बापू भी ऐसा ही रहा होगा–धीर-गंभीर। कहते हैं, इसी जगह पर शिवराम का घर, मवेशियों से भरी सार थी। आवडाई ने सदाशिव को अपने अमरूद के बगीचे का वर्णन सुनाया। काला, नीला पानी देखकर बच्चे आवडाई से पूछने लगे–

"दादी माँ, क्या यह सच है कि हम सब लोगों के, बड़े-बड़े मकान यहीं पर थे?"

"हाँ बेटे।"

"खैरापुर के लोगों के मकानों की तरह ?"

"हाँ, हाँ।"

बच्चे खिन्न हुए। हमारा अपना गाँव पानी में डुबोकर, वह नीचे के इलाके वाली गंदी गोट-बस्ती हमारे गले किसने मढ़ दी ? वहाँ के मच्छर, दलदल, गंदे नाले, घास-फूस की कुटियाँ, रोती-कुढ़ती गोट-बस्तियाँ...किसने इनको जन्म दिया ? बड़ों की आँखों के सामने, पहलेवाला हरा-भरा, सुखी गाँव खड़ा रहता था और बच्चों के सामने सपनेवाले मकान नाच रहे थे।

हीरा मास्टरनी की भी आँखें भर आयी थीं। उसे मास्टरजी का स्मरण हो रहा था। मास्टरजी उसे बगलवाले दो बड़े-बड़े पहाड़ों की भाँति विशाल लग रहे थे। इस दुष्ट बाँध को टालने के लिए उन्होंने जीवनभर संघर्ष किया। ऊँची पूरी काली देह, घोड़े की-सी तेज चाल, साफ-साफ बोलना...मास्टरनी के हृदय का बाँध टूट गया–"मास्टरऽऽ" कह वह फूट-फूटकर रोने लगी। शेवंता ने उसका सिर अपनी छाती से लगाया। वह बच्चों की तरह रो रही अपनी माँ को सांत्वना दे रही थी। चारों ओर सिसकियाँ ही सिसकियाँ थीं, स्मृतियाँ उमड़ आयी थीं, दुःख के सोते बह रहे थे। कौन किसको सांत्वना दे ?

पंद्रह वर्षों की जानलेवा यात्रा में प्रायः सभी महिलाओं की जवानी झुलस गयी थी। हड्डियाँ ढीली हो गयी थीं। बनू बहन की जिंदगी बबूल की सूखी टहनी पर सूख रही चिंदी के समान हो गयी थी। देवी-देवताओं के मंदिर चले गये। गोविंद, पांडू येताला, मास्टरजी जैसे देवतुल्य लोग चल बसे। नकुसा, फूलवंती की माँग सूनी हुई। शेवंता को सौभाग्य रास नहीं आया; बाधक ही हुआ, और आज ? आज हम अपने ही मुल्क में पराये हो गये हैं। अरे ! यह क्या हुआ ? कैसे हुआ ? यहाँ पर हमें कोई सीना तानकर चलने भी नहीं देता। हाँ, मावल की महिलाओं को फर्श धोने, बर्तन माँजने के लिए काफी

बुलावा आता है। जंगल का राजा कुशाप्पा भी घुंघरू-लाठी लिये चरवाहे की भाँति तुम्हारे दरवाजे पर खड़ा रहेगा। नाविक हरिबाबू की देह की शान ही चली गयी। पुण्यशील सुभानजी की देह जंगल में बीच-मार्ग में ही गल गयी।

यहाँ की सफेद-सफेद इमारतें, लकदक करती गाड़ियाँ, सूटबूट पहने लोग—सारा का सारा बाहर से अवतरित हुआ है। जाँभली विकास का चमकता हुआ बूट परिसर के सीने पर रखकर खड़ा है। उसके तल्ले में जंग लगी हुई छोटी-छोटी कीलें हैं। उनकी चुभन, कसक, आग और आँच को सहन करते-करते हमारी साँस घुट गयी है।

दिन डूबते-डूबते फर्नांडीस की होंडा गाड़ी कॉलोनी पर पहुँची। 'सर-सर' आवाज करती हुई वह अपने बँगले की ओर निकली। फर्नांडीस ने देखा—पर्यटन-केंद्र को घेरकर हजारों लोग खड़े हैं, नारे दे रहे हैं—

"इरलेबाड़ी,-झाँजड़बाड़ी का पुनर्वास—होना ही चाहिएऽऽ"

"जमीन-बिक्री में हुई मक्कारी की, जाँच कीजिएऽऽ"

"हैबती के हत्यारों को, कैद कीजिएऽऽ, कैद कीजिएऽऽ"

"पुनर्वसित गोट-बस्तियों को, श्मशान दीजिएऽ, श्मशान दीजिएऽऽ"

"केलापुर का भूसंपादन, रुकना चाहिएऽ, रुकना चाहिएऽऽ"

'खंड के लिए खंड, कट्ठे के लिए कट्ठा, पर मन कहाँ हुए इकट्ठा ?"

"बाँधपीड़ितों को नौकरियाँ मिलनी चहिएऽ, मिलनी चाहिएऽऽ"

अचानक अद्‌भुत इस शोर से जॉन सकपका गया। रात पालक मंत्री सुबराव अण्णा की गाड़ी बड़ी मुश्किल से पीछे की ओर से भीतर आयी। साथ मे एस.पी. तथा कलक्टर थे। उनमें से किसी का भी अनुमान नहीं था कि इतने बड़े पैमाने पर इस प्रकार का कोई मोर्चा निकलेगा। "आप ठीक से देखिए, कुछ उपाय कीजिए। हमें सी.एम. के सामने तमाशा नहीं चाहिए।" सूचनाएँ देकर सुबराव अण्णा सो गये। जॉन फर्नांडीस एस.पी. तथा जिलाधिकारी कोलगाँवकर के साथ रातभर बैठा रहा। बाँधपीड़ितों की माँगों का अंदाजा लिया जा रहा था। इधर-उधर फोन बज रहे थे। लाठी चार्ज अथवा गोली चलाकर भीड़ को तितर-बितर करना ठीक नहीं था। सी.एम. के दौरे में यह उचित नहीं होगा। एक और बात भी थी, फर्नांडीस इस पर्यटन-केंद्र के संबंध में आरंभ में ही कुख्याति नहीं चाहता था। उसके दिमाग में करोंड़ों का हिसाब था। अगर बुरी खबरें छपेंगी तो दूर-दूर के लोगों के लिए किये गये बँगलों की बुकिंग और यहाँ की कुल उन्नति में बाधा पड़ेगी। इसके अतिरिक्त दो बड़े होटल-उद्योग यहाँ करोड़ों रुपयों की पूँजी लगाना चाहते थे। उनके जनरल मैनेजर सी.एम. के हेलिकोप्टर में ही उद्‌घाटन समारोह के लिए आ रहे थे। अगर यह मोर्चा ऐसे ही चलता रहेगा तो सी.एम. के सामने तमाशा ही हो जायेगा। यहाँ के बाँधपीड़ितों की मामूली माँगों के लिए इतने बड़े उद्योग-व्यवसायों से जुड़े हुए धागे तोड़ देंगे ? फोन पर फर्नांडीस का संदेश मिलते ही सुबह-सुबह सर्जेराव और उसका पूरा दल कॉलोनी पर इकट्ठा हुआ।

सुबह मंत्री महोदय नाश्ता करने बैठे। दामाद निकट आये। बाहर नारे लगाये जा रहे थे। ब्रेड को मक्खन लगाते-लगाते सुबराव अण्णा बोले—

"जॉन साहब, मेरी जानकारी के अनुसार इन लोगों की माँगें बहुत सामान्य हैं।"

"येस पापाजी।"

"फिर प्रतीक्षा किस बात के लिए ? क्या सी.एम. के सामने तमाशा करना है?"

"पापाजी, सब तैयारी हो गयी है। मैं अभी अधिकारियों को बुलाता हूँ।"

सभी अधिकारी सामने आये। कोई भी नहीं चाहता था कि सी.एम. के सामने किसी प्रकार का तमाशा हो जाये। एस.पी. का प्रमोशन निकट आ गया था। कोलगाँवकर अपनी सी.आर. बिलकुल साफ रखना चाहते थे। पहला महत्त्वपूर्ण प्रश्न—हैबती की हत्या का—उपस्थित हुआ। बगलवाले सूट में बैठे हुए चेयरमन सर्जेराव तथा उनके कार्यकर्ताओं को बुलाया गया।

"कहो सर्जेराव, कैसे हो ? आओऽ बैठो।"

"सर्जेराव निकट आकर बैठे। उनकी पीठ को थपथपाते हुए सुबराव अण्णा ने पूछा,

"आबाजी का स्वास्थ्य कैसा है ?"

"अच्छा है।"

"असेम्बली की तैयारी कर रहे हो न ? पता नहीं, चुनाव की घोषणा झट् से कब की जायेगी ?"

"दादाजी, हमें आपका आशीर्वाद चाहिए—आप उतना टिकट का देख लीज़िए।"

"क्या आप लोगों की परंपरा छोटी है ? चिंता मत करो। कल बंबई से लौटते समय मैं हेलिकोप्टर में सी.एम. के साथ ही रहूँगा। उनसे बात करूँगा। समझ लो तुम्हारा काम हो गया।"

"दादाजी, मैं आपका आभारी हूँ।"

"अरे, यह हत्या का क्या मामला है ? तुम्हारे उस राघू अण्णा ने यह क्या कर दिया ? लोग इसे इश्यू बनाकर नाहक चिल्लाते रहते हैं।"

"सुबह फर्नांडीस साहब के कहने पर तुरंत उधर फोन किया। अब तक राघू चाचा बाघेठाण पुलिस स्टेशन में हाजिर हुए होंगे। पर चाचा के भाग्य में बहुत बूरे दिन आ गये। यह अच्छा नहीं हुआ।"

"सर्जेराव राजनीति करनी हो तो बदन पर इस तरह के दो-चार जख्म होने ही चाहिए। उसके लिए कोई उपाय नहीं। हत्या के मामले में अब पहले की तरह काले-पानी की सजा नहीं होती है। आप बढ़िया वकील कीजिए, समस्या खत्म। आपने एंटीसिपेटरी बेल क्यों नहीं लिया ?"

"आंबेपुर में मिला ही नहीं।"

"हाईकोर्ट में चले जाइए। पर राघू को हाजिर होने के लिए कहिए। हमें व्यर्थ

का झंझट नहीं चाहिए।''

दूसरा महत्त्वपूर्ण प्रश्न—केलापुर के संपादन का उपस्थित हुआ। मंत्री महोदय के ध्यान में यह बात आ गयी कि शिंगाडे गुट उसी जगह को सम्पादित करना चाहता था। मंत्री महोदय ने जिलाधिकारी से पूछा—

''लोगों का विरोध क्यों है ?''

''वह बाँधपीड़ितों की बस्ती है। उसका फिर से सम्पादन...''

''अच्छाऽऽ, सर्जेराव, तुम केलापुर के लिए ही इतना आग्रह क्यों कर रहे हो ? क्या तुम्हें अपने ही चुनाव क्षेत्र का गाँव चाहिए ?—अरे भैया, काम तो काम ही होता है; कहीं पर भी करो, वह छिपता थोड़े ही है ? जाने दो, दूसरी तहसील में। पर नौकरियाँ, अर्थनीति—सब तुम्हारे ही हाथ में रहेगा न ? तुम अपने मतदाताओं को ले जाकर वहाँ नौकरियाँ दे दो। ठीक है न ?''

''पर दादाजी, आप उतना टिकट का ?'' सर्जेराव ने याद दिलाया।

''कह दिया न ? फिक्स ही है।'' मंत्री महोदय ने सर्जेराव को आश्वस्त किया।

वायरलेस पर संदेशा मिला कि राघू भिवा तथा उनके दोनों लड़के बाघेठाण के पुलिस स्टेशन पर हाजिर हुए हैं। सुबराव अण्णा ने बाहर के प्रतिनिधिमंडल को बुलाया। बाबू, आवडाई, म्हाकू तथा चौरे भीतर चले आये। मंत्री महोदय ने केलापुर का संपादन न करने का आश्वासन दिया। म्हाकू केवल मौखिक आश्वासन नहीं चाहता था। जिलाधिकारी ने बाँधपीड़ित जन परिषद के नाम संपादन-स्थगन के निर्णय का पत्र दे दिया। दो महत्त्वपूर्ण माँगें मान्य हुईं। मंत्री महोदय ने जी खोलकर आश्वासन दिया कि ऊपर पहाड़ी इलाके की तीन बाड़ियों का पुनर्वास आनेवाली बरसात से पहले ही किया जायेगा।'' ''खैरापुर गोट-बस्ती में आगामी बरसात से पहले किसी भी हालत में श्मशान बनवाने का कार्य पूर्ण किया जायेगा''—जिलाधिकारी ने आश्वासन दिया। मंत्री महोदय ने संबंधित अधिकारियों को आदेश किया कि बाँधपीड़ितों को पर्यटन विभाग में अधिक-से-अधिक नौकरियाँ दी जायें। बताया गया कि अन्य माँगें भी यथावसर पूरी की जायेंगी।

कामरेड चौरे ने कहा—

''शेष माँगों के लिए हम कल सी.एम. को लिखित निवेदन देना चाहते हैं !''

''उसके लिए अनुमति सिर्फ प्रतिनिधिमंडल को ही दी जायेगी, इसलिए आप, शेष लोगों को यहाँ से जाने के लिए कहिए। आज दोपहर ही वे यहाँ से चले जायें।''

प्रतिनिधि मंडल ने इस शर्त को स्वीकार कर लिया। सबको ठंडा शरबत पिलाया गया। प्रतिनिधि मंडल बाहर निकला। आवडाई ने ''अच्छा, चलती हूँ'' कहकर मंत्री महोदय को नमस्कार किया। जब रहा नहीं गया तो मंत्री महोदय बोले—

''जो भी उठता है, योजनाओं का विरोध करता है। आजकल तो यह फैशन ही हो गया है।''

''साहब, हमने विरोध कब किया है ?'' आवडाई बोली, ''आप बाँध जरूर बनवाइए, पर हमें जीते-जी मरण नहीं चाहिए—बस, आपके दरबार में यही एक माँग है।''

जिला प्रशासन ने चैन की साँस ली। सिर का बोझ उतर गया। जॉन खुश थे। उसके तथा उसके मित्रों के उद्योग-व्यवसाय के धागे अधिक मजबूत हुए थे। सुबराव अण्णा मन्द-मन्द मुस्कुरा रहे थे—

''उलझन समाप्त हुई। लड़की भाग्यशाली लगती है। उसकी पसंद गलत नहीं निकली।'' पर्यटन केंद्र में जॉन की बंगला-योजना स्वर्ग की तरह चमक उठेगी।

मुख्यमंत्री के स्वागत के लिए कमानें सजने लगीं। जाँभली-कॉलोनी तैयार हो रही थी। बाँधपीड़ित अपना बोरिया-बिस्तर, पोटलियाँ तथा पोटलियों में रूखी-सूखी रोटियाँ सँभालकर अपनी-अपनी बस्तियों की ओर लौटने लगे। इस तरह आगे भी खूब लड़ना था। झगड़ना था। अब भी समस्याओं के पहाड़ शेष थे। क्या झाडाझडती इतनी जल्दी समाप्त होगी ?

□□□